카프카 전집 6

Franz Kafka, Tagebücher

카프카의 일기

카프카의 일기

프란츠 카프카 지음 ─ 이유선·장혜순·오순희·목승숙 옮김

솔

일러두기

1. 카프카 일기의 주석 부분에서 해설과 인용 및 인물 소개를 선별적으로 다루었다. 독자가 일기의 흐름을 이해하는 데 필요한 부분만 소개하였으므로, 미리 양해를 구한다.

　　예를 들면, 편집자들이 자주 참고하고 인용하는 앤소니 노시Anthony Northey의 연구, 막스 브로트Max Brod의 저서, 『프라하 일간지Prager Tagblatt』 등을 일일이 언급하지 않고 문헌에 넣었다.

2. 유대어, 히브리어, 체코어 등 카프카의 모국어Muttersprache인 독일어가 아닌 언어를 사용한 경우, 카프카의 의도를 살리고자 원어 그대로 또는 원어 발음으로 표기하고 주석에서 해설하여 언어의 느낌을 살리고자 했다.

3. 카프카에게 일기는 자신의 독특한 글쓰기를 보여주는 습작 공간으로서의 기능을 한다. 즉 카프카는 정서법에 따르지 않았고 생각과 관찰의 흐름을 좇으므로 가능한 문맥에 맞게 의역을 시도하면서 내용 이해에 비중을 두어 번역하였다.

　　1) 문장을 완성하지 않은 채 중단하거나, 혹은 단어들만 나열하는 경우.

　　2) 수식어나 관계절을 구별하지 않고, 문장 구조에 아랑곳하지 않고 생각나는 대로 독백하듯 단어를 나열하는 경우.

　　3) 한 문장이 열 줄이 넘을 정도로 설명을 계속하는 경우.

　　4) 카프카는 일기에서 부호를 자주 생략한다. 문법적으로 꼭 필요한 구두점, 의문부호, 쉼표 등 부호의 생략을 유념해서 첨가하여 번역하였다.

　　　　(1) 주문장과 부문장을 부호 표시 없이 이어 쓴 경우(일기 1권 원서에서)

　　　　Ich wäre es nicht wenn meine Erziehung so weit in mich gedrungen ware. (23쪽)

　　　　Denke ich daran so scheint es mir, daß […]

(2) 관계대명사의 경우(일기 1권 원서에서)

Fehler [⋯], die sie [⋯] bei der Erziehung eines Jungen gemacht
haben der ihnen jetzt so unbegreiflich ist wie sie uns. (20쪽)
Das was an mir wirklich verdorben worden ist,[...] (21쪽)
[⋯], daß sie mir doch ein Stück von mir verdorben haben ein gutes
schönes Stück verdorben haben [⋯] (21쪽)

5) 같은 글을 어휘 변화 없이 몇 군데만 수정해 반복한 경우도 있다.

4. 독자를 위해, 보편적으로 알려져 있지는 않으나 알면 유익하다고 생각되는 경우
에 한해서, 고유명사에 원어 표기를 달았다.

5. 부호와 기호는 아래와 같다.

— 책명(단행본)·장편소설·정기간행물·총서: 겹낫표(『 』)

— 논문·시·단편 작품·연극·희곡: 낫표(「 」)

— 오페라·오페레타·노래·그림·영화·특정 강조: 홑화살괄호(〈 〉)

— 대화·인용: 큰따옴표(" ")

— 강조: 작은따옴표(' ')

6. 일기의 각 권이 연도로 구분되어 있지만, 일기에 적힌 날짜가 꼭 순차적으로 기록
된 것은 아니다. 카프카가 날짜를 정확히 쓰지 않은 경우에는 정확한 날짜가 〈 〉안
에 이탤릭체로 병기되어 있다.

차례

일러두기 · 4

———

제1권 (1909~1911)

기차가 지나갈 때, 구경꾼들은 뚫어지게 응시한다.

———————

"그가 나한테 물어볼 때면 항상"에서 'ㄹ'이 문장에서 해방되어 공처럼 잔디밭 위로 휙 날아가버렸다.

———————

그의 진지함이 나를 죽인다. 옷깃에 고개를, 머리카락은 흔들림 없이 머리 주위에 정돈되어 있고, 뺨 아래 근육은 제자리에서 당겨진 채로

———————

숲은 아직도 거기 있는가? 숲은 아직 거의 그대로 거기 있었다. 하지만 내 시선이 열 걸음도 나아가기 전에, 다시금 지루한 대화에 사로잡혀 나는 그만 포기해버렸다.

———————

어두컴컴한 숲 흠뻑 젖은 땅에서 나는 그의 흰색 옷깃만으로 길을 잘 찾아갔다.

———————

꿈에서 나는 무희 에두아르도바¹에게 차르다시를 한 번 더 추지 않겠냐고 청했다. 그녀는 이마 가장자리의 아래쪽과 턱 한가운데 사이

얼굴 중심에 그림자 혹은 빛의 넓은 줄을 갖고 있었다. 그때 마침 무의식적인 음모가의 역겨운 몸짓으로 누군가가 와서 기차가 곧 출발한다고 그녀에게 말했다. 이 이야기를 듣는 모습에서 그녀가 춤을 더 추지 않을 것이라는 사실이 내게 끔찍하리만치 분명해졌다. "나는 못되고 나쁜 여자예요. 안 그래요?"라고 그녀가 말했다. 아니, 아닙니다. 내가 이렇게 말하지는 않았다. 그리고 나는 어디론가 발걸음을 돌렸다.

───────────

이전에 나는 그녀의 벨트에 꽂혀 있는 여러 가지 꽃에 대해서 그녀에게 자세하게 물어보았다. "이 꽃들은 유럽의 모든 성주들한테서 받은 거예요"라고 그녀가 말했다. 에두아르도바의 벨트에 싱싱하게 꽂혀 있는 이 꽃들이 유럽의 모든 성주들이 그녀에게 선물했던 것이라는 사실이 무엇을 의미하는지 나는 곰곰이 생각해보았다.

───────────

음악 애호가이자 무희인 에두아르도바는 어디에서나 그랬던 것처럼 연주를 시키는 바이올린 연주자 두 명을 전차를 탈 때도 종종 동행하도록 한다. 그것은 금지된 일이 아니기 때문이다. 연주가 훌륭하고 승객들이 기분 좋아한다면, 그리고 무료라면, 즉 나중에 돈을 걷는 것이 아니라면, 무엇 때문에 전차에서 연주해서는 안 된다는 것일까. 어쨌거나 처음에는 약간 놀라워하고, 누구나 잠깐 동안은 그런 연주가 어울리지 않을 거라고 생각한다. 하지만 전속력으로 달릴 때, 맞바람이 세게 불고, 조용한 골목에 예쁘게 들린다.

───────────

무희 에두아르도바는 밖에서는 무대에서처럼 그렇게 예쁘지는 않다. 창백한 안색, 얼굴에서 이보다 더 강하게 움직이는 것이라고는 거의 없을 만큼 피부를 당기는 이 광대뼈, 코끝의 강도를 시험하듯,

아니면 "지금 함께 가자"라고 말하면서 콧등의 그 코끝을 가볍게 잡아 이리저리 끌어당기듯 하고, 마치 깊이 파인 홈에서처럼 우뚝 솟은 커다란 코. 사람들이 이 코에 대해서 농담할 수는 없다. 너무 많이 주름진 치마 속 두꺼운 허리의 넓은 체격, 이것이 누구의 마음에 들 수 있을까. 그녀는 중년 부인인 나의 아주머니 중 한 분과 거의 비슷하게 보이고, 수많은 사람들 중 중년에 접어든 수많은 아주머니들과 비슷하게 보인다. 하지만 에두아르도바의 이런 단점들을 바깥에서 보완해줄 것이라고는 아주 멋진 발들 말고는 없다. 거기에는 열광하도록 놀라서 보게 할 만한, 아니면 단지 주목할 동기라도 줄 수 있을 만한 것이 정말 전혀 없다. 아주 세련되고 아주 예의 바른 신사들은 물론 에두아르도바 같은 유명한 무희에게는 이런 쪽으로 애를 많이 썼다. 그럼에도 불구하고 나는 이 신사들조차 숨길 수 없었던 무관심으로 에두아르도바를 대하는 것을 무척 자주 보았다.

———————

나의 귓바퀴는 마치 종잇장처럼 신선하고, 울퉁불퉁하고, 차갑고, 촉촉하게 느껴졌다.

나는 이것을 아주 분명하게 내 몸에 대한 절망 그리고 이 몸이 겪을 미래에 대한 절망에서 쓰고 있다.

만약 절망이 자신의 대상에 묶여 있다는 것이 그렇게 확실하게 보인다면, 퇴로를 확보하고 그 때문에 분골쇄신하는 군인한테서처럼 그렇게 자제된 것이라면, 그렇다면 그것은 진정한 절망은 아니다. 진정한 절망이란 자신의 목표를 당장 그리고 영원히 지나쳐버린 그런 것인데, (이런 쉼표에서는 단지 첫 번째 문장만 옳았다는 것을 보여주었다)

너는 절망하니?
그래? 네가 절망한다고?
떠나버리려고? 네 자신을 숨기려는 거야?

나는 마치 연인의 집을 지나가듯이 사창가를 지나갔다.
———————————

작가들이 썩어빠진 것들을 이야기한다.
———————————

소나기가 내리는 가운데 삯바느질하는 여자들.
———————————

마차의 창밖으로
———————————

　내가 만족했을 만한 어떤 것도 쓸 수 없었고, 어떤 힘도 내게서 보
상할 수 없는, 그럼에도 불구하고 모두가 그것에 대해 의무감을 가
졌어야 했었을 내 인생의 5개월 뒤에, 드디어 나는 다시 한번 내게 말
을 걸 생각이 떠오른 것이다. 실제로 내가 물어보았을 때 여전히 그

것에 대해 내가 대답하고 있었다. 여기서 무엇인가가 내게서 여전히 능숙하게 만들어졌어야만 되었을 것이다. 5개월 전부터 나는 짚더미였고, 이 짚더미의 운명은 구경꾼이 눈을 깜빡하는 것보다도 더 빨리, 한여름에 불이 붙어 태워지는 그것처럼 보인다. 정말 이런 일이 내게서만 일어나기를 원했었다면! 그리고 열 번은 그런 일이 나한테서 일어났어야만 했었다. 왜냐하면 나는 이 불행한 시기를 후회한 적이 단 한 번도 없기 때문이다. 내 상태는 불행은 아니다. 하지만 행복도 아니다. 내 상태는 무관심도 아니고, 나약함도 아니며, 지친 것도 아니고, 다른 어떤 관심도 아니고, 그러니까 이 상태가 도대체 뭐란 말인가? 내가 이를 알지 못한다는 사실은 아마 글을 쓸 능력이 없다는 것과 관련이 있다. 그리고 이 무능함을, 이 무능함의 이유는 알지 못하면서, 난 이해하고 있다고 믿고 있다. 모든 것들, 즉 내 머리에 떠오르는 모든 것들은 뿌리에서부터가 아니라 중간 어딘가에서 비로소 생각나는 것이다. 누군가가 그때 그것을 붙들려고 시도하든지, 누군가가 풀 한 포기를 그리고 거기에다 자신을 붙들려고 시도하든지 간에 그것은 줄기 중간에서 비로소 자라기 시작한 풀이다. 그것은 개개인이, 예를 들어 사다리를 타고 올라가는 일본의 마법사들도 할 수 있는 일이다. 이 사다리는 바닥에서 올라가지 않고 반쯤 누워 있는 사람이 위로 뻗은 발바닥에서 올라가는 사다리이며, 벽에 기댄 것이 아니라 단지 허공으로 올라가는 사다리다. 나는 이것을 할 수 없다. 내 사다리는 그 발바닥조차도 갖춰지지 않았다는 사실을 차치하더라도. 물론 그것이 전부는 아니다. 그리고 이런 질문이 아직은 내가 말을 하도록 만들지는 못한다. 하지만 매일 적어도 한 줄은, 마치 사람들이 이제 혜성을 향해 망원경을 겨냥하듯이, 나를 겨냥해야만 할 것이다. 그리고 만약 내가 언젠가 저 문장 앞에 나타날 거라면, 그 문장의 유혹에 이끌린 것이다. 예를 들면, 지난번 크리스마스 때 그랬던 것처럼, 그리고 내 마음을 단지 제대로 가다듬을 수 있을 정도로 준비된 곳에서, 그리고 내가 사다리의 마지막 계단에 나타났던 곳에서, 그 문장의 유혹에 끌려서 나타날 것이다. 그런데 이 사다리는 바닥 위에 그리고 벽에 조용히 세워져 있었다. 하지만 어떤 종류의 바닥이란 말인가! 어떤 종류의 벽이고! 그런데도 그 사다리는 넘어지지 않았다. 그렇게 이들은 내 발들을 바닥에다 눌렀고, 그렇게 내 발들을 벽으로 세워 올렸다.

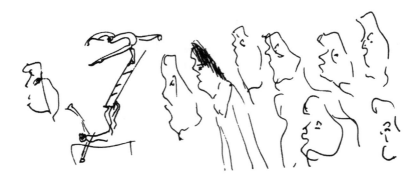

나는 오늘, 예를 들자면, 세 가지 뻔뻔스러운 일을 했다. 차장에게, 또 내게 소개된 사람에게, 이렇게 두 사람뿐이었다. 하지만 이들은 위의 통증처럼 나를 아프게 한다. 내 편에서 먼저 봐도 그런 것처럼, 누구 편에서 보더라도 그것은 뻔뻔한 일이었다. 그러니까 난 내 속을 털어놓았고, 안개 속 허공에서 싸웠다. 그런데 난 동행한 사람들에게도 역시 파렴치한 일을 파렴치한 일로써 했다는 것을, 했어야만 했다는 것을, 즉 책임을 졌어야만 했던 제대로 된 그 표정을, 어느 한 사람 알아차리지 못했다는 것이 가장 화나는 일이다. 하지만 최악은 내가 아는 사람 중의 한 사람이 이런 뻔뻔함을 어떤 성격의 표시로 받아들인 적조차 한 번도 없었고 성격 그 자체로 받아들였다는 것이고, 내 뻔뻔함에 나를 주목하게 하면서 그 뻔뻔함에 감탄했다는 것이다. 나는 왜 내 안에 머물지 않는 것일까? 하여간 나는 내게 말한다. 봐라, 네가 세상을 헤쳐나가도록 하는구나. 차장과 소개받은 사람이 네가 떠날 때 조용히 머물러 있는데, 후자는 네게 인사까지 했어. 하지만 그것은 아무 의미가 없어. 네가 너를 떠나버리면 너는 아무것도 성취할 수 없다. 하지만 그 밖에 네 그룹에서 네가 소홀히 한 것이 무엇이라고. 이 말에 내가 이렇게 대답할 뿐이다. 밖에서 두들겨 맞는 것보다는 차라리 그룹 안에서 두들겨 맞도록 하는 것이 나한테도 나은 일이야. 하지만 제기랄, 이 그룹이 어디에 있는데? 한동안은 내가 이것을, 석회가 뿌려지듯이 땅 위에 놓여 있는 것을 보았지. 하지만 지금은 단지 내 주위에 그냥 아른거리고 있어. 그래, 아른거린 적조차 한번 없지.

〈1910년〉5월 17/18일〈18/19일〉
혜성의 밤

블라이[2]와 그의 아내, 그의 아이와 함께 보냈다. 때때로 내게서 내 소리를 들었는데, 어쩌다 들리는 어린 고양이의 앓는 소리처럼, 하지만 어찌 되었든 간에.

얼마나 많은 날들이 침묵한 채 다시 지나가고 있는 것인가. 오늘은 5월 29일이다. 내가 이 펜대를, 나무로 된 이 조각을 날마다 손에 쥘 결단력조차 한번 갖지 못했다는 것인가. 이 결단력이 나한테 없다고 이미 믿고 있다. 나는 노를 젓고, 말을 타고, 수영을 하고, 태양 아래 누워 있다. 그렇기 때문에 장딴지는 좋고, 넓적다리는 양호한 편이고, 배는 아직 괜찮은 편이나 가슴은 이미 아주 형편없다. 그리고 머리가 나를 누를 때면

1910년 6월 19일 일요일
자다가 깨어났고, 자다가, 깨었고, 비참한 인생

생각해보면, 내가 받은 교육은 여러 방향에서 나한테 엄청 해가 되었다고 말하지 않을 수 없다. 나는 어딘가 변두리에서, 어쩌면 산속 폐허 같은 곳에서 교육을 받은 것이 아니다. 나는 이에 대해서는 비난할 어떤 말도 정말 꺼낼 수 없었을 것이다. 과거의 내 선생님들 모두가 이것을 이해할 수 없다는 위험을 감수하고, 나는 기꺼이 그리고 최선책으로 저 작은 폐허의 주민이었을 것이다. 거기 폐허의 잔해들 사이로 사방에서 늘어진 담쟁이덩굴 위로 나를 비췄을 태양에 그을려서, 내가 비록 처음에는 내 안에서 잡초의 힘으로 자라 올라왔을 나의 좋은 성격들의 압박을 받아 나약했을지라도.

생각해보면, 내가 받은 교육은 여러 방향에서 나한테 엄청 해가 되었다고 말하지 않을 수 없다. 이러한 비난은 한 무리의 사람들, 즉 나의 부모, 친척들 몇 명, 우리 집의 개별적인 방문객들, 여러 명의 작가들, 나를 일 년간 학교에 데려다준 특정한 가정부 한 명, 한 무리의 선생님, (내 기억 속에 아주 밀접하게 압축해야만 하는, 내가 그들을 그렇게 압축했기 때문에, 그렇지 않으면 여기저기서 누군가가 빠지고, 다시금 그 전체가 곳곳에서 떨어져 부스러질 것이다) 교장 한 명, 천천히 걸어가는 행인, 간단히 말하자면 이런 비난은 곧 사람들 사이를 이리저리 비수처럼 헤집는다. 이런 비난에 대해 난 어떤 반박도 듣기를 원하지 않는다. 내가 이미 너무 많이 들었기 때문에 그리고 대부분의 반박에서 역시 반박되어졌기 때문에, 난 이러한 반박을 내 비난에 연관시키고 이제 나의 교육을 설명할 것이다. 그리고 이런 반박은 여러 방향에서 내게 엄청 해가 되었다.

　나는 그것을 자주 생각해본다. 그러고 나면 내가 받은 교육이 여러 방향에서 나한테 엄청 해가 되었다고 항상 말하지 않을 수 없다. 이러한 비난은 한 무리의 사람들을 겨냥한 것이다. 하여간 이들은 여기에 모여서 오래된 그룹 사진에서처럼 아무것도 함께 시작할 줄 모른다. 그들에게는 눈을 아래로 감는다는 것도 당장에는 생각나지 않는다. 그리고 기대 속에 감히 미소도 못 짓는다. 거기에는 나의 부모, 친척들 몇 명, 선생님들 몇 명, 특정한 가정부 한 명, 댄스 교습 시간의 소녀들 몇 명, 옛날에 우리 집을 방문한 사람들 몇 명, 작가들 몇 명, 수영 교사 한 명, 매표인 한 명, 교장 한 명, 그러고 나서 단 한 번 골목길에서 만났던 사람들 몇 명, 그리고 더 이상 전혀 기억하지 못할 그런 사람들, 그리고 마침내 그 당시 어떤 방식으로든 그들의 강의를 내가 다른 데로 돌리려 했던 것을 알아차리지 못했었을 그런 사람들이다. 요컨대 한 사람 이름을 두 번 부르지 않게 주의를 해야만 할 정도로 그렇게 많았다. 그리고 이 모든 사람들에게 나는 내 비난을 표명하고, 그들을 이런 방식으로 서로 알게 만들지만, 어떤 반박도 참지 못한다. 왜냐하면 난 진정으로 벌써 반박들을 충분히 견디었고, 내가 대부분의 반박에서 반박을 받았기 때문에, 나는 이런 반박들을 내 비난과 연관시키는 것, 그리고 대부분의 경우 내가 받은 교육 말고도 이런 반박들 역시 내게 엄청 해가 되었다고 말하는 것 말고는 할 수가 없다.

　사람들은 어쩌면 내가 변두리 어딘가에서 교육받았기를 기대하는 것일까? 아니다. 나는 도시 한복판에서 교육을 받았다. 도시 한복판에서. 예를 들어 산이나 바닷가의 어떤 폐허가 아니다. 나의 부모와 그들의 추종자들은 지금까지도 내 비난으로부터 은폐되었고, 늙어버렸다. 그들은 이제 내 비난을 가볍게 옆으로 제쳐놓고 그들에게서 손을 떼어내 이마를 짚으며 이런 생각을 하기 때문이다. 나는 저 작은 폐허의 주민이었어야만 했다. 자신들의 그림자에서 날아오르는 갈가마귀들의 비명을 들으며, 달빛 속에 몸을 식히며, 폐허의 잔해들 사이를 뚫고 나온 내 담쟁이덩굴 휴식처로 사방에서 나를 비쳤을 태양에 그을리면서 살았어야 했다. 내가 비록 처음에는 내 안에서 잡초의 힘으로 성장했어야만 했던 나의 좋은 성격들의 압박을 받아 약간 나약했을지라도.

나는 그것을 자주 생각해본다. 그리고 그 생각들은 나를 나와는 상관없이 자기 길을 가도록 한다. 그리고 항상, 내가 그것 역시 이용하듯이, 내가 받은 교육이 여러 가지로 나한테 끔찍하게 해가 되었다는 결론에 도달한다. 이런 인식에는 한 무리의 사람들에게 던진 비난이 숨어 있다. 거기에는 내 부모, 친척들과 더불어 특정한 가정부, 선생님들, 작가들 몇 명, 가깝게 지낸 가족들, 수영 교사, 피서지의 원주민, 사람들이 전혀 쳐다보지도 않을 시립 공원의 숙녀들 몇 명, 미용사, 여자 거지, 조타수, 주치의 그리고 아직 수많은 다른 사람들이 있다. 그리고 내가 그들 모두를 이름으로 표시하기를 원했더라면, 그리고 표시할 수 있었더라면 훨씬 더 많았을 텐데. 요컨대 그들은 떼 지어서 한 사람을 두 번 부르지 않기 위해서 주의를 해야만 할 정도로 그렇게 많았다. 이제 사람들은 이렇게 생각할 수 있었을 것이다. 이 다수라는 숫자 때문에 비난은 이미 견고함을 잃을 것이며, 견고함을 그냥 잃어버리지 않으면 안 될 것이다. 왜냐하면 비난이란 야전사령관이 아니기 때문이며, 비난은 단지 똑바로 갈 뿐이고 분배할 줄을 모르기 때문이다. 더군다나 과거의 인물들을 향한 경우라면 말이다. 이 인물들은 잊혀진 에너지를 가지고 기억 속에 붙들려 있으려고 할 것이다. 그들의 발 아래에는 바닥이 거의 없으며, 그들의 다리조차도 이미 연기煙氣일 것이다. 그리고 그런 상태의 사람들에게서는 어떤 사용을 목적으로, 옛날 언젠가 그들이 우리에게 그런 것처럼 그들에게 이해가 안 되는 어떤 소년을 교육하면서 저질렀던 잘못들을 비난해야 한다. 하지만 이를 위해 그들에게 한 번도 그 시대를 기억하게 만든 적이 없다. 그들은 아무것도 기억할 수 없다. 사람들이 그들을 위협하면 그들은 침묵한 채 한 사람을 옆으로 밀어낸다. 어떤 사람도 그들에게 그렇게 할 것을 강요할 수가 없다. 강요한다는 것에 대해 전혀 말할 수 없는 것은 정말 분명하다. 왜냐하면 십중팔구 그들은 그 단어들을 전혀 듣지 않기 때문이다. 지쳐버린 개처럼 그들은 거기서 있다. 왜냐하면 그들은 기억 속에 제대로 머물기 위해서 그들의 힘 전부를 필요로 하기 때문이다. 하지만 정말 그들이 듣고 말하도록 시킨다면, 그것은 반대 비난을 하는 누군가의 귀에서 윙윙거릴 뿐이다. 왜냐하면 사람들은 죽은 자들의 명예에 대한 확신을 저세상으로 가져가고, 그곳에서 열 배로 그들을 대변하기 때문이다. 그리고 이런 견해가 옳지 않았더라면, 그리고 죽은 자들이 살아 있는 자들에게 특별히 커다란 경의를 표했더라면, 그들은 비로소 그들에게 정말 가장 가까이 있고 다시금 우리들 귀에서 윙윙거리는 그들의 생생한 과거를 받아들이게 될 것이다. 그리고 비록 이런 견해가 역시 옳지 않았을지라도, 그리고 죽은 자들이 마침 아주 공평했었을지라도, 이렇다 해도 그들은 사람들이 증명할 수 없는 비난으로 자신들을 괴롭힌다는 사실에 결코 동의할 수는 없었을 것이다. 왜냐하면 그런 비난들은 이미 마음을 트고 인간 대 인간으로는 증명할 수 없기 때문이다. 교육에 있어서 과거의 오류들의 존재도 저작자인 것만큼이나 증명할 수는 없다. 그리고 이제 사람들은 그런 처지에 탄식으로 변하지 않았던 비난을 보여줄 것이다.

그것은 내가 제기해야만 할 비난이다. 그는 건강한 내면을 갖고 있고, 이론이 그를 받치고 있다. 내게서 정말로 타락한 것, 그것을 난 우선은 잊어버리고 혹은 그것을 용서하고 아직은 그것으로 어떤 잡음도 내지 않는다. 이와는 반대로 나는 매순간 내가 받은 교육이 내가 되어버린 인간과는 다른 인간을 내게서 만들려고 했었다는 것을 증명할 수가 있다. 그러니까 그 폐해를, 즉 나를 교육하는 사람들이 자신들의 의도에 따라 내게 끼칠 수 있었던 폐해, 그것을 그들에게 비난하는 것이다. 자신들의 손으로 지금 만들어진 나라는 인간을 요구하는 것을 말한다. 그들이 나한테 그 인간을 줄 수 없기 때문에, 나는 그들에게 비난과 웃음으로 저세상까지 들리도록 북을 쳐댈 것이다. 물론 이 모든 것들은 다른 목적에 사용될 뿐이다. 그들이 내게서 한 부분을 타락시켰다는 사실, 아주 훌륭하고 아름다운 부분을 타락시켰다는 사실에 대한 비난—꿈에서 그것이 때로는 다른 사람에게서 처럼 나한테 죽은 신부로 나타나는데—항상 탄식이 되려고 바쁜 이런 비난은, 무엇보다도 망가지지 않고 죽어야만 한다. 즉, 그 자체이기도 한 정직한 비난으로서. 아무것도 일어날 수 없는 커다란 비난이 작은 비난의 손을 잡는 일이 이렇게 일어난다. 커다란 비난이 걸어가면 작은 비난은 깡충 뛰어간다. 하지만 작은 비난이 한번 건너가기만 하면 그는 두각을 나타낸다. 우리는 항상 그것을 기대했고, 그리고 드럼을 위해서 트럼펫을 불었다.

나는 그것을 자주 생각해본다. 그리고 그 생각들이 나를 개의치 않고 제 길을 가게 내버려둔다. 하지만 항상, 내가 받은 교육이 내가 이해할 수 있는 것보다도 더 많이 나를 망가뜨렸다는 결론에 도달한다. 내 외모로 볼 때 나는 다른 사람과 같이 하나의 인간이다. 왜냐하면 내 육체 역시 평범했던 것처럼 내 육체적 교육도 통상적인 것을 고수했기 때문이다. 그리고 비록 내가 상당히 작고 조금 뚱뚱할지라도, 나는 많은 사람들, 소녀들 마음에도 든다. 이것에 관해서는 할 말이 없다. 그래도 마침내 누군가가 아주 이성적인 것을 말했다. "오, 내가 그녀가 벌거벗고 있는 것을 한 번만이라도 볼 수 있었더라면.", "그러면 당신이 예쁘게 굴어야만 하고 입맞춤할 준비가 되어야만 할 거예요"라고 그녀가 말했다. 하지만 만약 여기에 윗입술이, 저기에 귓밥이, 여기에 갈빗대 하나가, 저기에 손가락 하나가 내게 없다면, 만약 머리에 머리카락이 없는 부분이 있고, 얼굴에 마맛자국을 갖고 있었다면, 그렇다고 내 내면세계의 불완전성에 대한 충분한 맞수는 전혀 아니었을 것이다. 이런 불완전성은 타고난 것이 아니다. 그렇기 때문에 더욱 고통스럽게 받아들이는 것이다. 왜냐하면 다른 모든 사람처럼 나도 태어날 때부터 내 안에, 가장 어리석은 교육도 변경할 수 없었던 나의 무게중심을 갖고 있다. 하지만 난 말하자면 이 훌륭한 무게중심을 여기에 딸린 몸에 더 이상은 갖고 있지 않다. 그리고 아무 일도 할 수 없는 무게중심이 납이 되어버렸고, 총알처럼 몸에 박혀 있다. 하지만 저 불완전성 역시 얻은 것은 아니다. 나는 내 책임도 아닌데 불완전성이 생겨난 것을 괴로워하고 있다. 그렇기 때문에 나는 내 안의 어디에서도 후회를 찾을 수가 없다. 그렇게 열심히 찾아보는데도 말이다. 왜냐하면 후회가 내게 좋을 것이기 때문이다. 후회야말로 정말 자기 안에서 스스로 울어버린다. 후회는 고통을 치워놓고 무슨 일이든지 혼자서 마치 명예로운 거래처럼 끝을 낼 것이다. 후회가 우리의 짐을 덜어주는 동안 우리는 솔직하게 있는 것이다.

나의 불완전성은 내가 말했듯이 타고난 것도 아니고, 벌어들인 것도 아니다. 그럼에도 불구하고 나는 그것을 더 잘 견뎌낸다. 다른 사람들이, 선별해낸 보조 수단들을 갖춘 상상력의 커다란 작업 중 훨씬 더 작은 불행을, 즉 어떤 혐오스러운 아내를, 예를 들어 가난한 상태를, 끔찍한 직업을 견디는 것보다 더 잘 견뎌낸다. 그리고 나는 그러는 동안에도 절망으로 얼굴이 결코 흑빛이 되는 것이 아니라 하얗고 붉어지는 것이다.

만약 내가 받은 교육이 내 속으로 자기가 원했던 것만큼 그렇게 밀고 들어왔더라면, 나는 내가 아닐 것이다. 어쩌면 그러기에 내 청춘은 너무 짧았다. 그러고 나서 나는 이 짧은 청춘을 나의 40년 동안 지금까지도 여전히 온 가슴으로 찬양하고 있다. 다만 내게 아직 기력이 남아 있다는 것은, 내 청춘의 상실들을 의식하기 위해서, 나아가 이런 상실들을 괴로워하기 위해서, 나아가 사방으로 과거를 그리고 마침내 나 자신을 위한 힘의 여분을 비난하기 위해서이다. 하지만 이 모든 힘들은 또다시, 내가 아이로서 소유했던 그리고 나를 다른 사람보다도 더 많이 청춘의 타락에 내맡겼던, 저 힘의 여분일 뿐이다. 그래, 훌륭한 경주용 차는 무엇보다도 먼지와 바람에 쫓기고 추월당하면서, 거의 사랑이라고 믿어야만 했을 정도로, 그 바퀴들은 장애물들을 향해 날아간다.

지금 내가 아직 나인 것은, 그 힘 속에서 가장 뚜렷해진다. 비난들은 이 힘으로 나한테서 나오려고 한다. 내 속에서 비난이 마치 사람들이 급히 들어 올린 대야의 물처럼 이쪽에서 저쪽으로 내달렸기 때문에, 나는 육체적인 건재함으로 골목길에서 낯선 사람들을 붙들 정도의 분노로 몰아간 비난들 외에는 내 속에 아무것도 없었던 시간이 있었다.

그 시간들은 지나갔다. 비난들은 내가 잡아서 들어 올릴 용기를 거의 잃어버린 낯선 도구들처럼 내 주위에 널려 있다. 동시에 나의 옛 교육의 폐해는 점점 더 내 속에서 중독성을 상기시키려고 새롭게 작용하는 것처럼 보인다. 어쩌면 내 연령대의 독신남들의 일반적인 특성이 내 비난들을 극복했어야만 했던 저 사람들한테 내 마음을 다시 열고 있는 것이다. 그리고 어제와 같은 사건은 내가 예전에는 먹는 것처럼 그렇게 빈번했지만, 이제는 적어놓을 정도로 드문 일이다.

하지만 더 나아가 나는 아직도, 창문을 열기 위해 지금 펜을 치워 버렸던 나 자신이다. 어쩌면 이런 나 자신이 나를 공격하는 사람들의 최고 조력자인 것이다. 말하자면 나는 나를 과소평가하고 있다. 그리고 그것은 이미 다른 사람들의 과대평가를 의미하고, 더군다나 나는 그들을 그 밖의 것에서도 과대평가하고 있다. 그리고 이런 점을 떠나서 나는 나에게 정말 해가 된다. 비난들에 대한 욕구가 덮쳐오면 나는 창밖을 내다본다. 사람들이 학교에서 강으로 옮겨다 놓은 학생처럼 그들의 보트에 낚시꾼들이 앉아 있는 것을 누가 부인하는가. 좋다, 그들이 은인자중하는 것은 마치 창문 유리에 앉은 파리가 그런 것처럼 자주 이해가 되지 않는다. 그리고 물론 다리 위로는 항상 그랬듯이 전차들이 거칠게 쏴쏴 거리며 바람 소리를 내면서, 마치 망가진 시계처럼 소리를 내며 달리고 있다. 아래서부터 위까지 까만 경찰이 가슴에 달린 메달의 노란빛으로 지옥 외에는 아무것도 상기시키지 않는다는 사실은 의심할 것도 없다. 이젠 나와 비슷한 생각을 하면서 보트 가장자리로 갑자기 몸을 구부린 낚시꾼을 바라본다. 그는 울고 있는가, 그는 형상을 갖고 있는가, 아니면 코르크 마개가 움찔거리나. 이 모든 것이 옳지만, 자신에게 주어진 시간에 그렇다는 것이고, 이제 비난들만이 옳은 것이다.

그들은 한 무리의 사람들을 향해 간다. 그것이야말로 공포를 일으킬 수 있다. 나뿐만 아니라 누구라도 차라리 열린 창밖으로 강을 쳐다보고 싶어 할 것이다. 거기에는 부모님과 친척들이 있다. 그들이 사랑 때문에 나한테 해가 되었다는 사실은 그들의 죄를 훨씬 더 무겁게 만들었다. 왜냐하면 그들이 사랑으로 정말 많은 도움을 줄 수 있었을 것이기 때문이다. 그런 다음 잘 알고 지냈던 가족들은 죄의식에서 나온 성난 눈빛으로 서로를 힘들어했고, 기억되기를 원하지 않았다. 그런 다음 한 무리의 보모들, 선생님과 작가 그리고 그들 중에 특정한 가정부, 그런 다음 별로써 서로 뒤섞인 주치의, 미용사, 조타수, 여자 거지, 종이 판매원, 공원 경비원, 수영 교사, 그런 다음 사람들이 전혀 쳐다보지도 않을 시립 공원의 숙녀들, 순진무구한 본성을 비웃는 피서지의 원주민, 그리고 많은 다른 사람들. 하지만 내가 그들 모두의 이름을 부르기를 원하고 또 부를 수 있다면 훨씬 더 많았을 것이다. 요컨대 한 사람 이름을 두 번 부르지 않도록 주의를 해야만 할 정도로 많은 사람이다.

나는 그것을 자주 생각해본다. 그리고 그 생각이 나와 상관없이 제 길을 가게 내버려둔다. 하지만 항상, 내가 받은 교육이 내가 알고 있는 모든 사람들보다 더 많이 나를 망가뜨렸다는 똑같은 결론에 도달한다. 내가 이해하고 있는 것보다 더 많이. 때때로 나는 그것을 딱 한 번만 말할 수 있다. 정말 사람들이 내게 이렇게 물으면 말이다. "정말로? 그것이 가능한 일이야? 그것을 믿어야만 한단 말이야?" 이미 나는 신경질적으로 경악하면서 말하는 것을 억제하려고 한다.

다른 사람들처럼 내가 밖을 내다보고 있다. 다리가 몸통과 머리를, 또 바지, 치마와 모자를 갖고 있다면, 사람들은 내가 정상적으로 체조를 하도록 했다. 그리고 그런데도 불구하고 내가 상당히 작고 나약한 편이었다면, 그것은 정말 피할 수 없었나 보다. 그 밖에 많은 사람이 나를 마음에 들어하는데, 젊은 처녀들조차도, 그리고 내가 마음에 들지 않는 사람들도 어쨌든 나를 견딜 만하다고 생각한다.

남자들은 정작 위험에 처하면 아름다운 낯선 여인들을 하찮게 여긴다는 사실이 보고되고 있는데, 우리들은 그 사실에 믿음이 간다.

그들은 언젠가 불이 난 극장에서 도망칠 때 이 여인들이 장애가 된다면, 이 여인들을 담벼락 쪽으로 밀어붙이고, 머리와 손, 무릎과 팔꿈치로 밀쳐버린다. 그때 우리들의 수다스러운 여인들은 침묵한다. 그녀들의 끝없는 말은 동사와 구두점을 얻는다. 눈썹은 부동 상태에서 위로 솟구치고, 허벅지와 엉덩이의 호흡운동은 정지한다. 두려움으로 느슨하게만 다문 입으로 평소보다 더 많은 공기가 흐르고, 뺨은 약간 볼록해진 듯 보인다.

상드[3]가 말하기를, 프랑스 사람들은 모두 코미디언들이다. 하지만 이들 중 가장 재능이 없는 사람들만이 코미디를 연기한다.

프랑스 극장의 박수 부대. 1층 객석의 지휘관. 그다음 층에는 하—하, 맨 위층 관람석의 남자들에게는 신문을 떨어뜨린다.[4]

나무망치가 시작을 알린다.

1911년 2월 19일

오늘 제가 침대에서 어떻게 내려오려고 했었던지요. 저는 그냥 푹 쓰러지고 말았습니다. 이유야 아주 간단한데, 저는 완전히 과로했습니다. 사무실 업무 때문이 아니라, 바로 저의 다른 작업 때문입니다. 제가 만약 사무실로 갈 필요가 없었더라면 그리고 매일 여섯 시간씩을 거기서 보낼 필요가 없었더라면, 저는 제 작업을 위해 조용히 살 수 있었을 것입니다. 이 경우만큼은 사무실이 책임져야 할 부분은 없습니다. 제가 완전히 제 일로 꽉 찼었기 때문에, 이 시간들이, 특히 금요일과 토요일에, 당신[5]은 생각조차 할 수 없을 정도로 저를 괴롭혔습니다. 저도 알다시피, 결국 이것은 그저 쓸데없는 이야기에 불과합니다. 제 책임입니다. 그리고 사무실은 제게 가장 분명하고 가장 정당한 요구들을 했습니다. 다만 이것이 제게는 정말 끔찍한 이중생활이라는 것입니다. 아마 정신 이상만이 그 출구이겠지요. 저는 아침 햇살이 잘 비치는 가운데 글을 씁니다. 그리고 그것이 정말 사실이 아니었다면 그리고 제가 글쓰기를 아들처럼 그렇게 사랑하지 않았다면, 틀림없이 이것을 글로 쓰지는 않았을 것입니다.

덧붙이자면, 내일이면 틀림없이 다시 제 몸이 좋아져서 사무실에 나갈 것입니다. 당신이 당신의 업무 부서에서 저를 쫓아내기를 원한다는 사실을 이 사무실에서 제가 첫 번째로 듣게 될 것입니다.

1911년 2월 19일

내 영감의 특별한 방식, 이 방식으로 가장 행복한 사람이자 가장 불행한 사람인 나는 밤 2시에 잠자러 간다. [내가 그것에 대한 생각만을 견뎌낸다면, 이 특별한 방식은 어쩌면 그대로 있을 것이다. 왜냐하면 그것은 예전의 모든 것보다 고양된 것이기 때문이다.] 내가 특정한 작업만이 아니라 모든 것을 할 수 있다는 그런 영감이다. 내가 만약 무턱대고 문장 하나를 쓸 때면, 예를 들어, '그는 창밖을 내다본다.' 그러면 그 문장은 이미 이렇게 완벽하다.

———————

"너는 여기에 더 오래 머물 거니?"라고 내가 물었다. 갑작스러운 말 때문에 나쁜 징조로 입에서 침이 약간 튀었다.

그것이 네게 방해되니? 그것이 너한테 방해가 되거나 혹은 올라가는 것을 어쩌면 멈추게 한다면, 내가 바로 갈게. 그렇지 않으면 기꺼이 좀 더 남아 있을게. 난 지쳤으니까.

1911년 3월 28일

　화가 폴락-카를린,[6] 커다랗고 거의 펑퍼짐한 얼굴을 뾰족하게 만드는 두 개의 넓적하고 커다란 앞니가 위쪽으로 보이는 그의 아내, 추밀원고문관 부인 비트너, 적어도 앉아 있으면 남자처럼 보일 정도로 그렇게 강한 골격으로 나이를 강조하는 작곡가의 어머니. ─슈타이너 박사[7]는 참석 못한 자신의 학생들로부터 간곡히 요청받고 있다. 강연에서는 죽은 자들이 그를 강하게 충동한다. 지식욕이라고? 하지만 정말 그들이 그것을 필요로 할까? 공공연하게야 그렇겠지. ─2시간 동안 잠을 자다. 사람들이 전차에서 한 번 불을 끈 이후로 그는 항상 초를 갖고 다닌다. ─그는 예수 그리스도와 아주 가까웠다. ─그는 뮌헨에서 자신의 연극[8]을 공연하였다.("거기서 네가 그것을 1년간 연구할 수는 있어. 그런데 이해하지는 못해.") 그는 의상을 그렸고, 음악을 만들었다. ─그는 화학자 한 명을 가르쳤다. ─파리의 몽시 부두의 실크 상인 뢰비 시몬[9]은 그 사람한테서 사업적으로 최고의 조언들을 들었다. 그는 그의 작품들을 프랑스어로 번역했다. 그래서 추밀원고문관 부인은 자신의 수첩에 '사람들은 더 고양된 세계의 인식에 어떻게 도달하는가? 파리의 뢰비에게서.'라고 썼다.[10] ─'빈 지부'에 신지학자神智學者 한 명이 있는데, 그는 65세로 엄청나게 힘이 세고, 끊임없이 믿음을 가지고 끊임없이 의심을 하는 고집 센 사람으로, 전에는 굉장한 애주가였다. 언젠가 그가 부다페스트의 회의에 갔었다. 달빛이 비치는 저녁에 블록스베르크라는 산에서 열린 만찬에서, 슈타이너 박사가 예기치 않게 모임에 나타났을 때, 놀란 그가 맥주잔을 든 채 맥주통 뒤로 숨었다는 것은 매우 재미있는 일일 수밖에 없다(슈타이너 박사가 그것에 대해서 불쾌해하지 않았을 텐데도 불구하고). ─그는 어쩌면 현존하는 가장 위대한 정신연구가는 아니더라도 유일하게 신지학과 학문을 조화시키는 과제를 받은 사람일 것이다. 그렇기 때문에 그는 모든 것 역시 알고 있다.

언젠가 한 번 그의 고향 마을에 한 생물학자[11]가 왔는데, 그는 위대한 초자연의 마이스터였다. 그가 그를 깨우쳐주었다. 내가 슈타이너 박사를 찾게 될 것이라는 사실은 그 부인으로 말미암아 시작된 회상으로 설명되어졌다. —그 부인의 의사는 그녀한테 유행성감기의 조짐이 나타났을 때 슈타이너 박사에게 약에 대해 물었고, 그녀에게 이 약을 처방했는데, 약으로 곧장 그녀를 치유했다는 것이다. —한 프랑스 여인이 "오르 브아"[12]하면서 그와 작별했다. 그는 그녀 뒤에서 손을 흔들었다. 두 달 후에 그녀는 죽었다. 뮌헨에서도 이와 비슷한 경우가 있다. —뮌헨의 한 의사[13]는 슈타이너 박사가 정해준 색깔로 치료를 했다. 그도 역시 환자를 특정한 그림 앞에서 30분 혹은 좀 더 오래 집중하라는 처방을 내려 피나코테크 미술관으로 보낸 것이다. —전설적 세계의 종말, 유령 같은 세계의 종말 그리고 현재의 이기주의에 의한 세계의 종말. —우리는 결정적인 시대에 살고 있다. 광기가 만연한 힘들만 주도권을 잡지 않는다면 슈타이너 박사의 시도는 성공할 것이다. —그는 2리터의 아몬드우유와 키 큰 나무에서 자라는 과일을 먹는다. —그는 부재하는 자신의 학생들과 생각하는 방식을 통해 교류한다. 이 생각하는 방식은 자신이 그들에게 보낸 것으로, 이 방식을 만들어낸 후에는 그들을 더 돌보지 않아도 된다. 하지만 그들은 곧 다 써버린다. 그는 그것을 다시 만들어야만 한다. —판타 부인은 말한다. 나는 기억력이 좋지 않아요. 슈타이너 박사는 말한다. 달걀을 먹지 마세요.

나는 슈타이너 박사를 방문한다.

어떤 여인이 이미 기다리고 있는데(융만스 거리에 있는 빅토리아 호텔 2층), 하지만 급하다며 나는 그녀보다 앞서 들어갈 것을 부탁한다.

우리가 기다린다. 여비서가 와서 우리를 위로한다. 내가 복도를 둘러보다 그를 본다. 그러자 곧장 그가 반쯤 팔을 벌리며 우리에게로 다가온다. 그 여인이 자신이 첫 번째로 왔다고 설명한다. 그가 자신의 방으로 안내하는 대로 나는 그의 뒤를 따라간다. 저녁 강연회에 입는, 왁스를 바른 듯한 그의 검정 프록코트(왁스는 바르지 않고, 순전히 검은색으로만 번쩍거리는데)는 지금 낮(오후 3시)에 보니 특히 등과 겨드랑이에 먼지가 있고 얼룩까지 져 있다. 그의 방에서, 나는 내 모자를 위한 웃기는 장소를 찾는다는 것을 보여주면서, 내가 느낄 수 없는 공손함을 보여주려고 하고 있다. 나는 장화 끈을 매기 위한 작은 나무틀 위에 모자를 놓아둔다. 한가운데에 테이블이 있고, 나는 창 쪽을 보고 앉아 있고, 그는 테이블 왼쪽에 앉아 있다. 테이블 위에는 초자연적 생리학에 대한 그 강연들을 기억나게 하는 몇 장의 그림이 그려진 서류가 좀 놓여 있다. 자연철학에 관해 소책자로 나온 연감이, 다른 때에도 그렇게 널려 있는 것처럼 보이는 작은 책더미를 덮고 있다. 단지 주위를 둘러볼 수는 없다. 왜냐하면 그는 자신의 시선으로 누군가를 항상 붙들어두려고 하기 때문이다. 하지만 한 번쯤 그가 그렇게 하지 않을 때라도, 시선이 돌아온다는 점을 주의해야만 한다. 그는 몇 마디의 느슨한 문장으로 시작한다. 당신이 그 카프카 박사시군요? 당신은 이미 오래전부터 신지학에 종사하고 계시지요? 하지만 나는 내가 준비한 말로 밀어붙인다: 저는 제 본질의 커다란 부분인 것처럼 신지학을 향해 나가려고 노력한다고 느낍니다. 하지만 동시에 신지학에 대해 극도의 두려움을 갖고 있습니다. 다시 말해 저는 신지학이 제게 가져올 아주 나쁠 수 있을, 새로운 혼란을 두려워하고 있습니다. 왜냐하면 제가 현재 겪는 불행이 바로 혼란에서 나오기 때문입니다. 이런 혼란은 다음과 같습니다. 저의 행복과 저의 능력 그리고 어떤 식으로든 쓸모가 있는 모든 가능성은 옛날부터 문학적인 것에 놓여 있습니다. 물론 저는 여기서 어떤 상태(많지는 않습니다)들을 경험하고 있습니다. 이 상태들은 제 생각으로는 박사님 당신이 기술했던 예언자적 상태들에 근접한 것입니다. 이 상태에서 저는 어떤 착상이 떠오르던지 완전히 그 속에서 살았고, 뿐만 아니라 모든 착상들을 실현시키기도 하였습니다. 이 상태에서 저는 제 한계만이 아니라 인간적인 것의 한계 자체를 느꼈습니다. 저 상태에서는 열광의 고요함만이, 이것은 아마도 예언자에게 고유한 것입니다만, 결여되었습니다. 비록 완전히 결여된 것은 아닙니다. 이것은 가장 훌륭한 제 작품을 저 상태에서 쓰지 않았다는 사실에서 추론합니다. ─저는 이 문학적인 것에 그러지 않으면 안 되었을 정도로 완전히 헌신할 수 없다는 것입니다. 게다가 여러 가지 이유들에서 그렇지 못합니다. 제 가족 관계를 제외하고 제가 작품을 쓰는 속도가 느리다는 것과, 이 작품들의 특별한 성격 때문에 저는 이미 문학으로 살아갈 수는 없을 것입니다. 게다가 제 건강과 제 성격 역시 형편이 가장 좋은 경우에도 불확실한 삶에 제 자신을 헌신하는 일을 방해합니다. 저는 그렇기 때문에 사회보험 회사의 공무원이 된 것입니다. 그런데 이 두 가지 직업은 서로를 견뎌낼 수 없고, 공동의 행운을 허락할 수 없습니다. 한 군데에서 가장 작은 행운이 두 번째에서는 커다란 불행이 됩니다. 어느 날 저녁에 제가 좋은 글을 썼다면, 다음 날 저는 사무실에서 안달하다가 아무것도 끝낼 수가 없습니다. 이런 우유부단 때문에 점점 더 속상해집니다. 사무실에서 저는 겉으로는 제 의무를 다합니다. 하지만 제 내적 의무에 충실하지 못합니다. 그리고 내적으로 채워지지 않은 모든 의무는 내게서 더 이상은 감동을 주지 않는 불행이 됩니다. 그런데 결코 균형을 잡을 수 없는 이 두 가지 추구에다가 제가 이제 세 번째로 신지학에 동기를 부여해야만 할까요? 신지학이 두 가지 방향을 방해하고 그리고 스스로 두

가지에 의해 방해받게 되는 것은 아닐까요? 이미 현재도 이렇게 불행한 사람인 제가 이 세 가지를 끝까지 해낼 수 있을까요? 박사님, 이것을 여쭤보려고 온 것입니다. 왜냐하면 만약 제가 이 일에 능력이 있다고 박사님이 간주하신다면, 제가 실제로도 그것을 감수할 수 있다는 예감이 들기 때문입니다.

그는 나를 드러나게는 조금도 쳐다보지 않으면서 극도로 주의를 기울여 듣고 있었고, 내 말에 완전히 몰두했다. 그는 때때로 고개를 끄덕였다. 이것을 그는 강력한 집중을 돕는 수단으로 간주하고 있다. 처음에는 소리를 안 내는 코감기가 그를 성가시게 했다. 코에서는 콧물이 흘렀는데, 그는 콧구멍마다 손가락을 하나씩 넣으면서, 코 깊숙이 손수건을 계속해서 끼워 넣었다.

———————————

독자는 동시대의 서유럽 유대인 이야기들에서 곧장 이야기 아래로 혹은 이야기 너머로 유대인 문제의 해결을 찾고 또 발견하는 데에 익숙해졌기 때문에, 하지만 『유대인 여성들』[14]에서는 그런 해결책은 보이지 않고 한 번도 추측해본 적조차 없기 때문에, 여기에서 독자에게는 단정적으로 『유대인 여성들』의 결함을 인식하는 것이 가능해진다. 그리고 만약 유대인들이 과거 혹은 미래로부터 정치적 격려 없이 대낮에 돌아다녀야만 한다면, 마지못해 지켜볼 뿐이다. 여기서 독자는, 특히 시온주의가 등장한 이후에는, 유대인 문제 주위에 해결 가능성들이 명백하게 정리되어 널려 있다는 사실을 말해야만 할 것이다. 더욱이 당면 문제의 부분에 적당한 해결책을 찾기 위해 마침내 작가의 신체 표현법만을 요구할 정도로 그렇게 명백한 것이다.

———————————————————————

나는 그의 모습에서, 그가 나 때문에 감수했던 노고를—단지 그가 어쩌면 지쳤기 때문에—이런 확신을 지금 그에게 안겨주었던 그 노고를 짐작했다. 작은 긴장감이면 그래도 충분하지 않았을까, 그리고 그 사기는 성공했을 텐데, 어쩌면 지금이라도 성공했다. 내가 정말 방어를 했는가? 나는 집 앞 여기서 완강하게 서 있었다. 하지만 나는 올라가는 것도 이와 마찬가지로 완강하게 망설였다. 노래로 나를 데려갈 손님들이 올 때까지 내가 기다렸었나?

1911년 8월 15일

현재 흘러간 시간 그리고 내가 한 글자도 쓰지 않았던 시간은 나한테는 중요했었다. 그 이유는 내가 프라하, 쾨니히스잘, 체르노쉬츠[15]에 있는 수영 교실에서 몸 때문에 자신을 창피해하는 것을 그만두었기 때문이다. 지금 28세에 나는 내가 받은 교육을 얼마나 뒤늦게 만회할 것인가? 달리기 시합이라면 출발이 늦은 것이라고 말할 것이다. 그리고 아마 이런 불행이 가져오는 피해는 승리하지 못한다는 사실에 있는 것이 아니다. 이 후자야말로 계속 불분명해지면서 무한해져가는 불행의 아직은 보이는, 투명하고 건강한 핵심일 뿐이다. 이 불행이란 원을 돌아야만 했던 누군가를 원 안으로 몰아가는 불행이다. 그 밖에 나는 작은 부분에 있어서는 행복하기도 한 이런 시간에 다른 많은 것들 역시 나한테서 깨닫게 되었고, 며칠 안으로 이것을 쓰려고 시도할 것이다.

1911년 8월 20일

나는 최소한의 좋은 작업을 할 만한 시간이 내게 없다는 불행한 믿음을 갖고 있다. 왜냐하면 나는 실제로 내가 그것을 했어야만 했을 만큼 세계의 모든 방향으로 나를 펼칠 이야기를 위한 시간이 주어지지 않기 때문이다. 그렇다면 내 여행이 차라리 취소되면 더 좋겠고, 또 내가 만약 글을 조금 씀으로써 긴장이 풀어진다면 내가 더 잘 파악하게 될 거라고, 다시 생각하게 된다. 이렇게 나는 이것을 다시 시도할 것이다.

나는 그의 모습에서, 그가 나 때문에 감수했던 노고를, 단지 그가 어쩌면 지쳤기 때문에 이런 확신을 지금 그에게 안겨주었던 그 노고를 짐작했다. 작은 긴장감이면 그래도 충분하지 않았을까, 그리고 그 사기는 성공했을 텐데, 어쩌면 지금이라도 성공했다. 내가 정말 방어를 했는가? 나는 집 앞에 완강하게 서 있었다. 하지만 나는 올라가는 것도 이와 마찬가지로 완강하게 망설였다. 노래로 나를 데려갈 손님들이 올 때까지 내가 기다렸었나?

나는 디킨스에 대해 읽었다. 이야기가 시작되는 데서 사람들이 먼 곳으로부터 가까이 다가오는, 철과 석탄 그리고 증기로 구성된 증기기관차에 이르기까지를 몸소 체험한다는 것, 하지만 지금까지도 사람들은 그 이야기를 떠나지 못할 뿐만 아니라 그 이야기에 빨려 들어가기를 원하며 그것에 시간을 갖고, 이야기가 와닿고 또 이야기가 그저 부딪치는 곳이나 사람들이 이야기를 유인하는 곳 어디론가로, 스스로 탄력을 받아 이야기를 따라 달리는 것, 그것이 그렇게 힘든 것인가. 그리고 국외자가 그것을 이해할 수 있을까.

나는 그것을 이해할 수도 없고, 단 한 번 믿을 수도 없다. 나는 단지 여기저기 작은 단어 하나에 살고 있을 뿐이다. 예를 들면 그 단어의 변모음(위에서 말한 '부딪치다'의 'stößt'에서 ö)에서 나의 쓸모없는 머리는 한순간 당황하고 만다. 첫 번째 철자와 마지막 철자가 내 물고기 같은 감정의 시작과 끝이다.

1911년 8월 24일

노천 카페에서 아는 사람과 함께 테이블에 앉아 있다. 그리고 그녀는 옆 테이블의 여인을 바라본다. 지금 막 온 데다 가슴이 커서 숨 쉬기가 힘든, 달아오른, 그을려서 번쩍거리는 얼굴로 앉아 있다. 그녀가 고개를 젖히자, 수염 흔적이 보인다. 그녀는 아마 지금 그녀 옆에서 삽화가 들어 있는 신문을 읽고 있는 남편을 자주 쳐다볼 때처럼 거의 그렇게 눈을 추켜올린다. 카페에서 아내 옆에서는 고작해야 신문을 읽을 뿐이고, 결코 잡지를 읽어서는 안 된다는 것을 그녀에게 입증할 수만 있다면. 한순간 그녀는 자신의 비만함을 인식하면서 테이블에서 약간 떨어진다.

〈1911년〉 8월 26일

내일 나는 이탈리아로 떠나야만 한다. 지금 이 저녁에 아버지는 흥분으로 잠을 주무실 수가 없었다. 왜냐하면 아버지는 사업에 대한 걱정에 완전히 사로잡혀 있었고, 병에 걸렸기 때문이다. 가슴에는 물에 적신 수건, 구역질, 호흡 곤란, 한숨 쉬면서 서성거림. 어머니는 두려움 속에서 새로운 위안을 찾고 있다. 아버지는 그래도 에너지가 항상 넘쳤었을 것이다. 아버지는 모든 것을 극복했는데, 이제 나는 사업이 불러온 곤궁은 아직 3개월은 더 지속될 것이지만, 그러고 나면 모든 것이 그래도 잘 풀릴 것이라고 이야기한다. 아버지는 한숨을 쉬고 고개를 절레절레 흔들면서 왔다 갔다 안절부절못하신다. 아버지의 입장에서 본다면, 자신의 걱정을 우리들이 떠맡지도 않고 한 번도 덜어준 적도 없다는 것은 분명하다. 하지만 우리들 입장으로 본다면, 우리가 아무리 호의적이라 해도 거기엔 뭔가 또 아버지가 가족들을 걱정해야만 한다는 그런 비극적인 확신이 들어 있는 것이다. ―나중에는 어머니 곁에 아버지가 누워 있다고 생각했다. 아버지가 어머니를 끌어안는다면야, 유유상종으로 대고 있는 살이 안심시킬 것이 틀림없다. —아버지가 자주 하는 하품이나, 덧붙여 말하자면, 역겹지 않은 것도 아닌 콧구멍 후비는 일 때문에 아버지는 자신의 상태에 대해 거의 알아차리지 못하지만, 작은 안정을 찾고 있다. 아버지는 건강할 때면 보통은 이런 행동을 하지 않는데도 말이다. 오틀라가 그것을 내게 확인시켜주었다. —가여운 어머니는 내일 집주인에게 부탁하러 가려고 하신다.

1911년 9월 26일

화가 쿠빈[16]은 변비약으로 레굴린을 추천한다. 장에서 불어나 그를 전율하도록 만드는 갈아놓은 해초, 그러니까 다른 변비약이 가져오는 건강에 유해한 화학적 작용과는 차이가 있게 기계적으로 작용한다. 이 화학적 작용은 변을 단지 갈기갈기 찢어 장의 벽에 매달려 있게 할 뿐이다. —쿠빈은 랑겐의 집에 머무는 함순[17]과 함께 왔다. 그는 이유 없이 비웃고 있다. 대화하는 동안, 그가 그것을 중단시켰을 것도 아니면서, 그는 발을 무릎 위로 올리고, 커다란 사무용 가위를 테이블에서 가져와 바지의 실밥들을 빙 둘러 잘라냈다. 세부적인 것, 예를 들면 넥타이는 어떤 식으로든 값져 보이지만, 옷차림은 초라하다. —뮌헨 예술가들의 하숙집 이야기들. 그곳에는 화가와 수의사들이 살고 있었는데(근처에 수의 학교가 있었다), 그 하숙집은 전망이 좋은 건넛집의 창문들을 세놓을 정도로 방탕스러웠다. 이 구경꾼들을 만족시키기 위해서 하숙하고 있는 어떤 사람은 자주 창턱에 뛰어올라 원숭이 자세로 국냄비에서 숟가락으로 떠먹었다. —산탄총을 쏘아 풍화를 만들어내는 가짜 유적제작자가 테이블에서 말했다. 이제 우리가 그를 위해 커피를 세 번 마셔야만 하는데, 그러면 그는 인스부르크의 박물관으로 보내질 수 있을 것이다. —쿠빈 자체는 힘이 아주 세나 약간 단순형으로 움직이는 얼굴이다. 그는 근육을 똑같이 긴장시키면서 최대한 여러 가지 일을 묘사하고 있다. 그가 어떻게 앉아있는가, 일어서는가, 단지 양복만 입었는가 아니면 외투를 입었는가에 따라서 여러 가지로 다르게 늙고, 크고, 힘이 세게 보인다.

1911년 9월 27일 목요일

어제 벤첼 광장에서 아가씨 두 명을 만났는데, 한 사람에게 너무 오래 눈길을 주었다. 그러는 동안 바로 다른 아가씨는, 너무 늦게 보였는데, 가정적이고 푹신푹신한, 앞쪽으로 넓게 갈색 주름이 지고 약간 앞이 벌어진 코트를 걸쳤고, 부드러운 목과 여린 코를 가졌다. 이미 잊혀진 방식으로 손질한 머리카락은 아름다웠다. —벨베데레 언덕[18]에는 느슨하게 바지를 걸쳐 입은 늙은 남자. 그는 파이프 담배를 피우고 있다. 내가 그를 쳐다보면 멈췄고, 내가 눈을 떼면 다시 피우기 시작했다. 마침내 내가 그를 쳐다보더라도 그는 파이프 담배를 피웠다. —아가씨 의상의 소매에는 커다란 아름다운 단추가 아래쪽에 붙어 있다. 미국 스타일의 장화 위로 의상 역시 흐느적거리면서 아름답게 늘어졌다. 내게는 아름다운 것이 얼마나 드물게 성취되는가. 그리고 이런 주목받지 못한 단추, 그리고 알지 못하는 재봉사가 이룬 것들이 나에게는 얼마나 드문 일인가. —거리로 향한 길에서 이야기하는 여인, 그녀의 강렬한 눈은 당장의 단어들에는 상관치 않고 자신의 이야기를 끝까지 만족스럽게 조망하고 있었다. —아주 강해 보이는, 힘차게 반쯤 돌리는 아가씨의 목.

1911년 9월 29일

괴테의 일기. 일기를 갖고 있지 않은 사람은 일기에 대해서 잘못된 입장에 있다. 그가 만약 예를 들어 괴테의 일기에서 '1797년 1월 11일

하루 종일 집에서 여러 가지 정리에 몰두하고 있다'라는 글을 읽는다면, 그에게는 자신이 하루에 그렇게 아무것도 하지 않은 날은 결코 없었던 것처럼 보일 것이다. ─괴테의 여행 관찰들은 오늘날의 그것과는 다르다. 왜냐하면 그 관찰들은 우편마차를 타고 행해졌고, 지형이 천천히 바뀌면서 좀 더 단순하게 전개되었고, 그리고 그 지역을 알지 못하는 사람들로부터 훨씬 더 쉽게 추적될 수 있었기 때문이다. 고요하고, 형태를 갖춘, 풍경화의 사고가 나타나는 것이다. 왜냐하면 마차에 앉아 있는 사람에게 지역은 원래 타고난 특성 속에서 손상되지 않은 채 묘사되기 때문이고, 지방은 지방도로 역시 철도보다 훨씬 더 자연스럽게 잘라냈기 때문이다. 지방도로가 철도에 대해 갖는 관계는 마치 강물이 수로에 대한 관계와 똑같고, 이렇게 관찰자에게도 역시 강제성을 필요로 하지 않으며, 또 그가 애를 많이 쓰지 않고도 체계적으로 볼 수 있다. 그러므로 순간에 포착한 관찰들은 많지 않다. 대부분은 특정 인간이 곧장 눈앞에서 무한정으로 성을 내는 내면 공간에서만, 예를 들면 하이델베르크에서 오스트리아의 장교,[19] 반대로 비젠하임의 남자들의 위치가 그 풍경에 더 가깝다. '그들은 푸른 양복을 걸쳤고, 천으로 만든 꽃들로 장식된 하얀 조끼'[20](기억을 좇아 인용한다). 샤프하우젠의 라인 폭포에 대해 많은 것이, 그 가운데 좀 더 큰 철자로 '흥분되는 이데아'[21]라고 쓰여 있다.

루체르나 카바레. 루시 쾨니히는 구식의 헤어스타일을 보여주는 사진들을 전시하고 있다. 닳아빠진 얼굴. 때때로 그녀는 아래쪽에서 올라간 코로, 팔짱을 낀 팔로, 모든 손가락을 뒤집어서, 약간의 성공을 거두고 있다. 걸레 같은 얼굴. ─롱겐(화가 피터만)[22]의 얼굴 표정에서 보여주는 익살. 의욕이 없다는 것이 드러나는, 그래도 그렇게 욕구가 없다고 생각될 수는 없는 작품. 왜냐하면 그 성과가 매일

저녁 나올 수 있는 것은 아니기 때문이다. 특히 그녀는 착안을 하면서도 모든 사람들이 지나치다 싶게 빈번하게 등장하는 것을 생략할 수 있을 만한 어떤 충분한 형식도 나올 수 없을 정도로 의욕이 없었기 때문이다. 무대 측면 허공으로 광대가 소파 너머로 멋지게 뛰어내림. 이 모든 것은 사적 모임에서의 공연을 기억나게 한다. 이 공연에서 사람들은, 박수라는 장점으로 대략 작품의 단점을 고려해서 수평을 유지하려고, 시원치 않고 하찮은 작품에 사교적인 필요성에서 우러나온 박수갈채를 특별히 보낸 것이다. 가수 바자타. 사람들이 그의 모습을 보면 자제력을 잃을 정도로 그렇게 형편없다. 하지만 그는 강한 인간이기 때문에, 틀림없이 나한테만 의식되어지는 그런 동물적인 힘으로 관객의 주의를 반쯤 끌어모았다. ―그륀바움은 보기에만 절망감으로 추정되는 실존을 보여준다. ―오디의 무희. 경직된 뜀. 알맞게 야윔. 붉은색의 무릎은 나한테는 '봄의 정서'라는 춤에 어울린다.

1911년 9월 30일

그저께 옆방 처녀(헬리 하스). 나는 카우치 소파에 누워서 비몽사몽 하던 끝에 그녀의 목소리를 들었다. 그녀가 특별히 강렬하게 끌린다는 생각이 떠올랐다. 그녀의 의상에서만이 아니라, 옆방 전체에서도, 내가 목욕할 때 보았던 그녀의 모양새 있는 벌거벗은 둥그렇고 강해 보이는 까만 어깨만이 그녀의 의상 너머 드러났다. 내게는 한순간 그녀가 향기를 내고, 그 향내로 옆방 전체가 꽉 차는 것처럼 보였다. 그러고 나서 그녀는 잿빛 나는 회색 코르셋을 입고 서 있었는데, 그 코르셋은 몸에서 아래쪽으로 그렇게 넓게 펼쳐져서, 말하자면 사람들이 그 위에 앉아서 말을 탈 수도 있을 정도였다.

———————

쿠빈에 대해서 좀 더 말하자면, 하여간 다른 사람의 마지막 말들을 긍정하는 어조로 따라 말하는 습관. 비록 거기에 대해 생각해낸 자신의 말을 통해 사람들이 다른 사람과 전혀 동의하지 않는다는 것이 드러날지라도 말이다. 화가 난다. —그의 많은 이야기를 들으면서 사람들은 그가 얼마나 소중한지를 잊을 수 있다. 사람들은 갑자기 그것을 기억하게 되고 경악한다. 우리가 가기를 원했던 식당이 위험하다는 것에 대해 이야기하고 있었다. 그가 거기로는 가지 않겠다고 말했다. 나는 그에게 겁이 나는지를 물었고, 그는 이렇게 대답하면서도 아직 나한테 팔을 끼고 있었다. 물론 나는 젊고, 아직 많은 것을 계획하고 있네. —저녁 내내 그는 자주 그리고 내 생각으로는 심각하게 나와 그의 변비에 대해 이야기를 했다. 한밤중 내가 내 손을, 내 팔의 한 부분을 테이블에 걸쳐놓은 것을 그가 보았고, 이렇게 소리쳤다. 하지만 당신이야말로 실제로 병이 있군요. 그때부터 그는 훨씬 더 내게 관대했고, 나중에는 아직도 B.[23]에 함께 가려고 나를 설득하려는 다른 사람까지도 방어해주었다. 우리가 이미 작별했었을 때, 그는 멀리서 또 "레굴린!" 하고 내게 소리쳤다.

———————

투홀스키와 자프란스키.[24] 목소리가 '니히nich'로 생긴 쉼을 필요로 하는 숨길이 밴 베를린 사투리. 투홀스키는 스물한 살 난 아주 조화로운 인간이다. 생기 있게 어깨를 들어 올리게 하는 산책 지팡이를 적당히 힘 있게 돌리는 스윙에서 시작해서 생각이 깃든 즐거움과 자신의 특유한 작가적 작업을 경멸하기에 이르기까지. 변호인이 되려면 작은 걸림돌들만 보게 되는데—그들을 제거할 가능성을 동시에 보게 된다. 즉, 남성적 목소리로 반 시간 동안 온통 떠든 뒤에 소녀처럼 되어버린다고 추정되는 그의 맑은 목소리—그가 세상에 대해 좀 더 많은 경험을 열망하는 자세를 위해 자신의 능력에 대해서 갖는 회의—그가 자신과 같은 방향에 있는 좀 더 나이먹은 베를린 유대인들에게서 알아차린 것과 같이 마침내 염세적인 것으로의 변신에 대한 두려움, 물론 그는 당장은 그것에 대해 아무것도 느끼지 못하고 있다. 그는 곧 결혼할 것이다.

────────────

베른하르트의 학생 자프란스키는 그림을 그리고 관찰하는 동안 인상을 찌푸리고 있다. 그것은 그려진 것과 관계가 있다. 나에 관한 한 내가 아무도 알아차리지 못하는 강한 변신 능력을 갖고 있다는 것이 기억난다. 얼마나 자주 내가 막스[25] 흉내를 냈어야만 했는가. 나는 어제 저녁 집에 가는 길에 관객으로서 나를 투홀스키로 착각할 수도 있었다. 그러면 그 낯선 존재는 내 안에 마치 수수께끼 그림 속에 숨겨져 있는 것처럼 그렇게 분명하고 그리고 눈에 보이지는 않게 존재하는 것이 틀림없다. 그것이 그 안에 숨겨져 있다는 사실을 알지 못했다면 사람들이 결코 찾지도 못할 수수께끼 그림을 말한다. 이런 변신에서 나는 특별히 자신의 눈이 몽롱해져 있다는 것을 기꺼이 믿고 싶다.

〈1911년 일요일〉 10월 1일 월요일
어제 신구유대인의 교회.[26] 콜 니드레 기도문.[27] 거래소의 약한 투덜거림. 대기실 헌금함에 다음과 같은 글이 씌어 있다. '침묵 속에 베푸는 자비로운 적선은 분노를 누그러뜨린다.' 교회다운 내부. 세 명의 경건하고 명백한 동구 유대인들. 양말을 신고 있다. 기도서 너머 몸을 구부리고, 유대교에서 기도할 때 걸치는 외투를 머리 위로 뒤집어서, 가능한 한 작아졌다. 두 사람이 울고 있는데, 단지 안식일로 감동을 받아서일까? 한 사람은 아마 그저 눈이 아플 뿐인데, 곧장 기도서에 얼굴을 다시 가까이 하기 위해서 아직 접혀 있는 손수건을 눈 위에 살짝 올려놓고 있다. 원래는 아닌데, 말은 주로 노래로 불렸다.

하지만 그 말 다음에는 얇은 실을 잣듯 줄줄이 만들어내는 말들로부터 아라베스크를 끌어내었다. 전체에 대한 최소한의 상상도 없이, 밀려오는 사람들 사이에서 작은 소년은 안내받을 가능성도 없이, 귀에 소음을 밀어 넣고 또 밀려 들어오고 있다. 행상인처럼 보이는 사람이 기도를 하면서 빠르게 몸을 흔들고 있다. 그것은 모든 단어들을, 어쩌면 이해는 안 되지만, 가능한 한 힘주어 강조하려는 시도로만 이해할 수 있다. 그러면서 목소리는 보호를 받게 되는데, 게다가 이 소음 속에서 그 목소리는 분명하고 강한 강조를 살릴 수도 없었을 것이다. 사창가 주인의 가족. 나는 핑카 유대인 교회당[28]에서 유대교에 굉장히 빨려 들어갔다.

———————

　그끄저께 B. 주하에서. 갸름한 얼굴의 그 유대인 여자, 더 잘 말하자면 갸름한 턱으로 빠진 얼굴, 하지만 길게 출렁거리는 헤어스타일을 넓게 흔드는 얼굴. 건물의 내부에서 살롱으로 통하는 세 개의 작은 문들. 무대 위의 보초 대기실에서와 같은 손님들, 테이블 위의 음료수들에는 거의 손도 대지 않았다. 깊숙이 아래 옷자락에서 비로소 움직이기 시작하는 각이 진 의상을 입은 넓적한 얼굴의 여인. 여기에서 그리고 예전에 몇몇 사람들은 아동극용 인형들처럼 옷을 입었다. 크리스마스 시장에서 파는 것 같은, 다시 말해서 그것을 단박에 분리시키고 누군가의 손가락으로 망가지게끔 주름과 금장식이 느슨하게 꿰매진 옷. 의심할 것도 없이 혐오스러운 머리핀 위로 광택 없는 금발을 팽팽하게 잡아당긴 머리를 한 식당 여주인, 그녀는 날카롭게 아래로 처진 코를 갖고 있는데, 그 방향은 처진 가슴과 탱탱하게 나온 배와 어떤 기하학적 관계에 있다. 그녀는 오늘 토요일은 대단한 난장판이고 득 될거라고는 아무것도 없다는 사실로 인해 두통을 하소연하고 있다.

쿠빈에 대해 말하자면, 함순의 이야기는 의심스럽다는 것이다. 사람들은 그의 작품들에서 그런 이야기들은 수천 번 경험했다고 이야기할 수 있었을 것이다.

괴테에 대해서: '흥분되는 이데아'[29]는 단순히 라인 폭포가 자극하는 이데아일 뿐이다. 사람들은 실러에게 보낸 편지에서 그것을 알 수 있다. ―개별적인 순간을 포착하는 관찰들, 나막신을 신은 아이들[30]의 '캐스터네츠 리듬'이 그런 효과를 낸다. 어떤 사람이, 비록 그가 이런 메모를 결코 읽은 적이 없을지라도, 누군가가 이런 관찰을 자신이 처음으로 만들어낸 오리지널 발상이라고 느낄 수도 있다는 사실은 보통은 생각해볼 수도 없는 일로 추정할 수 있다.

〈1911년〉 10월 2일

잠 못 이루는 밤. 일련의 이런 밤들 가운데 벌써 세 번째 밤이다. 나는 잠은 잘 들기는 하지만 머리를 잘못된 구멍에 눕혀놓기라도 한 것처럼 한 시간 뒤에는 깨어난다. 나는 완전히 깨어나, 전혀 잠들지 않았거나 아니면 단지 선잠을 잤다는 느낌을 갖는다. 또 잠을 잘 일이 새로이 내게 놓여 있고, 잠은 나를 거부하고 있는 것처럼 느끼고 있다. 그리고 이제부터 새벽 5시경까지 밤새 내내 자기는 잔다. 나는 자고 있기는 하지만, 많은 꿈들로 동시에 깨어 있는 그런 상태에 있다. 나 스스로는 꿈들과 맞붙어 싸워야만 하는 동안 내 곁에서는 내가 모양새로는 잠을 자고 있다. 5시경에 잠의 마지막 흔적도 다 써버렸고, 나는 깨어 있는 것보다 더 힘든 것을 꿈꾸고 있을 뿐이다. 요컨대 나는 건강한 사람이 진짜 잠이 들기 전에 한순간 처해 있을 그런 상태로 밤 전체를 보내는 것이다. 내가 깨어나면 숱한 꿈들이 내 주위에 모여 있지만, 나는 이 꿈들을 곰곰이 생각지 않으려고 한다. 새벽녘에 나는 쿠션에다 탄식한다. 이 밤에 대한 모든 희망이 사라져가기 때문이다. 나는 마치 내가 호두 속에 갇혀 있기라도 했던 것처럼 밤이 끝나갈 때 깊은 잠에서 들어 올려져 깨어났던 그 밤들을 생각해본다. 오늘 밤에 끔찍한 모습은 눈이 먼 아이였다. 그 아이는 라이트메리츠의 숙모[31]의 딸로 보였다. 그녀에게는 딸은 없고 단지 아들들만 있는데, 그중 한 아들이 한번은 발을 부러뜨렸었다. 이와 달리 이 아이와 마르슈너 박사[32]의 딸 사이에는 관련이 있었는데, 최근에 내가 보았던 것처럼, 그녀는 귀여운 아이에서 뚱뚱하고 빳빳이 풀먹인 옷을 입은 작은 소녀가 되어가는 중이다. 이 눈먼 혹은 시력이 약한 아이는 두 눈을 안경으로 가리고 있었다. 상당히 멀리 떨어진 안경 유리알 밑 왼쪽 눈은 우윳빛 회색으로 둥글게 돌출했고, 다른 눈은 들어가 있는데, 눈에 꼭 맞게 안경 유리알로 가려졌다. 이 안경 유리알이 시각적으로 올바로 자리 잡기 위해서는, 보통은 귀에 걸치는 안경대 대신 받침대를 사용하는 것이 필요했다. 받침대의 머리 부분을 광대뼈 외에는 고정시킬 수가 없었을 것이다. 즉 새로운 쇠줄 막대기가 밖으로 나와 귀 뒤로 넘어가는 동안, 막대기 하나가 안경알로부터 뺨으로 내려가 그곳 구멍 난 살 속으로 사라져 뼈에서 끝났다. ―이 불면증은 단지 내가 글을 쓴다는 사실에서만 생긴다고 생각한다. 왜냐하면 내가 글을 이렇게 조금만 쓰고 이렇게 시원치 않은 글을 쓰기 때문이다. 하지만 나는 이런 작은 흔들림 때문에 예민해진다. 그리고 특별히 저녁 무렵에, 아침에는 훨씬 더 많이, 고통을, 즉 나를 활짝 열어젖히는 상태에 근접해 있다는 가능성을 느낀다. 이 가능성이 나로 하여금 모든 것에 능력을 발휘할 수 있도록 할 텐데. 그러고 나서 나는 내 안에 있고, 내가 명령을 내릴 시간이 없는 일반적 소음 속에 어떤 안식도 얻지 못한다. 결국 이런 소음이란 억압되고 자제된 조화일 뿐이다. 이 조화는 나를 해방시켜 완전히 채워줄 테고, 더욱이 널리 긴장시켜줄 것이고, 그러고 나서 또 채워줄 것이다. 하지만 이런 상태는 지금 엷은 희망 외에 내게 해를 끼칠 뿐이다. 왜냐하면 나의 본질은 현재의 혼합된 상황을 견딜 이해력을 충분하게 갖고 있지 않기 때문이다. 낮에는 눈에 보이는 세계가 나를 도와주는데, 밤에는 나를 거침없이 난도질한다. 그런 때 나는 항상 파리를 생각해본다. 파리는 포위되었던 시기에 그리고 나중에 혁명정부까지, 북쪽과 동쪽의 위성도시들에 사는 그때까지는 낯선 주민들이 수개월이란 시간 동안 연결된 골목길을 통해 머뭇거리며, 단호하게 시곗바늘처럼 시시각각 파리의 내부로 쳐들어갔다.

나의 위안은 다음과 같다―그리고 나는 이 위안과 함께 지금 누워 있다―내가 오랫동안 글을 쓰지 않았다는 사실, 또 그렇기 때문에 이런 글쓰기를 지금의 내 관계 안에 아직은 배열할 수 없었다는 사실, 어쨌거나 이 관계는 몇 가지 남성성에서 적어도 과도기적으로는 이루어져야만 한다는 사실이다.

나는 오늘 내 상사에게 그 아이의 이야기를 했을 정도로 나약했다. ―이제야 나는 꿈속에서 그 안경이 어머니의 것이었음이 기억났다. 어머니는 내 옆에 앉아 카드 놀이[33]를 하면서 코안경 너머로 썩 내키지 않는다는 듯이 나를 넘겨다보았다. 게다가 전에는 알고 있던 것을 기억하지 못한 것인데, 바로 코안경은 오른쪽 안경알이 왼쪽보다 눈에 더 가깝다.

〈1911년〉 10월 3일
같은 날 밤, 단지 잠들기가 더 힘들었을 뿐이다. 잠이 드는 동안 머릿속에서 콧부리 너머 수직으로 지나가는 통증, 마치 너무 날카롭게 눌려버린 이마 주름살로부터 오는 통증 같다. 내가 잠들기에 좋다고 생각하는 것을 가능한 한 힘들게 하기 위해서 팔짱을 끼고 어깨에 손을 올려놓았다. 그래서 짐으로 실린 군인처럼 누워 있었다. 그것은 다시금, 잠이 들기 전에 이미 깨어 있는 상태에서 발산하는 내 꿈들이 갖는 힘이고, 나를 잠들지 못하게 하는 힘이다. 나의 문학적 능력을 의식하는 것은 저녁과 아침에는 조망할 수 없다. 나는 내 본질의 바닥까지 이완되었다고 느낀다. 그리고 나는 단지 원하는 것만을 내게서 끌어올릴 수 있다. 사람들이 작업하게 내버려두지 않는 그런 힘들의 이런 유인은 B.[34]와의 관계를 기억나게 한다. 이 관계에서도 자유로워지는 것이 아니라, 반동으로 스스로를 파멸시켜야만 하는 감정의 분출이 있다. 여기에서는—이것이 차이다—더욱 신비스러운 힘들 그리고 내가 가진 모든 것이 문제라는 사실뿐이다.

———————————

요제프 광장에서 연이어 나란히 앉은 가족을 태운 큰 관광차가 내 곁을 지나갔다. 파리의 공기가 차 뒤에서 휘발유 냄새를 피우며 내 얼굴로 날아왔다.

———————————

사무실[35]에서 관할구역의 중앙국을 위한 좀 더 큰 광고문을 받아쓰게 하면서. 성공적이어야만 했던 마지막 구절에서 나는 막혔고, 타이피스트 카이저 양 말고는 아무것도 볼 수가 없었다. 그녀는 자기의 습관대로 특별히 생기에 차서 의자를 끌어당기며 기침을 하고 책상에서 타자기를 두루두루 쳤는데, 이렇게 해서 방 전체는 나의 불행을 주목하게 되었다. 찾고 있었던 발상은 이제 그녀를 조용하게 만드는 가치도 얻었는데, 그 발상이 가치가 있으면 있을수록 찾기도 더욱 힘들어졌다. 마침내 '낙인을 찍다'라는 단어를 그리고 그 단어에 속하는 문장을 찾긴 했지만, 모든 것은 구토와 수치심으로, 마치 내 살에서 베어진 생살이기라도 되는 것처럼, 입 속에 아직 물고 있다(그것은 그런 수고를 치르면서 나를 희생시켰다). 마침내 그것을 말하지만, 나는 몹시 놀라워하고 있다. 즉, 작가의 일을 위해서는 모든 것이 내 안에 준비되어 있고, 그런 일은 나한테는 천국의 해답이자 진정 살아 있게 만들 수 있을 그런 놀라움이다. 그동안에 나는 여기 사무실에서 그 끔찍한 서류 조각들 때문에 그런 행운을 누릴 수 있는 몸에서 한 조각 살점을 빼앗아야만 한다.

〈1911년 10월〉 4일

나는 불안하고 분이 풀리지 않은 상태다. 어제 잠들기 전에 왼쪽 머리 위로 반짝거리는 차가운 작은 불꽃이 보였다. 왼쪽 눈 위로는 이미 긴장감이 자리하고 있다. 내가 그것을 생각하면 그렇게 보인다. 즉 내가 한 달 후에는 자유로워질 것이라고 사람들이 말했었다면, 사무실에서는 그것조차도 견딜 수 없었을 것으로 보인다. 하지만 나는 사무실에서 대부분 나의 의무를 행하고 있다. 만약 내 상사의 만족감에 안심할 수 있다면 정말 안정을 찾고 나의 상태를 끔찍한 상태로 느끼지는 않는다. 그 밖에도 어제 저녁 나는 의도적으로 몽롱한 채로 산보를 갔고, 디킨스를 읽었다. 그러자 좀 더 건강해졌다. 그리고 비록 내게서도 약간은 아득한 과거처럼 보였을 때에도, 내가 정당한 권리가 있는 것으로 보았던 슬퍼할 수 있는 능력을 잃어버렸다. 이 슬픔에서 나는 잠을 더 잘 잘 수 있다는 희망을 가졌었다. 약간은 더 깊이 잠들었지만, 하지만 충분하지는 않았고, 자주 중단되었다. 나는 위로하기 위해서 말했다. 내 안에 있었던 커다란 움직임까지 다시 억제했지만 그런 시기가 지난 후에는 예전엔 항상 그랬던 것처럼, 나를 포기하기를 원하지는 않았고, 그 움직임의 후유증 역시 똑바로 의식하기를 원했다고. 전에는 그런 적이 한 번도 없었다. 아마 나는 이렇게 내 안에 숨겨진 의연함을 발견할 수 있었을 것이다.

———————————

저녁 무렵 어둠 속 내 방 소파에서. 색깔을 인식하기 위해서 사람들은 왜 더 많은 시간을 필요로 할까 하지만, 그러고 나서 이해력의 결정적 전환 후에는 색깔을 재빨리 훨씬 더 확신하게 된다. 앞방의 불과 부엌의 불이 바깥쪽에서 동시에 유리문에 작용하면, 이렇게 초록색이 쏟아붓는다. 아니면 확실한 인상을 무용지물로 만들지 않기 위해서 더 좋은 것은, 유리창에 초록빛을 거의 완전히 쏟아붓는 것이다. 앞방에서 불을 끄고 단지 부엌등만 켜면, 부엌등에 가까운 유리창은 진한 파란색이 되고 다른 곳은 희뿌연 파란색으로, 불투명 유리에서 전체 그림(단순한 형태로 재현한 양귀비머리들, 줄기들, 다양한 사각형들, 잎사귀들)이 사라지도록 그렇게 하얘진다. —거리와 다리 위에서 전차의 불빛이 벽들과 천장 아래로 비치는 빛들과 그림자들은 정리가 안 되어 부분적으로는 망가져서 서로가 겹쳐졌고 확인하기가 어렵다. 이 시간에 방 자체의 조명 없이 소파에서 내 방이 보이는 것과 마찬가지로, 아래쪽 형광등의 설치와 이 방의 배치에서 가정주부다운 배려라고는 전혀 찾아볼 수 없었다. —아래에서 달리는 전차에서 천장으로 올려 비치는 광채가 하얗게, 베일에 싸인 듯, 그리고 기계적으로 멈추면서, 벽과 천장을 따라, 모퉁이에서 부러지면서, 달리고 있다. —거리 조명의 참신하고 완벽하게 반사된 첫 번째 빛 속에서 지구본이 위쪽에서 초록빛으로 순수하게 내려비치는 빨래통 위에 있고, 그 둥그런 모양에 정점을 갖고 있으며, 빛이 너무 강렬하기라도 한 것 같은 외관을 갖고 있다. 그럼에도 불구하고 빛은 광택 위로 지나가면서 지구본을 오히려 갈색의 가죽사과와 같은 모습으로 남겨 놓는다. —앞방에서 나오는 빛은 침대 위쪽 벽에 넓은 면으로 광채를 만든다. 이 광채는 침대 머리맡에서 흔들리는 선 안에 한계를 굿고 있고, 침대는 바라보자 기가 죽고, 검은색 침대 다리를 넓히고, 방 천장을 침대 위로 올린다.

〈1911년 10월〉5일
　며칠 전부터 처음으로, 이런 글쓰기조차도 다시 불안해진다. 방으로 들어와 책을 들고 테이블에 앉는 누이에 대한 분노. 이런 분노를 터뜨리려고 다음번 작은 기회를 기다림. 마침내 상자에서 명함 한 장을 꺼내서 이 사이를 여기저기 쑤셔본다. 식어가는 분노로, 이 분노로부터 내게는 단지 강렬한 증기만을 머릿속에 남겼다. 그리고 안심과 확신의 조짐이 보이면서 나는 글쓰기를 시작한다.

　어제 저녁 카페 사보이[36]에서. 유대인 모임[37]—클루크 부인의 「남성을 모방하는 여성」. 카프탄을 입고, 검은색 짧은 바지, 하얀색 스타킹, 검정 조끼에서 올라오는 얇은 울로 된 하얀색 와이셔츠. 이 셔츠는 목 앞쪽에 실로 짠 단추로 여며 있고, 길게 늘어진 넓고 풍성한 칼라로 싸여 있다. 머리에는, 여성의 머리카락을 감싸고 있긴 하지만 다른 때에도 필요하고 그녀의 남편도 썼던 테두리 없는 검은색 두건, 그 위에 테두리를 올려 접은 크고 부드러운 검은색 모자. —그녀와 그녀의 남편이 연기하는 것이 어떤 사람들인지 나는 정말 모르겠다. 내가 나의 무지를 인정하고 싶지 않은 누군가에게 그들에 대해 설명하기를 원했다면, 나는 그들을 교구목사들로, 신전의 직원들로 간주했을 것이다. 교구가 어쩔 수 없이 참아내야 하는 잘 알려진 게으름뱅이, 종교적 이유에서 어떤 식으로든 특별한 대우를 받는 식객, 자신들의 특별한 위치 때문에 바로 교구 생활의 중심에 아주 가까이 있고, 자신들의 쓸데없는 감시자적 순회 때문에 많은 노래들을 알고 있고, 모든 교구 구성원의 관계를 자세히 꿰뚫어 보고 있지만 자신의

직업 생활과의 무관함 때문에 이런 앎으로 무엇을 시작할지는 전혀 알지 못하는 사람들, 자신들은 오직 종교로만 살고 있지만 거기에서 수고도 이해도 탄식도 없이 살고 있으면서 특별히 순수한 모습을 간직한 유대인이다. 그들은 누구든지 바보로 만드는 것처럼 보인다. 고상한 유대인을 살해하자 곧장 웃고, 또 자신들을 배신자에게 팔고, 또 발각된 살인자가 스스로 독약을 먹고 하나님을 부를 때 황홀해서 뺨의 솜털 위로 손들이 춤을 춘다. 그리고 모든 것은 그저 그들이 날아갈 듯 가볍기 때문이고, 어떤 압력에나 바닥에 놓이기 때문이고, 예민하기 때문이고, 곧장 눈물이 마른 얼굴로 울기 때문이다. (상을 찡그리고 울고 있다.) 하지만 압력이 지나자마자 자체 중량을 조금이라도 만들지는 못하고 곧장 위로 점프를 해야만 한다. 그래서 그들은 라타이너의 「메슈메트」[38]같은 진지한 작품에서는 정말 많은 걱정을 했어야만 했다. 왜냐하면 그들은 항상 몸 전체로, 때로는 발끝이나 두 다리로 무대 앞쪽 허공에 있어서, 작품의 자극성을 늦춰주는 것이 아니라 잘라내기 때문이다. 하지만 이제는 작품의 진지함은 그렇게 완결되고, 가능한 한 즉흥으로 처리할 때조차 계산되어 있고 통일된 감정으로 긴장시키는 단어들 속에 전개된다. 줄거리가 단지 무대 배경에서만 진행될 때조차 그 의미를 항상 보존하고 있다. 카프탄을 입은 이 두 명은 자신들의 기질에 맞는 것을 여기저기서 오히려 억누르고 있다. 사람들은 그들이 팔을 펼치고 손가락을 튕기는데도 불구하고 단지 몸 뒤쪽에 독이 퍼져, 사실 너무 넓은 옷깃을 잡은 손을 문 쪽으로 흔드는 살인자만을 볼 뿐이다. —멜로디는 길고, 몸은 기꺼이 그들에게 맡겨져 있다. 당장 진행되고 있는 길로 인해 그들에게는 엉덩이의 흔들거림으로, 차분한 숨을 쉬며 넓게 벌린 오르락내리락하는 팔로, 눈썹에 손바닥을 닿으려는 것과 접촉을 조심스럽게 피하려는 것으로 가장 잘 어울린다. 무엇인가 슬라파크[39]를 기억나게 하는데—여러 노래들, '유대 어린이'의 발음,[40] 이 여인의 여러 모습, 무대 위에서의 여인이 내 뺨에 전율을 흐르게 했다. 왜냐하면 우리 청중에게 그녀는 유대 여인이기 때문이고, 기독교인에 대한 갈망도 없고 호기심도 없이 우리는 유대인이고 우리는 서로에게 끌리기 때문이다. 어쩌면 웨이터와 무대 왼쪽 하녀들 두 명을 제외하고, 정부관리[41]는 홀에서 유일한 기독교도인데, 그는 얼굴에 흉터가 있는 초라한 사람이다. 이 흉터는 특히 왼쪽 얼굴 반쪽에 있는데, 오른쪽으로도 역시 매우 심하게 찢겨 있다. 거의 관대하다고 할 속도로 그 얼굴을, 나는 초침의 신속함, 하지만 역시 규칙적으로 수축했다 풀었다 하고 있다. 그 흉이 왼쪽 눈 위로 갈 때면 거의 사라진다. 이런 수축은 그 밖에 아주 상한 얼굴에 작고 새로운 근육을 발달시킨다. —자세한 질문들과 맹세 혹은 설명의 탈무드식 멜로디: 공기가 한 관으로 통하고 그 관들을 가져가는데, 그 대신 질문을 받은 자에게 작고 먼 시작에서 커다랗고 그들의 휘어짐에 아주 자랑스러워하는 순종적인 나사를 마주 돌린다.

〈1911년 10월〉6일

무대 옆으로 긴 테이블 앞쪽에 나이 든 두 남자. 한 남자는 두 팔을 테이블에 기대고, 잘못 달아오른 홍조를 띤 채, 불규칙하게 네모지고 엉클어진 수염으로 애써 나이를 숨긴 얼굴만 무대 오른쪽으로 빼고 있다. 다른 남자는 그 나이에 제격인 건조한 얼굴을 무대로 향한 채 자유롭게 테이블에 앉아 있다. 단지 왼쪽 팔만 테이블에 기대고, 멜로디를 더 잘 즐기기 위해서 오른팔을 허공에 구부리고 발끝으로 멜로디를 따라간다. 그의 오른쪽에서는 짧은 휘파람이 약하게 멜로디를 이어간다. 여인은 자기 몸을 약간 구부려, 팔을 재촉하듯이 뻗으면서 곧장 첫 번째 남자에게, 곧장 두 번째 남자에게 '타테레벤,[42] 자

함께 노래해요'라고 소리를 친다.

─그 멜로디들은 모든 감정이 살아난 사람들을 붙잡는 데 적합했
고, 그리고 사람들이 멜로디가 그 열광을 자신에게 준다고 한 번도
믿으려고 한 적이 없다 하더라도, 그의 모든 열광을 깨뜨리지 않고
사로잡는 데 적합했다. 왜냐하면 특히 카프탄을 입은 두 남자는 자
신들의 가장 원초적인 욕구에 따라 몸을 뻗기라도 하는 듯이, 노래를
부르려고 서두른 그리고 노래를 부르는 동안 박수를 치는 것은 명백
하게 배우에게서 인간의 최고의 평안함을 보여주는 것이다. ─모퉁
이에서 주인의 아이들은 무대 위 클루크 부인과 어린애 같은 관계로
머물면서 튀어나온 입술들 사이 입 한가득 멜로디를 채워, 함께 노래
를 부르고 있다.

작품은 다음과 같다. 자이데만은 부유한 유대인으로, 모든 범죄적
인 직감을 이런 목표를 지향하면서 공공연하게 실현시킨다. 이미 20
년 전에 기독교의 세례를 받도록 했으며, 그리고 그 당시에 자신의
아내를, 세례를 강요하도록 내버려두지 않는다는 이유로 독살했다.
그때부터 그는 물론 의도하지 않아도 이야기하는 중 섞여 나오는 은
어를 잊으려고 애를 썼다. 그는 이 은어를 청중이 알아차리게 하기
위해서 특히 시작할 때 표현한다. 왜냐하면 게다가 점차 드러나는 과
정들이 지속적으로 무엇보다 유대적인 것에 엄청난 구토를 느끼도
록 시간이 주어졌기 때문이다. 그는 딸을 장교인 드라고미로프에게
주기로 결정했다. 반면에 그녀는 사촌인 젊은 에델만을 사랑하고 있
다. 그녀는 명장면에서 확고하게, 허리를 구부린 경직되고 익숙지 않
은 자세로 똑바로 서서, 자신은 유대교에 의지하리라고 아버지에게
이야기하고, 자신에게 요구되는 강요를 경멸하는 웃음으로 막 전체
를 끝낸다. [작품에서 기독교인으로는 자이데만의 용감한 폴란드 출신 하
인이 있다. 나중에 자이데만을 폭로하는 데에 도움을 준다. 용감한 이유가 무

엇보다도 자이데만과 상반되는 것들이 모여 있기 때문이다. 그리고 나중에 등장하는 재판장과 마찬가지로 장교가 있다. 그는 고상한 기독교인으로 아무에게도 관심이 없기 때문에, 자신이 진 부채의 묘사 외에는 작품에서 별로 나오지 않는다. 그리고 마지막으로 자신의 지위에 대한 무리한 요구와 카프탄을 입은 두 남자의 즐거움에 대해 음흉함을 나타내지 않는 법원 정리廷吏이다. 그럼에도 불구하고 막스는 그를 소수민족의 박해자라 부른다.] 하지만 드라고미로프는 어떤 이유에서인지 늙은 에델만이 소유하고 있는 어음이 회수될 때만 결혼을 할 수 있다. 하지만 에델만은, 팔레스타인으로 여행을 출발하기 전인데도 불구하고, 그리고 자이데만에게 현금으로 지불하기를 원하는데도 불구하고, 어음을 주지 않는다. 딸은 사랑에 빠진 장교에 대항하여 의기양양하게 세례를 받았는데도 불구하고 자신이 유대인임을 자랑스러워한다. 장교는 어찌할 바를 모른다. 팔을 흐느적거리며 손을 아래로 느슨하게 꼬고 도움을 청하듯이 아버지를 쳐다보고 있다. 딸은 에델만에게 도망간다. 그녀는 우선은 비밀일지라도 연인과 결혼하기를 원한다. 왜냐하면 세속적 법에 따르면 유대인은 기독교인 여성과 결혼해서는 안 되기 때문이다. 또 명백히 그녀는 아버지의 동의 없이는 유대인으로 개종할 수 없기 때문이다. 아버지는 와서 보니 술책을 부리지 않고는 모든 것을 잃게 될 것임을 알게 된다. 그래서 그는 겉으로 이 결혼을 축복한다. 모두가 그를 용서한다. 마치 자신들이 부당하기라도 했던 것처럼 그를 정말 사랑하기 시작한다. 아버지 에델만조차도, 특히 그는 자이데만이 자기 여동생을 독살한 것을 알고 있는데도 불구하고. (이런 결함은 어쩌면 대사를 줄이다 생긴 것이다. 하지만 아마 이 작품이 한 극단에서 다른 극단으로 주로 구두로 전달되다가 생긴 것일 수도 있다.) 이런 화해를 통해 자이데만은 무엇보다도 드라고미로프의 어음을 얻는다. 왜냐하면 그가 "자네도 알지, 나는 이 드라고미로프가 유대인에 대해 나쁘게 이야기하는 것을 원치 않네"라고 말하기 때문이고, 아버지 에델만은 그에게 공짜로 어음을 내준다. 그러자 자이데만은 자칭 무엇인가를 보여주기 위해 그를 무대 뒤쪽 문 입구로 부른다. 그리고 뒤에서 잠옷을 뚫고 그의 등을 죽도록 칼로 찌른다. (화해하고 살인이 일어나는 사이에 자이데만은 계획을 세우고 칼을 사기 위해서 한동안 무대에서 사라진다.) 이렇게 함으로써 그는 젊은 에델만을 교수대에 보내기를 원한다. 왜냐하면 그가 의심받을 것이 틀림없기 때문이다. 그리고 그의 딸은 드라고미로프에게 자리를 내주게 될 것이다. 그는 도망가고, 에델만은 문 뒤에 누워 있다. 딸은 신부의 베일을 쓰고, 기도 복장을 한 젊은 에델만의 팔에 안겨서 등장한다. 그들이 보는 것처럼 아버지는 유감스럽게도 아직 거기에는 없다. 자이데만이 오고, 한 쌍의 신랑신부를 보는 것이 행복하게 보인다. 그때 한 남자가 나타나는데, 아마 드라고미로프일 것이다.

《1911년》 10월 8일

어쩌면 그냥 그의 배우가, 원래 우리는 모르는 탐정인데, '이 집에서는 사람들 목숨이 안전하지 않기 때문에' 가택 수색을 해야만 한다고 이야기 한다. 자이데만은 이렇게 말한다. 얘들아, 걱정하지 마라. 분명 착오야. 말할 필요도 없어. 모든 것이 밝혀질 거야. 에델만의 시체는 발견되었고, 아들 에델만은 연인으로부터 떼내어져 체포된다. 자이데만은 굉장한 인내심과 아주 훌륭하게 강조된 작은 여담으로 막 전체를 정리정돈한다(그렇다, 그래, 아주 좋아. 그러니까 이것은 잘못이야. 그래, 이것이 더 나아. 어쨌거나, 어쨌거나.). 카프탄을 입은 두 남자, 그들은 법정에서 아버지 에델만과 아들 에델만 사이에 추정되는 수년간의 적대감을 증명해야만 한다. 그들은 매우 힘들어하고 있다. 수많은 오해들이 쌓여 있다. 그들은 이렇게 법정 장면을 즉흥적으로 꾸민 연습에 등장해서 다음과 같이 설명한다. 자이데만은 다음과 같은 방식으로 마침내 정말 심한 적대감이 몸에 배도록 그런 방식으로, 그 사건을 묘사하라고 자신들에게 위임했다는 것이다. 즉, 그들이 증인대에 서서 살인 자체가 어떻게 일어났는지 그리고 그 남자가 그 여인을 어떻게 칼로 찌르는지를 롤빵을 가지고—자이데만은 그들을 더 이상 중단시킬 수가 없는데—보여주도록 했다는 것이다. 이것은 물론 다시금 필요 이상이다. 그런데도 불구하고 자이데만은 이 두 사람으로 충분히 만족해한다. 그리고 소송이 그들의 도움으로 좋은 돌파구를 가지리라 희망한다. 여기에서 신앙심이 있는 청중에게는, 당연한 것이기 때문에 어떤 식으로든 말로 표현할 것도 없이, 신 스스로 뒤로 물러서는 작가의 자리를 차지한다. 그리고 악당을 기만으로 내리친다. 마지막 막에서는 법정의장으로 다시금 영원한 드라고미로프를 연기한 배우가 거기에 앉아 있다(거기에서도 기독교인을 경멸하는 것이 나타난다. 유대인 배우 한 명이 세 명의 기독교인 역을 할 수 있고, 그가 그 역들을 잘못 한다 해도 상관없다는 것이다). 그리고 그 옆에는 커다란 가발과 콧수염으로 장식한 변호인, 곧장 알아보게 되는데, 자이데만의 딸이 앉아 있다. 사람들이 그녀를 곧장 알아보기는 하는데, 하지만 사람들은 그녀가 자신의 연인을 구하기 위해 위장을 한 것이라는 사실을 막의 중반에 알게 되기까지, 오랫동안 그녀를 드라고미로프에 대한 배려로 대역배우로 간주한다. 카프탄을 입은 두 남자는 각자 한 사람씩 증인으로 나서야만 하는데, 이것은 두 사람이 함께 연습했기 때문에, 그들에게 매우 힘든 일이었다. 그들은 재판장의 표준 독일어도 이해하지 못한다. 물론 아주 안 좋을 때면 변호인이, 그가 그 밖에도 그에게 소곤거려야만 하는 것처럼, 재판장을 도와준다. 그때 자이데만이 온다. 이미 전에도 그는 카프탄을 입은 사람들의 옷을 잡아당겨 조종하려고 시도했다. 자이데만은 자신의 정해진 유창한 화술로, 자신의 슬기로운 자세로, 재판장에 대한 올바른 호칭으로, 이전의 증인들에 비해 좋은 인상을 남긴다. 이 인상은 우리가 알고 있는 그와는 끔찍하리만치 상반된다. 그의 진술은 상당히 내용이 없고, 유감스럽게도 그는 그 일 전체에 대해 아는 것이 아주 조금밖에 없다. 하지만 이제 마지막 증인으로 하인이 등장할 차례다. 그는 자신이 전혀 의식하지 못한 채 자이데만의 원래 고발자다. 그는 자이데만이 칼을 구입하는 것을 지켜봤고, 또 자이데만이 결정적 시간에 에델만과 함께 있었던 것을 알고 있다. 결국 그는 자이데만이 유대인을 그것도 특별히 에델만을 증오하고 그의 어음을 원했다는 것을 알고 있다. 카프탄을 입은 두 남자는 펄쩍 뛰면서 이 모든 것에 힘을 실어줄 수 있어서 행복해한다. 자이데만은 약간 당황하면서도 정직한 신사로 자신을 방어한다. 그때 딸에 대한 이야기가 나온다. 그녀가 어디 있지요? 당연히 집에 있지요. 그리고 그가 맞아요. 아니요, 하지만 그녀는 그것을 하지 않습니다. 변호인은 이렇게 주장하고 그것을 증명하려고 한다. 벽 쪽을 향하더니 가발을 벗고, 깜짝 놀라는 자이데만에게 그의 딸로서 다가간다. 그녀가 콧수염도 떼었을 때, 윗입술의 순전히 하얀 색이 징벌이라도 하는 것처럼 보인다. 자이데만은 지상의 정의로부터 도주하기 위해 독을 먹었다. 하지만 그는 범죄를 인간에게는 거의 고백하지 않고 지금 신봉하는 유대교 하나님에게 고백한다. 그사이에 피아니스트가 멜로디를 치기 시작하는데, 카프탄을 입은 두 남자는 멜로디에 감동을 느낀다. 그리고 춤을 추지 않을 수 없다. 무대 뒤쪽에서 신랑신부는 껴안고 서서 노래를 부르고, 특히 진지한 그 신랑은 옛 교회당의 관습대로 멜로디를 따라 부른다.

　카프탄을 입은 두 남자의 첫 등장. 그들은 교회 목적을 위한 헌금함을 들고 자이데만의 방으로 온다. 둘러보고, 불쾌하게 느끼고, 서

로를 쳐다본다. 손으로 문설주를 따라가다 메수사스[43]를 찾지 못한다. 다른 문에서도 발견하지 못한다. 그들은 그것을 믿으려고 하지 않으며 여러 개의 문에서 높이 뛰어올라 문설주 꼭대기에 몸을 올렸다 내렸다 하며 파리를 잡을 때처럼 찰싹 소리가 나도록 반복해서 내리친다. 유감스럽게도 모든 것이 헛된 일이다. 이제껏 그들은 한마디도 하지 않았다.

―――――――――――

클루크 부인과 작년에 보았던 바인베르크 부인[44]의 유사성. 어쩌면 클루크 부인의 기질은 좀 더 나약하고, 좀 더 단순해 보인다. 대신 그녀는 더 예쁘고, 더 우아하다. 바인베르크 부인은 커다란 엉덩이로 자신의 상대역을 툭툭 치는 위트를 계속 보여준다. 게다가 그녀는 노래를 더 못 부르는 여자 가수를 동반했다. 우리에게 그녀는 아주 참신했다.

―――――――――――

남성을 모방하는 여성이란 원래 틀린 호칭이다. 카프탄에 몸을 숨겼다는 이유로 그녀의 몸은 완전히 잊혀진다. 벼룩에게 물린 듯이 그녀가 어깨를 움찔거리고 등을 돌리는 것만으로 그녀는 자신의 몸을 기억나게 한다. 소매가 짧은데도 불구하고 매순간 조금씩 걷어 올려져야만 한다. 관객은 이 여인을 위해, 이런 동작에 대해 크게 안심하라고 기대를 하고 또 그렇게 되도록 지켜보고 있다. 이 여인은 정말 노래도 많이 불러야만 하고, 탈무드식으로도 설명해야만 한다.

훌륭한 유대인 연극을 보려는 소망을 갖고 있다. 공연들은 어쩌면 등장인물의 규모가 작고 부정확한 전문성에 시달리기 때문이다. 모든 작품을 규정하는 지속적인 민족적 투쟁 자세가 명백히 부여된 유대인의 문학을 알려는 소망도 갖고 있다. 그러니까 어떤 문학도, 즉

가장 억압받는 민족의 문학조차도 이렇게 일반적인 방식으로 나타
내지는 않는 입김을 말한다. 전투적인 민족 문학이 뜨고 이와는 상관
없는 다른 작품들이 청중의 열광으로 이런 의미의 민족적 허상을 얻
는다는 사실은, 예를 들어 체코의 오페라 〈팔려간 신부〉[45]에서처럼,
전쟁 시에는 아마 다른 민족에게서도 일어난다. 하지만 여기 유대인
문학에서는 첫 번째 유형의 작품들만이, 더욱이 지속적으로 나오는
것처럼 보인다.

———————

　배우들이 우리처럼 그렇게 침묵하면서 기대하는 단순한 무대의
모습. 왜냐하면 그들은 세 개의 벽들로, 안락의자로 그리고 테이블로
막 전체를 만족시켜야 하기 때문에, 그들에게서 우리가 기대하는 것
은 아무것도 없다. 우리들의 온 힘으로 배우들이 오히려 더 기대하고
있다. 이들은 그래서 빈 벽 뒤에서 공연의 서막을 여는 노래에 저항
없이 끌렸던 것이다.

1911년 10월 9일
　내가 마흔 번째 생일을 맞는다면, 아마도 튀어나온 윗입술이 벌어
져 윗니가 약간 드러나는 나이 많은 처녀와 결혼할 것이다. 파리와
런던에 있었던 카우프만 양의 위쪽 중간 이는 무릎을 가볍게 꼰 다리
처럼 서로를 밀어내고 있다. 하지만 내가 마흔 살이 되기는 거의 힘
들 것이다. 이에 대해서, 예를 들어 머리 좌측에 자주 생기는 긴장감
이 말해준다. 이 머리 좌측은 내면의 혹처럼 느껴진다. 불쾌한 일을
빼고 단지 관찰하기를 원한다면, 내게는 교과서에 나오는 두개골 단
면의 모습과 같은 인상을 준다. 아니면, 살아 있는 몸에서 거의 고통
없이 해부하는 것 같은 인상을 준다. 이 몸에서는 칼이 조금은 냉정
하게 그리고 조심스럽게 자주 멈췄다가 다시 돌아와서는, 때로는 조

용히 놓아둔 채 작업 중인 두개골 부분에 완전히 붙어 있는 종잇장처럼 얇은 두피를 계속 분리시키고 있다.

———————————

오늘 밤에 꾼 꿈, 나 자신은 두 가지 상반된 관찰에서 나온 웃기는 작은 장면 말고는 이른 아침 아직도 이 꿈을 아름답다고 여기지 않았다. 이 장면은 내가 잊어버리긴 했지만 꿈으로 인해 굉장한 만족감을 가져다주었다. 나는—막스가 처음부터 바로 거기 있었는지는 모르겠다—마치 사람들이 이 기차칸에서 저 기차칸으로 가는 복도 있는 열차에서처럼, 2층까지 1층 높이로 길게 늘어선 건물들을 지나갔다. 나는 아마 아주 빨리 지나갔다. 왜냐하면 때로는 건물이 무너질 것 같았기 때문인데, 사람들은 이미 건물이 무너질까봐 서둘렀을 정도다. 그 건물들 사이의 문들은 전혀 내 눈에 띄지 않았는데, 그것은 바로 문으로 연결된 일렬로 늘어서 있는 거대한 방들이었고, 각 방들의 다양함만이 아니라 건물들의 다양함도 알아볼 수 없었다. 아마도 그것은 내가 지나왔던 그냥 침대들이 있는 방들뿐이었다. 그것은 전형적인 침대로 내 기억에 남아 있다. 그 침대는 내 왼쪽으로 아마 지붕밑 방처럼 경사진 검은색 아니면 더러운 벽 가에 있다. 값싼 침대보에 단지 거친 마로 된 이불은, 여기에서 잠을 잤던 사람들의 발에 밟혀서 끝단의 올이 늘어져 있다. 아직도 많은 사람들이 침대에 누워 있는 시간에 내가 그들의 방을 지나간다는 것을 창피하게 느꼈다. 그래서 발꿈치를 들어 큰 걸음으로 걸었다. 이 큰 걸음걸이로 내가 단지 강제로 지나가는 것이고, 가능한 한 조심하며 나약하게 등장하고 있다는 사실을, 내가 통과하는 것이 형식으로도 전혀 문제가 아니라는 사실을 어떤 식으로든 보여주기를 희망했다. 그렇기 때문에 나는 같은 방에서도 고개를 결코 돌리지 않았고, 골목길로 향해 오른쪽만을 보든지 아니면 뒷벽 왼쪽으로 놓여 있는 것만 보았다. 일렬로 늘어선 건물들은 유곽들 때문에 자주 중단되었다. 표면상으로는 유곽 때문에 내가 이 길로 왔는데도 불구하고, 유곽의 존재 말고는 아무것도 보지 못하도록 굉장히 빨리 지나갔다. 하지만 전체 건물의 마지막 방은 또다시 유곽이었고, 여기에 내가 멈춰 섰다. 문을 통해 들어간 나는 건너편 벽을, 그러니까 일렬로 늘어선 건물들의 마지막 벽을, 그것이 유리 혹은 무엇이든지 간에, 뚫었다. 그리고 계속 걷다가 아래로 떨어졌을 것이다. 벽이 뚫렸다는 것은 일어났을 법한 일이다. 왜냐하면 바닥 가장자리에 창녀들이 누워 있었기 때문이다. 내가 보기에 명확하게 두 명이었다. 땅바닥에 한 명은 약간 가장자리 너머 허공으로 머리를 떨어뜨리고 있었다. 왼쪽에는 단단한 벽이 있었다. 이와는 달리 오른쪽에는 벽이 완전치 못했다. 비록 바닥까지는 아니더라도 사람들은 뜰을 내려다보았고, 붕괴될 듯한 회색 층계는 아래쪽 여러 객실로 통했다. 방의 불빛으로 추론해보건대 천장은 다른 방들과 똑같았다. 내 주요 관심사는 머리를 아래로 떨어뜨리고 있는 창녀였고, 막스는 그녀 왼쪽에 누워 있는 창녀에게 몰두했다. 나는 그녀의 다리를 더듬었고, 허벅지를 규칙적으로 눌렀다. 이런 오락에 더욱이 돈을 전혀 지불할 필요가 없을 거라는 사실이 이상하다는 생각이 들 정도로 그때 나의 즐거움은 대단했다. 이 오락은 그야말로 가장 아름다운 것이었다. 내가 그리고 나 혼자서 세상을 기만하고 있다는 사실에 나는 확신을 가졌다. 그러자 그 창녀는 다리는 가만 놔둔 채 상체를 일으켜 등을 내게 돌렸다. 그녀의 등이 봉랍 같은 붉은색 커다란 원으로 덮여 있고, 가장자리는 색이 바랜 채 그 사이에 붉은 물이 튀어 있어 나를 놀라게 했다. 그녀의 몸 전체는 그런 반점으로 꽉 차 있고, 그녀의 허벅지에서 그런 반점을 내 엄지로 누르고 있고, 이 빨간색의 파편들이 깨어진 봉인들처럼 내 손가락에도 놓여 있다는 것을 이제 알아차렸다. 나는 왕래가 잦지 않았던 층계 입구 가까이 벽에서 기다리는 것처럼 보이는 몇몇 남자들 가운데서 뒤로 물러 났다. 그들은 일요일 아침 시골 장터에 남자들이 서성대고 있는 것처럼 기다리고 있었다. 그 때문에라도 그날은 일요일이었다. 여기에서도 웃기는 장면이 벌어졌다. 나와 막스가 두려워했어야만 했던 남자가 떠났고, 그러자 층계를 올라와 내게 다가왔다. 나와 막스가 두려워하면서 그가 끔찍하게 위협할 것이라고 기대하는 동안에, 그는 내게 아주 단순한 질문을 던졌다. 그러자 나는 거기에 서서, 이 식당 어딘가 왼쪽 땅바닥에 앉아서 어떻게 막스가 두려움 없이 걸쭉한 감잣국을 먹고 있었는지 근심스럽게 지켜보았다. 그 감잣국에서 감자들은 커다란 공으로 내다보고 있었다. 주로 감자 하나가 그랬다. 막스는 그 한 개를 숟가락으로, 어쩌면 숟가락 두 개를 넣고 짓눌렀다. 아니면 그냥 짛어댔다.

1911년 10월 10일
테츠-보덴바흐의 신문에 요양소에 대한 소피스트적인 찬반 기사를 썼다.[46]

어제 저녁 그라벤[47]에서. 연습을 마치고 온 여배우 세 명과 마주쳤다. 여인 세 명의 아름다움을 재빨리 분별해내기는 정말 어렵다. 게다가 그들 뒤에 지나치다 싶을 정도로 흔들거리는, 더욱이 활기에 넘치는 배우의 걸음걸이로 다가오는 남자 배우 두 명까지 보기를 원한다면, 그것은 정말 어렵다. 두 사람 중 왼쪽 남자는 인도에서, 오른쪽 남자는 차도 아래쪽에서 여성들을 추월한다. 그 두 사람 중 왼쪽 남자는 청년 같은 기름진 얼굴로, 여름 코트를 열어젖혀 강한 모습을 불러일으키며 충분히 개성을 보여주고 있다. 왼쪽 남자는 다섯 손가락으로 모자 위를 잡아 위로 올리고 이렇게 소리친다(이제야 오른쪽

사람은 기억해낸다). 안녕히 가세요! 잘 자요! 하지만 이런 추월과 인사로 두 남자가 헤어지는 동안, 인사를 받았던 여성들은 자신들이 하던 대화를 끊지 못한 가벼운 인사를 받으며 전혀 흔들림 없이 계속 걸어갔다. 여인들은 가장 연약하고 가장 키가 크고, 하지만 가장 젊고 가장 아름다운 것처럼 보이는, 차도에 가장 가까운 여인을 따라가듯이 그렇게 계속 걸어갔다. 이 모든 것은 지금 이곳 극장 상태가 정돈되어 잘 운영되고 있다는 사실에 대한 강력한 증거로 보였다.

———————————

그저께 카페 사보이의 유대인에게. 파이만의 연극 「세더나흐트」. 현재 우리는(순간 그것에 대한 의식이 날아갔다) 줄거리에 손을 대지 않고 있는데, 그 이유는 우리가 너무 흥분했기 때문이다. 우리가 그냥 관객이었기 때문만은 아니었다.

———————————

1911년 10월 12일

어제 막스네 집에서 파리에서 쓴 일기에 적었다. 리터가세에 반쯤 어둠이 깔렸을 때 가을 의상을 입은 뚱뚱하고 마음씨 따스한 레베르거.[48] 우리는 단지 여름 블라우스와 푸른색의 얇은 여름 재킷을 입은 그녀만을 알고 있었다. 그 재킷 안에서 소녀는 벌거벗은 것보다도 결국 더 짜증 나게 만든다. 그녀는 아주 티가 없지는 않은 외모를 가진 소녀다. 사람들은 창백한 얼굴에서 우선 그녀의 정말 강해 보이는 코를 보았다. 붉어지기 전에, 사람들이 그 뺨을 오랫동안 누를 수 있었을 것이다. 그리고 뺨과 윗입술에 많이 난 갈색의 거친 솜털을, 코와 뺨 사이로 날리는 철도의 먼지를, 블라우스 단의 희미한 흰색을 보았다. 하지만 오늘 우리는 존경심에 가득 차 그녀를 따라간다. 페르디난트 거리 앞쪽 건물들 사이 통로 입구에서 면도를 하지 않은데다가 그 밖에도 초라한 모습(검은색 코트를 입고 하얀 얼굴에 번쩍거리는 안경을 쓴 막스는 아주 무척 멋졌다.) 때문에 작별해야만 했었을 때, 나는 그녀에 대한 호감이 주는 몇 가지 작은 자극들을 나중에 느꼈다. 그리고 내가 그 이유를 생각해보았을 때, 그녀가 따스하게 옷을 입었기 때문이라고 항상 말해야만 했었다.

———————

1911년 10월 13일
내 상사의 대머리의 팽팽한 피부가 이마의 섬세한 주름살로 이어지는 단순한 변화. 자연을 명백하게 아주 쉽게 모방할 수 있는 약점들, 지폐가 그렇게 만들어지면 안 되었을 것이다.

———————

나는 레베르거의 묘사를 성공적이라고 간주하지 않는다. 그녀는 내가 생각했던 것보다는 정말 더 나았을 것임이 틀림없다. 아니면 내가 그저께 레베르거에게서 받은 인상이란 것은 그의 묘사가 이 인상에 부합했든지 아니면 능가했을 정도로 그렇게 불충분했었을 것임에 틀림없다. 왜냐하면 내가 어제 저녁 집으로 갈 때, 순간적으로 이 묘사가 떠올랐는데, 원래 가졌던 인상을 내가 알아차리지 못하고 대체했기 때문이다. 나는 어제야 비로소 레베르거를 보았다고 생각했다. 더욱이 막스 없이 보았다고 생각했었다. 그래서 바로 나는 그녀를 여기에 묘사했던 그대로 막스에게 이야기해줄 준비를 했다.

———————

어제 저녁 쉬첸 섬에서 나는 동료들을 찾지 못한 채 곧장 떠났다. 나는 눌린 부드러운 모자를 손에 들고 재킷을 걸친 것 때문에 상당한 이목을 끌었다. 왜냐하면 밖은 추웠지만 여기는 맥주 마시는 사람들, 담배 피우는 사람들 그리고 군대 오케스트라의 취주자들의 숨 때문에 뜨거웠기 때문이다. 이 오케스트라는 수준이 썩 높은 편은 아니었고, 그럴 수도 없었을 것이다. 홀은 상당히 낮았고, 홀의 한끝은 옆벽까지 꽉 찼다. 이 연주자들 무리는 이 홀의 끝에 끼워 넣어진 것처럼 밀려 있었다. 미어진다는 인상은 홀에서 약간 사라졌다. 왜냐하면 오케스트라 가까이는 상당히 비어 있었고, 홀은 중간부터서야 채워졌기 때문이다.

　카프카 박사의 수다스러움. 프란츠-요제프 역 뒤에서 두 시간을 그와 함께 거닐었는데, 그만 가보라고 때때로 부탁했다. 초조함으로 두 손을 꼬고 가능한 만큼만 귀를 기울였다. 직업에서 좋은 성과를 올린 한 사람이 직업에 대해 이야기할 때면 판단 능력을 잃지 않을 수 없는 것으로 보인다. 그 사람은 자신의 능력을 의식하게 된다. 또 어떤 이야기에서나 연관성이 나타나고, 그것도 더 많이 나타난다. 그는 모두를 조망하고 있다. 그가 그들을 경험했기 때문이다. 그는 서둘러서 그리고 나를 배려해서 많은 것을 침묵하고 있는 것이 틀림없다. 나는 질문들을 하면서 그에게서 몇 가지를 망쳐놓았다. 하지만 그렇게 하면서 그가 다른 것을 부추겼다. 이를 통해 그는 내 사고 속에서도 꽤 많은 것을 지배하고 있다는 것을 보여준다. 그라는 인물은 대부분의 이야기에서 아름다운 역을 맡고 있다. 그는 자신에게 침묵한 것이 훨씬 더 의미 있는 것으로 보이게 그 역할을 단지 암시만 했을 뿐이다. 이제 그는 이미 불평까지 할 정도로 나의 감탄에 확신을 갖는다. 왜냐하면 그는 불행할 때조차, 탄식할 때조차, 좌절할 때조차 감탄할 만한 사람이기 때문이다. 그를 반대하는 사람들 역시 능력 있는 사람들이고 이야기할 가치가 있는 사람들이다. 네 명의 직원과 두 명의 상사가 있는 변호사 사무실에 소송이 계류 중에 있었다. 그가 혼자서 이 변호사 사무실에 맞서 있었던 이 소송은 이 여섯 명의 법조인에게 수주 동안 그날의 주요 화제였다. 그들에게 최고로 훌륭한 연설자인 날카로운 법조인이 그의 상대였다. 이는 대법원이 조

치를 내리는 것으로, 대법원의 판결은 명백하게 잘못이었고, 서로 모순된다는 것이었다. 내가 작별하는 어조로 이 법원의 변호의 단서를 말하자, 이제 그는 이 법원은 변호될 수 있는 것이 아니라는 증거들을 댄다. 사람들은 다시 골목길을 오르락내리락해야만 하고, 나는 곧장 이 법원의 나쁜 점에 대해 이상하게 생각한다. 이에 대해 그는 무엇 때문에 법원이 그래야만 하는지를 설명한다. 법원은 일이 과도하게 넘친다. 무엇 때문에 그리고 어째서 그런 거야. 나는 가야만 한다. 하지만 이제 카사치온스 법원이 더 좋아지고 행정법원은 훨씬 더 좋아진단다. 그리고 무엇 때문에 그리고 어째서 마침내 내가 더 이상 머물 수가 없자, 이제야 그는 내 용건으로 나를 붙들려고 한다. 난 이 때문에 그를 찾아왔고(공장 설립[49] 때문에), 우리는 벌써 오래전부터 이를 상의해왔다. 그는 나를 이런 식으로 붙들어 자기 이야기로 다시 끌어들일 수 있기를 무의식적으로 바라고 있다. 이제 내가 뭔가를 말한다. 하지만 말하면서 작별하려고 분명히 내 손을 건네고 그렇게 자유로워질 것이다. 더군다나 그는 이야기를 아주 잘한다. 기름이 흐르고, 검고, 한때 건강하고, 중키에, 지속적인 담배연기 때문에 흥분한 유대인에게서 자주 발견되듯이, 그의 이야기에는 답변서의 상세한 장황함과 생생한 입담이 잘 혼합되어 있다. 법정 용어들이 말에 힘을 불어넣는다. 법 조항들이 언급되고, 큰 숫자의 그 조항들은 아득한 곳을 가리키는 것처럼 보인다. 이야기들마다 처음부터 전개된다. 찬반의 토론이 있고 개인적인 언급을 통해 단호히 찬반의 입장이 흔들린다. 아무도 생각하지 못했었을 사소한 것이 우선 언급되고, 그러고 나서 사소하게 불리고 옆으로 밀려난다("어떤 남자란, 그의 이름이 무엇이든지, 사소한 일이다."—). 이야기가 곁에서 현실화되는 동안 경청하는 사람은 개인적으로 관계를 맺게 되고 질문을 받는다. 때때로 경청하는 사람은, 임시방편으로 어떤 관계를 성립시키려고 전혀 관심조차 가질 수 없는 이야기에서 쓸데없이 질문을 받게 된다. 이 끼어든 지적들은 당장이 아니라, 속상했었을 텐데(쿠빈 이야기로는), 금방이기는 하지만 이야기가 진행되는 과정에서야 비로소 올바른 위치에 놓여진다. 이것은 객관적인 아부로써 경청하는 사람을 이야기 안으로 끌어들이는 것을 말한다. 왜냐하면 그렇게 하는 것은 그 경청하는 사람에게 여기에서 경청하는 사람으로 존재한다는 아주 특별한 권리를 주는 것이기 때문이다.

1911년 10월 14일

어제 저녁 사보이에서. A. 골드파덴의 작품 〈술라미트〉. 원래 오페라인데, 하지만 노래를 부르는 장면이 나오는 모든 연극은 오페레타라고 불린다. 이런 사소한 것도 내게는 고집스럽고, 경솔하고, 잘못된 이유에서 부분적으로는 우연한 방향에서, 유럽 예술의 맥을 끊는 예술적 추구를 의미한다고 보인다. 이야기는 이렇다. 주인공은 사막에서 길을 잃고 헤매다 갈증의 고통 때문에 빗물 통에 뛰어든 처녀를—"위대하고 강한 신이여, 당신께 빕니다"—구한다. 그들은 우물과 사막의 빨간 눈의 고양이에게 호소하며 서로에게 신의를(사막에서 찾은 나의 애인, 나의 사랑, 나의 보석) 맹세한다. 술라미트 처녀(취시크 부인 분)는 압솔론(피페 분)의 야성적인 하인 신기탕에 의해 그녀의 아버지 모노아호(취시크 분)가 있는 베들레헴으로 돌려보내지고, 그동안에 압솔론(클루크 분)은 예루살렘을 향해 여전히 여행을 하고 있다. 하지만 거기에서 아비가일이라는 예루살렘의 부자 처녀한테 사랑에 빠져 압솔론(클루크 분)은 술라미트를 잊고 결혼해버린다. 술라미트는 베들레헴의 집에서 연인을 기다린다. "많은 사람들이 예루숄라임[50]으로 가서 베슐림,[51] 즉 자신들의 평화를 찾는다." "그가, 그 훌륭한 사람이 나를 배신하려고 하다니!" 그녀는, 절망감이 폭발하면서 모든 것을 알겠다는 확신을 얻고, 결혼을 하지 않기 위해서 그리고 기다릴 수 있기 위해서 스스로 미친 척하기로 결정한다. "나의 의지는 무쇠로 된 것이고, 내 마음을 요새로 만들 것이다". 지금 그녀는 아직도 수년간 연기를 했던 광기 속에서 비극적으로 그리고 모두가 강요한 허락 속에 연인에 대한 추억을 즐기고 있다. 왜냐하면 그녀의 광기는 오로지 사막, 우물, 고양이에 관한 것이기 때문이다. 그녀는 자신의 광기로 세 명의 구혼자를 곧장 쫓아낸다. 단지 추첨 행사를 통해서만 마노아흐는 그들과 평화롭게 빠져나올 수 있었다. 요에프 게도니(우리히 분)는 "제가 가장 강력한 유대인 영웅입니다"라고 말한다. 대농장 소유주인 아비다노프(R. 피페스 분), 그리고 모두를 능가한다고 느끼는, 배가 나온 사제 나탄(뢰비 분)은 "제게 주십시오. 그녀를 죽도록 갈망합니다"라고 말한다. 압솔론은 불행을 겪었다. 그의 아이는 사막의 고양이에게 물려 죽었고, 두 번째 아이는 우물에 빠진다. 그는 자신의 죄를 기억해내고 아비가일에게 모든 것을 고백한다. "네 울음을 진정시켜라." "네 말로 내 마음을 찢는 일을 중지해라." "유감스럽게도 내가 말하는 모든 것은 하나다." 몇 가지 생각하는 범주가 두 사람에게 형성되고 지나쳐 간다. 압솔론은 술라미트에게 되돌아가야만 하고 아비가일을 떠나야만 할까? 술라미트 역시 라흐모네,[52] 즉 자비를 얻을 만하다. 마침내 아비가일이 압솔론을 떠난다. 베들레헴에서 마노아흐는 딸의 운명을 슬피 여겨 탄식한다. "아, 괴롭다. 나의 옛 시절이여." 압솔론은 목소리로 그녀를 치료한다. "아버님, 당신에게 나머지를 나중에 이야기하겠습니다." 아비가일은 거기 예루살렘의 포도정원 아래로 주저앉고, 압솔론은 정당함을 밝힘으로써 자신의 영웅적 정신만을 갖는다.

———————

공연이 끝나고 우리는 배우 뢰비를 좀 더 기다렸다. 나는 먼지 속에서 그를 감탄하고 싶다. 다른 때처럼 그는 '광고를 해야'만 한다. "친애하는 관객 여러분, 저는 우리 모두의 이름으로 여러분이 와주신 데 대해 감사를 드립니다. 그리고 세계적으로 유명한—공연하기에—위대한 작품이 공연되는 내일 공연에 진심으로 초대합니다. 안녕히 가십시오!" 그러고는 모자를 벗어 흔들어댄다. 그 대신 우리는 무대의 막이 한 번은 고정되었다가 다시 시험 삼아 양쪽으로 조금 잡아당겨지는 것을 본다. 상당히 오래 걸린다. 마침내 가운데에 단추로 고정시킨 막이 활짝 잡아당겨졌다. 그 뒤에서 뢰비가 무대 앞쪽으로 걸어 나오다 아래서 자신을 붙잡는 누군가를 손으로만 막으면서 우리 관객에게 얼굴을 돌리는 것을 보게 된다. 그때 갑자기 뢰비가 한쪽을 잡으려다 위쪽 철사로 부착시킨 막 전체가 찢겨져 내려왔다. 우리 앞에서 야만인 역을 했고, 아직 막을 잡아당기기라도 할 듯이 허리를 구부리고 있는 피페스에 의해 뢰비가 무릎을 꺾은 채로 안겨서 형태상 머리를 아래로 한 채 무대 옆에 추락한다. 사람들은 홀의 문 쪽으로 몰려든다. 막을 잡아당겨요! 거의 완전히 드러난 무대 위에서 사람들이 소리를 지른다. 무대 위에서 취시크 부인은 창백한 술라미트의 얼굴로 가엾게 서 있고, 키 작은 웨이터들은 테이블과 안락의자 위에서 반쯤 막을 정리하고 있다. 극장 주인은 오로지 빠져나가기만을 바라고 이런 안정 조처에 붙들린 정부 대표를 안심시키고 있다. 막 뒤에서 취시크 부인의 소리가 들린다. "우리는 거기 무대에서 도덕을 설교하기를 원해요……." 내일 저녁 연출을 맡고 오늘 공연 전에 정기총회를 개최했던 유대인 관청사환협회 '미래'는 이 사고로 인해 30분 내로 비정기 회의를 열기로 결정한다. 어떤 체코 출신 협회 회원은 배우들에게 스캔들을 일으킨 행동이 불러올 완전한 몰락을 예언한다. 그때 갑자기 사람들은 사라진 줄 알았던 뢰비가 웨이터장 루비체크의 손에 의해 어쩌면 무릎으로도, 문 쪽으로 쫓겨나가는 것을 보게 된다. 그는 그냥 쫓겨나야만 되었었다. 이 웨이터장은 어떤 손님 앞에서나, 우리 앞에서조차, 굴종적이고 측면 주름으로 꽉 다문 커다란 입 위로 늘어진 주둥이를 갖고 언제든지 개처럼 서 있다.

1911년 10월 16일

어제는 힘겨운 일요일이었다. 직원 전체가 아버지[53]에게 사표를 냈다. 훌륭한 연설로, 진심으로, 자신의 병과 몸의 크기 그리고 예전의 강인함이 작용하도록 하고, 자신의 경험과 총명함이 영향을 끼치도록 아버지는 보편적이고 개인적인 설득을 통해 거의 모든 직원을 노력해서 다시 얻어냈다. 중요한 경리인 프란츠는 월요일까지 생각할 시간을 원한다. 왜냐하면 그는 전체 직원을 새로 설립한 사업에 끌어가고 싶어 하는 퇴직한 지배인에게 약속을 했기 때문이다. 일요일에 그 경리는 정말 남아 있을 수는 없을 것이라며, 루비체크는 자기에게 말할 틈을 주지 않는다고 편지를 썼다. 나는 그가 살고 있는 치츠코프[54]로 갔다. 동그란 뺨에 길쭉한 얼굴, 체코 사람들 얼굴을 한 번도 망가뜨린 적이 없는 작고 거친 코를 가진 젊은 아내. 지나치게 길고, 아주 훌렁훌렁한 얼룩진 꽃무늬가 있는 아침 가운. 가운은 특히나 길고 헐렁해 보인다. 왜냐하면 그녀는 내게 인사를 하기 위해서, 또 마지막 단장을 위해 테이블 위에 있는 앨범을 바로 놓고 자기 남편을 데려오려고 굉장히 서둘러서 사라졌기 때문이다. 남자는 어쩌면 굉장히 순종적인 아내가 모방했던 것과 비슷하게 서두르는 움직임을 보여주었다. 구부정한 상체를 많이 흔들었으나, 그에 비해 하체는 눈에 띄게 부실했다. 10년 전부터 알고 지낸, 자주 보았지만 별로 주목하지 않다가 관계가 갑자기 가까워진 사람의 인상. 내가 체코어로 설득하면서 성과가 적어질수록 (그는 이미 루비체크와 서명한 계

70

약서를 갖고 있었고, 토요일 저녁 아버지 때문에 그 계약서에 대해 말을 하지 않았을 정도로 당황스러워했을 뿐이었다), 그의 얼굴은 고양이처럼 교활해진다. 나는 마지막에 아주 편안한 느낌으로 약간 장난을 쳤다. 실망한 표정과 작아진 눈으로 침묵한 채 마치 말할 수는 없으나 뭔가 암시하는 것을 좇기라도 하듯이 방을 둘러보았다. 하지만 그런 행동이 별로 효과가 없다는 것을 알았을 때 나는 불행하지는 않았다. 그가 새로운 어조로 말을 걸기 전에 그를 설득할 말을 새로 시작해야만 했다. 다른 쪽 골목에는 다른 툴라흐,[55] 즉 다른 노숙자가 살고 있다는 것으로 이 대화는 시작되었다. 결정적인 것은 이 추위에 얇은 옷을 입고 문 앞에 나타난 내 모습을 본 그가 몹시 놀라워한 일이었다. 첫 번째 나의 희망들에 대한 상세한 설명. 결국엔 실패했다. 하지만 그에게서 오후에 아버지에게 가보겠다는 약속을 받아냈다. 내 주장의 근거는 여기저기에서 너무 추상적이고 형식적이다. 그의 아내를 방으로 불러들이지 않았던 것은 실수다.

───────────────

오후에 경리를 붙잡기 위해서 라도틴[56]으로 향했다. 이로 인해 끊임없이 내가 생각하고 있는, 뢰비와 함께 시간을 보내는 것은 없었던 일이 된다. 열차 안에서. 늙은 여인인데 거의 젊은이처럼 아직 팽팽한 피부로 덮인 콧날. 그러니까 젊음은 콧날에서 끝나고, 거기서 죽음이 시작되는 것일까? 승객들 목으로 흘러내려가는 들이마심. 입을 넓게 벌림은 기차 여행을, 다른 승객들과 함께 앉는 것을, 그들의 좌석 배치를, 기차칸의 온도를, 무릎 위에 얹어 놓고 때때로 몇 가지를 들여다보는 『판』[57] 잡지 자체를(거기에는 그들이 칸막이 객실에서 미리 내다볼 수 있는 무엇인가가 항상 있기 때문이다) 비난할 여지가 없고, 자연스럽고, 의심할 바 없다고 승객들이 판단한다는 표시다. 그러면서 그들은 더욱이 이 모든 것이 훨씬 더 짜증나게 할 수도 있었을 것이라고 믿는다. 하만 씨네 뜰에서 왔다 갔다 한다. 개 한 마리가 그네처럼 흔들고 있는 내 발끝에 발 하나를 놓는다. 아이들, 닭, 여기저기 어른들이 있다. 때때로 발코니에서 아래로 몸을 구부리거나 문 뒤로 몸을 숨기는 보모가 나를 탐한다. 그녀의 시선을 받는 동안 나는 내가 바로 지금 무엇인지를 모르겠다. 무심한 것인지, 부끄러워하는 것인지, 젊은지 아니면 늙은 것인지, 대담한지 아니면 의존적인지, 손들을 뒤로 혹은 앞으로 쥐고 추위에 떨고 있는지 아니면 뜨거워하는지, 동물 애호가인지 아니면 사업가인지, 하만의 친구인지 아니면 청원자인지, 때때로 쉬지 않고 꼬리를 물고 식당에서 화장실까지 되돌아갈 것을 생각하는 회의 참석자들에게 우월해하는지, 아니면 내 가벼운 양복 차림 때문에 우습게 보이는지, 유대인인지 기독교도인지 등등. 배회하는 것, 코를 푸는 것, 『판』 잡지에서 여기저기를 읽고, 베란다가 비어 있다는 것을 갑자기 인식하려고 그것을 두려워하면서 눈으로 피하고, 조류를 쳐다보고, 어떤 남자의 인사를 받고, 식당 창문으로 연설하는 사람에게 몸을 돌린 남자들의 편편하고 비스듬하게 나란히 있는 얼굴들을 보는 것, 모든 것이 그것에 도움이 된다. 때때로 모임에서 나오는 하만 씨 그리고 내가 경리에게 영향력을 미칠 것을 부탁하는 하만 씨. 하만 씨가 우리 가게에 그 경리를 데려왔기 때문이다. 뺨과 턱 주위로 자라난 흑갈색의 수염, 검은 눈동자, 눈동자와 수염 사이에 있는 뺨의 짙은 색조. 그는 아버지의 친구다. 나는 그를 어렸을 적부터 이미 알고 있었다. 그리고 그가 커피 볶는 사람이었다는 생각은 그를 여전히 그 사람 자체보다 훨씬 더 어둡고, 더 남성적으로 만들었다.

1911년 10월 17일
시간은 없고 정말 압박감을 주기 때문에 나는 아무것도 끝마치지 못한다. 만약 하루 종일 자유롭다면 그리고 아침의 이런 불안이 점심 때까지 상승하다 저녁때까지 피곤할 수 있다면, 그렇다면 잠을 잘 수 있을 것이다. 하지만 이런 불안에는 고작해야 땅거미가 지는 시간이 남아 있을 뿐이다. 불안은 무엇인가를 강하게 만들고, 그다음에는 기가 꺾인다. 그리고 밤을 쓸데없이 그리고 해롭게 파헤친다. 내가 이것을 오래 견디게 될까? 그리고 그것을 견딜 목표가 있을까, 또 내가 도대체 시간을 얻기는 할까?

내가 다음과 같은 에피소드를 생각해본다. 나폴레옹은 에르푸르트[58]의 궁정 만찬에서 이야기한다. 내가 5연대에서 아직 그냥 소위였을 때……(왕들이 당황해서 서로를 쳐다보고, 나폴레옹은 그것을 알아차린다. 그리고 수정을 한다) 내가 영광을 누렸을 때, 그냥 소위로……. 쉽게 공감하고 인위적으로 내게 밀려오는 자부심으로 경정맥이 부풀어 오른다.

라도틴에서 계속된다. 그러고 나서 혼자서 추위에 떨며 잔디밭 뜰을 배회하고 있었다. 그러고 나서 나와 함께 집의 이쪽 편으로 거닐었던 보모를 열려진 창문에서 알아보았다—

〈1911년 10월〉20일

18일에 막스의 집에서 파리에 대한 글을 썼다. 형편없는 글을 썼다. 누군가의 발을 경험에서 떼어내어 원래 의미를 묘사하려는 자유로움에는 실제로 이르지 못한 것이다. 뢰비의 강의로 끝난 전날에 크게 고무된 뒤라 나도 정신이 몽롱한 상태다. 낮에는 심신 상태가 아직 특별한 것은 아니었고, 가블론츠에서 도착하신 어머니를 막스와 함께 모시러 갔고, 그들과 카페에 갔다. 그러고 나서 막스의 집에 갔었다. 막스는 내게 〈페르트의 처녀〉[59]에서 집시의 춤을 연주했다. 이 춤은 단조로운 박자로 엉덩이만 폭넓게 흔들어대고 따뜻한 표정을 천천히 짓는 춤이다. 그러고 나서 끝날 무렵 짧고 그리고 유혹적인 내적 야성이 뒤늦게 나타날 때까지 몸을 흔들고 제압한다. 그리고 멜로디가 높낮이로 흐르다(굉장히 처절하고 몽롱한 음조가 들린다) 눈에 띄지 않게 끝나면서 멜로디를 압축시킨다. 시작할 때 그리고 전체가 연주되는 동안 잊을 수 없을 정도로 집시 문화에 대해 아주 가깝게 느낌. 어쩌면 춤에서는 정말 야성적인 민족인데 친구들한테만큼은 조용하게 보이기 때문이다. 첫 번째 춤이 주는 위대한 진리라는 인상. 그러고 나서 「나폴레옹의 격언들」을 뒤적거렸다. 사람들은 얼마나 쉽게 순간적으로 나폴레옹의 고유하고 엄청난 상상의 한 부분이 되는가! 그러자 나는 이미 격앙되어 집으로 갔다. 나는 내 상상들 중 어떤 것도 물리칠 수가 없었다. 그 상상들은 정리되지 않고, 충만해서, 뒤헝클어지고, 팽창한 채 내 주위로 굴러다니는 가구들 한가운데에서, 내 고통과 근심에서 날아가버렸고, 가능한 한 많은 공간을 차지했다. 왜냐하면 나의 부피에도 불구하고 내가 굉장히 예민했기 때문이다. 나는 강연장으로 들어갔다. 예를 들면, 내가 어떻게 앉아 있었는지, 얼마나 매우 진실하게 앉아 있었는지, 이런 방식으로 관객으로서 내가 나의 상태를 곧장 인식했었을 것이다. 뢰비[60]는 숄렘 알라이헴[61]의 「유모레스크」를 읽었다. 그러고 나서 페레츠[62]의 이야기를, 비알리크의 시 한 편[63]을(여기에서만 그 시인은 유대 민족의 미래에 대해 키쉬네프의 포그롬[64]을 착취한 시를 대중에게 유포하기 위해서 히브리어에서 은어의 입장으로 낮췄다. 본래 히브리어로 된 자기 시는 은어로 번역했다), 로젠펠트[65]의 「등불을 파는 여인」을 읽었다. 이 배우에게 자연스럽게, 반복해서 뜨는 눈. 높이 치솟은 눈썹에 둘러싸여 있는 눈을 한동안 그렇게 내버려둔다. 전체 강의의 완벽한 진실은 어깨에서 시작된 오른쪽 팔이 약하게 들어 올려짐, 빌린 듯이 보이는 코안경의 등, 이 코안경은 정말 코에 잘 맞지 않는다. 특별히 위쪽 허벅지와 아래쪽 허벅지 사이 약한 연골이 움직이도록 테이블 아래로 죽 뻗은 다리 모양, 약하고 가련하게 보이는 굽은 등, 왜냐하면 관찰자가 판단할 때 통일되고 단순한 형태의 등에 대해 속도록 하지 않기 때문이다. 이것은 얼굴을 쳐다볼 때 눈을 통해서, 뺨의 들어간 부분과 튀어나온 부분을 통해서, 어떤 작은 부분을 통해서라도 역시 일어날 수 있는 것과 마찬가지다. 그것이 수염 털이더라도 그렇다. 강연이 끝난 뒤 집에 가는 길에 이미 모든 능력을 모아서 추슬렀다고 느꼈고, 그렇기 때문에 여동생들을 비난했고, 집에 계신 어머니까지도 비난했다.

19일에 공장 때문에 카프카 박사한테 들렀다. 계약을 체결할 때 대립된 사람들 사이에 생길 수밖에 없는 가벼운 이론적인 적대감. 내가 어떻게 그 박사에게로 향한 카를[66]의 얼굴을 눈으로 찾고 있었는가. 이런 적대감은 상대방과의 관계를 철저하게 생각하는 데 익숙지 않고 그래서 작은 일마다 모두 부딪히는 두 사람 사이에서는 더욱 많이 생길 수밖에 없다. ―방에서 대각선으로 왔다 갔다 하는 카프카 박사의 습관. 그는 자주 긴장하고, 살롱 스타일이며, 상체를 앞쪽으로 흔들고, 그러면서 이야기하고, 또 대각선 끝에서 방의 세 곳에 배치된 재떨이 중 하나에 담뱃재를 턴다.

오늘 아침 일찍이 뢰비와 빈터베르크에게 들렀다. 상사가 동구 유대인의 손짓에 필요한 공간과 받침대를 얻기 위해서 팔걸이의자에서 어찌나 옆쪽으로 등을 버티던지. 손의 연기와 표정 연기의 조화 그리고 서로의 보강. 때때로 그는 자신의 손을 보거나 아니면 경청하는 사람을 편하게 하기 위해 손을 얼굴 가까이 두면서 이 두 가지를

연결시킨다. 그가 연설하는 어조 속에는 신전의 멜로디가 있다. 특히 여러 가지 관점을 셀 때는 손가락에서 손가락으로 마치 풍금의 서로 다른 음전音栓 위에서처럼 멜로디를 끌고 간다. 그러고 나서 묘지에서 프라이슬러 씨와 있는 아버지를 만났다. 그는 손까지 올렸고 그래서 소매가 약간 흘러내렸는데(그 자신이야 소매가 흘러내리는 것을 원하지는 않았다), 묘지 한가운데에서 손을 떨어뜨리며 펴고 손가락들을 활짝 뻗어 힘차게 선회하면서 움직였다.

———————

내가 아마도 아픈 것 같다. 어제부터 온몸이 가렵다. 오후에는 머리를 자를 때, 나와 거울 속 내 모습을 계속해서 볼 수 있었던 사환이 나한테서 심한 병을 인식하게 될까봐 두려워했을 정도로 그렇게 열이 오르고, 얼굴빛도 여러 가지였다. 위와 입의 연결 역시 부분적으로 방해받고 있다. 동전 크기의 뚜껑이 오르락내리락 하고 있다. 아니면 아래에 놓여 있으면서 퍼진 채 가슴 표면을 잡아당기고, 가볍게 누르는 효과로 위로 솟구치며 발산한다.

———————

라도틴에서 계속된다: 그녀를 내려오라고 초대했다. 첫 번째 대답은 진지했다. 그런데도 불구하고 그녀는 지금까지 그녀와 친했던 처녀와 나에 대해서 낄낄거리며 애교를 피웠다. 우리가 알게 되었던 그 순간부터는 그런 짓을 감히 하려고 하지는 않았을 것이다. 그러고 나서 추위에 어는데도 불구하고 나는 아래쪽, 그녀는 위쪽에서 열린 창가에서 함께 많이 웃었다. 그녀는 팔짱을 낀 팔로 가슴을 눌렀고, 창턱에 구부린 무릎으로 전체를 눌렀다. 그녀는 17살이었고, 나를 15살 내지 16살로 보았다. 그녀의 이런 생각은 우리가 내내 나눈 대화에서도 바뀌지 않았다. 그녀의 작은 코는 약간 비뚤어져 있고, 그래서 독특한 그림자를 뺨에 드리우는데, 어쨌거나 그렇다고 그녀를

다시 알아보게 도울 수 있지는 않을 것이다. 그녀는 라도틴 출신이 아니다. 그녀는 추츨레[67](프라하 다음 역) 출신이고 이것을 잊지 말기를 바랐다. 그러고 나서 내가 여행하지 않고도 우리 가게에 있었을 경리와의 산책. 어두워지자 지방도로에서 라도틴을 벗어나서 역으로 돌아간다. 한쪽으로는 그들의 석회모래 수요를 위한 시멘트 공장이 이용하는 황량한 둔덕. 낡은 물레방아. 회오리바람으로 땅에서 소용돌이치는 포플러의 이야기. 우선 가파르게 땅으로 내려가다가 넓게 뻗어가는 뿌리를 가진 포플러의 이야기다. 경리의 얼굴은, 굵은 뼈에 붉은색을 띤 밀가루 반죽 같은 살에, 지쳐 보이지만 자신의 한계 속에 힘차 보인다. 우리가 여기서 함께 산책하고 있다는 사실에 대한 말투조차 결코 놀라운 일은 아니다. 공장에 의해 조심스럽게 사들이고 임시로 활용하고 있지 않으나, 장소 한가운데 놓여 있는, 강하지만 부분적으로 전깃불이 비쳐주는 공장 건물로 에워싼 땅에서. 밝은 달, 빛으로 충만하고, 그래서 굴뚝에서 나오는 구름 같은 연기. 기차 신호. 공장의 의지에 반해 이 땅을 횡단하는 주민들이 밟는 기다란 길가에서 들리는 쥐들의 찍찍거리는 소리.

———————

기력 회복은 전체적으로 정말 변변찮은 이런 글쓰기 덕분인데, 그 예를 들어보자.

16일 월요일에 나는 뢰비와 함께 「두브로프니츠카 3부작」[68]을 보러 국립극장에 갔다. 작품도 공연도 절망적이다. 기억에 남는 것이라고는 1막에서 벽난로의 시계가 아름답게 내는 소리뿐이다. 진군해 들어오는 프랑스 사람들은 국가 마르세유를 창문 앞에서 노래한다. 새로 도착한 사람들이 부르는 노래가 반복해서 들리고 더 커진다. 검은 옷을 입은 처녀는 저물어가는 해가 객석에 던지는 광선으로 그림자를 길게 늘어뜨린다. 2막에서는 처녀의 섬세한 목만 기억에 남는다. 그 목은 볼록한 소매들 사이 적갈색 옷을 걸친 어깨에서 작은 머리까지 늘어나 뻗어 있다. 3막에서는 구겨진 양복, 옛날 고스파렌[69]의 허리가 구부정한 한 늙은 후예의 환상적 검은색 조끼. 그 조끼에는 금으로 된 시곗줄이 늘어뜨려져 있다. 그러니까 그것은 많은 것을 말하지는 않는다. 그 밖에도 L.[70]이 내게 자신의 임질을 고백했다. 그러고 나서 그의 머리로 내 머리를 기울였을 때, 머리카락이 그의 머리카락에 닿았다. 어떤 경우라도 옮겨질 수 있는 이들 때문에 나는 두려움이 생겼다. 좌석들은 비쌌다. 그는 곤궁한 상태에 있는데 나쁜 자선가로 내가 여기에 돈을 내던지고 있다. 마침내 그는 나보다도 훨씬 더 지루해했다. 요컨대 나는 나 혼자서 시작한 기획들을 모두가 하고 있다는 불행을 또다시 입증했다. 하지만 내가 이런 불행과 떨어질 수 없이 하나가 되어, 예전의 불행한 경우들 전부가 내게로 끌어올리고, 나중에 일어난 모든 불행한 경우들을 내게로 잡아 끌어내리는 동안에, 이번만큼은 거의 완전하게 독립했다. 그리고 모든 것을 일회적인 것으로 아주 가볍게 견뎌냈다. 극장에서 처음으로 안락의자에 쏟아진 어둠 속 관객의 머리로 여겨진 내 머리와 몸이 특별한 불빛을 받으며 들어 올려지는 것처럼 느꼈다. 이 작품, 그리고 이런 공연이 야기하는 형편없음을 개의치 않았다.

두 번째 예. 어제 저녁 마리엔가세에서 두 사돈[71]에게 오른손이 두 개라도 된 듯이 그리고 내가 1인2역의 인물이라도 된 듯이 세련되게 동시에 두 손을 내밀었다.

───────────

⟨1911년 10월⟩ 21일

상반된 예를 들어본다. 상사가 사무실 일(오늘은 카드식 목록)로 조언할 때면, 내 시선에는 내 모든 의사와는 관계없이 나의 혹은 그의 시선을 밀어내는 가벼운 괴로움이 나타난다. 그런데 이런 괴로움 없이는 그의 눈을 오랫동안 들여다볼 수 없다. 그의 시선을 더 피상적으로, 하지만 더 자주 밀어낸다. 왜냐하면 그가 그 이유를 의식하지 못하고, 어떤 자극에도 눈을 피하도록 내버려두지만, 동시에 시선이 돌아오도록 하기 때문이다. 왜냐하면 그는 그 모든 것을 눈이 순간적으로 피곤해진 것으로만 여기기 때문이다. 이와는 반대로 나는 더 강하게 방어를 한다. 그래서 지그재그식 내 시선에 박차를 가한다. 더욱이 그의 코를 따라 뺨에 드리워진 그림자를 쳐다보는 것이 가장 좋다. 꼭 그래야만 한다면, 닫힌 입의 치아와 혀의 도움으로 자주 얼굴을 그의 방향으로 두지만, 그의 넥타이보다 더 아래로는 결코 눈높이를 내리지 않는다. 그가 눈을 피할 때면, 또 내가 정확히 그리고 배려하지 않고 그를 따라갈 때면, 나는 곧장 전체 시선까지 얻는다.

유대인 배우들. 취시크 부인의 입 근처 뺨에는 튀어나온 곳이 있다. 굶주림의, 산후의, 여행의, 연기의 고통이 원인이 되어 뺨이 쑥 들어가서 생긴 것이기도 하고, 원래는 꽤 둔중하고 큰 입이 연기하면서 동작을 발달시켜야만 했던 움직임 없는 독특한 근육이 원인이 되어 생긴 것이기도 하다. 술라미트 역으로 나올 때는 때때로 옛날 처녀 시절 얼굴처럼 보이도록 대부분 머리를 풀어 뺨을 가렸다. 그녀는 큰 키에 뼈대가 있고 힘이 세기로는 중간 정도 되는 몸인데, 그 몸을 단단히 졸라매고 있다. 그녀의 걸음걸이는 가볍고 약간 화려함을 풍긴다. 왜냐하면 그녀는 긴 팔을 올려 죽 뻗어서 천천히 움직이는 습관을 가졌기 때문이다. 특히 커다란 엉덩이를 힘없이 흔들며 유대인의 국가를 불렀을 때, 팔을 구부려 엉덩이에 나란히 올려놓고 오목한 손을 위아래로 왔다 갔다 할 때는 천천히 날아가는 공을 가지고 노는 것처럼 보였다.

<1911년 10월> 22일

어제 유대인들에게 샤르칸스키의 공연 「콜 니드레」는 꽤 형편없는 작품이다. 멋진 위트가 있는 편지 쓰는 장면, 연인들이 두 손을 모으고 나란히 곁에 서서 기도하는 모습, 율법을 모신 궤[72]의 커튼에 개종한 대종교재판장이 기대는 장면을 보여준다. 그는 계단을 올라가서, 거기서 머리를 기울여 커튼에 입술을 대고 서서, 딱딱거리는 자기의 치아 앞에 기도서를 내밀고 있다. 이 4일째 되는 저녁에 처음으로 순수한 인상을 받으려는 나의 뚜렷한 무능력. 우리 모임이 크기도 한 데다 누이동생의 테이블로 찾아간 데 그 책임이 있다. 그럼에도 불구하고 내가 그렇게까지 약해져서는 안 될 텐데. 단지 막스 때문에 내 곁에 앉았던 취시크 부인에 대한 사랑으로 인해 나는 비참하게 처신했다. 하지만 나는 다시 괜찮아질 것이며, 지금 벌써 나아지고 있다.

───────────

취시크 부인(나는 이 이름을 정말 즐겨 적어본다)은 거위구이 식사 중에도 테이블에서 고개를 기울이기를 좋아한다. 사람들이 우선 조심스레 그녀의 뺨을 보면서 따라가다가, 눈썹을 전혀 올리지 않은 채 작게 기어 들어가면, 그녀의 눈썹 아래로 눈길을 주게 된다고 생각한다. 왜냐하면 눈썹이 들어 올려져서, 유혹하게 만드는 푸르스름한 빛을 바로 통과시키기 때문이다. 다수의 진짜 유희에서 그녀는 여기저기 주먹을 친다든가, 팔을 비튼다든가 하는 모습이 나오고, 몸을 둘러싼 주름 속에 보이지 않는 호객꾼이 쫙 핀 손가락을 가슴에 얹도록 한다. 왜냐하면 기교 없는 외침으로는 충분치 않기 때문이다. 그녀의 유희는 다양하지는 않다. 자신의 파트너를 보는 겁먹은 시선, 작은 무대에서 출구를 찾는 일, 바로 짧게 올리면서 힘을 주지 않고 좀 더 큰 내면세계의 반향만으로 주인공에 걸맞은 부드러운 목소리, 그녀의 열린, 넓은 이마 너머 머리카락까지 펼쳐진 얼굴로 그녀에게 솟구치는 기쁨, 새로운 도구를 받아들이지 않고 개별적 노래에서 자기만족, 관객에게 그녀의 몸 전체를 살피라고 강요하는 저항 속 자기위로. 그리고 훨씬 더 많은 것은 아니다. 하지만 거기에 모든 것의 진실이 있고, 이것에 따르면 그녀가 미치는 아주 작은 영향조차 그녀에게서 앗아갈 수 있는 것은 없다는 증거가 있다.

─────────

그렇게 훌륭해도 돈벌이도 못하고 더군다나 감사와 명성조차 충분하게 받지 못하는 이 배우들에게 갖는 연민은 원래는 수많은 고귀한 노력, 무엇보다도 우리 노력이 지불하는 비극적 운명에 대한 연민일 뿐이다. 그렇기 때문에 그 연민도 지나칠 정도로 강하다. 왜냐하면 외면상으로는 낯선 사람에게 품은 연민이나 실제로는 우리 것이기 때문이다. 그럼에도 불구하고 내가 이제는 정말 연민을 배우들과 결코 풀 수 없을 정도로 그렇게 연민은 어쨌거나 그들에게 묶여 있다. 내가 그것을 알고 있기 때문에, 연민은 반항하려고 배우들과 더욱더 묶여 있다.

─────────

취시크 부인의 근육질 입 가에 눈에 띄는 매끄러운 뺨. 그녀의 약간 모양이 안 나는 작은 소녀

─────────

뢰비와 누이동생과 함께 세 시간 산책하다.

〈1911년 10월〉 23일
배우들은 내가 이제껏 그들에 관해 썼던 대부분의 글이 잘못된 것이라는 사실을 그들의 출현으로 반복해서 증명해줌으로써 나를 경악시킨다. 그것은 잘못이다. 왜냐하면 내가 변함없는 사랑으로(내가 그것을 쓰기 때문에 지금 비로소 이것들도 잘못이라는 것이다), 하지만 변

화하는 힘으로 그들에 관해서 쓰기 때문이다. 그리고 이런 변화하는 힘은 실제 모습의 배우들을 큰 소리로 올바르게 평가하는 것이 아니라, 힘으로는 절대로 만족되지 못하고, 그렇기 때문에 그런 힘이 사랑을 구걸하고 배우들을 보호한다고 생각하는 사랑에 무감각해져 길을 잃게 되기 때문이다.

취시크와 뢰비의 논쟁.[73] 취시크가 말한다. "에델슈타트는 유대인의 가장 위대한 작가다. 그는 장엄하다. 로젠펠트도 물론 위대한 작가이지만 일인자는 아니다." 뢰비가 말한다. "취시크는 사회주의자다. 에델슈타트가 사회적이기 때문이다. 그는 시를 쓰면서, 런던에서 사회주의 노선의 유대인 신문 편집장이고, 그렇기 때문에 취시크는 에델슈타트를 가장 위대한 사람으로 평가한다. 하지만 에델슈타트는 누구인가. 그의 정당이 그를 알 뿐이고, 그 밖에 그를 아는 사람은 아무도 없다. 하지만 로젠펠트는 세계가 안다."―취시크가 말한다. "인정받는 것은 문제가 아니다. 에델슈타트의 모든 것은 장엄하다."―뢰비는 말한다. "나야말로 그를 정확히 알고 있다. 예를 들면, 자살하는 사람은 아주 훌륭하다."―취시크는 말한다. "이런 논쟁이 무슨 도움이 되는가? 우리는 의견 일치를 보지 못할 것이다. 나는 나의 의견을 내일 아침까지 말할 것이다. 그리고 당신도 역시 그럴 것이다."―뢰비는 말한다. "나는 모레까지 내 생각을 말할 것이다."

골드파덴,[74] 결혼, 사치스러운 사람, 심각한 궁핍 속에서조차도. 100작품. 도둑맞은 리투르그의 멜로디를 민속적 노래로 만들다. 민족 전체가 노래를 부른다. 자기 일을 하면서도 재봉사(모방되어진다), 하녀 등등.

취시크가 말한 대로 옷을 입는 공간이 이렇게 작으니 사람들이 싸울 수밖에 없다. 사람들은 장면에서 흥분해서 나타난다. 누구나 자신을 가장 위대한 배우라고 생각하고 있는데, 거기 누군가가, 예를 들어, 불가피하게도 다른 사람 발을 밟게 되고, 이렇게 되면 단순한 싸움이 아니라 큰 전쟁이 일어나게 된다. 바르샤바가 그렇다. 거기에는 75개의 각기 작은 개별 분장실이 있었다. 제각기 불이 켜져 있다.

───────────

여섯시에 카페에서 배우들을 만났다. 그들은 적대적인 두 그룹으로 갈라져 양쪽 테이블에 앉아 있었다. 취시크 쪽 그룹 테이블에는 페레츠[75]의 책이 놓여 있었다. 그때 L.이 책을 덮어버리고 나와 함께 가려고 자리에서 일어났다.

───────────

뢰비는 스무 살 때까지 보케르,[76] 즉 탈무드 대학교의 학생으로, 부유한 아버지의 돈을 쓰고 있었다. 그때 같은 또래 젊은 사람들의 모임이 있었다. 이들이 바로 토요일에는 금지된 술집에 모여서 카프탄을 입은 채 담배를 피우고, 그 밖에도 안식일 계명을 어기는 죄를 지었던 젊은이들이다.

───────────

'위대한 아들러'[77]는 뉴욕에서 유대인 중 가장 유명한 배우이고, 백만장자다. 고르돈[78]이 그를 위해 『야성적 인간』을 집필했다. L.은 공연에 오지 말라고 칼스바트에서 부탁했다. L.은 그의 앞에서 장비가 제대로 갖춰지지 않은 공연 무대에서 연기를 할 용기가 없었을 것이다. ─단지 장식들만 있고, 사람들이 움직일 수도 없는 이런 비참한 무대는 안 된다. 우리가 어떻게 이 야성적 인간을 연기할 수 있는가! 거기에서는 시집 한 권이 필요하다. 라이프치히의 크리스탈 궁전에서 공연은 굉장했다. 사람들이 열 수 있었고 햇빛이 쏟아져 들어왔던 창문, 연극에서는 옥좌를 필요로 했다. 거기 옥좌가 있었다는 것이 멋진 일이 아닌가. 나는 군중들 사이로 거기에 갔고, 실제로 왕이었다. 거기서는 연기하기가 훨씬 쉬웠다. 여기에서는 모든 것이 사람을 혼란하게 만든다.

〈1911년 10월〉 24일

어머니는 하루 종일 일을 하신다. 본인의 상태는 전혀 개의치 않고 상황에 따라 즐거워하시고 슬퍼하신다. 어머니의 목소리는 맑은데, 보통 얘기할 때는 너무 크다. 하지만 사람들이 슬퍼할 때면 그리고 시간이 얼마 지난 뒤에 그 목소리를 갑자기 들으면 편안해진다. 나는 이미 오래전부터 항상 아프지만, 나보고 침대에 누워 있으라고 강요할 특별한 병은 절대로 없다는 사실을 불평하고 있다. 이런 소망은 틀림없이 대부분, 내가 알고 있는 사실로 거슬러 올라간다. 즉 예를 들어서 어머니가 불이 켜진 거실에서 어스름한 빛이 비치는 병실로 들어올 때면 어머니를 어떻게 위로할 수 있는지 나는 알고 있다. 아니면 낮이 단순한 형태로 밤으로 바뀌기 시작하는 저녁에 가게에서 돌아온 어머니가 자신의 근심거리와 빠른 정돈으로 이미 꽤 늦은 하루를 다시 한 번 시작하면서 본인을 돕도록 환자에게 상기시킬 때면 어머니를 어떻게 위로할 수 있을지 나는 알고 있다. 나는 이런 것을 다시 바랄 수는 있을 것이다. 왜냐하면 내가 그렇다면 약해졌을 것이고, 그러므로 어머니가 무엇을 하시건 그리고 그 연세에는 즐길 수 있는 능력이 더욱 분명해져 어린애 같은 기쁨을 가질 수 있을 모든 것을 인정할 것이기 때문이다. 단지 그렇기 때문에, 어머니가 사랑받은 만큼 그리고 내가 사랑할 수 있었을 만큼 어머니를 그렇게 늘 사랑하지 못했다는 사실이 어제 내 머리에 떠올랐다. 왜냐하면 독일어가 그 점에서 나를 방해했기 때문이다. 유대어의 '어머니'는 '어머니'가 아니다. 어머니의 표기는 약간 웃긴다(그 자체 때문이 아니라, 우리가 독일에 있기 때문이다). 우리는 유대인 여성에게 어머니라는 독일어로 된 이름을 준다. 하지만 그 모순을 잊고 있다. 그럴수록 그 모순은 감정을 이입시키는 데 어려움이 커진다. '어머니'는 유대인에게는 특히 독일적이다. 이 단어는 기독교적 광채 옆에 기독교적 냉정함역시 무의식적으로 지닌다. 어머니로 불리는 유대인 여인은 그래서단지 우습기만 한 것이 아니라 낯설기도 하다. 만약 엄마라는 말 뒤에 '어머니'라는 생각만 떠올리지 않는다면 엄마가 좀 더 나은 이름일 것이다. 게토에 대한 기억들만이 유대인 가족을 유지시키고 있다고 생각한다. 왜냐하면 아버지란 단어도 유대인 아버지를 의미한다고는 도저히 볼 수 없기 때문이다.

나는 오늘 레더러 위원[79] 앞에 서 있었다. 레더러 위원은 의외로 부탁받은 적도 없이 유치하게 가식적 미소를 지으면서 못내 참지 못하고 내 병에 대해 물어보았다. 우리는 벌써 오래전부터 혹은 어쩌면아직까지는 그렇게 은밀하게 얘기해본 적이 전혀 없었다. 나는 그때어떻게 내 얼굴이 그 사람에게 형편없다고 잘못 파악되었지만 어쨌거나 놀라게 한 역할로 보이기 시작하는지를 느꼈다. 그가 내 얼굴을그때까지 그렇게 자세히 관찰한 적은 한 번도 없었다. 나한테는 내가인식될 수는 없었다. 나는 그를 아주 자세히 알고 있다.

제2권(1910~1911)

그때는 이미 견디기 힘든 때였다―언젠가 11월 저녁 무렵이었다―내가 경마장에서처럼 내 방의 좁은 양탄자에서 달려가다가 불켜진 골목길을 보고 놀라서 몸을 다시 돌렸을 때다. 그리고 방 안쪽 거울의 바닥에서 다시 새로운 목표를 얻었을 때다. 그리고 오로지 듣기 위해서만 소리를 질렀을 때다. 그 소리에 대답하는 것이라고는 아무것도 없었고, 또 소리를 지르는 힘을 빼앗아갈 것이라고는 아무것도 없었다. 그러니까 그 소리란 그 자체가 침묵한다 해도 균형을 잡아줄 것이 없으니 더 높이 소리 지르는 것이고 그리고 멈출 수도 없는 것이다. 그때 벽에서 문이 열렸고, 그것도 급하게 열렸다. 왜냐하면 정말 서두를 필요가 있었기 때문이다. 전쟁터에서 사나워진 말처럼 마차를 끄는 말들이 아래쪽 도로 어딘가에서 목 가심을 포기하고 쭉 뻗은 뒷다리로 일어섰기 때문이다.

아이가 아직 등불이 켜지지 않은 꽤 캄캄한 복도에서 작은 유령으로 달리다가 눈에 안 띄게 흔들거리는 바닥의 대들보에 발레하는 소녀처럼 발꿈치로 멈춰 서 있다. 방의 어스름한 빛에 곧장 눈이 부셔서 아이는 급히 얼굴을 손에 파묻으려 했으나 돌연 창문으로 시선을 던지면서 진정되었다. 거리의 강렬한 불빛이 십자 모양의 창틀에 피어오르게 한 김은 마침내 어둠 속으로 내려앉았다. 아이는 열린 방문 앞의 벽을 오른쪽 팔꿈치로 똑바로 기댄 채, 바깥에서 불어오는 공기가 발목에서 목도, 관자놀이도 스쳐가게 했다.

나는 얼마간 쳐다보았다. 그러고 나서 "안녕"이라고 말했다. 반라로 거기 서 있고 싶지는 않았기 때문에 나는 난로의 방열용 칸막이에서 양복을 집어 들었다. 잠시 동안 입을 벌린 채로 있었다. 그렇게 해서 흥분이 내 입을 통해 떠나가게 하고 싶었다. 내 입 속에는 나쁜 침이 있다. 얼굴에서는 눈썹이 전율했고, 왼쪽 이마 모서리에서는 총탄을 발사할 때 생기는 것 같은 긴장감을 느꼈다. 요약하자면 이렇게 어쨌거나 기대했던 방문 말고 나한테 부족한 것은 아무것도 없다.

아이는 같은 자리에서 아직도 벽에 기대 서서 오른손을 벽에 누르고 있었다. 그리고 아이는 뺨이 완전히 빨개진 채 싫증날 줄 모르고 거친 낟알 같은 하얗게 칠한 벽을 손가락 끝으로 문질렀다. 그리고 아이는 그 손가락 끝을 반복해서 들여다보았다.

내가 이렇게 말했다. 당신은 실제로 나한테 오기를 원했습니까? 그것은 착각이 아닐까요? 이렇게 커다란 집에서 착각보다 더 쉬운 것은 아무것도 없지요. 내 이름은 이러이러하고, 3층 11호실에 살고 있어요. 그러니까 당신이 방문하려고 했던 그 사람이 나란 말입니까?

"조용히, 조용히." 아이가 어깨 너머로 말했다. "이미 전부 다 맞습니다."

"그렇다면 어서 방으로 들어오세요. 문을 잠그고 싶습니다."

"이제 방금 문을 잠갔습니다. 애를 쓰지 마시고, 정말 진정하세요."

수고한 것을 말하지 마세요. 하지만 이 통로에는 사람들이 많이 살고 있어요. 물론 모두 다 아는 사람들입니다. 대부분은 이제 막 직장에서 돌아왔고요. 만약 방에서 얘기하는 것이 들리면 무슨 일이 있나 하고 그냥 문을 열고 들여다볼 권리가 있다고 그들은 믿는답니다. 전에도 한 번 그런 적이 있어요. 이 사람들은 일상적 일을 끝낸 뒤입니다. 그들이 저녁에 잠시 누리는 자유인데 하물며 누구한테 복종하려고 할까요. 더욱이 그것은 당신도 알고 있지 않습니까. 그러니까 문을 잠그도록 내버려두세요.

그래요, 도대체 어쩌라고요? 뭘 생각하는데요? 나 때문이라면 이집에 사는 사람들 전부 다 들어와도 상관없어요. 그러고 나서 다시한 번 이렇게 말했다. 내가 문을 이미 잠갔습니다. 정말 당신만 문을잠글 수 있다고 생각하세요? 내가 자물쇠까지 채웠습니다.

그렇다면야 좋아요. 정말 더 이상 원하지는 않아요. 자물쇠로 잠글필요는 전혀 없었는데요. 그리고 기왕지사 이미 당신이 거기 있는 바에야 이제는 그냥 편하게만 지내세요. 당신은 내 손님이고, 나를 완전히 믿어주세요. 두려워하지 마시고 편하게 앉아 계세요. 당신을 여기 있으라고도 떠나가라고도 강요하지는 않을 것입니다. 그것을 내가 먼저 얘기해야만 한다는 겁니까? 나를 그렇게도 모르십니까?

아니죠, 당신은 실제로 그것을 말할 필요는 없었을 거예요. 더욱이그것을 얘기해서는 절대로 안 될 텐데요. 나는 아이예요. 왜 나 때문에 그렇게 무척 번거롭게 하는 것이죠?

상황이 그렇게 나쁘지는 않아요. 당신은 물론 아이입니다. 하지만당신을 그렇게 어리다고만 할 수는 없죠. 당신은 이미 다 성장했습니다. 당신은 이미 나한테는 편하기만 한 나이는 아닙니다. 이렇게 얘기한다고 나를 나쁘게 여기지는 마세요. 당신이 소녀라면, 그냥 이렇게 나와 한방에 둬서는 안 되었을 것입니다. 그러자면 내가 당신 마음에 들었어야만 했을 테니까요.

그것을 걱정할 필요는 없습니다. 내가 당신을 잘 안다고 말하고 싶었을 뿐이죠. 나를 보호한다기보다, 당신이 내게 뭔가 거짓말을 하는수고를 덜어줄 것입니다. 하지만 그럼에도 불구하고 듣기 좋은 말을하는군요. 하지 마세요. 이렇게 당신에게 요청합니다. 하지 마세요.

게다가 내가 어디에서나 그리고 언제까지나 당신을 아는 것은 아닙니다. 이런 암흑 속에서야 알지 못하죠. 더욱이 불을 켜도록 하는 것이 훨씬 더 나을 텐데요. 아니요, 차라리 불을 켜지 않는 것이 나아요. 당신이 이미 위협했다는 사실을 어쨌거나 내가 알게 될 것입니다.

뭐라고요? 내가 당신을 위협했을 거라고요? 하지만 부탁입니다. 당신이 마침내 여기 있다는 사실을 무척 기뻐하고 있어요. 이미 많이 늦었기 때문에 결국 말하리다. 당신이 왜 그렇게 늦게 왔는지는 이해할 수 없는 일입니다. 내가 기뻐서 뒤죽박죽 말했는데 당신이 바로 그것을 그렇게 이해해버렸다는 사실은 그때 있을 수 있는 일입니다. 내가 그렇게 말했다는 사실을 열 번이라도 고백합니다. 그래요, 당신이 원하는 것이라면 수단을 가리지 않고 위협했어요. ―손님과는 어떤 논쟁도 하지 않아요. ―하지만 어떻게 그것을 진실이라고 여길 수 있었죠, 어떻게 나를 그렇게 모욕할 수 있었나요, 무엇 때문에 당신은 온갖 억지를 부려 여기 나한테 잠시 머무는 동안을 낭비하려고 하죠. 어떤 낯선 사람도 당신보다는 호흡이 맞았을 것입니다.

나는 그것을 믿습니다. 그것은 어떤 지혜가 아닙니다. 어떤 낯선 사람이 당신에게 다가올 수 있을 만큼 그 정도로 내가 당신에게 가까웠습니다. 그것도 천성적으로요. 그것을 당신도 이미 알고 있지요. 그러니까 무엇 때문에 그런 연민을? 당신은 희극을 보여주려 한다고 그들이 말합니다. 나는 지금 당장 가버립니다.

그러니까 당신은 그것도 감히 말하겠다고요? 당신은 조금은 너무 용감합니다. 그래도 당신은 결국에는 내 방에 있는걸요. 당신은 당신의 손가락을 내 벽에 미친 듯이 문지르고 있습니다. 내 방이고, 내 벽입니다. 그리고 그 밖에도 당신이 말하는 것은 웃기는 일이지요. 뻔뻔스럽기만 한 것은 아닙니다. 당신은 이렇게 말합니다. 당신의 본성이 이런 식으로 말할 것을 강요한다고요. 실제로요? 당신의 본성이 당신에게 강요한다고요? 당신의 본성은 친절하군요. 하지만 당신의 본성이란 것이 도대체 뭔데요? 당신의 본성은 내 본성입니다. 그리고 내가 당신한테 천성적으로 친절하게 행동한다면, 당신도 역시 달리 행동해서는 안 됩니다.

그것이 친절한 것입니까?

나는 예전에 있었던 일을 이야기하고 있어요.

내가 나중에 어떻게 될지를 당신이 아나요?

나는 아무것도 몰라요.

그리고 침대 머리맡 탁자로 갔다. 탁자 위의 촛불에 불을 붙였다(그 시절에 내 방에는 가스도 전기도 없었다). 그러고 나서 그렇게 있는 것조차 피곤해질 때까지 책상 앞에 좀 더 앉아 있었다. 가운을 입고, 침대에서 모자를 집어 들고 촛불을 껐다. 나가면서 안락의자 다리에 걸렸다. 계단에서 같은 층에 사는 집주인을 만났다. 사기꾼, 당신 벌써 다시 가버리는 거요? 그가 두 계단에 걸친 다리를 벌린 채 쉬면서 말했다. "내가 뭘 해야만 하는데요."라고 내가 말했다. "지금 내 방에 유령이 있어요." 당신은 그것을 마치 국그릇에서 머리카락을 발견하기라도 한 것 같은 불만으로 말하고 있어요. ―당신은 농담하고 있어요, 하지만 알아두라고요, 유령은 유령입니다. ―아주 진리입니다. 하지만 유령을 전혀 믿지 않는다면 어쩌겠어요. ―그래요, 도대체 당신은 내가 유령을 믿는다고 생각하는 거요?'

폐허에 사는 작은 사람.

'너'라고 말하면서 그를 무릎으로 툭하고 슬쩍 쳤다.(갑작스럽게 말을 하면서 좋지 않은 징조로 입에서 침이 조금 튀었다) 잠이 들지 않는다.

나는 정말 떠나고 싶다. 그럴 수만 있다면 내가 공중제비를 해서라도 계단을 올라가고 싶다. 나한테 부족한 것 전부 다를 그 모임에 기대하고 있다. 무엇보다도 내 힘을 계획하고 조직하는 능력을 말한다. 총각의 유일한 가능성을 골목에서 찾아내는 그런 극단적 행동은 이런 계획에는 충분치 않다. 이 총각은 만약 부실하긴 하지만 그래도 단단하긴 한 육체로 이겨낸다면, 식사 몇 번을 지켜낸다면, 다른 사람들의 영향력을 피한다면, 요약하자면, 회수해가는 세계에서 그가 가능한 만큼만이라도 그렇게 간직할 수만 있다면, 이미 만족할 것이다. 그는 자신이 잃어버린 것, 그것을 무리해 가며 찾고 있다. 그것이 변했더라도, 또 약해졌더라도, 그렇다, 단지 보기에만 자신의 예전 소유물(그리고 대부분 그런 경우다)을 다시 얻어야만 한다 하더라도. 그러니까 그의 본질은 자살하는 것과 같다. 이 본질이라는 것은 자기 살을 물어뜯을 이빨만을 그리고 오로지 자신의 이빨을 위해서 살을 갖고 있는 것이다. 왜냐하면 중심이 없다는 것, 직업, 사랑, 가족, 연금이 없다는 것, 다시 말해서 대체로 세상에 대해 실험적으로 당연히 자신을 지탱만 할 수 있다는 것, 그러니까 커다란 복합체인 소유물들을 어느 정도 어이없어하지 않고서는, 순간적으로 파괴하는 상실감 앞에서 자신을 유지할 수는 없기 때문이다. 이 총각은 이 모든 것을 두 팔로 끌어안고 있다. 이 총각은 얇은 옷가지, 기도하는 기술, 지구력 있는 다리, 두려움에 찬 셋방, 다른 때라면 조각 났으나 이번만큼은 오랜 시간 뒤에 다시 나타난 본질을 지니고 있다. 그리고 만약 그가 어떤 작은 의미를 갖는 것을 이때다 하고 잡노라면 항상 두 가지 대상을 잃어버려야만 한다. 여기에 진실이 놓여 있다는 것은 당연하다. 그런데 이 진실은 아무 데서도 그렇게 순수하게 나타나지는 않는다. 왜냐하면 실제로 완성된 시민으로 등장하는 사람은, 그러니까 바다에서 앞쪽에는 거품이 일고 뒤쪽에는 지나간 흔적을 남기며, 즉 주위에 수많은 작용을 하면서 배를 타는 사람은 몇 개의 나무 조각에서 아직도 서로 부딪쳐 밀어내리는 파도를 타는 남자와는 아주 다르게 여행하기 때문이다. 그가, 이 남자가 즉 이 시민이 덜 위험에 처한 것이라고 말할 수는 없다. 왜냐하면 그와 그의 소유물이 하나가 아니고 두 가지이기 때문이다. 이 연결을 파괴하는 자는 그를 함께 파괴하는 것이다. 우리와 우리의 친지들은 이런 맥락에서는 정말 알 수 없다. 왜냐하면 우리는 완전히 은폐되어 있기 때문이다. 예를 들면 나는 지금 내 직업에 의해서, 내가 상상하는 혹은 실제로 존재하는 고통에 의해서, 문학적 취향에 의해서 등등 완전히 은폐되어 있다. 하지만 바로 그렇기 때문에 내 근본을 너무나도 자주 그리고 너무나도 강하게 느끼고 있다. 나는 반만으로도 만족할 수 있었을 텐데 말이다. 그런데 단지 15분 동안만 멈추지 않고 내가 이 근본을 느낄 필요가 있다. 익사자에게 물이 흘러들어가듯이 악의에 찬 세상이 내 입으로 흘러들어갈 것이다.

마을에서의 어린 시절을 아직도 생각할 수 있다는 것 말고, 현재 나와 총각 사이에 어떤 차이가 있다고는 거의 말할 수 없다. 어쩌면 내가 원할 때면, 내 상황이 그것을 요구하는 그때 가서야 그곳으로 되돌아갈 수 있을 것이다. 하지만 총각은 해야 할 것도 전혀 없고, 그렇기 때문에 겪은 것도 전혀 없다. 현재는 어떤 차이도 없지만, 총각은 정말 순간만을 갖는다. 오늘날 아무도 알 수 없는 그 시절에, 왜냐하면 어떤 것도 그 시절처럼 완전히 파멸되어질 수는 없기 때문인데, 그 시절에 그는 자신의 근본을 지속적으로 느꼈을 때 잘못했던 것이다. 마치 사람들이 자기 몸에서 어떤 궤양을 갑자기 알아차렸던 것과 같았고, 그 궤양은 지금까지 우리 몸에 끝까지 남은 그런 궤양이다. 아니, 그 궤양은 끝까지 남은 그런 것도 아니었다. 왜냐하면 그것은 아직 실존하지 않는 것처럼 보였기 때문이다. 그런데 지금은 우리가 태어날 때부터 몸에 지녔던 다른 모든 것보다도 더 많이 근본을 이루고 있다. 만약 우리가 지금까지 우리의 전 인격으로 우리 손이 한 작업을, 우리 눈이 본 것을, 우리 귀가 들은 것을, 우리 발이 걸은 것을 기준으로 삼았다면, 우리는 산속 풍향계처럼 갑자기 완전히 반대 방향으로 몸을 돌린 것이다. 그 당시 달아나는 대신에, 그는 그 대신에 마치 겨울에 아이들이 얼기 위해서 여기저기 눈 속에 눕듯이 누워버렸다. 이 반대 방향이었더라도 달아나는 것인데, 왜냐하면 단지 도주만이 그를 발꿈치로 그리고 단지 발꿈치만이 그를 세상에서 지탱해줄 수 있었기 때문이다.

그 남자와 이 아이들, 이들은 자신들이 누워 있었다는 사실 혹은 어떤 다른 방식으로 승복했다는 사실이 자신들의 죄라는 것을 알고는 있다. 그들은 자신들이 어떤 희생을 치르더라도 그렇게 해서는 안 되었을 것이라는 사실을 알고 있다. 하지만 들밭에서 혹은 도시에서 자신들에게 일어나는 변화를 겪고 나서 예전에 저지른 어떤 죄나 어떤 강요든지 모두 다 잊는다는 사실을 그들이 알 수는 없다. 그리고 새로운 기반에서 처음 겪듯이 활동하게 될 것이라는 사실을 그들이 알 수는 없다.

"나는 잠들지 않아"라고 대답하고 그는 눈을 뜨면서 고개를 흔들었다. 만약 잠이 들면, 그러면 내가 너를 어떻게 지킬 수가 있겠니? 그러면 내가 그럴 필요가 없다는 거야? 그렇기 때문에 그 당시 교회 앞에서 네가 나를 꽉 붙들었던 것이 아니야? 그래, 정말 오래전 일이네, 우리는 그것을 알고 있잖아. 시계만큼은 주머니에 두렴.

"사실 이미 아주 늦은 시간이야"라고 말했다. 나는 약간 미소 짓지 않을 수 없었고, 그것을 감추려고 애써 집 안을 들여다보았다.

실제로 그것이 그렇게 마음에 드니? 그러니까 너는 기꺼이 올라가고 싶지, 그것도 아주 기꺼이? 그러니까 말해보라니까, 내가 너를 물지는 않아. 봐라, 여기 아래보다 위에서 더 잘 지낼 것이라고 네가 믿는다면, 그러면 그냥 위로 올라가렴, 당장에, 내 생각할 것 없다. 그것은 내 견해라는 것, 그러니까 지나가는 행인 아무개의 견해라는 것, 네가 곧 다시 내려올 것이고, 그리고 여기에 누군가가 어떤 식으로든 서 있다면 아주 좋을 것이고, 너는 그 사람 얼굴을 전혀 쳐다보지 않을 것이지만 너와 팔짱을 끼고 가까운 술집에서 포도주로 기분을 띄우고, 그러고 나서 자기 방으로 데려갈 사람이다. 그 방은 정말 비참하고, 그래도 그것과 밤 사이에는 판때기 몇 장이 있는 방을 말한다. 너는 우선은 이런 견해를 비웃을 수 있어. 그것은 사실이다. 나는 네가 원하는 누구 앞에서나 그것을 반복할 수 있다. 여기 아래에서 우리가 잘 지내는 것은 아니다. 그래, 우리는 정말 비참하기 짝이 없다. 하지만 내가 여기 배수관에 누워서 빗물을 고이게 하거나, 위에서 같은 입술로 샴페인을 마시거나, 이제 나를 도울 수 있는 것은 없다. 거기엔 어떤 차이가 없어. 더욱이 이 두 가지 사이에서 선택의 여지조차 없고, 내게 주어진 적은 없다. 사람들이 주의를 주는 그런 종류의 무엇인가가 나한테 일어난 적은 한 번도 없다. 하지만 내게 필요한 의식의 구조에서 그런 일이 어떻게 일어날 수 있겠니. 이 의식에서 나야말로 그냥 계속 기어갈 수 있을 뿐이다. 벌레보다 더 나을 것도 없다. 하여간 너, 네 속에 숨겨진 게 전부 무엇인지를 누가 알겠니. 네겐 용기가 있잖아, 적어도 용기는 갖고 있다고 네가 믿고 있잖아. 어쨌거나 시도하렴. 넌 도대체 무엇에 도전하는데. 문간에 서 있는 하인의 얼굴을 주의해서 보면, 사람들이 이미 자신을 알게 되는 일이 자주 일어난다.

네가 나한테 솔직했다고 확실히 알았었더라면. 이미 오래전에 내가 위에 있었을 거야. 네가 나한테 솔직했는지 그것을 내가 어떻게 알 수 있었겠니. 너는 지금 내가 어린아이라도 된 것처럼 나를 들여다보는구나. 그것은 내게 전혀 도움이 안 된다. 그것은 정말 훨씬 더 불쾌하게 만든다. 하지만 어쩌면 너는 불쾌하게 만들기를 원하고 있어. 그런 데다 나는 골목길의 공기를 더 이상 견디지를 못한다. 이렇게 나는 이미 사회로 올라가 있는 거야. 내가 주목하면 그 사실은 내 목을 자극한다. 너는 짐작하고 있지. 게다가 나는 기침을 하고 있어. 너는 도대체 내가 위에서 어떻게 지낼지 짐작은 하니. 그리고 발은, 이 발로 난 홀에 들어갈 것인데, 다른 발을 끌어오기도 전에 이미 변신해 있을 거야.

네가 옳아, 나는 네게 솔직하지 못했어.

하지만 망각은 여기에 전혀 맞는 단어가 아니다. 이 남자의 기억은 자기의 상상력과 마찬가지로 별로 고통 받지 않았다. 하지만 그들이 산을 옮길 수는 없다. 이제야말로 이 남자는 우리 민족의 밖에, 우리 인류의 밖에 서 있다. 그 남자는 끊임없이 굶주리고 있고, 단지 순간만이 그의 것이다. 즉 그에게는 피로움이 늘 지속되는 순간만이 있고, 또 이 순간에서는 한순간의 불꽃이라고는 결코 피어오르는 적이 없다. 그는 항상 딱 한 가지만을, 즉 자신의 고통을 갖고 있는데, 온 세상 주변을 다 둘러봐도 그야말로 의술인 척할 수 있었을 둘째도 없다. 그는 다만 자신의 두 발을 디딜 만큼의 바닥만을, 자신의 두 손을 덮을 만큼의 발판만을 필요로 한다. 그러니까 그는 버라이어티쇼의 공중그네 곡예사보다도 훨씬 적은 면을 필요로 한다. 그래도 그들을 위해서는 붙잡아줄 안전망까지 아래에 펼쳐져 있다. 우리를, 다른 사람들인 우리를 그래도 우리의 과거와 미래가 유지해준다. 즉 우리의 무위도식 거의 전부를, 우리는 그들을 균형 속에 위아래로 흘러가게 하면서 우리 직업에서 얼마나 많은 시간을 보내는가. 미래가 양에 있

어서 우월한 것을 과거는 무게로 대체한다. 그리고 그들의 끝에서는 양쪽을 정말 더 이상 구분할 수가 없다. 가장 이른 청소년 시절은 나중에는 미래처럼 밝아질 것이고, 미래의 끝은 원래는 우리의 모든 탄식과 더불어 이미 경험한 것이고 과거인 것이다. 이 원은 이렇게 거의 완결된다. 우리는 이 원의 주위를 따라가고 있다. 이 원은 이제 우리들 것이다. 하지만 이 원은 우리가 붙들고 있는 동안에 한해서만 우리 것이다. 우리가 한 번만이라도 옆으로 비켜서면 이미 그를 공간 안으로 잃어버린 것이다. 어떤 자기망각 속에 그리고 경악으로, 놀라움으로, 피곤해서, 산만함 속에 비켜서게 되면 말이다. 이제껏 우리는 시간의 흐름 속에 코를 파묻고 있었다. 지금 과거에 헤엄쳤던 사람이고, 현재 산책하는 사람인 우리는 물러섰고 실패했다. 우리는 법 밖에 있다. 그것을 아는 사람은 아무도 없는데, 그런데도 누구나가 우리를 법에 따라 취급한다.

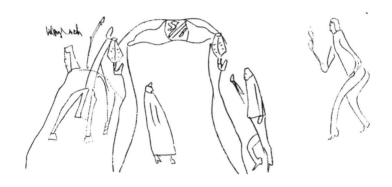

1910년 11월/6일

더욱이 내가 쉽게 고통을 느끼는 것은, 이것도 저것도 나한테는 허락되지 않는다는 것 때문이다. 그렇기 때문에 너와 나를 비교한다면 옳다고 할 수 없다. 왜냐하면 너니까! 원래 너는 얼마나 오랫동안 도시에 있을 거야? 얼마나 오래 네가 도시에 있는지를 내가 묻고 있어.

5개월 동안. 하지만 나는 이미 그 도시도 정확히 알고 있어. 애야, 나는 휴식을 전혀 취하지 못했어. 내가 만약 이렇게 돌아보면 밤들이 있는지조차 전혀 모르겠구나. 내게는 낮인 것처럼 여겨져. 너는 모든 것을 다 생각해볼 수 있어. 그때는 시간이 전혀 없었어. 또 빛이 구분된 적조차 한 번도 없었어.

1910년 11월 6일

뮈세에 대한 마담 슈뉘의 회의.[2] 입맛을 다시는 유대인 여성의 습관, 프랑스어를 이해하려고 준비를 다 마쳤는데, 에피소드 전체의 잔해에서 가슴속에 계속 살아남아야만 하는 결말 바로 전까지 에피소드를 이해하기에는 어려움이 있었고, 프랑스어는 눈앞에서 사라졌다. 어쩌면 우리가 그때까지 너무 애를 썼나 보다. 프랑스어를 이해하는 사람들은 끝나기 전에 가버렸다. 왜냐하면 그들은 이미 들을 만큼 충분히 들었기 때문이다. 다른 사람들은 아직도 충분히 들으려면 멀었고, 낭독되는 단어보다 특석에서 나는 기침 소리가 더 잘 들리는 홀의 음향효과. 「라헬과의 만찬」.[3] 그녀는 라신을, 뮈세 글이 있는 페드라를 읽는다. 그 책은 그 밖에도 가능한 모든 것이 놓여 있는 테이블 위에, 그들 사이에 놓여 있다. 클로델 영사,[4] 넓은 얼굴에 자리한 눈이 내뿜는 광채, 그는 계속해서 작별인사를 하려고 한다. 개별적으로는 작별인사도 했는데, 하지만 전체적으로는 작별인사를 못 한 것이다. 왜냐하면 그가 누군가와 작별하고 나면, 거기에 새로운 사람이 서 있는데, 이 새로운 사람에게 이미 작별했던 사람이 다시 줄을 서기 때문이다. 낭독 무대 너머로 교향악단을 위한 회랑이 있다. 가능한 모든 소음이 방해가 된다. 복도에서 들리는 웨이터 소리, 방에 있는 손님들, 피아노 한 대, 멀리 들리는 관현악단, 망치질, 마침내 말다툼, 이 말다툼은 어디에서 들리는지 분간하기 힘들고 그래서 더욱 자극적으로 들린다. 다이아몬드가 박힌 귀걸이를 한 숙녀가 특석에 있다. 다이아몬드의 빛이 거의 지속적으로 변화하고 있다. 금고 옆에는 프랑스인 모임에 속한 검은 옷을 입은 젊은 사람들이 있는데, 그중 한 사람이 눈길을 바닥으로 떨어뜨리도록 깍듯하게 허리를 굽혀서 인사를 한다. 그는 강렬한 미소를 보낸다. 하지만 처녀들 앞에서만 그렇게 한다. 뒤이어 바로 그는 남자들은 심각하게 꾹 다문 입으로 얼굴을 뻔히 쳐다본다. 그러면서 그는 동시에 전에 했던 인사를 어쩌면 웃기기는 하지만 그래도 불가피한 의식이라고 설명한다.

1910년 11월 7일

헤벨에 대한 비글러[5]의 강연. 마침내 연극을 시작하기 위해서, 마치 자신의 애인이 문을 박차고 뛰어들어오기라도 할 것처럼 현대적인 방으로 장식한 무대 위에 앉아 있다. 아니다, 그는 낭독한다. 헤벨의 굶주림. 엘리사 렌싱과의 복잡한 관계. 그는 학교에서 노처녀를 선생님으로 모셨는데, 그녀는 담배를 피우고, 콧물을 흘리고, 매로 때리고, '용감한 로지넨'을 선사한다. 제대로 눈에 보이는 의도도 없이 그는 사방팔방 어디나[하이델베르크, 뮌헨, 파리] 갔다. 그는 처음에는 교구행정관의 하인이었고, 계단 아래서 마부와 한 침대에서 잤다.

지금 네 생각에는 내가 마치 그것을 비난하려고 했다는 거야? 하지만 아니야, 무엇 때문에 그것에 대해서 나를 비난하겠니? 이것도 저것도 나한테는 정말 허락되지 않아. 나는 단지 산책을 해야만 하고, 이로써 충분하다고 해야만 하겠지. 하지만 그러기 위해서도 내가 산책을 할 수 있을 장소가 세상에는 아무 데도 없단다. 하지만 이제

또다시 마치 내가 그것을 뽐내기라도 하듯이 그렇게 보인다.

그러니까 나는 그것을 쉽게 갖는다. 내가 여기 집 앞에 머무를 필요는 없었을 것이다.

그러니까 그 점에서 나와 너를 비교하지는 말아라. 그리고 나로 하여금 너를 불안하게 만들지 마라. 너야말로 성숙한 인간이고, 게다가 보다시피 너는 이곳 도시에서 상당히 떠나버렸다.

그래, 너는 이런 일들에서 나와 너를 비교할 수는 없다는 것을 너의 기분에서조차 감지하지 못하는구나. 나는 그것이 이해가 안 된다. 너는 도대체 여기 이 도시에 얼마나 오래 이미 있는 거지?
"5개월 동안"이라고 나중까지도 입을 다물지 못할 정도로 내가 그렇게 조심스럽게 말했다. 그래, 5개월 동안이야. 그것은 맞았어. 나는 문을 열게 했다.

네가 주의만 한다면, 마침내 그것을 네 기분에서 이미 감지하게 된다.

거기서 네가 너를 바로 나와 비교할 수는 없다. 하지만 나는 그것을 네게 말하지 않을 수 없다. 네가 주의만 한다면 이미 네 기분에서 물론 그것을 마침내 감지하게 된다. 너는 원래 얼마나 오래 여기 이 도시에 이미 있는 거야.
5개월 동안이라고 나중까지도 입을 다물지 못할 정도로 내가 그렇게 조심스럽게 말했다.

거기서 네가 바로 나와 너를 비교할 수는 없다. 하지만 내가 그것을 비로소 네게 말해야만 한다는 사실! 도대체 네가 주의만 한다면 이미 네 기분에서 그것을 감지하지 않겠니? 너는 원래 얼마나 오래 이 도시에 이미 있는 거지?

그리고 이 아침나절에 사람들은 창밖을 내다보고 커피를 마시려고 안락의자를 침대에서 당겨 앉는다. 그리고 이 저녁 무렵에 사람들은 팔을 괴고서 한 손으로 귀를 만진다. 그렇다. 그것이 전부라는 것만 아니었더라면! 매일 여기 골목에서 보이듯이, 최소한 몇 가지라도 새로운 습관을 들였더라면.

———————————————————

프리드리히 올리비어가 스케치한 카롤스펠트의 율리우스 슈노르.[6] 그는 비탈에서 그림을 그리고 있다. 거기에 있는 그는 정말 아름답고 진지하게 보인다.(얼굴 쪽으로 빳빳하게 내려간 좁은 챙이 있는, 피에로의 모자처럼 위가 편평한 높은 모자, 흩날리는 긴 머리카락, 자신의 그림만을 위한 눈, 안정감 있는 손, 무릎에는 화판이 놓여 있고, 한쪽 발은 둑에서 약간 아래로 미끄러져 있다.)
하지만 아니야, 그것은 슈노르가 그린 프리드리히 올리비어다.

그러니까 너는 지금 내 생각을 해서는 안 된다. 어떻게 너를 나와도 비교하려고 하니. 나야말로 여기 도시에 이미 20년 넘게 있는데. 그것이 어떤 것인지 단지 올바르게라도 상상할 수 있을까. 여기서 나는 매년을 스무 번이나 보냈다—
지금 그는 우리 머리 너머로 주먹을 펴서 흔들어대고 있다.
여기 나무들은 20년 동안 무럭무럭 자랐는데, 사람들은 그 나무들 사이에서 얼마나 작아졌어야만 했는가. 그리고 이 수많은 밤들, 너도 알다시피, 모든 사람들의 집에서. 사람들은 한 번은 이쪽 벽에, 한 번은 저쪽 벽에 눕고, 또 이렇게 창문은 누군가의 주위를 맴돌고 있다. 그리고 이 아침나절들,

---

　나는 정말 그것에 다가간다. 방어하는 나의 본질은 이미 여기 도시에서 해체되는 것처럼 보였다. 처음 며칠간 나는 아름다웠다. 왜냐하면 이 해체는 신격화로 일어나기 때문이다. 신격화하는 곳에서는 우리로 하여금 삶을 지탱하게 하는 모든 것은 날아간다. 하지만 날아가는 중에도 인간적인 빛으로 그 모든 것은 마지막으로 우리를 비춘다. 이렇게 나는 나의 총각 앞에 서 있는데, 그는 그렇기 때문에 나를 사랑한다는 가능성이 가장 크다. 하지만 무엇 때문인지 그것을 분명히 알고 있지는 않다. 때때로 그의 연설들은 자기 자신을 잘 안다는 사실을, 또 자기가 누구를 보고 있는지를 안다는 사실을, 그리고 그렇기 때문에 자신에게 모든 것이 허락된다는 사실을 가리키는 것처럼 보인다. 아니다, 그것은 정말 그렇지는 않다. 이런 방식으로 그는 누구든지 더 많이 만나게 될 것이다. 왜냐하면 그는 은둔자로 혹은 빌붙어 사는 식객으로만 살 수 있기 때문이다. 그는 강요에 의한 은둔자일 뿐이고, 이 경우에서처럼 자신이 알지 못하는 힘들에 의한 이런 강요는 언젠가는 극복될 것이다. 그는 이미 빌붙어 사는 식객인데, 이 식객은 할 수만 있다면야 뻔뻔하게 자제를 할 수 있다. 어쨌거나 세상에서 그를 구원할 수 있는 것이라고는 더 이상 아무것도 없고, 이렇게 사람들은 그의 행동에서 익사자의 시체를 떠올릴 수 있다. 즉 이 시체를 강물의 흐름은 표면으로 밀어내었고 지친 헤엄치는 사람에게 부딪쳤는데, 이 시체에 헤엄치는 사람이 손을 얹으며 꼭 붙들고 싶어 하는 것이다. 시체는 살아 돌아오지는 않는다. 그렇다, 보호받을 수조차도 없다. 하지만 그 헤엄치는 남자를 끌어내릴 수는 있다.

그러니까 네가 지금 내 생각을 해서는 안 된다. 낯선 도시에서 경험이 있다고 여겨지는 남자와 자신을 단번에 동일시하는 것은 기분 좋은 일이다. 나도 그것은 알고 있다.

그러니까 너는 지금 내 생각을 해서는 안 된다.

1910년 11월 15일 10시
내가 지쳐가도록 내버려두지는 않을 것이다. 나는 내 노벨레에 뛰어들 것이다. 그것이 내 얼굴을 잘라냈어야만 했더라도.

〈1910년〉 11월 16일 12시
나는 『타우리스의 이피게니아』를 읽고 있다. 그 작품에서는 실제로 드러난 실수가 보이는 개별적인 대목들을 제외하면 순수한 소년의 입에서 나오는 아주 건조한 독일어를 진정 놀라서 바라볼 수밖에 없다. 읽는 순간 낭송하는 사람 앞에서 시구가 각 단어를 위로 떠받치는데, 이곳에서는 단어마다 엷기는 해도 꿰뚫고 들어가는 빛 속에 서 있다.

〈1910년 11월〉27일
베른하르트 켈러만[7]이 낭독했다. 그는 이렇게 시작했다. '내 펜으로 쓴 인쇄되지 않은 몇 가지.' 보기에는 좋은 사람이다. 뻐죽이 선 거의 회색빛 머리카락, 애써 매끈하게 면도를 하고, 뾰족한 코, 광대뼈 위로 볼에 붙은 살이 파도처럼 자주 위아래로 넘실댄다. 그는 평범한 작가로 그의 작품에는 훌륭한 대목들이 나온다(한 남자가 복도로 나가서 기침을 하고 거기 아무도 없는지 주위를 둘러본다). 또한 약속한 부

분을 읽으려고 하는 정직한 사람이기도 하다. 하지만 청중은 허락하지 않는다. 정신과 병원의 첫 번째 이야기에 대한 경악 때문에, 낭독하는 방식에 대한 지루함 때문에, 사람들은 이야기의 형편없는 긴장감에도 불구하고 한 사람씩 한 사람씩 떠났는데, 마치 옆방에서도 낭독되는 것처럼 계속해서 서둘러서 가버렸다. 그가 이야기의 3분의 1을 읽은 뒤 탄산수를 조금 마셨을 때, 사람들 한 무리가 가버렸다. 그는 기겁했고, "곧 끝납니다"라고 그냥 거짓말을 했다. 그가 마쳤을 때 모두가 일어났다. 박수 소리가 조금 났는데, 그 소리는 마치 서 있는 모든 사람들 가운데 혼자 앉아서 자신을 위해 박수를 치기라도 했던 것처럼 그렇게 들렸다. 하지만 켈러만은 이제 다른 이야기를 아직 더 계속해서 읽기를 원했고, 어쩌면 훨씬 더 많이 읽기를 원했다. 사람들이 일어서는 것과는 달리 그는 입만을 열었다. 결국 충고를 듣고 나서야 "제가 아직 짧은 동화 한 편을 읽고 싶은데, 단지 15분 걸릴 뿐입니다. 5분간 휴식하겠습니다."라고 그가 말했다. 그가 동화를 읽었을 때, 몇 사람은 아직도 남아 있었다. 그 동화에는 누구나 홀의 가장자리에서 한가운데로 모든 청중들을 통과하고 그 위로 넘어서서 바깥으로 달려나가는 것은 정당했을 것이라는 대목들이 있었다.

루들[8]에게   1 K

카르스[9]에게   20 h   빚을 지다

'너'라고 말하면서 무릎으로 그를 툭하고 살짝 쳤다(갑작스럽게 말하느라고 좋지 않은 징조로 입에서 침이 약간 튀었다). 잠들지 못한다.

"나는 잠들지 못해"라고 그는 급히 말했고, 눈을 뜨면서 고개를 저었다. 내가 만약 잠이 들면, 그러면 내가 너를 어떻게 지킬 수가 있겠니? 그리고 내가 그것을 할 필요가 없니? 네가 그렇기 때문에 그 당시 교회 앞에서 나를 꽉 잡았던 것이 아니니. 그래, 정말 오래전 일이네. 우리는 그것을 알고 있어. 시계만큼은 주머니에 두렴.

"사실 이미 아주 늦은 시간이야"라고 내가 말했고 어깨를 움찔했다. 동시에 나는 나의 조바심을 사과하려고 했고 그리고 그가 나를 그렇게 오래 붙들었다는 것을 비난하려고 했다.

'너'라고 말하면서 무릎으로 그를 툭하고 살짝 쳤다(갑작스럽게 말하면서 좋지 않은 징조로 입에서 침이 약간 튀었다).

"너를 잊지 않았어"라고 그가 말했고, 이미 눈을 뜨면서 고개를 저었다.

"그것을 두려워하지도 않았어"라고 내가 말했다. 나는 그의 미소를 무시했고, 도로를 쳐다보았다. 어떤 경우라도 내가 지금 올라갈 것이라는 사실만 말하려고 했어. 그래. 왜냐하면 너도 알다시피 나는 위에서 초대를 받았기 때문이지. 이미 늦은 시간이야. 그리고 그 모임은 나를 기다리고 있어. 세부적인 행사들은 내가 올 때까지 어쩌면 연기될 거야. 내가 그것을 주장하려는 것은 아닌데, 하지만 어쨌거나 가능한 일이야. 너는 어쩌면 내가 그 모임 자체를 포기할 수도 있지 않을까를 지금 묻겠지.

그것을 물어보지 않을 것이야. 왜냐하면 첫째는 네가 그것을 내게 말하는 것에 정말 몸이 달아 있고, 두 번째로 나는 아무것도 개의치 않는다. 왜냐하면 나한테는 여기 아래와 저기 위가 똑같으니까. 내가 여기 배수관에 누워서 빗물을 막고 있거나 혹은 위에서 같은 입술로 샴페인을 마시거나, 나한테는 매한가지다. 취향에서조차 차이라고는 전혀 없어

나의 현재 상태, 즉 지금 거의 1년간 이미 지속된 상태로부터 나온 나의 추론들을 그냥 믿지 않는다. 그러기에는 내 상태가 너무 심각하다. 나는 그것이 어떤 새로운 상태가 아니라는 것을 내가 말할 수 있는지조차 전혀 알지 못한다. 어쨌거나 나의 원래 생각은 다음과 같다. 이 상태는 새로운 상태다. 비슷한 상태는 있었지만 그러나 이런 상태는 아직 없었다. 나는 정말 돌로 만들어진 것 같다. 나는 내 묘비와 같다. 왜냐하면 거기에는 의혹이나 믿음에 대해서, 사랑이나 반감에 대해서, 용기나 두려움에 대해서, 특별하거나 일반적이거나, 어떤 결함도 없기 때문이다. 단지 막연한 희망만이 살아 있을 뿐이다. 하지만 묘비명보다 더 나을 것은 없다. 내가 쓴 어떤 낱말도 다른 것과는 거의 어울리지 않는다. 자음들은 부딪치며 어떻게 서로 깨지는 소리를 내는지, 게다가 모음들은 어떻게 전시용 흑인들처럼[10] 노래를 부르고 있는지를 내가 듣고 있다. 나의 의혹은 낱말마다 주위를 맴돌고 있고, 나는 낱말보다 의혹을 먼저 본다. 하지만 도대체 어쩌란 말인가! 낱말이라고는 전혀 보이지 않는데, 나는 낱말을 발견하는 것이다. 아직은 그것조차 가장 큰 불행은 아니었을 것이다. 그렇다면 낱말들을 내가 발견할 수 있어야만 했을 것이다. 그런데 이 낱말들은 시체의 냄새를 한 방향으로 불 수 있어야 한다. 그래서 그 냄새는 나와 독자의 얼굴에 동시에 오지는 못한다. 내가 책상에 앉아 있으면, 교통이 혼잡한 오페라 광장[11]의 한복판에 넘어져서 두 다리를 부러뜨린 사람보다 마음이 더 편한 것은 아니다. 모든 자동차들은 소음에도 불구하고 묵묵히 사방팔방에서 모든 방향으로 나가려 한다. 하지만 자동차들이 돌아갔어야만 할 필요도 없이, 눈을 감고 광장과 골목을 황폐하게 만든 저 남자의 고통이 경찰들보다 더 나은 질서를 만든다. 수많은 인생이 그를 괴롭힌다. 왜냐하면 그야말로 교통장애니까. 하지만 빈 공간이라고 덜 나쁜 것은 아니다. 왜냐하면 빈 공간은 그가 겪는 원래의 고통에서 자유롭게 하기 때문이다.

〈1910년 12월〉16일

나는 일기 쓰는 것을 더 이상 포기하지 않을 것이다. 여기에서 나를 확인해야만 한다. 왜냐하면 여기에서만 그럴 수 있기 때문이다.

나는 바로 지금처럼 때때로 내 안에 갖고 있는 행복이란 느낌을 기꺼이 설명하고 싶다. 그것은 실제로 거품이 이는 어떤 것이다. 이것은 기분 좋게 어깨를 가볍게 으쓱이는 것으로도 나를 완전히 채워주고, 또 내게 능력이 있다고 믿게 한다. 그런데 이 능력이 부재하다는 것은 매순간, 지금도 역시, 아주 확실하게 나를 설득할 수 있다.

헤벨[12]은 유스티누스 케르너의 『여행의 그림자』를 칭송한다.
"그리고 그런 작품은 거의 존재하지 않는데, 아무도 그것을 알지 못한다."

W. 프레트[13]의 『고독이라는 거리』. 그런 책들은 어떻게 쓰여지는가? 작은 규모에서 유능한 것을 완성할 수 있는 남자가 여기서 자기의 재능을 불안한 방법으로 소설이라는 큰 규모로 확대시키고 있다. 자신의 재능을 가혹하게 다루는 에너지를 사람들이 잊지 않고 감탄할지라도 이 방법은 누군가를 불쾌하게 만든다.

소설에서, 연극에서 등등 내가 읽은 중요하지 않은 인물들의 이런 추적들. 거기에서 내가 갖는 이런 연대감! 『비쇼프스베르크의 처녀』(그런 명칭인가?)에서는 두 명의 재봉사가 이야기되고 있는데, 연극에서 이들은 그중 한 명인 신부를 위해 하얀 옷을 만든다. 이 두 처

녀들은 어떻게 지내는가? 이들은 어디에 살고 있지? 이들은 무슨 일을 꾸몄지? 이들은 연극에 출연해서는 안 되고, 노아의 방주 밖에서 쏟아지는 빗속에 확실히 익사하면서 마지막으로 배의 창문에 얼굴만을 눌러도 된다는 사실. 그렇게 해서 한순간 앞쪽 관객들은 거기서 무엇인가 어두운 것을 보게 된다.

———————————

〈1910년 12월〉 17일

제노는 정지하는 것이라고는 정말 아무것도 없는가라는 긴급한 질문을 받고 말했다. 그럼, 날아가는 화살은 정지하고 있는 거야.

———————————

만약 프랑스 사람들이 그들의 본질에서 독일 사람들이라면, 그렇다면 도대체 어떻게 독일 사람들이 그들을 감탄할 수 있다는 것인가.

———————————

정말 많이 삭제하고 지워버렸다는 사실, 그래, 올해에 썼던 글이란 글은 거의 다 지워버렸다. 어쨌거나 이 사실은 내가 글을 쓰는 것도 굉장히 방해했다. 지워버린 것은 정말 하나의 산을 이루었는데, 내가 전에 썼었던 글보다 다섯 배는 더 많은 것이며, 이미 그 지워버린 양으로 내가 쓴 글 전부를 펜 밑에서 빼앗아버린다.

———————————

〈1910년 12월〉 18일

한동안 편지들을(지금 바로 이것처럼, 그렇게 중요하지 않은 내용으로 추측되는 그런 것들조차) 열어보지 않고 내버려두는 이유는 단지 나약함과 비겁함이라는 사실이 의심할 바가 아니라면, 그렇다면 편지를 이렇게 놔두는 것은 철저함으로 설명하는 것이 훨씬 더 좋을 것이다. 어쩌면 나를 이미 초조하게 기다리는 사람이 있는 방문을 여는 것을 망설이는 것과 마찬가지로, 이 비겁함은 편지의 개봉을 망설인다. 즉 내가 철저한 사람일 것이라고 가정하고, 이렇게 편지에 관한 한 모든 것을 가능한 한 넓히도록 시도해야만 한다. 그러니까 편지를 이미 서서히 열고, 천천히 그리고 여러 번 읽고, 오랫동안 생각하고, 수많은 구상으로 정서할 준비를 하고 그리고 마침내 또 편지를 부치는 것을 망설인다. 이 모든 것은 내 권력에 속한다. 때마침 편지를 갑작스레 받는 경우만큼은 피할 수 없다. 지금 그것도 인위적으로는 느리게 할 수 있다. 편지를 오랫동안 열지 않고, 내 앞 책상 위에 놔두고, 계속 눈에 보이고, 계속 내가 편지를 받고, 하지만 그 편지를 집어 들지는 않는다.

―――――――――

문예 애호가

―――――――――

저녁 12시 반. 내 사무실에서 해방되지 않는 한 내가 그냥 실패한다는 사실, 그것은 무엇보다 명백하다. 익사하지 않도록 가능한 한 머리를 높이 쳐들고 있는 것, 단지 그것이 문제다. 그것이 얼마나 어려운 일인지, 그것이 어떤 힘들을 나한테서 뺏어가야만 하는지는, 오늘 저녁 8시에서 11시까지 책상에 앉아 있겠다는 새로운 시간 배정을 내가 지키지 못했다는 사실에서 이미 나타난다. 또 내가 이것을 현재로써는 커다란 불행으로 전혀 여기지도 않는다는 사실, 또 내가 자러 가려고 단지 서둘러 이렇게 몇 줄만 썼다는 사실에서 이미 나타난다.

〈1910년 12월〉 19일
사무실에서 일을 시작했다. 오후에는 막스에게 들렀다.

괴테의 일기를 조금 읽었다. 먼 과거가 이 삶을 이미 진정시키며 꽉 쥐고 있는데, 이 일기는 거기에 불을 붙인다. 넓은 잔디밭을 보고 있노라면 공원의 울타리가 눈에 안정감을 주고 또 우리를 동등하지는 않지만 존중하게 만들듯이, 전체 과정의 투명함은 그 일기를 신비스럽게 만든다.

곧 누이동생이 결혼 후 처음으로 우리를 방문하러 온다.

〈1910년 12월〉 20일

어제 괴테에 대해 얘기한 것을 무엇으로 사과하지(내가 얘기한 것은 그것으로 묘사된 감정만큼이나 그렇게 거의 진실하지 않다. 왜냐하면 진짜 감정은 누이동생이 쫓아냈기 때문이다)? 사과할 길이라고는 없다. 오늘 내가 아직 아무것도 쓰지 않았다는 사실을 무엇으로 사과하지? 사과할 길이라고는 없다. 더군다나 내 컨디션이 최악인 것도 아닌데. 계속해서 이런 소리가 들린다. "너, 보이지 않는 법정아, 오기는 올 테지!"

———————————

어떤 값을 치르더라도 이야기에서 빼기를 원하지 않는 이런 잘못된 대목들은 마침내 나한테 안정을 주기 위해서, 내가 이 두 가지를 적는다.

"그의 숨소리는 마치 꿈에 대한 탄식처럼 컸는데, 이 꿈에서는 우리들 세상에서보다 불행을 좀 더 가볍게 견딜 수 있어야만 한다. 우리들 세상에서는 그냥 쉬는 숨도 이미 탄식이라고 하기에 충분하니까."

———————————

마치 인내심을 요구하는 작은 놀이를 조망하듯이, 지금 그를 자유롭게 조망했다. 이 놀이에 대해 사람들은 이렇게 말한다. "내가 구슬들을 그 홈들에 넣을 수 없다는 것이 어쨌다는 거야. 전부 다 내 것인데. 유리, 틀, 구슬들과 아직 거기 있는 것, 즉 이 기술 전부를 내가 그냥 주머니에 넣을 수 있어."

⟨*1910년 12월*⟩ 21일

미하일 쿠스민의 「위대한 알렉산더의 업적」에서 기이한 것들.

"상반신은 죽었고 하반신은 살아 있는 아이", "빨간 다리가 움직이는 아이의 시체"

"그는 벌레들과 파리들을 먹고 사는 불결한 왕들인 고크와 마고크를 금이 간 절벽으로 몰아서, 살로모니의 낙인으로 세상이 끝날 때까지 봉인해버렸다."

"폭포 소리를 내는 물이 있을 자리에 대신 돌들이 뒹구는 곳에서 돌로 된 강물이 모래를 간 냇물을 지나서 3일 동안은 남쪽으로 흐르고 3일 동안은 북쪽으로 흐른다."

아마존 여인들, 오른쪽 가슴을 태워버린 여인들, 짧은 머리카락, 남성용 신발

자기 오줌으로 나무들을 태워버렸던 악어들

———————

바움한테 들렀다. 아름다운 것들을 들렀다. 예전처럼 그리고 항상 그랬던 것처럼 푹 빠져버린다. 소속되어 있다는 느낌을 갖는 것과 동시에 풀려나면 훨씬 더 나쁠 것이라는 다른 느낌을 갖는 것.

⟨*1910년 12월*⟩ 22일

오늘은 나를 비난조차 해본 적이 없다. 그런 비난은 이 공허한 날에 구역질 나는 메아리를 울리게 했을 테니까.

———————

⟨*1910년 12월*⟩ 24일

지금 내 책상을 자세히 들여다본다. 거기서는 좋은 것이라고는 아무것도 나올 수 없으리라는 사실을 알게 되었다. 정말 이렇게 많은 것들이 여기에 널려져 있다. 그리고 균형감도 없고 정돈 안 된 물건

들이 조화를 이루지 못한 채 무질서를 만들어내고 있다. 이 물건들은 다른 곳에서라면 어떤 무질서도 참을 수 있는 그런 것들이다. 원하기만 한다면 무질서는 초록 스카프에 자리할 수도 있고, 옛날 극장의 1층 관람석에 자리해도 되었을 텐데. 하지만 입석에서 나올 것이다.

〈1910년 12월〉 25일

책상의 머리 장식 아래 열려진 서랍에서 튀어나온 안내서, 옛날 신문, 카탈로그, 그림엽서, 편지들, 모든 편지가 노천 계단 형태로 부분적으로는 찢겨지고 부분적으로는 열려져서 바깥으로 나와 있다. 이런 품위 없는 상태가 모든 것을 망친다. 최하층의 비교적 커다란 물건들이 개별적으로 최대한 적극적으로 등장한다. 마치 상인이 객석에서 회계장부를 정리하는 것, 또 목수가 망치질을 하는 것, 장교가 검을 흔드는 것, 그리고 사제가 마음을, 학자가 오성惡性을, 정치가가 시민 의식을 설득하는 것, 그리고 사랑하는 사람들은 주저하지 않는다는 것 등등, 이 모든 것이 극장에서 허락되었을 것처럼 그렇게 이 물건들은 등장한다. 면도할 때 사용하듯이 내 책상에서만 면도 거울은 똑바로 세워져 있다. 옷솔은 솔 쪽으로 헝겊에 놓여 있고, 돈지갑은 돈을 낼 경우를 위해 열려진 채 놓여 있다. 또 열쇠 꾸러미에서는 직장용 열쇠 하나가 튀어나와 있고, 넥타이는 벗어놓은 와이셔츠에 부분적으로 아직 둘러져 있다. 책상의 머리 장식의 두 번째로 높은 칸은 열려 있고 옆쪽의 닫혀 있는 작은 서랍 때문에 이미 좁아져 있는데, 창고 이외에는 아무것도 아니다. 이 칸은 마치 객석의 낮은 발코니일 것 같은데, 원래 가장 신분이 낮은 사람들을 위해서는 극장에서 가장 잘 보이는 자리다. 불결함이 내면에서 점차 겉으로 나오는 늙은 방탕아들이 예약하는 자리이고, 발코니의 난간에 발을 걸쳐놓는 조야한 녀석들이 예약하는 자리다. 흘낏 보아서는 몇 명인지조차 셀 수 없을 정도로 아이들을 많이 데려온 가족들은 가난한 아이들 방의 불결함도 여기로 가져온다(이거야말로 이미 1층 객석에서 새어나온다). 어두운 배경에는 불치병을 앓는 환자들이 앉아 있고, 다행하게도 안을 비쳐볼 때만 그들이 보인다는 것 등등. 이 서랍에는 휴지통만 있었다면 내가 오래전에 버렸을 낡은 서류들이 있다. 심이 부러진 연필들, 비어 있는 성냥갑, 칼스바트에서 온 문진, 지역이 그려져 있는 줄자, 그런데 이 줄자로 국도를 보려면 엉성함이 너무 짜증나게 만든다. 수많은 와이셔츠 단추들, 뭉툭한 면도날 장치(이것을 위한 장소라고는 세상 어디에도 없다), 와이셔츠 집게 그리고 쇠로 된 아주 무거운 문진. 그것에 대해서 서랍에는—

참담하구나, 참담해. 그래도 좋은 뜻으로 생각한 것이다. 한밤중이다. 하지만 낮에 쓴 것이 전혀 없었더라면, 그렇다면야 한밤중이라는 것도 용서가 된다. 왜냐하면 내가 아주 푹 잘 잤기 때문이다. 불이 켜진 전구, 고요한 집, 밖에 깔린 어두움, 깨어 있는 마지막 순간들, 이들은 내게 글을 쓸 권리를 준다. 설령 가장 참담한 글이 나오더라도. 이런 권리를 내가 서둘러 이용한다. 그러니까 이런 사람이 나야.

⟨1910년 12월⟩ 26일

이틀 반나절을—어쨌거나 완벽한 것은 아니었지만—혼자 있었고, 이미 내가—비록 변신한 것은 아닐지라도—이렇게라도 변신하는 중이다. 결코 한 번도 실패한 적이 없었던 나한테 혼자 있다는 것은 위력을 갖는다. 나의 내면은 용해되고(우선은 단지 표면적이긴 하지만) 벌써 더 깊이 있는 것을 뿜어낼 수 있다. 내 내면의 작은 질서는 회복되기 시작하고, 나는 더 이상 아무것도 필요한 것이 없다. 왜냐하면 능력이 많지 않은 곳에서 무질서는 최악이기 때문이다.

⟨1910년 12월⟩ 27일

나는 기력이 달려서 문장 하나조차 더는 만들기가 어렵다. 단어들이 문제가 된다면, 또 단어 하나를 첨가해도 충분하다면, 그리고 이 단어를 완전히 실현시켰다는 안정된 의식 속에 몸을 돌릴 수 있다면, 그렇다.

———————

오후에는 한동안은 잠을 잤고, 깨어 있는 동안에는 소파에 누워서 어린 시절에 겪은 사랑의 경험들을 생각해보았다. 기회를 놓친 때를 속상해하며 생각했고(그 당시 나는 좀 차가운 침대에 누워 있었고, 가정교사는 『크로이처 소나타』를 읽어주었다. 그러면서 그녀는 내 흥분을 즐길 줄 알았다), 또 채식으로 된 야식을 상상하면서 내 소화에 만족했다. 그리고 내 시력은 일생 동안 충분할까를 걱정했다.

———————

⟨1910년 12월⟩ 28일

오늘 막스한테서처럼 그리고 나중에 바움한테서처럼 한두 시간이라도 내가 인간적으로 행동한다면, 자러 가기 전에 이미 나는 오만해 있다.

1911년 1월 3일

"너"라고 말하고 나서 그를 무릎으로 툭하고 살짝 쳤다. "나는 작별하려고 해." 갑작스럽게 말을 하면서 좋지 않은 징조로 입에서 침이 조금 튀었다.

"네가 그것을 오랫동안 생각했구나"라고 그가 말했고, 벽에서 떨어져서 몸을 죽 뻗었다.

아니야. 나는 그것을 전혀 생각해보지 않았어.

그러니까 네가 무엇을 생각해보았는데?

아직 그 모임을 위해서 나는 마지막으로 준비했어. 할 수 있는 만큼 그렇게 노력해보렴. 너는 그것을 이해하지 못할 거야. 나는 시골에서 올라온 아무개인데, 그래서 매순간 다른 사람과 교체할 수 있어. 마치 역 앞에서 정해진 기차들 뒤에 수백 명이 함께 모여 서 있는 것처럼 그렇게 임의로 교체할 수 있단다.

1911년 1월 4일
쉰헤어의 『신앙과 고향』.
내 아래쪽으로 맨 위층 관람석에서 눈을 비비는 관객의 축축한 손가락.

1911년 1월 6일
"너"라고 말하면서 그를 가리켰고, 무릎으로 툭하고 살짝 쳤다. 지금 내가 간다니까. 네가 그것을 함께 보려고 한다면 눈을 떠라.
그러니까 정말로? 그는 눈을 아주 크게 뜨고 나를 똑바로 쳐다보면서 물었다. 하지만 그런데도 불구하고 내가 팔을 저어서 피할 수 있었을 정도로 그 시선에는 힘이 없었다. 그러니까 네가 정말 가는 거구나. 내가 무엇을 해야만 하는데? 너를 붙잡을 수는 없구나. 그리고 붙잡을 수 있더라도, 사실은 붙잡으려고 하지를 않는 거야. 이로써 나는 네 감정에 대해서만 네게 설명하려고 할 뿐이다. 이 감정에 따라 너는 나에게 붙들릴 수도 있을 것이다. 그리고 그는 곧장 야비한 급사들의 얼굴 표정을 지었다. 이들은 이런 얼굴로 평소에는 규칙에 따라 단속하는 국가 안에서 신분이 높은 아이들을 순종적으로 혹은 두려워하도록 만들어도 되었다.

1911년 1월 7일

막스의 여동생, 그녀는 신랑에게 푹 빠져 있어서, 방문객들 모두와 개별적으로 이야기를 할 정도다. 한 사람 한 사람에게 자신의 사랑을 더 잘 표현할 수 있기 때문이고, 또 반복할 수 있기 때문이다.

1911년 1월 7일

일이 없이 쉬는 날이면 온종일 내가 마술에 걸리기라도 한 것처럼 그랬다. 왜냐하면 1년 전부터는 외적 상황도 내적 상황도 내게 방해가 되지 않기 때문이다. 1년 전보다 지금은 형편이 좀 더 좋아졌다. 일요일이다. 글쓰기 작업은 중단되었다. ─불행한 존재에 대해 다행히도 몇 가지 새로운 인식들이 떠올랐다. 이 불행한 존재는 나 자신이다.

─────────────

"너"라고 말하면서 그를 가리켰고, 무릎으로 툭하고 살짝 쳤다. 눈을 뜨렴, 나는 작별하려고 한다.

갑작스럽게 말을 하면서 좋지 않은 징조로 입에서 침이 조금 튀었다.

'그러니까 정말이군' 하고 그가 말하면서 내 얼굴을 여러 번 훑어보는 시선으로 나를 쳐다보았다. 하지만 그 시선은 우연히 나와 마주친 것처럼 보였다. 왜냐하면 내가 팔을 저어서 그 시선을 피했을 수 있었기 때문이다.

1911년 1월 12일

요즈음은 나에 대해서 많은 것들을 쓰지 않았다. 부분적으로는 게으름 때문이고(지금 내가 굉장히 많이 잔다. 그리고 낮에도 깊이 자는데, 자는 동안에는 내 무게가 좀 더 무거워진다) 부분적으로는 자기 인식을 폭로한다는 두려움 때문에서도 나에 대한 글을 쓰지 않았다. 이런 두려움은 정당한 것이다. 왜냐하면 글을 씀으로써 최종적으로 기록되기 때문이다. 이 글이 가장 광범위하게 빠짐없이 완벽하게, 또 모든 부수적인 결론에까지 이르며, 또 예외 없이 솔직하게 써진다면, 그때에만 비로소 자기 인식이 된다고 해도 될 것이다. 도대체, 이렇게 글을 쓰는 일이 일어나지 않는다면—그리고 어쨌거나 나는 이런 데에 능력은 없다—그렇다면 자신의 의도대로 그리고 기록된 것이라는 월권으로 쓰인 글은 다음과 같은 방식으로만 그냥 일반적으로 느낀 것을 대신하게 되는데, 즉 이 방식에서는 적어놓은 글이 가치가 없다는 것이 너무 늦게 인식되면서 정확한 감정은 사라진다.

———————

며칠 전에 카바레 '빈Wien 도시'의 예술가 레오니 프리폰. 곱슬머리를 묶은 헤어스타일. 형편없는 코르셋형의 여성 조끼에 아주 오래된 의상(기사의 숙녀), 하지만 비극적인 동작이 퍽 예쁘고, 속눈썹은 올렸으며, 긴 다리를 죽 펴고, 몸을 따라 유연하게 팔을 뻗는다. 두 가지로 해석되는 자세에서 뻣뻣한 목의 의미. 〈루브르에서 단추 모으기〉를 불렀다.

———————

매우 명망이 높았던 실러를 1804년 베를린에서 샤도가 그렸다.[14] 누구도 이 코에서보다 더 확실하게 얼굴을 그릴 수는 없다. 작업하면서 코를 잡아당기는 습관이 빚어낸 결과로 중간 콧대가 약간 내려앉아 있다. 뺨이 좀 움푹 들어간 친절한 사람. 면도를 한 얼굴이 그를 다분히 노인답게 만들었다.

———————

1911년 1월 14일
베라트의 소설 『부부들』. 꽤 서투른 유대어. 작가의 갑작스럽고 짓굿은 단조로운 등장. 예를 들면, 모두가 즐거워했지만 즐겁지 않은 한 사람이 거기 있었다. 혹은 저기 슈테른 씨라는 한 남자가 온다(우리가 이 남자를 이미 그의 소설에서 뼛속까지 알고 있는데). 함순[15]한테서도 비슷한 경우가 있다. 하지만 그것은 나무에 생긴 매듭처럼 그렇게 자연스럽다. 하지만 여기서는 유행하는 약을 설탕에 떨어뜨리는 것처럼 줄거리로 떨어뜨리고 있다. ―이유 없이 특이한 어법을 고집하는데, 예를 들면, 그는 그녀의 머리카락을 돌봤고 돌봤다. 그리고 다시 돌봤다. ―각 인물들은 새로운 조명을 받지 않고도 잘 만들어졌는데, 그래서 군데군데 보이는 실수들조차 피해를 입히지는 않았다. 조연들은 대부분 형편없다.

1911년 1월 17일
막스가 『청춘과의 작별』[16] 중 1막을 읽어주었다. 오늘 나처럼, 어떻게 내가 이것을 극복할 수 있는가. 내 안에서 진정한 느낌을 발견할 수 있기 전에 족히 1년간을 내가 찾았어야만 했다. 저녁 늦게 카페에서, 모든 것에도 불구하고 소화불량이 진행시킨 뒤틀림으로 괴로워하면서, 이렇게 위대한 작품에 대해서는 어떤 식으로든 정당화시키면서 내 안락의자에 앉아 있어도 될 것이다.

1911년 1월 19일
내가 바닥부터 끝난 것처럼 보이기 때문에―지난해에는 내가 5분 이상 깨어 있지 못했다―매일 지구에서 사라지기를 희망해야만 하든지, 아니면 정말 어린아이로 처음부터 시작해야만 할 것이다. 그렇다고 내가 그 속에서 적당한 희망 역시 봐도 될 것 같지는 않다. 나는 이 점에서 그 당시보다 겉으로는 좀 더 홀가분해질 것이다. 왜냐하면 그 시기 나는 무감각해서 단어 한 마디 한 마디가 내 삶과 연결되어

졌을 묘사를, 또 내가 끌어안아야만 했고 나를 열광시켰어야만 했던 묘사를 아마 지향하기가 어려웠기 때문이다. 내가 어떤 참담함으로 (하여간 지금과는 비교할 수도 없는 참담함) 시작했는가! 내가 쓴 글에서 어떤 냉대가 나를 온종일 따라다녔는가! 위험은 얼마나 컸는가. 그리고 그 위험은 얼마나 조금 끊어지기에 저 냉대를 내가 전혀 느끼지 못하게 작용했는가. 물론 이렇다고 전체적으로는 내가 훨씬 덜 불행해진 것은 아니다.

언젠가 한번은 소설 한 편을 구상했다. 그 소설에서는 두 남자 형제가 맞서 싸웠다. 그중 한 명은 미국으로 갔고, 그동안 다른 한 명은 유럽의 감옥에 있었다. 나는 그냥 여기저기에 몇 줄씩 쓰기 시작했다. 왜냐하면 글을 쓰는 일은 나를 곧장 피곤하게 만들었기 때문이다. 그렇게 언젠가 어느 일요일 오후에도 내 감옥에 대해서 무엇인가를 쓰고 있었는데, 그날 우리는 조부모님을 방문했고, 거기서는 항상 그랬듯이 특별히 부드러운 빵에 버터를 발라서 먹었다. 대체로 허영심에서 내가 그랬다는 것도 있을 수 있는 일이다. 또 테이블보 위로 종이를 밀면서, 연필로 두드리고, 등불 아래 앉아 있는 사람들을 둘러보면서, 내가 쓴 글을 가져가서 들여다보고 감탄할 누군가를 유인하려고 했던 것도 있을 수 있는 일이다. 몇 줄 안에 주로 감옥의 복도가, 무엇보다도 그곳의 정적과 냉기가 묘사되어졌다. 남겨진 형제에게 동정심 어린 말도 남겼다. 그는 좋은 형제였기 때문이다. 어쩌면 내 묘사가 무가치하다는 순간적인 느낌이 들기는 했다. 다만 그 오후 이전에는, 낯익은 방에서 둥그런 테이블 주위로 내가 익숙한 친척들 사이에 앉아 있을 때면(익숙하다는 것에서 그들은 이미 나를 반쯤 행복하게 해주었다고 할 정도로 내 두려움은 컸다), 그리고 젊고 현재 방해받지 않는 이런 상태에서 위대한 것에 소명을 받았다는 사실을 잊지 않을 수 있을 때면, 내가 그런 느낌을 크게 주목한 적이 한 번도 없었다. 마침내 크게 잘 웃는 삼촌은 내가 단지 힘없이 들고 있었던 종이를 가져가서, 잠시 들여다보고는 웃지도 않고 다시 돌려줬다. 그러고는 자신을 눈으로 좇고 있던 다른 사람들에게만 "평범한 글"이라고 말했다. 내게는 아무 말도 하지 않았다. 나는 그대로 앉아 있었고, 그러니까 즉 무용지물이 된 내 종이 위로 이전처럼 몸을 구부리고 있었다. 하지만 사회에서 내가 실제로 한 방에 쫓겨났고 삼촌의 판단은 거의 진정한 의미로 내 안에서 이미 반복하고 있었다. 그리고 가족이라는 느낌에서조차 내가 불로 따뜻하게 덥혀야만 했었을 우리 세상의 차가운 공간에 대한 통찰을 얻게 되었다. 이 불을 이제 막 내가 찾으려고 했는데.

1911년 2월 20일
카바레 '루체르나'의 멜라 마스.[17] 비극의 여인인데 웃긴다. 비극의 여인들이 가끔씩 장면 뒤에 보이듯이, 그렇게 이 비극의 여인은 말하자면 거꾸로 무대에 등장한다. 등장할 때 그녀는 지친, 물론 단조롭고 공허하기도한 늙은 얼굴을 보여주는데, 이런 얼굴은 의식이 있는 배우들 모두에게 자연스러운 시작인 것처럼 보인다. 그녀는 매우 격렬하게 말한다. 그녀의 동작들도 역시 뼈 대신 거친 건腱을 가진 것처럼 보이는 구부린 엄지손가락으로 시작되었다. 교체되는 조명으로 그리고 주위 근육들을 움직여 오목하게 만들며 코를 변화시키는 그녀의 특별한 능력. 그녀는 동작과 말로 영원한 섬광을 보여주는데도 불구하고 부드럽게 부각된다.

———————

작은 도시들은 산책하는 사람들을 위해서도 역시 작은 환경을 갖고 있다.

———————

산책길에서 내 옆에 있는 옷을 잘 입은, 순수하고 어린 소년들은 나의 어린 시절을 기억나게 한다. 그래서 역겨운 인상을 준다.

스물두 살 클라이스트가 청년 시절에 쓴 편지. 군인의 신분을 포기하라. 집에서는 그러니까 어떤 학문이 생계를 위한 것인지를 묻는다. 왜냐하면 이런 학문을 당연하다고 여기기 때문이다. 너는 법학과 재정학 사이에서 선택할 수 있다. 하지만 너는 궁중에 연고도 있지 않은가? "처음에 나는 약간 당황해서 부인했다. 하지만 이어서 더욱더 자부심을 갖고 다음과 같이 설명했다. 즉 비록 연고가 있을지라도 내 개념으로는 지금 그것에 의지한다는 것을 창피하게 생각해야만 했을 것이다. 사람들은 미소 지었고, 내가 성급했다는 것을 느꼈다. 그런 진실들을 발설하는 것은 조심해야만 한다."

1911년 2월 21일
여기에서 내 인생은 마치 두 번째 인생을 내가 아주 확신하기라도 하는 것같이 그렇다. 이것은 마치 예를 들면 파리에서의 실패한 체류를 다음과 같은 사실을 고려해서 내가 고통스러워했던 것과 같다. 즉 그 후에 곧장 파리에 다시 가려고 노력할 것이라는 사실. 이곳의 골목길 포장도로에 빛과 그림자의 부분들이 선명하게 나뉘는 장면.

한순간 내가 철갑을 두른 듯이 느꼈다.

예를 들어 팔의 근육은 나한테서 얼마나 멀리 떨어져 있는가.

마르크 앙리-델바르. 텅 빈 홀 때문에 관객에게 생겼던 비극적인 감정은 진지한 노래에는 효과적으로 작용했고, 유쾌한 노래에는 피

해를 주었다. ―앙리는 서막을 열고, 그동안에 델바르는 막 뒤에서 머리를 손질했는데, 막이 투명하게 비친다는 것을 몰랐다. ―손님도 없는 행사에서 기획사의 베츨러는 아시리아식의 수염을 회색으로 달고 있는 것처럼 보인다. 다른 때 같으면 그의 수염은 아주 시커멓다. ―그런 기질에 잘 맞춰 색을 엷어지도록 했는데, 이것은 24시간 동안은 유지된다. 아니 그렇게 오래 유지되지는 않을 것이다. ―의상에서 퍽 낭비를 했는데, 이 브레타뉴식의 의상들은 제일 안쪽에 입은 속치마가 가장 길고 그래서 그 풍성함을 멀리서도 셀 수 있을 정도다. ―한 사람이 동반되는 비용을 절약하려고 했기 때문에, 우선 델바르가 따라 나온다. 그녀는 아주 넓게 디자인된 초록색 의상을 입고 따라 나와 추위에 떨고 있다. ―파리의 거리에서 외치는 소리가 들린다. 신문배달부들은 여유가 있어 보인다. ―숨을 쉬기도 전에 누군가가 말을 걸어왔고 나는 작별을 했다. ―델바르는 우스꽝스럽다. 그 여인은 노처녀의 미소를 짓는데, 이 미소는 독일 카바레의 노처녀의 미소다. 막 뒤에서 가져온 빨간색 숄을 두르고, 그녀는 혁명을 일으킨다. 그녀는 너무 끊지 않고 내내 같은 음성으로 다우텐다이의 시들을 읽는다. 처음 피아노 앞에 얼마나 여성스럽게 앉았는지, 그녀는 사랑스러웠다. ―'바티뇰'[18] 노래를 부를 때 나는 목에서 파리를 느꼈다. 바티뇰은 연금생활자 같아야만 한다. 그의 아파치[19]도 역시. 브루안트[20]는 숙소마다 자신의 노래를 만들었다.

도시의 세계.[21]

오스카 M., 나이 좀 먹은 대학생인데―가까이서 보면, 그의 눈 때문에 깜짝 놀란다―그는 겨울 어느 날 눈이 쏟아지는 오후에 겨울 재킷을 걸친 채 겨울 옷차림을 하고 텅 빈 광장에 서 있었다. 게다가 목에는 목도리를 두르고 머리에는 모피 모자를 쓰고 있었다. 그는 심사숙고하느라고 눈을 깜빡거렸다. 한 번은 모자를 벗어서 그 곱슬거리는 털로 얼굴을 문지를 정도로 그렇게 자신의 생각에 푹 빠져 있었다. 마침내 그는 결론에 이른 것처럼 보였다. 그리고 춤추듯 몸을 돌려 집으로 향했다. 부모님의 거실 문을 열었을 때, 그는 문에서 몸을 돌려 빈 테이블에 앉는 아버지를 보았다. 살찐 얼굴에 매끈하게 면도를 한 남자가 그의 아버지다. "마침내"라고 오스카가 방 안으로 발을 내딛기도 전에 아버지가 말했다. '멈춰라. 문에 서 있으라고 네게 부탁하는 거야. 말하자면 너한테 너무 화가 나서 나 자신도 어찌할 바를 모르겠다.' '하지만 아버지'라고 오스카는 말했고, 말을 하면서 비로소 자기가 얼마나 거침없는지를 알아차렸다. '조용히 해'라고 아버지가 소리치며 일어섰는데 그 때문에 창문이 가려졌다. '조용히 하라고 내가 명령한다. 그리고 하지만이라는 네 말은 접어라. 알겠니?' 그러면서 아버지는 두 손으로 테이블을 들어서 오스카에게 한 걸음 다가갔다. '너의 방탕한 생활을 더 이상 그냥 견딜 수가 없다. 나는 늙은 남자야. 노년에는 너한테서 위로받을 거라고 생각했다. 그러는 대신 너는 내 모든 병보다도 더 나를 속상하게 하고 있다. 게으름과 낭비와 되먹지 못함과 어리석음으로 자기 아버지를 무덤으로 몰고가는 그런 아들은 빌어먹을 놈이다.' 여기서 아버지는 침묵했다. 하지만 얼굴은 마치 아직 말을 하고 있는 것처럼 움직였다. '사랑하는 아버지'라고 오스카가 말했고 조심스럽게 테이블 가로 다가갔다. '진정하세요. 모든 것은 잘 풀릴 거예요. 아버지가 그럴 수 있기만을 바라셨던 것처럼, 오늘 제가 행동하는 사람이 되게 할 생각이 떠올랐어요.' '뭐가 어째?'라고 아버지는 물으면서 방구석을 보았다. '저를 믿어만 주세요. 저녁 식사 때 아버지께 모든 것을 설명하겠어요. 제 마음속에서 저는 항상 좋은 아들이었어요. 단지 제가 그것을 바깥으로 보여드릴 수가 없었다는 것이죠. 아버지를 기왕에 기쁘게 해드릴 수가 없을 때, 아버지 속을 상하게 했다는 사실이 저를 비참하게 만들었어요. 하지만 지금은 제 생각이 좀 더 명확하게 전개되도록 산책을 좀 하도록 내버려두세요.' 우선은 주의를 기울이려고 테이블 가에 앉았던 아버지가 일어났다. '네가 지금 이야기한 것이 큰 의미가 있다고는 믿어지지 않는다. 오히려 수다에 불과해. 하지만 결국 너는 내 아들이잖니―제 시간에 와라. 집에서 저녁을 먹고 네 문제를 그때 이야기해봐라.' '제게는 이런 작은 믿음이면 충분해요. 아버지께 이 점에 대해서는 진심으로 감사드립니다. 하지만 제가 진지한 일에 완전히 몰두하고 있다는 사실을 제 눈빛에서도 이미 알아차리셔야 하지 않나요?' '당장은 아무것도 보이지 않는다.'라고 아버지가 말했다. '하지만 그것은 내 책임일 수도 있다. 왜냐하면 도무지 너를 쳐다보는 연습이 부족하고 둔하기 때문이다.' 그러면서 그의 습관대로 테이블판을 규칙적으로 두들기며 시간이 어떻게 흘렀는지를 주목하게 했다. '하지만 오스카, 네게 어떤 신뢰도 더 이상은 하지 않는 것이 주 문제다. 네게 한 번 소리를 지르면―네가 왔었을 때처럼 너한테 정말 소리를 지르지 않았니? 안 그래? ―너를 더 좋아지게 할 수 있을 거라는 희망을 가져서 그러는 것이 아니다. 네 불쌍한 엄마를 생각해서일 뿐이지. 어쩌면 네 엄마는 이제 더 이상 너 때문에 직접적인 고통을 느끼지는 않을 거다. 하지만 그런 고통을 막는 노력까지 이미 생각해서다. 왜냐하면 네 엄마는 어떤 식으로든 너를 돕는다고 믿고, 천천히 파멸하고 있기 때문이다. 하지만 잘 생각해보면 그거야말로 네가 아주 잘 아는 일이고, 네가 네 약속으로 자극하지만 않았더라면, 이미 나를 배려해서라도 네 엄마를 다시 기억하지는 않았을 것이다.' 마지막 말을 하는 동안 난로의 불을 살펴보려고 하녀가 들어왔다. 그녀가 방을 나서자마자 오스카는 소리를 질렀다. '하지만 아버지! 제가 그것을 기대하지는 않았을 것입니다. 제가 작은 생각만이라도 가졌었다면, 말하자면 제 박사 논문에 대한 생각을 가졌었다면, 족히 10년 동안은 제 상자에 놓여서 소금처럼 생각들이 필요한 박사 논문이지만, 오늘 그랬던 것처럼 제가 산책하다 집에 오면서 '아버지, 제가 다행하게도 이런저런 생각을 갖고 있어요'라고 말했었다면, 비록 개연성은 없을지라도, 이렇게 가능하긴 해요. 아버지가 그것에 대해 아버지의 위엄을 갖춘 목소리로 처음부터 제 얼굴에다 대고 비난하셨더라면, 그렇다면 제 발상은 그냥 날아갔을 것입니다. 그리고 저는 당장 어떤 식의 사과로 혹은 사과도 못하고 사라졌어야만 했겠죠. 지금은 이와 다릅니다! 아버지가 저를 반대해서 말씀하시는 모든 것은 제 생각을 도와줍니다. 이들은 멈추지 않아요. 이들은 강해져서는 제 머리를 채웁니다. 저는 갈 것입니다. 왜냐하면 혼자 있을 때만 제가 생각들을 정리할 수 있기 때문입니다.' 아버지는 따뜻한 방에서 숨을 들이마셨다. '그것은 네 머릿속에 들어 있는 쓸모없는 잡생각일 수도 있지. 그렇다면야 그 잡생각이 너를 붙들고 늘어질 거라고 벌써 생각하고 있다'라고 아버지는 눈을 크게 뜨고 말했다. '하지만 무엇인가 쓸모 있는 것이 네 안에서 길을 잃는다면 밤사이 네게서 떠날 거다. 내가 너를 알지.' 오스카는 마치 사람들이 자기 목을 잡기라도 한 것처럼 고개를 돌렸다. '이제는 저를 내버려두세요. 아버지는 저를 지나치게 파헤치세요. 저의 최후를 제대로 예측할 수 있다는 단순한 가능성이 아버지를 정말 유혹하면 안 될 텐데요. 즉 심사숙고를 착실하게 하고 있는 저를 방해하라고 유혹하면 안 될 텐데요. 어쩌면 제 과거가 아버지께 그럴 권리를 주겠죠. 하지만 그것을 이용하시면 안 됩니다. 아버지의 불안함이 저를 반대하라고 강요한다면, 그야말로 아버지의 불안함이 얼마나 커야만 하는지를 보는 데는 최고죠. 아무것도 제게 강요하지 못해요.'하고 오스카는 목덜미를 움찔거렸다. 테이블이 누구 것인지를 더 이상 알 수 없게 테이블에도 아주 가까이

다가갔다. '제가 말씀드렸던 것은 경외심에서였고, 또 나중에 아시게 되겠지만, 아버지에 대한 사랑에서 말씀드렸던 것입니다. 왜냐하면 아버지와 어머니에 대한 배려가 제 결심에서 가장 큰 부분을 차지하고 있기 때문입니다.' '그렇다면 지금 벌써 감사해야만 한다는 거구나'라고 아버지가 말했다. '네 엄마와 내가 제때에 그럴 능력이 있을지 장담하기는 매우 어려우니까.' '아버지, 제발, 미래는 주어진 만큼이라도 더 잠들게 두세요. 만약 사람들이 미래를 미리 깨운다면, 잠을 설친 현재를 얻게 되는 거예요. 더군다나 그것을 아버지의 아들이 이제야 얘기해야만 하다니. 저도 아버지를 아직은 설득하려고 하지 않았어요. 단지 아버지께 새로운 소식을 알리려고 했을 뿐입니다. 아버지도 시인하시듯이, 이것만큼은 제가 최소한 성취했네요.' '지금 오스카는 나를 놀라게 하는 것이 사실 한 가지 더 있는데, 이를테면 너는 왜 오늘처럼 그런 일로 나한테 자주 오지 않았느냐. 이 일은 지금까지의 네 본질에 어울린다. 아니, 실제로 그렇다, 내 진심이다.'

'네, 그랬다면 제 얘기를 들으시는 대신에 저를 때리셨을 것입니다. 저는, 하나님도 아시겠지만, 아버지를 빨리 기쁘게 해드리려고 도망갔죠. 제 계획이 완벽하게 마무리되지 않는 한, 아버지께 아무것도 폭로할 수는 없습니다. 그러니까 아버지는 왜 제 의도가 좋은데 벌하시죠. 또 왜 지금 아직은 제 계획을 실행하는데 해를 끼칠 수 있을 설명을 원하시죠.'

'침묵해라, 아무것도 전혀 듣고 싶지 않아. 하지만 너한테 빨리 답을 해야만 하겠다. 왜냐하면 네가 문으로 물러서고 무엇인가 아주 급한 것을 기획하는 것이 명백하기 때문이다. 내 첫 번째 분노를 네 기교로 진정시켰다. 단지 내가 이전보다 지금 훨씬 더 슬프고, 그렇기 때문에 부탁한다—네가 그것을 고집한다면 나 역시 두 손을 깍지 끼고 있을 수 있다—적어도 엄마한테는 네 생각을 이야기하지 마라. 나

로써 충분하니 내버려둬라.'

'저와 이렇게 이야기하는 사람은 정말 제 아버지일 리는 없죠.'라고 이미 팔을 문손잡이에 걸치고 있던 오스카가 외쳤다. '점심때부터 아버지한테 무슨 일이 일어났어요. 아니면 당신은 지금 제 아버지의 방에서 처음으로 만나는 낯선 사람입니다. 제 실제 아버지라면—오스카는 입을 벌린 채 잠시 침묵했다—그 아버지라면 그래도 저를 안 아주셔야만 했겠죠. 아버지라면 어머니를 불러왔을 테죠. 아버지, 무슨 일이죠?'

'차라리 네 실제 아버지와 저녁 식사를 했어야 했다는 것이 내 생각이다. 그것이 좀 더 즐거웠을 것이다.'

'그가 방금 오겠지요. 어쨌거나 그는 빠질 수 없습니다. 그리고 어머니는 거기 계셔야만 합니다. 그리고 지금 내가 데려올 프란츠. 모두를.' 그러고 나서 오스카는 마치 문을 짓누르려고 의도하는 것처럼 가볍게 열리는 문을 어깨로 밀었다.

프란츠의 집에 도착하자, 그는 작은 집주인 여자에게 몸을 굽히며 다음과 같이 말했다. '기술자 선생님이 자고 있다는 것을 알고 있는데, 상관은 없어요.' 그리고 방문한 사실이 불만스러워 지금 앞방에서 할 일 없이 왔다 갔다 하는 여인에게 신경 쓰지 않으면서, 그는 유리문을 열었다. 이 유리문은, 마치 자기 손의 예민한 곳으로 잡기라도 한 것처럼, 그의 손에서 떨렸다. 그리고 아직 거의 볼 수 없었던 방 안에 대고 개의치 않고 외쳤다. '프란츠, 일어나. 너 같은 전문가의 충고가 필요해. 하지만 이 방에서는 견디지 못하겠어. 잠깐이라도 산책해야만 하겠다. 우리 집에서 저녁 식사도 해야만 해. 그러니까 빨리.' '아주 기꺼이'라고 기술자는 가죽 소파에서 말했다. '하지만 제일 먼저 무엇부터 하지? 일어난다, 저녁 식사를 한다, 산책한다, 충고한다? 몇 가지는 흘려듣기도 했을 거다.' '프란츠, 무엇보다 농담하지 마라. 그것이 가장 중요해. 나는 그것을 잊어버렸어.' '즉시 네 부탁 들어줄 거야. 하지만 일어나는 것—를 위해서라면 한 번 일어나는 것보다 차라리 두 번 저녁 식사를 할 텐데.' '그러니까 지금 일어나! 어떤 반박도 안 돼.' 오스카는 그 힘없는 사람의 윗옷 앞쪽을 잡고서 앉혔다. '네가 정말 난폭하다는 것을 알고 있지. 정말 놀랍군.' 그는 작은 손가락 두 개로 감은 눈을 비벼댔다. '말해봐. 내가 한 번이라도 너를 소파에서 끌어낸 적이 있었니.' '하지만 프란츠, 이젠 옷을 입어.'라고 오스카가 찡그린 얼굴로 말했다. '내가 이유 없이 너를 깨웠을 바보는 정말 아니잖아.' '—마찬가지로 나 역시 이유 없이 자지는 않아. 어젯밤 밤 근무를 했어. 그래서 오늘 낮잠시간에 온 거야. 역시 너 때문이지—' '어째서?' '나 참, 뭐긴 뭐야, 나에 대한 네 배려가 얼마나 적은지 그 때문에 정말 화가 난다. 그것이 처음도 아니야. 너는 물론 자유로운 대학생이야. 그리고 원하는 것을 할 수 있어. 누구나 그렇게 행복한 것은 아니야. 그렇다면 배려를 해야만 해. 망할 것 같으니. 내가 네 친구이긴 하지만, 그렇기 때문에 내 직업을 아직은 빼앗지는 않았어.'—그는 손을 펴서 이리저리 흔들면서 그것을 가리켰다. '하지만 지금 말한 대로라면, 네가 아주 충분히 자고도 남았다고 믿지 말라는 거니.'라고 침대 끝으로 올라간 오스카가 말했다. 그곳에서 오스카는 마치 이전보다 이제는 시간이 좀 더 있기라도 한 것처럼 기술자를 쳐다보고 있었다. '그러니까 나한테서 원하는 것이 원래 무엇인데? 혹은 좀 더 나은 표현으로, 나를 왜 깨웠어'라고 기술자가 물었다. 그리고 자고 나서 자기 몸을 친밀하게 느끼는 관계에서 보이듯 자신의 염소수염 아래로 목을 심하게 문질렀다. '너한테서 원하는 것은'이라고 오스카는 나직하게 말하면서 침대를 발뒤꿈치로 툭 쳤다. 아주 살짝. '너보고 옷을 입으라고 이미 앞방에서 말했었잖아. 이렇게는 네 참신함이 내 관심을 별로 끌지 못한다고 오스카에게 암시하려고 한다면, 정말 네가 옳은 거야. 그것은 잘한 일이야. 이렇게 참신함이 네게 불러온 열정은 우리들 우정에 끼어들지 않고도 완전히 혼자서 책임을 질 거야. 설명 역시 더 명료해질 것이고. 내가 명료한 설명을 필요로 하는데, 그것을 네게 보여줄 거야. 경우에 따라서 셔츠의 옷깃과 넥타이를 찾는다면, 그것들은 저기 안락의자에 놓여 있어.' '고마워'라고 기술자가 말하면서, 셔츠의 옷깃과 넥타이를 고정시키기 시작했다. '너야말로 정말 믿을 수 있단다.'

1911년 3월 26일

베를린에서 루돌프 슈타이너 박사의 신지학 강연들. 수사학적인 효과, 이를테면 반대편의 반박을 기분 좋게 대하면서 면담하는 것. 청중은 이렇게 강력한 반대 입장을 표하고, 부연해서 설명하고, 이 반박들을 칭찬하는 것을 보고 놀라워한다. 청중은 근심에 빠져, 마치 이 밖에는 아무것도 없는 것처럼 이런 반박들에 완전히 침잠하고 있다. 이제 청중은 반박이란 것 자체를 불가능하다고 여긴다. 그리고 방어하는 능력의 가벼운 묘사를 만족 그 이상이라고 여긴다.

그 밖에도 이런 수사학적인 효과는 겸손한 정서라는 규정에 상응한다. —들어 올린 손바닥을 계속해서 보고 있는 것. —결론은 빠트린다. 일반적으로 구두로 표현되는 문장은 대문자로 쓴 첫 철자로 강연자에게서 시작해서, 시간이 지나면서는 될 수 있는 한 청중 쪽 바깥으로 휘고, 결론에 이르면 강연자에게 돌아온다. 하지만 점이 빠지게 되면 더 이상 억제할 수 없는 문장은 단숨에 직접 청중에게 불어닥친다.

이른 시간에 로스와 크라우스의 강연.

서유럽의 유대인 서사문학에서는, 이 이야기들 중에서나 혹은 이 이야기들에 대한 글에서나, 유대인 문제의 해결까지도 곧장 찾아내고 발견하는 것이 이제는 거의 익숙하다. 이 이야기들이 단지 유대인의 한두 그룹만 포함하려고 해도 그렇다. 지금 『유대인 여성들』에서는 그런 해결책은 보이지 않는다. 아니 추측해본 적조차 없다. 왜냐하면 바로 이런 문제를 다루는 그 인물들이 이야기 속에서 사건들이 급회전하는 중심에서 멀리 벗어나 있기 때문이다. 우리는 이 인물들을 상세히 관찰할 수 있긴 하지만 그들의 노력에 대한 차분한 정보들을 얻을 어떤 기회도 더 이상 찾지 못하게 중심에서 떨어져 있다. 단정하자면, 우리들은 이 점에서 이야기의 결함을 본다. 그리고 그런 비난에 대해 그럴수록 우리가 더욱 정당하다고 느낀다. 이를테면 오늘날 시온주의가 존재한 이래로 유대인 문제의 해결 가능성은 분명히 정돈되었고, 그래서 작가는 자신의 이야기에 알맞은 해결 가능성을 발견하려면 마침내 몇 걸음만 내딛었어야만 했다.

　하지만 이런 결함은 다른 데서도 나온다. 그 유대인 여성들한테는 명망 있고 이들과 대립되는 인간들인 비유대인 관객이 없다. 그런데 이 비유대인 관객은 다른 이야기에서는 유대적인 것을 유인해서 자신들에게 퍼지도록, 또 경탄, 의심, 질투, 경악 그리고 마침내, 마침내 자신감을 얻도록 한다. 이 유대적인 것은 하여간 그들에 대해 비로소 자신의 전체 길이를 제대로 세워볼 수 있다. 바로 그것을 우리는 요구하고 있다. 우리는 유대인 대중에 대한 다른 해결책을 인정하지 않는다. 단지 이 경우에만 우리가 우리의 감정에 호소하는 것은 아니다. 한 방향에서는 적어도 이것은 보편적이다. 이렇게 우리는 이탈리아의 보도에서도 발걸음 앞에 있는 도마뱀의 움찔거림을 굉장히 기뻐하고, 계속 몸을 구부리고 싶어 한다. 하지만 다른 때라면 오이를 절이곤 하는 넓은 병에 백여 마리가 서로 뒤엉켜 기어 다니는 것을 장사꾼한테서 보고는 적응이 안 되어 어찌할 바를 모른다.

두 가지 결함들은 세 번째 결함에서 합쳐진다. 『유대인 여성들』은 가장 앞에 나오는 그 청년이 없으면 살아남지 못한다. 이 청년은 이 이야기에서 가장 좋은 것을 독점하고 방사선의 아름다운 방향에서 유대인 원의 경계선까지 끌고 간다. 이 이야기가 이 젊은이 없이는 살아남지 못한다는 사실이 우리에게는 이해가 되지 않는다. 여기서 우리는 보는 것 말고도 결함 하나가 더 있다는 예감을 하게 된다.

───────────

오늘 자네의 생일이군. 하지만 자네에게 평범한 책 한 권조차 보내지 않네. 왜냐하면 그것은 단지 허상에 불과할 테니까. 사실 자네에게 책 한 권 선물할 형편조차 안 되네. 다만 내가 그것을 필요로 하기 때문에, 오늘 한순간을, 이 카드만으로도 자네 곁에 있을 것처럼, 내가 쓰고 있고 그렇기 때문에 자네가 나를 곧바로 인식할 수 있도록 탄식으로 시작하네.[22]

───────────

서유럽의 유대인 서사문학에서는, 이 이야기들 중에서나 혹은 이 이야기들에 대한 글 어디에서나, 유대인 문제의 해결까지도 곧장 찾아내고 발견하는 것이 이제는 거의 익숙하다. 이 이야기들이 단지 유대인의 한두 그룹만 포함하려고 해도 그렇다. 하지만 『유대인 여성들』에서는 그런 해결책은 보이지 않는다. 아니 정말 추측해본 적조차 한 번 없다. 왜냐하면 바로 이런 문제를 다루는 그 인물들이 이야기 속에서 사건들이 급회전하는 중심에서 멀리 벗어나 있기 때문이다. 우리는 이 인물들을 상세히 관찰할 수 있긴 있지만 그들의 노력에 대한 차분한 정보들을 얻을 어떤 기회도 더 이상 찾지 못하게 중심에서 떨어져 있다. 단정하자면, 우리들은 이 점에서 이야기의 결함을 본다. 그리고 그런 비난에 대해 그럴수록 우리가 더욱 정당하다고 느낀다. 이를테면 오늘날 시온주의가 존재한 이래로 유대인 문제의 해결 가능성은 분명하고 또 정돈되었고, 그래서 작가는 자신의 이야기에 알맞은 해결 가능성을 발견하려면 마침내 몇 걸음만 내딛었어야만 했다.

　좀 더 자세히 들여다보면 이런 결함은 예전의 결함에서 나온다. 이 유대인 여성들한테는 결여되어 있는데

　해마다 짧은 휴가를 여름이나 가을에 함께 여행하는 데 보내는 것은 벌써부터 로베르트, 사무엘, 막스 그리고 프란츠 네 명의 친구들의 습관이 되었다. 나머지 기간 동안에는 한 주간 중 어느 날 저녁에 네 명 모두 함께 모여서, 여러 가지 이야기를 서로 나누면서 적당히 맥주를 마시며 우정을 쌓았다. 이들은 대개 사무엘 집에 모였는데, 가장 유복했던 사무엘이 좀 더 큰 방을 갖고 있었기 때문이다. 이야기를 하다 보면 한밤중이 되는데, 헤어질 때가 되어도 결코 이야기는 끝나지 않았다. 로베르트는 협회의 비서였고, 사무엘은 상업 관련 사무실의 직원이었고, 막스는 국가 공무원이었고, 프란츠는 은행의 공무원이었기 때문이다. 일주일간 자신의 직장에서 경험한 거의 모든 것들은 다른 세 명에게는 알려지지 않은 이야기인 데다 급히 이야기하였으므로, 장황하게 설명하지 않으면 이해가 안 되었기 때문이다. 하지만 무엇보다도 직업 간의 이런 차이점들 때문에 당연히 누구나 자기 직업을 반복해서 묘사하지 않으면 안 되었다. 왜냐하면 이런 묘사는 다른 사람한테서는 철저하다고는 할 수 없게 이해되었기 때문이다. 그들 역시 나약한 인간에 불과하기 때문인데, 하지만 바로 그렇기 때문에 그리고 역시 좋은 우정관계인지라, 그런 설명은 반복해서 요구되어졌다. 이와 반대로 여자들에 관한 이야기는 드물었다. 왜냐하면 비록 사무엘이 자신의 취향을 여자들에게서 발견했을지라

도, 자기 욕구대로 담소를 조정하게 요구하는 것은 조심했기 때문이다. 그래서 그에게 맥주를 갖다 주는 나이 좀 먹은 처녀가 자주 일종의 경고로 보였다. 귀갓길에 막스는 이 영원한 웃음은 원래는 유감스러운 일이라고 말했을 정도로 이날 저녁 정말 많이 웃어댔다. 웃음으로 누구나가 바로 충분히 책임져야만 했을 진지한 문제들 전부를 잊기 때문에 유감스럽다는 것이다. 사람들은 웃고 있는 동안, 심각함에 대해서는 아직 시간이 충분하리라고 생각한다는 것이다. 하지만 그것은 맞지 않을 것 같다. 왜냐하면 심각함은 인간에게 요구하는 것이 당연히 훨씬 더 많을 것이기 때문이다. 그리고 혼자 있는 것보다 친구들 모임에서 더 큰 요구들을 들어줄 수 있으리라는 것은 명백할 것이기 때문이다. 사람들은 사무실에서야말로 웃었으면 했을 것이다. 왜냐하면 거기에서는 더 이상 성취하지 못할 것이기 때문이다. 이 견해는 로베르트를 겨냥한 것으로 그는 오래된, 자기가 젊게 만든 예술 협회에서 일을 많이 했다. 동시에 친구들과 즐겼던 가장 웃기는 일들을 알고 있었다. 그가 이야기를 시작하면 친구들은 벌써 자기 자리를 떠나 그에게로 모였고, 아니면 책상에 걸터앉았다. 특히 막스와 프란츠는 사무엘이 유리잔을 모두 옆 테이블로 옮기도록 그렇게 무아지경으로 웃어댔다. 이야기로 피곤해지면 막스는 갑자기 새로운 힘으로 피아노에 앉아서 연주했다. 그러는 동안 로베르트와 사무엘은 그의 옆쪽 의자에 앉았다. 이와 달리 음악을 전혀 이해하지 못했던 프란츠는 혼자 테이블에서 사무엘이 수집한 그림엽서 모음집을 들춰보거나 혹은 신문을 읽었다. 저녁때 좀 더 따뜻해지고 그래서 창문을 벌써 열어둘 수 있을 때가 되면, 네 명 모두가 창가로 가서 뒷짐을 지고서는 골목길을 내려다보았다. 교통이 물론 뜸해지긴 했지만 그렇다고 자기네들끼리 담소하는 데 마음가짐이 흔들리지는 않는다. 단지 이런저런 때에 목을 축이려고 누군가가 테이블로 돌아가거나, 혹은 아래쪽 그들의 와인 바 앞에 앉아 있던 처녀 두 명의 곱슬머리를 가리키거나, 혹은 그들을 쉽게 깜짝 놀라게 했던 달을 가리켰다. 혹은 막스가 자기가 이야기했던 것을 쫙 편 손가락으로 다른 친구들 어깨 너머 허공에 묘사하기도 했다. 마침내 선선하니 문을 닫아야만 할 거라고 프란츠가 말할 때까지 그랬다. 여름에는 때때로 공원에서 만났다. 가장자리가 완전히 더 어두운 테이블이 있었는데, 거기 앉아서 주거니 받거니 하며 마셔댔고, 머리들을 맞대고 애기하느라 멀리 들리는 관악대를 거의 알아채지 못했다. 팔짱을 끼고 발걸음을 맞추며 그들은 공원 터를 지나 집으로 돌아왔다. 가장자리의 두 명은 지팡이를 돌렸거나 혹은 덤블을 내려쳤다. 로베르트는 그들이 노래하도록 강요했다. [사람들은 그를 제대로 묘사한다고 생각하는데, 그것은 단지 근사치에 가까울 뿐이고 일기에서 수정되었다.] 하지만 그러고 나서 네 명을 위해 혼자서 멋지게 노래를 불렀다. 특히 가운데에서 두 번째 사람은 확실하게 대접받는다고 느꼈다. 이런 저녁에 프란츠는 다음과 같이 말하면서 양옆에 있는 친구를 바짝 안았다. '함께 있는 것은 정말 이렇게 아름다울 수 있을 텐데. 그래서 왜 일주일에 하루만 만나는지를 이해 못하는 거라고. 자주 만나지는 못해도, 일주일에 적어도 두 번 만나는 것이야말로 정말 쉬운 일일 거야. 왜 두 번이 더 좋지 않을까.' 모두가 그것에 찬성했고, 프란츠의 나직한 말을 바깥쪽에서 불분명하게만 이해했던 네 번째 친구까지도 찬성했다. 그런 만족감은 이런저런 때에 누군가가 할 수 있을 작은 수고로 틀림없이 의미가 있었다. 프란츠에게는 마치 부탁도 없었는데 네 명 모두를 위해 자신이 이야기한 벌로 공허한 목소리를 얻은 것처럼 보였다. 하지만 그는 멈추지 않았다. 그리고 누군가가 언젠가 실제로 올 수 없을 거라면 그야말로 바로 그 친구의 손실일 것이다. 그리고 그는 우선 위로받을 수는 있을 것이다. 하지만 그렇기 때문에 다른 사람들이 서로를 포기해야만 한다는 것인가, 세 사람이 서로에게 충분하지 않다는 것인가, 그리고 꼭 그래야만 한다면 둘도 충분하다. '물론이지, 물론이다.'라 고 모두가 말했다. 줄 가장자리에서 사무엘이 자유로워져 세 사람 앞 으로 바짝 나갔다. 그들은 서로가 정말 바짝 붙어 있었기 때문이다. 하지만 그러고 나서 그는 다시 별로 좋아 보이지 않았는지 오히려 다 시 팔을 꼈다. 로베르트는 제안을 하나 했다. '우리는 매주 함께 만나 서 이탈리아어를 배우는 거야. 이탈리아어를 배우기로 우리는 결정 해야만 해. 왜냐하면 이미 지난해에 갔던 이탈리아의 작은 땅에서 우리의 이탈리아어가 겨우 길을 묻는 정도라는 것을 보았잖아. 기억 해보면, 깜빠냐에서 너희들이 포도밭 담장 사이에서 길을 잃었을 때 였어. 게다가 그것도 정말 물어보는 사람이 무진장 애를 써서 겨우 가능했었지. 그러니까 지금 이탈리아에 다시 가기를 원한다면 공부 해야만 해. 거기서는 아무것도 도움이 안 돼. 그리고 함께 공부하는 것이 최고 아니니?' 막스는 '아니야.'라고 말했다. '함께라면 아무것 도 배우지 못해. 사무엘, 네가 함께 공부하는 것을 찬성하는 것과 마 찬가지로 확실히 알고 있어.' '무엇 때문인지'라고 사무엘이 말했다. '함께 공부하는 것도 틀림없이 아주 잘할 거야. 우리가 이미 고등학 교를 함께 다니지 않았다는 것만으로도 항상 유감으로 생각하고 있 잖아. 서로를 안 지 2년밖에 안 되었다는 것을 실제로 알고는 있니?' 그는 세 명 모두를 보느라고 몸을 구부렸다. 그들은 걸음걸이를 늦췄 고, 팔을 느슨하게 풀었다. '하지만 함께 배운 것은 아직 아무것도 없 잖아.'라고 프란츠가 말했다. '이거야말로 내 마음에 꼭 드는걸. 나는 아무것도 배우기를 원치 않아. 우리가 이탈리아어를 정말 배워야만 한다면, 각자 혼자 공부하는 것이 더 나을 거야.' '그것은 이해가 안 돼.'라고 사무엘이 말했다. '처음에는 매주 우리를 함께 만나고 싶다 고 하더니 다시 그렇게 하고 싶지 않다는 거군.' '하지만 이것 봐.'라고 막스가 말했다. '나와 프란츠는 우리가 공부 때문에 함께 있는 것이, 또 우리가 함께 있는 것 때문에 공부하는 것이 방해받지 말았으면 좋겠다는 것뿐이야. 그 밖에 다른 뜻은 없어.' '그래, 그런 거야.'라고 프란츠는 말했다. '시간이 정말 그렇게 많이 남은 것도 아니지'라고 막스가 말했다. '지금이 6월인데 9월엔 떠나기를 원하잖아.' '그렇기 때문에 바로 우리가 함께 공부하려는 거잖아.'라고 말하면서 로베르트는 눈을 크게 뜨면서 자기 의견에 반대하는 두 사람을 바라보았다. 누군가 그를 반박할 때면, 특히 그의 목은 유연하게 움직였다.[23]

그것은 십중팔구 우정의 본질에 놓여 있고 그리고 그 우정을 그림자처럼 따라다닌다. —한 사람은 환영하고, 다른 한 사람은 유감스럽게 생각하고, 세 번째 사람은 전혀 알아차리지도 못한다.

〈일기 6권 마지막 페이지에 이어 계속〉[24]

슈발이 무엇인가 비난받아야만 했다면, 그것은 슈발이 화부의 반항적인 기질을 점점 더 꺾을 수 없었고 그래서 이 작자가 오늘까지도 감히 선장 앞에 나서게끔 만든 이 상황 때문이었다.

이제 화부와 슈발을 대질시키는 일은 어쩌면 사람들 앞에서도 상급 공청회의 대질에 걸맞은 효과를 놓치게 하지 않을 것이라고 추측조차 할 수 있었다. 왜냐하면 슈발은 위장은 할 수 있을지라도, 끝까지는 도저히 버틸 수 없다는 것이 틀림없었기 때문이다. 그가 비열하다는 것을 신사들에게 보여주려면 그 비열함을 잠깐 떠올리게만 해도 충분했었을 것이다. 그것은 이미 카를이 알아서 하기로 했었다. 카를은 이미 신사들의 통찰력, 약점, 변덕을 개별적으로 대충 알고 있었다. 이런 관점에서 보자면 그가 지금까지 이곳에서 허송세월을 보낸 것은 아니다. 단지 화부만 좀 더 준비되었더라면, 그런데 그는 싸울 능력을 완전히 잃어버린 것처럼 보였다. 만약 화부에게 슈발을 디밀었더라면 그 가증스러운 머리통을 껍질이 얇은 땅콩처럼 주먹으로 칠 수 있었을 텐데. 그러나 화부는 슈발에게 몇 걸음 다가가는 것조차 이미 거의 불가능하게 보였다. 슈발이 자발적으로 오지 않으면 선장에게 호출되어서라도 결국 여기로 오지 않으면 안 되었을 것이라고 이렇게 쉽게 예상할 수 있는 사실을 카를은 도대체 왜 예상 못했지? 이곳으로 오는 도중에라도 카를은 왜 화부와 세부 전략을 논의하지 않았을까? 실제로 그렇게 했던 것처럼 뚫린 문이 있다고 그냥 거기로 무작정 들어오는 대신에 말이다. 도대체 화부가 이야기를 하기는 할 수 있었을까? 그렇소와 아니오를 말할 수는 있었을까? 어쨌거나 이런 대답은 아주 유리한 경우에만 닥칠 반대 심문에 필요할 것이다. 그는 두 다리를 벌린 채 무릎을 약간 구부리고 고개를 좀 들고서 거기에 서 있었다. 그리고 속에 작동하는 폐가 더 이상 존재하지 않는 것처럼 벌린 입으로 공기가 들락거렸다.

하여튼 카를은 기운도 나고 정신 차리고 있다고 느꼈다. 어쩌면 고향에서는 그런 적이 한 번도 없었다. 낯선 이국땅에서 카를이 신망 있는 인물들 앞에서 선한 일을 위해 어떻게 투쟁하는지 그리고 비록 승리하지는 못했을지라도 최후의 정복을 위해 어떻게 만반의 준비를 하고 있는지를 부모님이 볼 수만 있다면. 부모님이 카를에 대한 생각을 수정해주실 수 있을까? 그를 가운데에 앉히고 칭찬해주실 수는 있을까? 부모님에게 순종하는 그의 눈을 한 번이라도, 한 번이라도 들여다보실 수 있을까? 질문들이 불확실한 데다 이런 질문을 하기에는 매우 부적합한 순간이다!

"화부가 어떤 부정직함에 대해 저한테 책임을 지우는 것 같아 찾아왔습니다. 화부가 여기로 오는 것을 보았다고 주방 아가씨가 일러주었습니다. 선장님 그리고 여기 계신 모든 분들, 어떤 고발이라 할지라도 제 서류를 근거로, 필요한 경우에는 밖에 있는 편견 없는 공정한 증인들의 진술을 통해서도 반박할 준비가 되어 있습니다."라고 슈발은 말했다. 어쨌거나 이것은 한 남자의 명쾌한 해명이었다. 듣는 이들의 표정 변화를 보면, 이들이 오래간만에 처음으로 사람 목소리를 들었다고 믿을 수도 있었을 것이다. 이들은 물론 이런 멋진 화술에서조차 허점이 있다는 것을 알아차리지는 못했다. 슈발이 생각해낸 최초의 객관적인 단어가 왜 '부정직함'일까? 여기서 자신의 민족적 편견을 말하는 대신에 하필 고발을 생각해내지 않으면 안 되었을까? 주방 아가씨가 사무실로 가는 화부를 봤다고 해서, 슈발이 곧장 파악했단 말인가? 그를 더욱 영리하게 만든 것은 바로 죄의식이 아니었던가? 그래서 곧장 증인들까지 데려왔고, 더욱이 이들을 편견 없고 공정하다고까지 말을 했단 말인가? 이것은 속임수다. 속임수가 아니면 뭐겠는가. 그런데도 신사들은 그것을 참아주었고, 게다가 그것을 옳은 행동으로 인정했는가? 그는 무엇 때문에 주방 아가씨가 보고한 시간과 자신이 도착한 시간 사이에 의심할 것도 없이 아주 오랜 시간이 흐르게 했단 말인가? 그것은 화부가 신사들을 지치게 해서 이들이 점차 명석한 판단력을 잃을 것이라는 것 말고 정말 다른 어떤 목적도 없었지 않은가? 슈발은 무엇보다 그들의 명석한 판단력을 두려워해야만 했었다. 틀림없이 이미 오래전부터 문 밖에 있었던 그는 신사들의 사소한 질문들로 화부가 이미 완전히 녹초가 되었으리라고 희망해도 될 순간에 비로소 문을 두드리지 않았는가?

모든 것은 명백했다. 더욱이 슈발 역시 자신의 의지에 반하는 진술을 했다. 하지만 신사들에게는 다른 방식으로, 훨씬 더 구체적으로 이야기하지 않으면 안 되었다. 그들의 생각을 뒤흔들 수 있는 진술이 필요했다. 그러니까 카를은 서둘러서 증인들이 나타나서 전부 다 망쳐버리기 전에 지금 이 시간만큼이라도 최소한 이용해야 할 것이다!

그러나 바로 이때 선장은 손짓으로 슈발을 제지했다. 그러자 슈발은—자기 일이 잠시 연기된 것같이 보였기 때문에—곧장 옆으로 비켜났고, 화부와 카를을 곁눈질해가며 아주 자신만만한 손짓을 하면서 방금 자기편이 된 사환과 이야기하기 시작했다. 슈발은 다음 순간 떠벌릴 이야기를 연습하는 것처럼 보였다.

선장은 주변이 조용해지자 대나무 지팡이를 든 남자에게 물었다. "야콥 씨, 여기 이 청년에게 뭘 좀 물어보려고 하셨습니까?"

그 남자는 관심에 대한 감사 표시로 고개를 끄덕이고 말했다. "물론입니다." 그러고 나서 카를에게 다시 또 물었다. "당신은 원래 이름이 어떻게 됩니까?"

카를은 집요하게 질문하는 이 남자의 돌발적인 상황이 곧 끝난다면 중요한 본건에 유리할 거라고 생각했다. 여권을 꺼내 보이고 소개를 하는 것이 습관인 그가 아랑곳하지 않고 간단히 답했다. "카를 로스만입니다."

야콥이라 불리는 남자는 "하지만"이라고 말하더니 우선은 거의 믿을 수 없다는 듯이 미소 지으며 물러섰다. 선장도, 경리과장도, 항해사도 심지어 사환마저도 카를이란 이름을 듣자 엄청난 놀라움을 감추지 못하는 것이 분명했다. 항만청에서 온 직원들과 슈발만은 무덤덤한 태도를 취했다.

야콥 씨는 "하지만"을 반복하면서, 약간 경직된 걸음걸이로 카를에게 다가갔다. "그렇다면 내가 외삼촌 야콥이고, 자네는 사랑하는 조카구나. 제가 줄곧 여기 있는 동안에 예감이라도 했겠습니까?"라고 선장에게 말하고서 야콥 씨는 카를을 안으며 입을 맞췄다. 카를은 잠자코 전부 다 받아들였다.

몸이 자유로워지자 카를이 물었다. "성함이 어떻게 되시죠?" 카를은 매우 예의 바르다고 느꼈지만 별다른 감동은 조금도 느끼지 못했다. 그리고 이 새로운 사건이 화부에게 가져다줄 수도 있을 결과를 예측하려고 애썼다. 당분간 슈발이 이 사건에서 득을 볼 수 있으리라고 짐작케 하는 것은 아무것도 없었다.

카를의 질문으로 말미암아 야콥 씨라는 인물의 품위가 손상되었다고 생각한 선장이 말했다. "여보게 청년, 자네의 행운을 받아들이게나." 야콥 씨는 상기된 얼굴을 손수건으로 가볍게 두드리며 다른 사람이 보지 못하도록 창 쪽으로 서 있었다. "자네 삼촌이라고 밝히신 분은 바로 에드바르트 야콥 상원의원이네. 지금까지 기대했던 것과는 전혀 다른 화려한 인생 항로가 이제부터 청년을 기다리고 있을 것이네. 이해하도록 해봐요. 시작이 이렇게 순조로우니 침착하구려."

카를은 선장을 향해 말했다. "물론 야콥이라는 외삼촌이 미국에 계십니다. 그러나 제가 이해한 것이 맞는다면, 상원의원님의 성은 그냥 야콥이라는 것뿐입니다."

"그렇군요."라고 선장은 기대에 부풀어 말했다.

"하지만 어머니의 오빠인 야콥 아저씨는 세 명이 야콥이고, 성은 당연히 결혼 전 어머니의 성인 벤델마이어와 같아야만 할 것입니다."

"여러분!" 쉬고 있던 창가에서 경쾌하게 돌아온 상원의원은 카를의 설명과 관련해서 크게 외쳤다. 그때 항만청 직원들만 빼고 모두 다 웃음을 터뜨렸다. 어떤 사람들은 감동해서, 어떤 사람들은 영문을 모른 채로.

'내가 했던 말이 그렇게 우스웠다는 건가, 그럴 일은 전혀 아닌데.' 라고 카를은 생각했다.

"여러분" 하고 상원의원이 반복했다. "여러분은 저나 여러분의 뜻과는 달리 한 가족의 극적인 작은 사건에 함께하고 계십니다. 그렇기 때문에 여러분에게 설명 드리지 않을 수 없습니다. 이 사정을 익히 알고 있는 분은 선장님뿐이라고 생각되기 때문입니다." (이렇게 얘기 하면서 두 사람은 서로 가볍게 목례를 했다.)

'지금은 정말 어떤 말이라도 모두 주의 깊게 들어야만 해.'라고 카를은 자신에게 말했다. 곁눈질로 화부의 모습에서 생기가 되살아나기 시작했다는 것을 알아차리자 카를은 기뻤다.

"제가 미국에 체류한 수년간 내내—물론 제 영혼 그 자체라고 할 수 있는 미국 시민인 제게 체류라는 말은 어울리지 않습니다—그러니까 수년간 내내 유럽에 살고 있는 친척을 완전히 멀리 하고 살아왔습니다. 여러 가지 이유가 있습니다. 첫째는 여기에서 말씀드릴 필요가 없는 것이고, 둘째는 말씀드리는 것이 정말 저를 너무 곤란하게 만들 것입니다. 제가 사랑하는 조카에게 부득이 그 이유를 설명해야만 될 순간이 올까봐 두렵습니다. 그때는 그의 부모와 일가친척에 관해 솔직하게 밝히는 것을 유감스럽게도 피할 수 없게 될 것입니다."

'이분은 나의 외삼촌이야. 틀림없어.' 혼잣말을 하면서 카를은 귀를 기울였다. '어쩌면 이름을 바꾸게 했겠지.'

"사랑하는 조카는 부모로부터—역시 실감 나게 이 일을 표현할 단어로만 말하자면—그냥 쫓겨나게 된 것입니다. 귀찮게 할 때면 고양이를 문밖에 버리는 것처럼 말입니다. 조카가 벌을 받을 정도로 저지른 일을 미화시킬 생각은 추호도 없습니다—미화한다는 것은 미국적 방식은 아닙니다—하지만 그의 과실이라는 것은 단지 그냥 그렇게 칭하는 것만으로도 충분히 용서가 포함되는 그런 종류입니다."

'들어봐도 되겠는걸.'하고 카를은 생각했다. '하지만 외삼촌이 모두에게 이야기하는 것을 원하지는 않지. 게다가 외삼촌은 그 이야기를 잘 알 수도 없는데. 도대체 어디에서? 하지만 그가 이미 모든 것을 알고 있다는 것을 곧 보게 되겠군.'

"제 조카는 이를테면." 외삼촌은 말을 이으며 허리를 약간 구부려, 짚고 있는 대나무 지팡이에 기대었다. 이런 경우에 불필요한 엄숙함이 꼭 동반되는데, 외삼촌은 지팡이에 기대면서 이 엄숙함을 일부분 덜어내는 데 실제로 성공했다. "즉 조카는 요한나 브룸머라는 서른다섯 살쯤 된 하녀에게 유혹당했습니다. '유혹당했다'라는 말을 써서 조카의 감정을 상하게 할 생각은 전혀 없습니다만, 적합한 말을 달리 찾지 못하겠습니다."

이미 외삼촌에게 상당히 다가간 카를은 거기에 있는 사람들의 얼굴에서 자신의 이야기가 주는 인상을 읽으려고 몸을 돌렸다. 웃는 사람은 아무도 없었고, 모두 인내하며 진지하게 귀를 기울이고 있었다. 어쨌거나 만나게 된 첫 번째 기회인데 상원의원의 조카를 보고 웃을 사람은 없다. 오히려 화부가 카를을 보고 미소를 지었다고 말할 수는 있었을 것이다. 그런데 비록 아주 살짝 지은 미소일지라도 이 미소는 첫째는 새로운 생명의 표시라 기뻤고, 둘째는 용서될 수 있을 만한 일이었다. 왜냐하면 이제는 알려지게 되었지만 카를은 이 일을 선실에서도 특별한 비밀로 간직하려 했었기 때문이다.

외삼촌은 말을 이어갔다. "그런데 부룸머는 조카의 아이를 낳았습니다. 건강한 사내아이인데, 세 명을 야콥이라고 지었어요. 의심할 것도 없이 불초소생인 저를 염두에 둔 것입니다. 틀림없이 조카가 지나가는 말로 제 이야기를 한 것뿐인데 그 여자에게는 강한 인상을 주지 않을 수 없었겠지요. 저야 행운이라고 말합니다. 그도 그럴 것이 조카의 부모가 양육비의 부담을 피하기 위해서, 또는 그 밖에도 그들 자신에게까지 불어 닥칠 스캔들을 피하기 위해서—강조하지 않으면 안 되는데, 저는 그곳 법률이나 부모의 또 다른 사정은 모릅니다. 일전에 그의 부모가 보낸 청탁 편지 두 통에 대해서만 알고 있습니다. 제가 답장은 하지 않았으나 보관하고 있습니다. 지금까지 통틀어 그들과 갖게 된 유일하고도 더군다나 일방적인 편지연락을 의미하는 것입니다—부모가 양육비의 부담과 스캔들을 피하기 위해 아들을, 사랑하는 조카를 미국으로 보냈습니다. 보시다시피 무책임하고, 충분한 준비 없이 말입니다—만약 그 하녀가 제게 보낸 편지에서, 그 편지도 오랫동안 돌아다니다가 그저께야 도착했는데, 조카의 신상 기록과 함께 그간의 모든 이야기와 배의 이름까지 합리적으로 알려주지 않더라면, 이 젊은이는, 미국에 아직은 살아 있다는 표시와 기적이 일어나는 것을 빼면, 혈혈단신으로 이미 뉴욕 항구 골목에서 곧장 파멸하고 말았을 것입니다. 여러분을 즐겁게 해드리려고 했다면 저 편지의 몇 군데를 여기서 읽어드릴 수도 있었을 것입니다—그는 주머니에서 빽빽하게 쓴 커다란 편지지 두 장을 꺼내어 흔들어 보였다—이 편지는 비록 호의적일지라도 좀 단순한 교활함과 아이의 아버지에 대한 커다란 사랑으로 씌어졌기 때문에 틀림없이 효과가 있을 것입니다. 그러나 필요 이상의 설명을 하면서까지 여러분을 즐겁게 해드릴 생각도 없고, 어쩌면 저와 만나면서 혹시 더 이겨내야 할지도 모르는 조카의 감정을 다치고 싶지도 않습니다. 조카가 원하기만 하면 벌써부터 그를 기다리고 있는 방에서 조용히 이 편지를 교훈 삼아 읽을 수 있겠습니다."

그러나 카를은 그 처녀에게 아무 느낌도 갖고 있지 않았다. 점점 더 혐오스러워지는 과거라는 혼잡한 상황에서 그녀는 부엌 찬장 옆 그 받침대에 팔꿈치를 괴고 앉아 있었다. 그녀는 카를이 때때로 아버지를 위해서 물을 마실 컵을 가지러 오거나 혹은 어머니가 심부름을 시켜서 부엌에 들락거릴 때면 그를 쳐다보았다. 때로는 찬장 옆에서 뒤틀린 자세로 편지를 쓰다가 카를의 얼굴을 보고 영감을 떠올리기도 했다. 그녀는 때때로 손으로 눈을 가리고 있었는데, 그럴 때면 그녀에게 말을 걸어도 소용없었다. 또 어떤 때는 그녀가 부엌 옆에 있는 자신의 좁은 방에서 무릎을 꿇고 나무 십자가에 기도하고 있었다. 그러면 카를은 지나가는 길에 조금 열려 있는 문틈으로 수줍어하면서 그녀를 쳐다보았을 뿐이었다. 때때로 그녀는 부엌을 이리저리 뛰어다니다가 카를이 길을 막고 있으면 마녀처럼 웃으면서 뒤로 물러나곤 했다. 또 어떤 때는 카를이 들어왔을 때 부엌문을 잠그고는, 그가 나가게 해달라고 요구할 때까지 문의 손잡이를 잡고 있었다. 또 때로는 카를이 전혀 원하지도 않는 물건을 가져와서는 말없이 카를의 손에 쥐어주기도 했다. 그런데 언젠가 한 번 그녀가 "카를!" 하고 불렀다. 뜻밖의 말을 걸어오자 놀란 카를을 그녀는 얼굴을 찡그리면서 한숨을 쉬고 자기 방으로 데려가 문을 잠가버렸다. 그녀는 목을 조를 듯이 그의 목을 껴안았다. 그녀는 자기 옷을 벗겨달라고 간청하면서 실제로는 그의 옷을 벗기고 있었다. 그리고 이제부터는 그를 어느 누구에게도 내어주지 않고 이 세상 끝까지 쓰다듬고 돌보고 싶다는 듯이 침대에 눕혔다. 마치 그녀는 그를 보면서 소유하고 있다

고 확인이라도 하는 듯이, "카를, 아, 너는 나의 카를이야"라고 소리
쳤다. 반면에 카를은 그녀를 조금도 쳐다보지 않았고, 특별히 자기를
위해 쌓아놓은 것처럼 보이는 따뜻한 이불 속에서 불쾌함을 느끼고
있었다. 그러자 그녀도 그의 옆에 누워서 어떤 비밀이든지 그에게서
알아내려고 했다. 그러나 그는 아무 비밀도 말할 수가 없었다. 그러
자 그녀는 농담인지 혹은 진지함에서인지 화를 내더니 그를 흔들어
대었고, 또 그의 심장 박동을 들었다. 그러면서 똑같이 자신의 심장
소리도 들어보라고 자기 가슴을 내밀었다. 하지만 카를이 시키는 대
로 하지 않자, 그녀는 벌거벗은 배로 그의 몸을 누르면서 손으로 그
의 다리 사이를 더듬었다. 카를은 머리와 목을 베개 밖으로 빼 흔들
어댔을 정도로 그렇게 역겨웠다. 그러고 나서 그녀는 자신의 배를 몇
번씩 그의 몸에 부딪쳤다. 이미 카를에게는 그녀가 자신의 일부분인
것 같았고, 아마 이런 이유에서 도움이 절실하다는 끔찍함이 그를 사
로잡았다. 재회에 대한 그녀의 소망을 수차례 듣고 나서 마침내 카를
은 울면서 자기 침대로 돌아왔다. 그것이 이야기의 전부였는데, 외삼
촌은 이것으로 굉장한 이야깃거리를 만들 줄 알고 있었다. 그래서 그
하녀는 카를의 외삼촌도 생각했던 것이고, 카를의 도착을 외삼촌에
게 알렸던 것이다. 이것은 그 여자로서는 잘한 일이고, 그는 그녀에
게 한 번 또 은혜를 갚게 될 것이다.

"그럼 이제 내가 네 외삼촌인지 아닌지를 너한테서 솔직하게 듣고
싶구나."하고 상원의원은 소리 질렀다.

"아저씨는 제 외삼촌입니다."하며 카를은 외삼촌의 손에 입을 맞
췄고, 그러자 외삼촌은 그의 이마에 입을 맞췄다. "외삼촌을 뵙게 되
어 정말 기뻐요. 하지만 부모님이 외삼촌에 대해 나쁘게만 말씀하신
다고 생각하시면 잘못 알고 계신 겁니다. 그 밖에도 말씀하신 가운
데에는 몇 가지 틀린 것들이 있습니다. 이를테면 모든 일이 다 그런

식으로 일어났다고 생각하지는 않습니다. 실제로 이곳에서는 외삼촌께서 그곳 일들을 그렇게 잘 판단하실 수는 없습니다. 더욱이 이 신사 분들이 실제로 크게 상관도 없는 사건의 세부 사항에 대해 좀 잘못 알고 있다고 하더라도 그렇게 특별히 손해 볼 일은 없다고 생각됩니다."

"잘 얘기했네." 상원의원은 이렇게 말하면서 공감하는 뜻이 완연한 선장 앞으로 카를을 데려갔다.

"저한테는 훌륭한 조카가 아닌가요?"

"상원의원님, 의원님의 조카를 알게 되어 기쁩니다."라고 선장은 군대훈련을 받은 사람만이 할 수 있는 경례를 하면서 말했다.

"이런 만남의 장소를 내드릴 수 있다는 것은 우리 배로서는 큰 영광입니다. 그러나 3등 선실에서 항해하는 것은 매우 불쾌했을 것입니다. 누가 승선했는지 정말 누가 알겠습니까? 예를 들면, 한번은 헝가리 최고 귀족의 장남도 우리 배의 3등 선실에서 여행을 했습니다. 이미 이름과 여행 동기도 기억나지는 않습니다. 저야 시간이 한참 흐른 뒤에 비로소 그 사실을 알게 되었습니다. 그래서 우리 배는 3등 선실의 손님들도 가능하면 편안하게 여행할 수 있도록 최선을 다하고 있습니다. 예컨대 미국 해운 회사보다도 훨씬 더 많이요. 그렇지만 이와 같은 항해를 즐기기에는 아직도 미흡한 점이 많습니다."

"저한테 피해를 준 것은 없었습니다."라고 카를이 말했다.

"그에게 피해를 준 것은 없었다!"라고 상원의원은 크게 웃으면서 반복했다.

"단지 제 가방이 없어졌을까봐 걱정이 됩니다." 이 얘기로 카를은 어떤 일이 일어났고 아직 더 남아 있는 일들이 무엇인지를 모두 기억해냈다. 그러면서 카를은 주위를 둘러보았고, 자신에게 존경과 감탄을 보내며 말없이 제자리를 지키고 있는 거기에 있는 모든 사람들을 쳐다보았다. 다만 항만청에서 나온 직원들의 자기만족에 빠진 엄숙한 표정을 보면, 정말로 때가 아닌데 왔다고 유감스러워하는 것을 읽을 수 있었다. 필경 그들한테는 이 방에서 일어났었고, 또 어쩌면 앞으로 일어날 수도 있을 모든 일보다도 지금 눈앞에 놓여 있는 회중시계가 더 중요했었던 것이다.

선장에 이어서 자신의 관심을 말로 표현한 첫 번째 사람은 기이하게도 화부였다. "진심으로 축하해요."라고 말하며 화부는 카를과 악수를 했다. 그는 그렇게 하면서 인정한다는 것과 같은 무엇인가도 표현하고 싶어 했다. 그러고 나서 화부는 같은 말을 하려고 상원의원에게도 몸을 돌리려고 했다. 그러자 상원의원은 그렇게 하는 것이 화부에게 분에 넘치는 일이라도 되는 듯 뒤로 물러섰다. 화부도 곧장 포기했다.

그러나 이때 나머지 사람들은 이제 무엇을 해야 했는지를 깨닫고 곧장 카를과 상원의원 주위에서 분주하게 움직였다. 카를은 심지어 슈발의 축하 인사까지 받아 답하고 감사하는 일까지 벌어졌다. 다시 조용해지자 마지막으로 항만청 직원들이 다가와서 영어로 두 마디를 했는데, 그것은 우스꽝스러운 인상을 주었다.

상원의원은 이 만족감을 마음껏 즐기기 위해서 좀 더 대수롭지 않은 순간들까지도 자신에게 그리고 다른 사람에게 기억나게 하고 싶은 기분이었다. 물론 모두가 상원의원의 기분을 참아주기만 한 것은 아니고 흥미 있어 하며 받아주었다. 그래서 그는 하녀의 편지에 언급된 카를의 가장 두드러진 인상착의를 혹시 필요할 때 바로 쓸 수 있도록 자기 수첩에 기입해놓았다는 사실을 환기시켰다. 화부가 견디기 힘든 수다를 떠는 동안 그는 순전히 기분 전환을 위해 수첩을 꺼내서, 물론 탐정의 눈으로 보면 딱히 정확하다고는 할 수 없는, 하녀의 관찰을 장난스럽게 카를의 외모와 대조해 보았다. "이렇게 해서 조카를 찾는 거죠."라고 상원의원은 다시 한 번 축하의 말을 듣고 싶다는 듯한 어조로 이야기를 끝맺었다.

외삼촌이 마지막 이야기를 끝내자, 카를이 물었다. "이제 화부는 어떻게 되는 거죠?" 카를은 생각하고 있는 것을 모두 말할 수 있는 새로운 입장에 자신이 서 있다고 생각했다.

"화부는 받아야 할 것을 받게 되겠지. 그리고 선장님 생각대로 될 것이다. 화부에 대한 이야기는 우리한테 충분하다고 생각한다. 충분하기만 하겠니. 여기 있는 사람들은 누구나 내 생각에 동의할 거다."라고 상원의원은 말했다.

"하지만 그게 문제는 아니지요. 정의라는 문제에서 만큼은요."라고 카를은 말했다. 그는 외삼촌과 선장 사이에 서 있었는데, 어쩌면 이런 위치가 결정권을 손에 쥐는 데 영향을 끼친다고 생각했다.

그런데도 불구하고 화부는 이미 스스로 희망을 가질 것이라고는 더 이상 아무것도 없는 것처럼 보였다. 그는 양손을 반쯤 바지의 혁대에 찔러 넣고 있었는데, 흥분된 몸짓으로 말미암아 그 혁대는 셔츠의 줄무늬와 함께 드러나 보였다. 그는 그것을 조금도 개의치 않았다. 그는 자신의 괴로움을 전부 호소했던 것이다. 이제라도 그가 입고 있는 몇 가지 누더기를 사람들이 봤다면 그를 밖으로 쫓아내야만 했을 것이다. 그는 곰곰이 생각을 해보았다. 이곳에서 가장 계급이 낮은 두 사람, 즉 사환과 슈발이 이런 최후의 친절을 베풀어줄 것이다. 그러면 경리과장이 말했던 것처럼 슈발은 안정될 것이고, 더 이상 절망에 빠지는 일도 없을 것이다. 선장은 루마니아 사람만을 고용할 수 있을 것이고, 어디를 가나 루마니아어가 사용될 것이다. 그렇게 되면 아마도 모든 것이 실제로 더 나아질 수 있을 것이다. 화부가 경리실에 들어와서 수다를 떠는 일은 더 이상 일어나지 않을 것이고, 단지 그의 마지막 수다만이 상당히 정겨운 추억으로 회자될 수 있을 것이다. 왜냐하면 상원의원이 분명하게 설명한 것처럼 이 수다가 조카를 알아보게 한 간접적인 동기가 되었으니까. 더욱이 조카는 예전에 여러 번 화부에게 도움을 청했고, 자신의 신분을 밝히게 도와준 화부의 수고에 감사한다고 표시한 지 이미 오래다. 그래서 지금 카를에게 뭘 또 바란다는 것은 화부로서도 전혀 생각할 수도 없는 일이다. 그가 상원의원의 조카라고는 해도, 어쨌거나 선장은 아니지 않은가. 결국 선장의 입에서 좋지 않은 얘기가 나오게 될 텐데 말이다. 화부 역시 자기가 생각한대로 카를을 쳐다보려고도 하지 않았다. 하지만 유감스럽게도 적들의 방에서 그의 눈이 쉴 곳은 달리 남아 있지 않았다.

"사태를 오해할 것 없다. 아마 정의라는 문제에 관한 일인데, 하지만 동시에 규율이라는 문제에 관한 일이기도 하단다. 두 가지, 특히 규율이라는 문제는 여기서 선장님의 재량에 달려 있다."라고 상원의원은 카를에게 말했다.

"그렇겠죠."라고 화부가 중얼거렸다. 이 말을 듣고 이해한 사람은 이상하다는 듯이 미소를 지었다.

"더욱이 우리는 뉴욕에 방금 도착한 때라 틀림없이 엄청나게 많은 공적 업무가 산적해 있을 선장님을 이미 지나치게 방해를 하고 있지. 그러니까 주제넘게 아주 쓸데없는 참견을 해서 두 기관사의 사소한 다툼을 하나의 사건으로 만들지 않으려면 지금이 바로 이 배를 떠나야 할 적시네. 이보게, 조카. 게다가 자네 행동 방식이야 아주 잘 알고 있지. 하지만 바로 그렇기 때문에 여기서 당장 자네를 서둘러 데려갈 권리가 주어진 것이라네."

"그럼 두 분을 위해서 곧장 보트를 내리도록 하겠습니다." 카를이 놀라워할 정도로 외삼촌의 말에 한마디의 이의도 달지 않고 선장이 말했다. 외삼촌의 얘기는 의심할 것도 없이 자기비하로 비쳐질 수 있었다. 경리과장은 급히 책상으로 달려가서 선장의 명령을 수부장에게 전화로 알렸다.

'시간이 벌써 급하다. 그러나 여기 있는 모든 사람들의 감정을 상하게 하지 않고서는 아무것도 할 수가 없다. 외삼촌이 나를 겨우 찾아냈는데 그러자마자 이제 또 그 외삼촌을 떠날 수는 없다. 선장은 정중하긴 한데, 하지만 그것이 전부일 뿐이다. 규율이라는 문제에 부딪치면 그의 정중함 역시 중단될 거고, 외삼촌은 그의 마음을 확실히 꿰뚫어 보고 말씀하셨던 것이다. 슈발과 말하고 싶지는 않다. 그와 악수한 것까지도 유감이다. 여기 있는 다른 사람들은 모두 엽전들이다.'라고 카를은 혼잣말로 중얼거렸다.

그런 생각을 하면서 그는 천천히 화부에게로 가서 그의 오른손을 혁대에서 빼내어 자기 손으로 장난을 쳤다. "도대체 왜 아무 말도 하지 않는 거죠? 왜 모든 것을 참고 있죠?"라고 카를이 물었다.

화부는 마치 해야 할 말이 있는데 그 표현을 찾기라도 하는 것처럼 이마를 찌푸리고만 있었다. 그 밖에 그는 자신의 손과 카를의 손을 내려다보고 있었다.

"당신은 이 배의 어느 누구도 당해본 적이 없는 부당한 대우를 받았습니다. 제가 잘 알아요." 카를은 눈동자를 번쩍이면서 두리번거리고 있는 화부의 손가락 사이에다 자신의 손가락을 끼웠다 뺐다 하고 있었다. 화부는 마치 환희에 사로잡힌 듯했는데, 하지만 어느 누구도 그에게서 이런 환희를 나쁘게 생각하지는 않았다.

"하지만 당신은 자신을 스스로 지켜야만 하고, '예'와 '아니오'라고 말을 해야 합니다. 그렇지 않으면 사람들은 진실을 전혀 알지 못해요. 제 말대로 하겠다고 약속해주셔야만 합니다. 더 이상은 당신을 조금도 도와드릴 수 없기 때문이죠. 여러 가지 이유로 제가 이 점을 우려하고 있어요." 이렇게 말하고 카를은 울면서 화부의 손에 입을 맞췄다. 그러고는 상처투성이에 거의 생기 없는 손을 붙잡고, 마치 포기해야만 하는 보물인 것처럼 자기 뺨에 갖다 대었다. —그러나 그때 상원의원인 외삼촌이 이미 옆에 와서 비록 살짝이긴 해도 강제로 그를 끌고 갔다. "화부가 너한테 요술을 부렸나 보다."라고 외삼촌이 말하면서 카를의 머리 너머로 선장에게 의미 있는 시선을 보냈다. "네가 홀로 외로움을 느꼈고, 그때 화부를 만난 것이지. 그래서 지금 그에게 고마워하고 있는 것이고. 그것은 아주 칭찬할만 한 일이지. 그러나 나 때문에라도 너무 지나친 행동은 하지 마라. 네 입장을 파악하는 것도 배우렴."

문밖에서는 소동이 벌어졌고, 외치는 소리가 들렸다. 마치 누군가가 거칠게 문에 부딪치기라도 한 것 같았다. 선원 한 명이 들어왔는데, 약간 거칠어 보였고, 앞치마를 두르고 있었다. "밖에 사람들이 와 있습니다."라고 그가 외치며 마치 아직도 사람들 틈에 있기라도 한 것처럼 팔꿈치를 이리저리 휘둘렀다. 마침내 그는 정신을 차리고 선장에게 경례를 하려고 했으나 그때 문득 자신이 앞치마를 두르고 있다는 것을 깨닫고 그것을 세게 잡아당겨서 바닥에 내동댕이쳤다. 그러고는 "정말 역겹군. 나한테 앞치마를 두르게 했다니까요."라고 소리쳤다. 그러고 나서 구두 뒤축을 딱 붙이고 경례를 했다. 누군가가 웃으려고 했지만 선장은 엄숙한 어조로 말했다. "기분이 좋은가보군. 도대체 밖에 있는 사람들은 누구인가?" "제 증인들입니다."라고 슈발이 나서면서 말했다. "대단히 죄송하지만 저 사람들의 부적절한 행동을 용서해주십시오. 항해가 끝나면 사람들은 가끔씩 미친 사람처럼 날뛰죠."—"즉시 들어오라고 하시오."라고 선장은 명령했다. 그리고 상원의원 쪽을 돌아보면서 공손하게 그러나 급하게 말했다. "존경하는 상원의원님, 조카와 함께 이 선원을 따라가 주시겠습니까? 보트까지 안내해드릴 것입니다. 제가 상원의원님과 개인적으로 알게 되어 굉장히 기쁘고 또 영광이라는 것은 새삼스레 말씀드릴 필요도 없을 것 같습니다. 그리고 머지않아 상원의원님과 중단된 미국 선박 사정에 대한 대화를 다시 나눌 수 있고 또 오늘처럼 유쾌하게 끝낼 기회가 찾아오기만을 바랄 뿐입니다." "당분간은 이 조카면 충분합니다."라고 외삼촌이 웃으면서 말했다. "그럼 당신의 호의에 대해 진심으로 감사의 말씀을 드립니다. 그리고 평안하시기를 바랍니다. 그 밖에 또 다음번 우리가 유럽으로 여행을 할 때에는—외삼촌은 카를을 진심으로 껴안았다—어쩌면 좀 더 오랫동안 함께 지낼 수 있다는 것이 꼭 불가능하기만 한 일은 아닐 것입니다." "그렇게만 된다면 진심으로 기쁠 것입니다."라고 선장이 말했다. 두 사람은 악수를 했다. 카를은 말없이 잠시 선장에게 손을 내밀 수밖에 없었다. 왜냐하면 선장은 이미 열다섯 명 정도를 상대하고 있었기 때문이다. 이 사람들은 좀 당황하긴 했지만 아주 시끌벅적하게 슈발의 안내를 받아 들어왔다. 선원은 상원의원에게 앞서 간다는 양해를 구한 뒤 상원의원과 카를을 위하여 군중 사이로 길을 내주었다. 두 사람은 목례하는 사람들 사이로 쉽게 지나갔다. 좌우지간 이 선량한 사람들은 슈발과 화부의 싸움을 재미로 받아들였던 것 같았다. 그래서 이 싸움이 웃긴다는 점은 선장 앞에서도 결코 중단되지는 않을 것이다. 카를은 주방 아가씨 리네 역시 그들 사이에 있는 것을 발견했다. 그녀는 유쾌하게 그에게 눈을 깜빡거리면서 선원이 내동댕이친 앞치마를 둘렀다. 앞치마는 그녀의 것이기 때문이었다.

그들은 선원의 뒤를 계속 따라 사무실을 나와서 좁은 통로로 꺾어 들어갔는데, 거기서 몇 발자국 안 가서 작은 문에 다다랐다. 거기서부터 몇 계단을 오르면 그들을 위해서 준비된 보트로 통했다. 지금까지 안내를 했던 선원이 훌쩍 뛰어서 보트에 오르자, 타고 있던 선원들은 일어나서 경례를 했다. 상원의원은 카를에게 조심해서 내려가라고 곧장 주의를 주었고, 그때 아직 맨 위 계단에 서 있던 카를은 갑자기 울음을 터뜨렸다. 상원의원은 오른손으로 카를의 턱을 받치며 꼭 껴안았고, 왼손으로는 그를 어루만져주었다. 이렇게 해서 두 사람은 천천히 한 계단 한 계단 내려와 꼭 붙어서 보트로 옮겨 탔다. 상원의원은 카를에게 자신의 바로 맞은편 쪽 편한 자리를 골라주었다. 상원의원의 신호로 보트는 기선을 밀어냈고, 선원들은 곧장 전력으로 노를 저었다. 기선에서 몇 미터 떨어지자마자 카를은 바로 경리실의 창문이 나 있는 쪽을 향해 자신들이 있다는 의외의 발견을 하게 되었다. 세 개의 창문 모두 슈발의 증인들이 차지하고 있었고, 그들은 정답게 인사하고 손을 흔들었다. 외삼촌은 감사 표시까지 했다. 선원한 명은 같은 속도로 노 젓는 일을 실제로 멈추지 않고도 손으로 키스를 보내는 재주를 보여줬다. 마치 화부가 더 이상 존재하지 않는 것같이 정말 그랬다. 카를은 외삼촌의 무릎과 자신의 무릎이 거의 닿은 채로 외삼촌의 눈을 뚫어지게 쳐다보았다. 이 아저씨가 언젠가는 저 화부의 역할을 자신에게 대신해줄 수 있을까 하는 의혹이 들었다. 외삼촌 역시 카를의 시선을 피해서 출렁대며 보트를 흔드는 파도를 바라보았다.

　카를은 외삼촌댁에서 곧 새로운 환경에 익숙해졌다. 하지만 외삼촌은 아무리 사소한 일이라도 카를을 다정하게 챙겨주었다. 그래서 카를은 외국에서 처음으로 겪는 인생이 대부분 얼마나 비참한가를 알게 해주는 나쁜 경험들을 통해 비로소 교훈을 얻어야만 했던 적은 결코 없었다.
　카를의 방은 건물의 6층에 있었고, 그 밑으로 다섯 개의 층을 외삼촌의 회사가 차지하고 있었다. 다시 그 밑에는 지하로 세 개의 층이 더 있었다. 두 개의 창문과 발코니 문을 통해서 방으로 쏟아지는 햇빛은 카를이 아침에 작은 침실에서 이 방으로 들어올 때마다 그를 재차 놀라게 했다. 그가 가난하고 어린 이민자로 상륙했었다면 도대체 어디서 살아야만 했을까? 외삼촌은 이민법에 대한 자신의 지식에 의해서, 또 아주 개연성이 높다고 여기는데, 카를에게는 아마 미국 입국은 전혀 허락되지 않았을 것이란다. 그래서 카를에게 더 이상 고향은 없다는 것을 고려해보지도 않고 본국으로 송환했을 것이란다. 이곳에서는 동정심을 바라서는 안 되었기 때문이다. 그리고 이 점에 있어서 카를이 미국에 대해 읽었던 것은 모두 정확했다. 여기서는 단지 행복한 사람들만이 주위의 걱정 없는 얼굴들 사이에서 자신들의 행복을 진짜 만끽하고 있는 것처럼 보였다.

좁은 발코니가 방 앞에 방의 길이만큼 펼쳐 있었다. 카를의 고향에서라면 아마 경치를 조망할 수 있는 제일 높은 장소였을 것이다. 그런데 여기서는 거리 하나를 내다보는 것 이상은 허용되지 않았다. 칼로 베어 놓은 것 같은 집들이 그 거리를 사이에 두고 두 줄로 늘어서 있기에, 거리는 마치 달아나듯이 아득하게 먼 곳으로 뻗어 있었다. 그 먼 곳에 대성당의 모습이 자욱한 연기 속에 거대하게 솟아 있었다. 이 거리는 아침저녁으로 또 한밤의 꿈속에서도 항상 밀려드는 교통 체증으로 혼잡하였다. 위에서 내려다보면 거리는 일그러진 사람들의 모습과 각종 차량의 지붕들이 항상 새로운 출발점에서 서로 뒤섞여 흩어지는 조합을 보여주었다. 또 이 차량에서는 소음과 먼지와 냄새가 새롭고 다양하고 거칠게 섞여서 올라왔다. 이 모든 것은 한 줄기 강력한 빛으로 포착되고 침투되었는데, 그 빛은 수많은 대상들에 의해 줄곧 흩어져 사라지고 다시금 서둘러 다가왔다. 그리고 마치 모든 것을 덮고 있는 유리가 매순간 반복해서 이 거리 위로 산산이 부서지기라도 할 것처럼, 이 빛은 현혹당한 눈에 입체적으로 보였다.

매사에 조심성이 많은 외삼촌은 카를에게 아무리 사소한 일이라도 당분간 심각하게 끼어들지 않도록 충고했다. 그는 매사를 검토하고 관조해야만 했지만, 마음을 빼앗기게 내버려두어서는 안 되었다. 유럽 사람이 미국에 와서 처음 보내는 며칠은 정말 출생할 때와 비교할 만하다. 카를이 불필요한 걱정을 하지 않기 위해서는, 비록 저세상에서 인간세계로 들어오는 것보다 더 빨리 미국 생활에 적응한다고 할지라도, 첫 번째 판단은 언제나 약한 기반을 근거로 하고 있으며, 그 첫 번째 판단으로 인해 이 땅에서 살아가는 데 필요한 앞으로의 모든 판단을 혼란 속에 빠져들게 해서는 안 된다는 점을 염두에 두지 않으면 안 될 것이다. 외삼촌도 새로 도착한 이주자들을 알고 있었는데, 예를 들면 이들은 이런 훌륭한 원칙에 따라 행동하는 대신, 온종일 발코니에 서서 길 잃은 양처럼 거리를 내려다보았을 것이란다. 그야말로 혼란을 가져올 수밖에 없었을 것이다! 일로 분주한 뉴욕 사람들의 하루를 멍청하게 보면서 지내는 고독한 무위는 관광객에게나 허용될 수 있거나, 무조건은 아닐지라도 권장될 수 있겠지만, 적어도 이곳에 머물 사람한테는 그것은 타락을 의미할 것이다. 이런 경우에는 타락이라는 말을 아무렇지 않게 사용할 수 있을 것이다. 만약—

〈일기에서는 이렇게 끝나는데 다른 곳에서 이야기는 계속되었다〉

제3권(1911)

1911년 〈10월〉 11월 26일 목요일

뢰비는 어제 오후 내내 고르돈의 「신, 인간 그리고 악마」[1]를 낭독한 뒤에 파리에서 쓴 일기를 낭독했다. 그저께는 고르돈의 「야성적 인간」[2]의 공연을 보았다. —고르돈은 라타이너, 샤르칸스키, 파이만[3] 같은 작가들보다 더 훌륭한데, 그 이유는 그의 작품 내용이 더 상세하고, 질서가 더 잡혀 있기 때문이고, 또 이런 질서 속에서 더욱 논리 정연하기 때문이다. 어쨌든 「야성적 인간」에서는 다른 희곡들이 보여주는 직접적이고, 형식상 단번에 즉흥적인 유대인풍은 더 이상 나타나지 않는다. 이런 유대인풍의 시끌벅적한 소리는 더욱 둔탁하게 울리고, 그러다 보니 내용도 덜 자세하게 들린다. 하여간 공연은 관객한테 양보했고 때로는 뉴욕의 유대인 관객의 머리 위로 고개를 빼어야만 작품을 (야성적 인간의 형상, 젤데스 부인의 모든 이야기) 볼 수 있다는 생각을 하게 한다. 하지만 감각적인 어떤 예술에게조차 실질적으로 양보했다는 사실이 더 나쁘다. 「야성적 인간」의 줄거리는 막 전체를 날려 보냈다는 사실을 예로 들 수 있는데, 그 이유는 야성적 인간이 인간적으로 불투명하고, 문학적으로는 조야한 얘기를 해서 차라리 눈을 감는 것이 좋겠다는 생각이 들기 때문이다. 「신, 인간 그리고 악마」의 나이 든 처녀도 마찬가지 경우다. 「야성적 인간」의 줄

거리는 부분적으로 매우 과감한 내용이다. 젊은 미망인이 네 명의 자녀가 있는 늙은 남자와 결혼하고, 그녀는 정부인 블라디미르 보로베이취크를 곧장 부부관계에 끌어들인다. 이제 이 두 사람은 가족 전체를 파멸시킨다. 슈무트 라이프리히(피페스 분)는 돈을 전부 내놓아야만 하고, 병든다. 대학생인 큰아들 시몬(클루크 분)은 가출을 한다. 알렉산더는 도박꾼이자 주정뱅이가 된다. 리제(취시크 분)는 창녀가 된다. 그리고 레메흐(뢰비 분), 이 바보는 젤데 부인이 어머니 자리를 차지했기 때문에 생긴 증오심으로, 또 자신이 가깝게 여긴 첫 번째 젊은 여인이기 때문에 생긴 사랑으로, 바보 같은 광기에 사로잡힌다. 이렇게 밀어붙이는 줄거리는 레메흐가 젤데를 살해하면서 해결된다. 관객의 기억 속에 다른 모든 인물들은 미완성이고 구제불능이다. 이런 여인과 정부의 창작은, 즉 아무에게도 의견을 묻지 않는 창작은 나한테 명확하지는 않으나 여러 가지 다양한 자신감을 주었다.

연극 프로그램이 주는 은밀한 인상.[4] 이름만이 아니라 더 많은 것을 알게 되는데, 하지만 대중과 자신들의 판단에 최상의 의도로 가장 냉정하게 내맡겨진 가족에게 알려져야만 될 만큼만 알게 된다. 슈무트 라이프리히는 '부유한 상인'이다. 하지만 그는 늙고 병들었으며, 우스울 정도로 여성을 좋아하고, 나쁜 아버지이며, 아내의 장례식 날에 결혼식을 올린, 신앙심이 없는 홀아비라는 사실은 이야기되어지지 않는다. 하지만 이런 설명 전부가 연극 프로그램의 설명보다 더 정확했을 것이다. 왜냐하면 연극이 끝날 무렵에 그는 젤데 부인이 모든 것을 빼앗아갔기 때문에 더 이상 부자가 아니고, 또 그는 사업을 돌보지 않았기 때문에 더 이상은 상인이랄 수도 없기 때문이다. 시몬은 연극 프로그램에 '대학생'으로 나와 있는데, 그러니까 우리가 알기로도 아주 먼 친지들의 아들들이 대부분 그렇듯이 꽤 막연한 것이다. 알렉산더, 이 개성 없는 젊은 청년은 '알렉산더'일 뿐이다. 가정적인 처녀인 '리제'에 관해서는 역시 그녀가 '리제'라는 사실만을 알 뿐이다. 레메흐는 유감스럽게도 '바보'다. 그것은 숨길 수 없는 그런 것이기 때문이다. 블라디미르 보로베이취크는 '젤데의 정부'일 뿐이다. 하지만 가족을 망친 사람은 아니다. 주정뱅이도, 도박꾼도, 부랑자도, 백수도, 기생충도 아니다. '젤데의 정부'라는 표시는 많은 것을 폭로하기는 하지만 그의 행동거지를 고려해보면 최소한으로 말할 수 있는 것이다. 게다가 또 줄거리의 장소가 러시아다. 겨우 불러 모은 인물들은 거대한 지역에 뿔뿔이 흩어져 있거나 혹은 이 지역의 드러나지 않는 작은 지점에 모여 있다. 단언하자면 이 연극은 불가능한 것이 되었다. 관객이 볼 만한 것이라고는 아무것도 없을 것이다. /그런데도 불구하고 연극은 시작된다. 작가의 명백한 위력이 발휘한다. 연극 프로그램의 인물들한테는 믿어지지 않는, 그러나 아주 확실하게 나타나는 일들이 일어난다. 만약 채찍질, 잡아챔, 때림, 어깨 두드리기, 실신함, 목초 베기, 절룩거림, 목이 젖혀진 러시아식 장화로 춤추기, 소파 위에서 치마를 걷어 올리고 왈츠 추기만을 사람들이 믿고자 한다면, 어떤 반박도 도움이 되지 않는 곳에서 이런 일들이 일어나기 때문이다. 그것은 연극 프로그램의 신중한 인상이 공연 후에나 비로소 생길 수 있는 틀린 인상이라는 것을 인식하는 데 필요한, 기억에 따라서 경험하는 관객을 흥분시키는 정점조차도 안 된다. 더욱이 지금 그 인상은 이미 틀렸고, 그야말로 불가능하다. 그런 인상은 피곤해서 비켜서 있는 사람에게만 생길 수 있는데, 그 이유는 정직하게 평가하는 사람에게는 연극 프로그램과 공연 사이에 서 있는 허락되지 않는 어떤 것도 더 이상은 볼 수 없기 때문이다.

　빗금 친 곳부터 시작[5]해서 절망감으로 써나갔다. 왜냐하면 오늘은 유별나게 시끄럽게 소음을 내면서 카드 놀이를 하고 있는데, 다들 앉아 있는 테이블 옆에 내가 앉아 있어야만 했고, 오틀라는 음식을 한 입 가득히 넣고 웃어대고, 일어났다 앉았다가 테이블 건너편으로 손을 뻗으며, 내게 말을 걸기 때문이다. 불행의 절정에 도달하려고 나는 정말 형편없는 글을 쓰면서, 훌륭한, 유연하게 흐르는 느낌으로 뢰비가 쓴, 독자적인 불로 지펴진 파리의 추억들을 생각해야만 하기 때문이다. 반면에 적어도 지금만큼은 주로 이런 이유들을 갖고 있다는 것은 확실하다. 즉 시간이 조금밖에 없기 때문이고, 거의 완전히 막스의 영향 아래 있기 때문이고, 이 영향은 때로는 그의 작업에 대한 기쁨까지도 쓸데없이 망쳐버리기 때문이다. 이런 이야기들은 내게 위로가 되기 때문에 버나드 쇼의 자전적인 노트를 적어본다. 이것은 사실 위로와는 반대되는 의미를 지니는데도 불구하고 말이다. 즉 그는 소년일 때 더블린의 토지와 대지 회사 사무실에서 실습생이었다. 그는 이 자리를 곧 포기하고 런던으로 여행을 떠나 작가가 되었다. 1876년부터 1885년까지 처음 9년간 그가 번 돈은 전부 140 K.였다. "하지만 내가 건실한 젊은이였고 가족이 형편없는 처지에 있었는데도 불구하고, 나는 삶의 전쟁에 뛰어들지 않았다. 나는 어머니를 팽개쳤고, 어머니가 나를 부양하도록 했다. 늙은 아버지로부터는 후원을 받지 못했고, 반대로 나는 그의 옷자락에 매달렸다." 결국 나는 조금의 위로를 얻었다. 그가 자유롭게 런던에서 보낸 수년 동안은 나한테는 이미 지나간 시절이다. 가능한 행복은 점점 더 불가능한 행복으로 넘어가고 있다. 나는 끔찍한 대리인생을 살고 있고 비겁하다. 또 고작 이 대목을 부모님에게 읽어드렸다는 사실로 쇼를 본뜨고 있는 나는 비참하기에 충분하다. 이렇게 가능한 삶이 쇠의 색깔로, 긴장된 쇠막대기로, 그리고 그 사이에서 가벼운 어둠으로, 크게 뜬 내 눈앞에서 얼마나 번쩍이고 있는지!

———————

1911년 10월 27일 뢰비의 단편 그리고 일기.

노트르담이 그를 얼마나 놀라게 하는가. '자르뎅 드 플랑트' 식물원의 호랑이가 절망과 희망의 묘사로 얼마나 그를 감동시키고, 또 탐욕 속에 절망과 희망의 묘사로 배를 불리는가. 공연 도중에 그의 경건한 아버지는 어떻게 물어보는가. 즉 그가 이제 토요일에 산책할 수 있을지, 또 이제는 현대 서적들을 읽을 시간이 있는지, 또 그가 금식 기간에 음식을 먹어도 되는지를 물어본다. 이와는 달리 뢰비는 토요일에도 일을 해야만 하고, 시간이라고는 전혀 없고, 또 어떤 종교가 규정한 것보다도 더 많이 금식을 하고 있는데도 말이다. 그가 검정 빵을 씹으면서 골목길을 산책할 때면, 멀리서는 마치 초콜릿을 먹는 것처럼 보인다. 모자 공장에서의 노동과 그의 친구, 이 친구는 모두가 부르주아라고 여기는 사회주의자다. 그는 그처럼, 예를 들면 섬세한 손으로 일하는 뢰비처럼, 그렇게 일을 하지도 않으며, 일요일이면 지루해하고, 독서를 사치스러운 것으로 경멸한다. 또 스스로는 읽을 수가 없어서 아이러니컬하게도 자신이 받은 편지를 뢰비에게 읽어 달라고 부탁한다.

————

러시아에서는 유대인의 예배당이면 어디에나 있는 유대인의 정화수. 이 정화수란 나한테는 정확하게 윤곽이 정해진 대야의 물을 가진 작은 방이라 생각된다. 그것은 영혼의 속세적인 때만을 씻을 수 있고, 그래서 그 외적인 설비는 상관이 없는, 랍비들이 배열하고 감시하는 장치를 갖는다. 그것은 더럽고 악취가 날 수 있고, 하지만 그래도 자신의 목적 역시 이루는 상징물이다. 여성들은 생리로부터 자신을 정화하려고 오고, 토라를 기록하는 사람은 토라의 대목 중 마지막 문장을 쓰기에 앞서 죄를 범하는 모든 생각으로부터 정화하려고 온다.

————

기상한 다음 곧장 손가락을 세 번 물에 담그는 습관, 왜냐하면 밤 사이에 두 번째와 세 번째 손가락 마디에 악한 유령들이 머물기 때문이다. 합리적인 설명을 말하자면 다음과 같다. 손가락들은 잠을 자는 동안에 그리고 꿈을 꾸는 동안에 가능한 한 신체 부분 전부를, 겨드랑이, 엉덩이, 성기를 통제할 수 없이 만질 수 있었고, 그렇기 때문에 손가락이 곧장 얼굴로 가는 것을 막아야만 한다는 것이다.

그녀의 무대 뒤에 있는 분장실은 정말 만약 누군가가 우연히 연극 장면 중 문의 커튼 뒤 거울 앞에 서 있다면, 그리고 두 번째 사람이 지나가려고 했다면, 커튼을 올리고 본의 아니게 관객들에게 자신을 한동안 보여주어야만 할 정도로 그렇게 좁았다.

미신이란 완성되지 않은 유리잔으로 물을 마시면 악마 같은 유령들이 구강 안으로 들어온다는 것을 뜻한다.

배우들이 공연이 끝나면 얼마나 상처를 받는지 생각났다. 또 한마디로 그들을 속이는 것을 내가 얼마나 두려워했는가. 마치 화가 나고 불만스럽기라도 한 것처럼, 어떻게 내가 차라리 가볍게 악수를 하고서 급히 사라졌는가. 그 이유는 내가 받은 인상의 진실을 표현하는 것이 불가능했기 때문이다. 내용 없는 몇 가지를 차분하게 말했던 막스를 빼고는, 내가 보기에는 모두가 틀렸다. 뻔뻔하게 상세함을 물어보았던 사람이야말로 틀렸다. 배우의 지적에 대해 농담조로 답을 했던 사람은 틀렸다. 반어법을 사용하는 사람은 틀렸다. 자기가 받은 다양한 인상을 해체하기 시작한 사람은 틀렸다. 올바르게 객석 깊숙이 눌러앉았다가 늦은 밤 지금 일어나서 자신의 가치를 다시 알아차렸던 모든 불량배들은 틀렸다. (올바른 것과는 한참 거리가 있다.)

166

〈*1911년 10월*〉 9월 28일

내가 비슷한 감정을 갖기는 했지만, 그날 저녁에는 공연도 연극도 도저히 완벽한 것으로 보이지 않았다. 바로 그 때문에 배우들에 대해 특별한 경외심을 가져야 할 의무감을 느꼈다. 비록 많기는 하나 인상이 주는 사소한 허점이 있다 해도 누가 그것을 책임질지를 누가 알겠는가. 한번은 취시크 부인이 자기 옷의 끝단을 밟아서 거대한 기둥처럼 공주풍의 창녀 복장을 입은 채 한순간 비틀거렸다. 또 한번은 그녀가 말을 잘못하여, 혀를 안정시키려고 뒤쪽 벽이 심하게 움직일 정도로 몸을 돌렸다. 그럼에도 불구하고 이런 행동은 그 말에 적합하지 않았다. 그런 행동이 나를 혼란스럽게는 했지만, 그녀의 목소리를 들으면서 내가 항상 느끼는 광대뼈 위쪽에 일어나는 경련의 순간을 방해하지는 않았다. 하지만 다른 친지들은 나보다 훨씬 더 순수하지 않은 인상을 받았기 때문에, 그들은 나보다 훨씬 더 큰 경외심을 의무적으로 느끼는 것처럼 보였다. 그리고 내 견해로는, 그들의 경외심은 그들의 행동을 저주할 두 가지 이유를 내가 가질 만큼 내 경외심보다 훨씬 더 효과적이었을 것이기 때문이다.

『샤우뷔네』에 실린 막스의 「희곡에 대한 원칙들」.[6] 꿈의 진실이라는 성격을 완전히 갖고 있는가. 그것에 대해 '원칙들'이라는 표현 역시 어울리는가. 꿈같이 더 부풀리면 부풀릴수록, 그것을 더욱더 냉정하게 파악해야만 한다. 다음과 같은 원칙들이 이야기되었다.

드라마의 본질은 결핍에 놓여 있다는 것이 명제이다.

드라마는(무대 위에서) 소설보다 더욱 소모적인데, 왜냐하면 우리가 보통 읽기만 하는 모든 것을 눈으로 보기 때문이다.

그것은 그렇게 보일 뿐이다. 소설에서 작가는 우리에게 중요한 것만을 보여주기 때문이다. 이와 반대로 드라마에서는 모든 것, 즉 배우, 무대장치를 보여주므로 중요한 것뿐만 아니라, 좀 더 적게 보는 것이다. 그러므로 소설의 의미로 보자면 최고의 드라마는 자극이 전혀 없는, 예를 들면, 자유롭게 꾸며진 실내장식 속에 앉아 있는 배우가 낭독하는 철학적인 드라마일 것이다.

그렇지만 최고의 드라마는 시간과 공간에서 삶이 요구하는 모든 것에서 자유로운 드라마이다. 그래서 대사에만 국한시키고, 독백에서는 생각에만 국한시키고, 또 사건의 주안점에만 국한시키는 드라마로, 다른 모든 것은 흥미를 일으키는 것으로 주관하면서, 배우나 화가, 감독들이 들고 있는 간판 위로 치켜들고 자신의 극도의 영감만을 좇는 드라마이다.

이러한 귀결의 오류란 예고 없이 입장을 바꾸는 것을 말하며, 한 번은 서재의 물건들을, 한 번은 관객의 물건들을 본다는 것을 말한다. 즉 관객은 작가가 의도하는 뜻으로 모든 것을 보지는 않는다는 사실을, 또 공연은 작가조차 깜짝 놀라게 한다는 사실을 시인하더라도 그렇다.

1911년 〈10월〉 9월 29일 일요일

그는 모든 것을 상세하게 묘사한 희곡 작품을 생각했고, 세부적인 항목에서 세부적인 항목으로 계속 옮겨갔다. 그리고 모든 세부적 내용을 오로지 언어에 집중시켰기 때문에 그들에게 연극적인 무게와 힘을 실어주었다. 이렇게 최고로 전개되는 가운데 이 연극은 견딜 수 없는 의인화로 빠져들어갔다. 이 의인화를 끌어내리고 견딜 수 있게 만드는 것은 배우의 과제다. 배우는 자신에게 주어진 역할을 여유 있게 한 올 한 올 풀어가면서 고통스럽게 스스로 짊어진다. 그러니까 이 연극은 허공에서 날아다니지만 폭풍에 날아다니는 지붕이 아니라 건물 전체로 날아다닌다. 이 건물의 기초 벽은 오늘날에는 정신착란과 비슷한 힘으로 땅에서 뽑혀진 것이다.

———————

때로는 그 공연은 천장에 매달린 무대 배경의 위쪽에 머무르고, 배우들은 거기서 줄을 잡아당기고 있는 것처럼 보인다. 즉 배우들이 그 끝을 장난으로 손에 쥐거나 몸 주위에 칭칭 감고 있는 그런 줄을 말한다. 그리고 관객이 경악하게끔 때때로 풀기 힘든 줄 하나가 배우 한 명을 공중 높이 끌어가는 것처럼 보인다.

오늘 그레이하운드처럼 생긴 당나귀의 꿈을 꾸었다. 이 당나귀의 움직임은 아주 조심스러웠다. 이런 현상의 진기함을 의식했기 때문에 세심하게 관찰했지만, 당나귀가 가느다란 사람의 발의 길이와 모습이 똑같은 이유로 마음에 들지 않았다는 사실만 기억으로 남았다. 나는 당나귀에게 취리히의 나이 든 부인에게서(이 모든 것은 취리히에서 일어났다) 얻은 신선하고 짙은 초록색 사이프러스 가지를 주었는데, 그 당나귀는 이것을 원하지 않았고, 코를 킁킁거리며 가볍게 냄새만 맡았다. 하지만 그 가지를 테이블 위에 내려놓자 거의 알아볼 수 없는 밤송이 같은 씨 한 알만 남겨놓고 완전히 다 먹어치웠다. 나중에는 이 당나귀가 아직까지 네 발로 걸은 적이 한 번도 없고 항상 사람처럼 서서 걸었고 은빛으로 빛나는 가슴과 배를 보여준다는 것이 이야기되었다. 하지만 사실 그것은 맞는 말은 아니다.

그 밖에도 취리히의 구세군 모임과 비슷한 모임에서 사귀었던 영국 사람에 대한 꿈을 꾸었다. 거기 좌석은 학교에서처럼 책상 상판 아래로 열려 있는 칸이 더 있었다. 한번은 뭔가 좀 정리하려고 손을 넣어 잡았는데, 그때 여행중에 얼마나 쉽게 친구를 만들 수 있는가를 생각하며 놀라워했다. 이 말은 사실 그러자 곧장 나타났던 그 영국 사람을 뜻한다. 그는 아주 양호한 상태의 밝고 편한 옷을 입고 있었다. 단지 위쪽 팔 뒤로 천 대신에 아니면 적어도 그 위로 회색의 주름진, 실이 교차하듯이 줄줄이 찢겨진 좀 낡은 천을 대서 꿰매었는데, 승마 바지에 덧댄 가죽이나 재봉사, 가게 점원, 계산대 점원의 소매용 덮개를 기억나게 했다. 그의 얼굴은 곧장 회색 천으로 가려졌는데, 입과 눈과 어쩌면 코까지도 아주 세련된 솜씨로 잘라낸 천이다. 하지만 이 천은 새것이고, 거친 정도는 오히려 플란넬 종류이며, 아주 야들야들하고 부드러운 영국의 우수한 회사 제품이다. 그 남자와 잘 알고 지내고 싶어 못 견딜 정도로 모든 것은 내 마음에 들었다. 그 남자도 나를 자기 집으로 초대하기를 원했다. 하지만 나는 이미 모레 떠나야만 했기 때문에 그 계획은 수포로 돌아갔다. 그 남자는 모임을 떠나기 전에 확실히 아주 실용적인 옷 몇 가지를 더 입었는데, 단추를 잠그고 난 뒤에는 전혀 눈에 띄지 않은 옷들이다. 그 남자는 집으로 나를 초대할 수는 없었지만, 골목으로 함께 갈 것을 요구했다. 나는 그를 따라갔고, 우리는 모임이 있는 식당 건너편 인도 가장자리에 서 있었다. 아래쪽에 내가, 위쪽에 그가 서 있었고, 몇 마디를 나눈 뒤에 다시금 초대는 성사가 될 수 없었다는 것을 알게 된다.

　그다음, 막스와 오토[7]와 나는 역에 와서야 비로소 우리의 여행 가방을 싸는 습관이 있다는 꿈을 꾸었다. 그래서 우리는 예를 들면 와이셔츠들을 중앙 홀을 지나서 멀리 떨어져 있는 가방이 있는 데로 날랐다. 이런 행동이 관례인 것처럼 보였는데도 불구하고 우리한테서는 입증되지 않았다. 특히 기차가 들어오기 바로 직전에야 가까스로 짐을 싸기 시작했기 때문이라는 것이 그 이유다. 그때 우리가 흥분하는 것은 당연했고, 좋은 좌석을 얻기는커녕 기차를 탈 희망조차도 거의 없었다.

———————

카페의 단골손님과 직원들은 배우들을 사랑하는데도 불구하고, 그들이 무시한다는 인상을 주면서 존경심까지 가질 수는 없을 것이고 그래서 배우들을 벌이가 신통치 않은 사람으로, 떠돌이로, 완전히 역사적 시대에서처럼 유대인 같은 사람으로 경멸한다. 이렇게 급사장은 뢰비를 홀에서 쫓아내려고 했다. 또 전직이 사창가 직원이고 지금은 포주인 수위는 조그마한 취시크에게, 그녀가 「야성적 인간」에 출연하면서 감정이 흥분되어 배우들에게 무엇인가를 전해주려고 했을 때 고함을 질렀다. 그리고 그저께 시티라는 카페에서 뢰비가 고르돈의 「엘리저 벤 셰비아」의 1막을 내게 읽어준 뒤, 내가 그를 카페로 바래다주었을 때 수위라는 작자는 뢰비에게 "이리 와봐, 바보야.(「야성적 인간」에서 뢰비의 배역을 암시한 것이다) 사람들이 기다리고 있잖아. 자네가 세운 공이라고는 정말 없는데 오늘 방문객이 저기 있다네. 포병대의 지원병까지 거기 있으니 이리 와봐"라고 소리를 질러댔다. (그는 사시인 데다 구부러진 뾰족한 코와 입 사이의 움푹 파인 홈에서는 작은 콧수염이 팔락거리고 있었다.) 그리고 커튼이 쳐 있는 카페의 유리창 중 하나를 가리켰다. 아마 그 뒤로 그 지원병이 앉아 있을 것이다. 뢰비는 이마 위로 손을 가져가면서 "엘리저 벤 셰비아에서 이 사람에게로"라고 말한다.

———————

오늘은 계단의 모습이 내 마음을 무척 사로잡는다. 이미 예전에 그리고 여러 번 그랬는데, 그 이후로 내 창문에서 보이는, 저 계단의 돌로 된 난간의 삼각형으로 잘린 부분을 나는 즐겼다. 이 계단은 오른쪽으로 체흐 교각에서 부두의 모래톱 아래쪽으로 내려간다. 마치 급히 암시만 하듯이 아주 기울어져 있다. 그리고 지금 나는 건너편 강 위로 물까지 이르는 사다리 모양의 계단을 보고 있다. 이 계단은 예부터 거기 있었다. 하지만 가을과 겨울에만 철거되고, 그렇지 않으면 그 앞에 있는 수영 교실에 모습을 드러내는데, 갈색 나무들 아래로 꺼먼 잔디에서 전망의 유희 속에 놓인다.

———————

뢰비의 이야기. 네 명의 친구들이 늙어서 탈무드의 대학자가 되었다. 하지만 이들 모두가 특별한 운명을 맞이한다. 한 명은 미쳤고, 한 명은 죽었고, 엘리저 랍비는 마흔 살에 자유사상가가 되었다. 그리고 그들 중 가장 나이 많은, 마흔 살에 공부를 시작했던 아키바만이 완벽한 인식에 도달했다. 랍비 마이어는 엘리저의 제자인데, 경건한 사람이었다. 그의 신앙심은 자유사상가의 강의가 해가 되지 않을 정도로 그렇게 깊었다. 그는 그가 말했듯이 콩의 씨를 먹고 껍질은 버렸다. 한번은 토요일에 엘리저가 산책에 나섰고, 랍비 마이어는 손에 탈무드를 들고 걸어서 따라갔다. 어쨌거나 2000걸음만을 갔다. 토요일에 그 이상 걷는 것은 허락되지 않았기 때문이다. 그리고 여기 이 산책에서 상징적인 연설과 반론이 만들어졌다. "당신의 민족한테 돌아오시오"라고 랍비 마이어가 말했고, 랍비 엘리저는 말장난을 하면서 거부했다.

———————

〈1911년 10월〉 9월 30일

내 위가 건강하게 느껴질 때면 언젠가 거의 항상 갖는 이 욕구, 즉 내 안에 음식을 집어넣는 끔찍한 도전을 상상하는 것. 특히 훈제품을 파는 정육점 앞에서 나는 이런 욕구를 만족시킨다. 오래된 딱딱한 가정식 소시지라고 종이쪽지에 광고하는 소시지를 보면, 상상 속에 한입 가득히 물어뜯어서는 재빨리 삼켜버리는데, 규칙적으로 그리고 기계처럼 사정없이 그렇게 한다. 상상 속에서조차 이런 행동이 즉각적으로 가져오는 절망감이 내 조급함을 가속화시킨다. 갈빗살의 기다란 껍질을 씹지도 않고 입 안에 집어넣고, 뒤쪽에서 위와 장을 통과시켜 다시 끄집어낸다. 또 더러운 식료품점을 다 먹어치운다. 내 속을 청어와 오이와 모든 나쁜 오래된 매운 음식들로 꽉 채운다면. 양철통에서 사탕을 우박처럼 내 안에 털어 넣는다. 이렇게 내가 건강한 상태만이 아니라 상처 없이 곧장 사라질 수 있는 고통을 즐기고 있다.

———————

최고의 순수함에 도달하기만 한다면, 고통을 주든지 즐거움을 주든지 간에, 순수한 인상들을 내 전체 존재 속에 흩어지도록 하지 않고 새로운 예측하지 못한 약한 인상들로 흐리게 하고 쫓아내는 것은 나의 오랜 습관이다. 나 스스로를 해치는 것은 나쁜 의도는 아니고, 그 인상의 순수함을 견디는 데 있어서의 나약함이다. 하지만 이런 인상의 순수함은, 유일하게 올바른 방법인데도 공개하고 자신을 후원하도록 다른 힘을 불러내는 대신에, 시인되지 않고 오히려 내적 고요함 속에 표면적으로는 자유자재로 새로운 인상을 호출해서 스스로를 도우려고 시도한다. 예를 들면 토요일 저녁 T.양의 훌륭한 노벨레[8]의 낭독을 들었다. 이것이야말로 그녀의 작품이라기보다는 오히려 막스의 작품에 속한다. 적어도 더 많은 조항들이 딸린 더 큰 분량에서 그의 작품에 속한다. 그다음 바움[9]의 탁월한 작품 「경쟁」의 낭독을 들었는데, 이 작품에서는 살아 있는 장인의 창작품에서처럼 작업과 효과에서 극적 힘을 계속 볼 수 있다. 이 두 작품의 낭독을 듣고서 나는 그야말로 무릎 꿇었고, 집으로 돌아오는 길에 「로베르트와 사무엘」[10]에서 무엇이 나올 수는 없을 거라고 막스에게 설명했을 정도로 이미 며칠 동안 내내 공허했던 나의 내면을, 상당히 뜻밖인데, 엄청난 슬픔으로 가득 채웠다. 그 당시 나한테나 막스한테나 이런 설명에는 최소한의 용기조차도 필요하지 않았다. 이어진 대화는 나를 좀 혼란스럽게 했다. 왜냐하면 그 당시 나한테는 「로베르트와 사무엘」이 전혀 중요한 걱정거리가 되지 못했기 때문에, 그래서 막스의 반박에 대해 맞는 답을 찾지 못했기 때문이다. 하지만 내가 혼자 있게 되자 이 대화로 생긴 내 슬픔을 방해하는 것만 끝난 것이 아니라 막스의 존재가 주는 거의 항상 효과적인 위로도 받지 못하게 되었을 때, 내 절망은 사고를 해체하기 시작했을 정도로 발전했다. (내가 저녁 식사의 휴식을 취하는 동안 뢰비가 집으로 찾아와 방해했고, 7시에서 10시까지는 나를 기쁘게 해주었다.) 어쨌거나 집에서 기다리는 대신에, 계속 일어난 일이지만, 나는 무질서하게 『행동』[11] 2권을, 「불운」[12]에서 약간을, 마침내 파리에서 쓴 내 메모를 읽었고, 실제로 전보다는 더 답답하기는 했지만 만족해하면서 침대에 누웠다. 며칠 전과 비슷했는데, 그때 나는 뢰비의 날카로운 모방 속에 그의 열광이 주는 형식적인 내 목표에 쏟은 힘을 얻고서 산책에서 돌아왔다. 그때도 나는 독서를 했고, 집에서 많은 것을 횡설수설 이야기했고, 쇠약해졌다.

〈1911년 10월〉 11월 31일
오늘 피셔 출판사의 카탈로그와 『인젤 연감』 그리고 피셔 출판사의 『룬트샤우』를 여기저기 읽었는데도 불구하고 지금 나는 모든 것을 철저하게, 아니면 대충이라도, 하지만 모든 피해를 방지하면서, 수용할 것을 상당히 의식하고 있다. 오늘 저녁 뢰비와 다시 외출을 안 해야만 할 거라면 내 자신에 대한 믿음은 충분할 것이다.

───────

오늘 낮에 여동생 때문에 집에 왔던 중매쟁이 앞에서, 어리둥절하게 만드는 몇 가지 이유로 나는 눈을 내리감는 당황함을 느꼈다. 여인은 나이와 닳아빠짐과 더러움이 빛을 발하는 밝은 초록색 옷을 입었다. 여인은 일어날 때면 두 손을 무릎 사이에 놓았다. 여인이 사시여서, 내가 아버지 쪽을 쳐다봐야만 할 때면, 여인을 옆으로 비켜 있게 하기가 더욱 어려웠다. 아버지는 신랑 후보로 내놓은 젊은 남자에 대해 몇 가지를 내게 물어보았다. 이와는 달리 나의 당혹스러움은 다시 줄어들었는데, 그 이유는 내 앞에는 점심 식사가 있었고, 당혹스러움 없이도 세 개의 접시에 이것저것 음식을 섞어 담기에 바빴었을 것이기 때문이다. 이런 사람의 얼굴을 어떤 동물로 봐야만 할 것인지 이해할 수 없을 정도로 놀랍다고 생각했을 만큼 여인의 얼굴에는 그렇게 깊은 주름이 있었는데, 처음에는 이 주름을 부분적으로만 보았다. 신체적으로 눈에 띄는 것은, 특히 끝부분이 약간 위로 뜬, 각이 진 작은 코가 얼굴에 솟아 있었다.

───────

일요일 오후에 세 명의 여인을 막 앞지르며 막스의 집으로 들어섰을 때 생각해 보았다. 아직 나는 두서너 집에서 무엇인가 해야만 할 일이 있고, 뒤에 오는 여인들은 내가 일요일 오후에 일하려고, 대화하려고, 합리적으로 서둘러서, 단지 예외적으로 이런 면을 존중하면서 현관으로 들어가는 것을 아직 더 볼 수 있다. 더 이상은 그렇게 오랫동안 있을 수는 없을 것이다.

───────

오늘 나는 빌헬름 셰퍼의 노벨레를 특별히 큰 목소리로 낭독할 때 마치 가는 끈을 혀 위에서 조종하기라도 하는 것처럼 집중해서 즐기며 읽었다. 어제 오후 처음에는 발리[13]를 견디기 힘들었다. 하지만 내가 「불운」을 빌려주었을 때, 그녀는 잠깐 동안 읽어보았을 뿐인데 이미 본격적으로 그 이야기의 영향을 받은 것이 틀림없었다. 나는 이 영향 때문에 그녀를 사랑했고, 그래서 그녀를 쓰다듬어주었다.

───────

잊지 않기 위해서, 아버지가 다시 또 나를 못된 아들이라고 이야기해야만 할 경우를 위해서, 특별한 동기도 없는데 몇 명의 친척들 앞에서 단지 내게 그냥 부담을 주려고 그런 것인지, 소위 나를 구제하려고 그런 것인지는 몰라도 막스를 '경솔한 사람meschuggenen ritoch'이라고 유대어로 불렀다는 사실을 적어놓는다. 또 아버지가 어제 뢰비가 내 방에 있었을 때 빈정대는 투로 몸을 흔들고 입을 비죽거리면서 이 집에 들어오는 것이 허락된 이방인들에 대해, 이방인에 관심을 쏟을 일이 무엇이기에, 무엇 때문에 그렇게 불필요한 관계를 가지려고 하는지 등등, 말한 사실을 적어놓는다. 사실 나는 그것을 적어놓지 말았어야만 했다. 왜냐하면 방금 내 아버지에 대한 증오심을 적어놓았기 때문인데, 게다가 오늘은 아버지가 증오심을 일으킬 어떤 계기도 주지 않았고, 아버지의 표현으로 적어놓았던 것과 비교해보면 최소한 뢰비 때문에는 지나치게 증오심이 크기 때문이고, 어제 아버지의 행동에서 진짜 악의적인 것을 내가 기억할 수 없다는 것에 대한 증오심은 더 커지고 있기 때문이다.

1911년 11월 1일

오늘 그레츠의 『유대 민족의 역사』[14]를 열의를 갖고 행복하게 읽기 시작했다. 그 책에 대한 갈망이 독서를 훨씬 앞서 나갔기 때문에 처음에는 생각했던 것보다 더 낯설었고 휴식을 통해 내가 가진 유대인의 민족성을 생각해보려고 여기저기서 멈추었다. 하지만 결론 부분에 와서, 새로 정복한 가나안에서 있었던 첫 번째 이주의 불완전함과 인망 있는 사람들(요수아스, 판사, 엘리스)의 결함을 성실하게 알려준다는 것은 정말 감동적이었다.

어제 저녁 클루크 부인과 작별했다. 우리(나와 뢰비)는 기차를 따라 달리며 클루크 부인을 쳐다보았다. 그녀는 어둠 속에서 마지막 열차의 닫혀 있는 창문 뒤에서 내다보고 있었다. 그녀는 열차의 객실 안에서까지 우리에게 급히 손을 내밀면서 일어나 창문을 열었다. 그리고 맞은편에 앉은, 분위기가 어두운 클루크 씨가 일어날 때까지 그녀는 겉옷을 열어놓은 채로 한동안 서 있었다. 클루크 씨는 크고 씁쓸하게 입을 벌렸을 뿐 영원히 그렇게 할 것같이 곧장 다물었다. 나는 클루크 씨와 단지 15분 동안 잠깐 얘기했고, 어쩌면 두 번 쳐다보았을 뿐이다. 그 밖에는 무기력하고 끊기는 대화를 하면서 클루크 부인에게서 눈을 뗄 수가 없었다. 그녀는 내 존재에 의해서 완전히 지배되었는데, 하지만 실제로 그렇다고 보기보다는 오히려 그녀의 상상 속에서 그랬다. 그녀가 "뢰비, 이봐요"를 반복하면서 뢰비에게 말을 걸 때면 나를 두고 하는 말이다. 또 그녀가 남편에게 기댈 때면, 그는 때때로 그녀에게 창가 쪽 오른쪽 어깨만을 기대게 하고 그녀의 옷과 부풀어 오른 외투를 누르고 있는데, 그녀는 이렇게 공허한 표시를 나한테 하려고 애쓴다. 내가 그녀한테 그렇게 편한 사람은 아니라는 생각을 했었던 첫인상은 정말 옳았다. 기분이 아닌데도, 그녀가 나보고 노래를 함께 부르자고 요구하는 적은 드물다. 그녀가 뭔가 물어보면 유감이지만 내 대답은 틀렸다. ("그것을 이해해요?" 나는 "네"라고 말했고, 하지만 그녀는 "저 역시 아니에요."라고 말하려고 내가 "아닙니다"라고 하기를 원했다.) 그녀는 두 번째 그림엽서를 보내지는 않았다. 클루크 부인에게 상처를 주려고 내가 꽃을 보내려고 했던 취시크 부인을 나는 더 좋아했다. 내 동안으로도 방해받지 않는, 동안 때문에 오히려 더 심해진 내 박사학위에 대한 존경심이 이런 혐오감에다가 더해졌다. 이런 존경심은 정말 대단해서, 그녀가 자주 하는 말이지만 유별나게 강조하는 것은 전혀 아닌 "박사님, 아시죠"와 같은 말이 마치 내가 거의 무의식적으로 그녀가 너무 적게 돈을 버는 것을 유감스럽게 생각하고, 누구나가 아주 똑같은 투로 말을 걸어오기를 내가 요구하는 것은 아닌지를 묻는 그런 투로 들릴 정도였다. 하지만 나는 인간으로서 그녀의 존경을 받기 때문에 청취자로서 비로소 적합한 사람이다. 그녀가 노래를 부를 때면 나는 빛이 났다. 그녀가 무대 위에 서 있는 동안 내내 나는 웃고 있었고, 그녀를 쳐다보고 있었다. 노래를 따라 불렀고, 나중에는 말도 따라 했다. 몇몇 공연 뒤에 나는 그녀에게 감사했다. 물론 그런 후에 나와 그녀는 다시 잘 지낼 수 있었다. 하지만 그녀가 이런 감정으로 내게 말을 걸으면 당황해서 아무 말도 할 수 없었고, 그녀를 당황하게 만들었는데, 그녀는 틀림없이 첫 번째 혐오감으로 마음을 되돌렸고 거기 머물러 버렸다. 그럴수록 그녀는 청취자로 내가 보답을 받도록 더욱 노력해야만 했고, 또 즐겨 그렇게 했다. 그녀는 허영심에 찬 여배우고 착한 여인이었기 때문이다. 특히 객실의 창가 저 위쪽에서 그녀가 말없이 있을 때면, 당혹함과 교활함으로 비죽거리는 입 그리고 입가에 그어진 주름 위로 움직이는 깜빡거리는 눈으로 나를 쳐다보았다. 그녀는 마치 실제로도 그랬다는 듯 나한테서 사랑을 받는다고 믿어야만 했다. 그리고 이런 시선으로, 그녀는 경험은 있지만 젊은 부인, 또 훌륭한 아내이자 어머니로서, 자신의 상상 속 어떤 박사에게 줄 수 있었던 유일한 만족감을 내게 주었다. 이 시선들은 내가 거부하게끔 그렇게 간절했고 "여기에는 정말 사랑스러운 손님들이 있어요. 특히 개개인이"와 같은 어투로 받쳐주었다. 그리고 이런 때 내가 그녀의 남편을 쳐다보는 순간들이다. 두 사람을 비교해보면, 그들은 함께 우리를 떠나야만 했고, 더군다나 우리 걱정만 했지만 서로는 어떤 시선도 주고받지 않는다는 사실에 대해서 나는 이유 없는 감탄을 하게 된다. 그들이 좋은 좌석을 얻었는지 뢰비가 물었다. "만약 이렇게 비어 있다면야 그렇겠죠"라고 클루크 부인이 답했고, 객실 내부를 가볍게 쳐다보았다. 그녀의 남편이 그곳의 따뜻한 공기를 담배 연기로 망쳐놓았지만 말이다. 우리는 그들의 아이들에 대해서 이야기했다. 아이들에 대한 사랑 때문에 그들은 떠나야만 했다. 이들은 4명의 아이들이 있는데, 그중 3명은 남자아이고 큰 아들이 아홉 살이다. 이 부부가 아이들을 못 본 지 이미 18개월이 지났다. 가까이에서 한 신사가 급히 올라탔을 때 기차가 떠날 것처럼 보였다. 우리는 서둘러 작별했고, 서로 악수를 했고, 나는 모자를 벗어서 가슴에 갖다 대었다. 이제 모든 것은 지나간 일이고 이것을 받아들였다는 것을 보여주려고, 기차가 출발할 때 그렇게 하듯이 우리는 뒤로 물러났다. 하지만 기차는 아직 출발하지 않았고 우리는 다시 기차로 다가갔다. 나는 그녀가 내 여동생들을 물어보아서 매우 기뻤다. 갑자기 기차가 천천히 움직이기 시작했고, 클루크 부인은 흔들려고 손수건을 준비했다. "당신들한테 편지를 쓰고 싶어요"라며 그녀는 내가 자기 주소를 알고 있는지를 또 외쳤다. 말로 답을 할 수 있기에는 이미 그녀는 너무 멀어졌다. 그래서 나는 주소를 알 수 있을 뢰비를 가리켰다. "좋아요"라고 그녀는 내게 그리고 뢰비에게 급히 고개를 끄덕거리며 손수건을 흔들었다. 나는 모자를 들어 올렸고, 처음에는 서투르게, 그녀가 멀어질수록 더욱 자유롭게. 나중에 내가 회상해보았는데, 실제로는 기차가 떠난 것은 아니고, 우리에게 공연을 보여주려고 짧은 구간을 달렸고 그러다 묻혀버렸다는 인상을 받았던 것이다. 회상해 보았다. 그날 저녁 잠에 반쯤 취해 있을 때 클루크 부인이 거의 다리가 없이 부자연스럽게 작은 모습으로 나타났는데, 마치 그녀에게 커다란 불행이라도 닥쳤던 것처럼 찡그린 얼굴로 두 손을 비벼댔다.

———————

오늘 오후에 내 외로움에 대한 고통이, 정말 사무치게 그리고 팽팽한 긴장감으로 찾아왔는데, 이런 글을 쓰면서 얻는, 진정 이런 목적으로 정해졌던 것은 아닌 기력을 내가 이런 방식으로 소모하고 있다.

클루크 씨가 새로운 도시에 오자마자 사람들은 그와 그의 아내의 보석들이 어떻게 전당포로 사라지는지를 알아차렸다. 출발할 때쯤 그는 보석들을 천천히 다시 찾아갔다.

철학자 멘델스존의 아내가 가장 좋아하는 문장은 "전 우주 앞에서 나는 얼마나 보잘것없는가!"이다.

클루크 부인과 작별할 때 받은 인상 중에서 가장 중요한 것 하나 가 마치 그녀는 스스로를 자신의 진실한 인품의 수준 아래로 억지로 평범한 시민적 여인으로 간주하면서 여배우이기 위해서 그리고 내 게 복종하기 위해서 점프를 하거나 문을 열거나 불을 켜는 것을 필요 로 한다고 내가 항상 믿었어야만 했었다는 사실이다. 그녀는 정말 실 제로도 위에 있고, 나는 극장에서처럼 아래에 있다. ─그녀는 열여섯 살에 결혼했고, 지금은 스물여섯 살이다.

1911년 11월 2일
오늘 아침 일찍 오랜 시간이 흐른 뒤에 처음으로 다시금 내 심장을 후비며 돌아가는 칼을 상상하는 즐거움.

신문에서, 대화에서, 사무실에서 언어의 열정이 자주 유혹을 한다. 그리고 이미 다음 순간에는 갑작스럽게 현재의 나약함에서 생겨난, 그럴수록 더욱 강해진 영감에 대한 희망이 유혹을 한다. 아니면 혼자 만의 강렬한 자신감, 아니면 단순한 무관심, 아니면 어떤 희생을 치 르더라도 미래에 전가시키려는 현재의 강한 인상 아니면 현재의 진 정한 열광이 미래의 모든 산만함을 정당화시킨다는 견해, 아니면 중간에 한두 개 충격을 주어 고양된 문장들에 대한 기쁨, 아니면 너무 급히 다물어 비죽댈지라도 벌릴 수 있는 만큼 점차로 크게 벌린 입, 아니면 단호하게 명백함에 근거한 판단의 가능성의 자취, 아니면 원래는 끝난 강연을 계속 진행시키는 노력, 아니면 부득이 굽실대면서도 주제에서 서둘러 벗어나는 욕구, 아니면 가쁜 숨에 대한 탈출구를 찾는 절망감, 아니면 그림자가 없는 빛에 대한 갈망—이 모든 것들은 다음의 문장들로 유혹을 한다. "이제 막 다 읽은 책은 이제까지 읽은 책 중에서 가장 아름다운 책이다. 아니면 아직까지 이런 책을 읽어본 적이 없다고 할 만큼 정말 아름답다."

―――――――――

내가 그들에 대해서 쓰고 생각했던 그 모든 것이 틀렸다는 사실을 증명하려고, 어제 저녁 만났던 뢰비의 말처럼 배우들은 다시 이곳에 머물렀다(클루크 씨 부부는 제외하고). 그들이 같은 이유에서 오늘 다시 떠났는지 누가 알겠는가. 뢰비는 약속했는데도 불구하고 회사에 알리지 않았기 때문이다. 어제 카페 주인 헤르만의 아들도 가버렸다. ―

1911년 11월 3일
내가 쓴 글이 둘 다 틀렸다는 것을 증명하기 위해서, 즉 거의 불가능하게 보이는 증명 하나는 뢰비가 어제 저녁 스스로 나타나서 내가 글을 쓰는 것을 중지시켰다.

―――――――――

모든 것을 똑같은 목소리로 반복하는 카를의 습관. 그는 누군가에게 회사에서 있었던 이야기를 너무 상세하게 하는데, 이런 상세함 자체가 이야기를 완전히 엉망으로 만들지는 않지만, 어쨌든 느리고 이렇게 철저한 방식으로 전하는 이야기란 소식 말고는 아무것도 원하지 않고 그래서 이야기를 마무리하는 것 역시 소용없는 일이다.

다른 이야기로 한동안 시간이 흐르다가 그는 돌연 자신의 이야기에 대해 연결 고리를 찾아서, 거의 덧붙이는 것 없이, 하지만 거의 빼먹는 것도 없이, 갑자기 그의 등에 붙인 끈으로 방 안을 이리저리 끌고 다니는 사람의 순진함으로 그 이야기를 예전 형태로 다시금 끄집어낸다. 부모님은 그를 특별히 사랑하고 그래서 그의 습관을 자신들이 알아차리고 있는 것보다도 더욱 강렬하게 느끼고 있다. 누구보다도 어머니가 그에게 반복할 기회를 무의식적으로 주고 있다는 사실도 맞는 말이다. 저녁때 이야기를 반복할 순간이 제때 오지 않으면 어머니는 호기심을 갖고서 물어보면서, 사람들이 고대했어야만 했던 것처럼, 이미 했던 질문을 멈추지 않는다. 그리고 이미 반복했고 스스로의 힘으로는 더 이상 전개될 수도 없었던 이야기들 다음에 어머니는 확실하게 질문들을 하면서 저녁 내내 혈안이 된다. 하지만 카를의 습관은 자주 완벽하게 정당화하는 힘을 가질 정도로 자제하는 습관이다. 어떤 사람도 원래 모든 가족에게 해당되는 이야기를 규칙적으로 그렇게 빈번하게 각 가족 구성원에게 이야기할 형편이 되지는 않는다. 그러면 이런 경우에 가운데 방에서 항상 한 사람 주위로만 점점 모여든 가족들에게 마치 사람들이 있기라도 한 것처럼 그렇게 거의 자주 이야기를 해야만 한다. 그리고 내가 바로 카를의 습관을 알았던 유일한 사람이기 때문에, 대부분 나는 우선 이야기를 듣는 사람이고 또 그 반복들이 관찰을 확인하는 작은 기쁨일 뿐인 그런 사람이기도 하다.

내가 무척 사랑하는 바움이 성공하리라 추정되는 것에 대한 질투. 게다가 몸 한가운데 끝없이 많은 실타래로 재빨리 감기는 실뭉치를 지닌 느낌. 그리고 이 실뭉치는 몸의 가장자리에서 실타래들을 잡아당기고 있다.

뢰비—아버지는 그를 보고, 개와 침대에 눕는 자는 빈대들과 함께 기상한다고 말했다. 나는 참을 수 없어서 정리 안 된 것을 말했다. 그러고 나서 아버지는 특별히 조용했고(어쨌거나 오랫동안 다르게 채워진 휴식 시간 뒤에), "내가 흥분해서는 안 되고 건강에 유의해야만 한다는 사실을 너는 알고 있지. 그러니까 이따위 일로 또 와봐라. 내가 흥분하기에 딱 충분해. 완전히 충분하다. 그러니까 그런 말을 하게 나를 내버려둬"라고 말했다. "제가 참느라고 노력하고 있습니다"라고 말하면서 이런 극단적인 순간에 항상 그랬던 것처럼 아버지한테서 현자라는 존재를 느낀다. 나는 이런 지혜에서 숨만 한 번 파악할 수 있는데 말이다.

뢰비의 할아버지의 죽음. 그는 적선하기를 좋아했고, 몇 개 국어를 알았고, 러시아 깊숙이 장기간의 여행을 했었고, 언젠가는 한번 토요일에 예카테리노슬라브의 기적랍비가 초대한 식사를 거부했다. 왜냐하면 긴 머리카락과 랍비의 아들이 두른 화려한 색깔의 목도리가 그 집의 경건함을 의심스럽게 만들었기 때문이다. —침대는 방 한가운데 놓여 있었고, 친구와 친척의 촛대를 빌려왔고, 그러니까 방은 촛불의 빛과 연기로 꽉 채워졌다. 침대 주변에는 경건한 남자의 죽음에서 기운을 다시 얻기 위해서 40명의 남자들이 하루 종일 서 있었다. 할아버지는 임종까지 의식이 있었고 적절한 순간에 가슴에 손을 얹고 이 시각에 정해진 기도문을 읽기 시작했다. 할아버지가 고통 받는 동안에 그리고 임종한 다음에는 옆방에 모인 여인들과 함께 있던 할머니는 쉬지 않고 우셨다. 하지만 임종 중에는 아주 조용했는데, 왜냐하면 죽음을 맞이하는 자에게 힘닿는 대로 죽음을 수월하게 만드는 것이 계명이기 때문이다. 할아버지는 자신의 기도문을 읽으며 돌아가셨다. 정말 경건한 인생을 산 다음에 찾아온 이런 죽음 때문에 할아버지를 많이들 부러워했다.

───────────

유월절. 부유한 유대인들 모임이 빵집을 빌렸고, 그 회원들은 가족의 수장들을 위해 유월절에 먹는 소위 18분짜리 마짜를 생산하려고 모든 일과를 맡았다. 물을 떠오고, 유대교 교리에 맞게 청결하게 하고, 반죽을 하고, 자르고, 구멍을 뚫는 일을 말한다.

1911년 11월 5일

어제 「바-코흐바」[15]를 관람한 뒤에 잠을 잤다. 7시부터 뢰비와 함께 지내면서, 그의 아버지가 보낸 편지를 낭독했다. 저녁때 바움에게 들렀다.

───────────

나는 이마에 계속 전율을 느끼면서 글을 쓰기를 원한다. 나는 집 전체의 소음이 들리는 중심부에 있는 내 방에 앉아 있다. 모든 문을 꽝 닫는 소리를 듣는다. 이 소음들 때문에 그사이 걸어가는 사람들의 걸음 소리만큼은 들리지 않는다. 부엌에 있는 화로의 문 닫는 소리까지도 듣는다. 아버지는 내 방문을 부술 것처럼 열고 질질 끌리는 잠옷을 입고 지나간다. 옆방의 난로에서는 재를 긁어낸다. 발리는 앞방에서 파리의 골목에서처럼 아무 데나 대고 아버지의 모자를 이미 청소했는지 외치듯이 묻는다. 나와 친해지고 싶어 하는 '쉿' 하는 소리가 나고, 대답하는 목소리가 고함을 친다. 거실 문의 손잡이가 돌려지고 카타르성 후두염의 목에서처럼 잡음을 낸다. 그러자 계속해서 여자 목소리로 짧게 노래를 부르면서 문이 열리고 배려라고는 전혀 없게 들리는 둔탁하고 거칠게 확 밀치면서 문은 닫힌다. 아버지는 나가버렸다. 이제는 좀 더 부드러운, 좀 더 산만해진, 좀 더 절망적인 소음이, 두 마리의 꾀꼬리의 목소리에 이끌려 시작된다. 그것에 대해 전부터 이미 생각했었고, 하지만 꾀꼬리들한테서 새롭게 생각이 떠올랐는데, 즉 내가 좁은 틈만 벌려 문을 열고, 뱀처럼 옆방으로 기어가, 바닥에서 여동생들과 그들의 가정교사에게 조용히 해달라고 부탁했어야만 하지 않았을까라는 생각이 떠올랐다.

———————

어제 바움의 집에서 막스가 나의 짧은 자동차 이야기[16]를 낭독했을 때 느꼈던 씁쓸함. 나는 모두에게 그리고 이야기에 마음을 닫았고 형식적으로 턱으로 가슴을 누르고 있었다. 사람들이 그 사이로 양손을 집어넣을 수 있을 정도의 빈틈들이 있는 이 이야기의 정리되지 않은 문장들. 되는 대로 한 문장은 높게 울리고 한 문장은 낮게 울린다. 마치 움푹 파인 혹은 삐져나온 이를 혀가 문지르듯 한 문장이 다른 문장을 문지른다. 한 문장은 이야기 전체가 언짢은 놀라움에 빠져들 정도로 그렇게 다듬어지지 않은 시작으로 진군하면서 나온다. 막스의 활기 없는 모방이 안으로 흔들거리고(비난들을 적게 하고 …… 고무하고자) 때로는 댄스 교습 과정의 처음 15분처럼 보인다. 내 재능의 가능성을 그 전체로 나한테서 끄집어내기 위해서는 나한테 시간과 휴식이 너무 적다는 사실로 내게 설명하고 있다. 그래서 항상 낮에는 시작만 하다가 갑자기 중단되는데, 예를 들면 자동차 이야기가 그렇다. 언젠가 내가 좀 더 긴 전체 이야기를, 즉 시작부터 끝까지 잘 구성한 이야기를 쓸 수 있다면, 그렇다면 그 이야기 역시 나와는 결정적으로 떨어질 수 없을 것이다. 건강한 이야기의 친척으로 내가 조용히 눈을 뜨고 이야기가 낭독되는 것을 경청해도 될 것이다. 하지만 이야기는 구구절절 고향 없이 떠돌고 나를 반대 방향으로 몰아간다. ─그런데 이런 설명이 맞는다면, 그래도 나는 기뻐할 수 있다.

———————

골드파덴의 「바-코흐바」의 공연.

홀 전체와 무대에서의 잘못된 판단. 나는 취시크 부인을 위해 감사의 문구가 새겨진 명함이 꽂힌 꽃다발을 가져갔고, 그녀에게 전해줘도 될 순간을 기다렸다. 공연은 늦게 시작되었고 취시크 부인의 주요 장면은 4막에 비로소 나온다고 약속되었는데 꽃이 시들 수 있다는 불안함과 두려움 때문에 나는 급사를 통해서 이미 3막이 공연되는 동안(대략 11시였다) 꽃의 포장을 풀도록 했고, 이제 꽃들은 옆 테이블에 놓았다. 주방 사람들과 몇 명의 지저분한 단골손님들은 서로 손을 뻗어 꽃향기를 맡았다. 난 단지 염려스러웠을 뿐이었고 화가 나서 그 밖에 다른 아무것도 쳐다볼 수가 없었다. 감옥에서의 그녀의 주요 장면이 공연되는 동안 나는 취시크 부인을 사랑했고 내적으로는 그녀에게 끝내라고 재촉했다. 마침내 그 막은 내 산만함 때문에 나도 모르는 사이에 끝났다. 급사장은 취시크 부인에게 꽃을 전해주었고, 닫히는 커튼 사이로 그녀가 꽃을 받았다. 커튼의 작은 틈으로 그녀는 허리를 굽혔고 다시 등장하지는 않았다. 아무도 내 사랑을 알아차리지 못했고, 나는 그것을 모두에게 보여주었으며, 사람들이 꽃다발을 거의 알아차리지 못한다는 사실로써 취시크 부인한테 꽃다발을 가치 있게 만들고 싶었다. 그때는 이미 12시가 넘었고 모두가 지쳤다. 몇몇 관객들은 이미 가버렸는데, 나는 그들 뒤로 내 유리잔을 던져버리고 싶은 욕구를 가졌다. ―나는 우리 노동자재해보험공사의 관리 기술자 포코르니와 함께였는데 그는 기독교인이다. 다른 때 같으면 내가 좋아했던 그가 지금은 나한테 방해가 되었다. 내 걱정은 그의 관심사가 아니라 꽃이었다. 게다가 그가 그 공연을 잘못 이해하고 있다는 사실을 알고 있었다. 반면에 그가 필요하다고도 생각하지 않는 도움을 그에게 강요할 시간도, 욕구도, 능력도 나한테는 없었다. 마침내 나 스스로 그렇게 주의하지 못했다는 사실을 그의 앞에서 부끄럽게 생각했다. 막스와 얘기하는 중에도, 내가 전에 그를 좋아했었고 나중에 다시 좋아할 것이고, 오늘 보여준 나의 행동을 그가 좋지 않게 생각할 것이라는 사실 때문에 나한테 방해가 되었다. 하지만 나만 방해받은 것이 아니었다. ─막스는 신문의 호평하는 기사 때문에 책임감을 느꼈다. 베르크만이 동행한 그 유대인에게는 너무 늦은 시간이었다. 〈바-코흐바〉 협회의 회원은 그 작품의 제목 때문에 왔고 실망했음에 틀림없을 것이다. 나는 히브리어로 '별의 아들'이라는 바-코흐바라는 말을 이 작품을 통해서만 알기 때문에, 어떤 협회도 그렇게 부르지는 않았을 것이다. 홀의 뒤쪽에는 가게 여점원 두 명이 매춘부들이나 입는 이브닝드레스를 입고 애인들과 함께 있었는데, 임종 장면에서 크게 질러대는 소리로 침묵을 지켰어야만 했다. 마침내 사람들은 무대에서 별로 본 것이 없다는 사실에 대해 화가 나서 골목길의 커다란 유리창을 깨뜨렸다.

무대에 클루크 씨 부부는 없었다. 보잘것없는 단역들. 뢰비가 말한 것처럼 '길들이지 않은 유대인'. 보통은 보수도 받지 못하고 사무 일로 여행하는 사람들. 대부분 그들은 자신들의 웃음을 숨기거나 즐기는 일을 할 수 있을 뿐이다. 안 그래도 그것 역시 좋다고 생각한다면 말이다. 사람들이 보고는 웃음을 거의 참을 수 없는 금빛 수염이 달린 둥근 뺨을 가진 사람은, 붙여놓아 흔들거리는, 온통 뺨을 덮은 부자연스러운 수염 때문에 웃었는데, 어쨌거나 미리 예측하지 못하고 웃을 때 이 수염은 그의 뺨을 특히 우스꽝스럽게 제한시켰다. 두 번째 사람은 그가 원할 때만 웃었다. 하지만 그럴 때면 많이 웃었다. 뢰비가 노래하며 죽으면서 가장 나이 많은 이 두 사람의 팔에 몸을 감싸며 사라져가는 노래 속에서 천천히 흙 속으로 미끄러져 가야만 했을 때, 그들은 마침내 한 번 관객들에게 안 보이게(그들 생각인데) 실컷 웃을 수 있게 하기 위해서 뢰비의 등 뒤에 머리를 함께 박았다. 어제까지도 점심을 먹을 때 그 일을 회상하며 나는 웃음을 터뜨렸다. ─취시크 부인은 감옥에서 그녀를 방문한 술 취한 로마 총독(피페스 주니어 분)의 투구를 벗기고 씌워야만 한다. 그녀가 그 투구를 벗길 때, 투구가 너무 꽉 끼기 때문에 피페스가 집어넣었던 접은 수건이 떨어져 나왔다. 그렇지만 무대에서 투구가 벗겨질 것이라는 사실을 그가 알았어야만 했는데도 불구하고 취중이라 잊어버리고 취시크 부인을 비난에 찬 눈으로 쳐다보았다. ─아름다운 것은 취시크 부인이 로마의 군인들 손에서 어떻게 몸을 돌리는지(어쨌거나 그녀는 우선 뿌리치고 빠져나왔어야만 했다. 왜냐하면 몸이 닿는 것을 분명 두려워했기 때문이다), 반면에 세 사람의 움직임은 그녀의 염려와 기교 때문에 거의 노래의 리듬을 따랐을 뿐이다. 그녀가 메시아의 출현을 알려주고 그녀의 힘 때문에 방해받지 않고 바이올린 활을 움직이는 동작으로 하프 연주를 묘사할 뿐인 노래. 그녀가 더욱 자주 다가가면서 자신의 조가弔歌를 멈추고 수차의 바퀴로 서둘러 가서 노동가로 바꿔 부르고, 그런 다음 다시 그녀의 노래로 달려가고, 다시 수차로 간다. 파푸스가 방문할 때 그녀가 자면서 어떻게 노래하는지, 그녀가 입을 열 때는 마치 깜빡거리는 눈들 같다. 도대체 어떻게 그녀가 입을 열 때 입꼬리가 눈초리를 기억나게 하는지. ─마치 검정 베일 속에서처럼 하얀 베일 속에서 그녀는 아름다웠다. ─그녀에게서 새롭게 인식된 움직임은 아주 좋지는 않은 코르셋 아래로 손을 누르고, 비웃을 때는, 특히 비웃는 자에게 등을 돌릴 때면, 어깨와 엉덩이를 잠깐 움찔거린다. ─그녀는 공연 전체를 마치 어머니처럼 해냈다. 그녀는 모두에게 소곤거렸고 하지만 결코 스스로 한 번도 막힌 적은 없다. 그녀는 총독을 가르쳤고, 기도했고, 마침내는, 꼭 그랬어야만 했다면, 충돌했다. 그녀의 해맑은 목소리는 무대에 서지 않을 때는 무대 위 약한 합창 노래에 섞였다. 그녀는 총독이 열 번은 내던져버렸을 스페인

벽(마지막 막에서 작은 요새를 묘사했어야만 했을 벽이다)을 붙잡고 있었다. —나는 꽃다발로 그녀에 대한 사랑을 조금은 만족시키기를 희망했었는데, 완전히 무용지물이었다. 그것은 문학을 통해서만 아니면 동침을 통해서만 가능할 뿐이다. 그것을 몰라서가 아니라, 어쩌면 경고를 자주 적어놓는 것이 좋기 때문에 써놓는다.

1911년 11월 7일 화요일

어제 배우들이 취시크 부인과 마침내 떠났다. 저녁때 내가 카페로 뢰비를 동행했지만 밖에서 기다렸고, 들어가고 싶지 않았으며, 취시크 부인을 만나고 싶지 않았다. 하지만 얼마나 왔다 갔다 했는지, 그녀가 문을 열고 뢰비와 함께 나오는 것을 보았다. 그들에게 인사를 하며 마주 다가갔고, 전찻길 한가운데서 만났다. 취시크 부인은 발음하면서 커다랗지만 자연스러운 모음으로 나한테 꽃다발에 대해 감사하다며, 이제야 비로소 그 꽃을 내가 보낸 것임을 알게 되었다고 했다. 그러니까 이 거짓말쟁이 뢰비는 그녀에게 아무것도 얘기하지 않았던 것이다. 가볍고 짙은 푸른색의 짧은 소매의 블라우스만을 입었기 때문에 나는 그녀가 걱정이 되었고, 그래서—곧 그녀를 밀려다가 손이 닿을 뻔했었는데—감기에 걸리지 않게 하려고 식당에 갈 것을 부탁했다. "아니에요. 나는 감기에 걸리지 않아요"라고 그녀가 말했다. 그녀는 숄도 있다며 그것을 보여주려고 약간 위로 걸쳤는데, 그러면서 가슴을 좀 더 꽉 조였다. 내가 원래 그녀를 걱정했던 것이 아니라 내 사랑을 즐길 수 있을 감정을 발견했다는 것을 기뻐했을 뿐이라고 그녀에게 얘기할 수는 없었다. 그렇기 때문에 다시 그녀에게 걱정된다고 말했다. 그사이에 그녀의 남편과 아이와 피페스 씨가 나타났고, 뢰비가 내게 믿게 하려고 했던 것처럼 그들이 브륀으로 여행해야만 할 거라는 사실은 결정된 것이 전혀 아니라는 것을 보여주었다. 오히려 피페스는 뉘른베르크로 간다는 결정까지 했다. 그것이 최상이리라. 홀을 쉽게 얻을 수 있을 것이고, 유대인 공동체의 규모도 클 것이며, 라이프치히와 베를린으로 계속해서 여행하는 것도 편할 것이란다. 덧붙여 말하면 그들은 하루 종일 상의했었을 것이고 4시까지 잠자고 있던 뢰비는 그들을 그냥 기다리도록 하면서 8시 반에 출발하는 브륀 행 기차를 놓치게 했을 것이다. 이런 논쟁을 하면서 우리는 식당으로 들어갔고 나는 취시크 부인을 마주보고 앉았다. 나는 정말 기꺼이 뛰고 싶었을 것이다. 나는 기차의 연결편 몇 가지만을 알았을 테고, 기차역들을 구별해서 뉘른베르크 아니면 브륀 사이에 결정을 이끌어냈을 것이다. 하지만 무엇보다 「바-코흐바」에서처럼 공연했던 피페스에게 소리를 질렀어야만 했을 것이다. 피페스가 질러대는 소리에, 비록 의도하지는 않았을지라도 뢰비는 매우 이성적으로 아주 재빨리, 그 당시 내게는 전혀 이해할 수 없었던 중간정도로 센, 멈출 수 없는 수다로 맞섰다. 이제는 나를 두드러지게 부각시키는 대신에 내 안락의자에 파묻혀서 피페스한테서 뢰비 쪽으로 눈을 돌려 쳐다보았다. 도중에 취시크 부인의 눈과 여기저기서 마주쳤을 뿐이다. 하지만 그녀가 한순간 내게 응답할 때면(예를 들면, 피페스의 흥분 때문에 그녀가 내게 미소를 띠었어야만 했을 뿐이다) 나는 시선을 돌려버렸다. 의미가 없지는 않았다. 우리 사이에 그것이 피페스의 흥분에 대한 미소일 수는 없다. 게다가 나는 그녀의 얼굴을 마주하고 너무 진지했고, 이 진지함으로 지쳐 있었다. 내가 무엇인가를 보고 웃으려고 했다면 그녀의 어깨 너머로 「바-코흐바」에서 로마 총독의 부인 역을 맡았던 그 뚱뚱한 여인을 쳐다볼 수 있었다. 하지만 실제로 내가 그녀를 진지하게 쳐다볼 수도 없었다. 왜냐하면 내가 그녀를 사랑한다는 말이 되었을 테니까. 내 뒤에서 온통 순수함 그 자체인 젊은 피페스까지 그것을 인식했어야만 했을 것이다. 그것이야말로 정말 엄청난 일이었을 것이다. 사람들이 보통 열여덟 살로 보는 청년인 내가, 사보이 카페에서 저녁때 모인 손님들 앞에서, 웨이터들은 주변에 서 있고, 배우들이 둘러앉은 테이블에서, 아무도 예쁘장하다고는 보지 않는 여덟 살과 열 살짜리 아이가 있고, 정직과 절약이 모범인 남편이 곁에 앉아 있는 서른 살짜리 여인에게 고백을 한다. —이 여인에게 완전히 무너진 그의 사랑을 고백하면서, 그리고— 지금 이것은 사실 아무도 더는 알아차리지 못했을 독특한 것일 수 있다—마치 그 여인이 젊고 미혼이었다면 그가 스스로 그녀를 포기할 수 있을 것처럼, 곧장 그 여인을 포기한다. 내가 감사해야만 하는가 아니면 이 모든 불행에도 불구하고 내가 사랑을 느낄 수 있다는 사실을 저주해야만 하는가. 즉 당연히 세속적 대상에 대한 내세의 사랑을 말이다. 취시크 부인은 어제 아름다웠다. 작은 손, 가벼운 손가락, 이런 노출에 익숙하지 않은 시선조차도 몸의 다른 부분을 생각해보게 하지 못할 정도로 그 자체로 완벽히 늘어진 아래팔의 실제로 정상적인 아름다움. 두 개의 곡선으로 나누어진 가스 불빛에 밝게 비쳐진 머리카락. 오른쪽 입꼬리 언저리에 조금 깨끗하지 않은 피부. 그녀의 입은 마치 아이가 불평하듯이 위아래로 부드러운 형태로 만곡을 만들면서 열린다. 모음의 빛이 단어에 퍼지면서 혀끝으로 단어의 깨끗한 윤곽을 유지하는 이 아름다운 단어 합성은 단지 한 번만 성취할 수 있다고 생각하고 계속해서 놀라워한다. 나지막한 하얀 이마. 지금까지 그 사용을 지켜보았던 파우더를 나는 증오한다. 하지만 이 하얀 색깔이, 피부 위로 나지막하게 아른거리는 베일이 파우더의 약간 뿌연 우윳빛 색깔에서 생긴 것이라면, 그렇다면 모두가 파우더를 뿌려야만 한다. 그녀는 오른쪽 입꼬리에 손가락 두 개를 대는 것을 좋아한다. 어쩌면 손가락 끝을 입 안에 집어넣기도 했고, 어쩌면 이쑤시개까지도 입 안에 넣었다. 나는 이 손가락을 자세히 보지는 않았다.

하지만 그녀가 마치 이쑤시개를 움푹 파인 이에 넣고 15분간 그렇게 놔두기라도 한 것처럼 거의 그렇게 보였다.

─────────

1911년 11월 8일
공장 일로 오후 내내 박사[17]를 방문했다.

─────────

연인의 팔을 끼고 걸어간다는 그 이유만으로 주위를 조용히 둘러 보았던 처녀.

─────────

카를의 경리 여사원은 1년 반 전에 파리의 오데온 극장에서 「마네 테 살로몬」의 여배우를 생각나게 했다. 적어도 그녀가 앉아 있을 때 면 그랬다. 부드러운, 아니 크다기보다는 넓은 울 같은 옷감으로 누 른 젖가슴. 입까지 넓어지다가 곧 좁아지는 얼굴. 직모에서 방치된 자연적인 곱슬머리. 단단한 체격에 흥분과 차분함. 그녀가 확고하게 일을 하고[그녀의 타이프에는 글자판이(올리버 체제의 기계인데) 옛날 뜨 개질 바늘에서처럼 날아다녔다] 왔다 갔다 했지만, 마치 마네테 살로몬 을 속에 품기라도 한 것처럼 30분 동안 거의 몇 단어를 말하지 않았 다는 사실 역시 지금 알아차린 것처럼 기억은 힘을 얻는다.

─────────

박사를 방문해 기다리고 있을 때, 타이피스트 처녀를 보았다. 그리 고 그녀의 얼굴을 대면하면서 얼굴 자체를 확인한다는 것이 얼마나 어려운가를 생각해보았다. 특히 대개 너무 길어 보이는, 바로 선 콧 날과 거의 같은 넓이로 따로따로 돌아가며 머리 위로 올린 헤어스타 일 사이의 관계가 혼란스러웠다. 바로 그때 서류 한 장을 읽는 처녀 의 눈에 띄는 어투에서, 심사숙고해보니, 마치 그녀의 치마를 새끼손 가락으로 훑기라도 했었던 것처럼, 내가 처녀에게 낯설다는 관찰 때문에 나는 거의 당황스러웠다.

━━━━━━━

박사가 계약서를 크게 읽으면서 미래에 가능한 내 아내와 가능한 아이들이 문제가 되는 대목에 다다랐을 때, 건너편에 두 개의 커다란 그리고 하나의 작은 안락의자가 놓인 테이블을 보았다. 나와 내 아내와 내 아이들과 함께 결코 이런 혹은 아무런 안락의자 세 개를 소유할 처지에 놓이지 않으리라고 생각을 하면서, 행복에 대한 애당초 절망적인 욕구를 내가 정말 느꼈고, 그래서 오래 읽는 동안 이런 과민한 행동으로부터 내게 남은 유일한 질문을 박사에게 했는데, 이 질문은 방금 읽어준 더 큰 부분을 내가 완전히 오해했다는 것을 곧장 밝혀주었다.

━━━━━━━

계속된 작별. 나는 피페스한테서 억압당한다고 느꼈기 때문에 무엇보다도 그의 이 끝에 톱니 모양의 검은색 점이 있다고 말했다. 마침내 나는 반쪽짜리 묘안이 떠올랐다. "왜 뉘른베르크까지 그렇게 멀리 기차를 한 번에 타고 갑니까?"라고 내가 물었다. "왜 중간에 작은 역들에서 한두 차례 공연을 하지 않습니까?" "그런 역을 아세요?"라고 취시크 부인이 물었다. 내가 적는 것만큼 그렇게 날카롭다고 할 수는 없는데, 그렇게 자기를 쳐다볼 것을 강요했다. 테이블 위로 보이는 그녀의 몸 전체는, 무대에서 유럽풍의 의상을 입고도 뼈대가 굵어 거의 우락부락한 체격에도 불구하고, 어깨와 등과 가슴이 하나의 원 전체로 부드럽다. 나는 우스꽝스럽게도 필젠이라는 장소를 댔다. 옆 테이블의 단골손님들은 아주 분별력 있게 테플리츠를 말했다. 취시크 씨는 어떤 중간역이라도 찬성했을 것이다. 그는 단지 작은 사업에만 신뢰를 가졌고 취시크 부인도 마찬가지인데, 그들은 서로를 잘 이해하지도 못했는데도 그렇다. 더욱이 그녀는 주변에 차비에 대해 물어보았고, 그들은 쓸 비용을 벌기에는 충분하다고 자주 이야기했다. 그녀의 딸은 그녀의 팔에 뺨을 비벼댔다. 그녀가 안전하다고 느끼지는 않지만 설령 유랑극단 배우일지라도 부모 곁에 있는 아이에게는 아무 일도 일어날 수 없고, 진짜 걱정은 땅 가까이가 아니라 어른들의 얼굴 높이에서야 비로소 있다는 어린애다운 확신을 어른들에게 준다. 내가 폴라체크[18] 박사에게 추천서를 줄 수 있고 취시크 부인을 정말 지지해줄 수 있을 것이기 때문에 나는 테플리츠를 정말 찬성한다. 가능성이 있는 세 개의 도시에 대해 스스로 추첨을 준비했고, 추첨을 활기차게 이끌었던 피페스가 반박하는 가운데 테플리츠는 세 번째로 당첨되었다. 나는 옆 테이블로 가서 흥분해서 추천서를 썼다. 폴라체크 박사의 상세한 주소를 얻기 위해서, 덧붙이자면 필요하지도 않았고 집에서도 알 수 없었던 주소인데, 집으로 가야만 한다는 핑계로 작별을 고했다. 뢰비가 기꺼이 나를 동행하겠다고 준비하는 동안, 당황해서 나는 부인의 손과 그녀 딸의 턱으로 장난을 쳤다.

1911년 11월 9일

그저께는 꿈을 꾸었는데, 극장 그 자체였다. 한 번은 위층 꼭대기 관람석에 있었고, 한 번은 무대 위에 있었는데, 몇 달 전에 내가 좋아했던 소녀가 연기하고 있었다. 마치 놀라서 안락의자의 팔걸이를 꽉 붙잡듯이, 그녀는 유연한 몸을 쭉 뻗었다. 나는 꼭대기 관람석에서 남자 역을 하고 있는 소녀를 가리켰는데, 그녀는 나와 동행한 사람의 마음에는 들지 않았다. 어떤 막에서는 장식이 너무 커서 다른 어떤 것도 볼 수가 없었다. 무대도, 관람석도, 어두움도, 무대 조명도 볼 수 없었다. 오히려 커다란 무리를 지은 관객들 모두가 구시가의 순환도로를 묘사하는 장면에 등장했다. 아마 니클라스 거리의 입구에서 본 장면이었다. 그렇기 때문에 시청의 시계 앞의 광장과 작은 순환도로를 원래 볼 수 없었을 텐데도 불구하고, 무대 바닥의 짧은 회전과 느린 흔들림으로 그것이 가능했다. 그래서 예를 들면 킨스키 궁으로부터 작은 순환도로를 조망할 수 있었다. 이것은 가능한 한 장식 전체를 보여준다는 것 말고는 다른 목적이 없다. 왜냐하면 언젠가 이미 이 장식은 이런 완벽함으로 존재했기 때문이다. 그리고 내가 잘 의식한 것처럼, 지구 전체를 통틀어 그리고 모든 시대를 통틀어 가장 아름다운 장식인 이런 장식에서 무엇인가를 간과한다는 것은 울 정도로 애석한 일이었기 때문이다. 조명은 어둡고 가을 냄새가 풍기는 구름이 결정적이었다. 우울한 햇빛은 광장 남동쪽의 여기저기 그려진 창문에서 산발적으로 비추고 있었다. 모든 것이 자연적인 크기로 아무리 작은 것도 드러냄 없이 완성하였기 때문에 집들의 거대한 높이 때문에 소리를 들었을 것 같지도 않은데 여러 창문짝은 알맞은 바람에 열렸다 닫혔다 했고, 이런 사실이 감동적인 인상을 주었다. 광장은 아주 낡았다. 도로는 거의 검은색이었다. 타인 교회는 제자리에 있었지만 카이저 궁이 그 앞에 있었다. 궁 앞뜰에는 광장의 기념건축물에 서 있었던 그 밖의 모든 것이 아주 질서 정연하게 수집되어 있었다. 마리아상의 기둥, 시청 앞에 있었던, 한 번도 나 스스로 본 적은 없었던 옛 우물, 니클라스 교회 앞의 우물 그리고 후스 기념비를 위해 땅을 파낸 주위에 지금 쳐진 판자 울타리. 황제의 축제와 혁명이—우선 무대에서 그리고 이런 무대배경에서처럼, 단지 연기되어진다는 사실을 사람들은 객석에서 자주 잊는다—묘사되어졌다. 거대하게 광장을 앞으로 뒤로 보내졌던 민중으로, 혁명은 아마 프라하에서는 결코 일어날 수 없듯이, 규모가 그렇게 정말 컸다. 사람들은 그 혁명을 단지 장식 때문에 프라하로 옮긴 것이 분명했다. 반면에 그것은 원래 파리에 속했다. 축제에서 우선은 아무것도 보지 못했다. 어쨌거나 궁정의 신하들은 축제에 나갔고, 그사이에 혁명이 일어났다. 민중은 성으로 쳐들어갔다. 나 자신도 바로 앞뜰에 있는 우물의 돌출부 너머 야외로 달려갔다. 하지만 성으로의 귀환은 궁정 신하들에게는 불가능했어야만 했다. 궁정의 마차는 성으로 진입하기 전부터 이미 멀리서 멈췄어야만 했을 정도로, 또 단단히 묶은 바퀴들이 도로를 갈았을 정도로 그때 아이젠 골목으로부터 그렇게 속력을 내면서 도착했다. 사람들이 민중의 축제와 퍼레이드 때 보듯이 생생한 그림이 그려진 그런 마차들이었다. 그러니까 마차는 편편했다. 화환으로 둘려졌고 마차의 발판에는 바퀴들을 빙 둘러 덮은 화려한 색깔의 헝겊이 내려뜨려져 있었다. 그럴수록 사람들은 그들의 성급함이 의미하는 끔찍함을 더욱 의식했다. 그들은 아이젠 골목에서 성으로의 커브를 의식이 없듯이 진입 전에 두 발로 섰던 말들에 의해서 끌려왔다. 바로 그때 많은 사람들이 내 곁을 지나 광장으로 나갔다. 대부분은 내가 골목에서 알았던 그리고 어쩌면 지금 막 도착했던 관객들이었다. 그들 가운데에는 아는 소녀도 있었다. 하지만 그녀가 어느 소녀인지는 모르겠다. 그녀 곁으로 젊은 우아한 남자가 황갈색의 작은 체크무늬가 있는 남성용 방한 외투를 입고 오른손을 주머니에 깊숙이 넣고 지나갔다. 그들은 니클라스 거리를 향해서 갔다. 이 순간부터는 아무것도 보지 못했다.

———————

어딘가에 실러가 말했다. '감정을 성격으로 변화시키는 것'[19]이 관건이다. (혹은 비슷하게 말했다.)

———————

1911년 11월 11일 토요일
어제 오후 내내 막스를 방문했다. 『추한 그림의 아름다움』[20]에 실릴 논문들의 순서를 결정했다. 좋은 감정 없이. 하지만 바로 그런 때에 막스는 나를 가장 사랑한다. 아니면 내게 그렇게 보일 뿐이다. 왜

냐하면 그러면 내 작은 봉사를 아주 분명하게 의식하기 때문이다. 아니다. 그는 나를 정말 더 많이 사랑하고 있다. 그는 내 에세이 「브레시아」 역시 그 책에 싣기를 원한다. 내 안의 모든 선함이 그것에 대해서 저항하고 있다. 나는 오늘 그와 함께 브륀에 갔어야만 했다. 내 안의 모든 나쁜 것과 나약함이 그것을 저지했다. 왜냐하면 내일은 정말 좋은 글을 써야만 할 것이라는 것을 내가 믿을 수가 없기 때문이다.

———————

작업할 때 입는 앞치마가 뒤쪽으로 유난히 단단히 조여진 처녀들. 오늘 오전에 뢰비와 빈터베르크한테 있었던 한 명. 뒤에서만 잠그는 앞치마의 고리가 보통 그런 것처럼 나란히 포개지지 않고 위로 벗겨져 있어 그 앞치마는 젖먹이처럼 감싸졌다. 내가 항상 무의식적으로 젖먹이에게서 받는 감각적인 인상. 젖먹이 아기들이 기저귀와 침대에 눌리고 끈으로 묶여 있는 모습은 딱 욕망을 만족시키기 위한 것처럼 그렇게 보인다.

———————

에디슨은 뵈멘을 일주하는 여행에 관해 어떤 미국 인터뷰에서 이야기했다. 그의 견해에 따르면, 뵈멘이 보여준 상당한 수준의 고도성장은(도시 근교에 넓은 골목과 집 앞에는 정원들이 있고, 시골을 지나가면서 사람들은 공장을 짓는 것을 본다) 아메리카로 이주하는 체코인이 많다는 사실과 거기서 되돌아오는 사람들이 그곳의 새로운 노력을 개별적으로 가져온다는 사실에 기인했을 것이란다.

———————

내가 나쁜 상황들을 방치하고 있다는 사실을 어떤 식으로든 인식하자마자, 원래는 이런 상황을 없애는 게 내가 할 일이었을 텐데(예를 들면, 결혼한 내 여동생들이 극도로 만족하고, 내 쪽에서 보면 절망적인 삶이라는 것), 한순간 팔에서 근육의 느낌을 잃어버린다.

차츰 나한테서 의혹이 없는 모든 것을, 나중에는 믿음이 가는 것을, 그다음에는 가능한 것 등등을 작성할 것을 시도할 것이다. 책에 대한 욕망은 의심할 바 없다. 원래 책을 소유하거나 혹은 읽는 것이 아니라 오히려 책을 보고, 서점상의 진열장에서 그 구성에 대해 나를 설득하는 것이다. 똑같은 책의 더 많은 견본들이 어딘가에 있다면, 책들 한 권 한 권 모두 나한테 즐거움을 준다. 마치 잘못 유도된 입맛같이 이것은 마치 이런 욕구가 위에서 나오는 것 같다. 내가 소유한 책은 나를 덜 즐겁게 한다. 이와 반대로 내 여동생들의 책은 이미 나를 즐겁게 한다. 그 책을 소유하려는 욕구는 비교할 수 없을 정도로 작은 욕구로, 거의 없다고 말할 수 있다.

1911년 11월 12일 일요일

어제 예술가회관 루돌피눔에서 리슈팽[21]의 『나폴레옹의 전설』에 대한 회합. 상당히 비어 있다. 강연하는 사람의 행동을 시험하기라도 할 것처럼 입구에서 연단까지 가는 도중에 대형 피아노가 놓여 있었다. 연사는 들어와서, 청중을 향한 시선으로 책상까지 가장 짧은 동선으로 가려고 한다. 그래서 피아노에 너무 바싹 다가서다 놀라고 물러서서 더 이상 청중을 보지 않고 살짝 돌아서 간다. 강연이 끝나서 열광 속에 큰 박수를 받는 동안, 강연 중에 피아노가 시선을 끌지 않았기 때문에 연사는 물론 그것을 잊은 지 오래고 가능한 한 늦게 가슴에 손을 얹고 청중을 뒤로 하고 돌아서는데, 그래서 몇 걸음 우아하게 비켜 가다 자연스레 피아노에 조금 부딪히게 된다. 그리고 옥외로 다시 나가기 전에 까치발로 등을 약간 구부리게 된다. 최소한 리슈팽은 그렇게 했다. ─허리선이 보이는 크고 강한 오십대다. 예를 들면 망가지지는 않은, 뻣뻣하게 사방으로 휩쓸리고, 머리를 상당히 꽉 누른 도데의 헤어스타일. 두툼한 코와 거기에 따른 넓고 주름진 얼굴을 가진 전통적인 남방인들처럼, 물론 아주 자연스럽게 자란 수염 뒤로, 그의 얼굴 역시 늙은 이탈리아 여인의 얼굴을 기억나게 한다. 이 남방인들의 콧구멍으로는 말의 주둥이에서처럼 센 바람이 지나갈 수 있는데, 이는 그들 얼굴의 마지막 상태임을, 즉 이 상태는 시대에 더 이상 뒤떨어질 수도 없지만 그래도 아직은 오랫동안 지속될 마지막 상태임을 사람들은 정확히 알고 있다. 처음에는 연사 뒤로 새로 칠한 밝은 회색의 콘서트 무대가 혼란스러웠다. 그의 백발이 이 색깔에 확실히 꽉 눌러 붙어서 어떤 윤곽도 허락하지 않았다. 그가 고개를 돌릴 때면 색깔이 움직였고, 그의 고개는 거의 그 속에 잠겼다. 주의력이 완전히 집중되었을 때, 강연이 중간쯤 다다라서야 비로소 그 방해 작용은 멈췄다. 특히 낭송할 때 검은색 양복을 입은 커다란 몸으로 일어나 손을 저어 시구를 읊고 회색빛 색깔을 쫓아낼 때 그랬다. —처음에는 당황해서 사방으로 인사를 했다. 그가 아직 알았던, 쉰일곱 군데나 상처가 난 나폴레옹 부대의 군인을 이야기할 때는, 거기 참석한 자기 친구 무하[22]처럼 위대한 색채파 화가만이 이 남자의 상체의 다양한 색깔을 모방할 수 있었을 것이라고 했다. —나는 연단의 사람들을 통해서 내게 감동이 진전되고 있다는 것을 느꼈다. 내 고통과 걱정을 생각하지는 않았다. 나는 원래 강연 도중에는 안락의자의 왼쪽 구석으로 눌러앉았고 깍지 낀 손은 무릎 사이에 넣었다. 마치 솔로몬이 어린 처녀를 침대로 데려갈 때 그녀가 느꼈어야만 했던 것처럼, 리슈펭이 나한테 영향을 미치는 것을 느꼈다. 연단의 나무 재목으로부터 아니면 오르간에서 나타날 수 있었을 텐데도 불구하고 입구의 작은 문을 열고 체계적인 판타지 안으로 들어온 나폴레옹의 가벼운 영상까지도 보았다. 이 순간 꽉 찬 홀 전체를 그가 압도했다. 이렇게 그를 정말 가깝게 느꼈다. 실제로도 그의 영향을 단 한 번도 의심하지 않았으며, 의심했을 수도 없었다. 리슈팽에게서도 마찬가지로 어쩌면 그의 행색의 우스꽝스러움을 알아차렸었을 것이지만, 나한테 이런 관찰이 방해가 되지는 않았을 것이다. 이와는 상반되게 아이로서 내가 얼마나 대담한가! 나는 그가 영향력이 없다는 것을 보여주기 위해서 자주 황제와 대면하기를 소망했었다. 그것은 용기가 아니라 단지 대담함이었다. ─그는 마치 국회 연설처럼 시를 낭송했다. 그는 전쟁의 무기력한 방관자로 책상을 쳤다. 휘두르며 뻗은 팔로 친위대에게 홀 사이 한가운데로 길을 만들었다. 깃발이 돼버린 위로 올린 팔만으로 흥분해서 황제를 불렀고, 아래쪽 평야에서 불러온 군대를 통해 반복해서 메아리가 울렸다. 전쟁터를 묘사할 때는 바닥 어딘가에서 발을 굴렀고 사람들이 돌아보았는데 그것은 별로 자신이 없었던 그의 발이었다. 하지만 그에게 그런 것이 방해가 되지는 않았다. ─그는 제라르 드 네르발의 번역으로 특별히 존경했던 「보병들」[23]을 낭독했고, 적어도 박수를 받았다. ─그의 소년 시절에는 나폴레옹의 묘지를 1년에 한 번씩 개방을 했었고 행렬을 지어 지나갔던 퇴역 군인들에게 방부제로 처리된 그의 얼굴을 보여주었다. 얼굴은 부은 데다 초록빛을 띠었기 때문에 감탄스럽기보다는 오히려 끔찍한 장면이었다. 그래서 나중에는 이 묘지 개방을 중단시켰다. 하지만 큰아버지는 아프리카에서 근무했고 지휘관이 그를 위해 묘지를 열도록 했던 것이다. 리슈팽은 큰아버지 품에 안겨서 그 얼굴을 보았다. ─그가 낭송하고 싶은 시 한 수를(원래 강한 기질에는 확실한 기억력이 항상 존재해야만 하듯이, 그의 기억력은 틀림없다.) 오래전에 알려주었고, 그것을 이야기했다. 미래의 시구들이 이 단어들 가운데 이미 작은 지진을 일으켰다. 첫 번째 시에서 자신의 온 정열로 낭송하리라고 그가 말했다. 그런 일이 일어났다. ─마지막 시에서 그는 비교법을 쓰며 눈에 띄지 않게 시구(빅토르 위고의 시구)로 접어

들고, 천천히 일어나서 시구를 읽은 뒤에도 더 이상 앉지 않았고, 산문에서 나오는 마지막 힘으로 낭송의 커다란 움직임을 받아들여 유지했다. 그는 천 년 뒤에라도, 자신의 시신이 의식이 있다면, 그 시신의 어떤 먼지조각이라도 나폴레옹의 명성을 따를 준비가 될 것이라고 맹세하면서 끝냈다. —프랑스어는 연달아서 이어지는 공기 조절로 짧은 숨을 쉬며 가장 소박한 즉흥시조차 유지했고, 일상생활을 아름답게 만드는 시인들을 자주 언급할 때면, 즉 시인의 판타지로써 자신의 판타지를(눈을 감고서), 시인의 환각으로써 자신의 환각(마지못해 눈을 멀리 내다보며) 등등을 언급할 때면, 그때조차 단 한 번 끊기지는 않았다. 이때조차 그는 때때로 눈을 가렸고 그러고는 천천히 손가락을 하나씩 하나씩 떼어내며 눈을 드러냈다. —그는 아프리카의 삼촌, 나폴레옹 휘하의 할아버지를 숭배했다. 그는 전쟁을 찬양하는 노래까지도 두 줄 불렀다. —1911년 11월 13일, 이 남자는 오늘 내가 알게 된 것처럼 예순두 살이다.

─────────

1911년 11월 14일 화요일

어제 막스를 방문했다. 그는 브륀에서 강연을 하고 돌아왔다.

오후에는 잠이 들었다. 마치 고통 없는 두개골을 감싸는 단단한 머리덮개가 속으로 더 깊숙이 잡아당기면서 빛과 근육들이 자유롭게 장난하도록 뇌의 일부를 바깥에 내놓은 듯했다.

─────────

노란빛을 띤 추운 가을 아침에 깨어났다. 옛날에 뱃머리에 있는 사람의 모습들처럼 볼록 나온 배로 팔을 뻗고 뒤로 구부린 다리들이 거의 닫힌 창문으로 들이닥치면서, 사람들이 떨어지기 전에 유리창 앞에서 아른거린다.

─────────

잠들기 전이다. 독신자로 있는 것은 퍽 안 좋게 보인다. 늙은 남자로서, 어렵사리 품위를 유지하면서, 저녁 한때를 사람들과 함께 보내려고 끼어달라고 부탁하는 것, 한 손에 자기가 먹을 음식을 집으로 가져가는 것, 아무도 조용하게 확신을 갖고 불확실하게 기다릴 수는 없다는 것, 단지 애를 써서 아니면 짜증을 내면서 누군가에게 선물을 하는 것, 현관 앞에서 작별을 하고 결코 자신의 아내와 함께 층계를 올라갈 수 없다는 것, 아픈 것, 앉을 수 있다면 단지 자신의 창문에서 보이는 전망을 위로로 삼는 것, 그의 방에 낯선 집으로 통하는 옆문만을 갖는 것, 단지 결혼이란 수단을 통해서만 친해질 수 있는 친척의 낯설음을 느끼는 것, 처음에는 부모의 결혼을 통해서, 또 그 효과가 사라지면 자신의 그리고 낯선 아이들을 통해서, 놀라서 쳐다봐야만 하고 나는 아이가 없다고 계속 반복할 수밖에 없다는 것. 총각이 있는 어떤 가족도 성장하면서 우리가 소년 시절을 회상하면서 한두 명의 독신자의 외모와 자세를 따라 하는 불변하는 연령의 느낌을 갖지는 않기 때문이다. 이 모든 것은 사실이다. 미래의 고통을 크게 확산시키는 실수를 사람들이 쉽게 저지를 뿐이다. 그래서 시선은 고통 너머 멀리 떠나가야만 하고 더 이상 돌아오지 않는다. 반면에 사람들은 사실은 오늘 그리고 훗날 스스로 현실의 몸과 현실의 머리를 갖고, 또한 손으로 치려는 이마도 갖고 거기 서 있게 된다.[24]

─────────

지금 「리하르트와 사무엘」의 서론에 대한 초안을 시도하고 있다.

─────────

1911년 11월 15일
어제 저녁 이미 예감이 들어, 침대에서 이불을 잡아당겨 누워서, 마치 손안에 쥐기라도 한 것처럼 내 모든 능력들을 다시 의식해 보았다. 이 능력들이 내 가슴을 죄고 내 머리에 불을 지폈다. 작업을 하기

위해 일어나지 않는다는 사실에 대해 자신을 위로하기 위해서 한동안 되풀이했다. 그렇게 하는 것은 건강할 수가 없고, 그렇게 하는 것은 건강할 수가 없다. 그리고 거의 눈에 보이는 의도를 갖고 머리 위로 잠을 끌어당겼다. 나를 보호하기 위해서 힘센 손으로 내 이마를 누를 챙이 달린 모자를 항상 생각했다. 나는 어제 얼마나 많이 잃었는가. 이 좁은 머릿속에서 어떻게 피가 짓누르고 있는가. 모든 것에 능하고, 단순한 내 인생에 필수불가결하고, 여기서 낭비되고 있는 힘으로만 버티고 있는데.

미리부터 느낌 자체가 좋아서 한 단어 한 단어씩 아니면 어쩌다가라도 명확한 단어들 속에서 내가 찾은 이 모든 것을 적으려고 책상 앞에 앉으면, 무미건조하고, 뒤죽박죽이고, 딱딱하고, 주변 전체에 방해가 되고, 두려움에 차고, 하지만 무엇보다 허술하게 보이는데, 그럼에도 불구하고 원래의 발견에서 잊혀진 것이라고는 전혀 없다는 것은 확실하다. 물론 그 이유는 대부분, 내가 얼마나 대단하게 갈망을 하든지 간에 갈망하기보다는 오히려 두려움이 더 큰 고양된 시간에만 종이로부터 자유로워져서 훌륭한 것을 찾아내는 데 있고, 그렇지만 내가 포기해야만 할 정도로 그렇게 충만함이 크고, 맹목적으로 단지 우연하게만 채택하다 보니 흐름에서 벗어난다는 사실에 있다. 고심해서 적을 때 이렇게 얻은 것은 충만함에 비하면 아무것도 아닐 정도로 다루기 쉽다. 즉 이것은 이 충만함 속에 살면서, 이런 충만함을 생산해내기에는 무능력하고 그래서 형편없다. 그리고 불필요하게 유혹하기 때문에 방해가 된다.

1911년 〈11월〉 9월 16일
잠들기 전 오늘 점심때—하지만 내가 잠이 든 것은 전혀 아니었

다—내 위에 밀랍으로 만든 여인의 상체가 놓여 있었다. 그녀의 얼굴이 뒤로 굽어져 내 얼굴 위에 있고, 그녀의 왼쪽 아래팔이 내 가슴을 짓눌렀다.

3일 밤을 못 잤다. 무엇인가 최소한의 시도를 할 때도 내 힘은 곧장 바닥을 친다.

옛날 공책에서. "내가 아침 일찍 6시부터 공부를 하고 난 지금 저녁에, 어떻게 내 왼손이 동정심이 우러나서 벌써부터 한동안 오른손 손가락들을 품어주고 있는지를 알아차렸다."

1911년 11월 18일

어제는 공장에 갔었다. 전차를 타고 돌아왔는데, 한쪽 구석에 다리를 뻗고 앉아서 바깥에 있는 사람들을 보았다. 불 켜진 가게의 등불, 지나가는 구름다리의 담벼락, 항상 다시 보이는 등과 얼굴, 도시 외곽 상가에서 벗어나 이어지는 시골길, 거기에 퇴근하는 사람들 말고 인간적이라는 것은 전혀 없다. 기차역의 지대에서 갈라져서 어둠을 밝히는 전깃불. 가스 제조 공장의 새로 설치한 높지 않은 굴뚝, 공동묘지 가까이에 있는 골목까지 벽을 도배한 여가수 트레비유[25]의 공연 벽보, 그리고 이것은 거기서 들판의 추위에서 도시 주택에 적당한 온도로 나와 함께 다시 돌아온다. 사람들은 낯선 도시를 하나의 사실로 받아들인다. 그곳 주민들은, 우리가 그들이 사는 방식을 간파할 수 없듯이, 우리가 사는 방식을 간파하지 않고 살고 있다. 비교는 해야만 한다. 거부할 수가 없다. 하지만 어떤 도덕적인 가치, 심리적인 가치조차 한 번도 지니지 않는다는 사실을 잘 알고 있다. 결국 비교도 자주 포기할 수 있다. 왜냐하면 삶의 조건들이 너무 차이가 난다는 것이 그런 비교를 면하게 해주기 때문이다. 하지만 우리 고향의 도시에서 외곽 도시 역시 우리한테는 낯설고, 하지만 여기서 비교는 가치 있는 일이다. 이런 것은 반 시간 동안의 산책이 우리에게 반복해서 증명해줄 수 있다. 여기서 사람들은 일부는 우리 도시의 내부에서 살고 있고, 일부는 마치 커다란 협곡에서처럼 가난하고 어둡고 골이 파인 변두리에서 살고 있다. 그들 모두는, 그 외의 도시 바깥의 사람들의 어떤 그룹도 갖지 않는 공통의 관심사라는 커다란 테두리를 갖는데도 불구하고 말이다. 그렇기 때문에 나는 항상 두려움, 고독, 동정심, 호기심, 거만함, 여행의 즐거움, 남성성이 혼합된 느낌을 갖고 외곽 도시로 들어간다. 그리고 편안함, 진지함과 안정을 찾아서 돌아온다. 특히 지슈코프[26]에서 그렇다.

1911년 11월 19일 일요일

꿈. 극장에서. 슈니츨러의 「광활한 땅」의 공연으로 우티츠[27]가 작업했다. 나는 꽤 앞쪽 의자에 앉아 있고, 마침내 그 자리가 둘째 줄이라는 것을 보여줄 때까지, 첫째 줄에 앉아 있다고 생각하고 있다. 사람들이 객석을 편하게 그리고 무대는 몸을 돌린 뒤에야 비로소 볼 수 있도록, 의자의 등받이는 무대 쪽으로 돌려져 있다. 저자가 어딘가 가까이에 있다. 아마도 내가 이미 알고 있는 이 작품에 대해서 부정적인 비판을 삼갈 수 없는데, 게다가 3막이 기묘해야 할 거라는 사실을 덧붙인다. 나는 이 '해야 할 거다'로, 훌륭한 대목이 이야기된다면, 내가 이 작품을 알지 못하고 귀동냥에 의존해야만 한다는 사실을 다시 얘기하고 싶다. 그러기 위해서 나는 이 말을 나만을 위해서 다시 한 번 반복한 것이 아니다. 하지만 정말 다른 사람들한테서 주목받지 못한다. 내 주위는 무리들로 혼잡했다. 모두가 겨울옷을 입고 온 것처럼 보이고 그래서 좌석들이 지나치게 꽉 차 있다. 내가 보지는 못하는 뒤에 앉은 사람들은 내게 말참견을 했고, 옆에 앉은 사람들은 나한테 새로 도착한 사람들을 가리키며 그들의 이름을 댔다. 특히 좌석 열을 통해 밀어닥치는 부부를 주목하게 되었다. 왜냐하면 여인은 누런색의 남성적이고 코가 긴 얼굴을 가졌고, 남성 복장을 입었다. 게다가 사람들은 무리 속에서 그녀의 머리가 솟아나온 것을 볼 수 있었다. 내 곁에는 이상하게도 배우 뢰비가 자유롭게 서 있다. 하지만 실제 뢰비와 아주 비슷하지도 않았고 격앙되어 연설을 했다. 이 연설에서 '원칙'이라는 단어가 반복되었다. 나는 계속해서 '비교를 위한 제3자'라는 단어를 기다리고 있었다. 그러나 이 단어는 나오지 않았다. 두 번째 줄의 특별석, 원래는 위층 객석일 뿐인데, 특별석이 연결되는 거기 무대 쪽에서 보면 오른쪽인데, 키슈 가족의 셋째 아들[28]은 앉아 있는 어머니 뒤에 서 있고, 옷자락들이 펼쳐져 있는 멋진 군복을 입고서, 극장에 대고 연설을 하고 있다. 뢰비의 연설은 이 연설과 관련이 있다. 그 밖에도 키슈는 위로 높이 커튼의 한 군데를 가리켰고, 그리고 "저기 독일인 그 키슈[29]가 앉아 있다"라고 말한다. 이로써 그는 독문학을 전공했던 내 고교 동창을 뜻하는 것이다. 커튼이 올라갔을 때 극장이 어두워지기 시작하자 키슈는 어쨌거나 사라질 텐데 이 사실을 더욱 분명하게 하기 위해서 그는 어머니와 관람석 앞쪽으로 다시금 양복, 팔, 다리 전부를 활짝 펼치면서 떠난다. 무대는 객석보다 조금 더 깊어서 사람들은 등받이에 턱을 괴고 아래쪽을 쳐다보고 있다. 무대장식이라고는 주로 무대 한가운데에 서 있는 낮고 두꺼운 기둥 두 개다. 만찬을 묘사하고 있는데, 거기에는 처녀들과 젊은 청년들이 참석하고 있다. 내게는 조금밖에 안 보이는데, 왜냐하면 많은 사람들이 바로 객석 좌석의 첫 열에서 아마도 공연 초에 곧장 무대 뒤쪽으로 가버리고, 남아 있는 처녀들이 챙이 넓고 대부분 푸른색의 모자를 쓰고 좌석의 전체 길이 너머로 이리저리 오가면서 조망을 가리기 때문이다. 하지만 무대 위에 열 살에서 열다섯 살쯤 되어 보이는 어린 소년이 특히 분명하게 보인다. 소년은 윤기 없는 가르마로 나뉜 똑바로 자른 머리 모양을 하고 있다. 그는 자신의 허벅지 위에 냅킨을 제대로 놓는 것조차 알지 못하고, 이 목적으로 주의 깊게 아래쪽을 보아야만 하고, 이 작품에서 방탕아 역을 해야만 한다. 이렇게 관찰한 결과 이 연극에 대해 큰 신뢰는 더 이상 없다. 무대 위 사람들은 객석 첫 줄에서 무대로 내려오는 새로 도착하는 다양한 사람들을 기다리고 있다. 하지만 이 희곡 작품은 연구도 잘하지 않았다. 그래서 여배우 하켄베르크가 도착하자 남자 배우는 안락의자에 기댄 채 속물처럼 "하켈―."이라고 그녀에게 말을 걸고, 이제야 착각을 알아차리고 수정한다. 지금 내가 아는 처녀가(그녀 이름이 프랑켈이라고 생각하는데) 도착하는데, 내 등받이를 넘어 내 좌석으로 올라오는데, 올라올 때 보니 그녀의 등은 완전히 맨살로 드러나 있고, 피부가 아주 깨끗하지 않은 데다 오른쪽 엉덩이 위쪽으로 문의 쇠고리만한 크기로 피멍이 든 긁힌 자국이 있다. 하지만 그녀가 몸을 돌려 맑은 얼굴로 무대에 서자, 연기는 아주 좋았다. 이제 멀리서 노래를 부르며 말을 탄 기사가 내달리면서 다가와야만 하고, 피아노로 말발굽 소리를 내고, 사람들은 다가오는 격정적인 노래를 듣는다. 마침내 가수가 보이는데, 그는 급하게 다가오는 기사의 자연스럽게 커지는 편자 소리를 내려고 위층 객석을 따라 무대로 달려간다. 그가 아직 무대로 가지 못하고, 노래도 끝나지 않았다. 그런데도 그는 서둘러 최대한으로 소리 지르며 노래를 불렀다. 피아노도 돌에 부딪히는 편자 소리를 더는 뚜렷하게 모방해낼 수 없다. 그래서 둘 다 사라지고 가수가 조용하게 노래하며 다가온다. 사람들이 분명하게 볼 수 없도록 가수는 객석 난간 위로 머리만 솟도록 자신을 아주 작게 만든다. 이렇게 1막은 끝난다. 하지만 막은 내려오지 않고 극장 역시 여전히 어둠 속에 있다. 무대 위에는 두 명의 비평가들이 앉아서 무대장식에 등을 기대고 글을 쓰고 있다. 뾰족한 금빛 턱수염의 드라마 평론가 아니면 연출가가 무대 위로 뛰어 올라와 빠르게 정돈을 위해 한 손을 뻗는다. 다른 손으로는 아까 만찬 때 과일 접시에 놓였던 포도를 들고 있다. 객석으로 몸을 다시 돌리자, 그가 단순한 석유 가로등으로 비쳐지고 있는 것을 본다. 그 가로등은 골목에 있는 것 같은, 팔이 여러 개 달린 촛대에 꽂혀 있고 이제는 당연히 아주 약하게만 타고 있다. 불순물이 들어 있는 석유 아니면 심지의 상한 부분이 원인이 되어, 갑자기 가로등에서 빛을 뿜으며 커다란 스파이크를 내 불꽃이 아래 관객에게 튄다. 그 광경은 수습할 수 없고, 무리들을 흙처럼 검게 만든다. 무리들 중 한 신사가 일어나서 가로등으로 과감하게 가서 가능한 그것을 고쳐서 정돈하려고 한다. 우선은 가로등을 올려다 보고 그 옆에 잠시 서 있다가, 아무 일도 일어나지 않자 다시 자기 자리로 조용히 돌아가 자리에 파묻힌다. (내가 나를 그 신사와 바꾸고 어둠 속으로 얼굴을 숙인다.)

———————————

내가 막스와 정말 근본부터 다르다는 것이 틀림없다. 그의 글들이 나나 다른 모든 사람의 개입이 통할 수 없는 전체로써 앞에 놓일 때면, 정말 그의 글들을 보고 나는 감동을 한다. 오늘 일련의 작은 서평을 이야기할 때도 그랬다. 하지만 그가 『리하르트와 사무엘』에서 쓰는 모든 문장은, 가슴 깊숙이 괴로움을 느끼는, 내 쪽에서 내키지 않는 양보와 관련된다. 적어도 오늘은 그렇다.

———————————

나는 오늘 저녁 소극적인 능력 때문에 또다시 두려움에 완전히 떨었다.

———————————

1911년 11월 20일

그림에 대한 꿈. 아마도 앵그르의 그림. 숲 속에서 처녀들이 수천 개의 거울에 비친다. 아니면 진짜 처녀들인지 등등. 비슷하게 그룹이 형성되고 극장 커튼처럼 공중에 떠서 끌리며, 그림 오른쪽으로 한 그룹이 다닥다닥 붙어 왼쪽을 보고 앉아 있다. 그런데 그들은 거대한 나뭇가지 위에 있거나 아니면 날아가는 줄에 있거나 혹은 하늘을 향해 천천히 올라가는 사슬에 엮여 자기 힘으로 움직이고 있다. 이제 그들은 관객을 향해서만 자신들을 비추는 것이 아니라 관객으로부터도 사라져 더 불분명해졌고, 눈은 세부적인 것을 잃어버려 더욱 다양하게 충만함을 얻었다. 하지만 앞쪽에서 반사의 영향을 받지 않는 벌거벗은 한 처녀가 다리 하나로 기대어 엉덩이를 내밀고 서 있었다. 여기서 앵그르가 그림을 그리는 예술성에 감동을 받을 수밖에 없는데, 나는 정말 만족하며, 이 처녀의 촉감에서도 사실적 적나라함이 너무 많이 남아 있다고 생각했다. 그녀가 감춘 부분으로부터 희미한 노란 불빛이 한 가닥 비쳤다.

———

반정립反定立에 대한 나의 반감은 확실하다. 반정립은 기대하지 않은 데서 오긴 하지만 그렇다고 갑작스러운 것은 아니다. 왜냐하면 그것은 항상 아주 가까이에 놓여 있었기 때문이다. 만약 무의식이었다면, 그렇게 그것이 극단적으로 가장자리에 있었다는 것이다. 그것은 그렇게 철저함, 충만함, 빈틈없음까지도 만들어낸다. 하지만 단지 운명의 수레바퀴 속 인물처럼 그렇게만 가능하다. 즉 우리의 작은 발상을 그 원 안에서 쫓아다니는 것이었다. 정말 이렇게 다를 수 있고, 차이가 없어도, 마치 물에 부풀려지듯이 그들은 손안에서, 시작할 때의 조망으로, 무한대로 그리고 결국에는 평균치의 항상 똑같은 크기로 성장한다. 그것은 안으로 말리고 바깥으로 뻗을 수가 없고, 어떤 근거를 댈 수가 없으며, 나무 속 구멍이고, 서 있는 질주이고, 내가 보여준 것처럼, 반정립 스스로와 같게 끌어내린다. 마치 모든 것을 동등하게 그리고 영원히 끌어내리기라도 하고 싶은 것처럼.

드라마에 대해서: 영어 선생님 바이스,[30] 그는 딱 벌어진 어깨, 주머니에 손을 찌르고, 주름을 빳빳하게 세운 노란 상의를 입고서, 언젠가 저녁때 벤첼 광장에서 아직 서 있기는 하지만 이미 종을 울리는 전차를 간신히 잡아타려고 힘찬 걸음으로 차도 너머로 서둘러 갔다. 우리한테서 사라졌다.

E. 안나!

A. (올려다보면서) 응.

E. 이리 와봐.

A. (안정된 큰 걸음으로) 무엇을 원하는데?

E. 얼마 전부터 당신한테 불만이 있다고 말하려고 했어.

A. 하지만!

E. 그렇다니까.

A. 에밀, 그러면 곧장 나를 해고해야만 해.

E. 그렇게 급하게? 그리고 그 이유는 전혀 묻지도 않고서?

A. 이유를 알거든.

E. 그래?

A. 음식이 맛이 없잖아.

E. (급히 일어나서 큰 소리로) 카를이 오늘 저녁에 떠난다는 사실을 알고 있어? 아니면 모르는 거야?

A. (내심 당황하지 않고) 물론 알고 있고, 유감이지만 그는 떠나. 그렇다고 나를 불러낼 필요는 없었잖아.

1911년 11월 21일

나의 예전 보모는 코의 가장자리에 각이 지고, 뺨 어딘가에 검은빛을 띤 노란색 점이, 그 당시 내게는 사랑스러웠던 점이 얼굴에 있는데, 최근 들어 오늘 두 번째로 우리 집에 왔다. 처음에는 내가 집에 없었다. 이번에는 나를 조용히 내버려두고 잠을 자기를 원했고, 내가 집에 없는 것으로 하기를 바랐다. 그녀는 나를 왜 이다지도 잘못 가르쳤는가. 나야말로 순종적이었는데. 지금 앞방에서 그녀 스스로 내가 조용한 심성을 가진 아이이며 착했다고 여자 요리사와 가정부에게 얘기하고 있다. 그녀는 왜 나를 위해 이 점을 최대한 활용하여 나에게 더 좋은 미래를 준비하지 않았는가. 그녀는 결혼했거나 아니면 과부로, 애들이 있고, 나를 잠이 들지 못하게 할 정도로 활기찬 언어로 말한다. 그리고 내가 스물여덟 살 아름다운 나이의 키 큰 건장한 신사이고, 나의 소년 시절을 기꺼이 돌아보면서 쓸모 있는 사람이 될 줄 알고 있다고 한다. 하지만 나는 지금 세상 밖에 한 발로 내던져진 채 침대에 누워 오지도 않을 잠을 청하고 또 만약 잠이 든다 해도 단지 스쳐 지나갈 뿐이다. 사지는 지쳐서 상처를 입었고, 나의 깡마른 육체는 분명하게 의식하지 못하도록 흥분으로 바닥까지 떨고 있고, 머릿속은 놀라움으로 움찔거린다. 저기 내 방문 앞에 세 여인이 있는데, 한 사람은 내가 어땠는지를 칭찬하고, 다른 두 사람은 내가 어떤지를 칭찬하고 있다. 여자 요리사는, 즉 그녀의 솔직한 생각으로는 시간을 끌지 않고, 내가 곧 하늘나라로 간다고 말하고 있다. 그렇게 될 것이다.

뢰비 이야기다. 탈무드에 나오는 한 랍비는, 이 경우에는 신의 마음에 꼭 드는 원칙을 갖고 있어서, 아무것도, 즉 누군가에게서 단 한

번 물 한 잔조차 받지 않았다. 그런 참에, 당대의 가장 위대한 랍비가 그와 사귀기를 원했고, 그래서 식사에 초대하게 되었다. 그런 랍비의 초대를 거절한다는 것, 그것은 불가능했다. 그래서 그 첫 번째 랍비는 슬퍼하면서 길을 떠났다. 하지만 그의 원칙이 정말 강력했기 때문에, 그 두 랍비 사이로 산이 옮겨졌다.

안나 (테이블에 앉아서 신문을 읽는다.)
카를 (방을 돌아다니다, 창가에 가자마자 멈춰서 밖을 내다본다. 한 번은 안쪽 창문을 열기까지 한다.)
안나 제발 창문 좀 닫아줘. 정말 얼어 죽겠어.
카를 (창문을 닫는다.) 우리는 이렇게 서로 다른 걱정을 하고 있다니까.

1911년 11월 22일
안나 당신이야말로 습관이 새로 생겼네. 에밀이라고 가정한다면 말이야. 아주 혐오스러워. 사소한 일조차도 전부 연관 지을 수 있고, 그 도움으로 나한테서 나쁜 성격을 찾을 수도 있고.
카를 (손가락을 비비면서) 당신은 배려라고는 전혀 없기 때문이야. 또 당신이란 사람은 도대체 이해가 안 되기 때문이야.

내 발전을 방해하는 주범은 나의 신체적 상태라는 것은 확실하다. 이런 몸으로는 아무것도 성취할 수가 없다. 이 몸의 지속적인 거부에 내가 익숙해져야만 할 것이다. 최근 사나운 꿈을 꾸면서도 거의 한숨도 잘 수 없었던 밤 때문에 오늘 아침은 정말 집중할 수 없었고, 이마 말고는 아무것도 느끼지 못했고, 현재보다 훨씬 더 멀리 떨어져서야 비로소 반쯤 견딜 만한 상태를 보았다. 그래서 한번은 손에는 서류들

을 들고 기꺼이 죽음을 준비하려는 마음으로 복도의 시멘트 바닥에서 뒹굴었을 것이다. 내 신체는 나약함에 비해 길이가 너무 길다. 축복에 찬 온정을 만들기 위해서, 내적 열정을 보존하기 위해서는, 최소한의 지방도 없고, 이 몸으로는 정신이 전체에 해를 끼치지 않고는 한 번도 일상에 필수적인 것을 넘어 영양을 공급할 수 있을 지방이라고는 전혀 없다. 최근 들어 수시로 나를 찔러대는 약한 심장이 이 발의 전체 길이를 넘어 혈액이 흐를 수가 있다는 것인가. 무릎까지로 작업은 충분했을 것이다. 하지만 그다음에는 노인의 힘만으로 차가운 허벅지에서 출렁거릴 것이다. 하지만 이제는 이미 다시 위쪽에서 필요할 것이고 사람들은 아래쪽에서 소모하는 동안을 기다릴 것이다. 신체의 길이 때문에 모든 것이 갈라졌다. 그런 몸이 과연 무엇을 할 수 있겠는가. 설령 그것이 한 군데로 모아진들, 아마 내가 성취하려고 하는 것에는 그 힘이 너무 약했을 것이기 때문이다.

뢰비가 그의 아버지한테 보낸 편지. 바르샤바에 가면 저는 유럽식 옷차림을 하고 당신네들 사이로 "신랑신부 사이에서 슬퍼하는 사람처럼, 눈앞의 거미"처럼 돌아다닐 것입니다.

뢰비는 바르샤바 근처 작은 도시 포스틴에 살고 있는 결혼한 친구에 대해 이야기한다. 그는 점점 커져가는 관심 속에 고독하고 그래서 불행하게 느끼고 있다. "포스틴, 거기가 대도시야?" "이렇게 커" 하며 그는 내게 손을 펴서 갖다 댔다. 조야한 황갈색 장갑을 끼고 있는 손이 황량한 지역을 연상시킨다.

1911년 11월 23일
클라이스트가 죽은 지 100주년 되는 11월 21일에 클라이스트 가

족은 그의 무덤에 "그들 부류에서 최고인 사람에게"라고 적힌 조문의 화환을 바쳤다.

내 삶의 방식은 어떤 상태에 속해 있는가! 오늘 밤에는 지난 주일보다 조금 더 잘 잤다. 오늘 오후에는 상당히 잘 잤다. 나는 중간 수준급의 잠에 이어 잠에 취해 있기까지 했다. 그 결과로 글을 잘 쓸 수 없을 것을 걱정했다. 그리고 개별적인 능력들이 얼마나 내면세계 깊숙이 후려치는지를 느꼈고, 나는 모든 놀라움에 준비가 되어 있다. 다시 말해 나는 이미 그들을 본다.

───────────

1911년 11월 24일

슈히테(유대교의 의식대로 가축을 도살하는 기술을 배우는 사람). 고르딘의 희곡 작품. 거기에는 탈무드의 인용문이 있는데, 예를 들면 어떤 위대한 학자가 저녁때 아니면 밤에 죄를 범하면, 다음 날 아침에 그 죄를 더 이상 비난해서는 안 된다는 것이다. 왜냐하면 그는 이미 자신의 박식함 때문에 틀림없이 스스로 후회하고 있기 때문이다. ─ 수소를 훔쳤다면 두 마리를 돌려줘야만 하고, 그 훔친 수소를 도살하면 네 마리를 돌려줘야만 한다. 하지만 훔친 송아지를 도살하면 단지 세 마리만을 돌려줘야만 하는데, 그 이유는 사람들이 송아지를 들어서 날라야만 했다고, 그러니까 힘든 일을 했다고 가정하기 때문이다. 만약 송아지를 편안하게 데려갔다면, 그때에도 이런 가정이 벌을 결정하는 것이다.

───────────

좋지 않은 사고의 경외심. 어제 저녁 특히 비참하다고 느꼈다. 내 위는 다시 망가졌다. 애를 써서 글을 썼다. 카페에서 뢰비의 강연(처음에는 조용했고, 우리가 보호해줘야만 했고, 하지만 활기를 찾았고, 우리

214

를 가만 놔두지 않았다) 나는 안간힘을 써서 경청했는데, 내게 곧 닥칠 슬픈 미래가 거기 들어설 가치가 없다고 보였고, 쓸쓸히 페르디난트 거리를 걸어갔다. 그때 베르크슈타인 입구에서 나중 닥쳐올 미래에 대한 생각을 떠올렸다. 어떻게 이 창고에서 *끄집어낸* 몸으로 내가 미래를 견디려고 하는가? 탈무드에도 적혀 있다. 여자가 없는 남자는 인간이 아니다. 그런 생각에 대해 오늘 저녁 다음과 같이 말하는 것 말고는 어떤 도움도 없다. "지금 내가 나약하고 위가 망가졌기 때문에 너희들, 즉 나쁜 생각이 드는 것이다. 바로 지금 숙고하도록 해봐라. 그런 다음에만 너희는 자신한테 선의를 베풀어 그것을 노릴 수 있다. 부끄러워해라. 내가 힘이 있을 때, 그런 때 와라. 내 상태를 너무 이용하지 마라." 그리고 실제로 다른 증거를 기다릴 것도 없이, 그들은 피해 돌아가 천천히 흩어져 별로 행복하지 않은, 지속된 나의 산책을 더 이상 방해하지 않았다. 하지만 그들이 분명히 잊어버린 것은, 나의 모든 좋지 않은 상태를 존중하기를 원한다면 거의 차례가 오지 않을 거라는 점이다.

———————

극장으로부터 달려가는 자동차의 휘발유 냄새 때문에 나는 다음과 같은 일을 주목하게 되었다. 즉 마주치는 관객들이 얼마나 눈에 띄게 자신들의 코트와 걸고 있는 안경을 마지막으로 손보면서 정리하고 멋진 가정생활을(그것이 설령 촛불로 밝혀주는 것일 뿐이더라도, 잠들기 전에야 정말 적절한 일이다) 기다리는지, 더욱이 극장에서 그들이 어떻게 귀가하는 것처럼 보이는지도 주목하게 되었는데, 하급 직원들 앞에서 마지막으로 막이 내려오고, 시작 전에 아니면 1막이 공연되는 동안 하찮은 근심거리 하나로 건방지게 들어섰던 문이 그들 뒤로 열렸던 것이다.

제4권(1911~1912)

1911년 11월 28일
3일 동안 글을 한 자도 쓰지 않았다.

〈*1911년*〉 *11월 25일*
　오후 내내 '시티 카페'에서 미슈카에게 어떤 해명서에 서명하라고 설득하며 보냈다. 서명서의 내용은 그가 우리와 함께 있었던 임시 직원일 뿐이기 때문에 의무보험 대상이 아니며, 따라서 아버지도 그를 대신해서 그 많은 보험금을 추가로 내야 할 의무는 없다는 것이었다. 그는 내가 체코어를 유창하게 하며, 특히 나의 실수를 사죄할 때 우아하게 하는 편이라고 한다. 해명서는 월요일에 사무실로 보내주겠다고 한다. 그가 나를 사랑하는 정도는 아니지만 존중은 하는 듯하다. 그런데 월요일에 그는 아무것도 보내지 않고, 프라하에 있지도 않다. 떠나버린 것이다.
　저녁에 녹초 상태로 막스도 없이 바움의 집에 들렀다.
　「추녀」를 낭독.' 아직은 너무도 정리가 되지 않은 이야기. 제1장은 이야기를 위한 창고라고 해야 더 어울릴 듯.

〈*1911년*〉*11월 26일 일요일*

막스와 함께 「R과 S」[2]를 오전부터 오후 5시까지 작업. 그 후에는 A. M. 파힝거[3] 방문. 쿠빈이 추천한 린츠 출신의 수집가로 쉰 살의 거구다. 움직일 때는 마치 탑이 움직이는 것 같다. 그가 한동안 침묵하고 있으면 사람들은 고개를 수그린다. 그가 이야기를 할 때는 오로지 이야기만 하는 것은 아니지만, 침묵할 때는 정말 침묵만 하기 때문이다. 그의 생활은 수집과 성교로 구성된다. 수집에 대해 말해보자면— 우표 수집으로 시작했고, 그다음엔 그래픽으로 넘어갔으며, 결국에는 모든 것을 수집했다. 그러고는 결코 완결되지 않는 이 수집 행위의 무용함을 인식했고, 부적符籍 수집으로 제한했다가, 나중에는 니더외스터라이히[4]와 바이에른 남부 지방의 순례 기념 메달과 순례 안내 책자로 제한했다. 이러한 메달과 안내 책자들은 순례 때마다 계속해서 새로 나오고, 재질이나 미학에서도 가치는 없는 것들이지만, 괜찮은 그림들이 들어 있는 경우도 자주 있다. 그는 여기에 관한 글들을 부지런히 발표하기 시작했다. 그런 대상에 대해 글을 발표한 것은 그가 처음이었고, 그런 대상의 체계화에 대해 나름의 관점을 제시할 수 있었던 것도 그가 처음이었다. 지금까지 그 분야에서 활동해온 수집가들이 분노한 것도 당연했다. 그들로서는 출판 기회를 놓친 것이니 말이다. 하지만 이들도 결국엔 상황을 받아들이는 수밖에 없었다. 이제 그는 순례 기념 메달 분야에서는 인정받은 전문가이며, 도처에서 메달들의 성격을 규명하거나 감정해달라는 의뢰가 그에게 쇄도한다. 그의 말 한마디 한마디가 결정적인 역할을 한다. 덧붙여 말하자면, 그는 여전히 오만 가지 것들을 수집하고 있다. 그의 자랑거리는 어떤 정조대(스카풀리어?)인데, 그의 모든 부적들과 마찬가지로 드레스덴의 위생 전시회에 전시되었던 것이다(지금도 그는 그곳에 가서 모든 것을 소포로 포장하도록 해놓고 온 참이었다). 그다음의 자랑거리는 팔켄슈타이너[5] 가문의 기사용 칼이다. 그가 예술과 어떤 관계를 맺고 있는 것인지는 대단히 모호하다. 그 관계가 분명해지는 것은 오로지 수집 행위를 통해서뿐이다. 그는 그라프 호텔의 카페하우스에서 우리를 데리고 나와 그의 방으로 데리고 들어간다. 난방이 너무 잘된 방이다. 그는 침대 위에 앉고, 우리는 그 주변에 있는 두 개의 소파 위에 앉아서 편안한 모임의 분위기를 만든다. 그의 첫 번째 질문은 이러하다: "당신은 수집가입니까?" "아뇨, 그저 별 볼일 없는 애호가일 뿐이지요." "그래도 괜찮습니다." 그는 지갑을 꺼내더니 장서표들을 잔뜩 꺼내놓는다. 그의 것뿐만 아니라 남의 것도 있고, 다음에 발표할 책인 『광물 왕국의 마술과 미신』의 팸플릿도 그 안에 섞여 있다. 그는 이미 많은 것에 대해, 특히 '예술에서의 모성성'에 대해 글을 썼으며, 임신한 몸을 가장 아름다운 몸으로 간주한다. 그에게는 성교하는 시간이 가장 편안한 시간이기도 하다. 부적에 대해서도 그는 글을 썼다. 그는 빈의 궁정 박물관들에서도 근무했으며, 도나우 강 어귀에 있는 브라일라에서 발굴 작업을 이끌기도 했다. 발굴된 병들을 묶는 데 적합한 절차를 고안하여 자신의 이름을 붙이기도 했다. 그가 속한 학자들의 학회와 박물관들만 해도 열세 개다. 그의 수집품은 뉘른베르크의 게르만 박물관에 유증되었다고 한다. 그는 밤에도 종종 1시나 2시까지 책상에 앉아 있고, 아침 8시에 다시 책상에 앉는다. 우리는 그의 여자 친구를 위한 기념첩에도 뭔가를 기입해야 한다. 그는 이것을 여행에 가지고 다니며 사람들에게 기록하게 했다. 창작하는 사람들이 앞에 나온다. 막스는 복잡한 시행을 하나 적어 넣고, P씨는 이것을 "비 온 후에 햇살이 비친다."는 표현으로 옮겨본다. 그는 그전에 무뚝뚝한 목소리로 이 구절을 소리 내어 읽었었다. 나는 이렇게 쓴다:

작은 영혼이

춤을 추다 뛰어오르네 등등.

그가 다시 큰 소리로 낭송하고 나는 보조한다. 마침내 그가 말한다. "페르시아 리듬이었던가? 그 리듬을 뭐라고 하더라? 가젤[6] 시행이었지? 안 그래?" 우리는 여기에 대해 동의할 수 없지만 그가 생각하는 것이 무엇인지 알아낼 수도 없다. 드디어 그는 뤼케르트[7]의 '리토르넬'[8]이라고 말한다. 그렇다. 그가 말하고자 했던 것은 리토르넬이었다. 그런데 그것도 아니란다. 어련하시겠는가, 하지만 그것도 나름대로 좋은 음향을 가지고 있다. 그는 방을 나가면서 침구를 여기저기 늘어놓는다. 방 안의 온도가 완전히 같아지도록 하기 위해서다. 그 밖에도 그는 불을 더 넣도록 한다. ─그는 할베[9]의 친구다. 그는 이 친구에 대해 이야기하는 것을 좋아한다. 우리는 블라이[10]에 관해 이야기하는 것이 훨씬 더 좋지만 말이다. 하지만 그에 관해서는 할 이야기가 많지 않다. 그는 뮌헨의 문학계에서 야비한 짓을 했기 때문에 경멸받으며 그의 아내로부터 이혼당했다. 그의 아내는 치과의사로 잘나가는 병원을 가지고 있었고, 그를 후원했다. 그의 딸은 열여섯 살, 금발에 파란 눈이며, 뮌헨에서 가장 와일드한 소녀. 슈테른하임[11]의 「바지」에서─파힝거는 할베와 함께 극장에 있었다─블라이는 늙어가는 방탕아 역할을 했다. 파힝거는 다음 날 그를 만나자 "박사님, 당신은 어제 블라이 박사 역을 하셨지요?"라고 말했다. "왜요? 왜요?" 그가 당황한 어조로 말했다. "나는 그냥 평범한 역을 했는데요."─쿠빈의 결혼 생활은 좋지 않다. 그의 아내는 모르핀을 한다. P는 쿠빈도 그렇다고 확신한다. 그의 말에 따르면 그는 굉장히 활기가 넘치다가 갑자기 코는 뾰족해지고 뺨은 축 늘어진 모습으로 푹 꼬꾸라져서 사람들이 깨워야 할 정도가 되고, 다시 정신을 차려 대화에 참여하지만 조금 있다가 또다시 말이 없어지는 모습이 관찰되는데, 이런 모습이 반복되는 주기가 점점 더 짧아지고 있다는 것이다. 그에게는 단어가 생각나지 않는 경우도 종종 있다. ─여자들에 관해서: 그의 힘에 관한 이야기들은 그가 어떻게 그의 커다란 성기를 여자들 안으로 천천히 밀어 넣는지를 생각하게 만든다. 그가 왕년에 이루었다는 예술 작품이란 여자들을 아주 피곤하게 만들어서 더 이상 그것을 할 수 없을 정도로 만드는 것이었다. 그러면 그녀들은 영혼이 없는 존재들, 짐승들이었다. 사실 이 정도의 헌신은 상상할 수 있다. 그는 루벤스의 그림에 나오는 여성들을 사랑한다고 말하지만, 그가 의미하는 것은 윗부분은 풍만하고 아랫부분은 납작해서 자루처럼 매달린 커다란 가슴을 가진 여자들이다. 이러한 취향에 대해 그가 설명하는 바에 따르면, 그의 첫사랑이 그러한 여성이었다고 한다. 이 여성은 엄마의 여자 친구이자 학교 친구의 어머니였는데,[12]

1911년 11월 29일

이 여성이 열다섯 살이던 그를 유혹했다는 것이다. 그는 언어를 더 잘했고, 그의 친구는 수학을 더 잘했다. 그래서 그들은 그 친구의 집에서 함께 공부했는데, 이때 그 일이 벌어진 것이다. 그는 애인들의 사진을 보여준다. 현재 애인은 나이가 좀 지긋한 여성으로 살이 쪄서 주름이 접힌 얼굴로 소파 위에서 다리를 벌리고 팔은 치켜든 채로 앉아서 자신의 살덩어리를 보여주고 있다. 침대에 있는 그녀를 찍은 사진을 보면 가슴은 양쪽으로 갈라져서 부풀어 올랐다가 흘러나가는 강물처럼 보이고 배꼽까지 둥글게 솟은 배는 그에 버금가는 산맥처럼 보인다. 또 다른 애인은 어리다. 사진에 나온 것은 블라우스의 단추를 끌러 꺼낸 그녀의 긴 가슴과 다른 쪽을 바라보며 입매를 날카롭게 하고 있는 그녀의 얼굴이다. 그가 브라일라에 있을 때는 그곳에서 여름휴가를 보내고 있던 상인들의 부인들이 엄청나게 대시해 왔다. 이 여자들은 뚱뚱해서 많은 것을 소화할 수 있지만 남편들에 의해서는 굶주림을 당하는 상태였던 것이다. 뮌헨의 사육제는 엄청 소득이 많다. 주민들의 전출입을 담당하는 부서에 따르면 사육제 기간에 6천 명 이상의 여성들이 혼자 뮌헨으로 오는데, 관계를 갖기 위해 오는 것이 분명하다는 것이다. 바이에른 전체에서뿐만 아니라 그 인근 지역에서까지 몰려드는 유부녀, 처녀, 과부들이 그런 여성들이다.

———————————

탈무드에서: 학자가 신부를 보러 갈 때는, '암호레츠'[13]도 한 명 데리고 가야 한다. 학자는 자신의 지식에 너무 침잠한 나머지 정말 필요한 것을 알아보지 못할 수도 있기 때문이다. —바르샤바 주변의 전화와 전보망은 뇌물에 의해 보완되어 하나의 완전한 권역을 형성하게 되었다. 이 권역은 탈무드적인 의미에서 도시에서 떨어져 나와 그자체의 울타리를 가지게 된 영역, 말하자면 일종의 궁정을 형성한다. 그래서 토요일에는 아무리 경건한 사람이라도 이 권역 안에서 여기저기 돌아다니며 사소한 것들(예컨대 손수건 따위)만 지니고 다니는 일도 가능하게 되는 것이다. —명랑하게 탈무드의 문제들에 관해 이야기하는 하시딤[14] 사회들. 이야기가 멈추거나, 어떤 사람이 이야기에 참여하지 않는 상황에서는 노래를 부르며 분위기를 돋운다. 그들은 여러 멜로디들을 생각해보다가 그중 어떤 것이 잘되면 가족도 불러내어 함께 낭송하거나 그것에 대해 공부한다. 자주 환각 상태에 빠졌던 기적의 랍비가 그러한 환담을 하던 도중 갑자기 자기 얼굴을 책상 위에 있던 두 팔에 묻더니 그 상태로 완전히 침묵한 채 세 시간 동안 머물렀다. 그러다가 깨어나서는 그는 눈물을 흘렸고, 그런 다음 아주 새롭고 재미있는 군대 행진곡을 불렀다. 이 곡은 어느 기적의 랍비가 바로 이 시각에 저 멀리 있는 러시아의 한 도시에서 죽었는데 죽음의 천사들이 그의 영혼을 하늘로 데리고 갈 때 불렀던 멜로디였다. —카발라에 따르면, 금요일에는 경건한 사람들이 새로운 영혼을

가지게 되는데, 이 영혼은 매우 천상적이며 좀 더 부드럽다. 그리고 토요일 저녁까지 그들에게 머문다. ―금요일 저녁에는 천사들이 사원에서 집으로 가는 모든 경건한 사람들과 동행한다. 그러면 집주인은 식당에서 선 채로 그들을 환영하고, 그들은 아주 잠깐 동안만 머무른다.

────────────

「어느 여배우를 향한 사랑」,「어떤 극장」

────────────

소녀들이 교육받고, 성장하고, 세계의 규칙들에 적응해가는 것은 항상 나에게 특별한 가치를 가지는 것이었다. 그러고 나면 소녀들은 누군가가 그녀들을 우연히 알게 되어 말을 걸어보고 싶어 하더라도 예전처럼 냉정하게 달아나버리지만은 않는다. 이제는 조금 멈춰 서기도 하는 것이다. 물론 사람들이 그녀들을 가지고 싶어 하는 바로 그 방의 그 장소에 머물러주지는 않는다. 그래도 이제는 더 이상 시선이나 위협, 또는 사랑의 힘 따위로 그녀들을 붙잡지 않아도 된다. 그녀들은 사람들에게서 돌아서더라도 천천히 돌아선다. 사람들에게 상처를 주지 않으려는 것이다. 그럴 때는 그녀들의 어깨도 전보다는 더 넓어져 있다. 사람들이 그녀들에게 하는 말도 이제는 건성으로 듣지 않는다. 그녀들은 질문 전체를 유심히 듣지만 그 때문에 급하게 말해야 할 정도는 아니다. 그녀들은 대답할 때도 농담처럼 하기는 하지만 정확히 질문의 요지에 맞는 대답을 한다. 고개를 들어 올리며 질문을 할 때도 있다. 약간의 대화 정도는 그녀들도 받아줄 수 있다. 그녀들은 자신들이 이제 막 시작한 일들을 남들이 쳐다보더라도 거의 방해받지 않는다. 그녀들이 자신들을 쳐다보는 사람에게 덜 신경을 쓰기 때문에 쳐다보는 사람도 더 오래 쳐다볼 수 있는 것이다. 그들이 물러설 때는 오로지 만찬을 위해 옷을 갈아입으러 갈 때뿐이다. 이때가 사람들이 불안해질 수 있는 유일한 시간이다. 그 밖에도, 더 이상 골목길을 내달려 나가 어느 문가에 앉아 행복이 우연히 나타 나주지 않을까 기다릴 필요가 없다. 물론 그런 우연이라는 것이 억지 로 되는 것이 아니라는 것은 이미 오래전에 경험해왔던 것이기는 하 지만 말이다. 하지만 그들에게 벌어진 이 거대한 변화에도 불구하고, 우리가 그들을 예기치 않게 만났을 때 그들이 슬픈 표정을 지으며 우 리에게 다가와서 손을 살짝 우리 손에 얹으며 느린 동작으로 마치 사 업적인 관계라도 되는 듯이 우리를 집안으로 초대하는 것도 드문 일 은 아니다. 그들은 옆방에서 진중한 걸음으로 왔다 갔다 한다. 하지 만 우리가 욕정과 반항심에 못 이겨 그곳으로 쳐들어가면 그들은 창 가의 벽감에 웅크리고 앉아서 우리에게는 눈길도 한 번 주지 않으면 서 신문을 읽는 것이다.

1911년 12월 3일

지금 셰퍼의 『카를 슈타우퍼[15]의 생애, 어느 열정의 연대기』 중 한 부분을 읽고 엄청난 인상을 받았다. 그것은 찰나적으로만 그 존재가 확인되는 나의 내면까지 뚫고 들어오는 것이었다. 게다가 좋지 않은 위장 때문에 의사가 처방해준 단식까지 한 데다가 자유로운 일요일 에 흔히 느끼게 마련인 흥분까지 더해지면서 효과가 극대화되었다. 그러니 글을 쓰는 수밖에는 없다. 외적인 것에 의해 외적인 흥분이 몰려올 때 우리 자신을 구할 수 있는 유일한 방법은 양팔을 세차게 흔들어대는 것밖에 없듯이 말이다.

그 총각이 불행하다는 것은 보기에만 그런 것이든 아니면 실제로 그런 것이든 간에 주위 사람들로서는 아주 쉽게 알 수 있기 때문에, 만일 그가 사생활을 숨기는 것을 좋아하는 취향 때문에 총각으로 남

은 것이라면, 그는 필시 자신의 결정을 저주하게 될 것이다. 그는 상의의 단추를 잠그고 양손은 재킷의 윗주머니에 찌른 채 팔꿈치를 쳐들고 모자는 얼굴에 푹 눌러쓴 상태로 돌아다닌다. 가식적인 미소는 이미 그에게 내화되어 있는 바, 코안경이 눈을 보호하는 것처럼 그러한 미소도 입을 보호해준다고 한다. 바지의 통은 너무 좁아서 마른 다리에도 잘 어울리지 않는다. 하지만 누구나 그의 상태가 어떤지를 알고 있고, 그가 무엇 때문에 고생하는지에 대해서도 일일이 열거할 수 있을 정도다. 그의 내면에서 신선한 공기가 그를 향해 불어온다. 그는 야누스 같은 두 얼굴을 가졌고, 그중에서 더 슬픈 표정의 얼굴로 그 내면을 들여다본다. 그는 공식적으로는 끊임없이 거주지를 옮겨 다니지만, 예상에서 벗어나지 않을 정도로 규칙성이 있다. 여전히 그는 다른 살아 있는 사람들을 위해 일해야 할 뿐 아니라—더 끔찍한 것은—생각은 있어도 생각을 표현하면 안 되는 노예처럼 일해야 한다. 그가 이 사람들로부터 멀어지면 멀어질수록, 그에게 필요한 것으로 간주되는 공간도 그만큼 더 작아진다. 다른 사람들은 평생 병상에 누워만 있었던 경우라 해도 죽음에 의해 쉽사리 정복되지 않는다. 왜냐하면 이들은 약한 것으로만 보자면 이미 오래전에 스스로 쓰러졌어야 할 상태에 있더라도, 그들의 사랑스럽고 강하고 건강한 친척들에게 악착같이 매달리기 때문이다. 반면에 그는, 그 총각은, 생의 한가운데서 이미, 아마도 그 자신의 의지에 의해, 점점 더 좁아져가는 그의 공간에 만족하며 산다. 그래서 그가 죽게 되면, 관棺이야말로 그에게 가장 적정한 크기의 공간이 되는 것이다.

———————

내가 지난번 내 누이들에게 푀리케[16]의 자서전을 읽어주었을 때, 시작도 좋았지만 그다음은 더 잘되어 나갔다. 그래서 마침내는 손가락 끝들을 서로 포갠 채, 침착함을 유지하는 목소리로 내면의 저항을 억누르면서, 목소리가 점점 더 퍼져 나가도록 했고, 결국에는 방 전체가 내 목소리 외에는 아무것도 받아들여서는 안 되는 상황이 지속되었다. 일에서 돌아오신 부모님이 초인종을 울릴 때까지는.

———————

잠이 들기 전에 내 몸 위에 있는 가벼운 양팔의 주먹들의 무게를 느껴보았다.

———————

〈1911년〉 12월 8일

금요일, 오랫동안 글을 쓰지 않았다. 다만 이번에는 그래도 어느 정도 만족한 나머지 그랬다고 할 수 있다. 「R과 S」의 제1장을 끝냈고, 특히 차 안에서 잠자는 장면의 묘사는 잘되었다고 생각되기 때문이다. 게다가 내 생각으로는 내 안에서 어떤 일이 벌어지고 있는데, 이것은 그 실러적인 의미에서 일시적인 감정 상태가 확고한 성격¹⁷)으로 개조되는 것과 아주 가까운 것이다. 내면의 모든 저항에도 불구하고 나는 이 사실을 적어놓아야 한다.

———————

뢰비와 함께 슈타트할터 성까지 산책. 이 성을 나는 '시온의 산'이라 불렀다. 성문의 기하학적 문양과 하늘 색깔이 매우 청명하게 잘 어울린다. —또 한 번 헤츠 섬까지 산책. 한때 유행에 뒤진 의상과 모자를 걸친 무명의 듀엣 연주자에 불과했던 취시크 부인을 베를린의 사교계가 동정심 때문에 받아들이게 되는 과정에 대한 이야기. 바르샤바에서 온 한 편지 낭송. 어느 젊은 바르샤바 유대인이 유대 극장의 쇠락에 대해 한탄하면서 자기는 유대인 오페레타 극장에 가느니 차라리 폴란드 오페레타 극장인 '노보스티'에 가고 싶다는 내용인데, 유대인 극장의 비참한 장식, 외설스러움, 그리고 '곰팡이가 슨' 시사 풍자 가요 등은 참을 수 없기 때문이라는 것이다. 프리마돈나가

한 무리의 어린이들을 뒤에 거느리고 관객 사이를 지나 무대 위로 행진하는 것이 중요한 특징인 유대인 오페라의 주요 효과만 생각해봐도 이는 분명해진다. 거기서는 모두들 모세 오경이 적힌 양피지 두루마리를 들고서 이렇게 노래한다. 'toire is die beste schoire.'(토라는 최고의 물건이다.)

───────────

「R과 S」의 일부를 잘 끝낸 후 프라하 언덕과 벨베데레 궁전 너머로 고독하고 아름다운 산책. 네루다 골목에는 이런 팻말이 있다. 안나 크르지쇼바 재단사, 미망인이 된 아렌베르크 대공비(처녀 때는 아렌베르크 공주)의 후원으로 프랑스에서 교육받음. ―나는 첫 번째 궁성 한가운데에 서서 궁성의 보초가 구령하는 것을 관찰했다.

───────────

내가 쓴 마지막 부분들이 막스의 마음에는 들지 않았다.[18] 아마도 그는 그 구절이 작품 전체와 어울리지 않는다고 보기 때문일 것이다. 어쩌면 그는 그 구절 자체가 좋지 않다고 생각하는 것이기 때문일 수도 있다. 아마 후자가 진짜 이유일 가능성이 매우 높다. 왜냐하면 그는 내가 그렇게 긴 구절을 쓰는 것에 대해 만류했었고, 그런 글쓰기는 왠지 끈적끈적한 효과를 자아낸다고 보는 입장이기 때문이다.

───────────

내가 어린 소녀들과 이야기할 수 있기 위해서는 내 곁에 나이 든 사람들이 있는 것이 필요하다. 이들에게서 나오는 약간의 방해는 대화에 활기를 불어넣어주고, 그와 동시에 내게 부과되는 요구도 줄어드는 것처럼 보인다. 내가 미리 생각도 안 해보고 어떤 말을 내뱉었는데, 만약 그것이 소녀에게 해당되는 이야기가 아니라면 나는 그 이야기를 나이 든 사람들에게로 돌릴 수 있다. 이런 사람들에게서는 필요하다면 많은 도움도 끌어낼 수 있다.

하스 양.[19] 그녀는 블라이 부인을 생각나게 한다. 다만 그녀의 코는 길고 살짝 겹으로 굽었으며 비교적 가늘다는 점에서 블라이 부인의 코가 망가진 것처럼 보인다. 그 밖에 그녀의 얼굴에도 외적으로는 그 이유를 알 수 없는 어두움이 있는데, 강력한 성격에 의해서만 피부로 까지 표현될 수 있을 것 같은 그런 어두움이다. 그녀의 넓적한 등은 여성 고유의 빵빵한 등으로 될 확률이 매우 높고, 무거운 몸은 잘 재단된 재킷을 입으면 날씬해 보이며, 심지어 좁은 재킷도 헐렁해 보인다. 대화하다가 당황하고 나서 고개를 자유롭게 들어 올리는 것은 하나의 출구가 발견되었다는 의미다. 나는 사실 이 대화에서 제압되지도 않았고, 내적으로 굴복한 것도 아니었다. 그렇지만 내가 나를 관찰했더라도 외적으로만 관찰했다면, 나 스스로도 달리 설명하기란 어려웠을 것이다. 내가 이전에 새로 알게 된 사람들과 자유로운 대화를 할 수 없었던 것은 내 안에 있는 성적 욕망이 무의식적으로 나를 방해했기 때문인데, 이제는 그 욕망이 없다는 사실이 의식적으로 나를 방해하기 때문이다.

취시크 부부와 그라벤에서 만남. 그녀는 「야성적 인간」에 나오는 요부의 복장을 하고 있었다. 그녀의 모습을 당시 그라벤에서 본 대로 세밀하게 묘사한다면 실제 모습과는 다를 것이다. (나는 그녀를 보았을 때 너무 놀라 제대로 보지도 못했다. 내가 그녀에게 인사를 한 것도 아니고, 그녀도 나를 보지 못했다. 나는 당장 가던 길을 돌아설 용기도 내지 못했다.) 그녀는 평소보다 훨씬 작아 보였다. 왼쪽 허리는 앞쪽으로 휘어 있었는데, 잠시 그런 것이 아니라 항상 그런 것 같았다. 오른쪽 다리는 무릎 부분이 안쪽으로 휘어져 있었고, 목과 고개를 획하고 돌리며 남편에게 다가가더니 오른팔을 안으로 구부리며 남편과 팔짱을 끼려고 하고 있었다. 남편은 여름용 모자를 쓰고 있었는데 앞부분의 차양이 눌려 있었다. 내가 몸을 돌렸을 때 그들은 가고 없었다. 나는 그들이 센트럴 카페로 갔다고 생각하고 그라벤의 다른 쪽에서 잠시 기다렸다. 한참 후에 다행히도 그들이 창문으로 다가가는 것을 볼 수 있었다. 그녀가 탁자에 앉자, 푸른 벨벳으로 겉감을 한 실크햇의 테두리만 보였다. —꿈속에서 폭이 매우 좁지만 높이는 꽤 되며 유리로 된 돔이 있는 어떤 파사주에 있었는데, 옛날 이탈리아 그림들에 나오는 비좁은 파사주와 비슷했고, 멀리서 보니 우리가 파리에서 보았던 어느 파사주와도 닮았는데, 이것은 프티 샹 거리에서 떨어져 나오는 한 갈래길에 있었다. 단지 파리의 그것은 폭도 더 넓고 상점들로 넘쳐났던 데 비해, 이것은 텅 빈 벽들 사이를 지나가는 길이었고, 얼핏 보기에는 두 사람이 나란히 가는 것도 힘들 것 같았다. 그러나 내가 취시크 부인과 함께 걸었을 때 예상외로 공간이 충분했던 것처럼 사람들은 실제로 그 안에서 나란히 걸어 다녔다. 그렇다고 우리가 놀라지 않은 것은 아니었다. 나는 T.[20]부인과 함께 어떤 출구를 향해, 아마 전체를 관찰할 수 있을 것 같은 위치를 향해 가고 있었고, 그때 취시크 부인은 뭔가 본의 아닌 실례를 하게 되어 (취한 것 같았다) 사과하면서 나에게는 그녀의 비방자들이 하는 말은 믿지 말아달라고 부탁하고 있었고, 그동안 T.씨는 파사주의 다른 쪽 끝에서 털이 늘어진 금발의 베른하르트산産 개에게 채찍질을 하고 있었다. 이 개는 뒷다리를 들고 그에게 맞서고 있었던 것이다. T.씨가 그 개와 함께 장난을 치는 것 때문에 자기 아내에 대해서는 등한시했던 것인지, 아니면 그가 정말로 개의 공격을 받았던 것인지, 아니면 그가 그 개를 우리에게 가까이 오지 못하게 하려 했던 것인지는 확실하지 않았다.

L[21]과 함께 부두에 있었다. 나는 나의 모든 본질을 억압하는 듯한

무기력감에 잠시 사로잡혔고, 그 느낌을 극복했다. 잠시 후에 다시 생각해보니, 그것은 마치 오래전에 망각된 어떤 것 같았다.

———————

설령 평소의 모든 장애 요인들(육체적 상태, 부모, 성격)을 도외시하더라도, 어째서 나는 그 모든 것에도 불구하고 오로지 문학에만 집중하지 못하는가에 대한 아주 좋은 구실이 되는 것들이 있다. 여기에 대해 이렇게 나누어 설명할 수 있다. 나는 뭔가 더 위대하고 나 스스로도 완전히 만족할 수 있는 그 어떤 것을 이루어내지 못하는 한에서는 어떤 모험도 감행할 수 없다. 이 사실에 대해 반박하는 것도 불가능하다.

———————

내가 지금 가지고 있는 커다란 욕구, 사실은 오늘 오후부터 계속 가지고 있었던 커다란 욕구란, 내가 느끼는 이 두려운 상태 전체를 완전히 내 안에서 끌어내어 글로 쓰는 것, 그리고 또한 그것이 어떻게 심연에서 나와서 다시 저 종이의 심연 속으로 들어가는지 등에 대해서 글로 쓰는 것, 그래서 내가 글로 쓴 것을 나 스스로 다시 완전하게 내 안으로 끌어들일 수 있도록 그렇게 쓰는 것이다. 이것은 어떤 예술적인 욕구가 아니다. 오늘 뢰비가 그 극단이 하는 일은 전부 다 마음에 들지 않고 관심도 없다는 이야기를 했을 때, 나는 그의 불만이 오로지 향수 때문이라고 설명했다. 그러나 어떤 의미에서는, 내가 비록 소리 내어 말하기는 했지만, 그것을 충분히 설명했다기보다는 혼자서 생각하면서 잠시 동안이나마 마치 나 자신의 슬픔이기라도 한 듯이 만끽하고 있었다.

〈1911년〉 12월 9일
슈타우퍼-베른: "창조 행위의 달콤함은 그것의 절대 가치를 간과하게 만든다."

편지나 비망록이 담긴 책을 읽으면서 마음의 평정을 유지하고, 그 작가가 누구이든 간에, 이번 경우로 말하자면 카를 슈타우퍼-베른이 어떤 사람이든 간에, 그 책의 내용을 스스로의 힘으로 자신에게 끌어들이려고 하지 말고—이렇게 하는 데는 기술이 필요하고, 그런 기술은 그 자체로 보상을 요구하는 것이므로—그 책의 내용에 자기 자신을 내맡겨서—저항만 하지 않으면 이런 일은 쉽게 행해진다—책의 저자에 대해 잔뜩 긴장한 타인이 아니라 그와 잘 아는 어떤 사람과 같은 자세로 책을 읽는다면, 책을 덮었을 때 자기 자신이 이러한 잠시 동안의 산책과 휴식을 통해 새롭게 발견되고 쇄신되었으며 한순간이나마 거리를 두고 자기 자신을 관찰할 수 있었던 것에 대해 기쁘고 홀가분한 마음을 느끼면서 고개를 의자 뒤로 젖히게 되는 것도 더 이상 특별한 일은 아니다.

〈1911년〉 12월 10일 일요일

누이와 누이의 어린 아들[22]을 보러 가야 한다. 그저께 밤 1시에 어머니가 이 아이가 태어났다는 소식을 가지고 누이 집에서 돌아오자, 아버지는 나이트가운 차림으로 집 안을 돌아다니며 모든 방문을 열어 젖히고는 나와 하녀들, 그리고 누이들을 깨워 이 출생을 알렸는데, 마치 아이가 단순히 태어나기만 한 것이 아니라 이미 영예로운 삶을 살아서 묻히기라도 한 것 같은 투였다.

우리는 나중에 가서야 비로소 다른 사람의 삶에 대한 이러한 경험들이 생생하면서도 사실 그대로 책에 서술되어 있는 것을 보고 놀라워한다. 비록 우리는 우리 자신의 경험, 예컨대 친구의 죽음으로 슬퍼했던 경험에서 미루어볼 때 책에 서술된 내용은 실제 경험과는 완전히 다르다는 것을 알고 있다고 믿으면서도 말이다. 그러나 우리 자신에게 해당되는 일이 남에게도 해당되는 것은 아니다. 요컨대 우리의 편지가 우리의 감정을 충분히 표현하지 못하고—당연히 이런 편지들에는 양쪽 모두 맥락이 불분명하게 넘어가는 구절들이 무수히 있다—심지어는 아주 잘된 경우에도 '서술이 불가능한', '형언할 수 없는'과 같은 표현들이나 '너무 슬퍼서' 또는 '너무 아름다워서' 같은 표현들이 나오다가 갑자기 거두절미하는 듯이 '그리하여'로 이어지는 문장 구조의 도움을 받아야 하는 상태이기는 하지만,[23] 마치 그에 대한 보완처럼, 다른 사람들의 기록에 대해서는 여유로우면서도 정확하게 파악하는 능력도 우리에게는 주어져 있다. 그러나 우리 자신의 편지글에 대해서는 이 정도로 정확하게 파악하지 못한다. 우리 앞에 놓여 있는 이 편지들이 그 당시에는 어떻게 당사자들의 감정을 긴장시키거나 구겨놓았을지 우리는 알지 못하며, 바로 이러한 우리의 무지가 이성의 역할을 하는 것이다. 왜냐하면 우리는 우리 앞에 놓여 있는 이 편지에 의존하고 그 안에 들어 있는 내용만 믿도록, 다시 말해 이 편지 안에 들어 있는 내용은 최대한 완벽하게 표현된 것이며 이처럼 완벽한 표현에서 출발하여 가장 인간적인 것으로 향하는 길이 활짝 열려 있음을 보고 있는 것이라고 믿도록 강요당하고 있는 것이나 마찬가지이기 때문이다. 그렇기 때문에 예컨대 카를 슈타우퍼의 편지들은 한 예술가의 짧은 생애에 관한 보고만 담고 있으며

1911년 12월 13일
피곤해서 글을 쓰지 못했고 따뜻한 방과 차가운 방을 교대로 옮겨 다니며 소파 위에 아픈 다리를 걸치고 구역질 나는 꿈들을 꾸며 누워 있었다. 개 한 마리가 내 몸 위에 누워 있었는데, 앞발 하나는 내 얼굴

가까이 두고 있었다. 나는 그 꿈에서 깨어났지만 그 개를 보게 될 것 같아서 한동안 눈을 못 떴다.

———————

「비버의 모피」. 형편없는 연극, 빈틈도 많고 클라이맥스도 없이 끝났음. 경찰 간부가 나오는 장면들은 오류. 레싱 극장 출신의 배우 레만[24]의 세련된 연기. 그녀가 몸을 구부릴 때 허벅지 사이로 휘말리는 스커트. 관객들의 생각에 잠긴 듯한 시선, 양 손바닥 들어 올리기, 그러다가 마치 어떤 부정이나 저항의 목소리를 스스로 약화시키고 싶어졌다는 듯이, 얼굴 앞에서 왼쪽으로 포개지는 손바닥들. 갈피를 못 잡고 조잡한 연기를 보이는 다른 여배우. 이 작품에 대한 희극배우의 뻔뻔스러움(그는 낡은 군도를 뽑아 들고 모자들을 뒤바꾸고 있다). 나의 차가운 혐오감. 집에 돌아가보니, 거기서도 여전히 그토록 많은 인간들이 하루 저녁 동안 그렇게 많은 흥분거리를 받아들이고 있고(사람들은 소리 지르고, 훔치고, 털리고, 모욕당하고, 욕을 먹고, 무시된다), 그리고 이 연극 안에서는 관객으로서는 눈을 껌벅이며 바라보기만 할 뿐이지만, 엄청나게 무질서한 인간의 목소리와 외침들이 뒤죽박죽으로 뒤섞인다는 것에 놀라워하며 앉아 있었음. 아름다운 소녀들. 한 소녀는 매끄러운 얼굴에 말끔한 피부, 둥그스름한 뺨. 높이 올려 묶은 머리, 부드러우면서도 약간 튀어나온 두 눈을 가졌다. ─불펜이 도둑이면서도 똑똑하고 진보적이며 민주주의적인 사람들의 솔직한 친구이기도 하다는 것을 보여주는 대목은 잘된 부분들이었다. 베어한 같은 사람이 청중으로 있었더라면 자신의 입장이 제대로 정당화되는 것처럼 느꼈을 것이다. ─4개의 막들이 슬프게도 서로 비슷했다. 제1막에서는 도둑질을 당하고, 제2막에서는 재판, 3막과 4막에서도 마찬가지─

———————

유대인 극단에서 공연하는 「교구위원이 된 재단사」. 취시크 커플은 없었지만 두 명의 새 인물, 즉 리베골트 부부라는 끔찍한 사람들이 들어옴. 리히터의 졸작. 첫 부분에서 몰리에르[25] 풍으로 몸에 시계들을 주렁주렁 매달고 다니며 돈 자랑하는 교구위원. ─리프골트 부인은 글을 읽지 못하므로, 그녀의 남편이 그녀와 함께 공부해야 한다. ─희극배우는 진지한 여자와 결혼하고, 진지한 배우는 재미있는 여자와 결혼하는 것이 거의 관습처럼 되어 있고, 결혼한 여성이거나 친척인 여성들만 데려올 수 있다는 것도 마찬가지다. ─옛날에는 필시 총각이었을 피아노 연주자가 자정 무렵에 악보를 들고 문틈으로 모습을 드러냈던 것처럼.

─────────

합창협회의 브람스 콘서트. 나의 비음악성의 본질은 음악을 전체적으로 즐기지 못한다는 것이다. 음악이 내게 효과를 발휘하는 때는 어쩌다가 있을 뿐이며, 그마저도 음악적 효과인 경우는 매우 드물다. 음악을 들으면 그로 인해 내 주변에는 자연스럽게 담장이 쳐진다. 그래서 유일하게 지속적으로 느껴지는 음악의 영향이라는 것은 내가 지금 갇혀 있다는 것, 다시 말해 내가 결코 자유롭지 못하다는 것이다. ─음악 앞에서 느끼는 그러한 경외감이 문학을 대하는 독자들에게는 없다. 노래하는 그 소녀들. 이들 중 상당수의 입을 열게 하는 것은 멜로디뿐이었다. 육중한 몸매의 한 여성은 노래를 할 때 머리와 목이 날아다녔다. ─칸막이로 된 특별석에 있던 성직자 세 사람. 빨간 모자를 쓴 가운데 사람은 여유롭고 품위 있게 귀를 기울인다. 마음의 동요가 없고 심각하지만 뻣뻣하지는 않다. 뾰족하고 엄숙하며 주름진 얼굴을 하고 있는 오른쪽 사람은 생각에 잠겨 있다. 왼쪽의 뚱뚱한 사람은 반쯤 펼친 주먹에 얼굴을 비스듬히 괴고 앉아 있다. ─연주가 끝났다. 비극적 서곡. (내게는 느리고 장엄한 이 곡이 한 번은 이 파트에서, 또 한 번은 저 파트로 넘어가는 부분만 들린다. 음악이 연주자 그룹들 사이에서 옮겨가는 것을 관찰하고 그것을 귀로 검토하다보면 배울 점이 많다. 지휘자의 헝클어진 머리.)

괴테의 〈유넘〉, 실러의 〈내니에〉,[26] 〈운명의 여신들의 노래〉,[27] 〈승리의 노래〉—위층의 낮은 난간에 서서 노래하던 여성들은 옛날 이탈리아 건축물에 서 있는 것 같았다.

나는 종종 파도처럼 내 위에서 무너져 내리는 문학 안에서도 상당한 시간을 버텨왔음에도 불구하고, 지난 사흘 동안에는 일반적인 행복에 대한 욕구는 고사하고 문학에 대해서조차 그 어떤 근원적인 욕구 없이 지내온 것이 분명하다. 마찬가지로 뢰비에 대해서도 지난주까지는 없어서는 안 될 친구처럼 생각했었는데, 지금은 사흘 동안이나 그 없이도 잘 지냈다.

어느 정도 시간적 간격을 두고 글을 쓰기 시작하면, 마치 허공에서 단어들을 끌어내는 것 같다. 그렇게 해서 한 단어가 잡히면, 그때부터는 이 단어만 유일하게 존재하고, 그래서 결국에는 모든 작업이 처음부터 다시 시작된다.

〈1911년〉 12월 14일

아버지는 오전에 내게 비난을 퍼부었다. 내가 공장 일에 신경을 쓰지 않는다는 것 때문이다. 나는 나도 거기서 이익을 얻고 싶기 때문에 참여는 했지만 사무실에 있으면 다른 사람들과 함께 일하지 못하겠다고 설명했다. 아버지는 계속해서 욕을 했고, 나는 창가에 서서 아무 말도 하지 않았다. 그런데 저녁에 어떤 생각을 하다가 이 생각이 오전의 대화에서 비롯되는 것임을 문득 깨달았다. 즉 나는 현재의 위치에 매우 만족할 수 있으며 문학을 위해 모든 시간을 비워두려고 하는 것만 조심하면 된다는 생각을 하고 있다. 이 생각에 대해 조금 더 자세히 분석해보기 시작하자마자 그것은 더 이상 놀랍지 않았고, 나는 이미 이 생각에 익숙해 있었던 것 같았다. 나는 모든 시간을 문학을 위해 사용할 줄 아는 능력이 나에게는 없다고 단정했다. 물론 이런 확신은 오로지 그 순간의 상황에서 비롯되었지만, 그 느낌은 훨씬 더 강력했다. 막스에 대해서도 생각했지만 여느 친구에 대한 생각과 다르지 않았다. 그는 오늘 베를린에서 주목을 끌 만한 '낭송 및 공연의 밤'을 진행 중임에도 불구하고 말이다. 그리고 나는 저녁 산책을 하면서 타우시히[28] 양의 집 근처에 가게 될 시점에서만 막스를 생각했다는 사실도 갑자기 떠오른다.

———————

뢰비와 함께 강 아래쪽에서 산책을 했다. 엘리자베스 다리 위로 솟아 있는 아치의 한쪽 기둥에는 전기 램프 조명이 달려 있었는데, 양쪽에서 뿜어져 나오는 빛의 검은 덩어리 때문에 마치 공장의 굴뚝처럼 보였다. 그리고 그 위에서 하늘을 향해 뻗어나가는 쐐기의 어두운 그림자는 거대한 연기가 위로 올라가는 것 같았다. 다리의 측면에는 날카롭게 윤곽을 드러내고 있는 초록빛 표면들.

———————

W. 셰퍼의 「베토벤과 사랑의 커플」을 낭독하는 동안 낭독된 이야기와 아무 관계도 없는 다양한 생각들(저녁 식사에 대한 생각, 기다리고 있는 뢰비에 대한 생각 등)이 또렷하게 뇌리를 스쳐갔지만, 그것이 나의 낭독을 방해하지는 않았고, 특히 오늘 낭독은 아주 순수했다.

———————

〈1911년〉 12월 16〈17〉일 일요일
낮 12시. 오전에는 낮잠 자고 신문이나 읽으며 시간을 허비했다.

238

프라하 일간지에 보낼 평론을 완성해야 한다는 불안감. 그러한 글쓰기에 대한 불안은 항상 다음과 같은 사실에서 표현된다. 즉 나는 때때로 책상에 앉지도 않은 채 써야 할 글의 첫 문장들을 생각해내지만, 그 문장들은 쓸모없고 무미건조하며 완성되려면 한참 남은 상태에서 끊기고, 그처럼 뚜렷하게 끊기는 구절들을 통해서도 이미 어떤 슬픈 미래를 가리키고 있다는 것이다.

———————

크리스마스 시장의 오랜 재주들. 횡목에 있는 두 마리 앵무새가 운세를 점친다. 오류들. 한 소녀는 애인이 생길 것이라는 예언을 받는다. ―한 남자는 조화造花를 사라고 내밀며 운을 맞춰 노래한다. "이것은 가죽으로 만들어진 장미라네."(To jest růže udělaná z kůže.)

———————

노래를 하는 청년 피페스. 유일한 제스처라고는 오른쪽 아래팔 관절을 구주희를 하듯 앞뒤로 왔다 갔다 하고 두 손을 약간 벌렸다가 다시 붙이는 것뿐이다. 땀이 그의 얼굴을 뒤덮고, 특히 윗입술은 그 때문에 유리 조각들로 덮인 것 같다. 단추가 없는 플라스트롱 넥타이[29]가 그의 검은 코트 속에 있는 조끼에 대충 꽂혀 있다. ―클루크 부인이 노래할 때 구강의 부드러운 붉은색 부분에 드리워진 따뜻한 그림자.

———————

파리에 있는 유대인 거리인 로지에 거리는 리볼리 거리의 골목길이다.

———————

제대로 정리되지 않은 교육은 단순하고 불확실한 생존을 위해 불가결한 기본적인 맥락조차도 갖추기 힘든 것인데, 이런 교육을 받은 사람들에게 갑자기 제한된 시간 안에 어떤 과업을 완수하고 자기를 계발하며 그에 대해 설명하라는 요구를 한다면, 냉소적인 대답만이 나올 뿐이다. 이러한 대답 속에는, 이제까지 훈련받지 않은 힘들에만 의존해서도 업적을 내왔다고 하는 오만함, 놀라서 달아나는 것 같은 지식—이런 지식은 확실하게 존재하는 것이 아니라 그럴 것이라고 기대되어온 것이기 때문에 그만큼 더 가변적이다—에 대해 잠시 회고하는 마음, 그리고 주변 환경에 대한 증오와 경탄이 뒤섞여 있다.

────────────

　잠이 들기 전 나에게는 어떤 드로잉 비슷한 이미지가 떠올랐다. 그것은 한 무리의 사람들이 산처럼 허공에 고립되어 있는 모습이었다. 이 드로잉의 기법은 완전히 새로우면서도 일단 발견되고 나면 쉽게 따라 할 수 있는 그런 것 같았다. 어떤 탁자 주위로 사람들이 모여 있었는데, 땅바닥은 그 사람들이 이루고 있는 원보다 다소 더 넓게 퍼져 나가고 있었다. 그런데 나는 눈에 굉장한 힘을 주어가며 바라봤지만, 그 순간에는 그 모든 사람들 중에서도 구식 옷을 입고 있는 어떤 젊은이 한 명만 간신히 볼 수 있었다. 그는 왼팔을 탁자에 괴고 손은 느슨하게 얼굴을 받친 채로 장난스럽게 어떤 사람을 보고 있었는데, 이 사람은 젊은이가 걱정스럽다는 듯이 아니면 뭔가를 물어보는 모습으로 그의 위로 몸을 숙이고 있었다. 젊은이는 몸을, 특히 그의 오른쪽 다리를 게으른 젊은이들의 폼으로 쫙 뻗고 있어서, 앉아 있다기보다는 거의 누워 있는 편이었다. 두 다리의 윤곽을 드러내는 두 개의 다른 선들이 서로 겹쳐지면서 몸의 윤곽선들과 가볍게 이어졌다. 물질성이 잘 느껴지지 않을 정도로 하얗게 염색된 옷들은 이 선들 사이에서 아치를 이루고 있었다. 내가 마음만 먹는다면 내 손에 있는 연필을 움직여 그림도 그릴 수 있겠다고 확신할 수 있을 정도로 강렬한 긴장을 내 머릿속에서 불러일으켰던 이 아름다운 그림에 놀라면서 나는 비몽사몽의 상태에서 억지로 빠져나와, 이 그림에 대해 조금 더 철저하게 생각해보았다. 그랬더니 내가 상상했던 것은 다름 아니라 회색 자기로 만든 작은 인물상들이었음을 바로 알 수 있었다.

———————

지난주가 내게는 과도기였고 지금 이 순간도 여전히 그러하지만, 이런 시기에는 내가 무감정하다는 것을 발견하고 종종 슬프기는 하지만 흥분되지는 않는다. 나는 어떤 텅 빈 공간에 의해서 모든 사물로부터 분리되지만, 그 공간의 경계까지 가는 것도 엄두가 나지 않는다.

———————

지금과 같은 저녁때에 내 생각은 자유로워지기 시작하고, 어쩌면 어떤 일을 해낼 수도 있을 것 같은데, 나는 브르칠리츠키의 초연인 「히포다미아」를 보러 국립극장에 가야 한다.

———————

확실히 내게는 일요일이 결코 평일보다 더 유용하지 않다. 일요일은 그 특별한 시간 구분으로 인해 나의 모든 습관들을 혼란스럽게 만들기 때문에 내가 이 특별한 날에 어느 정도라도 적응하려면 더 많은 시간이 추가로 필요하기 때문이다.

———————

사무실에서 해방되는 바로 그 순간에 나는 자서전을 쓰겠다는 나의 욕구부터 충족시킬 것이다. 글을 쓰기 시작할 때 그처럼 결정적인 변화를 임시 목표로 삼게 되면 아주 많은 사건들에 대해서도 어떤 방향을 잡아 나갈 수 있을 것이다. 나는 이 이상으로 고무적인 변화는 생각해낼 수 없다. 물론 이러한 변화는 그 자체로는 실현 가능성이 매우 적은 것이긴 하다. 그래도 일단 그렇게 되고 나면 자서전을 쓰는 일이 대단히 즐거울 것이다. 그것은 꿈을 적어놓는 것처럼 쉽게 진행될 것이고, 그러면서도 그와는 완전히 다르고 새로운 결과를, 나에게 영원히 영향을 미칠 그런 결과를 가지게 될 것이다. 그리고 이 결과는 다른 모든 사람들의 생각이나 감정에도 열려 있을 것이다.

1911년 12월 18일

그저께 본 「히포다미아」. 형편없는 작품. 아무런 의미나 근거도 없이 그리스 신화에서 헤매는 것. 연극 프로그램에 실려 있던 크바필[30]의 에세이는 글 전체의 행간을 통해 뚜렷한 입장을 표현하고 있는데, 훌륭한 연출은 (여기서 훌륭한 연출이라는 것은 라인하르트[31]의 모방에 다름 아니었지만) 엉성한 문학 작품도 대단한 연극 작품으로 만들어 놓을 수 있다는 것이다. 슬프게도 이 모든 것이 세상 물정을 나름대로 안다는 어떤 체코인을 위해 이야기되어야 하는 것이다. ─특별석의 열린 문을 통해 복도를 나가 바람을 쐬던 총독. ─죽은 악시오카가 유령의 모습으로 나타나지만 곧 사라진다. 그녀는 죽은 지 얼마 되지 않았기 때문에 인간 세상을 보면서 그녀가 옛날에 겪었던 고통을 다시 강렬하게 느끼기 때문이다.

막스가 어제 베를린에서 왔다. 그런데 베를린 일간신문에서는 그를 사심이 없는 사람으로 칭하고 있었다. 그가 자신보다 '더 중요한 베르펠'을 낭독했다는 이유였다. 막스는 프라하 일간신문에 실을 평론을 인쇄소에 가져다주기 전에 이 문장부터 지워야 했다. 나는 W.[32]를 싫어한다. 그를 질투해서 그런 것은 아니다. 하지만 그를 질투하기도 한다. 그는 건강하고 젊고 부자다. 나는 모든 점에서 그와 다르다. 그 밖에도 그는 음악적 감각도 타고나서 일찍부터 대단히 훌륭한 글도 쉽게 썼다. 그는 가장 행복한 삶을 살아왔으며 앞으로도 살 것이다. 나는 벗어나지 못하는 무게를 짊어진 상태로 일을 한다. 음악하고는 완전히 거리가 먼 사람이다.

나는 시간 약속을 잘 지키지 못한다. 그 이유는 내가 기다리는 고통을 느끼지 못하기 때문이다. 나는 소처럼 기다린다. 요컨대 나는 약하지만 허영심은 아주 강해서, 현재의 실존에서 어떤 목표를 느끼게 되면 그 목표가 설령 불확실한 것이라 해도 일단 목표로 설정된 이상 그것을 위해 어떤 일도 감수하겠다는 자세가 된다. 이런 내가 사랑에 빠진다면 못할 일이 뭐가 있겠는가. 수년 전에 나는 링[33]에 있는 아케이드 밑에서 M.[34]이 지나가지 않을까 하며—설령 그녀가 애인과 함께 가더라도—얼마나 오랫동안 기다렸는지 모른다. 내가 약속 시간에 늦었던 것은 부분적으로는 부주의해서 그러기도 했고, 부분적으로는 기다리는 사람의 고통을 몰랐기 때문에 그러기도 했지만, 또 부분적으로는 내가 만나기로 약속한 사람들을 찾아내는 것이 다시 불확실해지면서 그만큼 더 복잡해진 목표에 도달하고 싶었기 때문이다. 말하자면 나는 불확실하지만 오랫동안 기다리는 만남에 도달하고 싶었던 것이다. 어린아이였을 때도 나는 기다리는 것을 굉장히 두려워했다는 사실만 보더라도, 나는 뭔가 더 나은 일을 하도록 정해진 사람이었지만, 그럼에도 불구하고 나의 미래가 어떠할지 예견하고 있었다는 것을 추론할 수 있을 것이다.

———

　나의 좋은 상태들은 자연스럽게 완전히 발현될 시간도 없고 그럴 수 있는 기회도 주어지지 않는다. 그에 반해 나의 나쁜 상태들로 말하자면 그것들이 요구하는 것 이상으로 시간과 기회가 주어진다. 지금도 나는 그런 상태에서 시달리고 있다. 일기를 보고 계산해보니 9일 전부터, 아니 거의 10일 전부터 그래 왔다. 어제도 다시 펄펄 끓는 머리로 자리에 누웠고, 이 나쁜 시간이 지나갔구나 생각하며 기뻐하려는 찰나에 다시 잠들기 어렵겠다는 두려움에 시달렸다. 그러나 그 시간은 지나갔고, 나는 지극히 잘 잤다. 그런데 깨어날 때 컨디션은 좋지 않았다.

〈1911년〉 12월 19일

어제 라타이너의 「다윗의 바이올린」을 보았다. 집에서 쫓겨난 이 동생은 바이올린을 아주 잘 켰고, 내가 김나지움 저학년일 때 꾸었던 꿈들에서처럼, 부자가 되어 고향에 돌아온다. 그러나 그는 일단 거지 복장을 하고 발에는 눈을 퍼내는 사람처럼 누더기 뭉치를 두른 모습을 하고 나타나서 그때까지 한 번도 고향을 떠나 본 적이 없는 친척들, 즉 그가 결혼해서 낳은 불쌍한 딸과 그의 부자 형을 시험해본다. 이 형은 자기 아들이 그 불쌍한 조카딸과 결혼하는 것은 허용하지 않으면서, 자신은 늙은 나이에도 불구하고 젊은 여자를 아내로 얻으려고 한다. 나중에 가서야 동생은 겉옷을 찢어내고 그 안에 있던 왕자의 복장을 보여주면서 자신이 누구인지를 드러낸다. 비스듬히 드리워져 있는 그의 견대에는 유럽의 온갖 제후들로부터 받은 훈장들이 드리워져 있다. 그는 바이올린 연주와 노래로 모든 친척들과 그 식솔들을 좋은 사람들로 만들고 상황을 정리한다.

취시크 부인이 다시 공연했다. 어제 그녀의 몸은 그녀의 얼굴보다 아름다웠다. 얼굴은 평소보다 가늘어 보였다. 그래서 그녀가 첫 단어를 말하자마자 주름이 잡히는 이마가 매우 눈에 띄었다. 아름답게 윤곽이 잡히고 적절하게 강한 커다란 몸은 어제 그녀의 얼굴과 어울리지 않았다. 그리고 그녀는 어렴풋하게 인어나 사이렌, 켄타우로스 같은 반인반수들을 생각나게 했다. 그다음에 그녀가 찌푸린 얼굴에 화장으로 얼룩덜룩해진 피부, 그리고 군청색의 반팔 블라우스에 얼룩을 묻힌 상태로 내 앞에 서 있었을 때는 마치 내가 무자비한 관객들의 한가운데 있는 어떤 조각을 향해 연설을 해야 하는 상황 같았다. 클루크 부인은 그녀 옆에 서서 나를 관찰했다. 벨취 양은 왼쪽에서 나를 관찰했다. 나는 가능한 한 많이 멍청한 이야기를 한 셈이었다. 예컨대 T.[35] 부인에게는 드레스덴에 왜 갔는지를 기어코 물어보고 말았다. 그녀가 다른 사람들과 사이가 나빠져서 떠났던 것이며, 따라서 그녀로서는 이런 주제가 불편하다는 것도 알고 있었는데도 말이다. 결국 상황은 더욱더 민망해졌고, 나로서는 달리 할 말이 아무것도 생각나지 않았다. 내가 클루크 부인과 이야기하고 있을 때 취시크 부인이 끼어들자, 나는 T. 부인에게로 향한 채 클루크 부인에게 외쳤다. "실례합니다!" 마치 지금부터는 T. 부인을 내 인생의 동반자로 만들 생각이라는 듯이 그랬던 것이다. 그러고 나서 T. 부인과 이야기하면서 내가 파악한 것은, 내 사랑은 진짜로 그녀를 사로잡은 것이 아니라 때로는 그녀에게 가까이, 또 때로는 그녀로부터 멀리 날아다니기만 할 뿐이라는 것이었다. 그런 식으로 해가지고는 그녀에게 어떤 평온도 주어질 수 없다. —리프골트 부인은 임신한 몸을 꽉 감싸주는 옷을 입고 젊은 남자의 역할을 했다. 그녀가 그녀의 아버지(뢰비) 말에 복종하지 않자, 뢰비는 그녀의 상체를 안락의자에 내리누르고는 꽉 끼는 바지를 입은 엉덩이를 때렸다. 뢰비는 자기가 그녀를 건드렸을 때 쥐를 건드릴 때와 같은 거부감을 느꼈다고 했다. 하지만 그녀는 앞에서 보면 예쁘다. 다만 옆모습으로 보면 그녀의 코가 너무 길고 너무 뾰족하며 흉측하게 아래로 내려가는 모양을 하고 있다.

나는 10시가 되어서야 그곳으로 갔고, 먼저 산책을 했다. 그러고는 약간의 신경과민 상태를 끝까지 음미했다. 이것은 극장에서 자리를 잡아놓고 공연 도중에, 즉 솔리스트들이 노래로 나를 불러내려고 시도하는 도중에 산책을 한다는 사실에서 기인하는 불안감이다. 클루크 부인이 없어서 아쉬웠다. 항상 생생한 그녀의 노래를 듣는 것은

바로 세계의 견고성을 시험하는 것을 의미한다. 나에게는 이런 것이 필요하다.

———————————

오늘 나는 어머니와 아침 식사를 하다가 우연히 자식과 결혼에 대해 이야기했다. 한두 마디 정도였지만, 어머니가 나에 대해 가지고 있는 표상이 얼마나 비현실적이며 순진한 것인지를 처음으로 분명하게 알게 되었다. 어머니는 내가 건강한 청년이지만 아프다는 상상 때문에 약간 시달리고 있는 것이라고 생각한다. 이러한 상상은 시간이 지나면 저절로 사라지지만, 결혼하고 아이를 낳는 것이야말로 이러한 증세를 가장 잘 없애줄 것이라고 한다. 그렇게 되면 문학에 대한 나의 관심도 교양인에게 필요하다고 생각되는 정도로 줄어들 것이란다. 나의 직업이나 공장에 대해서, 또는 지금 내 수중에 들어오는 것에 대해서도 당연히 적절한 관심이 자연스럽게 생겨날 것이란다. 그러니 나의 미래에 대해 계속해서 절망할 하등의 이유도 없고, 내가 다시 위를 상했다고 생각하거나 내가 너무 글을 많이 써서 잠을 잘 수가 없을 때라면 잠시 절망할 수도 있겠지만, 그렇다고 심각한 정도는 아니라는 것이다. 해결책도 수천 가지나 있다. 가장 현실성이 높은 것은 내가 갑자기 어떤 처녀와 사랑에 빠져 그녀를 더 이상 포기할 수 없게 되는 것이다. 그러고 나면 나는 사람들이 나에 대해 얼마나 호의적인지도 알게 될 것이고, 그들이 나를 방해하려는 것이 아니라는 것도 깨닫게 되리라는 것이다. 하지만 내가 마드리드에 사는 삼촌처럼 총각으로 늙는다고 해도 불행은 아닌데, 나는 영리하기 때문에 여기에 대해서도 금방 적응할 것이기 때문이란다.

1911년 12월 23일 토요일
나의 모든 친척들과 지인들이 보기에는 잘못된 방향으로 가고 있

246

는 나의 생활 방식을 주시하다 보면 걱정이 생기고, 그것은 다시 아버지에 의해 분명히 표현된다. 즉 나는 제2의 루돌프 삼촌처럼, 다시 말해 우리 가족의 새로운 세대를 대표하는 바보처럼 될 것인데, 이 바보는 달라진 시대의 욕구에 부응하느라 다소 변질된 바보라는 것이다. 그러고 나면 나는 이제부터는 어떻게 어머니의 마음속에서—그런 견해에 대한 어머니의 반론은 시간이 지남에 따라 점점 더 약해지는 경향이 있지만—나한테는 유리하고 루돌프 삼촌에게는 불리한 모든 사실들이 수집되고 강조되는지, 또 그로 인해 삼촌과 나에 대한 관념들 사이로 어떤 쐐기가 들어오게 되는지 느낄 수 있게 되는 것이다.

———

그저께 공장에 있었다. 저녁에는 막스 집에 있었는데, 화가인 노바크가 여기서 막스의 석판인쇄를 전시하고 있었다.[36] 나는 그들이 있는 앞에서 내 생각을 표현할 수가 없었다. 심지어는 '예'와 '아니요'도 말하지 못했다. 막스는 자신이 이전부터 가지고 있던 몇 가지 생각을 말했지만, 내 생각은 그 주변을 맴돌 뿐 뚜렷하게 표현되지는 못했다. 마침내 나는 개별 그림들에 적응되었고, 적어도 훈련받지 못한 눈으로 인해 느꼈던 놀라운 감정에서는 벗어났다. 그러고 보니 어떤 이마는 둥글고, 어떤 얼굴은 눌렸으며, 어떤 상체는 표범같이 묘사되었다는 생각이 들었다. 그런데 어떻게 보면 이 상체는 마치 평상복 아래에 거대한 예복용 셔츠를 입고 있는 것처럼 보이기도 했다. 화가는 여기에 대해 뭐라고 설명했는데 한두 번 들어서는 이해할 수 없는 것이었고, 그가 우리에게 그런 이야기를 하면 할수록 그 중요성은 떨어졌다. 왜냐하면 우리는, 설령 마음속으로는 참된 생각을 했다고 하더라도, 밖으로 말을 하면 가장 진부한 헛소리가 되고 마는 그런 사람들의 위치에 있었기 때문이다. 그는 예술가가 자신의 예술 형식에 근거해서 초상화의 대상을 변용하는 것은 예술가의 의무이며 자기 자신도 그것을 느끼고 의식해왔다고 주장했다. 이를 위해 그는 먼저 물감으로 초상화 스케치를 준비해놓았다. 이 스케치도 이미 우리 앞에 놓여 있었다. 어두운 색으로 그려진 스케치는 사실상 너무 강하면서도 무미건조한 유사성을 보여주고 있었는데(나는 지금에서야 그것이 너무 강하다는 것을 인정할 수 있다) 막스는 이 초상화야말로 최고의 초상화라고 선언했다. 왜냐하면 그것이 그러한 유사성만 보여주는 것이 아니라 눈과 입 근처의 고상하고 침착한 특징도 표현하고 있는데, 이것은 어두운 색에 의해 제대로 강조되고 있기 때문이라는 것이다. 이 점에 대한 질문을 받을 경우, 그렇지 않다고 할 수는 없었다. 이제 화가는 이 스케치를 본으로 하여 집에서 석판인쇄 작업을 했다. 그는 석판인쇄들을 하나하나 변형시키면서 점점 자연적인 모습에서 멀어지게 하는 것 같지만 그 자신의 예술 형식을 상하게 하지 않을 뿐 아니라 한 획 한 획 진행될수록 오히려 더 그것에 가까워지도록 만들기 위해 애쓰고 있었다. 예컨대 귓바퀴의 경우에는 인간 귀의 특징인 휘감김이나 상세한 테두리 부분이 사라지면서 하나의 작고 어두운 구멍 주위로 깊이 들어간 반원 모양의 소용돌이처럼 되었다. 막스의 턱은 뼈가 두드러지고 이미 귀에서부터 턱 선이 나타나는 편인데, 이처럼 명료한 경계선도 사라졌다. 그것이 필요불가결한 것이었다고 해도, 관찰자의 입장에서는 예전의 진짜 모습이 사라진 대신 새로운 진짜 모습이 창조되었다는 느낌이 별로 들지 않았다. 머리털 부분은 확실하고 그럴싸한 윤곽선들로 해체되었지만, 여전히 사람의 머리털 같았다. 물론 화가는 그것을 부인했지만 말이다. 화가는 우리에게 이러한 변형들에 대해 이해할 수 있어야 한다고 했었지만, 그가 그다음에 마치 지나가는 말처럼 하면서도 자부심을 드러내는 어조로 암시한 바에 의하면, 이 종이 위에 있는 모든 것은 다 의미

248

가 있으며 심지어 우연히 생긴 것도 그다음에 생긴 것들에 영향을 주는 효과가 있기 때문에 필연적이라는 것이었다. 그리하여 어떤 머리 옆에는 가늘고 희미한 커피 얼룩이 세로로 거의 그림 전체에 걸쳐 번져 있었지만, 그것도 삽입된 것이고 계산된 것이므로 그것을 떼어내면 그림 전체의 비율이 망가질 수 있다는 것이었다. 또 다른 종이에는 왼쪽 구석에 커다란 푸른 얼룩이 여기저기 뿌려진 점처럼 자리 잡고 있었지만 별로 눈에 띄지는 않았다. 그런데 이 얼룩조차도 가히 의도적으로 만들어진 것이었다. 이 얼룩 부분에서 그림 윗부분으로 향하는 작은 조명 때문에 그랬다는 것이다. 그 후 화가는 이 부분에서도 추가 작업을 했다. 그의 다음 목표는 이제 무엇보다도 입을 변형하는 것이었는데 이미 어느 정도 작업이 이루어지긴 했지만 아직도 충분하지는 않은 상태였다. 그다음의 문제는 코를 변형시키는 것이었고, 막스가 이런 방식으로 하다 보면 석판화가 저 아름다운 물감 스케치로부터 점점 더 멀어지게 된다고 불평하자, 화가는 석판인쇄가 다시 그 스케치에 가까워지는 것도 불가능한 것은 아니라고 했다. 어쨌건 화가는 자기의 영감이 보여주는 예기치 않은 결과에 대해 전적으로 신뢰한다는 것을 대화할 때마다 매순간 보여주었고, 그리고 이러한 신뢰만이 그의 예술 작업을 거의 학문에 가까운 것으로 만들어주는 가장 정당한 방법이라는 것도 간과할 수 없는 사실이었다. ― 두 개의 석판화 〈여자 사과 장수〉와 〈산책〉이 팔렸다.

일기를 쓰는 것의 장점은 사람이 지속적으로 겪게 되는 자신의 변화를 명료하면서도 편안한 방식으로 의식하게 된다는 것이다. 이러한 변화에 대해서는 일반적으로 자연스럽다고 생각하며 예감하거나 나중에 인정하게 되지만, 거기에서 어떤 희망을 끌어내게 될 것인지 아니면 후회를 끌어내야 할 것인지가 문제 될 경우에는 항상 무의식적으로 부인하게 되는 것이다. 일기에는 사람들이 오늘의 관점에서 보면 참을 수 없다고 생각되는 상황에서도 살아왔고 주위를 살피며 관찰한 것을 기록해왔다는 것을 보여주는 증거들이 있다. 다시 말해 사람들은 오늘날 오른손을 움직이고 있는 것처럼 그때에도 오른손을 계속 움직였다는 것이다. 사실 오늘날에는 우리가 과거를 전체적으로 조망할 수 있기 때문에 그 당시의 상황에 대해서 훨씬 더 잘 파악하게 되지만, 바로 그렇기 때문에 우리가 그 당시 상황에 대해 잘 모르면서도 살아남기 위해 흔들리지 않고 노력해왔다는 것에 대해서는 그만큼 더 인정하지 않을 수 없는 것이다.

———————

베르펠의 시 때문에 나는 어제 오전 내내 머릿속이 증기로 채워지는 것 같았다. 어느 순간에는 이러한 열광이 나를 정처 없이 끌고 가다가 결국에는 무의미 속으로 데려가는 것이 아닌가 하는 겁도 났다.

———————

그저께 저녁 벨취와 고통스러운 대화를 했다. 나의 시선은 겁먹은 것처럼 한 시간 동안 그의 얼굴과 목을 이리저리 살피고 있었다. 흥분, 허약, 그리고 방심 때문에 얼굴까지 찌푸리는 상태가 야기되자, 나는 우리 관계가 앞으로도 상처받는 일 없이 이 방에서 나갈 수 있을 것인지에 대해서도 자신이 없었다. 밖에 나오니 말없이 걷기에 어울리는 비 내리는 날씨였고, 나는 안도의 숨을 깊이 내쉬고는 '오리엔트' 앞에서 만족한 기분으로 한 시간 동안 M.[37]을 기다렸다. 시계를 오래 쳐다보거나 아무 생각 없이 이리 저리 거닐면서 그렇게 기다리는 것이 내게는 다리를 쭉 뻗고 바지 호주머니에 손을 찔러 넣은 채 소파에 누워 있을 때와 거의 비슷할 정도로 편안하게 느껴진다. (그러고 나면 반쯤 잠이 든 상태에서 이제는 양손을 호주머니에 넣고 있는 것이 아니라 주먹을 쥔 채로 허벅지 위에 올려놓고 있는 것 같은 느낌이 든다.)

〈*1911년*〉*12월 24일 일요일*

어제는 바움의 집에서 재미있었다. 나는 그곳에 벨취와 함께 있었다. 막스는 브레슬라우에 있다. 나는 자유롭다고 느꼈으며, 모든 동작을 끝까지 해낼 수 있었고, 적절한 방식으로 대답도 하고 귀도 기울였다. 나는 가장 많이 떠들었으며, 한 번은 멍청한 소리도 했지만 그것이 주된 안건이 되지는 않았고 바로 대화 속에 휩쓸려가버렸다. 벨취와 함께 집에 가는 길도 마찬가지였다. 웅덩이도 있고 바람도 불고 추웠지만 그 길은 어찌나 빨리 가던지 마치 차를 타고 가는 것 같았다. 우리 두 사람 모두 서로에게 작별을 하기 힘들었다.

———————

어릴 때 아버지가 사업가들이 흔히 그러듯이 '마지막'이라든지 '최후'라는 말을 하면 나는 겁이 나거나, 겁이 나는 정도까지는 아니더라도 기분이 나빴다. 내가 호기심이 많은 편도 아니었고 질문을 받아도 오래 생각하느라 제때 대답을 생각해내지 못했기 때문에, 그리고 일단 호기심을 느끼더라도 활동력이 약한 편이어서 질문과 대답이 오가는 도중에 이미 만족하여 그 이상의 의미를 설명해달라고 요구하는 적도 없었기 때문에, '마지막 날'[38]이라는 표현은 나로서는 창피하게도 이해할 수 없는 표현이었고, '최후'라는 표현도 아버지 말을 더 잘 경청하게 되는 나이가 되면서는 그러한 비밀 목록에 덧붙여졌다. 사실 그 말이 그렇게 강한 의미를 지니는 것은 아니었지만 말이다. 그렇게 오랫동안 두려워했던 '마지막 날'을 단 한 번도 말끔하게 극복할 수 없었던 것도 괴로운 일이었다. 왜냐하면 그 '마지막 날'은 어떤 특별한 표시도 없이, 심지어는 아무런 주목도 끌지 않으면서 지나가버렸고, 그날이 항상 30일쯤 지나면 온다는 사실에 대해서도 나는 훨씬 후에야 알게 되었다. 그리고 '첫 번째 날'이 잘 도착하면,

사람들은 다시 특별한 두려움 없이 마지막 날에 대해 이야기하기 시작했다. 그리고 그것들은 검토도 없이 내가 이해하지 못하는 표현들의 목록에 덧붙여졌다.

———————

어제 오후 W.[39]에게 갔을 때 그의 누이[40]가 나에게 인사하는 소리는 들었지만 그녀의 모습은 보지 못했다. 그러다가 드디어 그녀의 연약한 모습이 내 앞에 있던 흔들의자에서 나타났다.

———————

오늘 오전 내 조카[41]의 할례가 있었다. 키가 작고 다리가 휜 남자로 이미 할례를 2800번이나 시행한 아우스테를리츠가 이 일을 매우 노련하게 해냈다. 수술을 어렵게 만드는 것은 조카가 누워 있는 곳이 수술대가 아니라 할아버지 무릎이라는 사실, 그리고 수술의는 환자를 정확히 관찰하는 대신에 기도를 읊어야 한다는 사실이었다. 먼저 조카의 음경만 자유롭게 놔두고 조카의 몸은 움직이지 못하게 묶어놓은 후, 구멍이 난 금속판을 그 위에 덮어 절단 부위가 분명해지도록 한 다음, 흔히 보는 칼과 거의 다름없는 일종의 생선 칼 같은 것으로 절개가 행해진다. 이제는 피와 맨살이 보이고, '모헬'[42]은 손톱이 길고 떨리는 손가락으로 간단한 처치를 한 다음, 어디선가 얻은 피부를 마치 장갑의 손가락처럼 상처 위에 씌운다. 모든 일이 금세 잘 끝났고, 소년은 거의 울지도 않았다. 이제 남은 일은 간단한 기도뿐이다. 그동안 모헬은 포도주를 마시며 아직도 피를 완전히 씻어내지 못한 손가락으로 아이의 입술에 포도주를 조금 발라준다. 그 자리에 있는 사람들이 기도를 한다. "이제 그가 하나님과의 계약 속에 들어왔듯이, 그는 토라를 알아야 하고, 행복한 혼약을 해야 하며, 훌륭한 일들을 행해야 할지니."

———————

오늘 모헬의 조수가 후식을 먹기에 앞서 기도하는 소리를 들었는데, 그동안 그 자리에 있던 사람들은 할아버지 두 분을 제외하고는 기도 내용의 의미에 대해 전혀 모르는 상태로 눈물을 흘리거나 지루해하면서 그 시간을 보내는 것을 보았을 때, 나는 서구의 유대 문화가 언제 종말에 도달할지 모르는 과도기에 처해 있다는 사실을 눈앞에서 확인하는 것 같았다. 이 문제와 정서적으로 가장 밀접한 사람들은 여기에 대해 전혀 걱정을 하지 않으며 올바른 의미에서의 과도기 인간들답게 자신들에게 주어진 것을 감수한다. 이처럼 자신의 종말에 가까워지고 있는 종교 형식들은, 그것이 지금도 수행되고 있기는 하지만, 이제는 너무나도 역사적인 것으로 되고 말았다는 점은 논의의 여지가 없기 때문에, 오늘 오전 중에 이 자리에 모여 있던 사람들에게 아주 잠깐 동안만 시간을 내어 할례와 그들이 반쯤 노래처럼 암송한 기도가 낡은 옛날 관습이라는 것을 알려주기만 해도 역사적인 관심을 일깨우는 데는 충분할 것처럼 보였다.

———————

나 때문에 거의 매일 반 시간씩 기다리곤 하는 뢰비가 어제는 내게 이렇게 말했다. 며칠 전부터 나는 기다리는 동안 항상 저 사람들의 창문 쪽을 바라봅니다. 내가 보통 때처럼 정해진 시간 전에 도착하면 먼저 불빛이 보이지요. 그러면 나는 그들이 아직도 일하고 있다는 생각을 합니다. 그다음에는 불이 꺼지고, 옆방의 불빛만 남아요. 이건 그들이 저녁 식사를 한다는 것을 의미합니다. 그리고 그 방에 다시 불이 켜지면 그들이 양치질을 하는 것이고. 그다음에 다시 불이 꺼지면 그들은 이미 계단을 내려오고 있는 것이죠. 하지만 그러고 나서 다시 불이 켜지는데—

———————

〈1911년〉 12월 25일

뢰비를 통해 바르샤바의 현대 유대 문학에 관해 알게 된 사실, 그리고 부분적으로 내 스스로의 통찰을 통해 현대 체코 문학에 대해 알게 된 사실들이 지적하는 바는 이러하다. 문학의 다양한 장점들, 즉 정신이 고양되고, 외적인 삶에서는 종종 비활동적이며 항상 분열되기만 하는 민족의식이 하나로 모아지고, 그 민족이 문학을 통해 자기 자신에 대해서, 그리고 적대적인 주변 세계에 대해서 자긍심을 갖게 되고, 역사 서술과는 완전히 다른 한 민족의 생활이 기록되고, 그리고 그 결과로 민족의 발전이 보다 신속하고 항상 다각도로 검토되며, 광대한 공적인 삶의 형태들이 세밀하게 정신화되고, 불만족한 요인들도—여기서 해가 되는 것은 오로지 정체하는 것뿐이므로—동화를 통해 유용해질 수 있고, 잡지들의 활발한 운영을 통해 국민의 교양이 항상 전체적인 관점에서 향상되어 나가고, 민족의 관심은 그 민족의 권역에 제한됨으로써 타민족의 것에 대해서는 오로지 모범적인 경우에만 받아들이게 하고, 문학을 하는 사람들에 대한 존경심이 생겨나며, 성장하는 세대들이 보다 고상한 노력을 하도록—임시적이면서도 지속적으로—일깨우고, 문학적 사건들이 정치적 논의에서도 고려되도록 만들고, 아버지와 아들 사이의 대립을 고귀한 것으로 만들면서 논의의 가능성을 찾아내고, 민족의 오류에 대해서는 매우 고통스럽지만 용서할 수 있는 것으로 만들면서 해방시키는 방식으로 서술하고, 활기찬, 그 때문에 자의식도 강한 서적판매업과 책에 대한 욕심이 생겨나게 하는 것—이 모든 효과들은, 실제로 많은 작가들에 의해 폭넓게 발전한 것이 아님에도 불구하고 두드러진 재능의 소유자들이 없기 때문에 겉으로 보기에는 많은 작가들에 의해 발전한 것처럼 보이는 문학들에 의해서도 발휘될 수 있는 것이다. 이런 문학에서는 뛰어난 작가들이 많은 문학에서보다 더 활기가 넘치는 것처럼 보일 수도 있다. 왜냐하면 이런 문학에서는 뛰어난 작가들 앞에서 회의적인 다수가 침묵해야 하는 경우가 없기 때문에, 대규모로 문학적 경쟁이 벌어져도 현실적인 정당성이 주어지는 것이다. 어떤 재능 있는 작가가 나와서 균열을 일으켜본 적이 없는 문학에서는 빈틈이 없기 때문에 시류에 맞지 않는 작가들은 자신의 길을 개척하기가 어렵다. 따라서 어떤 것에 주목하라는 문학의 요구는 그만큼 더 강제적이 된다. 개별 작가의 자립성이라는 것은 당연히 국민적 테두리 안에 있을 때만 더 잘 허용되는 것이다. 압도적인 국민적 모범 작가들이 없으면 문학에 재능이 없는 사람들은 아예 문학에 가까이 오지도 않는다. 그렇지만 이류 작가들이라고 해서 반드시 현재 문단을 지배하는 작가들의 그렇고 그런 특징들에 의해 영향을 받는 것도 아니고, 다른 민족의 문학에서 나타난 성과들을 도입하거나 이미 도입된 다른 민족 문학을 모방하는 것도 아니다. 이러한 사실만 보더라도 알 수 있는 것이지만, 결출한 인재들이 많은 독일 문학 같은 경우에는 가장 질이 떨어지는 작가들도 자국에서 모방할 만한 것을 찾을 수 있는 것이다. 개별적으로는 뛰어나지 않은 문학도 위에서 기술한 의미에서 창조적이고 우호적인 힘을 발휘할 때가 있는데, 죽은 작가들에 대한 문학사적 기록이 시작될 때 그러한 힘은 더욱 효과적으로 발휘된다. 그들이 그 당시와 현재에 미친 부인할 수 없는 영향력은 문학사를 통해 실제 사실처럼 되고, 결국에는 그들의 영향이 그들의 문학 자체와 혼동되기도 한다. 사람들은 후자를 말하지만 전자를 의미하기도 하고, 심지어 후자를 읽는다고 하지만 사실은 전자만 보기도 한다. 그러나 그러한 영향들을 망각하게 만들 수도 없고, 문학이 스스로 기억에 영향을 미치는 것도 아니므로, 여기에서는 망각하는 법도 없고, 다시 기억하는 법도 없다. 문학사는 불변하고 신뢰할 수 있는, 그리고 시대의 취향에 의해서는 거의 영향 받지 않는 하나의 전체를 보여

준다. 작은 민족의 기억이라고 해서 큰 민족의 기억보다 작은 것은
아니다. 따라서 작은 민족의 기억은 그들의 소재를 훨씬 더 철저하게
소화할 수 있다. 물론 문학사에서 일하는 전문가들의 수가 더 적긴
하지만, 여기서는 문학이 문학사의 관심사라기보다는 민족 전체의
관심사이고, 따라서 문학의 보존이 완전히 순수하게까지는 아니더
라도 비교적 확실하게 이루어지는 것이다. 왜냐하면 작은 민족의 민
족의식이 그 개인들에게 요구하는 것은 누구든지 자기에게 주어지
는 문학에 대해서는 항상 배우고, 보호하고, 옹호할 태세가 되어 있
어야 한다는 것이며, 설령 그것에 대해 잘 모르더라도 옹호할 태세는
되어 있어야 한다는 것이다.

　러시아에서의 할례. 출산과 할례 사이의 기간에 악령으로부터 어
머니를 보호하기 위해 집안 곳곳에, 문이 있는 곳이면 어디나, 카발
라 기호가 인쇄되어 있는 손바닥만 한 크기의 도판들이 걸린다. 악령
들은 이 시기의 어머니와 아기에게 특히 위험해지는데, 아마도 그 이
유는 어머니의 몸이 아주 많이 열려 있는 상태이므로 모든 악한 것들
에게 편한 입구를 제공해줄 수 있고, 아기도 아직은 하나님과의 계약
에 들어서지 않은 상태이므로 악마에게 아무런 저항도 할 수 없기 때
문일 것이다. 그러므로 어머니가 어떤 순간도 혼자 있는 일이 없도
록 유모를 두기도 한다. 악령을 물리치는 데 효력이 있는 방법으로
는, 출산 후 7일 동안 금요일을 제외하고 매일 저녁 10명에서 15명 사
이의 소년들이 새로 와서 벨퍼(보조 교사)의 지휘를 받으며 어머니의
침대 앞으로 인도된 후, 여기서 '셰마 이스라엘'[43]을 암송하면 그 대
가로 과자를 주는 것도 있다. 악령들은 저녁 시간에 가장 강력하게
들이닥치는데, 이러한 악령을 막는 데는 이처럼 순진무구한 5세에서
8세까지의 아이들이 특히 저녁에 가장 강력하게 들이닥치는 악령들

을 못 오게 하는 데 특효를 발휘한다고 한다. 보통 이런 산욕기에는 여러 잔치들이 연달아 벌어지지만, 금요일은 특별한 잔치가 열리는 날이다. 할례 전날에는 악령들이 가장 사나워지기 때문에, 이날 밤에는 악령이 오지 못하도록 보초를 서는데, 이들은 아침이 올 때까지 어머니 곁에서 깨어 있는 상태로 밤을 지새운다. 대체로 할례는 왕왕 100명이 넘는 친척과 친구들이 있는 가운데 거행된다. 이 사람들 중에서도 가장 명망 있는 사람이 아이를 들어 옮길 수 있다. 할례자는 자신의 직무를 무보수로 행하며, 대개는 술고래이다. 왜냐하면 그는 너무 바쁘기 때문에 다양한 잔치 음식을 먹을 시간이 없어서 소주 같은 것만 들이켜기 때문이다. 그 때문에 이런 할례자들은 모두 코가 빨갛고 입에서는 냄새가 난다. 그리하여 할례가 거행된 후, 규정에 따라 이들이 피가 묻은 음경을 그런 입으로 빨아내는 것을 볼 때 유쾌하지만은 않은 것이다. 그다음에 음경은 톱밥으로 덮여지고 대략 3일 후면 낫게 된다.

───────────────

유대인에게는, 특히 러시아에 있는 유대인들에게는, 엄격한 가족 생활이라는 것이 특별히 일반적이거나 의미 있는 일은 아니다. 가족 생활은 기독교들에게도 있는 것이며, 유대교에서는 여성이 탈무드 연구에서 배제된다는 사실도 유대인들의 가족 생활을 방해하는 요인이다. 그래서 가장이 공부한 탈무드의 내용에 대해 손님들과 토론하고자 하면, 다시 말해 그들의 생활에서 핵심이 되는 일을 하고자 하면, 여성들은 꼭 그래야 하는 것은 아니지만 옆방으로 물러난다. 그렇기 때문에 기회만 생기면 자주 자기들끼리 모이는 것이 유대인들의 특성이 된다. 기도를 위해서건, 공부를 위해서건, 신적인 일들에 관해 논의하기 위해서건, 또는 대개 종교적인 의미가 부여되는 잔치를 위해서건 말이다. 이럴 때 술은 아주 적당한 정도로만 마신다.

그들은 말하자면 격식을 갖춰 서로에게 피신하는 것이다.

괴테는 그의 저작들이 가진 힘 때문에 독일어의 발전을 방해하고 있는 것 같다. 그동안 산문의 형식은 자주 그의 영향력으로부터 멀어졌지만, 결국에는 바로 요즘에 그러하듯이, 그만큼 더 그에 대한 동경이 강해지면서 다시 그에게로 되돌아갔고, 심지어는 괴테의 글에서 발견되기는 하지만 괴테 자신과는 아무 관계도 없는 표현들을 사람들이 본받기도 했다. 괴테에 대한 그들의 무한한 종속성이 완벽해지는 것을 보며 즐기기 위한 것이다.

나는 히브리어로 안셸Anschel이라고 불리는데, 외증조부 이름이 그러했다. 그분은 기다란 흰 수염을 드리우는 아주 경건하고 학식이 많은 사람이었던 것으로 어머니는 기억한다. 그분이 돌아가셨을 때, 어머니는 여섯 살이었다. 어머니는 외증조부 시신의 발가락을 붙잡고, 만약 자신이 그분에게 어떤 잘못을 범했다면 용서해달라고 빌었어야 했던 것을 기억한다. 외증조부는 매일 강물에서 멱을 감으셨는데, 겨울에도 마찬가지였다. 그럴 때면 수영을 하기 위해 얼음을 쪼아 구멍을 내곤 했다. 외조모는 일찍이 티푸스에 걸려 돌아가셨다. 이때부터 시작해서 외증조모는 정신이 혼미해졌고, 음식을 거부했으며, 누구와도 말을 하지 않았다. 언젠가 외증조모는 당신의 딸이 죽은 지 일 년이 되던 날 산책을 나가서 다시는 돌아오지 않았다. 사람들은 그분의 시신을 엘베 강에서 건져냈다. 외증조부보다 더 학식이 많았던 분은 외고조부였다. 그분은 기독교도와 유대인 모두에게서 똑같이 명망이 높았으며, 큰불이 났을 때도 그분의 경건함 때문에 불이 그분의 집만 건너뛰어 태우지 않는 기적이 일어났다. 그분에게는 아들이 넷이 있었는데, 한 명은 기독교로 개종하고 의사가 되었

258

다. 외증조부를 제외하고는 모두 일찍 요절했다. 외증조부는 아들이 한 명 있었는데 어머니는 그분을 '미친 삼촌 나탄'이라는 이름으로 기억한다. 그리고 딸도 한 명 있었는데, 그분이 방금 말한 외조모다.

───────────

창문으로 달려가기, 그리고 모든 힘을 다 쓴 후에 진이 빠진 상태로, 창틀까지 올라가서 부서진 나무 조각들과 유리 사이로 뚫고 지나가기.

───────────

⟨1911년⟩ 12월 26일

다시 잠을 제대로 자지 못했다. 벌써 3일째다. 일 년 동안 내게 도움이 될 것들에 대해서 글을 쓰면서 보내려던 3일간의 휴일을 이렇게 도움이 필요한 상태로 보내고 있다. 크리스마스 이브에는 뢰비와 함께 슈테른 쪽으로 산책을 갔다. 어제는 「블뤼말레 또는 바르샤뱌의 진주」. 블뤼말레의 확고한 사랑과 지조를 기리기 위해 저자는 제목에서 '바르샤바의 진주'라는 명예로운 이름을 붙이고 있다. 취시크 부인의 겉으로 드러난 길고 부드러운 목을 보아야 비로소 그녀의 얼굴 생김새를 제대로 알 수 있다. 클루크 부인이 단조로운 파동의 곡을 부를 때는 그녀의 눈에 눈물이 반짝이고, 청중은 고개를 숙였다. 그녀의 눈물은 그 노래와 연극, 그리고 관객 전체의 걱정거리를 능가하는, 심지어는 나 자신의 상상력까지도 훨씬 넘어서는 의미가 있는 것 같았다. 뒤쪽의 커튼을 지나 의상실에 있는 클루크 부인에게도 시선이 간다. 그곳에서 그녀는 흰 속치마에 짧은 팔의 셔츠를 입고 서 있다. 나는 관객의 감정이 어떨지 불안해지고, 그래서 마음속으로라도 그들의 열광을 이끌어내느라 힘이 든다. 어제는 T.⁴⁴ 양과 그녀의 동행인과 함께 세련되고 사랑스러운 매너로 이야기를 나눴다. 어제도 느꼈고 지난 토요일에도 느꼈지만, 내가 이 세계 앞에서 굽히기 좋아하고 지나칠 정도로 겸손하다 보니, 꼭 그럴 필요가 없었음에도 불구하고, 겉으로 보면 뭔가 당황한 듯이 보이는 단어들이나 동작들을 약간 사용하는 것도 나의 좋은 본성을 자유롭게 드러내는 데 꼭 필요한 것이었다. 나는 어머니와 단둘이 있었고, 이 사실도 간단하게 잘 받아들였다. 그래서 모든 사람들을 확고한 시선으로 바라보았다.

(앞의 글에서 계속)[45]

오래된 글들에는 많은 해석들이 주어진다. 재료가 풍부하지 않음에도 불구하고 해석은 정력적으로 나아가다가, 너무 쉽게 결론에 도달하는 것이 아닌가 하는 두려움에 의해서만, 그리고 누구나 가지고 있는 경외심에 의해서만 제동이 걸린다. 모든 것이 아주 솔직하게 행해지는 듯하지만, 편견 안에서 그러할 뿐이다. 이 편견은 결코 해체되는 법이 없고, 피곤하게 하는 일은 어떤 것도 허용하지 않는다. 누군가 노련한 손을 한 번 들어 올리기만 해도 그러한 편견은 수 마일 밖으로 퍼져 나간다. 그렇지만 편견이라는 것은 결국 멀리 내다보는 것을 방해할 뿐 아니라, 깊이 들여다보는 것도 방해한다. 그 결과로, 그런 모든 관찰들이 삭제되어버리는 것이다.

사람들에게는 맥락을 이해하는 감각이 없기 때문에, 그들의 문학적 활동 역시 맥락에서 벗어나게 된다. [그들은 어떤 것에 대해 높은 위치에서 내려다보기 위해 내리누르기도 하고, 또는 그것을 하늘까지 끌어올림으로써 자신도 그 옆에 자리 잡으려고 한다. 잘못된 생각이다.] 사람들은 종종 어떤 개별적인 사안에 대해 여유를 가지고 철저히 생각해보기는 하지만, 그 사안이 그와 비슷한 다른 사안들과 접목하게 되는 경계선까지는 도달하지 못한다. 그들이 가장 먼저 도달하는 경계선은 정치와의 경계선이다. 사실 사람들은 이러한 경계선이 나타나기 전부터 그것을 보려고 애쓰며, 심지어는 이런 식으로 줄어드는 경계선을 어디서나 보기도 한다. 공간의 협소함, 여기서 더 나아가 단순함과 균일함에 대한 고려, 그리고 결론적으로 문학은 내적으로 자립성을 지니는 것이기 때문에 외적으로 정치와 연관을 맺는다고 해서 손해될 것은 없다는 통찰 등은 문학은 정치적 슬로건들에 매달림으로써 자국 내에서 자신의 영역을 확대한다는 사실로 귀결된다. 영역의 협소함, 단순하고 통일적인 것에 대한 관심, 그리고 문학의 내적 자립성에 근거할 때 외적으로 정치와 연결되어도 해로울 것은 없다고 하는 계산 등으로 인해 결국에는 문학이 국내의 정치적 슬로건들에 매달림으로써 자신의 위치를 넓혀가는 상황이 생겨난다.

일반적으로는 작은 주제들을 문학적으로 다룰 때 재미가 있다. 그것들의 범위는 약간의 열광만으로 충분할 수 있는 정도라야 하고, 논쟁적인 전망이나 근거도 가지고 있어야 한다. 문학적으로 의도된 욕설들이 처음에는 이리저리 굴러다니다가, 좀 더 분위기가 강해지게 되면 욕설들이 날아다닌다. 큰 문학에서는 아래에서 벌어지는 것에 불과한 사건, 건물로 비유하자면 반드시 있어야만 하는 것은 아닌 지하실 정도에 해당하는 사건도 여기서는 완전한 조명을 받으며 벌어지고, 큰 문학에서는 사람들이 잠시 모여드는 정도에 불과한 것도 여기서는 모든 사람들의 생사를 결정하는 요인이 된다.

요즘 같으면 쉽사리 구식이라고 치부될 수 있는 것들의 목록: 산책로와 유원지로 가는 길에서 구걸하는 불구자들, 밤에도 조명을 받지 않는 하늘, 그리고 십자로 된 다리의 교각

『시와 진실』[46]에서 딱 꼬집어 말하기 어려운 그 어떤 독특함 때문에 굉장히 생생하게 느껴지지만 원래 서술된 내용과는 본질적으로

아무런 연관도 없어 보이는 구절들의 목록이 하나 있었다. 예를 들면, 소년 괴테가 호기심이 많고 옷도 잘 차려입고 사랑스럽고도 활기에 넘치는 모습으로 그를 아는 모든 사람들의 집에 가서 보고 들을 만한 것이면 무엇이든 보고 들으려고 하는 모습을 떠올려보라. 지금 괴테의 책을 훑어보았는데, 그런 구절들은 찾지 못하겠다. 모든 구절들이 매우 분명하게 보이며, 어떤 우연에 의해서도 능가될 수 없는 생동감을 담고 있다. 언젠가 아무런 사심 없이 책을 읽게 될 때까지, 그래서 제대로 된 구절을 발견하고 멈출 수 있게 될 때까지 기다려야겠다.

———————

아버지가 끊임없이 동시대인들의, 특히 자식들의 행복한 상황을 빈정대면서 당신이 어린 시절에 겪어야만 했던 고통에 대해 이야기할 때 귀 기울이는 일은 고통스럽다. 아버지가 수년 동안이나 겨울옷이 충분치 않아서 다리의 상처를 내놓고 다녀야 했다는 것, 아버지가 자주 굶주렸다는 것, 아버지가 이미 열 살 때부터 겨울에도 아침 일찍부터 수레를 끌고 마을을 돌아다녀야 했다는 것은 아무도 부인하지 않는다. —다만, 아버지는 이해하려 들지 않지만, 이러한 올바른 사실들이 또 다른 올바른 사실과 비교된다고 해서, 다시 말해 나는 그 모든 것을 겪지 않았다는 사실과 비교된다고 해서, 내가 아버지보다 더 행복하게 살아왔다거나, 아버지가 이러한 다리 상처 때문에 남들에게 교만한 태도를 취해도 된다거나, 당신이 당시에 겪었던 고통들의 진가를 내가 인정할 줄 모른다고 가정하고 주장하거나, 나는 아버지와 동일한 고통을 겪지 않았기 때문에 아버지에게 무한정 감사해야 한다는 결론으로 이어질 수 있는 것은 아니다. 아버지가 끊임없이 당신의 유년기와 부모에 대해 이야기하는 것은 얼마든지 기꺼이 들을 용의가 있다. 하지만 이 모든 것을 허장성세와 시비조의 톤으로 말하는 것에 귀를 기울이는 일은 괴롭다. 아버지는 툭하면 양손을 탁치면서 이렇게 말한다. "요즘 누가 그런 것을 알겠어! 애들이 뭘 알아! 그런 고생을 한 사람은 아무도 없어! 그런 것을 요즘 애들이 어떻게 이해하겠어!" 오늘은 율리에 고모가 찾아왔는데, 또다시 비슷한 이야기가 있었다. 고모는 아버지 쪽의 모든 친척들에게서 나타나는 특징인 큰 얼굴을 가지고 있다. 고모의 눈은 위치나 색깔에서 뭔가 잘못되었는지 약간 거슬리는 느낌을 준다. 고모는 열 살 때 주방에 고용살이로 팔려나갔다. 그때 고모는 혹한의 날씨에도 젖은 치마를 입고 뭔가를 가지러 뛰어가야 했으며, 다리의 피부가 갈라졌고, 치마는 얼어붙었다가 저녁에 잠자리에 들 때에야 마르곤 했다.

1911년 12월 27일

아이를 가질 수 없는 어느 불행한 인간이 그의 불행 안에 끔찍하게 갇혀 있다. 그 어느 곳에도 뭔가 새로워지리라는 희망, 행운의 별들로부터 어떤 도움이 오리라는 희망은 보이지 않는다. 그는 불행에 갇힌 채로 자신의 길을 가야 하고, 그의 움직임이 종료되면 그것으로 만족해야 한다. 혹시 이 길을 더 오래 가다 보면 육체나 시간의 상황이 달라지면서 그가 이제껏 겪어온 불행도 사라지지 않을까, 어쩌면 심지어 뭔가 좋은 결과가 나타나지 않을까 하는 마음에 이 길을 더 연장하려고 해서는 안 된다.

내가 뭔가 틀린 이야기로 글을 쓸 때 가지게 되는 느낌은 다음과 같이 설명할 수 있을 것이다. 바닥에 나 있는 두 개의 구멍 앞에서 어떤 사람이 뭔가가 나타나기를 기다리고 있는데, 그것은 오른쪽에 있는 구멍에서만 나올 수 있는 것이다. 그런데 이 구멍은 희미하게 보이는 뚜껑으로 덮여 있는 반면, 왼쪽에 있는 구멍에서는 어떤 모습들

이 하나씩 차례로 나타나면서 계속해서 이 사람의 시선을 끌려고 시도하다가, 마침내 이것의 규모가 엄청나게 커지면서 쉽게 목표를 이룬다. 그리고 결국에는, 그 남자가 아무리 막아보려고 저항을 해도, 오른쪽 구멍까지 덮어버린다. 그러나 이제 그 사람은, 이 장소를 떠날 생각이 없는 한—이 사람은 어떤 경우에도 그럴 생각은 없다—바로 이 모습들에 의존하고 있다. 그러나 이 모습들은 휘발성이 있기 때문에—그것들의 힘은 밖으로 나타날 때 이미 소진되어버리는 것이다—그 사람의 욕구를 충족시킬 수 없다. 그러나 그 사람은 이 모습들이 약해져서 멈추게 되면, 이것들을 위쪽으로도 보내고, 그리고 사방팔방으로 몰아내면서, 다른 현상들이 계속 올라올 수 있게 하려고 한다. 왜냐하면 하나의 현상만을 지속적으로 바라보는 것은 견딜 수가 없기 때문이고, 또한 잘못된 모습들이 소진되고 나면 마침내 참된 모습들도 나타나지 않을까 하는 희망도 여전히 가지고 있기 때문이다.

———

작은 문학들의 특성에 관한 도식:
여기서든 저기서든 어떤 경우라도 좋은 의미에서 작용함.
심지어 여기서는 개별적으로 더 좋은 작용을 발휘할 수도 있음.
1. 생동감
　　a. 논쟁　b. 학파들　c. 잡지들
2. 제한이 적음
　　a. 원칙 없음　b. 작은 주제들　c. 상징 만들기가 쉬움
　　d. 무능력한 존재들의 탈락
3. 대중성
　　a. 정치와의 연관　b. 문학사
　　c. 문학에 대한 믿음, 스스로 규칙을 정할 수 있음

이처럼 유익하고 즐거운 삶을 철저히 느껴본 사람은 이러한 정서를 바꾸기가 힘들다.

위의 이미지는 얼마나 무기력한가. 실제로 느끼는 느낌과 그것을 비교하면서 서술하고 있는 글 사이에는 연관 관계가 없는 하나의 전제가 장벽처럼 놓여 있다.

1911년 12월 28일

공장이 내게 가하는 고통. 사람들이 나에게 오후마다 그곳에서 일하라는 의무를 부과했을 때, 왜 나는 그것을 그냥 받아들였을까. 지금 나에게 무력으로 강요하는 사람은 아무도 없다. 그러나 아버지는 욕설로, 카를은 침묵으로, 그리고 나의 죄의식까지도 그렇게 하라고 강요하고 있다. 나는 공장에 대해서는 아무것도 모르며, 오늘 아침에도 위원회의 시찰이 있는 동안 아무 도움도 못 되고 마치 매라도 맞은 사람처럼 그곳에 어영부영 서 있었다. 나는 나에게 공장 업무의 모든 세부적 사실들을 알아낼 수 있는 능력이 있다고는 생각하지 않는다. 그리고 설령 끊임없이 이것저것 물어대고 모든 관계자들을 성가시게 해가면서 그 목표에 도달한다고 한들, 그로 인해 무엇을 얻게 된단 말인가? 나는 이런 지식을 실제로 어떻게 활용해야 할지 모를 것이다. 나는 겉으로 보기에만 그럴싸하게 일을 해낼 수 있는 정도인데, 나의 상급자가 가지고 있는 올바른 감각이 그것에 소금을 쳐주는 역할을 하기 때문에 마치 내가 실제로 좋은 결과를 낸 것처럼 보일 뿐이다. 그러나 이처럼 공장을 위해서는 아무 쓸모도 없는 노력을 하느라 시간을 보내다 보면, 다른 한편에서는 오후의 몇 시간이라도 나 자신을 위해 사용하는 것은 포기해야 할 것이고, 이러한 상황은 안 그래도 점점 더 제한적이 되어가는 나의 실존을 완전히 무효화하는 결과로 귀결될 수밖에 없을 것이다.

─────────

오늘 오후에 밖에 나가서 몇 걸음 걷다가 순전히 상상만으로, 오전에 내게 매우 겁을 주었던 위원회 위원들이 내게로 다가오거나 나의 길을 가로질러 오는 것을 보았다.

─────────

1911년 12월 29일
괴테의 작품[47] 265쪽에 나오는 저 생생한 구절들. "나는 그리하여 내 친구를 숲으로 끌고 갔다."

─────────

광범위하고 적절한 기억들에 의한 힘의 증가. 그 어떤 자립적인 배가 지나간 항적航跡이 우리 배가 가는 방향 쪽으로 연결된다면, 우리 배의 효율이 높아짐으로써 우리의 힘에 대한 의식도 높아지고, 아울러 우리의 힘 자체도 높아질 것이다.

─────────

괴테: 307쪽, "내가 이런 시간 동안에 들은 것은 의학이나 자연사에 관한 대화뿐이었고, 나의 상상력은 완전히 다른 영역으로 이끌려 갔다."

─────────

작은 논문이라도 끝내기가 어려운 것은, 그 작업을 끝내려면 어떤 불길이 필요한데, 그 불길은 그때까지 실질적으로 들어간 내용에서는 나올 수가 없을 것이라는 사실을 우리가 느끼기 때문은 아니다. 그보다는 오히려 아무리 작은 논문이라도 저자 스스로 만족할 수 있어야 하고 저자가 그 논문 속으로 완전히 빠져 들어가야 한다는 사실에 그 어려움이 놓여 있는 것이다. 그리고 그러한 침잠으로부터 다시 일상의 공기 속으로 나오려면 강한 결심과 외부의 자극 없이는 어렵다. 그래서 사람들은 논문이 원만히 끝나서 조용히 빠져나와도 되는 순간이 오는 것을 기다리지 못하고 미리부터 불안감에 휘둘리면서 스스로 그곳에서 도망쳐 나오는 것이다. 그렇게 되면 논문의 종결은 외부로부터, 일도 해야 하지만 생계도 유지해야 하는 손들에 의해, 강제로 이루어지지 않을 수 없게 된다.

1911년 12월 30일

나의 모방 충동에는 연극적인 것이 전혀 없다. 나에게는 무엇보다도 통일성이 없는 것이다. 나는 대략적이고 전체적인 특징을 두드러지게 드러내는 것들은 조금도 모방하지 못한다. 그와 유사한 시도들도 해보았지만 전부 실패했다. 그런 모방은 나의 본성에 어긋나는 것이다. 그에 반해 대략적인 것의 디테일을 모방하는 것에 대해서는 확실한 충동을 가지고 있다. 예컨대 어떤 사람들이 산책용 지팡이를 다루는 방식, 그들의 손놀림, 그들의 손가락의 움직임을 모방하는 것은 몹시 하고 싶기도 하고, 쉽게 해낼 수도 있다. 그러나 바로 이처럼 쉽게 하는 것, 이러한 모방에의 충동이야말로 나를 연극배우로부터 분리시키는 것이다. 왜냐하면 그처럼 쉽게 모방할 경우 아무도 내가 모방을 하고 있다는 사실을 눈치 채지 못한다는 단점이 있기 때문이다. 나 스스로—만족하기도 하고, 또는 종종 그러하듯이 불만스러워하기도 하면서—나를 인정해주는 것만이 나의 모방이 성공했음을 내게 알려준다. 그러나 이러한 외적 모방보다 훨씬 더 효력을 발휘하는 것은 내적인 모방이다. 이것은 종종 너무 그럴싸하고 강렬한 효과를 내기 때문에 이러한 모방을 관찰하고 확인할 여지가 마음속에 더 이상 남아 있지 않게 되고, 나중에 그것을 기억할 때에 가서야 그것이 모방이었음을 알게 될 정도다. 그러나 여기서는 모방이 너무 완벽하고, 단번에 나 자신을 대체해버리기 때문에, 무대 위에서 벌어지는 모방은—모방이 그처럼 순간적으로 이루어질 수 있는 것이라는 전제하에 보자면—참을 수 없게 될 것이다. 관객에게도 지극히 외적인 연기 이상의 것을 이해해야 한다고 요구할 수는 없다. 지시문에 따라서 다른 배우를 후려갈겨야 하는 어떤 배우가 흥분하여 지나치게 민감해진 상태에서 실제로 다른 배우를 후려갈기고 다른 배우가 아파서 소리친다면 관객은 인간적인 상태가 되어 그들을 중재하지 않을 수 없는 것이다. 그러나 이러한 방식으로는 드물게 벌어지는 일도 그보다 더 낮은 방식으로 하면 무수히 일어날 수 있다. 연기를 못하는 배우의 본질은 그가 모방을 잘 못한다는 데에 있는 것이 아니라 교육과 경험, 그리고 소질이 부족한 나머지 잘못된 모범들을 모방한다는 데에 있다. 그러나 그의 가장 본질적인 오류는 연기의 경계선을 인지하지 못하고 너무 강하게 모방한다는 것이다. 그렇게까지 나아간 것은 그가 무대의 요구를 제대로 이해하지 못했기 때문이다. 관객은 어떤 연기자가 굳은 자세로 멀거니 서 있다는 이유로, 또는 손가락 끝으로 호주머니 주변이나 만지작거리거나 어울리지 않게 양손을 허리에 척 붙이고 있다거나, 프롬프터의 이야기에 열심히 귀를 기울이고 있다는 이유로, 또는 시대가 제아무리 변했건 간에 여전히 소심한 진지함을 고수하고 있다는 이유로 그 연기자의 연기력이 부족하다고 생각할 수 있겠지만, 이처럼 우연히 무대에 떨어진 배우의 연기력이 부족한 이유는 오로지 그가 너무 강하게 모방하기 때문이다. 설령 그가 마음속으로만 그렇게 한다 해도 말이다.

1911년 12월 31일

그의 능력이 그토록 제한되어 있기 때문에 그는 자기가 가진 능력보다 덜 보여주게 되지 않을까 두려워한다. 그는 그의 능력이 더 이상 쪼갤 수 없을 만큼 작은 것은 아니라고 하더라도, 경우에 따라서는 그가 가지고 있는 모든 재주를 의도적으로 사용하려고 해도 다 사용할 수 없다는 사실을 드러내고 싶어 하지 않는다. 자유로우며, 일층에 있는 관객을 고려하지 않고 진행되며, 공연에 대해 순수하게 느낀 욕구에 따라 유도되는,

―――――――

아침에는 기운이 팔팔해서 글을 쓸 수 있을 것 같았다. 그런데 지금은 내가 막스 앞에서 낭독을 해야 한다는 생각이 글쓰기를 완전히 방해하고 있다. 이것은 내가 얼마나 우정을 유지할 능력이 없는 인간인가를 보여주는 것이기도 하다. 우정이라는 것이 이러한 의미에서 가능하다면 말이다. 우정은 일상적 생활의 중단 없이는 생각할 수 없는 것이기 때문에, 우정의 표현들 중에 상당수는, 비록 그 핵심은 손상되지 않고 남아 있더라도, 지속적으로 바람에 날려버린다. 물론 그래도 손상되지 않는 핵심이 있고 그로부터 다시 우정의 표현들이 생겨나기도 한다. 그러나 그런 과정에는 항상 시간이 필요하고, 모든 것이 기대하는 대로 나타나는 것도 아니기 때문에, 개인적인 감정의 변화는 말할 것도 없고, 지난번에 중단되었던 지점에 다시 연결되는 것조차도 불가능하다. 마음속 깊이 뿌리를 내린 우정의 경우에도 어떤 새로운 만남 앞에서는 일종의 불안감이 생겨난다. 이런 불안감은 대단히 크지 않아도 그 자체로 느껴진다. 그렇지만 이 불안감으로 인해 대화나 태도가 어느 정도 손상될 수도 있으며, 이 경우에 사람들은 분명히 놀라게 된다. 특히 그렇게 된 이유를 모른다거나 믿을 수 없을 경우엔 더욱 그렇다. 그러니 내가 어떻게 M. 앞에서 낭독을 하겠다고, 심지어는 다음의 구절을 써내려가면서 그것을 그에게 읽어주겠다고 생각할 수 있단 말인가.

―――――――

그 밖에도 오늘 아침에 어떤 내용을 M. 앞에서 낭독할 수 있을 것

인가를 생각하며 내 일기를 죽 훑어본 것 때문에도 마음이 심란해졌다. 일기를 검토하면서 보니, 지금까지 쓴 것이 특별히 가치가 있다고 생각되지도 않고, 그렇다고 그것을 내다버려야 한다는 생각도 들지 않았던 것이다. 나의 판단은 이 두 가지 생각의 사이에 있으며, 첫번째 생각에 좀 더 가깝다. 그렇지만 내가 써놓은 것의 가치를 판단해보면, 내가 약하기는 해도 완전히 기운이 빠진 상태라고 봐야 할 정도는 아니다. 그럼에도 불구하고 나의 글쓰기의 원천에 대해 내가 써놓은 많은 글들을 보고 났더니 그다음 한두 시간 동안은 거의 불가항력적으로 나의 관심사가 다른 방향으로 변하는 것을 느꼈다. 이야기의 물줄기는 계속 같은 방향으로 흐르고 있었지만, 물줄기가 아래로 흘러가는 동안 나의 관심도 어느 정도 실종되어버렸다.

어떤 때는, 내가 김나지움에 다닐 때나 유년기에는 비범하게 생각할 줄 알았는데 그 후에는 기억력이 약해지면서 요즘에는 제대로 판단을 내릴 수가 없게 되었다는 생각을 하다가도, 또 다른 때는, 내가 기억력이 나쁘기 때문에 나에 대해 유리한 쪽으로만 생각하는 경향이 있고 적어도 그 자체로는 중요하지 않지만 결과에 있어서는 중요한 영향을 미치는 일들의 경우일수록 생각하기를 대단히 게을리한다는 것을 깨닫는다. 그런데 나는 김나지움 시절에 종종 베르크만과 함께 신과 그의 가능성에 대해서 탈무드적인 방식으로 토론했던—내가 쉽게 피곤해지는 편이어서 철저히 하지는 않았지만—기억이 난다. 탈무드적인 방식은 이미 내 안에 지니고 있었거나 아니면 그의 방식을 모방했을 것이다. 그 당시 나는 어떤 기독교 잡지에—『기독교 세계』라는 잡지였다고 생각한다—나오는 주제와 관련지어 이야기하는 것을 좋아했다. 여기서는 어떤 시계와 세계, 그리고 시계공과 신이 서로 짝을 이루고 있었는데, 시계공의 실존이 신의 실존을 증명

270

하는 것으로 결론이 나는 이야기였다. 그런데 나는 이 이야기에 대해 내 나름으로는 썩 훌륭한 반론을 베르크만에게 제시할 수 있었다. 물론 이러한 반박의 근거가 내 안에 확고히 자리를 잡고 있었던 것이 아니라 그때에야 비로소 무슨 조각 그림 짜맞추듯이 힘겹게 만들어 내야 했다. 그러한 반론을 처음 하게 된 것은 우리가 시청사의 탑 주위를 돌아가고 있을 때였다. 이것을 정확히 기억하는 것은 우리가 언젠가 이 이야기를 회상한 적이 있기 때문이다. ―내가 항상 엉성한 옷들을 입고 돌아다닌다는 사실에 대해서도 나는 내가 남들과 구별되는 것이라고 생각했지만―오로지 남들과 구별되고 싶은 욕망과 강한 인상을 주는 것과 강한 인상 자체에 대한 즐거움 외에는 그 어떤 것도 나를 그렇게 만들지 못했을 것이다―사실은 내가 그것에 대해 충분히 생각을 하지 않았기 때문에 그런 상황도 참아냈던 것이다. 그 엉성한 옷들은 부모님이 잘 아는 단골가게를 차례차례 돌아가며 맞춰준 것이었고, 그중에 가장 오래 단골로 이용했던 곳은 누슬레에 있는 어느 재단사의 가게였다. 나의 입성이 아주 엉성하다는 것은 나도 당연히 느꼈고, 그렇게 느끼는 것이 어려운 일도 아니었다. 다른 사람들이 옷을 아주 잘 입고 다니면 나는 그런 것을 알아보는 눈도 있었다. 단지 그럼에도 불구하고 수년 동안이나 나는 나의 비참한 외관의 원인이 옷 자체에 있다는 생각을 하지는 못했다. 그 당시 나는 나 자신을 폄하하고 있었는데, 사실에 근거하기보다는 스스로 그렇다고 생각하는 편이었다. 그래서 옷의 모양이 처음에는 널빤지처럼 뻣뻣했다가 나중에는 주름처럼 축 늘어지는 것도 다름 아니라 내가 그 옷을 입어서 그런 것이라고 확신했다. 나는 새 옷들은 전혀 원하지 않았다. 어떻게 입어도 추하게 보일 거라면 적어도 편하기라도 했으면 좋겠다는 것이었고, 나의 낡은 옷에 익숙해진 세상 사람들에게 새 옷을 입어도 추한 모습까지 보여주고 싶지는 않았던 것이다. 어머니도 성인의 눈을 가진 이상 낡은 옷과 새 옷의 차이 정도는 알아볼 수 있었기 때문에 종종 그와 같은 종류의 새 옷을 내게 맞춰주려고 했는데 내가 항상 오랫동안 그것을 거부하다 보니 결국에는 나 자신도 그로부터 영향을 받았던 것이다. 나 스스로도 부모님의 말씀이 옳다고 생각하면서 나는 외관을 조금도 소중히 여기지 않는 사람이라고 상상해온 것을 보면 말이다.

1911년〈1912년〉1월 2일

나는 그동안 내 몸의 자세에 있어서도 그 엉성한 옷들에게 굴복한 나머지 등은 구부정하고 어깨는 비스듬하며 팔과 양손은 어찌할 바를 모르는 듯이 축 늘어뜨린 자세로 돌아다녔다. 나는 거울 앞에 서기도 겁이 났다. 내가 생각하기에 거울은 피할 도리가 없는 나의 추한 모습을 보여주기 때문이다. 하지만 이처럼 추한 모습은 나를 완전히 사실대로 보여주는 것이었을 리가 없다. 만일 내가 정말로 그렇게 보였더라면 나는 훨씬 더 많은 주목을 끌었어야 했을 것이다. 나는 일요일 산책을 나설 때마다 어머니가 등 뒤로 가볍게 쿡쿡 찌르거나 너무 추상적으로 들리는 경고나 예언 등을 하는 것도 참아 넘겼다. 나는 어머니의 경고나 예언들을 그 당시 내가 현실적으로 느끼던 걱정거리들과 조금도 연관시킬 수가 없었다. 나에게는 실제의 미래에 대해 조금이라도 걱정하는 능력이 아예 없었던 것이다. 나는 오로지 현재의 관심사와 그것들의 현재 상태에 대해서만 골몰했지만, 철저함이나 확고한 관심이 있어서 그랬던 것은 아니다. 그보다는 오히려—미약한 사고력으로 인해 발생한 것이 아닌 한—슬픔과 두려움 때문이었다. 슬픔 때문이라고 하는 것은, 내게는 현실이 너무 슬펐기 때문이다. 그래서 그것이 기쁨으로 대체되기 전에는 그 현실을 떠날 수 없다고 생각했던 것이다. 그리고 두려움 때문이라고 하는 것은, 정말 보잘것없는 진보라 해도 그 앞에서는 두려움을 느끼기 때문이었다. 나 자신은 한심하고 유치한 행색으로 등장하면서 그 어떤 책임감을 가지고 위대하고도 남성적인 미래가 이러니저러니 하며 단언할 자격이 내게는 없는 것 같았다. 그런 미래는 나 자신에게 불가능한 것으로 보였기 때문에 아무리 작은 진보라도 내게는 허위 같았고, 가장 가까운 것도 도달할 수 없는 것처럼 보였다. 나는 현실적인 진보보다는 차라리 기적을 인정하기가 더 쉬웠다. 그러나 기적을 그 고유의 영역에 놔두지 않고 현실의 진보를 기적의 자리에 두기에는 나는 너무 냉정한 인간이었다. 예컨대 나는 잠들기 전에 한참 동안이나, 내가 언젠가 부자가 되어 4두 마차를 타고 유대인 거리에 들어갔다가 어떤 아름다운 소녀가 부당하게 매 맞는 것을 보고 강력한 언어로 그 소녀를 풀어낸 후 나의 마차에 태우고 떠나는 상상에 몰입할 수가 있었다. 그러나 이런 유희적 믿음은 필시 오래전부터 불건강했던 섹슈얼리티로 인해 육성되었을 것이다. 그리고 이러한 유희적 믿음에 의해서도 전혀 흔들림이 없었던 확신들도 있었다. 그것은, 내가 올해의 최종 시험을 통과하지 못하리라는 것, 만약에 통과하더라도 다음 단계에서는 빠져나오지 못할 것이며, 만약 이것도 사기를 쳐서 빠져나온다고 하더라도 졸업 시험에서는 최종적으로 떨어질 것이 틀림없다는 것, 그리하여 어떤 순간을 막론하고 내가 문밖에서 규칙적인 속도로 위층에 올라가는 소리를 들어야 잠이 드는 부모님과 여타 주변 세계는 그때까지 들어보지도 못한 무능력이 한순간에 드러나는 것을 보며 경악하게 되리라는 것이었다. 나는 나의 무능력만 미래에 대한 이정표로 간주하고 있었기 때문에—나의 빈약한 문학적 작업을 그렇게 보는 것은 매우 드물었다—미래에 대한 생각이 나에게 그 어떤 식으로든 조금이라도 이익이 된 적은 한 번도 없었다. 그것은 현재의 슬픔을 계속해서 이어가는 것에 불과했다. 마음만 먹는다면 나는 꼿꼿하게 걸을 수도 있었지만, 그러면 다시 피곤해졌고, 구부정한 자세가 미래에 어떤 손해를 가져올 수 있는지에 대해서도 이해하지 못했다. 내가 그 어떤 미래를 가지게 된다면 그때는 모든 것이 저절로 질서를 찾게 되리라는 것이 나의 느낌이었다. 그러한 원칙이 선택된 것은 그 원칙이 미래에 대한 신뢰를 담고 있었기 때문은 아니었다. 게다가 미래의 존재에 대해서는 믿지도 않았다. 그 원칙이 선택된 것은 오로지 나 자신에게 삶을 가볍게 해주고 싶은 욕망 때문이었다. 걸어 다니는 것, 옷을 입는 것, 몸을 씻는 것, 책을 읽는 것, 그리고 무엇보다도 집 안에 나 자신을 가두는 것, 이런 것들은 가능하면 가장 덜 힘이 드는 방식으로, 그리고 가능하면 가장 덜 용기를 필요로 하는 방식으로 행하려고 했던 것이다. 그 이상으로 나가려고 할 때 내가 만나게 되는 것은 우스꽝스러운 출구들뿐이었다. 언젠가 한번은 검은 연회복 없이 계속 지내기는 힘들 것처럼 생각되었다. 내가 어떤 춤 교습에 참여할 것인지 말 것인지를 결정해야 되었기 때문에도 특히 그랬다. 누슬레의 그 재단사가 호출되었고, 옷의 재단에 관해 논의되었다. 나는 항상 그렇지만 그런 경우에는 결정을 잘 내리지 못했다. 어떤 분명한 정보가 주어지게 되면 그다음에 이어지는 불쾌한 일로 끌려들어가는 것은 아닐까, 그뿐 아니라 그 이상으로 훨씬 더 안 좋은 상태로 끌려들어가게 되지는 않을까 하는 두려움에 시달려야 했기 때문이다. 그래서 처음에는 그 어떤 검은 옷도 원치 않았는데, 사람들이 나에게 연회복이 한 벌도 없다는 사실을 지적하면서 나를 그 낯선 사람 앞에서 창피하게 만들었을 때, 나도 프록코트 한 벌 정도는 있어야 하지 않겠느냐는 제안을 받아들였다. 그러나 나는 연미복이라는 것에 대해 무슨 끔찍한 혁명이나 되는 듯이 생각했기 때문에, 사람들이 결국은 이 문제도 논의를 했지만 그 어떤 결론에도 도달하지못하다가, 스모킹[48]으로 합의를 보았다. 이것은 일반적인 자코[49]와 비슷하기 때문에 적어도 나는 그것이 견딜 만한 것 같았다. 그러나 자코 조끼는 반드시 목덜미가 깊이 파여야 하는 것이어서 풀을 먹인 셔츠도 입어야 할 것이라는 말을 들었을 때, 나는 그런 종류의 것에 대해서는 단호히 저항하지 않을 수 없었고, 그래서 거의 나의 능력을 넘어선다 싶을 정도로 단호해졌다. 나는 그런 종류의 스모킹은 원치 않으며, 정히 그래야 한다면 실크로 안감을 대서 밖으로 젖혀지긴 했지만 윗부분은 잠겨 있는 스모킹을 갖겠다고 했다. 그런데 그런 스모킹은 재단사로서는 미지의 것이었다. 그는 내가 어떤 스타일의 스모킹을 생각하든 간에, 그런 것은 춤출 때 입는 옷일 수가 없다고 했다. 나 또한 춤을 출 생각은 전혀 없었다. 그것은 아직 정해지지도 않았다. 그와 반대로 나는 나 자신을 위해 지금 말한 양복을 맞추고 싶었던 것이다. 내가 지금까지는 새 옷들을 맞출 때마다 항상 창피한 나머지 깊이 생각해보지도 않고 어떤 요구 사항이나 희망도 말해본 적이 없었기 때문에 그만큼 더 나의 행동이 재단사에게는 이해가 되지 않았다. 따라서 나는 어머니가 다그쳤기 때문이기도 하지만, 그와 함께 민망하더라도 구시가의 링 광장을 지나 옛날 옷을 파는 상인의 진열장까지 가보는 수밖에는 도리가 없었다. 이 진열장에는 오래전부터 그처럼 편한 스모킹이 전시되어 있었고, 나는 그것을 보면서 나한테 쓸모 있는 옷이라고 생각한 적이 있다. 그러나 불행하게도 그것은 이미 진열장에서 치워진 상태였고, 밖에서 낑낑대며 들여다보았지만 가게 안에서도 그 스모킹은 찾을 수 없었다. 오로지 그 스모킹을 구경하기 위해서 가게 안으로까지 들어갈 용기는 나지 않았다. 그래서 우리는 다시 처음의 불일치 상태로 되돌아갔다. 그러나 나는 지금 이처럼 길을 허탕 친 것 때문에 이미 미래의 스모킹도 저주받은 것처럼 느꼈다. 그래서 우리가 말싸움하느라 화가 난 상태임을 구실로 삼아 재단사에게 어떤 작은 것이라도 주문하면서 스모킹과 관련된 일에 대해 위로를 해준 후 내보냈고, 어머니의 비난을 받으며 피곤해진 상태로 뒤에 남았다. 영원토록—내게는 모든 것이 영원토록 일어났다—처녀들, 우아한 등장, 그리고 사교춤과는 분리된 채로 말이다. 나는 내가 이런 사실에 기쁨을 느꼈다는 것 때문에도 비참했다. 그 밖에도 내가 그 재단사 앞에서 지금까지 그 어떤 재단사 앞에서도 그러한 적이 없는 방식으로 나 자신을 우스꽝스럽게 만든 것 같아 불안했다.

1912년 1월 3일
『노이에 룬트샤우』[50]를 오래 읽었다. 장편소설 『벌거벗은 남자』의 첫 부분, 전체적으로는 뭔가 너무 빈약하게 느껴지는데 개별적으로는 확실한 묘사. 하우프트만[51]의 작품 「가브리엘 실링의 도주」. 인간의 교육. 좋은 것이건 나쁜 것이건 교훈은 풍부.

실베스터.[52] 나는 오후에 막스에게 내 일기의 발췌문을 낭독해줄 계획이었고, 그것을 고대하기도 했지만 성사되지는 못했다. 우리의 감정이 통일되지 못했고, 오늘 오후에는 그에게 타산적인 소심함과 성급함이 있다는 것을 알게 되었으며, 그는 거의 내 친구가 아니다시피 했지만, 여전히 나를 제어하고 있었기 때문에 나는 계속해서 쓸데없이 노트의 여기저기를 넘기기만 하는 나 자신에 대해서 그의 눈을 통해 볼 수 있었고, 이처럼 계속해서 똑같은 페이지만 보여주는 책장들을 왔다 갔다 넘기기만 하는 것이 역겹다는 생각까지 들었다. 이처럼 서로가 긴장한 상태에서 공동의 작업을 한다는 것은 당연히 불가능했다. 우리가 서로 저항감을 느끼는 상태에서도 「R과 S」의 한 페이지를 해낼 수 있었던 것은 오로지 막스의 에너지를 보여주는 하나의 예증이었을 뿐이고 그 외에는 결과가 좋지 않았다. '차다'[53]에서

실베스터를 보냈다. 그렇게 나쁘지는 않았다. 벨춰, 키슈, 그리고 또 다른 한 명이 들어와 신선한 피를 섞어 넣었기 때문에, 나도 결국에는, 물론 이 사람들과 어울려서 간 것이긴 했지만, 다시 막스네 집으로 가고 있었다. 그라벤의 북새통에서 나는 그와 악수를 했지만 그의 얼굴은 보지 않았다. 그리고 나의 노트 3권을 가슴에 껴안고, 내가 기억하는 바에 의하면, 자부심을 느끼며 집으로 갔다.

골목길에서 공사 중인 건물 앞의 용광로 주위에서 양치식물 모양으로 위를 향해 올라가던 불꽃들.

내 안에 글쓰기에 대한 집중력이 있다는 것은 아주 잘 인식할 수 있다. 글쓰기가 나의 본질 중에서 가장 생산적인 방향이라는 것이 나의 존재 안에서 명확해졌기 때문에 모든 것이 이 방향으로 몰려들었고, 그 대신 성性, 먹는 것, 마시는 것, 철학적 사유, 그리고 특히 음악의 즐거움으로 향했던 모든 능력들이 비어버렸다. 나는 이런 방향에 있어서는 메말라갔다. 이것은 필요한 일이었다. 나의 능력은 전체적으로 지극히 사소하기 때문에 그것들을 전부 합해야만 글쓰기라는 목표를 위해 반이라도 기여할 수 있기 때문이다. 내가 이런 목표를 자립적이고 의식적으로 발견한 것은 물론 아니었다. 그것은 저절로 발견되었고, 이제는 사무실에서의 일에 의해서만 방해를 받는다. 그런데 이 방해야말로 근본적인 것이다. 어쨌건 나는 내가 애인을 감당할 능력이 없고, 사랑에 대해서 아는 것이라곤 음악에 대해서 아는 것과 거의 진배없으며, 그런 것에 대해서는 극히 피상적이고 겉핥기식의 효과라도 만족해야 한다는 것, 실베스터 때에도 컴프리와 시금치로 저녁 식사를 했고, 거기에다 케레스 4분의 1잔을 마셨다는 것, 그리고 일요일에 막스가 자신의 철학적 저작들을 낭독할 때 참여할

수 없었다는 것에 대해 슬퍼해선 안 될 것이다. 이 모든 것들의 결산은 명백하다. 그러니까 나의 성장은 이제 완성되었고, 내가 생각하기에는 더 이상 희생할 것도 없기 때문에, 나의 진짜 생활을 시작하기 위해서는 이런 사무실의 일은 내던져버리고 이 공동체로부터 나와서 나의 진짜 생활을 시작해야 한다. 그래야 비로소 나의 얼굴도 내 작업의 진척 정도에 따라서 자연스러운 방식으로 늙어갈 것이다.

대화의 내용이 갑자기 돌변하는 것은 처음에는 내면의 실존과 관련된 걱정거리들에 대해 자세히 이야기하다가 그다음엔 대화가 중단되는 정도는 아니지만 더 이상 진전은 되지 않다가, 드디어 다음에는 언제 어디서 만날 것인지, 그러기 위해 어떤 상황을 고려해야 하는지 묻는 질문이 나올 때이다. 이러한 대화가 이제 악수로 끝나게 되면, 사람들은 우리 삶의 순수하고 확고한 구조에 대한 순간적인 믿음과 그에 대한 경외감을 느끼면서 헤어진다.

자서전에서는 사실대로라면 '언젠가'라고 써야 할 자리에 '종종'이라고 쓰게 되는 것을 피할 수가 없다. 왜냐하면 사람들은 '언젠가'라는 단어를 쓰게 되면 기억이 생겨나는 기반인 어둠이 파괴되어버린다는 것을 의식하고 있기 때문이다. 그에 반해 '종종'이라는 단어를 쓰게 되면, 어둠이 완전히 보호되지는 않더라도, 적어도 글 쓰는 사람의 시야 속에는 머물게 된다. 그럼으로써 저자는 그의 삶에서는 아마 한 번도 발견된 적이 없었을 사람들을 조우하게 될 것이다. 그러나 이들은 작가의 기억으로는 더 이상 도달할 수 없는 사람들에 대한 보완물의 기능도 해줄 것이다.

제5권 (1912)

1911년〈1912년〉1월 4일

내가 누이들 앞에서 낭독하기를 좋아하는 것은 오로지 허영심에서 비롯되는 것이다. (예컨대 오늘도 그랬다. 글쓰기에는 시간이 너무 늦어버렸던 것이다.) 내 마음을 지배하는 것은 낭독을 통해 뭔가 중요한 일을 해내겠다는 확신이라기보다는 오히려 지금 낭독하고 있는 좋은 작품들 속으로 나 자신이 더 가까이 다가서고 싶은 동경, 그래서 내가 그것들과 하나가 되고, 그것들과 더불어 용해되고 싶은 마음이다. 그것을 도와주는 것은 나 자신의 공적이 아니라 낭독에 귀를 기울이는 누이들의 주의력이다. 누이들은 내가 낭송한 내용에는 흥분하지만 비본질적인 것에는 둔감하다. 그래서 나는 나 자신의 허영심을 숨기면서, 그 작품이 고유의 영향력을 발휘하는 과정에 창조자의 입장에서 동참할 수 있는 것이다. 그 때문에 나는 누이들 앞에서는 놀라울 정도로 낭독도 잘하고 문장의 강세도 내가 느끼기에는 굉장히 정확하게 표현하는 편이다. 그래야 나중에 나 자신으로부터는 물론 누이들로부터도 과도할 정도의 칭찬을 받기 때문이다. 그러나 브로트나 바움, 또는 다른 사람들 앞에서 낭독할 때면, 오로지 칭찬을 받아야 한다는 나의 야심 때문에 나의 낭독은 놀라울 정도로 엉망이 되고 만다. 듣는 사람이 평소 나의 낭독 실력에 대해서 전혀 아는 바가 없다 해도 마찬가지다. 왜냐하면 여기서는 나 자신과 내가 낭독하는 것은 서로 완전히 별개라는 것을 청중도 충분히 의식하고 있다는 사실을 내가 알고 있기 때문이다. 바로 그 때문에 나 자신과 내가 낭독한 이야기를 전적으로 연관시키려고 한다면 낭독은 우스꽝스러워질 수밖에 없다. 물론 이것은 내 느낌일 뿐이며 청중이 어떤 호응을 해주리라고 기대할 수도 없다. 나는 목소리를 매개로 하여 내가 낭독하는 이야기 주위를 파닥거리며 돌아다니다가 가끔씩은 이야기 안으로 들어가 보려고 시도도 해본다. 하지만 정말 진지하게 그럴 생각은 없다. 그들이 내게서 바라는 것은 그것이 아니기 때문이다. 그러나 그들이 정말로 나에게 바라는 것도 나는 할 수가 없다. 그들은 내가 허영을 부리지 말고 침착하고 거리감을 가진 상태로 낭독하기를, 열정은 정말 필요한 정도에 한해서만 드러내기를 바라는 것이다. 그러나 내 나름으로는 그런 상황도 받아들였다고 생각한다. 다시 말해 내 누이들 앞에서 읽을 때보다는 다른 사람들 앞에서 읽을 때 낭독을 더 못하는 것에도 적응하고 있다는 말이다. 그런데 나의 허영심은 이런 경우에 아무런 정당성도 없이 자신의 모습을 드러내고 마는 것이다. 누군가가 나의 낭독에서 뭔가를 문제 삼으면, 나는 모욕감을 느끼고 얼굴이 빨개지며 황급히 계속 읽어나가려고 한다. 물론 나는 평소에도 일단 읽기 시작했으면 끝없이 읽으려고 애쓰는 편이다. 이는 아마도 오래 낭독을 해오는 과정에서 생겨났을 무의식적 동경에서, 다시 말해, 적어도 내 안에서는 나 자신과 내가 읽은 이야기는 하나라는 느낌이 생겨나기를 바라는 마음에서 비롯되었을 것이다. 설령 그것이 허영심에서 비롯된, 잘못된 것이라고 해도 말이다. 바로 이러한 허영심 때문에 나는 중요한 사실을 잊게 된다. 나는 결코 그 어떤 순간에도 청중의 마음을 분명하게 바라보면서 나의 감정을 그 안으로 불어넣지는 못할 것이라는 것, 그리고 이처럼 오랫동안 갈망해온,

그러나 사실과는 부합되지 않는 나의 동경을 일단 받아주기라도 할 수 있는 사람들은 오로지 누이들뿐이라는 것이 그것이다.

1911년〈1912년〉1월 5일

이틀 전부터 나는 내가 무엇을 선택하건 나 자신에 대해 냉담해지고 무관심해지는 것을 보아왔다. 어제 저녁 산책길에서는 아무리 사소한 거리의 소음도, 나를 바라보는 어떤 눈빛도, 진열대에 있는 그 어떤 사진도 나보다는 더 중요한 것 같았다.

단조로움. 역사

만약, 저녁에 집에 머물기로 확실히 마음을 굳히고, 실내복으로 갈아입었고, 저녁 식사를 마치고 잠들기 전에 흔히 하는 이런저런 일이나 게임을 할 생각으로 책상에 앉아 불을 켜고, 밖은 날씨도 좋지 않고, 따라서 집에 머무는 것이 자명한 것처럼 보이며, 이제는 이미 한참 동안 책상에 말없이 앉아 있는 상태이고, 이 자리를 떠날 경우 아버지의 화를 돋우는 것은 말할 것도 없고 모두를 놀라게 할 것이 틀림없으며, 이미 계단참도 어둡고 집의 대문도 잠겨 있는 상태인 것 같은데, 이 모든 것에도 불구하고 갑작스러운 불쾌감을 느끼며 자리에서 일어나서 옷을 갈아입고 당장 외출할 수 있는 차림새를 갖추고는, 외출해야 한다고 선언하고, 짧은 인사를 한 후에 정말로 나가면서 현관문을 잽싸게 닫아버리고, 그럼으로써 그렇게 나가버리는 것에 대해 다른 사람들이 논의할 틈도 주지 않고, 그만큼 뒤에 남은 사람들에게는 어느 정도의 불쾌감을 안겨줄 것이라고 믿는다면, 그런데도 골목에 나서자마자 자신의 팔다리가 이처럼 뜻밖에 주어진 자유에 대해 보답이라도 하듯이 평소보다 더 활기차게 움직인다면, 그

리하여 이처럼 하나의 결단에 의해서도 내면에 있는 다른 모든 결단력들이 활기를 되찾게 되는 것을 느낀다면, 사람에게는 자신의 욕구를 능가하는 힘이 있기 때문에 아주 빠른 변화도 쉽게 일으키거나 감당할 수 있다는 것을, 그리고 혼자 남겨져 있어도 이성과 침착함을 발휘하면서 그것들을 즐기는 가운데 성장해나간다는 것을 인식하고 평소보다 더 큰 의미를 부여한다면, 그렇다면, 이날 저녁 그는 그의 가족으로부터 완벽하게 멀어진 것이다. 아무리 먼 곳으로 가는 여행이라도 이보다 더 멀리 그를 데려가지는 못할 것이다. 이날 그는 유럽적이라고 하기에는 너무나도 고독했기 때문에 러시아적이라고 불러야 할 그런 체험을 한 것이다.[1]

———————

클루크 부인의 자선 공연에 가기 위해 벨취를 초대했다. 뢰비는 두통이 심해서—필시 머리에 심각한 병이 있는 것 같다—아래 골목길에서 나를 기다리다가 오른팔을 절망적으로 이마에 대고 담장에 기대어 있었다. 내가 벨취에게 그를 가리키자, 벨취는 소파에서 일어나 창문으로 머리를 내밀었다. 나와 밀접히 관련되는 사건이 아래 골목에서 벌어지는 것을 이처럼 쉽게 창문에서 내려다보며 관찰한 것은 내 인생에서 처음인 것 같았다. 이런 종류의 관찰에 대해서는 셜록 홈즈의 책에서 보아서 친숙하다.

1912년 1월 6일
어제 보았던 파이만의 작품 「부왕副王」.[2] 이런 작품들에 나오는 유대적인 것에 대한 감수성은 나에게 부족하다. 왜냐하면 그것들은 너무 단조롭고, 고립적이고, 폭력적인 출발을 자랑스러워하는 일종의 한탄으로 전락하기 때문이다. 이런 경향을 보여주는 첫 작품들을 보았을 때는 나의 유대주의적 기원이 비롯되는 그런 유대주의를 만날 수 있을 것이라고 생각했다. 그러니까 내가 가는 방향과 같은 방향으로 발전하고 있어서 나의 복잡한 유대주의와 나의 관계를 명확히 설명해주고, 그럼으로써 나를 앞으로도 더욱 발전시켜주는 그런 유대주의를 만날 것 같았던 것이다. 그러나 내가 그곳에서 본 유대주의는, 내가 그것에 관해 이야기를 들으면 들을수록 그만큼 더 나로부터 멀어지게 되는 그런 유대주의였다. 당연히 뒤에 남는 것은 인간들이며, 내가 의지하는 것은 그런 인간들이다. ─클루크 부인이 자선 공연을 하고 있었다. 그녀는 새로운 노래를 몇 곡 불렀고, 새로운 위트도 몇 마디 했다. 그러나 나는 그녀가 등장하여 처음 몇 곡을 부를 때는 전적으로 그녀의 영향 아래 머물렀지만, 그다음부터는 그녀의 모습 하나하나에 내가 보낼 수 있는 가장 강한 반응을 보냈다. 그녀가 노래를 할 때 내뻗는 양팔에도, 톡톡 튕겨내는 손가락에도, 단단히 땋은 관자놀이의 고수머리에도, 헐렁하면서도 순진하게 조끼 아래로 들어가는 엷은 셔츠에도, 위트의 효과를 즐기면서 한 번씩 벌어지는 아랫입술에도(예컨대, '보시다시피 나는 모든 언어를 할 줄 알아요. 하지만 유대어로 해주세요.'), 두꺼운 흰 양말을 신고 발가락 높이까지만 구두 사이로 밀어 넣은 통통한 두 발에 대해서도 말이다. 그러나 어제 그녀가 새로운 노래들을 불렀을 때는 그녀가 나에게 그동안 끼쳐온 막대한 영향력이 손상되었다. 왜냐하면 그러한 영향력은 여기서 공연하는 사람이 자신의 기질과 자신의 모든 힘들을 완벽하게 보여주는 그런 위트와 노래들을 발견해냈을 때만 생길 수 있는 것이기 때문이다. 이것만 잘되면 모든 일이 잘된 것이다. 그리고 우리가 이런 사람들에게서 자주 영향을 받는 것이 즐거워지면, 당연히 우리는─그리고 이 점에서 어쩌면 모든 청중들이 나와 같은 생각일 것이다─똑같은 노래들이 계속 반복된다고 해서 헷갈리는 것이 아니라, 그것이 정신 집중을 위한 보조 수단처럼, 예컨대 홀을 어둡게 하는 것과 마찬가지로, 사용되고 있음을 인식하게 될 것이며, 그 여성의 관점에서 보자면 그녀의 당당함과 자신만만함이 그 안에서 표현될 것이고, 우리가 찾는 것도 바로 그런 것들이다. 그러므로 새로운 노래들이 나왔다고 하지만, 그전의 노래들이 자신들의 의무를 완벽하게 행했던 것에 비교하면 새 노래들은 클루크 부인의 새로운 면모를 조금도 보여주지 못했기 때문에, 이 노래들에 대해서도 노래로서 존중해야 한다는 요구가 나왔을 때도 관객으로서는 그렇게 해야 할 이유가 조금도 없었던 것이다. 그리고 그 노래들이 그런 식으로 사람들의 관심이 클루크 부인으로부터 멀어지도록 만들었지만, 그와 동시에 그녀 자신도 그 노래들을 편하게 부르지도 못했고 부분적으로는 틀리기도 하고 부분적으로는 과장된 얼굴 표정과 동작을 보여주기도 했기 때문에 사람들은 짜증이 날 수밖에 없었다. 사람들에게 그나마 위안이 된 것은, 그녀의 흔들림 없는 진실성에 힘입어 완벽하게 표현되었던 그전 공연에 대한 기억이 아직도 너무나 굳건했기 때문에 현재의 공연에 의해 그 기억까지 손상되지는 않았다는 사실뿐이었다.

1912년 1월 7일

T.[3] 부인은 유감스럽게도 항상 그녀 자신의 캐릭터의 정수를 보여주는 역할만 맡는다. 그녀는 항상 갑자기 불행해지고, 비웃음을 당하고, 명예를 잃으며 자존심을 상하게 되지만, 자연스러운 방식으로 자신을 발전시킬 시간은 허용되지 않는 여성이나 소녀들의 역할만 맡는다. 그녀가 이런 인물들을 연기할 때 보여주는 폭발적이고 자연스러운 힘은 그녀가 연극으로 공연할 때만 절정에 도달하는 것이고, 글로 쓰인 희곡 텍스트에서는 이 인물들이 해야 하는 행동이 아주 많기 때문에, 그런 힘들을 표현하는 것은 단순한 권장 사항에 불과한 것

이다. 그러나 이 점에서도 그녀의 능력이 어느 정도인지를 인식할 수 있다. —그녀의 중요한 동작 중의 하나는 다소 뻣뻣하게 유지되면서도 움찔움찔하는 엉덩이의 전율로 시작된다. 그녀의 어린 딸은 엉덩이 한쪽이 완전히 뻣뻣한 것처럼 보인다. —배우들이 서로 껴안고 있을 때는 서로의 가발을 꽉 잡고 있다. —지난번 뢰비와 함께 그의 방에 올라갔을 때 그는 바르샤바의 작가인 놈베르크⁴에게 쓴 편지를 읽어줄 생각이었다. 우리는 층계참을 올라가다가 T. 부부를 만났다. 그들은 「콜 니드레」⁵에 쓸 의상들을 누룩 없는 빵⁶처럼 비단 종이에 싸서 그들의 방으로 올라가고 있었다. 우리는 잠시 멈추어 섰다. 나는 양손을 난간에 대고 서서 문장의 억양을 맞추며 말했다. 그녀의 커다란 입은 바로 내 앞에서 놀라우면서도 자연스러운 형태로 움직였다. 대화가 아무런 희망도 없이 끝날 것처럼 보였던 것은 내 잘못이었다. 나는 나의 모든 사랑과 순종심을 급하게 표현하다가 이 단체의 사업이 비참하게 되어가고 있다는 이야기를 듣게 되었기 때문이다. 그들의 레퍼토리가 고갈되고 있으며, 따라서 그들은 더 이상 머무를 수 없고, 프라하 유대인들이 그들에 대해 무관심한 것은 이해할 수 없다는 이야기였다. 월요일에 나는 「세더의 밤」⁷을 보러 가야 할 것이다. 나는 이미 그 연극을 알고 있지만, 그들이 와달라고 부탁을 했다. 그러고 나면 나는 그들이 그 노래(bore Isroel⁸)를 부르는 것을 듣게 될 것이다. 내가 이 노래를 매우 좋아한다는 것을 그녀는 예전의 대화에서 기억해냈다.

———————

나와 막스가 어제 자정에 그라벤에서 보았던 밤의 풍경. 나와 막스는 낮에 산책을 갈 때가 드물다. 그래서 어제 자정 그라벤에서 야경을 보았다. 벨취는 그다지 좋아하지 않았지만.

———————

예시바[9]는 탈무드를 가르치는 단과대학으로, 폴란드와 러시아의 많은 교구들에 의해서 유지되고 있다. 비용은 그렇게 많이 들지 않는다. 이 학교들은 대부분 오래되고 쓸모없는 건물을 이용하기 때문이다. 이 건물에는 학생들이 공부하는 방과 잠자는 방들 외에도 로슈 예시바[10]와 그의 조교를 위한 주거가 있다. 로슈 예시바는 평소에는 교구에서 다른 봉사도 한다. 학생들은 학비를 내지 않으며, 식사는 교구민들의 집에서 돌아가면서 제공받는다. 이 학교들은 엄격한 신앙심을 토대로 성립했지만, 그럼에도 불구하고 종교에서 벗어나는 진보주의의 출발점이기도 하다. 왜냐하면 이곳에는 먼 곳으로부터 젊은이들이 몰려드는데, 특히 가난한 사람들, 가장 에너지가 넘치는 사람들, 고향집에서 벗어나고자 하는 사람들이 몰려들며, 감시가 아주 엄격하지도 않아서 젊은 사람들은 완전히 서로에게 의존하는 관계이고, 어려운 구절들을 공동으로 연구하고 서로 설명해주는 것이 교육의 핵심이기 때문이다. 그리고 학생들의 출신지는 다양하지만, 정통파의 경건성은 어디서나 동일한 것이기 때문에 정통파적인 것에 대해서는 토론할 주제도 그다지 많지 않은 반면, 정통파에 의해 억압받는 진보적 경향들은 해당 지역의 상황이 다양한 만큼이나 그 경향의 부침浮沈도 다양하게 나타나고, 따라서 여기서는 항상 이야깃거리가 많기 때문이기도 하다. 그리고 금지된 진보적 문헌들 중에서도 이러저러한 것들은 계속해서 어떤 개인의 수중에서 발견되며, 예시바에서는 이러한 문헌들이 사방팔방에서 몰려들어 합쳐진다. 그리고 모든 소유자가 텍스트만 제공하는 것이 아니라 그 자신의 열기도 제공하기 때문에 이러한 책들의 효과가 이곳에서는 그만큼 더 특별하게 발휘되는 것이다. 최근에 모든 진보적 작가, 정치가, 저널리스트, 학자들이 이런 학교들 출신이라는 것은 바로 이러한 이유들, 그리고 그로 인한 직접적 효과들 때문이다. 이 때문에 한편에서는 이 학교의 명성이 엄격한 신앙을 고수하는 사람들 사이에서는 아주 나빠졌고, 다른 한편에서는 진보적 성향의 학생들이 전보다 더 많이 이 학교들로 몰려들고 있다. ─한 유명한 예시바는 오스트로에 있는 예시바인데, 오스트로는 바르샤바에서 기차로 8시간 걸리는 작은 지역이다. 오스트로 전체가 사실은 국도의 일부이다. 뢰비는 이 구간의 길이가 자기의 지팡이만하다고 주장한다. 언젠가 어느 백작이 그의 4두 여행 마차를 타고 오스트로에 멈춘 적이 있었는데, 앞쪽의 말두 마리와 마차의 뒷부분은 이미 이 지역을 벗어나 있더라는 것이다. ─뢰비는 대략 열네 살쯤에 집에서 받는 생활의 압박이 너무 견딜 수 없는 것 같아서 오스트로로 가기로 결심했다. 그가 저녁 무렵에 클라우스를 막 떠나려고 할 때 아버지가 그의 어깨를 툭툭 치더니 가볍게 하는 말이, 의논할 이야기가 있으니 이따가 와보라는 것이었다. 뢰비는 가봐야 욕먹는 것 외에는 없을 것이 뻔했기 때문에 짐도 없이 바로 클로제[11]에서 나가서 기차역으로 갔다. 토요일 저녁이었기 때문에 좀 괜찮은 카프탄[12]을 입고, 그가 항상 몸에 지니고 다녔던 돈을 전부 들고 말이다. 그러고는 오스트로로 가는 10시 기차를 타고 아침 7시에 그곳에 도착했다. 그는 곧장 예시바로 갔으나 특별한 주목을 받지는 않았다. 예시바에는 누구나 들어갈 수 있고 특별한 입학 조건 같은 것은 없었기 때문이다. 눈에 띄었던 사실은 그가 이런 시기에─때는 여름이었다─입학하려고 했다는 것인데, 이런 일은 흔치 않았다. 그리고 그가 좋은 카프탄을 입고 있었다는 것도 눈에 띄는 이유였다. 하지만 사람들은 이 사실에도 금방 익숙해졌다. 아주 젊은 사람들은 그들의 유대교 정신을 통해 서로 연결되어 있으며, 그 연결의 정도도 우리로서는 알 수 없을 정도로 강렬하기 때문에 서로 친해지는 것도 쉬운 일이기 때문이다. 그는 이미 고향집에서부터 많은 지식을 가지고 간 상태여서 학습 능력에서 두드러졌다. 모르는 소년들과 이야기하는 것도 마음에 들었다. 특히 그가 가지고 간 돈에 관해 모두들 알게 된 후로는 누구나 뭔가를 팔아보겠다고 그 주위로 몰려들었기 때문이다. 그에게 '하루 티켓'을 팔아보려던 한 소년은 특히 그를 놀라게 했다. '하루 티켓'이라는 것은 요컨대 무료 식사들을 가리키는 것이기 때문이다. 이러한 식사의 권리가 매매의 대상으로 되었던 이유는 특히, 상대편이 어떤 사람인지를 따지지 않고 무료 식사를 제공함으로써 신의 뜻에 맞는 일을 해보려는 교구민들에게는 누가 그들의 식탁에 같이 앉는가는 상관이 없었기 때문이다. 따라서 학생이 아주 요령 있게 군다면 하루에 두 번이나 무료 식사에 초대받을 수도 있었다. 식사들이 아주 충분하지 않아서 한 번 식사를 한 후에도 여전히 왕성한 식욕으로 두 번째의 식사를 먹을 수 있었고 어느 날은 두 번 식사가 제공되지만 어느 날은 한 번도 없는 경우도 없지 않았기 때문에 곱빼기 식사는 그만큼 더 즐길 만한 것이었다. 그럼에도 불구하고 그처럼 무료 식사를 넘치게 받을 때 하나를 유리한 조건으로 팔 수 있으면 누구나 기뻐하는 것도 당연한 일이었다. 그러므로 누군가 뢰비처럼 여름에, 즉 무료 식사권이 이미 오래전에 배부된 시점에 올 경우에 무료 식사권을 얻으려면 그것을 사는 수밖에 없었다. 여분의 무료 식사권들은 초반에 전부 투기꾼들에 의해 점령되어 있는 상태기 때문이다. —예시바에서의 밤은 견디기 힘들었다. 밤에는 더워서 모든 창문을 열어놓기는 했지만 악취와 열기가 방에서 빠져나오려고 하지 않았기 때문이다. 또 자기 침대가 없었던 학생들은 방금까지 앉아 있던 자리에서 옷을 벗지도 않고 땀에 젖은 채 드러누워 잤기 때문이다. 어디서나 벼룩투성이였다. 아침에는 누구나 간단히 고양이 세수만 하고는 다시 공부하기 시작했다. 대부분 함께 공부했고, 통상 두 명이 책 한 권을 같이 읽었다. 논쟁을 하다가 여러 사람이 하나의 동아리처럼 결속되는 경우도 자주 있었다. 로슈 예시바는 가끔씩만 가장 어려운 구절들을 설명해주었다. 그럼에도 불구하고 L.은 나중에—그는 열흘 동안 오스트로에 머물렀지만 먹고 자는 것은 여관에서 했다—그와 생각이 같은 친구를 두 명 정도 발견했지만(여기서는 서로 통하는 친구를 발견하는 것이 그렇게 쉽지는 않았는데, 상대방이 어떤 생각을 가지고 있으며 신뢰할 만한지를 항상 먼저 시험해보아야 하기 때문이다) 그래도 집에 돌아갈 때는 아주 기쁜 마음이었다. 그는 정돈된 생활에 익숙해 있었고, 향수 때문에 더 이상 견딜 수 없었던 것이다.

———————

큰 방에서 카드 놀이 하는 소음이 들려오더니 나중에는 아버지가 오늘처럼 컨디션이 좋을 때 흔히 하는 대화 소리가 들려왔다. 그것은 무슨 소리인지 모를 정도는 아니었지만 시끄러웠다. 단어들은 형태 없는 소음이 내는 자잘한 긴장들만을 드러내고 있었다. 딸들이 자는 방에는 어린 펠릭스가 자고 있었는데 문이 활짝 열려 있었다. 나는 그 맞은편에 있는 내 방에서 자고 있었다. 이 방의 문은 내 나이를 고려해서 닫혀 있었다. 덧붙이자면, 열려진 문이 의미하는 것은 사람들이 여전히 펠릭스를 가족 안으로 끌어들이려 한다는 것인 반면, 나는 이미 배제된 상태였다.

———————

어제는 바움의 집에 있었다. 슈트로블[13]이 올 예정이었지만 오지 않고 극장에 있었다. B.는 「민요에 관하여」라는 문예란의 기사를 소리 내어 읽었다. 형편없었다. 그다음엔 「운명의 유희와 진지함」의 한 장을 읽었고, 아주 훌륭했다. 나는 무관심했다. 기분도 좋지 않은 상태였고, 그 전체로부터 어떤 선명한 인상도 받지 못했다. 비가 오는 와중에 집에 가는데 막스가 '이르마 폴락'의 현재 계획에 대해 이야기했다. 나는 나의 기분 상태를 고백할 수 없었다. M.은 그것을 결코 인정해주는 법이 없기 때문이다. 따라서 나는 부정직할 수밖에 없었고 이 때문에 결국 만사가 다 귀찮아지고 말았던 것이다. 나는 마음이 아주 상해서, 차라리 막스의 얼굴이 어둠 속에 가려 있을 때 그에게 말하고 싶을 정도였다. 그러면 나의 얼굴은 밝은 쪽에 있는 상태라서 그만큼 나의 상태를 더 잘 드러내었겠지만 말이다. 그러나 모든 장애에도 불구하고 그 소설의 비밀스러운 결말은 나의 마음을 뒤흔들었다. 그와 작별을 하고 집에 가는 길에 느꼈던 나의 잘못에 대한 후회, 그리고 그것을 돌이킬 수 없다는 사실에 대한 고통. 막스와 나의 관계에 관한 특별한 노트를 쓰기 시작해야겠다는 계획. 글로 써놓지 않은 것은 사람의 눈과 시각적 사건들에 의해 전체의 인상이 규정되기도 전에 사라져버린다.

───────────

나는 소파에 누워 있고 내 방의 양쪽 방들에는, 왼쪽에는 여자들이, 오른쪽에는 남자들이 모여 큰 소리로 이야기를 나누고 있었을 때 내가 받은 인상은, 그들이 계속해서 하고 또 하는 이야기들이 무엇인지 그들 스스로도 이해하지 못하고 있고, 그들이 이야기를 하는 이유도 오로지 공기를 움직이게 하기 위해서이며, 그들은 진정시킬 수도 없고, 거칠고, 야만스러운 존재들이라는 것이다. 그들은 이야기를 하는 동안 고개를 들고 자신들이 발음한 단어들을 눈으로 뒤쫓고 있었다.

───────────

비 오고 고요한 일요일이 내게는 이런 식으로 지나간다. 나는 침실에 앉아 있고 평화롭다. 그러나 그저께만 하더라도 있는 힘을 다해 글로 쏟아내려고 했던 것들을 글로 써야겠다는 결심을 하는 것이 아니라, 한동안 내 손가락들만 응시하고 있다. 나는 이번 주 내내 괴테에게 영향을 받았지만 이 영향의 힘도 이제는 다 소진해버렸고, 그래서 아무 쓸모도 없게 되어버린 것 같다.

바다의 폭풍우를 묘사하는 로젠펠트의 시에서: "영혼들은 펄럭이
고 육체들은 떨고 있다." 뢰비는 낭독할 때 그의 이마와 코의 피부를
경련이 생길 정도로 꽉 움켜쥐는데, 보통 사람 같으면 양손을 움켜
쥘 때나 그런 식으로 움켜쥘 수 있을 것 같다. 매우 감동적인 구절들
이어서 청중들이 보다 가깝게 느낄 수 있도록 해주고 싶어지는 구절
들에 이르면 그 자신이 직접 우리에게 다가오기도 하고, 그의 모습이
주변과 뚜렷하게 구별되도록 함으로써 그의 모습이 더 크게 보이도
록 만들기도 한다. 그는 조금 앞으로 나오면서, 두 눈은 크게 뜨고, 왼
손은 무심결에 그의 스트레이트 코트를 잡아당기고, 오른손은 우리
를 향해 활짝 내뻗는 것이다. 그러면 우리는, 설령 우리 자신은 감동
받지 않았더라도, 그가 감동받았다는 것은 인정하고 그 책에서 묘사
되는 불행이 어떻게 해서 생겨날 수 있었는지 그에게 설명할 수 있어
야 한다.

나는 화가인 아셔를 위해 성 세바스찬의 그림을 위한 모델을 서야
한다.

내가 지금 이런 저녁 시간에 친척들에게로 돌아간다고 해도, 내가
아직까지 기뻐할 만한 글을 쓰지 못했기 때문에 친척들은 내가 나에
대해 느끼는 것보다도 더 심하게 나에 대해 낯설고, 경멸스럽고, 쓸
모없다고 생각하지는 않을 것이다. 이 모든 것은 당연히 나 자신의
느낌에 따른 것일 뿐이다(그리고 이런 느낌은 자세히 관찰한다고 해서
없어지는 것도 아니다). 왜냐하면 실제로는 그들 모두가 나를 존중하
는 동시에 사랑하기도 하기 때문이다.

1912년 1월 24일 수요일

꽤 오래 글을 쓰지 못한 것은 이런 이유들 때문이다. 나는 나의 상사 때문에 화나는 일이 있어서, 좋은 편지를 한 통 써서 이 문제를 해결해야 했다. 여러 번이나 공장에 갔다. 피네의 『유대 독일 문학의 역사』 500쪽을 읽었다. 그것도 그와 유사한 책들에서는 한 번도 해본 적이 없었던 정도로 욕심을 내고 서두르며 그리고 기쁨을 느끼면서. 이제는 프로머의 『유대주의의 조직』을 읽고 있다. 결국 나는 유대 배우들과 많은 시간을 같이했고, 그들을 위해 편지들을 썼으며, 시온주의 단체에서는 보헤미아의 시온주의 단체들이 이 극단의 초청 공연들을 원하는지 물어봐야 한다는 의견을 관철시켰다. 나는 필요한 공문들을 써서 그것들을 복사시켰다. 〈술라미트〉를 한 번 더 보았고, 리히터의 「헤르첼레 멜리헤스」를 처음으로 보았으며, 저녁에는 '바-코흐바'라는 단체에서 주관하는 '민요의 밤'에 있었고, 그저께는 슈미트본의 「글라이헨 백작」을 보았다.

민요의 밤: 나탄 비른바움 박사가 강연을 한다. 연설이 막힐 때면 "친애하는 신사 숙녀 여러분"이나 그냥 "존경하옵는 여러분"과 같은 말을 집어넣는 동구 유대인들의 습관. 비른바움의 연설 초두에서는 우스꽝스러울 정도로 반복된다. 그러나 내가 아는 뢰비의 경우에는, 보통 동구 유대인들의 대화에서도 자주 나오는 "맙소사!"나 "그게 아니라" 또는 "할 말이 많습니다만" 같은 상용구들을 쓰더라도 당황함을 숨기려는 의도에서 그러는 것은 아니라, 동구 유대인의 기질을 유창하게 드러낸다고는 할 수 없을 정도로 연설이 둔하게 흘러갈 경우, 언제나 새로운 물이 흐르는 샘처럼 연설에 활력을 불러일으키려는 의도로 사용하는 것이라고 나는 믿는다. 그러나 비른바움의 경우에는 그렇지가 않다.

1912년 1월 26일

—엉터리 시들의 낭독을 듣고 있을 때 보이는 벨취 씨의 등, 그리고 홀 전체의 침묵. —비른바움: 그의 다소 긴 머리는 목 부근에서 날카롭게 잘려 있고, 그의 목은 이렇게 갑자기 드러나서 그런 것인지 아니면 원래 그런 것인지는 모르겠지만 매우 꼿꼿하다. 커다란 매부리코는 너무 좁지도 않고 코의 양쪽도 넓은 편이며, 커다란 수염과 적당한 비율을 이루고 있어서 아름답게 보인다. —가수 골라닌. 그의 미소는 평화롭고, 귀엽고, 천상적이고, 거만하고, 얼굴을 옆으로 비스듬히 기울인 상태로도 유지되고, 찡그린 코 때문에 다소 날카로워진 듯하지만, 어쩌면 오로지 호흡하는 기술의 일부에 불과한 것일지도 모른다. —

피네: 유대 독일 문학의 역사, 파리 1911.

⟨…⟩

그들은 이디시어를 통해 네덜란드에 있는 형제들과 연결되어 있다.

제1권, 1507 베네치아, 보보메세Bovomaisse, 영국 소설의 번역.

야콥 벤 이자크 데 야노흐Jakob ben Isack de Janow의 트세나-우레나 (1628년 프라하에서 사망) 전설, 여성용 도서, 굉장히 아름답다.

민요들: (Evreiskia narodnia piesni w Rassia Ginsbourg u. Marek 1901)

⟨…⟩

정의로운 사람의 어머니

병사들의 노래:

우리들의 수염과 관자놀이의 고수머리가 깎이고,

우리에겐 안식일과 성일을 기리는 것도 금지된다네.

또는

나는 이미 다섯 살 때부터 유대학교 '셰더'에 들어갔고,
이제는 말도 타야 한단다!

———————

우리가 어떤 인간이든 우리는 우리다.
그러나 우리는 유대인이다.

———————

하스칼라,[14] 멘델스존에 의해 19세기 초에 도입된 사조이며, 숭배자들은 '마스킬림'이라 불린다. 통속적 유대어를 배척하고 히브리어와 유럽 학문을 지향. 1881년의 유대인 박해 때는 민족주의적이지 않았으며 나중에 강하게 시온주의적으로 됨. 고르돈[15]의 기본 원칙으로 표현하자면: "집에서는 유대인이 되고, 밖에서는 인간이 되라." 그들의 이념들을 전파하기 위해서 하스칼라는 통속 유대어를 사용해야 했고, 그것을 굉장히 싫어했지만 결국은 이러한 유대어 문학의 기초를 놓았다.

가장 사랑받았던 책들 중의 하나였던 차이켈 후르비츠 데 오우만의 『콜럼버스』. 어느 독일 책을 번역한 것.

하스칼라의 다른 목표들은 "하시딤 운동에 반대하는 투쟁, 교육과 수공업의 부흥." 레빈존,[16] 악센펠트,[17] 에팅거[18]

슬픈 민중가이며 결혼식 찬가들(엘리아쿰 춘저[19])인 바트헨[20]은 탈무드의 사상 경향을 지니고 있다.

대중소설: 아이지크 마이어 디크, 1808-1894, 교훈적이고, 하스칼라적. 쇼머, 그보다 훨씬 심함.

예컨대 제목만 보더라도 "건축주, 굉장히 흥미로운 소설. 완전 사실에 근거" 또는 "철의 부인 또는 팔린 아이. 놀랍도록 아름다운 소설."

그 밖에 미국에서 시리즈로 나오는 소설들인 『식인종들 사이에

서』총 26권 등.

S. J. 아브라모비치 (멘델레 모케르 스포림)[21] 서정적이고, 차분하면서도 재미있고, 모호한 배역의 「곱사등이 피슈케」 (입술을 깨무는 동구 유대인의 습관)

J. J. 리네츠키, "폴란드 소년"

<u>하스칼라의 종언</u> 1881. 새로운 민족주의와 민주주의. 통속문학의 부흥

S. 프루크, 서정시인, 어떤 대가를 치르더라도 시골 생활

자기 방에서 눈처럼 새하얀 부드러운 베개를 베고 자는

군주의 잠은 달콤하다.

그러나 신선한 볏단 위에서 보내는

들판 위의 휴식은 훨씬 더 감미롭다.

노동을 끝낸 후의 저녁 시간에.

탈무드: "이 나무는 얼마나 아름다운가"를 말하기 위해 자신의 연구를 중단하는 사람은 죽을 만한 가치가 있다.

사원의 서쪽 벽에서의 비탄

시: 「샤메슈의 딸」

인기가 많은 그 랍비는 임종 상태이다. 그의 사이즈로 된 수의를 파묻는 것이나 다른 신비주의적인 수단들은 더 이상 도움이 되지 않는다. 그러므로 교구에서 가장 연장자인 사람들이 밤에 <u>리스트</u> 하나를 가지고 집집마다 다니며 교구민들이 이 랍비를 위해 무엇을 몇 날 몇 주 동안 포기할 수 있을 것인지에 대한 선언들을 수집하고 돌아다닌다. 「샤메슈의 딸」에 나오는 데보라는 그녀의 생 전체를 기부한다. 그녀는 죽고 랍비는 건강해진다. 밤에 그가 혼자서 시나고그[22]에서

연구할 때, 그는 데보라의 억압된 삶 전체의 목소리들을 듣는다. 그녀의 결혼식에서 나오는 노래, 출산 때의 비명, 요람의 노래들, 토라를 배우는 아들의 목소리, 딸의 결혼식에 나오는 음악. 그녀의 시체에 대한 비탄곡이 울리고 그와 동시에 랍비도 죽는다.

페레츠[23]: 엉터리 하이네풍 서정시와 사회적 내용의 시들. 네né 1851년.

로젠펠트: 가난한 유대 독자들은 모금을 통해 그의 생계를 확보해 주었다.

M. 스펙토르: 디크로 더 잘 알려져 있고 사회적이고 민족주의적 것에 관심.

미크바[24]를 파괴하면 교구도 파괴된다. ⎫
야콥 디네존[25]: 그의 악당들이 ⎬ 고차원의 주제들
더 나은 대접을 받는다. 달콤하게 ⎭

S. 라비노비치 (숄렘-알레이헴),[26] 네né 1859년. 통속문학에서 기념행사를 크게 여는 관습.

카스릴리브케,[27] 메나헴 멘델, 집을 나갔고 자신의 전 재산도 가지고 갔다. 그는 지금까지 오로지 탈무드만 공부했음에도 불구하고, 대도시의 증시에서 투자를 시작했고, 매일 다른 결정들을 내리며, 여기에 대해 항상 만족한 모습으로 부인에게 보고하다가, 결국은 여행비를 구걸해야 할 지경에 이른다.

푸림, 가면들로 가득한 게토 도시.

페레츠: "바틀란"에 나오는 인물. 자주 게토에 거주. 게으르고 무위도식하면서 영리해짐. 경건한 사람들과 학자들의 서클 안에서 생활. 그들에게 많은 불행의 징후들이 나타나는 것은 그들이 젊은 사람들이기 때문이다. 이들은 게으름을 즐기기는 하지만, 그를 통해 허송세월하고 있고, 꿈속에 살며, 채워지지 않은 욕망의 억제될 수 없는

힘의 지배를 받으며 산다.

미타트 네쉬코: 가장 경건한 사람들에게만 유보된 죽음의 입맞춤.

바알셈[28]: 미에체보츠에서 랍비가 되기 전에 카르파티아 산악 지방에서 채소 키우는 사람으로 살았고 나중에는 처남의 마부였다. 그가 깨달음을 얻게 된 것은 고독한 산책을 하던 때였다. 조하르[29]의 『카발라주의자들의 성경』.

유대 극장: 1708년 프랑크푸르트에서 푸림[30] 연극.

아름답고 새로운 아하슈베로슈[31] 연극

아브라함 골드파덴: 1876/77 러시아-터키 전쟁, 러시아와 갈리치아의 군납업자들은 부카레스트에서 모였었고, 골드파덴도 그곳에서 생계를 모색 중이었는데, 사람들이 가게에서 통속 유대 가요를 부르는 것을 듣고 극장을 설립할 용기를 얻었다. 그는 이때까지만 해도 여성들을 무대로 끌어들이지는 못했다. 1883년에 통속 유대어 공연들이 러시아에서 금지되었다. 1884년에 그들은 런던과 뉴욕에서 시작했다. (라타이너 호로비츠) J. 고르딘이 1897년 뉴욕에서 유대 극장의 기념문집에 썼던 내용: 유대 극장은 수만 명의 관객을 가지고 있지만, 그 작가들 중 다수가 나처럼 오로지 우연에 의해 드라마 작가들이 된 사람들이고, 생활 형편상 어쩔 수 없을 때라야 글을 쓰며, 나처럼 고립되어 뒤로 물러서 살면서 자기 주변에서는 오로지 무지와 질투, 적대심, 증오 같은 것들만 찾아내는 작가들로 머물러 있는 한, 어떤 강력한 재능을 가진 작가가 나타나리라고 기대하기란 불가능하다.

베커만 (Sch.) "상점 주인 기틸, 독자들을 만족시킬 매우 재미있는 소설." 빌나 1898년.

선교용 책: 메시아가 이미 나타났다는 것에 대한 옛날 선지자들의
증거들, 1819년 런던.

1912년 1월 31일

아무것도 쓰지 않았다. 벨취가 내게 괴테에 관한 책들을 가져다준
다. 이 책들은 나에게 혼란스럽고 아무 데도 쓸모없을 것 같은 흥분
을 불러일으키고 있다. 「괴테의 경악할 만한 본질」이라는 논문 계획.
내가 나를 위해 저녁 시간에 실시하기로 계획한 두 시간의 저녁 산책
에 대해 느끼는 두려움.

1912년 2월 4일

3일 전에 베데킨트[32]의 「지령地靈」.

베데킨트와 그의 부인 틸리도 함께 공연에 참가한다. 부인의 분명
하고 정확한 목소리. 가늘고 초승달 모양의 얼굴. 가만히 서 있으면 옆
으로 삐져나오는 듯한 종아리. 다시 돌이켜 생각해봐도 작품의 성격
이 아주 분명하기 때문에 평화롭고 뿌듯한 마음으로 집에 갈 수 있다.
확실하게 잘 정착된 듯하면서도 여전히 낯선 것 같은 모순된 인상.

그 당시 내가 극장에 갔을 때는 나의 컨디션이 좋았었다. 나는 나
의 내면을 꿀처럼 맛보았다. 그것을 단숨에 죽 들이켰다. 극장에서는
시간도 마찬가지로 그렇게 흘러갔다. 덧붙여 말하자면 그전의 연극
공연은 팔렌베르크가 나오는 「지하세계의 오르페우스」. 그 공연은
아주 엉망이었고 입석 자리에 있던 내 주변에서는 박수 소리와 웃음
소리가 너무 커서 더 이상 생각하는 것은 불가능했고, 제2막이 끝나
자마자 밖으로 도망쳐 모든 것을 조용히 만드는 수밖에는 도리가 없
었다.

그저께는 뢰비의 초청 공연 때문에 트라우테나우로 보내는 좋은 편지를 썼다. 편지를 읽을 때마다 항상 새롭게 내 마음이 진정되면서 강해진다. 말로 표현되지는 않아도 내 안에 존재하는 모든 선의와 관련되는 것들이 그 안에 들어 있기 때문이다.

─────────────

괴테에 관한 이야기(괴테의 대화, 대학 시절, 괴테와의 시간들, 프랑크푸르트에 있는 괴테의 집)들을 읽을 때면 나는 전심전력으로 열심히 읽는다. 그리고 그 열의 때문에 나는 그 어떤 글쓰기도 못하게 된다.

─────────────

슈메를러, 상인, 32세, 종교는 없으며, 철학 지식이 있고, 순수 문학 전반에 대해서는 그것이 그의 글쓰기와 관련되는 한에서 흥미를 가진다. 둥근 머리통, 검은 눈, 짧고 강해 보이는 콧수염, 단단한 볼의 살, 땅딸막한 체격. 수년 전부터 밤 9시에서 1시까지 공부 중이다. 스타니슬라우에서 태어났지만, 히브리어와 통속 유대어를 잘 안다. 그와 결혼한 여성은 완전히 동그란 얼굴형을 가졌다는 것만으로 제한된 삶을 사는 것 같은 인상을 준다.

─────────────

이틀 전부터 뢰비에 대해 냉각 상태. 그는 나에게 그 이유를 묻는다. 나는 대답을 거부한다.

─────────────

「지령」의 막간극을 하는 동안 위층 관람석에서 T.[33] 양과 편안하고도 조심스러운 대화. 좋은 대화에 도달하려면 대화에서 다루어질 주제 밑으로 자신의 손을 좀 더 깊숙이, 좀 더 가볍게, 좀 더 잠이 덜 깬 듯이 집어넣어야 한다. 그래야 그 주제를 놀라울 정도로 힘차게 들어 올릴 수 있는 것이다. 그렇지 않으면 손가락만 꺾이게 되어 고통 외에는 아무 생각도 하지 않게 된다.

이야기: 저녁의 산책. (빨리 걷기의 발명) 도입부, 아름답고 어두운 방.

T. 양이 새로운 이야기의 한 장면을 이야기해줬는데, 옛날에 평판이 나쁜 한 소녀가 바느질 학교에 들어오는 이야기다. 다른 소녀들에게 주는 영향. 내 생각에 의하면, 그 소녀에 대해 안쓰럽게 여기는 사람들은 자신의 내면에도 나쁜 평판을 얻을 수 있는 능력도 있고 욕망도 있다는 것을 느끼며 그와 동시에 그것이 어떤 불행 속으로 빨려드는 것을 의미하는지 바로 상상할 수 있는 사람들이다.

일주일 전에 타일하버 박사가 유대 시청사의 연회장에서 한 강연은 독일 유대인들의 몰락에 관한 것이다. 그 몰락을 막을 수 없는 이유 1) 유대인들이 도시로 몰리면 유대인들의 시골 교구들은 사라지기 때문이다. 수익에 대한 추구가 그들을 잠식한다. 결혼은 오로지 신부의 거주지를 마련해주기 위해서만 성사된다. 자식은 두 명인 시스템.

2) 다른 종교 간의 결혼 3) 세례

점점 더 잘생겨가고, 대머리라서 빛을 받고 있으면 윗부분이 연기를 내뿜는 듯한 윤곽을 그리면서 주변과 날카롭게 대조되는 에렌펠스 교수가 양손을 마주 잡고 비비면서, 악기처럼 완벽하게 조율된 목소리로, 모임에 대한 확신에서 나오는 미소를 지으면서 다른 종교 간의 결혼에 대해 찬성하는 입장을 표명하는 장면들은 뜻밖이다.

1912년 2월 5일 월요일

피곤해서 『시와 진실』을 읽는 것도 포기. 나는 외부를 향해서는 강인하고, 내면에서는 차갑다. 오늘 플라이쉬만 박사에게 갔을 때, 우리는 천천히 그리고 의도적으로 서로에게 다가갔음에도 불구하고, 마치 두 개의 공이 부딪쳐서 하나가 다른 하나를 튕겨내고 결국은 자신도 스스로를 제어하지 못해서 사라지는 것처럼 그렇게 서로 부딪치는 느낌이었다. 나는 그에게 피곤한지 안 한지 물었다. 그는 피곤하지 않았다. 나는 왜 물었지? 나는 피곤하다고 대답했고, 자리에 앉았다.

———————

그런 상태에서 벗어나는 것은, 강력한 의지가 필요하기는 하겠지만, 사실 그렇게 어려운 일은 아니다. 나는 안락의자에서 몸을 억지로 빼내어, 책상 주위를 성큼성큼 걸어 다니며, 머리와 목 운동을 하고, 눈에 불을 켜고, 그 주변의 근육들을 긴장시킨다. 모든 감정들과 싸우며 일을 하고, 뢰비가 지금 오게 된다면 열정적으로 환영을 할 것이며, 내가 글을 쓰는 동안에 누이들이 방에 있는 것을 너그럽게 봐주고, 막스의 집에서는 거기서 나오는 모든 이야기들을, 고통스럽고 힘들더라도 내 안으로 한 번에 죽 삼킬 것이다. 그렇지만 이런 일에서 개별적인 단계들은 아무리 잘 해내도 한 가지 명백한 실수를 하게 되면 전체 과정이 어긋나버린다. 그것이 쉬운 일이건 어려운 일이건 마찬가지다. 그러면 나는 결국 다시 제자리로 돌아가 맴을 돌아야 할 것이다. 그러므로 최선의 방안은 가능한 모든 것을 침착하게 받아들이고, 묵직한 덩어리처럼 행동하며, 만일 어디론가 실려 가는 것처럼 느껴지더라도 괜한 발걸음을 내딛게 되는 일에 현혹되지 않는 것이며, 동물의 눈으로 다른 사람을 바라보고, 후회의 감정에 빠지지 않으며, 지금 불타고 있는 중이더라도 마치 멀리 있는 것처럼 느끼는 그런 무의식에 몸을 맡기고, 뻣뻣하고 변화되지 않는 사지들은 제멋대로 누워 있게 놔두고, 유령 같은 삶에서 아직도 뭔가가 남아 있다면 그것은 두 손으로 간단하게 제압해버리는 것이다. 다시 말해 묘지에서 느끼게 되는 마지막 평화는 더 넓히지만 그 밖에는 어떤 것도 허용하지 않는 것이다. 그러한 상태에 있을 때 전형적인 행동 중의 하나는 작은 손가락으로 눈썹 위를 따라 스윽 문질러보는 것이다.

어제 뢰비와 함께 '시티 카페'에 있다가 잠깐 기절 상태가 찾아옴. 그것을 감추려고 신문지 위로 몸을 숙임.

괴테의 아름다운 전신상 실루엣. 이처럼 완벽한 인간의 육체를 바라볼 때 동반되는 거북한 느낌. 왜냐하면 이러한 단계를 넘어서는 것은 상상의 범위를 벗어나는 것인데도, 이 단계도 마치 우연에 의해 조립된 것처럼 보이기 때문이다. 꼿꼿한 자세, 드리운 팔, 가느다란 목, 무릎의 움직임.

나의 기진맥진한 상태로 인해 느끼는 짜증과 슬픔에 자양분을 공급하는 것은 무엇보다도 미래에 대한 전망이다. 이 미래는 한 번도 시야에서 벗어나본 적이 없으며, 그것에 대한 준비는 그런 식으로 진행된다. 어떠한 저녁, 어떠한 산책, 그리고 어떠한 절망들이 앞으로도 침대와 소파 위에서

1912년 2월 7일
나를 기다리고 있을 것인가. 지금까지 견뎌왔던 것보다 더 끔찍한 형태로 말이다!

어제는 공장에 있었다. 그곳의 소녀들은 그 자체로 참을 수 없이 더럽고 지저분한 옷을 입고, 잠에서 이제 막 깨어난 것처럼 헝클어진 머리를 하고, 물건 운반 벨트 위에서 들려오는 끊임없는 소음과 자

동이긴 하지만 항상 언제 멈출지 모르는 기계에 의해 꽉 붙잡힌 듯한 얼굴 표정을 하고 있는데, 이들은 인간들이 아니다. 사람들은 그녀들에게 인사도 하지 않고, 서로 부딪쳐도 사과도 않는다. 어떤 간단한 일을 하라고 그녀들을 부르면 그 일을 하기는 하지만 그러나 바로 다시 기계 있는 곳으로 돌아가며, 사람들이 고개 동작으로 그녀들이 어디에 가야 할지 알려주면 그녀들은 페티코트 바람으로 그곳에 서 있다. 그들은 아무리 보잘것없는 권력이라도 그것이 자비를 베풀어주기만 기다리는 상태이며, 이 권력에 대해 시선이나 묵례를 보냄으로써 그 권위를 인정하거나 그 권력에 대해 신경 쓰고 있다는 것을 보일 수 있을 정도의 차분한 이성도 가지고 있지 않다. 그러나 6시가 되고, 그녀들이 서로에게 그 사실을 소리쳐 알려주며, 목과 머리에 맨 수건을 풀어 솔로 먼지를 털어내며, 그 솔이 홀의 소녀들 사이를 지나다니고, 참을성 없는 소녀들은 어서 솔을 달라고 외칠 정도가 되며, 머리 위로부터 아래로 치마를 입고, 손을 되도록 깨끗이 씻으면, 그녀들도 결국은 여성이 된다. 창백하고 치아 상태가 좋지 않긴 하지만 미소 지을 줄도 알고, 굳어 있던 몸도 흔든다. 사람들은 이제 더 이상 그녀들과 부딪치거나 쳐다보거나 무시하거나 할 수가 없다. 사람들은 그녀들에게 길을 내려고 지저분한 상자들에 몸을 딱 붙이며, 그녀들이 '안녕하세요' 하면 모자를 벗어 손에 든다. 그리고 그들 중 한 소녀가 우리의 겨울양복을 손에 들고서 옷 입는 것을 도와주려고 하면, 우리는 그것을 어떻게 받아들여야 할지 모르게 된다.

———————

1912년 2월 8일

괴테: "뭔가를 산출해내는 것에 대한 나의 즐거움은 한계를 몰랐다."[34]

———————

나는 더 신경질적이 되고, 더 약해졌다. 몇 년 전에는 자부심까지 느꼈던 나의 평온함도 상당 부분은 상실했다. 오늘 바움의 카드를 받았는데, 그는 '동구 유대인의 밤' 행사를 위한 회의를 감당하지 못하겠다고 했고, 따라서 내가 그 일을 떠맡아야 될 것이라고 생각하지 않을 수 없었을 때, 나는 완전히 억제할 수 없는 경련 상태에 빠져버렸다. 마치 작은 불꽃들처럼 혈관의 쿵쾅거림이 온몸을 타고 흘렀다. 자리에 앉아 있으면 책상 아래에서 무릎이 떨렸고, 양손도 꽉 붙잡고 있어야만 할 정도였다. 사실 나는 강의를 잘할 것이다. 그것은 분명하다. 또 그날 저녁 행사에서 극도로 고조된 불안감 때문에 나는 아주 긴장될 것이고, 그리하여 불안감을 표현할 여지도 없을 것이며, 연설은 마치 총신처럼 내 안에서 튀어나올 것이다. 하지만 나중에 내가 쓰러질 수도 있고, 하여간 오래 견디지는 못할 것이다. 육체의 힘이 그토록 부족하다니! 심지어는 이 단어 몇 개를 쓰는 데도 몸이 약하다는 것을 느껴야 했다.

―――――――――

어제 저녁 뢰비와 함께 바움의 집에 있었다. 나의 활발함. 뢰비는 바움의 집에서 히브리어로 된 엉터리 시집인 『눈[眼]』을 번역했다.

―――――――――

1912년 2월 13일

뢰비의 공연에 대해 강연할 내용을 쓰기 시작했다. 강연은 18일 일요일이라 얼마 남지 않았다. 더 이상 준비할 시간도 많지 않을 것이므로, 이제부터는 마치 오페라에서처럼 서창敍唱을 시작하려고 한다. 그 이유는 오로지 며칠 전부터 가라앉지 않는 흥분 때문에 압박감을 받아오다가, 진짜 강연을 앞두고는 다소 주저하는 마음도 있어서, 이제는 오로지 나를 위한 글만을 몇 자 쓰기로 마음먹었다. 그렇게 해서 일단 어느 정도 시동이 걸리면 관객 앞에 나설 수 있을 것이다. 문장 안에서 단어들이 바뀌듯이 내 안에선 추위와 열기가 뒤바뀌고, 멜로디에 따라 올라갔다가 내려오는 꿈을 꾸며, 괴테의 문장들을 읽을 때도 온몸으로 그 강세들을 표현하려는 듯이 읽고 있다.

1912년 2월 25일
오늘부터 일기를 꼭 쓸 것! 규칙적으로 쓸 것! 포기하지 말 것! 설령 아무 구원도 오지 않더라도, 나는 언제라도 구원을 받을 만한 가치가 있고 싶다. 오늘 저녁은 완전한 무관심 상태 속에서 가족들과 자리를 같이했다. 오른팔은 옆에서 카드 놀이를 하고 있는 누이의 안락의자에 걸치고, 왼팔은 힘없이 무릎에 놓고 있었다. 때때로 나의 불행을 의식해보려고 했지만 잘 되지 않았다. —

―――――――――

내가 그토록 오래 아무 글도 쓰지 않은 것은 1912년 2월 18일 유대인 시청사의 연회장에서 있었던 강연의 밤을 주최해왔기 때문이다. 여기서 나는 이디시어에 대해 간단히 소개하는 강연을 했다. 나는 두 주 동안이나 걱정 속에 살았다. 이 강연 원고를 완성할 수 없었기 때문이다. 그러다가 강연 전날 밤에 갑자기 할 수 있었다. 강연을 위한 준비들: '바-코흐바 연맹'[35]과의 회의, 프로그램 구성, 티켓, 홀, 자리 번호 붙이기, 피아노 열쇠 (토인비 홀), 무대 단상 높이기, 피아니스트들, 의상 준비, 티켓 판매, 신문기사, 경찰과 종교 단체의 검열. 내가 있었던 장소들과 내가 이야기를 했거나 편지를 썼던 사람들: 일반적인 것: 막스, 우리 집에 있었던 슈메를러, 처음에 강연을 떠맡았다가 나중에는 거절했던 바움―나는 그 일을 하기 위해 정해졌던 저녁에 그의 마음을 돌려놓았지만, 그는 다음 날 다시 기송관 우편으로 거절했다―후고 헤르만 박사와 레오 헤르만과 함께 아르코 카페에 있었고, 로베르트 벨취하고는 자주 그의 집에 있었다. 티켓 판매 때문에 블로흐 박사(헛수고였지만), 한찰 박사, 플라이쉬만 박사와 같이 있었고, 타우시히 양의 집을 방문했으며, 아피케 예후다[36]에서 강연(사람들이 편하게 모여 있는 자리에서 랍비 에렌트로이가 예레미아와 그 시대에 관해서 강연했고, 나중에는 뢰비에 관해서도 조금 이야기했지만 끊김), 바이스 교사의 집에서(그다음엔 카페에서, 그다음엔 산책, 12시부터 1시까지 그는 마치 짐승처럼 내 집 문 앞에 떡 버티고 서서는 내가 안으로 들어가지 못하게 했다). 홀 때문에 카를 벤디너 박사의 집에서, 시청사의 복도에서는 늙은 벤디너 박사와 함께, 호이바크스플라츠에 있는 리버의 집에 두 번, 몇 번은 오토 피크네 집의 벤치에서, 토인비 강연 때 사용할 피아노 열쇠 때문에 로우비췌크 씨와 슈티아스니 교사와 함께, 그다음엔 슈티아스니 교사의 집에 열쇠를 가지러 갔다가 다시 돌아오고, 단상 때문에 시청사의 관리인과 함께, 지불 문제 때문에 시청 사무실에서 (두 번), 판매 문제 때문에 프로인트 부인의 집에서 열리는 전시회 '세팅 된 탁자'에 있었다.

편지: 타우시히 양에게, 어떤 오토 클라인에게(헛수고), 석간신문에(헛수고), 뢰비에게("저는 그 강연을 할 수 없을 것 같습니다. 저 좀 살려주세요!"). 흥분: 강연 때문에 하룻밤 동안 침대에서 뒤척임. 열이 나고 잠은 오지 않는 상태로, 블로흐 박사에 대해 화나고, 벨취 앞에서 경악하고(그는 아무것도 팔 수 없을 것임) 아피케 예후다, 신문에 난 기사들은 기대했던 것만 못하고, 무대 단상은 도착하지 않고 있고, 티켓은 별로 팔리지 않을 것 같다. 카드의 색깔도 나를 흥분시킨다. 피아노 연주자가 코시르에 있는 집에 악보를 두고 왔기 때문에, 강연은 중단되어야 한다. 뢰비에 대해서는 자주 무관심해지고, 거의 싫을 정도.

이익: L.에 대한 기쁨과 그에 대한 신뢰, 내 강연 동안 느꼈던 자랑스럽고 현실을 벗어난 듯한 의식(관객에 대한 냉담함, 오로지 연습 부족 때문에 나는 자유롭게 열광적인 동작의 자유를 누리지 못하는 것이다), 강

한 목소리, 힘들이지 않는 기억력, 인정, 그러나 무엇보다도 내가 큰 소리로 확실하고 단호하게, 실수도 없고, 거침없이, 맑은 눈으로, 거의 편하게, 세 명의 시청 직원들의 뻔뻔함을 짓눌러주고 그들이 요구했던 12크로네 대신에 6크로네만, 그것도 대단한 선심이나 쓰는 듯이 주면서 보여준 강력함. 이때 나타났던 힘들은, 그것들이 머물러주기만 한다면, 나는 기꺼이 익숙해지고 싶은 것들이다. (나의 부모는 그곳에 있지 않았다.)

———————

그 밖: 소피아 섬에 있는 헤르더 학회의 아카데미. 비에는 강의가 시작되자 바지 주머니에 손을 집어넣는다. 원하는 대로 일하는 인간들의 얼굴은 이처럼 아무리 속이려 해도 만족스럽게 보인다. 호프만 슈탈은 목소리의 어조를 이상하게 하면서 글을 읽는다. 머리에 착 달라붙은 귀에서 시작하여 오밀조밀하게 연결되는 신체. 푸른 골짜기 같다. 춤동작의 아름다운 부분들, 예컨대 바닥에 쓰러질 때 신체의 자연스러운 무게감이 드러나는 경우처럼.

———————

토인비 홀의 인상.

———————

시오니즘 회합. 블루멘펠트. 시오니즘 세계 조직의 서기.

———————

요즈음 나 자신에 대해 생각하는 동안 어떤 새롭고 확고한 힘이 느껴졌다. 나는 당장 이 힘에 대해서, 그리고 이번에 처음으로 알아보고 있다. 왜냐하면 지난주에는 내가 슬픔과 무익함 때문에 문자 그대로 해체될 지경이었기 때문이다.

———————

아르코 카페에서 젊은 사람들 사이에 앉아 있을 때 교체되는 감정.

좀 더 나아진 자의식. 심장의 고동도 이러한 희망들에 더 가까워지고 있다. 내 머리 위에서 번져가는 가스등의 불빛.

나는 현관을 열었다. 산책하고 싶어지게 만드는 날씨인지 보기 위해서였다. 푸른 하늘인 것은 부인할 수 없었지만, 커다란 회색 구름들이 그 위로 덮개처럼 만곡을 이루며 드리워져 있었고, 구름 사이로 드문드문 푸른 빛이 드러났다. 구름은 가까운 숲의 언덕과 대조되면서 뚜렷하게 보였다. 그럼에도 불구하고 골목길에는 산책을 하러 나온 사람들로 가득했다. 유모차들은 어머니들의 단호한 손에 의해 인도되고 있었다. 여기저기서 혼잡 때문에 마차가 더 가지 못하고 멈춰섰고, 사람들은 오르내리는 말들이 지나가도록 길을 내줘야 했다. 그동안 마부는 흔들리는 고삐를 여유롭게 붙잡고 앞쪽을 바라보면서 소소한 부분도 놓치는 법이 없이 모든 것을 몇 번씩이나 검사하고 적절한 순간에 마차를 달리게 했다. 아이들은 좁은 공간에서도 이리저리 뛰어다닐 수 있었다. 소녀들은 마치 우표처럼 채색된 모자가 달린 가벼운 옷을 입고 젊은이들의 팔짱을 끼고 걸어 다녔고, 목에서는 억제되던 멜로디가 스텝을 밟는 다리에서는 그 존재를 드러내고 있었다. 가족들은 서로 붙어 다녔고, 길게 늘어서서 가다가 줄이 흩어지면 팔을 뒤쪽으로 내뻗거나 손을 흔들거나 별명을 부르면서 대열에서 이탈한 사람들이 다시 합세하도록 했다. 짝이 없는 남자들은 손을 주머니에 찔러 넣는 것으로 그들만의 결속을 더욱 강하게 만들고자 했다. 조금 어리석은 짓이었다. 나는 처음에는 현관에 서 있었고, 좀 더 편안하게 구경하기 위해 현관문에 기대었다. 옷들이 나를 가볍게 스치며 지나갔다. 한 번은 어떤 소녀의 치마 뒷부분을 장식하는 리본을 잡았다가 그 소녀가 멀어져갈 때 놓아준 적도 있었다. 한 번은 어떤 소녀에게 그저 잘 보이려는 생각으로 그녀의 어깨 위를 쓰다듬었는데, 그녀 뒤로 지나가던 남자가 내 손가락을 친 적도 있었다. 하지만 나는 그를 잠겨 있는 현관문 뒤로 끌고 가서, 손을 쳐들기도 하고, 양쪽 눈가로 째려보기도 하고, 그에게 한 발짝 다가갔다가 다시 한 발짝 뒤로 물러서기도 하면서 비난을 표현했다. 그러다가 내가 그를 밀어내면서 놓아주자 그는 행복해했다. 그 이후로, 당연한 일이지만, 나는 사람들을 자주 내게로 불러들였고, 손가락을 한 번 까닥하는 것만으로도 충분했다. 또는 그 어떤 곳에서도 망설이지 않는 듯한 날카로운 시선만으로도.

───────

정말 졸린 상태로, 아무런 노력도 들이지 않고, 이처럼 쓸모없고 완성되지도 않은 생각들을 써왔다.

───────

오늘은 뢰비에게 편지를 쓰는 날이다. 나는 그 편지들을 여기에도 적어놓으려고 한다. 그것들을 가지고 뭔가 이루고 싶은 것이 있기 때문에:

사랑하는 친구에게

1912년 2월 27일
편지들을 이중으로 쓸 시간은 없다.

───────

어젯밤 10시에 나는 슬픈 걸음걸이로 첼트너 거리를 따라 내려가고 있었다. 헤스 모자 상점 부근에서 어떤 젊은이가 나로부터 세 걸음쯤 떨어진 곳에 삐딱하게 서 있고, 그렇게 함으로써 나까지 멈춰서게 만들더니 내게로 걸어온다. 나는 놀라서 뒤로 물러서면서 일단 누군가 역으로 가는 길을 알려고 하나 보다, 그런데 왜 이런 방식으로 그러는 것일까를 생각한다. 그런데 그가 친근한 표정으로 내게 다가오더니, 나를 아래로부터 올려다본다. 그보다 내가 더 크기 때문이다. 그래서 나는 그가 돈이나 뭔가 안 좋은 것을 원하는가보다 생각한다. 혼란한 표정으로 주목하는 나의 모습과 혼란한 표정으로 이야기하는 그의 모습이 뒤섞인다. "당신은 법률가시죠, 그렇죠? 박사님? 실례지만 저에게 조언을 하나 해주실 수 없겠습니까? 저에게 문제가 하나 있는데요, 그 일 때문에 변호사가 필요해서요." 나는 조심도 해야겠고, 그가 막연히 의심스럽기도 하고, 그리고 나 자신을 웃음거리로 만들게 되지는 않을까 하는 걱정도 되어서 내가 법률가라는 사실은 일단 부인하고 보지만, 그에게 조언해줄 마음의 준비는 갖추고 있다. "무슨 일 때문인데요?" 그는 이야기를 시작하고, 그것은 나의 관심을 끈다. 나는 신뢰감을 높이기 위해 그에게 계속 걸어가면서 이야기를 하는 것이 좋겠다고 하고, 그는 내가 가려던 곳까지 동반하겠다고 하지만, 나는 차라리 그와 함께 가는 것이 좋다. 나는 어차피 정해진 길도 없다.

그는 낭송을 잘한다.[37] 전에는 전혀 지금처럼 좋지 않았다. 지금은 카인츠[38]를 모사해도 사람들이 둘을 구분할 수 없을 정도다. 사람들은 그가 오로지 모방만 한다고 말하겠지만, 그는 자신의 고유한 모습도 많이 보여주고 있다. 그는 비록 키가 작지만, 흉내도 잘 내고, 기억력도 좋고, 남들 앞에 나서는 것도 잘한다. 그는 모든 것, 정말 모든 것을 갖고 있다. 바깥에 나가 말로비츠에서 군대 생활을 할 때는 부대에서 낭송을 했고, 동료 한 명이 노래를 불렀다. 이들은 정말로 매우 잘 어울렸다. 좋은 시절이었다. 그가 가장 낭송하기 좋아하는 대상은 데멜[39]의 작품이다. 예컨대 결혼식 날 밤을 상상하는 신부에 관한 정열적이면서도 경박한 시들 말이다. 그가 이 시를 낭송하면 이것은 특히 소녀들에게 굉장한 인상을 준다. 사실 이것은 자명한 일이지 않은 가. 그는 데멜의 시집을 아주 아름다운 장정으로 묶었다. 이렇게 붉은 가죽으로 말이다. (그는 이 이야기를 할 때 양손을 떨어뜨리는 제스처를 취한다.) 하지만 묶는 것이 중요한 것은 아니다. 그 밖에 리데아무스⁴⁰를 낭송하는 것도 그는 아주 좋아한다. 아니 양자는 서로 충돌하지 않는다. 그는 이 둘의 관계가 상충되지 않도록 조정하고 아무 생각이나 떠오르는 대로 덧붙이면서 관객을 바보로 만든다. 그의 프로그램에는 「프로메테우스」도 들어 있다. 당시 그는 아무 앞에서도 두려워하지 않았다. 모이시⁴¹ 앞에서도 마찬가지였다. 모이시는 술을 마시지만 그는 마시지 않는다. 끝으로 그가 가장 즐겨 낭송하는 것은 스베트 마르텐에 관한 것이다. 신예 북구 작가다. 아주 훌륭하다. 에피그람⁴²과 같은 격언들이 그렇다. 특히 나폴레옹에 관한 것들은 뛰어나다. 그러나 다른 위대한 남자들에 관한 이야기들도 전부 그렇다. 아니, 그런 것들은 그가 낭송할 수 없다. 그는 아직 그것들에 대해 공부하지 않았기 때문이다. 전체를 다 읽지도 못했다. 단지 그의 숙모가 지난번에 그에게 읽어주었을 뿐이고, 그때 그의 마음에도 들었던 것이다.

따라서 그는 이 프로그램을 가지고 대중 앞에 나가려고 했다. 그래서 잡지 『여성의 진보』⁴³ 사람들에게 저녁 공연을 만들어보자는 제안을 했던 것이다. 원래는 먼저 라게를뢰프⁴⁴의 「어느 장원 이야기」를 낭송할 생각이었고, 그래서 이 이야기도 『여성의 진보』 대표인 두레게 보드난스키 부인에게 검토해보라고 빌려주었다. 그녀는 이 이야기가 아주 훌륭하지만 공연되기에는 너무 길다고 했다. 그가 생각하기에도 너무 길었다. 특히 그날 공연에는 남동생의 피아노 연주도 있을 것이기 때문이다. 이 남동생은 21살로 아주 사랑스러운 젊은이이고 피아노의 대가이다. 그는 2년 동안(벌써 4년 전이다) 베를린에 있는 음대를 다녔다. 그러나 완전히 망가져서 되돌아왔다. 사실은 망가진 것이 아니라, 그가 살던 하숙집 주부가 그를 사랑하게 되었던 것이다. 나중에 그는 자기가 항상 그 하숙집 여주인 주변을 말을 타고 돌아다녀야 했기 때문에 너무 피곤해서 연주를 할 수 없을 정도였다고도 했다.

따라서 「장원 이야기」는 어울리지 않았기 때문에 사람들은 다른 프로그램, 즉 데멜, 리데아무스, 프로메테우스와 스베트 마르텐을 하기로 합의했다. 그는 이제 두레게 부인에게 자기가 원래 어떤 인간인가를 처음부터 보여주기 위해서 그가 이번 여름 동안 써놓았던 「삶의 기쁨」이라는 논문의 원고를 가져왔다. 그는 이것을 어느 여름 휴양지에서 썼는데, 낮에는 속기를 해놓았다가 밤에는 청서淸書를 하고, 다듬고, 지우고 했지만, 사실 일을 많이 한 것은 아니었다. 그는 그런 일을 바로바로 해낼 수 있었기 때문이다. 그는 내가 원하기만 한다면 그것을 나에게 빌려줄 생각이다. 그것은 비록 통속적으로 쓰여졌고 그것도 의도적이긴 하지만 그 안에는 좋은 사상들이 들어 있고, 흔히 하는 말로 '여자들을 호릴 수 있는' 것이다. (턱을 쳐들고 날카롭게 웃음) 사실 나는 그것을 여기 전기 불빛 아래서 죽 훑어볼 수도 있다. (그것은 젊은이들에게 슬퍼하지 말라는 요청을 담고 있다. 왜냐하면 자연도 있고, 자유도 있고, 괴테, 실러, 셰익스피어도 있고, 꽃들도 있고 곤충 등등도 있으니까.) 두레게 부인은 지금은 그것을 읽을 시간이 전혀 없지만 그가 그것을 빌려줘도 괜찮고, 그러면 며칠 후에 돌려주겠다고 했다. 그는 바로 의심이 들었고 그것을 그곳에 두고 갈 생각은 없어서, 그 요구에 응하지 않고 이렇게 말했다. 보세요, 두레게 부인, 그것을 이곳에 놔둬야 할 이유가 뭐가 있겠습니까. 그것은 사실 진부한 이야기들인데요. 물론 잘 쓰긴 했죠. 하지만—아무것도 소용이 없었다. 그는 그것을 그곳에 놔둬야 했다. 그때가 금요일이었다.

1912년 2월 28일

그는 일요일 아침에 세수를 하다가 아직도 신문을 읽지 않았다는 생각이 떠오른다. 그가 신문을 펼쳐 드는데 우연히도 오락란의 첫 페이지가 딱 들어온다. 첫 번째 글의 제목인 「창조자로서의 아이」가 그의 눈에 띄고, 그는 첫행들을 읽는다. ─그러고는 기뻐서 울기 시작한다. 그것은 그의 논문, 문자 그대로 그의 논문인 것이다. 그러니까 처음으로 뭔가가 인쇄된 것이다. 그는 어머니에게로 달려가 이 이야기를 한다. 그 기쁨! 늙은 어머니는 당뇨병을 앓고 있으며, 아버지와 이혼해서 살고 있고, 아버지는 덧붙여 말하자면 정당하다. 어머니는 아주 자랑스럽다. 아들 한 명은 이미 대가이고, 이제는 다른 아들이 작가가 된 것이다!

최초의 흥분이 지나고, 이제는 이 일에 대해 생각해본다. 그런데 그 논문이 어떻게 신문에 나게 된 걸까? 그의 동의도 없이? 저자의 이름도 없이? 그가 사례금을 받은 적도 없이? 이것이야말로 사실 신뢰의 남용이며 하나의 사기이다. 두레게라는 그 여성은 그러니까 악마다. 그리고 여자들은 영혼이 없다고 마호메트도 말한다(자주 반복적으로). 그것이 어떤 식으로 표절되었을 것인지는 쉽게 상상할 수 있다. 훌륭한 논문이 하나 있었고, 그런 논문을 우연히 만나기란 쉽지 않다. 그래서 D. 부인이 신문사에 들어갔고, 편집자 한 명과 자리를 같이했으며, 두 사람은 너무나 행복했을 것이다. 그리고 이제 둘은 작업을 시작했다. 논문을 가지고 개정 작업을 해야 했던 것이다. 왜냐하면 첫째, 첫눈에 봐도 표절이라는 것을 알아보게 하면 안 되었고, 그리고 둘째, 32쪽이나 되는 그 논문은 신문에 내기엔 너무 길었으니까.

나는 그렇다면 서로 겹치는 구절들을 나에게도 좀 보여줄 수 있느냐고 물으면서, 나로서는 일단 이 문제가 굉장히 흥미롭기 때문에,

먼저 그 사실을 확인하고 나서야 그가 어떤 행동을 취하는 것이 좋을지 조언해줄 수 있을 것 같다고 말하자, 그는 자신의 논문을 읽기 시작하더니, 다른 구절을 펼치고, 또 페이지를 넘기지만 해당 구절들을 찾지 못한다. 결국 그가 하는 이야기는 그들이 논문 전체를 베꼈다는 것이다. 예컨대 신문에는 이런 구절이 있다는 것이다: 아이의 영혼은 아무 글도 쓰여지지 않은 종이다. 그런데 '아무것도 쓰여지지 않은 종이'라는 표현은 그의 논문에도 나온다는 것이다. 또는 '별명이 붙은'이라는 표현도 베꼈다고 한다. 베끼지 않고서야 어떻게 '별명이 붙은'과 같은 표현을 쓸 생각이 나겠느냐면서. 그러나 그는 개별적인 구절들을 서로 비교하면서 설명하지는 못한다. 모든 것을 베끼기는 했지만 겉으로는 가려져 있고, 문장의 순서를 바꾸어놓거나 줄이기도 하고, 다른 곳에서 짧은 인용구들을 가져와 덧붙이기도 했기 때문이란다.

나는 신문에서 눈에 띄는 구절들을 몇 군데 큰 소리로 읽어본다. 이 부분도 논문에 나옵니까? 아니에요. 이건요? 안 나와요. 이 구절은요? 안 나옵니다. 하지만 바로 그것들이 다 그의 논문에 들어가 있는 구절들이라는 것이다. 내용면에서는 정말 모든 것을 베꼈다는 것이다. 하지만 내 생각엔, 그것을 증명하기가 어려울 것이다. 그래도 그 자신은 훌륭한 변호사의 도움이 있으면 그것을 증명해보일 생각이다. 그러라고 변호사가 존재하는 것이 아니겠는가. (그는 증거를 대어야 한다는 것에 대해 마치 자신의 문제와는 완전히 분리된 새로운 과제나 받은 듯이 생각하면서, 자신이 그 과제를 완수할 수 있으리라는 것에 자부심을 느끼고 있다.)

덧붙여서 말하자면, 그것이 그의 논문이라는 점은 이 논문이 이틀 만에 인쇄되었다는 것에서도 알 수 있단다. 보통 같으면 어떤 일이 시작되어서 인쇄되기까지는 적어도 6주는 걸린다. 하지만 여기서는 그가 중간에 끼어들 틈이 없도록 서두를 필요가 있었을 것이고. 그러니 이틀이면 충분했다. —게다가 그 신문기사의 제목은 '창조자로서의 아이'다. 이것은 그와 분명한 관계가 있으며, 더 나아가서 그를 비꼬는 것이기도 하다. '아이'라는 표현은 그를 의미한다. 왜냐하면 사람들은 예전에도 그를 '아이'로, '멍청한' 아이로 간주해왔으며(그가 실제로 그랬던 것은 군대 시절뿐이며, 그는 1년 반 동안 복무했다), 지금도 그들이 그런 제목으로 말하고자 하는 바는, 아이나 다름없는 그가 그 논문처럼 뭔가 훌륭한 것을 만들어냈으며, 그것은 그가 창조자로서의 능력이 있음을 입증한 것이고, 그럼에도 불구하고 그가 이런 사기나 당하는 것을 보면 여전히 멍청하고 아이나 다름없기 때문이다. 첫 번째 단락에 언급되는 '아이'는 그의 시골 사촌을 말하는데, 지금은 그의 어머니 집에서 살고 있다. —그것이 표절임을 특히 설득력 있게 입증할 수 있는 정황도 있는데, 그가 한참 오랫동안 생각한 후에야 여기에 생각이 미쳤다는 것이다. 즉, '창조자로서의 아이'는 오락란의 첫 페이지에 있는데, 세 번째 페이지에는 어떤 '펠트슈타인'에 대한 짧은 이야기가 나온다는 것이다. 이 이름이 가명이라는 것은 명백하다. 이제는 이야기 전부를 읽어볼 필요도 없다. 처음 나오는 행들만 몇 개 읽어봐도 충분하다. 여기서 라게를뢰프의 글이 뻔뻔한 방식으로 모방되고 있다는 것은 금방 알아볼 수 있다. 전체 이야기를 보면 사태는 보다 더 분명해진다. 이것이 무엇을 의미하는가? 이것이 의미하는 바는 이 펠트슈타인인지 뭔지 하는 존재는 두레게의 창조물이고, 두레게는 그가 가져다놓은 「장원 이야기」를 읽었고, 이 이야기를 그녀의 글에 응용했고, 따라서 두 여성 인물이, 첫 번째는 그 오락란의 첫 페이지에서, 두 번째는 세 번째 페이지에서, 라게를뢰프를 철저히 이용했다는 것 아니겠는가. 물론 누구나 자기가 원하는 대로 라게를뢰프를 읽을 수 있고 모방할 수 있다. 하지만 여기서는 그의 영향이 너무 명백하지 않은가. (그는 그 한 페이지를 자주 이리저리 넘겨본다.)

월요일 오후, 은행이 끝나자마자 그는 당연히 D. 부인에게 갔다. 그녀는 거실문의 한쪽만 열어본다. 그녀는 완전히 겁을 먹고 있다. "그런데 라이히만 씨, 왜 점심시간에 오시는 건가요. 남편이 자고 있어요. 지금은 들어오시라고 할 수가 없군요." "D. 부인, 나를 반드시 들여보내주셔야 해요. 중요한 일 때문에 그러는 것이니까요." 그녀는 내가 진지하다는 것을 알아보고 나를 들여보내줍니다. 남편은 필시 집에 없었을 것이에요. 나는 옆방 책상 위에 내 원고가 놓여 있는 것을 보고 생각이 분명해집니다. "D 부인, 내 원고를 가지고 무슨 일을 하신 겁니까. 내 동의도 받지 않고 그것을 신문에 실으셨더군요. 사례비는 얼마나 받으셨죠?" 그녀는 떱니다. 자기는 아무것도 모르고 그것이 어떻게 신문에 실리게 되었는지도 모른다는 것이죠. "나는 고발합니다J'accuse, D. 부인."[45] 하고 내가 말하지요. 반은 농담처럼, 그러나 반은 그녀가 나의 진짜 목소리를 알아챌 수 있는 방식으로 말이죠. 그리고 이 "나는 고발합니다J'accuse. D 부인."이라는 표현을 나는 그곳에 있는 내내 반복합니다. 그녀가 그 사실을 인식할 수 있도록. 그리고 헤어질 때도 문가에서 여러 번 반복하지요. 물론 나는 그녀의 두려움을 잘 이해합니다. 내가 그 사실을 알리거나 그녀를 고발한다면 그녀는 끝난 것이니까요. 『여성의 진보』에서도 나와야 할 것이고, 등등.

나는 그녀의 집에서 나와 곧장 신문사 편집부로 가서 편집자를 불러오라고 합니다. 그는 당연히 아주 창백한 모습으로 나타나며, 거의 걷지도 못하지요. 그럼에도 불구하고 나는 당장 본론으로 들어갈 생각이 없고, 일단은 이 사람도 시험해봐야 한다는 생각이 듭니다. 고로 나는 그에게 이렇게 묻습니다. "뢰프 씨, 당신은 시온주의자입니까?" (나는 그가 시온주의자라는 것을 알고 있기 때문이죠) "아닙니다" 그가 대답합니다. 나는 그가 자신을 위장하지 않을 수 없다는 것도 너무 잘 알고 있습니다. 이제 나는 논문에 대해 물어봅니다. 다시 불확실한 대답. 그는 아무것도 모르고, 오락란과는 아무 관계도 없으며, 내가 원한다면 해당 편집자를 불러오겠답니다. 비트만 씨, 이리로 와 보세요, 그가 이렇게 외칩니다. 그리고 자신은 자리를 떠날 수 있게 된 것을 기뻐하는 것이지요. 비트만이 옵니다. 다시 완전히 창백해지지요. 내가 묻습니다: "선생은 오락란의 편집자입니까?" 그: "네." 나는 단지 "고발합니다."라고만 하고는 떠나버립니다.

은행에서 나는 즉시 『보헤미아』 신문사로 전화를 겁니다. 나는 거기에 내 이야기를 출판하도록 넘길 생각입니다. 그런데 제대로 전화 연결이 되지가 않습니다. 왜 그런지 아십니까? 그 신문사의 편집부는 중앙우체국 근처에 있기 때문에 그들은 신문사의 입장에서 마음대로 전화 연결을 콘트롤할 수 있는 거죠. 계속 안 받을 수도 있고, 자기네가 걸 수도 있고요. 실제로도 전화에서는 분명히 신문사 편집자들이 불분명한 어조로 뭔가 속삭이는 소리가 계속 들려옵니다. 그들은 이 전화 연결이 다른 사람들에게 넘어가는 것을 허용해서는 안 되는 커다란 이해관계가 있는 것이죠. 여기서 내 귀에 (물론 완전히 불분명하게) 들리는 소리에 따르면, 그들 중 일부는 전화교환원이 전화 연결을 하지 못하게 설득하는 중이고, 다른 사람들은 벌써 보헤미아와 연결이 되어서 그들이 나의 이야기를 받아들이지 못하도록 하려는 것입니다. "전화교환원" 하고 나는 전화에 대고 소리칩니다. "당신이 지금 당장 전화 연결을 하지 않으면 우체국장에게 가서 항의할 겁니다." 내가 그렇게 정열적으로 전화교환원과 이야기하는 것을 듣고, 은행 동료들이 여기저기서 웃습니다. 드디어 나를 위한 전화 연결이 됩니다. "키슈 편집인을 불러주세요. 나는 보헤미아 신문사에 알려줄 극히 중요한 소식을 하나 가지고 있습니다. 당신네 신문사에서 이것을 받지 않으시겠다면 나는 당장 다른 신문사에 넘기겠습니다. 절호의 기회입니다." 그러나 키슈가 자리에 없기 때문에 나는 아무것도 누설하지 않은 채 전화를 끊습니다.

저녁에 나는 보헤미아 신문사로 가서 키슈 편집인을 불러달라고 합니다. 내가 그에게 그 이야기를 해주지만, 그는 그것을 발표할 생각이 없습니다. 그는 이렇게 말합니다. "보헤미아 신문사는 그런 일을 할 수 없습니다. 그런 일은 스캔들을 일으킬 겁니다. 저희로서는 감히 그런 일을 할 생각을 못합니다. 저희는 종속된 위치니까요. 그 일은 변호사에게 맡기세요. 그렇게 하는 것이 최선입니다."

그래서 보헤미아 신문사에서 나오는 길에 선생님을 만났던 것이고, 이렇게 조언을 주사고 부탁드리는 겁니다.

"내가 조언을 드리자면, 그 문제를 평화롭게 풀어나가라고 하고 싶군요."

나도 그렇게 하는 것이 좋을 것이라는 생각은 해봤습니다. 그녀도 결국 여자 아닙니까. 여자들은 영혼이 없다고 한 마호메트의 이야기는 옳아요. 용서하는 것도 인간적이겠지요, 괴테적일 것이고요.

"그럼요. 그리고 그렇게 되면 당신은 '낭송의 밤'을 포기할 필요도 없습니다. 그렇지 않을 경우 그 행사는 완전히 없어지는 것일 테지만요."

"그러면 제가 지금 해야 하는 일은 뭘까요."

"내일 그리로 가서 이번 경우에는 그 글의 영향이 의도적인 것은 아니었던 것으로 생각하기로 했다고 하세요."

"그거 아주 좋군요. 그러면 정말로 그렇게 하겠습니다."

"그러니 아직은 복수까지 포기할 필요는 없습니다. 그 논문은 어디 다른 곳에서 출판을 하고, 그다음엔 그 책에 멋지게 증정 인사를 적어서 D. 부인에게도 한 부 보내세요."

"그렇게 하는 것이 그들에게는 최고의 형벌이 되겠군요. 나는 그 것을 『독일 석간』에 실을 겁니다. 그 신문사는 그것을 받아줄 거예 요. 이 문제에 대해서는 나도 걱정하지 않습니다. 나는 아무 고료도 요구하지 않을 테니까요."

그다음에 우리는 그의 배우로서의 재능에 대해 이야기한다. 내 생 각은 그가 정말로 교육을 받아야 한다는 것이다. "그래요, 그건 선생 님 말이 옳습니다. 하지만 어디서요? 선생님은 그런 걸 어디서 배울 수 있는지 혹시 아십니까?" 나는 이렇게 말한다: 그건 어렵네요. 내 가 이 분야에서는 잘 알지 못하거든요. 그: 괜찮아요. 키슈에게 물어 볼 겁니다. 그는 언론인이라 그 분야에서 연줄이 많아요. 그가 나에 게 좋은 충고를 해줄 겁니다. 나는 그냥 그에게 전화로 물어보겠습니 다. 그러면 그 사람이나 나나 직접 만날 필요 없이 모든 이야기를 듣 게 될 테니까요.

그리고 D. 부인에게도 내가 충고해드린 대로 할 거죠?

"네, 그런데 내가 그만 해주신 이야기를 잊었습니다. 나에게 어떤 충고를 주셨었죠?" 나는 내가 했던 충고를 반복한다.

"좋습니다. 그렇게 하겠습니다." 그는 코르소 카페로 가고, 나는 집으로 간다. 완벽한 바보와 함께 이야기하는 것이 얼마나 기분을 상 쾌하게 해주는가에 대한 경험과 더불어. 나는 거의 웃지 않았다. 다 만 완전히 잠에서 깨어났을 뿐이다.

———

저 우울한, 오로지 회사의 안내판에서만 사용되는 표현, "구售—."

———

1912년 3월 2일

내가 다른 일들에 대해 관심이 없고, 따라서 인정도 없는 이유는 오로지 나의 문학적 소명 때문이라는 것이 진실이라고, 또는 그럴 개연성이 높다고, 누가 나를 위해 확언해줄 수 있는가?

1912년 3월 3일

2월 28일에 모이시의 집에 있었다. 자연스럽지 않은 광경이었다. 그는 두 손을 포개어 무릎 사이에 끼우고 그 앞에 자유롭게 놓여 있는 책에 시선을 향한 채 앉아 있는데, 편안해 보이기는 하면서도, 달리기하는 사람처럼 숨을 헐떡이며 자신의 목소리를 우리에게 전달하고 있다. ─홀의 음향 상태는 좋다. 어떤 단어도 사라지지 않고, 흐릿한 메아리도 없으며, 모든 소리가 점차적으로 확대되면서, 마치 오래전에 다른 것에 몰두하던 목소리가 지금도 여전히 직접적인 여운을 남기는 것 같다. 그것은 처음부터 강한 인상을 주더니 그 후로도 점점 더 강해지면서 우리를 삼켜버린다. ─우리가 여기서 보고 있는 가능성들은 우리 자신의 목소리에도 해당된다. 홀의 음향이 모이시의 목소리에 유리하게 작용하는 것처럼, 그의 목소리는 우리의 목소리에 유리하게 작용한다. 뻔뻔하게 속임수를 부리거나 사람을 깜짝 놀라게 하는 식으로 낭송하면 우리는 시선을 땅으로 향하지 않을 수가 없다. 그리고 우리 자신은 결코 그런 속임수를 사용하지는 않을 것이다. 예컨대 「잘 자라, 내 아기 미리암」[46]의 첫 부분에서 바로 개별적인 시행들을 노래한다거나, 멜로디에 들어 있는 목소리에 대해 놀란다든지, 오월의 노래를 빠르게 발음하는 것 등. 이럴 때는 마치 혀끝이 단어들 사이에 끼어버린 것 같다. '11월의 바람'에서 '바람'을 발음하기 위해 이 구절을 둘로 나누는 것, 그러고는 휘파람 소리가 위로 나게 하는 것도 그렇다. 홀의 천장을 바라보면 그 시행들에 의해서 끌려올라갈 것만 같다. ─괴테의 시들은 낭송자들에겐 도달할 수 없는 높이에 있다. 그렇다고 해서 낭송자들에게 잘못을 돌릴 수도 없다. 왜냐하면 모든 시는 그 나름대로 목표를 향해 올라가고 있기 때문이다. 나중에는 청중의 반응이 굉장했다. 앙코르로 셰익스피어의 「비의 노래Rain Song」를 낭송할 때 그는 똑바로 서 있었다. 텍스트로부터도 자유로웠다. 그는 손에 있던 손수건을 펴더니 다시 구겼다. 그리고 그의 눈이 눈물로 반짝였다. —뺨은 둥근데 얼굴은 각진 편. 부드러운 손놀림으로 계속해서 쓰다듬는 부드러운 머리칼. —그에 관해 열광적으로 쓰고 있는 비평문들을 사람들이 읽어주었는데, 우리가 생각하기에, 그런 것이 그에게 도움이 된 것은 오로지 그가 그것을 처음 들었을 때뿐이었다. 그다음부터는 비평에 얽매여 그만의 순수한 인상을 끌어내지 못하고 있기 때문이다. —이처럼 앉은 상태로 앞을 보며 책을 낭송하는 방식은 어느 정도 복화술을 떠올리게 한다. 겉보기에는 무관심해 보이는 예술가는 우리처럼 앉아 있고, 수그린 얼굴에서는 가끔씩 입만 움직이는 모습이 보인다. 그는 시행들을 직접 낭송하는 것이 아니라 그것들이 그의 머리 위에서 낭송되고 있는 것처럼 한다. —그렇게 많은 멜로디들을 들을 수 있었음에도 불구하고, 목소리는 물위에 떠 있는 작은 배처럼 조종되는 것 같았고, 시행들의 멜로디도 실제로는 들을 수 없었다. —많은 단어들이 목소리에 의해 용해되었다. 단어들은 아주 부드럽게 붙잡혔기 때문에 그것들이 허공으로 쏟아졌을 때는 더 이상 인간의 목소리와는 아무 관계도 없는 것 같았다. 그러다가 마침내는 필연에 의해, 목소리가 그 어떤 날카로운 자음을 위로 쏘아올렸고, 그것을 다시 지상으로 가져오면서 그 일을 완결했던 것이다.

　나중에 오틀라, 타우시히 양, 바움과 피크 부부와 함께 산책, 엘리자베트 다리, 부두, 클라인자이테,[47] 라데츠키 카페, 석교石橋, 카를스 거리를 따라. 나는 기분이 좋을 것이라고 바로 예상하고 있었고, 실제로도 나에게는 크게 문제 될 것이 없었다.

1912년 3월 5일

정말 사람을 화나게 하는 의사들! 사업과 관련되면 아주 단호하지만 치료하는 데는 아주 무지하기 때문에, 만약 그 사업과 관련된 단호함이 그들을 떠날 것 같으면, 그들은 어린 학생들처럼 병원 침대 앞에 서 있을 것이다. 내가 자연 치유 단체를 하나 창립할 힘이 있다면 얼마나 좋을까! 크랄 박사는 내 누이의 귀 근처를 여기저기 긁어 댐으로써 고막의 염증을 중이염으로 만든다. 하녀가 불을 때다가 쓰러지면 의사는 하녀를 급하게 진단하고는 위가 상한 것이며 그 때문에 충혈된 것이라고 선언한다. 다음 날 하녀가 다시 자리에 눕고 고열이 나면 의사는 그녀를 좌우로 돌려보다가 후두염이라고 단정하고는 잽싸게 떠나버린다. 바로 그다음 순간에 또다시 자기의 진단을 부정하게 되는 상태를 피하기 위해서다. 심지어는 "이 소녀의 저속하게 강렬한 반응들"이라는 말도 서슴지 않는데, 이 말은 어느 정도 사실이기도 하다. 그 의사는 자기의 치료법을 견딜 수 있는 육체적 상태를 가진 사람들에게 익숙해져 있고, 자신의 위치도 그런 치료법을 통해 높아져 왔는데, 이 시골 소녀의 강인한 자연력에 의해 그가 우려하던 것 이상으로 모욕을 당했다고 느끼고 있을 테니 말이다.

어제 바움의 집에서. 「데몬」을 낭독했다. 전체적으로 불친절한 인상. 바움에게로 올라갈 때는 기분이 좋고 선명했는데, 올라가서는 즉각 그 기분이 가라앉고, 그 아이를 대했을 때는 난감해짐.

일요일: 콘티넨탈에서 카드 놀이하는 사람들 곁에 있었음. 「저널리스트들」은 미리 크라머와 함께 제1막과 제2막 절반을 읽음. 볼츠에게는 강요된 즐거움이 많이 보이지만, 이로 인해 실제로 부드러워

지기도 한다. 타우시히 양은 극장 앞에서 만났는데 제2막이 끝나고 쉬는 시간이었다. 옷보관소로 달려갔다가 날듯이 되돌아와 그녀를 집까지 바래다주었다.

────────────

〈1912년〉 3월 8일

그저께 공장 때문에 욕을 먹었다. 그다음 한 시간 동안 소파에 누워서 창문 밖으로 뛰어내리는 것에 대해 생각.

────────────

어제 「극장」에 대한 하르덴의 강연. 보아하니 전부가 즉흥극이었다. 나는 굉장히 기분이 좋았으며, 그 때문인지 다른 사람들처럼 그것이 공허하다고는 생각되지 않았다. 좋은 출발: "우리가 지금 극장에 대해 논의하기 위해 함께 모인 이 시간에 유럽과 여타 대륙의 모든 극장들에서는 막이 올라가면서 무대를 관객에게 드러내고 있습니다." 그의 앞에는 그의 가슴 높이쯤 되는 스탠드가 있고, 그 위에 움직일 수 있도록 매달아 놓은 백열등이 있는데, 그는 이것으로 셔츠의 앞부분을 비춰본다. 마치 세탁소의 진열대에서 그러는 것 같다. 그러고는 강연이 진행되는 동안 이 백열등을 움직이면서 조명의 변화를 가져온다. 자신이 더 크게 보이도록 하기 위해, 또는 즉흥극의 효과를 강화하기 위해서 발끝으로 추는 춤. 서혜鼠蹊 근처가 팽팽해진 바지. 인형처럼 못으로 고정시킨 짧은 프록코트. 거의 힘들어 보이기까지 하는 진지한 얼굴, 한 번은 늙은 부인과 비슷하고, 한 번은 나폴레옹과 비슷. 가발처럼 퇴색하고 있는 이마의 염색. 필시 코르셋을 한 듯.

────────────

오랜 서류 몇 개를 통독. 그것을 참아내려면 내가 가진 모든 힘을 써야 한다. 항상 한 번에 처리해야만 해결할 수 있는 일을 하다가 중단을 겪을 때 느끼는 불행이 있다. 이런 불행을 나는 지금까지 겪어

왔다. 옛날 서류들을 다시 읽게 되면 예전처럼 강하지는 않지만 예전
보다 훨씬 더 집중된 상태로 불행을 느낀다.

———————

오늘 수영하면서 나의 옛날 힘들을 다시 느꼈던 것 같다. 마치 그
것들이 그 오랜 간극에 의해서도 전혀 침해되지 않았다는 듯이.

———————

1912년 3월 10일 일요일
그는 이저 산맥 지방의 어느 작은 마을에서 한 소녀를 유혹했다.
그는 약한 폐를 회복하기 위해 어느 여름 동안 머물고 있던 중이었
다. 그는 그의 하숙집 주인의 딸이며 저녁에 일이 끝나면 그와 산책
하는 것을 좋아했던 그 소녀를 약간 설득해보다가, 폐병 환자들이
가끔씩 그러듯이 이해할 수 없는 상태로 돌변하여 그 소녀를 강둑
의 풀밭에 내던지고는 공포에 질려 아무 생각도 없는 그 소녀를 취했
다. 잠시 후에 그는 소녀를 살려내려고 손바닥을 오목하게 해서 강물
을 떠와 소녀의 얼굴에 뿌려야 했다. 그녀의 위로 몸을 수그린 채 "율
헨,[48] 제발 율헨." 하고 수도 없이 외쳤다. 그는 자신의 범죄에 대한 모
든 책임을 받아들일 준비가 되어 있었으며 이제는 그의 상태가 얼마
나 심각한지를 파악하려고 애쓰는 중이었다. 그가 잘 생각해보지 않
았더라면, 사태를 이해하지도 못했을 것이다. 그의 앞에 누워 있었던
그 단순한 소녀는 이제 다시 규칙적으로 숨을 쉬고 있었지만 겁이 나
고 당황한 탓으로 아직까지 눈도 뜨지 못하고 있는 중이라 그에게 어
떤 걱정거리도 줄 수 없었다. 키가 크고 힘도 센 그는 발끝 하나만으
로도 그 소녀를 옆으로 밀어버릴 수 있었다. 그녀는 약하고 보잘것없
는 존재다. 지금 그녀에게 벌어진 일이 그 어떤 의미를, 비단 내일까
지라도 지속될 수 있는 의미를 가질 수 있었을까? 누구라도 이들 두
사람을 비교해본다면 이런 결론에 도달하지 않았을까? 강물은 초원

과 밭들 사이를 지나 저 멀리 있는 산들을 향해 유유히 흐르고 있었다. 햇볕은 아직도 건너편 강둑의 경사면에만 비추고 있었다. 마지막 구름들이 맑은 저녁 하늘 아래 드리우고 있었다.

───────────

아무것도, 아무것도 아니다. 이런 식으로 나는 내 앞에 유령들을 불러낸다. 나도 휘말려들어갔다. 비록 피상적이고, '잠시 후에……'라는 대목에서만, 특히 '뿌려야'라는 대목에서만 휘말려들긴 했지만 말이다. 그 풍경을 묘사하면서 어느 순간에는 뭔가 진짜의 것을 눈앞에서 보고 있다는 생각이었다.

───────────

그렇게 나 자신에 의해, 그리고 모든 것에 의해 버려진 상태. 옆방에서 나는 소음.

───────────

1912년 3월 11일
어제는 참을 수 없었다. 왜 저녁 식사에 모두들 참여하지 않는 걸까? 그렇게 된다면 좋을 텐데.

───────────

낭송자 라이히만은 우리의 대화가 있었던 다음 날 정신병원으로 갔다.

───────────

오늘은 옛날에 쓴 많은 이상한 글들을 태워버렸다.

───────────

W. 폰 비더만 남작. 『괴테와의 대화』. 라이프치히의 동판화가 슈토크[49]의 딸들이 그의 머리를 빗겨주는 모습 1767

───────────

1772년에 어떻게 케스트너가 가르벤하임의 풀밭에 누워 있는 그를 발견하였는가.[50] 그리고 그는 어떻게 "주위에 서 있던 몇몇 사람, 에피크로스 철학자 한 사람(폰 구에, 대단한 천재), 스토아 철학자 한 사람(폰 킬만제크), 그리고 둘 사이의 혼합물인 듯한 또 한 사람(쾨니히 박사)과 더불어 이야기를 나누었는가. 그리고 그의 기분이 얼마나 좋았는가."

1783년 2월 5~7일 자이델[51]과 함께: "한 번은 그분이 밤중에 초인종을 울리더군요. 그분이 계신 방으로 들어가 보니, 그분은 쇠로 된 바퀴 달린 침대를 방의 아래쪽 끝부분에서 창가까지 굴려서 하늘을 관찰하고 있었어요. '하늘에서 아무것도 보지 못했나?' 하며 그분께서 묻더군요. 내가 못 보았다고 하자, '그렇다면 한번 초소에 달려가서 보초에게 물어보게나. 그 사람도 아무것도 못 봤는지.' 합디다. 나는 그리로 달려갔지요. 그러나 보초도 아무것도 보지 못했다고 해서, 나는 이 사실을 주인님께 알렸어요. 그분은 그때까지도 여전히 침대에 누워 꼼짝도 않고 하늘을 관찰하고 있었어요. 그러더니 '들어보게' 하며 이렇게 말하더군요. '우리는 어떤 중요한 순간에 있는 거야. 우리가 지금 이 순간에 지진을 겪고 있는 것이거나 아니면 지진을 겪게 될 것이거나 둘 중 하나야.' 그리고 나는 그분의 침대 밑에 앉아 있어야 했고, 그분은 당신이 어떤 징후를 보고 그런 추측을 하는가를 설명했습니다." (메시나의 지진)

폰 트레브라[52]와 함께 (1783년 9월) 덤불숲과 바위 사이로 지질학적 산책. 괴테가 앞서 감

1788년 헤르더[53]의 부인에게 쓴 편지. 여기서 괴테는 로마에서 출발하기 14일 전부터 매일 아이처럼 울었다는 이야기도 썼다.

헤르더의 부인이 이탈리아에 있는 남편에게 모든 것을 보고하기 위해 그를 관찰하는 방식.

괴테는 헤르더의 부인이 있는 자리에서 헤르더에게 신경을 많이 쓴다.

카글리오스트로[54] 가족을 방문

1794년 9월 14일, 실러가 옷을 차려입는 11시 30분부터 밤 11시까지 괴테는 실러와 문학적 토론을 하면서 시간을 보냈고, 이후에도 자주 그랬다.

1794년 10월 19일, 다비트 파이트,[55] 유대적인 관찰 방식, 따라서 그가 묘사하는 일이 마치 어제 일어난 것처럼 이해하기 쉽다.

"저녁에는 바이마르에서 「두 주인을 모시는 하인」을 보았는데, 공연은 놀라울 정도로 잘되었습니다. 괴테도 극장에 있었는데, 평소처럼 귀족들을 위한 자리에 앉아 있었어요. 극이 한창 진행되는 도중에 그가 자리를 벗어나더니―그가 이런 일을 하는 것은 매우 드물다고 하더군요―나에게 말을 걸 수 없는 동안에는―내 옆에 있던 여성들이 말해준 바에 의하면―저의 뒤쪽에 앉아 있었고, 그 막이 끝나자마자 앞으로 나와 굉장히 의례적인 인사를 하더니 꽤 친근한 톤으로 이야기를 시작했어요. ―그 작품에 대해 짧게 대화가 오고 갔지요. ―그런데 그가 한순간 침묵하기 시작하더군요. 나는 그가 극장 총감독이라는 것도 잊고 이렇게 말하고 말았습니다. '그들은 정말 연기를 잘하네요.' 그는 여전히 나를 똑바로 쳐다보고 있는데, 나는 멍청하게도—하지만 실제로는 내가 아직도 어떻게 분석해야 할지 모르겠는 그런 감정으로—다시 그 말을 한 것이지요. '그들은 정말 연기를 잘하네요.' 그 순간 그가 다시 나에게 의례적인 말을 하는데, 이번에는 처음처럼 그렇게 정중하지가 않더군요. 그러고는 그가 자리에서 나가버렸어요! 내가 그를 모욕한 것일까요? ……당신은 내가 얼마나 겁을 먹었는지 상상도 못할 겁니다. 물론 지금은 이미 괴테를 잘 아는 훔볼트로부터 괴테가 자주 그렇게 빠른 걸음으로 나간다는 이야기를 들어서 알고 있죠. 그리고 훔볼트는 언제 한 번 괴테를 만나 나에 대해 이야기를 해보겠다고도 했고요."

또 한 번 그들은 마이몬[56]에 관해 이야기한다. "나는 항상 그 일에 많이 끼어들었고 그를 도와준 적도 자주 있었어요. 왜냐하면 그는 보통 많은 단어들을 기억해내지 못해서 항상 인상을 쓰고 있거든요."

1795년 실러와 함께. 우리는 저녁 5시부터 밤 12시까지 같이 앉아 있고, 1시에도 자리를 함께하며 수다를 떤다.

1796년 9월 전반부. 헤르만과 어머니가 배나무 옆에서 이야기하는 대목을 낭송할 때였다. 그가 울었다. "사람은 이렇게 자신이 피워놓은 석탄불에 녹아내리는 법이지요." 하며 그는 눈물을 닦았다.[57]

"늙은 신사를 위한 칸막이 좌석의 넓은 나무 난간". 괴테는 때때로 차가운 음식과 포도주를 난간에 비축해두는 것을 좋아했다. 자기 자신을 위해서라기보다는 다른 사람들—동향인과 외지인들 중에서 중요한 사람들—을 위해서였지만, 그 자신이 받아먹는 적도 드물지 않았다.

1802년 슐레겔[58]의 공연 작품 「알라르코스」

"1층 관람석 가운데 괴테가 앉아 있다. 높은 팔걸이가 달린 의자에서 진지하고 위엄 있게 군림하는 모습으로."

사람들이 소란스러워지더니, 급기야 어떤 대목에 가서는 건물 전체가 울릴 정도로 포복절도. "하지만 어느 틈엔가 괴테가 일어서더니, 쩌렁쩌렁한 목소리로 '조용, 조용'을 외쳤고, 이 말은 마법의 주문처럼 효력을 발휘했다. 소동은 순식간에 가라앉았고 불행한 알라르코스도 더 이상의 방해를 받지 않고 끝까지 가긴 했지만, 갈채와 같은 조짐은 조금도 일어나지 않았다."

스탈[59]: 외국인들이 프랑스어에 대해 위트처럼 하는 이야기들은 종종 프랑스어를 모르기 때문인 경우가 자주 있다. 괴테는 실러의 어떤 생각에 대해 "새롭고 용기 있는neuve et courageuse"이라고 한 적이 있다. 그것은 경탄할 만했다. 그런데 나중에 밝혀진 바로는, 괴테가 하려던 이야기는 '대범한hardie'이었다.

"내 가슴이여, 무엇이 너를 죽음의 열기로 유혹하는가"[60] 스탈 부인은 '타오르는 분위기aïr brulant'라고 번역했다. 괴테는 '석탄의 열기'를 말하려던 것이었다고 했다. 그녀는 이것을 극도로 '불쾌하고 maussade' 몰취미하다고 보았다. 세련된 것에 대한 감각이 독일 시인들에게는 없다는 것이다.

1804년 하인리히 포스[61]에 대한 사랑. ―괴테는 일요회 회원들과 함께 「루이제」를 읽었다.

"혼약 대목이 괴테의 차례가 되자, 그는 참으로 깊은 감정을 실어 낭독했다. 그러나 그의 목소리가 잦아들었고, 그는 눈물을 흘리며 책을 옆 사람에게 넘겼다. '성스러운 대목이야.' 하며 그가 심금에서 우러나오는 목소리로 외쳤고, 그것은 우리를 전율시켰다."

"우리는 점심을 먹고 있었다. 이제 막 마지막 음식을 먹는 중이었는데 괴테가 케이크를 하나 주문했다. '왜냐하면 포스는 아직도 너무 배고픈 것처럼 보였기 때문에.'"

"하지만 그가 저녁에 그의 방에서 옷을 벗고 있거나 소파에 앉아 있을 때보다 더 편하고 사랑스러운 적은 없다."

"그에게 가보니 그는 아주 편안해 보였다. 방에 불도 땠고, 겉옷은 벗고 면으로 된 재킷만 입고 있었는데, 참으로 당당해 보였다."

출처가 된 책들: 『슈틸링』, 『괴테 연감』, 『라헬과 D. 파이트의 편지 교환』

1912년 3월 12일

쏜살같이 내달리는 전차에서 한 젊은이가 멍멍해 보이는 오버코트의 단추를 푼 상태로 뺨은 창문에 대고 왼팔은 좌석의 팔걸이에 걸친 채 한 구석에 앉아서, 오랫동안 비어 있는 벤치를 관찰하듯이 내려다보고 있었다. 그는 오늘 약혼을 했고, 다른 일에 대해서는 생각할 겨를이 없었다. 약혼자라는 상태 때문에 좋은 대접을 받고 있다고 느꼈고, 이런 느낌으로 편안하게 가끔씩 전차의 천장을 올려다보곤 했다. 벨이 울리고 차장이 차표를 교부하러 오자, 그는 필요한 액수의 동전을 쉽게 찾아내어 차장의 손에 놓고는 손가락을 가위 모양으로 벌려 차표를 받았다. 그와 전차 사이에는 어떤 본질적인 연관 관계도 없었다. 그가 플랫폼이나 계단을 이용하지 않고 길거리에 나타나서 전차에서와 똑같은 시선으로 그의 길을 걸어갔더라도 놀랍지는 않았을 것이다.

벙벙해 보이는 오버코트만 여전히 남아 있고, 다른 모든 것은 지어
낸 것이다.

1912년 3월 16일 토요일

다시 용기를 낼 것. 공들이 떨어지면, 떨어지는 순간에 받아내듯이
나는 다시 내 마음을 붙잡는다. 내일, 오늘, 나는 비교적 큰 작업을 시
작할 생각이다. 이 일은 억지로 하지 않고 나의 능력에 맞게 조율되
어야 한다. 내가 버틸 수 있는 동안은 그 일을 그만두지 않을 것이다.
이런 식으로 어영부영 살아가느니 차라리 불면의 밤을 보내겠다.

루체르나 카바레.[62] 젊은이 몇몇이 모여 있고, 각자 노래를 부르고
있다. 정신이 맑은 상태로 귀를 기울인다면, 노래 가사가 우리의 삶
을 위해 줄 수 있는 교훈은 경험 많은 가수들의 공연에서보다 이런
가수들의 공연에서 더 강하게 발휘된다. 왜냐하면 시의 힘이 가수에
의해 증가되는 것은 아니기 때문이다. 그것은 항상 그 자체로 독립된
힘으로 남아 있다가, 에나멜가죽 장화도 신지 않고 양손을 무릎에서
뺄 생각도 안 하며, 그래도 빼지 않을 수 없을 때는 싫은 기색을 내보
이는 가수를 통해, 그리고 자신이 필요로 했던 자잘하고도 어색한 움
직임들을 되도록 드러내지 않으려고 가능한 한 잽싸게 벤치 위로 몸
을 던지는 그런 가수를 통해, 우리를 제압하는 것이다. ─사진엽서
등에서 보게 되는 봄날의 사랑 장면. 관객을 감동시키고 부끄럽게 만
드는 충실한 묘사. ─파티니짜,[63] 빈의 여가수, 달콤하면서도 의미심
장한 웃음. 한지Hansi[64]를 생각나게 한다. 세부적으로는 밋밋하면서
도 전체적으로는 너무 날카로워 보이기도 하는 얼굴인데, 웃음 때문
에 전체적인 윤곽이 잡히고 균형을 이룬다. 그녀에게는 관객을 휘어

잡는 힘이 없는 것 같지만, 그녀가 무대에 서서 무관심한 청중을 보며 웃음을 터뜨릴 때는 그것을 인정하지 않을 수 없다. ―날아다니는 도깨비불, 나뭇가지, 나비, 종이에 붙인 불, 해골 등을 가지고 하는 데겐의 멍청한 춤. ―네 명의 '흔드는 소녀들'. 한 명은 아주 예쁘다. 프로그램에는 그녀의 이름이 들어 있지 않다. 그녀는 관객석에서 오른쪽 끝에 있었다. 그녀는 팔을 얼마나 부지런히 휘둘렀던가. 그녀의 마르고 긴 다리는 뼈마디 부분을 우아하게 놀리면서 자신의 고요한 움직임을 얼마나 강하게 전달했던가. 그녀는 얼마나 박자를 맞추지 못했던가. 그러나 그녀는 정신없이 바쁜 나머지 다른 것들에 대해서는 얼마나 무심했던가. 그녀는 다른 소녀들의 기괴한 웃음과 대조적으로 그 얼마나 부드러운 미소를 보여주었던가. 그녀의 얼굴과 머리는 마른 몸과 비교하면 얼마나 풍부했던가. 그리고 그녀가 음악가들을 부를 때는 마치 자매들을 부르듯이 얼마나 '천천히' 불렀던가. 그녀의 무용교사는 젊고 눈에 띄는 옷차림을 한 마른 남자였는데, 음악가들 뒤에 서서 한 손으로 리드미컬하게 손짓을 했지만, 음악가건 무용수건 아무도 그의 손짓을 존중하지 않자, 직접 관객석에서 눈빛으로 지휘하고 있었다. ―바르네볼트, 강력한 한 남자의 불 같은 초조함. 그의 움직임에는 가끔씩 사람을 고양시키는 조크가 표현된다. 번호가 호명된 후에 그가 큰 걸음으로 서두르며 피아노로 가는 그 모습은 얼마나 인상적인가.

『어느 종군 화가의 삶에서』[65]를 읽다. 플로베르를 만족스럽게 낭독.

빗속에서 탑부츠[66]를 신고 있는 남자

소망들.

여자 무용수들에 관해서는 감탄문으로 말할 필요가 있다.[67] 왜냐하면 그렇게 하면서 그녀들의 움직임을 모방할 수 있고, 박자에서도 벗어나지 않기 때문이다. 그리고 생각을 하느라 즐거움이 방해받는 일도 생기지 않는다. 왜냐하면 그렇게 할 때 행동이 항상 문장의 끝에 남으면서 행동의 효과가 더 잘 나타나기 때문이다.

〈1912년〉 3월 17일
요 며칠 동안 슈퇴슬[68]의 『서광』을 읽었다.

일요일에 있었던 막스의 콘서트. 나는 거의 무의식적으로 경청. 앞으로는 더 이상 음악 때문에 지루해하지는 않을 것이다. 음악과 더불어 내 주위에 형성되는 이 뚫고 들어갈 수 없는 원圓 안으로 어떻게든 들어가 보려고 과거에는 헛되이도 시도했지만, 앞으로는 더 이상 그러지 않을 것이며, 또 그 원을 점프해서 넘어가려는 생각도 하지 않겠다. 그 정도는 지금도 할 수 있을 것 같지만 말이다. 그 대신 나는 편안한 마음으로 내 생각을 해나가겠다. 그러다보면 그 생각들은 협소한 환경 속에서도 발전하면서 앞으로 나갈 것이고, 이처럼 천천히 나가다보면 방해만 되는 자기관찰이라는 것이 그 안으로 들어설 여지는 없을 것이다. —여가수의 가슴을 여기저기 열어보는 것처럼 보이는 (막스의) 그 아름다운 「마법의 서클」. —괴테, '고통 속의 위로'. 모든 것은 신들이, 그 무한한 존재들이 주는 것/그들이 총애하는 인간들에게 완전히./기쁨도 그 무한한 존재들이,/모든 슬픔도 그 무한한 존재들이 완전히.[69] —어머니 앞에서, T. 양 앞에서, 그리고 콘티넨탈에 있던 모든 사람들 앞에서, 또 나중에는 골목에 있던 모든 사람들 앞에서 드러난 나의 무능력함.

월요일에 있었던 〈마드모아젤 니투슈〉.[70] 슬픈 독일어 공연 안에서 프랑스어의 단어가 보여주는 좋은 효과. ―기숙학교 여학생들이 팔을 내뻗으며 울타리 뒤의 정원으로 뛰어간다. ―밤의 용기병 연대의 영내 마당. 병영 건물 뒤의 계단을 두서넛 오르면 다다를 수 있는 홀에서 장교들이 작별 파티를 하고 있다. '마드모아젤 니투슈'가 오고, 사랑과 경솔함 때문에 설득되어 그 파티에 참여하기로 한다. 소녀들에게는 무슨 일이 벌어질지 알 수 없는 법! 아침에는 수도원에 있었는데, 저녁에는 오페레타에 올 수 없는 여가수를 대신해서 무대에 서고, 밤에는 용기병의 병영에 있게 되다니.

오늘 오후에는 고통스러울 정도로 피곤해서 소파에서 보냈다.

1912년 3월 18일

나는 보기에 따라서는 현명한 편이었다. 매순간 죽을 준비가 되어 있었기 때문이다. 그러나 나에게 하도록 부과된 일들을 전부 처리했기 때문에 그럴 수 있었던 것이 아니라, 그중에 어떤 일도 하지 않았고, 그중에 어떤 일들은 언젠가 해낼 것이라는 희망조차도 가지지 않았기 때문이다.

〈1912년〉 3월 22일

(지난 며칠 동안 날짜를 잘못 기입했다.) 열람실에서 있었던 바움의 낭독. 그레테 피셔[71]는 19세로 다음 주에 결혼한다. 어둡고 흠이 없으며 마른 얼굴. 아치형의 콧방울. 그녀는 예전부터 사냥꾼 스타일의 모자와 옷을 걸치고 다닌다. 얼굴에 짙은 초록의 그림자도 마찬가지. 뺨을 따라 흘러내리는 땋은 머리와 뺨을 따라 새로 나고 있는 머리카

락들이 합쳐지면서, 어둠 속으로 수그린 얼굴 전체를 가벼운 솜털이 뒤덮고 있는 듯한 인상을 준다. 힘없이 안락의자의 팔걸이에 기대고 있는 팔꿈치. 그다음에는 벤첼 광장에서 보았는데 싸구려 스타일로 차려입은 마른 몸을 힘도 별로 들이지 않고 힘차게 수그렸다가 방향을 틀고 다시 일으키고 있었다. 그녀를 보고 싶었지만, 실제로 보게 되는 경우는 그보다 훨씬 드물었다.

―――――――

〈1912년〉 3월 24일 일요일

어제 보았던 크리스티안 폰 에렌펠스[72]의 「별들의 신부」. ―바라보는 데 몰두. 전체적으로 조망하기 힘들고 거친 맥락. 나와 잘 엮여지는 세 쌍의 알려진 부부들. ―작품 속에 나오는 병든 장교. 건강과 단호함을 요구하는 팽팽한 군복 안의 병든 육체.

―――――――

오전에 맑은 기분으로 반 시간 동안 막스네 집에.

―――――――

옆방에서 어머니가 레벤하르트 부부와 대화중이다. 대화는 해충과 티눈에 관한 것이다. (레벤하르트 씨는 손가락마다 티눈이 6개씩 있다.) 그런 대화에서는 제대로 된 진도가 나가지 않는다는 것은 쉽게 알 수 있다. 이야기를 해도 금방 잊어버리고 아무런 책임감도 없이 자기 망각 속에서 저절로 진행되는 것이 대화다. 하지만 그런 대화들은 '생각이 흐트러지는 것' 없이는 생각될 수 없는 것이고, 바로 그 때문에 그런 대화에는 텅 빈 공간들이 있다. 대화에 계속 머물고자 할 때 이런 공간들을 채울 수 있는 것은 오로지 생각하는 것뿐이다. 어쩌면 꿈이야말로 이런 공간을 더 잘 채울 수도 있을 것이다.

―――――――

1912년 3월 25일

옆방에서 양탄자 위를 쓸고 있는 빗자루의 소리가 휙휙 끌리는 드레스 자락의 소리처럼 들린다.

———————

1912년 3월 26일

내가 쓴 것을 절대로 과대평가하지 말 것. 왜냐하면 그렇게 할 경우 내가 써야 할 것이 도달할 수 없는 것처럼 되어버리기 때문이다.

〈1912년〉 3월 27일

월요일에 나는 골목길에서 한 소년의 멱살을 붙잡았다. 이 녀석은 다른 소년들과 함께 앞에서 길을 가고 있던 아무 저항 능력도 없던 한 하녀를 향해 커다란 공을 던졌기 때문이다. 이 공이 그 소녀의 등을 향해 날아가던 바로 그때 나는 격분해서 그 녀석의 목을 조르고 옆으로 밀어내며 욕을 했던 것이다. 그런 다음 나는 가던 길을 계속 갔으며, 그 소녀도 더 이상 보이지 않았다. 그럴 때 사람은 자신의 현재적 실존에 대해서는 완전히 잊어버리게 된다. 왜냐하면 완전히 분노에 휩싸이게 되면 경우에 따라 남과 똑같은 방식으로 하더라도 자신의 마음은 훨씬 더 아름다운 감정으로 채워질 것이라고 믿을 수 있기 때문이다.

———————

〈1912년〉 3월 28일

판타 부인의 강연 '베를린의 인상들'에서: 그릴파르처는 언젠가 어떤 학회에 가고 싶지 않았다. 왜냐하면 그 자리에는 그와 친구인 헤벨도 있으리라는 것을 알았기 때문이다. "그는 신에 대한 나의 생각을 다시 캐물을 것이고, 내가 대답을 못하면 거칠어질 것이다."— 나의 민망한 태도.

1912년 3월 29일

욕실에서의 즐거움. ―점차적인 인식. 내가 머리털과 함께 보낸 오후들.

1912년 4월 1일

1주 만에 처음으로 글쓰기에서 거의 완전한 실패. 왜? 지난주에도 다양한 기분을 겪었지만 글을 쓸 때 그로 인해 어떤 영향을 받지는 않았다. 하지만 그것에 관해 쓰기가 겁이 난다.

〈1912년〉4월 3일

―그렇게 하루가 간다―오전엔 사무실, 오후엔 공장, 지금 저녁에는 내 방의 좌우를 향해 소리 지르고, 이따가는 「햄릿」 공연을 보러 간 누이들을 데려와야 한다―그리고 나는 한순간도 유용하게 사용하지 못했다.

1912년 4월 8일〈6일〉부활절 전의 토요일

자기 자신에 대한 완전한 인식. 작은 공의 둘레를 손으로 재듯이, 자기의 능력 범위도 잴 수 있는 것. 아무리 커다란 패배라도 친숙한 어떤 것처럼 받아들이고 그 안에서 유연하게 머무는 것.

좀 더 많은 것을 용해시켜버릴 좀 더 깊은 잠에 대한 욕구. 형이상학적 욕구는 죽음에 대한 욕구일 뿐이다.

오늘 하스가 막스와 나의 여행기를 칭찬했기 때문에, 하스 앞에서 얼마나 잘난 체하면서 이야기를 했는지 모른다. 하스의 칭찬이 여행

기에 해당되지 않았기 때문에, 나라도 그 칭찬을 받을 만한 사람처럼 보이기 위해서이기도 했고, 사기 또는 거짓으로 만들어진 그 여행기의 효과를 가짜로라도, 또는 하스의 사랑스러운 거짓말 속에서라도 지속하고 싶어서였다. 나는 하스가 거짓말하는 것이 힘들지 않도록 해주고 싶었던 것이다.

제6권(1912)

_1912년 5월 6일_

11시. 한동안 그런 적이 없었는데 처음으로 글쓰기에서 완전히 실패. 시험받은 인간의 느낌.

———————————

얼마 전에 꾼 꿈: 나는 아버지와 함께 전차를 타고 베를린을 달리고 있었다. 대도시의 특성은 무수한 차단기들에 의해 재현되고 있었다. 차단기들은 두 가지 색으로 칠해지고 끝부분이 뭉툭하게 마무리된 형태로 일정한 간격을 두고 우뚝우뚝 서 있었다. 그 밖에는 거의 비어 있다시피 했고, 차단기들만 숲을 이루고 있었다. 우리는 한 성문 앞에 도착했다. 차에서 내린다는 느낌도 없이 차에서 내려서 성문 안으로 들어갔다. 성문 뒤에는 아주 가파른 벽이 위로 솟아 있었는데, 이 벽을 아버지는 거의 춤추다시피 하면서 올라갔다. 이 일이 아버지에게는 얼마나 쉬웠던지, 당신의 두 다리가 날아가는 것 같았다. 아버지가 나를 조금도 도와주지 않은 것은 나를 배려하는 마음이 조금도 없었기 때문이다. 나는 극도로 고생하면서 네 다리로 기어서, 그러면서도 거듭 뒤로 미끄러지면서 올라갔다. 마치 내 아래에 있는 벽이 점점 더 가팔라지는 것 같았다. 매우 난감했던 것은, 벽에 인간의 오물들이 뒤덮여 있었기 때문에 그중의 얼룩이 특히 내 가슴

에 붙은 채 떨어지지 않았던 것이다. 나는 얼굴을 숙이고 그것을 바라보다가 손으로 그 위를 쓸어내렸다. 마침내 위에 다다랐을 때 이미 어떤 건물에서 나오고 있는 중이었던 아버지가 바로 달려와서 내 목에 입을 맞추고 나를 껴안았다. 아버지는 소파처럼 패딩이 된 구식의 연미복을 입고 있었는데, 나는 이것을 아주 잘 기억하고 있다. 아버지는 항상 "폰 라이덴 박사라는 이 양반! 이 양반은 훌륭한 사람이야."라고 말하곤 했다. 그러나 아버지는 이 사람이 의사로서 가지고 있는 능력 때문에 이 사람을 방문했던 적은 한 번도 없고, 그저 알아둘 만한 가치가 있는 사람이라고 생각해서였다. 나도 건물 안에 들어가야 되는 것은 아닐까 하고 조금 겁이 났지만, 그것이 요구되지는 않았다. 내 뒤의 왼쪽에는 순수한 유리벽들로 화려하게 둘러싸인 방 안에 한 남자가 앉아 있는 것이 보였다. 그는 내 쪽으로 등을 향하고 있었다. 이 남자는 그 교수의 비서라는 사실이 드러났다. 그리고 아버지는 이 남자하고만 이야기했지, 교수하고 이야기한 것은 아니었지만, 하여간 이 비서를 통해서 그 교수의 장점들을 직접 경험한 것처럼 알게 되었기 때문에 아버지는 마치 그 교수와 직접 이야기하기라도 한 것처럼 모든 면에서 교수에 대한 판결을 내릴 만한 자격이 생겼던 것이다.

———————————

레싱 극장: 「쥐들」[1]

피크에게 보내는 편지, 그에게 편지를 쓰지 않았기 때문. 막스에게 보내는 카드, 『아널드 베어』[2]에 관한 기쁨으로 말미암아.

———————————

⟨1912년⟩ 5월 9일

어제 저녁 피크와 함께 카페하우스에 있었다.

나는 지금 모든 불안에도 불구하고 내 소설에 매달리고 있다. 마치 동상의 인물이 먼 곳을 내다보면서도 그 동상의 받침대에 의지하고 있는 것처럼.

———————

오늘은 가족과 함께 암담한 저녁. 누이는 또 임신했다고 울고, 처남은 공장을 위해 돈이 필요하고, 아버지는 누이 때문에, 사업 때문에, 그리고 자신의 가슴 때문에 흥분해 있고, 나의 불행한 두 번째 누이, 그리고 그 모든 것들 때문에 불행한 어머니, 그리고 글쓰기로 인해 불행한 나.

———————

〈1912년〉5월 22일
어제 막스와 함께 아주 좋은 저녁을 보냈다. 내가 나를 사랑한다면, 그를 사랑하는 마음은 더 강하다. 루체르나 카바레. 라실드의 「마담 라모르」. 「어느 봄날 아침의 꿈」. 1층 관람석에 있던 재미있고 뚱뚱한 여자. 천하게 보이는 코를 가진 야성적인 여자는 검댕이 묻은 얼굴에다 별로 깊이 파이지도 않은 옷에서 어깨는 삐져나오고, 등은 이리저리 비틀리고, 단순하고 흰 물방울무늬가 있는 푸른 블라우스를 입고 있다. 그녀의 펜싱용 장갑은 항상 눈에 띄었다. 그녀는 대체로 옆에 앉은 어머니의 오른쪽 허벅지에 자기의 오른손을 올려놓거나 아니면 손가락 끝으로 장갑을 들고 있었기 때문이다. 그녀의 땋은 머리는 귀 위에서 꼬여 있고, 뒷머리에 꽂은 하늘색 리본은 아주 깨끗하다고는 할 수 없었다. 앞머리는 성글면서도 풍성한 다발로 이마를 두르고도 남아서 더 나가려는 듯하고, 그녀가 티켓 판매대에서 흥정을 할 때, 따뜻하고, 주름 잡히고, 낭창낭창하다 못해 게으르다 싶을 정도로 휘늘어지던 그녀의 외투.

———————

〈*1912년 5월*〉*23*일

어제: 우리 뒤에 있던 한 남자가 지루한 나머지 의자에서 떨어졌다. 라실드에 의한 비교: 햇볕을 즐기면서 다른 사람들에게도 그렇게 즐길 것을 요구하는 사람들은 결혼식에 갔다가 술에 취해 밤에 돌아와서는 만나는 사람마다 알지도 못하는 신부의 건강을 위해 한 잔 마셔야 한다고 요구하는 사람들과 같다.

벨취에게 보낸 편지에서 서로 말을 놓자고 제안.
어제, 공장 때문에 알프레트 삼촌에게 훌륭한 편지.
그저께, 뢰비에게 편지.

지금은 저녁인데, 지루한 나머지 세 번이나 연달아 욕실에서 손을 씻었다.

성령강림절 일요일과 월요일에, 부모님이 프란첸스바트[3]에 간다는 믿을 수 없는 이유로 혼자 있게 될지 모른다는 두려움에 빠짐.

짧은 머리를 두 가닥으로 땋고, 머리에는 아무것도 쓰지 않은 채 흰색 물방울무늬가 있는 헐렁한 빨간 옷을 입고, 맨다리와 맨발의 한 아이가 한 손에는 작은 바구니를, 다른 손에는 작은 상자를 들고 주저하면서 국립극장 옆의 차도를 건너간다.

「마담 라모르」의 첫 부분에서 배우들이 관객에게 등을 보여주는 연기를 했던 것은, 예술 애호가 수준의 배우가 보여주는 등도 다른 조건들이 모두 같다면 훌륭한 배우의 등과 마찬가지로 아름답다는 원칙에 근거한 것이었다. 이 사람들의 자의식!

며칠 전 다비스 트리취⁴가 했던 팔레스타인의 식민화에 관한 강연은 훌륭했다.

〈1912년 5월〉25일
약한 템포, 얼마 없는 피.

〈1912년 5월〉27일
어제 성령강림절 일요일, 추운 날씨, 막스와 벨취와 함께했던 소풍도 근사하지 않았다.
저녁에 카페하우스, 베르펠은 내게 「극락으로부터의 방문」⁵을 읽어보라고 준다.

니클라스 거리의 일부, 그리고 다리에 있던 사람들이 전부 어떤 개쪽으로 몸을 돌리고 그 개가 큰 소리로 짖으며 한 구급차를 따라가는 것을 구경하고 있다. 갑자기 이 개가 짖는 것을 멈추더니, 몸을 돌려 흔히 보는 낯선 개의 모습을 드러냄으로써, 그 차를 따라간 것이 별 의미가 없었음을 보여줄 때까지.

1912년 6월 1일
아무 글도 쓰지 않았음.

〈1912년〉6월 2일
거의 아무 글도 쓰지 않았음.
어제, 국회건물에서 소우쿠프 박사가 미국을 주제로 했던 강연⁶ [네브라스카에 있는 체코인들, 미국의 모든 공무원들은 선거로 뽑힌다. 누구나 3개의 정당(공화당, 민주당, 사회당) 중에 어느 한 곳에 소속되어 있어야 한다. 루즈벨트의 선거 모임, 그는 어떤 농부가 반대를 표명하자 유리잔으로 그를 위협했다. 거리의 연사들, 이들은 연단으로 사용하기 위해 작은 상자를 들고 다닌다], 그다음엔 봄의 축제, 파울 키쉬를 만났고, 키쉬는 〈헤벨과 체코인들〉에 관한 그의 박사학위 논문에 대해 이야기함. 그의 끔찍한 외관. 뒷목에 난 혹들. 그가 자기의 애인들에 관해 이야기할 때의 인상.

————————

〈1912년〉6월 6일
목요일, 성체축일.
경주를 하고 있는 두 필의 말. 그중 한 마리는 경주에서 떨어져 나와 고개를 떨어뜨리고 갈기를 거칠게 흔들어대고, 그다음엔 고개를 들어 올리며, 이제야 비로소 조금 더 건강해진 듯한 모습으로 다시 경기에 임한다. 이 말은 실제로 경기를 그만둔 적은 한 번도 없는 것이다.

————————

지금 나는 플로베르의 편지들을 읽고 있다: "나의 소설은 바위이다. 나는 이 바위에 매달리느라 세상에서 벌어지는 일에 대해서는 아무것도 모른다."—내가 5월 9일에 나 자신에 대해 적어놓은 것과 비슷하다.

————————

두 시간 동안, 무게도 없고, 뼈도 없고, 육체도 없는 사람처럼 골목길을 걸어 다니며 생각했다. 오늘 오후에는 글쓰기를 하면서 무엇을 극복해야 했던가에 대해.

————————

348

⟨1912년⟩ 6월 7일

좋지 않음. 오늘은 아무 글도 쓰지 않았음. 내일은 시간도 없음.

1912년 6월 6일⟨8일⟩ 월요일

약간 시작함. 약간 늦잠. 완전히 낯선 이 사람들 사이에서 버려진 느낌도.

⟨1912년 7월⟩ 8월 9일

그토록 오래 아무 글도 쓰지 않았음. 아침에 시작. 평소 같으면 다시 커지지만 막을 도리도 없는 불만 상태로 들어설 것이다. 사실은 이미 그 안에 들어서 있기도 하다. 신경 흥분 상태가 시작되고 있다. 그러나 만약 내가 뭔가를 할 수 있다면, 미신 같은 처방 따위가 없어도 그 일을 해낼 수 있을 것이다.

악마의 발명. 우리가 악마에 의해 사로잡혀 있다면 그 악마는 한 명일 리가 없다. 만약 한 명이라면, 우리는 적어도 지상에서는 신과 함께 있는 것처럼 평온하게, 아무런 모순도 느끼지 않으며, 성찰도 하지 않고, 우리 뒤에 있는 그 남자에 대해 확신하면서 살아야 할 테니까 말이다. 그의 얼굴은 우리를 놀라게 하지 않을 것이다. 만약 그 얼굴이 악마적일 경우, 우리가 그런 모습에 어느 정도 예민하다면, 차라리 한 손을 희생해서라도 그의 얼굴을 가려버리는 쪽을 택할 정도의 현명함은 우리에게도 있을 것이다. 만일 우리가 단 한 명의 악마에게 사로잡혀 있다면, 그리고 그가 우리의 전 존재를 아무런 방해도 받지 않고 평온하게 내려다보면서 어느 때라도 우리를 마음대로 처리할 수 있는 자유를 가지고 있다면, 그 악마는 우리의 인간으로서의 수명이 다할 때까지 우리를 붙잡아두는 힘도 충분히 가지고 있을

것이고, 심지어는 우리의 정신이 우리 안에 있는 신의 정신보다 더 높아지도록 우리를 들어 올릴 수도 있고, 거기서 더 나아가 우리를 계속 흔들어댐으로써 우리가 신의 정신에 대해 더 이상 아무런 흔적도 느끼지 못하도록 만들 수도 있을 것이다. 그렇게 되면 우리는 더 이상 그러한 영역으로부터 불안해지는 일도 없게 될 것이다. 오로지 많은 수의 악마들만이 우리가 지구상에서 겪는 불행의 원인이 될 수 있다. 왜 그들은 단 한 명만 남을 때까지 서로의 씨를 말리는 짓은 하지 않는 것일까? 또는, 왜 그들은 한 명의 위대한 악마 밑에 예속되지 않는 것일까? 두 경우가 모두 우리 인간들을 가능한 한 완벽하게 속이려는 악마의 원칙에 들어맞는 것인데 말이다. 그들 사이에 통일성이 없다면, 악마들 전체가 우리를 위해 지불하는 그 고통스러운 수고가 다 무슨 소용이 있을 것인가? 인간의 머리털이 빠지는 것은 신보다 악마에게 더 중요하다는 것은 자명한 사실이다. 왜냐하면 악마에게는 실제로 머리털이 빠지지만, 신에게는 그렇지 않기 때문이다. 다만, 우리 안에 많은 수의 악마가 존재하는 한, 우리는 그 어떤 행복에도 도달할 수가 없다.

〈1912년 8월〉 7일

오랜 고통. 드디어 막스에게 편지를 썼다. 나는 나머지 작품들을 청서할 수도 없고, 억지로 그럴 생각도 없으며, 따라서 그 책은 출판하지 않게 될 것이라고.

〈1912년 8월〉 8일

「사기꾼」을 다소 만족스럽게 끝냈다. 정상적인 정신 상태의 마지막 힘까지 다해서. 12시, 어떻게 하면 잠을 잘 수 있게 될까?

⟨*1912년 8월*⟩ 9일

홍분된 밤. —어제, 하녀가 계단에서 어린 소년에게 이렇게 말했다. "내 치마를 붙잡아."—내가 「가련한 악사」[8]를 낭독할 때 작품에서 영감을 받아 낭독이 잘 되었다. —이 이야기에서 인식하게 되는 그릴파르처의 남성성. 그는 모든 것을 감행할 수도 있고, 아무것도 감행하지 않을 수도 있지만, 어느 경우든 그의 안에는 진실만 있다. 이 진실은 순간적으로는 모순처럼 느껴지더라도 결정적인 시기가 오면 진실로서 정당화될 수 있는 그런 것이다. 그 자신의 본질을 침착하게 활용할 수 있는 능력. 느리게 나가면서도 어떤 것도 등한시하는 법이 없는 발걸음. 필요하다면 언제든 활동할 준비가 되어 있지만, 필요 이상으로 빨리 하지는 않음. 왜냐하면 그는 무엇이 다가오는지 미리부터 다 알고 있기 때문에.

⟨*1912년 8월*⟩ 10일

아무 글도 쓰지 않았음. 공장에 있었고, 기관실에서 두 시간 동안 가스를 마심. 작업반장과 난방 기사가 엔진 앞에서 보여주던 에너지. 엔진은 알 수 없는 이유로 점화되지 않고 있다. 비참한 공장.

———————————

⟨*1912년 8월*⟩ 11일

아무 글도, 아무 글도 쓰지 못했다. 이 작은 책을 하나 출판하는 것이 얼마나 많은 시간을 잡아먹는지, 그리고 그것과 관련해서 옛날에 쓴 글들을 읽다보면 해롭고 우스꽝스러운 자부심은 또 얼마나 많이 생겨나는지 모르겠다. 오로지 이 때문에 나는 글쓰기를 못하고 있다. 그런데도 실제로 내가 이룬 것은 아무것도 없고, 이 혼란 상태야말로 그에 대한 최고의 증거이다. 어쨌든 이제는 책의 출판도 끝났으니 예전보다 더 많이 잡지나 비평문과 거리를 둬야 할 것이다. 겨우 손가락 끝 정도만 진리 속에 담그고 있는 것으로 만족할 생각이 아니라면 말이다. 나는 그동안 얼마나 무뎌졌는가! 전에는 내가 그 순간의 방향에 반대되는 단어만 하나 말해도, 바로 그 순간에 이미 다른 방향으로 넘어가 있곤 했는데, 지금은 그저 나 자신만 바라보면서 조금도 변함없이 그 자리에 머물러 있는 것이다.

〈1912년 8월〉 14일

로볼트[9]에게 보내는 편지

존경하는 로볼트 씨!

이번 편지에 당신이 보고 싶어 하는 작은 산문을 동봉합니다. 이것만으로도 작은 책 한 권은 나올 겁니다. 책을 출판할 목적으로 이 산문에 들어갈 이야기들을 추리는 동안, 저 자신의 책임감을 만족시켜 주고 싶다는 생각과 당신의 아름다운 책들 사이에 저의 책도 한 권 들어가게 되는 것을 보고 싶다는 욕망 사이에서 어느 하나를 선택해야 하는 경우도 가끔 있었습니다. 저도 이런 경우에 매번 완전히 순수한 마음으로 결정한 것은 분명 아니었습니다. 하지만 지금은 이 작품이 당신의 마음에 들어서 출판할 수 있을 정도만 된다면 저로서는 아주 행복할 것 같습니다. 아무리 기량이 뛰어나고 판단력을 갖추었더라도, 이 작품의 단점들이 첫눈에 식별되지는 않을 테니까요. 가장 보편적으로 퍼져 있는 작가의 개성이라는 것도 결국은 각자가 완전히 독특한 방식으로 자신의 단점을 숨기고 있다는 사실에서 비롯되는 것이 아니겠습니까.

돈수頓首

〈1912년 8월〉 15일

쓸모없이 보낸 하루. 늦잠, 당황. 구시가의 링 광장에서 있었던 성모 마리아를 위한 축제. 땅에 난 구멍에서 나오는 것 같은 목소리를 가진 남자. 많이—그 이름을 쓰려는데 왜 이렇게 당황스러울까—펠리체 바우어를 생각했다. 어제는 『폴란드의 경제』를 읽었다. 지금은 오틀라가 괴테의 시를 불러준다. 그녀는 올바른 감각으로 시를 고른다. 「눈물 속의 위로」, 「로테에게 부쳐」, 「베르테르에게 부쳐」, 「달에 부쳐」와 같은 시들—옛날 일기들을 다시 읽었다. 이런 것들로부터 거리를 두기는커녕. 나는 이런 식으로 되도록 한심하게 살고 있다. 그러나 이 모든 것에 대한 책임은 그 31쪽의 출판[10]이 져야 한다. 물론 그보다 더 큰 책임은 이런 종류의 것들이 내게 영향을 미치도록 허용하는 나의 유약함에 있다. 나는 정신을 차리는 것이 아니라, 그대로 앉아서 어떻게 하면 이 모든 것들을 되도록 모욕적인 방식으로 표현할 수 있을까에 대해 생각하고 있다. 그러나 나의 끔찍한 평온 때문에 이러한 발명력도 방해받고 있다. 나는 내가 어떤 식으로 이 상태에서 빠져나올 것인지가 궁금하다. 사람들이 나에게 부딪치는 것을 허용하지도 않지만 어디로 가야 옳은 길인지도 모르고 있는 상태다. 그러니 이제 상황은 어떻게 될까? 나는 나의 협소한 길 위에서 커다란 진흙덩이처럼 처박히고 만 것일까? —그렇다면 적어도 머리는 돌릴 수 있을 텐데 말이다. —그래서 머리는 돌리고 있다.

〈1912년 8월〉16일
사무실에서건 집에서건 아무 글도 쓰지 않음. 바이마르 일기에 몇 쪽 씀.

저녁, 내가 밥을 먹지 않는다고 하소연하는 불쌍한 어머니.

〈1912년〉8월 20일
대학 건설 현장과 면해 있고, 부분적으로는 잡초로 덮인 내 방 창문 앞에서 어린 소년 두 명이, 둘 다 파란색의—한 명은 밝은 청색이고 그보다 어린 소년은 어두운 청색—윗옷을 입고 건초더미를 한 다발씩 운반하고 있는데, 건초더미 한 다발만으로도 소년들의 팔은 가득 채워진다. 그들은 끙끙거리며 경사진 길을 올라가고 있다. 이러한 모습 전체가 눈으로 보기에는 매력적인 광경이다.

———————

오늘 아침, 텅 빈 건초 마차와 그 앞에서 끌고 있는 커다란 말. 둘 다 경사진 길을 올라가기 위해 마지막 힘을 다하다 보니, 길이가 비정상적으로 늘어난 상태였다. 구경꾼이 보기에는 마차가 비스듬히 세워진 것 같았다. 말은 두 앞발을 약간 들어 올리고 목은 옆쪽으로 뻗었다가 위쪽으로 뻗었다가 하고 있었다. 그 위로 내리치는 마부의 채찍.

———————

만약 로볼트가 그것을 되돌려 보내고 나는 모든 것을 다시 잠가버리고 마치 아무 일도 없었던 것처럼 된다면, 그래서 내가 이전처럼 그렇게 불행해질 뿐이라면.

펠리체 바우어 양. 내가 8월 13일에 브로트에게 갔을 때, 그녀는 식탁에 있었는데 그 모습이 하녀처럼 느껴졌다. 나는 그녀가 누구인지 알려고 하지 않고 즉시 그 모습에 적응했다. 뼈가 나오고 공허한 얼굴, 이 얼굴은 자신의 공허함을 있는 그대로 드러내고 있었다. 아무것도 걸치지 않은 목. 대충 걸쳐 입은 블라우스. 완전히 집에서 입는 옷처럼 차리고 나온 것 같았지만, 나중에 드러난 바로는 전혀 그렇지도 않았다. [나는 그녀를 이렇게 자세히 관찰함으로써 나 자신을 어느 정도 그녀로부터 소외시키고 있다. 지금의 내 상태는 정말 이상도 하다. 모든 좋은 것들로부터 전반적으로 소외되어 있으면서도 아직은 그 사실을 믿지도 않고 있다. 막스의 집에서의 문학 토론이 나를 너무 산만하게 만들지만 않는다면, 나는 오늘 중으로 블렝켈트에 관한 이야기를 써보려고 할 것이다. 그 이야기가 길 필요는 없다. 그렇지만 나에게는 제대로 된 효과를 발휘할 것이다.] 거의 짜부라진 코. 금발이지만 다소 뻣뻣하고 윤기 없는 머리칼, 강한 턱. 나는 자리에 앉으면서 처음으로 그녀를 비교적 자세히 관찰했고, 자리에 앉아 있는 동안에는 이미 확고한 판결을 내리고 있었다. 얼마나―

⟨1912년⟩ 8월 21일
쉬지 않고 렌츠[1]를 읽었고―나의 상태가 그러하듯이―렌츠에게서 내 생각에 대한 위안을 얻어냈다.

―――――

불만의 광경을 보여주는 어느 거리. 이 거리에서는 누구나 자기가 서 있는 장소에서 떠나기 위해 발을 들어 올리고 있다.

―――――

⟨1912년⟩ 8월 30일
요즘 통 아무 일도 안 했음. 스페인에서 삼촌이 방문. 지난 토요일에는 베르펠이 아르코 카페에서 그의 「삶의 노래들」과 「희생」을 낭독했다. 굉장했다! 하지만 나는 그의 눈을 들여다보면서 저녁 내내 그의 시선을 붙잡고 있었다.

―――――

나는 어지간해서는 놀라는 사람이 아닌데도 지금은 불안하다. 오늘 오후에 침대에 누워 있었는데 누군가 자물쇠에 열쇠를 놓고 빠르게 돌리는 소리가 들렸다. 그 순간 내 몸 전체가 마치 가장무도회에서처럼 자물쇠로 뒤덮여 있는 것처럼 느껴졌고, 짧은 간격을 두고 한 번은 내 몸의 여기, 또 한 번은 저기에서 자물쇠가 열리고 닫히고 하는 것 같았다.

『거울』이라는 잡지에서 우리 시대의 사랑과 우리 할아버지 세대부터 있어온 사랑의 변화에 관한 설문이 있었다. 한 여배우가 이렇게 대답했다. "사람들이 요즘처럼 사랑을 잘한 때는 한 번도 없었죠."[12]

───────────

베르펠에 관한 이야기를 듣고 난 후 내 기분이 얼마나 동요되고 고양되었던가! 그다음 나는 뢰비네 집단에서는 얼마나 야성적으로, 그러면서도 한 치의 실수도 없이 행동했던가!

───────────

이번 달에는 상사가 없었기 때문에 특히 잘 이용할 수도 있었을 텐데, 나는 정당한 이유가 많았던 것도 아니면서 (책을 로볼트에게 보낸 것, 농양, 삼촌의 방문) 어영부영하거나 잠으로 보냈다. 오늘 오후에도 비몽사몽하는 구실로 침대 위에서 3시간 동안 뻗어 있었다.

〈1912년〉 9월 4일
스페인에서 온 삼촌. 그의 코트의 재단. 그 바느질의 효과. 그의 개성을 세심하게 보여주는 것들. ─그가 현관에서 화장실로 건너갈 때의 가벼운 걸음걸이. 그럴 때는 말을 걸어도 대답하지 않는다. ─점차적인 변화를 가지고 판단하는 것이 아니라 눈에 두드러지는 순간들을 가지고 판단하다 보면 하루하루 더 부드러워지는 것일까? ─

〈1912년〉 9월 5일
나는 그에게 물어본다. 삼촌이 지난번에 이야기하신 것처럼 삼촌은 불만이 많은 분인데, 사람들이 항상 확인하게 되는 것처럼 삼촌은 무슨 일에서건 노련하세요. 이 두 가지 사실에 대해 어떻게 생각해야 될까요. (그리고 그런 노련함은 항상 거친 태도와 결부되는 것이 특징인가

보다 하는 생각도 했습니다.) 내가 기억하는 한 그의 대답은 이러했다.
"나는 개별적인 일들에서는 불만을 느끼지만, 그렇다고 그것이 전체로까지 미치는 것은 아니야. 나는 종종 어떤 작은 프랑스식 여관에서 저녁 식사를 하곤 하는데, 그 여관은 높은 사람들만 드나들고 가격도 비싼 곳이지. 부부가 쓰는 방 하나가 예컨대 식사를 겸하면 하루에 50프랑이야. 나는 그곳에서 프랑스 대사관의 사절단 비서와 스페인에서 온 포병대의 장군 사이에 앉아서 식사를 하기도 해. 내 앞에는 해군부의 고위 관료와 그 어떤 백작이 앉아 있고 말이야. 나는 이미 이 모든 사람들을 잘 알고 있어. 그래서 그들에게 인사를 하면서 내 자리에 앉지. 하지만 이야기를 하는 것은 오로지 내가 기분이 내킬 때만 해. 그렇지 않으면 작별 인사를 할 때까지 한 마디도 안 해. 그러고 나면 골목에 나 혼자 있게 되고, 나는 오늘 저녁이 무엇에 기여한 것인지 알 수 없게 되는 거야. 그러면 집으로 가서 결혼하지 않은 것을 후회하기도 해. 물론 그런 생각은 다시 사라지지. 내가 그 생각을 끝까지 해서 그런 건지, 아니면 그 생각이 저절로 사라지는 것인지는 모르겠지만. 하지만 때로는 그런 생각이 다시 살아나."

———————

⟨1912년⟩ 9월 8일
일요일 오전.
어제는 실러 박사에게 편지.

———————

오후.
어머니는 한 무리의 부인들과 함께 있는 자리에서 틈틈이 큰 소리로 어린아이들과 놀다가 나를 집에서 몰아낸다. "울지 마라!" "울지 마라!" 등등. "그건 그 아이 것이야!" "그건 그 아이 것이야!" 등등. "큰 사람이 두 명 있네." 등등. "그 애는 그걸 원치 않아!" …… "물론!" "물론!" …… "돌피야, 빈은 마음에 들었니?" "그곳이 예쁘던?"
…… "제발 저 아이의 손들 좀 봐."

⟨1912년⟩ 9월 11일
그저께 저녁, 우티츠와 함께.

꿈: 나는 마름돌로 만들어져 바닷속으로까지 나 있는 부두에 있었
다. 그 어떤 사람 한 명이, 어쩌면 여럿이, 나와 함께 있었다. 하지만
나의 자의식이 너무 강해서 내가 그들에게 말을 걸었다는 사실 이상
으로 그들에 대해 아는 것이 없었다. 기억나는 것은 내 옆에 앉아 있
던 사람의 무릎이 위로 들려 있었다는 것이다. 처음에는 내가 어디에
있는지도 알지 못했다. 내가 우연히 자리에서 일어났을 때에야 비로
소, 내 앞으로 왼쪽에, 그리고 내 뒤로 오른쪽에 뚜렷한 윤곽을 드러
내며 광활하게 펼쳐져 있는 바다와 확고히 닻을 드리우고 열을 지어
늘어서 있는 군함들을 보았다. 오른쪽으로는 뉴욕이 보였고, 우리는
뉴욕 항에 있었다. 하늘은 회색이었지만 균질하게 밝았다. 나는 자
리에 앉은 채 자유롭게 이쪽저쪽으로 움직이면서 사방에서 불어오
는 바람에 몸을 맡기고 있었다. 내가 앉은 자리에서 모든 것을 볼 수
있기 위해서였다. 뉴욕 쪽으로 몸을 돌리면 시선은 약간 아래로 향했
고, 바다 쪽으로 돌리면 시선은 위로 올라갔다. 이제는 내 옆에서 거
친 파도가 치고 있으며 그 위에서 거대한 국제 교류가 일어나고 있다
는 것도 알게 되었다. 기억나는 것이라곤 오로지, 우리의 뗏목 대신
에 기다란 통나무들이 묶여서 하나의 거대한 꾸러미를 이루고 있었
다는 것이다. 이것이 떠내려가는 동안 각진 모서리 부분은 계속해서
파도의 높이에 따라 오르내리다가 다시 바닷속으로 가라앉고는 했
다. 나는 내 자리에 앉아서 두 발을 끌어 올리고는 만족감에 몸을 떨

다가, 기분이 좋은 나머지 실제로 땅속으로 파고 들어갔다. 그러고는 이렇게 말했다. 정말로, 이곳의 교통은 파리의 대로에서보다도 더 흥미롭지 않은가.

───────────

〈1912년〉 9월 12일

저녁, 뢰브 박사가 우리 집에 있었다. 또 한 명의 팔레스타인 이민자. 변호사 수습 기간이 종료되기 일 년 전에 변호사 시험을 치르고 1200K를 들고(2주 후에) 팔레스티나로 떠난다. 가능하다면 팔레스티나 관청에서 자리를 구할 것이다. 팔레스티나로 떠나는 이들은(베르크만, 켈너 박사) 모두 시선을 내리깔고, 그들의 이야기를 듣는 사람들이 그들의 눈을 가리고 있는 것처럼 느낀다. 손가락을 내밀어 책상 위를 이리저리 더듬고 있고, 목소리는 떨린다. 웃음에는 힘이 없고, 계속 웃긴 하지만 약간의 반어도 들어 있다. ─켈너 박사가 이야기해 준 것에 의하면, 그의 학생들은 국수주의자들이고 항상 입에는 마카베오[13] 가문을 달고 살며, 그들을 따르고 싶어 한다.

───────────

내가 실러 박사에게 편지를 쓰는 것을 좋아하고 또 잘 썼던 것은 오로지 바우어 양이 브레슬라우에 체류하고 있었기 때문이라는 것, 그리고 그전에도 나는 실러 박사를 통해 그녀에게 꽃을 보낼 생각을 했었다는 것을 의식하게 되었다. 물론 그것은 14일 전이었긴 하지만, 여전히 공기 중에는 그 흔적이 남아 있음을 알 수 있다.

───────────

〈1912년 9월〉 15일

내 누이 발리의 약혼

───────────

저 고갈의 심연으로부터
우리는 새로운 힘을 내며
위로 올라간다.

어두운 신사들이
기다린다.
아이들의 힘이
빠질 때까지.

오누이 간의 사랑—어머니와 아버지의 사랑의 반복

유일한 전기 작가의 예감

천재적인 작품이 활활 타오르는 열기로 우리가 살고 있는 환경에 만들어놓은 구멍은 우리의 작은 불꽃도 집어넣기에 좋은 장소이다. 따라서 천재에게서 나오는 영향은 하나의 보편적인 영향이며, 그것은 우리에게 단순히 모방만을 부추기는 것이 아니다.

⟨1912년 9월⟩18일

어제 후발레크가 사무실에서 했던 이야기들. 파석破石 인부가 국도에서 그에게 개구리를 한 마리 구걸하여 얻더니 개구리의 다리를 붙잡고는 세 번 입으로 물어서 처음에는 머리를, 그다음엔 몸통을 그리고 마지막으로 다리를 삼켰다는 것이다. —목숨이 아주 질긴 고양이들을 죽이는 최고의 방법: 잠긴 문 사이에 목을 집어넣고 꼬리를 잡아당긴다. —해충에 대한 그의 거부감. 군대에서 한번은 밤에 뭔가가 그의 코 밑을 물었고, 그는 자면서도 그것을 붙잡았고, 뭔가를 으

깼다. 그 뭔가는 그러나 빈대였고 그는 며칠 동안 빈대 냄새를 풍기며 돌아다녔다. —네 사람이 잘 요리된 고양이 구이를 먹었지만 세 사람만이 자기들이 무엇을 먹고 있는지를 알고 있었다. 식사가 끝나고 세 사람이 고양이 소리를 내기 시작했지만 네 번째 사람은 그 사실을 믿으려 들지 않다가 그에게 피 묻은 털을 보여주자 비로소 그 사실을 믿을 수 있었고, 엄청난 속도로 달려 나가 모든 것을 다시 토해내고 두 주일 동안 끙끙 앓았다. —이 파석 인부는 빵이나 그 밖에 그가 우연히 받은 과일이나 생물 아니면 아무것도 먹지 않으며, 술도 증류주 외에는 마시지 않았다. 잠은 벽돌 공장의 벽돌 창고에서 잤다. 한번은 후발레크는 어스름이 내리는 들판에서 그를 만났다. "움직이지 마!" 하고 그 남자가 말했거나 또는—후발레크가 장난삼아 움직이지 않았다. 그 남자는 계속해서 "네 담배를 내놔." 하고 말했다. 후발레크는 그에게 담배를 주었다. "한 개 더 줘!" "그래 하나 더 필요해?" 후발레크가 그에게 물으면서, 왼손에는 마디가 많이 달린 지팡이를 준비해놓고 오른손으로 그의 얼굴을 쳤다. 그래서 그의 입에서 담배가 떨어졌다. 그 남자도, 소주나 마시는 사람들이 그러하듯이, 비겁하고 약한 모습으로 바로 내뺐다.

어제 뢰브 박사와 함께 베르크만의 집에 있었다. 레브 도비들의 노래.[14] 바실코브의 레브 도비들이 탈레로 간다네. 바실코와 탈레 사이에 있는 어느 도시에서는 무관심하게, 바실코에서는 울면서, 탈레에서는 기쁘게 노래를 불렀네.

⟨1912년 9월⟩ 19일
검표원인 포코르니가 열세 살 소년 시절에 학교 동기를 따라서 주머니에 70크로이처를 들고 떠났던 여행에 대해 이야기해주었다. 그

들이 저녁에 어떤 여관에 도착했는데, 그곳에서는 군대에서 돌아온 시장을 축하하기 위해서 엄청난 술판이 벌어지고 있었다. 바닥에는 빈 맥주병이 50병 이상 서 있었다. 온통 파이프 담배 연기로 가득 찼다. 맥주 찌꺼기들의 악취. 술 취한 시장은 군대 생활을 떠올리며 모든 것에 질서를 부여하고 싶어 하는 사람인지라 소년들에게 다가오더니 가출 소년들이라고 단정한 후에는 소년들이 아무리 설명해도 가출 소년들이라고 우기면서 강제로 가정으로 되돌려 보내겠다고 위협했다. 소년들은 떨면서 김나지움 학생증을 내보이고, 'mensa'의 어미변화를 외워본다. 반쯤 취한 교사 한 명은 바라만 볼 뿐 도와주지는 않는다. 자신들의 운명에 대한 분명한 결정 사항도 듣지 못한 채 소년들은 함께 술을 마시도록 강요받는다. 이들은 좋은 맥주를 공짜로 이렇게나 많이 마실 수 있다는 것에 만족한다. 자신들의 얼마 되지 않는 재산으로는 결코 누려보지 못했을 것이기 때문이다. 그들은 실컷 마셨고, 밤이 깊어져서 마지막 손님들이 나가자, 아직 환기가 되지 않았던 이 방에서 얇게 펼쳐진 건초 더미 위에 자려고 눕는다. 그러고는 주인들처럼 잔다. 그러나 4시에 거인 같은 하녀가 빗자루를 들고 나타나서 시간이 없다고 선언한다. 그들이 자발적으로 나가지 않았더라면 하녀는 그들을 아침 안개 속으로 쓸어내버렸을 것이다. 방이 조금 깨끗해지자 그들에게는 꼭대기까지 가득 찬 커다란 커피포트 두 개가 식탁에 주어진다. 그런데 그들이 커다란 국자로 커피를 휘젓자 이따금씩 뭔가 커다랗고 어둡고 둥근 것이 표면에 떠오른다. 그들은 시간이 지나면 맑아지겠거니 생각하고 맛있게 마시다가 포트가 반쯤 비어 있는데도 그 어두운 것이 여전히 있는 것을 보고 겁이 나서 하녀에게 설명을 부탁했다. 그러자 그 검은 것은 오래되어 굳은 거위의 피라는 것이 밝혀진다. 그것은 그 전날 잔치 음식을 할 때 나와서 포트에 남아 있었는데, 사람들이 새벽에 잘 안 보이

362

는 상태에서 커피를 그 위에 그냥 부었던 것이다. 소년들은 당장 그 자리에서 뛰어나가 모든 것을 마지막 한 방울까지 토해냈다. 나중에 소년들은 목사에게 불려갔는데, 목사는 종교와 관련해서 잠깐 시험을 본 후에 이 아이들이 착실한 소년들임을 확인했고, 주방에서 일하는 여자에게 수프를 갖다 주게 하고는 성직자로서의 축복을 내리며 아이들과 헤어졌다. 이러한 수프와 이러한 축복은 이 아이들이 성직자에 의해 인도되는 김나지움 학생들로서 그들이 거쳐가는 거의 모든 교구에서 받을 수 있었다.

〈1912년 9월〉 20일
어제 뢰비와 타우시히 양에게 편지, 오늘은 바우어 양과 막스에게.

때는 참으로 아름다운 봄날의 일요일 오전이었다.[15] 젊은 상인 게오르크 벤데만은 어느 집의 이층에 있는 자기만의 방에 앉아 있었다. 이 집은 강물을 따라 일렬로 늘어서 있어 높이와 색깔로만 구분이 되는 나지막하고 단순하게 지어진 집들 중의 하나였다. 그는 지금 외국에서 살고 있는 어린 시절의 친구에게 보내는 편지 한 통을 막 끝마친 참이었다. 그는 즐기듯이 천천히 편지를 봉하고는 팔꿈치를 책상에 괴고 창문 너머로 보이는 강과 다리, 그리고 건너편 강둑에서 파란 싹이 조금씩 돋아나는 언덕을 바라보았다. 그는 이 친구가 고향에서의 생활에 만족하지 못하고 뛰쳐나갔었고, 몇 년 전에는 벌써 러시아로 아주 도피를 했던 것을 생각했다. 지금은 페테르부르크에서 사업을 하고 있는데, 고향 방문이 점점 뜸해지고 있는 이 친구가 고향을 방문했을 때 한탄한 바에 의하면 사업이 처음에는 아주 잘되었는데 오래전부터 이미 침체하고 있는 것 같았다. 그렇게 그는 외국에서 헛고생으로 일하느라 지쳤고, 외국풍의 털보 수염도 그가 유년기부터 잘 알고 있는 친구의 얼굴을 제대로 가려주지는 못해서, 누런기가 감도는 얼굴색은 그에게 어떤 병이 발전하고 있음을 드러내는 것 같았다. 그의 이야기에 따르면, 그는 그곳에 살고 있는 고향 사람들과 제대로 관계를 맺지도 못했고 고향의 가족들과도 거의 아무런 소통도 없이 살아오다 보니 그런 식으로 영원한 총각 생활에 적응하게 되었던 것이다.

명백히 자발적으로 집을 나갔고 불쌍하기는 해도 도와줄 수는 없는 그런 사람에게 무엇이라고 써야 한단 말인가. 어쩌면 다시 고향으로 돌아와서 생활 터전도 이리로 옮기고 옛날의 친구 관계들도 모두 다시 복원하라고 충고해야 되는 것일까. 사실 그렇게 하는 데에는 아무런 장애도 없고 그 밖에 친구들의 도움도 기대할 수 있었다. 하지만 그렇게 하는 것은 한편으로는 그를 위해 주는 것이지만, 동시에 다른 한편에서는 그만큼 더 그를 모욕하는 방식으로 다음과 같이 말하는 것밖에는 되지 않을 것이다. 즉, 그가 지금까지 해온 시도들은 실패로 돌아갔으니, 이제는 정말 거기에서 손을 떼야 하고, 집으로 돌아와서, 다시는 고향을 떠나지 않을 사람의 입장에서 모든 사람들이 눈을 동그랗게 뜨고 쳐다보는 것을 감당해야 하며, 자신을 어느 정도라도 이해하는 사람들은 친구들뿐이라는 의미에서 고향에 남아 성공한 동기들을 무조건 따르지 않으면 안 되는 '늙은 아이'와 다름없다고 말이다. 그리고 그 경우에 사람들이 그에게 필연적으로 가하게 될 모든 고통에도 그 어떤 목적이 있다고 확신할 수 있을까. 어쩌면 그를 고향에 데려오는 것조차도 불가능할 수 있을 것이다. 그 스스로도 자기는 이제 고향의 사정을 더 이상 이해하지 못하겠다고 했잖은가. 그러니 이런저런 충고들 때문에 기분도 상하고 친구들과도 예전보다 더 한층 소원해져서 사정이 어려워도 그냥 외국에 머무르려고 할지도 모른다. 그러나 그가 실제로 충고에 따라 이곳에서, 물론 계획적으로가 아니라 형편에 의해 어쩔 수 없이 눌러 살게 된다면, 그래서 친구들이 함께 있을 때는 물론이고 친구들이 없는 경우에도 어찌해야 제대로 처신하는 것인지를 알지 못하고, 수치감에 시달리면서 이제는 정말로 고향도 없고 친구들도 없는 상태가 될지도 모른다면, 차라리 지금까지 그랬던 것처럼 외국에 머무르는 것이 그로서는 훨씬 더 나은 일이 아닐까.

이런 이유들 때문에 그와 편지 왕래라도 계속 유지하고자 한다면, 아무리 관계가 먼 사람이라도 거리낌 없이 할 수 있는 실제적인 이야기들을 그에게는 아무것도 할 수 없었다. 이 친구는 벌써 3년이 넘게 고향에 들르지 않고 있었는데, 그는 이 점에 대해 매우 궁색하게도 러시아의 정세 불안 때문이라고 설명했다. 그에 따르면 러시아의 정세는 아주 평범한 사업가가 아주 잠깐 동안 외국에 나가는 것도 허용하지 않는다지만, 실제로는 수십만의 러시아인들이 유유히 세계를 돌아다니고 있었던 것이다. 그러나 이 3년이 지나는 동안 게오르크에게는 많은 변화가 일어났다. 게오르크 어머니의 죽음, 이 일은 2년 전에 일어났으며, 그때부터 게오르크는 아버지와 경제생활을 함께하며 살고 있고, 그의 친구도 당시 이 부고를 들었는지 편지에서 건조하게 조의를 표했었는데, 그런 투로 편지를 썼던 이유는 다름 아니라 외국에서는 그러한 사건에 대해 슬퍼하는 것은 상상도 할 수 없기 때문이었을 것이다. 하지만 게오르크는 그때 이후로 다른 모든 일과 마찬가지로 자기 사업에도 대단한 결단력으로 매달렸다. 어쩌면 아버지는 어머니 생전에는 사업을 하면서 자신의 의도만 관철시키려고 했기 때문에 실제적인 활동을 방해하고 있었던 셈이지만, 어머니의 죽음 이후에는 비록 여전히 사업에 관여는 하고 있었지만 더 소극적으로 되었고, 어쩌면—매우 개연성이 높은 것으로—우연한 행운들도 중요한 역할을 했을 것이다. —어쨌든 사업은 이 두 해 동안 완전히 예상외로 발전해서, 사원들도 두 배로 늘려야 했고, 판매량은 다섯 배로 늘었으며, 사업은 앞으로도 의심의 여지없이 번창할 기세였다.

그러나 친구는 이러한 변화에 대해 조금도 모르고 있었다. 그 친구는 전에, 아마도 지난번 조문 편지를 썼을 때쯤에, 게오르크에게 러시아로 이민 오라고 설득하려고 하면서 게오르크가 페테르부르크에 지부를 낼 경우의 전망에 대해서도 늘어놓았었다. 그 수치들은 게오르크의 사업이 지금 차지하고 있는 규모에 비하면 보잘것없었다. 그러나 게오르크는 전에도 그 친구에게 자기 사업의 성공을 알리는 편지를 쓰고 싶었던 적은 없었는데, 이제 와서 뒤늦게 그 일을 한다면 그것도 정말 우스꽝스러운 모양이 되었을 것이었다.

그래서 게오르크는 별 중요하지 않은 사건들에 대해 쓰는 것으로 제한했다. 이런 사건들은 한가한 일요일에 생각해보면 기억에 떠오르게 마련이다. 게오르크는 그 친구가 오랜 시간 동안 고향 도시에 대해 가졌을 법한 이미지이자, 그가 적응하기도 했을 그런 이미지가 파괴되지 않도록 해주고 싶었다. 그래서 어떤 중요하지 않은 인간이 마찬가지로 어떤 중요하지 않은 처녀와 약혼했다는 이야기를 상당한 간격을 두고 쓴 편지들에서 세 번씩이나 언급하는 사태가 벌어졌고, 드디어 이 친구도, 게오르크의 의도와는 달리, 이 이상한 사태에 대해 커다란 흥미를 보이기 시작하는 일까지 벌어졌던 것이다.

그러나 게오르크로서도 자신이 한 달 전에 프리다 브란덴펠트라는 어떤 부잣집 딸과 약혼을 했다는 이야기를 쓰기보다는 차라리 그런 것들에 대해 쓰는 것이 훨씬 편했다. 그는 이 친구에 대해서, 그리고 그와 그 친구 사이의 특별한 편지 관계에 대해서 약혼녀와 함께 이야기를 할 때가 많았다. "그렇다면 그분은 우리 결혼식에 절대 오지 않겠네요." 하고 그녀가 말했다. "그래도 나는 당신의 모든 친구들을 알 권리가 있는데 말이죠." "나는 그를 방해하고 싶지 않아." 하고 게오르크가 대답했다. "나를 제대로 이해해주면 고맙겠군. 그는 꼭 올 거야. 적어도 나는 그렇게 믿어. 하지만 그는 자기가 강요당하고 모욕당했다고 느낄 거야. 어쩌면 나를 질투할 것이고 필시 불만족스러워하겠지만 그 불만을 해결할 능력도 없어서 다시 혼자 돌아가버릴걸. 혼자 말이야. 그 말이 무슨 뜻인지 알아?" "알아요. 그렇다면 그가 다른 방식으로 우리의 결혼에 대해 알 수도 있지 않을까요?" "나야 물론 그렇게 되는 것을 막을 생각은 없지. 하지만 그의 생활 방식에서는 그런 일이 일어날 가능성이 거의 없지." "하지만 게오르크, 당신이 정말 그런 친구들만 가지고 있다면, 당신은 약혼이라는 것을 아예 하지 말았어야 했어요." "그래, 그건 우리 두 사람 모두의 책임이지. 하지만 그래도 나는 다른 선택을 하고 싶지는 않았지." 그리고 그녀가 그의 키스 세례 때문에 헐떡이며 "사실은 당신이 나를 모욕하는 것이에요."라는 말을 겨우 내뱉자, 그는 그 친구에게 모든 것을 쓰는 것은 정말 쉬운 일이라고 했다. "나는 그런 사람이고, 그는 나를 그렇게 받아들여야지." 하고 그는 혼잣말을 했다. "내가 아무리 애쓴다고 해도, 지금의 나 이상으로 그와의 우정에 적합한 사람이 되기는 힘들 거야."

그리고 실제로 그는 이날 오후에 쓴 긴 편지에서 약혼이 성사되었음을 다음과 같은 말로 보고했다. "가장 최고의 소식은 마지막에 알려주려고 남겨두었었지. 나는 프리다 브란덴호프라는 부잣집 출신의 아가씨와 약혼을 했네. 이 부잣집은 자네가 떠나고 한참 후에야 이곳에 정주했기 때문에 자네는 거의 알 수가 없을 거야. 자네에게 내 약혼녀에 대해 조금 더 자세히 이야기할 수 있는 기회가 생길 것이고, 오늘 편지는 내가 정말 행복하다는 것과 우리의 관계는 자네가 지금의 보통 친구 대신에 정말 행복한 친구를 가지게 될 것이라는 의미에서 조금 변화가 있다는 정도로 그치겠네. 그 밖에 덧붙이자면, 내 약혼녀가 자네에게 진심으로 인사를 전하네. 그리고 나중에는 직접 편지도 쓰게 될 것이네. 자네는 내 약혼녀가 솔직한 사람이라는 것을 경험하게 될 텐데, 이런 것은 총각 생활에 있어서 중요하지 않다고 할 수는 없을 것이야. 자네가 여러 가지 사정 때문에 우리를 방문하지 못하고 있다는 것도 알아. 하지만 내 결혼식이야말로 그 모든 장애물들을 무시해버릴 수 있는 좋은 기회가 아니겠나? 사정이 어쨌든 간에 이것저것 신경 쓰지 말고 자네가 원하는 대로 행동하게나."

이런 편지를 손에 들고 G.는 오랫동안 얼굴을 창 쪽으로 향한 채 책상에 앉아 있었다. 골목길을 지나가다가 인사를 해온 어느 지인에게도 무심히 미소만 보냈을 뿐 제대로 답례하지도 못했다.

그는 마침내 편지를 호주머니에 넣고 방에서 나가 좁은 복도를 비스듬히 지나 아버지의 방으로 갔는데, 이 방에는 몇 달 전부터 와본 적이 없었다. 또 그럴 필요도 없었다. 그는 사업 때문에 항상 아버지를 만났고, 점심 식사도 같은 시간에 같은 음식점에서 했으며, 저녁 식사는 각자 바라는 대로 처리했지만, 게오르크가 자주 그러하듯이 친구들과 함께 있거나 요즘처럼 약혼녀를 방문하거나 하는 경우가 아니라면 대개 공동의 거실에서 각자 자기가 읽는 신문을 읽으며 저녁에는 한동안 같이 앉아 있곤 했다.

게오르크는 아버지 방이 이처럼 햇빛이 비치는 오전에도 매우 어두운 것을 보고 놀랐다. 좁은 뜰의 건너편에 솟아 있는 높은 담장 때문에 이런 그림자가 생겼다. 아버지는 돌아가신 어머니의 유품들로 장식되어 있는 구석의 창가에 앉아서 약한 시력을 보완하기 위해 신문을 눈앞에 비스듬히 든 상태로 읽고 있었다. 책상 위에는 아침 식사가 남아 있었는데, 많이 먹은 것 같지는 않았다. 아버지는 "아, 게오르크야." 하더니 바로 그에게로 다가왔다. 그의 무거운 잠옷이 걸을 때마다 벌어졌고, 끝부분이 펄럭였다. 아버지는 여전히 거인이시구나, 게오르크가 혼잣말을 했다. 그다음에는, "이곳은 견딜 수 없을 정도로 어둡네요." 하고 말했다. "그래, 여기는 정말 어두워." 아버지가 대답했다. "창문도 닫으셨네요?"

"그러는 편이 더 좋으니까."

"바깥에는 정말 더운데요." 하고 그는 마치 앞에 한 이야기들에 대해 보충하듯이 말하고는 앉았다.

아버지는 아침 식사 그릇들을 치워 한 상자에 담았다.

"아버지한테 드릴 말씀은 다름이 아니라," 게오르크는 노인의 움직임을 완전히 넋을 잃고 뒤쫓으면서 계속 말했다. "지금 페테르부르크로 제 약혼을 알리는 편지를 썼다는 겁니다." 그는 주머니에서 편지를 조금 꺼내다가 다시 집어넣었다.

"어째서 페테르부르크로?" 아버지가 물었다.

"제 친구한테 보낸 것이니까요." 게오르크는 이렇게 말하고는 아버지의 시선을 좇았다. 사업을 할 때는 완전히 다른데, 하고 그는 생각했다. 여기서는 떡 벌어진 자세로 앉아서 양팔을 가슴 위에 포개고 계시는군.

"그렇구나. 네 친구한테 보내는 것이구나." 아버지는 강조하듯이 말했다.

"아버지도 아시다시피 저도 처음에는 친구한테 약혼한 사실을 숨기려고 했어요. 친구 입장을 생각해서 그런 것이고, 다른 이유는 없었죠. 아버지도 아시다시피 그 친구는 좀 어렵잖아요. 제 생각에는 그가 다른 경로를 통해서도 제 약혼 소식을 들을 수 있을 것 같습니다. 그의 외톨이 생활 방식으로는 거의 있을 수 없는 일이기는 하지만—제가 그것을 막을 도리도 없는 것이고—그러나 지금은 저에게서도 직접 그 이야기를 들어야 하지 않을까요?"

"그래서 지금은 생각을 달리하게 되었다는 것이냐?" 아버지는 커다란 신문을 창틀 위에 얹어놓고, 신문 위에 안경을 벗어놓으며 손으로 그 위를 가렸다.

"네, 지금 다시 그 문제에 대해 생각했죠. 그가 저의 좋은 친구라면, 저의 행복한 약혼은 그에게도 행복일 것이라고 생각했습니다. 그래서 저는 더 이상 망설이지 않고 그에게 소식을 알려주려고 한 것이고요. 그런데 편지를 우체통에 집어넣기 전에 아버지에게 말씀드리고 싶었습니다."

"게오르크." 하고 아버지는 말하더니 치아가 없는 입을 옆으로 늘였다. "내 이야기를 들어봐. 너는 이 일 때문에 나하고 의논하려고 왔구나. 그것은 두말할 나위 없이 잘한 짓이다. 하지만 네가 지금 모든 진실을 말하지 않는 한 그것은 아무것도 아니야. 아니 아무것도 아닌 것보다 더 나빠. 나는 이 자리에 속하지 않는 일을 들출 생각은 없다. 사랑하는 어머니가 죽은 이후로 뭔가 좋지 않은 일들이 일어났다. 어쩌면 그런 일이 일어날 때가 된 것인지도 모르고, 우리가 생각한 것보다 좀 더 빨리 온 것인지도 모르지. 사업에서는 많은 것들이 내가 모르는 사이에 벌어지기도 하지만, 어쩌면 그런 일을 나한테 말해주지 않고 있는 것은 아니겠지? ―나는 사람들이 그런 일들을 나한테 숨기고 있다고는 결코 생각하지 않을 거야― 나는 더 이상 힘이 센 것도 아니고, 내 기억력도 떨어지고 있고, 그 많은 일들을 다 볼 수도 없어. 첫째로는 자연의 순리가 그런 것이고, 두 번째로는 네 어머니의 죽음이 너보다 나에게 더 많은 충격을 남긴 탓이지. 하지만 우리가 지금 이 문제를 다루고 있기 때문에, 그러니까 이 편지 말이다, 부탁이야 게오르크, 나를 속이려고 하지 마라. 너는 정말로 페테르부르크에 이런 친구가 있는 거냐?" 게오르크는 당황하여 자리에서 일어났다. "제 친구 이야기는 그만 하세요. 제게 아무리 많은 친구가 있다고 해도 아버지를 대신하지는 못해요. 제가 무슨 생각하는지 아세요? 아버지는 아버지 몸을 정말 혹사시키세요. 하지만 나이가 들면 어쩔 수가 없는 거예요. 제 사업에서 아버지가 없으면 안 돼요. 그건 아버지도 잘 알고 계시잖아요. 하지만 사업 때문에 아버지 건강이 나빠진다면 저는 내일 중으로 사업을 영원히 접겠어요. 이대로는 안 돼요. 아버지를 위해서 뭔가 완전히 다른 생활 방식을 도입해야 하겠어요. 하지만 근본부터 달라야 하겠죠. 아버지는 여기 어두운 곳에 앉아 계시지만 거실에는 햇빛도 괜찮게 들어올 겁니다. 아침 식사 후에 운동이라도 하시는 것이 아니라 여기서 꾸벅꾸벅 졸고 계시잖아요. 창문을 닫고 있으면 공기가 괜찮을 겁니다. 아니, 안 되겠어요, 아버지. 의사를 불러오겠어요. 그리고 그의 처방대로 따르는 거예요. 아버지와 저의 방을 바꿔서, 아버지는 앞방으로 가시고, 저는 이곳으로 오기로 하죠. 아버지한테는 확 달라지는 것은 아무것도 없을 것이고요, 모든 것은 저와 함께 처리하게 될 겁니다. 하지만 이 모든 일에는 때가 있어요. 지금은 조금 자리에 누우세요. 아버지는 무조건 휴식이 필요하시니까요. 제가 와서 아버지가 옷을 벗는 것을 도와드리겠습니다. 제가 잘 해낼 수 있다는 것을 바로 아시게 될 거예요. 아니면 지금 당장 앞방으로 가실래요? 그러면 일단은 제 침대에 누워 계세요. 아무래도 그렇게 하는 것이 상당히 합리적인 방식일 겁니다."

게오르크는 아버지 옆에 바짝 붙어 서 있었고, 아버지는 백발이 덥수룩한 머리를 가슴에 드리우고 있었다.

"게오르크." 아버지가 움직이지 않고 조용히 말했다.

게오르크는 당장 아버지 옆에 무릎을 꿇고, 아버지의 피곤한 얼굴의 눈가에서 두 눈동자가 과도하게 커진 상태로 그를 향하고 있음을 보았다.

"너는 페테르부르크에 친구가 없어. 너는 항상 남을 즐겁게 해주는 사람이었는데 유감스럽게도 나에 대해서는 소극적이었지. 그런데 어째서 바로 그곳에서는 친구가 있다는 거냐. 나는 믿을 수가 없어."

"아버지, 딱 한 번만 생각해 보세요." 게오르크가 말하면서 아버지를 안락의자에서 들어 올렸고, 이제 아버지가 정말 힘없이 서 있는 상태에서 그의 잠옷을 벗겼다. "제 친구가 우리 집을 방문한 지도 곧 삼 년째가 되겠네요. 저는 아직도 아버지가 그 친구를 특별히 좋아하지는 않았던 것으로 기억합니다. 그가 우리 집에 와서 방 안에 있을 때에도 저는 적어도 두 번은 아버지 앞에서 그 사실을 부인했었죠. 저는 아버지가 그를 싫어하는 것도 잘 이해할 수 있었으니까요. 그 친구는 성격이 좀 독특한 편이니까요. 하지만 그러고 나서 아버지는 다시 그 친구와 아주 잘 지내셨죠. 당시 저는 아버지가 그 친구 말을 경청하고 고개를 끄덕이시거나 질문을 하시는 것을 보면서 자랑스러웠습니다. 잘 생각해보시면 기억이 날 겁니다. 그 친구는 당시 러시아 혁명에 대해서 믿을 수 없는 이야기들을 했었지요. 예컨대 키예프에서 어떤 폭동이 일어나는 와중에 사업차 여행을 하다가 발코니에 서 있는 아르메니아 성직자를 보았는데, 이 사람이 손바닥을 펴더니 칼로 널찍하게 피의 십자가를 새겨 군중들에게 들어 올리고는 구호를 외쳤다는 것이죠. 아버지도 몸소 여기저기서 이 이야기를 반복하셨어요."

그사이에 게오르크는 아버지를 다시 자리에 앉혀서 아버지가 하얀 속바지 위에 걸치고 있던 트리코 바지와 양말을 조심스럽게 벗겨낼 수 있었다. 그는 그다지 깨끗하지만은 않았던 속옷을 바라보면서 그동안 아버지를 소홀히 해온 것에 대해 스스로 자책했다. 아버지의 속옷이 제때 갈아입혀지는지 살피는 것도 분명 그의 의무였을 것이다. 그는 아직도 약혼녀와 함께 앞으로 아버지의 미래를 어떻게 준비해야 될지에 관해서 분명하게 이야기하지 않았다. 왜냐하면 그들은 암묵적으로 아버지 혼자서 낡은 집에 살게 될 것이라고 전제하고 있었기 때문이다. 하지만 이제 그는 아버지를 미래의 가정에 함께 모시고 들어가기로 간단하고도 단호하게 결심했다. 사실 좀 더 정확히 관찰해보면 그곳에 가서야 아버지를 보호해드린다는 것은 너무 늦은 일이 될 것처럼 보이기도 했다.

그는 아버지를 팔에 안아 침대로 옮겨갔다. 그가 침대 쪽으로 두어 발자국 옮기는 동안 아버지가 그의 시곗줄을 가지고 놀고 있는 것을 보고는 끔찍한 느낌이 들기도 했다. 그는 아버지를 침대에 바로 눕히기가 쉽지 않았다. 그만큼 아버지는 이 시곗줄을 꽉 붙잡고 있었던 것이다.

그러나 침대에 있게 되자마자 아버지는 다시 모든 것이 좋아 보였다. 그는 이불도 몸소 덮었고, 그다음엔 이불을 어깨 위로 한껏 끌어올렸다. 그는 게오르크를 올려다보았는데 전처럼 무뚝뚝하지도 않았다.

게오르크는 "그래요, 그 친구를 기억하시죠?" 하고 물으며 용기를 북돋는 것처럼 고개도 끄덕여 보였다.

"내가 지금 이불을 잘 덮은 게냐?" 아버지는 발이 충분히 덮였는지 볼 수 없어서 그런 것처럼 물었다.

"그러니까 이불 속에 누워 계시는 것이 벌써 마음에 드시는군요." 하고 게오르크가 말하고는 이불을 아버지 위로 더 잘 덮어주었다.

"내가 지금 이불을 잘 덮은 게냐?" 아버지는 한 번 더 묻고는 게오르크의 대답에 특별히 관심을 보이는 것 같았다.

"아무 걱정하지 마세요, 이불을 잘 덮고 계시니까요."

"아니야." 아버지가 외쳤는데, 그 대답이 마치 질문과 충돌하는 듯했다. 아버지는 얼마나 세게 이불을 걷어찼던지, 이불은 공중으로 날아가다가 한순간 완전히 펼쳐질 정도였다. 아버지는 제대로 침대 위에 서 있었고, 한 손만 가볍게 천장에 대고 있었다. "너는 내게 이불을 덮어주려고 했지, 그건 나도 안다, 녀석아. 하지만 나는 아직도 이 불이 제대로 덮여지지 않았어. 그리고 마지막 힘만 남았다고 해도 그 정도면 너한테 충분한 거야. 아니, 너한테는 너무 많이 남은 거지. 네 친구도 잘 알고 있다. 어쩌면 그 친구가 내 마음에 드는 아들일지도 몰라. 그렇기 때문에 너는 그 몇 해 동안 완전히 나를 속이고 있었던 것이지. 그게 아니면 뭣 때문에? 너는 내가 그 아이가 이곳에 없어서 슬퍼하지는 않았을 것이라고 믿는 거냐? 그 때문에 그렇게 사무실 문을 잠그고는 그 안에 처박혀 있던 거겠지. 아무도 방해해선 안 되고, 사장은 바쁘다면서. 그건 오로지 네가 러시아로 보내는 너의 위조 편지를 쓸 수 있도록 하기 위한 것이었어. 하지만 다행히도 아버지는 아들의 마음을 꿰뚫어 보는 법을 따로 배울 필요가 없거든. 네가 지금껏 생각해왔듯이, 너는 그 아이를 억압해왔어. 어찌나 억압했는지 너는 그 아이 위에 엉덩이를 깔고 앉을 수 있을 정도야. 그 애는 꼼짝도 못하는 상태가 되었어. 그래서 우리 아드님께서는 결혼을 결심하셨던 것이고."

게오르크는 아버지의 무서운 모습을 바라보았다. 아버지가 갑자기 그토록 잘 알고 있는 그 페테르부르크 친구가 그의 마음을 그처럼 사로잡은 적은 일찍이 한 번도 없었다. 그는 그 친구가 그 광활한 러시아에서 길을 잃고 있는 모습이 보였다. 약탈되어 텅 빈 가게의 문에 서 있는 그의 모습이 보였다. 파괴된 진열대의 잔재, 망가진 상품들, 쓰러지는 가스관 사이에서 그는 여전히 똑바로 서 있었다. 어찌하여 그 친구는 그토록 먼 길을 떠나야만 했던 것일까.

"하지만 나 좀 봐라." 하고 아버지가 외쳤고, 게오르크는 거의 정신이 산만한 사람처럼 침대로 달려갔다. 뭐라도 붙잡으려고 했지만, 도중에 멈추고 말았다.

"그 여자가 치마를 들어 올렸기 때문이다." 아버지가 부드럽게 말하기 시작했다. "그 여자가 치마를 들어 올렸기 때문이라고. 그 역겨운 거위 같은 여자가 말이다." 아버지는 그 모습을 보여주기 위해 셔츠를 확 걷어 올렸기 때문에 전쟁 때 허벅지에 난 상처까지 볼 수 있었다. "그녀가 치마를 이렇게, 이렇게, 이렇게 걷어 올렸기 때문에 네가 그 여자한테 들러붙었지. 아무런 방해도 받지 않고 네 욕정을 채우기 위해서 말이다. 그래서 너는 네 어머니에 대한 기억도 망쳐놓았고, 네 친구도 배신했고, 네 아버지도 움직이지 못하도록 침대에 처박아 놓은 거야. 하지만 아버지가 움직일 수 있냐, 없냐?"

그리고 아버지는 완전히 자유롭게 서 있으면서 양발을 내뻗었다. 그의 표정은 통찰력으로 빛나고 있었다.

게오르크는 한구석에, 되도록 아버지로부터 떨어진 자리에 서 있었다. 한참 전부터 그는 모든 것을 아주 정확히 관찰하기로 굳게 결심하고 있었다. 그가 길을 돌아가야 하거나, 또는 뒤로부터, 아니면 위에서부터 붙잡히는 법이 없도록 하기 위해서였다. 이제 그는 다시 그 오래전에 잊었던 결심을 기억해냈다가 다시 잊었다. 마치 짧은 실을 바늘귀에 꿸 때처럼.

"하지만 그 친구는 그래도 아직은 배신당한 것이 아니지." 아버지는 소리를 질렀고 검지를 좌우로 움직이며 그 사실을 강조했다. "나는 이곳에서 그를 대신하는 사람이었어."

"코미디언처럼!" 게오르크는 더 이상 참지 못하고 이렇게 외쳤지만, 즉각 그로 인해 입게 될 피해를 인식하고는 눈동자가 굳어진 채 혀를 깨물었으나 너무 늦었다. 그는 고통 때문에 허리를 굽혔다.

"그래, 물론 나는 코미디를 했어. 코미디, 좋은 말이군. 늙고 홀아비가 된 애비한테 무슨 다른 위로가 있었겠냐. 말해봐라—그리고 대답하는 순간에는 네가 아직도 내 아들이라고 해두자—내 골방에서 내가 할 수 있는 일이 또 뭐가 있었겠는지. 충성스럽지 않은 회사원들에게 시달리고, 뼛속까지 늙은 노인네가 말이다. 그런데 내 아들은 환호작약하며 세상을 돌아다녔어. 내가 준비해왔던 사업을 중단시켰고, 즐기느라 정신이 없어서 난리도 아니었지. 애비가 보는 앞에서 높은 나리처럼 굳은 표정을 지으며 떠났어. 너는 내가 너를 사랑하지 않았다고 믿는 거냐? 너를 낳은 내가?"

이제는 고개를 숙이시겠지, 하고 게오르크는 생각했다. 아버지가 쓰러져서 으깨져버린다면! 이 단어가 그의 뇌리를 휙 스쳐갔다.

아버지는 앞으로 몸을 수그렸지만, 쓰러지지는 않았다. 자신이 기대한 대로 게오르크가 다가오지 않자, 그는 다시 몸을 일으켰다.

"네가 있는 곳에 그대로 있어라. 나는 네가 필요하지 않아. 너는 너 자신이 그래도 이곳에 올 힘은 있다고 생각하면서도 거기에 그대로 머물러 있는 것은 오로지 네 마음이 그걸 원하기 때문이야. 네가 잘못 생각하는 것만 아니라면 좋겠다. 나는 아직은 너보다 훨씬 힘이 센 사람이야. 아마 혼자라면 내가 뒤로 물러서야 했겠지만, 네 어미가 자기의 힘을 내게 남겨주었고, 네 친구와도 나는 아주 좋은 관계를 맺고 있다. 네 거래처 명단도 나는 여기 호주머니에 갖고 있단 말이다."

심지어는 셔츠에도 주머니를 가지고 계시네, 게오르크는 혼잣말을 했다. 그러고는 아버지가 저런 말을 하게 되면 자신은 온 세상에서 아무 일도 할 수 없을지 모른다고 생각했다. 그러나 이런 생각은 한순간만 했을 뿐이고 그 후로는 영영 모든 것을 잊어버렸다.

"어디 네 약혼녀 팔짱을 끼고 내 앞으로 오기만 해봐라. 빗자루로 그 여자를 너로부터 쓸어내버릴 테니. 내가 그 일을 어떻게 할지, 너는 모를 것이다."

게오르크는 그 말을 믿지 않는다는 듯이 인상을 찌푸렸다. 아버지는 자기가 한 말의 진실을 재확인하는 듯 게오르크가 서 있는 구석을 향해 고개만 끄덕이고 있었다.

"너는 오늘 나를 아주 즐겁게 해주더구나. 내게로 와서는 네 친구에게 약혼에 대해 편지로 알려야 할지를 물어보면서 말이야. 그 애는 모든 것을 다 알고 있어, 이 멍청한 녀석아. 그 애는 모든 것을 다 알고 있단 말이다. 내가 그에게 편지로 알려주니까. 네 녀석이 나의 필기도구를 빼앗는 것을 잊어버린 덕분이다. 그래서 그는 몇 년 전부터 오지 않는 거야. 그는 모든 것을 너보다 백 배나 더 잘 알고 있어. 왼손에서는 네가 보낸 편지를 구기고 있지만, 오른손으로는 내가 보낸 편지들을 읽기 위해 꺼내 들고 있는 것이지."

그는 도취된 나머지 자신의 팔을 머리 위로 올려 휘두르기도 했다.

"그는 모든 것에 대해 천 배는 더 잘 알고 있어." 아버지가 외쳤다.

"만 배는 더 잘 알지요." 하고 게오르크는 아버지를 우스꽝스럽게 만들기 위해 대답했지만, 그의 입에서는 이 단어가 여전히 극도로 진지하게 울리고 있었다.

"수년 전부터 나는 네가 그 질문을 가지고 올 것으로 보고 대기하고 있었다. 너는 네가 뭔가 다른 것을 신경 쓰고 있다고 믿는 것이냐? 내가 신문이나 읽고 있으리라고 믿고 있느냐 말이다. 저기!" 그러더니 어쩐 일인지 그와 함께 침대까지 운반되었던 신문 하나를 그에게 던졌다. 게오르크는 전혀 모르는 이름의 오래된 신문이었다.

"너는 네가 성숙해지기까지 얼마나 오래 그 일을 망설였느냐. 어머니는 돌아가셔야 했고, 좋은 날이라고는 겪어보지도 못했다. 그 친구는 러시아에서 망해가고 있고, 벌써 3년 전부터 내다버려도 될 만큼 얼굴이 노란 상태였다. 그리고 나로 말하자면, 내 상태가 어떤지는 네가 직접 보고 있는 대로다. 그 정도는 너도 볼 수 있을 것 아니냐."

"그러니까 아버지는 숨어서 저를 관찰하고 계셨던 거군요!" 게오르크가 소리쳤다.

아버지는 게오르크가 불쌍하다고 생각하면서 덧붙였다. "필시 너는 그 말을 전에도 말하고 싶었겠지. 이제는 그런 말을 해봐야 아무 쓸모도 없어."

그러고는 더 큰 목소리로 이렇게 말했다. "그러니까 이제는 너도 너 말고도 또 무엇이 있었던 건지를 알 것이다. 너는 지금까지 너 자신만 알았어! 사실 너는 순진무구한 아이였다. 하지만 그보다 더한 사실은 네가 악마 같은 인간이었다는 것이야! 그러니 잘 알아라, 나는 이제 너에게 익사 판결을 내리노라!"

게오르크는 그 방에서 내쫓겨진 느낌이었고, 아버지가 그의 뒤에서 침대 위로 쾅 하며 쓰러지는 소리가 여전히 귀에 남아 있었다. 계단 위를 경사진 평지처럼 서둘러 내려가다가 하녀와 마주쳤다. 하녀는 밤이 지났으므로 방을 치우기 위해 계단을 올라오는 참이었다. "아이고!" 하고 외치며 그녀는 앞치마로 얼굴을 가렸지만, 그는 이미 거기서 떠난 상태였다. 그는 현관에서 세차게 뛰어나가, 차도를 지나 물가로 내달렸다. 어느새 그는 굶주린 사람이 먹을 것을 붙잡듯이 다리의 난간을 붙잡고 있었다. 그는 뛰어난 체조 선수처럼 그 위로 몸을 들어 올렸다. 소년 시절의 그는 부모님의 자랑거리가 될 정도로 뛰어난 체조 선수이기도 했다. 그는 힘이 빠져가는 손으로 아직은 난간을 붙잡고 있었고, 난간 창살 사이로 버스의 모습을 보았다. 그가 떨어지는 소리는 이 버스의 소리에 가볍게 묻혀버릴 것이다. 그는 나지막하게 "사랑하는 부모님, 저는 그래도 항상 부모님을 사랑했답니다." 하고 외치고는 몸을 떨어뜨렸다.

이 순간에 다리 위로는 한도 끝도 없는 차량 행렬이 지나가고 있었다.

──────────

378

〈1912년 9월〉 23일

나는 이 「선고」라는 이야기를 22일에서 23일까지 밤에, 저녁 10시부터 다음 날 아침 6시까지 단숨에 썼다. 오래 앉아서 뻣뻣해진 다리를 책상 아래서 꺼내는 것도 거의 불가능할 지경이었다. 끔찍하게 힘들기도 했지만 기쁨도 있었다. 이 이야기는 마치 내가 물에서 앞으로 나가듯이 발전되어 나갔기 때문이다. 이날 밤에 나는 몇 번씩이나 나의 무게를 등에 싣고 있었다. 어떻게 그 모든 것을 과감히 말할 수 있을 것인가. 어떻게 그 모든 것, 그 모든 환상적인 착상들을 위한 거대한 불꽃이 마련될 것이며, 그 불꽃 속에서 그것들이 사라진 후 다시 살아나게 될 것인가. 창문 바깥에서 하늘이 푸르게 변해가던 광경. 두 명의 남자가 다리 위를 지나갔다. 2시에 나는 마지막으로 시계를 바라보았다. 하녀가 처음으로 앞방을 지나가는 동안 나는 마지막 문장을 써내려갔다. 램프가 꺼지고 날이 밝아왔다. 가벼운 가슴의 통증. 한밤중에 사라지던 피곤함. 누이들의 방 안으로 떨면서 들어서던 것. 낭독. 그 전에 하녀 앞에서 기지개를 켜고 이렇게 말했다. "나는 지금까지 글을 썼어요." 손도 대지 않은 이불의 모습은 마치 이제야 방 안에 들여온 듯하다. 나는 소설쓰기와 더불어 글쓰기라는 수치스러운 저지대에 있다는 분명한 확신. 오로지 이런 식으로만, 오로지 이런 맥락에서만, 이처럼 완벽하게 육체와 영혼을 열어놓은 상태에서만 글은 써지는 것이다. 오전에는 침대에 있었다. 점점 더 맑아지는 눈. 글을 쓰는 동안 함께 데리고 다녔던 많은 감정들, 예컨대 내가 막스의 『아르카디아』를 위해 뭔가 아름다운 것을 하게 되리라는 기쁨, 자연스럽게 이어진 프로이트에 대한 생각들,[16] 어떤 자리에서는 『아널드 베어』에 대해 생각하고, 다른 자리에서는 바서만을, 또 다른 (으깨진) 자리에서는 베르펠의 「거대한 여자」를, 그리고 당연히 나의 「도시의 세계」[17]에 대해서도 생각.

나, 오로지 나만이 1층 좌석의 관람자이다.

구스타프 블렝켈트는 규칙적인 습관을 지닌 단순한 남자였다. 그는 불필요한 낭비를 좋아하지 않았고, 그러한 낭비를 일삼는 사람들에 대해서는 확고한 판단을 내리고 있었다. 그는 총각으로 살고 있었음에도 불구하고 아는 사람들의 혼사에서는 자기도 결정적인 발언을 행사하는 것이 전적으로 정당하다고 느꼈기 때문에, 그러한 정당성을 조금이라도 의문시하는 사람은 그와 사이가 좋지 않았을 것이다. 그는 자신의 생각을 주변에 털어놓곤 했으며, 자신의 생각이 딱 들어맞지 않는 청중들은 절대로 붙잡지 않았다. 어디서나 그러하듯이 그에게 경탄하는 사람들이 있었고, 그를 인정하는 사람들, 그를 봐주는 사람들, 그리고 마지막으로는 그에 대해 아무것도 알려 하지 않는 사람들까지 있었다. 사실 누구나, 심지어 가장 무용한 사람이라도, 주의 깊게 관찰하기만 한다면 그의 주변 여기저기서 형성되는 서클의 중심점이 될 수 있는 법인데, 구스타프 블렝켈트처럼 바탕부터 유별나게 사교적인 사람에게 사정이 다를 리 있을 것인가? 35세 되던 해, 즉 그의 생의 마지막 해에 그는 슈트롱이라는 이름의 젊은 부부네 집에 매우 빈번하게 드나들었다. 분명히 슈트롱 씨로서는 이제 막 아내의 돈으로 가구판매업을 시작한 상태라서 블렝켈트와의 안면이 여러모로 이익이 되었을 것이다. 왜냐하면 블렝켈트가 알고 있는 사람들의 대다수는 결혼할 능력이 있는 젊은 층이어서 조만간 스스로를 위해서 새로운 가구를 들여놔야 한다는 생각을 하지 않을 수 없을 것이고, 그러면 이 방향에서도 습관적으로 블렝켈트의 조언을 전반적으로 듣게 될 것이기 때문이다. "나는 그 사람들을 단단한 고삐에 매어두고 있지." 하고 블렝켈트가 말하곤 했다.

〈*1912년 9월*〉 24일

내 누이가 이렇게 말했다. "(그 이야기[18]에 나오는) 집은 우리 집과 매우 비슷하네." 내가 말했다. "어째서? 그런 곳에서라면 아버지는 변소에서 사셔야 할 텐데."

〈*1912년 9월*〉 25일

나 자신을 억지로 글쓰기에서 떼어냈다. 침대에 나 자신을 던져 넣었다. 피가 머리로 쏠림. 그리고 쓸데없이 물건들을 내던짐. 이 얼마나 해로운 행동들인가! ―어제 바움의 집에서 낭독. 바움의 가족, 내 누이들, 마르타,[19] 블로흐 박사의 부인, 그리고 그녀의 두 아들(그중 한 아들은 일 년간 자원입대) 앞에서. 낭독이 끝나갈 무렵에 내 손이 말을 듣지 않더니 실제로 얼굴 앞에서 이리저리 움직였다. 나는 눈에 눈물이 고였다. 이 이야기의 명확성이 확인되었다. ―오늘 저녁 나 자신을 글쓰기에서 억지로 떼어냈다. 국립극장에서의 영화들. 칸막이 좌석들. 한때 어떤 성직자가 쫓아다녔던 오플라트카 양.[20] 그녀는 겁이 나서 땀에 완전히 젖어 집으로 돌아갔다. 단치히. 쾨르너의 삶. 말[馬]들. 백마. 화약 연기. 뤼초의 거친 사냥.

열일곱 살인 카를 로스만은 하녀의 유혹에 넘어가 아이를 갖게 했다는 이유로 가난한 부모에 의해 미국으로 보내졌다. 이미 속도가 느려진 배가 뉴욕 항에 들어서자, 그의 시선은 아까부터 관찰해왔던 자유의 여신상을 향했다. 갑자기 더 강해진 태양 빛을 받으며 서 있는 듯했다. 칼을 들고 있는 여신상의 팔은 방금 들어 올린 것처럼 높이 솟아 있었고, 여신상 주위로는 자유로운 바람이 불고 있었다.

"정말 높네!" 그가 혼잣말을 했다. 그는 그 자리를 떠날 생각은 조금도 하지 않고 있었지만, 그의 옆으로 지나다니는 트렁크 운반꾼들의 수가 점점 더 많아지면서 서서히 갑판의 가장자리까지 밀려나고 있었다.

항해 도중에 잠시 알게 된 한 젊은이가 그의 옆을 지나가면서 말했다. "아직도 배에서 내릴 생각이 없는 건가요?" "내릴 준비는 다 했답니다." 하고 카를은 그에게 미소를 보내며 말했다. 신이 나기도 했고, 사실 힘이 센 소년이기도 했기 때문에 그는 트렁크를 거뜬하게 어깨에 멨다. 그런데 그 젊은이가 지팡이를 살짝 흔들며 다른 사람들과 함께 그 자리를 떠나는 모습을 건너다보다가, 로스만은 자기 우산을 배의 아래층에 두고 왔다는 생각이 났다. 그는 얼른 그 젊은이에게 자기 트렁크 옆에서 잠깐만 기다려달라고 부탁했는데, 그가 그 말을 듣고 아주 기뻐하는 것 같지는 않았다. 로스만은 돌아올 때 길을 잃지 않으려고 주변을 휙 둘러보고는 서둘러 달려나갔다. 아래층에 내려가니 지름길이 되었을 법한 통로가 유감스럽게도 방금 차단된 것을 발견했는데, 이는 아마도 모든 승객들이 배에서 내리도록 하는 것과 관계가 있었을 것이다. 그는 무수한 작은 공간들, 계속해서 구부러지는 복도들, 끊임없이 이어지는 짧은 계단들, 버려진 책상 하나만 있는 텅 빈 방을 지나면서 길을 찾아야 했다. 그러다가 그는 실제로도 완전히 길을 잃고 말았다. 그는 이 길을 몇 번 다녀보지도 않았고, 그마저도 항상 많은 사람들이 있을 때만 다녔기 때문이다. 그는 어찌할 바를 몰랐고, 마주치는 사람도 없었다. 위에서는 계속해서 수천 명이 오가는 발자국 소리가 들리는데, 저 멀리에서는 이미 중지된 기관의 마지막 작업 소리만 숨소리처럼 들려오고 있다는 것을 깨닫자, 그는 오래 생각할 것도 없이 헤매고 다니다가 우연히 마주치게 된 작은 문들 중에서 아무 문이나 두드려보기 시작했다. "열려 있소." 안에서 누군가가 외치자, 카를은 솔직하게 안도의 한숨을 내쉬며 문을 열었다. "왜 그렇게 미친 듯이 문을 두드리는 거요?" 거인 같은 한 남자가 물었지만, 그는 카를 쪽으로 거의 쳐다보지도 않고 있었다. 이미 다 사용된 것처럼 보이는 희미한 불빛이 천장에 있는 그 어떤 채광창을 통해 이 빈약한 선실 안을 비추고 있었는데, 선실에는 침대 하나, 옷장 하나, 안락의자 하나, 그리고 그 남자가, 창고 안에 들어온 물건들처럼 나란히 바짝 붙어 서 있었다. "길을 잃었습니다." 카를이 말했다. "항해 도중에는 전혀 의식하지 못했는데 이제 보니 이 배는 정말 겁날 정도로 크네요." "그건 당신 말이 맞소." 하고 그 남자는 약간 으스대며 말했지만 여전히 어떤 작은 트렁크의 자물쇠를 손질하고 있었다. 그는 양손으로 이 트렁크를 계속 누르면서 자물쇠의 고리가 찰칵하고 잠기는지 소리를 들어보고 있었던 것이다. "어쨌든 들어오시오" 하고 그가 말을 계속했다. "문밖에 계속 있으려는 것은 아니지 않겠소?" "제가 방해가 되지는 않을까요?" 카를이 말했다. "당신이 어떻게 방해가 되겠소?" "독일인이십니까?" 카를은 미국에 처음 오는 사람들이 특히 아일랜드 사람들 때문에 어떤 위험을 당할 수 있는지에 대해 많은 이야기를 들었었기 때문에 안전한지 확인하고 싶었던 것이다. "그렇소, 그렇다고요" 그 남자가 말했다. 카를은 그래도 망설였다. 그러자 그 남자는 순식간에 문손잡이를 잡더니 문을 쾅 닫음과 동시에 카를도 안으로 잡아끌었다. "나는 누군가가 복도에서 안을 들여다 보는 것이 정말 싫소." 그 남자는 이렇게 말하고는 다시 그의 트렁크를 손질하기 시작했다. "거기는 아무나 지나다니며 안을 들여다보는데 그걸 누가 견디겠소." "하지만 복도에는 아무도 없습니다." 하고 카를이 말했다. 그는 침대 기둥 사이에 꽉 끼인 상태로 불편하게 서 있었다. "그렇소, 지금은." 그 남자가 말했다. '지금이 문제지.' 하고 게오르크는 생각했다. '이 남자하고는 말하기 힘들겠구나.' "침대에 누워요, 자리가 더 편해질 테니." 그 남자가 말했다. 카를은 조심조심 침대 안으로 기어들어가다가, 처음에 한 번에 침대 속으로 뛰어들려 했으나 실패한 것이 생각나 큰 소리로 웃었다. 그런데 침대에 들어가는 순간, 그가 소리쳤다. "아차, 내 트렁크는 까마득히 잊고 있었네." "그게 어디 있소?" "위층 갑판에요. 아는 사람이 지켜주고 있어요. 그런데 그 사람 이름이 뭐더라?" 그리고 그는 어머니가 여행을 위해 윗옷 안쪽에 만들어준 비밀 주머니에서 명함을 하나 꺼냈다. "부터바움, 프란츠 부터바움이구나." "그 트렁크가 꼭 필요한 거요?" "물론이죠." "그렇다면 왜 그것을 모르는 사람에게 맡겨두었소?" "우산을 아래층에 두고 와서 그것을 가지러 와야 했는데, 트렁크도 같이 끌고 다니기가 싫어서요. 그러다가 길을 잃었던 것이고요." "당신 혼자요? 같이 다니는 사람도 없고?" "네, 혼자입니다." '어쩌면 이 남자에게 매달려야 할 것 같다.' 하는 생각이 카를의 머리를 스쳐 지나갔다. '지금 당장 어디서 이 사람보다 더 나은 친구를 발견하겠어?' "이제 우산은 물론이고 트렁크도 잃어버리셨구면." 이렇게 말하며 그 남자가 안락의자에 앉았는데, 마치 카를의 일이 그에게도 어느 정도 흥미로워진 것 같았다. "하지만 아직 트렁크까지 잃어버린 것은 아니라고 믿습니다." "믿는 자에게 복이 있나니." 그 남자는 이렇게 말하고는 어두운 색깔의 짧고 숱이 많은 머리를 벅벅 긁었다. "배에서는 항구가 바뀌면 관습도 바뀌는 법이오. 함부르크에서라면 당신이 말하는 부터바움이라는 자가 그 트렁크를 지켜줬을지 모르지만, 이곳에서는 이미 부터바움과 트렁크의 흔적이 모두 사라졌기 십상이오." "그렇다면 당장 갑판으로 올라가봐야겠군요." 카를은 이렇게 말하고는 여기서 어떻게 나갈 수 있을지 주위를 둘러보았다. "그냥 거기 있어요." 하고 그 남자가 말하더니 카를의 가슴을 한 손으로 거칠게 밀면서 침대로 밀어 넣었다. "왜 이러십니까?" 카를이 화가 나서 물었다. "그래봐야 소용이 없으니까 그렇소." 하고 그 남자가 말했다. "조금만 있으면 나도 밖으로 나갈 거요. 그때 우리 함께 갑시다. 둘 중 하나인데, 하나는 그 트렁크가 도둑을 맞은 경우요. 그렇다면 이제는 어떻게 해볼 도리가 없을 것이고, 당신은 당신 생애가 다할 때까지 그 트렁크를 떠올리며 울 수는 있겠지. 또 다른 하나는 그 남자가 여전히 그 트렁크를 지키고 있는 경우요. 그렇다면 그는 멍청한 녀석이고, 계속해서 그 짐을 지키고 있어야 할 테지. 아니면 그가 단지 솔직한 사람이라서 그 트렁크를 자리에 세워뒀을 수도 있는데, 그 경우라면 배 전체가 텅 빌 때까지 기다렸다가 찾는 것이 더 나을 것이오. 당신의 우산도 마찬가지고." "이 배의 사정을 잘 아십니까?" 카를이 의심스러운 듯이 물었다. 배가 비었을 때 그의 물건을 찾는 것이 가장 좋을 것이라는 이 생각은 평소 같으면 그럴 듯한 생각이겠지만 지금은 어떤 숨겨진 난점이 있는 것처럼 보였다. "나는 그래도 이 배의 기관실 화부요." 그 남자가 말했다. "당신이 이 배의 화부라고요?" 카를은 그 말이 완전히 예상밖이라는 듯이 기뻐하며 외쳤다. 그러고는 팔꿈치를 괴고 그 남자를 더욱 자세히 쳐다보았다. "제가 슬로바키아 사람과 함께 잠을 잤던 그 선실 바로 앞에도 벽에 통풍창이 하나 있었는데, 그것을 통해 기관실 안을 들여다볼 수 있었어요." "그렇소, 거기서 내가 일을 해왔소." 화부가 말했다. "그처럼 저는 항상 기술에 관심이 많았답니다." 카를이 어떤 생각에 빠져들면서 말했다. "그리고 저는 미국으로 건너와야 되지만 않았더라도 분명히 언젠가는 엔지니어가 되었을 거예요." "그렇다면 어째서 미국으로 건너와야만 했소?" "아휴, 말도 마세요!" 하고 말하면서 카를은 손을 내저어 이야기 전체를 생략했다. 그러면서도 그가 털어놓지 못하는 것에 대해 양해해달라는 듯이 미소를 지으며 화부를 바라보았다. "그 어떤 사연이야 있었겠지요." 하고 화부가 말했다. 그러나 화부가 그 사연을 말해보라고 하는 건지, 아니면 말하지 말라고 하는 건지는 알 수 없었다. "지금은 제가 화부도 될 수 있을 것 같습니다." 카를이 말했다. "부모님은 이제 제가 뭐가 되든지 관심이 없으니까요." "내 자리가 빌 것이오." 화부가 이렇게 말하면서 상황을 전체적으로 의식했다는 듯이 양손을 바지 주머니에 찔러 넣었다. 그러고는 주름 잡힌 철회색 인조 가죽 바지를 입고 있는 두 다리를 침대 위에 올려서 쭉 뻗었다. 카를은 벽 쪽으로 더 옮겨가야만 했다. "배를 떠나신다고요?" "그렇소, 우리는 오늘 떠날 거요." "그건 왜죠? 이곳이 마음에 들지 않나요?" "말하자면 사정이 있어서 그렇소. 사람의 마음에 들고 안 들고 하는 문제가 항상 결정적인 것은 아니오. 그건 그렇고 당신 말이 맞아요. 여기가 내 마음에 들지 않는 것도 사실이니까. 당신이 작심을 하고 화부가 되겠다는 생각을 하고 있는 것은 필시 아니겠지만, 그럴 때일수록 화부가 되기도 쉽소. 그러니까 나는 그런 생각은 하지 말라고 충고하는 바요. 유럽에서 대학 공부를 하고 싶다면 여기서도 공부를 할 수 있지 않겠소? 미국 대학들은 유럽보다 비교할 수 없을 정도로 더 좋아요." "그것도 가능하겠네요." 카를이 말했다. "하지만 저는 대학 공부를 하기에는 빈털터리나 마찬가지예요. 저도 물론 어떤 사람이 낮에는 가게에서 일하고 밤에는 공부하면서 결국은 박사가 되고, 제가 기억하기로는 시장까지 되었다는 이야기를 읽은 적이 있습니다. 하지만 그렇게 되려면 굉장한 끈기가 있어야 되는 것 아닌가요? 저에게는 그게 부족한 것 같아요. 게다가 저는 학교 다닐 때 특별히 훌륭한 학생도 아니었고, 학교를 떠나는 것도 사실 어려운 일이 아니었어요. 그리고 이곳에 있는 학교들은 아마 더 엄격할 거예요. 영어는 거의 못하고요. 그리고 이곳에서는 외국인에 대해서 편견이 많다고 생각합니다." "그런 이야기도 벌써 들었소? 흠, 그거 괜찮군. 그렇다면 당신은 나와 같은 편이오. 당신도 보다시피 우리는 지금 독일 배를 타고 있소. 이 배는 함부르크-아메리카 라인 선박 회사 소속이거든. 그런데 왜 여기서 일하는 사람들은 모두 독일인이 아닌 것일까? 왜 일등 기관사는 루마니아 사람일까? 그의 이름은 슈발이오. 이건 정말 믿기 힘든 사실이지. 그리고 이 거지 같은 놈이 독일 배에서 우리 독일 사람들을 학대하고 있단 말이오. 당신은 내가—그는 숨이 찼기 때문에 손으로 부채질을 했다—불평을 위한 불평을 한다고 생각하시오? 당신은 영향력도 없고 불쌍한 젊은 이에 불과하다는 것도 알고 있소. 하지만 지금 상황은 너무 좋지 않다는 말이오." 그러고는 주먹으로 여러 번 책상을 쾅쾅 쳤고, 책상을 치는 동안 그의 시선은 주먹에서 떠나지 않았다. "나는 이미 많은 배에서 일해본 경험도 있고—그리고 그는 20개나 되는 이름들을 하나의 단어처럼 연이어 거론했고, 카를은 정신이 하나도 없었다—일도 아주 잘했고, 칭찬도 들어봤고, 선장들의 마음에 딱 드는 일꾼이었소. 심지어는 같은 무역선에서 이삼 년 동안이나 있기도 했소. —그는 이것이 그의 삶의 정점이라는 듯이 자리에서 일어났다—그런데 여기 이 엉터리 배에서는 모든 것이 자로 잰 듯 정해져 있고, 어떤 재치도 통하지 않는 곳이다 보니 여기서는 내가 아무 쓸모가 없단 말씀이야. 내가 여기서는 항상 슈발한테 방해만 되고, 게으름뱅이고, 내던져버려도 싸고, 월급을 받는 것도 다 은총 때문이라는 것이오. 당신은 이런 상황을 이해하겠소? 나는 못하오." "그런 것은 감수하면 안 돼죠." 하고 카를이 흥분해서 말했다. 그는 자신이 미지의 대륙의 해안에 당도하여 어떤 배의 불확실한 지하 선실에 있다는 생각은 거의 잊고 있었고, 여기 화부의 침대에 있으니 마치 고향에 있는 것 같았다. "선장에게는 가보셨나요? 선장에게 가서 당신의 권리를 주장해본 적은 있으세요?" "에이, 가버리쇼, 차라리 여기서 나가버리란 말이오. 나는 당신을 이곳에 둘 생각이 없소. 당신은 내가 하는 말에는 귀도 안 기울이고 내게 충고만 하고 있소. 내가 어째서 선장에게 가봐야 한다는 것이오?" 화부는 피곤해져서 다시 자리에 앉더니 얼굴을 두 손에 파묻었다. "그보다 더 좋은 충고는 드릴 수가 없어요." 하고 카를이 혼잣말을 했다. 그리고 그는 여기서 충고나 할 것이 아니라 차라리 자기 트렁크나 찾으러 갔어야 했다고 생각했다. 자기가 해준 충고들을 화부는 한심한 것으로 생각하기까지 했으니 말이다. 아버지가 그 트렁크를 그에게 영원히 넘겨주면서 농담처럼 이렇게 말한 적이 있었다. "앞으로 얼마동안이나 네가 이 트렁크를 가지게 될까?" 그런데 지금은 진담으로 이 귀한 트렁크가 어쩌면 영영 사라졌다는 말을 하게 된 것이다. 그나마 위로가 되는 것은 그의 최근 행적에 대해서는 설령 아버지가 조사를 해보기로 마음먹는다고 해도 전혀 알 수 없으리라는 사실이었다. 선박 회사도 이 트렁크가 이제 뉴욕에 들어왔다는 정도만 통고해줄 수 있을 것이다. 그러나 카를의 마음을 아프게 했던 것은 트렁크 안에 있는 물건들을 거의 써보지 못했다는 것이었다. 예컨대 셔츠를 갈아입는 것이 오래전부터 필요했음에도 불구하고 말이다. 그러니 그로서는 엉뚱한 곳에서 절약을 해온 셈이었다. 본격적인 인생을 시작하려는 바로 이 시점에 깨끗하게 차려입고 등장하는 것이 아주 필요한 지금, 그는 더러운 셔츠를 입고 등장할 수밖에 없을 것이다. 전망은 좋았다. 그렇지 않았다면 트렁크를 잃어버린 것이 그렇게 화나는 일은 아니었을 것이다. 그가 입고 있는 옷은 트렁크에 있던 것보다도 더 좋은 것이었고, 트렁크에 있던 옷은 사실 어머니가 여행 직전에 급하게 만들어야 했던 임시방편에 불과했기 때문이다. 이제는 트렁크에 베로나 살라미[21]가 한 덩이 있었던 것도 기억났다. 어머니가 특별히 싸주신 것이었는데 끝부분만 조금 먹었을 뿐이다. 왜냐하면 그는 항해 도중에 입맛이 없었고 3등 선실에서 나눠준 수프의 양이 그에게는 충분했기 때문이다. 그런데 지금 그 소시지가 그의 손에 있다면, 그래서 화부에게 줄 수 있다면 얼마나 좋았을까. 그런 사람들은 작은 것이라도 뭔가를 찔러 넣어줘야 마음을 사로잡을 수 있는 법이고, 카를은 이 사실을 아버지로부터 들어 잘 알고 있었다. 아버지는 사업상 부하 직원들과 어떤 일을 해야 할 때는 그들에게 궐련을 나눠주어 환심을 샀었다. 이제 카를이 선물로 줄 수 있는 것이라고는 수중에 있는 돈뿐이었다. 그런데 만약 그가 이미 트렁크를 잃어버린 상태라면 당분간 돈에는 손대지 않고 싶었다. 그의 생각은 다시 트렁크에게로 돌아갔다. 그 트렁크를 그렇게 쉽게 잃어버릴 거였다면 항해 도중에는 왜 그렇게 열심히 트렁크를 지켰던 것인지 스스로도 이해할 수 없었다. 그는 지난 5일간의 밤들을 기억했다. 그때 그는 그의 왼편에서 두 번째 침대를 차지하고 있던 키 작은 슬로바키아 사람을 계속해서 의심했었다. 그가 자기 가방을 노리는 것 같았던 것이다. 이 슬로바키아 사람은 카를이 마침내 피곤해져서 잠깐이라도 졸게 되는 순간만 노리고 있었다. 그러면 항상 낮에도 가지고 놀거나 체력 단련을 할 때 쓰는 기다란 막대기를 이용하여 트렁크를 자기에게로 끌어당길 수 있을 것이기 때문이었다. 이 슬로바키아 사람은 낮에는 정말 순진무구하게 보였지만, 밤만 되면 때때로 자기 자리에서 일어나서는 슬픈 눈으로 카를의 트렁크를 쳐다보았던 것이다. 카를은 이 사실을 분명히 인식할 수 있었다. 왜냐하면 밤에 불을 켜는 것은 선실의 규칙에 의해 엄격히 금지되고 있었음에도 불구하고 항상 여기저기서 누군가가 이민자의 불안한 심정으로 조그만 불을 켜고 이민 사무국이 발행한 이해할 수 없는 설명서들을 판독하려고 애쓰고 있었기 때문이다. 그런 불이 옆에 있을 때는 카를이 잠깐이라도 눈을 붙일 수 있었지만, 그것이 멀리 있거나 어두울 때는 눈을 크게 뜨고 있어야 했다. 이런 일이 너무 힘들어서 카를은 완전히 녹초가 되었다. 이제는 아마 그것도 괜한 헛수고를 한 것이나 마찬가지가 되고 말았을 것이다. 이 부터바움이라는 녀석, 어디 한번 만나기만 해봐라.

이 순간에 바깥에서는 멀리서부터 어린이들의 발소리처럼 작고 짧은 간격으로 탕탕 치는 소리들이 이제까지 완전히 평온했던 이 공간 속으로 울려오기 시작하더니, 소리가 점점 더 커지면서 다가왔고, 이제는 남자들이 침착하게 행진하는 것처럼 들렸다. 그들은 좁은 통로에서 그러기 마련이듯이 열을 지어 걷는 것이 분명했다. 무기처럼 달그락거리는 소리도 들렸다. 카를은 이제 침대에서 쭉 드러누워 트렁크와 슬로바키아 사람에 관한 온갖 걱정에서 해방된 잠 속으로 빠져들려고 하다가 놀라서 일어났고, 화부를 약간 밀면서 이 사실에 주목하게 만들려고 했다. 왜냐하면 행렬의 선두가 이제 막 문가에 도착한 것 같기 때문이다. "이건 이 배의 악대요." 화부가 말했다. "저 사람들은 위층 갑판에서 연주를 하고 이제는 악기를 도로 넣어두기 위해 가는 거요. 이제는 모든 것이 다 끝났으니 우리도 갈 수 있겠소. 갑시다." 그는 카를의 손을 붙잡았지만, 마지막 순간에 침대 위의 벽에서 성모상을 떼어내어 가슴에 달린 호주머니에 쑤셔 넣고 자기 트렁크를 들고서는 카를과 함께 서둘러 선실을 떠났다.

"이제는 사무실로 가서 높은 분들에게 내 생각을 말할 거요. 이제 배에는 아무도 없으니 이것저것 고려할 것도 없소." 하고 화부는 여러 이야기를 반복했고, 가다가 통로를 가로질러 가는 쥐를 발견하고는 그것을 발로 밟아서 옆으로 밀어내려고 했지만, 쥐가 때마침 도착했던 쥐구멍 안으로 더 빨리 밀어 넣어준 격이 되고 말았다. 그는 전체적으로 동작이 느렸다. 다리가 길어서이기도 했지만, 그렇다 해도 그의 동작들은 너무 굼떴다.

그들은 조리실의 한 공간을 지나갔는데, 그곳에는 몇몇 소녀들이 더러운 앞치마를 두르고—그들은 일부러 앞치마를 적셨다—커다란 통에 든 식기들을 씻고 있었다. 화부는 어떤 리네라는 처녀를 자기에게로 부르더니 한 팔을 그녀의 허리 주위로 두르고 한참을 데리고 갔는데, 이 처녀는 그동안 계속해서 그의 팔에 몸을 비비며 아양을 떨고 있었다. "이제 임금을 나눠줄 거야. 함께 갈래?" 그가 물었다. "내가 왜 그런 수고를 해야 하죠? 차라리 내게 돈을 가져다줘요." 이렇게 대답하면서 그녀는 화부의 팔에서 빠져나와 가버렸다. 그녀는 "그 예쁜 소년은 어디서 낚은 거예요?" 하고 외치기도 했지만 대답을 듣고자 하지는 않았다. 그동안 일을 중단하고 있던 소녀들이 모두 웃어대는 소리가 들렸다.

그들은 계속 걸어가다가 어떤 문에 다다랐는데, 이 문의 위에는 작은 박공 같은 것이 있었고, 이것은 작고 도금이 된 카리아티드[22]들이 떠받들고 있었다. 배의 실내장식용치고는 정말 사치스러운 것 같았다. 카를도 이제 의식하게 된 것이지만, 그는 항해 도중에 이쪽으로 와본 적이 없었다. 이곳은 항해 도중에는 십중팔구 일등 선실과 이등 선실에 있는 승객들에게만 출입이 허용되었을 것이지만, 지금은 배를 대청소하느라고 칸막이 문들을 떼어낸 상태였던 것이다. 실제로도 그들은 몇몇 남자들과 마주쳤는데, 이들은 어깨에 빗자루를 메고 가면서 화부를 보고 인사했다. 카를은 이 거대한 작업을 보고 놀랐다. 그가 있던 삼등 선실에서는 당연히 이런 것들에 대한 이야기를 거의 듣지 못했다. 통로를 따라서 전선용 철사들도 늘어서 있었고, 작은 벨소리들이 끊임없이 들렸다.

화부가 공손하게 문에 노크를 했고, 들어오라는 소리가 들리자, 카를에게 손짓으로 겁먹지 말고 들어갈 것을 요구했다. 그도 방 안으로 들어갔지만 문가에 서 있었다. 그 방에 있는 세 개의 창문 앞에서는 바다의 파도도 보였다. 파도가 넘실거리는 모습을 관찰하다 보니 마치 지난 5일 동안의 항해에서 바다를 제대로 보지 못한 것처럼 가슴이 뛰기도 했다. 거대한 배들이 십자 모양으로 엇갈리면서 나아갔고, 파도가 치는 곳에서도 배의 무게가 허용하는 한에서는 그대로 나아갔다. 눈을 가늘게 뜨고 보니 이 배들이 오로지 자기의 중량 때문에 흔들리는 것 같았다. 돛대 위에는 가늘지만 기다란 깃발들이 달려 있었다. 깃발들은 항진 중이라 팽팽히 펼쳐진 상태였지만, 여기저기서 펄럭거렸다. 필시 전함에서 나왔을 것 같은 예포 소리가 울려 퍼졌다. 그다지 멀리 떨어지지 않은 곳에서 지나가던 한 군함의 포신들은 표면의 강철 부분 때문에 햇빛을 받아 번쩍이고 있었는데, 확실하고 빠르면서도 과도하지는 않은 정도로 안전하게 나아가고 있었다. 작은 배와 보트들은 적어도 창가에서 보기에는 꽤 멀리 떨어진 곳에 있는 것들만 관찰할 수 있었는데, 떼를 지어 커다란 배들 사이의 틈으로 들어가고 있었다. 그러나 그 모든 것들의 뒤에는 뉴욕이 서 있었고, 마천루의 수만 개나 되는 창문들을 통해 카를을 바라보고 있었다. 그렇다, 이 방에 있어야 자기가 지금 어디에 있는 것인지를 알 수 있었던 것이다.

한 둥근 탁자에는 세 명의 신사가 앉아 있었는데, 한 명은 푸른색 제복을 입은 항해사였고, 다른 두 사람은 항만청의 관료들로 검은색 미국식 제복을 입고 있었다. 탁자 위에는 위로 쌓아놓은 여러 서류들이 있었고, 항해사가 먼저 손에 든 펜으로 표시하면서 서류들을 훑어보다가 그것을 두 사람에게 넘겨주면, 이 사람들은 그것을 읽기도 하고, 발췌하기도 했고, 또 그중 한 사람이 거의 쉴새없이 이를 부딪치며 딱딱 소리를 내다가 그의 동료에게 기록해야 할 내용을 불러주지 않으면, 그대로 서류 가방에 집어넣기도 했다.

창가의 책상에는 한 작은 신사가 문을 등지고 앉아서, 그의 앞에 있는 튼튼한 책꽂이에 그의 머리 높이까지 쌓여 있는 커다란 서류들을 다루고 있었다. 그의 옆에는 금고가 열려 있었는데, 적어도 얼핏 보기에 텅 비어 있는 듯했다.

두 번째 창문은 텅 비어서 바깥 풍경을 내다보기에 최상이었다. 그러나 세 번째 창문 근처에는 신사 두 명이 목소리를 낮추며 이야기를 나누고 있었다. 한 사람은 창가에 기대고 있었는데, 이 사람도 배의 제복을 입고 있었고, 대검의 손잡이를 만지작거리고 있었다. 그와 이야기를 하는 사람은 창 쪽으로 향하고 있었는데 가끔씩 움직임으로써 상대편의 가슴에 달려 있는 훈장들의 일부가 드러나기도 했다. 이 남자는 사복을 입고 가느다란 대나무 지팡이를 들고 있었는데, 그가 양손을 허리에 대고 있었기 때문에 그의 지팡이도 대검처럼 보였다.

카를은 이런 것을 전부 관찰할 만큼 많은 시간이 없었다. 바로 사환 한 명이 그들에게로 다가오더니 화부에게 당신은 이런 곳에 어울리는 사람이 아니라는 시선으로 원하는 것이 무엇인지를 물었기 때문이다. 화부는 질문한 사람처럼 낮은 목소리로 자기는 경리과장과 이야기하고 싶다고 했다. 그 사환은 자기 직책에 따라 손짓을 하면서 이 부탁을 거절하긴 했지만, 발끝으로 둥근 탁자 주위를 크게 돌아 서류철을 다루던 신사에게로 갔다. 이 신사는 사환의 말을 들으며 크게 놀라는 모습이 역력했지만, 결국은 그와 이야기하고 싶다는 남자를 향해 몸을 돌린 다음, 화부를 향해, 그리고 확실하게 하기 위해 그 직원을 향해서도 손을 내저으며 분명하게 거절의 표현을 했다. 사환은 그것을 보고 화부에게로 되돌아가서 그를 믿고 어떤 이야기를 해준다는 어조로 말했다. "당장 이 방에서 나가세요!"

화부는 이런 대답을 듣고 카를을 내려다보았는데, 마치 카를이 화부로서는 무언중에도 자신의 마음을 털어놓을 수 있는 존재라도 되는 것 같은 표정이었다. 그러자 카를은 이것저것 생각하지도 않고 바로 자리에서 일어나 그 방을 가로질러 가면서 심지어는 장교의 안락의자를 가볍게 쓰다듬기도 했다. 그러자 사환은 마치 무슨 해충을 쫓는 사람처럼 카를을 잡기 위해 팔을 벌리고 고개를 숙인 채 달려왔다. 그러나 카를이 경리과장의 탁자에 먼저 도착했고, 사환이 자기를 끌고 가는 경우를 대비해 탁자를 꽉 붙잡고 있었다.

이와 동시에 당연히 방 전체가 활기를 띠었다. 탁자에 있던 배의 장교들이 화들짝 자리에서 일어났고, 항만청의 관리들은 침착하면서도 관심을 가지고 쳐다보았으며, 창가에 있던 두 명의 신사들은 나란히 걸어왔다. 사환은 이미 높은 분들이 관심을 보이고 있는 마당이므로 자기는 더 이상 그 자리에 어울리지 않는다고 생각하고는 되돌아서 물러갔다. 문간에 있던 화부는 긴장한 표정으로 자기의 도움이 필요할 순간을 기다리고 있었다. 드디어 경리과장이 안락의자에 앉은 채 오른쪽으로 크게 원을 그리며 돌았다.

카를은 이 사람들이 보는 것도 아랑곳하지 않고 자기의 비밀 주머니에서 여권을 꺼냈다. 그러고는 더 이상의 설명도 없이 그대로 여권을 펼쳐서 책상 위에 올려놓았다. 경리과장은 이 여권을 중요하지 않은 것으로 여기는 듯했다. 그가 그것을 손가락 두 개로 튕겨서 옆으로 밀어냈기 때문이다. 그러자 카를은 형식적 절차가 만족스럽게 해결되었다는 듯이 여권을 다시 집어넣었다. "제가 드리려고 하는 말씀은" 하며 그가 말하기 시작했다. "제 생각으로는 이 화부님이 부당한 일을 겪어왔다는 것입니다. 이분을 괴롭히는 사람은 이 배에 있는 어떤 슈발이라는 사람입니다. 이분 자신은 이미 여러 배에서 대단히 만족스럽게 일해왔으며, 그 배들의 이름을 다 댈 수도 있습니다. 그리고 부지런하고, 자기 일에 대해서도 자부심을 가지고 있습니다. 그런데 어째서 배 안에서 해야 하는 일이, 예컨대 상선만큼도 과도하지 않은 이런 배에서 하필이면 그의 능력이 나쁘다고 평가되어야 하는지 이해가 되지 않습니다. 따라서 그가 승진도 못하고 평소 같으면 반드시 주어졌을 좋은 평가도 못 받고 있는 것은 오로지 비방 때문이라고 생각합니다. 저는 이 사안에 대해 오로지 일반적인 것만 말씀드렸고, 그가 특별히 겪는 어려움에 대해서는 그가 직접 말씀드릴 것입니다." 카를은 모든 사람들을 상대로 이 사안에 대해 호소했다. 왜냐하면 실제로도 모든 사람들이 그의 이야기를 경청했을 뿐 아니라, 카를의 생각에는 경리과장이 올바른 사람이기를 기대하는 것보다는 여기 있는 모든 사람들 중에는 올바른 사람도 한 명쯤 있을 것이라고 기대하는 것이 훨씬 개연성이 컸기 때문이다. 그 밖에도 카를은 영리하게도 자기가 이 화부를 안 것이 얼마 되지 않는다는 사실은 말하지 않았다. 덧붙여 말하자면 카를은 이 자리에서 처음으로 대나무 지팡이를 들고 있던 신사를 마주 보게 되었는데, 그의 얼굴이 붉어지는 것을 보고 당황하지만 않았더라면 훨씬 더 잘 이야기할 수도 있었을 것이다.

"그가 한 이야기는 단어 하나하나 전부 사실입니다." 화부가 말했다. 아직은 누군가 그에게 물어보기도 전이었고, 사실 그가 있는 쪽으로 쳐다보는 사람도 아무도 없을 때였다. 훈장을 단 신사가 아니었더라면 이처럼 화부가 너무 빨리 서두른 것은 커다란 실수가 됐을 것이다. 이 신사는 카를이 지금 쳐다본 바로는 틀림없이 선장이었는데,

이미 화부의 말을 들어보자고 작심한 것 같았다. 그가 손을 들고 화부를 향해 이렇게 외쳤기 때문이다. "이리로 오시오!" 그 목소리는 망치로 내리치듯 단호했다. 이제 모든 것은 화부의 태도에 달려 있었다. 화부가 겪고 있는 일의 정당성에 관한 한 카를은 조금도 의심하지 않고 있었던 것이다.

다행히도 이 기회를 빌려 드러난 사실은 화부가 이미 전 세계를 많이 돌아다녔다는 것이었다. 그는 모범이 될 만큼 침착한 태도로 자기의 작은 트렁크에서 한 묶음의 서류들과 노트를 단숨에 꺼냈고, 마치 당연하다는 듯이 경리과장을 완전히 무시하면서 바로 선장에게로 다가가서 창가에다 자신의 증명 서류를 펼쳐 보였다. 경리과장으로서는 직접 그쪽으로 가는 수밖에는 도리가 없었다. "저 사람은 유명한 불평분자입니다." 하고 그는 해명하기 시작했다. "그는 기관실에 있을 때보다 경리과에 있을 때가 더 많습니다. 그는 슈발이라는 조용한 사람을 완전히 절망하게 만들기도 했지요." 그는 갑자기 "내 이야기 좀 들어보시죠!" 하며 화부에게로 몸을 돌렸다. "함부로 들이대는 당신의 버릇은 이제는 정말 너무 심하군요. 사람들이 당신을 경리실에서 내쫓은 것만 해도 벌써 몇 번입니까! 당신이 전적으로, 완전히, 한 번도 예외 없이 부당한 요구만 했기 때문에 그런 취급을 받아도 당연했던 것이지요! 그리고 그곳에 있다가 이곳에 있는 중앙경리실로 건너온 것만 해도 몇 번입니까! 슈발은 당신의 상관이니까 그에게 적응해야 할 사람은 당신이라고, 선의로 이런 말을 해준 것이 도대체 몇 번입니까! 그런데 이제는 선장님이 계시는 이곳까지 와서 부끄러운 줄도 모르고 선장님을 귀찮게 할 뿐 아니라, 나로서는 이 배에서 처음 보는 이 젊은 친구까지 끌고 와서 당신의 지겨운 불평불만의 학습된 대변인처럼 만들면서 스스로의 한심함을 드러내고 있군요."

카를은 앞으로 뛰어나가고 싶은 충동을 억지로 참고 있었다. 그러나 그곳에는 이렇게 이야기하는 선장도 있었다. "일단 저 사람의 이야기를 한번 들어봅시다. 슈발은 안 그래도 내가 보기에는 시간이 갈수록 점점 더 지나치게 독립적으로 되는 것 같소. 하지만 내가 당신 편을 들기 위해 이런 말을 한 것은 아니오." 마지막 말은 화부에게 해당되는 말이었고, 선장이 당장 화부의 편을 들 수 없는 것도 너무 당연했다. 그러나 모든 것이 제대로 되어 가는 것 같았다. 화부가 자기 입장을 설명하기 시작했다. 그는 시작하자마자 바로 슈발에게 '씨'를 붙일 정도로 감정을 억제할 수 있었다. 사무장이 떠난 책상에 앉아 있던 카를은 얼마나 기뻤는지 모른다. 그는 순수한 기쁨에 겨워 어떤 천칭을 몇 번이고 눌러보기도 했다. "슈발 씨는 옳지 않습니다. 슈발 씨는 외국인들을 선호합니다. 슈발 씨는 화부를 기관실에서 내쫓고 변소 청소를 시켰습니다. 이런 일은 화부가 할 일은 분명 아닌데 말입니다." 한번은 심지어 슈발 씨의 부지런함을 의심하는 발언까지 나왔는데, 그가 실제로 부지런한 것이 아니라 겉으로만 그렇게 보인다는 것이었다. 이 대목에서 카를은 온 힘을 다해 선장을 바라보았다. 마치 그가 자기의 동료나 된다는 듯이 다정스러운 표정이었다. 그가 이렇게 한 것은 오로지, 이처럼 다소 미련한 화부의 표현 방식이 화부에게 불리한 방식으로 작용하지 않도록 하기 위해서였다. 어쨌든 사람들은 그 장광설을 들으면서도 하고자 하는 말이 무엇인지를 알지 못하고 있었고, 비록 선장은 여전히 앞을 보면서 그 눈빛에는 화부의 이야기를 이번에는 끝까지 들어보겠다는 결심도 서려 있었지만, 다른 신사들은 이미 인내심을 잃고 있었고, 화부의 목소리는 이제 더 이상 이 공간의 분위기를 무제한 지배하지 못했고, 이는 상황을 다소 우려할 만한 것으로 만들고 있었다. 처음 반응을 보인 사람은 사복을 입고 있던 신사인데, 그는 대나무 지팡이를 흔들면서 나무 바닥을 탁탁 쳤다. 물론 아주 조용하게 치기는 했지만 말이다. 당연히 다른 신사들도 이따금씩 쳐다보았고, 항만청의 관리들은 자신들의 일이 급했던 모양으로 다시 서류를 집어 들고는 아직도 약간 정신이 멍하긴 한 상태지만 그것들을 훑어보기 시작했다. 배의 장교는 다시 그의 책상으로 옮겨 앉았고, 경리과장은 이제 이 게임은 이긴 거나 다름없다고 믿으며 반어적으로 깊은 한숨을 내쉬었다. 전반적으로 분위기가 산만해지고 있는데도 유독 사환만은 이런 분위기에 빠지지 않은 것 같았고, 높으신 분들 가운데 자리 잡은 이 불쌍한 남자의 고통에 공감하면서 카를을 향해서도 마치 뭔가를 설명하려는 듯이 진지한 표정으로 고개를 끄덕였다.

그러는 동안에도 창문 앞에는 항구의 생활이 진전되고 있었다. 납작한 화물선 한 척은 그 위에 산더미만 한 통들이 미끄러지지 않도록 쌓아 올렸는데, 그 모습을 보면 놀라지 않을 수 없을 것 같았다. 이 배가 지나가자 선실은 거의 어두울 지경이었다. 작은 모터보트들도 지금 카를이 시간만 있었다면 정확히 관찰할 수도 있었을 정도로 가까운 곳을 지나가고 있었는데, 키를 잡고 꼿꼿이 서 있는 한 남자의 양손이 움직이는 대로 윙윙거리며 똑바로 나아갔고, 끊임없이 움직이는 물살의 여기저기서 독특한 부유물들이 스스로 떠올랐다가 금방 다시 물결에 뒤덮였고, 놀라 바라보는 사람들 앞에서 물속으로 가라앉았다. 원양어선에서 내린 보트들은 힘차게 노를 젓는 선원들에 의해 앞으로 나가고 있었고, 승객들로 가득 차 있었다. 보트 속으로 억지로 밀어 넣어진 승객들은 그 안에서 조용히 기다리고 있었지만, 그래도 몇몇 승객은 변화하는 광경을 보려고 고개를 이리저리 돌리지 않을 수가 없었다. 끝없는 움직임, 더 나아가 일종의 불안감이 이 불안한 바다로부터 그것을 어쩔 줄 몰라 하며 바라보는 사람들과 그들의 동작에게로 전달되고 있었던 것이다.

그러나 모든 사람이 서두르라고, 분명히 말하라고, 아주 시시콜콜하게 이야기를 해보라고 재촉하고 있었는데, 화부는 무엇을 한 것일까? 물론 그는 땀까지 흘려가며 이야기를 했고, 한참 전부터 손이 떨려서 창가에 있는 서류들도 붙잡고 있지 못하는 상태였다. 그에게는 슈발에 대한 비난들이 무한정 떠올랐고, 그의 생각으로는 이러한 비난 중에 그 어느 하나만 들어도 슈발을 완전히 매장시키기에 충분한 것이었다. 그런데도 그가 선장에게 제시할 수 있었던 것이라곤 슬프게도 그 모든 비난들이 뒤죽박죽 뒤엉켜버린 이야기에 지나지 않았다. 대나무 지팡이를 든 신사는 이미 오래전부터 천장을 바라보며 나지막한 소리로 휘파람을 불고 있었고, 항만청에서 온 신사들은 이미 장교를 그들의 책상으로 불러들인 상태였으며, 지금도 그를 다시 놓아줄 기색은 전혀 없었고, 경리과장은 이야기에 끼어들고 싶어 몸이 근질근질했지만 선장이 가만히 있기 때문에 삼가고 있는 중이었다. 사환은 이제 차렷 자세로 서서, 화부와 관련해서 어느 순간에 내려질지 모르는 선장의 명령을 기다리고 있었다.

이제 카를로서도 더 이상 가만히 있을 수만은 없게 되었다. 그리하여 그는 서서히 그 그룹을 향해 다가갔고, 가는 시간이 짧았던 만큼이나 신속하게 머리를 굴려 어떻게 하면 이 사태에 되도록 적절하게 개입할 수 있을 것인가에 대해서만 생각했다. 지금은 사실 결정적인 타이밍이었다. 이제 잠시 후면 두 사람은 아주 당당하게 사무실에서 뛰쳐나갈 수 있을 것이었다. 선장도 좋은 사람인 것 같았고, 게다가 지금은 카를이 보기에 올바른 상관으로서의 모습을 보여줄 특별한 이유까지 있었다. 그렇지만 그도 결국은 아무렇게나 연주해도 되는 악기가 아니었다. 그런데도 화부는 바로 그런 식으로 그를 대하고 있었다. 그의 마음속에서 무한정 치밀어오는 분노를 억제하지 못했기 때문이었다.

그래서 카를은 화부에게 이렇게 말했다. "당신은 이야기를 좀 더 간단하게 해야 됩니다. 좀 더 명확하게요. 당신이 지금처럼 이야기하면 선장님이 그 이야기의 진실을 알아볼 수가 없게 됩니다. 선장님이 기관사들과 사환 모두의 이름을, 게다가 세 명까지 알고 계시기라도 한답니까? 그래서 당신이 지금 그런 식으로 이름만 대면, 그 사람이 누군지를 선장님이 아실 정도라는 겁니까? 당신이 하고 싶은 불평의 순서를 매겨보세요. 가장 중요한 것을 먼저 말하고, 그다음 것들은 중요한 것부터 말하세요. 그러면 대부분의 이야기들은 더 이상 거론할 필요도 없게 될 겁니다. 저에게는 그래도 항상 분명하게 말씀하셨잖아요." 미국에서는 트렁크를 훔치기도 하는데, 때로는 거짓말도 할 수 있는 것이지, 이렇게 생각하면서 카를은 마음속으로 자신의 거짓말을 정당화했다.

어쨌든 이렇게 해서라도 도움만 된다면 좋을 텐데! 이렇게 하는 것도 어쩌면 너무 늦은 것은 아닐까? 화부는 익숙한 목소리가 들려오자 당장 말을 멈췄지만, 그의 두 눈은 모욕당한 남자의 명예, 끔찍한 기억들, 현재 직면한 극도의 고통 등으로 완전히 눈물에 젖어 카를의 모습도 더 이상 분간하지 못하고 있었다. 그가 지금 어떻게 할 수 있겠는가. 카를은 지금 침묵하고 있는 화부 앞에서 마찬가지로 침묵하면서 깨달았다. 그가 지금 어떻게 갑자기 자신의 어투를 바꿀 수 있겠는가. 그가 지금 해야 할 이야기는 전부 다 했지만 신사들로부터는 조금도 인정받지 못한 것 같고, 또 다른 한편으로 생각해보면 아직 아무 이야기도 하지 않은 것 같지만, 그렇다고 해서 이제 모든 이야기를 할 테니 경청해달라고 할 수도 없는 상황이니 말이다. 그런 상황인데 그의 말을 유일하게 믿어주는 카를까지 가세해서 그를 생각해서 이야기를 해준다고 주장하지만 사실은 그가 전적으로 패자라는 사실만을 드러내고 있지 않은가.

'내가 창밖을 내다보고만 있을 것이 아니라 조금 전에 왔더라면.' 카를은 혼잣말을 하면서 화부 앞에서 고개를 숙였고 모든 희망이 끝났다는 표시로 양손으로 바지 솔기를 두드렸다.

그러나 화부는 이것을 오해했다. 아마도 카를의 말 속에 자신을 향한 그 어떤 비난이 숨겨져 있다고 느끼고는 그것을 풀어야겠다는 선의에서 이제는 카를과 다투기 시작했는데, 이것이 화부가 한 행동의 대미를 장식했던 것이다.

이제는 둥근 탁자에 있던 신사들도 자신들의 가장 중요한 업무를 방해하는 이 무익한 소동에 대해 벌써부터 화가 나 있는 참이었고, 경리과장은 서서히 선장의 인내심을 이해할 수 없다고 생각하면서 당장이라도 폭발할 지경이었고, 사환은 전적으로 다시 상관의 분위기에 빠져들어 화부를 사납게 노려보고 있었고, 선장이 이따금 친절한 표정으로 올려다보곤 하던 대나무 지팡이의 신사도 결국은 화부에 대한 관심이 완전히 무뎌졌을 뿐 아니라 심지어 역겨움까지 느끼면서 작은 노트를 하나 꺼내 들었고, 필시 전혀 다른 안건들에 신경쓰면서 수첩과 카를을 번갈아 바라보고 있었다.

"압니다, 네, 알아요" 하고 카를이 말했다. 그는 이제 그에게 향해지는 화부의 장광설을 받아내느라 고생이었지만, 그렇게 논쟁하는 와중에도 간간이 화부를 향해 호의 어린 미소를 보낼 정도의 여유는 있었다. "당신 말이 맞습니다. 맞고요, 저도 그 사실을 의심해본 적은 한 번도 없다니까요." 카를은 화부가 마구 흔드는 팔에 맞게 되지 않을까 하는 생각 때문에 그의 팔을 꼭 붙잡고 싶었을 것이다. 하지만 화부를 구석으로 끌고 가서 그에게 위로가 되지만 다른 사람들은 들을 필요가 없었을 몇 마디를 속삭여줄 수 있었더라면 더 좋았을 것이다. 그러나 화부는 조금도 정신을 차리지 못하고 있었다. 이제 카를은 화부가 다급해지면 절망한 나머지 여기 있는 일곱 남자를 완력으로 제압할지도 모른다는 생각을 하며 마음속으로 위안을 삼기까지 했다. 그러나 책상 위를 훑어보고 알게 된 것처럼, 책상 위의 한 장식대에는 무수히 많은 버튼들이 전선에 연결되어 달려 있었고, 한 손으로 가볍게 그 위를 누르기만 해도 복도마다 적대적인 사람들로 가득 차 있는 이 배 전체가 반항심으로 들끓게 만들 수도 있었다.

이때 지금까지 그다지 관심이 없어 보이던, 대나무 지팡이를 든 신사가 카를에게로 다가와서 매우 큰 소리는 아니지만 화부가 지르는 모든 외침을 능가할 만큼 분명한 어조로 물었다. "도대체 당신은 누구요?" 이 순간에 마치 문 뒤에 있던 누군가가 이 신사의 이 말을 기다리고 있기나 했던 것처럼 노크 소리가 났다. 사환은 선장 쪽을 바라보았고, 선장은 고개를 끄덕였다. 그래서 사환이 문가로 가서 문을 열었다. 문 밖에는 낡은 연미복을 입은 중키의 남자가 서 있었는데, 외모로 보아 기관실에서 일하기에 적합한 것 같지도 않았다. 그런데 바로 이 남자가 슈발이었다. 카를이 모든 사람들의 눈에서 일종의 안도감이 표현되고 있음을, 심지어 선장도 거기서 예외가 아님을 보면서도 그가 슈발이라는 것은 알아채지 못했다고 하더라도, 화부의 모습을 보고는 경악하면서 그 사실을 깨달았을 것이다. 화부는 팔을 강하게 뻗으며 주먹을 불끈 쥐었는데, 이렇게 불끈 쥔 주먹이야말로 그가 이제껏 살아오면서 희생할 용의가 되어 있었던 것 중에서 가장 중요한 것이라고 생각하는 듯했다. 이 주먹에는 이제 그의 모든 힘이, 심지어 그를 똑바로 서 있게 하는 힘까지도 들어 있었던 것이다.

그러니까 바로 이런 순간에 문제의 적수敵手가 자유롭고 신선한 표정으로 연미복 차림으로 서 있었던 것이다. 팔 밑에는 필시 화부의 임금 기록과 취업 증명 등을 다루고 있을 장부를 한 권 끼고 있었다. 그는 무엇보다도 여기 있는 각자의 기분이 어떤지 확인하고 싶다는 표정을 거리낌 없이 드러내면서 사람들의 눈을 차례차례 들여다보고 있었다. 여기 있는 일곱 사람 모두 이미 그의 편이었다. 비록 선장이 전에는 그에 대해 안 좋은 생각을 가지고 있기도 했지만, 어쩌면 이것도 그를 미리 보호하기 위해 그런 것이었을 수도 있고, 화부 때문에 고생한 이후로는 선장도 더 이상 슈발의 어떤 점에 대해서도 나무랄 생각이 없는 것 같았다. 화부 같은 사람에게는 아무리 엄하게 처리를 해도 결코 지나치지 않았을 것이고, 만일

〈일기 2권 139쪽에서 계속됨〉

제7권(1913~1914)

1913년 2월 11일

「선고」를 교정하는 것을 계기'로, 나는 이 이야기 속에서 명백하게 드러나고 현재 내가 관련되어 있는 모든 관계들을 기록한다. 이런 과정이 꼭 필요한 이유는, 이 이야기가 정상 분만 때의 출산에서처럼 온갖 더러운 점액들로 뒤덮여서 내 몸 밖으로 나왔기 때문이며, 오직 내 손만이 억지로 몸으로까지 밀고 나갈 수 있으며, 그리고 그렇게 하고 싶어 하기 때문이다.

그 친구는 아버지와 아들 사이의 연결 끈이며, 그 둘의 최대의 공통점이다. 외롭게 창가에 앉아 게오르크는 탐욕스럽게 이 공통점을 헤집고 파면서, 자신 속에 아버지를 간직하고 있다고 믿었고, 잠시 스쳐 지나가는 슬픈 생각에 잠긴 것을 제외하고는 모든 것이 평화롭다고 여기고 있었다. 그런데 이야기가 전개되면서, 공통점이었던 그 친구로부터 어떻게 아버지가 솟아 올라와서 다른 작은 공통점들이, 예컨대 사랑, 오직 어머니만을 추억하는 그녀에 대한 충성심 그리고 아버지가 원래 사업상 얻은 정보와 고객을 앞세우며 어떻게 게오르크에 맞서게 되는가를 보여준다. 게오르크는 아무것도 가진 것이 없고, 다만 이야기 속에서 친구, 다시 말해서 그 공통점과의 관계를 통해서 살아 있는 신부만이 있을 뿐인데, 그 신부도 아직 결혼식을 치르지 않았기에 아버지와 아들을 잇고 있는 혈연관계 속으로는 들어올 수 없으며, 아버지로부터 쉽게 쫓겨날 수 있었다. 공통적인 것은 모두 아버지 주위를 둘러싸고 탑처럼 쌓였으며, 이것을 게오르크는 오직 이질적이며 독립되고, 그가 결코 충분히 보호하지 못하며, 러시아 혁명에 내맡겨진 것처럼 느꼈다. 그리고 그 자신은 오직 아버지만을 바라보고 있었기에, 그로부터 아버지를 완전히 차단시킨 그 선고가 그렇게 강하게 영향력을 미쳤다.

게오르크Georg는 프란츠Franz와 동일한 글자 수로 되어 있다. 벤데만Bendemann에서 '만mann'은 이야기에서 아직도 미지의 모든 가능성들을 위해서 미리 '벤데Bende'를 강화하는 것뿐이다. 그러나 벤데는 카프카와 동일한 글자 수를 가지며, 모음 에e가 카프카의 아a와 동일한 자리에 위치한다.

프리다Frieda 역시 펠리체Felice와 동일한 글자 수로 첫 문자가 에프f로 같다. 브란덴펠트Brandenfeld도 바우어Bauer와 동일한 첫 음이며 들판이라는 의미를 가진 '펠트feld'라는 단어는 농부를 뜻하는 바우어와 의미상으로도 어떤 관련성이 있다. 아마도 베를린에 대한 생각까지도 영향력을 발휘한 것 같기도 하고, 프로이센의 마크 브란덴부르크 지역에 대한 기억이 작용한 것 같기도 하다.

〈1913년〉 2월 12일

나는 객지 생활을 하는 친구들에 대해 기술하면서 너무 슈토이어[2]만을 생각했다. 내가 이 이야기를 쓴 지 약 3개월 뒤에 우연히 그 친구와 만났을 때, 그는 약 3개월 전에 약혼했다고 말했다.

어제 내가 친구 벨취[3] 집에서 이야기를 낭독하자, 늙은 벨취 씨가 밖으로 나갔다. 잠시 후에 돌아와서는 이야기에서 형상적인 표현을 특별히 칭찬했다. 그는 팔을 뻗쳐 손을 들고는 말했다. 나는 이 아버지가 여기 내 앞에 서 있는 것을 보고 있다. 그러면서 그는 내가 낭독할 때 그가 앉아 있었던 그 빈 소파만을 뚫어지게 보았다.

누이동생이 말했다. "그건 우리 집이에요." 나는 그녀가 장소를 잘못 이해한 데에 당황해서 말했다. "그런 곳에서라면 아버지는 변소에서 사셔야 할 텐데."

〈1913년〉 2월 28일

에른스트 리만[4]은 궂은 가을날 아침 사업상 콘스탄티노플에 도착해서, 평소의 습관대로—그는 이런 식의 여행을 이미 열 번도 더 했다—다른 것에는 별로 신경 쓰지 않고 예의 텅 빈 골목길을 지나 자신이 항상 만족스럽게 묵곤 했던 호텔로 마차를 타고 갔다. 날씨는 쌀쌀하기까지 했으며, 보슬비가 마차 안에까지 흩날려 들어왔다. 금년 한 해 내내 출장 여행 중에 그를 따라다녔던 궂은 날씨에 짜증이 나서, 마차 창문을 위로 올리고는 구석에 몸을 기대고 도착할 때까지 남아 있는 15분 정도를 마차 속에서 잠을 청해 잊어버리려 했다. 그러나 막 마차가 상가 지역으로 들어오자 잠시도 쉴 수가 없었다. 거리 장수들이 외치는 소리, 짐차들이 굴러가는 소리 그리고 자세하게 알아볼 필요도 없는 의미 없는 소음들, 예컨대 군중들의 박수 소리가 방해가 되어 그는 평소처럼 깊이 잘 수 없었다.

도착 목적지에서도 썩 유쾌하지 못한 놀라움이 그를 기다리고 있었다. 최근에 슈탐불에서 대화재가 있었는데, 리만은 아마도 여행 중 읽어서 알고 있었다. 그런데 그가 묵곤 했던 킹스턴 호텔이 거의 전소했던 것이다. 물론 이 사실을 알고 있었던 마부는 그럼에도 고객에게 완전히 무관심한 채 그의 지시에 따라 한마디 말도 없이 그를 다 타버린 호텔 현장에까지 데려온 것이었다. 그는 마부석에서 조용히 내리더니, 리만의 짐가방을 내려놓으려 했다. 하지만 리만이 그의 어깨를 잡고 흔들자, 마부는 가방을 들다가 다시 놓았는데, 너무나 천천히 그리고 졸린 듯이 놓는 모양이 마치 리만이 하지 말라고 지시해서가 아니라 자기가 생각을 바꾸었기 때문인 듯 행동했다.

호텔 1층은 그래도 부분적으로 남아 있어서 위와 옆면을 모두 격자 칸막이를 쳐서 어지간히 기거할 수 있게 해놓았다. 터키어와 프랑스어로 쓰인 팻말에는 호텔은 곧 이전보다도 더 아름답고 더 현대적으로 재건축될 것이라고 했다. 그러나 그에 대한 전조는 고작해야 삽과 망치로 잿더미를 퍼서 작은 손수레에 싣고 있는 세 명의 품삯 일꾼의 작업이었다.

본 바대로 이 폐허 더미에서는 화재로 실업자가 된 호텔 종업원들이 살고 있었다. 리만이 마차를 세우자, 검정 연미복 코트에 새빨간 넥타이를 한 신사가 곧바로 달려와서 화재 사건에 대해서 설명했으며, 리만은 지겨운 듯 억지로 듣고 있었다. 그 신사는 설명 중에 길고 가느다란 수염을 계속해서 손가락에 감고 있으면서, 화재가 어디에서 발생했고 어떻게 불이 번져서 모든 것이 다 타서 붕괴되었는가를 가리킬 때에만 그 짓을 멈추었다. 이야기가 진행되는 동안 한 번도 눈길을 바닥에서 떼지 않고 마차 문의 손잡이도 놓지 않았던 리만은 마부에게 다른 호텔 이름을 대주면서 그리로 가자고 명령하려 했다. 그러자 연미복을 입은 그 남자는 두 팔을 들어 올려 다른 호텔로 가지 말고 언제나 만족했던 이 호텔에 머물러 달라고 간청했다. 물론 이 말이 다만 빈말일 뿐이며, 리만이 문에서 그리고 창가에서 보았던 남녀 종업원들 중 어느 누구도 기억하지 못하듯, 그들 역시 어느 누구도 리만을 기억하지 못했음에도 불구하고, 그는 자신의 습관을 사랑하는 사람처럼 그렇다면 어떤 식으로 이 순간에 이 다 타버린 호텔에 숙박하는 것을 고수해야 하는지를 그에게 질문했다. 전에 호텔에 왔던 고객, 특히 단골고객을 위해서 개인 집에 좋은 방을 마련해두었기에, 그가 명령만 하면 곧바로 모셔 갈 것이며, 가까운 곳에 있어서 시간을 잃을 것도 없고, 가격 역시 호의 차원에서 또한 대체해주는 방이기에 아주 저렴하고, 빈 요리법으로 만든 식사는 더 나을 것이며, 서비스는 이전 여러 가지 면에서 불만스러웠던 킹스턴 호텔보다도 더욱 세심한 서비스로 봉사할 것이라고 한다. 리만은 그런 터무니없는 말을 듣고 자기도 모르게 웃을 수밖에 없었다.

"고맙소." 리만은 이렇게 말하면서 마차에 올랐다. "나는 콘스탄티노플에 딱 닷새만 머물 예정인데, 이 기간에는 개인 집에 묵지 않을 것이오. 아니, 호텔로 갈 것이오. 그러나 내년에 내가 다시 오고 이 호텔도 다시 건축되면 확실히 그때에는 여기에서 내리지요. 그렇게 하게 해주시죠!" 그러고는 리만은 마차 문을 당겨 닫으려 했는데, 호텔 지배인이 문고리를 움켜쥐었다. "신사 나리!" 그가 간청하듯 말하면서 리만을 쳐다보았다.

"놓으시오!" 리만은 소리를 질렀다. 그리고 문을 흔들며 마부에게 외쳤다. "로얄 호텔로." 그러나 마부가 알아듣지 못한 것인지, 문이 닫히기를 기다린 것인지, 어쨌든 그는 마부석에 조각처럼 앉아 있었다. 그러나 호텔 지배인은 문고리를 놓지 않고 동료들에게 열렬하게 손짓까지 해가며 움직여서 자신을 도와달라고 했다. 특별히 한 처녀에게 기대를 많이 건 듯 계속해서 그녀를 불러댔다. "피니! 그러니깐 피니! 대체 피니 어디 있나?" 창가와 문에 서 있던 사람들은 집 안으로 몸을 돌려 서로 불러댔다. 그들은 창가를 지나 뛰어다니면서 모두 피니를 찾았다.

리만은, 출발을 저지하고 단지 굶주림으로 그런 행동을 하게끔 용기를 얻은 그 남자를 일격에 문에서 밀쳐낼 수도 있었을 것이다. 그 남자도 이것을 잘 알았기 때문에 감히 그를 쳐다볼 엄두도 내지 않았다. 그러나 리만은 여행 중에 이미 여러 차례에 걸쳐서 나쁜 경험을 했기 때문에 객지에서는 어떤 주목도 받는 것을 피해야 하는 것이 얼마나 중요한가를 알았다. 그래서 그는 조용히 마차에서 내려, 경련을 일으키며 문을 잡고 있는 그 남자를 개의치 않고 지나쳐서, 마부에게 가서 재차 지시하면서 빨리 여기서 떠나자고 더욱 강조해서 명령을 내렸다. 그러고 나서 마차 문을 잡고 있는 그 남자에게로 가서, 외견상으로는 평상시처럼 그의 손을 잡았지만 은밀하게 그의 손목을 강하게 비틀었다. 그러자 남자는 명령이자 자신의 고통의 소리인 "피니!"라고 외치면서 펄쩍 뛰었고, 그 바람에 손잡이를 놓치고 말았다.

"그녀가 온다! 그녀가 온다고!" 모든 유리창에서 외쳐댔다. 한 처녀가 미소를 지으며 이제 막 매만진 머리에 손을 댄 채 반쯤 고개를 숙이고는 집에서 나와 마차로 왔다. "어서 빨리! 마차 안으로 들어가세요! 정말 비가 오네요." 그녀는 리만의 어깨를 잡더니 자신의 얼굴을 리만 얼굴에 바짝 가까이 대면서 외쳤다. "저는 피니입니다." 그녀는 나지막하게 말하면서 손으로 그의 어깨를 따라 쓰다듬었다.

"사람들이 날 그렇게 나쁘게 생각하지는 않겠지." 리만은 혼자 중얼거리면서 처녀를 바라보며 미소 지었다. "내가 더 이상 불확실한 모험을 감행할 청년이 아닌 것이 유감이군." "뭐, 오해가 있는 것 같군, 아가씨." 그는 그렇게 말하면서 마차 쪽으로 몸을 돌렸다. "난 그들을 불러오게 하지도 않았고, 더욱이 그들과 함께 떠날 생각도 없소." 마차 밖을 향해서 그는 덧붙였다. 더 이상 애쓰지 마시오.

그러나 피니는 이미 디딤대 위에 한 발을 올려놓고 가슴 위로 팔짱을 끼고는 말했다. "왜 제가 선생님께 방을 추천하는 것을 싫어하시나요?" 리만은 이미 여기서 겪은 곤혹스러운 일에 지쳐서, 몸을 그녀쪽으로 내밀면서 말했다 "제발 불필요한 질문으로 나를 지체시키지 말아요! 나는 호텔로 갈 것이고, 그걸로 충분하오. 어서 발을 내려놓으시오 그렇지 않으면 위험해요. 마부, 자, 갑시다!" "멈춰요." 그 처

412

녀가 소리쳤다. 그리고 이제는 정말로 마차 안으로 뛰어들려고 했다. 리만은 고개를 흔들며 일어나서, 그의 땅땅한 체구로 문을 완전히 가로막았다. 처녀는 그를 밀치려고 머리와 무릎까지 동원했다. 마차는 빈약한 스프링 용수철 위에서 흔들거렸고, 리만은 더 이상 버틸 수가 없었다. 왜 선생님은 저를 데려가려 하시지 않나요? 대체 왜 저를 데려가지 않나요? 처녀는 계속 반복했다. 리만은 별 완력을 쓰지 않고서도 그 힘센 처녀를 물리칠 수 있었을 것이다. 그런데 지금까지 피니로부터 멀리 떨어져서 점잖게 있던 그 연미복의 남자가 피니가 흔들거리는 것을 보고는 갑자기 뛰어들어서, 리만이 여전히 조심스럽게 방어하는 것에 대항해서 피니를 뒤에서 받치고는 모든 힘을 다해서 그녀를 마차 안으로 들어 올리려고 했다. 이 뒤에서 받쳐주는 힘을 느끼면서 그녀도 정말로 마차 안으로 밀고 들어와서, 밖에서부터 밀어 닫혀지는 문을 끌어당기면서 말했다. "이제 되었네." 그러고는 우선 블라우스를 잠시 고쳐 입더니 머리를 아주 세심하게 매만졌다. "원, 세상에. 대체 이런 일이." 리만은 의자 뒤로 나가떨어지며 말했고, 그 맞은편에 처녀가 앉았다.

1914년 2월 16일

쓸모없는 날. 유일하게 기뻤던 것은, 어젯밤을 통해서 입증된 좀 더 잘 잘 수 있다는 희망뿐이었다.

———————

나는 평상시와 마찬가지로 일이 끝나고 집으로 갔다. 그때 겐즈머 집에 있는 세 개 창문 모두에서 사람들이 활기차게 손짓을 하며 나를 주목하고 있는 것 같았다. 나는 올라가고 싶었다.

1914년 2월 22일

숙면을 하지 못하고 (어제 여류 화가 디트리히,[5] 흰머리에 까만 눈동자) 시끄러워서 머리 왼쪽 윗부분이 아프기는 했지만, 전체적으로는 편안한 자세를 취할 수 있었고, 그 속에서 나는 모든 것을 잊을 수 있었다. 좋은 것만 의식할 수 있을 것 같았다.

———————

책상 앞에 앉아 있는 사장님. 사무원이 카드 한 장을 가지고 온다. 그는 이미 대갈못이다. 그것은 옷에 달라붙은 가시이다. 인간은 가시이다.

———————

1914년 2월 23일

나는 떠난다.[6] 무질의 편지.[7] 기쁘기도 하고, 나를 슬프게 하기도 한다. 나는 아무것도 가진 것이 없기 때문이다.

1914년 3월 8일

만일 F.[8]가 나처럼 나에 대한 거부감을 가진다면 결혼은 불가능할 것이다. 왕자는 숲 속의 잠자는 공주와 그리고 더욱 골치 아픈 여자

414

와 결혼할 수 있다. 그러나 공주가 왕자일 수는 없다.

———————————

웬 젊은 남자가 멋진 말을 타고는 저택 문에서 나간다.

———————————

할머니⁹가 돌아가셨을 때, 우연히 간호사만이 임종을 지켰다. 이분이 말하기를, 할머니는 돌아가시기 직전에 의자에서 약간 몸을 일으켜서 누군가를 찾는 듯하다가 다시 뒤로 누우셨고, 돌아가셨다고 했다.

———————————

내가 압박에 완전히 둘러싸여 있는 것이 분명하지만, 내가 그것과 하나가 되지 않은 것이 아주 확실하다. 가끔 그 압박이 완화되는 것을 느끼는데, 그것은 붕괴될 수도 있을 것이다. 결혼 혹은 베를린이라는 두 가지 수단¹⁰이 있다. 후자가 더 안전하고, 전자는 직접적으로 더 유혹적이다.

———————————

나는 잠수했고, 곧바로 익숙해졌다. 작은 무리들이 꼬리에 꼬리를 물고 올라가면서 떠다니더니, 풀 속으로 자취를 감추었다. 야단법석 하는 물이 종을 이리저리로 흔든다──틀림

1914년 3월 9일

렌제는 어스름한 복도를 몇 걸음 지나 작은 식당 문을 열었다. 식당 문은 벽과 같은 벽지로 발려 있었다. 그는 거의 자세히 살펴보지도 않은 채, 시끄럽게 떠들고 있는 군중들에게 말했다. 제발 좀 조용히 해달라고. 그가 다시 자기 방으로 돌아왔지만, 소음은 변화 없었다. 잠시 멈추었다가 다시 돌아가보려 했으나, 생각을 고쳐먹고 방에 그대로 있었다.

거기에는 열여덟 살 정도 되어 보이는 소년이 창가에 서서 마당을 내려다보고 있었다. 렌제가 들어가자, 벌써 조용해졌네요, 하고 소년은 말하면서 오뚝한 코와 깊숙한 눈을 그쪽으로 추켜올렸다. 전혀 조용해지지 않았어. 렌제가 말하고는 탁자 위에 놓여 있는 맥주를 한 모금 마셨다. 여기서는 도대체가 조금도 휴식을 취할 수 없네. 젊은 이, 자네도 여기에 적응해야만 할 것이야.

———————

나는 너무 피곤하다. 잠을 자서 피로를 회복해야만 한다. 그렇지 않으면 어떤 관점에서도 진 것이다. 자신을 지키기 위해서 얼마나 노력을 해야 하나! 원기를 회복하기 위해서 드는 힘보다 그 어떤 기념비적인 작품에 드는 힘이 덜할 것이다.

———————

일반적인 논증: 나는 F.에게 졌다.

———————

학생인 렌제는 작은 궁정 방에 앉아서 공부를 했다. 하녀가 와서, 웬 젊은 남자가 렌제와 말하고 싶어 한다고 전했다. 대체 그의 이름이 뭔데? 렌제가 물었다. 하녀는 그것을 몰랐다.

———————

나는 여기서 F.를 잊지 않을 것이며, 그래서 결혼하지 않을 것이다. 그것은 아주 확실하게 정한 건가?
그래, 판단할 수 있다. 나는 서른한 살이 꽉 찼고, 거의 2년 동안 F.를 알고 지냈기 때문에 벌써 사태를 조망할 수 있다. 게다가 여기서 F.가 내게 별 의미가 없다 하더라도 잊을 수 없는 것이 내 생활 방식이다. 내 생활 방식의 단조로움, 한결같음, 안락함 그리고 비자립성은 내가 한 번 갔던 그곳에 서 있도록 꽉 붙들고 있어서 거부할 수조차 없다. 게다가 나는 안락하고 의존적인 삶에 보통 이상으로 매달리

416

므로 손해란 손해는 모두 나로 인해 더욱 가중된다. 결국 나는 늙어 가고, 변화하기가 점점 더 어려워질 것이다. 이 모든 것에서 나는 그러나 지속적이며 아무런 개선의 전망이 없을 것 같은 거대한 불행이 나를 기다리고 있는 것을 본다. 나는 급여 사다리 위에서 수년간을 끌려 다니고 있고, 어쨌든지 그것을 참고 견디는 동안에는 더 슬프고 더 고독하게 될 것이다.

그렇다면 너는 그런 삶을 원했단 말인가?

내가 결혼했다면 관료 생활이 내게 좋았을는지 모른다. 어떤 면으로 보더라도 사회, 여자 그리고 글쓰기에 대해서 너무 큰 희생을 요구하지도 않고, 다른 면에서 안락함과 의존성을 변질시키지 않으면서 나의 든든한 버팀목이 되었을 것이다. 왜냐하면 기혼남으로 나는 아무것도 두려울 것이 없을 테니까. 그러나 독신자로서 그러한 삶을 끝까지 지속할 수 없다.

그렇다면 너는 결혼할 수 있을까?

내가 F.를 그렇게 사랑했건만 당시 나는 결혼할 수 없었고, 모든 것이 내 속에서 그것을 반대해 저항했다. 나를 잡고 놓지 않았던 것은 주로 내 저술 작업이었다. 이 작업이 결혼으로 방해받는다고 나는 믿었기 때문이다. 그러나 지금의 삶 속에서도 독신 생활로 그 작업이 파괴되었다고 생각한다. 일 년 동안 아무것도 쓰지 못했고, 앞으로도 쓰지 못할 것이다. 내 머리는 오직 그 생각으로 가득 차 나를 찢어 놓는다. 당시 나는 이 모든 것을 검증할 수 없었다. 그 외에도 이런 식의 생활 태도로 적어도 의존성이 커졌기 때문에 나는 모든 일에 주저하며 다가갔고, 어떤 일도 단번에 완성하지 못했다. 여기서도 그러했다.

그럼에도 F.를 얻을 수 있는 희망을 모두 버리는가?

나는 모든 자기비하를 이미 다 시도했다. 한번은 동물원에서 내가 이렇게 말했다. "나에 대한 네 감정이 결혼을 할 만큼은 충분하지 않더라도 '그래'라고 말해. 모자라는 것을 보충할 만큼 너에 대한 사랑은 충분히 크고 모든 것을 감수할 만큼 강해." F.는 수많은 편지를 주고받는 동안에 내 성격으로 야기된 커다란 두려움 때문에 불안해하는 것 같았다. "네게 방해될 수 있는 모든 것을 배상을 해줄 만큼 나는 너를 사랑해. 나는 다른 사람이 될 거야."라고 나는 말했다. 지금 모든 것을 분명히 하기 위해 고백하건대, 나는 우리가 가장 진정한 관계를 가졌던 때에도 그 어떤 짐작과 사소한 것을 통해서 F.가 나를 그렇게 사랑하고 있지 않으며 그녀가 할 수 있을 만큼의 모든 애정을 다 주고 있지 않다는 두려움을 자주 확신하곤 했다. 그런데 내 도움이 없었다면 F.는 물론 이 사실을 의식할 수 없었을 것이다. 최근 내가 두 번이나 방문했을 때, 비록 우리는 겉으로는 서로에게 친절했으며, 서로 반말을 하고 팔짱을 끼고 걸었지만, 그녀가 내게 그 어떤 혐오감을 갖게 되었는지 두렵기조차 했다. 내가 그녀의 장갑에 입맞춤하는 것에 만족하지 않고 장갑을 벗긴 후 손에 입맞춤했을 때, 그녀의 얼굴은 적의에 차 완전히 일그러졌던 것이 그녀에 대한 마지막 기억이다. 이런 것 말고도 멀리 떨어져 있더라도 편지를 규칙적으로 교환하자는 약속을 했건만, 지금 그녀는 두 번이나 답장을 하지 않았고, 전보로 편지를 약속했지만 약속은 지켜지지 않았으며, 내 어머니에게 단 한 번도 편지를 쓰지 않았다. 그러므로 어머니에게 편지를 보낼 것이라는 기대는 할 수 없다는 것이 거의 확실하다.

원래 이 말을 결코 해서는 안 되었다. F.의 관점에서 보자면, 너의 이전 행동 역시 아무런 희망이 없어 보이지 않았다.

그것은 조금 달랐다. 나는 언제나, 여름에 있었던 작별 아닌 작별에서도 그녀에 대한 나의 사랑을 고백했다. 나는 결코 잔인하게 침묵하지 않았다. 나는 승인받지는 않았지만 그렇게 논의하는 행동에 대한 여러 이유가 있었다. F.에게는 사랑이 전혀 불충분하다는 이유만이 있었다. 그럼에도 불구하고 내가 기다릴 수 있으리라는 것이 옳다. 그러나 배가된 절망감을 가지고 기다릴 수는 없었다. 즉, 장차 F.가 점점 내게서 멀어져가는 것을 보는 것이며, 더더욱 나를 어떻게든 구원하는 것이 점점 불가능해졌다는 것이다. 내 속에 들어 있는 매우 강력한 모든 힘들과 가장 부합되기 때문이거나, 아니면 그럼에도 불구하고, 나를 어떤 식으로든 구원하는 것은 아마도 내가 시도할 수 있을 최대의 용감한 행동일 것이다. "무슨 일이 일어날지 결코 알 수 없다."가 견딜 수 없는 현 상태에 대한 논거가 될 수 없다.

그럼 너는 무엇을 하려는가?

프라하를 떠나는 것. 그때 내게 적중했던 가장 강력한 인간적인 손실에 대해서, 내가 가지고 있는 것 중 가장 강력한 반응 수단으로 대응하기.

직장을 떠나는 것?

직장은 정말로 위의 것들 다음으로 참고 견디기 힘든 것이다. 나는 다만 이 참을 수 없음만을 잃는다. 안전성, 평생 동안 계산한 것, 충분한 급여, 모든 힘을 다하지 않는다는 것─이것들을 가지고는 독신자인 내가 아무것도 시작할 수 없기에 고통으로 변한다.

그럼 너는 무엇을 하고자 하는가?

나는 모든 이런 식의 질문에 대해서 한 번의 답변으로 대응할 수 있을 것이다. 내게는 위험을 감수하고 모험을 할 만한 것이 없으며, 매일 그리고 아주 사소한 성공도 선물이고, 내가 하는 모든 것이 좋게 될 것이다. 그러나 나는 더 상세하게 대답할 수도 있다. 현실적으로 전혀 될 수 없는 오스트리아 법률가로서 필요한 전망이 내게는 없다. 이런 방향에서 내가 얻을 수 있을 최상의 것을 나는 지금 이 자리에서 가지고 있지만 사용할 수는 없다. 게다가 내가 법률적인 예비지식에서 나를 위해 무엇인가를 만들어내려는 그 자체로서 전혀 불가능한 경우에서도 다만 두 도시가 고려의 대상이 될 수 있을 것이다. 내가 떠나야만 하는 프라하, 그리고 내가 증오하며 필연적으로 불행해질 것을 뻔히 알면서 그리로 가야만 하는 도시 빈. 나는 오스트리아 밖으로 가야만 하는데, 언어적 재능도 없고 육체적으로 그리고 상업적인 소질도 변변치 않기에 적어도 우선은 독일로 그리고 나를 유지할 수 있는 최대 가능성이 있는 베를린으로 가야만 한다. 그곳에서는 나는 신문 잡지 일을 하면서 나의 작가적 능력을 최선의 방법으로, 그리고 직접적으로 사용할 수 있고, 중도에 내게 어울리는 돈벌이를 찾게 될 것이다. 그리고 더 나아가 영감을 얻은 작업을 할 수 있을지에 대해서는 현재로서는 아주 미미한 확신조차도 할 수 없다. 그러나 내가 베를린에서 누릴 자립적이고 자유로운 상황에서 (비록 더욱 비참한 상황이 되더라도) 지금 내게 유일하게 가능한 행복감을 이끌어낼 수 있다고 믿는다.

그러나 너는 버릇이 잘못 들었다.

아니, 나는 방 하나와 채식 식단만이 필요하며, 그 밖에는 어떤 것도 필요없다.

너는 F. 때문에 그리로 가지 않는가.

아니, 나는 위의 이유로 베를린을 선택했다. 물론 나는 베를린을 사랑하고 아마도 F.와 F.를 둘러싼 여러 가지 상념으로 베를린을 사랑하는지도 모른다. 그것을 나는 통제할 수 없다. 내가 베를린에서 F.와 함께하게 되리라는 개연성도 있다. 이 함께 사는 것으로 나는 어쩌면 F.를 내 핏속에서부터 끄집어낼 수 있으리라. 그렇다면 더욱 좋다. 그것은 베를린의 또 다른 장점이다.

너는 건강한가?

심장, 수면, 소화 등에서는 그렇지 않다.

작은 셋방 하나. 아침 새벽 여명. 무질서. 학생은 침대에 누워 있고, 벽 쪽을 바라보고 자고 있다. 문 두드리는 소리. 조용하다. 더 세게 문을 두드린다. 학생은 놀라서 벌떡 일어나 문 쪽을 쳐다본다.

들어와요.

하녀(약한 여자아이): 좋은 아침입니다.

학생. 무슨 일이에요? 한밤중인데.

하녀. 죄송합니다. 웬 신사가 당신을 찾아요.

학생. 나를 찾는다고? (잠시 멈추고) 말도 안 돼! 그가 어디에 있어요?

하녀. 부엌에서 기다립니다.

학생. 어떻게 생겼죠?

하녀. (웃으며) 네, 아직 청년이에요. 아주 잘생기지는 않았어요. 제가 보기엔 유대인처럼 보이는데.

학생. 그런데 그자가 이 밤중에 내게 왔다고? 그리고 들어봐, 난 내게 온 손님에 대해 당신의 판단을 들을 필요가 없는데. 그를 들어오라고 해요. 빨리!

학생은 침대 옆 소파에 있는 작은 파이프에 담배를 가득 채워서 피웠다.

클라이페. (문에 딱 붙어 서서 이불 위로 시선을 떨군 채 앞으로 연기만을 뿜고 있는 학생을 바라본다.)

(작은 키, 곧게 크고 길게 약간 비뚤어진 뾰족한 코, 검은 얼굴빛, 깊이 파인 눈, 긴 팔)

학생. 뭘 기다리는 거죠? 이리 침대로 와서 당신이 원하는 것을 말해보세요. 대체 당신은 누구요? 빨리! 빨리요!

클라이페. (아주 천천히 침대가로 가서는 손으로 뭔가를 설명하려고 한다. 말하면서 목을 길게 뽑거나 눈썹을 올렸다 내렸다 하면서 자기 의사 표현에 도움이 될까 애쓴다) 그러니까 나는 불펜스하우젠에서 왔습니다.

학생. 그래요, 좋습니다, 좋아요. 왜 그곳에 더 있지 않았습니까?

클라이페. 생각 좀 해보세요! 그곳은 우리 둘의 고향입니다. 아름답지만 궁핍한 보금자리이죠.

———————

일요일 오후, 그들은 뒤엉킨 채 침대에 누워 있다. 겨울인데 방은 난방이 들어오지 않았다. 그들은 아주 두꺼운 오리털 이불을 덮고 있다.

———————

1914년 3월 15일

학생들은 도스토옙스키의 관 뒤에서 사슬을 끌어서 운반하려 했다. 그는 노동자들이 사는 구역, 어느 셋집의 5층에서 죽었다."

———————

겨울 언젠가 아침 일찍 5시경, 반쯤 벌거벗은 하녀가 학생에게 와서 손님이 왔다는 전갈을 주었다. "뭐라고? 대체 어떻게?" 아직 잠에 취해서 학생이 물었다. 그때 벌써 하녀에게 빌린 촛불을 들고 젊은 남자가 들어섰다.

———————

하나의 기다림일 뿐 아무것도 아니다. 영원한 무력감

———————

1914년 3월 17일

방에서 부모님 옆에 앉아 약 2시간가량 잡지를 뒤적거렸다. 가끔 내 앞을 바라보기도 했지만, 꼬박 10시까지 기다렸다가 나는 잠자리에 들 수 있다.

———————

1914년 3월 27일
전체적으로 그렇게 많이 다르게 보내지 않았다.

─────────────

하스는 서둘러 배로 와서, 잔교를 넘어서 갑판으로 기어올라갔다. 그리고 한쪽 구석에 앉아서 두 손으로 얼굴을 가렸는데, 어느 누구에게도 개의치 않았다. 배의 종소리가 멀리 울려 퍼지고, 마치 배 저쪽 끝에서 어떤 사람이 있는 힘껏 노래를 부르고 있는 듯 모두들 그쪽으로 뛰어갔다.

─────────────

잔교가 벌써 걷어 올려지고 있는데, 바로 그때 작은 검은색 마차가 달려왔고, 마부가 멀리서부터 소리쳤다. 그는 저항하며 일어서는 말을 온 힘을 다하여 저지해야만 했다. 한 젊은 남자가 마차에서 뛰어내리더니, 마차 지붕 아래에서 몸을 숙여 인사하는 흰 수염의 노인에게 키스를 하고는 작은 손가방을 들고는 배로 뛰어갔다. 그 배는 곧바로 육지를 떠났다.

─────────────

밤 3시경이었으나 여름인지라 날은 이미 반쯤 밝았다. 그룬젠호프 주인댁 마구간에서는 다섯 마리 말이 일어났다. 파모스, 그라자페, 투르네멘토, 로지나 그리고 브라반트. 후텁지근한 밤이었기에 마구간 문은 잠그지 않고 그저 기대놓았다. 말 지킴이 두 명은 짚 위에 벌렁 누워서 입을 벌린 채 자고 있었으며, 파리들이 이리저리 가끔 날아다닐 뿐 어떤 방해도 없었다. 그라자페는 벌떡 일어나 두 남자를 자기 발밑에 두고, 그들의 얼굴을 관찰하면서 조금이라도 깰 눈치이면 말발굽으로 내려칠 준비를 하고 있었다. 다른 네 마리는 그동안에 차례로 두 번 정도 가볍게 뛰어서 마구간을 빠져나갔고, 그라자페가 그 뒤를 따랐다.

1914년 3월 30일

안나는 유리문을 통해서 세 든 사람의 방이 컴컴하다는 것을 알았다. 그녀는 방으로 들어와 잠자리를 펴기 위해서 전깃불을 켰다. 학생이 쇼파에 반쯤 누운 채 앉아 있다가 그녀에게 미소 지었다. 그녀는 미안하다며 나가려고 했다. 그러나 학생은 그녀에게 그냥 거기에 있어달라고, 그리고 자신에게 개의치 말라고 부탁했다. 그녀도 거기에 머무르며 살짝 그 남자를 곁눈질하면서 자기 일을 계속했다.

1914년 4월 5일

베를린으로 가서, 하루하루 벌어먹으며 살면서, 비록 굶을지언정 독립할 수 있다면. 여기에서 몸을 아끼고 무無에 자신을 쏟아붓는 대신, 내 자신의 모든 힘을 다 쏟아부을 수만 있다면 얼마나 좋을까! F.가 그것을 원한다면, 그리고 나를 도와준다면!

1914년 4월 7일

1914년 4월 8일

어제는 한 단어도 쓸 수 없었다. 오늘 역시 더 낫지는 않다. 누가 나를 구원할까? 그리고 내 마음 깊은 곳에서도 엎치락뒤치락하는 그어떤 혼돈도 거의 볼 수 없다. 나는 살아 있는 격자 쇠창살이며, 고정되어서 넘어지려는 쇠창살이다.

오늘 베르펠과 커피집에 있었다. 멀리서 그가 커피집 탁자 앞에 있는 모습이 보였다. 나무 의자임에도 반쯤 누운 채로 몸을 구부리고 있었는데, 아름다운 옆얼굴을 몸 쪽으로 숙이고는 주위에 전혀 신경을 쓰지 않으면서 (원래 뚱뚱하지도 않은데도) 그 몸집으로 해서 거의 숨을 헐떡거리고 있는 모습은 무례하면서도 아무런 오점도 없어 보였다. 코에 걸린 안경 때문에 이와는 대조적으로 그 부드러운 얼굴 윤곽선을 쉽게 따라갈 수 있었다.

1914년 5월 6일

부모님은 F.와 나를 위해서 좋은 집을 마련한 듯했다.[12] 나는 별일도 없이 반나절을 싸돌아다녔다. 내가 부모님의 세심한 배려로 행복한 삶을 살고 나면, 부모님은 나를 여전히 무덤 속으로 집어넣을까 아닐까.

———————

그리제나우의 주인인 귀족에게는 마부 요제프가 있었는데, 다른 주인들은 그를 참아낼 수 없었다. 그는 대문 현관 옆 지층에 가까운 낮은 방에 살고 있었다. 그는 몸이 뚱뚱하고 숨이 가빠서 계단을 오를 수 없었다. 그의 유일한 일은 마차를 모는 것이었지만, 그것도 아주 특별한 경우, 가령 존경할 만한 손님이 올 때만 그를 부렸다. 그 밖에 그는 하루 종일 혹은 일주일 내내 창가의 소파에 누워 축 늘어지고 눈에 띄게 깜박거리는 눈으로 창 밖의 나무를 바라보고 있었는데, 그건

———————

마부 요제프는 긴 소파에 누워 있었다. 청어가 올려진 버터 바른 빵조각을 탁자에서 집기 위해서 잠시 일어났을 뿐, 다시 누워 빵을 씹으면서 주위를 둘러보았다. 그는 크고 둥근 콧구멍으로 어렵게 숨을 쉬고 있었는데, 가끔씩 깊이 숨을 들이마시기 위해서 씹는 것을 멈추고 입을 크게 벌려야만 했다. 그의 커다란 배는 얇은 진청색 옷의 주름 아래에서 끊임없이 흔들리고 있었다.

창문이 열렸고, 아카시아나무와 빈자리가 보였다. 낮은 일층 창문

이어서, 요제프는 자기 소파에서도 모든 것을 다 볼 수 있었으며, 누구나 또한 밖에서 그를 볼 수 있었다. 그것은 괴로웠으나, 그는 적어도 반년 전쯤부터 너무나 뚱뚱해진 이후로는 계단을 전혀 올라갈 수 없었기 때문에 그렇게 낮은 곳에서 살아야 했다. 그가 여기 수위실 옆방을 얻었을 때, 그는 그리제나우 주인님에게 눈물을 흘리면서 그의 손을 꼭 잡고는 입맞춤까지 했던 것이다. 그러나 지금 이 방의 단점을 알게 되었다. 영원히 관찰당하고, 불편한 수위와 이웃해야 하고, 입구와 광장은 소란하고, 다른 하인들과 멀리 떨어져 있어야 하고, 그것으로 소외되고 소홀히 취급받는 등 이 모든 단점들을 그는 이제 철저히 인식했으며, 주인님에게 이전 자기 방으로 옮겨달라고 청을 할 예정이었다. 주인님이 약혼을 한 이후부터 무엇 때문인지 새로 들어온 수많은 하인들이 할 일 없이 서성댔으며, 비할 바 없이 소중하고 얻을 가치가 있는 그 한 남자를 모시고는 그저 계단을 오르락내리락하고 싶어 했다.

———————

약혼식은 성대하게 치러졌다. 잔치 만찬이 끝나고, 모였던 사람들도 모두 식탁에서 일어났다. 모든 창문이 다 열렸다. 따뜻하고 아름다운 6월의 저녁이었다. 신부는 친구들과 지인들에게 둘러싸여 있었고, 다른 사람들은 무리를 지어 모여 서 있었으며, 여기저기에서 웃음소리가 들렸다. 신랑은 발코니로 나가는 입구에 혼자 기대어 바깥을 내다보고 있었다.

잠시 후, 신부 어머니가 그를 보고는, 그에게로 와서 말했다. "자네, 왜 여기에 혼자 있나? 올가에게 안 가고? 싸웠나?" "아닙니다." 신랑이 말했다. "우린 다투지 않았습니다." "그럼 이제 자네 신부에게 가보게! 자네 행동이 너무 눈에 띄잖나."

———————

단순히 도식적인 것의 잔인함

방 주인은 힘이 없어 약해 보이는, 검은색 옷을 입은 과부였다. 그녀는 남루한 치마를 입고, 비어 있는 자기 집 중간 방에 똑바로 서 있었다. 아직은 아주 조용했으며, 종도 조금도 흔들리지 않았다. 골목 안도 역시 조용했다. 이 부인은 의도적으로 이 조용한 골목을 선택했는데, 세 들어오는 사람들이 좋은 사람들이기를 원했고, 조용한 것을 원하는 사람들은 최고였기 때문이다.

1914월 5월 27일

어머니와 누이동생은 베를린에 있다.[13] 나는 저녁때 아버지와 단둘이 있게 될 것이다. 나는 아버지가 올라오는 것을 두려워할 것이라고 생각했다. 아버지와 카드 놀이를 해야 하나? (내가 눈에 띄게 휘갈겨 쓴 'K'자를 추하다고 느낀다.[14] 그것은 혐오감을 불러일으키지만, 나는 그래도 그 글자를 그렇게 쓴다. 그것은 내게는 매우 특징적임에 틀림없다.) 내가 F.의 마음을 움직이면, 아버지는 어떻게 행동하실까.

가을날 오후, 처음으로 흰말이 A도시의 크지만 별로 왕래가 없는 거리에 나타났다. 말은 어느 집 현관에서 나왔는데, 그 집 마당은 운송업을 위한 넓은 창고로 쓰이고 있어서 자주 수레가 왔다 갔다 하고 여기저기에서 말들을 끌고 나와야 했기에 이 흰말도 그렇게 눈에 띄지 않았다. 그러나 이 말은 운송 업무용 말이 아니었다. 문 앞에서 물건 뭉치를 밧줄로 더욱 세게 묶고 있던 인부가 이 말을 보고는 작업을 중지하고는 마부가 곧 뒤따라오는가를 보기 위해서 마당으로 들어갔다. 아무도 오지 않았다 그러나 말은 보도 위를 올라가자마자 힘차게 앞다리를 쳐들어 곧추 일어섰다가 보도 포석을 두드려 번쩍 불

꽃을 일으키더니, 순간적으로 쓰러질 듯하다가 곧바로 균형을 잡고는 빠르지도 느리지도 않게 이 어둑어둑해지는 저녁의 텅 빈 거리를 총총 걸어 올라갔다. 인부는 마부가 태만하다고 여기며 마부를 저주했으며, 마당 쪽으로 몇몇 이름을 불러서 사람들이 나왔다. 하지만 그들은 낯선 말임을 알아보고 약간 놀라면서 그저 나란히 문 옆에 서서 구경만 했다. 잠시 후 몇 사람이 정신을 차려 한참 말을 뒤쫓아 갔지만, 더 이상 그 말을 볼 수 없었기에 곧 그대로 돌아왔다.

말은 그사이에 이미 가장 끝에 있는 외곽 도시의 거리에 아무런 저지도 받지 않고 도달했다. 그 말은 보통 다른 말보다도 이 도시 생활에 더 잘 적응했다. 천천히 걸어가는 그 말에 어느 누구도 놀라지 않았으며, 한 번도 찻길을 벗어나지도 않았고, 또한 정해진 거리 쪽을 벗어나지도 않았다. 맞은편에서 오는 마차 때문에 서야만 하면 말은 정지했다. 그 어떤 조심스러운 마부가 이 말을 몰았더라도 이렇듯 아무런 실수 없이 행동할 수 없었을 것이다. 그럼에도 불구하고 물론 특별한 순간들이 있었다. 여기저기에 사람들이 서서 그 말을 웃으면서 바라보았으며, 지나가는 맥주 운반 마차에서 마부가 장난삼아 말에게 채찍을 내리치기도 했다. 말은 놀랐지만 앞다리로 저지하고는 발걸음의 속도를 재촉하지도 않았다.

그러나 경찰이 이 돌발적인 사건을 주시하고 있다가, 마지막 순간에 다른 방향으로 몸을 돌리려는 말의 고삐를 잡았다. (말의 몸집은 튼튼하지 않았지만 짐 싣는 말로서 고삐가 매어졌었다.) 그러고는 친절하게 말했다. 정지! 어디로 가려고? 한동안 경찰은 여기 차도 한가운데 말을 세워 놓았다. 그는 주인이 곧 이 도망간 동물을 뒤따라올 것이라고 생각했기 때문이다.

그것은 의미가 있었지만 희미했다. 피가 가늘게, 심장에서 아주 멀

리까지 흐른다. 내 머릿속에는 더 멋있는 정경들이 펼쳐졌지만 그만 중단했다. 어제 처음으로 잠들기 전에 흰말이 내 앞에 나타났다. 마치 벽 쪽으로 돌린 내 머리에서 처음으로 나와 침대 아래로 뛰어내려 자취를 감춘 것 같은 인상을 받았다. 그러나 유감스럽게도 후자가 위의 사건의 시작으로 부정되지 않았다.

내가 아주 착각하지만 않는다면 좀 더 가까이 갈 거다. 숲 속의 빈 자리 어디에선가 정신의 투쟁이 벌어지는 것 같았다. 나는 숲으로 밀고 들어가지만 아무것도 발견하지 못해서 힘이 빠져 곧바로 다시 빠져나온다. 내가 숲에서 나올 때마다 자주 저 전쟁의 무기 소리를 듣는다. 아니, 듣는다고 믿는다. 아마도 전사의 시선이 어두운 숲 사이로 나를 찾는 것 같다. 하지만 나는 단지 아주 조금밖에 그리고 그것들 중에서도 착각하기 쉬운 것만을 알고 있다.

세차게 비가 내림. 네 몸을 빗속에 맡겨서 그 얼음장같이 차가운 빗줄기가 네 몸을 관통케 하며, 너를 떠내려가게 할 물속으로 미끄러져라. 하지만 그대로 머물러 꼿꼿하고 반듯하게 서서 갑자기 끝없이 몰려오는 햇살을 기다려라.

여자 집주인은 치마를 내팽개치고는 방을 가로질러 급하게 나갔다. 거대한 몸집에 냉정한 여자. 앞으로 튀어나온 그녀의 아래턱을 보고 세 들려는 사람들이 기겁했다. 그들은 계단을 달려 내려갔고, 그녀가 창문으로 그들을 보고 있자, 뛰어가면서 얼른 얼굴을 가렸다. 언젠가 한번은 키 작은 하숙생이 왔었다. 그는 단단하고 땅딸막한 젊은 남자였는데, 계속해서 윗옷 주머니에 손을 넣고 있었다. 아마도 버릇인 것 같기도 했고, 아니면 자신의 떨리는 손을 감추려 했

던 것 같다.

젊은 남자가 여자에게 말했고, 그녀의 아래턱은 앞으로 움직였다. 당신, 여기에서 살래요?

네, 하고 젊은 남자가 말하면서 머리를 위로 쳐들었다.

여기서 잘 지낼 수 있을 거예요. 여자가 말하면서 그를 소파로 데려가서 앉혔다. 이때 그의 바지에 얼룩이 있는 것을 발견했기에 여자는 그 옆에 무릎을 꿇고 앉아서 손톱으로 그 얼룩을 문지르기 시작했다.

"당신은 더러운 사람이네요." 그녀가 말했다.

아주 오래된 얼룩이다.

그러므로 당신은 바로 예전부터 더러운 사람이다.

"손 저리 치워요." 갑자기 그가 소리치면서 그녀를 정말로 밀어버렸다. "나 원, 흉측스러운 손이라니." 그는 그녀의 손을 잡고는 뒤집었다. "위는 아주 까맣고, 바닥은 하얗기는 하지만 그래도 여전히 까맣군." 그러고는 그녀의 팔소매를 추어올렸다. "팔에는 털까지 났네요."

"당신 나를 간지럼 태우고 있어요" 그녀가 말했다.

"좋아서 그래요. 사람들이 왜 털이 징그럽다고 말하는지 이해를 못하겠어. 사람들은 그렇게 말하잖아요. 하지만 그 말은 전혀 맞지 않는다는 것을 지금 보니 알겠어요."

그러고 나서 그는 일어나서 방을 이러저리 왔다 갔다 했다. 그녀는 여전히 무릎을 꿇고 앉아서 자신의 손을 보고 있었다.

그것이 무슨 이유에서인지 그를 흥분시켰다. 그는 펄쩍 뛰더니, 다시 그녀의 손을 잡았다.

"이런 계집년 같으니." 그는 그렇게 말하더니 그녀의 길고 여윈 뺨을 때렸다.

"여기서 나는 아주 편안하게 살 수 있을 것 같다. 하지만 방값이 싸야만 해. 또한 어떤 다른 하숙생도 더 이상 받아서는 안 돼. 그리고 내게 충실해야만 하고, 내가 당신보다 훨씬 어리기 때문에 그렇게 충실함을 요구할 수 있어. 그리고 당신은 요리도 잘해야만 해. 나는 언제나 맛있는 음식을 먹어왔고 또 앞으로도 절대로 이 습관을 버릴 수 없을 거야."

———————————

너희 돼지들이여, 계속해서 춤을 추어라. 내가 무슨 상관인가?

———————————

그러나 그것은 내가 작년에 썼던 모든 것보다 더욱 현실적이다. 아마도 관절을 조금 풀어 유연하게 하는 것만이 문제가 될 것 같다. 나는 다시 한 번 쓸 수 있을 것이다.

———————————

일주일 전부터 매일 저녁마다 옆방 사람이 나와 씨름을 하기 위해서 온다. 나는 그를 알지 못하며, 지금까지도 그와 한 번도 말해본 적이 없다. 우리는 어느 누구도 말하는 것이라고 칭할 수 없는 몇 마디 외침만을 교환했을 뿐이다. "자, 그럼." 하는 말로 싸움이 시작되고, 때로는 상대방에게 꽉 붙잡히면 "나쁜 놈." 하며 신음하며 끙끙거린다. "바로 지금이야." 하면서 급습의 일격을 날리기도 하는데, "중지!"는 끝을 의미하지만 우리는 언제나 조금 더 계속해서 싸운다. 대개 그는 문에서부터 단번에 방으로 뛰어와서 내게 한 방 날려서 나는 쓰러지기까지 했다. 그리고 나서 그는 자기 방에서 벽에 대고 잘 자라고 외쳤다. 내가 이러한 지인 관계를 청산하려 했다면 나는 방을 내놓아야만 했다. 왜냐하면 문을 잠그는 것은 아무 소용이 없었기 때문이다. 한번은 책을 읽기 위해서 문을 잠갔으나, 이웃은 도끼로 문을 두 쪽 냈다. 그리고 그는 한 번 잡은 것을 포기하기 어려운지라, 나는 그 도끼로 위태로워지기까지 했다. 나는 적응을 잘한다. 그는 언제나 같은 시간에 왔기 때문에, 그때에는 나는 필요하다면 곧 중단할 수 있는 간단한 일만 했다. 그렇게 해야만 했다. 그가 문에 나타나기 무섭게 나는 모든 것을 중지하고 그대로 두어야 한다. 그는 정말 오직 싸우려고 할 뿐 아무것도 원하지 않기 때문이다. 내가 충분히 힘이 있다고 느껴지면, 처음에는 그를 피하려는 듯하면서 조금 그를 자극한다. 나는 탁자 밑으로 기어 들어가면서 그의 발 앞으로 의자를 던진다. 당연히 몰취미한 것이기는 하지만, 낯선 자를 그렇게 완전히 일방적으로 불쾌하게 만들기 위해서 멀리서 그에게 눈을 깜박거린다. 그러나 대개 우리는 곧 엉겨 붙어서 싸운다. 그는 대학생이고, 하루 종일 공부하고 저녁에 자러 가기 전에 잠시라도 운동을 하는 것이 분명하다. 이제 그는 내게서 좋은 적수를 만났다. 운으로 바뀌지만 않는다면 아마도 우리 둘 중에서 내가 더 강하고 솜씨가 좋았던 것이다. 그러나 그는 좀 더 지구력이 있었다.

———————

1914년 5월 28일
모레 나는 베를린으로 간다.[15] 불면증, 두통, 그리고 근심 걱정에도 불구하고 그 어느 때보다도 양호한 상태인 것 같다.

———————

언젠가 그는 한 아가씨를 데리고 왔다. 내가 인사하면서 그를 주의하지 못했을 때, 그는 내게 달려들어 나를 공중으로 높이 들어 올렸다. "이의 있어!" 하고 내가 외치면서 손을 올렸다. "조용히 해." 그가 내 귀에 속삭였다. 치사스럽게 공격까지 하면서 어떤 대가를 치르더라도 그 아가씨 앞에서 나를 이겨 멋지게 보이고 싶어 한다는 것을 알아챘다. 그래서 나는 아가씨에게 고개를 돌린 채 "저 사람이 '조용히 해'라고 내게 말했어요."라고 소리쳤다. "이 더러운 놈." 그가 조용히 신음하듯 말했다. 그는 내게 모든 힘을 다 써버렸다. 여전히 그는 나를 소파 쪽으로 질질 끌고 가 눕히더니, 무릎을 꿇고 앉아서 내 등을 누르면서 그 대화의 말이 다시 되돌아오길 기다리며 말했다. "자, 결국 눕혔잖아." "그가 다시 한 번 시도해야만 할걸요."라고 내가 말하려는데, 첫마디를 하자마자 그는 벌써 내 얼굴을 의자 쿠션 쪽으로 강하게 내리눌러 말을 할 수 없게 했다. "자, 이제." 탁자에 앉아서 거기에 놓였던 편지를 읽고 있던 그 아가씨가 말했다. "우리 이제 가야 하지 않을까요? 그는 지금 막 편지를 쓰기 시작했네요." "우리가 가더라도 그는 편지를 계속 쓰지 못할 거야. 이리 와봐. 여기 넓적다리를 만져봐. 병든 짐승처럼 떨고 있어." "내 말하는데, 그를 놔두고 가자고요." 아주 내키지 않은 듯 그 남자는 내게서 내려갔다. 지금 나도 그를 두들겨 팰 수 있을 것 같았다. 나도 이제는 충분히 쉬었고, 그는 나를 내리누르기 위해서 모든 근육을 긴장시켰기 때문이다. 그는 떨고 있었는데, 내가 떨고 있다고 믿었다. 그는 여전히 떨고 있었다. 하지만 그 자리에 마침 아가씨가 있어서 나는 그를 쉽게 내버려두었다. "아가씨는 이미 이 싸움에 대한 판단을 나름대로 내린 것 같습니다." 아가씨에게 말하면서 그에게 고개를 숙여 인사하며 지나가서는 편지를 계속해서 쓰기 위해서 탁자 앞에 앉았다. "대체 누가 떤단 말이야?" 나는 쓰기 시작하기 전에 물으면서 나는 아니라는 증거를 대듯이 펜대를 공중으로 높이 쳐들었다. 그들이 문에 가까이 갔을 때 나는 이미 편지를 다시 쓰면서 짧게 안녕, 하고 소리쳐 말했다. 그러나 필시 그들이 만들어낸 이 작별을 내게도 암시하기 위해서 발로 짧게 바닥을 쳤다.

1914년 5월 29일

내일 베를린 행. 지금 내가 느끼고 있는 게 신경과민일까, 아니면 진정 신뢰할 만한 결합일까. 그럼 그 결합은 어떠할까? 일단은 글 쓰는 작업을 계속 인식하며 유지할 것이고, 결코 게을러질 수도 없고,

가라앉을 수도 없으며, 그러나 아주 드물게지만 무엇인가 지나치게 높은 곳을 향하게 하는 게 올바른 것일까? 그것이 F.와의 결혼이 점점 희미해져가는 것을 의미할까? 내게는 물론 아주 낯설지만은 않은 기억 상태 속에서 더 기묘하게 느껴진다.

─────────────

피크[16]와 오랫동안 문 앞에서 어찌할 바를 모르고 서 있었다. 다만 어떻게 하면 내가 곧 빠져나갈 수 있을까만 생각했다. 밤참인 딸기가 저 위에 마련되어 있기 때문이다. 지금 그에 대한 모든 점들을 일일이 쓰고 있는 것은 비열한 짓이다. 왜냐하면 그에게 어떤 것도 보여주지 않거나 혹은 그가 그것을 볼 수 없다는 것에 만족하기 때문이다. 그러나 내가 그와 함께 가고 있는 한 나는 그의 존재에 대해서 책임까지도 져야 한다. 그리고 그에 대해 말하는 것은 나에 대한 말이다. 물론 그러한 표현에 들어 있는 작위적인 것을 뺀다 할지라도 말이다.

나는 계획들을 짠다. 내가 들여다보고 있는 상상적인 만화경의 상상적인 구멍으로부터 눈을 떼지 않기 위해서 나는 내 앞을 그대로 응시한다. 나는 좋은 의도와 이기적인 의도를 막 섞어놓는데, 이때 선의적인 의도는 색깔이 희미해서 이기적인 것으로만 되어버린다. 내 계획에 참여해달라고 하늘과 땅을 함께 초대했지만, 또한 모든 옆 골목에서부터 올라와서 잠정적으로 내 계획을 잘 써먹을 소인배들을 잊지 않는다. 그렇다, 일단 시작하는, 언제나 다시금 우선 시작하는 것이다. 여전히 나는 여기서 참담해하고 있지만, 벌써 내 뒤로 내 계획의 거대한 객차가 달려오고, 첫 번째 작은 플랫폼은 내 발 아래로 밀려 들어오고, 벌거벗은 처녀들은 더 좋은 나라의 카니발 기차를 탄 듯 내 등 뒤 계단을 올라온다. 처녀들이 둥둥 떠다니기에 나도 둥둥 떠 있으면서 손을 들어 휴식을 명령한다. 내 옆에는 장미덤불이 있으며, 향을 태우는 연기가 가득하고, 월계관들이 내려오고, 내 앞으로 내 위로 꽃잎들이 뿌려지고, 네모난 돌로 세워진 것 같은 트럼펫 나팔수들은 팡파르를 울리고, 난쟁이 종족은 지휘자 뒤를 따라 떼지어 가까이 달려온다. 비어 있고 반짝거리던, 지금 막 재단해서 만들어놓은 자리들은 어두워지고, 흔들리고, 가득 차 넘친다. 나는 인간적 노력의 한계를 느끼고는 내 고지에서 자발적으로 그리고 갑자기 내게 넘쳐나는 숙련됨으로, 수년 전에 감탄해마지 않았던 뱀 인간처럼 자유자재로 몸을 움직이던 곡예사의 예술 작품을 만든다. 나는 천천히 몸을 뒤로 젖히면서—내게 해당되는 현상에 공간을 주기 위해서 막 하늘이 열리려 하다가 멈춘다—다리 사이로 머리와 상체를 들이밀다가 다시 천천히 똑바로 서 있는 사람처럼 일어난다. 인간에게 주어진 최후의 기록 향상인가. 그런 것 같다. 왜냐하면 벌써 나는 내 아래 아주 깊고 넓게 펼쳐진 나라의 모든 문에서 작은 뿔난 악마들이 몰려오고 있는 것을 보기 때문이다. 모두들 뛰어 넘어오고, 그들의 발밑에서 모든 것들이 동강이 난다. 그들은 꼬리로 모든 것들을 지워버리는데, 이미 꼬리 오십 개가 내 얼굴을 닦아냈다. 바닥은 물러져서 한쪽 발이 쑥 빠지고 다른 발도 마찬가지인데, 내가 수직으로 빠지고 있어서 내 몸통의 지름만한 원통으로 끝없는 나락으로 이어지는 그 깊은 곳까지 처녀들의 외침소리가 나를 따라온다. 이러한 무한함으로 특별한 성과가 얻어지지 않는다. 내가 했을 모든 것들은 사소한 것일 테고, 나는 아무런 의미 없이 추락하고, 그리고 그것이 최상인 것이다.

도스토옙스키가 형에게 형무소 생활에 대해서 쓴 편지.[17]

1914년 6월 6일

베를린에서 돌아옴.[18] 범죄자처럼 묶인 채로. 내가 정말로 사슬에 묶인 채로 구석에 앉아 있고 내 앞에는 경찰이 서 있는 모습이 그대로 공개된다 해도 별로 화나지 않았을 것이다. 그리고 그것은 나의 약혼식이었고, 모두들 나를 삶으로 인도하려고 노력했다. 나 그대로를 그냥 두고 볼 수 없었기에, 특히 F.가 가장 참지 못했고, 또한 그녀가 가장 고통을 많이 받았기 때문에 그것은 매우 정당했던 것이다. 다른 이들에게 그저 단순한 현상이 그녀에게는 위협이었던 것이다.

───────────

우리는 집에서 한순간도 견딜 수 없었다. 사람들이 우리를 찾을 것이라는 것을 알았다. 하지만 비록 저녁이 다 되었더라도, 우리는 달아났다. 우리 도시는 언덕으로 둘러싸여 있었다. 이 언덕으로 우리는 기어올랐다. 우리가 이 나무에서 저 나무로 이리저리 옮기면서 달려 내려가자, 모든 나무들이 떨었다.

───────────

저녁때 회사 업무가 끝나기 직전의 근무 자세: 바지 주머니에 손을 넣고, 약간 구부정한 채로 둥근 천장의 깊은 곳에서부터 활짝 열린 문 사이로 광장을 내려 굽어본다. 입식 책상 뒤로 주위에 사무원들의 느릿한 움직임들. 소포를 약하게 묶는다든지, 자기도 모르게 몇 개 상자들의 먼지를 털어낸다든지, 다 쓴 종이들을 차곡차곡 쌓아 놓는다.

───────────

한 지인이 내게 와서 말을 한다. 나는 말 그대로 그 위에 내 몸을 뉘었다. 그렇게 나는 무거웠다. 그는 다음과 같은 주장을 폈다. 많은 이들이 이렇게 이야기하는데, 자기는 바로 그와 전혀 상반되는 것을 말한다고. 그러한 자기 의견이 왜 그러한가의 이유를 설명한다. 나는 흔들린다. 내 두 손은 바지 주머니에, 마치 그곳에 빠져 떨어진 것처럼 들어 있었지만, 다시 헐거워져서 내가 주머니를 아주 가볍게 뒤집기만 해도 틀림없이 곧바로 빠져나올 것이다.

─────────

나는 상점을 닫았다. 직원들, 낯선 자들은 손에 모자를 들고는 사라졌다. 6월의 저녁, 8시가 되었는데도 아직도 훤했다. 나는 산책할 마음이 내키지 않았고, 결코 산책할 마음은 없었지만, 집으로 가고 싶지도 않았다. 마지막 견습생이 골목 모퉁이를 돌아가자, 나는 문 닫은 가게 앞 땅바닥에 주저앉았다.

아는 사람 하나가 젊은 아내와 함께 지나가다가 땅바닥에 앉은 나를 쳐다보았다. 저기 누가 앉아 있나 좀 봐요, 하고 그가 말했다. 그들은 그 자리에 멈춰 섰고, 내가 처음부터 그를 아주 조용히 바라보았음에도 불구하고 나를 약간 흔들어댔다. 어머나, 당신 여기 왜 앉아 계세요, 하고 그 젊은 아내가 물었다. "내가 상점 문을 닫을 거라고 말했죠. 그렇게 사정이 아주 나쁜 것은 아니죠. 나 역시도 내 의무를 비록 짧지만 완벽하게 이행할 수 있습니다. 그러나 나는 근심 걱정을 견딜 수가 없고, 점원들을 잘 다룰 수도 없으며, 또한 고객들하고도 잘 대화할 수 없습니다. 나는 내일 아침부터 벌써 가게 문을 열지 않으려고 합니다. 모든 것을 이미 다 생각해봤습니다." 나는 남편이 두 손으로 아내의 손을 감싸면서 그녀를 진정시키려고 애쓰는 것을 보았다.

"그래, 좋아요." 그는 말했다. "당신은 상점을 포기하려는군요. 그렇게 하는 게 당신이 처음이 아닙니다. 우리도—그는 자기 아내를 건너다보았는데—마찬가지로 우리에게 필요한 만큼만 재산이 불어나면—곧 그렇게 될 것 같습니다만—사업을 포기하는 것을 주저하지 않을 것입니다. 우리 역시 당신만큼이나 사업에 만족하지 못합니다. 우리 말을 믿어도 됩니다. 그런데 왜 당신은 땅바닥에 앉아 있습니까?"

나는 어디로 가야 할까요? 내가 말했다. 물론 그들이 내게 질문을 한 이유를 잘 안다. 그들이 느낀 것은 연민이고, 놀라움이고, 그리고 또한 당황스러움이었다. 그러나 내가 그들까지 도울 수 있는 상황은 결코 아니었다.

한밤중이 넘은 시각에 거의 텅 빈 카페에서 아는 사람 하나가 나를 보자, "당신도 우리 모임에 들어올 마음이 없습니까?"라고 물었다. 아뇨, 그럴 마음 없습니다, 라고 나는 말했다.

벌써 한밤중이 지났다. 나는 내 방에 앉아서 편지를 썼다. 이 편지로 외국에서 아주 좋은 자리를 얻을 수 있기를 희망했기에, 편지는 내게는 아주 중요했다. 편지를 받을 사람은 10년 동안 떨어진 후 지금 우연히 서로가 아는 친구를 통해서 다시 연결되었기에, 지난 오랜 세월을 다시 기억하도록 상기시키는 동시에 내가 어떻게 모든 면에서 고향에서 내몰리고 있으며, 그 밖의 다른 광범위하고 좋은 관계가 없는 나로서는 그에게 최대 희망을 걸고 있다는 것을 이해시켜야 했다.

시의원인 형이 저녁 9시경이 돼서야 겨우 관청을 퇴근해서 집으로 돌아왔다. 벌써 어두워졌다. 그의 아내는 문 앞에서 작은 딸아이를 바짝 껴안고서 그를 기다리고 있다가, "어때요?" 하고 물었다. "최악이오." 형이 말했다. "일단 집으로 들어갑시다. 그러고 나서 다 이야기하리다." 집에 들어서자마자 그는 문을 닫아걸었다. 그가 하녀는 어디에 있는지 물었다. "부엌에요." 아내가 말했다. "그럼 좋아요, 들어와요." 천장이 낮은 커다란 거실에 스탠드 등에 불을 붙였고, 모두

438

들 앉자 형이 말했다. 그러니까 사태는 이러해. 우리 편은 완전히 후퇴 중이야. 시청에 도착한 소식들을 종합해볼 때, 룸도르프에서의 전투는 완전히 우리에게 불리해. 그리고 또한 시에서 온 군대의 대부분이 이미 돌아갔어. 도시에 공포감이 치솟게 하지 않기 위해서 그 소식을 숨기고 있는 거야. 나는 그것이 그렇게 나쁘다고 보지 않고 진실을 그대로 말하는 것보다는 오히려 이성적이라 생각해. 그러나 나도 침묵해야 하는 의무가 있어. 내가 네게 물론 진실을 말하는 것을 어느 누구도 막을 수 없어. 게다가 모든 이들이 제대로 짐작하고 있다는 것을 어디서나 느낄 수 있어. 모두들 집을 폐쇄하고, 감출 만한 것들을 다 감추고 있어.

―――――――――

시의원인 형은 저녁 10시나 돼서야 비로소 관청에서 집으로 돌아왔는데도 불구하고 곧바로 그가 세 들어 사는 집주인인 가구상인 룸포르트 씨 집 문을 두드렸다. 확실하지 않은 말 한마디만을 들었을 뿐이었으나 안으로 들어갔다. 룸포르트 씨는 신문을 들고 탁자에 앉아 있었는데, 비대한 몸집은 이 더운 6월의 저녁에 그를 괴롭히고 있었다. 그는 양복, 조끼를 긴 의자에 던졌다. 그의 와이셔츠는

―――――――――

몇몇 시청 관리들은 시청 건물의 돌로 된 창턱에 바짝 서서는 광장을 내려다보고 있었다. 마지막 후위군 부대는 후퇴 명령을 기다리고 서 있었다. 그들은 젊고 건장한 붉은 뺨을 가진 청년들로, 이리저리 고개를 흔들고 있는 말의 고삐를 팽팽히 쥐고 있었다. 그들 앞으로 두 명의 장교가 말을 타고 위에서 아래로 천천히 왔다 갔다 했다. 그들은 소식을 기다리고 있는 게 분명했다. 그들은 자주 기수를 보냈는데, 기수는 광장의 가파른 오르막길인 옆 골목으로 아주 급하게 사라져갔다. 지금까지 어느 누구도 돌아오지 않았다.

창가에 서 있는 무리 쪽으로 관리인 형이 다가왔다. 그는 젊었지만 수염을 잔뜩 길렀다. 그는 높은 지위에 있고 특별히 인정을 받고 있는 능력 때문에 모두들 그에게 고개 숙여 인사를 했으며, 그를 그 창턱 앞에 서게 했다. "그러니까 이제 끝났군." 그는 광장을 바라보며 말했다. "아주 분명해." "그러니깐 평위원님, 당신께서는" 한 젊고 용기 있는 사람이 말했다. 형이 도착했을 때에도 그의 자리에서 조금도 움직이지 않았고, 그렇게 해서 형과 바짝 붙어 서 있게 되어 서로 얼굴을 볼 수 없었던 자였다. "당신은 그러니까 전쟁에서 패했다고 믿으십니까?" 분명히 확신하오. 그 사실에 대해서 어떤 의혹도 없소. 믿고 말하는데, 우리의 지도자는 형편없었소. 우리의 오래된 여러 가지 죄를 속죄해야 합니다. 지금은 물론 그에 대해서 말할 시간이 없습니다. 모두들 자기를 돌봐야 하죠. 우리는 진정 최후의 소멸 앞에 직면해 있습니다. 오늘 저녁이면 이미 손님들이 이곳에 올 수 있습니다. 아마도 저녁까지 기다릴 것도 없이 반 시간 안에 이리로 올 것입니다.

1914년 6월 12일

쿠빈.[19] 누런 얼굴빛, 두개골 위로 납작하게 붙은 숱이 적은 머리카락, 눈은 이따금식 고무되어 번쩍거린다. 감염에 대한 불안, 그는 아래에서 그녀에게 키스했으며, 벌써 쇠약해지는 자신을 보고는, 이 불행을 가져다준 '사랑하는 여자'에 대해서 말한다. 가장 어리석은 위안을 황홀하게 받아들이더니 잠시 뒤에 아주 영리하게도 그로부터 빠져나온다. 볼프스켈,[20] 반쯤 눈이 보이지 않는 망막박리를 앓고 있다. 떨어지거나 부딪히지 않도록 조심해야 한다. 그렇지 않으면 렌즈가 빠져나올 수 있고, 그렇게 되면 완전히 끝장난다. 책을 읽을 때 눈을 바짝 대고 눈가로부터 문자들을 날쌔게 붙잡아야만 한다. 멜히오르 레히터[21]와 함께 인도에 갔다가 이질에 걸렸는데, 그는 모든 것, 길에서 먼지 속에 놓여 있는 과일을 모두 먹었다. —파힝거는 한 여자 사체에서 은으로 된 처녀정조대를 떼어냈다. 루마니아 어디에선가 그는 이 여인을 발굴해낸 인부들을 밀어 젖히면서, 여기서 별 가치도 없는 작은 물건을 보았는데 그것을 기념으로 가지고 싶다고 말하면서 그들을 안심시키고 그 정조대를 떼어 뼈대에서 분리시켰다. 마을 교회에서 그가 가지고 싶은 귀중한 성경이나 그림 혹은 종이를 발견한다면, 그는 원하는 대로 책에서, 벽에서, 제단에서 찢고 뜯어내거나 하면서 그 대가로 두 냥짜리 동전을 놓고는 안심했을 것이다. — 뚱뚱한 여자들에 대한 사랑. 그는 자신이 취했던 여자들을 사진 찍어두었다. 그가 모든 방문자에게 보여주는 충격적인 사진들. 소파 한쪽 구석에 앉고, 방문자는 그와 멀리 떨어진 다른 쪽에 앉는다. 파힝거는 거의 보지 않고도 언제나 보여지는 사진 차례를 다 알고 있기 때문에 그에 따라 설명한다. 이것은 늙은 과부이고, 이들은 두 명의 헝가리 하녀이고 등등. —쿠빈에 대해서: "그렇습니다. 거장 쿠빈이시여, 당신은 막 도약중이십니다. 이런 상태가 계속 유지된다면 10년에서 20년 사이에 바이로스[22] 같은 지위에 오를 것입니다."

도스토옙스키가 여류 화가에게 쓴 편지.[23]
사교계 생활은 그 범위에서만 맴돈다. 특정한 고통이 엉겨 붙어 있는 자들은 끼리끼리 서로를 이해할 뿐이다. 고통의 속성으로 힘입어서 그들은 하나의 무리를 만들고는 거기에 의지한다. 그들은 그 그룹의 원가를 따라 미끄러지면서 서로서로 우선권을 넘겨주다가 붐비면 부드럽게 이자에게서 저자에게로 넘겨준다. 모든 자가 자신에게 되돌아올 영향을 희망하면서 다른 이에게 말을 걸거나, 아니면 되돌아온 영향을 직접 즐기면서 말로써 위로하는 일이 열정적으로 일어난다. 누구나 고통을 허용할 수밖에 없는 경험뿐이지만, 그러한 동지들 속에서는 무지무지하게 다양한 경험들이 교환되는 것을 듣는다. "당신은 그렇게" 한 사람이 다른 사람에게 말한다. "한탄하지 말고 당신이 그렇다는 것에 대해서 신께 감사하세요. 왜냐하면 당신이 그렇지 않다면 이러저러한 불행 속에, 혹은 이러저러한 수치심 속에 빠졌을 테니 말입니다." 그렇다면 이 남자는 그 사실을 어떻게 알았을까? 그도 역시 말을 듣는 당사자와 같은 범주에 속한 자가 아닌가. 이런 말이 그것을 보여주고 있으며, 그도 역시 똑같이 위로받아야 할 것이다. 동일한 그룹 범위에서는 그러나 동일한 것만을 알 뿐이다. 위로하는 자가 위로받는 자보다 먼저 생각했다는 기색은 조금도 없다. 그들의 대화는 그렇기 때문에 상상력이 합해진 것으로 한 사람의 소망이 다른 자의 소망 위로 부어진 것일 뿐이다. 어떤 이가 한 번 땅바닥을 보면 다른 자는 새를 좇는 그런 식의 차이 속에서 그들의 교류가 이루어진다. 그들이 한 번 일치해서 믿으면 둘은 머리에 머리를 맞대고는 허공 저 멀리 무한한 곳을 바라본다. 그러나 그들이 함께 머리를 숙이고는 그 위로 공동의 망치가 떨어진다면 그 후에야 그들은 자신들의 상황을 인식할 것이다.

〈1914년 6월〉 14일
　머리에 경련이 일어나고 머리 위로 살짝 스쳐 지나가는 나뭇가지가 성가시게 느껴지는 동안 나의 조용한 행보. 나는 평온하다. 나는 내 속에 다른 인간들의 안전을 가진다. 그러나 그 어딘가 뒤바뀐 끝에서

───────────

〈1914년〉 6월 19일
　지난날의 흥분들. W. 박사[24]로부터 내게로 넘어온 평온함. 그가 나

를 위해 걱정했던 것들. 그것들이 내가 푹 자고 나서 새벽 4시에 깨어났을 때 나한테로 넘어왔던 것이다. 피스테코보 디바들로.[25] 뢰벤슈타인![26] 이제는 소이카[27]의 거칠지만 흥미진진한 소설이다. 불안. F.가 꼭 필요하다는 확신

1914년 6월 24일
엘리[28]가 말했다.
"사랑스러운 자기! 당신의 유연한 육체가 그리워요."

――――――――

나와 O,[29] 우리는 너무나 화가 나서 사람들의 연대에 대항해서 얼마나 날뛰었는가.

――――――――

부모 무덤에 아들(폴락, 상과대학 졸업생) 역시 함께 묻혔다.

1914년 6월 25일
이른 아침부터 지금 어둑어둑해질 때까지 나는 내 방 안에서 왔다 갔다 했다. 창문은 열려 있고, 오늘은 더운 날이다. 좁은 골목에서 소음이 끊임없이 들려온다. 나는 이미 한 바퀴 돌면서 둘러보았기에 내 방의 모든 사소한 것들까지 알아본다. 사방 벽들을 내 눈으로 다 훑어보았다. 양탄자 무늬와 그 오래된 흔적들을 그 얽힌 마지막 구비까지 다 따라 돌아갔다. 가운데에 놓여 있는 탁자는 손 뼘으로 이미 다 재어보았다. 여주인의 사망한 남편의 사진에 대고 이미 나는 이를 갈았다. 저녁때쯤 되어서 나는 창가로 다가가서 낮은 창턱에 걸터앉았다. 거기서 우연히 처음으로 그 자리에서부터 내 방 안 내부와 천장을 조용히 바라보게 되었다. 내가 착각하지 않는다면, 드디어, 드디어 이 여러 면에서 내가 흔들어댔던 내 방이 흔들리기 시작했다. 약

한 석회장식으로 둘러쳐진 흰색 천장 가에서 시작되었다. 작은 가구들이 분리되어 마치 우연처럼 여기저기 특정한 소리를 내면서 바닥으로 넘어졌다. 나는 손을 뻗쳤고 내 손 위로도 몇 개 떨어졌는데, 긴장해서 내 몸을 돌리지도 않은 채 그대로 머리 위로 해서 골목으로 던져버렸다. 저 위 부서진 자리들은 어떤 연관성도 없지만 사람들이 어떻게든 만들어낼 것이다. 그러나 나는 그런 유희들로부터 멀리 한다. 마치 지금 흰색에 푸른빛이 도는 보랏빛이 섞이기 시작했으며, 흰색이면서 정말로 바로 하얗게 빛나는 천장의 한가운데 지점에 초라한 전구 하나가 바짝 잘린 채 꽂혀 있었다. 툭툭 치자 다시 색깔들이 몰려왔으며, 아니면 그것은 지금 어두워지는 가장자리 쪽으로 비치는 불빛이었다. 연장으로 아주 정확하게 압력을 가하는 것처럼 떨어져서 내려오는 석회 가루에는 어느 누구도 관심을 가지지 않는다. 그때 옆에서 노란, 금빛의 노란색이 보랏빛 속으로 들어왔다. 그러나 방 천장은 원래 물들여지지 않았으며, 색깔이 그것을 어떻게든 투명하게 했다. 그 위로 돌출되어 나오려는 사물들이 부유하는 것처럼 보였으며, 벌써 거기에서 윤곽을 그리면서 움직이는 것을 볼 수 있었고, 한쪽 팔을 뻗치고는 은으로 된 칼을 이리저리 휘두른다. 그것은 내게 해당되는 것으로 절망도 아니고, 나를 해방시켜야 했던 현상이 준비 중이었던 것이다. 나는 모든 것을 준비하기 위해서 탁자 위로 뛰어올라가서는 백동으로 만들어진 막대기를 포함해서 전구를 잡아빼서 돌려 바닥으로 내동댕이친 다음, 다시 뛰어내려와 탁자를 방 가운데에서 벽 쪽으로 밀어붙였다. 오려고 했던 것은 조용히 양탄자 위에 주저앉았고, 신고해야만 했던 것은 내게로 신고할 수 있었다. 내가 끝내자마자 천장이 정말로 무너져 내렸다. 꽤 높은 곳에서, 나는 그 높이를 잘못 측정했는데, 반쯤 어두운 상태에서 천사가 푸른빛이 도는 보랏빛 천으로 휘감고 금빛 실에 묶인 채 커다란 흰색 비단처럼 반짝이는 날개를 달고는 아주 천천히 내려오고 있었으며, 높이 쳐든 팔로 칼을 직선으로 길게 뻗치고 있었다. "그럼 천사란 말인가!"라고 나는 생각했다. "천사가 하루 종일 내게로 날아왔건만 믿지 않기에 나는 그것을 몰랐던 것이다. 지금 그는 내게 말을 걸 것이다." 나는 시선을 내리깔았다. 그러나 내가 다시 시선을 올려보았을 때, 거기에는 천사가 하나 있기는 했지만 이제는 다시 닫힌 천장 꽤 아래쪽에 매달려 있었다. 그것은 살아 있는 천사가 아니라 뱃머리에 붙어 있는 색칠한 나무인형으로, 마치 뱃사람들이 가는 선술집의 천장에 매달려 있는 것과 같았다. 더 이상은 아무것도 아니었다. 칼자루는 거기에 설치된 양초를 받치고 있으면서 흘러내리는 기름을 받아내고 있었다. 나는 전구를 잡아 끌어내렸고, 어둠 속에 있고 싶지 않았고, 초도 하나 있었다. 그래서 나는 소파 위로 올라가서 초를 칼자루에 꽂고는 불을 붙였다. 그러고는 천사의 약한 불빛 아래에서 밤늦게까지 앉아 있었다.

1914월 6월 30일

피크와 함께 헬러아우와 라이프치히로 갔다.[30] 나는 너무나 끔찍하게 말썽을 피웠다. 물을 수도, 대답할 수도, 움직일 수도, 잠시 누구의 눈에도 띌 수 없었다. 군함협회에 지원한 남자, 소시지를 먹고 있는 뚱뚱한 부부, 우리 집주인 토마스, 우리를 끌고 간 프레서, 토마스 부인,[31] 헤그너,[32] 판틀 그리고 부인,[33] 아들러, 안네리제 부인과 아이,[34] 클라우스 박사의 부인, 폴락 양, 판틀 부인의 여동생,[35] 카츠,[36] 멘델스존[37] (형의 아이들, 알피눔, 엥거링에, 피히텐나델바트) 숲 앞 선술집 '나투라',[38] 볼프, 하스,[39] 나르시스의 강연, 아들러의 정원에서, 달크로체 집을 둘러보기, 발트셴케에서의 저녁―부그라[40]―놀라움에 대한 놀라움. 실패한 것들: '나투라'를 찾지 못함, 슈트루베거리를 달려서 지나감, 헬러아우로 가는데 다른 전차를 탐, 발트셴케에 방이 없음, 내가 에르나[41]에게 전화해야 하는 것을 잊어버려서 되돌아옴, 판틀을 만나지 못함, 제네바에서 달크로체,[42] 다음 날 아침 발트셴케에 너무 늦게 도착함. (F.의 전화가 아무 소용이 없었다.) 베를린이 아니라 라이프치히로 가기로 결정함, 의미 없는 여행, 잘못된 여객 열차, 볼프는 바로 베를린으로 떠난다, 라스커-쉴러는 베르펠을 차지하고 있었다.[43] 무의미한 전람회 방문, 결국 마지막으로 아르코[44]에서 아무런 의미 없이 아주 오래전에 지은 죄에 대해서 피크에게 경고했다.

———————

1914년 6월⟨7월⟩1일
너무 피곤하다.

1914년 7월 5일
그러한 고통을 참아야만 하고 야기시키다니!

1914년 7월 29일
여행에 대해서 쓴 메모를 다른 공책에 옮겼다.[45] 실패했던 작업들을 다시 시작했다. 그러나 나는 불면증, 두통 그리고 만성적인 무능력에도 불구하고 굽히지 않고 계속했다. 그것은 내 속에 모아진 마지막 생명력이다. 나는 내가 조용히 살고 싶어서가 아니라 조용히 죽을 수 있기 위해서 사람들을 피한다는 것을 관찰을 통해 알아냈다. 그러나 이제 나는 저항할 것이다. 사장이 부재중인 한 달 동안 내게는 시간이 있다.

⟨1914년 7월⟩ 31일

나는 시간이 없다. 이것은 일반 동원 소집이다.[46] K.와 P.[47]도 불려
갔다. 지금 나는 혼자 남는다는 것의 보답을 받는다. 그것은 물론 거
의 보답이라고 할 수 없다. 혼자 있으면 벌을 받을 뿐이다. 어쨌든 나
는 모든 비참함에도 별로 마음이 움직이지 않았으며, 그 어떤 때보다
도 단호했다. 오후에는 공장에 가야만 하고, 나는 집에서 살지 않을
것이다.[48] 동생 엘리가 두 아이와 함께 우리 집으로 들어왔기 때문이
다. 그렇지만 무슨 일이 있어도 나는 무조건 글을 쓸 것이다. 그것은
나를 유지하기 위한 생존을 위한 투쟁이다.

⟨1914년 8월⟩ 1일

K.[49]를 역까지 바래다줌. 사무실에는 모두가 친척들뿐이다. 발리[50]
에게 가고 싶다.

⟨1914년 8월⟩ 2일

독일이 러시아에게 전쟁을 선포했다. ─오후에 수영 교습

1914년 8월 3일

내 누이동생 방에 혼자 있었다.[51] 그 방은 내 방보다 아래층인 데다
가 옆 골목까지 붙어 있어서 아래쪽 문 앞에서 이웃들이 떠드는 소리
로 시끄러웠다. 휘파람 소리도 들린다. 그 외에는 완벽해진 고독함뿐
이다. 그 어떤 그리운 여인도 문을 열지 않는다. 한 달 뒤에 나는 결혼
을 해야 할 것이다. 무서운 한마디: 네가 원하는 대로 너는 얻었다. 몸
을 벽에 아프도록 누른 채로 서서는, 옛 고통을 잊게 하는 새로운 아
픔으로 누르고 인식하는 그 손, 자기의 굽은 손, 좋은 일을 위해서 결
코 한 번도 얻지 못한 힘으로 너를 붙들고 있는 그 손을 보기 위해서

시선을 내리깔았다. 그는 고개를 들고는 다시 최초의 첫 고통을 느끼고는 다시 시선을 내리깔았는데, 이 올렸다 내렸다 동작을 중단하지 않았다.

1914년 8월 4일

내가 살 집[52]을 빌렸을 때 집주인에게 아마도 2년 혹은 6년까지 살겠다는 약조를 하는 서류에 사인을 한 것 같다. 지금 그는 내게 이 계약에 따라 요구하고 있다. 내 행동이 보여주고 있는 어리석음 혹은 좋게는 일반적이며 결정적인 무방비성이다. 강으로 미끄러짐. 이러한 미끄러짐은 내게는 '밀림을 당함'을 상기시키기 때문에 아마도 매우 바람직해 보인다.

〈1914〉 8월 5일

거의 마지막 힘을 다 써버리는 것으로 낙착됨. 증인인 말렉[53]과 거기에 두 번이나 갔으며, 펠릭스에게는 계약 조건 때문에, 변호사에게는 두 번(6 K) 갔다. 모든 것은 불필요했으며, 모든 것을 내 스스로 할 수 있었고, 또 했어야 했다.

〈1914년〉 8월 6일

무덤 위로 진군하는 포병 부대. 꽃, 축복 그리고 행운을 비는 환호성들. 모든 노력을 다하는 듯 조용하고, 놀라기도 하면서 주의를 기울이는, 새까만 눈동자에 검게 탄 얼굴. —나는 원기 회복은커녕 녹초가 되었다. 아직은 온전하거나 이미 산산조각 난 빈 통, 아니면 벌써 산산조각 나거나 여전히 통째로인 빈 통. 거짓말, 증오 그리고 시기로 가득 참. 무능력, 어리석음, 우둔함으로 가득 참. 게으름, 약한, 그리고 무방비로 가득 참. 서른한 살. 나는 오틀라의 사진에서 두 명의 경제학도들을 보았다. 젊고 신선한 사람들로 뭔가를 알고, 필연적으로 조금은 저항하는 사람들 가운데에서 그 아는 바를 적용할 만한 힘을 충분히 가졌다. ―한 사람은 멋진 말을 끌고 있었고, 다른 한 사람은 풀밭에 누워 평소에는 확고하며 무조건 신뢰할 만한 얼굴도 입술 사이로 혀끝을 놀리며 장난치고 있었다.

――――――――

〈1914년 8월〉5일

나는 내 속에서 사소함, 우유부단, 시기 그리고 내가 열정적으로 온갖 해害를 주고 싶은 투쟁하는 자들에 대한 증오심만을 발견했다.

――――――――

〈1914년 8월〉6일

문학에서 볼 때 나의 운명은 아주 단순하다. 나의 꿈 같은 내면 생활을 표현하고 기술하는 데 대한 의미는 다른 모든 것들을 부차적인 것으로 밀어버렸으며, 그 삶은 끔찍할 정도로 위축되고 그리고 중단도 없이 점점 더 쇠약해지고 있다. 그 밖의 다른 것은 언제나 나를 만족시키지 못했다. 그러나 이제 그 표현 기술에 대한 나의 힘은 완전히 예측할 수 없게 되었다. 아마도 이미 영원히 사라진 것 같다. 그래도 어쩌면 그 힘은 한 번쯤 내게로 밀려올 수도 있겠지만, 지금의 내 형편은 물론 그렇게 유리하지는 않다. 그렇게 나는 망설이면서, 쉬지 않고 산꼭대기로 날아가지만, 거의 한순간도 거기 정상에 있을 수가 없다. 다른 이들도 역시 망설이지만 아래쪽 부근에서 더 강한 힘을 가진다. 그들이 떨어지려고 위협하면 이런 목적으로 그들 옆에 갔던 친척은 그들을 잡는다. 그러나 나는 저기 위에서 망설이고 있으며, 그것은 유감스럽게도 죽음이 아니다. 그러나 죽어감의 영원한 고통이다.

――――――――

애국 행렬. 시장의 연설. 그러고 나서 사라졌다가 다시 올라와서 독일어로 외치는 소리: "우리의 사랑하는 황제여, 오래오래 사십시오." 나는 거기에 악의에 찬 시선을 보내면서 서 있다. 이러한 행진들은 전쟁에 동반되는 역겨운 현상이다. 한 번은 독일어로 또 한 번은 체코어로 유대인 상인이 먼저 선창을 했는데, 고백하건대, 지금처럼 그렇게 크게 외치도록 허락되어본 적이 없었다. 물론 그들은 많은 사람들을 감동시켰다. 아주 잘 조직되었다. 그것은 매일 저녁마다, 일요일 아침에 두 번 반복될 것이다.

〈1914년 8월〉 7일

개성을 발휘시키는 능력은 눈곱만큼도 없으면서, 모두를 자기 방식에 따라 다루려는 사람이 있다. '빈츠에서 온 L.'은 자신에게 주의를 집중시키기 위해서 내 쪽을 향해 지팡이를 들었고, 나를 놀라게 했다.

수영학교로 가는 확고한 발걸음.

어제와 오늘 4쪽을 썼다. 능가하기 어려운 사소한 것.

그 어마어마한 스트린드베리. 이 분노, 이 주먹다짐 속에서 얻어진 쪽들.[54]

건너편에 있는 식당으로부터 들려오는 합창 소리. —바로 나는 창가로 갔다. 잠은 오지 않을 것 같다. 식당 문이 열려 있어서 노랫소리는 아주 잘 들렸다. 한 여자 목소리가 선창했다. 그것들은 순수한 사랑의 노래들이었다. 나는 경찰을 열망했다. 곧 경찰이 왔다. 그는 한동안 문 앞에서 경청하더니, "주인장!" 하고 외쳤다. "보이티슈쿠" 하는 여자 목소리. 한쪽 구석에서 바지와 러닝셔츠 차림의 남자가 뛰어왔다. "문 닫아요! 도대체 누가 이런 소음을 좋아한단 말이오?" "아, 네, 네." 주인은 이렇게 말하면서 마치 숙녀를 다루는 듯이 부드러운 동작으로 우선 뒤로 문을 닫고는 다시 열고 들어가서는 또다시 닫았다. 경찰은(그의 행동은, 특히 그의 분노는 이해할 수 없었는데, 노래 때문에 그가 방해받았다기보다는 오히려 그의 지루한 근무에 여흥을 더해 줄 수 있기 때문이다) 돌아갔으며, 노래하는 사람들은 더 이상 노래할 마음이 생기지 않았다.

───────────

⟨1914년 8월⟩ 11일

내가 파리에 있으면서 삼촌과 함께 팔짱을 끼고 파리를 돌아다니는 상상.

⟨1914년 8월⟩ 12일

전혀 잠을 이루지 못함. 오후 3시간 내내 잠을 자지 못하면서 긴 의자에 멍청히 누워 있었고, 밤에도 마찬가지였다. 그러나 그것이 나를 방해해서는 안 된다.

⟨1914년 8월⟩ 15일

며칠 전부터 나는 글을 쓴다. 그리고 그것을 유지하고 싶다. 오늘 나는 2년 전에 그러했던 것처럼 아주 잘 보호되어, 글쓰기 작업 속으로 기어 들어갈 수 없었다. 그렇지만 어쨌든 의미는 있었다. 규칙적이며 텅 빈, 길을 잃은 듯한 나의 독신자의 삶이 하나의 정당성을 얻었다. 나는 다시 나와의 대화를 이끌어갈 수 있으며, 그렇게 완벽한 허공만을 바라보지 않았다. 단지 이렇게 우회적으로 내게 좀 더 나아지는 길이 있었다.

───────────

내 삶의 한때—이미 4년이 지났는데—나는 러시아 내륙에 있는 작은 철도역에 취업을 했었다. 거기에서만큼 그렇게 쓸쓸하게 보낸 적이 없었다. 여기에 속하지 않는 여러 가지 이유에서 나는 당시 그런 장소를 찾았고, 고독이 더 많이 사무치길 더욱 원했기에 지금 그것에 대해서 불평하지 않을 것이다. 다만 이때에 처음에는 거의 일이 없었다. 이 작은 역은 원래 뭔가 경제적인 이유에서 설치되었는데, 자본이 충분치 못해서 건축이 중단되고, 이곳에서 열차로 5일 동안 달리면 닿는 가장 가까운 대규모 장소인 칼다로 가는 대신에 이 철도는 작은 이주지를 지나 바로 외딴 은둔지에서 끝나버렸다. 여기는 칼다로 가자면 하루는 꼬박 걸리는 곳이었다. 이제 이 철도가 칼다로까지 연장된다 할지라도 여전히 기약 없이 오랜 시간 동안 수익성은 없을 것이다. 왜냐하면 전체 계획이 없고, 이 나라는 철도가 아니라 도로가 필요했기 때문이다. 그렇지만 지금 이 상태 그대로는 도대체가 유지될 수 없었다. 두 개의 열차가 통행했는데, 짐도 운반했지만 가벼운 객차 하나가 운반해도 충분할 양이며, 여객 손님이라고는 여름 밭일을 하는 농군 몇뿐이었다. 그러나 사람들은 이 철도를 완전히 없애려고 하지 않았다. 왜냐하면 여전히 그것을 운영함으로써 확장 공사에 필요한 자본을 끌어오길 희망했기 때문이다. 이 희망 역시 내 생각에는 희망이라기보다는 오히려 절망이고 태만함이었다. 사람들은 재료와 석탄이 있는 한 철도를 운행시켰고, 몇몇 작업자에게 마치 은혜를 베푸는 듯이 불규칙적이나마 월급을 주었다. 그러고는 전체가 무너져버리기를 고대했던 것이다.

이런 철도회사에 내가 취직이 되었고, 철도가 세워지기 시작한 이래로 거기에 그대로 남아 있으면서 지금은 역으로 사용되기도 하는 오두막집에 살았다. 방이라고는 하나밖에 없었는데, 나는 거기에 간이침대를 놓고, 서서 글을 쓸 수 있을 책상을 들여놓고는 그 위에는 전보를 칠 수 있는 도구를 달아 놓았다. 내가 봄에 부임해 왔을 때, 너무 이른 아침에 기차 하나가 역을 지나갔고—후에 시간이 변경되었는데—그리고 내가 자고 있는 동안에 여객이 오는 일도 종종 있었다. 그러면 그는 당연히 바깥에 머물지 않고—그곳의 밤은 한여름에도 날씨가 쌀쌀했다—문을 두드렸고, 나는 빗장을 풀어 문을 열어주고 몇 시간이고 함께 수다를 떨면서 지냈다. 나는 내 간이침대에 눕고 손님은 바닥에 쭈그리고 앉거나 내 지시에 따라 서로 의견 일치를 본 차를 끓여 함께 마셨다. 여기 모든 마을 사람들은 그렇게 대인관계가 원만했다. 게다가 나도 그렇게 완벽하게 고독하게 지내는 것이 적절하지 못하다는 것을 알게 되었다. 비록 내가 스스로에게 멍에를 지운 고독이 얼마 지나지 않아 지나간 걱정거리를 이미 다 없애버리기 시작했다고 혼자 중얼거린다 할지라도 말이다. 한 인간을 지속적으로 고독 속에 방치하는 것은 불행에 대한 힘의 시험인 것을 발견했다. 고독은 그 어떤 것보다도 강력하며 한 사람을 다시 사람들에게로 몰아댄다. 그렇게 되면 당연히 사람들은 외견상 덜 고통스러워 보이지만 실제로는 알려지지 않았을 뿐인 다른 길을 찾으려고 애쓴다.

나는 생각했던 것보다 더욱 그곳 사람들에 합류했다. 물론 규칙적인 교류는 아니었다. 내가 고려할 수 있는 다섯 마을들은 모두 역에서 한 시간이면 닿을 수 있었으며, 마찬가지로 서로 간에도 한 시간이면 도착할 수 있는 거리에 있었다. 내가 이 자리를 잃지 않으려면 너무 먼 거리에 있는 마을까지 감히 생각해서는 안 되었다. 그리고 적어도 처음 한동안에는 결코 실직하고 싶지 않았다. 그러므로 나는 마을로는 갈 수 없었고, 어쩔 수 없이 다만 승객들이나 먼 거리에도 불구하고 나를 방문하는 사람들만을 상대할 수 있었다. 처음 한 달 안에 벌써 그런 사람들이 나타났다. 그러나 그들이 아무리 친절해도 나와 거래를 하고 싶어 이곳에 온다는 것을 쉽게 알 수 있었다. 게다가 그들 역시 자신의 그러한 의도를 전혀 숨기지 않았다. 그들은 여러 가지 물건들을 가지고 왔고, 나는 보통 별 생각 없이 돈이 있는 대로 사들였다. 그렇게 그들은 내게 환영을 받았고 특히 개별적으로 오면 더욱 환영했다. 물론 나는 나중에는 물건 구입을 제한했다. 물건을 구입하는 내 방식이 그들에게 우습게 보인다는 생각이 들었기 때문이기도 하다. 더욱이 나는 생필품을 기차로 받아왔는데, 그것들은 여기 농부들이 가지고 오는 것보다 질이 나쁘고 훨씬 비쌌다. 원래 나는 작은 채소밭을 가꾸고, 소도 한 마리 사고 해서 이런 식으로 모두로부터 자립적인 삶을 계획했다. 나는 경작 도구와 씨앗들도 가지고 왔다. 땅은 너무나도 충분히 있고, 경작되지 않은 땅이 눈에 보이는 한 조그마한 구릉도 없이 평평하게 내 집 주변에 한 필지로 펼쳐져 있었다. 그러나 나는 이 땅을 경작지로 만들기에는 너무 힘이 없었다. 봄이 올 때까지도 얼어붙은 채 그대로였으며, 내가 새로 사온 도끼도 당하지 못하는 빌어먹을 땅덩어리였다. 그 땅에 가지고 온 씨앗 중에서 파종하면 그것은 그냥 잃어버리는 것이나 마찬가지였다. 작업하면서 나는 충격적으로 절망만 했다. 그러고 나서는 나는 하루 종일 간이침대에 누웠고, 기차가 도착해도 밖으로 한 번도 나가지 않았다. 나는 간이침대 위로 터놓은 창구로 머리만을 내밀어서 몸이 아프다고 알린다. 그러면 3명으로 구성된 역무원들이 몸을 덥히기 위해서 내 집으로 들어온다. 그러나 그들은 크게 따뜻함을 느낄 수 없다. 나는 가능하면 폭발하기 쉬운 오래된 쇠난로를 사용하지 않기 때문이다. 차라리 나는 오래된 따뜻한 외투를 둘러 걸치고는 농부들로부터 차례로 구입한 여러 가지 털을 덮고 누워 있기를 좋아한다. "당신은 자주 아프시군요." 그들은 내게 말한다. "병약한 사람이야. 여기서 떠날 수가 없을 것 같군." 그들은 나를 슬프게 하기 위해 말을 한다기보다는 다만 가능한 진실을 대략 말해주려고 노력하고 있었다. 그들은 대개 독특하게 눈을 부릅뜨고는 말했다.

한 달에 한 번, 그러나 언제나 다른 시간에 감사관이 왔다. 그는 내가 써놓은 장부를 조사하고 벌어들인 수입을 가지고 가거나—언제나 그런 것은 아니지만—내게 급여를 주었다. 그가 도착하기 하루 전에 그를 전 역에서 내려준 사람들이 언제나 하루 먼저 내게 알려주었다. 이렇게 통지해주는 것을 그들은 내게 해줄 수 있는 최대의 선심으로 여겼다. 나는 매일 모든 것을 잘 정돈하고 있음에도 불구하고 말이다. 또한

〈일기 서류묶음 마지막 부분에서 계속됨〉

제8권(1913~1914)

1913년 5월 2일

반드시 다시 일기를 써야 한다.[1] 불안한 머릿속. 펠리체. 직장에서의 몰락. 쓰고자 하는 내적 욕구는 있는데 몸이 따라주지 않는다.

———————

총기 훈련을 받기 위해 내일 초트코프로 입대하는 매제의 뒤를 따라서 발리[2]가 우리 집 문을 열고 나온다. 이렇듯 그를 쫓아감으로써 철저히 제도로 받아들였던 혼인을 인정한다는 사실이 이상스럽다.

———————

그저께 내가 하던 일을 중단시킨 정원사 딸의 이야기.[3] 이 일을 통해서 신경쇠약을 치료하려고 하는 내가 잘 들어두어야 할 이야기이다. 이름은 얀, 원래 정원사였고 나이 든 드보르스키의 후계자가 될지도 몰랐던, 그리고 심지어 벌써 화원의 주인이었던 그 아가씨의 남자 형제가 두 달 전에 스물여덟 살의 나이로 우울증 때문에 음독 자살했다는 것이다. 은둔적인 기질이 있었지만, 그는 최소한 여름 동안에는 손님들과 교제하지 않을 수 없었기 때문에 잘 지냈다. 하지만 그와는 반대로 겨울에는 완전히 폐쇄적이 되어버렸다. 그의 약혼녀 우르제드니체는 공무원이었는데, 마찬가지로 우울한 아가씨였다. 그들은 함께 자주 묘지로 갔다.

은어를 쓰는 공연에 출연한 거대한 몸집의 메나세. 음악과 조화되는 그의 동작에서 나를 사로잡던 매혹적인 그 무엇. 그것이 무엇인지 잊어버렸다.[4]

　　오늘 어머니에게 성령강림절 때 베를린에 간다고 말하면서 웃어 보인 멍청한 웃음. 어머니가 "왜 웃니?" 하고 말씀하셨다(몇몇 다른 말들을 하는 가운데 말씀하셨는데, 그중에는 "그러니 누가 영원히 결합하는지 잘 살펴보렴"이라는 말도 있었다. 나는 그 말들을 전부 "그거 별거 아니에요 등등"이란 말로 물리쳤다). 나는 "당황해서요"라고 말했고, 이 일에 있어서 한 번쯤 진실을 말했다는 사실에 기뻤다.

　　어제 바이이[5]를 우연히 만났다. 지난 2년 사이에 나이가 확 들어버렸는데도 불구하고 여전한 그녀의 평온함과 만족감, 자유로움과 분별력. 그 당시에 이미 성가실 정도였던 풍만함은 곧 생식 능력을 상실한 비만의 경계에 도달하게 될 것이다. 일종의 앞으로 내민, 아니 오히려 앞에 들고가는 듯한 불룩한 배를 하고서 굴러가듯이 느릿느릿 걷는 단계가 진행 중이었다. 턱에는—잠깐 본 바로는 턱에만—예전의 솜털이 꼬불꼬불한 구레나룻 털로 변해 있었다.

〈1913년〉5월 3일
끔찍하리만큼 불안한 나의 내적 존재.

　　　　　　　　　　　　　　　　　　　　　　　　　후견인[6]

　　나는 B.[7] 씨에게 발진을 보여주기 위해서 조끼 단추를 풀고 손짓으로 그를 옆방으로 부른다.

나병 환자와 그의 부인. 그녀가 침대에 엎드려 있다. 손님이 있어
도 온갖 궤양이 다 생긴 그녀의 엉덩이가 계속해서 반복적으로 치켜
올라온다. 남편은 그녀에게 꼭 덮어 가리라고 계속 고함친다.

그 남편은 뒤에서 화살을 맞고—어디서 화살이 날아왔는지는 아
무도 모른다—쓰러졌고, 화살이 그를 관통하였다. 그는 바닥에 누
운 채 머리를 들고 팔을 뻗어 탄식한다. 이후 그는 또 벌써 잠깐이지
만 휘청거리면서 일어설 수 있기까지 하다. 그는 자신이 어떻게 화살
을 맞았는지에 대한 설명 외에는 할 수가 없어서, 화살이 날아왔다고
여겨지는 대략적인 방향만 가리킨다. 이런 계속 반복되는 똑같은 얘
기가 벌써 그의 아내를 지치게 만든다. 더욱이 남편이 계속해서 다른
방향을 가리키기 때문에.

〈1913년 5월〉4일
　나를 줄곧 아주 급하게 기계처럼 규칙적으로 측면에서부터 자르
기 시작해서 아주 얇게 가로로 베어내는 넓은 훈제칼에 대한 상상.
가로로 절단된 면들은 빠른 작업 속도 때문에 거의 안으로 말린 상태
로 날아가버린다.

아직까지 골목들이 온통 텅 비어 있는 어느 이른 아침에, 맨발에
잠옷과 바지만 입고 있는 한 남자가 대로에 있는 커다란 셋집 문을
열었다. 그는 양쪽 문을 꼭 잡고서 깊이 심호흡을 했다. 그는 "비참
함, 이 지긋지긋한 비참함"이라고 말하고는, 겉으로는 차분하게 먼
저 길을 따라서 바라본 다음에 각각의 집들을 건너다보았다.

여기서부터 또 절망. 어디에서도 받아주지 않는다.

———————

1. 소화 2. 신경쇠약 3. 발진 4. 내면의 불안

———————

그런데 그것이 머릿속에서
긴장감 없이 섞이게 된다면

———————

1913년 5월 24일
피크와의 산책.
「화부」를 그만큼 훌륭하다고 여겼기 때문에 갖게 된 나의 자만심.[8]
저녁에 부모님께 「화부」를 읽어드렸다. 몹시 내키지 않는 듯이 귀 기
울이시는 아버지 앞에서 낭독하는 순간에는 나 자신이 가장 훌륭한
비평가다. 명백히 접근하기 어려운 심오함 이전에 수많은 평이한 대
목들.

1913년 6월 5일
평범한 문학 작품들의 내적 장점은 저자가 아직 살아 있고 그것들
을 뒤쫓는다는 것이다. 나이가 든다는 것의 진정한 의미가 바로 이것
이다.

———————

국경 통과에 관한 뢰비[9]의 이야기.

〈1913년〉 6월 21일
내가 도처에서 견뎌내야 하는 두려움. 의사의 진찰. 그는 곧장 내
게로 돌진하고, 나는 내 속까지 다 보여준다. 그가 내게 공허한 연설
을 늘어놓는다. 나는 속으로는 경멸하지만 반박하지 않는다.

내 머릿속에 들어 있는 무시무시한 세계. 하지만 나 자신처럼 그 세계를 해방시키자. 찢어버리지 말고 해방시키자. 그리고 그 세계를 내 안에 잡아두거나 묻어두기보다는 차라리 수천 번 찢어버리자. 그러기 위해서 내가 여기 있다. 이 사실은 내게 아주 명백하다.

발까지 내려오는 외투를 입은 어떤 키 큰 남자가 어느 추운 봄날 새벽 다섯 시경에 황량한 구릉 지역에 서 있는 작은 오두막 문을 주먹으로 두들겨댔다. 주먹으로 두들기고 그는 매번 귀를 기울였다. 오두막 안은 조용했다.

1913년 7월 1일
분별력을 잃을 정도로 고독하고 싶은 소망. 나 자신만 마주 보기. 아마도 나는 리바[10]에서 그것을 얻게 될 것이다.

그끄저께 『갤리선』의 저자인 바이스와 함께 있었다.[11] 유대인 의사. 서유럽 유대인 유형에 가장 근접하고 그래서 사람들이 금방 친숙하게 느끼게 되는 부류의 유대인. 일상 교제에서 끊임없이 동일한 친밀감을 갖고 즐기는 기독교인들의 엄청난 장점. 예를 들어 체코인 기독교 신자들 속의 체코인 기독교 신자처럼.
드 삭스 호텔[12]을 나서는 신혼여행 중인 한 쌍의 부부. 오후. 우체통에 엽서를 넣는다. 구겨진 옷, 맥빠진 걸음, 흐리지만 온화한 오후. 첫눈에 별 특색 없어 보이는 얼굴들.

볼가 강 유역의 야로슬라블에서 열린 로마노프 300주년 기념 축제 장면. 차르와 공주들이 햇빛을 받으며 짜증스러운 듯이 서 있다.

부드럽고 좀 나이가 들어 맥없어 보이는 한 공주만 혼자 양산으로 지탱한 채 바라보고 있다. 모자를 쓰지 않은 거대한 코사크인의 팔뚝 위에 있는 왕위 계승자. —다른 장면에서는 이미 통과한 남자들이 멀리서 거수경례한다.[13]

극장에서 본〈금의 노예들〉이란 영화 장면 속의 백만장자. 그를 붙잡아! 평온, 목표 의식이 뚜렷한 느린 동작, 필요할 경우 날쌘 걸음, 팔의 경련. 부유하고 버릇없고 얼러줘야 하는 그가 하인처럼 벌떡 일어나서 자신이 감금되어 있던 발트셴케의 방을 조사하는 모습.

〈1913년 7월〉2일

스물세 살의 마리 아브라함 소송에 대한 기사를 읽고 흐느껴 울었다. 그녀는 가난과 배고픔 때문에 자신이 스타킹 미끄럼 방지용 끈으로 사용하던 남자 넥타이를 풀어서 그것으로 거의 9개월 된 자신의 아기 바르바라를 목 졸라 죽였다. 아주 전형적인 이야기.

욕실에서 내 여동생에게 희극 영화 장면을 재현해 보인 나의 열정. 어째서 나는 그것을 타인에게는 한 번도 해보이지 못할까?

나라면 일 년간 같은 도시에서 산 아가씨와는 절대로 결혼하지 않았을 것이다.

〈1913년 7월〉3일

결혼을 통한 존재의 확장과 고양. 설교 말씀. 그러나 나는 그것을 대강 예감만 할 뿐이다.

내가 무언가를 말하면, 그 즉시로 중요성이 완전히 상실된다. 내가 무언가를 글로 남기면, 중요성이 늘 상실되기는 해도 가끔은 새로운 중요성이 획득되기도 한다.

———————

갈색으로 그을린 목에 두른 작은 금 구슬 띠.

1913년 7월 19일
네 명의 무장한 사내들이 집 밖으로 나왔다. 각자 도끼칼을 앞에 곧추 세워 들고 있었다. 이따금 한 사내가 자신들을 여기 서 있게 하는 자가 이미 와 있지는 않는지 보기 위해서 얼굴을 돌렸다. 이른 아침이었고, 골목은 텅 비어 있었다.

———————

그래서 당신들이 원하는 게 뭐죠? 올 테면 와봐요! —우리는 싫어요. 우리를 내버려둬요!

———————

내적 소모. 그 때문에 카페에서 흘러나오는 음악이 그처럼 한 사람의 귓전에 울린다. 엘자 브로트가 얘기해주었던 돌팔매질이 보인다.

———————

한 여인이 실패 앞에 앉아 있다. 한 남자가 칼집이 꽂혀 있는 채로 칼로 문을 열어젖힌다(그는 칼을 손에 들고 있다).
남자: 여기 그가 있었지!
여인: 누구 말이죠? 원하는 게 뭐죠?
남자: 말 도둑 말이야. 그가 여기 숨어 있어. 거짓말하지 마! (그가 칼을 휘두른다)
여인: (방어하기 위해 실패를 들어 올린다) 여기에는 아무도 없었어요. 날 내버려둬요!

1913년 7월 20일

저 아래 강 위에 배가 여러 척 떠 있고, 어부들은 낚싯대를 드리우고 있었다. 흐린 날이었다. 몇몇 청년들이 강변 난간에 다리를 꼬고 기대 서 있었다.

사람들이 그들의 여행을 축하하기 위해 일어서서 샴페인 잔을 들어 올렸을 때는 이미 날이 어두워지고 있었다. 부모님과 몇몇 결혼식 하객들이 그들을 차까지 배웅했다. 그것

〈1913년〉 7월 21일

절망하지 마라. 또 네가 절망하지 않는다는 사실에 대해서도 절망하지 마라. 모든 것이 끝장난 것처럼 보여도 여전히 새로운 힘들이 찾아온다. 그것은 바로 네가 살아 있음을 의미한다. 하지만 새로운 힘들이 오지 않으면, 모든 것은 여기서 영원히 끝나버리는 것이다.

잘 수가 없다. 꿈만 꿀 뿐 푹 자지 못한다. 오늘 나는 꿈속에서 급경사진 공원에 적합한 새로운 교통 수단을 발명해냈다. 그다지 굵지 않은 나뭇가지를 비스듬하게 바닥에 대고 한쪽 끝을 손에 잡고서 여성용 안장에 타듯이 최대한 가볍게 그 위에 올라탄다. 그러면 나뭇가지는 자연스레 경사로를 따라 아래로 미끄러져 질주하고, 나뭇가지 위에 올라탄 사람도 함께 탄력 있는 나뭇가지 위에서 전속력으로 기분 좋게 흔들리게 된다. 다음 순간 위로 올라갈 때도 나뭇가지를 이용할 수 있다는 사실을 발견하게 된다. 전체적으로 단순하다는 점을 빼면, 이 장치의 가장 큰 장점은 나뭇가지 자체가 가늘어 움직이기 쉽다는 데 있다. 나뭇가지를 내리고 올릴 수가 있어서, 필요에 따라서는 사

람이 혼자서 통과하기 힘든 곳을 어디든지 뚫고 지나갈 수가 있다.

———————

목에 밧줄이 감긴 채로 어느 집 일층 창문을 통해 안으로 끌어당겨진다. 그리고 가차 없이, 마치 부주의한 사람이 그러는 것처럼 방의 모든 이불과 가구, 벽, 다락방을 따라 피 흘리고 갈기갈기 찢긴 채로 끌어당겨진다. 그리고 마침내 지붕 위에는 빈 올가미만 남게 된다. 기와가 무너질 때 비로소 내 남은 부분들을 잃어버린 그 올가미.

———————

1913년 8월〈7월〉 21일
특이한 사유 방식. 감정으로 충만하다. 심지어 가장 불확실한 감정에서조차 모든 것이 사유로 느껴진다. (도스토옙스키)[14]

내면의 이런 도르래 장치. 작은 갈고리가 어딘가 숨겨진 장소에서 앞으로 움직이기 시작한다. 처음에 사람들은 그것을 전혀 알아차리지 못한다. 그사이에 벌써 모든 장치가 가동된다. 마치 시계가 시간에 종속되어 있는 것처럼 보이듯이 이해할 수 없는 힘에 종속된 장치가 여기저기서 삐걱거리고, 모든 사슬들은 쩔그럭 소리를 내며 차례대로 정해진 만큼씩 아래로 움직인다.

———————

내 결혼에 대한 찬반 의견을 종합해봄: 1) 혼자서 삶을 감당할 능력이 없다. 생활력이 없다는 것이 아니라, 이것과는 정반대 의미에서. 심지어 내게는 누군가와 함께 사는 것을 이해한다는 것 자체가 있을 수 없는 일이다. 그러나 돌진해오는 내 자신의 삶, 내 존재가 요구하는 사항들, 시간과 나이의 엄습, 막연하게 밀려오는 글쓰기에 대한 욕구, 불면, 광기의 임박―내게는 이 모든 것을 혼자서 감당할 능력이 없다. 부연하자면, 어쩌면 F.[15]와의 관계는 나라는 존재에게 더 많은 저항력을 가져다줄지도 모른다.

2. 모든 것은 곧장 나를 생각하게 만든다. 풍자 신문에 실린 위트, 플로베르와 그릴파르처에 대한 기억, 잠자리 준비가 된 내 부모님 침대 위에 놓여 있는 잠옷을 바라보는 것, 그리고 막스의 결혼.[16] 어제 여동생이 내게 말했다. "(우리가 아는 사람들 중에) 결혼한 사람들은 모두 행복해. 모를 일이야."라고. 이 말 또한 나를 생각에 빠지도록 만들었고, 나는 다시 겁이 났다.

3. 나는 많은 시간을 혼자서 지내지 않으면 안 된다. 내가 해낸 일들은 고독의 성과물에 다름 아니다.

4. 나는 문학과 관계없는 것들을 싫어한다. 대화는 (문학과 관련된 대화일지라도) 나를 지루하게 만든다. 누군가를 방문하는 일이나 내 친척들의 기쁨과 슬픔은 내 마음속까지 지루하게 만든다. 대화는 내가 생각하는 모든 것들로부터 중요한 그 무엇과 진지함, 진실을 앗아간다.

5. 관계에 대한 두려움, 그리고 저편으로 흘러가는 데 대한 두려움. 그렇게 되면 나는 더 이상 결코 혼자가 아니다.

6. 내 여동생들 앞에서 나는 자주 다른 사람들 앞에서와는 전혀 다른 사람이 되곤 했다. 특히 예전에. 두려움도 없고, 자신을 드러내 보이며, 강력하고, 주변을 놀라게 하는 그런 사람이 되곤 했다. 평소에는 글 쓸 때만 그렇다. 내가 그 누구보다도 내 아내의 중재를 통해서 그렇게 될 수 있다면! 그러면 그것은 글쓰기와 멀어지게 되는 것이 아닐까? 그것만은 안 돼, 그것만은 안 된다고!

7. 혼자라면 아마도 한 번쯤 내 직장을 포기할 수 있을지도 모른다. 결혼하면 그것은 영영 불가능해질 것이다.

아말리엔 김나지움 5학년 우리 교실에 프리드리히 구스라는 한 사내아이가 있었다. 우리 모두는 그 아이를 몹시 미워했다. 일찍 교실에 와서 그 아이가 난로 옆자리에 앉아 있는 것을 볼 때마다, 우리는 그 아이가 어떻게 다시 학교로 올 결심을 할 수 있었는지 거의 이해할 수가 없었다. 제대로 얘기하자면, 우리는 그 아이만 미워한 것이 아니라 누구든 다 미워했다. 우리는 아주 끔찍한 단체였다. 한번은 주 장학사가 수업을 참관할 때─지리 시간이었고, 선생님은 다른 선생님들처럼 칠판 혹은 창문 쪽으로 눈길을 준 채 모레아 반도에 대해 설명하고 계셨다─

────────────

개학날이었다. 이미 저녁 무렵이었다. 상급 김나지움 선생님들은 여전히 회의실에 앉아서 학생 명부를 꼼꼼히 살펴보며, 새로운 출석부를 작성하고 자신들의 휴가 여행에 대해 얘기를 나누고 있었다.

가련한 인간인 나!

────────────

그저 말을 제대로 채찍질하기만 하면 된다! 말에게 서서히 박차를 가한 뒤 단숨에 뺐다가, 이번에는 온 힘을 다해 몸 전체에 박차를 가해야 한다.

이 무슨 고난인가!

────────────

우리가 미쳤었나? 우리는 밤에 공원을 질주하며 나뭇가지들을 흔들어댔다.

────────────

내 작은 보트를 타고, 나는 자연적으로 형성된 작은 만灣으로 진입하였다.

김나지움 시절에 나는 돌아가신 내 아버지의 친구인 요제프 마크라는 분을 여기저기 찾아다니곤 했다. 내가 김나지움을 졸업한 이후에—

후고 자이퍼르트는 김나지움 시절에 돌아가신 아버지와 친했던 나이 많은 독신남인 요제프 키만이라는 분을 가끔씩 방문하곤 했다. 이러한 방문은 예기치 않게 후고가 외국에서 당장 근무를 시작해야 하는 일자리를 제의받아 몇 년 동안 고향을 떠나 있게 되었을 때 갑작스레 중단되었다. 이후 다시 돌아왔을 때 후고는 키만 씨를 방문할 생각이었지만, 기회가 주어지지 않았다. 아마도 그러한 방문이 변화된 그의 가치관과 어울리지 않았을지도 모른다. 후고는 여러 차례 키만 씨가 사는 골목을 지나다니면서 수차례 그가 창가에 기대서 있는 것을 보았다. 어쩌면 키만 씨의 눈에 띄었을지도 모르는데, 그럼에도 후고는 방문을 중단했다.

아무것도, 아무것도, 아무것도 아니야. 나약함, 자멸, 바닥을 뚫고 나오는 뾰족한 지옥의 불꽃.

1913년 8월〈7월〉23일
펠릭스와 로스토크[17]에 와 있다. 마음껏 발산되는 여성들의 성욕. 그들의 자연스러운 불순不純함. 내게는 무의미한 어린 레나와의 유희. 한 발을 눈에 띄게 뒤로 한 채 등나무 의자에 구부리고 앉아 뭔가를 꿰매는 한 뚱뚱한 여인의 모습. 그녀는 노처녀인 듯한 나이 든 여성과 얘기를 나누고 있다. 그 노처녀의 입 한쪽 치아는 늘 특별히 커보였다. 임산부의 원기 왕성함과 현명함. 여러 면으로 정확히 분할된

그녀의 엉덩이. 작은 테라스 위의 삶. 내가 얼마나 냉랭하게 그 어린 여자아이를 무릎 위에 앉혔던지. 결코 냉랭함 때문에 불행하지 않았다. '고요한 계곡'에서의 오르막.

———————

열린 가게 문을 통해 보이는 함석장이가 어린애처럼 앉아서 어찌나 망치로 계속 두들겨대는지.

———————

로스코프의 『악마의 이야기』: 지금의 카리브족들은 '밤에 일하는 자'를 세계의 창조자로 여긴다.[18]

〈1913년〉 8월 13일

아마도 이제는 모든 것이 끝장나서 어제의 내 편지가 마지막이 될 것이다.[19] 이것이야말로 전적으로 옳은 일일 것이다. 내가 받게 될 고통과 그녀가 받게 될 고통—이것은 둘이 함께 받게 될지도 모르는 고통과는 비교도 안 된다. 나는 서서히 정신을 가다듬게 될 것이고, 그녀는 결혼할 것이다. 이것이 살아서 해결할 수 있는 유일한 방법이다. 우리 둘 다 서로를 위해 낭떠러지 길을 선택할 수는 없다. 우리가 일 년 동안 그 일로 울고 괴로워한 것으로 충분하다. 그녀는 내 마지막 편지들에서 이것을 알아차리게 될 것이다. 만약 알아차리지 못한다면, 틀림없이 나는 그녀와 결혼하게 될 것이다. 왜냐하면 너무 나약해서 나는 우리 둘의 공동의 행복에 대한 그녀의 생각에 저항할 수 없기 때문이다. 또 내게 책임이 있는 한, 그녀가 가능하다고 여기는 일을 실현시키지 않을 입장도 못 되기 때문이다.

———————

어제 저녁 전망대 위, 별들 아래에서.

———————

〈*1913년 8월*〉14일

정반대의 일이 일어났다. 세 통의 편지가 왔다. 나는 마지막 편지에 거역할 수가 없었다.[20] 내 능력이 닿는 한 나는 그녀를 사랑한다. 하지만 이 사랑은 숨 막힐 정도의 두려움과 자책에 파묻혀 있다.

「선고」로부터 내 경우에 해당되는 결론들을 도출해봄. 간접적으로 나는 이 이야기가 그녀의 덕분이라 생각한다. 그러나 게오르크는 약혼녀 곁에서 몰락한다.

성교는 둘이 함께 지내는 행복에 대한 처벌이다. 가능한 한 금욕적으로, 총각보다 더 금욕적으로 생활하기. 이것이 내게 결혼 생활을 견딜 수 있게 해줄 유일한 가능성이다. 하지만 그녀는?

그리고 이 모든 사실에도 불구하고 우리, 나와 펠리체가 완전히 동등한 권리와 같은 전망, 같은 가능성을 갖고 있다면, 나는 결혼하지 않을 것이다. 그러나 내가 그녀의 운명을 서서히 몰아넣었던 막다른 골목이, 무시할 수도 있을 그것을 내게 피할 수 없는 의무로 만들었다. 무언가 인간관계의 비밀스러운 법칙이 여기에 작용하고 있다.

특별히 불리한 상황에서 초안을 작성한 뒤 오랫동안 수정하지 않고 두었기 때문에, 부모님[21]에게 쓰는 편지가 무엇보다도 몹시 힘들었다. 그런데 오늘 추가로, 최소한 편지 내용에 거짓은 담지 않으면서도 부모님이 읽고 이해하실 수 있도록 쓰는 데 성공했다.

오늘 소위 내게 사랑받는다는 레오와 어찌나 냉랭하게 놀았던지—오스카와 부인은 집에 없었다. 내게 레오는 역겨울 만큼 낯설고

멍청하다.[22]

<1913년 8월> 15일

아침 무렵 침대에서의 고통. 창문 밖으로 뛰어내리는 것이 유일한 해결책이라고 생각했다. 어머니가 침대로 오셔서 내가 편지[23]를 보냈는지, 그 편지가 예전에 썼던 것인지를 물어보셨다. 나는 예전에 쓴 편지를 단지 더 다듬었을 뿐이라고 말씀드렸다. 어머니는 나를 이해하지 못하겠다고 말씀하셨다. 나는 어머니가 나를 이해 못하시는 것이 당연하며, 단지 이 일만 이해 못하시는 것도 아니라고 대답했다. 잠시 후 어머니는 내게 알프레트 삼촌에게 편지를 쓸 것인지 물어보셨다. 삼촌이 당연히 내 편지를 받아야 한다는 것이다. 나는 어째서 그게 당연하냐고 물었고, 어머니는 삼촌이 전보를 쳤고, 편지도 써 보냈고, 또 내게 잘해주기 때문이라고 말씀하셨다.[24] 나는 "겉으로만 그래 보일 뿐이에요. 나는 삼촌이 아주 낯설어요. 삼촌은 나를 완전히 잘못 이해하고 있어요. 삼촌은 내가 무엇을 원하는지, 무엇이 필요한지 알지 못해요. 나는 삼촌과 아무 상관도 없어요"라고 말했다. 어머니가 말씀하셨다. "그러니까 아무도 너를 이해하지 못하는 거구나. 아마 나도 네게는 낯설겠지, 네 아버지도. 그러니까 우리는 모두 너의 나쁜 면만 보려는 거구나." "당연히 다들 제게 낯설어요. 단지 혈연관계만 있을 뿐인데 그것은 겉으로 드러나 보이지 않죠. 당연히 다들 저의 나쁜 면을 보려는 것은 아니겠지요."

이번과 지난 몇 차례에 걸쳐 나 자신을 관찰한 결과, 이 모든 것에도 불구하고 결혼 생활을 유지하고 그것을 내 소명에 유리한 방향으로 발전시킬 가능성이, 나의 점점 더 커져가는 내적 확신과 납득에 달려 있다는 결론에 이르게 되었다. 그것은 말하자면 내가 이미 창문 모서리에서 꼭 붙들고 있는 믿음이다.

분별력을 잃을 때까지 나는 나 자신을 모두로부터 차단시킬 것이다. 모두를 적대시하고 그 누구와도 말하지 않을 것이다.

오래된 외투 더미들을 어깨에 메고 가던, 어둡고 단호한 눈매를 가진 남자.

레오폴트 S. 뻣뻣한 동작에 검은색과 흰색 체크무늬의 느슨하게 늘어진 주름 잡힌 옷을 입은 크고 건장한 남자가 문을 지나 오른쪽 큰 방으로 서둘러 가서는 손뼉을 치면서 펠리체! 펠리체! 하고 불러댄다. 부름의 결과를 잠시도 기다리지 않고, 그는 다시 펠리체를 불러대며 중간 문으로 서둘러 가서 문을 연다.

펠리체 S. 왼쪽 문을 통해 들어와서 문지방에 서 있다. 앞치마를 두른 40세의 여인이다. 벌써 여기 있잖아요, 레오. 당신 요사이 어찌나 신경질적이 되었는지! 도대체 뭘 하려는거죠?

레오폴트 휙 돌아서서는 선 채로 입술을 깨문다. 자, 그럼! 이리 와봐! (그는 소파으로 간다)

F. (움직이지 않는다) 빨리! 뭐죠? 나 부엌에 가야 한단 말이에요.

L. (소파에서) 부엌은 내버려둬! 이리 와봐! 당신에게 중요한 얘기를 하려고 해. 약속하지. 와봐!

F. (천천히 다가가며 앞치마 끈을 위로 잡아당긴다) 자, 그렇게 중요한 것이란 게 도대체 뭐죠? 당신이 나를 바보 취급하면 화낼 거예요. 진심이에요. (레오 앞

474

에 서 있다)

L.   그래 좀 앉아봐!

F.   안 앉으면 어때서요.

L.   그러면 당신에게 얘기할 수가 없어. 당신이 내 옆에
          가까이 있어야 해.

F.   그러면 자, 이제 앉았어요.

1913년 8월 21일

오늘 키르케고르의 『사사기士師記』를 받았다. 예상대로 근본적인
차이점에도 불구하고 그의 경우는 내 경우와 매우 흡사하다. 최소한
그는 같은 세계에 속해 있다. 그는 나를 마치 친구처럼 인정한다. 나
는 펠리체의 아버지에게 다음과 같은 편지를 쓴다. 내일 여력이 있으
면 이 편지를 부칠 것이다.

당신은 제 청에 대한 답변을 주시기를 주저하고 계십니다. 심히 이
해가 갑니다. 모든 아버지들이 구혼자들에게 그렇게 하겠지요. 그 때
문에 제가 이 편지를 쓰게 된 것은 절대로 아닙니다. 극단적인 경우
그 사실은 이 편지가 차분하게 평가되기를 바라는 저의 희망만 더 커
지게 만들겠지요. 하지만 저는 당신의 주저함이, 아니 심사숙고가,
제 속마음을 드러낸 저의 첫 번째 편지의 유일한 대목에서 야기된 것
이외에 더 많은 보편적인 이유들이 있어서 그런 것이 아닌가 하는 두
려움 때문에 이 편지를 씁니다. 그것은 제 일자리를 견뎌내기 힘들다
는 내용이었지요.

아마도 당신은 이 말을 간과할지도 모르겠습니다. 하지만 그래서
는 안 됩니다. 오히려 아주 정확하게 그것에 대해 물어보셔야 합니
다. 그래야만 저도 당신에게 자세하고 간략하게 이렇게 답할 수 있
을 것입니다. 제게 일자리는 저 자신의 유일한 갈망이자 유일한 직업

인 문학과 모순되기 때문에 견뎌내기가 힘이 듭니다. 저는 문학 외에는 다른 그 무엇도 아니며, 다른 그 무엇일 수도 없으며, 다른 무엇이기를 원하지도 않습니다. 그 때문에 제 일자리는 절대로 저를 억지로 자기 쪽으로 끌어가지는 못해도 저를 완전히 교란시킬 수는 있을 것입니다. 저는 그 상태에서 멀리 있지 않습니다. 최악의 신경쇠약 상태가 끊임없이 저를 지배하고 있고, 올해 저와 당신의 따님의 미래에 대한 염려와 고통은 제가 저항할 능력이 없음을 완전히 증명해주었습니다. 당신은 왜 제가 이 일자리를 포기하고 문학 작품들로 먹고 살 시도를 하지 않는지—제게는 갖고 있는 재산이 없습니다—물으시겠죠. 거기에 대해 저는 제게 그럴 힘도 없고, 제 처지를 살펴볼 때 오히려 이 일자리에서 자멸하게 될 것이라고, 그것도 당연히 신속히 자멸하게 될 것이라는 궁색한 대답밖에는 드릴 수가 없습니다.

이제 당신은 저를 따님, 이 건강하고 쾌활하며 꾸밈없고 강인한 아가씨와 대립시키고 계십니다. 약 200통의 편지에서 저는 그렇게 자주 그녀에게 그것을 되풀이했고, 그녀는 물론 납득할 만한 이유를 대지 못한 채 "아니요"라는 말로 저를 안심시켰지요. 그럼에도 불구하고 그녀는 저와 함께 있으면 불행해질 것이 뻔합니다. 이것은 사실입니다. 저는 저의 외부 상황 때문이 아니라 오히려 천성 자체가 내성적이고 말수가 적고 비사교적이며 불만이 많은 사람입니다. 하지만 이것은 제 목표가 반사된 것일 뿐이고, 그래서 저는 이것을 불행이라고 부르지 않습니다. 그래도 집에서의 저의 생활 방식에서 최소한 결론을 끌어낼 수 있습니다. 지금 저는 저의 가족, 가장 사랑스럽고 훌륭한 사람들 속에서 이방인보다도 더 낯설게 지내고 있습니다. 지난 수년간 저는 어머니에게 하루 평균 스무 마디의 말도 건네지 않았고, 아버지와는 일찍이 인사말 외에는 말을 나눈 적이 거의 없었습니다. 저의 출가한 여동생들과 매제들에게 화가 난 것도 아니면서 그들과 전혀 대화조차 하지 않습니다. 제게는 그저 그들과 나눌 가장 사소한 애깃거리조차도 없기 때문입니다. 문학이 아닌 것은 모두 저를 지루하게 만들고, 저는 문학이 아닌 것을 증오합니다. 왜냐하면 그것은 단지 상상만 해도 저를 방해하거나 제게 지장을 주기 때문입니다. 따라서 최고의 경우 관찰자로서의 소질이나 있을까, 그 이외에 가족 생활에 대한 소질은 제게 완전히 결여되어 있습니다. 제게 친척이라는 느낌은 없습니다. 방문할 때면 명백히 저를 향한 악의에 찬 행동을 보게 되지요.

제 직장이 저를 변화시킬 수 없듯이, 결혼 생활도 저를 변화시킬 수 없습니다.

1913년 8월 30일

어디에 출구가 있을까? 내가 전혀 알지 못했던 거짓이 얼마나 난무하는지. 진정한 이별처럼 진정한 관계가 거짓에 의해 이어지는 것이라면, 나는 분명 옳게 행동한 것이다. 내 자신 속에는 인간적 관계가 없으면 뻔한 거짓말도 존재하지 않는다. 제한된 관계가 순수하다.[25]

1913년 10월 14일

작은 골목이 시작되는 길 한쪽에는 교회의 묘지 담이, 다른 쪽에는 발코니가 딸린 나지막한 집이 있었다. 그 집에는 퇴직 공무원인 프리드리히 뭉크와 그의 누이 엘리자베트가 살고 있었다.

한 떼의 말들의 고삐가 풀렸다.

두 친구가 아침에 승마를 했다.

"제기랄, 날 좀 정신착란에서 구해줘!" 한 나이 많은 상인이 외쳐 댔다. 저녁에 피로에 지쳐 소파에 몸을 뉘었다가, 이제 밤이 되자 그는 온 힘을 다해서 힘들게 몸을 일으켰다. 둔탁하게 문 두드리는 소리가 났다. 그가 소리쳤다. "들어와, 들어와. 밖에 있는 건 뭐든 다!"

1913년 10월 15일

아마도 나 자신을 다시 붙들었던 것 같다. 아마도 또다시 남몰래 지름길을 달렸던 것 같다. 홀로 되자, 벌써 절망하는 나를 다시 자제 시킨다. 하지만 두통과 불면증! 이제는 싸울 일만 남아 있다. 아니 오히려 내게는 선택의 여지가 없다.[26]

리바에서의 체류[27]는 내게 아주 소중했다. 기독교 신앙을 가진 아가씨[28]를 처음으로 이해하게 되었고, 거의 완전히 그녀의 영향권 안에서 생활했다. 내게는 그것을 회상하게 만드는 중요한 사항을 기록할 능력이 없다. 나의 나약함은 그저 자신을 지키기 위해서 오히려 혼돈을 최대한 가장자리로 밀어내어, 멍한 머리를 깨끗하게 비우도록 만든다. 하지만 나는 그저 멍하고 모호한 상태가 갑자기 들이닥치는 것보다 이 상황이 오히려 더 좋다. 게다가 불확실하나마 이렇게 들이닥치는 멍하고 모호한 상태가 해방되려면 그 전에 먼저 나를 때려눕힐 망치가 필요할 것이다.

E. 바이스[29]에게 편지를 쓰려다 실패했다. 그리고 그 편지는 어제 잠자리에 누웠을 때도 내 머릿속을 맴돌았다.

외투를 푹 덮어쓰고 전차 구석에 앉아 있다.

그륀발트 교수[30]는 리바 여행 중이다. 죽음을 연상시키는 독일 뵈멘풍인 그의 코, 빈혈기가 있는 수척한 얼굴에 부어오르고 물집이 생긴 붉은 뺨, 아래 얼굴을 온통 뒤덮은 연한 황금색 수염. 식탐과 알코올 중독에 사로잡혀 있다. 뜨거운 수프를 삼킴. 껍질을 벗기지 않은 살라미 조각을 베어 물면서 동시에 핥는다. 이미 따뜻해진 맥주를 한 모금씩 심각하게 마신다. 코 주위로 땀이 난다. 가장 탐욕적인 시선으로 바라보고 냄새 맡는 것만으로는 실컷 맛볼 수 없는 역겨움.

―――――――

집은 이미 잠겨 있었다. 3층 창문 두 군데와 5층 창문 한 군데에 불이 켜져 있었다. 차 한 대가 집 앞에 멈춰 섰다. 한 젊은 남자가 불이 켜져 있는 5층 창가로 다가와 창문을 열고 골목을 내려다보았다. 달빛 속에

―――――――

늦은 저녁이었다. 그 학생은 계속 일할 의욕을 완전히 상실했었다. 또 그것은 전혀 불필요한 일이기도 했다. 지난 몇 주간 그는 정말로 큰 진척을 보았다. 그는 좀 편안히 쉬고 밤일도 줄일 수 있었다. 그는 책과 공책들을 덮어 작은 책상 위에 모두 가지런히 정돈해놓고 자러 가기 위해 옷을 벗으려 했다. 그러다 불현듯 창문 쪽을 쳐다보게 되었고, 청명한 보름달을 바라보다 보니, 아름다운 가을밤에 간단히 산책을 좀 더 한 뒤 가능하다면 어딘가에서 블랙커피로 원기를 돋우어야겠다는 생각이 떠올랐다. 전등을 끄고 모자를 집어 든 뒤 그는 부엌으로 통하는 문을 열었다. 대개 그는 늘 부엌을 통과해서 가야 한다는 사실에 전혀 개의치 않았다. 게다가 이러한 불편함 때문에 방값도 현저하게 쌌다. 하지만 때때로 부엌에서 특별한 소음이 나거나, 예를 들어 오늘같이 저녁 늦게 나가려고 할 때에는 성가셨다.

―――――――

마음을 달랠 길이 없다. 오늘 오후 선잠 잘 때: 마침내 고통이 내 머리를 박살내버릴 것이 틀림없다. 보다 정확히 말하자면 관자놀이 부근을. 내가 이 상상 속에서 본 것은 사실 총상이었다. 마치 거칠게 딴 양철 깡통처럼 날카로운 모서리를 가진 구멍 주위 가장자리가 똑바로 뒤집혀져 있었다.

크로포트킨[31]을 잊지 말 것!

1913년 10월 20일

아침의 상상조차 하기 힘든 슬픔. 저녁에는 야콥존의 『야콥존 사건』을 읽었다. 이 살고자 하는 힘, 결단력, 기꺼이 옳은 곳에 발을 딛고자 하는 힘. 마치 노련한 사공이 자신의 보트뿐 아니라 그 누구의 보트에도 앉아 있을 수 있듯이, 그는 자신의 내부에 앉아 있다. 그에게 편지를 쓰려다가 대신 산책을 했고, 우연히 만난 하스[32]와 얘기를 나누면서 내가 받아들였던 감정들을 모두 지워버렸다. 여자들이 나를 흥분시켰다. 지금 집에서 「변신」을 읽었다. 형편없다. 아마도 나는 진짜 고독한가보다. 오늘 아침 같은 슬픔이 다시 찾아올 것이고, 그렇게 되면 나는 그 슬픔에 길게 저항하지 못할 것이다. 슬픔은 내게서 모든 희망을 앗아간다. 일기를 쓸 의욕조차 전혀 생기지 않는다. 아마도 일기에 이미 너무 많은 부분이 빠져 있고, 내가 계속해서 행동을 절반만, 짐작컨대 부득이하게 행동을 절반밖에 묘사할 수밖에 없기 때문에, 그리고 아마도 글쓰기 자체가 나의 슬픔을 한몫 거들기 때문일 것이다. 나는 기꺼이 W.의 마음에 들 수 있을 동화들(어째서 나는 이 단어를 그렇게 싫어하는 걸까?)을, 그녀가 그 언젠가 식사 중에 식탁 밑에 펼쳐 들고 휴식 시간에 읽다가 요양원 의사 선생님이 진작부터 얼마간 자기 뒤에 서서 주시하고 있었다는 사실을 알아차리고서 얼굴이 새빨개질 그런 동화들을 쓰려고 했다. 그녀는 이야기를 들려줄 때마다 때때로, 아니 실은 늘 흥분한다. (나는 기억할 때 따르는 육체적 긴장, 즉 아픔을 명확히 감지하는 것이 두렵다. 그 아픔 속에서 생각이 비어 있던 공간의 지반이 천천히 열리거나 아니면 또 먼저 조금 불룩해지게 된다.) 모든 것이 씌어지기를 거부한다. 그 속에 자신에 대해 아무것도 쓰지 말라던 그녀의 계명이 작용한다는 사실을 알게 된다면 (나는 그 계명을 별로 힘들이지 않고 엄격히 지켰다), 나는 만족스러울 것이다. 하지만 그것은 무능력 외에는 다른 그 무엇도 아니다. 말이 나온 김에 덧붙이자면, 나는 오늘 저녁 걸어가는 내내 W.와 사귀게 되면서 전적으로 불가능하지만은 않은, 아마도 밤에 비스듬히 내 방 맞은편에 있는 자신의 방으로 나를 들여보냈을지도 모를 러시아 여성[33]과 갖게 될 기쁨을 얼마나 손해 보게 되었는지에 대해 곰곰이 생각해보았다. 반면에 나와 W.의 밤 교제는, 내가 그녀의 방 아래에 있는 내 방 천장에 대고 한 번도 최종적인 합의를 본 적이 없는 두드리는 신호를 보낸 뒤에 그녀의 답신을 받고서 창밖으로 몸을 숙여 그녀에게 인사하기, 그 언제인가처럼 그녀에게서 축복받기, 아래로 내려뜨린 끈을 날쌔게 붙잡기, 아니면 몇 시간이고 창문 난간에 앉아 위에서 들리는 그녀의 발자국 소리 하나하나를 듣고 그녀의 의도하지 않은 두드리는 소리를 의견 일치의 신호로 오해하거나, 아니면 그녀의 기침 소리와 자러 가기 전 그녀가 부르는 노랫소리를 듣는 것이 고작이었다.

〈1913년 10월〉 21일

손해 본 날. 링호퍼 공장 방문. 에렌펠스 교수의 세미나.[34] 벨취네 집. 저녁 식사. 산책. 이곳은 지금 10시. 나는 끊임없이 거저리[35]에 대해 생각한다. 하지만 쓰지는 않을 것이다.

어촌의 한 작은 항구에 돛대 없는 작은 배 한 척이 항해할 채비를 갖추고 있었다. 헌 바지를 입은 한 젊은 남자가 작업을 감독하고 있었다. 나이 든 선원 두 명이 자루와 상자들을 선착장으로 날랐다. 그곳에서 키 큰 남자가 두 발을 벌려 버티고 서서 모든 물건을 받아 컴컴한 선실 내부에서 그를 향해 뻗은 어떤 손에게로 넘겼다. 부두 한 구석을 에워싸고 있는 커다란 직육면체 돌 위에 다섯 명의 남자들이 반쯤 누운 듯이 앉아서 파이프 담배 연기를 사방으로 뿜어대고 있었다. 헌 바지를 입은 남자는 때때로 그들에게 다가가 말을 건네고 그들의 무릎을 가볍게 두드렸다. 대개는 돌 뒤 그늘에 보관되어 있던 포도주가 꺼내지고, 불투명한 적포도주가 담긴 잔이 차례로 이 사람에게서 저 사람에게로 돌려졌다.

〈1913년 10월〉 22일

너무 늦었다. 슬픔과 사랑의 달콤함. 보트에서 그녀의 미소를 받는 것. 그것이야말로 최고의 아름다움. 죽음에 대한 열망과 감내, 오직 이것만이 사랑이다.

───────────

어제 한 관찰. 내게 가장 잘 맞는 상황: 자신들과 밀접한 관련이 있는 사안을 논의하고 있는 두 사람의 대화 듣기. 반면 나는 그 사안에 전혀 사심없이 아주 멀찍이서 관여할 뿐이다.

〈1913년 10월〉 26일

그 가족은 저녁 식사 중이었다. 커튼을 달지 않은 창문을 통해서 열대야가 보였다.

───────────

고요하고 따뜻한 저녁이었다. 시골길은 온통 달빛으로

───────────

그 가족은 저녁 식사 중이었다. 커튼을 달지 않은 창문 구멍을 통해 열대야가 내다보였다.

───────────

"대체 내가 누구지?" 나는 자신에게 호통쳤다. 나는 무릎을 끌어당겨, 누워 있던 소파에서 일어나 똑바로 앉았다. 계단에서 내 방으로 곧장 통하는 문이 열리고, 고개를 숙인 한 젊은 남자가 조사하는 듯한 눈빛을 하며 들어왔다. 그는 좁은 방에서 가능한 만큼 소파를 돌아 어두운 창가 구석에 머물렀다. 나는 무슨 환영인가 확인해보려고 했고, 그래서 그에게로 다가가 팔을 붙들었다. 살아 있는 사람이었다. 그─나보다 조금 작다─가 미소를 띠며 나를 올려다보았고, 벌써 걱정도 하지 않은 채로 고개를 끄덕이며 "자, 나를 조사하세요"라고 말했다. 그는 나를 설득했어야 했다. 그런데도 불구하고 나는 그의 앞쪽 조끼와 뒤쪽 상의 부분을 잡고 흔들어댔다. 예쁘고 튼튼한 그의 금시곗줄이 눈에 띄었다. 나는 그것을 부여잡고 아래로 세게 잡아당겼고, 그 바람에 시곗줄을 매달았던 단춧구멍이 찢어졌다. 그는 참으면서 손상된 곳을 내려다볼 뿐이었고, 쓸데없이 조끼 단추를 찢어진 단춧구멍에 끼우려고 시도했다. 마침내 그가 "뭐 하는 거죠?"라고 말하며 조끼를 가리켰다. 나는 "제발 조용히 해!"라며 위협적으로 말했다.

나는 방에서 돌아다니기 시작했다. 걸음이 빠른 걸음으로, 빠른 걸음이 달리기로 바뀌었다. 그 남자를 지나칠 때마다 나는 그를 향해 주먹을 들어 보였다. 그는 내 쪽은 쳐다보지도 않은 채 여전히 자신의 조끼를 매만지고 있었다. 나는 해방감을 느꼈다. 나는 이미 평소와 다르게 숨을 쉬고 있었고, 내 폐는 엄청나게 부풀어 오르는 데 옷만 방해된다고 느꼈다.

부기 계원인 젊은 빌헬름 멘츠는 아침마다 직장으로 가는 도중에 아주 좁은 골목에서 한 번은 이 장소에서, 한 번은 다른 장소에서 규칙적으로 마주치곤 하는 아가씨에게 말을 걸어보려고 이미 여러 달 동안 계획하고 있었다. 그는 이미 이 의도를 사수하게 되리라는 사실만으로 만족하고 있던 차였다. 그는 여자들에게 우유부단하기도 했지만, 서두르는 아가씨에게 말을 걸기에는 아침이란 시간 또한 부적절했다. 어느 날 저녁—크리스마스 무렵이었다—그는 아가씨가 바로 앞에 지나가는 것을 보게 되었다. 그는 "아가씨" 하고 말했다. 그녀는 돌아섰고, 아침마다 마주치곤 했던 그 남자임을 알아보았다. 그녀는 멈춰 서지 않은 채 그에게 잠시 시선을 던지더니, 멘츠가 더 이상 아무 말도 하지 않자 다시 등을 돌렸다. 그들이 훤히 불이 밝혀진 골목에서 많은 사람들 한가운데에 있었으므로, 멘츠는 눈에 띄지 않게 그녀 옆에 바짝 다가설 수 있었다. 이 중요한 순간에 멘츠에게는 뭔가 적절한 말이 떠오르지 않았지만, 그렇다고 그 아가씨에게 낯선 존재로 남고 싶지도 않았다. 왜냐하면 일이 이렇게 진지하게 시작된 이상 무슨 일이 있어도 계속 진척시키고 싶었기 때문이었다. 그래서 그는 용기를 내어 아가씨의 상의 아래쪽을 살짝 잡아당겼다. 아가씨는 마치 아무 일도 일어나지 않은 듯이 그것을 참아냈다.

1913년 11월 6일

갑작스러운 신뢰가 어디에서 온 것일까? 제발 이것이 계속되었으면! 내가 꽤 정직한 사람처럼 모든 문들을 통해 그렇게 들어가고 나갈 수 있게 된다면. 다만 정작 내가 그것을 원하는지를 모르겠다.

마르가레테 블로흐 양,[36] 에렌슈타인[37]

484

나와 두 사촌들은 매일 저녁 9시 이후에 묘지의 창살 옆, 작은 구릉이 멋진 조망을 선사하는 장소에 모였다. 하지만 우리는 부모님에게는 그 사실에 대해 아무 말씀도 드리지 않으려고 했다.

묘지의 쇠창살 왼편에는 잔디가 자라난 큰 공터가 있다.
프리드리히: 나는 질려버렸어.
빌헬름:

1913년 11월 17일
꿈: 밑에서 봤을 때 왼쪽에서부터 시작되는 오물 아니면 딱딱한 진흙 같은 것이, 오르막길 경사 중간쯤 특히 주로 선로 안에 쌓여 있었다. 그것의 오른편은 부서져 떨어져서 점점 더 낮아지는 반면에 왼편은 울타리 말뚝처럼 우뚝 솟아 있었다. 길이 거의 트여 있는 오른쪽으로 가다가, 나는 아래로부터 곧장 장애물을 향해 직진할 것처럼 내 쪽을 향해 세발자전거를 타고 오는 한 남자를 보았다. 눈이 없는 남자였다. 적어도 그의 눈은 흐릿하게 지워져버린 구멍들처럼 보였다. 세발자전거는 흔들거렸고, 그 때문에 불안정하고 헐겁게 움직였지만, 그래도 거의 소음 없이 지나칠 정도로 조용히 그리고 수월하게 앞으로 나아갔다. 나는 마지막 순간에 그 남자를 붙들었고, 마치 그가 자전거 핸들이나 되기라도 하듯 그를 정지시킨 뒤에 내가 통과한 돌파구 쪽으로 자전거를 돌렸다. 그 순간 그가 내 쪽으로 쓰러졌다. 이제는 내 몸이 엄청나게 커져 있는데도 불구하고, 나는 무리를 해서야 그를 붙들 수가 있었다. 게다가 자전거는 이제 몹시 천천히, 마치 주인이 없다는 듯이 나를 끌고 되돌아가기 시작했다. 나는 자전거와 함께 어느 사다리차 곁을 지나게 되었다. 그 차 위에는 검게 차려입

은 몇몇 사람들이 서로 밀며 서 있었고, 그중에는 밝은 회색 모자를 젖혀 쓴 보이스카우트도 있었다. 약간 떨어진 곳에서부터 이미 알아챈 이 소년이 나를 도와줄 거라고 기대했지만, 그는 등을 돌려 사람들 사이로 살그머니 도망쳐버렸다. 그 후 이 사다리차 뒤로—자전거는 계속해서 굴러갔고, 나는 다리를 벌리고 몸을 아래로 깊숙이 숙여야만 했다—누군가가 내게로 다가와서 도와주었지만, 그가 누구였는지 기억나지 않는다. 단지 내가 아는 것은 그가 신뢰할 만한 사람이었다는 것이다. 이제 그는 마치 펼쳐진 검은 천 뒤로 숨듯이 잠적해버렸고, 나는 그의 칩거를 존중해야만 한다.

〈1913년 11월〉 18일

다시 글을 쓰게 될 것이다. 하지만 그간 나의 글쓰기에 대해 얼마나 많은 회의가 들었던지. 나는 근본적으로 무능하고 무지한 사람이다. 만약에 강요 없이, 자신의 공은 하나도 들이지 않고 거의 강요도 느끼지 못한 채 학교에 가지 않았더라면, 나라는 사람은 지금쯤 개집에 쪼그리고 앉아서 먹이를 주면 뛰어나가고 먹이를 다 먹어치우면 제자리로 뛰어 돌아오는 꼴이 되어 있을 것이다.

개 두 마리가 햇볕이 강하게 내리쬐는 뜰에서 서로를 향해 반대 방향으로부터 달려왔다.

〈1913년 11월〉 18일

블로흐 양에게 보내는 편지 서두로 골머리를 앓았다.

〈1913년 11월〉 19일

일기 읽기에 빠져 있다. 이것이 바로 지금 내가 더 이상 최소한의 확신도 갖지 못하는 이유이다. 내게는 모든 것이 허상처럼 보인다. 다른 사람의 말, 우연한 광경 하나하나가 내 안에 있는 모든 것, 심지 어는 잊고 있었던 것, 전혀 중요하지 않은 것을 다른 쪽으로 굴려 보 낸다. 그 어느 때보다도 더 불안하다. 단지 삶의 위력만을 느낄 뿐이 다. 그리고 무의미할 정도로 공허하다. 나는 정말 한밤중 산속에서 길 잃은 한 마리의 양 아니면 이 길 잃은 양을 쫓아가는 양과 같다. 이 처럼 길을 잃고도 그것에 대해 하소연할 힘도 없다니.

———————————

의도적으로 창녀들이 있는 골목길을 지나간다. 그들 곁을 지나가 는 일은 나를 흥분시킨다. 그들 중 한 명과 나갈 가능성은 희박하긴 해도 좌우간 있을 법하다. 이것이 천박한 행동일까? 하지만 나는 더 나은 것을 알지도 못하고, 그것을 실행에 옮기는 것을 근본적으로 죄 가 없다고 여기며 거의 후회도 하지 않는다. 나는 낡긴 해도 다채로 운 장식들 때문에 어느 정도 화려해 보이는 그런 옷을 입은 뚱뚱한 중년 여자들을 원할 뿐이다. 한 여자는 아마도 이미 나를 알고 있을 것이다. 나는 오늘 오후에 그녀를 만났다. 그녀는 아직 일복도 입지 않고 머리카락을 늘어뜨리고 있었으며, 요리사 같은 작업복 상의에 모자는 쓰지도 않고서 어떤 뭉치 같은 것을 세탁소로 가져가는 듯했 다. 나 외에는 그 누구도 그녀에게서 매력적인 면을 발견하지 못했을 것이다. 우리는 스쳐가듯 서로를 바라보았다. 지금은 저녁이다. 그사 이에 추워졌다. 나는 몸에 꼭 끼는 황갈색 외투를 입고, 첼트너가세 에서부터 갈라지는 좁은 골목의 다른 편에 있는 그녀를 보았다. 그곳 에 그녀의 산책로가 있다. 나는 두 번씩이나 그녀 쪽으로 되돌아보았 고 그녀 역시 내 시선을 받았지만, 다음 순간 나는 그녀로부터 도망 쳐버렸다.

———————————

불안함은 확실히 F.에 대한 생각에서 비롯된다.

〈1913년 11월〉 20일

극장[38]에 갔다. 울었다. 〈롤로테〉. 착한 목사. 작은 자전거. 부모님의 화해. 엄청난 즐거움. 그전에는 슬픈 영화 〈선착장의 불행〉을 보았고, 그다음에는 유쾌한 영화 〈마침내 홀로〉를 보았다. 나 자신이 온통 텅 빈 것 같고, 무의미한 것 같다. 지나가는 전차가 더 많은 생동적 의미를 지닌다.

〈1913년 11월〉 21일

꿈: 프랑스 행정부처의 남자 네 명이 탁자 주위에 둘러앉아 있다. 회의가 열리고 있다. 탁자의 기다란 쪽 오른편에 앉아 있는 누르스름한 피부색에 옆얼굴이 납작한 남자가 기억난다. 그의 아주 곧은 코는 (납작한 얼굴 때문에) 그만큼 높아 보이고, 윤기가 흐르는 검고 억센 코밑 수염은 입술 위를 둥글게 덮고 있다.

분명 또다시 허상에서부터 시작되어 맨 끝은 어딘가 허공에서 떠돌게 될 한심한 관찰: 잉크병을 거실로 가져가려고 책상에서 들었을 때 나는 뭔가 확고함 같은 것을 내 안에 느꼈다. 예를 들어 큰 건물의 모퉁이가 안개 속에 나타났다가 금방 사라지듯이 말이다. 나는 버림받았다고 느끼지 않았고, 사람들 심지어 펠리체와도 무관한 그 무엇인가가 내 안에서 기다리고 있었다. 언젠가 전쟁터로 가듯이, 이제 내가 거기서 갑자기 달아나면 어떻게 될까.

이러한 예측, 이러한 선례 따르기, 이러한 특정 불안은 우스꽝스럽다. 그것은 허상들이다. 이러한 허상들은 자신이 유아독존하는 상상

속에서조차 거의 살아 있는 표면까지만 오게 될 뿐이지만, 그래도 늘 단번에 침수되어야만 한다. 이 허상들을 기계 장치 속에 넣어버릴 마법의 손을 갖고 있는 자가 누구일까. 그것들은 천 개의 칼로도 찢기거나 분산되지 않을 것이다.

———————

나는 허상들을 추적 중이다. 어떤 방으로 들어가서 나는 한쪽 구석에서 흰 빛을 띄고 뒤죽박죽이 된 허상들을 발견한다.

———————

1913년 11월 24일

그저께 저녁 막스의 집. 점점 더 그가 낯설어진다. 벌써부터 자주 그를 낯설게 느껴왔었지만, 이제는 그조차도 나를 낯설게 느낀다. 엊저녁에는 그냥 침대에 누워 자버렸다. 아침 녘에 꾼 꿈: 한 요양원의 정원에 놓인 탁자 앞에 내가 앉아 있다. 심지어 침대 머리맡에 앉아 있어서 실상 꿈속에서는 내 등 쪽을 보고 있다. 흐린 날이다. 나는 아마도 소풍을 가는 듯하고, 경사로를 따라 올라가는 흔들리는 자동차를 타고서 조금 전에 도착했다. 막 음식들을 나르고 있었다. 나는 시종들 가운데서 낙엽색 옷을 입은 젊고 연약한 아가씨를 본다. 그녀는 아주 가벼운 걸음걸이 아니면 비틀거리는 걸음걸이로 요양원의 현관으로 쓰이는 주랑을 지나 내게 다가오려는 듯 정원으로 내려오고 있다. 그녀가 뭘 하려는 건지 아직 모르지만, 나는 그녀가 내게 용건이 있는지 알아보려고 묻듯이 나를 가리킨다. 그녀가 정말로 내게 편지 한 통을 가져온다. 나는 그것이 내가 기다리던 편지일 리 없다고 생각한다. 아주 얇은 편지이고, 낯설고 능숙하지 못한 가는 필체다. 편지를 개봉하자, 가득 씌어진 얇은 편지지 뭉치가 나온다. 물론 모두 낯선 글씨체로 씌어 있다. 편지지를 넘겨가며 읽는 동안, 나는 이것이 아주 중요한 편지, F.의 막내 여동생[39]의 편지가 틀림없다는 사실을 깨닫는다. 나는 열심히 읽기 시작한다. 그때 오른쪽 옆 사람이 내 팔 위로 편지를 들여다본다. 그가 남자인지 여자인지 모른다. 아마도 아이인 것 같다. 내가 "안 돼!"라고 소리친다. 연회 석상에 둘러앉은 신경이 과민한 사람들이 떨기 시작한다. 얼른 다시 읽으려고 나는 재빨리 몇 마디 사과 말을 하려고 애쓴다. 내가 재차 편지를 향해 몸을 숙였을 때, 마치 내 큰 고함소리가 깨우기라도 한 것처럼 어쩔 수 없이 잠에서 깬다. 의식이 분명하자 나는 억지로 다시 잠을 청하고, 진짜로 그 장면이 다시 나타난다. 재빨리 편지에서 불명료한 두세 줄을 읽어보지만, 그것에 대해 아무것도 기억하지 못하는 채로 계속 자다가 도중에 꿈마저 잃어버린다.

체구 큰 나이 든 상인이 무릎을 구부리면서 손으로 난간을 잡는 정도가 아니라 눌러대며 자신의 방을 향해 계단을 올라갔다. 창살 두른 유리 방문 앞에서 평소처럼 바지 주머니에서 열쇠 꾸러미를 꺼내려는 순간, 그는 어두운 구석에서 막 절을 하는 한 젊은이를 알아챘다. 계단을 오르느라 힘들었던 탓에 상인은 신음하듯이 "누구요? 뭘 원하오?"라고 물었다. "상인 메스너 씨인가요?" 젊은이가 물었다. 그렇다고 상인이 대답했다. "그러면 당신께 전해드릴 사항이 있습니다. 제가 누구인지는 사실 여기서 별로 중요하지 않습니다. 저 자신은 이 일과 전혀 무관하며 단지 소식을 전하는 사람일 뿐이니까요. 그럼에도 불구하고 저를 소개하겠습니다. 제 이름은 케테이고 대학생입니다." 메스너 씨는 그렇구만, 하고 말한 뒤 잠시 생각에 잠겼다가 "그래서 전할 말은?" 하고 말했다. 학생이 말했다. "그것은 방에서 말씀드리는 것이 더 좋겠습니다. 계단 위에서 해치울 일이 아니라서요." 메스너 씨는 "내가 그런 식으로 전달받아야 할 소식은 없소"라고 말하며 옆쪽 바닥을 내려다보았다. "그럴 수도 있겠지요"라고 학

생이 말했다. 메스너 씨는 "게다가 지금은 밤 11시가 넘었단 말이오. 여기서도 아무도 우리 얘기를 듣지 못할 거요"라고 말했다. 학생이 대답했다. "그렇지 않습니다. 저는 도저히 여기서는 말씀드릴 수가 없습니다." "그러면 나는 밤에는 손님을 받지 않소이다"라며 메스너 씨가 어찌나 세게 열쇠를 자물쇠에 꽂았던지 꾸러미에 달린 나머지 열쇠들이 한동안 철컥철컥 소리를 냈다. "하지만 저는 여기서 벌써 8시부터 3시간이나 기다렸습니다"라고 학생이 말했다. "그 말은 그 소식이 당신에게 중요하다는 사실을 입증해줄 뿐이구먼. 하지만 나는 소식 따위는 듣지 않겠소. 내게는 소식을 피하는 것이 득이오. 궁금하지 않으니 어서 가시오, 가." 메스너 씨는 학생의 얇은 외투를 부여잡고 그를 약간 밀어낸 뒤 방문을 열었다. 방 안의 몹시 더운 열기가 차가운 복도로 밀려나왔다. 그러고 나서 메스너 씨는 이미 열린 문가에 선 채로 "그건 그렇고, 업무상 관련된 소식이오?" 하며 더 물어보았다. 학생이 말했다. "그것도 여기서는 말씀드릴 수가 없습니다." 메스너 씨는 "그럼 잘 자구려"라고 말하고서 방으로 들어가 열쇠로 문을 잠근 뒤 침대 등의 전깃불을 켜고 리큐르병이 여러 개 들어 있는 작은 벽장에서 작은 잔을 채워 홀짝홀짝 다 비우고 나서 옷을 벗기 시작했다. 막 높은 베개에 기대 신문을 읽으려는 순간 누군가 나지막하게 문을 두드리는 것 같은 느낌이 들었다. 그는 신문을 다시 침대의 이불 위에 내려놓고 팔짱을 끼고서 귀를 기울였다. 과연 확실히 문 맨 아래쪽에서 실제로 다시 아주 나지막하게 두드리는 소리가 났다. "정말 정신 나간 집요한 놈이군" 하고 메스너 씨는 생각했다. 두드리는 소리가 그쳤을 때, 그는 다시 신문을 집어 들었다. 하지만 이제는 점점 더 세게, 바로 문에 대고 탕탕 두들기는 소리가 났다. 마치 아이들이 놀 때 온 문을 골고루 돌아가며 두들기는 것 같은 소리였다. 한 번은 아래쪽에서 나무를 두들기듯 둔탁하게, 한 번은 위쪽에서 유리를 두들기듯 맑게 울렸다. 메스너 씨는 머리를 흔들어대며 일어나지 않으면 안 되겠다고 생각했다. 전화기가 저쪽 곁방에 있어서 그리 가려면 여주인을 깨워야 하기 때문에 여자 건물 관리인에게 전화할 수도 없다. 자신이 그 젊은이를 손수 계단 아래로 내팽개치는 수밖에 없다. 그는 펠트 모자를 머리에 쓰고 이불을 걷어 올려 손으로 받쳐 침대 가장자리로 밀치고는 천천히 발을 바닥에 내려놓고 솜을 넣은 긴 장갑을 꼈다. 그는 "자, 그러면" 하고 생각한 뒤 윗입술을 깨물며 문을 주시하였다. "이제 다시 조용해졌군." 하지만 그는 자신이 최종적으로 평온을 얻도록 조치를 취하지 않으면 안 된다며 혼잣말을 했다. 그러고는 받침대에서 머리 부분이 뿔로 만들어진 지팡이를 꺼내 들고 중간 부분을 쥐고서 문으로 갔다. 그가 닫힌 문 옆에서 "밖에 아직 누가 있소?"라고 말했다. "네, 문 좀 열어주세요"라는 대답이 들렸다. 메스너씨는 "엽니다"라고 말하며 문을 연 뒤 지팡이를 들고 문 앞으로 다가갔다. "때리지 마세요!"라고 학생이

〈*1913년*〉*11월 27일*

경고하듯 말하며 한 발짝 뒤로 물러섰다. 메스너 씨가 "자, 돌아가시오!"라고 말하며 둘째손가락으로 계단 방향을 가리켰다. 하지만 학생은 가면 안 된다고 하면서 놀랍게도 메스너 씨를 향해 달려왔다.

〈*1913년*〉*11월 27일*

떨쳐버려지기 전에 그만둬야 한다. 나를 잃을 수도 있다는 위험은 느끼지 못하지만, 그래도 좌우간 내가 무력하고 아웃사이더인 것처럼 느껴진다. 하지만 가장 보잘것없는 글쓰기가 내게 야기하는 견고함은 의심할 여지도 없고 더없이 훌륭하다. 어제 산책길에 모든 것을 통찰하던 나의 시선!

문을 열어준 여자 건물 관리인의 아이. 작고 살찐 얼굴은 창백하고 경직되어 있고, 낡은 부인용 숄에 싸여 있다. 여자 건물 관리인은 그렇게 해서 그 아이를 밤에 문으로 데려왔다.

여자 건물 관리인의 푸들이 계단 아래에 앉아서 5층에서부터 시작되는 내 발 구르는 소리를 듣다가, 내가 곁을 지나가자 나를 쳐다보고, 그래도 내가 계속 가버리자 나의 뒷모습을 바라본다. 친밀함이라는 기분 좋은 느낌. 그 푸들이 나를 보고도 놀라지 않고, 나를 익숙한 집으로 끌어들이거나 나를 보고 반갑게 짖어대니 말이다.

장면: 적도를 통과할 때 거행된 캐빈 보이들의 세례. 선원들이 이리저리 돌아다닌다. 사방에서 다양한 높이로 기어올라가게 되어 있는 배는 선원들에게 도처에 앉을 자리를 제공한다. 키 큰 선원들이 배 사다리에 매달려서 건장하고 통통한 어깨로 선체에 기댄 채 한 발씩 디디고 서서 구경거리를 내려다본다.[40]

"누가 벨을 누르네!"라고 말하며 엘자가 손가락을 치켜들었다.

작은 방. 엘자와 게르트루트가 뜨개질을 하며 창가에 앉아 있다. 어두워지기 시작한다.

E.: 누가 벨을 누르네. 둘 다 귀를 기울인다.

G.: 정말 벨이 울렸어? 나는 아무 소리도 듣지 못했는데. 나는 여전히 잘 안 들려.

E.: 아주 작은 소리였어. (문을 열기 위해 현관으로 간다)
    현관에서 몇 마디 말을 주고받는다. 그다음 E.의 목소리.

자, 이리로 들어오세요. 걸려 넘어지지 않게 조심하시고요. 곧
장 가세요. 방에는 제 여동생만 있답니다.

———————————

겔젠바우어 자매인 엘자와 게르트루트에게 세놓을 방이 세 개 있
었다. 방 하나는 피아노 여선생에게, 두 번째 방은 가축 상인에게 내
주었다.

———————————

최근에 가축 상인인 모르진이 우리들에게 다음과 같은 이야기를
들려주었다. 그 얘기를 할 때, 그는 벌써 수개월이 지난 일인데도 불
구하고 여전히 흥분했다.
저는 사업상 자주 시내에서 할 일이 많습니다. 평균 대략 한 달에
열흘 정도. 또 대부분 그곳에서 자야 하는데, 그전부터 가능하면 어
떻게든 호텔에서 지내는 것을 피하려 했기 때문에, 제 개인 방을 하
나 빌렸습니다. 그 방은 그저

———————————

1913년 12월 3일
바이스에게 쓴 편지

1913년 12월 4일
외견상 성인 젊은이가 죽거나 자살하는 것은 끔찍한 일이다. 계속
성장하는 과정에서 의미를 발견할지도 모를 완전한 혼란 속에서 죽
기. 희망 없이 아니면 삶 속의 이러한 등장이 크게 보면 일어나지 않
은 것으로 간주될 수도 있다는 유일한 희망을 갖고 죽기. 내가 지금
그러한 상황에 있을지도 모른다. 죽는다는 것은 무無에 무를 바치는
일일 뿐이다. 하지만 그것은 감정상 불가능할 것이다. 도대체 어떻게
사람이 의식적으로 무인 자신을 무에, 공허한 무뿐만 아니라 이해할

수 없다는 이유만으로 무가치한 사납게 날뛰는 무에 바칠 수 있단 말인가.

───────────────

한 무리의 신사들과 하인들. 단련되고 생기 있게 빛나는 혈색을 하고 있는 얼굴들. 신사는 앉아 있고, 하인은 쟁반에 음식을 받쳐 들고 그에게 간다. 두 사람 사이에는 별다른 큰 차이가 없다. 예를 들어 한 사람은 무수한 상황들이 더불어 작용한 탓에 영국인으로 런던에 살고 있고, 다른 한 사람은 라플란트인으로 같은 시기에 혼자서 보트를 타고 폭풍우를 헤치며 바다를 건너왔다는 점 외에 그들 사이에는 평가될 만한 다른 어떠한 차이점도 없다. 물론 하인은—또한 단지 상황에 따라서는—주인이 될 수도 있다. 하지만 이러한 질문, 또 이 질문에 어떻게 답해질지는 여기서 전혀 문제 되지 않는다. 왜냐하면 여기서는 순간적인 관계들의 순간적인 평가가 중요하기 때문이다.

───────────────

누구나, 심지어 가장 붙임성 있고 나긋나긋한 사람조차 비록 감정적이긴 해도 때로는 의심하는 인류의 단일성. 다른 한편 이러한 인류의 단일성은 또한, 모든 사람들에게 나타나거나 아니면 인간 전체와 개별 인간의 발전 과정에서 반복적으로 발견되는 완전한 공통점 속에 나타나는 것 같아 보인다. 심지어 개개인의 가장 폐쇄적인 감정들 속에서도.

───────────────

어리석음에 대한 두려움. 앞만 보고 달려 다른 모든 것은 잊게 만드는 감정 속에서 어리석음을 본다. 그러면 어리석지 않다는 것은 무엇일까? 어리석지 않다는 것은 입구 측면 문간 앞에 거지 같은 행색을 하고 서 있는 것, 소멸하는 것, 전복되는 것이다. 그런데 P.와 O.[41]는 불쾌할 정도로 어리석은 자들이다. 어리석은 행동을 하는 자들보다 더 큰 어리석음이 분명히 있다. 조금 어리석은 자들이 자신들의 큰 어리석음 속에서 이렇듯 의기양양해하는 것이 아마도 거슬리는 것이 아닐까. 하지만 동일한 상황에서 예수가 바리새인들에게 나타나지 않았던가?

———————

예를 들어, 밤 3시에 죽은 사람이 곧이어 아침 동틀 무렵 하늘나라로 들어간다는 놀랍고도 모순투성이인 상상. 명백히 인간적인 것과 그와 다른 것들 사이에 존재하는 양립 불가능성! 어떻게 하나의 비밀에 늘 더 큰 비밀이 따르는 것일까! 첫 순간에는 인간 계산기의 숨이 끊어진다. 사실 인간은 집 밖으로 나서는 것을 두려워할 텐데 말이다.

———————

1913년 12월 5일
어머니에게 어찌나 화가 나는지! 단지 어머니와 얘기만 시작해도 벌써 화가 나서 나는 거의 고함을 질러대다시피 한다.

———————

O.가 고통 받는다. 그런데 나는 그녀가 고통 받거나 고통 받을 수 있다고 믿지 않는다. 내가 더 잘 알면서도 나는 그것을 믿지 않는다. 그녀 편을 들지 않으려고 그것을 믿지 않는다. 나 자신도 그녀에게 화가 나 있기 때문에 편을 들 수가 없다.

———————

F.의 외형에서 나는 최소한 이따금 몇 가지 셀 수 있는 작은 세부 특징들을 본다. 이 때문에 그녀의 모습은 그처럼 또렷하고, 때 묻지 않고, 소박하고, 윤곽이 뚜렷하며, 동시에 투명하기까지 하다.

1913년 12월 8일
바이스 소설 속의 작위적 구성들. 그것을 제거할 능력, 그것을 해

야 할 의무. 나는 경험들을 거의 부정한다. 나는 평온을 원한다. 한 걸음 한 걸음 걷기, 아니면 달리기. 하지만 메뚜기 같은 계산적인 뛰어오르기는 싫다.

1913년 12월 9일
바이스의 『갤리선』. 이야기의 결말이 시작되면서 효과가 약해진다. 세계는 정복되었고, 우리는 똑똑히 눈을 뜨고 바라보았다. 따라서 우리는 조용히 돌아서서 계속 살아갈 수 있다.

―――――――――――

적극적인 자기관찰에 대한 혐오. 다음과 같은 심리 해석들: 어제 나는 이래서 그랬어, 오늘 나는 그 때문에 이래. 그것은 사실이 아니야, 그 때문이 아니야, 그 때문도 아니야. 그래서 그렇지가 않아. 서둘지 말고 차분히 견뎌내자. 개처럼 아양 떨며 돌아다니지 말고 순리대로 살자.

덤불 속에서 잠이 들었었다. 소음이 나를 깨웠다. 손안에서 예전에 읽었던 책을 발견했다. 나는 그 책을 던져버리고 벌떡 일어났다. 정오가 조금 지난 시각이었고, 내가 있던 언덕 앞쪽으로 마을들과 연못들, 그 마을들과 연못들 사이에 같은 모양의 키 큰 갈대류 덤불이 있는 넓은 평지가 펼쳐졌다. 나는 손을 허리에 대고 눈으로 모든 것을 훑어보면서 소음에 귀를 기울였다.

―――――――――――

⟨1913년⟩ 12월 10일
발견들이 사람들에게 끈질기게 달라붙는다.

―――――――――――

소년 같고, 기지 넘치며, 느슨해 보이는 감독관[42]의 웃는 얼굴. 나는 한 번도 그에게서 그런 얼굴을 본 적이 없었다. 오늘만 우연히 내가 국장[43]의 글을 낭독하다 거기서 눈을 떼고 올려다본 순간에 알아차렸다. 그는 그러면서 마치 딴사람이기나 한 듯 어깨를 홱 끌어당기며 오른손을 바지 주머니에 넣었다.

한순간의 기분에 영향을 끼칠 뿐만 아니라 심지어 기분 전체에 영향을 끼쳐서 마침내 판단에도 작용하는 모든 상황들을 알아채고 판단하는 것은 완전히 불가능한 일이다. 그렇기 때문에 어제는 확신이 들었고 오늘은 절망적이다라고 말하는 것은 잘못된 것이다. 그러한 구별들은 단지, 자신에게 영향을 주어 가능한 한 자기 자신을 떠나 선입견과 환상 뒤에 숨은 채 잠시 인위적인 삶을 누리고 싶어 한다는 것을 증명해줄 뿐이다. 마치 누군가 한 번쯤 작은 소주잔에 만족하면서 술집 구석에 숨어 부적절하고 증명할 수 없는 상상들과 꿈들만을 벗 삼아 오로지 자신하고만 대화하고 싶어 하는 것처럼.

자정 무렵에 한 젊은 남자가 작은 음악당으로 통하는 계단을 내려갔다. 살짝 눈을 맞은 꽉 끼는 광택 없는 회색 체크무늬 외투를 입었다. 그가 매표소에서 요금을 내자, 매표소 뒤에서 멍하니 시간을 보내고 있던 한 아가씨가 놀라 벌떡 일어나 크고 검은 눈으로 그를 똑바로 쳐다보았다. 그런 뒤 그는 세 계단 아래에 있는 음악당을 내려다보기 위해 잠시 선 채로 머물러 있었다.

나는 거의 매일 저녁 중앙역에 간다. 오늘은 비가 내려서 대합실에서 삼십 분만 왔다 갔다 했다. 끊임없이 자동판매기에서 단것을 빼먹는 사내아이. 잔돈을 잔뜩 꺼내려고 주머니에 손을 넣어 꽉 움켜쥔다. 구멍으로 무심하게 동전을 넣고는, 먹으면서 제품 설명서를 읽는

다. 몇 개가 땅에 떨어지면 그 아이는 더러운 바닥에서 주워 곧장 입으로 가져간다. ―창가에서 부인과 친척 여자와 친밀하게 얘기를 나누며 조용히 껌을 씹는 남자.

───────

1913년 12월 11일

토인비 홀에서 「미하엘 콜하스」의 첫 부분을 낭독하였다. 완전 실패작이다. 잘못 골랐고, 형편없이 낭독해서 결국 무의미하게 텍스트 안에서 겉돌았다. 모범적인 청중들. 첫 줄의 아주 어린 사내아이들. 한 아이가 여러 차례 동전을 조심스레 땅에 떨어뜨린 뒤 조심스레 주워 올린다. 그 아이는 그렇게 해서 자기 책임이 아닌 지루함에서 벗어나려 애쓴다. 자리에 앉아서 그 일을 하기에는 너무 어려서, 계속해서 그 아이는 안락의자에서 조금씩 미끄러져야만 했다. 거칠고, 형편없고, 신중하지 못하며, 이해할 수 없게 읽었다. 그리고 오후에 나는 벌써 읽고 싶은 욕구로 몸을 떨었고, 좀처럼 입을 다문 채로 있기가 어려웠다.[44]

───────

사실상 충격은 불필요하다. 지난번 내게 사용되었던 힘만 철회되면 나는 자신을 갈기갈기 찢어버릴 절망에 다다르게 된다. 오늘 강연 중에 반드시 차분할 수 있을 거라고 상상해보면서, 나는 그게 어떤 종류의 차분함일지, 어디서 그 근거를 찾을 수 있을지에 대해 자문해보았다. 그리고 나는 그것이 단순히 차분함 자체를 위한 차분함, 이해할 수 없는 은총일 뿐 다른 그 무엇도 아닐 것이라는 말만 할 수 있었다.

〈1913년 12월〉 12일

그리고 나는 비교적 꽤 상쾌하게 일찍 일어났다.

어제 집으로 돌아오는 길에 회색으로 몸을 감싼 어린 소년이 한 무리의 소년들 곁을 뛰어갔다. 자신의 허벅지를 치고 다른 한 손으로는 다른 소년을 붙잡으며 그는 어지간히 정신없는 상태에서 내가 잊어서는 안 될 말을 외쳐댔다: 오늘 아주 멋졌어요.

오늘 약간 변경된 일정에 따라 6시경에 상쾌하게 골목을 걸어갔다. 웃기는 관찰 행위. 나는 언제쯤 이것을 그만두게 될까?

조금 전 거울에 비친 나를 자세히 들여다보았다. 더 자세히 보니까 얼굴이 내가 알고 있는 것보다 더 멋져 보였다. 물론 야간 조명으로 내 뒤로 광원이 생겨서 실은 귓가 솜털만 비춰질 때뿐이지만. 꽤 멋진 윤곽을 하고 있는 또렷하고 일목요연한 얼굴. 검은 머리카락과 검은 눈썹, 검은 눈구멍이, 기다리고 있는 나머지 부분으로부터 생동감 있게 튀어나온다. 눈빛은 결코 황량하지도 않고 황량한 흔적조차 없지만, 그렇다고 천진난만하지도 않다. 오히려 믿을 수 없을 정도로 열정이 넘쳐 보인다. 하지만 아마 그저 관찰하는 눈빛이었을 것이다. 이제 막 나 자신을 관찰하며 나를 불안하게 하려고 했었기 때문에.

1913년 12월 12일
어제 오랫동안 잠들지 못했다. F. 마침내 계획을 세웠다. 바이스에게 한 통의 편지를 갖고 그녀의 직장으로 가줄 것과, 그녀가 직접 소식을 전하거나 아니면 바이스가 그녀에 대한 소식을 듣고 자신에게 그녀에 대해서 써 보낼 수 있도록 그를 보낸다는 말 외에는 이 편지에 더 쓰지 말아달라고 부탁하면서 불안하게 잠들었다. 바이스는 그새 그녀 책상 옆에 앉아서 그녀가 편지를 다 읽을 때까지 기다린다.

그다음 그는 다른 지시를 받은 것도 없고 대답도 들을 수 없었기 때문에 절을 하고 간다.

———————

공무원 단체가 개최한 토론의 밤.[45] 내가 사회를 맡았다. 이상하게 솟아나는 자존심. 나의 개회사: "나는 오늘 토론의 밤이 개최되는 데 대해 유감을 표시하면서 개회사를 시작할 수밖에 없군요." 즉 나는 제때 통고받지 못해서 준비가 안 되어 있었던 것이다.

〈1913년〉12월 14일

베어만의 강연. 별거 아니다. 하지만 그는 자기만족감을 이리저리로 전염시키며 강연했다. 갑상선 종양이 있는 소녀 같은 얼굴. 한 문장씩 말할 때마다 거의 매번 얼굴에는 재채기할 때와 똑같은 근육 수축이 생긴다. 오늘자 일간지 기사에 실린, 크리스마스 시장에 관한 그의 시.

    주여, 당신의 어린아이들에게 그것을 사주옵소서
    그들이 울지 않고 웃을 수 있도록.
그는 쇼를 인용했다: "나는 많이 앉아 지내는 소심한 시민이다."[46]

———————

직장에서 F.에게 보내는 편지를 썼다.

———————

오전에 직장으로 가던 길에 세미나장에서 F.를 닮은 여자와 마주쳤을 때의 놀라움. 순간 나는 그녀가 누군지는 모르는 채 단지 그녀가 F.를 닮긴 했지만 F.가 아니라는 사실, 하지만 그 외에 그 이상의 어떤 관계가 그녀와 F. 사이에 있다는 사실만 눈치챘다. 세미나장에서의 그녀의 모습은 F.를 몹시 생각나게 만들었다.

———————

막 도스토옙스키 작품에서 나의 「불행」을 상기시키는 대목을 읽었다.[47]

내가 책을 읽던 중에 왼손을 바지 옆으로 가져가 뜨뜻한 내 허벅지를 만졌을 때.

———————

⟨1913년 12월⟩ 15일
바이스 박사와 알프레트 삼촌에게 보내는 편지들.
아무런 전보도 오지 않았다.[48]

———————

『1870/71년의 우리 젊은이들』[49]을 읽었다. 또다시 흐느낌을 억눌러가며, 승리하는 대목과 감격적인 장면들을 읽었다. 아버지가 되어 아들과 조용히 얘기 나누기. 그러자면 심장 대신 작은 장난감 망치를 가져서는 안 된다.

———————

"너, 삼촌에게 벌써 편지 썼니?" 내가 오래전부터 악의를 품고 기다리고 있던 대로 어머니가 내게 물으셨다. 어머니는 이미 오랫동안 나를 겁먹은 듯 관찰하고 계셨다. 어머니는 처음에는 여러 이유에서 내게 물을 엄두를 못 내셨고, 두 번째는 아버지 앞에서 물을 엄두를 못 내셨는데, 마침내 내가 가버리려는 것을 보시고는 걱정스러운 듯이 물어보셨다. 내가 뒤에서 어머니 안락의자 곁을 지나갈 때, 어머니가 트럼프에서 눈을 떼고 나를 올려다보셨다. 그리고 이미 오래전에 먼 과거가 되어버렸지만, 어머니는 어떻든 순간 되살아난 부드러운 동작으로 내 쪽으로 얼굴을 돌리며 재빨리 올려다본 뒤 수줍게 미소를 띠며 물어보셨다. 그리고 여전히 대답이 없자, 이미 물어보았다는 사실에 자존심 상해하셨다.

1913년 12월 16일
"세라핌의 환희에 찬 우레와도 같은 비명 소리"[50]

───────────

나는 벨취의 집 흔들의자에 앉아 있었고, 우리는 우리 삶의 무질서에 대해 이야기를 나눴다. 그는 적어도 어떤 확신("사람들은 불가능한 것을 원해야 한다")을 갖고 있었다. 내게 이러한 확신은 없었다. 나는 내 손가락을 쳐다보며 내가 나의 내적 공허의 대리인이라는 느낌에 빠져 있었다. 그 공허는 나를 독점하고 있지만, 결코 한 번도 지나치게 커지는 법이 없다.

───────────

Bl.[51] 양에게 보내는 편지.

───────────

〈1913년 12월〉 17일
바이스에게 지시사항을 적어 보내는 편지. "넘쳐 흐르되 차가운 아궁이 위의 냄비와 같기"

───────────

베르크만의 강연 '모세와 현재'.[52] 인상적이었다. 그자가 어떻게 그렇게 출세할 수 있었는지. 그는 정말로 어딘가 높은 곳에 굳건히 자리 잡고 있었다. 소년 시절에 그는 별거 아니었다. 모든 면에서. 어쩌면 모든 면에서 다 그랬던 것은 아닌데, 단지 내가 뭘 몰라서 그렇게 생각했던 건지도 모른다.[53] ─좌우간 나는 그것과는 상관이 없다. 자유와 예속 사이에는, 가야 할 구간에 대한 안내도 없고, 이미 지나온 구간이 그 즉시로 사라져버리는 진짜 무시무시한 길들이 교차한다. 그러한 길들은 무수히 많든지 아니면 단 하나뿐이다. 조망해볼 수 없기 때문에 그것을 확인할 길은 없다. 그곳에 내가 있다. 달아날 수도 없다. 불평해서도 안 된다. 지나치게 고통 받지는 않는다. 무엇과 연관돼서 받는 고통이 아니기 때문에. 고통이 쌓이지도 않는다. 최소한 우선은 고통을 느끼지 않는다. 아마도 내게 찾아올지도 모를 저 고통에 비하면, 지금 내 고통의 크기는 그보다 훨씬 작다.

―――――――――

들어가려고 팔을 서로 다른 모양으로 반쯤 들어 올려 짙게 낀 안개에 대항하는 한 남자의 실루엣.

―――――――――

유대교의 아름다고 강력한 선별. 사람들이 자리를 받는다. 사람들은 자신들을 더 잘 보고 더 잘 평가하게 된다.

〈1913년 12월〉 18일
자러 간다. 피곤하다. 아마도 그곳에서는 이미 결정 났을 것이다. 그것에 대한 많은 꿈들.

―――――――――

Bl. 양의 잘못된 편지.

―――――――――

〈1913년 12월〉 19일
F.의 편지. 아름다운 아침, 핏속의 온기.

―――――――――

〈1913년 12월〉 20일
편지가 안 왔다.

―――――――――

특히 미처 파악하지 못한 낯선 사람의 평화로운 얼굴과 차분한 말이 갖는 효능. 사람의 입에서 흘러나오는 신의 음성

―――――――――

어느 겨울밤, 한 나이 든 남자가 안개 낀 골목을 지나가고 있었다.

얼음처럼 찬 날씨였다. 골목은 텅 비어 있었다. 그의 곁을 가까이 지나가는 사람은 한 명도 없었다. 그는 반쯤 안개 낀 상태에서 저 멀리 여기저기에 있는 키 큰 경찰관 아니면 모피 제품 혹은 목도리를 두른 여자를 볼 뿐이었다. 전부 그와는 아무 상관이 없었다. 그의 생각은 온통 이제 막 하녀를 시켜 자신을 불러오게 한, 벌써 오랫동안 보지 못한 친구를 방문하는 일로 꽉 차 있었다.

———————

상인 메스너 씨의 방문을 나지막이 두드리는 소리가 났을 때는 이미 자정이 훨씬 지나 있었다. 그는 깰 필요가 없었다. 그는 늘 새벽에야 비로소 잠이 들었는데, 그때까지 깬 채로 엎드려 얼굴을 베개에 파묻고 팔을 쭉 뻗어 두 손을 머리 위에서 꼬고 침대에 누워 있곤 했다. 그는 곧바로 두드리는 소리를 들었고 "누구세요?"라고 물었다. 두드리는 소리보다도 더 나지막해서 알아듣기 힘든 중얼거리는 소리가 대답했다. 그는 열려 있습니다라고 말하며 전등을 켰다. 커다란 회색 숄을 걸친 작고 연약한 여자가 들어왔다.

———————

1914년 1월 2일
많은 시간을 바이스 박사와 같이 잘 보냈다.

1914년 1월 4일
우리는 모래 속에 움푹 들어가게 땅을 파서, 그 안에서 아주 잘 지냈다. 밤에 우리는 그 안에서 몸을 둥글게 말았고, 아버지가 나무줄기들과 그 위에 버려진 덤불로 그곳을 덮어주셔서 폭풍우와 동물들로부터도 최대한 안전했다. 나무 밑이 이미 꽤 깜깜해졌는데, 그때까지도 여전히 아버지가 나타나지 않으실 때면, 우리들은 겁이 나서 자주 "아버지" 하고 불러댔다. 하지만 그렇게 하면 우리는 벌써 틈새로

아버지의 발을 볼 수 있었다. 아버지는 우리에게 미끄러져 들어와서 돌아가며 우리들 등을 조금씩 두들겨 주셨다. 왜냐하면 아버지의 손길이 우리를 안심시켰기 때문이다. 아버지 손길을 느끼고 나면 우리 모두는 다 같이 잠들었다. 우리는 부모님을 제외하고 모두 사내아이 다섯과 여자아이 셋이었다. 움푹 파인 땅속은 우리에게 너무 좁았다. 하지만 밤에 옆으로 위로 그렇게 가깝게 꼭 붙어 있지 않았더라면 아마도 우리는 무서웠을 것이다.

———————

1914년 1월 5일

오후. 괴테의 아버지는 정신 쇠약으로 돌아가셨다. 그의 마지막 투병 시기에 괴테는 『이피게니에』를 쓰고 있었다.

한 궁정 관리가 크리스티아네를 두고 괴테에게 "집에 데려다주세요, 취했어요"라고 말했다.

여자들과 천박하게 어울리며 자신의 어머니처럼 술을 마셔대는 아우구스트.

사회적 고려 때문에 아버지가 그의 아내로 정해준, 사랑도 못 받는 오틸리에.

외교관이자 작가인 볼프.

음악가 발터는 시험을 치를 수 없다. 그는 몇 달간 정원에 마련된 집으로 거처를 옮긴다. 황후가 그를 보기 원했을 때: "나는 야수가 아니라고 황후에게 전하시오."

"내 건강은 철보다는 납과 같다."

볼프의 성과 없고 별 볼일 없는 글쓰기 작업.

다락방의 고령의 모임. 80세의 오틸리에, 50세의 볼프와 그의 오랜 지인들.[54]

———————

사람들은 각자 얼마나 구제불능으로 자신을 상실하고 있는지, 또 타인들과 그들 내부와 도처에 지배하는 법칙을 관찰하는 것만이 위로를 준다는 사실을 비로소 그러한 극단적인 경우에 깨닫는다. 어떻게 외부에서 볼프를 이리저리 이동시키고, 즐겁게 만들고, 격려해서 계획적으로 일하도록 조종할 수 있을까. 어떻게 그는 내적으로 균형 잡히고 흔들리는 법이 없는 것일까.

───────────

추크족들은 어째서 끔찍한 자기네 땅을 떠나지 않는 걸까. 그들의 현재 삶과 소망을 비교해볼 때 어디에 가도 그들은 지금보다 더 잘 살 수 있을 텐데. 하지만 그들은 그렇게 하지 못한다. 가능한 일은 일어나게 마련이고, 또 일어나는 일만이 가능한 일이기 때문에.[55]

───────────

비교적 큰 이웃 도시에서 온 한 포도주 상인이 작은 소도시 F.에 작은 포도주점을 차렸었다. 그는 링 광장에 있는 어떤 집의 작은 물품 창고를 빌려서 벽에 오리엔탈 장식들을 그려 넣고, 이미 거의 쓸 수 없게 된 낡은 벨벳가구를 들여놓았었다.

───────────

1914년 1월 6일
딜타이의 『체험과 문학』. 인류애, 인류가 만들어낸 모든 형식들에 표하는 최고의 경의. 관찰하기에 가장 적합한 장소로 조용히 물러서 있기. 루터의 청소년 서적
"살인과 피에 이끌려 비가시적인 세계에서 가시적인 세계로 발을 들여놓는 강력한 어둠의 그림자." 파스칼[56]

───────────

장모에게 보내는 안첸바허의 편지. L.이 선생과 키스했다.[57]

1914년 1월 8일

판틀의 낭독『황금머리』, "그는 적을 마치 들통처럼 내동댕이 친다."[58]

불안, 무미건조, 평온. 무엇이든 다 이것들을 거쳐갈 것이다.

내가 유대인들과 공유하는 것이 무엇일까? 나는 나 자신과도 공유하는 것이 거의 없다. 나는 숨 쉴 수 있다는 사실에 만족하면서 구석에 조용히 서 있어야 할 것이다.

설명할 수 없는 감정들의 묘사. 안첸바허의 말: 그 일이 일어난 이후 여자들의 시선이 내게 고통을 준다. 하지만 그것은 결코 성적 흥분도 아니고 말 그대로 슬픔도 아니다. 그냥 아프다. 내가 리슬의 일에 확신을 갖기 전에도 그러했다.

1914년 1월 12일

어제: 오틸리에의 연인들, 젊은 영국인들—톨스토이의 약혼. 확실히 섬세하고 격정적이며 자제력이 있고 예감으로 가득찬 젊은이라는 인상을 준다. 어두운 색과 남색으로 멋지게 차려입었다.

카페의 소녀. 좁은 치마, 모피 달린 헐렁한 흰색 실크 블라우스. 열린 옷깃. 같은 소재의 **빳빳한** 가[59] 비스듬히 높이 달려 있는 꼭 끼는 회색 모자. 끊임없이 숨을 쉬어대는 그녀의 통통한 웃는 얼굴, 상냥한 눈빛. 물론 약간 멋을 냈다. F.에 대한 생각으로 내 얼굴이 뜨거워진다.

집으로 돌아오는 길. 청명한 밤. 내가 둔감해졌다는 사실만 분명히 깨달을 뿐이다. 이런 둔감함은 아무런 방해 없이 확산되는 거대한 명철함과는 거리가 멀다.

———————————

니콜라이, 문학 편지들.[60]

———————————

물론 내게는 가능성이 있다. 하지만 어느 돌 밑에 그 가능성이 있는 걸까?

———————————

앞으로 질주하였다, 말을 타고—

———————————

청년기의 무의미함. 청년기에 대한 두려움, 무의미함에 대한 두려움, 비인간적인 삶이 무의미하게 다가오는 데 대한 두려움.

———————————

텔하임: 그의 정신세계는 자유로운 유동성을 갖는다. 이러한 자유로운 유동성은 변하는 상황 속에서 늘 재차 완전히 새로운 측면들로 주변을 놀라게 한다. 진정한 작가들의 창조만이 자유로운 유동성을 소유하는 것처럼.[61]

———————————

1914년 1월 19일
직장에서 내가 자의식과 번갈아가며 느끼는 두려움. 평소에는 더 확신에 차 있다. 「변신」에 대한 큰 반감. 읽을 수 없는 결말. 거의 철저하게 불완전하다. 그 당시에 출장으로 방해받지만 않았어도 훨씬 더 잘 쓸 수 있었을 텐데.

———————————

〈1914년 1월〉23일

감독관 바르틀[62]이, 창문을 활짝 열어놓고 자는 친한 은퇴한 육군 대령의 얘기를 들려준다. "밤 동안에는 아주 쾌적해. 하지만 반대로 아침 일찍 창가 옆에 있는 기다란 의자에서 눈을 치워낸 다음 면도를 시작할라치면 불쾌해진다네."

———————

튀르하임 백작부인의 회상록:

어머니: "그녀의 부드러운 기질에는 특히 라신이 맞았다. 나는 그녀가, 그에게 영원한 안식을 주소서라며 신에게 기도하는 것을 자주 들었다."[63]

———————

그(수부로우)에게 경의를 표하여 러시아 대사 라수모프스키 백작이 빈에서 주최한 큰 만찬에서, 그는 확실히 대식가처럼 다른 사람들을 기다리지 않고 식탁 위에 차려져 있던 음식들을 먹었다. 배가 부르자 그는 일어났고 손님들을 홀로 남겨두었다.

칼에 한 번 찔린 뒤에는 부드럽고 단호하며 현학적인 늙은이가 되었다.[64]

———————

"그것은 네 운명이 아니었단다" 어머니의 부적절한 위로. 안 좋은 건, 그 순간 내게 더 나은 위로가 거의 필요 없었다는 점이다. 그 점에서 나는 감정이 상했고, 감정이 상한 채로 있다. 하지만 그 외에는 지난 며칠간 약간의 변화가 있는 적당히 바쁜 정규 생활 (직장의 '경영' 관련 일, 약혼녀에 대한 안첸바허의 근심, 오틀라의 시온주의,[65] 잘텐의 강연과 실트크라우트의 낭독을 즐기는 아가씨들,[66] 튀르하임의 회상록 읽기, 바이스와 뢰비에게 보내는 편지, 「변신」의 교정[67])이 확실히 나를 하나로 모아주고, 내게 조금은 견고함과 희망을 준다.

〈1914년 1월〉 24일

나폴레옹 시대: 축제들이 쇄도했다. 모든 사람들은 '짧은 평화 시
대의 기쁨을 실컷 맛보기'에 바빴다. "다른 한편 여자들은 순식간에
그 시대에 자신들의 영향력을 행사했다. 그들에게는 정말로 버릴 시
간이 없었다. 당시의 사랑은 고양된 감동과 더 큰 헌신으로 나타났
다."… "오늘날의 허약한 시대는 더 이상 변명할 거리조차 없다."[68]

———————————

Bl. 양에게 몇 줄 쓸 능력도 없다. 편지 두 통은 이미 답장도 못 받았
다. 오늘이 세 번째 편지다.[69] 내가 제대로 파악하는 것은 아무것도 없
다. 그 부분에서 나는 흔들림이 없지만 공허를 느낀다. 최근에 한 번
은 내가 다시 규칙적인 시간대에 엘리베이터에서 내렸을 때의 일이
다. 문득 점점 더 깊숙이 세세한 부분까지 획일화되어가는 나날들로
이루어진 내 삶이 마치 벌로 받게 된 일과 비슷하다는 생각이 떠올랐
다. 학생은 벌을 받으면 자신의 죄과에 따라 무의미하게 적어도 열
번, 백 번, 아니면 더 자주 같은 문장을 반복해서 써야 한다. 내가 받는
벌은 '네가 견뎌낼 수 있는 만큼 자주'라고 명령할 뿐이다.

———————————

안첸바허가 자신을 진정시키지 못한다. 그가 나를 신뢰하고 또 내
게 조언을 구하려는 것인데도 불구하고, 나는 최악의 자세한 사항들
을 줄곧 대화 도중에 추가로 알게 된다. 이때 늘 나는 그가 지독한 얘
기에 대한 나의 무관심을 냉정함 아니면 큰 위안으로 느낄 수 있게끔
가능한 한 감정을 드러내지 않고 갑작스러운 놀라움을 억눌러야 한
다. 그게 내가 의도한 바이기도 하다. 내가 몇 주에 걸쳐가며 띄엄띄
엄 들어 일부 알게 된 키스 사건의 전말은 다음과 같다. 한 선생이 그
녀에게 키스했다—그녀는 그의 방에 있었다—그는 그녀에게 여러
차례 키스했다—그녀는 A.의 어머니를 위해 뜨개질을 하고 있었고,

그 선생 방의 불이 좋았기 때문에 주기적으로 그의 방에 있었다—그녀는 우유부단하게 그가 키스하게 내버려뒀다—그 전에 이미 그는 그녀에게 사랑 고백을 했었다—이 모든 사실에도 불구하고 그녀는 여전히 그와 산책한다—그리고 그에게 크리스마스 선물을 하려고 했다. 한번은 그녀가 자신에게 뭔가 불쾌한 일이 일어나긴 했지만 아무 뒤끝도 남지 않았다고 썼다.

A.는 다음과 같은 식으로 캐물었다. 어땠지? 나는 아주 정확하게 알아야겠어. 그가 당신한테 키스만 했나? 몇 번이나? 어디에다? 그가 당신 위에 엎드리지는 않았어? 그가 당신을 만졌어? 그가 당신 옷을 벗기려고 했나?

대답: 저는 소파에 앉아 뜨개질을 하고 있었고, 그는 탁자 반대편에 앉아 있었어요. 그다음에 그가 건너와서 제 옆에 앉은 뒤 제게 키스했어요. 저는 그에게서 떨어져 소파 쿠션 쪽으로 물러나 앉았고, 소파에 제 머리가 눌렸어요. 키스 외에는 아무 일도 일어나지 않았어요.

질문을 받던 도중에 한 번 그녀가 말했다: "무슨 생각을 하는 거예요? 저는 지금도 처녀라고요."

———

바이스 박사에게 보내는 편지를 F.도 볼 수 있게 쓴 사실이 이제야 생각난다. 어쩌면 그가 오늘 그것을 해서 그 때문에 답장을 미룬 거라면.

———

1914년 1월 26일

지난 며칠간 내게 즐거움을 선사한 튀르하임의 회상록을 읽을 수 없다. Bl. 양에게 보내는 편지를 중도에 포기했다. 그 일이 어찌나 나를 붙들고 늘어지고 내 이마를 압박하는지. 같은 탁자에서 부모님이 카드 놀이를 하신다.

일요일 정오에 부모님과 그들의 다 큰 아이들인 아들과 딸이 식탁에 앉았다. 어머니가 막 일어서서 수프를 뜨기 위해 국자를 볼록한 냄비에 담그었다. 그때 갑자기 탁자 전체가 들리고 식탁보가 펄럭이더니 그 위에 얹혀 있던 손들이 미끄러져, 이리저리 굴러다니는 돼지비계 경단과 함께 수프가 아버지 무릎 위로 쏟아졌다.

─────────

어머니가 『나쁜 결백』[70]을 엘리에게 숨겨서, 나는 지금 어머니에게 무지하게 화를 냈다. 어제도 직접 내가 엘리에게 그 책을 권하려고 했었다. "제 책들은 그냥 놔두세요! 그것들은 제가 가진 전 재산이에요." 정말 화가 나서 그렇게 말했다.

─────────

튀르하임 아버지의 죽음: "곧이어 들어선 의사들이 아주 약한 맥박을 보고는 환자가 살아 있을 시간이 몇 시간 남지 않았다고 진단했다. 맙소사. 그들은 나의 아버지에 대해 얘기하고 있었다─단 몇 시간의 유예 후 죽음."[71]

─────────

1914년 1월 28일
루르드의 기적 치료에 대한 강연.[72] 예민하고 열정적인 의사. 튼튼한 치아. 이가 드러난다. "독일의 철저함과 정직함이 로만계 허풍에 대항할 때입니다"[73]라고 말을 풀어놓으며 느끼는 큰 기쁨. 루르드 메신저 가두 선전원. '오늘 밤의 훌륭한 치유.' 치유 입증! 토론: "저는 그저 평범한 우체국 공무원일 따름입니다."[74]

우주 호텔─나설 때 F.에 대한 생각 때문에 밀려든 무한한 슬픔. 사색을 통해 점차 진정됨.

─────────

Bl. 양에게 편지⁷⁵와 함께 바이스의 『갤리선』을 보냈다.

오래전에 한 카드 점쟁이가 안첸바허의 여동생에게 그녀의 큰오빠가 약혼을 할 텐데 그 약혼녀가 그를 속일 것이라고 말해주었다. 그 당시 그는 격분해서 그 얘기를 물리쳤다. 나: 왜 그때만. 지금도 그때처럼 사실이 아니긴 마찬가진데. 그녀는 너를 속이지 않았잖아. 안첸바허: 사실이 아니야. 그녀가 속이지 않았다고?

1914년 2월 2일

안첸바허. 약혼녀에게 보내는 여자 친구의 외설적인 편지. "고해설교의 영향 하에 있던 시절처럼 모든 것을 우리가 그렇게 심각하게 받아들일 거라면." "어째서 너는 프라하에서 더 크게 안 놀고 그렇게 소극적으로 작게 놀았니." 나는 좋은 생각이 떠올라서 내 확신대로 약혼녀를 위해 그 편지를 펴놓는다. A.는 어제 슐룩케나우⁷⁶에 있었다. 편지가 전부 들어 있는 통(그의 유일한 짐)을 손에 들고 그는 하루종일 그녀와 함께 방에 들어앉아서 계속해서 캐묻는다. 아무런 새로운 사실을 알아내지 못한 채, 그는 떠나기 한 시간 전에 "키스하는 동안 불이 꺼져 있었어?"라고 묻는다. 그리고 자신을 암담하게 만드는 새로운 사실을 알게 된다. 즉 W.가 (두 번째) 키스를 할 때 불을 껐다는 것이다. W.는 탁자 한쪽에서 그림을 그리고 있었고, L.은 다른 쪽에 앉아서(W.의 방, 밤 11시). 『아스무스 젬퍼』⁷⁷를 읽어주고 있었다. 그 때 W.가 일어서서 무엇인가를 가져오기 위해 상자 쪽으로 가고 (L.은 컴퍼스라고 생각하고, A.는 콘돔이라고 생각한다), 다음 순간 갑자기 불을 끄고 키스를 하며 그녀를 덮친다. 그녀가 소파에 쓰러지고, 그는 그녀의 팔과 어깨를 잡고 그 틈에 "키스해주세요!"라고 말한다. 그다음 기회에 L.이 한 말: "W.는 아주 서툴러요." 그다음번: "저는 그에게 키스하지 않았어요.", 또 그다음번: "저는 당신의 팔에 안겨 있다고 생각했어요."

A.: 분명하게 밝혀야겠어(그는 그녀에게 의사의 진찰을 받도록 할 생각이다). 나중에 결혼식 첫날 밤 그녀가 날 속였다는 것을 알게 되듯이 말이야. 아마도 그가 콘돔을 사용했기 때문에 그녀가 그렇게 침착할 수 있는 걸 거야.

루르드: 기적을 믿는 것에 대한 공격, 그리고 교회에 대한 공격. 그는 동일한 자격으로 도처에서 교회와 행렬들, 고해성사, 비위생적인 과정들에 대해 반대할 수 있을 것이다. 왜냐하면 기도가 도와준다는 사실은 증명될 수 없기 때문이다. 칼스바트[78]는 루르드보다 더 큰 사기이다. 루르드는 사람들이 자신들의 독실한 믿음 때문에 그리로 간다는 이점을 갖고 있다. 사람들이 수술, 혈청치료, 예방주사, 약에 관해 갖고 있는 이상한 생각들은 어떻게 되는 걸까?

좌우간 떠돌이 중환자들을 위한 큰 양로원들. 불결한 성배 세반, 특별 열차를 기다리는 들것들, 의료 위원회. 산 위의 커다란 백열등 십자가. 교황은 매년 삼백만 명을 시찰한다. 성체 현시대聖體 顯示臺를 든 사제가 지나가자, 들것에 실린 한 환자가 "나는 건강해요"라고 소리친다. 그녀는 전과 다름없이 여전히 골결핵을 갖고 있다.[79]

문이 약간 열렸다. 연발 권총과 쭉 뻗은 팔이 나타났다.[80]

튀르하임 2장 35, 28, 37절 (사랑보다 더 달콤한 것도 없고, 아양보다 더 즐거운 것도 없다)

45, 48절 (유대인들)

1914년 2월 20일 〈10일〉

산보가 끝난 11시. 평소보다 더 상쾌하다. 왜지?

1) 막스에게 나는 평온하다고 말했다.

2) 펠릭스가 결혼할 것이다(그에게 화가 났었다).

3. F.가 나를 원하지 않으면 나는 혼자 지내게 될 것이다.

4. 타인 부인의 초대,[81] 그리고 그녀에게 나를 어떻게 소개할지에 대한 생각.

우연히 평소와 달리 케텐슈테크에서 흐라드쉰, 카를 다리로 이어지는 길을 반대 방향으로 걸어갔다. 평소에 나는 이 길에서 꼭 넘어진다. 오늘은 반대쪽에서 오면서 몸을 조금 치켜세웠다.

1914년 2월 21일 〈11일〉

딜타이의 '괴테'를 대충 훑어보았다.[82] 대략적인 인상. 어째서 사람들은 자신에게 불을 붙여 그 불길 속에서 소멸할 수 없는 걸까? 혹은 계명을 못들을지라도 따를 수는 없는 걸까? 텅 빈 방 한가운데 놓인 안락의자에 앉아 쪽매널마루를 쳐다봄. 산골짜기에서 "앞으로" 하고 외치고 모든 바위틈 샛길에서 사람들이 외쳐대는 소리를 듣고 그들이 나타나는 것을 봄.

1914년 2월 13일

어제 타인 부인 댁에서. 그녀는 차분하면서도 열정적이다. 눈빛과 손짓, 발짓으로 자신을 익숙하게 만들고 실수 없이 관철시키는 관통할 듯한 그녀의 에너지. 솔직함. 정직한 눈빛. 내 기억 속에는 늘 이전 시대 축제 분위기의 르네상스 타조 털로 만든 그녀의 보기 흉한 거대한 모자가 남아 있었다. 그녀를 개인적으로 알기 전까지 나는 그녀를 싫어했었다. 그녀가 이야기하려는 바를 향해 서두를 때마다 몸에 눌리고 떨리던 토시. 그녀의 아이들 노라와 미리암.

그녀의 시선, 자신을 잊을 정도로 이야기에 빠져드는 모습, 적극적인 참여, 생동적인 작은 몸, 심지어 강하고 둔탁한 목소리, 그리고 그녀에게서는 찾아볼 수조차 없는 아름다운 옷과 모자들에 관한 이야기가 몹시 W.를 생각나게 한다.

창문 밖으로 내다본 강 풍경. 그녀가 피곤하게 만드는 것도 아닌데, 대화 도중 상당 부분에서 완전히 거부하듯 내 눈빛이 무감각해지면서 그녀 말을 이해하지 못하게 되곤 한다. 가장 단순한 소견들을 피력한다. 그녀가 경청하는 모습을 쳐다볼 동안 별 생각 없이 어린아이를 만짐.

꿈들: 베를린에서, 길들을 지나 그녀 집으로 향한다. 행복하고 차분한 의식 상태. 아직까지 내가 그녀 집에 있는 것은 아니지만, 그리 쉽게 갈 수 있을 것 같고 또 반드시 거기에 도착하게 될 것이다. 길 양편에 늘어선 집들을 보다가, 한 하얀 집에서 (어제 신문에서 읽은) "북쪽의 호화로운 홀들"이란 말에 꿈속에서 "베를린 W"가 덧붙여진 주소를 본다. 이번에 나는 사환 같은 복장을 한 공손하고 코가 붉은 나이 든 경관에게 물어본다. 그가 지나치게 상세한 정보를 준다. 심지어 그는 지나갈 때 안전상 꼭 붙잡아야 하는 멀리 떨어진 자그마한 잔디 녹지의 난간까지도 내게 가르쳐준다. 그다음에는 전차와 지하철 등등과 관련된 조언들. 나는 더 이상 설명을 쫓아가지 못하고, 내가 거리를 과소평가하고 있다는 사실을 잘 알면서도 놀라 묻는다. "대략 30분 정도 걸리나요?" 하지만 그 나이 든 남자가 대답한다. "나는 6분이면 그곳에 도착합니다." 기쁨! 어떤 남자, 한 그림자, 한 길동무가 나를 계속 따라오는데, 나는 그가 누군지 모른다. 나는 돌아설 짬도, 옆을 향할 짬도 없어 보인다. —보아하건대, 나는 젊은 폴란드

유대인들만 사는 베를린의 한 여관에 살고 있다. 아주 작은 방이다. 내가 물병을 쏟는다. 쉬지 않고 작은 타자기를 치고 있는 사람은 부탁을 받아도 거의 머리를 돌리지 않는다. 베를린 지도를 찾아내지 못함. 계속해서 나는 그 사람 손에 지도 비슷한 책이 들려 있는 것을 본다. 줄곧 그 책 안에 뭔가 아주 다른 것, 베를린의 학교 목록, 세금 통계 혹은 이와 유사한 종류의 내용들이 담겨 있는 것이 보인다. 나는 그것을 믿으려 하지 않고, 사람들은 미소를 띠며 내게 그것을 확실히 증명해 보인다.

1914년 2월 14일

내가 부득이 자살해야 할 경우, 잘못은 분명 그 누구에게도 없다. 예를 들어 F.의 태도가 분명 가장 직접적인 동기라고 할 수 있더라도 말이다. 혼자서 이미 실제로 일어날지도 모를 장면을 반쯤 몽롱한 상태에서 한 번 상상해 보았다. 내가 마지막을 예감하고서 호주머니에 작별 편지를 넣고 그녀 집으로 간다. 청혼을 거절당한 뒤 나는 편지를 탁자 위에 올려놓고 발코니로 가서 나를 말리려고 급히 달려오는 사람들을 모두 뿌리치고서 손을 차례로 놓으며 발코니 난간에서 뛰어내린다. 편지에는 내가 F. 때문에 뛰어내리긴 하지만, 그녀가 내 청혼을 받아들였어도 내게 크게 달라진 것은 없었을 것이라고 씌어 있을 것이다. 나는 저 아래에 속하며, 다른 타협점은 찾을 수가 없다. F.는 우연히도 나의 운명을 입증해주는 여인이다. 그녀 없이는 살 수 없기 때문에 나는 뛰어내리지 않을 수가 없다. 하지만 나는 또—F.도 이것을 예감하고 있다—그녀와 함께 살 능력도 없다. 어째서 오늘 밤을 그 일에 쓰지 않는지. 벌써 부모의 밤 행사의 오늘의 연사들이 등장한다. 그들은 삶과 삶의 조건들의 조성이란 주제로 강연한다. —하지만 나는 삶과 완전히 얽혀서 살아간다. 나는 그 일을 저지르지 않을 것이다. 나는 아주 냉담하다. 슬프다. 셔츠가 내 목을 옥죈다. 나는 저주받았다. 나는 안개 속에서 헐떡인다.

1914년 2월 15일

되돌아보니 이번 토요일과 일요일이 어찌나 길게 느껴지는지. 어제 오후 머리를 자른 뒤 Bl. 양에게 편지를 썼다. 그 후 잠시 막스의 새 집에 갔고, 그다음에는 L. W.[83]와 함께 부모의 밤 행사에 갔다.[84] 그러고는 바움(전차 안에서 우연히 크래치히[85]를 만났다. '통증'), 그 후 돌아오는 길에 침묵하는 내게 불평하던 막스. 그리고 자살 욕구. 그다음에 여동생이 부모의 밤 행사에서 돌아왔지만 아주 사소한 것조차 전달하지 못했다. 10시까지 자지 않고 침대에 누워 있었다. 고통, 고통. 여기도, 직장에도 편지가 없었다.[86] 프란츠 요제프 역에서 시작되는 철도 구간[87]에서 Bl. 양에게 보내는 편지를 부쳤다. 오후에는 게르케[88]와 함께 몰다우 강변에서 산책했다. 그의 집에서 개최된 강연. 버터 빵을 드시며 혼자서 카드 놀이를 하는 유별난 어머니. 혼자서 두 시간 동안 돌아다닌 뒤 금요일에 베를린으로 떠나기로 마음먹었다. 콜[89]과 마주쳤고, 집에서 여동생들 부부와 함께 있은 뒤에 벨취 집에서 약혼[90]에 대해 의논했다(요이네 키슈[91]가 촛불을 껐다). 그 후에는 집에서 어머니의 동정과 도움을 끌어내기 위해 침묵을 시도함. 지금은 여동생이 클럽의 밤에 관해 얘기한다. 시계가 12시 45분을 친다.

벨취 집에서 흥분한 그의 어머니를 위로하기 위해서 나는 "저도 이 결혼으로 인해 펠릭스를 잃게 됩니다. 결혼한 친구는 친구가 아니지요."라고 말했다.[92] F.[93]는 아무 말도 하지 않았다. 그는 당연히 아무 말도 할 수 없었고, 또 단 한 차례도 말하려 들지 않았다.

1913년 5월 2일에 내 머릿속을 불안하게 만들었던 펠리체에 관한 얘기로 공책이 시작된다. 내가 불안이란 말 대신에 더 안 좋은 말을 쓰려고 들면, 이 첫 부분만 갖고도 공책을 끝낼 수 있다.

제9권(1914)

잠깐 산책하려고 집을 나선다. 날씨가 좋지만 골목은 눈에 띌 정도로 텅 비어 있다. 단지 저 멀리서 한 시공무원이 호스를 들고 서서 골목을 따라 엄청나게 휘어진 물줄기를 뿌려댄다. "엄청나군"이라고 하며 나는 물줄기가 팽팽한 정도를 검사한다. "말단 시공무원이야"라고 말하며 나는 다시 멀리 떨어져 있는 그 남자를 쳐다본다. 다음 번 교차로 모퉁이에서 남자 두 명이 펜싱을 하고 있다. 서로 맞붙었다가 멀찍이 떨어져서 기회를 엿보다가는 벌써 다시 맞붙어 있다. 내가 말했다. "제발 펜싱을 그만두시죠, 신사 분들."

———

코젤 학생이 자기 책상에 앉아서 공부하고 있었다. 그는 공부에 푹 빠져서 그새 날이 어두워진 것도 눈치채지 못했다. 안마당을 향하고 있는, 위치가 나쁜 이 방은 환한 5월에도 오후 4시경이면 이미 어두워지기 시작했다. 그것도 모른 채 그는 입술을 뾰족이 내밀고 눈을 책 깊숙이 박고는 책을 읽었다. 가끔씩 그는 읽기를 중단하고, 읽은 부분에서 짧게 발췌한 내용을 얇은 공책에 적어 넣은 다음 눈을 감고 혼자 중얼대며 쓴 것을 외웠다. 그의 창문 맞은편에서 채 5미터도 안 되는 곳에 부엌이 하나 있었는데, 그곳에서 한 아가씨가 빨래를 다리며 가끔씩 코젤 쪽을 넘겨다보았다.

갑자기 코젤은 연필을 내려놓고 천장 위로 귀를 기울였다. 보아하니 위쪽에서 누군가가 맨발로 방 안을 여러 바퀴째 돌아다니고 있었다. 걸을 때마다 매번 물속에 들어갈 때처럼 크게 철썩거리는 소리가 났다. 코젤은 머리를 흔들었다. 대략 일주일 전에 새로 세 든 사람이 이사 오면서부터 참아내야 하는 위층의 이런 어슬렁거림은, 그가 어떤 식으로든 저항하지 않으면 오늘 공부뿐만이 아니라 공부 자체가 끝장나버림을 의미했다. 정신적 노동으로 긴장된 머리가 그것을 견뎌내지 못했다.

내가 분명히 느낄 수는 있어도 인식할 수 없는 어떤 관계들이 있다. 조금 더 깊숙이 잠수하는 것만으로 충분할 것이다. 하지만 바로 이 지점에서, 내 밑으로 이동하는 물의 흐름을 느끼지 못하면 물바닥에 있다고 생각될 만큼 부력이 세진다. 어쨌든 나는 수천 번 굴절된 빛의 광선이 나를 비추는 위쪽으로 향한다. 위와 관련된 것은 무조건 싫어하면서도 올라가서 위에서 표류한다. 또 그것으로부터

———————

"감독님, 새로운 배우가 왔습니다"라고 알리는 하인의 소리가 또렷이 들렸다. 대기실로 통하는 문이 활짝 열려 있었기 때문이다. 카를은 "저는 먼저 배우가 되고자 합니다"라고 혼잣말을 하며 하인의 보고를 바로잡았다. 감독이 "그가 어디 있나?"라고 물으며 목을 쑥 뺐다.

———————

1914년 6월 21일
시골에서의 유혹.

———————

수염 모양이 바뀐 노총각

524

킨스키 궁[1] 뜰 중앙에 있는 흰 옷 입은 여인. 멀리서도 눈에 띄는 볼록 솟은 높은 가슴의 음영. 경직된 앉은 자세.

한번은 여름날 저녁 무렵에 아직 가본 적이 없는 어느 시골 마을에 오게 되었다. 길이 눈에 띄게 넓고 탁 트여 있었다. 농가 앞 도처에 키가 크고 오래된 나무들이 보였다. 비 온 뒤라 공기가 신선했고, 모든 것이 내 마음에 꼭 들었다. 나는 문 앞에 서 있는 사람들에게 인사를 하면서 그 기분을 알리려고 했고, 그들은 소극적이긴 했지만 친절하게 화답했다. 나는 여관이 보이면 여기서 하룻밤 자도 좋겠다고 생각했다.

내가 막 한 농가의 초록으로 뒤덮인 높은 담벼락을 지나갈 때, 이 벽에 붙어 있던 문이 열렸다 닫히며 세 사람의 얼굴이 얼른 내다보고는 이내 사라졌다. "이상하죠." 나는 마치 동행자가 있기라도 한 듯 옆을 향해 말했다. 그리고 당황스럽게도 모자나 상의 없이 검은 니트 조끼를 입은 한 키 큰 남자가 정말로 내 옆에 서서 파이프를 피우고 있었다. 나는 재빨리 마음을 가다듬고 그가 옆에 있다는 사실을 사전에 이미 알고 있었다는 듯이 말했다. "이 문! 당신도 이 작은 문이 열리는 것을 보셨지요." 그 남자는 "네, 하지만 그게 왜 이상한가요. 소작인의 아이들이었어요. 그 애들이 당신의 걸음 소리를 듣고 누가 이렇게 저녁 늦게 이곳을 지나가는지 살펴본 거랍니다"라고 말했다. 내가 미소를 지으면서 말했다. "물론 설명하자면 간단하지요. 이방인에게는 뭐든지 쉽게 이상해 보인답니다. 감사합니다." 그리고 나는 계속 걸어갔다. 그런데 그 남자가 나를 따라왔다. 사실 나는 그것 자체에 대해서는 놀라지 않았다. 그 남자도 나와 같은 길을 가고 있을 수도 있기 때문이다. 하지만 그렇다고 해서 우리가 나란히 말고 앞뒤로 걸어야 할 필요는 없었다. 내가 돌아서서 말했다. "이 길이 여관으로 가는 길 맞습니까?" 그 남자가 멈춰 서며 "우리에게 여관 같은 것은 없습니다. 아니 하나 있기는 한데 그곳은 지낼 만한 곳이 못 됩니다. 그 여관은 어느 교구의 소유인데 아무도 지원하지 않아서, 이미 수년 전에 이제까지 그들이 돌봐야 했던 한 나이 든 장애인에게 주어버렸답니다. 지금은 그가 아내와 함께 그 여관을 관리하고 있는데, 그곳에서 나는 악취는 문 앞을 지나치지도 못할 만큼 심하지요. 그런 더러운 여관은 사람들이 빠져나오오죠. 재정 상태도 열악할뿐더러 마을의 수치이자 교구의 수치입니다"라고 말했다. 나는 그 남자에게 반박하고 싶었다. 그의 외모가, 즉 이 누르스름하고 약간 통통한 가죽 같은 뺨, 그리고 턱이 움직일 때마다 얼굴 가득 주름이 잡히는, 엄밀히 말해서 마른 얼굴이 나를 그렇게 하도록 부추겼다. 나는 이 상황에 더 이상 놀란 내색도 하지 않고 "그렇군요"라고 한 뒤 이야기를 계속했다. "글쎄요, 그래도 일단 여기서 하룻밤 자기로 결심했으니 거기서 묵으렵니다." "그러면 당신은 여기서 여관 쪽으로 가야 합니다." 그 남자가 서둘러 말하며 내가 지나온 방향을 가리켜 보였다. "다음 모퉁이까지 가서 오른쪽으로 꺾으세요. 그러면 바로 여관 간판이 보일 겁니다. 거기입니다." 나는 알려주어 고맙다고 하면서, 지금 나를 특히나 뚫어져라 주시하고 있는 그의 곁을 다시 지나갔다. 물론 혹시 그가 내게 방향을 잘못 가르쳐주었다고 해도 어쩔 도리는 없었다. 그래도 그는, 내가 지금 자신의 옆을 할 수 없이 지나가도록 만들고 여관에 대해 하던 경고를 눈에 띌 정도로 갑작스레 멈춰서 나를 어이없게 만들지는 말아야 했다. 여관이 내게는 다르게 보일 수도 있고, 만약 더럽더라도 내 오기만 만족된다면 한 번쯤은 더러운 데서 잘 수도 있었다. 그 밖에도 내게는 달리 선택의 여지가 많지 않았다. 날은 이미 어두웠고, 국도는 비로 질퍽한 데다가 다음 마을까지 가기에는 아직 길이 멀었다.

　그 남자는 이미 내 뒤에 있었고, 나는 더 이상 그에게 신경 쓰지 않기로 결심했다. 그때 그 남자에게 말하는 여자 목소리가 들렸다. 나는 돌아섰다. 어둠 속 플라타너스 나무들 아래로 꼿꼿이 서 있는 키 큰 여자가 나타났다. 그녀는 황갈색 광택이 나는 치마에, 검고 올이 성긴 숄을 머리와 어깨에 두르고 있었다. 그녀가 그 남자에게 말했다. "제발 좀 집으로 와요. 왜 안 오는 거죠?" 그가 말했다. "벌써 가는 중이오. 잠시만 더 기다려봐요. 이 남자가 여기서 뭘 하려고 하는지만 더 보려고 하니까. 이방인이오. 여기서 괜히 불필요하게 배회하고 있단 말이오. 한 번 봐요." 그는 내가 귀가 멀었거나 아니면 그의 언어를 이해하지 못하기라도 하듯 나에 관해 말하고 있었다. 물론 이제 내게 그의 말은 중요하지 않았지만, 그가 마을에서 나에 관해 뭔가 잘못된 소문을 퍼뜨리게 된다면 그것은 물론 내게 불쾌한 일이 될 것이다. 그래서 나는 그 여자를 향해 말했다. "저는 여기서 여관을 찾고 있을 뿐입니다. 저에 대해 이런 식으로 말해 혹시라도 저에 대한 잘못된 생각을 당신에게 심어줄 권리가 당신의 남편에게는 없습니다." 하지만 그 여자는 내 쪽은 쳐다보지도 않고 남편에게 다가가서—나는 그가 그녀의 남편이라는 것을 제대로 알아차렸다. 그들 사이에는 그렇듯 거리낌 없고 자명한 관계가 형성되어 있었다—그의 어깨에 손을 얹었다. "원하는 게 있으면 제가 아니라 남편과 얘기해주세요." 이러한 대우에 화가 나서 내가 말했다. "저는 아무것도 원하지 않습니다. 저도 저에 대한 잘못된 생각 따위에는 신경 쓰지 않을 테니, 당신들도 제게서 신경 좀 꺼주시지요. 그게 저의 유일한 부탁입니다." 여자가 머리를 움찔했다. 어둠 속에서도 아직 그것만은 볼 수 있었지만 그녀의 눈 표정은 볼 수가 없었다. 보아하니 그녀가 뭔가 대답하려고 한 듯했다. 하지만 그녀의 남편이 "조용해!"라고 말하자, 그녀는 입을 다물었다.

　이제 이 만남은 끝난 것 같았다. 내가 뒤돌아서서 계속 가려고 할 때 누군가가 "신사 분" 하고 불렀다. 아마도 나를 말하는 듯했다. 처음에 나는 어디서 소리가 나는지 알지 못했지만, 다음 순간 내 머리 위로 농가 담장에 한 젊은이가 앉아 있는 것을 보았다. 그가 아래로 다리를 흔들거리고 양 무릎을 서로 부딪치며 성의 없이 내게 말했다. "방금 당신이 마을에서 하룻밤 자려고 한다고 들었는데요. 여기 농가 외에는 쓸 만한 숙소를 구할 수 있는 곳이 아무 데도 없습니다." "농가라고요?" 나는 이렇게 물으며, 대답을 구하듯이 여전히 서로 기대고 서서 나를 주시하고 있는 부부를 쳐다보았다. "그렇습니다"라고 그 젊은이가 말했다. 그의 모든 행동처럼 그의 대답에도 자만이 배어 있었다. "이곳에서 잠자리도 제공하나요?" 확실히 해둘 겸 또 그 젊은이를 집주인의 역할로 되돌리기 위해서 내가 재차 물었다. 그는 이미 내게서 눈길을 약간 돌린 채로 "네" 하고 대답했다. "여기서는 아무에게나 밤에 잠자리를 내주지 않고 특별히 잠자리를 제공받는 사람들에게만 내줍니다." "그럴 거라 생각합니다. 하지만 당연히 여관에서처럼 방값을 내겠습니다." "그러시죠." 젊은이가 말했다. 그는 이미 한참 전부터 나를 건성으로 쳐다보고 있었다. "저희는 당신에게서 부당한 이득을 취하지는 않을 겁니다." 그는 위에 주인처럼 앉아 있고, 나는 아래에 보잘것없는 하인처럼 서 있었다. 나는 돌을 던져서라도 저 위에 있는 그를 좀 더 활발하게 만들고 싶었다. 그러나 그 대신에 나는 "그러면 제게 문을 열어주시오"라고 말했다. "안 잠겨 있습니다"라고 그가 말했다.

　나는 거의 알지도 못하면서 "안 잠겨 있네"라고 되풀이해서 중얼거리며 문을 열고 들어갔다. 들어가자마자 나는 우연히 담 위를 쳐다보게 되었다. 젊은이는 더 이상 그 위에 없었다. 보아하니 그는 높은

데도 불구하고 담을 뛰어내렸거나 아마도 그 부부와 상의하고 있을 것이다. 그들이 상의한다 한들, 겨우 3굴덴 조금 넘는 현금에다 그 밖의 소지품이라고는 배낭에 든 깨끗한 셔츠 하나와 호주머니에 든 연발 권총 한 자루밖에 없는 젊은이에게 무슨 일이 일어나겠는가. 그밖에도 그들은 전혀 남의 물건을 훔치려는 사람들처럼 보이지 않았다. 하지만 그것 말고 그들이 내게서 뭘 요구할 수 있었겠는가? 그곳은 견고한 돌담 때문에 더 기대하게 만들었던 큰 농가들에 딸린 관리가 안 된 평범한 정원이었다. 길게 자란 잔디 위로 꽃이 진 벚나무들이 규칙적으로 서 있었다. 저 멀리 길게 뻗은 단층짜리 농가가 보였다. 벌써 날은 아주 어두워져 있었고, 나는 늦게 찾아온 손님이었다. 만약 담장 위의 남자가 어떤 식으로든 나를 속였더라면 나는 불유쾌한 상황에 처할 수도 있었을 것이다. 집 쪽으로 가는 동안에 아무도 만나지 못하다가, 집에서 몇 발자국 떨어진 곳에서 이미 열려 있던 첫 번째 방문을 통해서 키 큰 노인과 노파를 볼 수 있었다. 그들은 얼굴을 문 쪽으로 향하고 나란히 앉아서 그릇에서 죽 같은 것을 먹고 있었다. 어둠 속이라 나는 더 자세한 것은 식별할 수가 없었다. 다만 남자의 상의 일부에서 뭔가가 금처럼 번쩍거렸다. 아마도 단추거나 시곗줄이었을 것이다. 나는 인사를 한 다음 채 문지방을 넘기도 전에 말했다. "이 마을에서 밤에 머물 숙소를 찾고 있던 참에, 당신들 정원 담장에 앉아 있던 한 젊은이가 제게 돈을 내면 이 농가에서 묵을 수 있다고 말해주었습니다." 두 노인은 숟가락을 죽에 꽂고는 긴 의자에 기대앉아 묵묵히 나를 쳐다보았다. 그들의 태도는 그다지 손님을 환대하는 것 같지 않았다. 그 때문에 내가 덧붙였다. "제가 얻은 정보가 맞기를, 그리고 제가 당신들에게 필요 이상으로 성가시게 굴지 않았기를 바랍니다." 나는 아주 큰 소리로 그 말을 했다. 왜냐하면 어쩌면 두 노인 모두 난청일지도 모르기 때문이었다. 잠시 후 노인이 가까이 다가오라고 말했다. 단지 그가 노인이기 때문에 그의 말에 따랐다. 그렇지 않다면 당연히 그에게 내 특정 질문에 대해 확실하게 대답해달라고 고집을 부렸을 것이다. 어쨌든 내가 들어가면서 말했다. "저를 받으시는 것이 조금이라도 어려우시면 솔직하게 말씀해주십시오. 저는 절대로 강요하지 않습니다. 여관으로 가면 됩니다. 제게는 아무 상관없습니다." 노파가 나지막이 "말이 많아"라고 말했다. 그 말은 모욕을 주려는 소리로밖에 들리지 않았다. 그렇다면 그것은 나의 공손함에 대한 모욕적인 응대였다. 하지만 노파라서 맞설 수가 없었다. 그리고 바로 이 무저항 때문에 아마도 반박할 수 없는 노파의 말이 실제보다 내게 훨씬 더 많이 작용했을 것이다. 나는 모종의 꾸짖음에 대해 어떤 정당함 같은 것을 느꼈다. 사실 꼭 필요한 말만 했으니, 내가 말을 너무 많이 한 때문은 아니고 내 존재와 아주 밀착된 다른 이유들 때문이었다.

나는 더 이상 아무 말도 하지 않았고, 대답도 요구하지 않았다. 가까운 어두운 구석에 긴 의자가 있는 것을 보고 나는 그리로 가서 앉았다. 노인들이 다시 먹기 시작했다. 옆방에서 한 소녀가 나와서 불붙인 양초를 식탁 위에 세워 놓았다. 이제는 이전보다 더 잘 안 보였다. 전부 어둠 속에 모여 있었고, 작은 촛불만이 약간 숙인 노인들 머리 위로 가물거렸다. 몇몇 아이들이 정원에서 뛰어 들어왔다. 한 아이가 넘어져 울었고, 다른 아이들은 하던 달리기를 멈추고 이제 방 안에 흩어져 서 있었다. 노인이 말했다. "얘들아, 자러 가거라." 즉시 아이들이 차분해졌고, 울던 아이는 흐느끼기만 했다. 내 옆에 있던 한 사내아이가 나도 같이 가야 한다는 듯이 내 상의를 잡아당겼다. 실은 나도 자러 가려고 했다. 그래서 나는 일어서서, 크게 이구동성으로 안녕히 주무세요라고 인사하는 아이들에게 둘러싸인 유일한 어른으로서 묵묵히 방을 나왔다. 친절한 어린 소년이 내 손을 잡아주어서 어둠 속에서도 가야 할 길을 쉽게 알 수 있었다. 우리는 금방 사다리 계단을 타고 위로 올라가서 어느 바닥 위에 서 있었다. 열려 있는 작은 지붕 채광창을 통해 가느다란 달이 바로 보였다. 채광창 아래로 가서 온화하면서도 서늘한 공기를 마시고 싶었다. 내 머리가 거의 채광창 밖으로 튀어나왔다. 바닥 한쪽 벽에 짚이 쌓여 있었고, 그 자리는 내가 자기에 충분했다. 아이들—남자아이 두 명과 여자아이 세 명—이 웃어대며 옷을 벗었다. 나는 옷을 입은 채로 짚더미 위에 몸을 던졌다. 이곳에서 이방인인 내게는 거기 끼워달라고 요구할 권리가 없었다. 나는 팔꿈치를 괴고 한동안 반쯤 벌거벗고 구석에서 놀고 있는 아이들을 바라보았다. 그러고는 너무 피곤해서 머리를 배낭에 뉘고 팔을 쭉 뻗은 채 대들보를 좀 더 힐끗 보다가 잠이 들었다. 처음 잠결에 나는 한 사내아이가 "조심해, 그가 온다!"라고 외치는 소리를 듣고 있다고 생각했다. 뒤이어 나의 사라져가는 의식 속으로 잠자리로 달려가는 아이들의 바쁜 총총걸음 소리가 울려댔다. 내가 아주 잠깐만 잔 게 분명했다. 왜냐하면 내가 잠에서 깼을 때 채광창을 통해 들어오는 달빛이 별 변화 없이 바닥 위 같은 자리를 비추고 있었기 때문이었다. 나는 내가 왜 깼는지 몰랐다. 꿈도 꾸지 않고 깊은 잠을 자고 있었기 때문이었다. 그때 대략 내 옆 귀 높이쯤에 몹시 작은 털북숭이 강아지가 있는 것을 알아차렸다. 곱슬곱슬한 털로 뒤덮인 비교적 큰 머리를 달고 있는 그 역겨운 애완견들 중의 하나였다. 눈과 주둥이가 마치 뭔가 생명이 없는 뿔 같은 덩어리로 만든 장신구처럼 느슨하게 그 개의 머리에 박혀 있었다. 대도시에 살법한 저런 강아지가 어떻게 시골로 오게 됐지? 무엇 때문에 이 밤에 집 안을 이리저리 돌아다니는 거지? 나는 강아지를 쫓아버리려고 꾸짖었다. 아마도 이 강아지는 아이들의 장난감인데 내게로 잘못 온 모양이었다. 강아지는 내가 꾸짖는 소리에 놀랐지만 달아나지는 않고,

휘어진 작은 다리로 거기서 돌아서서 커다란 머리에 비해 유난히 수척한 작은 몸통을 드러냈다. 강아지가 조용히 있어서 다시 자보려고 했지만 여전히 잘 수가 없었다. 감은 눈 바로 앞 허공에서 강아지가 흔들거리며 두 눈을 바싹 갖다 대는 것을 보았기 때문이었다. 그것은 참기 힘들었다. 내 곁에 그 동물을 둘 수가 없었다. 일어나서 강아지를 밖으로 내보내려고 팔에 안았다. 그러자 이제까지 우둔하던 동물이 갑자기 저항하기 시작했고, 발톱으로 나를 움켜쥐려고 했다. 그래서 나도 그 강아지의 작은 발들을 막아야 했다. 물론 이것은 아주 쉬운 일이어서 나는 네 발을 모두 한 손에 모을 수가 있었다. 흥분해서 털이 흔들리는 아래쪽 작은 머리에다 대고 "자, 내 강아지"라고 말하며, 나는 문을 찾기 위해 강아지를 데리고 어둠 속으로 갔다. 그제야 비로소 강아지는 눈에 띄게 조용해졌다. 강아지는 짖지도 않고 날카로운 소리도 내지 않았다. 피가 혈관을 흐르며 격렬하게 요동치는 것만 느꼈다. 몹시 화가 나게도 몇 발자국 못 가서—강아지에게 온 정신을 쏟느라 부주의해서—나는 그만 자고 있는 아이들 중 한 명과 부딪혔다. 이제는 다락방도 아주 깜깜해졌고, 오로지 작은 채광창을 통해서만 여전히 빛이 조금씩 들어오고 있었다. 아이는 한숨을 쉬었고, 나는 변화로 인해 아이를 더 깨우지 않으려고 발끝 한 번 떼지 않은 채로 잠시 조용히 서 있었다. 하지만 이미 늦었다. 갑자기 나는 내 주위에서 하얀 셔츠를 입은 아이들이 약속이나 한 듯, 명령에 따르듯이 일어나는 것을 보았다. 내 잘못이 아니었다. 나는 한 아이만 깨웠고, 그것도 진짜로 깨운 게 아니라 아이들이 쉽게 잠으로 극복할 수 있는 작은 방해에 불과한 것이었다. 자, 이제 아이들은 깨어 있었다. 내가 아이들에게 물었다. "뭘 하려는 거지? 더 자거라." 한 사내아이가 내가 뭔가를 들고 있다고 말했고, 다섯 명의 아이들 모두 내게서 찾아내려 했다. 나는 그렇다고 대답했다. 숨길 것이 없었다. 만약 아이들이 그 동물을 데려가려고 하면 더 좋았다. "이 강아지를 데리고 나가는 중이란다. 나를 자게 두지 않았거든. 너희들, 누구 강아지인지 아니?" 나는 빼고 자기네들끼리 얘기하는 아이들의 당황하고 부정확하며 늦잠 잔 듯한 큰 소리에서, 나는 최소한 "크루스터 부인"이라는 말을 들었다고 생각했다. "크루스터 부인이 누구지?"라고 물어봤지만 흥분한 아이들에게서 더 이상 아무 대답도 들을 수 없었다. 한 아이가 이제 아주 조용해진 강아지를 내 팔에서 안아 들고서 서둘러 가버리자, 다른 아이들이 그 뒤를 쫓아갔다. 나는 혼자 여기 남고 싶지 않았다. 이제는 이미 졸음도 달아나버렸다. 하지만 나는 아무도 내게 큰 신뢰를 보이지 않는 이 집 일에 너무 간섭하는 것 같아 잠시 망설였다. 그러나 결국 아이들을 쫓아갔다. 내 바로 앞에서 아이들의 뚜벅뚜벅하는 발자국 소리가 들렸지만, 온통 어두운 데다 모르는 길이다 보니 자주 걸려 넘어지기도 하고, 심지어 한 번은 벽에 머리를 아프게 박기도 했다. 우리는 내가 노인들을 맨 처음 만났던 방으로 오게 됐다. 그 방은 비어 있었고, 여전히 열려 있는 문을 통해서 달빛이 비치는 정원이 보였다. 내가 스스로에게 말했다. "나가라. 따뜻하고 환한 밤이다. 계속해서 가거나 야외에서 잘 수도 있지 않은가." 하지만 나는 계속해서 달렸다. 또 모자와 지팡이, 배낭도 여전히 위쪽 다락방에 놓아둔 터였다. 아이들이 어찌나 잘 뛰던지! 내가 정확하게 본 대로라면, 아이들은 셔츠를 나부끼며 뜀뛰기 두 번으로 달빛이 비치는 방을 날듯이 통과했다. 아이들을 깨워 집 안을 한 바퀴 돌게 만들고, 또 나 스스로도 자지 않고 집 안을 떠들며 돌아다니면서도 (맨발인 아이들의 걸음 소리는 내 무거운 부츠 소리에 파묻혀 거의 들리지도 않았다), 나는 그 결과로 무슨 일이 더 생기게 될지 전혀 모르고 있었다. 나는 내가 이것으로 손님에 대한 환대가 모자라는 이 집에 걸맞은 감사 표시를 하고 있다는 생각이 들었다. 갑자기 빛으로 환해졌다. 우리 앞쪽 문이 열렸고, 활짝 열린 창문이 몇 있는 그곳 방 안에 놓인 책상 앞에 한 온화한 여인이 앉아 있었다. 그녀는 크고 아름다운 거실 등 아래에서 뭔가를 쓰고 있었다. 그녀가 놀라서 "얘들아!" 하고 소리쳤지만, 나를 아직 못 봤다. 나는 문 앞 그림자 속에 남아 있었다. 아이들이 강아지를 책상 위에 올려놓았다. 아이들이 아마도 그녀를 몹시 좋아하는 모양이었다. 아이들은 끊임없이 그녀의 주의를 끌려고 했다. 한 소녀가 그녀의 손을 잡고 쓰다듬었지만, 그녀는 그것을 그냥 내버려두었고 거의 눈치도 못 챘다. 강아지는 그녀 앞, 그녀가 이제 막 쓴 편지지 위에 서서, 전등갓 앞 가까이서 또렷하게 보이는 작은 혀를 떨어대며 그녀에게 내밀었다. 이제 아이들은 여기에 있게 해달라고 부탁하며 아양을 떨어 동의를 얻어내려고 했다. 그녀는 결정을 못 한 채 일어서서 팔을 쭉 펴 하나뿐인 침대와 딱딱한 바닥을 가리켜보였다. 아이들은 그것을 받아들이려 하지 않았고, 시험 삼아 그들이 이제 막 서 있던 바닥에 드러누웠다. 잠시 동안 모든 것이 아주 조용했다. 그 여자는 무릎 위에서 두 손을 깍지 긴 채로 미소를 띠며 아이들을 내려다보았다. 가끔씩 한 아이가 머리를 들었다가 다른 아이들이 여전히 누워 있는 것을 보고는 자신도 다시 누웠다.

———————

어느 날 저녁 평소보다 조금 늦게 직장을 나서 집으로 왔다. 한 지인이 나를 아래층 집 대문 앞에 오래 잡아두었다. 주로 신변 관련 질문이 대부분이었던 대화를 계속 떠올리며 내 방을 연 뒤 코트를 고리에 걸고 세면대로 가려고 할 때, 낯선 짧은 숨소리가 들렸다. 올려다보니 어스름 가운데 구석 깊숙이 세워둔 난로 높이에서 뭔가 살아 움직이는 것이 보였다. 노르스름하게 빛나는 두 눈이 나를 쳐다보았다. 난로 상판 위에 식별하기 어려운 얼굴을 달고 있는 둥글고 커다란 여자의 양 가슴이 얹혀 있었다. 몸 전체가 부드럽고 하얀 고기로만 쌓여 있는 것처럼 보였다. 뚱뚱하고 길쭉하며 노르스름한 꼬리가 난로 아래로 늘어뜨려져 있었고, 꼬리 끝은 계속해서 타일 틈새를 이리저리 가볍게 스치고 있었다.

내가 맨 먼저 한 일은 머리를 깊숙이 숙이고 큰 걸음으로 주인집으로 통하는 문으로 다가간 것이었다—나는 기도처럼 나지막이 바보! 멍청이!라고 반복해서 말했다—비로소 나중에 나는 내가 노크도 하지 않고 그 집으로 들어갔다는 사실을 알아차렸다. 헤프터 양

자정이었다. 다섯 명의 남자들이 나를 멈춰 세웠다. 그들 너머로 여섯 번째 남자가 나를 붙들기 위해 손을 들었다. 내가 "출발" 하고 외치고 빙빙 돌자, 다들 떨어져 나갔다. 나는 어떤 법칙 같은 것이 지배함을 느꼈다. 긴장하며 마지막 바퀴를 돌 때 나는 그들이 성공하리라는 것을 깨달았다. 이제 그자들이 다들 팔을 들어 올리며 날쌔게 돌아오는 모습을 보고, 나는 다음 순간 그들 모두가 틀림없이 한꺼번에 나를 덮칠 것임을 알 수 있었다. 나는 집 대문을 향해 몸을 돌려—나는 바로 대문 앞 가까이 서 있었다—분명 저절로, 이례적으로 신속히 갑작스레 튀어 오른 자물쇠를 열고 어두운 계단 위로 달아났다. 꼭대기층 집 문 앞에 늙은 내 어머니가 손에 초를 들고 서 계셨다. 나는 벌써 그 아래층에서부터 위쪽을 향해 "조심하세요, 조심해요. 그들이 나를 쫓아오고 있어요"라고 외쳐댔다. 어머니가 물으셨다. "도대체 누구 말이냐? 도대체 누가? 도대체 누가 널 뒤쫓는단 말이냐, 얘야?" "남자 여섯이요." 내가 숨이 차서 말했다. "그 사람들을 아니?" 어머니가 물으셨다. "아니요. 낯선 사람들이에요." 내가 말했다. "그 사람들 어떻게 생겼든?" "그들을 거의 못 봤어요. 한 남자는 얼굴 아래가 온통 검은 수염으로 덮여 있고, 다른 남자는 손가락에 커다란 반지를 끼고 있어요. 또 다른 남자는 빨간색 벨트를 매고 있

고, 또 한 남자는 바지 무릎 부분이 찢어졌고요. 또 다른 남자는 한쪽 눈만 뜨고 있고, 마지막 남자는 이빨을 드러내고 있어요." "이제 더 이상 그 생각은 하지 말고 네 방에 가서 누워 자렴. 잠자리를 준비해 놓았다." 어머니가 말씀하셨다. 어머니! 이 나이 든 여인! 이미 살아 있는 것들의 공격을 받을 일도 없는, 팔십 년째 바보 같은 말을 무의 식적으로 되풀이하며 입가에 노회한 표정을 짓고 있는 어머니. "지 금 자라고요?" 내가 소리쳤다.

1914년 7월 23일

호텔에서의 법정.[2] 마차를 타고 감. F.[3]의 얼굴. 그녀가 손을 머리로 가져가고 손으로 코를 문지르며 하품을 한다. 갑자기 몸을 벌떡 일으 키고 곰곰이 생각한 뒤 오랫동안 간직했던 적의 있는 말을 한다. Bl.[4] 양과 돌아오는 길. 호텔 방. 반대편 벽에서 반사되는 열기. 낮게 달린 방 창문을 에워싸고 있는 아치 모양의 측변 벽에서도 열기가 나온다. 더군다나 오후의 태양. 활달한 하인, 거의 동東 유대인 같아 보인다. 뜰에서 나는 소음이 마치 기계 공장 소리 같다. 나쁜 냄새들. 빈대. 빈 대를 눌러 죽이겠다는 힘든 결심을 함. 객실 청소부가 놀란다. 빈대 는 어디에도 없어요. 꼭 한 번 손님 한 분이 복도에서 한 마리를 발견 했을 뿐이지요. 부모님 댁. 드문드문 눈물을 흘리시는 어머니. 내가 성경 구절을 봉독한다. 아버지는 그것을 제대로 파악하신다. 폰 말뢰 가 오로지 나 때문에 밤길을 여행해 와서 셔츠 바람으로 앉아 있다. 그들은 내가 옳다고 시인한다. 나를 공격하는 말은 전혀 혹은 거의 없다. 죄가 없는데도 불구하고 끔찍하다. 표면적으로는 블로흐 양의 잘못. 저녁에 혼자 보리수 아래 안락의자에 앉아 있다. 복통. 슬픈 검 사관. 그가 사람들 앞에 서서 손에 든 표를 돌리고 돈을 내야 가게 한 다. 겉보기에는 온통 서투른데도 불구하고 그는 자신의 직무를 아주 제대로 수행하고 있다. 그런 지속적인 일인 경우에는 급히 이리저리 돌아다닐 수도 없고 또 사람들을 기억하려고 애써야 한다. 그런 사람들을 바라볼 때마다 매번 하게 되는 성찰들. 그가 어떻게 이 자리에 오게 되었을까, 돈은 얼마나 받을까, 내일은 어디에 있을 건가, 무엇이 그 나이의 그를 기다리고 있을까, 그는 어디 살까, 어느 구석에서 자기 전에 팔을 쭉 펼까, 만약 나도 그 일을 하게 된다면 어떤 느낌일까. 온통 복통. 엄청 시달린 끔찍한 밤. 하지만 그날 밤에 대한 기억은 거의 없다. 슈트랄라우어 다리 곁에 위치한 레스토랑 벨베데레에서 에르나⁵와 함께 자리했다. 아직도 좋게 끝나기를 그녀가 고대하는 게 아니라면 좋게 끝내려고 그렇게 행동하는 것이다. 포도주를 마셨다. 그녀 눈에 고인 눈물. 배가 그뤼나우와 슈베르타우로 출발한다. 많은 사람들. 음악. 나는 슬프지도 않은데 에르나가 나를 위로한다. 나는 단지 내 자신에 대해서 서글플 뿐인데, 거기엔 위안이 될 만한 것이 없다. 그녀가 내게 『고딕풍 방』⁶이란 책을 선물한다. 많은 얘기를 한다(나는 아무것도 모른다). 특히나 그녀가 직장에서 나이 많고 독살스러운 백발의 여자 동료에게 맞서 어떻게 자기 생각을 주장하는지에 대해. 그녀가 가장 원하는 일은 베를린을 떠나서 자기 사업을 갖는 것이다. 그녀는 조용히 있기를 좋아한다. 제브니츠에 있었을 때, 그녀는 일요일에는 자주 실컷 잤다. 그녀는 쾌활해지기도 한다. ─물 저 건너편은 마리네하우스이다. 남자 형제가 벌써 그곳에 집을 빌렸었다.

어째서 부모님⁷과 고모⁸가 내게 그렇게 윙크했었을까? 모든 것이 이미 명백한데도 어째서 F.는 호텔에 머물면서 꼼짝달싹도 하지 않았을까? 왜 그녀가 내게 전화했던 걸까? "당신을 기다려요. 하지만 화요일에 출장을 가야 해요." 내가 뭔가 하기를 기대했던 걸까? 그 무엇도 이보다 더 자연스러울 수는 없었을 것이다. 별것도 아닌 일에

대해(창가로 다가선 바이스 박사로 인해 중단됨[9])

〈1914년〉 7월 27일

　다음 날 더 이상 펠리체 부모님에게 가지 않았다. 작별 편지와 함께 라들러만 보냈다. "저를 나쁘게 기억하지는 말아주십시오"라고 쓴 정직하지 못한 아양 떠는 편지.[10] 형장에서 들리는 인사말. 슈트랄라우어 물가에서 두 번 수영 강습을 받았다. 많은 유대인들. 푸르스름한 얼굴, 건강한 체격, 격렬한 달리기. 저녁 무렵 '아스카니셔 호프' 호텔의 정원. 트라우트만스도르프식 쌀 요리를 먹었다. 포도주를 마시는 어떤 사람이 내가 어떻게 덜 익은 작은 복숭아를 칼로 자르려고 하는지 관찰하고 있다. 실패다. 부끄러워서 나는 그 나이 든 사람이 쳐다보는 가운데 복숭아를 포기하고 『플리겐데 블래터』 잡지[11]를 열 번이나 넘겨댄다. 나는 그가 시선을 돌리지 않을까 기다린다. 마침내 그를 무시한 채 온 힘을 다해 진짜 즙도 없고 비싸기만 한 복숭아를 베어 문다. 내 옆 정자에 앉아 있는 키 큰 신사는 그가 신중하게 선택한 구운 고기와 아이스박스에 들어 있는 포도주 외에는 다른 어떤 것에도 신경 쓰지 않는다. 마침내 그가 커다란 시가에 불을 붙이고, 나는 『플리겐데 블래터』 너머로 그를 관찰한다. 레르터 역 출발. 셔츠 바람의 스웨덴 남자. 은팔찌를 여러 개 차고 있는 힘세 보이는 처녀. 밤에 뷔헨에서 갈아탐. 뤼베크. 끔찍한 호텔 쉬첸하우스. 혼잡스러운 벽들. 침대 시트 아래의 더러운 세탁물. 황량한 집. 보이 한 명이 유일한 종업원이다. 방이 무서워서 나는 잠시 정원으로 가서 거기에 하르츠 탄산수 한 병을 앞에 두고 앉는다. 내 맞은편으로 맥주를 앞에 둔 곱사등을 한 남자와 담배를 피우는 마르고 빈혈기 있는 젊은이가 있다. 잠을 자긴 했는데, 큰 창문을 통해 바로 내 얼굴 위로 쏟아지는 햇살 때문에 이내 잠이 깬다. 철로 쪽으로 창문이 나 있다. 계속되는 기차 소음. 트라베 근처 카이저호프 호텔로 옮긴 뒤 찾아온 구원과 행복. 트라베뮌데로 여행 감. 해수욕장—가족 해수욕장. 해안의 광경. 오후는 모래사장에서 보냄. 맨발이라 눈에 띄게 단정치 못해 보였다. 내 옆의 미국인 같아 보이는 사람들. 점심을 먹는 대신 모든 여관과 식당들을 지나쳤다. 요양소 앞 가로수 길에서 식사를 하며 식사 중에 흘러나오는 음악을 들었다. 뤼베크에서의 부둣가 산책. 벤치 위에 앉아 있는 버림받은 슬픈 남자. 운동장 위의 인생. 조용한 광장. 문 앞 계단과 돌들 위의 모든 사람들. 아침 녘 창밖, 돛단배에서 나무를 실어 내림. 기차역에서의 W.[12] 박사. 여전히 뢰비와 닮은꼴이다. 글레셴도르프 때문에 결정을 못 내림.[13] 한자Hansa 농장에서의 식사. "얼굴 붉히는 처녀". 저녁거리를 삼. 글레셴도르프에 전화함. 마리엔뤼스트로 여행을 떠남. 비옷에 모자를 쓴 젊은 남자가 사라졌다가는 둘이 되어 비밀스럽게 다시 나타남. 차를 타고 바거뢰세에서 마리엔뤼스트로 여행 감.

〈1914년 7월〉 28일

첫인상이 절망적이다. 외딴 곳, 초라한 집, 과일과 야채도 없는 나쁜 식사, W.와 H.[14]의 다툼. 다음 날 떠나기로 결심함. 통고. 하지만 남음. 특별 강연. 듣고 함께 즐기고 판단할 수가 없다. 바이스의 즉흥 연설. 내게는 도달할 수 없는 경지. 정원 한가운데서 글을 쓰는 남자, 살찐 얼굴, 검은 눈, 기름을 발라 뒤로 매끈하게 쓸어 넘긴 긴 머리. 경직된 눈빛. 좌우로 눈을 깜빡인다. 아이들은 파리 떼처럼 무관심하게 그의 책상 주위에 앉아 있다. ―

―생각하고 관찰하고 규명하고 기억하고 말하며 더불어 사는 능력이 점점 더 떨어진다. 내가 돌처럼 굳어간다. 그것을 인정하지 않

을 수 없다. 심지어 직장에서도 더 무능력해진다. 일로 나를 구제하지 않으면 나는 끝장이다. 내가 그 사실을 그렇게 잘 알고 있다니. 내가 사람들 앞에서 숨는 것은 조용히 살아가기 위해서가 아니라 조용히 망해가기 위해서다. 에르나와 함께 전철에서부터 레르터 역까지 걸었던 길을 떠올려본다. 둘 다 아무 말도 하지 않았고, 나는 걸음 하나하나가 횡재라는 생각 외에 다른 생각은 하지도 않았다. E.[15]는 사랑스럽다. 심지어 그녀는 나를 법정에서 봤는데도 불구하고, 놀라울 정도로 나를 믿는다. 물론 이 느낌을 완전히 믿는 것은 아니지만, 가끔씩 나에 대한 이러한 믿음의 영향력을 느끼게 된다. 베를린에서 돌아오던 중 칸막이 객실에서 만난 스위스 여자에게서 수개월만에 처음으로 사람을 대할 때 내 안에 존재하는 삶 같은 것을 느꼈다. 그녀는 G. W.[16]를 상기시켰다. 한번은 그녀가 "얘들아!" 하고 외쳤다. 그녀에게는 두통이 있었다. 피가 그녀를 그렇게 괴롭혔다. 관리를 잘못한 못생긴 작은 몸매, 파리의 백화점에서 산 세련되지 못한 싼 옷. 얼굴에 난 주근깨. 하지만 발이 작아서 힘들 텐데도 잘 가누는 몸, 둥글고 단단한 뺨. 결코 사라지지 않을 생생한 장면.

내 옆에 살던 유대인 부부. 젊은 사람들인데, 둘 다 수줍고 겸손하며 커다란 매부리코에 몸이 날씬했다. 그는 눈이 약간 사시고 창백했으며, 땅딸막하고 어깨가 벌어져 있었다. 밤에 그는 약간씩 기침을 했다. 그들은 자주 앞뒤로 걸어갔다. 그들 방에 있는, 던져서 부서져버린 침대를 봄. ─덴마크 부부. 남편은 자주 재킷 정장을 하고 있고, 아내는 약해 보이지만 곱지는 않은 갈색으로 그을린 얼굴을 하고 있다. 그들은 서로 말도 잘하지 않고, 때때로 마치 조각된 보석을 바라보듯이 얼굴을 비스듬히 한 채 나란히 앉아 있다. ─잘생긴 뻔뻔한 청년. 그가 줄담배를 피우며, 건방지고 도전적이고 경탄하면서도 조

롱하고 경멸하듯이 H.를 쳐다본다. 이 모든 것이 시선 하나에 다 담겨 있다. 이따금 그는 그녀를 거들떠보지도 않는다. 말없이 그는 그녀에게 담배를 요구하고, 다음번에는 멀리서 그녀에게 담배 한 대를 권한다. 찢어진 바지를 입고 있다. 그를 때려서 혼내주려면 이번 여름에 해야 한다. 다음번 여름에는 이미 그가 남을 때리게 될 것이기 때문이다. 그는 거의 모든 객실 청소 담당 아가씨들의 팔을 쓰다듬는다. 겸허한 것도 아니고 그렇다고 당황한 것도 아니면서 마치 당장은 아이 같은 자신의 모습을 생각해서 훗날보다 모든 면에서 더 과감히 시도할 수 있는 소위처럼. 그가 밥을 먹으면서 인형 머리를 칼로 베려는 듯이 위협한다. —랑시에.[17] 네 쌍의 부부. 등이 켜 있고 축음기 음악이 흘러나오는 커다란 홀. 매번 한 동작이 끝나면 춤추는 자들 중 한 명이 서둘러 축음기로 가 새 판을 올려놓는다. 특히 남자들이 정확하게 경쾌하면서도 진지하게 춤을 췄다. 뺨이 붉은 유쾌하고 사교적인 남자. 불룩하고 빳빳한 셔츠가 그의 넓고 높은 가슴을 더 높아 보이게 했다. —모든 사람들의 상관인 근심 없는 창백한 남자가 그들 모두와 농담을 주고받으며 주간지 『미래』[18]를 읽고 있었다. 배에 달린 부착물. 헐렁거리는 밝은색 옷. 그는 여러 나라 말을 했다. —힘든 호흡과 아이들의 작은 배에서 알 수 있듯이 갑상선종에 걸려 씩씩거리며 말하는 어떤 가족의 체구 큰 아버지가, 과시하듯 자기 아내(그는 아내와 매우 정중하게 춤을 췄다)와 함께 아이들 식탁에 앉아 있었다. 그의 가족까지 합하면 물론 그가 아이들 식탁을 가장 많이 차지하고 있었다. —매사에 정확하고 말쑥하며 신뢰를 주는 한 남자가 피아노를 쳤다. 그의 얼굴은 순전히 진지함과 겸손함, 남성다움 때문에 거의 불쾌해 보이기까지 했다. —각진 얼굴에 칼자국이 있는 굉장히 큰 독일 남자. 말할 때 그의 삐죽이 튀어나온 양 입술이 평화롭게 포개졌다. 그의 부인. 북유럽적이며 강하면서도 호의적인 얼굴. 강조된 아름다운 걸음걸이. 강조하듯 자유롭게 흔들어대는 허리. ―반짝이는 눈을 한 뤼베크 출신의 여자. 세 명의 아이들. 그중 게오르크는 나비처럼 무작정 완전 낯선 사람들 사이에 자리를 잡는다. 그러고는 어린아이답게 수다스레 뭔가 무의미한 것을 묻는다. 우리는 앉아서 예를 들면 『투쟁』[19]을 수정하고 있다. 갑자기 게오르크가 나타나서 자연스럽게, 확신에 찬 큰 목소리로 다른 아이들이 어디로 뛰어갔는지 묻는다. ―뻣뻣한 나이 든 신사. 고상한 북유럽적인 길쭉한 얼굴이 그 나이가 되면 어떻게 변하는지를 보여준다. 얼굴이 망가져서 젊고 멋진 길쭉한 얼굴이 다시 여기서 돌아다니지 않으면 알아보기가 힘들다.

〈1914년〉 7월 29일

두 명의 친구. 한 친구는 금발머리에 리하르트 슈트라우스를 닮았고, 미소를 띠고 있으며, 내성적이고 민첩하다. 그리고 다른 한 친구는 머리색이 어둡고, 정장을 하고, 부드럽고 흔들림이 없으며, 너무나 몸이 유연하고 혀 짧은 소리를 낸다. 두 사람은 즐기며 연신 포도주와 커피, 맥주, 소주를 마시고 줄담배를 피운다. 한 친구가 다른 친구에게 따른다. 내 방 맞은편에 있는 그들 방은 프랑스 서적으로 꽉차 있다. 날씨가 좋으면 그들은 눅눅한 서재에서 많은 글을 쓴다.[20]

―――――――――

부유한 상인의 아들 요제프 K는 어느 날 저녁 자신의 아버지와 크게 다툰 후 너무 불안하고 피곤한 상태에서 별 의도 없이 상인협회 건물로 갔다. 그 건물은 항구 근처 사방이 트인 곳에 있었다. 문지기가 깊이 숙여 인사했다. 요제프는 인사를 건네지도 않고 그를 힐끗 쳐다보았다. 요제프는 "이렇게 잠자코 남의 밑에서 일하는 사람들은 남들이 기대하는 일들을 전부 해낸다"라고 생각했다. "그가 나를 부적절한 눈초리로 주시하고 있는 것 같다. 정말 그렇게 한다." 그리고 요제프는 인사도 하지 않은 채 재차 문지기를 향해 고개를 돌렸다. 문지기는 길 쪽으로 돌아서서 구름 덮인 하늘을 올려다보았다.[21]

나는 완전히 어찌할 바를 몰랐다. 좀 전만 해도 나는 무엇을 해야 할지 잘 알고 있었다. 사장이 손을 뻗어 나를 회사 문 쪽으로 밀어냈다. 두 개의 경사진 책상 뒤로 내 동료들, 자칭 친구라는 자들이 얼굴 표정을 숨기기 위해 잿빛이 된 얼굴을 어둠 속으로 숙인 채 서 있었다. "나가!" 사장이 소리쳤다. "도둑놈! 나가! 내가 말하지 않나. 나가라고!" 내가 백 번째로 외쳤다. "사실이 아니에요. 저는 훔치지 않았어요! 착각이 아니면 모함입니다! 제게 손대지 마세요! 당신을 고소할 겁니다! 아직 법정이 남아 있다고요! 저는 가지 않겠어요! 5년 간이나 아들처럼 당신에게 봉사했는데, 이제 도둑 취급을 받다니요. 저는 훔치지 않았어요. 훔치지 않았다고요. 제발 제 말 좀 들어주세요. 저는 훔치지 않았다니까요." 사장이 말했다. "더 이상 한마디도 하지 말게. 가게!" 우리는 이미 유리문 옆에 와 있었다. 미리 달려 나간 견습생이 서둘러 문을 열었다. 변두리 길인데도 밀려드는 소음이 내게 사실을 받아들이게 했다. 나는 팔꿈치를 허리에 대고 문에 서서 숨 가쁜 상태에서도 가능한 한 침착하게 "제 모자요"라는 말만 했다. 사장은 "모자 가져가게"라고 말하고는, 몇 발짝 뒤로 가서 경사진 책상을 훌쩍 뛰어넘은 점원 그라스만에게서 모자를 받아 들었다. 그러고는 모자를 내게로 던지려고 했는데 그만 방향을 잘못 잡았다. 그가 힘껏 던지자, 모자는 내 곁을 지나 차도 위로 날아갔다. 나는 "그 모자는 이제 그들 겁니다"라고 말한 뒤 길로 나갔다. 그런데 이제 어찌해야 할지 몰랐다. 내가 훔쳤다. 저녁에 소피와 극장에 가려고 가게 금고에서 5굴덴짜리 지폐를 꺼냈었다. 소피는 전혀 극장에 가려고 하

지도 않았다. 사흘 뒤가 봉급날이어서, 그때면 내 돈을 가질 수 있었을 텐데. 게다가 나는 말도 안 되는 도둑질을 했다. 대낮에, 그것도 사무실 유리창 옆에서. 사무실 창 뒤에 앉아 있던 사장이 나를 보았다. "도둑놈!" 그가 소리치며 사무실에서 뛰어나왔다. "저는 훔치지 않았어요"가 내 입에서 나온 첫 번째 말이었다. 하지만 5굴덴짜리 지폐가 내 손에 있었고, 금고는 열려 있었다.

─────────

⟨1914년 7월⟩ 30일
  남의 회사에서 일하는 데 지쳐서 나만의 작은 회사를 열었었다. 내게 자금이 조금밖에 없었고, 또 거의 모든 것을 현금으로 지불해야 했었기 때문에

─────────

  나는 조언을 구했다. 나는 고집이 세지 않았다. 아무것도 모른 채 내게 뭔가를 조언해주는 누군가에게 경련으로 경직된 얼굴과 열에 들뜬 뺨을 하고서 조용히 웃어 보인 것은 고집 때문이 아니었다. 그것은 긴장했고, 받아들일 자세가 되어 있었으며, 지나치게 고집이 없었기 때문이었다.

─────────

  '진보'라는 보험회사의 사장은 항상 자신의 직원들에게 극도로 불만이다. 물론 어느 사장이든 자신의 직원들에게 만족하지 못한다. 사장 쪽에서는 단순히 명령을 하고 직원 쪽에서는 단순히 복종을 하는 것만으로 해소되기에는, 직원들과 사장들 간의 격차가 너무나 크다. 쌍방의 적대감이 비로소 조정을 야기하고 모든 사업을 원만하게 만든다.

─────────

  진보 보험회사의 사장인 반츠는 자신의 책상 앞에 서 있는, 이 회

사 사환 직에 지원한 남자를 의심쩍게 쳐다본다. 가끔씩 그는 자기 앞 책상 위에 놓인 그 남자의 서류들을 읽었다. 그가 말했다. "키가 커 보이는군요. 그런데 그 밖에 무슨 일을 하나요? 우리 회사에서 사환 은 우표에 침 바르는 것 이상의 일을 할 수 있어야 합니다. 바로 그런 일이라면 할 필요가 없습니다. 우리 회사에서 그러한 일들은 자동으로 처리되니까요. 우리 회사에서 사환은 반 공무원이지요. 그들은 책 임감을 요하는 일을 수행해야 합니다. 자신이 그 일에 적합하다고 생 각합니까? 두상이 특이하군요. 이마가 쑥 들어갔어요. 독특해요! 마 지막 직장이 어디였습니까? 뭐라고요? 일 년 전부터 아무 일도 안했 다고요? 왜죠? 폐렴 때문에요? 그런가요? 자, 그것은 그다지 바람직 하지 못하군요. 뭐라고요? 당연히 우리는 건강한 사람들만 채용할 수 있습니다. 채용되기 전에 먼저 의사의 진찰을 받아야 합니다. 벌 써 건강하다고요? 물론이죠, 그렇겠지요. 좀 더 크게 얘기해주었으 면! 당신의 소곤거리는 소리가 내 신경을 예민하게 만드는군요. 여 기 보니 당신은 결혼도 했고, 아이가 넷이군요. 그런데도 일 년 전부 터 아무 일도 안했다니! 야, 이런! 부인이 세탁부라고요? 그렇군요! 글쎄 뭐. 일단 이미 여기 왔으니 즉시 의사의 진찰을 받아보도록 하 세요. 사환이 당신을 데리고 들어갈 것입니다. 의사의 소견이 유리하 게 나온다 하더라도, 그것을 보고 당신이 고용된다고 미루어 판단해 서는 안 됩니다. 절대 아닙니다. 어쨌든 당신은 서면 통고를 받게 됩 니다. 숨기지 않고 바로 말씀드리자면, 당신은 내 마음에 전혀 들지 않습니다. 우리는 전혀 다른 사환이 필요합니다. 하지만 좌우간 진찰 은 받도록 하십시오. 자, 가십시오, 가세요. 여기서 부탁해도 소용이 없습니다. 내게는 자비를 베풀 권한이 없습니다. 무슨 일이든지 하시 겠다고요. 물론이죠. 누구나 그렇게 하려고 하지요. 그것은 특이 사 항이 아닙니다. 그것은 단지 당신이 자신을 얼마나 낮게 평가하는지를 보여줄 뿐이지요. 자, 이제 마지막으로 말씀드립니다. 가시고 나를 더 이상 오래 붙들지 마세요. 정말이지 이것으로 충분합니다." 그 남자가 사환에게 끌려 나가기 전에 반츠는 손으로 책상을 내려치지 않을 수 없었다.

나는 말 위에 올라타고 안장 위에 단단히 앉았다. 하녀가 대문에서 부터 나를 향해 달려와, 아내가 급한 일로 나와 얘기하기를 원하며, 그녀가 아직 옷을 다 입지 못해서 잠시만 기다려달란다고 전했다. 나는 고개를 끄덕인 뒤, 때때로 앞발을 가볍게 들어 올려 조금씩 위로 오르는 말 위에 조용히 앉아 있었다. 우리는 마을 끝에 살았다. 내 앞 쪽으로 벌써 해가 내리쬐는 국도가 언덕 위까지 쭉 뻗어 있었다. 서둘러 마을 쪽으로 내려오려고 이제 막 작은 마차 한 대가 다른 쪽에서부터 천천히 그 언덕을 올라왔다. 마부는 채찍을 휘두르고 있었고, 어둡고 먼지로 뒤덮인 마차 안에는 시골풍의 노란 원피스를 입은 여인이 앉아 있었다.

그 마차가 우리 집 앞에 멈추었지만, 나는 전혀 놀라지 않았다.

서류묶음

1914년 8월 21일

그러한 희망을 갖고 쓰기 시작했는데, 오늘 세 이야기 모두 나를 제일 심하게 내동댕이쳤다.¹ 아무래도 늘 『소송』을 쓴 다음에 러시아 이야기를 쓰는 게 맞을 것 같다. 명백히 기계적인 상상에만 의존하는 이런 바보 같은 희망을 안고서 다시 『소송』을 쓰기 시작한다. ─아주 쓸데없는 일은 아니었다.

〈1914년〉 8월 29일

한 장章의 끝부분을 쓰다가 실패했다. 나는 멋지게 시작된 다른 장도 더 이상 전혀 전개시키지 못할 것이다. 아니, 오히려 확실히 그 정도로 멋지게 전개시키지 못할 것이다. 그 당시 밤에는 확실히 성공시켰을지 모르는데 말이다. 하지만 나 자신을 저버려서는 안 된다. 나는 완전 혼자다.

〈1914년 8월〉 30일

춥고 공허하다. 완전히 빠져 있지 않으면 의심할 여지도 없이 아주 좁게 제한되어버리는 내 능력의 한계를 나는 너무나 잘 알고 있다. 또 내 생각에, 나는 빠져 있는 상태에서조차도 이 좁은 한계 속으로만 끌려 들어가고, 그 속으로 끌려가기 때문에 그 한계를 느끼지도 못한다. 그럼에도 불구하고 이 한계 속에도 살 공간은 존재한다. 이 공간을 위해서 나는 그 한계를 거의 경멸에 이를 정도로까지 확실하게 이용할 것이다.

———————

밤 2시 45분이다. 건너편에서 아이가 운다.[2] 갑자기 그 방에 있던 한 남자가 말을 하기 시작한다. 마치 그가 내 방 창문 앞에 있기라도 하듯 그의 말소리가 아주 가깝게 들린다. "더 오래 이 소리를 듣고 있느니 차라리 창문에서 뛰어내려버리겠어." 그 남자는 여전히 뭔가 신경질적인 말을 내뱉어대고 있고, 그의 아내는 잠자코 쉿 소리만 내며 아이를 다시 잠들게 하려고 애를 쓴다.

〈1914년〉 9월 1일
완전 속수무책으로 겨우 두 쪽을 썼다. 잘 잤는데도 불구하고 오늘 몹시 제자리걸음을 했다. 하지만 나는 이미 내 나머지 생활 방식으로 인해 기가 눌려버린 글쓰기라는 가장 밑바닥 고통을 넘어서서 나를 기다리고 있을지도 모를 더 큰 자유로 나아가자면 굴복해서는 안 된다는 것을 잘 알고 있다. 눈치챘듯이 오래된 무딘 감각은 아직도 내게서 완전히 떠나지 않았고, 아마도 냉담함은 결코 내게서 사라지지 않을 것이다. 내가 어떠한 굴욕에도 놀라서 주춤하지 않는다는 사실은 희망적이기도 하지만, 이와 마찬가지로 희망의 상실을 의미할 수도 있다.

〈1914년〉 9월 13일
또다시 간신히 두 쪽을 썼다. 처음에 나는 오스트리아 패전에 대한 슬픔과 미래에 대한 불안(엄밀히 말해서 내게 터무니없는 동시에 불명예스럽게 여겨지는 불안)이 전체적으로 나의 글쓰기를 방해할 것이라고 생각했었다. 하지만 아니었다. 그것은 바로 끊임없이 나타났다가 재차 극복될 수밖에 없는 몽롱함 때문이었다. 슬픔 자체를 위한 시간은 글 쓰는 시간 외에도 충분하다. 전쟁과 관련된 생각들이 괴로울 정도로 커져서, 예전에 F.[3] 때문에 했던 근심과 비슷하게 사방에서 나를 괴롭힌다. 나는 근심을 안고 살아갈 능력은 없이 근심 때문에 파멸하도록 만들어졌나 보다. 내가 충분히 나약해지면—그것은 그리 오래 걸리지 않을 것이다—아주 작은 근심도 나를 산산조각 내기에 충분할 것이다. 물론 이러한 전망 가운데서도 불행을 최대한 오래 지연시킬 수 있는 가능성 역시 발견된다. 물론 당시 나는 비교적 조금만 약해져 있던 천성의 온 힘을 다해서 펠리체에 대한 근심으로부터 약간 멀어질 수 있었다. 그런데 그 당시에는 처음만 글을 쓰는 데 큰 도움을 받았지만, 이제는 더 이상 내게서 그 도움을 빼앗기고 싶지 않다.

1914년 10월 7일

소설[4]을 진척시키기 위해서 일주일 휴가를 냈었다. 오늘까지도—오늘은 수요일 밤이고, 월요일이면 휴가가 끝난다—성공 못했다. 조금밖에 못 쓴 데다 빈약하기 짝이 없다. 물론 나는 이미 지난주에 하강기에 접어들었었다. 하지만 이렇게 나빠지리라고는 미처 생각도 못했었다. 이 3일이 벌써 내가 직장을 떠나서는 살 수 없다는 데 대한 답을 주는 것일까?

〈1914년 10월〉 15일

14일 동안 어느 정도 일도 잘할 수 있었고, 내 상황도 완전히 파악하게 되었다. 목요일인 오늘 (월요일이면 휴가가 끝나서 나는 한 주 더 휴가를 냈다) Bl.[5] 양에게서 편지가 왔다. 그 편지를 어찌해야 좋을지 모르겠다. 내가 독신으로 남아야 할 운명이라는 것은 알고 있다(내가 독신으로 산다는 보장도 없지만 살게 된다면). 내가 F.를 사랑하는 건지도 잘 모르겠다(그녀가 엄격한 시선을 내리깔고서 춤을 추거나 아스카니셔 호프 호텔을 막 떠나기 직전에 코와 머리로 손을 가져가던 모습을 바라볼 때 내가 느꼈던 혐오감, 그리고 완벽하게 낯설었던 수많은 순간들을 생각 중이다). 하지만 이 모든 것에도 불구하고 또다시 끝없는 유혹이 생긴다. (물론 이미 일주일 내내 지속되는 심한 두통에도 불구하고) 일할 수 있다고 느끼면서도, 일은 중지한 채 저녁 내내 이 편지로 시간을 보냈다. Bl. 양에게 썼던 편지를 기억을 더듬어 더 적어본다.

"그레테 양, 제가 당신의 편지를 하필이면 오늘 받게 된 것은 아주 기이한 우연의 일치입니다. 무엇과 일치했는지는 언급하지 않으렵니다. 그것은 단지 저, 그리고 오늘 밤 3시경에 제가 침대에 누웠을 때 했던 생각들(자살, 많은 지시사항이 담긴 막스에게 보내는 편지)과 관련된 것입니다.

당신의 편지는 저를 몹시 놀라게 합니다. 당신이 제게 편지를 쓴다는 사실 자체가 놀라운 것이 아닙니다. 왜 당신이라고 제게 편지를 쓰면 안 되겠습니까? 당신은 제가 당신을 싫어한다고 쓰고 있지만, 그것은 사실이 아닙니다. 당신이 모든 사람을 미워한다고 해도 저는 당신을 미워하지 않습니다. 또한 단순히 미워할 권리가 없기 때문에 그런 것도 아닙니다. 물론 당신은 아스카니셔 호프 호텔에서 재판관 자격으로 제 위에 앉아 있었습니다. 그것은 당신과 저를 포함한 모두에게 거북한 일이었지요. 하지만 단지 그렇게 보일 뿐이었습니다. 사실은 제가 당신 자리에 앉아 있었던 것이고, 여전히 오늘까지도 그 자리에 있습니다.

당신은 F.에 대해 완전히 잘못 생각하고 있습니다. 세세한 사항을 끄집어내려고 이 말을 하는 것이 아닙니다. 저는 세세한 사항들은 생각지도 않습니다—그리고 제 상상력이 이미 여러 차례 이러한 견지에서 이리저리 왔다 갔다 했기에, 저는 그것을 신뢰합니다—제 말은, 당신이 잘못 생각하고 있지 않다고 저를 납득시킬 만한 세세한 사항들을 제가 생각할 수 없다는 것입니다. 당신이 암시하는 것은 전혀 있을 수 없는 일입니다. F.가 어떤 말도 안 되는 이유로 오해해야 한다면, 그것은 생각만으로도 저를 불행하게 만듭니다. 하지만 그런 일은 있을 수도 없습니다.

저는 늘 당신의 관심을 당신 자신은 고려하지도 않는 진실한 것으로 여겼습니다. 지난번에 편지를 쓴 것도 당신에게는 쉬운 일이 아니었을 것입니다. 그 점에 대해 진심으로 감사드립니다."

이것으로 무엇이 끝난 거지? 편지가 고집스러워 보인다. 하지만 이것은 단지 내가 부끄러웠고 그것을 경솔하다고 여겼으며 또 순순히 뜻에 따르기를 두려워한 때문이지, 내가 그것을 원치 않아서가 아니었다. 게다가 나는 달리 원하는 것도 없었다. 그녀가 답장을 쓰지 않는 것이 우리 둘 모두에게 가장 최선일 것이다. 하지만 그녀는 답장을 보낼 것이고, 나는 그녀의 대답을 기다릴 것이다.

—번째 휴가 날. 밤 3시 반. 거의 아무것도
—읽지 못했고, 별로라고 생각했다. 두 가지 면에서
—실패했다. 내 앞에 직장과 망해가는 공장의
—이 있다. 그러나 나는
—완전히 마음의 평정을 잃었다. 그리고 나의 가장 강력한 지지대는
—어제 연결하려는 모든 시도를 거부했음에도 불구하고
—하게도 F.에 대한 생각이다.[6] 이제까지 나는 두 달째 (에르나와 주고받은 편지들을 제외하고는) F.와 어떤 실제적인 관계없이 조용히 살아왔고, 마치 다시는 살아 돌아올 수 없는 죽은 사람인 것처럼 그녀

를 마음속에 그려왔다. 그런데 지금 F.에게 다가갈 수 있는 가능성이 주어지자, 그녀가 다시 모든 것의 중심이 되어버렸다. 분명 그녀는 내 일도 방해하고 있다. 최근에 가끔씩 내가 F.에 대한 생각을 했을 때, 어째서 내가 그 언젠가 알았던 사람들 중에 그녀가 가장 낯선 사람처럼 여겨졌을까. 그때 물론 나는 이 모든 낯선 느낌이 F.가 다른 그 누구보다도 내게 더 가깝게 다가왔기 때문이거나 아니면 최소한 다른 사람들이 나를 그녀와 이렇게 가깝게 만들었기 때문이라고 스스로에게 말했다.

———————

일기를 조금 죽 훑어보았다. 그런 삶이 어떻게 구성되는지 예감할 수 있었다.

〈1914년 10월〉21일

4일 전부터 아무 일도 못했다. 항상 한 시간씩 단 몇 줄. 하지만 잠은 더 잘 잤고 그 때문에 두통도 거의 사라졌다. Bl.에게서 아무런 답장도 없다. 내일이 마지막 기회다.

〈1914년 10월〉25일

일이 거의 완전히 정체된 상태로 있다. 써내려가는 글도 독창적이지 못하고 이전에 좋았던 글들을 반영하고 있는 것처럼 보인다. Bl.에게서 답장이 왔다. 나는 회답 때문에 완전히 망설이고 있다. 생각이 너무 조야해서 전혀 답장을 쓸 수 없다. 어제의 슬픔.

오틀라가 계단까지 나를 따라와서 그림엽서에 대해서 얘기하고,—

내게서 어떤 대답이든 들으려고 했을 때—

아무 말도 할 수 없었다. 슬픔으로 완전히 무력해져서—

나는 어깨로만 표시했다.—

개별 장점들에도 불구하고 피크[7]의 이야기의, W가—

오늘 신문에 실린 푹스의 시詩[8]의[9]

1914년 11월 1일

어제 오랜 시간 끝에 아주 적은 분량이나마 제법 진척을 볼 수 있었다. 하지만 오늘은 다시 거의 아무것도 쓰지 못했다. 휴가가 시작되고 14일을 거의 완전히 잃어버린 셈이다. —오늘은 부분적으로 날씨가 좋은 일요일이다. 호텍 공원에서 도스토옙스키의 변론서를 읽었다. 성城과 군사령부의 보초. 툰 궁전의 분수. —하루 종일 몹시 만족스럽다. 그래서 그런지 이제 글을 쓰려니 전혀 마음대로 잘 안 된다. 그런데 사실 그것은 마음대로 잘 안 되는 것이 아니다. 내게는 주어진 과제와 그 과제에 이르는 길이 보인다. 뭔가 약한 장애물만 뚫고 나가면 되는데 그것을 할 수가 없다. —F.에 대한 생각으로 시간만 보낸다.

1914년 11월 3일

오후에 에르나에게 보내는 편지를 썼고, 피크의 『눈 먼 손님』이라는 이야기를 다 훑어보고 나서 개선 사항을 적어두었다. 스트린드베리를 조금 읽었다. 그다음에는 자지 않았다. 9시 반에 집에 있었고, 두통이 시작되자 겁이 나서 10시에 다시 돌아왔다. 그러고는 또 간밤에 잠을 아주 조금만 자서 더 이상 아무 일도 하지 않았다. 부분적으로는 어제 쓴 괜찮은 대목을 망치는 게 두려웠기 때문이기도 했다. 8월 들어 아무것도 안 쓴 네 번째 날이다. 편지 탓이다. 편지를 아예 쓰지 않거나 아주 짧게만 쓰도록 노력할 것이다. 내가 지금 얼마나 매여 있고, 또 그것은 얼마나 나를 휘두르는지! 어제 저녁 잠[10]이 쓴 글 몇 줄을 읽었을 때 느꼈던 무한한 행복감. 그의 글을 읽은 것 외에는 나는 그와 전혀 관계가 없다. 하지만 친한 시인을 방문한 내용을 담은 그의 프랑스어는 내게 그처럼 큰 영향을 미쳤다.

그 때문에 노력할 필요도 거의 없었다. 하지만 감사관도 항상 이번에는 내 부실 경영을 꼭 밝혀내고야 말겠다는 표정을 지으며 역으로 들어섰다. 그는 항상 오두막 문을 무릎으로 쳐서 열고 나를 바라보았다. 내 장부를 펼치기가 무섭게 그는 실수를 하나 발견했다. 그가 보는 앞에서 한 번 더 계산해서, 내가 아니라 그가 실수했다는 것을 증명해 보이기까지는 오랜 시간이 걸렸다. 그는 항상 내 수입에 불만을 표시하고는 탁, 하고 소리를 내며 장부를 닫고서 다시 나를 날카롭게 쳐다보았다. 그는 매번 "우리는 열차를 정지시켜야 할 겁니다"라고 말했고, 나는 습관적으로 "그렇게 되겠지요"라고 대답했다.

조사가 끝나면 우리 관계는 돌변했다. 항상 나는 소주와 가능하면 뭔가 맛있는 음식을 미리 준비해두었다. 우리는 건배했고, 그는 참을 수 있을 만한 목소리로 노래를 불렀다. 그런데 그는 항상 단 두 곡의 노래만 불렀다. 한 곡은 슬픈 곡으로, '애야, 숲 속 어디로 가니?'라는 가사로 시작되었고, 두 번째 곡은 경쾌한 곡으로 '유쾌한 동무들, 나는 자네들의 일원이네!'로 시작되었다. 내가 그를 어떤 기분으로 만드느냐에 따라서 나는 내 월급의 일부를 나눠 받았다. 나는 그런 유흥 시간의 초반부에만 어떤 의도를 갖고 그를 관찰하였다. 나중에 우리는 완전히 의기투합해서 스스럼없이 집행부를 욕했고, 나는 그에게서 은밀히 귓속말로 그가 내 출세를 위해 영향력을 행사하려고 한다는 약속을 받았다. 그리고 마침내 우리는 서로 얼싸안은 채 같이 간이침대 위로 쓰러졌고, 수차례 자그마치 열 시간 동안이나 포옹을 풀지 않았다. 다음 날 그는 다시 내 상관이 되어 여행을 떠났다. 나는 열차 앞에 서서 거수경례를 하였다. 열차에 탈 때 대개 그는 한 번 더 내게로 몸을 돌려 다음과 같이 말했다. "그럼 친구, 한 달 후에 다시 보게나. 무엇이 자네한테 중요한 건지 알고 있겠지." 나는 여전히 힘겹게 내 쪽을 향해 있는 그의 부은 얼굴을 보고 있다. 전부 얼굴에서 튀어나와 있다. 뺨, 코, 입술이.

이것이 내게는 한 달에 단 한 번 느슨해질 수 있는 큰 기분 전환이었다. 실수로 소주라도 남아 있는 날이면 나는 감사관이 떠나자마자 바로 다 마셔버렸다. 대개 나는 소주가 소리를 내며 벌써 내 목구멍을 타고 넘어가는 찰나에도 여전히 열차의 출발신호를 듣고 있었다. 그런 밤에 대한 갈망은 겁이 날 정도였다. 마치 자신의 머리와 목을 내 입에서 내밀고는 뭔가 마실 것을 달라고 아우성치는 또 다른 누군가가 내 안에 있기라도 한 것 같았다. 감사관은 잘 챙겨 다녔다. 그는 열차를 탈 때 항상 마실 것을 많이 들고 다녔지만, 나는 그가 남긴 것으로 만족해야 했다.

하지만 그런 다음에는 나는 한 달 내내 술을 입에 대지도 않았고 담배도 피우지 않았다. 나는 내 일만 했고, 다른 것은 아무것도 원하지 않았다. 이미 얘기했듯이 결코 일이 많은 것은 아니었지만 나는 그 일을 철저하게 했다. 예를 들면, 내게는 매일 역에서 오른쪽, 왼쪽으로 1킬로미터 구간의 선로를 청소하고 조사할 책임이 있었다. 하지만 나는 이 임무에만 집착하지 않고 자주 훨씬 더 멀리, 간신히 역이 보이는 먼 곳까지 나갔다. 날씨가 좋을 때는 5킬로미터나 떨어진 곳에서도 역을 볼 수 있었다. 지대는 아주 평평했다. 저 멀리 오두막이 겨우 눈앞에 가물거릴 정도로 멀찌감치 떨어져 있을 때면, 나는 때때로 착시 현상으로 인해 수많은 검은 점들이 오두막을 향해 움직이는 것을 보았다. 그것은 무더기, 한 떼거리였다. 하지만 이따금 진짜로 누군가가 왔고, 그러면 나는 곡괭이를 흔들어대며 기나긴 전 구간을 달려서 되돌아왔다.

저녁 무렵 일이 끝나면 나는 오두막으로 완전히 되돌아갔다. 통상적으로 이 시간대에는 손님이 오지 않았다. 왜냐하면 마을로 돌아오는 밤길이 아주 안전하지만은 않았기 때문이다. 근방에는 각양각색의 불량배들이 배회했다. 하지만 그들은 주민들은 아니었다. 그들은 매번 바뀌었는데, 물론 또 오는 사람들도 있었다. 나는 불량배들을 대부분 볼 수 있었다. 한적한 역이 그들을 유혹했다. 그들은 진짜 위험한 자들은 아니었지만, 엄격하게 다룰 필요가 있었다.

그들이 긴 늦은 저녁 시간에 나를 방해하는 유일한 자들이었다. 그렇지 않으면 나는 간이침대에 누워 지나간 일들과 열차에 대해서는 생각도 하지 않았다. 다음 열차는 저녁 10시와 11시 사이나 되어서야 지나갔다. 잠시 동안 나는 아무 생각도 하지 않았다. 가끔 나는 열차에서 내 쪽으로 던져진 오래된 신문을 읽었다. 그 신문에는 칼다에서 일어난 스캔들이 실려 있었다. 그 스캔들은 나의 흥미를 끌 만한 것이었지만, 신문의 한 지면만으로는 내용을 이해할 수가 없었다. 이밖에도 각각의 지면에는 『사령관의 복수』라는 제목의 연재소설이 실려 있었다. 한번은 항상 단검을 허리춤에 차고 다니다가 특별한 경우에는 심지어 단검을 입에 물기까지 하는 사령관에 대해 꿈을 꾸기도 했다. 그것은 그렇다 치고, 날은 금방 어두워지는데 석유 혹은 수지로 만든 양초는 살 수도 없을 정도로 몹시 비싸서 많이 읽을 수도 없었다. 그달에 나는 철도회사로부터 겨우 반 리터의 석유만 제공받았고, 저녁에 단 30분씩 열차 신호등을 켜놓는데도 그달이 채 다 지나가기도 훨씬 전에 이 석유를 다 써버렸다. 하지만 이 신호등 또한 전혀 필요가 없었기 때문에, 나중에 나는 최소한 달빛이 비치는 밤에는 더 이상 신호등을 켜놓지 않았다. 나는 여름이 지나면 석유가 몹시 절실하게 필요할 거라는 사실을 아주 제대로 예측했다. 그래서 나는 오두막 한구석에 구덩이를 파서 그곳에 낡은 작은 맥주통을 세워놓고, 매달 절약한 석유를 그 속에 부어 넣었다. 그 통은 짚으로 완전히 덮여 있어서 누구도 그 어떤 낌새조차 차리지 못했다. 오두막 안에서 석유 냄새가 심해지면 심해질수록 나는 더욱 만족했다. 부서지기 쉬운 오래된 나무로 만들어진 통인 데다가 나무가 석유로 잔뜩 적셔져서 석유 냄새가 꽤 심하게 났다. 나중에 나는 조심하느라 그 통을 오두막 밖에 파묻었다. 왜냐하면 한번은 감사관이 내게 작은 밀랍 성냥들이 든 성냥갑을 자랑했고, 내가 그것을 가지려고 하자 불붙은 성냥들을 연달아 공중으로 던졌기 때문이다. 우리 두 사람과 특히 석유가 진짜 위험하게 되었다. 나는 그가 성냥을 모두 떨어뜨릴 때까지 그의 목을 죄어서 이 모두를 구해냈다.

여가 시간이면 나는 자주 어떻게 겨울에 대비할 수 있을지에 대해 곰곰이 생각해보았다. 따뜻한 계절인 지금 벌써 추위를 타기 시작하면—지금은 지난 수년간에 비하면 더 따뜻하다고 했다—겨울에는 상당히 지내기가 나쁠 것이다. 내가 석유를 비축하기 시작한 것은 순전히 일시적인 기분 때문이었다. 아마도 겨울에 대비해 좀 더 합리적인 방식으로 다양하게 모아야 했을 것이다. 내 동료들이 이것을 유난스럽게 받아들이지 않았을 거라는 사실에는 의심의 여지가 없었다. 하지만 내가 너무 경솔했었다. 아니, 더 정확하게 말하자면 경솔하지는 않았지만, 이 점에서 볼 때 무지 노력했어야 하는데 나 자신이 그다지 중요하게 여기지 않았던 것이다. 따뜻한 계절인 지금 그런대로 지낼 만해서, 나는 그쯤 해두고 더 이상 아무런 조치도 취하지 않았다.

이 역으로 오게끔 나를 유인한 요인들 중의 하나는 사냥에 대한 기대감이었다. 사람들이 내게 이곳이 특별히 야생동물이 많은 지역이라고 말해주었었고, 나는 나중에 돈이 약간 모이게 되면 배송받기로 하고 총까지 미리 예약해두었다. 이제 이곳에는 사냥할 만한 야생동물은 흔적조차 찾아볼 수 없다는 사실이 분명해졌다. 늑대와 곰들만 이곳에 나타난다고 하는데, 처음 몇 달간 나는 한 마리도 구경하지 못했다. 그 밖에는 특이한 큰 쥐들이 이곳에 있었다. 나는 곧 이 쥐들이 마치 바람에 쓸려가듯 무더기로 계단 위로 뛰어오르는 것을 관찰할 수 있었다. 하지만 내가 기대했던 야생동물은 없었다. 사람들이 내게 잘못 가르쳐준 것은 아니었다. 야생동물이 많이 살고 있는 지역이 있긴 했지만, 다만 3일씩이나 걸리는 먼 곳에 떨어져 있었고, 100킬로미터 넘게 아무도 살지 않는 이 지방에서는 부득이하게 장소 표시가 불확실할 수밖에 없다는 사실을 내가 염두에 두지 못했던 것이다. 좌우지간 당장은 총이 필요 없어서 나는 그 돈을 다른 데 사용할 수 있었다. 물론 겨울을 대비하기 위해서는 총을 하나 장만해야 했고, 이를 위해서 나는 정기적으로 돈을 따로 떼어놓았다. 때로 내 식량을 습격하는 쥐들에게는 내 긴 칼로도 충분했다. 여전히 호기심을 갖고 모든 것을 알려고 하던 초창기 때, 한번은 그런 쥐 한 마리를 찔러 잡아 내 눈높이로 들어 올려서 벽 쪽으로 가져갔었다. 비교적 작은 동물들은 자신의 눈높이에 두어야만 비로소 자세히 볼 수 있다. 땅에 구부려서 바라보게 되면 이 동물들에 대해 불완전한 잘못된 생각을 갖게 된다. 이 쥐들에게서 제일 눈에 띄는 것은 오목하지만 끝이 날카로운 큼지막한 발톱이었다. 이 발톱들은 땅을 파기에 아주 적합했다. 마지막 경련을 일으키며 내 앞쪽 벽에 매달려 있을 때, 그 쥐는 외견상 자신의 생물적 본성에 역행하여 발톱을 쫙 폈다. 그 발톱들은 누군가에게 뻗는 작은 손 비슷했다. 이 동물들은 대체로 그다지 성가시게 굴지 않았다. 다만 가끔 밤에 딱딱한 바닥 위를 달릴 때 달그락거리며 황급히 오두막 옆을 지나가서 나를 깨울 뿐이었다. 그래서 똑바로 앉아 어쩌다 밀랍 쪽에 불이라도 붙이면, 어딘가 판자 기둥 아래 틈에서 밖에서 들이민 쥐의 발톱이 열심히 일하고 있는 것을 볼 수 있었다. 그런데 그것은 전혀 소용없는 일이었다. 왜냐하면 며칠을 일해야만 자신에게 충분히 맞는 큰 구멍을 팔 수 있을 텐데, 그 쥐는 조금이라도 날이 환해지면 벌써 달아나버렸기 때문이다. 그럼에도 불구하고 그 쥐는 마치 자신의 목표를 아는 일꾼처럼 열심히 일했다. 또 그 쥐는 일도 잘했다. 사실 그것은 구덩이 밑에 뚫린 눈에 띄지 않는 작은 부분들이었지만, 모르긴 해도 발톱이 성과 없는 일을 벌인 적은 한 번도 없었던 듯하다. 나는 자주 밤중에 이런 규칙적이고 조용한 광경으로 인해 잠이 들 때까지 한참을 지켜보곤 했다. 잠들어 더 이상 그 작은 밀랍 초를 꺼버릴 기력이 없게 되면, 그 밀랍 초는 쥐가 일할 때 한동안 밝혀주었다. 한번은 훈훈한 밤에 다시 이 발톱이 일하는 소리를 들었을 때, 나는 직접 이 동물을 보기 위해 불도 켜지 않은 채 조심스레 밖으로 나갔다. 쥐는 단지 목재에 최대한 가깝게 다가가 발톱을 최대한 깊숙이 목재 밑으로 밀어 넣기 위해서, 뾰족한 주둥이가 달린 머리를 깊숙이 숙여 거의 앞다리 사이로 끼워 넣고 있었다. 오두막 안에서 누군가가 그 동물을 꼭 붙들어 통째로 안으로 잡아당기려 한다고 생각될 만큼 그 쥐는 온통 아주 팽팽히 긴장되어 있었다. 하지만 단 한 발에 그 짐승을 밟아 죽임으로써 이 모든 것이 끝나버렸다. 내가 완전히 깨어 있을 때는 내 유일한 소유물인 오두막이 공격당하는 것을 참아서는 안 되었다.

오두막을 쥐들로부터 지키기 위해서 나는 짚과 마로 모든 틈새들을 꼭 틀어막고 매일 아침 바닥을 사방으로 철저히 점검하였다. 또 나는 이제까지 단단히 다져진 흙만 깔려 있던 오두막 바닥에도 널빤지를 깔 계획을 세웠다. 이것은 또 겨울에도 쓸모가 있을 것 같았다. 오래전에 예코츠라는 이름을 가진 이웃 마을의 한 농부가 내게 이러한 용도에 맞는 건조된 좋은 널빤지들을 갖다 주기로 약속했었고, 나는 이러한 약속 때문에 자주 그를 접대하였다. 그는 한 번도 오랫동안 집을 떠나 있는 법이 없었다. 그는 14일에 한 번씩 왔고, 때때로 열차로 수하물도 운송해야 했지만, 널빤지를 가져오지는 않았다. 그는 그것에 대해 여러 가지 변명을 늘어놓았다. 가장 많이 한 변명은, 그런 짐을 힘들게 끌고 가기에 자신은 너무 늙었고 대신 자신의 아들이 널빤지를 나르게 될 텐데, 그 아들이 지금 들일로 바쁘다는 것이었다. 예코츠의 말에 따르면, 현재 그는 칠십이 훨씬 넘은 나이고, 또 그 말도 맞는 것 같아 보였다. 하지만 그는 키가 크고 여전히 아주 건장한 남자였다. 이 밖에도 그는 핑계를 바꿔 댔는데, 그다음번에는 내가 쓸 그런 긴 널빤지들을 조달하기가 어렵다고 말했다. 나는 채근하지 않았다. 그 널빤지들이 꼭 필요한 것도 아니었고, 애초에 예코츠 자신이 내가 바닥을 깔아야겠다고 생각하게 만든 것도 결코 아니었다. 아마도 그런 바닥재는 그다지 장점이 많지도 않았을 것이다. 간단히 말해서 나는 그 늙은이의 거짓말을 태연하게 들을 수 있었다. 내가 늘 하던 인사는 "예코츠, 널빤지!"였고, 그는 그 즉시 반쯤 웅얼거리는 말로 변명하기 시작했다. 그는 나를 역장님, 단장님, 또는 통신사님으로 불렀다. 예코츠는 곧 널빤지들을 가져올 뿐만 아니라 자신의 아들과 몇몇 이웃들의 도움을 빌려 내 오두막을 통째로 들어낸 뒤 그 대신에 튼튼한 집을 지어주겠다고 약속했다. 지쳐서 그를 내보내게 될 때까지 나는 그의 변명을 들어주었다. 하지만 용서받기 위해 그는 여전히 문간에서 자칭 약하다고 하지만 실제로는 청년도 짓누를 수 있을 법한 팔을 들어 올렸다. 나는 예코츠가 왜 널빤지를 가져오지 않는지 알고 있었다. 그는 겨울이 가까워지면 내가 널빤지를 더 절실히 필요로 할 것이고, 돈도 더 낼 것이라고 생각했던 것이다. 이 외에도 널빤지를 공급받기 전까지는 예코츠 자신이 내게 더 큰 가치를 지니게 될 것이고 말이다. 물론 예코츠는 둔하지 않았고 내가 자신의 속마음을 읽고 있다는 것을 알고 있었지만, 내가 이것을 악용하지 않기 때문에 자신이 유리한 위치에 있다는 것을 알고는 그 유리한 위치를 고수했다.

　하지만 근무 기간의 첫 3개월이 끝나갈 무렵 내가 심하게 아팠을 때, 쥐들로부터 오두막을 보호하고 겨울에 대비해 스스로를 안전하게 지키기 위한 내 모든 사전 준비들은 중지되어야만 했다. 그때까지 수년간 나는 어떠한 병도, 심지어 가장 가벼운 질병조차도 걸린 적이 없었는데, 이번에는 병이 났다. 그것은 심한 기침으로 시작되었다. 역에서 내륙 쪽으로 대략 두 시간 정도 떨어진 곳에 작은 시내가 있었는데, 그곳에서 나는 손수레에 실린 통으로 저장용 물을 길어오곤 했다. 또 그곳에서 자주 목욕을 했는데, 이 기침은 그 결과로 생긴 것이었다. 기침할 때 몸을 웅크려야 할 정도로 발작이 심했고, 몸을 잔뜩 구부려서 있는 힘을 다 모으지 않으면 기침에 대항할 수 없을 것만 같았다. 역무원들이 내 기침에 놀랄 거라고 생각했지만 그들은 이미 그런 기침을 알고 있었고, 그것을 늑대기침이라고 불렀다. 그때부터 나는 기침 소리에서 짖어대는 듯한 소리를 듣기 시작했다. 나는 오두막 앞 작은 벤치에 앉아서 짖어대듯이 열차를 맞이했고, 짖어대며 출발하는 열차를 배웅했다. 밤에 나는 최소한 울부짖는 소리가 들리는 것을 피하기 위해서 눕는 대신에 간이침대 위에 무릎을 꿇고 앉아서 모피에 얼굴을 파묻었다. 나는 더 중요한 어떤 혈관이 파열되어 모든 것을 끝장낼 때를 긴장하며 기다렸다. 하지만 그런 종류의 일은 일어나지 않았고 심지어 며칠 안에 기침도 사라졌다. 그러나 열은 남았는데 좀체 떨어질 줄을 몰랐다.

　이러한 열은 나를 몹시 지치게 했다. 나는 모든 저항력을 상실했다. 전혀 예기치 않게 이마에 땀이 솟고, 다음 순간 온몸을 떨면서 그 자리에 누워 의식이 되돌아올 때까지 기다려야 하는 일이 일어나기도 했다."

제10권(1914~1915)

〈*1914년 11월*〉4일

페파'가 돌아왔다. 흥분해서 소리를 질러대고 어쩔 줄 몰라 하면서. 그가 있던 참호 밑에 구멍을 뚫은 두더지에 대한 이야기. 그는 두더지를 그곳을 떠나라는 신의 계시로 받아들였다. 그가 그곳을 뜨자마자 총알 한 방이 날아와서 그의 뒤를 기어와 막 두더지 위에 있던 한 군인을 맞혔다. ―그의 중대장. 사람들은 중대장이 생포되는 것을 똑똑히 보았었다. 하지만 다음 날 그는 숲에서 총검이 관통된 채 알몸으로 발견되었다. 아마도 그가 돈을 갖고 있었고 사람들이 그의 몸을 수색해 뺏으려고 했었겠지만, '무릇 군인들이 그렇듯이' 그는 순순히 자기 몸에 손을 대도록 내버려두지 않았을 것이다. ―역에서 오는 길에 멋지게 차려입고 향수를 뿌리고 망원경을 매달고 연극을 보러 가는 (예전에 우스꽝스러울 정도로까지 무한정 존경했던) 그의 사장을 만났을 때, P.는 분개하고 흥분해서 거의 울음을 터뜨릴 지경이었다. 한 달 뒤 그 자신도 사장이 그에게 선물로 준 연극표로 같은 행동을 했다. 그는 「불성실한 에케하르트」라는 희극을 보았다. ―한 번은 자피하 영주의 성에서 잤고, 한 번은 발포하는 오스트리아 포병대들 바로 앞 예비군 부대에서 잤으며, 한 번은 어느 농가에서 잤다. 그곳 농가 방의 오른쪽과 왼쪽 벽 옆에 놓인 두 개의 침대에서 각각 부인들이 두 명씩 잤고, 난로 뒤에서는 한 처녀가, 그리고 바닥에서는 여덟 명의 군인들이 잤다. —군인에 대한 처벌. 나무에 꼭 묶인 채로 파랗게 질릴 때까지 서 있다. 왜냐하면 한 예로 그가 규정에 어긋나게 내 여동생의 표를 어딘가에 넘겨주었는데, 그것이 그곳에서 실제로 분실되었기 때문이다.

〈1914년 11월〉 12일

자식들에게서 감사하는 마음을 기대하는 부모들은(심지어 그것을 요구하는 그런 부모들도 있다) 고리 대금업자와도 같다. 이자만 받을 수 있다면 그들은 기꺼이 자본을 잃을 위험도 무릅쓴다.

〈1914년〉 11월 24일

어제 갈리치아 지방 피난민들에게 속옷과 겉옷들을 나눠주는 투흐마허 거리에 갔었다. 막스와 막스의 어머니 브로트 부인, 하임 나겔 씨. 나겔 씨[2]의 지성과 인내심, 친절함, 성실함, 수다스러움, 유머, 신뢰성. 주변 사람들을 최대한 흡족하게 만들어서, 세상 어디에 갖다 놓아도 성공할 거라고 남들이 말하게끔 만드는 사람들이 있다. 하지만 그들의 완벽함에는 자신들의 범위를 넘어서지 않는 것도 포함된다. —영리하고 활발하고 자부심이 강하며 겸손한 타르노우 출신의 카네기서 부인은 이불 두 채만, 하지만 예쁜 이불 두 채를 원했다. 신분이 더 나은 사람들을 위해 온갖 좋은 물건들을 보관해둔 별도의 방에 좋은 새 이불들이 놓여 있었지만, 그녀는 막스가 비호하는데도 불구하고 낡고 더러운 이불들을 받았다. 그녀가 자신의 물건들이 빈에서 도착할 때까지 이틀만 이불을 사용하려고 하는 데다가 사용된 물건은 콜레라의 위험 때문에 회수하면 안 되었기 때문에, 사람들은 그녀에게 좋은 이불을 주려 하지 않았다. —키가 제각각인 여러 명의 아이들과 작고 뻔뻔하고 자신만만하며 생동감이 넘치는 동생과 함께 온 루스티히 부인. 그녀가 아이들 옷을 너무 오랫동안 고르자, 마침내 브로트 부인이 "이제 그만 이걸 갖고 가세요. 아니면 아무것도 못 받게 될걸요"라며 고함친다. 하지만 이제는 루스티히 부인이 더 크게 고함을 질러대며 거칠고 큰 손동작으로 말을 끝맺는다. "선행이 이 모든 넝마들보다 더 값진 거예요.(언쟁)"

1914년 11월 25일
공허한 절망. 나를 일으켜 세울 수가 없다. 나는 고통에 만족할 때에 비로소 멈출 수 있다.

나는 공장에 대한 직접적인 관심은 거의 없지만, 그만큼 간접적인 관심은 더 많다네. 나는 내 조언과 부탁을 듣고 K.[3]에게 맡긴 아버지의 돈이 사라지는 것을 원치 않네. 이것이 나의 첫 번째 걱정거리지. 우리한테처럼 K.에게도 숨기지 않았던 삼촌[4]의 돈이 분실되는 것도 나는 원치 않는다네. 이것이 나의 두 번째 걱정거리지. 또 나는 E.와 그녀의 아이들의 돈이 없어지는 것도 원치 않는다네. 이것이 나의 세 번째 걱정거리라네. 지금 내 돈이나 나의 배상 책임에 대해 얘기하고 있는 것이 절대 아니네. 총체적 위기인 현 시대 상황과 비교해볼 때, 나는 이 모든 것이 그보다 더 위태로운 상황이라고는 생각지 않는다네. 물론 나는 또한 자네를 전적으로 믿네. 장부에 따르면 자네는 지난 1/4분기 동안 최소한 1500크로네를 뺐지. 이 점은 조금도 이상하지 않다네. 장부에 따르면 자네는 400크로네를 입금했고, 분명히 나머지 돈도 갚을 테고 아마도 카를의 말대로 행동할 테지. 물론 나는 그것에 대해 전혀 몰랐고, 장부를 통해서 비로소 알게 되었네. 덧붙이자면, 장부 마지막 줄에 날짜가 기입되어 있지 않았기 때문에 알게 되었지. 요즘 특히 공장 경영 상태가 민감할 때라 그 밖에는 전혀 놀라울 것이 없었다네. 나는 그저 놀랐을 뿐이고, 그것을 알아채게 되었다네. 그렇게 일이 끝났지.

미리 밝혀두지만, 나는 엘리의 보고를 다 믿지는 않는다네. 그녀는 자네로 인해 몹시 흥분해 있었고, 게다가 그녀는 지금 전쟁 기간 내내 지속적인 흥분 상태에 있어서 그 일에 대한 분별력을 상실하고 있다네. 하지만 엘리 얘기의 상당 부분을 단순한 상상으로 받아들인다 하더라도, 자네가 그녀를, 여기서 말이 나왔으니 말이지만, 그것도 여자들 앞에서 들어보지도 못한 방식으로 대했다는 것을 가정할 만한 충분한 여지가 있다고 여겨지네. 자네는 그녀가 어엿한 부인이라는 사실, 그것도 자네 형제의 부인이라는 사실을 잊었더군.

"그녀가 여기서 엿듣고 나서 당신을 이리로 보냈지요"라는 말은 틀린 말이며, 모욕적인 허위 사실이네. 내 생각에 자네는 예전이나 지금이나 최고의 자유를 누리고 있네. 물론 자네가 뛰어나게 일을 잘 한다는 점에는 전혀 의심의 여지가 없지. 공장과 관련된 나의 걱정은 자네의 걱정과는 전혀 다른 종류의 것이라네. 그 걱정들은 전적으로 소극적이지만, 그렇다고 해서 더 가볍지는 않다네. 자네에게는 일에 대한 책임이 있지만(그리고 실제로 그것 외에 다른 책임은 없지만), 내게는 돈에 대한 책임이 있다네. 내게는 아버지와 삼촌에 대한 책임이 있다네. 그것을 가볍게 여기지는 말게나. 만약 그것이 내 돈이라면, 걱정하는 것도 지극히 쉬웠을 걸세. 믿어주게. 하지만 유감스럽게도 나는 단지 걱정만 할 뿐, 그 밖에는 물론 주로 나와 관련된 이유들 때문에 직접 관여하지는 못한다네. 내가 하는 일이라고는 한 달에 한 번씩 이리로 와서 한두 시간 정도 이곳에 앉아 있는 것이 전부라네. 그것은 그 자체로는 무의미한 일이지. 그것은 누구에게 해가 되거나 득이 되지도 않고, 단지 나의 책임감과 걱정에 준하는 헛된 시도일 뿐이라네. 자네가 그것에서도 뭔가 트집을 잡는 것은 불손할뿐더러 우스꽝스럽기까지 하네. 나는 장부를 보기 위해서 온 것이 아니네. 내게 그럴 자격과 의무가 있었다고 하더라도, 그 말은 사실 무근이네. 오히려 나는 항상 그렇듯 동일한 이기적인 목적에서, 즉 나를 안심시키기 위해 왔네. 자네가 부재중이라는 사실은 오히려 내게 그리 가지 않을 동기가 되었을 걸세. 왜냐하면 나는 항상 바로 자네의 말을 듣기 원하기 때문이지. 그럼에도 불구하고 마침 시간도 되는 데다가 또 자네가 없는 동안 뭔가 중요한 일이 일어나지는 않았는지 보기 위해 그리 갔었네. 내가 하필 장부를 들여다보게 된 것은 우연이고 방심한 탓이었지. 예를 들어 나는 『고무 신문』[5]도 그처럼 들여다볼 수 있었을걸세. 그다음에 물론 나는 장부에서 당연히 나의 흥미를 끌 몇몇 항목들을 발견했다네.

자네는 또 E.와 그 아이들이 우리 집에 사는 것[6]에 대해 아버지가 보상금을 받는다는 부정적인 발언도 했다더군. 그게 자네하고 무슨 상관이 있나? 어떻게 자네가 그것을 판단할 수 있단 말인가?

1914년 11월 30일

더 이상 계속 쓸 수가 없다. 나는 최종 한계에 도달했고, 재차 미완성으로 머물게 될 새로운 이야기를 시작하기까지는 아마도 또다시 몇 년간 그 상태로 있어야 할 것이다. 이러한 숙명이 나를 따라다닌다. 나는 또다시 냉정하고 무감각해졌고, 완전한 휴식에 대한 노년의 애착만이 남아 있다. 그리고 마치 인간으로부터 완전히 분리된 어느 짐승과도 같이 나는 벌써 목을 앞뒤로 흔들어대며 그사이에 다시 F.[7]와의 관계를 시도하려고 한다. 나 자신에 대한 역겨움이 훼방 놓지만 않는다면, 나는 실제로 그것을 시도할 것이다.

⟨1914년 12월⟩ 2일

막스, 피크와 함께 베르펠 집에서 오후를 보냈다. 「유형지에서」[8]를 낭독했다. 지우기 어려운 아주 명백한 실수들을 제외하면 꽤 만족스러웠다. 베르펠은 시詩와 「페르시아 황후 에스터」[9] 중 두 막을 낭독했다. 그 막들은 감동적이다. 하지만 나는 약간 어리둥절하다. 그 작품이 그다지 만족스럽지 않다며 막스가 한 비난과 비교가 나를 교란시킨다. 게다가 작품 전체도 경청하는 동안 나를 엄습하던 것과는 달리 더 이상 내 기억 속에 남아 있지 않다. 은어를 쓰던 배우는 기억난다. W.의 아름다운 두 누이들.[10] 큰 누이가 안락의자에 기대앉아 자주 옆쪽에 있는 거울을 들여다보며, 벌써 내 눈길에 상당히 교란되어 한 손가락으로 블라우스 한가운데에 달려 있는 브로치를 살짝 가리킨다. 가슴이 깊게 파인 블라우스이고, 파인 부분은 망사로 채워져 있다. 공연장에서 본 광경에 대해 계속되는 얘기. 「간계와 사랑」이 상연되는 동안 자주 자기네끼리 큰 소리로 얘기하던 군인들. 그 군인들은 특별석 벽에 기대고 있던 한 군인을 두고 "슈펙바허가 폼 잡네"라고 말했다.

베르펠 집에 가기 전에 이미 내린 결론. 무슨 일이 있어도 계속 써 내려가야 한다. 오늘 그럴 수 없는 게 슬프다. 피곤하기도 하고 두통도 있기 때문이다. 오전에 직장에 있을 때부터 은근히 머리가 아팠다. 반드시 계속 써야 한다. 불면증과 직장 업무에도 불구하고 해내야 한다.

오늘 밤에 꾼 꿈. 빌헬름 황제의 성. 멋진 전망. '담배를 위한 밤 연회'에서와 비슷한 방. 마르틸데 세라오와의 만남. 아쉽게도 모조리 잊어버렸다.[11]

에스터 중에서: 신의 걸작들이 목욕 중 서로에게 방귀를 뀌어댄다.[12]

1914년 12월 5일

가족들의 상황에 대해 쓴 에르나의 편지. 내가 나 자신을 그 가족을 망친 자로 이해할 때에 비로소, 그 가족들에 대한 나의 관계가 내게 일관된 의미를 부여해준다. 이것만이 모든 놀라운 일들을 매끄럽게 극복하게 하는 유기적인 유일한 설명이다. 이것은 또한 현재 내쪽에서 그 가족과 맺는 유일한 연결점이기도 하다. 왜냐하면 그 외에 나는 감정상으로는 그 가족과 완전히 분리되어 있기 때문이다. 물론 온 세상과 단절된 것보다 더 철저하게 단절되어 있지는 않겠지만 말이다. (이 점과 연관해보면 내 존재는, 깜깜한 겨울밤 어느 넓은 평지의 가장자리에 위치한 깊숙이 파헤쳐진 들판 위에서 눈과 서리로 뒤덮인 채 살짝 비스듬히 땅에 꽂혀 있는 쓸모없는 막대기의 모습과도 같다.) 망치는 일만 일어난다. 나는 F.를 불행하게 만들었고, 지금 그녀가 그렇게나 필요한 모든 사람들의 저항력을 약화시켜서 그녀 아버지의 죽음[13]에도 한몫했다. 나는 F.와 E.를 갈라놓아서, 결국은 E.도 불행하게 만들었다. 이 불행은 십중팔구 여전히 계속될 듯하다. 나는 그 점이 궁금하다. 나는 그 불행을 진행시키도록 예정되어 있다. 그녀는 내가 그녀에게 힘들게 쓴 지난번 편지를 평온해 보인다고 느낀다. 그녀의 표현에 따르면, 그 편지는 "그렇게나 많은 평온함으로 넘쳐난다". 물론 이것과 관련하여 그녀가 상냥함과 보살피는 마음, 그리고 나에 대한 염려 때문에 그렇게 표현한다는 사실을 빼놓을 수 없다. 나는 모든 부분에서 충분히 벌을 받고 있으며, 벌은 이미 그 가족에 대한 나의 입장 자체만으로도 족하다. 또 나는 그것으로부터 결코 회복되지 못할 만큼 고통을 받았지만(나의 잠, 나의 기억력, 나의 사고력, 가장 사소한 걱정에 대해 저항하는 힘들이 치유될 수 없을 정도로 약해졌다. 이상하게도 그것은 가령 장기 징역형이 초래하는 결과와 동일하다), 현재는 그 가족과의 관계로 인해 덜 고통 받는다. 하여튼 F.와 E.보다는 고통이 덜하다. 물론 F.가 베를린에 머물고 있는 지금 내가 E.와 함께 크리스마스 여행을 해야 한다는 사실에는 당연히 고통스러운 그 무엇인가가 있다.

1914년 12월 8일

어제 오랜만에 처음으로 확실히 일을 잘 해낼 능력이 생겼었다. 하지만 벌써 이틀 밤째 거의 잠을 못 자서 아침부터 두통이 있었던 데다가, 다음 날에 대한 두려움이 너무 커서 어머니 장[14]의 겨우 첫 페이지만을 썼다. 밤의 상당 부분을 할애하거나 (혹은 밤새 내내) 쓰지 않고 찔끔찔끔 쓴 글들은 전부 열등하다는 사실, 그리고 내가 내 생활 여건들 때문에 결국 이렇게 열등한 글을 쓸 수밖에 없다는 사실을 재차 통찰하게 되었다.

1914년 12월 9일

시카고에서 온 에밀 카프카[15]와 함께 있다. 그는 거의 감동을 주다시피 하는 사람이다. 그의 평온한 삶에 대한 이야기. 여덟 시부터 여섯 시 반까지 백화점 일. 직물 부서에서 발송 총괄. 주급 15달러. 휴가 14일 중 한 주는 유급, 5년 뒤 14일 모두 유급 휴가. 직물 부서에 일이 많지 않을 때는 자전거 부서에서 임시로 일을 거들었다. 하루에 자전거 삼백 대를 팔았다. 만 명의 직원을 고용하고 있는 도매상. 고객 유치는 카탈로그 발송으로만 이루어진다. 미국인들은 일자리를 즐겨 바꾸고, 여름에는 대개 그다지 일하려고 몰려들지 않는다. 하지만 그는 일자리를 바꾸는 것을 좋아하지 않는다. 그는 거기서 얻을 이득이 아무것도 없다는 것을 잘 안다. 그로 인해 시간과 돈만 잃게 될 뿐이다. 그는 이제까지 직장 두 곳에서 각각 5년씩 일했고, 미국으로 되돌아가면—그는 기한이 정해지지 않은 휴가를 보내는 중이다—그는 다시 같은 일자리로 돌아갈 것이다. 사람들은 항상 그를 필요로 할 수도, 또 물론 그가 없이도 늘 잘 지낼 수도 있을 것이다. 저녁에 그는 대부분 집에 머문다. 그는 지인들과 스카트 카드 놀이를 하기도 하고, 때로는 기분 전환 겸 한 시간 정도 극장에 가기도 하며, 여름에는 산책도 하고, 일요일에는 호수로 나가기도 한다. 그는 이미 34살인데도 결혼에는 조심스럽다. 왜냐하면 미국 여자들은 많은 경우 단지 이혼하기 위해서 결혼을 하기 때문이다. 이혼은 여자에게는 아주 간단하지만, 남자에게는 아주 많은 비용이 든다.

─────────

1914년 12월 13일

글 쓰는 대신에—겨우 한 페이지만 썼다(전설[16]의 해석)—이미 끝내놓은 장들을 읽어보았다. 일부 괜찮게 썼다고 생각했다. 내 의식 속에는 항상, 예를 들어 내가 특히나 전설에 대해 갖는 것과 같은 모든 만족감과 행복감이 대가를 치러야 할 거라는 생각, 정확히 말해서 결코 위안을 누릴 수 없게 차후에 값을 치러야만 할 거라는 생각이 자리 잡고 있다.

─────────

최근에 펠릭스 집에 갔었다. 큰 불행이라는 느낌을 받았다. 열이 나서 메마른 입술을 서로 비벼대며 방석에 몸을 파묻는 그의 모습. 내가 여자들한테서 힘들어할 부분을, 펠릭스는 비교적 가볍게 감당하는 것 같아 보이지만, 그는 또 다른 방식으로 힘들어한다. 집으로 오는 길에 나는 막스에게, 가령 내가 너무 심하게 아프지만 않으면 임종시에 아주 만족스럽게 죽을 수 있을 것이라고 말했다. 나는 내가 쓴 가장 멋진 이야기도 만족하며 죽을 수 있는 이러한 능력에서 그

동기를 얻는다는 말을 덧붙이는 것을 잊었었는데, 나중에는 일부러 언급하는 것을 그만두었다. 훌륭하고 설득력이 강한 이 모든 대목들에서는 항상 누군가가 죽거나 아주 힘들어지게 되고, 그 부분에서 그에게 부당함 내지는 최소한 가혹함이 따르게 되는데, 적어도 나는 이것이 독자들에게 감동을 주게 될 것이라고 생각한다. 그런데 임종 시에 만족스러울 수 있다고 생각하는 나에게 그러한 묘사들은 내심 하나의 유희다. 죽어가는 인물 속에서 죽는 것이 기뻐서, 나는 철저한 계산 아래 죽음에 집중될 독자의 관심을 이용한다. 임종할 때 한탄할 거라고 예상되는 사람보다 내가 훨씬 더 정신이 또렷하기 때문에 나의 한탄은 최대한 완전하며, 또 가령 진짜 한탄처럼 갑자기 중단되지 않고 아름답고 깔끔하게 진행된다. 이것은 마치 내가 늘 어머니에게 곧이곧대로 믿을 정도로 그렇게 심하지는 않았던 고통을 호소했던 것과 같다. 물론 어머니에게는 독자에게 하듯이 그렇게 많은 기교를 부릴 필요는 없었다.

〈1914년 12월〉 14일

일이 힘들게 진척된다. 아마도 꼬박 하룻밤이 필요할 듯한 가장 중요한 대목에서.

오후에 바움 집에 갔었다. 그는 안경을 낀 창백한 작은 소녀에게 피아노를 가르친다.[17] 그 사내아이[18]는 어두운 부엌에 조용히 앉아서 뭔지 모를 물건을 가지고 무심히 장난을 치고 있다. 굉장히 편안해 보인다. 특히 통에서 식기를 닦고 있는 키 큰 하녀의 일하는 모습에 비하면.

〈*1914년 12월*〉15일

전혀 아무것도 쓰지 못했다. 지금 두 시간 동안 직장을 위해 경영 편성을 통독했다. 오후에는 바움의 집. 그는 조금 감정을 상하게 하는 투박한 자이다. 내가 힘이 없고 멍하고 느린 데다 거의 아둔한 탓에 삭막한 대화가 오갔다. 여러 가지 면에서 나는 그보다 열세였다. 그와 단둘이서만 이야기를 나눈 지도 이미 오래다. 다시 혼자 있을 수 있어서 행복했다. 조용한 방에서 두통 없이 소파에 누울 수 있는 행복. 인간다운 차분한 호흡.

세르비아에서의 패배. 헛된 지휘.[19]

〈*1914년 12월*〉19일

어제 거의 본능적으로 「마을 선생」[20]을 썼다. 하지만 나는 2와 3/4쪽보다 더 길게 쓰는 것은 겁냈다. 이렇게 겁낸 데에는 이유가 있었다. 나는 거의 잠을 자지 못했다. 단지 세 개의 짤막한 꿈만 연달아 꿔서 직장에서는 그에 부합하는 상태에 있었다. 어제는 공장 때문에 아버지로부터 "네가 나를 끌어들였지"라는 비난을 들었다.[21] 그 후 집으로 가서, 아버지가 표현하신 것만큼 크지는 않아도 분명 내 잘못이 있다는 사실을 의식하면서 세 시간 동안 조용히 글을 썼다. 토요일인 오늘은 저녁 식사에 가지 않았다. 한편으로는 아버지에 대한 두려움 때문에, 다른 한편으로는 밤 시간을 전부 글 쓰는 데 할애하기 위해서. 하지만 겨우 한 쪽밖에 못 썼고, 그것도 그다지 잘 쓰지는 못했다.

모든 소설의 첫 시작은 우선은 보잘것없다. 아직 미완성인 온통 민감한 이 새로운 유기체가, 다른 완성된 유기 조직들이 완결을 추구하

려는 것처럼 세계라는 완성된 유기 조직 안에서 유지될 수 있을 거라는 사실은 희망이 없어 보인다. 물론 이 점과 관련하여 사람들은, 자격 있는 소설은 아직 이야기가 완전히 전개되지 않아도 그 안에 자신의 완성된 유기 조직을 갖고 있다는 사실을 잊고 있다. 그러므로 소설의 시작 부분에서 이 점 때문에 절망하는 것은 부당하다. 이와 마찬가지로 부모들도 젖먹이 앞에서 절망하지 않을 수 없다. 왜냐하면 그들이 이 가련하고 특히 보잘것없는 존재를 세상에 태어나게 하려던 것이 아니기 때문이다. 물론 사람들은 그들이 느끼는 절망이 정당한지 부당한지 결코 알 수 없다. 하지만 이러한 숙고는 일종의 근거를 제공해줄 수 있다. 이러한 경험의 결여는 이미 나에게 해를 입혔다.

———————

〈1914년 12월〉 20일

도스토옙스키가 정신병자들을 너무 많이 등장시킨다고 하는 막스의 이의 제기. 완전히 틀린 말이다. 그들은 정신병자들이 아니다. 병명은 성격을 묘사하기 위한 수단, 더 정확히 말해 아주 은근하고 효과적인 수단에 다름 아니다. 예를 들어 어떤 사람에게는 항상 단순하고 바보 같다고 험담만 하면 되는데, 만약 그가 도스토옙스키적인 성격을 갖고 있다면 그는 확실히 자신의 능력을 최대한 발휘할 정도로 자극을 받는다. 이 점에서 그의 성격 묘사는 대략 친구들 사이에서 하는 욕과 같은 의미를 갖는다. 친구들끼리 서로 너 바보구나라고 말하는 것은, 그 친구가 진짜 바보고 그 친구와 사귀어서 그들 자신의 격이 떨어졌다는 것을 의미하는 것이 아니다. 그것이 단순히 농담이 아니면, 아니 농담일 때조차도 거기에는 대부분 여러 가지 의도가 무한히 뒤섞여 있다. 이처럼 예를 들어 카라마조프가의 아버지는 결코 바보가 아니라 거의 이반에 필적할 정도로 아주 영리한 사람이다. 물론 그는 나쁜 사람이긴 하지만, 좌우간 예를 들어 화자가 인정하는 사촌 혹은 조카,[22] 그리고 아버지 카라마조프에 비해서 자신이 고상하다고 느끼는 대농장 소유주보다도 훨씬 더 영리하다.

———————

〈1914년〉 12월 23일

『런던의 안개』[23] 몇 페이지를 열심히 읽었다. 무슨 얘기인지 모르겠다. 단호하고 자학적이며 자제력이 있다가도 다시 쇠약해지는 아주 낯선 사람이 등장한다.

———————

〈1914년 12월〉 26일

막스와 그의 아내와 함께 쿠텐베르크에 와 있다. 내가 이 4일간의 자유 시간을 얼마나 기대했으며, 또 얼마나 수많은 시간을 이 시간을 어떻게 제대로 써야 할지에 대해 곰곰이 생각했던지. 하지만 이제 보니 아마도 내가 착각했던 것 같다. 오늘 저녁 나는 거의 아무것도 쓰지 못했고, 아마도 더 이상 「마을 선생」을 계속해서 쓸 수 없을 것 같다. 이제까지 일주일간 썼고, 앞으로 3일 밤만 꼬박 쓰면 확실히 외형적인 실수 없이 깔끔하게 끝낼 수 있었을 이야기인데. 여전히 거의 도입부에 머물고 있는데도, 지금 이 이야기에는 고치기 힘든 큰 실수가 벌써 두 개나 들어 있고, 게다가 정체 상태다. ─이제부터 새로운 시간 분배! 시간을 좀 더 효율적으로 이용하기! 내 청이 받아들여지길 바라고서 내가 여기다 한탄하고 있는 건가? 이 공책에서 그런 것은 오지 않는다. 내 청은 내가 침대에 드러눕게 될 때 받아들여질 것이다. 나는 등을 대고 눕게 될 것이고, 그래서 멋지고 홀가분하게 그리고 푸르스름한 흰색을 띠며 누워 있을 것이다. 다른 식의 구원은 오지 않을 것이다.

쿠텐베르크에 있는 호텔. 모라베츠. 술 취한 급사. 위쪽에 조명이 달린 지붕 덮인 작은 안뜰. 어둠 속에 안뜰 건물 일층 난간에 기대서 있는 군인. 우리에게 제공된 방. 창문 없는 어두운 복도 쪽으로 창문이 나 있다. 빨간 소파, 촛불. 야콥 교회, 경건한 군인들, 합창하는 소녀들의 목소리

———————

〈1914년 12월〉27일

무지 운이 안 따르는 한 상인이 있었다. 그는 오랫동안 불행을 참아내다가, 마침내 더 이상 그것을 견뎌낼 재간이 없다고 생각해서 한 법률가를 찾아갔다. 그는 법률가에게 조언을 구해서 불행을 막아내거나 불행을 견뎌내기 위해서 자신이 무엇을 해야 할지를 알고 싶어했다. 이 법률가는 항상 자기 앞에 법전을 펴놓고 연구했고, 상담하러 온 사람을 "이제 막 당신의 사례를 읽고 있던 참입니다"라는 말로 맞이하는 습관을 갖고 있었다. 그리고 이 말과 함께 그는 늘 자기 앞에 펼쳐져 있던 페이지의 한 부분을 손가락으로 가리켰다. 상인은 그의 이러한 습관에 대해 이미 들어 알고 있었고, 그것이 마음에 들지 않았다. 물론 그 법률가는 그러면서 또 즉각 의뢰인을 도울 길이 있다고 장담했고, 이 점이 아무한테도 털어놓을 수 없고 그 누구하고도 공유할 수 없으며 자신도 모르게 작용하는 고통을 본인이 받고 있다는 두려움을 상인에게서 앗아가긴 했지만 말이다. 하지만 그의 주장은 신빙성이 너무나 떨어졌고, 이러한 약한 신빙성은 심지어 상인이 좀 더 빨리 이 법률가를 찾아가는 것을 가로막았다. 지금도 상인은 여전히 주저하며 그에게로 갔다.

1914년 12월 31일

8월부터 썼다. 전반적으로 양이 적지도, 내용이 나쁘지도 않다. 하지만 어느 모로 보나 내 능력의 한계에 다다를 정도로까지는 작업하

지 못했다. 특히나 내 능력이 아마도 (불면증, 두통, 심약함 때문에) 더이상 오래 지속되지 못할 것을 감안하면 그렇게 했어야 하는데도 말이다. 아직 다 못 끝낸 작품들: 『소송』, 「칼다 철도에 대한 기억」, 「마을 선생」, 「평검사」,²⁴ 그리고 조금 시작한 다른 얘기들. 다 끝낸 작품들은 「유형지에서」와 『실종자』의 한 장뿐이다. 둘 다 14일간의 휴가 동안 썼다. 내가 왜 이 목록을 만드는지 모르겠다. 내게 전혀 어울리지 않는다.

─────────

1915년 1월 4일

새 이야기를 시작하고 싶은 커다란 욕구에 굴하지 않았다. 모두 쓸데없는 일이다. 내가 밤을 새가며 이 이야기들을 쫓아가지 않으면, 그것들은 부서지고 사라져버린다. 이번에 「평검사」도 그랬다. 그리고 내일 나는 공장에 갈 것이다. 파울이 입대하고 나면, 아마도 매일 오후 그리로 가야 할지 모른다. 그것으로 모든 것이 끝난다. 공장에 대한 생각은 나의 끊임없는 속죄의 날이다.

─────────

1915년 1월 6일

「마을 선생」과 「평검사」를 일단 포기했다. 하지만 『소송』을 계속 쓸 능력도 거의 없다. 렘베르크 출신 아가씨에 대한 생각.²⁵ 영생에 대한 희망들과 비슷한 모종의 행복에 대한 약속들. 어느 정도 떨어져서 보면, 그 행복에 대한 약속들은 제자리를 지키고 있는데 사람들이 더 가까이 다가갈 엄두를 못 낸다.

1915년 1월 17일

어제 처음으로 공장에서 편지들을 구술했다. 가치 없는 일 (1시간)이지만 만족감이 없지는 않았다. 전날 오후는 끔찍했다. 계속 두통이 있어서, 두통을 가라앉히기 위해 쉬지 않고 손을 머리에 대고 있어야 했고(아르코 카페에서의 상태), 집에서는 심장 통증 때문에 소파에 누워 있었다.

에르나에게 보낸 오틀라의 편지를 읽었다. 마치 나를 흉내내 쓴 것 같다. 나는 정말로 오틀라를 억눌렀다. 그것도 경솔함과 무능력 때문에 사려 깊지 못하게. 그 점에서 F.의 말이 맞다. 다행히도 O.는 강해서, 낯선 도시에서 혼자 지내며 곧 내게서 회복될 것이다. 사람들과 교제하는 그녀의 능력 중 얼마나 많은 부분이 내 잘못으로 인해 발휘되지 못했던가. 그녀는 자신이 베를린에서 불행했다고 쓰고 있다. 사실이 아니다!

내가 8월 이후로 시간을 결코 충분히 활용하지 못했다는 사실을 깨달았다. 밤늦게까지 글을 계속 쓸 수 있게 오후에 많이 자려던 나의 지속적인 시도들은 의미가 없었다. 왜냐하면 첫 14일이 지났을 때 이미 나는, 1시 이후에 자러 가면 내 신경이 견뎌내지 못해 전혀 잠들 수가 없어서 다음 날 견디기 힘들어지고 내 자신을 망치게 된다는 사실을 알 수 있었기 때문이다. 그래서 나는 오후에 오랫동안 누워 있어도 밤에는 드물게 밤 1시 넘어서까지 작업했다. 하지만 항상 시작은 빨라도 11시경이었다. 그것이 잘못이었다. 8시 혹은 9시경에 시작해야만 한다. 물론 밤이 가장 좋은 시간(휴가!)이긴 하지만 쓸 수가 없다.

토요일에 F.를 보게 될 것이다. 그녀가 나를 사랑한다면, 그것은 내가 그럴 만한 자격이 되어서가 아니다. 오늘 나는 자신의 한계가 얼마나 좁은지를 간파하고 있는 것 같다. 모든 면에서, 그리고 그 결과

글쓰기에서도. 자신의 한계를 아주 강렬하게 인식하면, 그자는 폭발해야만 한다. 내게 그것을 깨닫게 한 것은 아마도 오틀라의 편지일 것이다. 최근 나는 내 자신에게 아주 만족스러웠고, 펠리체에 맞서서 나 자신을 변호하고 주장하는 이의를 많이 제기했었다. 그것을 써놓을 시간이 없었던 것이 유감이다. 오늘은 쓸 수가 없을 것이다.

———————————

스트린드베리의 『검은 깃발들』.[26] 먼 곳으로부터 받는 영향에 관해: 다른 사람들이 이러한 비난을 굳이 언급하지 않아도 너는 그들이 너의 행동을 비난하고 있음을 분명히 느꼈다. 무엇 때문인지 분명히 깨닫지 못한 채, 너는 고독에서 호젓한 편안함을 느꼈다. 멀리 있는 누군가가 너에 대해 좋게 생각했고, 좋게 말했다.

〈1915년 1월〉 18일

같은 방식으로 공장에서 7시 반까지 쓸데없이 일하고 읽고 구술하고 듣고 썼다. 그 이후에는 여전히 똑같은 무의미한 만족감. 두통. 잘못 잤다. 장시간 집중을 요하는 일은 할 수가 없다. 또 너무 잠깐만 야외에 있었다. 그럼에도 불구하고 새로운 이야기를 시작했다. 이전 이야기들은 망칠까봐 겁이 났다. 이제 내 앞에는 네다섯 개의 이야기들이 마치 공연 시작 무렵 서커스 단장 슈만[27] 앞에 서 있는 말들처럼 늘어서 있다.

〈1915년 1월〉 19일

아마도 공장에 가야 하는 동안에는 아무것도 쓰지 못하게 될 것이다. 내 생각에 내가 지금 느끼는 일에 대한 무능력은 아주 특별한 것으로, 게네랄리 보험 회사[28]에 고용되었을 때 느꼈던 무능력과 흡사하다. 내적으로 가급적 관여하지 않는데도 불구하고, 직업적 삶으로의 직접적인 접근은 내게서 모든 통찰력을 앗아가버린다. 마치 내가 고개마저 숙인 채 협곡에 있기라도 하듯이 말이다. 예를 들어 오늘 신문[29]에 스웨덴의 공식 성명이 실렸다. 그 성명에 따르면, 삼국 동맹의 위협에도 불구하고 중립은 반드시 지켜져야만 한다. 마지막 부분에는 삼국 동맹국들이 스톡홀름에서 완강한 저항에 부딪히게 될 거라고 적혀 있다. 오늘 나는 그 말을 거의 그대로 온전히 받아들인다. 3일 전 같았으면, 나는 철저하게 여기서 스톡홀름 망령이 얘기하고 있으며, 또 '삼국 동맹의 위협', '중립', '스웨덴 당국'과 같은 말들은 눈으로는 즐길 수 있지만 손으로는 결코 만질 수 없는 공기가 특별한 형태로 뭉쳐진 형상에 불과하다고 느꼈을 것이다.

친구 두 명과 일요일에 소풍 가기로 약속하고는 예상치 못하게 늦잠을 자는 바람에 만나는 시간을 완전히 놓쳐버렸다. 평소 나의 정확함을 잘 아는 친구들은 놀라서 내가 사는 집으로 왔고, 그곳에서도 여전히 한동안 서서 기다리다가 계단을 올라와 내 방문을 두드렸다. 나는 몹시 놀라서 침대에서 뛰쳐나와 최대한 빨리 준비하는 것 외에 다른 것은 신경도 쓰지 못했다. 그런데 내가 옷을 다 입고 문 밖으로 나왔을 때, 내 친구들이 나를 보고 확연히 놀라서 뒤로 물러섰다. 그들은 "머리 뒤에 그거 뭐냐?"라며 소리쳤다. 이미 잠에서 깨어날 때부터 나는 머리를 뒤로 젖힐 때 뭔가 방해된다고 느꼈었고, 이제 이 장애물을 손으로 더듬었다. 내가 내 머리 뒤로 칼자루를 잡았을 때, 막 이미 어느 정도 제정신이 든 친구들이 "조심해. 다치지 않게"라고 소리쳤다. 친구들이 다가와서 나를 살펴보고는 나를 방 안 옷장 거울 앞으로 데려가 상의를 벗겼다. 십자형의 칼자루가 달린 기사의 크고 오래된 검이 칼자루 부분까지 내 등에 꽂혀 있었다. 하지만 이해할 수 없게도 그 검은 내게 전혀 상처도 내지 않고 칼날을 정확히 피부

와 살 사이로 밀어 넣는 방식으로 꽂혀 있었다. 그리고 목에 칼이 꽂힌 자리에도 상처가 없었다. 친구들은 그곳에서 전혀 피도 나지 않고 마른 채로 칼날에 필요한 틈만 벌어져 있다고 확신했다. 그리고 이제 친구들이 안락의자에 올라가 천천히 아주 조금씩 검을 빼낼 때도 피가 나지 않았고, 목의 벌어진 자리도 거의 눈에 띄지 않을 정도의 틈만 남기고는 막혀버렸다. 친구들이 웃으며 "여기 네 검이다"라고 말하면서 내게 검을 건네주었다. 나는 두 손으로 그 검의 무게를 재보았다. 그것은 귀한 무기였다. 아마도 십자군 원정 참가자가 사용했을 법한 검이었다. 늙은 기사들이 꿈속에서 돌아다니며 무책임하게 검을 휘둘러대다가 잠자는 무고한 사람을 찔렀는데, 우선은 그들의 무기가 다분히 살아 있는 사람의 몸을 비껴갔고, 그다음으로는 신의 있는 친구들이 문 뒤에 서서 도와주려고 문을 두드렸기 때문에 큰 상처가 나지 않았을 뿐이라 해도, 누가 그것을 참으려 하겠는가.

〈1915년 1월〉20일

글쓰기를 끝냈다. 언제 다시 글쓰기가 나를 받아줄까? 이 무슨 안 좋은 상황에서 F.와 만나게 된단 말인가! 글을 써야 한다는 숙제와 함께 바로 머리가 무거워졌다. 지난주에는 만남에 필요한 중요한 생각들을 좀처럼 털어내기 어려웠던 반면에, 지금은 만남을 준비할 능력이 없다. 이 부분에서 내가 생각할 수 있는 유일한 이득만 챙기자. 더 잘 자기.

───────────

『검은 깃발들』. 또 형편없이 읽고 있다. 그리고 얼마나 고약스럽고 나약하게 나를 관찰하고 있는지. 보아하건대 나는 세상으로 밀고 들어갈 수는 없어도, 차분히 누워서 받아들이고, 받아들인 것을 내 속에 펼쳐서 조용히 내디딜 수는 있다.

────────────

〈1915년 1월〉 24일

　F.와 함께 보덴바흐에 와 있다. 우리가 그 언젠가 다시 결합될 가능성은 없다는 생각이 든다. 하지만 나는 그것을 그녀와 그리고 여전히 결정적인 순간에도 나 자신에게도 말할 엄두를 내지 못한다. 그래서 나는 다시 그녀를 달랬다. 하루하루 지날수록 내가 더 나이 들고 더 완고해지는 관계로 어이없게도. 그녀가 어떻게 고통 받으면서도 동시에 평온하고 명랑할 수 있는지 이해해보려고 하자 예전의 두통이 다시 생긴다. 많은 글쓰기로 인해서 다시 서로를 괴롭혀서는 안 된다. 이번 만남을 개별 경우로 흘려버리는 게 가장 좋을 것이다. 아니면 어쩌면 내가 이곳에서 해방되어 글을 쓰면서 살아가게 된다거나 혹은 외국이나 다른 어떤 곳으로 가 거기서 F.와 함께 숨어 살게 될 거라고 믿든지. 또 그 밖에 우리는 서로를 전혀 변하지 않았다고 생각했다. 각자 혼자서 상대방이 의연하고 무정하다고 말한다. 나는 글쓰기만 고려된 환상적인 내 삶에 대한 요구 중에서 그 무엇도 놓치려고 하지 않는 반면에, 그녀는 둔감하게 나의 모든 말 없는 부탁과는 반대로 평범함, 쾌적한 집, 공장에 대한 관심, 풍족한 음식, 밤 열한 시부터 잠자기와 난방이 된 방을 원한다. F.가 3개월 전부터 한 시간 반 빨리 가고 있던 내 시계를 진짜 시간에 맞춘다. 그녀가 옳고, 또 앞으로도 계속 그녀가 옳을 것이다. 내가 보이에게 다 읽자마자[30] 신문을 갖다 달라고 말할 때 그녀가 나를 훈계하는 순간에도 그녀가 옳다. 그리고 그녀가 원하는 집단장에 관해 '개인적인 점수'(껄끄럽게 말할 수밖에 없다)를 얘기할 때도, 나는 아무것도 정정할 수가 없다. 그녀는 내 바로 밑의 두 여동생들을 '단조롭다'고 말하고, 막내 여동생에 대해서는 아무것도 묻지 않는다. 그녀는 내 글쓰기에 대해서는 거의 아무런 질문도 하지 않으며, 그것에 대한 눈에 띄는 그 어떤 감수성

586

도 갖고 있지 않다. 이것이 한 측면이다.

하지만 나는 평상시처럼 무능함과 삭막함을 느낀다. 사실 나는 어째서 누군가가 또 그저 작은 손가락으로 나를 만지고 싶어 하게 되는지에 대한 의문 외에는 다른 그 무엇에 대해서도 곰곰이 생각할 짬이 없어야 할 것이다. 잠시 후 나는 세 그룹의 사람들에게 이러한 차가운 입김을 불어댔다. 헬러아우에서 온 부부와 보덴바흐의 리들 가족 그리고 F.. F.가 "우리가 여기 함께 있다는 게 얼마나 용감한 일인지"라고 말했다. 나는 그녀가 이 말을 외쳐대는 동안 귀가 안 들리기라도 하듯이 침묵을 지켰다. 우리는 두 시간 동안 단둘이 방에 있었다. 내 주위에는 지루함과 암울함만 있었다. 내가 자유롭게 숨 쉴 수 있었을 법한 때에도, 우리는 서로 단 한 번도 좋은 순간을 공유하지 못했다. 나는 편지 이외에는 추크만텔과 리바에서 경험했던 사랑하는 여인과 갖는 달콤한 관계를 F.와는 전혀 갖지도 못했다. 단지 끝없는 경탄과 예속, 동정, 절망과 자기 경멸만이 있었다. 나는 또 그녀 앞에서 낭독했는데, 거슬릴 정도로 문장들이 뒤죽박죽이 되어버렸고, 소파에 누워서 눈을 감고 조용히 받아들이는 경청자와 아무런 연결점도 찾지 못했다. 원고를 가져와서 베껴 적어도 되냐는 미온적인 청을 함. 문지기 이야기[31]에 갖는 더 큰 관심과 주목. 내가 먼저 그 이야기의 의미를 깨달았고, 그녀도 그것을 제대로 파악했다. 그 후 우리는 당연히 대략적인 소견을 말하며 그 이야기 속으로 빠져들었다. 내가 먼저 시작했다.

분명 다른 사람들은 믿기 어렵겠지만 얘기할 때 내가 겪는 어려움의 원인은, 내가 완전히 불명료하게 생각하고 의식하며, 따라서 나한테만 달려 있는 경우는 방해받지 않고 때로 자족적으로 휴식을 취할 수 있는 데 반해, 사람들과 대화할 때는 명료함과 견고함, 지속되는 일관성과 같이 내 안에 없는 것들이 요구된다는 점에 있다. 어느 누구도 안개구름 속에 나와 함께 누우려 하지 않을 것이고, 설사 누군가가 그렇게 하기를 원해도 나는 안개를 내 이마에서 몰아낼 수 없을 것이다. 두 사람 사이에서는 안개가 흩어져버려 결국은 아무것도 남지 않게 된다.

F.는 보덴바흐로 크게 우회해서 가고, 여권을 마련하는 수고를 한다. 나는 뜬눈으로 밤을 새우고도 참아야 하며, 게다가 강연도 하나 들어야 한다. 이 모든 것은 무의미한 일이다. 그녀도 나와 마찬가지로 그것을 그러한 고통으로 느끼는지. 동일한 감성을 갖고 있다고 전제해도 분명 아니다. 그녀는 죄의식이 없다.

각자 다른 사람을 다른 그 자체로 사랑한다는 나의 확신이 옳았고, 또 옳다고 인정되었다. 하지만 각자 자신이 생긴 그대로 다른 사람과 살 수는 없다고 생각한다.

이 그룹: 바이스 박사는 F.가 미움받을 만하다고 나를 납득시키려 하고, F.는 바이스 박사가 미움받을 만하다고 나를 설득하려 한다. 나는 둘 다 믿고, 둘 다 좋아하거나 좋아하려고 애쓴다.

———————

〈1915년 1월〉 29일

다시 글을 써보려 했지만, 거의 소용이 없었다. 지난 이틀간은 10시만 되면 곧장 자러 갔다. 벌써 오랫동안 하지 못했던 일이다. 낮 동안에 해방감과 절반의 만족감을 느꼈다. 직장에서는 더 쓸모가 많아졌다. 사람들과의 대화가 가능해졌다. 지금은 심한 무릎 통증이 있다.

———————

〈1915년 1월〉 30일

예전의 무능력. 거의 10일간 글쓰기를 중단했고, 이미 내던져버렸다. 또다시 커다란 긴장 상태가 닥쳐온다. 확실히 잠수해서 눈앞에 가라앉는 것보다도 더 빨리 가라앉아야 한다.

〈*1915년 2월*〉*7일*

완전한 정체 상태. 끝없는 고통.

———————

어떤 자기 인식의 상태에서나 그 밖의 관찰하기 좋은 부대 상황에서는 자신을 혐오스럽게 생각하는 일이 주기적으로 일어나게 마련일 것이다. 모든 선의 척도는—거기에 대해서는 의견이 분분하겠지만—너무 거대해 보일 것이다. 사람들은 자신이 비참한 속내의 쥐구멍과 다르지 않다는 사실을 통찰하게 될 것이다. 아주 하찮은 행동조차도 이 속마음에서 자유로울 수 없을 것이다. 이 속마음은 너무나 지저분해서, 사람들은 자기관찰 상태에서는 일단 그것에 대해 단 한 번도 생각하려 들지 않을 것이고, 멀리서 그것을 바라보는 것만으로 만족할 것이다. 이러한 속마음의 관심사는 가령 단순한 이기주의가 아니다. 이기주의는 속마음에 비하면 선과 미의 이상으로 비쳐질 것이다. 사람들이 발견할 추잡함은 자신을 위해 존재할 것이다. 사람들은 자신들이 이러한 짐을 잔뜩 진 채로 이 세상에 왔고, 이러한 짐으로 인해 식별되지 않거나 아니면 너무 잘 식별된 채로 다시 죽게 된다는 사실을 인식하게 될 것이다. 사람들은 이러한 추잡함을 가장 아래 지면에서 발견할 것이고, 가장 아래 지면에는 가령 용암이 아니라 추잡함이 들어 있을 것이다. 추잡함은 가장 최하이자 최상의 것이 될 것이고, 자기관찰의 결과로 생기는 회의마저도 오물 속에서 요동치는 돼지처럼 금방 약해지고 자기도취적이 되어버릴 것이다.

1915년 2월 9일

어제와 오늘 조금 썼다. 「개 이야기」.[32]

———————

지금 첫 부분을 읽었다. 멋있지도 않고 두통만 야기한다. 그 이야기는 모든 진실에도 불구하고 불쾌하고 현학적이고 기계적이며 모래톱 위에서 겨우 숨 쉬는 생선과도 같다. 내가 『부바르와 페퀴셰』[33]를 너무 일찍 쓰는 셈이다. 만약 이 두 성분들—가장 두드러지게는 「화부」와 「유형지에서」—이 화합되지 않으면, 나는 끝장이다. 하지만 이렇게 화합될 전망이 있을까?

마침내 방을 하나 얻었다. 빌렉가세에 있는 같은 집에.[34]

〈1915년〉 2월 10일

첫날 밤이다. 이웃 사람이 집주인과 몇 시간째 얘기를 나누고 있다. 두 사람 다 작은 소리로 얘기하고, 집주인 목소리는 거의 들리지도 않지만, 그러기에 더욱 화가 난다. 이틀 전부터 진행 중이던 글쓰기가 중단되었고, 얼마나 더 오래갈지 아무도 모른다. 완전 절망이다. 모든 집이 다 그런가? 어떤 집주인을 만나든, 어떤 도시에서든 그런 어이없고 절대적으로 치명적인 곤경이 나를 기다리고 있단 말인가? 수도원에 있는 내 반 반장의 방 두 개. 하지만 금세 낙담하는 것은 어리석은 일이다. 차라리 방법을 찾자. 잘—아니 그것은 내 성격과 상반되지 않는다. 아직 내 안에는 뭔가 질긴 유대인 기질이 숨어 있다. 다만 그것은 대부분 반대편에서 도움을 준다.

〈1915년 2월〉 14일

러시아의 무한한 매력. 그것은 도스토옙스키의 삼두마차보다도 간과할 수 없을 만큼 큰 강의 이미지에서 더 잘[35] 포착된다. 사방에서 물결이, 그다지 높지 않은 물결이 이는 누르스름한 물이 그 강에 흐르고 있다. 황무지가 강가의 관목들을 엉망으로 만들었다. 꺾인 풀들. 그 무엇도 그것을 포착하지 않고 오히려 모든 것을 소멸시킨다.

———————

성 시모니스무스[36]

1915년 2월 15일

모든 것이 정체 상태다. 잘못한 불규칙적인 시간 분배. 집이 나의 모든 것을 망치고 있다. 오늘 또다시 집주인 딸의 프랑스어 수업을 듣게 되었다.

1915년 2월 16일

어디로 가야 할지 모르겠다. 마치 내가 소유하던 모든 것이 내게서 달아나버린 것만 같고, 그것이 다시 돌아와도 나를 전혀 충족시키지 못할 것만 같다.

1915년 2월 22일

어느 모로 보나 완벽하게 무능함.

〈1915년〉 2월 25일

수일간 지속되던 두통이 지나간 후 마침내 약간은 더 자유롭고 낙관적이 되었다. 만약 내가 나와 내 삶의 여정을 관찰하는 타인이라면 나는, 모든 것이 자학하는 데만 창조적이어서 끊임없는 회의 속에서 소진되다가 결국에는 쓸모없이 끝나버릴 거라고 말하지 않을 수 없을 것이다. 하지만 직접 관계된 자로서 나는 희망을 갖는다.

1915년 3월 1일

몇 주간의 준비 기간을 갖고 두려워하다가 힘들게 해약을 통고했다. 꼭 이유가 있어서가 아니었다. 충분히 조용하다. 다만 내가 아직 글을 제대로 써보지 못했었기 때문에, 고요함과 소란스러움 둘 다 충분히 시험해보지 못했던 것이다. 오히려 나 자신의 불안 때문에 해약했다. 나는 자신을 괴롭히며 끊임없이 자신의 상태를 변화시키려고 한다. 나는 변화 속에서 내가 구제받을 수 있는 길을 예감할 수 있다고 믿는다. 나아가 나는 그러한 작은 변화들을 통해서 아마도 내게 필요할 커다란 변화에 나를 준비시킬 수 있을 거라고 믿는다. 다른 사람들은 비몽사몽간에 겪는 이러한 작은 변화들을 나는 모든 오성적 힘이 자극받은 상태에서 겪는다. 나는 확실히 여러 면에서 훨씬 더 안 좋은 집으로 바꾸었다. 어쨌든 오늘은 아주 심한 두통만 없었다면 제법 작업을 잘 할 수 있었을 법한 첫 번째 (혹은 두 번째) 날이다. 금방 한 페이지를 써내려갔다.[37]

1915년 3월 11일

얼마나 시간이 잘 가는지. 벌써 또다시 10일이 지났는데도 아무것도 달성한 것이 없다. 관철시키지를 못한다. 여기저기 한 페이지씩 쓰는 데는 성공했지만, 지속시키지를 못한다. 다음 날이면 나는 속수

무책이다.

───────────────

동구 유대인과 서구 유대인. 저녁. 이곳 서구 유대인들에 대한 동구 유대인들의 경멸. 이러한 경멸의 정당성. 동구 유대인들은 이러한 경멸의 원인을 잘 안다. 하지만 서구 유대인들은 그렇지 못하다. 예를 들어 어머니는 온갖 우스꽝스러움을 초월하는 지독한 견해를 갖고 그들에게 접근하려고 하신다. 막스조차도. 그의 부족하고 힘 없는 연설. 상의의 단추 풀기, 단추 잠그기. 하지만 여기에는 선량한 호의가 있다. 그에 반해서 상의의 단추를 꼭 채우고 있는 비젠펠트라는 어떤 자는 네, 아니오, 네, 아니오라고 큰 소리로 힘차게 말한다. 그가 행사용으로 입은 셔츠의 칼라는 그 이상 더 더러울 수 없을 정도로 지저분하다. 입가에는 음흉하고 불쾌한 미소를 띠고 있다. 젊은 얼굴에 주름이 잡혀 있고, 그의 팔 동작은 거칠며 어쩔 줄을 모른다.[38] 가장 훌륭하지만 어린 훈련된 젊은이가 한 손은 바지 주머니에 넣고 다른 손은 청중을 향한 채 집요하게 쉬지 않고 질문을 해가면서, 증명 가능한 것은 즉시 증명해 보인다. 그는 어조를 높이지 못할 것 같은 날카로운 목소리를 가졌다. 카나리아 새 같은 목소리. 그는 말이라는 금실세공으로 뇌리에 깊이 박힌 미로 같은 홈들을 고통스러울 정도로까지 채워준다. 머리를 휙 쳐듦. 나는 마치 강연장 중앙에 밀어 넣은 나무 옷걸이 같다. 그래도 희망적.[39]

───────────────

〈1915년 3월〉 13일

저녁 6시에 소파에 누웠다. 대략 8시까지 잤다. 일어날 수가 없었다. 시계 치는 소리를 기다렸는데, 잠에 취해서 전부 흘려들었다. 저녁을 먹으러 집에 가지도 않았고, 오늘 저녁 다들 모이기로 한 막스 집에도 가지 않았다. 그 이유: 밤에 문을 열어주는 데 내야 하는 많은 돈,[40] 식욕 상실, 밤늦게 돌아와야 하는 데 대한 두려움, 하지만 무엇보다도 내가 어제 아무것도 쓰지 못했다는 생각, 점점 더 글쓰기에서 멀어진다는 생각, 그리고 지난 반년간 애써 얻은 것을 모두 잃어버릴지도 모를 위험에 처했다는 생각. 이미 최종적으로 폐기해버렸던 보잘것없는 새 이야기를 한 페이지 반 정도 쓰고 나서 절망하며 헤르첸의 글을 읽었을 때 이러한 생각들이 사실로 입증되었다. 내켜하지 않는 내 위 속 상태에도 연대책임이 있는 절망 속에서 나는 어떻게든 헤르첸이 나를 이끌게 하고 싶었다. 결혼 첫해에 그가 누렸던 행복. 나도 덩달아 그렇게 행복해하고 있다는 사실에 깜짝 놀랐다. 벨린스키, 하루 종일 모피를 두르고 침대 속에 있는 바쿠닌과 교우 관계를 맺었던 위대한 삶.[41]

―――――――――

때로 거의 갈기갈기 찢길 것만 같은 불행감. 그리고 이와 동시에 이러한 불행감뿐만 아니라 매번 이 불행감을 끌어들여서 도달하게 되는 목표가 반드시 필요하다는 확신. (지금은 헤르첸에 대한 기억의 영향 때문에 그렇지만, 평소에도 역시 그렇다.)

⟨1915년 3월⟩ 14일
오전. 12시 반까지 침대에 누워 있었다. 서서히 생각이 뒤죽박죽되더니 믿기지 않을 정도로 강화되었다. 오후에는 독서하고(고골, 시에 관한 논문[42]), 저녁에는 일부 오전에 했던 생각들을 하면서 산책했다. 그 생각들은 근거는 있지만 신뢰할 만한 것은 못 되었다. 프라하에서 가장 아름다운 장소. 새들의 지저귐. 회랑이 있는 성, 작년 잎이 달려 있는 오래된 나무들, 어스름. 나중에 오틀라가 D.[43]와 함께 왔다.

―――――――――

〈1915년 3월〉17일

소음이 나를 따라다닌다. 빌렉가세에 있던 방보다 훨씬 더 쾌적하고 아름다운 방. 나는 그 정도로 전망에 매달린다. 이 방은 전망이 좋다. 타인 교회가 보인다. 하지만 저 아래 차들의 소음은 정말 시끄럽다. 그래도 이미 어느 정도 그 소리에 익숙해졌다. 하지만 오후에 들리는 소음에는 적응할 수가 없다. 때때로 부엌이나 복도에서 말다툼이 벌어진다. 어제는 내 방 위 바닥에서 무엇 때문인지는 알 수 없지만 볼링 할 때처럼 계속해서 공 굴러가는 소리가 들렸다. 그다음에는 아래쪽에서 피아노 치는 소리가 났다. 어제 저녁은 비교적 조용해서, 조금 기대할 만하게 썼다(「평검사」). 오늘 의욕을 갖고 글을 쓰기 시작하려는 순간, 갑자기 내 옆 아니면 아래쪽에서 사람들의 대화 소리가 내 주위를 맴돌듯이 번갈아가며 크게 들렸다. 잠시 이 소음과 씨름하다가 신경이 완전히 망가져서 소파에 누웠다. 10시가 넘으면서 조용해졌지만, 더 이상 글을 쓸 수가 없다.

1915년 3월 23일

한 줄도 쓸 수가 없다. 어제는 호텔 공원에서, 그리고 오늘은 카를 광장에 앉아서 스트린드베리의 『확 트인 바닷가에서』[44]를 읽었을 때의 쾌감. 오늘 내 방에서의 쾌감. 발에 밟혀 으깨질 준비가 되어 있는 해변가의 조개처럼 공허하다.

〈1915년 3월〉25일

어제 '종교와 국가'라는 막스의 강연을 들었다. 탈무드 인용. 동구 유대인들. 렘베르크 출신 여자.[45] 하시디즘에 동화된 서구 유대인이 귀에 솜 마개를 꽂고 있다. 뾰족하게 자른 길고 윤기 나는 머리카락을 가진 사회주의자 슈타이들러. 동구 유대인 여성들이 집단적으로 열광하는 방식. 난로 옆 동구 유대인 남성들. 카프탄을 입고 있는 괴츨. 자명한 유대인적인 삶. 혼란스럽다.[46]

1915년 4월 9일

집 때문에 받는 고통. 끝도 없다. 며칠 저녁은 글을 잘 썼다. 내가 밤에 글을 써도 괜찮았더라면! 오늘은 소음 때문에 잠자기부터 글쓰기까지 전부 방해받았다.

1915년 4월 14일

갈리치아 아가씨의 호머 시간. 날카롭고 엄격한 얼굴에 녹색 블라우스를 입고 있다. 발표할 때, 그녀는 손을 직각으로 든다. 옷 입을 때의 급한 동작. 손을 들었는데도 자신의 이름이 불리지 않으면 그녀는 부끄러워서 고개를 옆으로 돌려버린다. 재봉틀 옆의 녹색 옷을 입은 강인한 아가씨.[47]

1915년 4월 27일

여동생과 함께 나기-미할리에 와 있다.[48] 사람들과 같이 지낼 줄도, 얘기를 나눌 줄도 모른다. 완전히 나 자신에게 빠져 있고, 내 생각을 하고 있다. 머리가 둔하고 멍하며 겁이 난다. 내게는 단 한 차례도, 다른 사람에게 말할 거리조차 없다. 빈으로의 여행. 무엇이든 다 알고 있고 무엇이든 다 판단하는, 여행 중인 경험 많은 빈 사람. 키가 크고 연한 황금색 수염에 다리를 포갠 채 『저녁』[49]을 읽고 있다. 엘리와 내가 눈치챘듯이(이 점에서 같은 방식으로 지켜보고 있다) 남의 일을 잘 도와주지만, 내성적이기도 하다. 내가 "정말 여행 경험이 많으시군요!"라고 말한다. [그는 내게 필요한 모든 기차의 연결편과(물론 나중에 밝혀진 바에 따르면, 그의 말이 다 맞지는 않았다) 빈의 모든 전차 노선을 알고 있다. 그는 내게 부다페스트에서 바노브츠로 거는 전화 건으로 조언을 해주고, 소포 발송 제도도 잘 알아서 요금 표시기가 달린 차로 짐을 부치게 되면 돈을 적게 낸다는 것을 알고 있다]. 그는 나의 이 말에 아무런 대꾸도하지 않고 고개를 숙인 채 꼼짝 않고 앉아 있다. 지슈코프에서 온 아가씨. 상냥하고 말은 많지만 남을 별로 괴롭히지 않는다. 빈혈기가있고, 발육이 덜 되었으나 더 이상 발육할 것 같지 않은 빈약한 몸매를 하고 있다. 비스마르크 같은 얼굴을 한 드레스덴 출신의 노부인. 나중에 그녀는 자신이 빈 사람이라고 밝힌다. 『디 차이트』[50]지의 편집장 부인인 뚱뚱한 빈 여성은 신문과 관련된 지식이 많고, 말을 명확하게 하며, 상당히 불쾌하게도 대부분 나의 의견을 대변한다. 나는대부분 잠자코 있고, 무슨 말을 해야 할지 모른다. 이 일행들 속에서전쟁은 내게 최소한 얘깃거리가 될 만한 어떠한 생각도 제공하지 못한다. 빈-부다페스트. 곧 내리려고 하는 두 명의 폴란드인 소위와 숙녀가 창가에서 속삭인다. 숙녀는 창백하고 아주 젊지는 않다. 그녀는거의 뺨이 홀쭉하게 패어 있고, 손을 자주 치마에 눌린 허리춤으로가져가며 담배를 많이 피운다. 두 명의 헝가리 유대인. 창가에 앉아있는 베르크만[51]을 닮은 한 사람이 잠자는 다른 사람의 머리를 어깨로 받치고 있다. 그들은 대략 새벽 5시부터 시작해서 아침 내내 사업얘기를 한다. 영수증과 편지들이 오가고, 가방에서 다양한 상품 견본들이 나온다. 내 맞은편에 있는 헝가리 소위는 잠 잘 때 얼빠진 듯한못생긴 얼굴을 하고 있다. 벌린 입, 우스꽝스러운 코. 새벽에 그가 부다페스트에 관한 정보를 줄 때는 상기되어서, 두 눈은 빛나고 열정이담긴 목소리는 생기가 넘친다. 옆 칸막이 객실에는 집으로 돌아가는비스트리츠 출신 유대인들이 있다. 한 남자가 몇 명의 여자들을 이끌고 간다. 그들은 막 쾨뢰스 메쵀가 민간인 통행 금지가 되었다는 사실을 알게 된다. 그들은 스무 시간 또는 더 오래 차를 타고 가야 할 것이다. 그들은 러시아인들이 가까이 올 때까지 라다우츠에 남아 있었던 한 남자에 대해 얘기한다. 그 남자에게는 마지막으로 지나가던 오스트리아 대포 위에 앉아 피난 가는 것 외에 달리 방법이 없었다. 부다페스트. 나기-미할리 연결편에 대한 갖가지 정보들. 믿기지 않을 정도로 나쁜 연결편에 관한 정보들이 사실로 입증된다. 역에서 끈으로 맨 모피 재킷을 입은 헝가리 기병이 춤추며 발을 관람용 말처럼 내려놓는다. 그는 떠나는 한 숙녀에게 작별을 고한다. 그는 그 숙녀를 말이 아니라 춤 동작과 군도를 써서 계속 경쾌하고 즐겁게 만든다. 그는 기차가 떠날까봐 염려돼 용의주도하게 손으로 그녀의 겨드랑이를 받치며 한두 번 그녀를 열차 칸 계단 위로 데리고 올라간다. 그는 중간 키에 튼튼하고 건강한 큰 치아들을 갖고 있다. 모피 재킷의 디자인과 강조된 허리선이 그의 외형에 뭔가 여성적인 분위기를 더해준다. 그는 자주 사방으로 미소를 지어 보인다. 확실히 무의식적인 미소이자 또한 군인의 명예가 거의 요구하다시피 하는 완벽하고 한결같이 조화로운 자신의 존재를 증명해보이는 자명한 미소일 뿐이다. ─눈물로 작별을 나누는 노부부. 절망에 빠져서 자신도 모르게 끊임없이 담배를 꺼내듯이 의미 없이 반복되는 수많은 키스들. 주변에 신경 쓰지 않는 가족다운 행동. 모든 침실에서 다 그러하다. 그들의 얼굴 특징은 알아채기가 힘들다. 수수한 한 노부인. 사람들이 그녀의 얼굴을 더 자세히 들여다보거나 보려고 하면, 얼굴 형체는 사라져버리고 예를 들어 빨간 코라든가 몇 개의 마맛자국 같은 어떤 작고 눈에 띄지 않는 못생긴 부분만 어렴풋이 기억에 남을 그런 얼굴이다. 노신사는 회색 콧수염과 큰 코에 진짜로 마맛자국을 갖고 있다. 널찍한 둥근 외투와 지팡이. 그는 몹시 슬픈데도 불구하고 잘 참는다. 노부인의 아래턱을 잡을 때, 거기에 무슨 마력이 숨어 있는지. 마침내 그들은 울면서 서로의 얼굴을 쳐다본다. 그들이 직접 그렇게 말하

598

지는 않지만, 그것은 이렇게 해석될 수 있을 것이다. 전쟁이 우리 두 늙은이를 연결하는 이 가련한 작은 행복조차도 깨뜨린다고. ―거대한 독일인 장교가 다양한 작은 군 장비들을 달고 차례로 역과 기차를 통과하며 행군한다. 우람하고 큰 키 때문에 뻣뻣하다. 그가 움직이는 것 자체가 거의 놀라울 지경이다. 사람들은 그의 튼튼한 허리, 넓은 등, 전체적으로 날씬한 몸매 앞에서 모든 것을 한 번에 포착하려고 눈을 크게 뜬다. ―칸막이 객실에 있는 두 명의 헝가리 유대 여인들, 어머니와 딸. 서로 닮았지만, 어머니는 단정하고 딸은 수척하지만 자부심이 있다. 어머니는 잘 다듬어진 커다란 얼굴에 턱에는 솜털 같은 수염을 갖고 있다. 딸은 엄마보다는 작고 뾰족한 얼굴에 피부는 깨끗하지 못하고 파란 옷을 입은 빈약한 가슴 위로 흰 앞가리개를 하고 있다. ―적십자 간호사. 아주 확신에 차 있고 결연하다. 그녀는 마치 혼자서 충분히 한 가족 노릇을 하는 양 여행하고 있다. 그녀는 아버지처럼 담배를 피우거나 복도에서 이리저리 왔다 갔다 하고, 배낭에서 무언가를 꺼내기 위해 소년처럼 의자 위로 뛰어오르는가 하면, 엄마처럼 조심스럽게 고기와 빵, 오렌지를 자르고, 자신의 본래 모습인 요염한 아가씨처럼 반대편 의자에서 자신의 아름다운 작은 발과 노란 장화, 탄탄한 다리 위에 신은 노란 스타킹을 보여준다. 그녀는 말을 걸어도 전혀 반감을 갖지 않을 것이다. 심지어 그녀 스스로 멀리 보이는 산맥에 대해 묻기 시작하고, 지도에서 산맥을 찾도록 내게 안내 책자를 준다. 흥미가 없는 듯 나는 구석에 누워 있다. 그녀가 마음에 들기는 하지만, 그래도 내 마음속에는 그녀가 기대하는 대로 이것저것 물어봐야 한다는 데 대한 반감이 쌓인다. 나이를 알 수 없는 강인한 갈색 얼굴, 거친 피부, 볼록한 아랫입술, 여행복 안에는 간호사복을 입고 있다. 단단히 돌린 머리 위에 부드러운 모자를 자신의 방식대로 눌러쓰고 있다. 질문을 못 받자, 그녀는 조금씩 혼자서 얘기를 늘어놓기 시작한다. 내 여동생이 그녀를 조금씩 거든다. 나중에 안 사실이지만 여동생은 그녀가 전혀 마음에 안 들었다. 그녀는 사토랄야 우엘로 여행하는 중이다. 그곳에서 그녀는 자신의 다음 소임을 받게 될 것이다. 그녀는 제일 일이 많은 곳에 있고 싶어 한다. 왜냐하면 그곳에서는 시간이 가장 빨리 지나갈 것이기 때문이다(내 여동생은 이 말에서 그녀가 불행하다고 결론짓는다. 하지만 나는 그 말은 틀렸다고 생각한다). 사람들은 다양한 체험들을 하게 된다. 예를 들어 한 사람이 자면서 못 견딜 정도로 코를 골았다. 사람들이 그를 깨워 다른 환자들 생각도 해달라고 부탁했고, 그는 그러겠다고 약속했다. 하지만 잠에 곯아떨어지자마자 벌써 또다시 끔찍한 코 고는 소리가 났다. 굉장히 우스웠다. 다른 환자들이 그를 향해 슬리퍼를 던졌다. 방 구석에 누워 있었기 때문에 그는 빗나갈 수 없는 목표물이었다. 환자들에게는 엄격해야 한다. 그렇지 않으면 목표에 도달할 수가 없다. 네, 네, 아니요, 아니요. 남의 말에 끌려가지만 않으면 된다. 이 대목에서 나는 남자들을 그렇게 다뤄도 되는 것이 틀림없이 여자들에게도 쾌감을 줄 거라고 말한다. 저 멀리 어떤 마지막 병적 기질에서 끌어낸 바보 같지만 내 특유의 아첨하는 듯한 교활하고 사소하고 사무적이며 무심하고 진실이 아닌 발언, 더구나 전날 밤 스트린드베리 공연[52]에서 영향 받은 발언이다. 그녀는 이 말을 흘려듣거나 아니면 그냥 넘어간다. 물론 말뜻을 제대로 파악한 내 여동생은 웃으며 그 말을 받아들인다. 계속되는 절대 죽고 싶지 않아 하던 파상풍 환자에 대한 이야기. —후에 헝가리 역장이 자신의 작은 아들과 함께 기차에 오른다. 적십자 간호사가 그 소년에게 오렌지를 내밀고, 소년은 그것을 받는다. 그러자 그녀가 이번에는 소년에게 마르치판 한 조각을 건네며 그것으로 그의 입술을 건드린다. 하지만 소년은 망설인다. 그가 믿지 못하는 모양입니다라고 내가 말한다. 간호사는 그 말을 그대로 반복한다. 아주 편안하다―창문 밖으로는 엄청나게 봄 방류를 하는 타이스 강과 보드록 강이 있다. 해안 풍경. 들오리들. 토카이산 포도주가 생산되는 포도밭. 부다페스트 근교에서 경작지들 사이로 갑자기 견고하게 방어 시설을 해놓은 반원 모양의 진지가 나타난다. 철조망 장애물. 포좌가 있는, 조심스럽게 지주로 받쳐놓은 엄폐물. 모델감이다. 내게는 수수께끼 같은 '지형에 적합하다'라는 표현. 지형을 인식하는 데에는 네발짐승의 본능이 적합하다. ―우엘의 더러운 호텔. 객실에 있는 모든 물건이 낡았다. 침대 옆 탁자에는 여전히 이전 투숙객의 담뱃재가 떨어져 있다. 침대는 겉보기에만 깨끗하게 시트를 씌운 것 같다. 분대 사령부, 그다음에는 병참기지 사령부에서 군 열차 이용 허가를 받으려고 시도한다. 두 곳 다 방이 쾌적하지만, 특히 후자가 그렇다. 군대와 공무원 사회의 차이점. 잉크와 펜이 있는 책상을 보니 필기 업무가 제대로 평가받고 있다. 발코니 문과 창문이 열려 있다. 편안한 소파. 안마당 발코니 위에 덮어서 감춘 판자 칸막이 안에서 그릇이 달그락거리는 소리가 들린다. 늦은 아침 식사가 식탁에 오른다. 누군가가―나중에 안 사실이지만 그는 육군 중령이다―누가 여기서 기다리고 있는지 보기 위해서 커튼을 들쳐 올린다. 그는 "수입이 있어야 합니다"라고 말하며 식사를 중단하고 내게로 온다. 두 번째 신분증마저 가져오기 위해 재차 호텔에 다녀와야 했는데도 불구하고, 나는 아무것도 달성하지 못한다. 신분증을 보고 다음 날 우편열차를 이용할 수 있다는 군대의 동의서만 내게 써줄 뿐이다. 아주 불필요한 동의다. ―역 부근은 시골 분위기가 난다. 원형광장이 (코수트 기념비,[53] 집시 음악이 흐르는 찻집들, 제과점, 품위 있는 신발가게, 『저녁』을 사라고 외치는 소리, 과장된 동작으로 이리저리 산보하는 긍지에 찬 외팔 군인, 독일의 승전보를 담은 가제본 컬러 인쇄물. 이것들이 내가 스물네 시간 동안 지나가면서 주변에서 보고 자세히 관찰한 것들이다. 포퍼[54]를 만났다) 더 깔끔한 변두리를 방치하고 있다. 저녁에 찻집에 갔다. 순전히 민간인들뿐이다. 우옐 주민들. 단순하지만 낯설고, 일부 의심쩍은 사람들이다. 전쟁 중이어서가 아니라, 이해가 안 되기 때문에 그들이 의심쩍은 것이다. 한 종군목사가 혼자서 신문을 읽고 있다. ―오전에 여관에서 본 젊고 잘생긴 독일 군인. 그는 음식을 많이 가져오게 하고 두꺼운 시가를 피우고 난 뒤에 뭔가를 적는다. 날카롭고 엄격하지만 혈기왕성한 눈, 고르고 매끈하게 면도한 윤곽이 또렷한 얼굴. 그 후 그는 배낭을 멘다. 나중에 누군가에게 거수경례하는 그를 한 번 더 보았는데, 어디서 봤는지 모르겠다.

───────────

〈1915년〉 5월 3일

완전한 무관심과 둔감함. 말라버린 우물. 물은 닿을 수 없을 정도로 깊은 곳에 있고, 그 장소조차 확실치 않다. 공허, 공허. 스트린드베리의 『불화』[55]에 나오는 삶을 이해할 수가 없다. 나와 연관 지으면, 그가 아름답다고 하는 것은 내게 역겨움을 불러일으킨다. F.에게 보내는 편지. 잘못 썼다. 보낼 수 없다. 어떤 과거 아니면 미래가 나를 붙잡는 것일까? 현재는 무시무시하다. 책상에 앉아 있는 것이 아니라 책상 곁을 떠나지 않는 것이다. 공허, 공허. 황량함. 지루함. 아니 지루한 게 아니라 황량할 뿐이다. 무의미함, 나약함. 어제 도브르지호비츠에 갔었다.

───────────

〈1915년〉 5월 4일

스트린드베리(『불화』)를 읽었고 한결 좋아졌다. 나는 단순히 읽기 위해서가 아니라, 그의 품에 안기고 싶어서 그를 읽는다. 그는 나를 아이처럼 자신의 왼팔로 받친다. 나는 동상 위의 사람처럼 그곳에 앉아 있다. 나는 열 차례나 미끄러질 뻔하다가 열한 번째 시도에서 단단히 앉게 되어 안전함과 넓은 조망권을 얻는다.

———————

　다른 사람들과 나의 관계에 대한 숙고. 보잘것없는 나를 완전히 이
해하는 사람은 이곳에 아무도 없다. 이러한 이해력을 가진 사람, 가
령 한 여인이 있다는 것은 사방에 지지대와 신神을 두고 있다는 것을
의미한다. 오틀라는 상당 부분을, 심지어 많은 부분을 이해하며, 막
스와 F.[56]는 상당 부분을 이해한다. E.[57]와 같은 대다수의 사람들은 개
별적인 몇 가지 부분들만 이해하지만, 그 이해 강도가 엄청나게 세
다. F.[58]는 어쩌면 아무것도 이해하지 못하는지 모른다. 그렇긴 하지
만 그 사실은 부인할 수 없는 내적 관계가 있는 이곳에서 그녀에게
커다란 특수 지위를 준다. 때때로 나는 그녀가 그 사실을 알지 못한
채로 나를 이해하고 있다고 생각했다. 예를 들어 한때 내가 그녀를
참을 수 없을 정도로 그리워하던 당시에 그녀가 지하철역 안에서 나
를 기다리고 있었다. 그녀가 위에 있다고 예상하며 최대한 빨리 그녀
에게 가려는 욕심에 내가 막 그녀를 지나쳐서 달려가려고 했을 때,
그녀가 말없이 내 손을 붙들었다.

———————

　〈1915년〉5월 5일
　아무것도 못 썼다. 머리가 약간 아프다. 오후에는 호텔 공원. 내게
자양분을 공급하는 스트린드베리를 읽었다.

———————

　다리가 길고 검은 눈에 피부가 노르스름한 천진난만한 소녀. 명
랑하고 과감하며 발랄하다. 그녀가 손에 모자를 들고 있는 한 작은
친구를 본다. "너 머리가 두 개니?" 친구는 그 자체로는 아주 밋밋한
데 그녀의 목소리와 자그마한 온몸을 불사르는 덕에 생생해진 농담
을 얼른 이해한다. 그 친구는 웃으면서 몇 발자국 안 가서 만난 두 번

째 친구에게 그 농담을 들려준다. "개가 나보고 머리가 두 개냐고 물었어!"

───────────────

아침 일찍 우연히 R.[59] 양을 만났다. 진짜 추함의 극치다. 사람이 그렇게 변할 수가 없다. 볼품없는 몸매, 마치 잠 때문에 아직도 긴장이 풀려 있는 듯하다. 내가 아는 오래된 재킷. 그녀가 재킷 안에 무엇을 입고 있는지 잘 알아보기 힘들다. 수상쩍어 보인다. 아마도 셔츠만 입고 있는 것 같다. 이런 상태에서 마주친 것이 그녀에게도 분명 끔찍한 듯했지만, 그녀는 당황스러운 부분을 감추는 대신 뭔가 걸맞지 않는 행동을 했다. 그녀는 죄의식에 사로잡힌 듯 윗옷의 목이 팬 부분을 움켜쥐고 옷을 가지런하게 잡아당겼다. 입술 위의 솜털 수염. 한 부분에만 났다. 특히 미운 인상을 준다. 이 모든 것에도 불구하고 그녀는 아주 내 마음에 든다. 의심할 여지없이 미운 인상을 주는데도. 게다가 그녀의 아름다운 미소는 변함이 없다. 전체적으로는 못해졌지만, 그것도 그녀 눈의 아름다움을 망치지는 못했다. 그 밖에 우리는 떨어져 있다. 물론 나는 그녀를 이해할 수 없지만, 어렴풋이 느낄 수는 있다. 이에 반해 그녀는 내게서 받은 가장 피상적인 첫인상만으로 만족한다. 그녀는 천진난만하게 빵 배급표를 부탁한다.

───────────────

저녁에 『신 기독교인들』[60] 중 한 장을 읽었다.

───────────────

늙은 아버지와 나이 든 딸. 아버지는 분별력이 있고 뾰족 턱수염이 났으며, 등이 약간 굽었고, 등 뒤에 작은 지팡이를 들고 있다. 딸은 넓적한 코와 강인한 아래턱에, 동그랗지만 울퉁불퉁한 얼굴을 하고 있다. 그녀가 자신의 굵은 허리를 어렵사리 돌리면서 말한다. "제가 안 멋있어 보인다는 말씀이시죠. 하지만 나빠 보이지는 않죠."

〈1915년〉5월 14일

　모든 규칙적인 글쓰기에서 벗어났다. 야외에서 많은 시간을 보냈다. 슈타인 양[61]과 함께 트로야 별장으로 산책을 다녀왔고, 라이스 양과 그녀의 자매, 펠릭스와 그의 아내, 오틀라와 함께 도브르지호비츠, 차스탈리체에 다녀왔다. 마치 고문 같았다. 오늘은 타인가세에서 예배를 본 뒤 투흐마허가세를 거쳐 빈민 급식소로 갔다. 오늘「화부」의 예전 장章들을 읽었다. 오늘은 (벌써) 역부족이다. 심장 결함 때문에 징병검사에서 부적격 판정을 받을까봐 두렵다.[62]

〈1915년 5월〉27일

　지난번 일기를 쓴 이후로 운이 아주 나빴다. 몰락해간다. 그렇게 무의미하고 불필요하게 몰락해간다.

　변호사 몬데리의 갑작스러운 죽음에 관해 맨 먼저 확인된 사실은 다음과 같다. 멋진 6월 어느 날 아침 이미 날이 환히 밝은 새벽 5시 반경, 몬데리 부인이 삼층에 있는 그녀 집에서 달려 나와 계단 난간에 몸을 구부리고 팔을 쭉 뻗으며 건물 전체에 도움을 청하려는 명백한 의도로 "제 남편이 살해되었어요! 자비를! 자비를! 제 착한 남편이 살해되었다고요!"라고 소리쳤다. 가장 먼저 몬데리 부인을 보고 외치는 소리를 들은 사람은, 이 무렵 두 손에 딱딱한 작은 빵이 든 큰 광주리를 들고 막 삼층으로 통하는 마지막 계단을 올라가고 있던 빵집 종업원이었다. 그는 또 첫 심문 때 몬데리 부인이 외쳐대던 소리를 그대로 머릿속에 간직하고 있다고 주장했다. 그러나 나중에 몬데리 부인과 대질시켰을 때, 그는 이 말을 철회하고, 첫 순간 부인의 출현에 너무 놀라서 자신이 착각했을 수도 있다고 설명했다. 이것은 물론 아주 그럴 법했다. 왜냐하면 몇 주가 지난 뒤 사건을 묘사할 때도 그는 여전히 잔뜩 흥분해서, 듣는 사람들에게 최소한 자신이 간직하고 있는 인상에 대략 근접하는 인상을 주려고 과장되게 손짓 발짓을 해가며 설명했기 때문이다. 그의 설명에 따르면, 그가 문이 열리는 것을 전혀 눈치 못 챘었기 때문에 아마도 전부터 열려 있었을 거라고 추측하는 문을 통해서 몬데리 부인이 뛰쳐나왔고, 그녀는 머리 위에서 두 손을 마구 휘저어대며 난간으로 달려갔다. 그녀는 잠옷과 작은 회색 숄 외에는 아무것도 걸치고 있지 않았다. 그렇다고 숄로 상체를 완전히 감싼 것도 아니었다. 머리는 풀어 헤쳐지고 일부는 얼굴 위로 드리워져, 외치는 소리가 똑똑히 들리지 않을 정도였다. 몬데리 부인은 계단으로 달려와서 빵집 종업원을 보자마자 떨리는 손으로 그를 자신이 있는 위로 끌어당겼고, 그다음에는 그의 뒤로 가서 그의 어깨를 꽉 움켜잡고서 일종의 보호막처럼 그를 앞으로 밀고 갔다. 경황이 없어 딱딱한 작은 빵이 든 큰 광주리를 어딘가에 내려놓을 수 있다는 생각도 못 하고서, 빵집 종업원은 광주리를 내내 손에서 놓지 않았다. 그렇게 그들은 걸어갔고—부인은 겁이 더 많이 날수록 젊은이를 점점 더 자기 쪽으로 바싹 끌어당겼다. 문지방을 넘어 좁고 컴컴한 현관으로 들어섰다. 그녀는 계속 젊은이의 오른쪽, 왼쪽으로 얼굴을 내밀었는데, 곧 나타날 그 무엇인가를 숨어서 기다리는 듯했다. 때때로 그녀는 마치 계속 전진하는 것이 불가능하기라도 하듯 젊은이를 뒤로 잡아당겼지만, 그다음 순간에는 다시 온몸으로 그를 앞으로 가도록 밀었다. 그녀는 한 손으로는 가는 길목에 있는 첫 번째 방문을 열었고, 다른 한 손으로는 젊은이의 목덜미를 꽉 붙들었다. 방바닥과 벽, 천장을 살펴보고 아무것도 발견하지 못하자, 그녀는 그 방문을 열어둔 채 여전히 젊은이를 대동해서 이제는 더 단호하게 다음번 방문으로 갔다. 이 문은 이미 활짝 열려 있었다. 방으로 들어서자 나란히 놓여 있는 두 개의 침대 외에는 더 보이지 않았다. 방 안은 깜깜했다. 완전히 닫힌 묵직한 창문 커튼의 좁은 틈새로 희미한 빛이 들어올 뿐이었다. 문 바로 옆에 놓여 있는, 침대 옆 작은 탁자 위에서 작은 초가 타고 있었다. 이 침대에서 특이한 점은 찾아볼 수 없었다. 하지만 다른 침대에서 무슨 일이 일어난 것이 틀림없었다. 이제 앞으로 가지 않으려고 한 사람은 젊은이였다. 하지만 부인이 그를 주먹과 무릎으로 밀었다. 심문 받을 때 그는 그가 왜 주저했는지, 혹시 침대에서 보게 될거라고 예상한 그 무엇에 대한 두려움 때문이었냐는 질문을 받았다. 이 질문에 대해 젊은이는 자신은 지금 전혀 두렵지 않고 그 당시에도 전혀 두렵지 않았으며, 다만 당시 무엇인가가 방 어딘가에 숨어 있다가 갑자기 튀어나올지도 모른다는 느낌을 받았었다고 대답했다. 앞으로 가기 전에 먼저 그는 자신이 더 상세히 설명할 수 없는 이 '무엇'을 기다리려고 했다. 하지만 부인에게 두 번째 침대로 가는 일이 굉장히 중요해 보여서 결국 그가 양보했다.

제11권(1915~1917)

1915년 9월 13일

아버지 생신 전날 밤. 새 일기장. 평소만큼 그렇게 절실하게 필요하지 않다. 날 불안하게 만들 필요가 없다. 이미 충분히 불안하다. 하지만 무엇을 위해서. 언제가 될까. 어떻게 심장이, 그것도 그다지 건강하지도 않은 심장이 그 많은 불만과 끊임없이 잡아 끄는 욕망을 견뎌낼 수 있을까.

———————————

산만, 나쁜 기억력, 아둔함!

〈1915년 9월〉 14일

토요일에 막스, 랑거¹와 함께 기적을 행하는 랍비를 방문했다. 지슈코프 시, 하란토파 가. 인도와 계단 위에 많은 아이들이 있었다. 한 여관. 위층은 완전히 깜깜했다. 앞이 안 보이는 상태에서 손을 앞으로 뻗은 채 몇 발자국을 뗐다. 희미한 황혼 빛과 회백색 벽들. 흰 두건을 쓰고 창백한 얼굴을 한 몇몇 작은 여인들과 처녀들이 여기저기에 서 있다. 크지 않은 동작들. 빈혈이 있는 듯한 인상을 준다. 옆방. 전부 검다. 남자들과 젊은이들로 꽉 차 있다. 큰 소리로 기도한다. 우리는 구석으로 가 숨는다. 우리가 조금 둘러보기가 무섭게 기도가 끝난다. 방이 빈다. 창문이 둘씩 달린 벽면이 두 개 있는 구석방. 오른쪽에서 랍비가 우리를 탁자 쪽으로 밀어붙인다. 우리는 저항한다. "당신들도 유대인이지 않소." 그 랍비는 가장 강한 아버지다운 특성을 지녔다. 랍비들은 모두 거칠어 보인다고 랑거가 말했다. 실크 카프탄[2]을 입고 있는 랑거. 속바지가 비친다. 콧등을 덮고 있는 머리카락. 그가 계속해서 이리저리로 젖히는 털테 둘린 두건. 불결하면서도 순수하다. 집중적으로 사색하는 자들의 특징. 그는 수염이 시작되는 부분을 긁어대고 손으로 바닥에 코를 풀며 손가락으로 음식을 집는다—하지만 잠깐 그가 탁자 위에 손을 얹어놓으면, 사람들은 유년기 때 상상 속에서만 보았다고 믿는 그런 흰색과 비슷한 흰 피부를 보게 된다. 당연히 그때는 부모님들도 순수했었다.

———————

〈1915년 9월〉 16일

아이스너[3] 집에서의 굴욕감. 일순간 머릿속에 적절한 편지 말이 떠올라 그에게 보내는 편지 첫 줄을 썼다. 그럼에도 불구하고 첫 줄을 쓰고는 중단하였다. 이전의 나는 달랐다. 게다가 굴욕감도 얼마나 쉽게 잘 견뎌내고 잊어버렸던가. 또 그의 냉담함은 내게 별로 큰 인상도 주지 못했었다. 나는 시선을 내리깔지도 않고 마음의 동요조차 없이, 수많은 복도와 수많은 사무실들을 통과하여, 이전에는 친했지만 지금은 냉정해진 수많은 사람들 곁을 동요 없이 지나치며 부유할 수 있었을 것이다. 침착하고 깨닫지 못한 채. 그리고 한 사무실에는 막스가, 다른 사무실에는 펠릭스 등이 앉아 있을 수 있었을 것이다.

———————

여전히 알 수 없는 새로운 두통. 오른쪽 눈 위가 짧게 쑤신다. 오전에 첫 통증이 있은 후로 점점 더 잦아진다.

———————

콜 니드레 기도를 하러 가는 폴란드 유대인들의 모습. 양팔에 기도복을 들고 아버지 곁을 쫓아가는 소년. 회당으로 가지 않는 것은 자살행위나 마찬가지다.

———

성경책을 펼쳤다. 불공정한 판사들에 대한 내용이다. 내 생각, 혹은 최소한 내가 이제껏 품어왔던 생각을 발견하게 된다. 그렇다고 해도 그것은 내게 아무런 의미도 없다. 나는 명백히 절대 그런 것들에 이끌리지 않을 것이다. 내 앞에서 성경 책장이 펄럭이지 않는다.

———

찌르기에 가장 효과 만점인 부분은 목과 턱 사이인 것 같다. 턱을 쳐든 상태에서 팽팽하게 당겨진 근육들을 칼로 찌르는 것이다. 하지만 그 부분은 아마도 상상 속에서나 효과가 있을 것이다. 사람들은 그 지점에서 피가 엄청나게 흘러내리는 것을 보기 원하며, 구운 칠면조 다리에서 볼 수 있는 것처럼 힘줄과 소관절의 연결 부분이 찢어지기를 기대한다.

러시아에서의 푀르스터 플렉[4]을 읽었다. 보로디노 전장으로 귀환한 나폴레옹. 그곳에 있는 수도원. 폭파된다.

1915년 9월 28일
완벽하게 아무것도 안 했다. 『마르셀랭 드 마르보 장군의 회상록』과 홀츠하우젠의 『1812년 독일인들의 고통』.[5]

———

무의미한 탄원. 그에 대한 보답으로 머리가 쑤신다.

———

한 어린 사내아이가 욕조 안에 누워 있었다. 그의 오랜 소원대로 엄마나 하녀 없이 혼자 하는 첫 목욕이었다. 그 아이는 옆방 여기저기서 그에게 소리쳐대는 엄마의 명령에 따라 스펀지로 잽싸게 몸을 문질러 닦았다. 그러고는 몸을 쭉 뻗어 뜨거운 물속에 꼼짝 않고 몸을 담근 채 즐겼다. 가스불꽃은 규칙적으로 쉬쉬거렸고, 난로에서는 꺼져가는 불이 타닥타닥 소리를 냈다. 옆방은 이미 오래전부터 조용하다. 아마 엄마가 멀리 가버렸나 보다.

───────────

어째서 탄원은 무의미한 걸까? 탄원은 질문을 던지고 그에 대한 대답이 돌아올 때까지 기다리는 것을 말한다. 하지만 질문을 던질 때 바로 대답을 듣지 못하면 결코 대답을 듣지 못하게 된다. 질문자와 답변자 사이에는 거리가 존재하지 않는다. 그것은 극복되어야 할 거리가 아니다. 따라서 질문하고 기다리는 것은 무의미하다.

───────────

〈1915년〉 9월 29일
명확하지 않은 여러 결심들. 성공이다. 우연히 페르디난트 거리에서 이것과 전혀 무관하지 않은 장면을 보게 된다. 잘 그리지 못한 프레스코 벽화 스케치. 그 아래에 한 체코 격언이 씌어 있다: 네가 여인 때문에 맹목적으로 잔을 버리고 떠나가게 되면, 너는 곧 깨치고 돌아오게 될 것이다.

───────────

지독하게 잠을 잘 못 잤다. 아침 일찍부터 두통으로 고생은 해도 더 자유로운 날이다.

───────────

많은 꿈들. 국장 마르슈너와 사환 피미스커를 섞어놓은 모습이 등장한다. 단단한 붉은 뺨과 포마드를 바른 검은 수염, 마찬가지로 억세고 거친 머리카락.

예전에 나는 다음과 같이 생각했었다. 그 어떤 것도 너를 죽여버릴 수 없을 것이다. 이 단단하고 명료하며 솔직히 텅 비어 있는 머리를. 그리고 늘 단지 그것을 묘사할 수만 있을 뿐, 실제로 무의식적으로 아니면 고통 때문에 네가 눈살과 이맛살을 찌푸리며 손을 떠는 일은 결코 없을 것이다.

어떻게 포르틴브라스[6]는 햄릿이 최고로 왕다움을 입증해 보였다고 말할 수 있었을까.

오후에 어제 쓴 「전날의 오점」을 읽지 않을 수가 없었다. 좌우간 무사히.

⟨1915년 9월⟩ 30일
펠릭스가 막스를 방해하지 않았다고 끝까지 주장했다. 그 후 펠릭스 집에 갔다.

로스만과 K.,[7] 죄 없는 자와 죄 지은 자. 결국에는 둘 다 똑같이 벌을 받아 죽었다. 죄 없는 자는 맞아 쓰러졌다기보다 오히려 옆으로 떠밀려서 더 손쉽게 죽었다.

1915년 10월 1일
『마르셀랭 드 마르보 장군의 회상록』 3권
'폴로츠크–베레지나–라이프치히–워털루'.[8]
나폴레옹이 범한 과오들:

1. 이 전쟁을 하기로 결심함. 나폴레옹은 무엇을 달성하려고 했을까? 러시아에서 철저한 대륙 봉쇄를 실행. 그것은 불가능했다. 알렉산드르 1세는 스스로 위험에 처하지 않는 한 승복할 수 없었다. 그의 아버지 파벨 1세는 프랑스와의 동맹, 그리고 러시아의 무역에 엄청난 손실을 준 영국과의 전쟁 때문에 살해되었었다. 그럼에도 불구하고 나폴레옹은 여전히 계속해서 알렉산드르 황제가 승복할 것이라는 희망을 품었다. 나폴레옹은 단지 그것을 강요하기 위해서 네만으로 진격하려고 했다.

2. 나폴레옹은 무엇이 그를 기다리고 있는지 알 수 있었다. 수년간 러시아에서 복무한 드 퐁통 중령은 포기할 것을 탄원했다. 그가 열거한 장애물들은 다음과 같다: 오래전부터 러시아에 예속된 리투아니아 지방의 둔감함과 협력 부족, 모스크바인들의 열광, 생활필수품과 군량 부족, 척박한 땅, 비가 조금만 내려도 포병대가 지나가기 힘든 길들, 혹독한 겨울, 이미 10월 초부터 내리기 시작하는 눈이라도 오게 되면 진군하기가 불가능하다는 점. — 나폴레옹은 이와 상반되는 주장을 펴는 바사노 대공과 다부, 마레의 영향을 받았다.

3. 나폴레옹은 강한 지원군을 요청해서라도 오스트리아와 프로이센을 가능한 한 최대로 무력화시켰어야 했다. 하지만 그는 각각 3만의 병사만 요구했다.
   그는 부탁받았는데도 불구하고 프로이센 황태자를 함께 사령부로 데려가지 않았다.

4. 오스트리아군과 프로이센군을 최전방으로 배치했어야 했는데, 나폴레옹은 그 대신에 이들을 측면에 배치했다. 오스트리아군은 슈바르첸베르크 지휘 아래 볼휘니엔으로, 프로이센군은 마크도날 지휘 아래 네만으로 배치되었다. 나폴레옹은 이렇게 이

들의 힘을 아꼈고, 이것으로 스스로 자신의 퇴로를 폐쇄 또는 최소한 위태롭게 만들 가능성을 그들에게 제공한 셈이 되었다. 실제로 그 일이 일어났는데, 그것은 오스트리아군이 영국의 중재로 터키와 평화협정을 체결한 후에 석방된 치챠코프 군대를 11월에 방해조차 받지 않고 볼휘니엔을 지나 북쪽으로 이동하게 내버려두었기 때문이었다. 베레지나에서의 불운에 대한 책임이 이 사건에 있었다.

5. 나폴레옹은 모든 군대를 신뢰할 수 없는 지원 군대들(바덴 군대, 메클렌부르크 군대, 헤센 군대, 바이에른 군대, 뷔르템베르크 군대, 작센 군대, 베스트팔렌 군대, 스페인 군대, 포르투갈 군대, 일리리아[9] 군대, 스위스 군대, 크로아티아 군대, 폴란드 군대, 이탈리아 군대)과 심하게 섞였고, 그로 인해 결속력을 손상시켰다. 고급 포도주가 탁한 물과 섞이는 바람에 손상되었다.

6. 나폴레옹은 터키와 스웨덴, 폴란드에 희망을 걸고 있었다. 터키와 스웨덴은 영국이 대가를 지불해서 평화조약을 체결했다. 베르나도트는 나폴레옹을 배신하고 영국의 중재로 러시아와 동맹을 맺었다. 스웨덴은 핀란드를 잃어버리기는 했지만, 나폴레옹에게 바쳐진 덴마크에서 떨어져 나오게 될 노르웨이를 약속받았다. 폴란드: 리투아니아는 40년에 달하는 러시아와의 오랜 합병으로 인해 러시아와 단단히 결속되어 있었다. 오스트리아 폴란드군과 프로이센 폴란드군은 함께 진군했지만 열정이 없었다. 그들은 자신들의 나라가 황폐화될 것을 두려워했다. 이제는 작센의 바르샤바 공국에만 어느 정도 기대를 걸 수 있을 뿐이었다.

7. 나폴레옹은 점령한 리투아니아를 빌나를 중심으로 조직해 자신에게 유용하게 쓰려고 했다. 만약 그가 (갈리치아, 포젠을 포함한)

폴란드 왕국을 선포했더라면, 아마도 그는 병사 삼십만의 총체적 지원을 받았을 것이다―하지만 그것은 프로이센과 오스트리아와의 전쟁을 의미했을 것이다(그리고 러시아와의 평화조약 체결도 어렵게 만들었을 것이다). 좌우간 그다음에는 아마 폴란드인들도 신뢰할 수 없게 되었을 것이다. 빌나와 그 주변 지역은 나폴레옹 친위대로 단 스무 명만 징집했다. 중도를 선택한 나폴레옹은 협력할 경우 왕국을 선포하겠다고 약속했지만 그것을 통해 아무것도 얻지 못했다. 어쨌든 나폴레옹은 폴란드군을 전혀 무장시킬 수 없었을 것이다. 그는 비축된 무기와 군복을 네만으로 더 가져오게 하지 않았다.

8. 나폴레옹은 군 경험이 전혀 없는 제롬 보나파르트에게 6만 명 규모의 군대 통솔권을 주었다. 러시아로 진입하자마자 나폴레옹은 곧바로 러시아 군대를 분열시켰었다. 알렉산드르 황제와 바르클레 원수는 군대를 북쪽 뒤나 쪽으로 이동시켰다. 바그라티온은 여전히 네만 아래쪽 미르 근처에 있었다. 다부는 이미 민스크를 점령했었고, 그곳에서 북쪽으로 통과하려던 바그라티온은 다부에 의해 제롬이 있는 보브루이스크로 쫓겨났다. 제롬이 일사불란하게 다부와 협력했더라면―하지만 제롬은 그것이 자신의 왕위와 모순된다고 생각했다―바그라티온은 죽거나 항복을 강요받았을 것이다. 바그라티온은 달아났고, 제롬은 베스트팔렌으로 보내졌다. 제롬의 자리에 쥐노가 오게 되었는데, 그 또한 금방 큰 과오를 범했다.

9. 나폴레옹은 바사노의 대공을 리투아니아 지방 민간 총독으로, 호겐도르프 장군을 군 총독으로 임명했다. 둘 중 그 누구도 군대 지원군 조달을 이해하지 못하고 있었다. 대공은 외교관이어서 행정에 관해 아무것도 몰랐고, 호겐도르프는 프랑스 관습과 군

618

대 복무 규정을 알지 못했다. 호겐도르프는 프랑스어를 아주 못해서 프랑스인과 귀족 그 어느 쪽에서도 공감을 얻지 못했다.

10. 마르보가 아닌 다른 작가들의 질책: 나폴레옹은 8월 13일까지 빌나에 19일간, 비텝스크에 17일간 머물렀고, 따라서 36일간 패했다. 하지만 이것은 해명 가능하다. 그는 여전히 러시아인과 조약을 체결하기를 바랐고, 바그라티온을 뒤쫓아 정찰 중인 군대를 지휘하기 위해 중심부를 보존해서 부대의 힘을 아끼려고 했다. 군량 확보도 어려워지기 시작했다. 하루 종일 행군한 후에 부대원들은 매일 저녁 빈번히 아주 멀리서부터 생활필수품들을 가져오지 않으면 안 되었다. 다부만이 자신의 군대를 위한 군수품 운송 차량 한 대와 가축 떼들을 소유하고 있었다.

11. 스몰렌스크를 고수하느라 불필요하게 병사 만 이천 명에 달하는 큰 손실을 보았다. 나폴레옹은 그렇게 강력한 방어는 예상하지 못했었다. 스몰렌스크를 우회해 바르클레 드 톨리를 압박했더라면 전투를 하지 않고도 스몰렌스크를 얻었을 것이다.

12. 사람들은 나폴레옹이 보로디노 전투(9월 7일)에서 아무것도 한 일이 없다고 비난했다. 그는 하루 종일 골짜기에서 위아래로 오르내렸고, 딱 두 번만 언덕 위로 올라갔다. 마르보의 소견에 따르면, 그것은 실책이 아니었다. 나폴레옹은 그날 몸이 안 좋았다. 심한 편두통이었다. 그는 6일 저녁에 포르투갈에서 온 전갈을 받았었다. 나폴레옹이 환멸을 느끼던 장군들 중의 한 명인 마르몽 원수가 살라망카에서 웰링턴에 의해 심하게 격파되었다는 소식이었다.

13. 원칙상 모스크바에서의 퇴각은 쉽게 결정되었다. 많은 것들이 그렇게 할 수밖에 없게 만들었다: 화재, 칼루가 전투, 추위, 탈영, 위협받는 퇴각 전선, 스페인 상황, 파리에서 발각된 음모. 그럼

에도 불구하고 나폴레옹은 9월 15일부터 10월 19일까지 모스크바에 머물면서 여전히 알렉산드르 황제와 합의에 이를 수 있기를 희망했다. 그의 마지막 화해 제의에 쿠투조프는 단 한 번도 화답하지 않았다.

14. 나폴레옹은 우회로인데도 칼루가를 경유하여 퇴각하려고 했다. 그는 그곳에서 양식을 얻을 수 있기를 바랐다. 모스하이스크를 경유하는 퇴각로는 양 방향으로 먼 구간까지 뻗어 있었다. 하지만 벌써 며칠 후에 나폴레옹은 쿠투조프와 전투를 벌이지 않고는 더 이상 진군할 수 없다는 사실을 깨달았다. 그래서 그는 이전 퇴각로로 다시 돌아갔다.

15. 베레지나 강을 가로지르는 큰 다리를 한 요새가 엄호하고 있었고, 폴란드 연대가 안전하게 지키고 있었다. 이 다리를 사용할 수 있다는 믿음에서 나폴레옹은 행군을 용이하게 하고 가속화하려고 납작한 배들을 모두 불태우게 했다. 하지만 그사이에 치챠코프가 요새를 탈환해 다리를 불태웠다. 극심한 추위에도 강은 아직 안 얼어 있었다. 납작한 배들을 잃은 것이 불운의 주요 원인들 중의 하나였다.

16. 스투디안카 전투에서 격파된 두 개의 다리를 통과하는 길목이 잘 정비되어 있지 않았다. 11월 26일 정오에 다리들이 격파되었다(납작한 배가 있었다면 동틀 녘에 이미 건너가기 시작할 수 있었을 것이다). 28일 아침까지 러시아군의 방해를 받지 않았다. 그럼에도 불구하고 당시 병참 행렬 일부만 겨우 건너갔고, 수천의 낙오병들은 이틀간 왼쪽 물가에 남겨졌다. 프랑스군은 이만 오천 명을 잃었다.

17. 퇴각 전선이 안전하지 않았다. 빌나와 스몰렌스크를 제외하고는 네만에서 모스크바에 이르기까지 점령지나 군용 창고, 야전

병원이 하나도 없었다. 그 중간 지역에는 온통 코사크인들이 정찰하고 있었다. 체포될 위험을 무릅쓰지 않고는 그 무엇도 군대로 들어오거나 나갈 수 없었다. 그 때문에 또한 대략 십만 명에 달하는 러시아 전쟁 포로들 중 단 한 명도 국경 밖으로 이송되지 못했다.

18. 통역자 부족. 보리소브에서 스투디안카로 가는 도중에 길을 잃고 비트겐슈타인 군단 안으로 질주하는 바람에 파르투노 사단이 초토화되었다. 정작 안내를 맡은 폴란드 농부들과도 의사소통이 잘 되지 않았었다.

파울 홀츠하우젠의 『1812년 러시아의 독일인들』.
말들의 비참한 상태. 몹시 힘들어한다. 사료로 주는 젖은 녹색 짚과 덜 여문 곡식, 썩은 이엉. 설사, 여위어감, 변비. 연초 담배로 관장함. 한 포병장교가, 말의 장腸 안에 쌓인 똥 덩어리를 제거하기 위해서 부하들이 팔을 말 항문 속으로 끝까지 밀어 넣어야 했던 얘기를 한다. 청초 사료로 인해 몸에 생긴 종창. 종창은 때때로 힘들게 달리게 해서 없앨 수 있었다. 하지만 많은 말들이 말라 죽었다. 필로늬 다리 옆에서 배가 터진 채 죽어 있는 수백 마리의 말들을 볼 수 있었다. "말들이 흐려진 멍한 눈을 하고 무덤과 구덩이들 속에 누운 채 힘없이 위로 올라오려고 시도한다. 하지만 이러한 시도는 헛될 뿐이고, 아주 드물게 말들이 한 발을 길 위로 내보낸다. 하지만 이것은 말들의 상태를 더욱 비참하게 만든다. 병참 군인들과 포병 행렬이 대포와 함께 가차 없이 말들의 발 위를 지나가버려서 말 다리가 으스러진다. 사람들은 동물의 둔탁하게 울부짖는 고통 소리를 듣고, 말이 고통과 놀라움에 내몰려 경련을 일으키며 머리와 목을 들어 올렸다가 무겁게 다시 떨어져 곧장 끈적끈적한 진흙

탕에 파묻히는 것을 볼 수 있다."

———————————

출발 시작부터 이미 절망적. 더위, 배고픔, 갈증, 병. 더 이상 도저
히 갈 수 없는 한 하사관이, 정신 차리고 부하들에게 솔선수범하라
는 훈계를 받았다. 그는 곧 수풀 속으로 사라졌고, 권총으로 자살
했다(7월의 어느 일요일). 다음 날에는 한 뷔르템베르크 출신 중위
가 연대장에게서 꾸지람을 들었다. 그는 바로 옆 군인에게서 총검
을 빼앗아 자신의 가슴을 찔렀다.

———————————

열한 번째 실책에 대한 항변. 기병대의 비참한 상황과 부족한 정찰
병으로 인해 도시 상부에 위치한 얕은 강 부분이 너무 늦게 발견되
었다.

———————————

1915년 10월 6일

여러 형태의 신경과민. 내 생각에 소음은 더 이상 나를 방해할 수
없다. 어쨌든 지금은 글을 쓰고 있지 않다. 좌우간 자신의 굴을 더 깊
이 팔수록 더 고요해지고, 덜 두려워할수록 더 평온해진다.

———————————

랑거의 이야기: 사람들은 자딕[10]을 신처럼 따라야 한다. 한번은 바
알셈[11]이 자신이 가장 아끼는 제자들 중의 한 명에게 세례를 받으라고
말했다. 그는 세례를 받았고 명성을 얻어 교황이 되었다. 그때 바알
셈이 그를 불러들여 유대교로 돌아오도록 허락했다. 그는 재차 바알
셈의 말을 따랐고 자신의 죄 때문에 깊이 참회했다. B.[12]는 그 제자가
자신의 뛰어난 특성 때문에 악마에게 몹시 쫓기고 있었고, 세례는 악
마의 주의를 딴 데로 돌리기 위한 목적이었다며 자신의 명령을 해명
했다. B.는 그 제자를 스스로 악의 구렁텅이에 던진 셈이었고, 그 제

자는 죄가 아니라 명령 때문에 그 일을 했기 때문에, 그 점에서 악마는 더 이상 자신이 할 일이 없다고 여겼다.

———————————

자딕 하도르[13]는 백 년에 한 번씩 나온다. 자딕 하도르는 전혀 유명할 필요도 없고 기적을 행하는 랍비일 필요도 없지만, 가장 신분이 고귀한 자딕이다. B.는 자신의 시대 때 자딕 하도르가 아니었다. 그당시의 자딕 하도르는 오히려 드로비쉬에 사는 한 무명 상인이었다. 이 자딕 하도르는 B.가 다른 자딕들처럼 부적을 쓴다는 소문을 듣고는, 그가 사바타이 제비[14]의 추종자여서 부적에 사바타이의 이름을 쓰는 게 아닌가 의심했다. 이 때문에 자딕 하도르는 개인적으로 그를 모르는 채 멀리서부터 그에게서 부적의 힘을 앗아갔다. B.는 곧 자신의 부적이 위력이 없음을 알아차렸고—하지만 그는 항상 부적에 자기 자신의 이름만 썼다—좀 지난 후에는 그 이유가 그 드로비쉬인 때문이라는 것을 알게 되었다. 한번은 드로비쉬인이 바알셈의 도시로 오자—어느 월요일이었다—B.는 그가 눈치 채지 못하게 하루를 꼬박 자도록 내버려뒀다. 그 결과 드로비쉬인은 계속 시간상 하루씩 늦게 계산하고 있었다. 금요일 저녁에—드로비쉬인은 목요일이라고 생각했다—그는 집에서 휴일을 보내기 위해 집으로 돌아가려고 했다. 그때 그는 사람들이 교회로 가는 것을 보고 착오를 깨닫는다. 그는 이곳에 머물기로 결심하고서 자신을 B.에게 데리고 가도록 한다. B.는 이미 오후에 아내에게 30인분의 음식을 준비하라고 지시했다. 드로비쉬인이 왔을 때, B.는 기도 후에 곧바로 식사하러 앉아서 순식간에 30인분의 음식을 먹어치운다. 하지만 그는 배가 부르기는커녕 음식을 더 가져오라고 한다. B.는 "나는 일급 천사는 기대하고 있었지만 이급 천사는 맞을 준비가 되어 있지 않다"라고 말한다. 이제 그는 집에 있는 먹을 것을 전부 가져오게 했지만 그것으로도 충분하지가 않았다.

———————

B.는 자딕 하도르는 아니었지만, 그보다 더 고귀한 신분이었다. 이 사실의 증인은 바로 자딕 하도르 자신이었다. 하루는 저녁에 자딕 하도르가 장차 바알셈의 신부가 될 처녀가 살고 있는 마을로 왔다. 그는 그 처녀의 부모님 댁 손님이었다. 다락방으로 자러 가기 전에 그는 등불을 하나 부탁했다. 하지만 그 집에는 등불이 하나도 없었고, 그래서 그는 등불 없이 올라갔다. 그런데 나중에 그 처녀가 뜰에서 위를 올려다봤을 때 위쪽이 마치 조명을 켜놓은 것처럼 환했다. 그 순간 그녀는 그가 특별한 손님임을 깨달았고, 그에게 자신을 아내로 삼아달라고 부탁했다. 손님인 자딕 하도르를 알아본 것으로 자신의 고귀한 운명을 증명한 셈이니, 그녀가 그렇게 부탁할 만도 했다. 하지만 자딕 하도르는 "당신에게는 더 고귀한 운명이 정해져 있습니다"라고 말했다. 이 말은 B.가 자딕 하도르보다 더 고귀하다는 것을 증명해준다.

———————

⟨1915년 10월⟩ 7일
어제 라이스[15] 양과 함께 한참을 호텔 로비에 있었다. 잠을 잘 못 자서 머리가 아팠다.

———————

다리를 절룩거려서 게르티[16]를 놀라게 했다. 기형 다리의 무시무시함.

———————

어제 니클라스 가에서 무릎에 피를 흘리며 쓰러져 있던 말. 나는 시선을 돌렸고, 자제력 없이 대낮에 인상을 찌푸렸다.

———————

풀 수 없는 의문: 내가 꺾였나? 내가 쇠퇴하고 있는 건가? 거의 모든 징조들(냉정, 둔감, 신경 상태, 산만, 직무상 무능, 두통, 불면증)이 그것을 말해준다. 거의 유일하게 희망만이 그와 반대되는 말을 한다.

———————————

〈1915년〉 11월 3일

그동안 구경도 많이 했고, 두통도 적었다. 라이스 양과 함께한 산책들. 기라르디가 연기한 「그와 그의 여형제들」[17]을 라이스 양과 함께 보았다. (대관절 당신에게 재능이 있나요? —제가 끼어들어 그녀 대신 대답해도 되겠습니까?: 오 네, 오 그럼요) 시립 열람실에 갔다. 라이스 양의 부모님 댁에서 깃발[18]을 보았다. 그녀의 놀라운 두 자매 에스터와 틸카. 그 둘은 환히 빛나는 빛과 꺼져가는 빛처럼 서로 대조적이다. 특히 틸카가 아름답다. 녹갈색 피부에 동그랗게 내려 깐 눈꺼풀, 심오한 동양적인 분위기. 둘 다 어깨에 숄을 두르고 있다. 둘 다 차라리 작다고 할 중간 정도의 키지만 여신들처럼 몸이 곧고 커 보인다. 에스터는 긴 안락의자의 둥근 쿠션 위에, 틸카는 한쪽 구석에서 아마도 상자들 같아 보이는 뭔지 모를 어떤 자리에 앉아 있다. 비몽사몽간에 한참 동안 에스터를 쳐다보았다. 그녀는 열정적으로 밧줄의 매듭들을 꽉 물었고, 마치 종 망치처럼 텅 빈 공간에서 힘차게 이리저리로 흔들렸다(한 영화 포스터에 대한 기억).[19] 내가 받은 인상에 따르면 에스터는 모든 정신적인 것에 대해서 이러한 열정을 갖고 있는 것처럼 보인다—둘 다 사랑스럽다. 역시나 비몽사몽간에 나는 간악한 작은 여선생이 황혼 속에서 코사크식이지만 경쾌한 춤을 추면서, 약간 기운 채 짙은 갈색으로 뻗어 있는 울퉁불퉁한 벽돌 포장 도로 위를 질주하듯이 날아올랐다 내려갔다 하는 것을 보았다.

———————————

〈1915년 11월〉4일

브레시아에 있는 어느 외진 곳에 대한 기억.[20] 그곳에서 나는 비슷한 아스팔트 길 위에서 대낮에 아이들에게 솔도[21]를 나눠주었다. 베로나에 있는 한 예배당에 대한 기억. 혈혈 단신으로 나는 단순히 유람객의 의무에서 비롯된 강박감, 그리고 한 무용지물이 될 사람이 갖는 무거운 강박감에서 마지못해 그 안으로 들어섰고, 그곳에서 성수 그릇 아래 몸을 구부리고 있는 실물 크기의 난쟁이를 보았다. 약간 돌아다니고 앉아 있기도 하다가, 마치 밖에 재차 똑같은 예배당이 바로 옆에 지어져 있기라도 하듯 나는 마지못해 나왔다.[22]

───────────

최근 국영 철도역에서 보았던 여행을 떠나려던 유대인들. 자루를 들고 있던 두 남자. 더 빨리 승강장으로 가기 위해서 자신의 물건들을 가장 어린 자식에 이르기까지 여러 명의 자식들에게 나눠 지게 하는 아버지. 활기차게 대화를 나누는 지인들에게 둘러싸인 채 젖먹이를 데리고 여행 가방 위에 앉아 있는 건장하고 건강하며 벌써부터 격식을 따지지 않는 한 젊은 여자.[23]

───────────

〈1915년 11월〉5일

오후의 흥분 상태. 전쟁 채권을 사야 할지 그리고 얼마나 사야 할지에 대해 곰곰이 생각하기 시작했다. 필요한 신청을 하려고 두 번이나 영업소에 갔다가는 들어가지도 않고 두 번이나 되돌아왔다. 열심히 이자를 계산했다. 그러고는 어머니에게 천 크로네 채권을 사시라고 부탁했다가 금액을 이천 크로네로 올렸다. 그러던 와중에 내가 내 소유인 대략 삼천 크로네에 달하는 예금에 대해 전혀 모르고 있었고, 내가 그 사실을 알게 되었을 때 거의 감동도 받지 않았다는 사실이 드러났다. 전쟁 채권 때문에 내 머릿속에는 오직 의문만 남아 있

626

었고, 그 의문은 이제 가장 번화한 거리들을 따라 삼십 분 남짓 산책하는 동안에도 내내 그치지 않았다. 내 자신이 직접 전쟁에 참여하고 있는 것처럼 여겨졌고, 당연히 내 지식에 따라 전반적인 재정 전망을 따져보면서 그 언젠가 내가 사용하게 될 이자를 올렸다 내렸다 등등을 했다. 하지만 점차로 이 흥분이 바뀌어 글쓰기로 생각을 돌리게 되었다. 스스로 글쓰기에 재능이 있다고 느꼈기 때문에 나는 글쓰기 외에는 그 어떤 가능성도 찾으려 하지 않았고, 다음번 언제 또 밤에 글을 쓸 건지를 정하는 데 심사숙고했다. 나는 마음이 아파 석조 다리 위를 달렸고, 이미 그렇게나 자주 경험했던 불행, 즉 터져 나오지 말아야 할 소모적인 격정을 맛보았다. 나는 내 심정을 표현하고 마음을 가라앉히기 위해서 '친구여 감정을 토로하게'라는 구절을 만들어서 특별한 멜로디에 맞춰 계속해서 노래를 불렀고, 주머니 속에 든 손수건을 백파이프처럼 계속 눌렀다 놓았다 하며 노래 반주를 했다.

〈1915년 11월〉6일
인파들이 참호 앞과 안에서 개미 떼처럼 움직이는 것을 바라봄.

오스카 폴락[24]의 어머니 댁에 갔었다. 그의 누이에게서 좋은 인상을 받았다. 그것은 그렇다 치고 내가 굴복하지 않는 사람이 있을까? 가령 그륀베르크[25]의 경우처럼. 내 생각으로 그는 아주 중요한 사람인데, 내가 알 수 없는 이유들로 인해 거의 대부분의 경우 과소 평가받고 있다. 가령 우리 두 사람 중에 한 명이 곧 몰락해야 하는데(그륀베르크의 건강 상태를 고려해볼 때 아주 있을 법한 일이다. 그는 결핵이 많이 진행된 상태라고 한다) 그가 누구일지를 내가 선택하고 결정해야 한다면, 나는 원론적으로 제기한 질문의 가장 끝부분까지 우스꽝스럽게 여길 것이다. 왜냐하면 당연히 나와는 비교도 안 되게 더 가치 있

는 그륀베르크가 살아야 하기 때문이다. 그륀베르크도 내 말에 동의할 것이다. 좌우간 나는 통제할 수 없는 마지막 순간이 오기 훨씬 이전에 벌써 다른 사람들처럼 증거들을 내게 유리한 쪽으로 만들 것이다. 평소 조야하고 공허하고 허위로 가득 차서 나를 역겹게 했던 증거들을. 어쨌든 내게 아무도 선택을 강요하지 않는 지금 이 순간에도 이 마지막 순간은 다가오고 있다. 신경을 분산시키는 외부의 모든 영향들로부터 방해받지 않고서 내 자신을 시험해보려고 하는 순간에 말이다.

─────────

"'흑인들'이 침묵한 채 불 주위에 둘러 앉아 있다. 열광하는 그들의 거무스름한 얼굴 위로 불빛이 번뜩인다."[26]

─────────

1915년 11월 19일
부질없이 보낸 나날들. 기다리는 데 써버린 힘들. 그리고 하는 일 없이 빈둥거리는데도 깨지고 찌르듯이 아픈 두통.

─────────

베르펠의 편지. 답장.

─────────

미르스키-타우버 부인[27]의 집. 모든 것에 대한 저항력을 상실했다. 막스 집에서의 격분에 찬 논의. 다음 날 아침 그 일을 혐오스러워함.

─────────

파니 라이스 양, 에스터와 함께.

─────────

신구 유대인 교회당에서 열린 미슈나[28] 강연을 들었다. 야이텔레스 박사[29]와 함께 집으로 왔다. 개별 쟁점들에 대한 큰 관심.

─────────

냉정함과 다른 모든 것에 대한 연민. 지금 저녁 10시 반에 옆방에서 누가 공동 벽에 대고 못질을 한다.

1915년 11월 21일

완전 무용지물이다. 일요일. 간밤에 유난히 잠을 못 이뤘다. 해가 환히 비치는 낮 12시 15분까지 침대에 누워 있었다. 산책. 점심 식사. 신문을 읽고 오래된 카탈로그들을 대충 넘겨가며 읽었다. 휘버가세와 시립 공원, 벤첼 광장과 페르디난트 거리를 지나 포돌 쪽으로 산책했다. 힘들게 두 시간이나 끌었다. 여기저기 심한 두통. 한 번은 정말 쑤시는 것 같은 두통을 느꼈다. 저녁을 먹었다. 지금은 집이다. 그것을 처음부터 끝까지 눈 뜨고 위에서 내려다볼 자가 누구일까?

〈1915년〉 12월 25일

특별히 잠을 청하기 위해서 일기장을 연다. 그러다가 공교롭게 우발적으로 적은 마지막 일기를 보게 된다. 지난 삼사 년간 쓴 일기들 중에서 같은 내용의 일기를 천 개는 더 떠올릴 수 있을 것 같다. 나는 무의미하게 자신을 소진시키고 있다. 글을 쓸 수 있으면 행복할 텐데, 글을 쓰고 있지 않다. 두통이 날 떠나지 않을 것이다. 나는 정말 나 자신을 낭비하고 살았었다. ─얘기해버리고 맹세를 철회하지 않겠다고 결심한 덕분에, 그 전날 밤 물론 편치 않은 잠이긴 했지만 두 시간 정도 잘 수 있었고, 그 덕에 어제 상관[30]과도 탁 터놓고 얘기할 수 있었다. 상관에게 네 가지 가능성을 제시했다. 1) 가장 지독하고 고통스러웠던 지난 한 주처럼 계속 모든 것을 그대로 둔 상태에서, 발진티푸스와 정신착란 혹은 그 무엇으로 끝을 낸다. 2) 휴가 내기. 하지만 나는 그 어떤 의무감 같은 것 때문에 휴가는 내지 않을 것이다. 또 그것은 어차피 아무 도움도 되지 않을 것이다. 3) 사직하기. 하지만 내 부모와 공장 때문에 지금 그렇게 할 수 없다. 4) 결국 군대 가는 일만 남는다. 대답: 일주일 휴가를 내고 헤마토겐 치료 받기. 상관은 내가 자신과 함께 치료 받기를 원한다. 상관 자신도 많이 아픈 듯하다. 하지만 나마저 휴가를 떠나게 되면, 부서를 돌볼 사람이 없게 된다.

솔직하게 터놓고 얘기하고 나니 홀가분하다. 처음으로 '사직'이란 말을 썼고, 그 말로 거의 공식적이다시피 사내 분위기를 뒤흔들어놓았다.

그럼에도 불구하고 오늘 거의 잠을 못 잤다.

_____

늘 본업이 되다시피 한 이 두려움. 1912년 내가 왕성한 힘을 억누르기 위해 애쓰느라 자신을 갉아먹지 않아도 될 때 힘이 넘치고 머리가 맑은 채로 떠났더라면!

_____

랑거와 함께. 랑거는 13일이 지나야 비로소 막스의 책을 읽을 수 있다. 오래된 관습에 따라 크리스마스 때는 유대 율법을 읽으면 안되기 때문에(한 랍비는 이날 밤에 항상 일 년간 쓸 화장지를 잘랐다), 크리스마스 때 그가 막스의 책을 읽을 수도 있었을 터이다. 그런데 이번에는 크리스마스가 토요일이었다. 하지만 13일만 있으면 러시아 크리스마스이기 때문에 그때 랑거가 읽게 될 것이다. 중세 전통에 따르면 사람들은 칠십 번째 해부터, 더 관대하게 보자면 사십 번째 해부터 비로소 아름다운 문학 혹은 그 밖의 세계 지식에 몰두해야 한다. 의학은 사람들이 종사해도 되는 유일한 학문이었다. 하지만 오늘날은 그렇지 않다. 왜냐하면 이제는 의학이 다른 학문들과 긴밀히 연결되어 있기 때문이다. —변기 위에서는 유대 율법을 생각하면 안되기 때문에, 거기서는 세속적인 책들을 읽어도 된다. 아주 성실하고 신앙

630

심이 깊은 한 프라하 시민은 세속적인 것을 많이 알고 있었다. 이 모든 것을 그는 변기 위에서 연구했다.

1916년 4월 19일

그가 복도로 나가는 문을 열려고 했지만 문이 말을 듣지 않았다. 그는 위아래를 쳐다보았다. 장애물은 발견되지 않았다. 문이 잠긴 것도 아니었다. 열쇠가 안에 꽂혀 있었다. 만약 밖에서 잠그려고 했다면, 열쇠가 튕겨 나왔을 것이다. 그런데 대체 누가 잠가야 했지? 그는 무릎으로 문을 쳤다. 불투명 유리에서 소리가 났지만 문은 꼼짝도 하지 않았다. 보기만 해라. ―그는 방으로 돌아가 발코니로 가서 길 위를 내려다보았다. 하지만 그는 저 아래쪽 일상적인 오후의 생활에 대해 제대로 생각해볼 짬도 없이 다시 문 쪽으로 되돌아가서 재차 문을 열려고 시도했다. 그런데 이번에는 한 것도 없는데 바로 문이 열렸다. 힘줄 필요도 없었다. 발코니에서 들어오는 외풍에 바로 문이 확 열렸다. 실제로 문손잡이를 내리누르는 어른과 달리 장난삼아 손잡이를 만지게 내버려둔 어린아이가 하듯이, 힘들이지 않고도 복도로 들어설 수 있었다.

3주간 나를 위한 시간을 갖게 될 것이다. 이건 혹독한 처사가 아닐까?

좀 전에 꿈을 꿨다: 우리는 콘티넨탈 카페 근처 참호 위에 살고 있었다. 헤렌가세에서 한 연대가 국영 철도역 쪽으로 접어들었다. 아버지가 "할 수 있는 한 저런 건 꼭 봐야 해"라고 말하고서(펠릭스의 갈색 잠옷을 입은 아버지는 펠릭스와 아버지를 섞어놓은 듯한 모습을 하고 있었다) 창문 위로 훌쩍 뛰어올라 아주 넓고 심하게 경사진 창턱 위에

서 팔을 벌려 밖으로 쭉 뻗는다. 나는 아버지를 붙잡아 잠옷 끈이 통과하는 양쪽 끈고리를 꽉 붙들었다. 아버지는 심술을 부리며 더 멀리 바깥쪽으로 몸을 뻗었다. 나는 아버지를 붙들기 위해 온 힘을 다 쏟아붓는다. 나는 아버지에게 딸려가지 않게 내 발을 뭔가 고정된 것에 밧줄로 붙들어 맬 수 있다면 얼마나 좋을까라고 생각한다. 물론 그렇게 하려면 아버지를 최소한 잠깐이라도 놓아야 하는데, 그렇게 할 수는 없는 일이다. 잠, 내 잠이 이 모든 긴장 상태를 견뎌내지 못해서 나는 잠에서 깨어나고 만다.

〈*1916년 4월*〉*20일*

복도에서 집주인이 편지를 갖고 그에게 다가왔다. 그는 편지가 아니라 노부인의 얼굴을 살피면서 그 와중에 편지봉투를 뜯었다. 그러고는 다음과 같은 내용을 읽었다. "존경하는 선생님. 선생님은 며칠 전부터 제 맞은편에 살고 계십니다. 이상하게도 선생님은 제가 아는 어떤 나이 많은 호인과 닮은 점이 참 많으신 듯합니다. 부디 오늘 오후에 저를 한 번 방문해주시지 않겠습니까. 루이제 할카 드림." 그는 여전히 자기 앞에 서 있는 집주인과 편지에다 대고 "좋아"라고 말했다. 그것은 그에게 환영할 만한 기회이자, 어쩌면 여전히 몹시 낯선 이 도시에서 사람을 사귈 수 있는 절호의 기회일지도 몰랐다. 그가 모자를 잡으려고 손을 뻗는데 집주인이 "할카 부인을 아시오?"라고 물었다. 그는 "모르는데요"라고 물어보듯이 말했다. 집주인이 사과하듯이 "편지를 가져온 아이는 그 집 하녀라오"라고 말했다. 그는 집주인의 참견에 언짢아져서 "그렇군요"라고 말하고는 서둘러 집에서 나가려고 했다. 집주인이 문턱에서 "할카 부인은 과부요"라며 그에게 속삭였다.

632

어떤 꿈: 두 무리의 사내들이 서로 싸우고 있었다. 내가 속한 무리가 상대 팀에게서 어마어마하게 큰 벌거벗은 남자를 사로잡았었다. 우리들 중 다섯 명이 그를 붙들었다. 한 명은 그의 머리를, 나머지는 각각 두 명씩 팔과 다리를 잡았다. 유감스럽게도 우리에게는 그를 찔러 죽일 칼이 없었다. 우리는 재빨리 차례로 돌아가면서 칼이 있는지 물어봤지만, 아무도 갖고 있지 않았다. 그런데 무슨 이유에서인지 허비할 시간도 없는 데다 근처에 난로가 하나 놓여 있어서, 우리는 남자를 그리로 끌고 갔다. 난로에는 빨갛게 달아 있는 엄청나게 큰 주철로 만든 문이 달려 있었다. 우리는 남자한테서 연기가 날 때까지 그의 발을 난로 문에 갖다 댔다가 다시 끌어당겼다. 그를 금방 다시 난로에 갖다 대려면 김을 식혀야 했기 때문이다. 내가 식은땀을 흘리고 정말로 이를 덜덜 떨면서 잠에서 깨는 순간까지도 우리는 이 일을 규칙적으로 반복했다.

———————————

정육점 주인의 두 아이들인 한스와 아말리아가 요새처럼 생긴 커다랗고 오래된 석조 건물 창고 담벼락에서 구슬을 갖고 놀고 있었다. 강둑에 넓게 퍼져 있는 그 창고에는 굵은 격자창이 두 줄로 달려 있었다. 한스는 신중하게 조준하고, 던지기 전에 구슬과 길, 구덩이를 살폈다. 아말리아가 구덩이 옆에 웅크리고 앉아 조바심이 나서 작은 주먹으로 땅을 두드려댔다. 그런데 갑자기 두 아이들이 구슬놀이를 그만두고 천천히 일어나더니 가장 가까운 창고의 창문을 쳐다보았다. 마치 누군가가 여러 개의 격자가 달린 흐리고 어두운 작은 유리창들 중 하나를 깨끗이 닦으려고 할 때와 같은 소리가 들렸다. 하지만 잘되지 않자 이번에는 유리창이 두 동강 났다. 이유 없이 미소 짓는 것처럼 보이는 수척한 얼굴 하나가 작은 사각형 안에 어렴풋이 나타났다. 아마도 어른 남자인 듯한 그가 말했다. "얘들아, 와봐라. 이리 와봐. 너희들, 창고 본 적 있니?" 아이들은 고개를 저었다. 아말리아는 흥분해서 그를 올려다보았고, 한스는 근처에 사람들이 있나 하고 뒤쪽을 쳐다보았다. 잔뜩 실린 무거운 손수레를 부두 난간을 따라 밀고 가는, 모든 일에 무관심한 등이 굽은 한 남자만 보일 뿐이었다. 마치 그와 아이들 사이를 벽과 격자와 창문이 갈라놓고 있는 불리한 상황을 열의로 극복해야만 한다는 듯이, 그 남자는 열심히 "그렇다면 너희들은 정말로 깜짝 놀라게 될 거야"라고 말했다. "자, 이제 와라. 절호의 기회다.""어떻게 안으로 들어가야 하죠?"라고 아말리아가 물었다. "내가 너희들에게 문이 어디 있는지 가르쳐줄게. 그냥 나만 따라와라. 이제 내가 오른편으로 가면서 창문마다 다 두드릴 테니까."라고 그 남자가 말했다. 아말리아가 고개를 끄덕이고는 바로 다음 창문으로 달려갔다. 정말로 그곳에서 두드리는 소리가 났고, 다른 창문들에서도 마찬가지였다. 하지만 아말리아가 그 낯선 남자의 말에 순종해서 나무 바퀴를 쫓아 달려가듯 생각 없이 그를 따라 달려가는 반면에, 한스는 그저 천천히 그 뒤를 쫓아갈 뿐이었다. 그는 썩 마음이 내키지 않았다. 이제껏 한 번도 방문할 생각조차 못 해봤던 창고는 분명 아주 볼 만한 가치는 있지만, 정말로 그 안에 들어가도 되는지의 여부는 임의의 낯선 사람의 초대에도 여전히 전혀 증명되지 않고 있었다. 오히려 허용될 리가 없을 것 같았다. 왜냐하면 만약 그것이 허용되었다면, 아버지가 분명 한 번쯤은 한스를 벌써 그리로 데리고 갔을 테니 말이다. 아버지는 이곳에 아주 가까이 사실 뿐만 아니라, 멀리 사는 사람들도 다들 아버지를 잘 알고 있고, 또 그들로부터 아버지가 인사받고 존경받기 때문이다. 이제 막 이 사실이 낯선 사람에게도 해당될지 모른다는 생각이 한스에게 떠올랐다. 이 사실을 확인하기 위해 한스는 아말리아를 쫓아갔고, 아말리아와 그 남자가 지면 가까이 아래쪽에 있는 자그마한 얇은 철판 문 앞에 멈춰 섰을 때 아말리아를 막 따라잡았다. 그것은 커다란 난로 문 같았다. 다시 그 남자가 마지막 창문의 작은 유리창을 두들기면서 말했다. "여기가 문이야. 잠시만 기다려라. 내가 안쪽 문들을 열 테니까." 곧바로 한스가 "저희 아버지 아세요?"라고 물었다. 하지만 이미 얼굴이 사라진 뒤여서 한스는 질문을 뒤로 미뤄야 했다. 이제 진짜 안쪽 문들이 열리는 소리가 들렸다. 처음에는 찰칵거리는 열쇠 소리가 거의 들리지 않다가 더 가까운 문들 쪽으로 오자 점점 더 크게 들렸다. 이곳의 구멍 뚫린 두꺼운 벽은 따닥따닥 붙어 있는 많은 문들로 대체되어 있는 것 같아 보였다. 마침내 마지막 문도 안으로 열렸다. 아이들이 안을 들여다보기 위해서 바닥에 누웠다. 이제 저쪽에서 어스름 속에 그 남자의 얼굴이 나타났다. "문들이 열렸으니 들어와라. 자, 잽싸게 신속히." 그 남자는 한쪽 팔로 수많은 문짝들을 벽으로 밀었다. 문 앞에서 기다리는 동안 조금 정신을 차린 듯 아말리아는 이제 첫 번째가 안 되려고 한스 뒤로 갔다. 하지만 아말리아는 한스와 같이 창고로 몹시 들어가고 싶어서 그를 앞으로 밀었다. 통로 아주 가까이 있게 된 한스는, 그곳에서 나오는 서늘한 바람을 느낄 수 있었다. 한스는 안으로 들어가려 하지 않았다. 낯선 사람에게로, 잠겨질지도 모르는 수많은 문들 뒤로, 서늘하고 오래된 거대한 집 안으로. 한스는 마침 이미 이곳 통로 앞에 누워 있던 터라 "저희 아버지 아세요?"라고 물었다. 그 남자가 "아니"라고 대답했다. "그건 그렇고 이제 그만 와라. 이 문들을 이렇게 오래 열어두면 안 돼." 한스가 아말리아에게 "저 사람, 우리 아버지 모른대"라고 말하며 일어섰다. 한스는 홀가분해진 기분이었다. 이제 한스는 확실히 안으로 들어가지 않을 것이다. 그 남자가 "너희들 아버지 안다"라며, 통로에서 머리를 앞으로 더 내밀었다. "당연히 너희들 아버지를 알지. 정육점 주인. 다리 옆 정육점 주인. 나도 가끔 거기서 고기를 사지. 내가 너희 가족을 알지 못하면 내가 무엇 때문에 너희들을 들여보내준다고 생각하니?" "어째서 처음에는 아버지를 모른다고 했죠?" 한스가 물었다. 한스는 손을 주머니에 넣은 채 이미 창고에서 완전히 몸을 돌렸다. "여기 이런 상황에서 긴 대화를 피하려고 했기 때문이지. 먼저 들어와야 무슨 얘기든 할 수 있지 않겠니. 그리고 원래는 어린애들이 들어오면 안 되는 건데, 이와는 다르게 나는 차라리 버릇없이 행동하는 네가 밖에 남아 있으면 좋겠다. 너하고는 다르게 네 여동생은 현명하니 들어와라. 환영이다." 그리고 그 남자는 아말리아에게 손을 뻗었다. 아말리아는 자신의 손을 낯선 남자의 손 쪽으로 가져가기는 했으나 잡지는 않고 "한스, 왜 안 들어가려는 거지?"라고 말했다. 그 남자의 마지막 대답이 있은 뒤에도 여전히 자신이 꺼리는 확실한 이유를 댈 수 없었던 한스는 그저 나지막하게 아말리아에게 말했다. "저 남자, 저렇게 쌕쌕거려." 실제로 그 낯선 남자는 말할 때뿐만 아니라 말을 안 할 때도 쌕쌕거렸다. 한스와 낯선 남자 둘 사이를 중재하려고 아말리아는 "왜 쌕쌕거리죠?"라고 물었다. "아말리아 네 질문에 답하자면, 나는 호흡 곤란이 있어. 계속해서 이 눅눅한 창고에서 지내서 그래. 너희들에게 이 안에 오래 있으라고 권하지는 않아. 하지만 잠깐이지만 엄청나게 흥미로울 거야." 하고 낯선 남자가 말했다.

"저 들어갈래요"라고 말하며 아말리아가 웃었다. 벌써 아말리아를 완전히 얻은 셈이었다. "하지만" 하고 아말리아는 다시 천천히 한스도 같이 가야 한다고 덧붙였다. 낯선 남자는 "물론이지"라고 말하며 상체로 껑충 뛰어서, 몹시 놀라 있는 한스의 손을 붙들었다. 그 바람에 바로 한스가 쓰러졌고, 그는 그런 한스를 있는 힘껏 구멍으로 끌어들였다. 그는 한스의 윗옷 소매가 문의 날카로운 모서리에 찢기는 것도 아랑곳하지 않고 "여기 내 사랑스러운 한스가 들어가신다"

라고 크게 소리를 질러대면서 저항하는 한스를 끌고 들어갔다. 갑자기 한스는 "말리, 말리. 아버지를 모셔와. 아버지를 모셔오라고. 난 더 이상 돌아갈 수가 없어. 이 아저씨가 날 무지 세게 잡아당겨"라고 외쳤다. —한스의 발은 벌써 구멍 속에 들어가 있었다. 온갖 저항에도 불구하고 일은 그렇게나 빨리 진행되었다. 하지만 아말리아는 낯선 남자가 거칠게 잡아당겨서 무척 당황한 데다 자신이 그의 올바르지 못한 행동을 어느 정도 부추겼기 때문에 약간의 죄책감까지 느꼈다가는, 마침내 처음부터 그랬듯이 몹시 호기심이 나서 오히려 한스의 발에 매달려서

〈1916년〉5월 11일

그래서 편지를 국장에게 건네주었다. 3일 전에. 가을에 전쟁이 끝나면 후에 장기 무급 휴가를 주고, 그렇지 않고 전쟁이 계속되면 반환 청구를 취소해달라고 요청했다. 그것은 완전 거짓말이었다. 만약 내가 당장 장기 휴가를 내겠으니 거절할 경우 해고해달라고 요청했더라면, 반쯤은 진실이었을 것이다. 내가 사직서를 냈으면 그것이 진실이었을 테고. 하지만 두 쪽 다 시도할 엄두를 못 냈으니 완전 거짓말일 수밖에.

오늘 있었던 쓸데없는 대화. 국장은 내가 반환을 청구받는 상황에서 마땅히 받지 말아야 할 3주간의 통상적인 휴가를 억지로 받아내려 한다고 생각한다. 그래서 그는 두말없이 3주 휴가를 제안한다. 내 편지를 받기 전에 이미 결정한 일이라고 한다. 국장은 편지에 쓰여 있지도 않았던 듯이 군대 얘기는 전혀 꺼내지도 않는다. 내가 그것에 관해 얘기하면 흘려듣는다. 그는 장기 무급 휴가를 분명 이상스럽게 생각하고 있다. 국장은 그런 어조로 조심스레 장기 무급 휴가를 언급하면서, 당장 3주 휴가를 내라고 재촉한다. 다른 사람들과 마찬가지

로 그 중간에 그는 돌팔이 신경과 의사 같은 발언을 한다. 내가 자신과 같은 책임을 갖고 있지는 않을 거라면서. 그의 지위가 당연히 그를 병나게 한다고. 예전에 그가 변호사 시험을 준비하면서 동시에 회사에서 일할 때도 얼마나 일을 많이 했던가에 대해서. 주간에 하루 11시간씩 9개월 동안. 그 후 가장 중요한 차이점을 든다. 언젠가 내게도 어떤 식으로든 내 지위가 두려울 때가 오겠지만, 그는 이미 이 두려움을 겪었다고 말이다. 심지어 그는 이런 식으로 그의 '삶의 터전'을 앗아가고 그를 폐물 취급하기 위해 온갖 시도를 다 하는 적들을 회사에 두고 있었다고 한다.

이상하게도 국장은 내 편지글에 대해서는 언급조차 하지 않는다.

거의 내 사활이 걸린 문제라는 것을 알면서도, 나는 미약하나마 군대에 가기에 3주는 부족하다는 입장을 고수한다. 그러자 국장은 계속 이어가던 말을 뒤로 미룬다. 그가 그렇게 친절하게 간섭만 안 해 줬으면!

나는 다음 사항들을 고수할 것이다: 2년 동안 억눌러왔던 소원대로 군대에 갈 것이다. 나와는 상관없는 다양한 사항들을 고려해서 만약 장기 휴가를 받게 되면 가장 먼저 그 일을 할 것이다. 하지만 직장과 군대의 사정을 참작해볼 때 아마도 그것은 불가능할 것이다. 나는 장기 휴가라고 하면—공무원은 장기 휴가 얘기 꺼내기를 꺼려 하지만 환자는 그렇지 않다—반년 혹은 일 년 정도를 생각한다. 내 경우는 의심할 여지없이 확인 가능한 기관의 질병이 아니기 때문에 월급은 바라지도 않는다.

이 모든 것이 거짓말의 연속이다. 하지만 내가 일관되게 행동하면 결과적으로는 진실에 가까워지게 될 것이다.

———————————

1916년 6월 2일

두통과 불면증에 흰머리가 생기고 절망하면서도 이 무슨 여성들과의 탈선이란 말인가. 세보니 여름부터 최소한 여섯 명의 여성들을 알고 지냈다. 저항할 수가 없다. 내 입에서 혀를 확실히 떼어내지 않는 이상, 나는 경탄할 만한 여성을 찬미하고 (갑자기 찾아든) 경탄이 다 소진될 때까지 그녀를 사랑할 수밖에 없다. 여섯 명의 여성 모두에게 나는 거의 심적인 책임만 있다. 그런데 한 여성이 다른 사람을 시켜 나를 비난했다.

———————

웁살라의 대주교 N. 죄더블룸의 『신에 대한 믿음의 생성』에서 발췌. 사적 혹은 종교적으로 관여하지 않고 아주 학문적으로 썼다.

마사이족의 원시 신: 원시 신이 최초의 가축을 가죽 끈에 매달아 하늘에서 최초의 원형 촌락으로 내려보낸다.

호주 부족들의 원시 신: 원시 신이 강력한 주술사 모습을 하고 서쪽에서부터 와서 사람들과 동물들, 나무들, 강들, 산들을 만들었다. 그는 신성한 의식들을 도입하고 어떤 다른 특정 씨족의 일원이 어떤 씨족에서 아내를 맞아야 하는지를 정했다. 모든 일을 끝내자 그는 그곳을 떠났다. 주술사들은 나무나 밧줄을 타고 원시 신에게로 올라가서 힘을 받아올 수 있다.

———————

다른 부족들: 그들의 창조기인 이주 기간 동안에 그들도 여기저기에서 신성한 춤과 의식들을 최초로 완성했다.

———————

다른 부족들: 원시 시대 때 인간들은 의식을 거행하면서 스스로 토템 신앙의 대상이 되는 동물들을 창조했다. 즉 신성한 의식들 스스로 자신이 숭배할 대상을 만들어냈다.

해안 근처의 빔빈가 부족은 원시 시대 때 그들이 이주할 당시에 샘과 숲지대, 의식들을 창조했던 두 사람을 알고 있다.[31]

1916년 6월 19일

모든 것을 잊는다. 창문을 연다. 집을 비운다. 바람이 집으로 불어온다. 텅 빈 공간만 보인다. 구석구석 다 찾아보지만 자기 자신은 발견하지 못한다.

오틀라와 함께. 오틀라를 영어 선생님한테서 데려왔다. 부두와 석조 다리를 지난 뒤 클라인자이테를 일부 통과하고 새 다리[32]를 건너서 집으로 돌아왔다. 카를교 위의 흥미로운 성상들. 저녁 무렵 텅 빈 다리에 비치는 여름철의 기묘한 석양.

막스가 면제받게 되어서 기쁘다. 그럴 거라 믿고 있었다. 하지만 지금 나는 여전히 현실을 직시하고 있다. 나는 또다시 징집되지 못했다.[33]

그리고 날이 서늘해졌을 때 그들은 정원을 거니는 주 하나님의 목소리를 들었다.

아담과 이브의 휴식

그리고 주 하나님은 아담과 그의 여자에게 털가죽으로 옷을 만들어 입히셨다.

인간들에 대한 하나님의 진노

나무 두 그루

알 수 없는 금지

(뱀, 여자, 남자) 모두 처벌

카인을 총애[34]

하나님이 말을 걸어 그를 자극한다.

사람들은 더 이상 내 성령에 의해

벌 받고자 하지 않는다.

같은 시각에 사람들은 주의 이름을 설파하기 시작했다.

그리고 그가 거룩한 삶을 영위했기 때문에 주님이 그를 데려가서,
더 이상 그를 볼 수 없었다.[35]

〈1916년〉7월 3일

펠리체와 마리엔바트에서의 첫날. 서로 나란히 붙어 있는 방에 묵
었다. 양쪽에서 열쇠

집 세 채가 서로 붙어서 작은 안뜰을 이루고 있었다. 이 뜰 안에 밀
어붙이듯이 작업장이 두 개 더 들어와 있었고, 구석에는 작은 상자들
이 높이 쌓아 올려져 있었다. 폭풍우가 최악으로 몰아치던 날 밤—뜰
안 가장 낮은 집 위로 바람이 사정없이 빗줄기를 몰고 왔다—다락방
에서 아직껏 책을 펴고 앉아 있던 한 학생이 뜰에서 들려오는 커다란
비탄 소리를 들었다. 그가 벌떡 일어나 귀를 기울였지만 아무 소리도
나지 않았고 계속 잠잠했다. 학생은 아마도 착각했나 보다라고 말하
며 다시 책을 읽기 시작했다. 잠시 후 책 속의 글자들이 확실하게 '착
각 아님'이라는 문장으로 짜맞춰졌다. 그는 착각이야라고 재차 말하

며 둘째손가락으로 동요하는 행들을 따라가며 짚었다.

─────────

〈1916년〉 7월 4일

가로, 세로 한 발자국씩의 공간밖에 없는 각목으로 만든 사각형 울타리 안에 갇힌 채로 잠에서 깼다. 밤에 양들을 몰아넣는 우리가 이것과 비슷하긴 하지만, 이 정도로 좁지는 않다. 햇살이 바로 내리비쳤다. 나는 머리를 보호하기 위해서 머리는 가슴에 붙이고 등은 구부린 채로 그곳에 쪼그리고 앉았다.

─────────

너 뭐냐? 나는 비참함이다. 나는 널빤지 두 개를 양쪽 관자놀이에 대고 나사로 고정시켰다.

〈1916년〉 7월 5일

누군가와 함께 산다는 것은 힘든 일이다. 서먹서먹함과 동정, 쾌락, 비겁함, 허영심이 강요되고, 어쩌면 깊은 밑바닥에만 사랑이라고 부를 만한 작고 얕은 시내가 흐르는 게 아닌가 싶다. 사랑은 찾는다고 얻어지는 것이 아니라, 단 한순간에 번쩍이는 것이다.

─────────

가엾은 펠리체

〈1916년〉 7월 6일

불행한 밤. F.[36]와 사는 것은 불가능하다. 누군가 다른 사람과 함께 산다는 것은 견디기 힘든 일이다. 그 사실이 애석한 것이 아니라 홀로 지내야 한다는 것이 애석하다. 하지만 그다음 순간 애석해하는 것은 부질없는 일이니 순응하고 마침내 이해한다. 땅에서 일어나 책을 붙든다. 하지만 또다시 불면증, 두통. 높은 창문에서 비로 축축해져 부딪혀도 죽지 않을 부드러운 땅 위로 뛰어내린다. 눈을 감은 채 끝없이 뒤척인다. 어떤 정직한 눈초리에 내맡긴 채로.

구약성서만 그렇게 보고 있다—그것에 대해 더 할 말이 없다.

한찰 박사[37]에 관한 꿈. 그가 어떻게 했는지 기대면서 또한 동시에 앞으로 구부린 채로 자신의 책상 앞에 앉아 있었다. 물같이 맑은 눈. 그가 천천히 그리고 정확하게 자신의 방식대로 명확한 사고 과정을 설명한다. 꿈속에서도 그의 말이 잘 안 들려 말하는 방식만 좇아간다. 그 후 한찰 박사는 아내와 함께 자리를 했다. 그녀는 많은 짐을 들고 있었고, 놀랍게도 내 손가락을 갖고 장난쳤다. 그녀의 두꺼운 펠트 소매의 한 부분이 뜯겨 있었다. 이 소매의 아주 작은 일부만 팔이 차지하고 있었고, 나머지는 딸기로 가득 채워져 있었다.

[카를은 남들이 놀려대도 놀라울 정도로 거의 신경을 안 썼다. 어떤 녀석들이었지? 그리고 그들이 무엇을 알고 있었을까? 주름이 두세 개밖에 없는 말쑥한 얼굴의 미국인들이었지만, 이 주름은 그들의 이마 혹은 코와 입 한쪽 옆에 깊고 불룩하게 패어 있었다. 돌처럼 다부진 이마를 두드리는 행동만으로 충분히 그들의 기질을 확인할 수 있는 미국 토박이들. 그들이 무엇을 알고 있었는지,][38]

한 남자가 심하게 아파서 침대에 누워 있었다. 의사는 침대 곁에 끌어다놓은 작은 탁자 옆에 앉아 재차 자신을 쳐다보는 환자를 지켜보았다. 환자는 묻는 게 아니라 대답하듯이 "치료법이 없군요"라고 말했다. 의사가 탁자 끝에 놓여 있던 커다란 의학책을 약간 펼쳐 멀리서 재빨리 들여다본 뒤 책을 덮으며 말했다. "브레겐츠에서 도움의 손길이 오고 있습니다." 그리고 환자가 힘든 듯 눈을 찡그리자, 의사는 포어아를베르크 주에 있는 브레겐츠라는 말을 덧붙였다. 환자는 "멀군요"라고 말했다.

———————

끝없는 긴장. 아우쇼비츠로 산책 갔다. 차이들러 선생님, 체리를 든 여인들, 버섯 채집, 발코니에서의 식사, 남자 형제[39] 얘기, 페스탈로치에 대한 강연, 「독신주의자」[40]의 낭독. 뜨개질을 하다가 얘기 중에 '신문'이라는 말이 나오자, 그녀가 "우리는 신문을 사려고 했었어요"라고 외친다. 그녀가 내 공책[41]을 보고서 "멋지네요. 어떻게 그것을 갖게 됐죠?"라고 한다. 내가 무슨 말이냐고 묻자, 그녀는 "당신의 이런 멋진 취향이 내게는 익숙지가 않아 버릇없이 굴었네요"라고 말한다. 끝으로 그녀는 공책을 내게서 낚아채 잠시 한 페이지를 훑어보고는 덮는다. 그러고는 낭독할 때 이미 예고한 대로 차를 마시러 가기 위해 서두른다.

———————

나를 당신 팔 안에 받아주시오. 그곳은 심연. 나를 그곳으로 데려가주오. 당신이 지금 거절하려거든 나중에라도

———————

나를 데려가시오, 나를 데려가오. 어리석음과 고통의 뒤얽힘

———————

수풀 속에서 흑인들이 나왔다. 그들은 은사슬로 에워싼 나무 말뚝 주위를 돌며 헌신적으로 춤을 췄다. 사제는 떨어져 앉아서 징 위로 작은 막대기를 들어 올렸다. 하늘이 구름으로 덮여 있었지만 비는 내리지 않았고 고요했다.

———————

추크만텔에서를 제외하고 나는 아직 한 번도 여자와 친밀한 관계

를 맺은 적이 없다. 그 후 리바에서도 스위스 여자와 가까이 지냈다. 첫 번째 여자는 성숙한 여성이었지만 내가 뭘 몰랐고, 두 번째 여자는 어린아이 같아서 내가 몹시 당황했었다. F.와 나는 편지 속에서만 친했지, 우리가 인간적으로 친해진 것은 겨우 이틀 전부터다. 그렇게 확실하지는 않다. 의심의 여지가 있다. 하지만 그녀의 고요한 눈빛과 여성의 심연을 드러낸 모습이 아름답다.[42]

———————

⟨1916년 7월⟩ 13일
어리석은 인간이여 마음의 문을
열고 나와라.
대기와 고요함을 호흡하라.

———————

어느 온천에 있는 한 커피 가게였다. 오후에 비가 내리는 바람에 손님이 한 명도 나타나지 않았다. 저녁 무렵 비로소 하늘이 맑아지더니 서서히 비가 그쳤고, 여종업원들이 식탁을 닦기 시작했다. 주인이 아치문 아래에 서서 손님들이 오는지 내다보았다. 정말로 벌써 한 명이 숲길을 올라오고 있었다. 그 사람은 긴 술이 달린 큰 모직 숄을 어깨 위에 두르고 있었고, 머리를 가슴 쪽으로 숙인 채 한 걸음씩 뗄 때마다 손을 쭉 뻗어 자신에게서 멀리 떨어진 바닥을 지팡이로 짚었다.

———————

⟨1916년 7월⟩ 14일
이미 전에 아브라함이 자기 아내를 부인한 것처럼 이삭은 아비멜렉 앞에서 자기 아내를 부인했다.

———————

게라르의 우물들 구절에서 헷갈린다. 구절을 반복함.

———————

야곱의 죄악들. 에사우의 숙명.

둔탁하게 시계가 종을 친다
집에 들어올 때 시계 소리를 들어봐라

〈1916년 7월〉 15일
그는 숲 속에서 도움의 손길을 찾았다. 그는 산기슭의 언덕들을 거의 뛰어오르듯이 통과해서, 마주친 개울들의 근원지 쪽으로 서둘러 갔다. 그는 양손으로 공기를 내저으며 코와 입으로 거칠게 숨을 몰아쉬었다.

〈1916년〉 1915년 7월 19일
꿈꿔라, 울어라, 가엾은 족속이여
길을 못 찾는구나, 길을 잃었구나
아! 네가 밤에 인사하면, 아! 아침에
나는 그 무엇도 아닌 그저 내 몸을 빼낼 것이다
무기력한 나를 끌어가기 위해
뻗어대는 심연의 손들로부터.
나는 준비된 손안으로 무겁게 떨어진다.

저 멀리 산에서 울려 퍼졌다

느릿한 말소리가. 우리는 귀를 기울였다.

———————

아 그들, 지옥의 가면들은
찡그린 얼굴들을 감추고 있었다. 몸통에 바싹 붙인 채.

———————

긴 기차, 긴 기차가 미완성된 자를 싣고 간다.

———————

이상한 법 집행. 사형선고를 받은 자가 다른 사람은 아무도 배석하지 않은 상태에서 자신의 감방에서 사형집행인의 칼에 찔려 죽는다. 그는 탁자에 앉아 편지 쓰기를 끝낸다. 그 편지에는 다음과 같이 쓰여 있다.

———————

〈1916년〉 7월 20일
이웃집 굴뚝에서 작은 새 한 마리가 나와서 굴뚝 가장자리에 매달려 있다가 그 근방을 한 번 둘러보고는 날아올라가버렸다. 평범한 새가 아니었다. 굴뚝에서 나와 날아오르는 비범한 새였다. 이층 창문에서 한 소녀가 하늘을 쳐다보다가 그 새가 높이 날아오르는 것을 보고 소리쳤다. "저기 그 새가 날아간다. 빨리. 저기 그 새가 날아가." 아이 둘도 그 새를 보기 위해 벌써 그 소녀 쪽으로 몰려들었다.

———————

저를 측은히 여겨주십시오. 저는 존재의 구석구석까지 모두 죄로 물들어 있습니다. 하지만 제게 경멸할 만큼 형편없는 소질이 있었던 것이 아니라, 하찮지만 좋은 능력들은 있었는데 제가 그것을 낭비하고 살았던 것입니다. 과거에는 조언도 받지 않던 존재였던 저. 이제는 거의 끝장입니다. 하필이면 외견상 모든 것이 제게 좋은 쪽으로 바뀔 법한 이때에. 저를 패배자로 몰지는 말아주십시오. 이것이 멀리서 보면 웃기는, 아니 심지어 가까이서 봐도 벌써 웃기는 자기애에서 비롯되는 말이라는 것도 압니다. 하지만 제가 산다는 것은 살아 있는 자의 자기애를 갖는다는 것이고, 살아 있는 자는 우스운 존재가 아니니, 살아 있는 자가 하는 꼭 필요한 발언들도 웃기는 것이 아니라고 하겠지요. 궁색한 변증법. [제가 형을 선고받았다면, 사형선고만 받은 게 아니라 최후까지 저항하라는 선고도 받은 것입니다.]

———————

일요일 오전 제가 출발하기 직전에 당신은 제 편을 들려는 것 같았습니다. 그랬기를 바랐고, 오늘까지도 이런 부질없는 희망을 품어봅니다. [그리고 또 제가 하소연하는 내용은 설득력도 없고 진정한 고통도 없이, 마치 길 잃은 배의 닻처럼 자신이 고정될 저 먼 심연 위에서 흔들거립니다.] 제게 밤의 평온만이라도 주십시오—유치한 하소연.

———————

〈1916년〉 7월 21일

그들이 소리쳤다. 멎졌다. 우리는 일어났다. 각양각색의 사람들이 집 앞에 집합했다. 거리는 평상시 새벽처럼 조용했다. 빵집 종업원이 바구니를 내려놓고 우리를 쳐다보았다. 모두들 바싹 붙어서 잇달아 계단을 달려 내려왔다. 여섯 개의 층에 사는 주민 전체가 뒤죽박죽 뒤섞였다. 나조차 이층에 사는 상인이 여태 자기 뒤에 질질 끌고 오던 겉옷을 입도록 도와주었다. 이 상인이 우리를 이끌었다. 그게 맞았다. 그는 이곳 우리 모두 중에서 가장 세상 경험이 많은 자였다. 그는 먼저 우리들을 한 무리로 정돈시키고, 가장 소란스러운 사람들에게 조용히 하라고 훈계한 뒤에 은행원이 줄곧 흔들어대던 모자를 가져가 길 저편으로 던져버렸다. 어른 한 명이 각각 아이 한 명씩 손잡고 데려갔다.

이상한 법 집행. 사형수가 다른 사람은 아무도 배석하지 않은 상태에서 자신의 감방에서 사형집행인의 칼에 찔려 죽는다. 죄수가 탁자에 앉아 편지 혹은 마지막 식사를 끝낸다. 누가 감방 문을 두드린다. 사형집행인이다. "준비됐나?" 하고 그가 묻는다. 사형집행인이 질문하고 지시하는 내용과 순서는 이미 정해진 틀에서 벗어나지 못한다. 처음에 자신의 자리에서 벌떡 일어났던 사형수는 앞을 응시한 채로 아니면 얼굴을 손에 파묻은 채로 다시 자리에 앉는다. 대답을 듣지 못하자, 사형집행인은 간이침대 위에서 도구 상자를 열고 단검들을 골라 제각각인 칼날들을 부분적으로 좀 더 완벽하게 손질한다. 날이 이미 많이 어두워져 있다. 사형집행인이 작은 휴대용 등을 올려놓고 불을 붙인다. 사형수가 몰래 고개를 사형집행인 쪽으로 돌렸다가 그가 무슨 일을 하는지 알아차리고는, 떨며 다시 고개를 되돌린 뒤 더 이상 아무것도 보려 하지 않는다. 잠시 후에 사형집행인이 "나는 준비 다 되었소"라고 말한다. "준비됐다고?"라고 사형수가 울부짖듯이 외쳐 묻고는 자리에서 벌떡 일어나 이제 정면으로 사형집행인을 쳐다본다. "당신은 나를 죽이지 못할 거야. 나를 간이침대에 눕혀 찌르지 못할 거라고. 당신은 사람이 아닌가. 단상에서 보조원들과 함께 법원 직원들이 보는 앞에서 사형을 집행할 수는 있어도, 여기서는 아니야. 감방에서 한 사람이 다른 사람을 죽일 수는 없는 법이거든." 사형집행인이 상자 위로 몸을 구부린 채 침묵하자, 사형수가 조용히 덧붙였다. "그건 있을 수 없는 일이지." 그래도 여전히 사형집행인이 잠자코 있자, 사형수가 말을 덧붙인다. "그것이 있을 수 없는 일이라는 바로 그 점 때문에 이 특별한 법 집행이 도입되었지. 형식은 유지되어야 하지만, 사형은 더 이상 집행되지 말아야 해. 당신은 나를 다른 감옥으로 보낼 것이고, 그곳에서 아마 내가 형은 오래 살게 될지 몰라도 사형은 당하지 않겠지." 사형집행인이 솜싸개에서 새 단검을 꺼내며 말했다. "자네는 아마도 아이를 버리라는 명령을 받은 하인이 그대로 이행하지 않고 대신 아이를 제화공 도제로 주어버렸다는 동화 생각을 하는 모양이지. 그것은 동화지만 이것은 동화가 아니라고." 의견의 불일치.

〈1916년〉8월 21일

수집 목록으로. "본성 초월에 관한 모든 아름다운 말들이 삶의 원초적 힘에 직면하면 효과가 없다는 것이 입증된다." (일부일처제에 반대하는 논문들)

─────────────

1916년 8월 27일

끔찍한 이틀 밤낮이 지난 후에 내린 최종 견해: 그 엽서를 F.에게 보내지 않은 너의 나약함과 인색함, 우유부단함, 이해타산, 사전에 예방하기 등과 같은 공무원의 악습에 감사한다. 네가 그 엽서를 철회하지 않았을 수도 있다. 인정한다. 그럴 수 있다. 그 결과가 뭘까? 행동, 왕성한 기력? 아니다. 너는 이미 몇 번이나 이러한 행동을 했었다. 더 나아진 것은 아무것도 없었다. 굳이 그것을 설명하려고 들지 마라. 물론 너는 스스로 과거에 대해 전부 설명할 수 있겠지. 너는 과거에 대해 설명하지 않고는 단 한 번도 과감하게 미래를 시도해보려고조차 않는 사람이니까. 하지만 그것은 불가능한 일이다. 책임감이면서 동시에 책임감으로서 가장 명예스러운 것은 결국 공무원 정신과 소년다움, 그리고 아버지에 의해 꺾인 의지일 것이다. 보다 나은 것을 위해 일해라. 그것은 바로 네 손 앞에 있다. 즉 (더구나 네가 사랑하는 F.의 인생을 희생시켜가면서까지) 몸을 사리지 말라는 말이다. 몸

650

을 사린다는 것은 있을 수 없는 일이기 때문이다. 외견상 몸을 사리는 것이 오늘날 너를 거의 파멸에 이르게 하지 않았는가. F., 결혼 생활, 아이들, 책임감 등과 관련해서 몸을 사리는 것뿐만 아니라, 네가 눌러앉아 있는 관직, 틀어박혀 꼼짝도 안 하는 안 좋은 집과 관련해서도 몸을 사리는 것 말이다. 이 점에서 너는 네 자신에 대해 전혀 아무것도 모르고 있다. 그게 네게는 더 잘된 일인지도 모른다. 오늘 밤 B.로 가던 중에 각기 네 머리와 마음을 요구하는 두 개의 동인들이 네 안에서 싸움을 벌였다. 둘 다 완전히 동일한 가치를 지니고 있고, 똑같이 강력하다. 양쪽 다 걱정스럽다. 즉 계산할 수가 없다. 그래서 뭐가 남지? 더 이상 너를 그런 싸움터로 전락시키지 마라. 그 싸움은 확실히 너에 대한 고려도 하지 않은 채 벌어지고, 또 너는 거기서 끔찍한 싸움꾼들이 부딪친다는 것 말고는 아무것도 느끼지 못하지 않는가. 그러니 비상해라. 네 자신을 개선해라. 공무원 티를 벗고, 네가 무엇이 되어야 할지를 고려하는 대신에 네가 누구인지를 보기 시작해라. 그다음 과제인 군인 되기는 무조건적으로 해야 한다. 플로베르, 키르케고르, 그릴파르처와 같은 자들과 자신을 비교하는 바보 같은 착각도 그만둬라. 그것은 정말 소년 같은 짓이다. 그러한 예시들은 분명 계산 사슬의 한 고리로 사용될 수는 있지만, 전체 계산을 하는 데는 오히려 부적합하다. 그러한 예시들을 개별적으로 비교하면, 그것들은 이미 시작부터 쓸모없게 된다. 플로베르와 키르케고르는 그 사정이 어떤지를 아주 정확하게 잘 알고 있었던 데다가 곧은 의지를 갖고 있었다. 그것은 계산이 아니라 행위였다. 하지만 엄청난 기복이 있던 4년이라는 세월은 네게는 끝없는 계산의 연속이었다. 그릴파르처와 비교하는 것은 어쩌면 맞을지 모른다. 하지만 그릴파르처는 네가 예시로 삼을 만해 보이지 않는다. 그는 불운한 선례다. 후손들을 위해 고난을 겪었기 때문에 후손들은 그에게 감사해야 한다.[43]

1916년 10월 8일

푀르스터[44]: 학교생활의 일부인 인간관계 다루기를 수업 주제로 삼기.

훈육은 어른들의 공모이다. 우리는 이리저리 마구 뛰어다니며 소란 피우는 아이들을 우리 자신도 믿지 않는 내용으로 그럴싸하게 꾸며대어 좁은 우리 집으로 끌어들인다. (어느 누가 고상한 사람이 되고 싶지 않겠는가? 문 닫음)

막스와 모리츠가 해명했다 싸웠다 하는 모습이 우습다.

그 무엇으로도 대체할 수 없는 악습의 분출은, 강력하고 거대하게 일어나 눈에 띈다는 데에 그 진가가 있다. 심지어 사람들이 연루되어 흥분 상태에 있어서 악습의 작은 낌새만 알아챌 수 있을 때조차도. 선원 생활은 웅덩이에서 연습해서 배우는 것이 아니다. 웅덩이에서 지나친 훈련을 하면 어쩌면 선원이 되기에는 무능력해질 수 있다.

98쪽 "젊은애들이 의심한다. 그 후"
99쪽 "오늘 네가 왔을 때 처음으로……"[45]

〈1916년〉 10월 16일

후스파 교도들이 구교도들에게 통합 기초로 제시한 네 가지 조건들 중에는 모든 대죄를 죽음으로 처벌해야 한다는 조건도 들어 있었는데, 그들은 그 대죄에 '식탐, 폭음, 부정, 거짓말, 위증, 폭리, 고해 헌금과 미사 헌금 착복'을 포함시켰다. 심지어 한 교파는 위에 언급된 대죄들 중의 하나로 더럽혀진 자를 보는 즉시 사형에 처할 수 있는 권리가 개개인에게 주어지기를 원했다.[46]

내가 오성과 소망을 갖고 처음에는 미래의 차가운 윤곽만 인식했다가, 그것들에 의해 끌려가고 부딪히면서 비로소 이 동일한 미래의 현실로 서서히 진입하는 것이 가능할까?

우리는 의지라는 채찍을 직접 자신들에게 휘둘러도 된다.

〈1916년 10월〉 18일

한 편지에서 발췌[47]: 어머니와 부모님, 꽃, 새해, 식탁에 모인 사람들에 대해 당신이 말한 내용을 그대로 다 받아들이는 것은 그리 쉬운 일이 아닙니다. 당신은 저도 "집에서 당신 가족과 다 함께 식탁에 앉아 있는 것이 아주 즐겁지만은 않을 거예요"라고 말했지요. 물론 당신은 그것이 저를 기쁘게 할지 아닐지는 전혀 고려하지 않았고, 이 말로 단지 당신 생각만을 정확하게 전달하고 있을 뿐이겠지요. 그런데 그 말은 저를 기쁘게 하지 않습니다. 하지만 당신이 정반대의 내용을 썼더라면, 저는 분명 더더욱 기쁘지 않았을 것입니다. 어떤 점에서 당신이 즐겁지 않은지를 가능한 한 명확하게 제게 얘기해줄 수 있을까요? 무엇이 원인이지요? 물론 우리는 제 문제에 관해 이미 자주 얘기를 나눴었지요. 하지만 이번 일은 조금이라도 제대로 파악하기가 쉽지 않습니다. 크게 대략적으로—그리고 그 때문에 진실에는 완전히 부합되지 않을 엄격함을 담고서—제 입장을 이렇게 돌려 말할 수 있습니다. 대부분 자립적이지 못했기 때문에 저는 끝없이 자립과 독립, 사방으로의 자유를 갈구합니다. 고향 무리들이 제 주위를 맴돌아 제 시선을 분산시키게 두기보다는 차라리 눈가리개를 하고서 저는 끝까지 제 갈 길을 갈 것입니다. 그 때문에 제가 부모님께 드리는 말이나 부모님이 제게 하시는 모든 말씀은 쉽게 제 발치로 날

아가는 각목이 됩니다. 비록 저의 일부와 배치된다 하더라도 제 스스로 만들거나 쟁취하지 않은 관계들은 모두 무가치하고 저의 행로를 방해합니다. 그래서 저는 그 관계들을 증오하거나 아니면 거의 증오할 단계에까지 이르지요. 길은 멀고 힘은 보잘것없습니다. 이러한 증오에 대한 이유는 충분히 많습니다. 하지만 저는 지금 제 부모님에게서 태어나 부모님, 여동생들과 혈연관계를 맺고 있지요. 평소 생활할 때는 불가피하게 저의 특별한 의도에 집착하느라 이것을 느끼지 못하지만, 실제로 저는 제가 알고 있는 것 이상으로 그 사실에 신경 씁니다. 어떨 때 저는 이 혈연관계도 증오하지요. 집에 놓여 있는 부부 침대, 사용한 침대 시트, 세심하게 놓아둔 잠옷들을 보면 속이 뒤집힐 정도로 욕지기가 납니다. 마치 제가 궁극적으로 태어나지 않아서, 계속해서 이 숨 막히는 방의 이 숨 막히는 삶으로부터 재차 태어나 그곳에서 늘 되풀이해서 확인받아야 하는 것 같습니다. 또 제가 완전히는 아니라도 부분적으로 이 역겨운 것들과 끊을 수 없게 연결되어 있는 것 같습니다. 최소한 그것은 여전히 달리려는 내 발들에 매달려 있어서, 발들은 여전히 처음엔 형태가 없는 그런 진창에 빠져 있습니다. 한번은 이러다가도, 다음번에는 그래도 부모님은 지속적으로 제게 힘을 주고 그래서 제게 꼭 필요한 저의 존재의 한 구성 요소라는 것, 방해물일 뿐만 아니라 제게 속하는 존재라는 사실을 재차 깨닫게 되지요. 그러고 나면 저는 사람들이 최선의 것을 가지려고 하듯이 부모님에게서 최선을 바랍니다. 실은 지금도 그치지 않고 계속 그런 행동을 하지만 그 언젠가부터 저는 온갖 심술과 버릇없는 행동, 이기적이고 애정 없는 태도를 하면서도 부모님 앞에서 떨었습니다. 그러면 부모님은, 한편에서는 아버지 그리고 다른 한편에서는 어머니가 또다시 당연히 제 의지를 거의 꺾다시피 하셨지요. 저는 그들이 그럴 만한 가치가 있는 분들이라고 생각하고 싶습니다(오틀라는 때때로 마치 제가 멀리서 구하고 싶어 했던 그런 어머니 같아 보입니다. 순수하고 진짜 정직하며, 일관성 있고, 겸손함과 자부심, 포용력과 경계심, 헌신과 자립심, 소심과 용기가 확실히 균형 잡혀 있지요. 제가 오틀라를 언급하는 이유는 그녀 안에도 제 어머니가 존재하기 때문입니다. 물론 전혀 눈치채지 못하게). 그래서 저는 부모님이 그럴 가치가 있는 분들이라고 생각하려는 것입니다. 그 결과 제게 부모님의 불결함은 저와는 상관없는 실제에서는 어떻든 간에 어쩌면 그보다 백 배나 더 크고, 그들의 단순함은 천 배나 더 크며, 그들의 우스꽝스러움과 그들의 조야함은 백 배나 더 큽니다. 그에 반해 그들의 좋은 점은 실제보다 십만 배는 더 작아 보이지요. 저는 부모님에게 기만당했지만, 미치지 않고는 자연법칙에 반항하지 못합니다. 그래서 재차 증오, 증오 외에는 아무것도 남지 않는 것이지요. 당신은 저의 일부입니다. 제가 당신을 택했지요. 어떤 동화가 제가 당신을 얻기 위해서 처음부터, 언제나 재차 그리고 아마도 영원히 애쓰게 될 만큼보다도 더 많이 그리고 더 필사적으로 한 여자를 쟁취한 얘기를 하고 있단 말입니까. 그러니 당신은 저의 일부입니다. 그렇게 때문에 당신 친지들과 저의 관계는 저와 제 친지들의 관계와 흡사하지요. 물론 당연히 강온 양면으로 비교할 수 없이 더 온화하지만 말입니다. 그들은 제게 방해가 될(그들과 한 마디 말도 나누지 말아야 할 때조차도 방해가 됩니다) 관계를 만듭니다. 그래서 그들은 앞서 말한 의미에서 그럴 만한 가치가 없습니다. 저는 제 자신에게 하듯이 당신에게도 똑같이 솔직하게 터놓고 말합니다. 당신은 그것을 나쁘게 받아들이지도, 또 제 말에서 오만을 찾지도 않겠지요. 최소한 당신이 찾을지도 모를 그곳에는 오만이 존재하지 않으니까요.

만약 당신이 지금 이곳에 있고 제 부모님과 식탁에 앉아 있다면, 당연히 제가 부모님에게 품는 반감의 수위가 훨씬 더 높아질 것입니다. 부모님에게는 전체 가족들과 저의 관계가 더 돈독해진 것처럼 보이겠지요(하지만 실은 그렇지 않고 또 그래서도 안 됩니다). 그들에게는 그중 한 초소가 바로 옆 침실인 이 진영에 제가 합류하는 것처럼 보일 것입니다(하지만 저는 순응하고 있지 않습니다). 제 의지와 다르게 그들은 당신에게서 지원을 받았다고 믿겠지요(하지만 그들은 지원을 받지 않았습니다). 부모님의 추함과 경멸스러움은 더 심해집니다. 왜냐하면 제 눈에는 그것이 더 위대한 것보다도 우세해야 하는 것처럼 비치기 때문입니다. 그렇다면 저는 왜 당신 말에 기뻐하지 않는 걸까요? 그것은 외형상 제가 제 가족에게 상처를 입히는 동시에 그들을 보호하기 위해서 제 가족 앞에 서서 계속 칼을 휘두르기 때문입니다. 그런 의미에서 당신이 당신 가족 앞에서 저를 변호하지 말고, 그 일에 관해서는 전적으로 제가 당신을 변호하게 해주기 바랍니다. 사랑하는 당신에게 이것은 너무 큰 희생이 아닐까요? 이 희생은 엄청난 것이지요. 당신이 하지 않고 제가 제 힘으로 당신에게서 빼앗아가야만 그 희생이 줄어들게 될 것입니다. 하지만 당신이 그렇게 해준다면 당신은 저를 위해 많은 일을 한 셈입니다. 당신이 제 방해를 받지 않고 심사숙고해서 대답할 수 있도록, 의도적으로 당신에게 하루 이틀 정도 편지를 쓰지 않을 것입니다. 대답은 단 한 마디만으로도—그 정도로 당신에 대한 제 신뢰가 큽니다—충분합니다.

1916년 10월 30일

두 명의 신사들이 안장에 앉아서 마부가 둔부 마사지를 해주고 있는 말에 관해서 얘기를 나누고 있었다. 중년의 백발 신사가 "저는 아트로를"이라며 한쪽 눈을 지그시 감고 가볍게 아랫입술을 깨물었다. "저는 아트로를 일주일 전부터 전혀 보지 못했습니다. 아무리 많은 애를 써도 말에 대한 기억이 불확실합니다. 저는 지금 아트로에

게 제 상상 속에서 절대적으로 차지하던 많은 부분들이 없어서 아쉬
워하는 중입니다. 지금 저는 전체적인 인상에 대해 말하는 것입니다.
세세한 사항들은 맞을 테지요. 지금 심지어 여기저기 근육이 늘어진
것이 제 눈에 띄기는 해도 말입니다. 여기, 그리고 여기도 보십시오."
그는 탐색하듯이 머리를 갸웃거렸고 손으로 허공을 더듬었다.

───────────

1917년 4월 6일

소형 어선들을 빼고는 해상 교통 수단인 두 대의 여객선만 정박되
어 있곤 하던 작은 항구에 오늘은 낯선 작은 배 한 척이 놓여 있었다.
비교적 낮고 아주 볼록하며 마치 구정물을 온통 뒤집어쓴 것처럼 지
저분한 무겁고 오래된 작은 배였다. 보아하건대 누르스름한 외벽도
구정물을 맞은 듯했다. 돛대는 이해할 수 없을 정도로 높았고, 중심
돛대의 위쪽 삼분의 일 부분이 꺾여 있었다. 목재들 사이에 이리저리
매어져 있는 거칠고 주름 잡힌 황갈색 돛들은 기워져 있었고, 바람으
로 인한 그 어떤 충격도 감당해내지 못했다.

놀라서 한참 동안 멍하니 그 배를 바라보며, 나는 누군가 갑판에
나타나기를 기다렸다. 하지만 아무도 나타나지 않았다. 한 노동자
가 내 옆으로 와서 부두 안벽 위에 앉았다. 내가 물었다. "누구 배입
니까? 오늘 처음 보네요." 그 남자가 말했다. "이삼 년에 한 번씩 옵니
다. 사냥꾼 그라쿠스의 배지요."[48]

───────────

1917년 7월 29일

궁정의 익살 광대. 궁정의 익살 광대에 대한 연구.

궁정 익살 광대들의 전성시대는 확실히 지났고, 다시는 돌아오지
않는다. 모든 것이 다른 것을 지향한다. 그것은 부인할 수 없는 사실
이다. 지금은 인류의 소유물에서 사라져버렸지만, 어쨌든 나는 그것

을 실컷 맛보았다.

―――――――

나는 항상 아주 어두운 작업실 깊숙한 곳에 앉아 있었다. 때때로 그곳에서 사람들은 자신들이 손에 무엇을 들고 있는지 짐작해야만 했다. 하지만 그럼에도 불구하고 제대로 못하면 그들은 장인匠人한 테서 한 땀당 한 대씩 얻어맞았다.

―――――――

우리 왕은 사치스럽지 않았다. 그래서 그를 사진으로 본 적이 없는 사람들은 그가 왕이라는 사실을 알아차리지도 못했을 것이다. 그의 양복은 바느질이 잘되어 있지 않았다. 덧붙이자면, 그것은 우리 작업실에서 만든 것이 아니었다. 얇은 천, 단추가 항상 풀려서 풀어 헤쳐진 채 구겨져 있는 상의, 불룩 튀어나온 모자, 두껍고 무거운 장화, 무심하고 큰 손동작, 크고 곧은 남자다운 코를 하고 있는 강인한 얼굴, 짧은 턱수염, 살짝 지나치게 날카로운 검은 눈, 균형 잡힌 건장한 목. 한번은 왕이 지나가는 길에 우리 작업실 문간에 서서 위쪽 문 대들보 오른편에 있던 여자에게 "프란츠가 여기 있나?"라고 물었다. 왕은 모든 사람들의 이름을 알고 있었다. 나는 내가 있던 침침한 구석에서 나와 동료 기능공들 사이를 헤치고 나아갔다. 왕은 "같이 가자." 하며 잠시 쳐다본 후에 "이 자는 성으로 옮겨가오."라고 장인에게 말했다.

⟨1917년 7월⟩ 30일
카니츠 양.[49] 원래 모습과 어울리지 않는 유혹. 마치 손가락이 보이지 않게 모양을 만들기라도 하듯이 입술을 벌렸다가 다물고, 늘였다가 오므리며 활짝 웃는다. 매번 예를 들어 무릎 위의 치마 정돈하기, 자리 고쳐 앉기와 같은 갑작스러우며 초조해 보이지만 절도 있는 의

외의 동작을 한다. 그녀는 주로 고개 흔들기, 손동작하기 아니면 다양하게 쉬어가거나 생동감 있는 시선을 사용하면서, 부득이한 경우에는 작은 주먹을 불끈 쥐며 적은 말수와 많지 않은 생각으로도 다른 사람의 도움 없이 담화를 이끌어갔다.

———————

지휘관이 말에 타라고 말했다.

———————

그는 그들 무리에서 빠져나왔다. 안개가 그를 감쌌다. 숲 속의 둥근 빈터. 덤불 속 불사조. 보이지 않는 얼굴에다 대고 연신 십자가를 그어대는 손. 끝없이 내리는 으슬으슬한 비. 가슴으로 호흡하며 부르는 듯한 변화하는 노래.

———————

어느 쓸모없는 자. 친구? 가장 긍정적으로 평가했는데도 그가 갖고 있던 것들을 떠올릴라 치면, 단지 내 목소리보다 조금 더 저음인 그의 목소리만 생각난다. 내가 "구출됐다"라고, 즉 내가 만약 로빈슨 크루소여서 "구출됐다"라고 외치면 그는 저음의 목소리로 그 말을 되풀이할 것이다. 만약 내가 코라이고 "길을 잃었다"라고 외치면, 그는 즉시 저음으로 그 말을 반복하려 할 것이다. 점차 늘 이 콘트라베이스 연주자를 데리고 다니는 데 지친다. 그 자신도 그 일을 전혀 즐거워하지 않는다. 하기는 해야 하는데 달리 할 줄 몰라서, 그는 그저 반복만 한다. 때때로 휴가 기간에 이 사적인 일에 관심 가질 짬이 되면, 나는 어떻게 하면 그에게서 해방될 수 있을지에 대해 가령 정자 같은 곳에서 그와 함께 상의한다.

———————

1917년 7월 31일
카스파 하우저가 잠에서 깨어나 자신을 둘러싼 사람들과 사물들

을 알아챘을 때

―――――――

열차를 탐. 그 사실을 잊어버림. 집처럼 편안하게 있음. 문득 그 사실을 깨달음. 열차의 달리는 힘을 감지함. 여행자가 됨. 여행 가방에서 모자를 꺼냄. 훨씬 자유롭고 더욱 진심을 다해서 더 간절하게 같이 여행 중인 사람들을 만남. 애쓰지 않아도 목적지에 데려다줌. 그 사실을 어린아이처럼 느낌. 뭇 여성들에게 사랑받는 자가 됨. 창문의 끝없는 매력에 이끌림. 항상 최소한 한 팔을 쭉 뻗어 창틀 위에 얹어 놓음. 더 명확하게 묘사한 상황: 자신이 잊었었다는 사실도 잊음. 단숨에 혼자서 특급열차를 타고 여행하는 어린아이가 됨. 빨리 달리느라 덜컹거리는 열차 칸은 마술사의 손에서 나오기라도 한 듯 놀랍게도 세세한 부분까지 그 아이를 위해 만들어졌음.

―――――――

〈1917년〉 8월 1일

수영 교실에서 있었던 오펜하이머 박사[50]의 옛 프라하 이야기들. 프리드리히 아들러[51]가 학생 시절에 했던 부자들을 공격하는 거친 말들. 다들 그 말들을 두고 그렇게나 놀려댔다. 후일 그는 부자와 결혼하고 난 뒤 과묵해졌다. ―어릴 때 암셀베르크에서 프라하 김나지움으로 온 O. 박사는 중고품 판매가게에서 점원으로 일하는 아내를 둔 한 유대인 재야 학자 집에서 살았다. 음식은 조리사가 만들어왔다. 사람들은 기도하라고 매일 새벽 6시 반에 O.를 깨웠다. ―그는 자신의 어린 형제자매들 교육을 모두 뒷바라지했다. 이 일은 힘들기는 했지만 그에게 자신감과 만족감을 가져다주었다. 훗날 재무위원이 되었다가 오래전에 퇴직한 아들러 박사(엄청난 이기주의자)가 당시에 한번은 그에게 떠나서 숨어 있으라고, 그냥 가족들에게서 달아나라고 충고했었다. 그렇지 않으면 가족들이 그를 파멸시킬 것이라면서.

내가 고삐를 팽팽히 잡아당긴다.

―――――――――

〈1917년〉 8월 2일

대개 사람들이 찾고 있는 자는 바로 옆에 살고 있다. 이것은 즉각적으로는 설명이 불가능하다. 우선은 그것을 경험적 사실로 받아들여야 한다. 이 경험적 사실에는 뿌리 깊은 근거가 있어서, 사람들이 마음먹어도 그 사실을 방해할 수 없다. 그것은 사람들이 누군가 찾고 있을 이 이웃에 대해 아무것도 모른다는 점에 연유한다. 즉 사람들은 누군가가 자신의 이웃을 찾고 있다는 사실뿐만 아니라 그가 옆에 살고 있다는 사실도 모른다. 하지만 그는 아주 확실히 이웃에 살고 있다. 이런 종류의 보편적인 경험적 사실은 당연히 알고 있어도 된다. 이런 지식은 의도적으로 늘 눈앞에 떠올린다고 하더라도 조금도 해가 되지 않는다. 그러한 경우를 하나 들어보겠다.

―――――――――

파스칼은 신이 나타나기 전에 대대적인 정리를 한다. 하지만 멋진 칼들로 돼지 도살자의 침착함을 갖고 자신에게 상처를 내는 왕위 계승자의 회의보다 더 깊고 더 두려운 회의가 있음에 틀림없다. 그 침착함은 어디에서 오는 것일까? 칼로 그어대는 확신은? 일꾼들의 모든 고통과 절망을 인정받으며 멀리서 밧줄을 걸어 무대 위로 끌어 올리는 무대용 개선차가 신이란 말인가?[52]

―――――――――

〈1917년〉 8월 3일

한 번 더 세상을 향해 실컷 소리쳤다. 그 후 사람들은 내게 재갈을 물렸고, 손과 발을 묶고 천으로 눈을 가렸다. 그들은 나를 여러 번 이리저리 굴리고 똑바로 앉혔다가 다시 눕히기를 반복했고, 간헐적으로 내 다리를 잡아당겼다. 나는 아파서 저항했다. 그들은 나를 잠시 가만히 누워 있게 했다가, 다음 순간 뭔가 뾰족한 것으로 깜짝 놀랄 정도로 여기저기 기분 내키는 대로 깊숙이 찔러댔다.

———————

수년 전부터 나는 큰 사거리에 앉아 있다. 하지만 내일 황제가 오면 내 자리를 떠나야 한다. 나는 내 원칙상, 그리고 싫어서도 내 주변에서 일어나는 일들에 끼어들지 않는다. 나는 이미 오래전에 구걸하는 것도 그만뒀다. 이미 오래전부터 지나다니는 행인들은 습관 때문에, 아니면 신뢰감에서 혹은 안면이 있어서 내게 돈을 선사한다. 하지만 새로운 행인들은 예시를 따른다. 작은 바구니 하나를 내 옆에 놔두면 다들 자신들이 적당하다고 생각하는 만큼 그 속에 던져 넣는다. 하지만 나는 그 누구에게도 신경 쓰지 않고 거리의 소음과 무의미한 상황 속에서도 차분한 시선과 고요한 영혼을 간직할 수 있다. 그리고 바로 그 점 때문에 나는 나와 내 지위, 나의 정당한 요구에 관한 모든 사항들을 다른 누구보다도 더 잘 이해하고 있다. 이러한 질문들에 관한 한 논쟁은 존재하지도 않고 오직 내 의견만이 유효하다. 그 때문에 오늘 아침 당연히 그는 나를 아주 잘 알지만 나는 한 번도 알아차린 적이 없었던 한 경찰이 내 옆에 서서 내일은 황제가 오니 감히 이곳에 오려고 하지도 말라고 할 때, 나는 다음과 같은 질문으로 응수했다. "자네 몇 살이지?"

———————

〈1917년 8월〉 4일
비난할 때 사용되는 문학이라는 용어는—아마도 처음부터 이것이 의도였을 것인데—서서히 사고의 축약 또한 가져올 정도로 강력한 언어 축약이다. 이 용어는 올바른 시각을 앗아가서 비난을 목표에서 멀찍이 크게 빗나가게 만든다.

662

공허한 경보용 트럼펫들. A.

A.: 당신에게 조언을 구하고 싶습니다.

B.: 왜 하필 제게?

A.: 당신을 신뢰하거든요.

B.: 왜죠?

A.: 저는 당신을 모임에서 이미 여러 차례 봤었습니다. 그리고 저희 모임은 마지막에는 항상 조언을 중요시하거든요. 그 점에서는 당신과 저의 의견이 일치할 겁니다. 어떤 종류의 모임이건 간에, 다 함께 연극 놀이를 하든, 차를 마시든, 사상을 비판하든, 가난한 자들을 도와주려고 하든 간에 항상 조언이 중요시되지요. 조언을 필요로 하는 자들이 그렇게나 많지요! 그리고 실제로는 보이는 것보다 훨씬 더 많답니다. 왜냐하면 그러한 모임에서 조언을 해주는 사람들은 단지 입으로만 조언해줄 뿐이지, 마음으로는 그들 자신도 조언받기를 원하거든요. 그들은 조언을 구하는 사람들 가운데서 늘 자신을 똑 닮은 사람을 보게 된답니다. 특별히 그를 목표로 삼고 있었던 거지요. 하지만 자신을 닮은 사람은 어느 누구보다도 더욱 만족하지 못한 채로 혐오감을 느끼며 떠나가고, 조언자는 그를 따라 다른 모임으로 옮겨가서 동일한 유희를 하게 된답니다.

B.: 그런가요?

A.: 물론이지요. 당신도 그 사실을 알아채고 있을 겁니다. 그것은 성과도 아니지요. 온 세상이 다 그 사실을 알고 있고, 그들의 부탁은 한층 더 간절해집니다.

〈1917년 8월〉 5일

오후에 오스카와 라데쇼비츠에 갔다. 슬프고 힘도 없었다. 최소한 핵심 사안은 놓치지 않으려고 여러 번 애썼다.

A.: 안녕하세요.

B.: 전에 한 번 여기 왔었죠? 그렇지요?

A.: 저를 알아보시겠어요? 놀랍네요.

B.: 제 기억으로는 당신과 벌써 몇 차례 얘기를 나눴었는데. 우리가 마지막으로 만났을 당시에 대관절 당신이 뭘 하려고 했었나요?

A.: 당신에게 조언을 구했었지요.

B.: 맞아요. 그런데 제가 당신에게 조언해드릴 수 있었나요?

A.: 아니요. 유감스럽게도 우리는 문제 제기에서부터 벌써 의견이 달랐답니다.

B.: 그랬군요.

A.: 네. 매우 불만족스러웠지만 단지 그 순간뿐이었습니다. 한 번만에 일을 해결할 수는 없는 법이니까요. 한 번 더 반복할 수는 없을까요?

B.: 물론 가능하지요. 그냥 물어보세요!

A.: 그럼 물어보겠습니다.

B.: 자 그럼.

A.: 제 아내―

B.: 당신 아내요?

A.: 네, 네.

B.: 이해가 안 되네요. 당신한테 아내가 있었나요?

A.:

〈1917년〉8월 6일

A.: 저는 당신에게 만족스럽지 못합니다.

B.: 왜인지는 묻지 않겠습니다. 저도 알고 있으니까요.

A.: 그래서요?

B.: 제게는 힘이 없습니다. 제가 변화시킬 수 있는 일은 아무것도 없지요. 어깨를 으쓱하고 입을 비죽거리는 것 외에 더 할 수 있는 일이 없답니다.

A.: 당신을 제 주인에게 모시고 가려고 하는데. 그러시겠어요?

B.: 창피하군요. 그가 저를 어떻게 받아들일까요? 곧바로 주인한테 간다고요! 그건 경솔한 일이지요.

A.: 제가 책임지겠습니다. 제가 안내하지요. 자, 오세요!

그들은 복도를 걸어간다. A.가 문을 두드린다. "들어오시오"라는 소리가 들린다. B.가 도망가려고 하자 A.가 그를 붙든다. 둘은 안으로 들어간다.

C.: 그분은 누구신가?

A.: 제 생각에—

———————

그의 발 아래, 그의 발 아래로 다가가 무릎을 꿇는다.

———————

A.: 그러면 출구가 없는 건가요?

B.: 저는 찾지 못했습니다.

A.: 하지만 우리 둘 중에서는 당신이 이곳을 가장 잘 압니다.

B.: 그렇지요.

〈1917년〉8월 7일

A.: 당신은 계속해서 이곳 문 주위를 맴돌고 있습니다. 도대체 뭘

하려는 거지요?

　B.: 아무것도.

　A.: 그래요?! 아무것도 안 한다고요? 여하간 저는 당신을 잘 압니다.

　B.: 착각이겠지요.

　A.: 아니, 아니요. 당신은 B.이고, 20년 전에 이곳에서 학교를 다녔지요. 맞나요, 아닌가요?

　B.: 그래요, 그럼 맞습니다. 감히 제 자신을 소개하려고 한 적이 없었는데.

　A.: 당신은 세월이 흐르면서 겁쟁이가 되어버린 모양이군요. 예전에는 그렇지 않았었는데요.

　B.: 네, 당시에는 안 그랬지요. 저는 지금 그렇게 했더라면 하면서 모든 것을 후회한답니다.

　A.: 그럼 살아가면서 벌을 받는 건가요?

　B.: 아아!

　A.: 제가 그렇게 말하지 않던가요.

　B.: 그렇게 말했었지요. 하지만 그렇지 않아요. 즉시 벌을 받지는 않아요. 제가 학교에서 떠들어댔었는지의 여부가 제 고용주와 무슨 상관이란 말입니까. 그건 제 경력에 방해가 되지 않았습니다. 그렇지 않았어요.

———————

"뭐라고?" 탐험가가 말했다.[53]

———————

　이곳에서 뭔가를 더 명령하거나 직접 행동하기에 그 탐험가는 너무 피곤했다. 그는 주머니에서 수건만 하나 꺼내서 멀리 떨어져 있는 대야 속에 담그려는 듯한 동작을 한 후에 이마에 갖다 대며 구덩이 옆에 누웠다. 탐험가를 데려오라고 장교가 보낸 두 남자가 그런 그를

666

발견했다. 탐험가는 가슴에 손을 얹고 "내가 그것을 허락하면 개자식이지"라고 말했다. 그런 다음 그는 그 말 그대로 사방 이리저리로 뛰어다녔다. 그는 단지 가끔씩 뛰어올라 단호하게 몸을 뿌리치며 두 남자들 중 한 명의 목에 매달려 눈물을 흘리면서 소리쳤다. "왜 내게 이 모든 일이 생기는 거지." 그리고 그는 다시 서둘러 자기 위치로 돌아갔다.

〈1917년 8월〉 8일
　그리고 아무것도 변한 것이 없는데도, 깨진 이마에서 휘어진 바늘이 튀어나와 있었다.

———————

　그 모든 것을 통해 앞으로 뒤따를 일들은 그저 자신과 죽은 자의 문제라는 사실을 깨닫기라도 한 듯, 탐험가는 사병과 죄수에게 가라는 손짓을 했다. 사병과 죄수가 머뭇거리자, 탐험가는 그들을 향해 돌을 집어던졌다. 그래도 그들이 여전히 상의하자, 그는 달려가 사병과 죄수를 주먹으로 쳤다.

———————

　"뭐라고?" 탐험가가 갑자기 말했다. 뭔가를 잊었나? 결정적인 말? 조작? 조절? 누가 혼란을 뚫고 들어갈 수 있을까? 빌어먹을 궂은 열대 공기. 자네 날 어떻게 하려는 거지? 나는 무슨 일이 일어나고 있는지 모른다. 내 판단력은 북쪽에 있는 집에 두고 왔다.

———————

　"뭐라고?" 탐험가가 갑자기 말했다. 뭔가를 잊었나? 말? 조작? 조절? 충분히 그럴 수 있어. 아주 그럴듯해. 큰 계산 착오, 완전 잘못된 생각. 끽끽거리며 잉크를 뿜어대는 선이 전체를 다 통과한다. 하지만 누가 저것을 바로잡지? 저것을 제대로 조정할 자는 어디 있지? 저쪽에서 히죽히죽 웃는 두 녀석들을 맷돌 사이로 쑤셔 넣을, 나와 같은 북쪽 출신의 나이 많은 선량한 방앗간 주인은 어디 있지?

———————

"그 뱀에게 길을 마련해라!" "지체 높으신 마담에게 길을 마련해 드려라"라고 외치는 소리가 들리자, "저희들은 준비되었습니다." "준비 완료입니다"라는 대답이 들렸다. 그러고는 길 트는 담당인 우리들이 수풀 속에서 행진해 나왔다. 우리는 칭찬이 자자할 정도로 돌을 잘 부순다. "시작하라." "시작해, 너희 뱀 먹이들아." 늘 유쾌한 우리 장교가 소리쳤다. 그러자 우리들은 망치를 들어 올렸고, 수 마일에 이르기까지 열심히 두들겨대기 시작했다. 휴식은 허락되지 않았고 단지 손만 바꿀 수 있었다. 이미 우리들의 뱀이 저녁에 도착할 것이라는 통고가 있었다. 그때까지 전부 두들겨 부숴 가루로 만들어야 한다. 우리의 뱀은 가장 작은 돌멩이 하나도 견디지 못한다. 대관절 그렇게 예민한 뱀이 어디에 있담. 게다가 그것도 단 한 마리의 뱀이다. 그 뱀은 우리가 일하는 바람에 버릇이 몹시 나빠졌고, 그 때문에 성격도 이미 비교 대상이 없을 정도가 되었다. 우리는 여전히 늘 뱀이라고 불리는 이유를 알지 못한다. 그저 그것을 유감스럽게 생각할 뿐이다. 물론 마담으로도 비교될만 한 자가 없다고 하더라도, 최소한 늘 마담이라고 불러주기는 해야 할 텐데 말이다. 하지만 그것은 우리가 걱정할 일이 아니다. 우리가 할 일은 가루로 만드는 일이다.

———————

등불을 높이 들고 너는 앞으로! 다른 자들은 조용히 내 뒤로! 다들 일렬로 서서 조용히 하라. 별것 아니다. 겁먹지 마라. 내가 책임진다. 내가 너희들을 데리고 나간다.

———————

〈*1917년*〉*8월 9일*

탐험가가 불명확한 손동작을 하더니 애쓰기를 중단했다. 그러고는 그 두 사람을 다시 시체로부터 밀치며 그들이 당장 가야 할 식민지를 가리켜 보였다. 그들은 목에서 가랑가랑하는 소리가 나는 웃음을 웃으며 점차 명령을 이해하게 되었다는 표시를 했다. 죄수는 여러 겹 기름 범벅이 된 얼굴을 탐험가의 손에 갖다 댔고, 사병은 오른손으로—그의 왼손에서는 총이 흔들거렸다—탐험가의 어깨를 두드렸다. 이제는 세 사람 모두 서로 긴밀히 연결되었다.

————————

탐험가는 자신을 엄습해오는 느낌, 즉 이 사건이 완벽하게 마무리되었다는 느낌에 억지로 저항해야만 했다. 그는 피곤해져서 지금 시체를 매장하려던 계획을 포기했다. 열기가 한층 더 뜨거워질 참이었다—탐험가는 현기증이 일어날까봐 태양을 향해 고개를 들지 않으려고 했다—장교의 갑작스러운 최후의 침묵, 장교의 죽음으로 인해 그와의 모든 연결점이 상실된 그를 낯설게 응시하고 있는 저편에 있는 두 사람의 모습, 마침내 여기에서 장교의 의견을 발견했던 이 매끄럽고 기계다운 반박—이 모든 것들—탐험가는 더 이상 오래 서 있을 수가 없어서 등나무로 만든 안락의자에 앉았다. 만약 그를 데려가기 위해서 자신의 배가 이 길 하나 없는 모래를 헤치고 이곳 탐험가에게로 왔더라면—그야말로 최고로 좋았을 뻔했다. 그는 배에 올라탔을 것이고, 단지 계단에서 죄수를 끔찍하게 처형했다고 장교를 비난했을 것이다—그 부분은 집에서 이야기하게 될 것이다. 탐험가는 호기심에서 위쪽 갑판 난간 위로 몸을 숙이고 있는 선장과 선원들도 들을 수 있도록 고양된 목소리로 말했을 것이다. 곧이어 장교는 당연히 "처형이라니?"라고 되묻고서 "여기 살아 있는데"라며 탐험가의 짐꾼을 가리켜 보였을 것이다. 그리고 탐험가가 예리하게 인상을 관찰하고 정확하게 점검한 결과 얻은 확신에 따르면 실제로 이자는 죄수가 맞았다. 탐험가는 "인정합니다"라고 말해야 했고, 또 기꺼이 그렇게 했다. 탐험가는 또 "마술사의 눈속임인가요?" 하고 물었다. 장교는 "아니요. 당신이 착각하는 거요. 당신이 명령한 대로 내가 처형되었소"라고 말했다. 이제 선장과 선원들은 더욱 호기심에 차서 귀를 기울였다. 그리고 이제 다들 장교가 자신의 이마를 쓰다듬자, 그의 깨진 이마로부터 휘어진 바늘이 튀어나와 있는 것을 보게 되었다.

―――――――――――

벌써 미국 정부가 인디언들을 상대로 벌인 제법 큰 마지막 전투 시점이 되었다. 가장 멀리 인디언 구역으로 전진한―또한 가장 강력한―요새는, 이미 이곳에서 여러 번 두각을 나타내어 국민들과 군인들의 절대적인 신임을 받고 있는 삼손 장군이 지휘했다. 인디언 한 명 한 명에게 "삼손 장군!"이라는 외침은 거의 소총 한 자루와 맞먹는 가치를 지녔다.

어느 날 아침 정찰대가 숲 속에서 한 젊은 남자를 체포했고, 사소한 일도 직접 챙기는 장군의 평소 명령에 따라 그를 사령부로 보냈다. 마침 장군이 경계 지역에 사는 몇몇 농장주들과 협의하는 중이라, 그 이방인은 먼저 부관인 오트웨이 중령에게 보내졌다.

―――――――――――

나는 "삼손 장군!" 하고 외치고서 비틀거리며 뒤로 한 발짝 물러섰다. 여기 높다란 수풀 속에서 나온 사람은 바로 그였다. 그는 "조용히"라고 말하면서 자기 뒤를 가리켰다. 열 명 남짓한 호위병들이 그를 따라오다 걸려 비틀거렸다.

―――――――――――

〈1917년 8월〉10일
아버지와 함께 현관에 서 있었다. 밖에는 비가 몹시 세차게 내리고

670

있었다. 골목에서 한 남자가 급히 현관으로 들어서려다가 순간 아버지를 알아보았다. 이것이 그를 멈추게 했다. 그는 마치 오래된 기억들을 서서히 되살려야 했던 듯이 천천히 "게오르크"라고 말하고는 손을 내밀면서 측면에서 아버지에게로 다가갔다.

"안 돼, 날 놔줘. 안 돼, 날 놔줘!" 골목을 따라가며 나는 끊임없이 그렇게 소리를 질러댔다. 사이렌들은 계속해서 나를 붙들었고, 계속해서 측면 또는 내 어깨 너머로 사이렌들의 발톱이 내 가슴을 덮쳤다.

항상 또다시 동일한 남자다. 늘 똑같은 남자

제12권 (1917~1923)

1917년 9월 15일

　대체로 가능성이 존재하는 한, 너는 시작할 수 있는 가능성이 있다. 그것을 낭비하지 마라. 네가 뚫고 들어가려면 너에게 쏟아져 나오는 더러움을 피할 수는 없을 것이다. 그러나 그 속에서 허우적대지 마라. 네가 주장하듯이 허파의 상처는 오직 하나의 상징일 뿐, 그 상처의 염증은 펠리체이며 그 상처의 깊이는 정당화이다.[1] 이것이 그러하다면 의사의 처방(빛, 공기, 해, 휴식) 역시 상징이다. 이 상징을 잡아라.[2]

　오, 아름다운 시간이여, 탁월한 표현 양식이여, 야생적인 정원이여. 너는 집에서 나와, 정원 길을 따라 행운의 여신 쪽으로 재촉해 간다.

　황제의 출현, 제국의 군주

　불독견, 다섯,
　필립, 프란츠, 아돌프 이지도르 그리고 막스

　그렇게는 아니다

밤에 빠져버린 마을 광장. 소인들의 지혜. 동물들의 패권. 여인들—암소들을 아주 당연하게 광장으로 끌고 온다. 땅 위로는 내 소파를.

〈1917년〉9월 18일
모든 것이 산산조각 남.

─────────

〈1917년 9월〉19일
"매우 환영함, 미헬롭역, 건강 매우 좋음, 프란츠 오틀라" 전보를 치는 대신에, 마렌카³가 포기할 수 없어서 두 번씩이나 플뢰아우⁴로 가지고 갔다. 마렌카가 전보를 치려고 우체국에 갔지만, 이미 문을 닫았기 때문이다. 나는 이별 편지⁵를 썼고, 이미 다시 시작된 강렬한 고통을 한 번 더 억제했다. 물론 이별의 편지는 여러 가지로 해석될 수 있다. 내 생각처럼

─────────

고통을 수반하는 것은, 상처의 깊이나 상처가 점점 커져가는 것 이상의 그 상처의 연륜이었다. 언제나 반복해서 똑같은 상처관이 터졌고, 무수히 많이 수술한 상처를 다시 치료 받는 것을 보는 것, 그것은 최악이다.

─────────

부서지기 쉽고 기분 내키는 대로이며 아무것도 아닌 존재—전보는 그것을 던져버리고, 편지는 그것을 일으키고, 편지 뒤의 고요함이 그 존재를 둔감하게 만든다.

─────────

고양이와 염소의 놀이. 염소들은 비슷하다: 폴란드 유대인들, 지크프리트 삼촌,⁶ 에른스트 바이스, 이르마⁷

농장 관리인 헤르만[8](오늘은 저녁도 먹지 않고 인사도 없이 갔다. 문제는 내일 그가 오느냐이다)과 하녀 마렌카는 서로 다른 종류이긴 하지만 아주 접근하기 어렵다는 것은 비슷하다. 그들에게 뭔가 일하도록 요청하고, 그들이 놀라울 정도로 그것에 따를 때에는, 마치 우리 안의 동물들 앞에서처럼 근본적으로 그들에 대해서 행동에 제한을 받게된다. 여기서의 경우는 그들이 순간적으로 그렇게도 쉽게 다가갈 수 있고 이해하기도 수월하게 보이기 때문에 더욱 어렵다.

─────────

글을 쓸 수 있는 모든 이들에게 고통 속에서 고통을 객관화시키는 것이 가능하다는 것, 예를 들어서 내가 불행한 가운데에서 아마도 아주 불운한 생각을 하면서 앉아서는 그 누군가에게 나는 불행하다고 말할 수 있는 것을 이해하기 힘들다. 그렇다, 나는 그것을 넘어서 불행과는 전혀 상관없어 보이는 재능에 따라서 각각 여러 가지로 장식을 하면서 그것에 대해서 단순하게 혹은 대구적으로 혹은 연상들의 전체 오케스트라로 판타지를 만들 수 있는 것이다. 그리고 그것은 전혀 거짓이 아니며 고통을 잠재우지 못한다. 그것은 고통이 내 존재의 바닥을 마구 생채기를 내면서 나의 모든 힘을 다 써버리는 것이 보이는 바로 그 순간에 은혜롭게 덤으로 얻는 힘이다. 그렇다면 대체 그것은 어떤 잉여인가?

─────────

어제 막스에게 편지 씀. 거짓말투성이에다 허영에 차고, 우스꽝스럽기도 하다.

─────────

취라우에서 일주일.

─────────

평화롭게 너는 앞으로 전진할 수 없으며, 전쟁에서 너는 피를 흘린다.

———————

베르펠[9]의 꿈. 그가 설명하기를, 지금 머물고 있는 저지 오스트리아에서 우연히 어떤 남자와 골목에서 약간 부딪혔는데, 그가 마구 욕설을 퍼부었다고 말했다. 말 한 마디 한 마디는 잊어버렸지만 거기에서 "야만인"이라는 말이 나왔고(세계대전으로부터 유래한다), "당신 프롤레타리아 투르크인이지"라는 말로 끝났다는 것을 알 뿐이다. 아주 재미있게 만들어진 것이다. 투르크는 터키인의 사투리이다. "터키인"이라는 말이 욕설이 된 것은 분명히 옛날 터키 전쟁과 빈 포위 사건이라는 역사 때문일 것이며, 거기에 새로운 욕설인 "프롤레타리아"가 붙은 것이다. 욕설을 퍼붓는 자가 멍청하고 수구 반동적임을 잘 보여주고 있다. 왜냐하면 오늘날 프롤레타리아나 터키인은 원래 욕이 아니기 때문이다.

〈1917년 9월〉 21일

펠리체가 이곳에 왔다. 그녀는 나를 보기 위해서 30시간을 달려왔던 것이다. 내가 말렸어야 했다. 내가 상상하고 있는 것처럼, 그렇게 그녀는 근본적으로는 내 잘못으로 인해 극단적으로 불행했다. 나 스스로도 어떻게 해야 할 바를 몰랐고, 전혀 아무런 감정도 느낄 수 없었으며, 또한 아무런 힘도 없이 무기력했다. 몇 가지 내 안락함이 침해당했다고 생각했으며, 유일한 고백으로 코미디 같은 것을 연출했다. 사소한 문제에서 그녀가 잘못했다. 자칭한, 아니 실제이기도 한 그녀의 권리를 방어하는 데에서 그녀는 잘못 생각했다. 그러나 전체적으로 무거운 고문을 받도록 선고받기에는 그녀는 죄가 없다. 내가 잘못해서 그녀는 고문을 받았고, 게다가 나는 고문 도구까지 사용했다. —그녀가 떠나고(그녀와 오틀라가 탄 객차는 연못을 빙 둘러 돌아갔는데, 나는 바로 길을 가로질러 가서 한 번 더 그녀에게 가까이 갔다) 그리고 나는 두통(코미디언의 현세적 찌꺼기)을 얻는 것으로 그날이 끝났다.

아버지에 대한 꿈. 아버지가 사회개혁적인 이념을 처음으로 발표하는 공개석상에 청중들이 조금 모였는데, 판타 부인[10]의 참석은 특별했다. 이 선발된 청중들 특히 그의 의견대로 선발된 청중들이 자신의 생각을 널리 홍보하는 일을 맡아주는 것이 그에게는 매우 중요했다. 그러나 아버지는 이것을 겉으로는 매우 겸손하게 표현했다. 그들이 모든 것을 다 배운 뒤에, 이 일에 관심을 가져서 다음에 있을 공식적인 대집회에 초대될 사람들의 주소를 알려주면 고맙겠다고 겸양스럽게 요청했던 것이다. 이 사람들과 한 번도 교류한 적이 없는 아버지는 그들을 지나치게 진지하게 받아들였는데, 검은색 정장을 입고는 온갖 서투른 솜씨를 다해서 자신의 생각을 상세하게 설명해주었다. 청중들은 그 강연에 대한 준비는 없었지만, 이미 다 사용되어 낡아버린 그리고 오랫동안 충분히 토의된 이념이 마치 지금 최초로 밝혀지는 것처럼 커다란 자부심을 가지고 제시되는 것을 곧 알아챘다. 그것을 아버지는 감지해 느꼈다. 그러나 아버지는 반론 제기를 기대했으나, 그에게 자주 행해진 듯한 이의 제기의 무의미에 대해서 확신한 나머지 자기 생각을 섬세하고 쓰디쓴 미소로 더욱 강조하면서 강연했다. 그가 강연을 다 마쳤을 때, 모두들 짜증 섞인 웅얼거림으로 소란이 일었다. 그리고 아버지의 생각이 독창성이나 실용성 면에서 확신할 수 없다는 소리가 들렸다. 그렇게 많은 사람들이 관심을 보이지는 않을 것이다. 어쨌든 여기저기에서 선의로, 혹은 나와의 친분 관계로 몇몇 주소를 알려주었다. 이 일반적인 분위기에도 호도되지 않은 아버지는 연설문 종이를 치우고는 몇 개도 되지 않는

주소를 적기 위해서 흰 메모지 뭉치를 준비했다. 나는 궁정 관리인 스트차노스키의 이름 혹은 그 비슷한 것을 들었을 뿐이다. —나중에 나는 아버지가 펠릭스와 유희하는 식으로 바닥에 앉아서 장의자에 기대고 있는 것을 보았다. 나는 너무 놀라 아버지께 지금 무엇을 하고 계시는지 물었다. 아버지는 자신의 생각에 대해서 곰곰이 생각하고 있었다.

〈1917년 9월〉 22일
아무것도 없음.

〈1917년 9월〉 25일
숲으로 가는 길. 너는 모든 것을 원래부터 한 번도 소유하지도 못한 채 다 파괴해버렸다. 어떻게 너는 다시 그것들을 모아서 엮을 것인가? 이 거대한 작업을 하기 위해서 이 방황하는 정신에 어떤 힘이 남아 있단 말인가?

———————

타거"의 「새로운 종족」. 형편없고, 허풍선이에, 유동적이고, 노련하고 군데군데 잘 쓰여지기도 했지만, 아마추어리즘에 가볍게 오한이 느껴졌다. 그가 의기양양할 권리나 있는 것인가? 근본적으로 나나 모든 사람들과 마찬가지로 그렇게 비참하다.

———————

결핵 환자가 아이를 가지는 것은 그렇게 아주 뻔뻔스러운 일은 아니다. 플로베르의 아버지도 결핵을 앓았다. 둘 중에 하나 선택: 아이의 폐에도 소리가 나거나(아주 멋진 표현으로, 이것 때문에 의사가 가슴에 귀를 기울인다), 혹은 그 애가 플로베르가 된다. 텅 빈 공간에서 이에 대한 조언을 받는 동안 아버지는 떨고 있다.

이따금씩 나는 『시골 의사』를 작업했을 때에 맛보았던 만족감을 가진다. 물론 내게 그와 같은 것이 아직도 성공할 수 있다는 것(매우 희박하다)을 전제로 해서이다. 그러나 내가 이 세상을 순수하고, 진실되고, 불변의 것으로 승화할 수 있는 경우에만 행복하다.

우리가 서로에게 내리쳤던 회초리에는 5년간의 매듭이 잘 새겨져 있다.

〈1917년 9월〉 28일
F.와 한 대화의 개요
나: 그러니까 내가 일을 그렇게 하게 했소.
F. : 그렇게 내가 했어요.
나: 그렇게 내가 당신을 내몰았소.
F. : 그것은 진실이에요.

그러므로 나는 죽음에다 내 모든 속마음을 털어놓을 것이리라. 남아 있는 믿음. 아버지에게로 돌아감. 대화해가 이루어진 날.

F.에게 보낸 편지. 어쩌면 마지막일(10월 1일)
내가 내 생애의 최후 목표를 한 번 생각해보면, 원래 나는 좋은 사람이 되어서 최고의 법에 부합되길 추구했던 것이 아니라, 그와는 아주 반대로 전체 인간 사회와 동물 사회를 조망하고, 그들의 근본적인 선호도, 소망, 도덕적인 이상을 인식하고는, 그것들을 단순한 규정으로 수렴시킨 뒤에 나 자신을 가능한 한 빨리 그 방향으로 발전시켜서 정말로 모든 이에게 호감을 주고, 게다가(여기서 갑작스레 뛰어넘는다) 내가 마지막에 가서 모두의 사랑을 잃지 않으면서 내 마음속에 들어 있는 못된 것들을 모든 이가 보는 앞에 다 드러내도 처형되지 않는 유일한 죄인이 될 만큼 사랑받는 것이다. 그러니까 요약하면 내게는 오직 인간 법정이 문제 될 뿐이고, 또한 나는 이것을 속일 것이다. 물론 사기 치지는 않으면서.

〈1917년 10월〉 8일

그동안의 일들: 펠리체 가족의 불만에 찬 편지들, 편지로 위협한 G. B.,[12] 삭막한 상태, 염소에게 먹이 주기, 쥐들이 뚫어서 파헤쳐놓은 밭, 감자캐기("어찌나 바람이 우리 똥구멍에 불어오는지"), 산수유 열매 따기, 농부 파이글(일곱 명의 아이들, 하나는 작고, 귀여운 눈빛을 하고, 흰 토끼를 어깨 위에 올려놓았다)의 방에는 카푸친 교단의 무덤에 안장된 프란츠 요제프 황제의 사진이 걸려 있고, 농부 쿤츠(자신의 경제의 세계사를 뛰어나게 잘 이야기한다. 강력한 힘을 가지지만 친절하고 착하다). 농부들의 전반적인 인상: 농업으로 자신들을 구원하고, 자신의 일을 지혜롭고 겸손하게 꾸려나간 고귀한 사람들. 그래서 그들은 어떤 틈도 없이 전체에 엮어지고 어떠한 흔들림과 멀미에도 꿋꿋하게 견디어서 구원의 죽음을 맞이한다. 진정한 지구의(땅의) 시민. ―청년들은 저녁에는 흩어져 도망치는 소 떼를 드넓은 들판을 지나 저 언덕 너머까지 급하게 따라다녀야 하며, 따라오길 거부하는 어린 황소를 묶어서 계속해서 끌어 잡아채야만 한다. ―디킨스의 커퍼필드(「화부」는 분명한 디킨스의 모방이고, 더 나아가 계획된 소설이다. 가방 이야기, 행복을 주는 자와 마술을 부리는 자, 저급 노동 일, 농가의 애인, 더러운 집들 등등, 그러나 무엇보다도 그 방법이 그러하다. 내 의도는, 지금 내가 보듯이 디킨스의 소설을 쓰는 것이다. 다만 내가 시대로부터 차용한 더욱 예리한 불빛들에다가 내 속에서부터 스스로 끄집어내어서 덧붙일 수 있는 흐릿한 불

빛으로 풍성하게 할 뿐이다. 디킨스적인 풍부함과 거리낌 없이 막 밀려드는 강력함 그러나 그렇기 때문에 무섭게 힘이 빠지는 부분들에서 그는 피로해서 이미 도달했던 것들을 뒤죽박죽 섞어놓는다. 허무맹랑한 전체의 인상은 야만적이다. 야만성, 물론 나는 약한 덕분에 그리고 나의 아류적 모방을 통해서 배운 덕분에 피했던 야만성이다. 감정이 흘러넘치는 태도 뒤에 숨어 있는 매몰참. 그가 모든 인물들에게 기교적으로 장작처럼 때려 박아 넣은 자연 그대로의 거친 성격이 없었다면 디킨스의 소설은 한 번이라도 잠시 그렇게 높이까지 끌어올릴 수 있는 처지가 되지 못했을 것이다. 추상적인 은유를 불분명하게 사용하는 것에서 발저와 유사하다)

⟨1917년 10월⟩ 9일

농부 뤼프트너 집에서. 마룻바닥의 커다란 홀. 전체가 연극적: 그는 신경질적으로 히히, 하하 하면서 탁자를 때렸다가 팔을 들었다가는 어깨를 움찔했다가 발렌슈타인 사람처럼 맥주잔을 들어 올렸다. 옆에 있는 부인은 할머니로, 그녀의 하인이었던 그와 10년 전에 결혼했다. 열정적인 사냥꾼이지만 집안일을 게을리한다. 마구간에 있는 거대한 두 마리의 말은 마구간 창문으로 들어오는 햇살을 잠시 받으니, 호머 시에 나오는 형상 같다.

───────────

⟨1917년⟩ 10월 14일

열여덟 살 난 소년이 우리와 작별하기 위해서 왔다. 그는 내일 징집되어 간다. "내일 제가 징집되어 가면 저는 당신에게서 휴가를 얻는 겁니다."

⟨1917년 10월⟩ 15일

저녁 무렵, 오버클레로 가는 국도에서. 부엌에 농장 관리인과 두 명의 헝가리 군인이 앉아 있기에 갔다.

―――――――

오틀라 방 창문에서 보는 황혼 정경. 저 너머로 집이 하나 있고, 그 뒤로는 꽤 넓은 밭이 펼쳐진다.

―――――――

쿤츠와 그의 아내가 내 창문 맞은편 경사지에 있는 그들 밭에 앉아 있다.

―――――――

〈1917년 10월〉 21일
아름다운 날. 햇살이 비쳐 따뜻하고, 바람도 잠잠.

―――――――

개들은 대개 멀리서 누군가 다가오면 벌써 의미 없이 짖어댄다. 그러나 또 최고의 경비견은 아닐지라도 매우 이성적인 존재들인 많은 개들은 조용히 그 낯선 자에게로 다가와서 킁킁거리면서 냄새를 맡고는 뭔가 의심이 가는 냄새를 풍길 때에 비로소 짖는다.

―――――――

〈1917년〉 11월 6일
확실한 무능력

〈1917년〉 11월 10일
결정적인 것을 나는 이제껏 써넣지 않았고, 여전히 허우적대고 있다. 어마어마한 작업이 기다리고 있다.

―――――――

타글리아멘토에서의 전투에 대한 꿈: 벌판. 강은 원래 있지도 않았다. 몰려오고 있는 흥분한 관중들, 상황에 따라서 전진하거나 후퇴할 준비가 되어 있다. 우리 앞의 고원 지대, 가장자리에는 아무것

684

도 없다가 다시 잡풀이 높이 우거져 있는 그 고원 지대가 아주 잘 보인다. 고지대 저 위와 그 건너편에서 오스트리아군들이 싸우고 있다. 어떻게 될 것인가? 사람들은 긴장해 있다. 사기를 돋우기 위한 것이 분명한데, 어두운 비탈 위에 군데군데 난 덤불 위로 이탈리아 병사 한두 명이 총을 쏘고 있는 것이 간간이 보인다. 그러나 그것은 별 의미가 없으며, 우리는 물론 이미 조금 뛰어간다. 그러고 나서 다시 그 고원 지대: 오스트리아 군인들은 빈 가장자리를 따라 걷다가 갑자기 덤불 뒤로 서 있다가 다시 걷는다. 확실히 상황이 좋지 않다. 언제쯤 다시 좋아질 수 있을지, 그리고 그들도 하나의 인간이기 때문에 저항하려는 의지를 가진 사람들을 언제쯤 제압할 수 있을지 알 수가 없었다. 커다란 절망감, 전반적인 도피가 불가피했다. 그때 지금까지 계속해서 우리와 함께 전투를 주시하고 있던 프로이센 대대장이 나타났지만, 지금 갑작스레 텅 빈 공간에 나타났기에 그것은 새로운 등장이었다. 그는 양손의 손가락을 입에 넣더니, 마치 개를 부를 때처럼 휘파람을 아주 애정 어리게 불었다. 이 신호는 멀지 않은 곳에서 기다리고 있다가 지금 앞으로 진군해야 하는 그의 대대에 대고 한 것이었다. 프로이센의 정예병으로 젊고 침착한 사람들이었다. 많지는 않아서 고작 일 개 중대 병력 정도인데, 모두가 장교인 것 같았다. 적어도 그들은 긴 칼을 차고 있었으며, 짙은 색의 군복을 입고 있었다. 이제 그들이 잰 발걸음으로 천천히 그리고 한꺼번에 몰려와 우리를 지나 앞으로 진군하면서 여기저기에서 우리를 바라볼 때, 죽으러 가는 것이 자명한 이 발걸음은 감동적인 동시에 고무적이고 승리를 보증하고 있었다. 이 남자들의 개입으로 나는 구원을 받으면서 깨어났다.

1919년 6월 27일

새로 쓰는 일기.[13] 엄밀하게는 내가 옛날 것을 읽었기 때문일 뿐이다. 지금 12시 15분 전, 더 이상 확인할 수 없는 몇 가지 이유들과 의도들.

⟨1919년⟩ 6월 30일

리거 공원에 갔었음. J.[14]와 함께 쟈스민나무가 우거진 곳 옆을 왔다 갔다 거닐었다. 기만적이면서도 진실됨. 한숨 쉴 때는 거짓 같고, 서로 구속하고, 신뢰하고, 보호 속에 있다는 점에서는 진실됨. 불안한 마음.

⟨1919년 7월⟩ 6월 6일

여전히 똑같은 생각, 갈망, 불안. 그렇지만 평소보다는 훨씬 안정되었다. 마치 멀리서도 그 떨림을 감지할 수 있는 거대한 발전이 진행되는 것처럼. 너무 많이 말했다.

1919년 12월 5일

원래 꿈에서만 강요될 수 있는 이 끔찍하고 길고 좁은 틈으로 인해 다시 쪼개졌다. 깨어 있는 상태에서는 결코 내 의지로는 그런 일이 일어나지 않을 것이다.

⟨1919년⟩ 12월 8일

월요일, 휴일[15]이다. 바움가르텐 공원, 레스토랑 그리고 갤러리에 갔다. 고통과 기쁨, 죄과 순결. 이 둘은 서로 풀 수 없을 정도로 팔짱을 낀 것 같았다. 그것들을 살, 피 그리고 뼈로 나누어 절단해야만 할 것이다.

〈1919년〉 12월 9일

너무나 엘레소이스적.[16] 그러나 내가 어디로 향하든, 내게로 검은
파도가 밀려온다.

〈1919년〉 12월 11일

목요일. 춥다. 아무런 말도 없이 J.와 리거 공원에 있었다. 묘지 위
에서 유혹함. 모든 것이 너무 어렵다. 나는 충분히 준비되지 못했다.
정신적인 의미에서 그렇다. 26년 전에 베크[17] 선생님이 물론 예언이
라는 재미를 알아채지 못한 채 말했던 내용처럼 말이다. "그 애를 5
학년으로 보내세요. 그 아이는 너무 약해서 지나치게 몰아대면 탈이
납니다." 실제로 나는 너무나 빨리 밀어 올려진 채 잊혀진 꺾꽂이처
럼 자라났다. 바람이 불면 유연하게 움직이는 예술적인 장식 같은 것
으로 말이다. 게다가 사람들이 원한다면 이 움직임에는 뭔가 감동적
인 것이 있어야 했다. 그것이 다였던 것이다. 엘레소이스와 그가 봄
이면 도시로 나가는 사업 여행에서처럼. 그때 그를 전혀 저평가해서
는 안 된다. 함순이 청년 시절이었다면 그는 그 책의 주인공이 될 수
있었을 것이다.

1920년 1월 6일

자신이 행한 모든 것은 그에게는 눈에 띌 정도로 새롭게 보였다.
삶에 이러한 신선함이 없다면, 그도 알지만, 그 자체적인 가치로 봐
서는 오랜 지옥의 늪으로부터 무엇인가를 피할 수 없을 것이다. 그러
나 이 신선함이 그를 속여 삶을 잊거나 가볍게 받아들이거나 심지어
통찰하게 했지만, 아무런 고통을 느끼지 못하게 했다. 그래서 바로
오늘, 진보가 만개하는 오늘 아무런 회의도 없이 계속해서 전진할 것
이다.

1920년 1월 9일

미신과 기본 원칙과 삶의 실현 가능성: 악덕의 하늘을 통해서 미덕의 지옥을 얻게 되었다. 미신은 단순하다.

〈1920년〉 1월 10일

오후의 슬픈 결과(바움가르텐)

그의 뒤통수에서 분절된 조각이 떨어져 나왔다. 전 세계가 벌건 대낮에 들여다볼 것이다. 그래서 그는 신경질적이 되고, 일을 떠나 딴 데에 주의를 돌린다. 또한 그는 지금 막 그 연극에서 배제되어야 하기에 화가 난다.

다음 날에도 변함없이 감금 상태가 그대로 유지되거나 오히려 더 첨예해지거나 혹은 이 감금 상태가 중단되지 않을 것이라고 강조해서 선언된다면, 그것은 최종적인 해방을 미리 예감한 것에 대한 반박이 아니다. 모든 것은 최종적인 해방의 훨씬 더 필연적인 전제 조건들이 될 수 있다.

그는 어떠한 계기에서도 충분히 준비하지 못했다. 그러나 그 때문에 스스로에게 한 번이라도 비난조차 할 수 없다. 왜냐하면 이 삶의 어디에 그렇게 괴롭히면서 매순간마다 때를 미리 준비할 수 있기를 요구하는가. 그리고 그때가 왔다 하더라도 임무를 알기 전에 준비할 수 있을까. 다시 말해서 도대체가 자연스러운, 인위적으로만 부여되지 않은 과제를 이루어낼 수 있을까 하는 의문이 들기 때문이다. 그렇기 때문에 그는 벌써 오래전부터 파멸되고 있는 중이지만, 이상하

688

게도 또한 위로가 되는 것은 그것에 대해서도 그는 아무런 준비가 되어 있지 않았던 것이다.

———————

그는 아르키메데스 점[18]을 발견했지만, 그것을 자신에 반대해서 사용했다. 이런 조건부로만 그에게 그 발견을 허가한 것이 분명하다.

———————

〈1920년 1월〉 13일

그가 한 모든 것은 특별히 새롭게 보였지만, 또한 이 어마어마하게 새로움으로 충만된 것에 합당하게 특별히 서툴고 졸렬하고 조금도 참을 수 없을 정도였다. 종족의 족쇄를 풀면서 지금까지 언제나 적어도 추측적인 이 세상의 음악을 처음으로 그 깊은 밑바닥까지 내려가서 끊어버릴 만큼 역사적이 될 수도 없게 보였다. 때때로 그는 이러한 자만심에 차서 자신보다는 이 세상을 더욱 염려한다.

———————

감옥이라면 그는 오히려 적응했을 것이다. 갇힌 자로 끝나는 것— 그것이 삶의 목표였을 것이리라. 그러나 그것은 창살로 된 우리였을 뿐이다. 무관심하고, 교만하며, 마치 제 집에 앉아 있는 듯 창살을 통해서 이 세상의 잡음들이 몰려 들어오고 또 몰려 나갔다. 그 갇힌 자는 원래 자유로웠고, 모든 것에 참여할 수 있었고, 외부 세계의 어떤 것에 대해서도 놓친 적이 없으며, 그 우리를 떠날 수도 있었을 것이다. 창살 간격은 정말로 일 미터 간격으로 세워져 있었기에 그는 한 번도 갇힌 적이 없었던 셈이다.

———————

그는 그가 살아 있음으로 그 길을 가로막고 있다고 느낀다. 그래서 이러한 장애로부터 그는 다시금 그가 살고 있다는 증거를 얻는 것이다.

<1920년 1월> 14일

자신을 알고 남을 믿어라. 이런 모순이 그에게서 모든 것을 톱질해서 조각내는 것이다.

———————

그는 대담하지도 경박하지도 않다. 그러나 또한 두려워하지도 않는다. 자유로운 삶이었더라면 그렇게 소심해지지 않았을 텐데. 이제 그에게 그러한 삶이 생겨나지 않지만, 그렇다고 그는 걱정하지 않는다. 그가 도대체 자신을 걱정한단 말인가. 그러나 그가 전혀 모르는 어떤 자가 있는데, 이자는 오직 그를 위해 걱정한다. 이 어떤 자가 그에 관련되어 걱정하는 것, 특히 이 끊임없이 지속되는 근심이 대개는 이 고요한 시간에서도 고통스러운 두통을 야기시킨다.

———————

그는 산만하게 살고 있다. 자유롭게 사는 유목민적인 요소들이 이 세계를 배회한다. 그리고 그의 방 역시 이 세상에 속하기 때문에 그는 세상을 대개 멀리 바라다본다. 그가 어찌 이 세상을 책임져야 하는가? 그런데 그것도 책임이라고 말할 수 있는가?

———————

모든 것, 즉 가장 평범한 것일지라도, 어쩌다가 레스토랑에서 서비스 받는 것조차도 그는 경찰의 도움을 받아서야 비로소 자신에게 허용한다. 그것 때문에 인생에서 모든 안락함이 사라졌다.

<1920년> 1월 17일

그는 자신의 앞머리 이마뼈가 방해되었다(자기 앞머리를 피가 나도록 박아냈다).

———————

그는 이 지구상에 갇혀 있다고 느낀다. 그에게는 활동의 여지가 없다. 갇힌 자의 슬픔, 허점, 질병, 광기가 그에게서 터져 나온다. 어떤 위안도 그를 위로하지 못한다. 왜냐하면 그것은 그저 위안일 뿐이며, 갇혀 있다는 명백한 사실에 대해서는 애정 어린 것이긴 해도 머리 아프게 하는 위안일 뿐이기 때문이다. 그렇지만 그가 원하는 것이 무엇이냐고 물으면, 그는 대답할 수 없다. 왜냐하면 그는 가장 강력한 증거들 중의 하나인데—자유에 대한 개념이 전혀 없기 때문이다.

———————

많은 이들은 태양을 언급하면서 비참함을 부정한다. 그는 비참함을 암시하면서 태양을 부정한다.

———————

그에게는 적이 둘 있는데, 첫 번째 적은 근원적으로 뒤쪽에서 그를 몰고 있으며, 두 번째 적은 앞으로 나갈 길을 방해하고 있다. 그는 둘과 싸우고 있다. 첫 번째 적은 그를 앞으로 몰아내려고 본래 두 번째 적과의 싸움에서는 그를 지원했다. 마찬가지로 두 번째 적은 그를 뒤로 몰기 위해서 첫 번째 적과의 싸움에서는 그의 편을 들었다. 그러나 그것은 그저 이론에 불과하다. 왜냐하면 정말로 여기에는 적이 둘 있을 뿐만 아니라 또한 그 자신도 있었으며, 그리고 대체 그 누가 그의 의도를 알고 있을까?

———————

그는 심판관을 여럿 두었다. 그들은 마치 방 안에 앉아 있는 한 무리의 새 떼와 같다. 그들의 소리는 뒤범벅 되었고, 그들의 자리는 지속적으로 바뀌었지만, 지위와 담당 문제는 혼동되지 않았다. 자리가 바뀌더라도 사람들은 개별 심판관들을 다시 알아본다.

———————

세 가지:

자학적이며 우울하고 흔히는 오랫동안 정체된, 그러나 기본적으로는 중단 없이 움직이는 모든 삶의 파동은 타인의 삶이든 자신의 삶이든 간에 그를 괴롭힌다. 왜냐하면 그 파동은 끊임없는 사고를 함께 강요하기 때문에 때때로 이 고통은 그에게는 그 사건보다 앞선 것처럼 보인다. 그의 친구가 아기를 갖게 될 것이라는 소식을 들을 때, 그는 이미 오래전에 사색가로서 그것에 대해 괴로워했음을 인식한다.

───────────

그는 두 가지를 본다: 첫 번째는, 평온하고 활력으로 충만하며 확실한 유쾌함 없이는 불가능한 관찰, 헤아려보기, 연구하기 그리고 감정 토로하기이다. 그 횟수와 가능성은 끝이 없으며, 쥐며느리조차도 그 밑으로 기어들어가기 위해서는 꽤나 큰 틈이 필요했을 것이다. 그러나 그 일을 위해서는 어떤 공간도 필요치 않다. 아주 극세한 틈새가 없을지라도 그것들은 서로를 파고들어 천 번 그리고 또 수천 번 살 수 있을 것이다. 그것이 첫 번째 것이다. 그러나 두 번째는 호출해서 불러낸 해명을 해야 할 순간이다. 그 순간에는 그 어떤 미미한 소리도 일으키지 않으면서 다시 관찰자 등등으로 되돌아간다. 그러나 지금 앞으로에 대해서 아무런 전망도 할 수 없기에 더 이상 그 속에서 찰랑거릴 수 없으며, 스스로 무거워져서 저주와 함께 가라앉는 순간이다.

───────────

1920년 2월 2일
그는 템스 강의 여름, 일요일 한때를 보여주는 그림[19]을 기억해낸다. 강은 댐의 개통식을 기다리는 배들로 가득했다. 배에 탄 젊은이들은 모두 즐거워하며 경쾌하고 밝은 복장으로 모든 배에 타고 있었는데, 그들은 따뜻한 공기와 차가운 물에 몸을 맡긴 채 거의 누워 있었다. 모든 배에 이러한 공통점으로 인해 사교적인 분위기가 몇몇 배에만 국한되지 않고 이 배에서 저 배로 옮겨지며 서로 농담을 하고 함께 웃고 있었다.

이제 그는 자신이 그 강가 들판에 서 있다고 상상을 했다. 그림에서 강가는 거의 드러나지 않았고, 오직 군집한 배들로 가득 찬 강만을 볼 수 있었다. 그는 축제를 바라보았다. 그것은 정말로 축제는 아니었지만, 그렇게 부를 수도 있었다. 당연히 그도 너무나 거기에 참여하고 싶었고, 말 그대로 그곳에 가고 싶었지만, 자신은 거기서 배제되어 있으며, 그곳에 끼어들기가 불가능하다는 것을 스스로에게 솔직히 고백해야만 했다. 그를 위해서는 대단한 준비가 요구될 것인데, 이 일요일 하루를 넘어서 몇 년에 걸친 준비가 필요하며, 만일 그가 그곳으로 간다 하더라도, 여기 이곳의 시간이 정지한다 하더라도, 그 밖의 다른 결과를 얻을 수 없었을 것이며, 그의 출신, 교육, 육체적인 형성 등이 아주 다르게 수행되었어야 했을 것이리라.

그러므로 그는 이 소풍객들로부터 이렇게 멀리 떨어져 있는 것이지만, 또한 이런 식으로 다시금 아주 가까이 가는 것이고, 그것은 정말로 더욱 이해하기 힘든 것이다. 그들도 역시 그와 같은 인간이며, 인간적인 것은 어느 것도 그들에게 완전히 이질적일 수 없다. 그들을 철저하게 연구한다면, 배를 타고 항해하지 못하도록 그를 통제했던 감정 역시 그들 속에 살고 있는데, 다만 그들의 통제와는 물론 아주 동떨어져 있기는 하지만, 그 어딘가 어두운 구석에서 어른거리고 있다는 것을 틀림없이 발견할 것이다.

1920년 2월 15일

다음과 같은 것들이 문제 되었다. 수년 전 나는 한번은 매우 슬픔에 잠겨 라우렌지 산 기슭[20]에 앉아 있었다. [나는 살기 위해서 가졌던 소망들을 시험해보았다. 삶에 대한 견해를 얻고자 하는 소망(그리고—그것은 물론 필연적으로 관련되어 있는데—문서상으로 다른 이들에게 그 삶을 확신시킬 수 있는 소망)이 가장 중요하거나 혹은 가장 매력적인 것으로 판명되었다. 이 소망 속에서 삶이란 그 본래적인 무거운 부침浮沈을 유지하기는 하지만 동시에 적잖이 명백하게 일종의 허무함으로, 꿈으로, 부유하는 것으로 인식된다. 내가 그것을 올바르게 소망했다면 아마도 멋진 소망일 것이다. 그것은 아마도 목공이 정확한 솜씨로 격렬하게 망치를 두드려 하나의 탁자를 조립하는 동시에 아무것도 행하지 않는 소망이다. 그러나 또한 "그에게는 망치치기는 아무것도 아니야"라고 말하는 것이 아니라, "그에게는 망치치기는 진정한 망치치기일 뿐이며 동시에 아무것도 아니지"라고 말할 수 있는 소망이다. 그렇게 말함으로써 정말로 망치치기가 더욱 대담해지고 더욱 결연해지고 더 실제적이 되며, 네가 원한다면 더욱 혼돈스러워질 수 있을 터이니 말이다. 그러나 그는 전혀 그렇게 소망할 수 없었다. 그의 소망은 소망이 아니라 단지 방어일 뿐이며, 일종의 허무의 시민화이며, 그가 당시에 의식적인 첫걸음을 내딛자마자이기는 하지만 이미 그 요소를 느꼈던 무에게 부여하려고 했던 활력의 숨결인 것이다.] 당시 그것은 그가 청춘의 허상 세계로부터 떠나려 했던 작별과도 같았다. 게다가 그 허상 세계는 그를 한 번도 직접적으로 기만하지 않았으며, 다만 주위의 모든 권위자들의 말을 통해서 기만당했을 뿐이다. 그렇게 해서 '소망'의 필연성이 생겨났던 것이다.

———————

그는 자신 스스로를 증명한다. 그의 유일한 증거가 바로 그 자신이다. 모든 적대자들은 곧바로 그를 물리쳐버리지만, 그렇다고 적대자들이 그를 반박하는 것은 아니다. 그는 반박당할 수 없기에, 적대자 자신들을 실증함으로써 그를 물리치는 것이다.

———————

인간의 합일은 한 사람이 자신의 강력한 존재를 통해서 자체로서는 부정될 수 없는 다른 개인을 반박한 것처럼 보일 때 성립된다. 이것은 이 개인에게 달콤하고 위안이 되지만, 진실성이 없기에 언제나 오래가지 못한다.

그는 기념비같이 웅장한 무리의 시작 부분이다. 어딘가 융기된 중앙 부분의 주변에는 군인 신분, 예술, 학문, 수공업의 상징들이 매우 사려 깊게 고심된 순서로 배열되어 서 있다. 이 많은 것들 중에 하나가 그였다. 이제 그 집단은 오래전에 해체되었다. 아니면 적어도 그가 그 집단을 떠나서 홀로 삶을 헤쳐 나간다. 결코 더 이상 옛 직업을 가지지 않으며, 자신이 당시 제시하고 있었던 것을 잊어버리기조차 했다. 아마도 바로 이 망각을 통해서 그 어떤 슬픔, 불확실함, 불안, 현재를 울적하게 하는 지난 과거 시간에 대한 갈망 등이 생기는 것 같다. 그리고 그럼에도 불구하고 바로 이러한 갈망들은 생명력의 중요한 요소이거나 아마도 그 생명력 자체일 것이다.

그는 자신의 개인적인 삶 때문에 살지 않으며, 그는 개인적인 생각 때문에 생각하지 않는다. 그에게 자신은 마치 그 자체로 생명력과 사고력이 넘쳐나기는 하지만, 그가 모르는 법에 따라 형식적으로도 꼭 그를 필요로 하는 가족의 강요로 살고 생각하는 것처럼 보였다. 이 알지 못하는 가족과 알지 못하는 법 때문에 그는 해고될 수 없었다.

인간이 범했던 옛 불의인 원죄는 그에게 불의가 행해졌으며 그에게 원죄가 저질러졌다고 비난하는 것을 포기하지 않고 행한 비난 속에 들어 있다.

1920년 2월 18일

카시넬리[21]의 진열장 앞에서 두 아이가 서성대고 있다. 부유한 옷차림을 한 여섯 살 정도 된 소년과 일곱 살 난 소녀가 신과 원죄에 대해서 말하고 있다. 나는 그들 뒤에 서 있었다. 소녀는 아마도 천주교 신자로 신의 거짓말을 본래의 죄로 알고 있었다. 신교도로 보이는 소년은 어린애다운 고집스러움으로 인간의 거짓말 혹은 도둑질이란 무엇인가에 대해서만을 집요하게 질문했다. "물론 매우 큰 죄이긴 해"라고 소녀는 말했다. "하지만 가장 큰 죄는 아니야. 신에 대해 범한 죄가 최고의 죄이지. 인간에게 범한 죄에 대해서는 우리는 참회라는 것을 할 수 있어. 내가 참회하고 있으면 곧바로 천사가 내 뒤로 내려오고, 내가 죄를 지으면 악마가 내 뒤로 내려오는 거야. 사람들이 보지 못할 뿐이야." 그러고는 너무 심각한 것에 질린 듯 재미로 갈고리(옷걸이) 쪽으로 몸을 돌리면서 말했다. "네 뒤로 아무도 안 보이니?" 그러자 바로 소년이 몸을 돌렸고, 거기 서 있는 나를 보았다. "자, 봐"라고 소년은 내가 틀림없이 그것을 듣는다는 것을 염두에 두지 않고 또한 그것을 생각하지 않고 말했다. "내 뒤에 악마가 서 있네." "나도 봤어. 하지만 그를 말한 것이 아니야."라고 소녀가 말했다.

———————

그는 어떤 위안도 원하지 않는다. 그러나 그가 위로받고 싶지 않아서가 아니다. 그 누구가 위안을 원하지 않겠는가! 위안을 찾으려는 것은 자기 실존의 가장자리, 즉 거의 자기 존재 밖에서 항상 살아야 하며, 누구를 위한 위안인지조차도 더 이상 알지 못하며, 그래서 한 번도 효과적인(존재하지도 않는 진실된 위안이 아닌) 위안을 발견하지 못하는 작업에 평생을 바쳐야 하기 때문에 원하지 않는 것이다.

———————

그는 동료를 통해서 고착화에 저항한다. (아무리 오류가 없는 사람일지라도 자신의 판단력과 판단 방법이 미치는 한도 내에서 타인을 판단한다. 그러나 그도 누구나처럼 동료의 시선이 자신을 보는 힘만큼만 제한하려고 매우 과장되게 애를 쓴다.) 로빈슨이 반항으로 혹은 기가 죽어서, 아니면 두렵거나 무지에서 혹은 열망으로 그 섬에서 최고봉 아니 좀 더 정확하게 말한다면 가장 잘 보이는 지점을 결코 떠나지 않았다면, 그는 곧바로 파멸했을 것이리라. 하지만 그는 다른 선박들이나 그들이 가진 허술한 망원경을 염두에 두지 않고 오직 섬을 샅샅이 뒤지면서 연구하고 즐거워하기 시작했기 때문에 삶을 유지했으며—물론 논리적으로 꼭 필연적인 결과는 아니지만—결국 발견되었던 것이다.

───────────

〈1920년〉 2월 19일

"너는 위기로부터 미덕을 창출한다."

"첫째, 누구나 그렇게 하며, 둘째, 나는 그렇게 하지 않는다. 나는 내 위기를 위기 그대로 놔둔다. 나는 늪을 메마르게 놔두지 않으며, 그 늪의 열기 속에서 산다."

"거기에서 바로 너는 너의 미덕을 만들어낸다."

"누구나 그렇다고 나는 이미 말했다. 게다가 나는 너 때문에 그렇게 하는 것이다. 네가 내게 친절하도록 내 영혼의 피해를 감수한다."

───────────

나의 감옥 방—나의 요새.

───────────

모든 것이 그에게 허락되었지만 자신을 망각하는 것만은 제외되었다. 그렇게 해서 다시 그 전체를 위해 순간적으로 꼭 필요한 것을 제외하고는 모두 다 금지되었다.

───────────

의식의 협소함은 사회적인 요구이다. 모든 미덕들은 개별적이며, 모든 악덕들은 사회적이다. 사회적인 미덕으로 통용되는, 예컨대 사랑, 이타심, 정의, 희생 정신 같은 것들만이 '놀랍도록' 약화된 사회적인 악덕들이다.

───────────

그가 자신과 동시대인들에게 말하는 "예와 아니오"와 그가 원래 말했어야 했던 것과의 차이는 죽음과 삶의 차이와 동일할 것이리라. 그리고 그만이 그 차이를 짐작으로 헤아릴 수 있다.

───────────

개별자에 대한 후세의 판단이 동시대인들의 판단보다 더 옳은 이유는 죽은 자에게 있다. 사람은 죽은 뒤에 혼자가 되었을 때 비로소 자기 나름대로 피어난다. 죽는다는 것은 개인에게는 굴뚝 청소부의 토요일과도 같다. 그들은 몸에서 검댕을 씻어낸다. 동시대인들이 그에게 손해를 입혔는지 아니면 그가 동시대인들에게 더 많은 손해를 입혔는지 여부가 보여질 것이다. 후자의 경우라면 그는 위대한 사람이었다.

───────────

부정하는 힘, 바로 계속해서 변화하며 새로워지고 죽어가고 다시 살아나는 투사 유기체인 인간이 가장 자연스럽게 발현하는 이 힘을 우리는 언제나 가지고 있지만 용기가 없는 것이다. 반면 어쨌든 삶은 부정하기이며, 그러므로 부정하기는 인정하기이다.

───────────

서서히 사멸해가는 생각과 함께 그는 죽지 않는다. 서서히 죽어가는 것은 내적 세계 안에서의 현상일 뿐이다. (이 내적 세계는 단지 생각일 뿐이라 하더라도 존재한다.) 모든 다른 자연 현상처럼 즐겁지도 슬프지도 않다.

"그 어떤 무게가 그가 안전하게 들어 올리는 것을 방해한다. 그 어떤 경우에도 안전하다는 느낌, 그를 위해 준비된 잠자리라는 예감이 들지만, 그 잠자리로부터 그를 뒤쫓고 있는 불안감 때문에 조용히 누워 있을 수 없다. 양심, 끝없이 박동하는 심장, 죽음에 대한 불안 그리고 죽음을 부정하고 싶은 갈망이 그를 방해한다. 이 모든 것들 때문에 그는 눕지 못하고 다시 일어난다. 이러한 일어나고 눕기의 반복 그리고 그러는 동안에 일어난 우연하고 일시적이고 병적인 관찰들이 그의 삶이다."

"당신의 표현은 너무 절망적이긴 한데, 그 표현을 분석함에 근본적인 오류가 있음을 보여줄 때뿐이다. 인간이 일어났다가 뒤로 눕고, 다시 일어나지만, 그것은 동시에 그리고 아주 정말로 완전히 그런 것은 아니다. 그는 그렇게 하나인 것이다. 낢 속에도 쉼이 있으며, 쉬고 있음에도 날고 있다. 이 둘은 다시 모든 개별자로 합쳐지고, 모든 개별자 속에서 하나 됨, 그리고 모든 이들에게서 합쳐지고 또 합쳐져서 실제적인 삶을 이룬다. 물론 이러한 표현 역시 잘못되었고 아마도 당신 표현보다도 더 믿기 어렵기까지 하다. 이 영역으로부터 삶으로까지 가는 길은 바로 없다. 반면에 물론 삶에서 여기로 오는 길은 있음에 틀림없다. 그렇게 우리는 길을 잃고 있다."

우리가 거슬러 헤엄쳐가는 이 물결은 너무나 물살이 빨라서 조금만 방심하면 어느새 자신이 한가운데서 찰싹거리고 있는 황량한 적막감으로 절망한다. 다시 말해서 그는 어쩔 수 없는 좌절의 한순간에 끝없이 멀리 밀려와버린 것이다.

〈*1920년 2월*〉29일

그는 목이 말라 갈증을 느꼈고, 덤불만이 그를 샘물로부터 갈라놓았다. 그러나 그는 둘로 나뉘었다. 한 부분은 전체를 간과하고는 그가 여기에 서 있으며 샘물이 바로 옆에 있는 것을 본다. 그러나 다른 부분은 아무것도 알아채지 못하고 기껏해야 첫째 부분이 모든 것을 볼 것이라는 짐작만을 했을 정도이다. 그가 아무것도 알아채지 못했기 때문에 그는 물을 마실 수가 없었다.

1921년 10월 15일[22]

　일주일 전쯤에 모든 일기를 M.[23]에게 주었다. 조금 더 자유롭게? 아니다. 내가 아직도 일기 같은 것을 쓸 수 있을는지? 어쨌든 조금은 달라질 것이다. 오히려 칩거하게 될 것이며, 다만 아주 힘겹게라도 뭔가를 끄적거릴 수 있더라도 내가 아주 상당히 몰두했던, 예컨대 하르트[24]에 대해서도 쓸 수 없을 것이다. 그것은 마치 내가 이미 그에 대해서 모든 것을 다 쓴 것과 같거나 그와 비슷하며, 마치 내가 더 이상 살아 있지 않은 것과 같다. 나는 아마도 M.에 대해서 쓸 수 있을 것이다. 하지만 그것이 너무나도 나 자신을 향한 것일지라도 역시 자유로운 결정에서는 아니다. 나는 그런 것에 대해서 이전 언젠가처럼 더 이상 번거롭게 의식할 필요가 없다. 이 점에 있어서 나는 이전처럼 그렇게 잘 잊지 못한다. 나의 기억은 활성화되고, 그렇기에 잠을 이루지 못한다.

　헤벨의 편지에 다신론에 대한 부분.[25]

1921년 10월 16일 일요일
시작이 지속되는 불행, 모든 것은 하나의 시작일 뿐이며, 결코 한 번의 시작이 아니라는 착각, 그것을 알지 못하는, 예컨대 드디어 한 번쯤은 '전진하기 위해서' 축구를 하는 다른 사람들의 어리석음, 그리고 마치 관 속에 들어앉듯이 내 안으로 파묻혀버린 나 자신의 어리석음, 그리고 여기서 실제로 관, 그러니까 옮기고, 열고, 부수고, 교체할 수 있는 진짜 관을 보았다고 믿는 타인의 어리석음.

───────

저기 위 공원의 젊은 여인들 틈. 질투 없음. 그녀들과 행복을 나눈다고 상상하기에 충분한 판타지, 이 행복을 느끼기에는 내가 너무 약하다는 것을 알기에 충분한 판단력, 나와 그녀들의 상황을 아주 잘 꿰뚫어 보았다고 믿기에 충분한 나의 바보스러움. 바보스러움이 충분하지 않다. 거기에는 아주 작은 틈이 하나 있어서 바람이 지나면서 삐삐 소리를 내면서 완벽한 공명을 방해하고 있다.

───────

내게 육상 선수가 되려는 커다란 소망이 있다면 십중팔구 그것은 마치 내가 하늘에 가서도 여기에서와 같이 절망해도 된다는 것을 소망하는 것과 같을 것이리라.

───────

나의 토대가 그렇게도 비참하다 할지라도, '같은 사정에서' 특히 나의 의지박약을 감안해서 이 지구상에 가장 비참하기조차 할지라도, 내 마음속에서만이라도 그 허약한 토대를 가지고 최선을 다해야만 한다. 그렇게 해서 다만 하나를 얻을 수 있으며, 그러므로 이 유일한 것은 최상이기도 하며, 그것은 절망이다라고 말하는 것은 허망한 궤변이다.

───────

〈1921년 10월〉 11월 17일
나는 아무 쓸모없는 것만을 배웠고—그와 관련되는데—나 역시 육체적으로 쇠약해지도록 내버려둔다는 사실 뒤에는 어떤 의도가 숨어 있을 수 있다. 나는 쓸모 있고 건강한 남자의 삶의 기쁨에도 흔들리지 않고 한곳에 머물러 있고 싶다. 그것은 마치 질병과 절망에서도 적어도 바로 그렇게 기분을 바꾸려 하지 않는 것처럼!

나는 이런 생각들을 여러 가지로 윤색하고 잘라내서 내게 유리하게 마무리 지을 수 있을 것이다. 그러나 나는 감히 그러지도 못하고—적어도 오늘 그리고 여러 날 동안에도—그렇게 내게 유리한 해결이 있을 것이라고 믿지 않는다.

나는 부부들 하나하나를 개별적으로 시기하지 않으며, 모든 부부를 시기할 뿐이다. 내가 어떤 부부 하나에 질투한다 하더라도 나는 본래 무한하게 여러 가지 형상으로 나타나는 결혼의 행복 전체에 대해서 질투하는 것이다. 단 한 쌍의 부부의 행복에서는 나는 아무리 유리한 경우일지라도 십중팔구 절망할 것이다.

나는 이 세상에 내적 상황이 나와 비슷한 사람들이 있으리라고 믿지 않는다. 물론 그러한 사람들을 상상할 수는 있지만 내 머리 주위와 같이 그들 머리 위로 계속해서 비밀스러운 까마귀가 빙빙 돌면서 날고 있으리라고는 한 번도 상상할 수 없다.

세월이 흐르면서 조직적으로 내 몸이 파괴된 것은 매우 놀랍다. 그것은 마치 둑이 천천히 무너져 내리듯 완전히 의도적인 행사였다. 그것을 완성한 정신은 지금 승리에 차 환호할 것이다. 무엇 때문에 정신은 거기에 나를 참여시키지 않았단 말인가? 하지만 아마도 정신은 아직 작업을 끝내지 않은 모양으로, 그 때문에 다른 것을 생각할 수 없나 보다.

―――――――――

⟨*1921년 10월*⟩ 18일

영원한 유년기. 다시 생명의 부름.

―――――――――

누구에게나 그리고 언제나 장려한 삶이 아주 충만하게 이미 준비되어 있지만, 그것은 저 깊은 곳 아주 멀리 보이지 않게 걸려 있는 것처럼 생각되기 쉽다. 하지만 그것은 거기에 결코 그 어떤 적의나 거부감도 없으며 귀머거리가 아니라 모든 것을 다 들으면서 있는 것이다. 제대로 된 말로, 올바르게 이름을 불러주면 그것은 올 것이다. 그것이 바로 마술의 본질로서 창조가 아니라 단지 불러냄인 것이다.

―――――――――

⟨*1921년 10월*⟩ 19일

사막길의 본질. 유기적으로 맺어진 종족의 지도자로서 이 길을 가는 인간은 무엇인가 일어날 것이라는 의식의 찌꺼기(더 이상은 생각할 수 없는데)라도 가진다. 그는 평생 동안 가나안을 감지하는 예측력을 가졌다. 그가 이 나라를 죽음 직전에야 비로소 볼 수 있으리라고는 생각되지 않는다. 이 최후의 전망은 인간의 삶이 얼마나 불완전한 순간인가를 보여주는 데에 의미를 가진다. 이런 식의 삶은 끝없이 계속되겠지만 또한 그 삶의 결과는 한순간일 뿐이므로 불완전하다는 것이다. 모세가 가나안에 도달하지 못한 것은 그의 생애가 짧아서가 아니라, 그의 삶 역시 인간적이었기 때문이다. 이러한 모세 오경의 끝은 『감정 교육』[26]의 마지막 장면과 비슷하다.

―――――――――

생동감 없이 인생을 살아온 자는 자신의 운명에 대한 절망에 조금이라도 저항하기 위한 손 하나가 필요하다. 물론 이것은 아주 불완전하리라. 그러나 다른 한 손으로 그는 폐허 더미 속에서 본 것을 기록

704

해야 한다. 왜냐하면 그는 다른 사람들과는 다르게 그리고 더 많이 보기 때문이며, 그는 살아 있었지만 죽어 있었기에 본디 살아남은 자이다. 여기에 전제된 것은 절망과의 전쟁에서 그는 두 손이 아니라 그가 가진 것보다 더 많은 것이 필요하다는 것이다.

〈1921년 10월〉 20일
오후에는 랑거[27]가, 그다음에는 막스가 『프란치』[28]를 읽어주다.

짧은, 경련하며 떨었던 짧은 잠 속에서, 전력을 다해서 나를 끝없는 행복 속에 꽉 잡아놓은 꿈. 일천 개의 관계로 아주 복잡하지만 일격에 명료해지는 꿈이었으나, 근저에 깔려 있었던 기본적인 감정이 도무지 기억나지 않는다. 형이 범죄를 저지른 것 같은데, 내 생각에는 살인을 했으며, 나와 또 다른 한사람이 그 범죄에 공모했다. 형벌, 해결, 구원은 저 멀리서부터 가까이 온다. 그것들이 점점 강력해지면서 다가오고 있으며, 여러 가지 징후 속에서 그들이 가까이 다가오는 것을 저지할 수 없음을 느낀다. 나의 누이는 이 표시를 언제나 예고해주고, 나는 언제나 황홀해하는 감탄사로 환영한다. 이 황홀함은 그들이 가까이 오면서 점점 더 고양된다. 나의 개별적인 감탄사, 짧은 문장들을 나는 그것들이 너무나 명백해서 결코 잊어버릴 수가 없다고 믿었는데, 지금은 하나도 더 정확하게 알 수가 없다. 그것은 아마도 감탄사였을 것이다. 왜냐하면 나는 아주 힘들여서야 겨우 말할 수 있기에, 두 뺨을 부풀려 말 한마디를 내뱉기 전에 치통을 앓는 사람처럼 입을 비틀어야만 했을 것이기 때문이다. 다행스러운 것은 형벌이 찾아왔고, 나는 그렇게도 자유스럽게, 확신에 차서, 그리고 행복하게 그것을 환영했으며, 이 광경이 틀림없이 신들을 감동시켰고, 이 신들의 감동을 나 역시도 느껴서 눈물이 날 지경이었다는 것이다.

〈1921년 10월〉21일
오후 내내 소파에.

___

그가 집으로 들어서는 것은 불가능했었다. 왜냐하면 그는 "내가 너를 이끌 때까지 기다려"라고 말하는 목소리를 들었기 때문이다. 그리고 (사라[29]가 말했듯이) 이미 모든 전망이 사라졌음에도 불구하고 그는 그렇게 아직도 먼지 속에서 집 앞에 서 있다.

___

모든 것은 판타지이다. 가족, 사무실, 친구들, 거리, 모든 것은 판타지이다. 더 멀리든 가까이든, 가까이 있는 그 여자이든, 그러나 네가 창문이나 문도 없는 작은 방 벽에 네 머리를 박고 있다는 것만은 진실인 것이다.

___

〈1921년 10월〉22일
전문가, 자신의 분야를 아는 전공자. 물론 그 지식은 전달할 수는 없지만 다행스럽게도 어느 누구도 그것을 필요로 하는 것처럼 보이지 않았다.

___

〈1921년 10월〉23일
오후에 팔레스타인 영화[30]

___

저녁 식사 후
〈1921년 10월〉25일
어제 에렌슈타인[31]

___

706

부모님은 카드 놀이를 하셨다. 나는 거기에 혼자서, 완전히 이방인처럼 앉아 있었다. 아버지께서는 내가 함께 카드 놀이를 하든지 아니면 구경이라도 하라고 말씀하셨다. 나는 어쨌든 내 의견을 다 말했다. 그런데 어릴 적부터 몇 번이고 반복되는 거부가 무슨 의미가 있을까? 나는 공동체적인, 어떤 면으로는 공적인 생활로 들어오게끔 초대받았고, 내게 요구했던 참여의 성과 역시 썩 좋지 않지만 고통스럽게 성취했을 것이다. 함께 카드 놀이를 했어도 십중팔구 그렇게 아주 지루하지는 않았을 것이다. 그럼에도 불구하고 나는 거부했다. 그 점에 따라 판단해보면, 나는 한 번도 삶의 물결 속으로 휩쓸려 들어간 적이 없으며, 프라하를 결코 떠나지 않았으며, 한 번도 스포츠나 기술을 배우라고 내몰린 적도 없었다고 불평을 한다면 내가 틀린 것이다. ―나는 십중팔구 이 카드 놀이처럼 모든 제안을 거부했을 것이다. 전혀 무의미한 것들이 들어서는 것만 허락되었다. 법학 공부, 사무실, 그리고 나중에는 약간의 정원 가꾸기, 목수 일 등과 같은 의미 없는 추가물들이 허락되었다. 이것은 불쌍한 거지를 문전에서 내쫓고는 자선금을 오른손에서 왼손으로 주면서 혼자서 착한 사람 행세를 하는 남자의 행동거지와 다를 바가 없다.

나는 그러니까 언제나 거부했다. 일반적인 혹은 특별한 의지박약에서일 것이다. 나는 그것을 비교적 아주 뒤늦게 깨달았다. 나는 이 거부를 이전에는 대개는 좋은 징후(내가 스스로에게 가졌던 일반적이며 거대한 희망에 유혹되었기에)로 여겼다. 그러나 오늘날 그것은 겨우 남은 이러한 우호적인 이해의 찌꺼기일 뿐이다.

〈1921년 10월〉 29일

그 후 어느 날 저녁, 나는 어머니를 위해서 결과를 기록하는 일로 카드 놀이에 정말로 참여했다. 그렇지만 가까이 다가간 것은 아니었다. 그런 비슷한 흔적이 있다 해도 그 위로 피로감, 지루함 그리고 잃어버린 시간에 대한 슬픔들이 수북이 쌓여 짓누르고 있었다. 언제나 그랬을 것이리라. 나는 혼자와 공동체의 이 경계를 어쩌다 한 번 넘었을 뿐이며, 혼자라기보다는 이 경계 지대에 훨씬 더 많이 이주해 있었다. 여기는 로빈슨의 섬에 비한다면 얼마나 생동감 넘치며 아름다운 나라인가!

〈1921년 10월〉30일
오후, 연극, 팔렌베르크[32]

(나는 구두쇠 서술이니 구두쇠 문학이니 말하고 싶지 않고) 내가 수전노가 될 수 있는 잠재력. 빨리 결단 있게 착수하기만 하면 된다. 전체 오케스트라가 지휘대 위에서 지휘자의 지휘봉이 어느 지점에서 들려질지 열광하며 주시하고 있다.

철저하게 무력하다는 감정.

그 어떤 사실보다도, 가령 네 손에 들고 있는 펜대보다 더 확실하게 분할되고 눈을 번뜩이고 있는 육체와 너를 더욱 밀접하게 묶고 있는 것은 무엇인가? 네가 바로 그런 부류이기 때문? 하지만 너는 전혀 그런 부류가 아니기 때문에 바로 이 질문을 던진 것이다.

인간 육체의 확고한 분할은 끔찍하다.

침몰하지 않고 침묵하면서 이끌어가는 것은 참으로 이상하고 풀 수 없는 수수께끼. 그것은 부조리로 치닫는다. "내 부분에 대해서 나는 아무런 도움이 되지 못할 것이리라." 내 부분에 대해서 나는.

1) 베르펠의 「염소의 노래」[33]

법칙을 무시하면서 세상을 마음대로 처리하기. 법칙 부과. 이러한 법칙 지키기의 행복.

이 세상에 모든 것은 옛것 그대로이지만, 새로운 입법자만은 자유로워야 한다는 법을 이 세상에 부과할 수는 없다. 그것은 법이 아니라 자의, 반항, 자아 심판일 것이리라.

2) 확실치 않은 희망, 모호한 신뢰

어느 끝없이 긴 우울한 일요일 오후. 한 해를 모조리 먹는, 수년으로 이루어진 오후. 텅 빈 골목에서 절망했다가 다시 소파에서 안정을 되찾는 등 감정의 주기적인 변화. 거의 쉬지 않고 스쳐 지나가는 무색 무의미한 구름을 보며 때때로 놀란다. "너는 위대한 월요일을 위해 잘 대우받고 있는 거야." "좋은 말을 했지만, 일요일은 결코 끝나지 않는다."

3) 전화

〈1921년 11월〉 7일
불가피한 의무인 자기관찰: 누군가 다른 이로부터 내가 관찰당하고 있다면 자연스럽게 나도 역시 자신을 관찰해야만 한다. 내가 그 어느 누구로부터도 관찰당하고 있지 않다면, 나는 더욱더 나 스스로

를 더 정확하게 관찰해야만 한다.

———————

내가 적이든 아무런 상관이 없든 부담이 되는 모든 사람은 나로부터 아주 가볍게 벗어날 수 있기에 부럽다. (십중팔구는 생명이 문제 되지 않는다는 것이 전제되었을 것이다. 언젠가 한 번 F.[34]에게서 생명이 문제 되는 것 같았을 때 나로부터 벗어나기는 쉽지 않았다. 물론 당시 나는 젊었고, 체력이 튼튼했으며, 나의 소망들도 튼튼했었다.)

———————

〈1921년〉12월 1일
네 차례씩이나 방문한 후 떠나갔었던 M.[35]이 내일 떠난다. 고통스러웠던 날들 중에서 더욱 평온한 나흘간. 거기서부터 먼 거리이기에 나는 그녀가 떠나감을 슬퍼하지 않는다. 그녀가 떠나기 때문에라도 끝없이 슬퍼할 만큼 본래 그렇게까지 슬프지 않다. 물론, 슬픔이란 최고로 고약한 것은 아니다.

———————

〈1921년 12월〉2일
부모님 방에서 편지 쓰기. 몰락의 형식을 생각해 낼 수가 없다. — 내가 어릴 적에 V.[36]에게 패하고도 공명심으로 싸움터를 떠날 수 없었으며, 여러 해 동안 계속해서 언제나 졌지만 떠날 수 없었다는 생각이 최근에 들었다. —언제나 M., 아니 M.이 아니더라도 그것은 하나의 원칙, 어둠 속의 한 줄기 빛이다.

———————

〈1921년 12월〉6일
편지에서: "이 슬픈 겨울에 나는 그것으로 따뜻합니다."[37] 은유는 글쓰기에서 나를 절망하게 만드는 많은 것들 중에 하나이다. 글쓰기의 비독립성, 불을 때주는 하녀로부터, 난롯가에서 몸을 데우고 있는

고양이로부터, 그리고 자신의 몸을 덥히고 있는 불쌍한 노인들로부터 자유롭지 못한 이 종속감. 이 모든 것들은 독립적이며 고유한 법칙을 가지는 용무들이며, 다만 글쓰기만이 무력하고 자기 안에서 살지 못하는 것이다. 그래서 그것은 재미있기도 하며 절망스럽기도 하다.

───────────

어린아이 둘이 홀로 집에 있다가 커다란 가방 안으로 들어가고 뚜껑이 닫힌다. 그들은 가방을 열 수 없었고 질식했다.

───────────

⟨1921년⟩ 12월 20일
많은 것들이 미끄러지듯 생각을 빠져나간다.

───────────

깊이 잠들었다가 놀라서 깼다. 방 한가운데 촛불이 켜진 작은 탁자에 웬 낯선 남자가 앉아 있다. 어스름한 곳에 건장하고 무게 있게 앉아 있었는데, 겨울 웃옷의 단추를 풀어 헤쳐서 더욱 건장해 보였다.

───────────

끝까지 생각하는 것이 더 좋다. 라베³⁸의 임종에서 아내는 그의 이마를 쓰다듬어주었다. 아주 좋아요.

───────────

손자를 보며 치아 없는 입으로 웃고 있는 할아버지.

───────────

평온하게 글을 써넣도록 허락된 것은 분명히 행복임을 부인할 수 없다. "질식은 생각할 수 없을 정도로 끔찍하다." 물론 생각할 수 없을 정도여서 다시 아무것도 쓰지 못할 것이리라.

───────────

⟨1921년⟩ 12월 23일
다시 『보이스카우트』³⁹ 잡지에 몰두하다.

이반 일리치[40]

〈1922년〉1월 16일

　지난주에 한 번 졸도 비슷한 증상이 있었는데, 2년 전 어느 날 밤 완전히 정신을 잃었을 때와 같았으며, 두 번 다시 경험하지 못한 것이었다. 모든 것이 끝난 것 같았고, 오늘 역시 전혀 달라진 것 같지 않다. 그것은 두 가지 방식으로 이해할 수 있고, 아마도 두 가지를 동시에 이해할 수도 있다. 첫째, 졸도, 수면 불능과 기상 불능, 삶의 불능, 좀 더 자세히 말한다면 연속되는 삶을 지탱할 수 없는 생활 불능. 서로 일치하지 않는 시계, 내적인 시계는 악마적이거나 혹은 신들린 듯 아무튼 비인간적인 방식으로 쫓기듯 움직이는데, 외적인 시계는 정지하면서 평상시 운행을 따라간다. 이 상이하게 다른 두 세계가 서로 분리되어 떨어져 나가거나 아니면 적어도 공포스럽게 서로에게 상처를 주지 않고서야 어찌 다른 일이 벌어질 수 있겠는가. 난폭한 내적 운행 속도는 여러 가지 이유에서일 텐데, 가장 가시적인 것으로는 자기관찰이다. 이 자기관찰은 어떤 생각도 그대로 놓아두지 않고, 추적해 올라가고 또 그 관찰된 개념이 다시 새로운 자기관찰로부터 추적당한다. 둘째, 이 사냥은 인류 바깥쪽으로 방향을 잡는다. 고독, 대개는 그전부터 내게 강요되어왔으며, 가끔은 내가 추구했던—정말로 이것이 강요가 아닌 다른 것일지라도—고독은 지금 아주 명료하게 가장 멀리 떨어진 쪽으로 향하고 있다. 그렇게 어디로 가게 될까? 고독은 정신착란에 이르게 되고 더 이상 아무것도 그것에 대해서 말로 표현할 수 없으며, 사냥은 나를 헤집고 진행되어서 나를 갈기갈기 찢어놓는다. 이것이 어쩔 수 없는 상황 같다. 그러나 내가—내가 할 수 있을까? —아주 작은 부분이나마 똑바로 지탱할 수 있다면, 그렇다면 그 추적으로 인해서 나를 움직일 수 있을 것이다. 난 어디로 가나? '사냥'은 단지 비유일 뿐, 나는 '마지막 이승의 경계로 향한 돌진'이라고도 말할 수 있다. 그런데 그것은 밑에서부터, 인간들로부터의 돌진이라고도 말할 수 있으며, 이것은 비유일 뿐이기에 위에서부터 내게 내려오는 돌진의 비유로 대체될 수 있다.

———————

이 모든 문헌들은 이 경계로의 돌진들로, 만일 시온주의가 그 사이로 끼어들지만 않았더라도 쉽게 새로운 비교秘教, 즉 카발라[41]로 발전되었을 것이리라. 그에 대한 단초들이 존재한다. 물론 여기서는 전혀 이해될 수 없는 한 천재가 요구된다. 그는 자신의 근간을 지나간 옛 세월들 속으로 새롭게 집어넣거나 아니면 그 옛 세기들을 새롭게 창조한 다음, 모든 힘을 다해 전력하지 않고 지금 비로소 처음으로 전력을 다하기 시작한다.

———————

⟨1922년⟩ 1월 17일
거의 변함이 없다.

———————

⟨1922년⟩ 1월 18일
저편이 조금 고요해지는 대신 G.[42]가 온다. 구원 혹은 악화인가, 마음대로 생각하라.

———————

사색의 한순간: 만족하라, 잠깐 쉬는 것을(아니, 언젠가 너는 할 수 있었다) 배우라(40살 난 자여). 그래, 바로 공포의 그 순간에. 그 순간이 공포스러운 것이 아니라, 미래에 대한 두려움이 그 순간을 공포스럽게 한다. 그리고 물론 되돌아보기도 역시. 너는 선사된 성性으로 무엇을 했는가? 실패했다. 그리고 결국 그것은 모두 다였다고 말할 수밖

에 없을 것이다. 그러나 아주 쉽게 성공할 수도 있었으리라. 아주 쉽게 이루어질 수도 있었으리라. 물론 아주 사소한 것 그리고 그것이 그렇게 사소했기에 결정적이었다고 인식되지 않았다. 거기서 너는 무엇을 찾는가? 세계사의 가장 커다란 전쟁에서는 모두가 그랬었다. 사소한 것들이 사소한 것들을 결정한다.

M.[43]이 옳았다: 두려움은 불행이다. 하지만 그렇다고 용기가 행복은 아니며, 두려움이 없을 때 행복하다. 아마도 힘에 부치는 것을 원하는 용기(우리 반에 아주 용감한 유대인 두 명이 있었는데, 고등학교 때에 혹은 졸업 후 바로 총격을 당했다), 그러니까 이런 용기보다는 두려움이 없이, 조용하고 열린 시각을 가지고 모든 것을 감내하는 두려움 없음이 행복인 것이다. 어느 것으로도 스스로를 강요하지 마라. 하지만 네가 너 스스로를 강요하지 않는 사실, 혹은 의무이기에 그렇게 강요해야만 하는 사실로 불행하게 느끼지 마라. 그리고 자신에게 강요하지 않는다면 강요의 가능성을 열망하며 주위를 빙빙 계속해서 돌지 마라. 물론 그것은 결코 그렇게 명백하지 않다. 아니, 그러나 언제나 그렇게 명백했다. 예컨대 그 성[44]은 나를 몰아치고 밤낮으로 나를 괴롭힌다. 나는 그것을 만족시키기 위해서 두려움, 수치감 그리고 슬픔마저 극복해야만 한다. 그렇지만 다른 한편으로는 재빨리 그리고 가까이 그리고 기꺼이 제공될 기회를 곧바로 두려워하거나 슬퍼하지 않으며, 수치심도 없이 이용할 것도 확실하다. 그러나 그 후에 저 법에 따라 극복될 수 없는 공포 등이 남는다(그러나 또한 극복하려는 생각들과도 유희하지 않는다). 하지만 기회를 이용할 것이다(그 기회가 오지 않는다고 비관하지 마라). 물론 '행위'와 '기회' 사이에는 중간물이 존재하는데, 그것은 다시 말해서 '기회'를 만들어 불러오는 단계인 실제 실행으로 나는 여기뿐만 아니라 어느 곳에서나 그저 이 실습을 따

르기만 했다. 이 불러들이기가 특히 별 쓸모없는 수단으로 일어났을 경우, 이 끌어들이기는 마치 '극복이라는 생각과 유희하기'처럼 문제가 많아 보이고 그 속에는 그 어떤 평온하고 열린 눈으로 바라보는 두려움 없음의 흔적이 보이지 않는데도 불구하고 법의 관점으로부터 어떤 반대하는 말도 행하지 않을 것이다. 그것은 '법'과 단어 하나하나가 일치하더라도 뭔가 역겹고 무조건 피해야 되는 것이다. 물론 강요는 피해야 하는데, 나는 아직 그것과 끝나지 않았다.

⟨1922년 1월⟩ 19일

어제의 확신들이 오늘 무엇을 의미하는가? 그것이 어제와 동일한 것을 의미하고 진실이라면, 단지 피는 법이라는 거대한 돌 틈 속으로 스며들어 없어질 뿐이다.

엄마 맞은편 자기 아이의 바구니 옆에 앉아 있는 깊고 따뜻하며 구원적인 무한한 행복.

또한 그 안에 다소 들어 있는 감정: 네가 그것을 원한다 해도 더 이상 너와는 상관없다. 그와는 반대되는 무자식의 감정: 네가 원하든 원하지 않든 계속해서 종말까지 매순간마다 문제가 되는 것은 너인데, 신경을 건드리는 매순간마다 끊임없이 네게 달려 있는데, 결과는 아무것도 없다. 시지프스는 독신자였다.

악이란 아무것도 없다. 너는 문지방을 넘었고, 다 좋다. 또 다른 세계 그리고 너는 말할 필요가 없다.[45]

두 가지 물음:

내가 열거하기도 부끄러운 사소한 점들로부터 나는 지난 마지막 방문들이 사랑스럽고 언제나처럼 자랑스러웠지만, 조금은 피곤하고 마치 병문안처럼 강요된 것 같은 인상을 가졌다. 그런 인상이 맞는 것인지?

그대는 일기 속에서 내게 반대하는 결정적인 그 무엇을 발견했소?[46]

〈1922년 1월〉20일[47]

조금 더 조용해짐. 그것은 얼마나 필요했던가. 조금 더 조용해지자마자 거의 너무 고요할 지경이다. 그것은 마치 내가 참을 수 없이 불행할 때만 나 자신의 진실된 감정을 얻을 수 있는 것과 같다. 그것은 아마 맞을 것이다.

길에서 멱살 잡힌 채 끌려서 문 안으로 처넣어졌다. 도식적으로는 그러한데, 실제로 거기에는 상반되는 두 개의 힘이 존재한다. 아주 작은 차이가 있을 뿐이다. 생명을 유지하는 그리고 고통을 감내하는 사소함인데, 하나가 다른 하나보다 덜 거칠다는 것이다. 나는 그 둘의 희생자이다.

이 '너무나 고요함'. 그렇게 내게는—여하튼 육체적이고 육체적으로 수년간 지속되어온 고통(신뢰하라! 신뢰하라!)의 결과로써—조용히 창조하는 삶, 즉 창조하는 삶의 가능성 그 자체가 차단된 것 같다. 고통의 상태는 내게는 아무런 남김도 없이 그 스스로 폐쇄적이고 모든 것에 대해서 닫힌 고통일 뿐이기 때문이다. 아무것도 그것을 넘어서 밖으로 나갈 수 없는.

토르소: 측면에서 본 어느 검은 여인의 양말 윗부분에서 위쪽으로 무릎, 넓적다리 그리고 허리.

시골을 향한 동경? 확실하지 않다. 시골은 동경을 두드려 이끌어 낸다. 끝없는 동경을.

내 문제에서는 M.[48]이 옳았다. "모든 것은 멋있지만 다만 내게만 그렇지 않고, 정당했다." 나는 정당하게 말하고, 내가 최소한 이런 믿음을 갖고 있음을 보여준다. 아니면 나는 한 번도 정당성을 믿은 적이 없는가? 왜냐하면 나는 원래 '정당성'에 대해서 생각하지 않으며, 삶은 순수한 확신력 앞에서는 정당함과 부당함에 자리를 내주지 않기 때문이다. 네가 절망적인 죽음의 시간에 정당함과 부당함에 대해서 명상할 수 없듯이, 절망적인 삶에서도 역시 마찬가지이다. 화살은 활이 겨냥해서 쏜 그 상처 속에 정확히 꽂히는 것으로 충분하다.

이에 반해서 내게는 세대에 대한 일반적인 단죄에도 아무런 흔적도 없다.

〈1922년 1월〉21일

여전히 조용하지 않다. 연극[49]에서 갑자기 프로레스탄의 감옥 앞에서 절벽이 열렸다. 모든 것, 가수, 음악, 관객, 이웃, 이 모든 것들은 낭떠러지와는 거리가 멀다.

내가 아는 한, 어느 누구의 과제도 이렇게 어렵지는 않았다. 이렇게 말할 수도 있으리라: 그것은 결코 불가능한 과제가 아니고, 단연코 불가능 그 자체도 아니며, 그것은 아무것도 아니며, 번식 불능자의 희망처럼 그렇게 원하는 어린아이도 아니다. 그러나 그것은 내가 호흡해야만 하는 한, 숨 쉬어야 하는 공기이다.

자정이 넘어 잠이 들어 5시에 잠을 깼다. 대단한 성과, 대단한 행복. 게다가 여전히 나는 졸렸다. 그러나 그 행복은 나의 불행이었다. 왜냐하면 너는 그렇게 많은 행복을 얻지 못해라는 거역할 수 없는 생각이 떠올랐기 때문이다. 모든 복수의 신들이 내게로 몰려오고, 나는 그의 우두머리가 손가락을 세차게 쫙 펴서 나를 위협하거나 심벌즈를 무섭게 두드리는 것을 보았다. 7시까지 2시간 동안의 흥분은 수면에서 얻은 이익을 잡아먹었을 뿐만 아니라 하루 종일 나를 불안에 떨게 했다.

───────────────

　조상 없이, 결혼하지 않고, 후손도 없는데, 조상도 모시고, 결혼을 하고 그리고 후손을 가지고 싶다는 욕망은 난폭해진다. 모든 것이 내게 손을 내민다: 조상, 결혼 그리고 후손들. 그러나 내게는 너무 멀기만 하다.

───────────────

　모든 것에는 인공적이고 가련한 대체물이 있다: 조상, 결혼 그리고 후손들을 대신할 것들. 안간힘을 다하여 그것을 만들어내고, 그리고 안간힘을 쓰다가 이미 파멸하지 않았다면, 대체물이 아무런 위안도 되지 못하는 것에 파멸하고 만다.

───────────────

〈1922년 1월〉22일
밤에 결심하다.

───────────────

　'기억 속의 독신자'에 관계되는 발언은 혜안적이었는데, 물론 아주 유리한 전제 아래에서의 예언이었다.[50] 그러나 O.R.[51]과 유사함은 그것을 넘어서 놀랍기 짝이 없다: 둘은 조용하다(내가 조금 덜). 둘은 부모 의존적이다(내가 더). 아버지와 적대적이며 어머니로부터 사랑받는다(그는 여전히 아버지와 함께 살도록 선고받았다. 물론 아버지로부터). 둘은 수줍고 지나치게 겸손하다(그가 더). 둘은 고귀하고 선한 사람으로 취급되는데, 내게서도 또 내가 아는 한 그에게서도 그런 면들은 전혀 발견되지 않는다(수줍음, 겸손, 불안은 고귀하고 선하게 여겨지는데, 이런 것들은 고집스럽고 확장적인 충동들에 별로 저항하지 않기 때문일 것이다). 둘은 처음에는 우울증적 증세를 보이다가 정말로 아프다. 둘은 아무것도 하지 않는 자인데, 이 세상이 꽤나 잘 지탱해준다(그는 더욱 소인적인 무행위자였기에 지금까지 비교할 수 있는 한 훨씬 나쁘게 유지한다). 둘은 관료이다(그가 좀 더 나은). 둘은 아주 천편일률적으로 살면서 아무런 발전도 없이 마지막까지 어리게 살며, 어리다는 것보다는 '통조림으로 보관되어'라는 표현이 더 적합하다. 둘은 거의 정신착란적이며, 그는 대단한 용기와 대단한 도약력으로 유대교로부터 멀리 교회로 구원받았으며, 다른 사람들이 알기로는 마지막까지도 교회와 느슨한 관계를 유지했다고 볼 수 있는데, 그 자신은 벌써 몇 년 동안 유지하지 못하고 있었다. 그에게 이로울 수도 불리할 수도 있는 차이점은, 그는 나보다는 예술가적인 재능이 조금 덜 했으며, 그래서 젊었을 때 좀 더 좋은 진로를 택할 수 있었을 터이며, 그렇게 정신분열적이 되지도 않고 공명심으로도 파멸되지 않았다는 것이다. 그가 여자 문제로 (스스로와) 투쟁을 했는지 안 했는지 나는 모른다. 그에 관해서 읽었던 이야기는 그것을 암시하며, 내가 어렸을 적 누군가 그와 비슷한 것을 말해주었다. 나는 그에 대해서 너무나 아는 것이 없으며, 감히 물어볼 엄두도 나지 않는다. 그 밖에도 나는 지금까지 그에 대해서 마치 생존해 있는 사람처럼 가볍게 서술했다. 그가 선한 사람이 아니었다는 것은 사실이 아니다. 나는 그에게서 인색함, 질투, 증오 그리고 탐욕의 흔적을 찾아볼 수 없다. 도움을 줄 수 있는 사람이 되기에는 그는 십중팔구 너무 미미했었을 것이다. 그는 나보다는 훨씬 더 무한정 순결하다. 이 점에서는 어떤 비교 대상이 될 수 없다. 그는 세세한 부분에서 나의 풍자화이지만, 본질적으로는 내가 그의 풍자화이다.

〈1922년 1월〉 23일

다시 불안해짐. 무엇 때문에? 쉽게 잊혀지지만 잊지 못하도록 불안감을 뒤에 남기는 특정한 생각 때문에. 생각보다는 불안을 야기시키는 장소를 말할 수 있을 것 같다. 예컨대 유대인 교회당을 끼고 좁은 잔디 길을 오다 보면 불안해진다. 또, 두려워서 여기저기 흠칫거리며 충분히 멀리서부터 다가오는 확실한 안락함에서도 불안이 온다. 밤에 한 결정은 다만 결정으로만 남기에 불안하다. 나의 삶은 지금까지 멈춰 선 행진이었으며, 기껏해야 구멍이 파이고 썩어가는 이빨 하나가 그 과정을 견뎌냈다는 의미에서 최상의 발전이라는 것이 불안하다. 거기에는 내 쪽에서부터의 아주 미미하지만 어떻게든 입증된 삶의 영위가 보이지 않는다. 마치 모든 다른 사람들과 마찬가지로 내게 원의 중심점이 주어지고, 그러고 나서 다른 모든 사람들처럼 나도 결정적인 반지름을 따라가면서 멋진 원을 만들어내야 할 것 같았다. 나는 계속해서 반지름을 시도했지만 언제나 다시 중단해야만 했다(예들: 피아노, 바이올린, 언어, 독문학, 반시온주의, 시온주의, 히브리어, 정원 가꾸기, 목수일, 문학, 결혼 시도, 내 집 마련). 상상의 원의 중심에는 시작한 반지름들로 꽉 차 있다. 더 이상 새로운 시도를 위한 자리는 없다. 아무런 자리가 없다는 것은 나이 듦, 신경쇠약을 의미하며, 아무런 시도도 하지 않는 것은 종말을 의미한다. 내가 한 번이라도 평소와 달리 그 반경을 한 치라도 계속해서 넓혔던 적이 있던가. 가령 법 공부 혹은 약혼에서 언제나 바로 이 한 치 때문에 더 좋아지는 대신에 더 성가셔졌다.

M.[52]에게 어젯밤에 대해서 이야기했다. 불충분하게. 증상들이 잦아든다. 증상들에 대해 불평하지 않고 고통 속으로 내려간다.

심장 불안

다른 생각: 그만둠. 제3의 생각: 이미 잊혀짐.

〈1922년 1월〉 24일

사무실에서 젊은 그리고 늙은 남편들의 행복. 내게는 허용되지 않은, 그리고 내게 허용되었다 해도 견디지 못했을, 그러나 내가 나를 포만시킬 수 있는 소질을 가졌을 유일한 것인 행복.

E.P.[53]를 위한 제안

탄생을 앞둔 머뭇거림. 영혼의 방황이 있다면, 나는 아직 가장 낮은 단계에까지 이르지 않았다. 나의 삶은 탄생을 앞둔 머뭇거림이다.

견고함. 나는 특정한 방식으로는 발전하지 않을 것이다. 나는 다른 자리로 가려고 하는데, 그것은 진실로 저 '또—다른—별로 가려는 것'이다. 그것이 내 바로 옆에 있는 것으로 족할 것이리라. 내가 서 있는 곳이 다른 자리라고 이해할 수 있으면 충분하리라.

발전은 단순했다. 내가 여전히 만족하고 있었을 때, 나는 불만스럽고자 했다. 내게 허용된 시간과 전통의 모든 수단을 다해서 불만 속으로 쳐들어갔으며 이제 돌아올 수 있기를 원했다. 그러므로 나는 언

제나 불만이었고, 나의 만족감에 대해서도 그랬다. 충분한 조직 체계 학에서는 희극이 현실이 될 수 있는 것은 이상하다. 내 정신은 유치한 놀이, 물론 유치하다고 의식된 놀이에서부터 시작되었다. 예를 들어, 나는 얼굴 근육을 인위적으로 찌푸렸으며, 머리 뒤로 팔짱을 낀 채 무덤[54] 위로 걸어갔다. 유치하고—역겹지만 성공적인 놀이. (글쓰기의 발전과 비슷한데, 다만 이 발전은 유감스럽게도 나중에 중단된다는 것이다.) 이런 식으로 불행을 강제로 끌어올 수 있다면, 모든 것을 끌어왔어야 했다. 이 발전이 나를 매우 반박하는 것처럼 보이고 그렇게 생각하는 것이 내 본질 그 자체를 부정할지라도 나는 어떤 식으로든 내 불행이 처음부터 내면적 필연성에서 시작되었다고 인정할 수 없다. 그것이 필연적이었을지도 모르지만 내적이지는 않다. 그것들은 파리처럼 날아왔으며, 그래서 다시 파리처럼 쉽게 몰아낼 수 있었을 것이다.

────────

강변 저편에서의 불행도 똑같이 컸을 것이다, 아마도 (나의 약함으로 인해서) 더 클 것이다. 그래도 나는 이런 경험을 하며, 시침은 내가 마지막에 바꿔놓았던 그 시간에서 여전히 떨고 있다. 그렇다면 무엇 때문에 나는 저편을 동경하면서 이편에서의 불행을 키우고 있는가.

────────

⟨1922년 1월⟩ 25일
이유 있는 슬픔. 이것에 달려 있음. 언제나 위험. 출구도 없음. 처음에는 얼마나 쉬웠는데, 지금은 얼마나 어려운가. 폭군이 얼마나 무기력하게 나를 응시하고 있는가: "그리로 나를 인도하는가?" 이 모든 것에도 불구하고 그러나 전혀 평온하지 않다. 오후에 아침의 희망을 묻어버렸다. 사랑 속에서 그런 삶과 화해하기란 불가능하며, 그렇게 할 수 있을 사람은 분명히 없다. 다른 사람들이 이 경계로까지 왔다면—그리고 이미 이리로 도착했다는 것은 비참하다—그들은 방향을 돌려 선회할 것이다. 나는 그렇게 할 수 없다. 나는 전혀 이리로 온 것이 아니라 어릴 적부터 이곳으로 내몰렸으며, 그곳에 쇠사슬로 꽁꽁 묶여 있는 것처럼 보였다. 다만 불행하다는 의식만은 점점 떠올라 뚜렷해졌으며, 불행 그 자체는 끝났고, 그것을 보기 위해서는 그 어떤 예언적인 시선이 아니라 다만 꿰뚫어 관통하는 시선이 필요할 뿐이다.

———————

아침에 나는 생각했다: "이런 식으로 그래도 너는 살 수 있을 것이니, 지금 이 삶을 여인들로부터 보호하라." 여인들로부터 삶을 보호하라. 하지만 이미 이런 방식 속에 그들이 이미 숨어 있다.

———————

네가 나를 떠났다고 말하는 것은 아주 옳지 않을 수 있지만, 내가 쓸쓸하다는 것은 때때로 끔찍하지만 진실이다.

———————

'결단'이라는 의미에서도 나는 내 처지에 대해서 끝없이 절망할 권리를 가진다.

———————

⟨1922년 1월⟩ 27일

스핀델뮐레.[55] 이중 썰매, 부서진 짐가방, 흔들거리는 탁자, 열악한 불빛, 호텔에서 오후에 쉴 수 없는 등등 졸렬함과 혼합된 불행으로부터 독립되어야 할 필요성. 그것을 게을리하면서는 이룰 수 없다. 왜냐하면 그것은 소홀히 할 수 없는 것으로 새로운 힘을 끌어들여서만이 성취할 수 있기 때문이다. 여기에는 물론 예기치 못한 놀랄 일들이 있는데, 가장 깊이 절망에 빠진 사람도 그것을 인정해야만 한다. 경험으로 볼 때 무로부터 무엇인가 나올 수 있으며, 무너진 마구간에서 마부가 말들을 데리고 기어 나올 수 있는 것이다.

———————————

썰매를 타는 동안 부서져 떨어지는 힘들. 체조 선수가 물구나무서 듯 삶을 잘 준비할 수는 없는 것이다.

———————————

글쓰기가 주는 기이하고, 은밀하고, 어쩌면 위험하기 짝이 없으면서도 구원적이기도 한 위로: 행위―관찰, 더 높은 관찰이 만들어지면서, 더 높은, 더 예리하지 않고, 그리고 더 높을수록, 그 '일련의 대열'로부터 도달할 수 없을수록, 관찰은 더 독립적이 되고, 그의 길은 더욱 자기만의 운동법칙에 따라서 더욱더 예측하기 어렵고, 더 기쁘게, 더욱 상승하면서, 계속 이어지는 행위―관찰의 살인적인 격투로부터 빠져나오기.

———————————

호텔에 내 이름을 확실하게 써주었음에도 불구하고, 또 그들이 내게 이미 두 번씩이나 맞게 써주었는데도, 여전히 아래 게시판에 요제프 K.[56]로 되어 있다. 내가 그들에게 설명을 해야 하는가, 아니면 그들에게 해명을 요구해야 하는가?

〈1922년 1월〉 28일

썰매를 많이 타서 약간 의식을 차릴 수 없을 정도로 피곤하다. 거의 사용하지는 않았지만 그래도 무기가 있는데, 그 사용의 기쁨을 알지 못하고, 어렸을 적에도 배우지 않았기 때문에 다가가기가 그렇게 어렵다. 나는 그것을 '아버지의 책임으로' 배우지 못했을 뿐만 아니라, 바로 '평온'을 파괴하고, 균형을 저해하려 했기 때문에, 그래서 이 쪽에 그것을 묻으려고 노력한다면 저쪽에 누군가를 새로 태어나게 허락하지 않았기 때문에 배울 수 없었다. 물론 나 역시 여기에 '책임'이 있다. 왜냐하면 무엇 때문에 내가 세상 밖으로 나가려 하겠는 가? '그'가 이 세상, 즉 그의 세상에서 나를 살게 내버려두지 않은 탓이다. 그래서 이제는 물론 그렇게 판단해서는 안 된다는 것이 명백하다. 지금 나는 이미 다른 세상, 즉 황무지를 경작한 땅(나는 마흔 살이고 가나안 땅으로부터 이주해왔다)처럼 보통 세상에 관계를 맺은 이 다른 세상의 시민이기 때문이다. 외국인으로 되돌아본다면, 물론 저 다른 세상—아버지로부터 물려받은 것으로—에서도 나는 가장 불안에 떨고 있는 소인으로 거기에서는 다만 그곳의 특별한 조직의 힘으로 살 수 있는 것이다. 그 조직에 따르면 가장 저급한 사람에게도 번개와도 같은 도약이 있으며, 또한 물론 바다 수압 같은 천년간의 분쇄도 있다. 이 모든 것에도 불구하고 내가 감사해야만 하지 않을까? 나는 이곳으로의 길을 발견해야만 했을까? 나는 '추방'을 통해서 그곳과 연결되고, 거부로 여기 이 경계점에서 압살당할 수도 있는 것이 아닐까? 그 어떤 것도 그들에게(내게가 아니라) 맞설 수 없을 정도로 강력한 추방은 아버지의 막강한 힘 때문이지 않았는가? 물론, 그것은 마치 계속해서 황야로 접근해가면서, 어린아이 같은 희망을 가지고 황야를 거꾸로 떠도는 것과 같다. (특히 여자들과 관련지어) "나는 그래도 가나안에 머무를지도 모른다." 그리고 그동안 나는 벌써 황야에 들어선 지 오래되었으며, 특히 내가 모든 이들 중에서 가장 비참한 자이며, 사람들에게 제3의 나라는 없기에 가나안이 유일한 희망의 나라임에 틀림없는 그 시절에는 절망의 환영들만이 존재한다.

────────────

〈1922년 1월〉29일

저녁때 길 가는 도중에 눈 속에서 공격당함. 언제나 생각들이 뒤섞인다: 이 세상에서 이런 상황은 끔찍했으리라. 여기 스핀델뮐러에서 혼자서, 게다가 아무도 없는 외딴길에서, 어둠 속에서 계속 눈에서 미끄러지고, 더군다나 이승의 목적지도(다리로? 왜 그곳으로? 게다가 그곳에 도달하지도 못하지 않았는가?) 없는 무의미한 길. 더욱이 나도 역시 이 장소에서 쓸쓸하게(그 의사[57]를 나는 인간적으로 개인적인 원조자로 간주할 수 없다. 그를 얻었다기보다는 그와 나는 근본적으로 월급을 주는 관계일 뿐이다), 누구와도 사귈 줄도 모르고, 그 교제를 견디지 못하며, 근본적으로 즐거운 사교 모임에 대해서는 한없는 놀라움을 금치 못한다. (물론 여기 호텔에서는 별로 즐거운 것이 그렇게 많지 않다. 그러나 내가 가령 '너무나 커다란 그림자를 가진 남자로서' 그 원인이 된다고 말하고 싶지도 않다. 그러나 이 세상에서 내 그림자는 정말로 크다. 그리고 나는 '이 모든 것에도 불구하고' 이 그림자 속에서, 바로 그 속에서 살려고 하는 사람들의 저항력을 보면서 또다시 놀란다. 그러나 여기에는 아직 덧붙여 말해야 할 다른 것이 있다.) 아니, 아이들과 함께 있는 부모들 앞에서조차도 놀라기만 하고, 더 나아가 여기 이곳뿐만 아니라 도대체가 내 '고향'인 프라하에서도 그렇게 쓸쓸하다. 사람들이 다 떠나가지 않았지만, 물론 그것은 최악은 아닐 것이다. 내가 살아 있는 한 그들을 쫓아다닐 테니까. 하지만 사람들과의 관계에서 내가, 사람들에 대한 관계에서 나의 힘이 사라진다. 나는 사랑하는 사람들을 가지지만 나는 사랑할 수 없다. 나는 너무 멀리 왔고, 추방당했다. 나는 그래도 인간이기에 그리고 뿌리는 양분을 얻고자 하기에 나는 저기 '아래에'(혹은 위에) 나를 대신하는 대표자, 불평 많고 불만스러운 희극배우인 대리인을 가진다. 이들은 물론 나의 주된 영양소는 다른 공기 속에서 다른 뿌리—이 뿌리 역시 빈약하긴 하나 그래도 생명력은 있는데—로부터 오기 때문이라는 이유에서만 나를 만족시킬 수 있다(물론 이들이 나를 전혀 만족시키지 못하기에 나는 이렇게 쓸쓸하다).

726

이것은 여러 상상들의 혼합으로 넘어간다. 마치 눈 속에서 길 가는 도중에 나타나는 것 같다면 얼마나 끔찍하고 얼마나 절망적일까. 이것은 위협이 아닌 즉각 처형으로 이해된다. 그러나 나는 다른 그 어디엔가 있으며, 인간세계의 매력적인 흡인력이 대단해서 한순간 모든 것을 잊게 할 수 있을 뿐이다. 그러나 내 세계의 매력 또한 크며, 나를 사랑하는 이들은 내가 '홀로 떨어져 외롭기에' 나를 사랑한다. 그러나 그것은 바이스식의 진공 상태[58] 속에 홀로 떨어져 있다기보다는, 여기서는 내게 완전히 결여된 운동의 자유를 다른 차원에서는 행복한 시간 속에서 보낸다고 그들이 느끼기 때문에 나를 사랑한다.

———————

만일 M.[59]이 예컨대 이리로 갑자기 온다면 끔찍할 것이다. 외적으로는 내 지위가 비교적 곧바로 빛날지도 모른다. 나는 사람들 속에 한 인간으로 존경받을 것이며, 단지 형식적인 말 이상으로 대접받고, (나는 혼자 앉아 있으니 물론 지금보다 덜 꼿꼿하게 앉아 있다. 지금도 나는 무너진 채 앉아 있는데) 배우들이 모인 자리에 앉아 있을 것이며, H. 박사[60]와 사회적으로 외모적으로 거의 동등할 것이다. ―그러나 내가 살 수 없는 세계로 추락할 것이리라. 이제 나는 마리엔바트에서 14일[61] 동안 왜 그렇게 행복했었는지 그리고 그 결과로 고통스럽게 경계가 허물어진 이후에도 물론 여기에서 M.과 함께 또 왜 그렇게 될 수 있을지 수수께끼를 풀 일만 남았다. 그러나 아마 마리엔바트에서보다 훨씬 어려울 것이다. 이데올로기는 더욱 고착화되었고, 경험은 더 커졌다. 이전에는 가르는 띠가 이제는 벽 혹은 산맥, 아니 좀 더 옳게는 무덤이 되었다.

〈*1922년 1월*〉30일

폐렴 발병을 기다림. 병보다는 오히려 어머니 때문에 그리고 어머니, 아버지, 소장 그리고 모든 이가 더욱 두렵다. 여기서 분명해 보이는 것은 두 세계가 존재하며, 나는 이 병에 대해서 마치 가령 O.[62]에 대한 것처럼 그렇게도 무지하고, 그렇게 아무런 관계가 없으며, 그렇게 소심해하는 것이라는 사실이다. 그러나 그 밖에 분할은 내게는 너무나 확정적인 것 같다. 너무나 확정적이라 위험하고 슬프고 그리고 너무나 당당한 것 같다. 그렇다면 나는 다른 세계에 살고 있나? 그것을 감히 말하려고 하나?

───────────

누군가 이렇게 말한다면: "대체 내가 살아야 할 이유가 무엇인가? 단지 가족 때문에 나는 죽지 않을 것이다." 그러나 가족은 바로 삶의 대표자이다. 그러므로 나는 정말로 삶 때문에 살아갈 것이다. 이제 어머니에 해당되는 것이 최근에 들어서 내게도 통용되는 것 같다. 최근에서야 비로소. 그러나 나를 그리로 이끈 것이 감사와 감동일까. 어머니께서 연로하셨음에도 모든 힘을 다하여 내가 이 삶과 아무런 관계를 가지고 있지 않은 것을 상쇄시키려고 애써주시는 것을 보기 때문에 감사하고 감동한다. 그러나 감사는 역시 삶이다.

〈*1922년 1월*〉31일

나는 어머니 때문에 사는 것이라고 할 것이리라. 그것은 옳지 않을 수도 있다. 왜냐하면 내가 현재의 나보다도 무한히 훨씬 더 이상의 사람일지라도 나는 다만 삶의 사신일 뿐이며, 그 어떤 다른 것을 통해서가 아니라면 이 위임을 통해서 삶과 결합되기 때문이다.

───────────

부정적인 것만으로는 그것이 여전히 강력하다 할지라도 내가 불행했던 시절에 생각했던 것만큼 충분하지 못하다. 왜냐하면 내가 가장 낮은 단계라도 올라간다면 비록 그 안전성이 의심스럽다 할지언정 나는 온몸을 쭉 펴고, 가령 내 뒤를 따라오지 않는 부정적인 것을 기다리는 것이 아니라 그 낮은 계단이 나를 저 밑으로 잡아 낚아챌 때까지 기다린다. 그 때문에 그것은 일종의 본능적인 저항으로, 내게 최소한의 안락함마저 지속되는 것을 내버려두지 않으며, 그리고 예컨대 아직 설치되기도 전에 그 부부 침대를 부숴버리는 것이다.

───────────

⟨1922년⟩ 2월 1일

아무것도 하지 않음. 피곤할 뿐. 마부의 행복, 예를 들면, 매일 저녁을 오늘 나의 저녁처럼, 또한 훨씬 더 아름답게 체험한다. 가령 난롯가의 저녁. 인간은 아침보다는 저녁때 더욱 순결하다. 피곤해 잠들기 전의 시간은 유령들이 원래 순수한 시간이다. 모든 이들이 쫓겨나고 밤이 시작되어야 비로소 그들은 다시 가까이 오며, 아침 무렵이면 여전히 알아볼 수도 없지만 전체가 거기에 있다. 그러고 나서 이제 건강한 사람들 곁에서는 다시 그들의 일상적인 추방이 시작된다.

───────────

유치한 시선으로 보면, 근본적이며 반대의 여지도 없고 외부의 어떤 것(순교, 인류를 위한 희생)으로부터도 방해받지 않는 진실은 육체적인 고통뿐이다. 고통의 신이 초기 종교들 중의 수장이 아닌(아마도 후반부에 와서야 수장이 되는) 것은 참 이상하다. 모든 환자에게는 그 수호신이 있는데, 폐병 환자에게는 질식의 신이 그것이다. 비록 그 신에 아무런 관심이 없다 하더라도 신이 다가와서 무서운 합치가 이루어지기까지 어떻게 견딜 수 있을까?

───────────

〈1922년 2월〉2일

오전에는 탄넨슈타인 가는 길에서 투쟁. 스키 점프 경연 대회[63]를 보면서 투쟁. 자신의 모든 순진함을 드러내며 즐거워하는 자그마한 B.[64]는 어쨌든 내 유령들의 그림자가 드리워져 있다. 적어도 내 눈에는 그렇게 보였다. 특히 말아 올라간 회색 양말을 신은 다리를 앞으로 꼰 것이며, 쓸데없이 이리저리 둘러보는 시선, 쓸데없는 단어들이 그러하다. 그때—이미 너무 인위적이긴 하지만—그가 저녁때쯤에 나를 집까지 동행할 것이라는 생각이 들었다.

공작工作을 익히는 과정에서 그 '투쟁'은 십중팔구 끔찍스러울 것이다.

'투쟁'을 통해서 얻어진 아마도 최고 강도의 부정성否定性으로 인해 미치든지 보호막을 치든지 둘 중 하나를 선택하는 결정이 임박했다.

사람들과 함께 있는 행복감.

〈1922년 2월〉3일

잠자지 못함. 거의 완전히 꿈에 들볶여서, 마치 꿈들이 내 속에서, 완강히 거부하는 물질 속에서 긁어 파내어지는 것 같았다.

허약함, 결핍이 분명하지만, 뭐라 설명하기는 어렵다. 그것은 불안감, 겸손함, 수다스러움, 우유부단의 혼합체이다. 이렇게 함으로써 나는 뭔가 특정한 것을 돌려 말하려는 것이다. 바로 허약함의 군상이다. 이것은 특별한 측면에서 보면 유일하게 정확히 성격 지을 수 있는 허약함을 표현한다(그것은 거짓이나 허영심 같은 크게 부담스러운

것과 섞이지 않는다). 이 허약함 때문에 나는 미치지도 못하고 모든 상 승을 꺾는다. 허약함이 나를 미치지 않게 하는 대신에 나는 그것들을 보살핀다. 미칠까봐 불안해서 나는 상승을 포기하고, 아무런 사업도 알지 못하는 이 분야에서 이 사업을 확실하게 잃을 것이다. 불면이 끼어들어 이것이 매일 밤낮으로 작업하여 걸림돌이 되는 모든 것들 을 무너뜨리고 길을 터주지 않는다면. 그렇다면 또다시 광기만이 나 를 받아들일 것이다. 왜냐하면 원할 때에만 얻어지는 발전을 나는 원 하지 않았기 때문이다.

─────────────

〈1922년 2월〉4일
절망스러운 추위 속에서, 달라진 얼굴, 이해할 수 없는 다른 것,

─────────────

행복의 진실에 대해서 완전하게 이해할 수도 없으면서 M.[65]은 사 람들과 담소하는 행복에 대해서 뭔가 말했다(슬프지만 자만심을 가질 근거도 충분하다). 나 이외의 다른 사람들은 얼마나 담소를 즐기는가! 정말로 너무 늦게 그리고 특이한 우회로를 통해서 사람들에게로 돌 아왔다.

─────────────

〈1922년 2월〉5일
그들로부터 달아남. 그 어떤 숙련된 높이뛰기. 조용한 방에 램프. 그것을 말하기에는 조심스럽지 못하다. 마치 그들에게 흔적을 더듬 어가는 것을 도와주려고 등불을 켜는 것처럼, 숲에서 그들을 불러내 온다.

〈1922년 2월〉6일
어떤 사람이 파리, 브뤼셀, 런던, 리버풀에서 아마존 강을 따라 페

루 국경까지 가는 브라질 증기선에서 근무했는데, 어릴 적부터 힘든 일에 익숙했기에 전쟁에서 7개 공동체[66]에서의 겨울 출정의 무서운 고통을 비교적 가볍게 견딜 수 있었다는 사실을 듣고는 위로가 되었다. 위로가 되었던 것은 그런 가능성이 구체적으로 시연되었을 뿐만 아니라, 첫 단계에서 얻은 성과를 가지고 동시에 필연적으로 제2단계에서는 많은 것을 쟁취할 수 있고, 경직된 주먹에서도 많은 것을 빼앗아올 것이 확실하다는 즐거움 때문이다. 그러니까 그것은 성사된다.

〈1922년 2월〉7일
K.와 H.[67] 때문에 보호받았고, 힘도 빠졌다.

〈1922년 2월〉8일
그 둘에 의해서 아주 잘못 이용당함. 나는 그렇게는 살 수 없을 것이다. 그것은 삶이 아니다. 그것은 밧줄 당기기이다. 거기서 다른 사람들은 계속 작업해서 이기지만, 결코 나를 그리로 당겨 얻을 수 없다. 하지만 그것은 마치 당시 W.[68]에게서처럼 평화로운 마취와 비슷하다.

〈1922년 2월〉9일
이틀을 잃어버렸지만 동일한 이틀을 시민으로의 동화同化에 사용했다.

〈1922년 2월〉10일
뜬눈으로 지새기. 인간들이 행한 모든 것처럼 한순간 나를 확신시켰던 그 인간 스스로 만들어낸 것을 제외하고는 인간들과 조금도 연관되지 않음.

732

G.[69]의 새로운 공격. 그 밖의 어떤 것보다도 그것은 명백했다. 좌우로 아주 강력한 적들부터 공격을 받고 있는 나는 좌우 어느 쪽으로도 피해갈 수 없으며, 다만 길은 앞쪽의 굶주린 짐승을 먹을 수 있는 음식 쪽으로, 숨 쉴 수 있는 공기 쪽으로, 자유로운 삶으로 인도하고 있는 것이 명백했다. 그것이 비록 삶 뒤에 온다 할지라도 말이다. 너는 대중을 이끌고 있다. 위대하고 장대한 총사령관이여, 절망한 자들을 눈으로 뒤덮여 인간을 위한 어떤 길도 발견할 수 없는 저 높은 산맥의 고갯길로 가게 하라. 그리고 누가 너에게 힘을 주는가? 누가 너에게 투명한 시선을 부여해주는가?

총사령관은 무너져가는 오두막의 창가에 서서 눈을 부릅뜨고 감겨지지 않을 눈초리로 바깥 희미한 달빛 아래 눈 속에서 행진하고 있는 군대 행렬을 바라보았다. 여기저기에서 마치 군인이 대열을 빠져나와 창가로 다가와서는 얼굴을 유리창에 대고 그를 잠시 보고 다시 멀리 가는 것 같았다. 언제나 모두 다른 군인들이었음에도 불구하고 그에게는 다 같은 사람처럼 보였다. 건장한 뼈대에 두터운 뺨, 둥근 눈, 거칠고 노란 피부를 가졌다. 그리고 떠나갈 때는 언제나 가죽띠를 바로 하고 어깨를 움찔하면서 발을 흔들어서, 뒤에서 변함없이 행진하는 대열과 다시 박자를 맞추었다. 사령관은 이 놀이를 더 이상 참지 않기로 했다. 그는 다음 차례 군인이 오기를 마음먹고 기다리다가 그 앞에서 창문을 열어젖히고는 그 남자의 가슴팍을 꽉 쥐어 잡았다. "너, 들어와"라고 말하면서 창문으로 올라오게 했다. 거기서 그 남자를 구석으로 몰아세우고는 앞에서 물었다. "너는 누구냐?" "아무도 아닙니다." 군인은 불안에 떨며 말했다. "기대했던 대로군." 사령관은 말했다. "왜 들여다보았지?" 당신이 아직도 여기에 있는지

아닌지를 보기 위해서.

———————————

그는 손에 편지를 들고 있었다.

———————————

〈1922년 2월〉 11일
내 생애 세 가지 성과

———————————

〈1922년 2월〉 12일
만날 때마다 내가 쫓아내는 형상은, "나는 너를 사랑하지 않아"라고 말하는 자가 아니라, 다음과 같이 말하는 자다. "네가 아무리 원해도 너는 나를 사랑할 수 없을 거야. 너는 불행하게도 나로 향한 사랑을 사랑해. 나에 대한 사랑은 너를 사랑하지 않아." 그렇기 때문에 내가 "나는 너를 사랑해"라는 말을 들었다고 말하는 것은 옳지 않으며, 내가 "너를 사랑해"라고 말함으로써 중단되어야 하는, 대기하고 있는 고요함만을 체험한 것이다. 그것만을 체험했을 뿐 그 밖에는 아무것도 없다.

———————————

썰매를 탈 때의 불안, 미끄러운 눈바닥을 걸어갈 때의 걱정. 오늘 내가 읽은 작은 이야기가 오랫동안 주의하지 않았건만 언제나 가까이 있었던 생각을 다시 끌어올렸다. 광기 어린 이기주의, 나를 위한 불안, 내가 더욱 높은 곳으로 고양되기 위함이 아니라 천박스럽게 편안하기 위해서 불안한 것이 나의 몰락의 원인인지 아닌지 하는 생각이다. 물론 내 스스로부터 그 복수하는 자를 몰아내긴 하였지만(아주 특별한 것은 왼손이 하는 것을 오른손이 모른다는 사실이다) 내 사무실에서는 내 삶이 아침에 처음으로 시작한 듯 언제나 여전히 계산되고 있으며, 그러는 동안 나는 종말에 이르렀다.

734

〈1922년 2월〉13일

온 가슴으로부터 봉사할 수 있는 가능성

〈1922년 2월〉14일

나를 지배하는 안락함의 힘, 안락함이 없는 무기력. 이 무기력과 안락함이 그렇게도 중대한 사람을 나는 아무도 알지 못한다. 그 때문에 내가 짓고 있는 모든 것은 바람같이 가볍고 구성 요소가 없다. 아침 일찍 내게 따뜻한 물을 가져다주는 것을 잊어버린 하녀는 나의 세계를 뒤엎어버린다. 그 언젠가부터 안락함은 나를 따라다녔고, 다른 것을 견디어내는 힘뿐만 아니라 안락함 자체를 만들어내는 힘을 빼앗아갔다. 내 주변에서 저절로 만들어지거나 혹은 구걸하고, 울고, 더 중요한 것을 포기하면서 나는 그것을 얻어낸다.

〈1922년 2월〉15일

내가 있는 곳 아래에서 노랫소리가 조금 들리고, 복도에는 문 닫는 소리가 간혹 나는데, 모든 것을 다 잃어버렸다.

〈1922년 2월〉16일

만년설 균열에 대한 이야기[70]

〈1922년 2월〉17일

(스핀델뮐레에서 돌아왔다. 여류 독일문학가[71])

〈1922년 2월〉18일

기초부터 모든 것을 몸소 만들어야만 하는 극장장. 배우까지도 그가 처음으로 길러내야만 한다. 방문객은 미리 들여보내지지 않을 것이다. 극장장은 중요한 연극 작업으로 바쁘다. 그게 무엇일까? 그는 미래의 배우의 기저귀를 갈아주고 있다.

〈1922년 2월〉 19일
희망?

───────────

L.⁷²로 가는 길. 밀어붙여라!

〈1922년 2월〉 20일
거의 느낄 수 없는 삶. 현저히 눈에 띄는 실패.

〈1922년 2월〉 21일
저녁때 거리를 통해 가는 걸음. 여자들이 왔다 갔다 함.

〈1922년 2월〉 22일
골목에서. 하나의 생각

〈1922년 2월〉 23일

〈1922년 2월〉 24일
무기력. 쇠사슬에 묶인 개, 어두운 집을 뒤돌아봄

〈1922년 2월〉 25일
편지 한 통

〈*1922년 2월*〉26일

내가 인정하는 것은—누구에게 내가 그것을 인정해야 하나? 편지에게? —아무튼 내 안에 가능성이 있다고, 내가 아직은 알지 못하지만 그것으로 가는 길을 발견할 수 있으며 내가 그 길을 발견한다면 거의 감행할 가능성이 있다는 것이다. 이것은 매우 많은 것을 의미하는데, 가능성이 존재한다는 것, 더욱이 비열한 악당에서 존경받는 인간, 고결하면서도 행복한 인간이 될 수 있다는 것까지도 의미한다.

최근에 너의 비몽사몽 속의 판타지.

〈*1922년 2월*〉27일

제대로 이루지 못한 오후 낮잠. 모든 것은 변했고, 위기는 다시 육신으로 다가온다.

〈*1922년 2월*〉28일

탑과 푸른 하늘을 올려다봄. 쉬다.

〈*1922년*〉3월 1일

리처드 3세.[73] 혼절함.

〈*1922년*〉3월 5일

3일 동안 침대에 누워 있음. 침대 앞에서 소모임. 몸을 획 돌려 도망침. 완벽한 패배. 언제나 방 안에 감금된 세계사.

〈*1922년*〉3월 6일

새로운 진지함과 피로

〈1922년 3월〉 7일
어제는 마치 모든 것이 끝난 것 같은 최악의 저녁

〈1922년 3월〉 9일
그러나 그것은 단지 피로감이었을 뿐인데, 오늘은 이마에서 비지 땀을 흐르게 하는 새로운 공격이었다. 만일 자기 스스로에 막혀 질식 사한다면 어떨까? 만일 사람이 이 세계로 자신을 내뿜고 있는 구멍 이 위협적인 자기관찰을 통해서 너무 작거나 완전히 막혀버린다면? 나는 때때로 그와 무관하지 않다. 거꾸로 흐르는 강물. 이것은 대부 분 이미 오래전부터 일어났다.

———————

자신의 승마를 위해서 공격수의 말을 사용함. 유일하게 남은 가능 성. 그러나 그것은 얼마나 많은 힘과 숙련됨을 요구하는가? 그리고 이미 때는 얼마나 많이 늦어버렸는가!

———————

관목 같은 삶. 행복하고 지칠 줄 모르면서도 (나와는 달리) 위기 에서 일하는 것이 확실하게 보이는데도 언제나 적의 모든 요구들 을 충족시키는 속성. 그리고 그렇게 가볍고, 그렇게 음악적으로 리듬 있게.

———————

이전에 나는 아프다가 그 고통이 사라지면 행복했다. 지금은 조금 경감되었을 뿐이지만 씁쓸한 감이 든다. "다시 건강해진다면, 더 이 상은 아무것도 바랄 게 없다."

———————

어디에선가 도움이 기다리고 있으며, 나를 그리로 몰아가고 있다.

〈1922년〉3월 9일

비참함. 욕지거리. 내부의 적(하르트[74])

〈1922년 3월〉13일

그 기반들에 대한 순수한 감정과 명백함. 아이들의 시선, 특히 한 소녀의 시선(꼿꼿한 걸음걸이, 짧고 검은 머리카락) 그리고 또 다른 소녀(금발의 미지의 표정과 미소)의 시선, 원기를 북돋우는 음악, 행진하는 발걸음. 위기에 처한 자의 감정 그리고 도움이 오고, 자신을 구할 것이기에 기뻐하는 것이 아니라—그는 결코 구원되지 않는다—새로운 젊은이들이 와서 투쟁을 시작할 것이라는 것이 확실하기 때문에 기뻐한다. 앞으로 일어날 일에 대해서 모르지만 그래도 이 무지함 때문에 관객들은 희망을 갖기까지 하며, 오히려 놀라워 칭찬하며 기쁨에 찬 눈물까지 흘린다. 투쟁을 감행하는 당사자에 대한 증오도 거기에 끼어든다(그렇지만 약간은 유대적인 감정으로 생각된다).[75]

〈1922년 3월〉15일

작품에서 이의들을 찾아냄: 대중영합주의에다 즐겁기까지 한—그리고 마술. 그가 어떻게 위험들을 지나쳐 가는지.(블뤼어[76])

정복한 나라로 도망가다가 곧바로 거기에서는 어디로도 도망갈 수 없기 때문에 견디기 힘들다는 것을 알게 된다.

〈1922년 3월〉16일

공격, 불안, 내게로 달려들고 내 시선을 통해서 불리고 증식하는 들쥐.

〈*1922년 3월*〉 17일
37도 4부[77]

〈*1922년 3월*〉 18일
(H.와 Th.[78]와) 임의적인 만남. 어깨가 움츠려지고, 사방을 둘러보며 경련을 일으키는 시선, 그러고는 피로감. 어디엔가 기대고 싶을 정도로 거의 빈사 상태. 비탄의 소리

————————

아직 태어나기도 전에 이미 골목길에서 서성대고 사람들과 이야기하도록 강요되었다.

〈*1922년 3월*〉 19일
히스테리(Bl.[79])가 발작하고는 뭔지 모를 이유로 행복하다.

〈*1922년 3월*〉 20일
어제는 실패하고, 오늘은 잃어버린(?) 저녁. 힘겨운 날. Bl과 관련된 꿈들. Mi.[80] 역시 더욱 불안하다.

————————

저녁 식사를 하면서 살인자와 처형에 대해서 담소를 나누며 즐기다. 조용히 숨 쉬고 있는 가슴속에서 매순간마다 알 수가 없는 불안. 감행된 살인과 계획된 살인 사이의 차이점은 알려지지 않았다.

〈*1922년 3월*〉 22일
오후에 뺨이 곪는 꿈을 꾸다. 평범한 삶과 외견상으로 실제인 공포 사이에서 지속적으로 떨리고 있는 경계.

〈1922년 3월〉24일

얼마나 숨어 기다리고 있는가! 예컨대 의사에게로 가는 길에서, 거기서 그렇게 자주.

〈1922년 3월〉29일

물결 속에

〈1922년〉4월 4일

마음속의 위기로부터 그 장면으로 가는 길은 그 마당에서의 길처럼 얼마나 멀기만 한가! 그리고 돌아오는 길은 얼마나 짧은가! 그리고 이제 고향에 왔기 때문에 더 이상 떠날 수 없다.[81]

〈1922년 4월〉6일

벌써 이틀 전부터 짐작했건만 어제 급작스러운 발병, 계속된 추격, 적의 거대한 힘. 여러 가지 요인들 중 하나가 어머니와의 대화이며, 미래에 대한 농담이었다. ―이미 계획했던 대로 밀레나에게 편지를 씀.[82]

세 가지 기억. 작은 숲으로의 도주. 밀레나.

〈1922년 4월〉7일

전시회에 2개의 그림과 2개의 테라코타.

동화 속 공주(쿠빈의 작품)는 긴 의자 위에 벌거벗고 앉아 열린 창문을 통해 강렬하게 다가와 압박하고 있는 풍경을 바라본다. 슈빈트의 그림에서처럼 그녀의 방식대로 허공을 바라본다.

나체의 소녀(브루더의 작품)는 독일 뵈멘적으로, 모든 다른 이에게는 허용되지 않는 우아함으로 사랑하는 한 사람에게만 매혹되어 충실하며, 고귀하고 확신에 차 있으며 유혹적이다.

피에취

한쪽 발만 바닥을 딛고 앉아 있는 농부 소녀가 발목을 구부리고는 향유하듯이 쉬고 있다.

서 있는 소녀는 오른팔을 배 위로 뻗쳐서 몸을 감싸고는, 왼손으로 턱을 받치고 있는데, 넓적한 코에, 단순 소박하면서도 사려 깊은, 전무후무한 아주 희귀한 얼굴이다.[83]

슈토름으로부터 편지[84]

〈1922년〉 4월 10일

지옥으로 가는 다섯 가지 지침: (생겨난 순서대로)

1) "창문 뒤에 가장 최악의 것이 있다." 그 밖의 다른 것들은 천사 같아서 명확하거나 혹은 전혀 주목하지 않아도(더 흔한 경우인데) 말없이 인정되어진다.

2) "너는 모든 소녀를 소유해야만 한다!" 돈 주앙 같아서가 아니라, '성적性的인 예절'이라는 악마의 말에 따른 것이다.

3) "너는 이 소녀를 가져서는 안 돼!" 그래서 너는 가질 수 없다. 지옥에 계시는 천상적 신기루여!

4) "모든 것은 단지 생활필수품일 뿐이다." 네가 그것을 소유했기에 만족하라.

5) "생활필수품뿐이다." 네가 어떻게 전부를 가질 수 있단 말이냐? 그렇기 때문에 너는 그것을 전혀 소유하지 못한다.

젊은이로서 나는 성적인 문제에 있어서는 오늘날 상대성이론에서

처럼 그렇게도 순수하고 무관심했다(내가 완력으로 성적인 것에 부딪히게 되지 않았더라면 매우 오랫동안 그랬을 것이다). 다만 아주 사소한 것들이 내 주의를 끌었는데(그것도 상세하게 가르침을 받은 뒤에 비로소), 예컨대 골목에서 가장 아름답고 가장 아름답게 옷을 입은 것으로 보이는 바로 그 여인들이 사악했다는 것이다.

영원한 청춘은 불가능하다. 그 어떤 방해물이 없다 하더라도 말이다. 자기관찰이 그것을 불가능하게 한다.

〈1922년 4월〉11일

"그에게 필요한 것은 단지 주름진 넓적다리로 순간적으로 그에게서 정자를 뽑아내고는 돈을 움켜쥐고 이미 다른 손님이 기다리고 있는 옆방으로 달려가는 더럽고 늙은 아주 낯선 여인이다."

막스와 함께 Fr.[85] 집에, 곧 편지를 쓰다.

〈1922년 4월〉13일

막스의 고통.[86] 오전에 그의 사무실에 가다.

오후 타인교회 앞에서(부활절 토요일)

방해받는 것에 대한 불안(Tr. M. Pe. Va. K.[87]), 이 불안으로 불면.

최근에는 지갑 속의 M.[88]의 편지 때문에 공포스러운 꿈을 꾸다.

---

1) 젊고 작은 소녀 18세, 코, 머리 모양, 금발. 옆얼굴을 잠시 보았

던 그녀가 교회 밖으로 나왔다.

─────────────

〈1922년 4월〉 16일
막스의 괴로움. 그와 함께 산책. 화요일 그는 떠난다.

─────────────

2) 다섯 살 난 여자아이, 바움가르텐, 신작로로 가는 작은 길, 머리카락, 코, 밝은 얼굴. 묻기: "Jak se jmenuje ten kferý to dělá slinama?"("누가 침을 뱉은 거예요?")

"Ty myslíš vlaštovku."("너는 제비들이라고 생각하니?")

〈1922년 4월〉 23일
3) 갈색이 도는 노란 벨벳 윗도리를 입은 자가 저 멀리에서 과일 시장 쪽으로 온다.

─────────────

무기력한 나날, 어젯밤

─────────────

그렇게도 많은 힘과 충만함, 아무 소용없다. 누구나 그것을 알 수 있으며, 더 이상 아무것도 숨길 수가 없다.

〈1922년 4월〉 27일
4) 어제 『자기방어』 편집부에 있는 유대 체조 및 스포츠 협회의 한 여자가 전화했다. "Přišla jsem ti pomoct."("당신을 돕기 위해서 제가 왔습니다.") 순수하고 다정한 목소리와 언어.

─────────────

그리고 나서 잠시 있다가 M.이 문을 열었다.

〈1922년〉 5월 8일

쟁기 작업. 그것은 깊이 구멍을 파고 들어가면서도 가볍게 달린다. 혹은 땅 위만 긁적거리며 생채기 낼 뿐이다. 아니면 그것은 존재하지 않는 쟁기 날을 높이 쳐들고는 빈손으로 달린다. 그것이 있든 없든 아무 상관이 없다.

———————

치료되지 않은 상처가 아물 수 있듯이 그의 작업도 마무리된다.

———————

다른 이는 침묵을 지키는데, 겉보기에 대화처럼 보이기 위해서 상대방을 대체하려고 애쓴다면, 그러니까 모방하고, 패러디하고, 다시 말해 자기 자신을 패러디한다면, 그것이 대화를 이끌어간다고 말할 수 있을까?

———————

M.은 여기 왔었고, 더 이상 오지 않을 것이다. 그것은 현명하고 진실일 것이다. 그러나 또한 한 가지 가능성이 있을 수 있다. 그런데 그 가능성의 입구를 우리 둘이 지키고 있어서 그 문이 열리지 않거나, 아니 오히려 우리가 그 문을 열지 않고 있다. 왜냐하면 문은 혼자 저절로 열리지 않기 때문이다.

———————

마기트[89]

———————

〈1922년〉 5월 12일

중단 없는 다양성 그리고 그 한가운데에 한 번 순간적으로 약해지는 변형력을 보는 감동

———————

『순례자 카마니타』에서, 『베다』에서 인용: "오, 고귀한 분, 그들이

간다라의 나라로부터 눈을 붕대로 감은 채 이리로 데려와서 황야에 풀어놓은 그 남자는 눈을 가린 채 이곳에 끌려와 눈을 가린 채 풀어놓았기에 동서남북 어느 쪽으로도 도달할 것이다. 그러나 누군가 그의 눈에서 붕대를 풀고는 '저기 바깥에 간다라가 살고 있으니 저기 바깥으로 가라'라고 말하자, 이 마을에서 저 마을로 계속해서 묻고, 배우고, 이해해서 간다라 고향에 도착했다. 다시 말해서 이렇게 현세에서 스승을 찾아낸 한 남자는 깨닫는다: '내가 구원을 받을 때까지 나는 이 세상 속에서 표류하는 것이며, 그러고 난 연후에야 나는 집으로 갈 것이다.'"

같은 책에서: "그와 같은 자, 그가 육신 속에 있는 한, 인간과 신들이 그를 본다. 그러나 그의 육신이 죽음으로 붕괴되면 인간과 신들이 그를 더 이상 보지 못한다. 그리고 자연, 모든 것을 망보고 있는 자연도 그를 더 이상 보지 않는다. 그가 자연의 눈을 멀게 한다면, 그는 사악한 그의 시야에서 사라진다."

〈1922년〉5월 13일
무無

〈1922년 5월〉17일
슬프다

〈1922년 5월〉19일
에바 피셔의 낭독[90]

그는 혼자 있을 때보다 둘이 함께할 때 더욱 외롭게 느낀다. 그가

누군가와 함께 있으면 이자가 그를 움켜쥐고, 그는 무기력하게 그에게 맡겨진다. 그러나 그가 홀로 있으면 모든 인류가 그를 잡으려고 손을 뻗친다 하더라도 수많은 팔들이 서로서로 엉겨서 어느 누구도 그를 잡지 못한다.

〈1922년 5월〉20일

구시가지 순환도로에 프리메이슨 회원들. 모든 말과 교리가 진실일 가능성.

────────────

작고 지저분한 소녀가 속옷 바람에 맨발로 머리카락을 휘날리며 뛰고 있다.

〈1922년 5월〉23일

누군가에 대해서 옳지 않게 말하기: 그는 쉽게 얻었고, 별 고통도 없었다. 좀 더 올바로 말하기: 그는 그랬기에 그에게는 아무 일도 일어날 수 없었다. 가장 맞는 말: 그는 모든 고통을 겪으면서 견디었고, 그것도 한꺼번에 한순간에 고통을 받았다. 어떻게 그에게 아직도 무엇인가 일어날 수 있을까. 고통의 변형들은 실제로 혹은 그의 엄명으로 완벽하게 지쳐버렸는데 말이다. (텐의 늙은 영국 여자 2명에 관하여)⁹¹

〈1922년 5월〉25일

엊그제 『단식 광대』. 오늘 멋진 산책. 여기저기 어디에나 앉아 있는 사람, 피로한 채 서 있는 사람, 꿈꾸듯 기대고 있는 사람들. 몹시 방해됨.

〈*1922년 5월*〉*26일*

저녁 산책에서의 심한 '공격들'은 [낮 동안에 있었던 4가지 사소한 것들(휴양지에서 개,[92] 마레시의 책,[93] 군인으로 등록,[94] 매제 P.[95]를 통해서 돈을 빌림)에서 발생했다] 간혹 정신착란, 실신, 가망 없음, 측량할 수 없는 심연, 오직 낭떠러지일 뿐, 집 문으로 들어서서야 처음으로 평소에 가까이 있었는데 지금 산책길 내내 떠오르지 않았던, 내게 도움이 될 수 있는 생각이 떠올랐다. 나는 아무리 해도 마음을 달랠 길이 없어서 그것을 전혀 찾지 않았기 때문이 분명하다.

〈*1922년 5월*〉*30일*
밤에 '공격'당함

———————

〈*1922년*〉*6월 5일*
안 좋은 날들(G.[96]) 벌써 사오 일씩이나. '수선 일'에 재능이 있다.

———————

미슬베크[97]의 장례식

〈*1922년*〉*6월 12일*
벌써 열하루째. 어제 프라냐.[98] 오늘 M.에게 편지를 씀.

———————

〈*1922년*〉*6월 16일*
상스럽지 못한 언행의 돌출, 혼돈. —H. 다음에 G.[99]

———————

이 책[100]에 대해 이야기할 때, 우리는 블뢰어의 사고력과 비전 제시력을 통해서 항상 준비된 극복될 수 없을 어려움은 차치하고라도, 거의 모든 표명에서 이 책의 생각들이 이상하게도 가볍게 아이러니로 처리되는 것이 아닌가 하고 의심되기 때문에 어려운 상황에 처하게 된다. 비록 나 같은 사람이 이 책에 관한 한 그 무엇보다도 아이러니로부터 동떨어져 있다 할지라도 이런 의심을 하게 된다. 이 대화의 어려움은 다시금 블뤼어가 극복할 수 없는 어려움 속에 그 2라운드가 준비되어 있다. 그는 자신을 증오심이 없는 반유대주의자라고 했다. 그리고 그는 정말로 그렇다. 그러나 거의 모든 발언에서 비록 행복한 증오이든 불행한 사랑이든 간에 그가 유대인의 적임을 아주 쉽게 의심 가도록 한다. 이러한 어려움은 마치 자연적인 속성인 듯 서로서로 맞서고 있는데, 이 사실에 대한 주의가 꼭 필요한 것은 이 책을 곰곰이 생각해볼 때 오류를 범하지 않으며, 또한 이 오류 때문에 계속해서 앞으로 밀고 나갈 수 없는 것을 방지하기 위해서이다.

블뤼어에 따르면 숫자적으로, 귀납적 경험적으로는 유대주의를 반박할 수 없다. 이러한 낡은 반유대주의적인 방법은 유대주의에 대해서 대적할 수 없다. 모든 다른 민족들에게 유대인들은 선택된 종족이 아니라고 반박할 수 있다. 반유대주의의 개별적인 비난에 대해서는 유대인은 정당성을 가지고 개별적으로 하나하나 답변할 수 있을 것이다. 블뤼어는 물론 매우 피상적으로 그러한 개별적인 비난과 그에 대한 대응들을 조망하고 있다.

이러한 인식은 다른 민족이 아닌 유대인에 해당되는 한에는 매우 심오하고 진실이다. 블뤼어는 그러한 인식으로부터 두 가지 결론을 도출하는데, 하나는 온전하고 다른 하나는 반쪽이다.

온전한 결론:

〈1922년〉 6월 23일
플라나[101]

〈1922년〉 7월 27일

공격들. 어제 저녁때 개를 데리고 산보함. 성곽. 숲에서부터 나 있는 버찌나무들이 들어서 있는 대로는 거의 방 안처럼 아늑함을 자아낸다. 남자와 여자가 밭에서 돌아온다. 무너져가는 농가의 마구간 문에 서 있는 소녀는 마치 자신의 강력한 가슴과 전쟁하듯 순진하고 주위 깊은 동물적 시선을 하고 있다. 안경을 낀 남자는 먹이를 무겁게 실은 수레를 끌고 있었는데 젊다고 말할 수는 없으며 약간 불구였다. 그럼에도 불구하고 긴장한 탓에 긴 장화를 신고 몸을 아주 똑바로 하고 있었고, 낫을 든 아내가 옆에서 그리고 뒤에 바짝 붙어서 따라간다.

〈1922년 8월〉 26일

두 달 동안 아무것도 쓰지 않았다. 중단으로 좋은 시간이 되었고, O.[102]에게 감사한다. 며칠 전부터 다시 탈진 상태. 그 첫날에는 수펭서 일종의 발견 같은 것을 했다.

1922년 11월 14일

저녁에는 여전히 37도 6부, 37도 7부이다. 책상 앞에 앉아 있지만 아무것도 진척시킨 것이 없고, 골목으로도 거의 나가지 못했다. 그럼에도 불구하고 병에 대해서 한탄하는 위선.

〈1922년〉 12월 18일

하루 종일 계속해서 침대에만 누워 있다. 어제는 『이것이냐 저것이냐』[103]를 읽다

1923년 6월 12일

　공포스러웠던 지난날들은 셀 수도 없으며, 거의 중단되지도 않았다. 베르크만,[104] 도브리호비츠,[105] M.,[106] P.,[107] 산책, 밤, 낮 등 고통 빼고는 그 어느 것도 될 수 없었다.

───────────

　그리고 또한, 더 이상 '그리고 또한'은 없다. 그렇게 불안하고 긴장되어서 너는 나를 뚫어지게 본다. 그림엽서 위의 크리자노브스카야[108]가 나를

───────────

　글을 쓸 때는 언제나 더 불안해진다. 이해할 수 있다. 모든 단어들은 유령―손을 이렇게 휙 돌리는 것이 유령들 움직임의 특징이다―의 손안에서 방향을 바꾸면서 화자에게로 끝을 겨누는 창이 된다. 이 같은 발언은 매우 특별하다. 그리고 그렇게 무한하다. 위로가 된다면 단 하나, 네가 원하든 원치 않든 그것은 일어난다는 것이다. 그리고 네가 원하는 것은 눈에 띄지도 않을 만큼 거의 도움이 되지 않을 뿐이다. 위로 이상의 것은: 너도 역시 무기를 가졌다는 것이다.

───────────

여행 일기

1911년 1월/2월 여행

프리트란트 여행 1911년 1월
라이헨베르크 여행 1911년 2월[1]

나는 밤새도록 써야만 했을 것이다. 그렇게 많은 것들이 나에게 몰려왔지만, 모두 충분히 숙고되지 못한 것들뿐이었다. 내 기억으로 전에는 그 자체만으로도 나를 행복하게 했던 어구 하나, 작은 어구 하나로 이들로부터 벗어날 수 있었지만, 이것들이 나를 얼마나 강력하게 지배하는지 모르겠다.

───────

객차에 있던 라이헨베르크 유대인은 우선 표값상으로만 급행열차인 기차에 대한 감탄으로 시선을 끌었다. 그러는 동안에 웬 허풍선이 말라깽이 승객이 햄, 빵 그리고 껍질을 칼로 발라낸 소시지 두 개를 재빨리 꿀떡 삼켜 먹고는 찌꺼기와 종이 쓰레기를 의자 밑 난방관 뒤로 던져버린다. 먹으면서 그는 내게는 호의적이나 서툴게 흉내낸 열과 성의를 필요 이상으로 다해서 석간신문 두 개를 내 쪽으로 향하고는 빠르게 다 읽어내려갔다. 쫑긋 세워진 귀. 비율적으로 볼 때 넓적한 코. 살찐 손으로 얼굴과 머리를 문질러 닦았으나 손은 더러워지지 않았다. 이것 역시 내게는 허락되지 않는다. 외관상 묵직한 것이 바지 속에서 강력하게 돌출했다.

———————

내 맞은편에 앉은 한 신사는 뾰족한 콧수염을 했으며, 난청에 가느다란 목소리를 가졌다. 그는 처음에는 별로 자신을 드러내지 않고 조용히 라이헨베르크 유대인을 비웃었고, 나는 이에 조금은 거북했지만 그 어떤 존경심에서 눈길로 그의 의견에 동의해주었다. 그런데 『월요신문』²을 읽고, 무엇인가를 먹으며, 어느 정거장에서 산 포도주를 한 모금씩 마신 이 남자는 나중에 알고 보니 전혀 가치 없는 인간임이 드러났다.

———————

마른 승객이 가슴이 불룩한 키 작은 남자를 소개했는데, 그는 내 옆에 앉았다. 그는 너무 육중하고 자의식이 강해서, (냉소적은 아니지만) 크게 웃거나 가끔씩 한마디밖에는 하지 않았다. 프로티빈³에 관한 위트. 게다가 그는 곧 내렸다.

———————

그리고 또 다른 『흥미 있는 신문』⁴에 빠져 탐독하고 있는 젊고 붉은 뺨을 가진 사나이는 신문을 사정없이 손끝으로 찢어서 내가 보아도 할 일 없는 사람의 놀라운 세심함으로 신문지가 마치 비단수건이라도 되는 듯이 여러 번 접어서 가장자리를 안쪽에서 눌러 견고하게 하고는 바깥으로부터는 두드려 납작하게 해서 웃옷 윗주머니에 쑤셔 넣을 만큼의 두께로 만들었다. 그러니까 그는 집에 가서도 읽을 모양이다. 그가 어디에서 내렸는지 나는 전혀 알지 못한다.

———————

프리트란트의 호텔. 넓은 현관 홀. 나는 어쩌면 전혀 존재하지도 않았을 십자가에 못 박힌 예수를 기억한다. 수세식 화장실도 없고, 밑에서부터 눈보라가 치면서 올라왔다. 한동안 내가 유일한 손님이었다. 주변 동네에 있는 대부분 결혼식은 호텔에서 열렸다. 아침에 결혼식이 끝난 뒤의 홀 광경을 기억하는데 확실하지 않다. 현관과 복도 어디나 추웠다. 내 방 바로 아래가 호텔 출입문이었다. 처음으로 추운 이유를 알아채자 곧바로 추위가 내게로 엄습해왔다. 내 방 앞은 일종의 현관 옆방 같았다. 탁자에는 결혼식 때 잊어버린 꽃다발 두 개가 꽃병에 꽂혀 있었다. 창문은 손잡이가 아니라 위아래의 고리로 잠겨 있었다. 이제 내가 한동안 음악 소리를 들었다는 것이 생각났다. 그러나 객실에는 피아노가 없으니, 아마도 그 결혼식장에서 들렸나 보다. 창문을 닫을 때마다 나는 건너편 시장에 있는 고급 식품을 파는 상점을 보았다. 큰 장작으로 불을 때서 난방을 하고 있었다. 입이 큰 객실 하녀가 한번은 추위에도 불구하고 목과 가슴 윗부분이 다 드러난 옷을 입었는데, 거절하다가도 곧바로 충직하게 말을 잘 들어서, 나는 대개는 친절한 사람 앞에서 그러했듯이 언제나 존경스러우면서도 당혹스러웠다. 내가 오후와 저녁때 일하기 위해서 좀 더 강한 백열등을 끼워 넣었는데, 그녀는 불을 땔 때 그것을 보더니 매우 기뻐하며 말했다. "이전 불빛 아래에서는 일할 수 없을 거예요." "이 불빛도 아니죠." 당황해서 몇 번 내 입에서 흘러나오는 탄식 뒤에 나는 이렇게 말했다. 그리고 나는 이미 외우다시피 한 의견인 전깃불은 너무 눈이 부실 뿐만 아니라 너무 약하다고 말할 수밖에는 없었다. 그러자 그녀는 잠자코 계속해서 불을 땠다. "게다가 나는 이전의 전깃불에 불을 좀 더 세게 붙였는데도 말입니다."라고 내가 말했을 때에 비로소 그녀는 약간 웃었는데, 우리는 같은 의견이었다.

이러한 그녀의 태도에 나는 이렇게 대응할 수밖에 없었다: 그녀를 언제나 아가씨로 대해주었고, 그녀 역시 그렇게 처신했다. 언젠가 한 번 불시에 내가 집에 들어왔을 때, 그녀는 현관 바닥을 닦고 있었다. 그때 나는 아무렇지도 않게 인사하고는 난방 불을 피워달라고 해서 그녀가 조금도 창피해할 틈을 주지 않았다.

라스펜아우[5]에서 프리트란트로 돌아오는 길에 내 옆에 앉아 거의 죽은 것처럼 빳빳하게 있던 사람은, 벌어진 입 위로 수염이 축 늘어져 있었는데, 내가 정거장에 대해서 물어보니 아주 친절하게 내 쪽으로 몸을 돌려서 자세하게 알려주었다.

프리트란트의 성. 평지에서, 다리로부터, 고원에서, 나무들 사이로, 커다란 전나무 숲으로부터 아주 다양하게 그 성을 볼 수 있었다. 놀랍도록 서로 포개져 층을 이루도록 지어진 성은 정원으로 들어서면 오랫동안 돌보지 않아서 짙은 색을 띠고 있는 담쟁이덩굴, 거무튀튀해진 잿빛 성벽, 흰 눈 그리고 얼어붙은 점판암 색깔을 띤 비탈진 빙판길 등 여러 가지로 잡다함이 배가 되어 있었다. 성은 폭이 넓은 정상 위에 바로 축조된 것이 아니라 꽤 뾰족한 정상을 개조했던 것이다. 나는 계속해서 미끄러지면서 찻길로 올라갔는데, 위에서 계속해서 만났던 성 집사는 계단을 두 개 지나 가볍게 올라왔다. 어디로 가도 담쟁이덩굴. 뾰족하게 튀어나온 작은 광장에서 전체적으로 조망할 수 있었다. 성벽으로 올라가는 계단은 반쯤 가다 끊어져 아무 소용이 없었다. 다리를 지탱하는 쇠사슬은 못에 느슨하게 늘어져 걸려 있었다. 아름다운 정원이다. 정원은 비탈길에 테라스처럼 위치하고 있지만 부분적으로는 아래쪽에 있는 연못가를 따라 여러 가지 종류의 나무들이 군을 이루고 있어서 여름의 정원 모습을 상상할 수 없었다. 얼음같이 차가운 연못 위에 두 마리의 백조가 앉아 있었다.

그 이름을 나는 프라하에서 처음 알게 되었다. 한 마리는 머리와 목을 물속에 박고 있었다. 나는 계속해서 안절부절못하면서 나에 대한 호기심으로 불안해하면서 어쩔 줄 모르면서 주위를 둘러보고 있는 두 처녀를 뒤따라갔다. 그들을 따라서 산을 지나 다리를 건너 들판으로 철도 둑 아래 언덕 숲길과 철교 둑이 만들어낸 원형 홀을 통과하여서 곧바로 끝날 것 같지 않은 숲으로 가파르게 올라갔다. 두 처녀들은 처음에는 천천히 걸어가다가, 내가 어마어마하게 넓은 숲에 대해서 감탄하기 시작했을 때부터 더 빠르게 걸었다. 바람이 강하게 불었기 때문에 우리는 거기서부터 몇 걸음 걸어 벌써 고지에 다다랐던 것이다.

황제 파노라마.[6] 프리트란트에서의 유일한 낙이다. 그런데 그 속에서 제대로 안락함을 느끼지 못했다. 거기서 만난 멋진 시설처럼 나는 그렇게 멋지게 차려입지 못한 탓인데, 눈 묻은 장화를 신고 들어가는 바람에 유리 구멍 앞에서는 양탄자에 발끝만 닿도록 앉았기 때문이다. 나는 그 파노라마의 장치가 어떻게 작동되는지를 잊어버려서 이 의자에서 저 의자로 이동해야만 하는 것이 아닌가 해서 순간적으로 두려워하기까지 했다. 불 켜진 작은 탁자에 앉아 잡지 『화보로 된 세계』[7]를 읽고 있는 늙은 남자가 이 모든 것을 진행하고 있었다. 잠시 뒤에 나를 위해 아리스톤[8]을 연주케 했다. 조금 뒤에 나이 든 여인 둘이 들어와서 내 양옆 오른쪽과 왼쪽에 앉았다. 브레시아. 크레모아, 베로나. 그 안의 사람들은 마치 왁스 인형처럼 땅바닥의 포석에 발이 고정된 것 같았다. 비석들: 낮은 계단 위로 옷자락을 늘어뜨린 여인이 문을 조금 열면서 여전히 뒤를 돌아본다. 한 가족, 한 소년이 관자놀이를 손으로 받치면서 책을 읽고 있고, 오른편에 있는 사내아이는 실도 없는 활시위를 잡아당기고 있다. 영웅 티토 스페리의 기

넘비: 그의 몸을 옷이 제멋대로 열광적으로 휘감고 있다. 블라우스, 넓은 챙 모자. 이 사진들은 활동사진보다 더 생생하다. 왜냐하면 사진들은 그 광경에 현실적인 평온함을 주는 반면에, 활동사진은 움직여야 하기에 광경들이 흔들리기 때문이다. 광경의 평온함이 더 중요하다. 바로 코앞에 대성당의 매끄러운 바닥. 어째서 움직이는 사진과 입체경이 이런 식으로 합쳐지지 않을까? 브레시아에서 본 맥주 광고 포스터를 알고 있다. 그냥 단순히 이야기 낭독을 듣는 것과 파노라마를 보는 것과의 차이는 파노라마와 실제로 보는 것과의 차이보다 더 크다. 크레모아의 고철 시장. 끝났을 때 그 늙은 신사에게 참 마음에 들었다고 말하려고 했으나, 감행하지 못했다. 다음 프로그램이 시작되었다. 10시부터 10시까지 개장이다.

────────────

책방 진열장에서 뒤러분트의 『문학 조언자』[9]를 보았다. 그 책을 사려고 마음을 먹었다가 다시 번복하고, 그러다가 다시 그리로 돌아갔다. 그렇게 하면서 나는 가끔씩 하루 종일 진열장 앞에서 머물며 서 있다. 책방은 내게 그렇게 쓸쓸하게 보였고, 그 책 역시 그렇게 안 팔리는 것처럼 보였다. 프리트란트와 세상과의 관계를 여기서밖에는 느낄 수 없었으며, 그곳에서는 그렇게 얄팍했던 것이다. 그러나 모든 고독감이 내게 따뜻함을 생성하듯이 재빨리 이 책방의 행복을 느꼈다. 벌써 내부를 보기 위해서 나는 한 번 안으로 들어가보았다. 거기에는 학술 서적은 필요하지 않았기 때문에 서가에는 도시의 책방들보다 소설류들이 더 많이 꽂혀 있었다. 꽤 나이가 든 여인이 초록색 갓을 씌운 전등불 아래 앉아 있었다. 네다섯 권 정도 막 풀어놓은 잡지 『예술 파수꾼』[10]은 지금이 월초라는 것을 상기시켜주었다. 그 여자는 나의 도움을 거절하면서 거기 있는 줄도 거의 몰랐던 그 책을 진열장에서 꺼내 와서 내 손에 주면서 내가 얼어붙은 유리창 너머로 그 책을 알아본 것에 놀라워했다. 나는 훨씬 이전에 그것을 보았다. 그런데 그녀는 가격을 잘 몰랐고 남편은 나가고 없어서 서류철들을 찾기 시작했다. 나는 나중에 저녁때 오겠다고 말했지만(그때가 오후 5시였다) 지키지 않았다.

라이헨베르크:

저녁때 작은 도시에서 서둘러 지나가는 사람들의 본래 의도에 대해서 전혀 알 수 없다. 그들이 외곽에 산다면, 거리가 아주 멀기 때문에 전차를 탔어야 한다. 그러나 여기 이곳에 산다면 전혀 길이 멀지 않기 때문에 그렇게 빨리 걸어갈 필요가 없다. 그렇지만 사람들은 발걸음을 크게 하며 서로 엇갈려 교차하면서 그 순환도로 광장을 걸어간다. 이 광장은 이 마을에 비해서 그렇게 넓지 않았으나 마을 시청의 돌연한 크기로 더 협소하게 보였다. (시청사의 그림자로 이 광장을 다 덮을 수 있었다.) 이 좁은 광장 때문에 그 시청사의 거대함을 믿으려 하지 않았으며, 크다는 인상을 그 광장의 협소함으로 설명해보려고 했다.

한 순경은 노동자의료보험사의 주소를 알았으나, 다른 순경은 그 기관의 출장소 주소를 알지 못했으며, 또 다른 순경은 요하네스 골목이 도대체 어디인지도 몰랐다. 그들은 여기서 근무한 지 얼마 되지 않았다고 변명하려고 했다. 주소 하나 때문에 나는 파출소에 가야만 했다. 거기에는 많은 경찰들이 여러 방식으로 휴식을 취하고 있었다. 모두 제복을 입었는데, 멋있고 새롭고 색깔이 화려해서 골목 여기저기 어디에나 보았던 짙은 색깔의 겨울 외투와는 대조적이었다.

좁은 골목에는 궤도 하나만 놓여 있다. 그래서 역으로 가는 전차는 역으로부터 오는 길과 다른 골목길로 간다. 역에서부터 빈 거리를 통과해 지나오는데, 나는 거기 아이헤 호텔에서 묵고 있으며, 역으로 갈 때는 쉬커 거리로 간다.

연극 공연 극장에 세 번 갔는데, 언제나 매진. 「사랑과 바다의 물결」.[11] 나는 발코니에 앉았다. 한 연기파 배우가 나우클레로 역의 배우와 너무 큰 잡음을 냈다. 헤로와 레안더가 서로에게서 눈을 뗄 수 없었던 1막 결말 장면에서 나는 여러 번 눈물을 흘렸다. 헤로는 사원 문으로 나왔는데 그곳을 통해서 무슨 얼음 상자 같은 것밖에는 볼 수 없었다. 2막 숲은 마치 호화 장정본 같았는데, 마음에 들었다. 덩굴들이 나무들 사이로 엉클어져 있었다. 모두 늪같이 짙은 초록빛이었다. 탑 꼭대기 방을 둘러싸고 있는 뒷벽은 그다음 저녁에 있는 〈미스 두들삭〉[12]에도 다시 등장했다. 3막부터는 마치 적이 뒤를 따라오는 것처럼 작품이 내리막으로 치달았다.

1911년 8월/9월 여행

<u>1911년 8월 26일 출발 점심때</u>

나쁜 아이디어: 여행기를 쓰면서 동시에 여행에 관련된 서로에 대한 내면적인 의견을 기술하기. 그것이 불가능하다는 것은 농부 여인들을 태우고 지나가는 마차가 증명했다. 숭고한 농부 여인(불가사의한 말). 웃고 있는 여인의 품에서 잠자고 있는 여인이 깨어난 듯 손짓을 했다. 막스가 인사한 것을 기술한다면 우리가 반목하고 있는 것같이 잘못 기술되었을 것이다.

한 처녀, 노처녀 앨리스 레베르거가 필젠에서 차에 올랐다. 열차가 가고 있는 중에 커피 주문은 창문에 푸른색 작은 쪽지를 붙여서 음식점 주인에게 알린다. 그러나 꼭 쪽지를 붙여야 할 필요는 없었다. 쪽지 없이도 커피를 얻는다. 처음에는 그녀가 내 옆에 앉아서 그녀를 쳐다볼 수가 없었다. 처음으로 공유하게 된 사실: 그녀의 포장된 모자가 막스 쪽으로 날아 내려왔다. 그렇게 모자들이 어렵게 열차 칸 문을 통해서 들어와서는 아주 쉽게 커다란 창문으로 다시 바깥으로 나갔다. —막스는 남편으로서 그 현상의 위험성을 받아들이기 위해

서 뭔가를 말해야만 했는데, 중요한 것을 빠뜨렸으며, 교훈적인 것만을 강조하다 보니 조금은 흉해졌기 때문에 막스는 아마도 나중에 기술할 수 있을 가능성마저도 망가뜨렸던 것이다. "나무랄 데가 없네. 0.5의 속도로 내던져버리기. 신속하게 즉각적으로." 사무실의 응석받이, 군대에 대한 견해, 사무실에서 농담(사무실에서 모자가 바뀌던 것, 뾰족한 꼭지를 못에 박기), 엽서로 장난치기, 그들이 뮌헨에서 쓴 엽서와 우리가 취리히에서 "이미 예견했던 것이 유감스럽게도 들어맞았다 … 기차를 잘못 타고 … 지금 취리히인데 … 소풍의 이틀을 까먹은 결과가 되었다."라고 써서 그네들 사무실로 보내게 될 엽서이다. 그녀가 즐거워할 것이다. 그러나 그녀는 점잖은 남자들인 우리가 아무것도 덧붙이지 않을 것이라고 기대한다. 뮌헨의 자동차. 비. 빠른 속도(20분) 지하방 시야, 운전수는 보이지도 않는 명소의 이름을 외쳐댔다. 공기 압축기가 축축해진 아스팔트 위에서 마치 활동사진의 기구들처럼 쇄쇄 소리를 냈다. 가장 명료한 것은: '사계절'[13]의 커튼이 젖혀진 창문, 등불은 마치 강물 위에서처럼 아스팔트 위에 반사되어 비쳤다.

───────────

뮌헨 역 '칸막이방'에서 손과 얼굴을 씻다.

───────────

열차에 짐을 그대로 두고 내리다. 우리보다 더 염려스러워하는 여자가 앙겔라를 보호해주겠다 했고, 그것을 매우 감격해서 받아들였기에 그녀를 그냥 거기 차량에 묵게 했다. 수상하다.

 객차 칸에서 막스가 자다. 두 명의 프랑스인. 그중 좀 더 얼굴색이 검은 한 사람은 계속해서 웃었는데, 한번은 (막스가 몸을 쭉 펴고 자는 탓에) 거의 앉을 수가 없기

764

때문이고, 그다음은 그가 순간을 잘 이용해서 밀어버려서 막스가 누울 수가 없었기 때문이다. 막스는 어깨 망토[14]를 덮개처럼 쓰고 있었다. 힘센 다른 프랑스인은 담배를 피웠다. 밤에 식사하다. 스위스인 세 명이 들이닥치다. 한 사람은 담배를 피웠다. 두 사람이 내리고 난 뒤에도 남아 있던 한 사람은 처음에는 워낙 눈에 띄지 않았는데 아침이 되어서야 자기를 소개했다. 보덴 호수. 물가에서처럼 피상적으로 보다. ―처음 아침 시간 동안에는 스위스를 그대로 지나쳐 갔다. 나는 막스를 깨웠다. 다리를 보자 막스를 깨웠고, 열차 안이나 바깥이나 다 어두워 희미한 속에서 한참이나 바라보았음에도 불구하고 처음으로 스위스의 강렬한 인상을 받았다. ―골목길이 형성되지 않은, 똑바로 독립적으로 세워진 갈렌의 집들. ―빈터투르. ―뷔르템베르크에서 불 켜진 저택에서 한 남자가 밤 2시에 베란다에서 난간 위로 몸을 굽히고 서 있다. 침실의 문은 열려 있다. ―잠자고 있는 스위스에서 벌써 잠을 깬 소들. ―전신주 횡단면에 난 옷걸이 모양의 옷. ―솟아오르는 태양빛에 창백해지는 초원―감옥소 비슷한 캄 역 건물이 기억났는데, 간판이 성경에서처럼 진지하게 그려져 있었다. 창문 장식은 그 초라함에도 불구하고 규정에 위반되는 것처럼 보였다. 대저택의 멀리 떨어져 있는 창문 두 개에는 바람에 휘청거리면서 저쪽에는 큰 나무 한 그루 그리고 이쪽에는 작은 나무 한 그루가 서 있다.

―――――――

빈터투르 역에서 부랑자가 작은 지팡이를 들고는 한 손을 바지 주머니에 넣고 노래를 부르고 있었다.

―――――――

창문에서 문의해봄: 스위스 제일의 최대 도시인 취리히가 개별 집들로부터 어떻게 형성되었는가?

―――――――

고급 저택에서의 사업 운영.

린다우 역에서 밤에 노랫소리가 많이 들린다.

애국적인 통계: 평지로 잡아당겨 늘려진 스위스의 면적 총계.

낯선 초콜릿 회사

(없어짐)

취리히
지난 기억 속에서 서로 뒤엉켜 헷갈리는 몇 개 역들로부터 그 역이
올라온다. —(막스는 a+x를 위해서 그 소유권을 얻었다.)[15]

낯선 군대의 역사적인 인상. 우리 군대에서는 이런 인상을 받지 못
했다. —반군국주의적인 논거.

취리히 역에서 사격. 우리는 그것들이 시동되면 총이 발사될까봐
두려워하다.

취리히 지도를 사다.

냉욕, 온욕 그리고 아침 식사를 어떤 순서로 할지를 정하지 못해서
다리 위를 왔다 갔다 서성대다.

리마트 강 방향. 우라니아 천문대.

중심 노선, 전차는 비어 있다. 이탈리아 남성 패션 전문점 진열장 앞에는 작은 두루마리 통이 피라미드 모양으로 쌓여 있다.

예술가 포스터들만 있다. (요양 호텔, 비간트의 축제 기념극 「마리그나노」, 옐몰리의 음악.)[16]

백화점 증축. 최상의 광고. 모든 주민들이 일 년 한 해 동안 내내 주목한다. (뒤파엘)[17]

남쪽과 서쪽에서부터 점점 다가오고 있는 첫 수도승으로서 우체부는 마치 잠옷을 입은 것처럼 보였다. 작은 상자를 앞에 들었는데, 그 위에는 크리스마스 시장의 행성들처럼 편지들이 정리되어 겹겹이 높이 쌓여 있다.

호수 광경. 여기 주민이 된 듯한 상상을 하니 휴일 기분이 더 강하게 들었다. 호수의 공기 저장고는 건축할 필요가 없다. 기수들. 큰 소리에 놀라 내쫓긴 말. 교훈적인 비명碑銘, 아마도 분수대에 새겨진 레베카 부조인 것 같다. 정말 말 그대로 강하게 부풀어진 유리 모양으로 흐르는 물 위로 비명과 부조의 평온함.

구시가지: 좁고 가파른 골목, 그 길을 푸른색 블라우스를 입은 남자가 아래로 힘들게 달려 내려갔다. 층계 위로.

파리의 생 로셰 앞에 너무나 혼잡한 화장실이 기억남.

술을 팔지 않는 레스토랑에서 아침 식사. 달걀 노른자위 같은 버터. 취리히 신문.

———————

대성당: 옛것 혹은 새로 지어진 것? 남자들은 양옆으로 가야 한다. 집사는 우리에게 좀 더 나은 자리를 가리켰다. 그쪽은 마침 우리가 나가는 방향이기에 그의 말에 따랐다. 우리가 이미 출구에 도달하자 그는 우리가 자리를 발견하지 못한 줄 알고 교회를 가로질러 우리 쪽으로 오기 시작했다. 우리는 서로 부딪쳐가면서 밖으로 나왔다. 많이 웃었다.

———————

막스: 국가적인 난제의 해결로써 언어들의 혼란. 국수주의자는 더 이상 어찌할 바를 모를 것이다.

———————

취리히에서 수영: 남자 전용 수영장뿐. 연이어 차례대로. 스위적이다. 납을 부어 넣은 독일어. 일부는 탈의실이 없다. 옷걸이 앞에서 그냥 옷을 벗는 공화적 자유. 뿐만 아니라 소방용 분사기로 전체 일광욕장을 싹 다 비워버리는 수영 교사의 자유. 이렇게 다 앗아버리는 것은 어쨌든 말이 이해되지 않는 것보다 더 근거가 없지 않을 것이다. 다이빙 선수: 난간 위에서 다리를 양옆으로 벌리고는 우선 다이빙 발판 위에서 펄쩍 뛰었는데, 그렇게 함으로써 더 높이 뛸 수 있었다. —수영장 시설은 오랫동안 사용해본 뒤에야 비로소 그 진가를 인정할 수 있다. 수영 교습은 없었다. 긴 머리의 자연요법 치료사가 혼자 있다. 낮은 호숫가.

———————

공공교통협회에서 개최한 야외 콘서트. 청중 가운데에는 한 작가가 누군가를 동반하여 함께 있었는데, 그는 촘촘히 줄 쳐진 노트에 한참 쓰더니 프로그램이 끝나자 그 동반자에게 끌려갔다. 유대인은 없었다. 막스: 유대인은 이러한 커다란 사업을 놓칠 것이다. 시작: 베르사그리에리 행진곡. 끝: 프로파트리아 행진곡. 바로 이 야외 콘서트 때문에 프라하에는 〈룩셈부르크공원〉이 없다. 막스에 따르면 공화적이기에, 파리에는 군대가 없다.

―――――

지하실 방이 잠겨 있다. 교통관리 사무실. 어두운 골목 뒤에 밝은 집. 리마트 강 오른편에 테라스가 있는 집들. 푸른색과 흰색이 빛을 발하는 창문의 덧문. 천천히 가고 있는 군인은 경찰이다. 음악당. 공업전문학교를 찾았으나 발견하지 못했다. 시청 건물. 2층에서 점심 식사. 마일렌 와인(신선한 포도로 만든 살균된 와인). 루체른 출신 식당 여종업원이 우리에게 거기로 가는 기차를 알려주었다. 사고 쌀[18]이 들어 있는 완두콩 수프, 튀긴 감자를 곁들인 콩깍지, 레몬 크림. ―품위 있고 예술적으로 장식된 집들. 대략 3시경에 루체른으로 출발하여 호수를 돈다. 좁고 기다란 모양을 한 추크 호숫가는 인적이 없고 칠흑같이 어두운 구릉으로 숲이 울창했다. 미국적인 풍경. 아직 보지도 못한 나라와 비교하는 것에 대한 거부감. 루체른 역에서 거대한 파노라마. 역 오른쪽에 스케이트 링크가 있다. 우리는 마부들이 있는 곳으로 가서 레브슈토크[19]를 외친다. 종업원들 중 종업원같이 호텔 중 호텔일까? 막스에 따르면 다리로 호수와 강이 나뉜다. 독일어로 된 상표들에 부합되는 독일인 주민들은 어디에 있을까? 요양홀. 취리히에서 볼 수 있는 스위스인들은 호텔 직원이 될 자질이 없는 것처럼 보인다. 여기 스위스인들이 사는 이곳에서 그들은 사라지고 아마도 호텔 직원들조차 모두 프랑스 사람일 것이다. 맞은편에 있는 둥근 지붕을 한 기구 홀은 텅 비어 있다. 비행선이 그 안으로 미끄러져 들어가는 것은 상상하기 어렵다. 롤러스케이트 링크. 베를린에서와 같은 풍경. 과일. 호숫가 산책로는 저녁에 나무 우듬지 아래까지 어둡다. 딸아이들 혹은 처녀 아이들과 함께 있는 신사들. 가장 밑바닥 뾰족한 모서리까지 보이는 배들이 이리저리 흔들거린다. 호텔 접견실의 우스꽝스러운 여종업원, 그 처녀는 계속해서 웃으면서 우리를 저 위 방까지 안내했는데, 진지하고 뺨이 불그레한 객실 하녀였다. 계단부는 좁았다. 방은 사방이 벽으로 둘러싸여 갇힌 것 같았다. 방에서 나와 있는 것이 기쁘다. 밤참으로 과일을 먹었으면 좋겠다. 고트하르트 호텔, 스위스 전통의상을 입은 처녀. 살구 절임 마일렌 와인. 중년 부인 두 명과 한 신사가 늙어가는 것에 대해서 담소를 나누고 있다. 루체른에서 카지노 발견. 입장료 1프랑. 긴 탁자 두 개. 실제로 볼 만한 것은 기술하기에는 추했다. 그것들은 문자 그대로 기다리는 자 앞에서 일어나야만 하기 때문이다. 탁자마다 한가운데 경매인 한 사람이 양옆에 경호인을 대동하고 있었다.

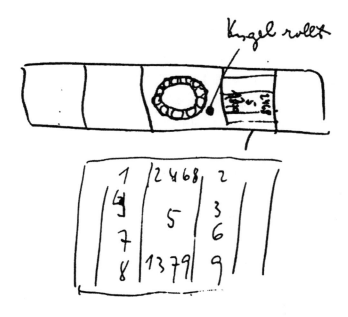

최고 5프랑까지 걸 수 있다. "스위스인들은 외국인들에게 순서를 양보한다. 카드 놀이는 손님들을 위한 것이기 때문이다." 구슬이 있는 탁자, 말이 있는 탁자. 제왕 웃옷을 입은 도박장 직원. 여러분 판돈을 거세요—어디에 할 것인가 표시하세요—놓으셨군요—다 잃으셨습니다. 니켈로 도금된 갈고리가 있는 나무 막대기를 가진 도박장 직원. 그것으로 그들이 할 수 있는 것: 돈을 제자리로 끌어놓는 것이 아니라 원래 자리로부터 던져진 돈을 이겨서 얻는 자리로 끌어가는 것이다. 여러 도박장 직원들이 돈을 따는 데에 영향을 미친다. 아니 좀 더 잘 말해서 잘 이기는 도박장 직원이 마음에 든다. 게임을 하자고 함께 결정하기 전의 흥분, 그 홀에서 혼자 외롭다. 돈(10프랑)이 약간 경사진 바닥에서 사라진다. 10프랑을 잃은 것은 계속해서 게임을 하기에는 너무나 약한 유혹으로 느껴졌지만 그래도 유혹은 유혹이었다. 모든 것에 대한 분노. 이 도박으로 날이 길어지다.

〈1911년〉8월 28일 월요일

높은 장화를 신은 남자가 벽 쪽에서 아침 식사를 한다. 2등칸 증기선. 아침의 루체른. 흉물스러운 호텔 외관. 부부는 집에서 온, 이탈리아에서 콜레라가 번졌다는 신문 기사 조각이 함께 들어 있는 편지를 읽는다. 아름다운 저택들은 배를 타고 호수를 돌 때만 볼 수 있으며, 그 높이에서 배를 탄다. 산 모양들이 바뀐다. 비츠나우 리기 철도. 꽃잎 사이로 보이는 호수. 남방적인 풍경. 갑작스럽게 추크 호수까지 온 것에 화들짝 놀라다. 리기 숲. 무엇을 기다리나? 고향 숲 같다. 철도 75를 건설하다. 오래된 『산과 바다』[20]를 읽다. 역사적인 영국 땅, 여기서 그들은 출세해서 좁은 구레나룻 수염을 하고 다녔다. 망원경. 멀리 융프라우 봉우리, 둥근 뮌히 봉우리, 그 풍경은 열기로 흔들렸다. 눕힌 손바닥 같은 티틀리스 산. 동강 난 빵 덩어리 같은 설원.

밑에서나 위에서나 그 높이를 잘못 측정하다. 아르트-골다우 역이 평지 위에 혹은 경사면에 위치했는가에 대해 논쟁했지만 결론이 나지 않다. 정식 식사. 이미 기차 칸 옆에서 본, 진지하고 예리하게 말을 시작하는 스위스 여자가 홀에 앉아 있다. 떠날 때 함께 탄 영국 처녀의 이는 같은 크기에 가지런히 나 있다. 키가 작은 프랑스 여자가 옆 칸막이에 타서는, 팔을 벌려 우리 전체 칸막이가 '시설이 완비되지' 못했다고 설명하면서 아버지와 순박하고 하녀처럼 보이는 중년의 키 작은 언니에게 올라타라고 재촉한다. 그 언니의 팔꿈치가 내 허리를 간질인다. 막스 옆에 앉은 늙은 여자는 입보다는 이로 더 많이 발음되는 영어로 말하고 있었는데, 이런 영어가 말해지는 해당 관할 지역 이름을 찾고 있었다. 비츠나우-플루엘렌 여행. 게르사우, 베켄리트, 브룬넨(호텔 천지다), 실러슈타인, 텔프라테, 조용한 뤼틀리, 악센 거리의 한쪽이 트인 낭하 두 개(막스는 여기에 더 많이 있다고 생각했다. 사진에는 언제나 이 두 개만 나온다.) 우르너 베켄, 플루엘렌. 슈테르넨 호텔.

〈1911년〉8월 29일 화요일

발코니가 있는 이 아름다운 방. 친절함. 산으로 둘러싸여 너무 갇힌 것 같다. 한 남자와 처녀 두 명이 우비를 입고 일렬 차례로 저녁에 등산용 지팡이를 들고는 홀을 가로질러 간다. 그들이 거의 계단에 다 달았을 때, 객실 하녀가 질문을 해서 멈춰 선다. 그들은 감사하다고 했고, 이미 소식을 알고 있다. 그들의 등산에 대한 그 밖의 질문에 대해서: 그렇지만 그것 역시 그렇게 쉽지 않았다고 말씀드릴 수 있군요. 홀에서 나는 그들이 〈미스 두들삭〉에 나온 사람처럼 보였고, 계단에서 막스에게는 입센에 나오는 사람으로, 그리고 나서 내게도 역시 그렇게 보였다. 잊혀진 호기심 많은 사람. 기차에서 노파가 계누아로 떠났다는 것까지도 알게 되었다. 스위스 국기를 가진 소년. 피어발트 슈테터 호수의 해수욕장. 부부. 구명 튜브. 악센 거리에서 산책하는 사람들. 사람들이 마음대로 자리를 잡을 수 있어서 가장 아름다운 수영장. 흰색에 가까운 노란색 옷을 입은 여자 낚시꾼. 고트하르트 열차를 타다. 새 잡는 그물. 우유가 섞인 것같이 보이는 강물. 꽃다운 헝가리 여인.[21] 두꺼운 입술. 등에서부터 엉덩이까지의 이국적인 선. 거기 헝가리 여자 옆에는 멋진 남자. 이탈리아에서 그는 포도 껍질과 함께 바닥에 침을 뱉었지만, 남쪽으로 흔적도 없이 사라졌다. 괴센엔 역에 예수회 회장. 벌써 갑작스레 이탈리아다. 작은 음식점 앞에 던져 놓은 탁자들, 알록달록한 옷을 입은 젊은 남자들이 감정을 억누르지 못한다. 이별의 손짓을 하는 여인들(일종의 차표 개찰을 흉내내는 듯), 어느 역 옆에는 긴머리를 치켜 빗어 올린 흑인 여인들, 밝은 붉은 빛의 집들, 지워져 희미해진 간판. 조금 후에 이탈리아가 사라지거나 스위스의 핵심이 등장한다. 작은 선로지기 초소 안에 있는 여자들, 전투가 생각난다. 티치노의 폭포, 간헐적인 폭포들이 여기저기 온통 있다. 독일어 지역인 루가노. 소란스러운 투기 연습장. 새로 지어진 우체국. 벨베데레 호텔. 요양소에서 콘서트. 과일이 없다.

8월 30일. 4시부터 밤 11시까지 막스와 함께 탁자에 앉아 있었다. 처음에는 정원에서, 그리고 서재에서, 그다음에는 내 방에서. 오전에 수영, 우체국.

8월 31일. 리기에서는 눈산이 마치 시곗바늘처럼 규칙적으로 나타났다.

1911년 9월 1일 금요일

구글리엘모 텔 광장에서 10시 15분에 출발. ―기차 객실 칸과 배의 뒷자리는 같은 틀에서 만들어진 것같이 유사하다. 우유 배달차처럼 천을 펼쳐 배를 덮기 위한 뼈대들—모든 정박은 일종의 공격이다.

짐 없이 떠나니 손으로 자유롭게 머리를 감쌀 수 있었다. —간드리아, 겹겹이 꽂혀 들어차 있는 집들. 색색의 커튼 천이 드리워진 베란다, 위로부터 어떤 조망도 할 수 없다. 골목 그리고 골목이 없다—정박항에 있는 성 마르게리타 상이 분수와 함께 서 있다. 오리아에는 열두 그루의 실측백나무가 있는 저택.[22]

셔츠만 입은 것 같은 발코니 입구—오리아에서는 집 앞에 그리스식 기둥의 테라스를 가진 집을 상상할 수도, 감히 상상하기도 어렵다. —다 타버린 집들은 단지 불타고 있을 때 제대로인 듯하다. —마

메테: 종탑[23] 위에 중세적인 마술 모자—이전의 항구 광장 옆을 따라 난 아케이드 아래에 당나귀—피어발트슈테터 호숫가에서 너무나 골똘히 자신을 생각했다. —오스테노—여인들 무리들과 함께 있는 성직자

이상하게 외침소리를 이해할 수 없다. 문장들 안에 몰이해들이 꿈틀거리는 것 같다. 아이들이 피소아르 터널 뒤에 있는 창가에 앉아 있다. 벽 위를 기어가는 도마뱀을 보니 근질거린다. —프시케의 훌러

내린 머리카락[24]—군인들이 자전거를 타고 지나가고, 뱃사람처럼 옷을 입은 호텔 종업원—카덴아비아 사이에 수영장. 기차를 타고 지나가는 사람들이 우리에게 서로 이탈리아 젊은이라고 한다. 정박한 후 다시 출발하기 위해 조금 뒤로 물러나다.

카를로타 저택[25]—감탕나무, 돌, 떡갈나무. 작은 동물들의 벗겨진 가죽—물리적인 줄타기 곡예의 식물군들—대나무—늙은 박피로 휘감겨 있는 종려나무 줄기—은매화(미르테), 알로에 가지들이 뒤엉켜 있는 낙엽송에 매달려 늘어져 있는 소리 없는 종인 후크시야, 무소나무, 플라타너스—마그놀리엔 선인장(쪼개지지 않는 잎) 오스트레일리아 종려나무—부드러운 은매화—연한 월계수, 반구 모양의 유칼리나무—벗겨져 드러난 근육 줄기—레몬 파피루스, 세모 모양의 줄기로 위가 갈대 모양을 해서 몸체를 휘감고 있는 글리시네—거대한 플라타너스—바나나

메나기오에서 정박하여 있는 아이들, 아버지, 그 아이들을 자랑스러워하는 부인의 몸체.

입을 반쯤 벌리고 있는 고위 정치인(카를로타 빌라)

내 이모와 똑같은 목소리를 하고 짚으로 된 가장자리가 미세하게 갈라지고 촘촘하게 마무리된 양산을 쓴 프랑스 여자는 작은 공책에 산 등등에 대해서 적고 있다. 흑인이 배에서 둥글게 천 지붕이 쳐진 곳에 서서 노 위로 몸을 숙이고 있었다. 세관원이 둘러보고 모든 것이 자기에게 준 선물인 것처럼 신속하게 작은 바구니를 샅샅이 뒤졌다. —포르레차에서 메나기오로 가는 열차에 이탈리아인. 한 사람에

게로 향한 모든 이탈리아 말은 자기도 잘 모르는 거대한 무지의 공간으로 뚫고 들어왔기에 이해가 되었는지 아닌지를 오랜 시간 내내 알려고 했다. 그 원래적인 불확실한 이탈리아어는 이탈리아인의 확실함에 대해서 버틸 수 없었고 이해 여부에 상관없이 듣지 않고 쉽게 지나쳐버렸다. ―메나기오에 가기 전에 뒤로 가는 기차가 우스꽝스러워 재미있는 이야깃거리가 ―저택 앞 거리 저편에 테라스와 장식이 달려 있는 돌로 된 선박 정박소―대규모의 골동품 사업들. ―보트 운전수: 약간의 장사 거래―세관원 보트(네모 선장과 태양계 여행 이야기).[26]

〈1911년〉9월 2일 토요일

작은 증기선에서 얼굴이 흔들림―(흰색으로 가장자리가 둘러쳐진 갈색) 가게 커튼은 매듭이 잘 묶여 올려져 있다(카데나비아)―꿀 속의 벌―상체가 짧고 외로워보이며 신경질적인 언어 여선생님―짧게 끌어올린 바지를 입고 있는 빈틈없는 신사 양반. 그의 소맷자락이 식탁 위에서 흔들려서 마치 손이 나이프와 포크 대신에 의자 팔걸이 끝을 움켜쥐고 있는 것같이 보였다. ―식당 주인 말을 경청하다―다리를 꼰 채로―약한 불꽃놀이 광경 속의 아이들: 한 번 더―쉿 소리―팔을 뻗침―작은 증기선의 불편한 항해. 증기선이 움직이는 대로 따라 흔들렸는데, 그 진동의 폭이 너무 크거나 너무 낮아서 신선한 공기를 느끼고 그곳을 자유롭게 바라보기 힘들었다―거의 화부의 상황에 가까웠다―카스타뇰라와 간드리아 사이의 해변에서 우리는 자리를 만들어 앉았다―앞을 지나가는 무리, 남자, 암소 그리고 여자. 그녀가 이야기했다. 검은 터번, 헐렁한 옷. ―도마뱀의 심장 박동 소리―한 신사의 에너지 소모: 서재로 뒤늦은 서비스 요구, 한꺼번에 맥주, 와인, 페르네트 브랑카,[27] 그림엽서, 가벼운 한숨―주인집 꼬마 소년이 한 번도 말한 적도 없는 것 같은데 엄마가 주의를 주자 안녕히 주무시라며 작별 입맞춤을 내게 한다. 맛있게 잘 먹었다―간드리아, 골목 대신에 지하실 계단과 지하실 복도―웬 소년이 매를 맞는다. 침대를 두드리는 둔중한 소리―담쟁이덩굴로 뒤덮인 집 가장자리로 그 잎사귀들이 뾰족뾰족 튀어나와 있다―간드리아에서 덧창이나 커튼 그리고 유리창도 없는 창문가에 내트린 종마 한 필―우리는 해수욕장에서 간드리아로 가는 길에서 서로를 기대고 의지했다. 그렇게 피곤했다―작은 검은색 증기선 뒤를 따라가는 작은 배들의 축제적인 행렬―젊은 신사들이 그림을 본다고 간드리아 선착장 나무다리 위에 무릎을 꿇은 채 쪼그리고 앉아 있었다. 한 사람은 아주 하얗게 입었는데, 여자들의 친구이자 재담가로 우리에게 잘 알려져 있었다―포르레차에서는 저녁에 항구에서―이미 잊혀진, 수염이 텁수룩한 프랑스인이 빌헬름 텔 동상 앞에서 자신의 기이함을 다시금 상기시켜주었다. 이 동상은 부엌 수도관으로 된 유출관이 있다. 돌에서 놋쇠가 나오다.

〈1911년〉 9월 3일 일요일

금니를 가진 독일인, 그를 기술하는 사람이 그 밖의 다른 인상이 애매하더라도 이것만은 확실하게 잡을 수 있는 그 금니를 가진 독일인이 수영장이 12시에 폐장되는 데에도 불구하고 12시 15분 전에 수영장 입장권을 얻었다. 그래서인지 안에서 수영장 관리인이 이해할 수 없는 아주 엄한 이탈리아어로 그에게 이 사실에 대해 주의를 주고 있었다. 이 이탈리아어 때문에 그의 모국어인 독일어 자체도 뒤죽박죽이 된 채로, 그렇다면 왜 자기에게 차표[28]를 팔았는가를 놀라운 듯 물었으며, 그에게 차표를 판 것에 대해서 불평을 하면서 그에게 더는 차표를 팔아서는 안 되었다고 언급을 했다. 이탈리아어로 말한 답변

778

을 통해서 그는 아직 15분 동안 수영을 할 수 있으며 옷을 입을 시간이 있다는 소리를 들을 수 있었다. 눈물이 났다. ―호수에서 통 위에 앉아 있었다. ―벨베데레 호텔, "호텔 주인을 전폭적으로 인정함. 그러나 식사는 형편없음."

〈1911년〉 9월 4일

콜레라 발병 정보: 교통관리사무소, 코리어레 델라 세라, 『노르트 도이처 로이트』,[29] 베를린 일간지, 방 청소하는 아가씨가 베를린 출신 의사로부터 정보를 가지고 왔다. 이 소식들은 사람들이 무리를 짓는 것과 자신들의 몸 상태에 따라서, 평균적인 성격이 변화했다. 루가노에서 세레시오 항구로 가는 1시 5분 출발에 이 소식이 꽤 유리한 상황이었다. ―부는 바람 속에서 우리 앞에 놓여진 1911년 9월 3일자 『엑셀시오르』를 보며 잠시 파리에 열광하고는, 그것을 가지고 우리는 벤치로 뛰어갔다. ―루가노 호수 위를 지나가는 다리 위에서 선전판을 붙일 자리를 빌릴 수 있었다.

금요일부터 세 녀석이 우리를 뱃머리로부터 몰아냈다. 아마도 선장이 앞의 불빛을 보기 위해서 시야를 확 트이게 해야만 했던 것 같았다. 그런데 그러고 나서는 거기에 의자를 갖다놓고는 자기들이 앉았다―정말 노래라도 부르고 싶었다.

〈1911년 9월 1일〉 금요일

우리에게 투린[30]으로 여행을 권했고 어떠한 경우에도 투린으로 가지 않겠다고 강력하게 함께 결정하며 손바닥으로 치면서 우리가 고갯짓을 해보였던 그 이탈리아인이 보는 앞에서―할인된 표를 보고 좋아함. 세레시오 항구의 어느 집에서 호숫가로 난 테라스에서 자전거로 빙빙 돌고 있다—가죽 끈 대신 다만 작은 말총으로 된 채찍—자전거를 타는 자는 옆에서 속보로 달리는 말을 끈으로 잡고 있다.

밀라노: 한 상점에서 안내 책자를 잊고 나오다. 되돌아가서 몰래 훔치다. —메르칸티 광장에서 사과 파이를 먹었다—웰빙 과자—포사티 극장—모든 모자와 부채들이 움직인다—공중에서 한 어린아이의 웃음소리—프로그램 위에 선전 쪽지가 잘못 붙여져 있다—남성 오케스트라에 한 중년 여인—마룻바닥 자리—입구 자리—관객석과 같은 층에 있는 오케스트라—홀의 천장 장식에 랑키아 광고판이 붙여졌다—뒷벽의 창문이 모두 열려 있다—키가 크고 건장한 남자 배우의 예쁘게 살짝 눌린 콧구멍이, 불빛 속에서 뒤로 젖힌 얼굴 윤곽이 흐트러짐에도 유난히 눈에 띄게 까맣게 보였다—가늘고 긴 목의 여자 배우는 팔꿈치를 꼿꼿이 하고는 짧은 보폭의 총총걸음으로 방에서 걸어 나왔는데, 긴 목에 어울리는 높은 굽을 짐작케 했다. 웃음의 과대 평가, 왜냐하면 이해를 하지 못해서 심각해서 웃는 것은, 감동을 받아 경건하고 진지함에서 나오는 웃음과는 거리가 멀기 때문이다. —모든 가구들의 의미—두 작품의 어떤 경우에도 5개의 문—그려진 눈에서부터 내리비쳐지는 처녀의 코와 입. —특별 관람석에 있던 신사가 뒤의 금니가 다 보이도록 입을 크게 벌려 웃다가 잠시 입을 그대로 벌리고 있었다. 언어를 이해하지 못하는 관객을 위하여 그리고 관객에 반하여 형성되는 일체감과는 다른 방식으로는 얻을 수 없는 무대와 객석 공간 사이의 일체감.

—옆얼굴이 비유대적으로 바뀌었을 뿐, 평소에는 유대인 얼굴을 가진 젊은 이탈리아 여자—그녀가 일어나면서 두 손을 난간으로 뻗쳤는데, 팔과 어깨만큼으로 벌려지지 않고 오직 마른 몸체만 보였으

며, 그녀가 창틀 쪽으로 팔을 뻗쳤고, 바람이 세차게 불자 두 손으로 나무를 잡듯이 창틀을 잡고 있는 모양이란—그녀는 추리소설을 읽고 있었는데, 남동생이 달라고 오랫동안 떼를 써도 소용이 없었다. —그 옆에 예리하게 굽은 코를 한 아버지, 그녀 역시 동일한 부위가 바로 부드럽게 더욱 유대적으로 휘어져 있었다. —그녀는 자주 나를 바라보았는데, 내가 성가시게 오랫동안 바라보는 것을 끝내는 중지하지나 않을까 하는 호기심에서였다. —생견 비단으로 된 그녀의 치마—내 옆에 앉은 몸집이 큰 여인은 부채로 향수 냄새를 공중으로 날려 보내고 있다—그녀의 그 많은 살집을 편편한 발이 이겨내지 못하고는 곧바로 발가락 뒷부분이 불룩하게 솟아 있다. —그녀 옆에서 나는 바싹 마르는 것을 느꼈다—짐칸에 있는 가스불의 양철 갓은 납작한 여성용 모자 모양을 하고 있다—재미나게 여러 가지 모양을 한 집 울타리—스칼라 광장으로 들어가는 진입로의 둥근 아치 아래에서 우리는 그 집들을 찾았는데, 단순하면서 긁힌 건물 옆면을 마주 대하면서 광장 쪽으로 다 나간 후에도 역시 이 잘못된 오류에 대해서 놀라지 않았다—도심 쪽으로 올라가는 교통들이 점점 다 사라지고 마침내 돔 광장에서 비토리오 엠마누엘의 동상 주위를 천천히 돌고 있는 전차만 남았다. 그러고는 몸을 돌려 호텔을 찾았다. —이중문으로 두 개의 방이 연결되는 것에 대한 기쁨. 각자 문 하나를 열어놓을 수 있다. 막스는 이 방은 부부에게도 더 적합했을 것이라고 했다—우선 생각을 쓰고, 그다음에 낭독하고, 읽지 않으면서 썼다. 왜냐하면 그렇게 해야만 내면 속에서 시작된 것이 완성될 수 있고, 그러면서 앞으로 더 써야 할 것이 풀리기 때문이다. —돔 광장의 한 카페에서 커피를 마시면서 가짜 죽음과 심장 통증에 대해서 이야기하다. 작곡가 말러 역시 심장을 콕콕 찌르는 듯한 통증을 그리워했다. 이야기를 하면서 밀라노에서 예정했던 체류 시간이 내 쪽에서 조금 이의를 제기했음에도 불구하고 많이 줄어들었다. ―돔은 뾰족탑이 너무 많아서 부담스러웠다. ―파리로 떠나자고 결심을 하게 된 경위: 루가노에서 파리 일간지를 보고 순간적으로 생각함, 밀라노로 여행하게 된 것은 완전히 자유의사는 아니지만 차표를 사게 되어서 밀라노로 향하고, 포르테 세레시오로 오게 되었고, 밀라노에서 파리로 가는 것은 콜레라에 대한 불안이며, 이 불안에 대한 응분의 보답을 원했기 때문이다. 게다가 이 여행에서 시간적으로나 경비면으로나 장점이 계산되었기 때문이다.

 I 리미니―오스트엔데³¹―게누아 네르비(프라하)

 II 북부 이탈리아 호수, 밀라노(프라하) 게누아(로카르노와 루가노 사이를 왔다 갔다 하다)

 III 마기오레 제외함. 루가노, 밀라노, 볼로냐까지 도시 여행

 IV (루가노에서) 루가노―파리

 V 루가노―밀라노(여러 날)―마기오레

 VI 밀라노에서: 직접 파리로(경우에 따라서 퐁텐블로)

 VII 스트레자에서 하차함으로써 여행을 처음으로 앞뒤로 한 번 조망하게 되었다. 여행이 확대되었기 때문에 중간 점검을 해야 했다. 그 상가 회랑³²에서만큼이나 사람이 작게 보인 적이 없었다―막스가 주장하길 이 회랑은 노천에서도 집들이 보일 만큼 높다고 했으며, 나는 끝까지 이 회랑을 위해서 주장할 것처럼 다 잊혀진 구실까지 찾아 대면서 막스가 주장한 사실을 거부했다. ―그 회랑 통로는 거의 불필요한 장식이 없고 시선을 가로막지 않으며, 그런 까닭에 그 높이 때문에도 짧아 보였지만 그런대로 괜찮았다―회랑은 바람이 자유롭게 통하도록 십자로 모양으로 되어 있었다―돔 지붕에서 내려보면 그 회랑에 비해서 사람이 더 크게 보였다―나는 이 회랑을 보는 것으로 고대 로마 유적을 보지 못한 것에 대해서 완전히 위로받을 수 있었다―

복도 깊은 곳에 유곽 지대를 가리키는 투명한 간판 제목: Al vero Eden. 골목에는 대개 일반인들의 왕래가 많았다. 주변의 골목을 왔다 갔다 서성대다. 골목은 깨끗했고 좁긴 해도 보도가 있었다. 한번은 우리가 좁은 골목길에서 직각으로 다른 골목으로 들어서는데, 어느 집 꼭대기 층에서 한 여자가 창틀에 기대고 있는 것이 보였다―당시 나는 모든 것을 쉽게 결정했으며 그런 기분에서는 언제나처럼 내 몸이 무거워지는 것을 느꼈다. ―그 아가씨들은 그들이 마치 처녀들인 양 그들만의 프랑스어로 말했다. ―밀라노 맥주는 냄새는 맥주인데 맛은 와인 같았다. ―막스는 쓰는 동안에는 쓰여진 것에 대해서 유감스러워했으나, 후에는 결코 그렇지 않았다.

막스는 불안해서 서재에서 고양이를 산책시켰다.

다리를 벌리고 앉아 있는 여자의 배는, 비치는 치마 아래의 다리 위로 그리고 벌린 다리 사이에서 말할 것도 없이 볼품이 없었는데, 그녀가 일어서자 마치 베일 뒤의 극장 장식처럼 줄어들면서 결국에는 참을 수 있을 정도의 여자 몸체로 만들어졌다. 프랑스 여자, 무엇보다도 둥글고, 더 섬세하고 수다스럽게 매달려 있는 무릎은 마지막으로 마무리하며 바라보는 시선에 귀여워 보였다―지금 막 벌어들인 돈을 양말에 쑤셔 넣는 사령관 같은 기념비적 인물상. ―한쪽 무릎에 두 손을 얹고 있는 노인―문에는 사악한 얼굴이 스페인답고 허리에 손을 얹고 있는 것도 스페인다운 여자가 인조 실크로 된 코르셋 같은 치마를 입고 몸을 뻗치고 서 있었다. 털은 촘촘하게 배꼽에서 거기까지 이어지고 있었다. ―유곽 지대에서 독일 여자를 만나는 것은 어색했다. 그녀들은 손님을, 그들의 민족을 잠시 어색하게 만들었다. 여기서는 프랑스 여인들이 그렇게 했다. 아마도 이 은밀한 관계

를 충분히 잘 알지 못하기 때문일 것이다. ─열정에 대한 벌로 얼음물만 들이켰다. 사과 주스 1컵, 극장에서 오렌지 주스 2컵, 엠마누엘라 동상 앞 바에서 1컵, 상가 십자회랑 커피집에서 셔벗 1개, 프랑스 천연수 1컵, 이 한 잔으로 이전의 모든 것의 효과를 폭로시켜버렸다. 옆 벽면에서 앞으로 튀어나온 창문으로 보이는, 강한 이탈리아어로 쓰여진 넓은 포스터를 침대에서 바라보면서 슬프게 잠이 든다. 목구멍이 온통 메마른 압박으로 아파오면서 절망적으로 깨어나다. ─실을 꼬아서 짠 장갑을 벗은 채 한 손에 들고, 다른 손에는 작은 막대기를 들고 출근을 하는 것은 경비대원에게 어울리는 관료적인 우아함이 아니다. ─여자들이 돔 광장과 상가 회랑에서 달려간다. ─아침에 유곽에서의 일로 막스에게 사과하다.

〈1911년〉 9월 5일

스칼라 광장에 있는 상업은행─집에서 온 편지─어지간한 의자─상관[33]에게 엽서 보내다: "이 엽서와 다른 두 번째 엽서로써 이탈리아 우표가 당신에게 도움이 되기를 바라며, 이런 구실로나마 당신에게 인사드리고자 합니다."─카데나비아에서처럼 갈색 얼굴을 한 문지기들 사이를 지나 돔으로 들어가는 놀랄 만한 입장. ─돔의 건축물 그림을 달라고 요구하다. 왜냐하면 돔을 빙 둘러 오직 건축물 그림들만이 세워져 있었고, 대부분 앉는 의자도 없고, 기둥에도 입상이 거의 없었다. 저 멀리 벽면에는 별로 그림이 없었고, 점점 어두워지는 그림 몇 점뿐이었다. 개별 방문자들은 바닥 위에서 그 키를 재는 기준 자처럼 서 있었거나 그 키가 늘어나는 확대의 기준처럼 움직인다. ─고상하다. 그러나 또다시 곧바로 그 회랑이 연상되었다. ─책임감 없이 아무런 기록도 하지 않고 여행하기, 그렇게 살기. 나날들이 매일 똑같이 흘러간다는 것에 대한 치명적인 느낌은 불가능했다.

―돔 지붕으로 올라가다. 앞서가는 이탈리아인이 노래를 흥얼거렸고, 윗옷을 벗으려고 했으며, 틈 사이로 보면서, 그 틈으로는 단지 뿌연 햇살만이 보였지만, 계단 수가 적혀 있는 것을 톡톡 치면서 올라갔기에 뒤에 따라가는 우리도 올라가면서 재미있었다. ―앞쪽 지붕 회랑에서 내려다보다. 저 아래에 지나가는 전차의 기계 작동이 약간 고장 난 듯, 휘어진 선로를 따라 그렇게 맥없이 굴러갔다. 우리가 서 있는 지점에서 내려다보니 전차 기사는 비스듬하게 엎드린 채 서둘러 전차로 뛰어가서 올라탔다. ―남자 형상을 따서 만든 낙수 홈통은 척추뼈와 뇌를 빼내어 빗물이 내려가도록 되어 있다. ―색칠이 된 모든 큰 창문에는 개별 그림에서 언제나 반복되는 색깔이 주를 이루었다. ―막스: 장난감 가게 진열장에 있는 역사驛舍, 둥근 원을 그리고 있으면서 아무런 목적지도 없는 선로가 밀라노에서의 최고로 강한 인상으로 남아 있다. 그 진열장에서 돔과 철도 역사를 함께 조립해 놓은 것은 상품 재고의 다양함을 보여주기 위한 것이라는 게 더 맞을 것 같았다. ―돔의 후면에서부터 커다란 지붕에 달린 시계를 마주 볼 수 있다. ―막스: 성채[34]를 멀리서 보고는 직접 가는 것을 생략했다. ―포사티 극장―스트레사로 떠남. 쿠션 있는 객차 칸에서 자는 자들의 양각을 새기는 운동―사랑하는 한 쌍.

스트레사에서의 오후. 9월 6일 수요일. 화가 나다, 저녁의 착상들 그리고 호텔들. 9월 7일 목요일. 수영. 편지, 떠남. ―공공장소에서 자다―9월 8일 금요일 여행 이탈리아인 한 쌍, 자기 말로는 살루스 부인[35]―성직자―미국인―엉덩이주위에 살이 많은 두 명의 작은 프랑스인, 몽트뢰

거대한 파리의 거리에서는 다리를 벌려서 걷는다―침대 버팀목의 모서리에 앉아서 족욕―여름날 선술집의 작은 등불―샹젤리제 거리

의 평범하고 쿠션이 많은 소파의 알맹이—콩코드 광장의 시설은 눈길이 그것을 찾으려 할 때만 그 매력이 눈에 쉽게 들어오는 저 먼 곳으로 밀어내고 있다.

피렌체 학파(15세기), 사과가 있는 광경—

틴토레토—수잔느

시모네 마르티니 1285(시에나파), 골고다 언덕으로 걸어가고 있는 예수 크리스트

만테냐(1431-1506)의 벽화: 승리하는 악의 현명함, 베니스파

티티안(1477-1576), 트리엔트 공의회

라파엘: 아폴로와 마르시아스

벨라스케스(1599-1660), 필립 4세 초상

야코프 요르단스(1593-1678), 식사 후 음악회

루벤스, 디기탈리스 열매[36]

어린이를 위한 과자 가게
프티샹 거리

아침에 빨래하는 여인

프티샹 거리, 너무 좁아서 늘어선 집에 햇살이 비추어도 모두 그늘 속에 들어 있는 것 같았다. 그 채광에서 다닥다닥 붙어 있는 집들의 차이

군인 금고
주식회사   오페라 거리
자본금 일백만

로베르트—사무엘[37]

암바사되르[38]—북을 빠르게 연달아 치면서 북채가 높이 올려졌다가 다시 조용해지면서 두 개의 에스s로 관악 연주가 공지되었다.

리옹으로 가는 문—콩퇴르 프랑세즈.[39]—토역꾼은 바지 멜빵 대신 알록달록한 장식 띠를 몸에 감고 있었다. —내가 쪽잠을 잤는지 나는 잘 알지 못했으며, 마차 안에서 그리고 오전 내내, 보모 하녀를 독일 어린아이의 프랑스 가정교사로 보지 않도록 주의하는 데에 여념이 없었다. —어느 정도로 간단하게 아침에 씻고 꾸며야 하는지에 대해서 막스의 가장 깊이 감춰져 있는 성격 탓으로 오해가 있었다. —프랑스적인 것으로 해서

무대[40] 위에서 막 앞에 서서 악장을 지휘하는 사람의 역할에 대해서 알 수가 없다.

(자주 중단되었지만) 관객 앞에서의 연습. 대체 무슨 공연을 위한 연습인지

작은 돌로 된 바닥

라파예의 그림.[41] 점령당한 살렘 1668년 5월 17일.[42]

두 친구, 빨간색 옷을 입은 자는 흰 말을, 짙은 색 옷을 입은 자는 짙은 색 말을 타고는 도시 점령 뒤에 휴식을 취하고 있다. 배경에는 천둥 번개가 몰려오고 있다.

1786년 6월 23일 루이 16세의 셰르부르 여행[43]

루트비히가 탄 배는 양면에 각각 세 줄로 열을 맞춘 뱃사람들이 함께 묶인 노를 저어서 육지로 이동 중이었는데, 왕은 셰르부르 쪽을 향해 팔을 뻗치고는 뒤에 서 있는 신하, 특히 손을 가슴에 얹고 있는 자에게 아주 신나게 말을 하고 있다. 여인들은 가볍게 옷을 입고는 육지를 향해서 몸을 흔들고 있었고, 남자들은 망원경으로 바라보았다. 마차가 기다린다. 다른 배에서 사람들이 상륙용 발판 위로 내려야만 할 것이며, 벌써 하나가 올려진다.

바그람 전투장에서 1809년 7월 5일부터 6일까지 나폴레옹군의 야영.[44] 나폴레옹이 한쪽 다리를 낮은 의자에 올리고 혼자 앉아 있다. 그의 뒤에는 주둔지에 피운 불의 연기가 피어 오른다. 그의 오른쪽 다리와 책상과 의자 다리의 그림자가 그를 둘러싸고는 앞으로 빛을 발하는 모양으로 놓여 있다. 고요한 달빛. 멀리 반원을 그리며 서 있는 장군들이 주둔지의 모닥불과 그를 보고 있다.

전형적인 평면도: 셔츠, 속옷 전체, 레스토랑의 냅킨, 설탕, 대개는 이륜마차의 커다란 바퀴, 앞뒤로 연달아 하나씩 묶여진 말들, 센강의 납작한 증기선, 발코니들이 집들을 가로질러 나누고, 집들의 이 납작한 횡단면을 확장하고 있다. 납작하게 눌린 넓은 굴뚝, 접어놓은 신문들

가는 빗금이 쳐진 파리:
납작한 굴뚝으로부터 자라서 나온 높고 가는 굴뚝(작은 꽃화분 모양이 많은), 아주 조용한 오래된 가스등, 겉창의 횡선들, 변두리 외곽에서는 집 벽면에 더럽게 빗금 자국이 덧붙여졌다. 우리가 리볼리 거리에서 본 지붕들의 가느다란 테, 그랑 팔레의 빗금 쳐진 유리 지붕, 상점 안에 빗금 따라 나뉜 창문, 발코니 울타리, 선들로부터 만들어지는 에펠 탑, 우리 창문 맞은편에 있는 발코니 문들의 옆면과 중간의 테는 커다란 줄 같은 효과가 난다. 바깥에 있는 의자나 카페의 작은 탁자 다리들도 선이며, 공원들의 뾰족한 금빛 창살들도 그렇다.

상점들에 대한 관찰

탄산수가 섞인 사과 주스가 옷을 때에는 얼마나 쉽게 코로 들어가는지(코미디 오페라극장 앞 바에서)

모방할 만한 것들: 비야르 카페,[45] 돌아다니는 상인들, 듀발,[46] 역사홀의 기차들은 바깥에서는 채찍으로 때리는 것 같다.
막스가 코감기이다.
다른 이가 그것을 갖지 못하게 게임 칩을 들어 올리다

비행기

승강장표, 이러한 가정생활에 대한 관여는 알려지지 않았다.

클레리 거리가 하늘로 솟았다가 하늘로 떨어진다.

육군 대령 아르투르 부셰[47]
내일의 전쟁에 승리를 확신하는 프랑스. 군사 작전을 지휘한 전 참모총장은 만일 프랑스가 공격당한다면, 프랑스는 승리에 대한 확신을 가지고 방어할 수 있을 것이라고 천명했다.

혼자서 서재[48]에 앉아 있었다. 귀가 잘 안 들리는 동석한 여인에게 나를 소개했을 때 그녀는 다른 쪽을 보고 있어서 아무 소용이 없었으며, 바깥에 비가 오고 있다고 가리켰더니 여전히 후텁지근하다고 했다. 그녀는 한쪽 옆으로 놓인 책에 따라 카드를 놓고 있었다. 여전히 사용하지 않은 양면으로 인쇄된 미니 카드를 백 장 정도 움켜진 손으로 머리를 받치고 있었다. 내 옆에는 나를 등진 채 검은색 옷을 입은 신사가 『뮌헨신보』를 보고 있었다. ─아주 강하고 굵은 장대비. ─금세공 일을 하는 유대인과 함께 차를 탔다. 그는 크라카우 출신으로 대략 스무 살 정도였다. 미국에 2년 반 있었고, 지금은 파리에 2개월째 머물고 있는데 14일 동안 일을 했단다. 임금도 형편없고 일당 10프랑, 작업장도 형편없단다. 도시에 새로 오면 대체 자기 일이 어떤 가치를 가진 것인가를 알 수 없다. 암스테르담에서의 아름다운 삶. 온통 크라카우 출신들뿐으로, 매일 크라카우에서 일어나는 소식을 듣는다. 언제나 누군가가 그곳에서 오고 가기 때문이다. 골목을 따라 계속해서 폴란드 말만 들린다. 뉴욕에서의 큰 돈벌이. 그곳에서는 모든 여자들이 돈을 잘 벌어서 화장을 멋있게 한단다. 그곳과 파리를 비교할 수는 없다. 큰 거리로 한 발자국만 내디뎌도 그것을 감지할 수 있다. 뉴욕에서 도망쳐왔다. 왜냐하면 그의 사람들이 여기에 있었고, 그에게 편지를 썼기 때문이다. 우리는 여기 크라카우에 살고 있으면서 돈을 벌고 있는데 너는 얼마나 더 미국에 머무를 것인가라고 말이다. 정말 옳은 소리다. 스위스인들의 삶에 열광한다. 그들도 그렇게 시골에 살면서 사육을 했다면 거대하고 강한 사람들이 되었음에 틀림없다. 그리고 이 강들! 그렇지만 핵심은 사람들이 저항 뒤에 강으로 온다는 것이다. —그는 길고 돌돌 말린, 가끔 손으로 매만진 머리카락을 하고 있다. 번쩍거리는 눈, 천천히 굽어지는 코, 뺨 밑은 폭 파이고, 미국식으로 재단된 양복, 해진 셔츠, 늘어진 양말. 그의 가방은 작았지만 내릴 때 무거운 짐처럼 들었다. 그의 독일어는 영어식 강조와 어법으로 어색했고, 속어는 전혀 쓰지 못할 정도로 영어가 강했다. 밤새 차를 타고 온 뒤 활력. "당신은 오스트리아 사람인가요? 그래요, 당신도 역시 비막이 목도리를 가지고 계시네요. 모든 오스트리아 사람들이 하나씩 가지고 있죠." 나는 소매를 앞으로 보여주면서 목을 감싸는 목도리가 아니라 외투임을 증명했다. 계속해서 그는 자신의 주장을 굽히지 않고 오스트리아 사람들은 목도리를 가지고 있으며, 이렇게 걸친다고 했다. 그러면서 그는 제삼자에게 몸을 돌려 어떻게 하는지를 보여주었다. 그는 셔츠 깃 뒤에 뭔가를 고정시키는 것같이 하더니 잘되었는가 보기 위해서 몸을 경련하듯 떨었다. 그리고 나서 이것을 우선 오른팔 위로 그다음 왼팔 위로 당기더니 다들 알아보았듯이 그가 따뜻해져서 기분 좋아질 때까지 감쌌다. 그가 앉아 있었음에도 불구하고 그의 다리 움직임은 오스트리아인이 얼마나 쉽게 바로 아무 걱정 없이 그런 목도리 숄을 걸치고 다닐 수 있는지를 보여주었다. 그때 그를 비웃는 사람은 아무도 없었다. 오히려 많은 여행으로 본 것이 많은 사람 중 하나가 시연해준 것 같았다. 뭔가 어린아이 같은 천진난만함이 섞여 있었다.

요양소 앞 어둠침침한 정원을 산책하다.

피스톤⁴⁹으로 부는 마적의 노래를 끝까지 부르면서 아침 체조를 했다.

매년 겨울에 부다페스트, 남프랑스, 이탈리아로 도보 여행을 하는 비서. 맨발에다 생식(거칠게 빻아 만든 빵, 무화과, 대추)만 한다. 그는 다른 두 사람과 함께 니스 근처에 14일 동안 머무는데, 대개는 외딴 집에서 벌거벗은 채로 지냈다.

뚱뚱하고 키가 작은 처녀는 자주 코를 후비고 있었는데, 똑똑하지만 그렇게 예쁘지는 않았으며, 미래가 없는 코를 가졌다. 이름이 발트라우테라고 하며, 다른 처녀는 그녀에게는 뭔가 빛나는 것이 있다고 말했다.

팸플릿 책자의 사진에 따르면, 식당의 기둥이 높고, 번쩍거리고, 온통 대리석이었는데, 그 때문에 나는 작은 증기선을 타고 호수를 가로질러 가는 동안에 저주스러웠다. 드디어 도착해보니 기둥이 아주 시민적이며, 벽돌로 지어졌고, 흉한 대리석 같은 문양에 눈에 띄게 낮았기에 매우 놀랐다.

내 창문 건너편에 있는 배나무에서 한 남자가 내게는 분명 보이지 않는 1층에 있는 처녀와 아주 재미있게 이야기하고 있다.

의사가 자꾸만 다시 내 심장 박동 소리에 귀 기울이고, 자세를 계속 바꾸기를 원해서 생각이 명확해질 수 없었을 때의 편안한 감정. 특히 그는 오랫동안 심장 주위를 어루만졌다. 그것은 너무나 오래 걸려서 거의 아무런 생각 없이 행하는 것 같았다.

밤에 칸막이가 있는 객차 칸에서 등불을 걸어놓고는 여자들이 싸운다. 누워 있는 프랑스 여자가 어둠 속에서 소리를 지르고, 그녀 발에 의해 벽으로 밀린 프랑스어를 못하는 중년의 여자가 어쩔 줄 몰라 하는 것이란! 프랑스 여자 생각에는 그 여자가 이 자리를 떠나야 했다는 것인데, 많은 짐을 다른 쪽, 뒷좌석으로 옮겨서 자기가 다리를 쭉 뻗을 수 있어야 한다고 했다. 내가 있는 칸에 있던 그리스인 의사가 그녀에게 아마도 독일어를 기초로 한 프랑스어이긴 한데 너무나 서툰 말로 그녀의 잘못을 명백하게 말해주었다. 나는 차장을 불러왔고, 그가 그들을 뜯어말렸다.

———————————

벌써 그 여자와 또 동석이다. 그녀는 게다가 바보같이 적기만 하는 여자였다. 언제나 몸에는 많은 종이, 카드, 펜 그리고 연필이 들어 있는 필기구 가방을 들고 다녔는데, 전체적으로 매우 고무적이었다.

———————————

지금 여기는 마치 가족 품에 있는 것 같다. 바깥에는 비가 오며, 어머니는 카드를 하고, 아들은 글을 쓴다. 그 밖에는 아무도 방에 없다. 그녀는 귀가 잘 안 들리기 때문에 나도 그녀를 어머니라고 부를 수 있었다.

'타입'이라는 말에 대한 나의 극도의 거부감에도 불구하고 나는 자연치료 요법 그리고 그와 결합되어 새로운 타입이, 예컨대 펠렌베르크 씨[50]를 물론 나는 매우 피상적으로 알고 있지만 그가 대표하고 있는 타입이 있다는 것이 진실이라고 생각한다. 얇은 피부, 꽤 작은 머리, 과장되게 깨끗하게 보이는, 한두 개 그들과는 어울리지 않는 사소한 것들(F. 씨의 경우 이가 빠졌다든지, 배가 불룩해지기 시작하는 등)이 있는 사람들, 몸 체질에 어울리는 것보다 훨씬 더 야윈, 즉 억제된 기름살, 마치 병에 걸린 것같이 혹은 적어도 그렇게 강요된 건강의식의 모든 결과를 얻어내려는(내가 그걸 나누라는 것은 아니다) 듯 건강을 돌본다.

희극 오페라 객석에서.[51] 첫 번째 줄에 앉은 신사가 연미복에 실린 더 모자를 썼으며, 맨 뒷줄의 한 남자는 벌써 침대로 올라가려는 듯 셔츠(가슴을 편하게 노출시키기 위해서 앞쪽으로 끼워 넣은 셔츠) 바람이다.

내가 재미있고 행복한 남자로 여길 수 있을 트럼펫 연주자[그는 아주 잘 움직이고, 예리한 생각을 하며, 그의 얼굴에는 은발의 수염이 예쁘게 자라서 코밑의 수염으로 연결된다. 뺨은 발갛고, 푸른 눈에 아주 실용적으로 옷을 입었기 때문이다]는 그가 소화불량이라고 얘기하는 도중에 나를 쳐다보았다. 그 시선은 두 눈에서 특이하게 똑같은 강도로 나왔는데, 눈을 문자 그대로 긴장시키더니 나와 마주치고는 비스듬히 땅으로 내려갔다.

스위스에서 민족 갈등. 몇 년 전만 해도 완전히 독일 도시였던 빌이 프랑스 시계공들이 이주해오는 바람에 프랑스화될 위기에 처했다. 유일하게 이탈리아어 지역인 칸톤 티치노는 스위스로부터 떨어져 나오려고 한다. 그것은 정치적 독립운동이다. 7명의 구성원이 있는 연방위원회에 이탈리아 지역의 대표가 없다. 그들의 주민 수(아마도 180,000명)에 비할 때에 구성원이 9명이 되어야만 대표를 보낼 수 있다. 그러나 그 수를 변경하려 하지 않는다. 고트하르트 열차는 독일 사기업으로, 직원들은 독일인이며, 벨린조나에 독일학교를 세웠다. 그런데 지금은 국영기업이 되었기에 이탈리아인들은 이탈리아인 관료를 원하며, 학교를 폐쇄하길 원한다. 학교 문제에 대해서는 실제로 칸톤 법이 결정권을 가진다. 전체 주민 중 2/3가 독일인,

1/3이 프랑스인과 이탈리아인이다.

너무 기침을 많이 해서 나를 객차 칸 밖으로 내몰았던 병든 그리스 의사는 양고기만을 소화할 수 있다고 주장했다. 그는 빈에서 묵어야 하기 때문에 독일어 표현을 적어달라고 부탁했다.

비가 왔음에도 불구하고, 나중에 완전히 혼자가 되었어도, 나는 지금도 여전히 불행하며, 식당에서는 카드 놀이가 벌어졌지만 나는 할 줄 몰라서 참여하지 않았음에도 불구하고, 정말로 드디어 아주 좋지 않은 글을 썼음에도 불구하고 나는 어떤 추악함뿐만 아니라 아쉬움 조차도, 이렇게 마치 내가 뼈로만 만들어진 것같이 유기체적으로 혼자 있는 것에 대해서 슬픔이나 고통도 느낄 수 없었다. 그때 변비통이 있던 창자의 윗부분에서 약간의 식욕을 느끼는 것 같아서 기뻤다. 주석으로 만들어진 잔에 우유를 가지고 왔던 여자가 돌아와서 카드 놀이를 시작하기 전에 내게 물었다. 당신은 원래 어떤 것을 쓰세요? 관찰? 일기? 그리고 내 대답을 이해하지 못할 것이 뻔하다는 듯이 곧 바로 재차 물었다. "당신은 학생입니까?" 나는 그녀가 잘 듣지 못하는 것에 아랑곳하지 않고 대답했다. "학생이 아닙니다. 하지만 공부를 합니다." 그녀가 다시 카드 놀이를 하는 동안 나는 이 문장으로 다시 혼자가 되고, 그 무게를 지닌 채로 한동안 그녀를 바라보았다.

우리 두 남자는 예닐곱의 스위스 여자들과 함께 식탁에 앉아 있었다. 나는 접시가 그 탁자 반쯤 돌아서 빈 접시만을 받거나 혹은 심심해서 방을 둘러보면, 얼마나 가장 멀리 떨어진 그릇들이 들어 올려져서 그 여자들 손으로 들어오고 재빠르게 가까이 오는지 참으로 모르겠다. 그리고 내가 고맙다고 하면서 더 이상 필요없다고 하면 똑같은

경로를 통해서 돌아간다.

프란시스크 사르시가 쓴
「파리 점령」[52]

1870년 7월 19일 선전포고. 몇몇 날들이 유명세를 타는 것도 매번 바뀐다. ―책이 파리의 성격이 바뀌는 것을 기술하면서 책의 성격 자체가 바뀐다. ―동일한 사안에 대한 칭찬과 비난. 패전 뒤에 파리의 고요함을 한 번은 프랑스적인 경박함이라고 했다가 또 다른 때에는 프랑스식의 저항이라고도 했다―세단 공화국 이후의 9월 4일―노동자와 시민군이 사다리를 타고 올라가 공공건물에 새겨진 N자를 망치로 때려 부순다. ―공화정을 선언한 후 8일 동안 열광은 대단하여서 방어 시설 작업을 위한 노동자를 구할 수가 없었다. ―독일인들이 진격해오고 있다. 파리식 위트 섞인 농담: 맥-마혼이 세단에 포로로 잡혔고, 바제인은 메츠에 넘어갔으며, 드디어 이 두 군대가 통합되었다. ―외곽 도시를 파괴하라는 명령이 내려지고―세 달 동안 아무런 소식이 없었다. ―파리는 결코 처음 점령할 때처럼 맛있지는 않을 것이다. ―감베타는 지방의 봉기를 조직했다. 한번은 그에게서 편지 받는 것이 성공했다. 모든 것이 불탔던 그 시점들을 자세하게 설명하는 대신에 단지 파리의 저항에 온 천지가 감동하였다고 썼다. ―이미 궁정 안으로 쳐들어왔고―광적인 클럽 모임들. 트리아 고등학교의 여자들 모임. "어떻게 여자들은 적들을 대항해서 그들의 명예를 지킬 수 있는가?" 신의 손가락, 아니 청산가리를 가진 손가락이 더 어울리겠다. 그것은 여인들이 손가락에 끼던 고무로 된 일종의 골무로서, 그 끝에는 청산가리를 넣은 작은 튜브가 있었다. 독일군이 오면 그에게 손을 내밀어 잡아서 찌르고 확 뿌렸다. ―한 연구소에서 한 학자를 기구에 태워서 내보냈는데, 알제리의 태양 흑점을 조사하기 위해서이다. —지난해에 수확한 남은 밤을 먹는다. 식물원의 동물들—마지막 날까지 모든 것을 먹을 수 있는 레스토랑이 몇 집 남아 있었다. —이 하사관 호프는 아버지 원수를 갚기 위해서 프로이센 사람을 살인한 것으로 유명해졌는데 그 후 사라졌기에 스파이로 여겨졌다. —군대 상황: 전진 초소가 개별적으로 독일군과 형제를 맺는 축하주를 마셨고, 루이 블랑은 독일군을 기술을 공부한 모히칸족과 비교했다. 1월 5일 폭격이 시작되었다. 별 소용은 없었다. 수류탄이 불붙는 소리가 나면 엎드리라고 명령했다. 거리의 아이들이나 어른들이나 모두 웅덩이 쪽으로 몸을 돌려 피했는데 가끔씩 외치는 소리가 들렸다 "프랑스를 지켜라." —한동안 샹지 장군이 파리의 희망이었다. 그는 다른 사람들과 마찬가지로 패배했고, 당시 이미 그가 왜 유명했는지 이유를 알 수 없었다. 그럼에도 불구하고 그에 대한 열광이 대단해서 사르시가 책을 쓸 때 그 스스로도 그에 대한 모호하고 이유도 알 수 없는 감격을 느끼고 있었다. —당시 파리에서 어느 날: 널따란 대로에 태양이 빛나는 아름다운 날, 사람들은 조용히 산책하는데, 드빌 호텔을 향해서 뭔가 징후가 변하고 있었다. 거기에는 파리코뮌 지지자들의 봉기가 있었고, 많은 사람들이 죽어 있었다. 군대가 진격해왔다. 왼쪽 강가에서는 프로이센의 포탄이 쉿쉿 소리를 내며 날고 있었다. 포구와 다리는 조용했다. 프랑스 극장으로 다시 되돌아오다. 〈피가로의 결혼〉 공연을 본 관객들이 나왔다. 저녁신문이 지금 막 나왔다. 거리로 나온 관객들은 삼삼오오 짝을 지어서 간이 상점 주변에 모여들었다. 샹젤리제 거리에는 아이들이 놀고 있었고, 휴일에 산책 나온 사람들은 호기심에 차서 트럼펫을 불면서 말을 타고 지나가는 기병 부대를 바라보고 있었다. 어머니에게 쓰는 편지의 한 구절: 파리가 얼마나 큰 도시인지 아마도 상상을 하지 못하실 것입니다. 파리 사람들은 이상한 사람들인지, 하루 종일 떠들면서 다닙니다. ─14일 동안 파리에는 더운 물이 없었다. ─1월 말에 4개월 반의 점령이 끝나다.

〈1911년 9월〉20일
객차 칸의 노부인들이 마치 한반 아이들처럼 떠들면서 소통한다. 자동차 사고를 당했던 노부인들 이야기. 여행할 때 그들만의 방법: 결코 소스를 먹지 않으며, 고기를 건져내고, 차가 달릴 때에는 눈을 감는다. 그러나 눈을 감아도 이야기는 한다. 과일을 먹을 때에는 빵을 함께 먹고, 딱딱한 송아지고기를 먹지 않는다. 남자들에게 한 사람을 통로 너머로 데려다 달라고 부탁한다. 체리는 가장 소화가 안 되는 과일이다. 노부인의 구원.

밀라노 역에서 삼쌍둥이 객차 칸[53]

젊은 이탈리아인 부부가 스트레자로 가는 기차에서 파리로 가는 다른 부부와 만나 합쳤다. 남편은 키스만을 허용하면서 창밖을 내다보며 그녀의 뺨에는 어깨만을 내밀어주었다. 그가 더운 열기로 윗옷을 벗고 눈을 감자, 그녀는 그를 자세하게 보는 것 같았다. 그녀는 예쁘지는 않았으며, 얼굴 가장자리에 가느다란 곱슬머리가 보였다. 그러나 다른 여자는 베일을 쓰고 있었다. 베일의 푸른색 점이 자주 그녀의 눈을 덮었고, 코는 너무 빨리 끝나버린 것 같았다. 입가의 주름은 그녀의 활력 있는 젊음을 더해주고 있었다. 그녀는 얼굴을 숙이면서 마치 우리들이 안경을 쓴 사람들에게서 보았던 것처럼 두 눈을 이리저리 굴렸다.

[접촉하게 되는 모든 프랑스인들이 적어도 틀린 프랑스어를 개선해보려

고 노력한다.]

———————

젊은 성직자가 면도도 제대로 하지 않은 채 많은 풍경 엽서를 가지고 여행하는 사람과 함께 있다. 성직자가 말을 하면 그는 12개씩 꾸러미로 싼 카드를 보여주었다. 나는 그를 보았고 열기의 영향 탓에 약간 주의 깊게 바라보아서 결국에는 장화 구두 굽으로 그의 성직자 옷을 밟고 말았다. 그는 니엔테라고 말하면서 이탈리아어 아하!를 덧붙이면서 숨 가쁘게 계속해서 말을 했다.

———————

호텔을 정하지 못하고 어쩡쩡하게 마차 안에 앉아 있었는데, 마차 역시 애매한 방향으로 몰고 있었다. 한번은 옆 골목으로 가더니 다시 원래 주도로로 되돌아왔다. 그 호텔은 리볼리 거리에 있었고, 거리는 오전 교통으로 붐비고 있었다.

———————

처음으로 발코니로 나와서 주위를 둘러보다 내가 마치

———————

비야르 카페의 점점 개선되어가는 아침 식사에 대한 묘사

유리피데스—그리스의 왕

극에서 베티나와 육군 대령: 베티나는 당신 팔에 머리를 기댈 수 있을까? 만일 머리에 이만 없다면.

———————

처음으로 발코니로 나와서 마치 내가 지금 이 방에서 깨어난 것처럼 주위를 둘러보다. 그러나 사실 나는 어제 밤새 차를 타고 온 탓에 너무나 피로해서 하루 종일 저 골목으로 나갈 상태가 될 수 있을지

알 수가 없다. 특히나 지금 위에서부터 내가 없는 골목을 보고 있으니 말이다.

───────────

파리에서의 오해의 시작. 막스는 내 방으로 올라왔는데, 내가 잠시 전에 조금만 씻고 곧바로 나가야 한다고 말해놓고 정작 아직 준비가 덜 된 상태로 얼굴을 씻고 있자 화를 냈다. 조금만 씻자는 말은 몸 전체를 다 닦는 것이 아니라 세수만 하겠다는 것이었는데 그것이 아직 덜 끝난 상태이며, 그가 화난 것을 이해할 수 없었기 때문에 전처럼 꼼꼼하게는 아니더라도 계속해서 세수를 했다. 그런데 막스는 지난 밤새도록 차를 타고 온 먼지가 그대로인 상태로 내 침대에 앉아서 기다렸다. 그는 누구를 비난할 때면 입과 더불어 얼굴 전체를 귀엽게 찡그리는 버릇이 있는데 지금 그 표정을 연기하고 있었다. 그것을 통해서 그는 한편으로는 자신의 비난을 잘 이해하라는 것 같았고, 다른 한편으로는 지금 짓고 있는 귀여운 표정은 따귀를 치고 싶은 심정을 억제하고 있는 것이라는 것을 보여주기 위한 것 같았다. 나 때문에 그가 성격에 맞지 않게 이런 식으로 억지로 가장하는 표정에는 바로 자기 자신에 대한 불만이 들어 있는 것이다. 그가 말없이 침묵하면서 귀여운 표정을 접고는 입을 완전히 다른 방향으로 멀리 찌푸리면, 물론 처음 표정보다 훨씬 영향력이 큰 그런 표정을 할 때면 내게 하는 것처럼 보이지만 사실은 자기 자신을 비난하고 있는 것이었다. 그에 반해서 나는―파리에서도 그랬듯이―너무 피곤해서 내 속으로 빠져들어갈 수밖에 없었고, 그런 얼굴 표정의 위력이 도대체가 내게 도달하지 못해서 아주 담담하고 아무런 죄의식 없이 그에게 용서를 구할 수 있었다. 당시 파리에서는 적어도 외견상으로는 나의 용서가 그를 좀 누그러뜨린 듯, 그는 발코니로 나와서 밖을 바라보면서 정말로 매우 파리적이라고 말했다. 그러나 내가 본 것은 파리가 아니라, 단지 그가 얼마나 신선하며 나는 전혀 느끼지 못하는 그 어떤 파리적인 것에 아주 잘 어울린다는 것을 느꼈을 뿐이다. 그는 지금 어두운 골방에서 나오듯 몇 년만에 처음으로 햇살이 비치는 파리의 발코니로 나와서 그에 걸맞게 그것을 느끼고 있는 데 반해서 나는 유감스럽게도 막스가 오기 전에 잠시 발코니에 나왔을 때보다도 명백히 더 피로에 지쳐 있었다. 그리고 파리에서의 나의 피로는 잠을 푹 잔다고 좋아질 것 같지 않고 오직 이곳을 떠나야만 회복될 수 있을 것 같았다. 때때로 이것을 나는 파리가 가지는 하나의 특이성이라고 여겼다.

———————

나는 그것을 원래 아무런 거부감 없이 적었지만, 내게는 말 한 마디 한 마디마다 꽁무니에 붙어 다녔다.

———————

나는 처음에는 비야르 카페에 가는 것에 반대했다. 거기에서는 단지 무설탕 진한 커피만을 마실 수 있다고 생각했기 때문이다. 비록 고약한 해면같이 푸석한 과자가 곁들여 나오기는 했지만 우유도 얻을 수 있었다. 이 카페에서는 좀 더 맛있는 과자를 준비해야만 한다는 생각은 내가 파리를 위해서 생각해낼 수 있는 유일한 개선책이었다. 나중에 나는 아침 식사를 하기 전 이미 막스가 자리를 잡고 앉아 있는 동안에도 옆 골목으로 나가서 과일이라도 찾아봐야겠다는 생각까지 하게 되었다. 막스가 너무 놀라지 않도록 나는 카페로 가는 길에 언제나 조금씩 다 먹어치웠다. 베르사유로 가는 증기기관차 역에 있는 한 멋진 카페에서 종업원이 문에 기대고 서서 우리 쪽을 보고 있는 앞에서, 드디어 빵집에서 갓 구운 사과 페스츄리와 아몬드과자를 먹어치우는 데 성공했을 때, 그러나 우리가 이것을 비야르 카페과 비교해보니, 비야르 카페에서는 맛있는 과자를 먹지는 못하지만, 이 카페의 본래의 장점을 향유할 수 있다는 것을 알게 되었다. 다시 말해서 이 카페에는 손님이 거의 없기 때문에 텅 빈 장소에, 서비스가 좋고, 바에서든 언제나 열려 있는 문 앞에서든 모든 사람들과 가까이 있어도 전혀 주의를 끌지 않는다는 점이다. 골목에서부터 직접 바 쪽으로 이리저리 밀고 들어오는 방문객 때문에 가끔씩 바닥을 빗자루로 쓸어낼 때의 번잡함에는 익숙해져야만 했지만, 그것도 역시 여기 습관에 배치되지 않게 그 손님들을 별로 주의하지 않는다.

———————

베르사유로 가는 증기기관차 선로 구간에 있는 작은 바들을 보면서 젊은 부부는 그런 바를 개업해서 일정한 기간 동안만 힘든 것 이외에는 재미있고 아무런 위험부담이 없는 탁월한 삶을 영위할 수 있을 것처럼 여겼다. 가로수가 있는 신작로에조차도 두 골목 사이에 쐐기 모양으로 각진 집들 사이 어두컴컴한 곳에 그런 싸구려 바가 끼여 있었다.

———————

변두리 한 주점의 작은 탁자에 석회 가루를 뒤집어쓴 셔츠를 입은 손님이 앉아 있다.

———————

포아송니르 대로에서 저녁때 책이 실린 작은 손수레를 끄는 여인의 외침: 넘겨보세요, 넘겨보세요, 신사 여러분, 여기 놓여 있는 것 중에서 한 번 찾아보세요. 여기 물건 모두 팝니다. 사라고 들이밀지도 않으면서 또한 그렇게 열심히 보지도 않으면서 옆에 서 있던 사람이 잡아 올린 책값을 소리치는 도중에 말해주었다. 그녀는 다만 빨리빨리 책장을 넘기고 빨리빨리 손에서 손으로 책이 넘겨지길 원했던 것 같았다. 그것은 여기저기에서 사람들이, 예를 들어 나 같은 사람이 천천히 책 한 권을 들고는 천천히 그리고 아주 조금 펴보다가 다시 천천히 그것을 내려놓고는 결국에는 가버리는 것을 본다면 이해가 되었다. 진지하게 불러대는 책값이 우스꽝스러울 정도로 무례하기에 사람들이 모두 보는 앞에서 책 구매 결정을 하는 것을 상상할 수 없었다.

———————

책방 안에서보다 가게 앞에서 책을 하나 산다는 것이 얼마나 많은 결단력을 필요로 하는가. 왜냐하면 우연히 진열된 책들 중에서 뭔가 찾아 골라내는 것은 정말로 자유로운 숙고이기 때문이다.

———————

샹젤리제에서 서로 맞대고 있는 작은 의자에 앉다. 아이들은 모래 위에 그어 놓은 줄이 볼 수 없을 정도로 어둑어둑해졌는데도 오랫동안 남아서 놀고 있다.

———————

외벽이 터키식으로 칠해졌다고 기억되는 폐쇄된 수영장. 한창 대낮인데도 마치 서리가 내린 것처럼 하얗게 불빛이 비치고 있다. 수영장의 천장을 덮고 있는 펼쳐진 천의 모퉁이 틈새를 통해서 몇 줄기 햇빛만이 들어오기에, 아래 흐르는 물 전체가 어둡게 보이기 때문이다. 큰 공간이다. 구석에는 바가 있다. 여기 그리고 저 건너에서 수영 선수들이 인공 저수조를 따라 달리면서 서로 손님들을 몰아내고 있다. 탈의실 문 앞에 서 있는 방문자에게 옆에서 위협적으로 다가와서는 이해할 수 없지만 매우 고집스러운 말로 문 열어주는 값을 요구한다. 내게는 이해할 수 없는 말로 은밀하게 요구했다. 왕실교의 대수영장. 구석 계단에는 사람들이 서서 비누로 철저하게 몸을 닦고 있다. 그들 주변의 비눗물이 전혀 움직이지 않는다. 강 쪽으로 난 틈새를 통해서 뭔가 움직이는 것이 보이는데 증기선이었다. 수영을 즐기는 쾌감이 얼마나 빈약했는지 두 사람이 가느다란 노 젓는 배를 이 쪽 벽에서부터 밀고 와서는 벌써 건너편 쪽에 부딪치면서 장난치고 있었다. 지하실 냄새. 예쁜 초록색의 정원 벤치. 독일인이 많다. 수영학교에는 임의대로 운동 연습을 할 수 있도록 물 위로 매듭 있는 줄이 내려 쳐져 있었다. 우리는 발자크가 살았던 현재 발자크 박물관인 곳이 어디 있는가를 물었고, 촉촉하게 머리를 부풀려 올린 예쁜 소년이 혹시 그레빙 박물관(골동품 전시관)[54]을 말하는 것이 아닌가를 설명했다. 타인에 대한 배려가 많은 듯, 자신의 탈의실 문을 열더니 작은 안내 책자를(아마도 회사 신년 기념품) 가지고 왔다. 거기에도 발자크 박물관은 없었다. 우리는 이미 그것을 예견했기에 진심으로 감사해하면서 다시 찾지 말라고 했다. 호텔에 있는 낡은 주소록에도 없었다.

어째서 오전에는 프랑스 극장의 계산대에 경찰이 앉아 있나? 헌병인가, 군인인가?

코미디 오페라극장의 뚱뚱한 여자 안내원이 꽤 위에서부터 아래까지 내려와서 우리에게 약간의 팁을 받았다. 우리가 극장표를 손에 들고는 너무나 한 발 한 발 차례차례로 위로 올라가서 그랬나 싶어서 지금 나는 그녀와 내 앞에서 부끄러워하면서 팁을 많이 주지만, 다음 날 저녁에는 결코 팁을 주지 않겠다고 결심을 단단히 했다고 그 안내원 눈 깊숙이까지 보여주었다. 다른 사람들은 전혀 팁을 주지 않고, 들어왔을 때에도 더욱 그러한 눈초리를 했다. 코미디 극장에서 팁은 내 생각으로는 '불가피한 것'이 아니라고 공개적으로 말했지만, 이번에는 수척한 안내원이 관리소로부터는 아무런 임금을 받지 못한다고 얼굴을 어깨로 축 늘어뜨렸을 때에는 어쩔 수 없이 다시 지불해야만 했다.

처음 장화를 닦는 장면. 경비병을 따라가는 아이들이 얼마나 똑같은 발걸음으로 계단을 내려가는지. 오페라 서곡이 적당히 연주되는 인상을 받았고, 지각한 사람들이 너무 쉽게 입장을 할 수 있었으며, 평소에도 사람들이 이것을 가벼운 소가극으로 받아들이는 것 같았다. 공연은 정말로 단순했다. 우리네 공연들은 흔히 좋지 않게 소극적인 방향으로 가서 활기가 없는 반면에 내가 파리에서 본 모든 공연에서처럼 여기서도 엑스트라들이 졸고 있었다. 〈카르멘〉 1막을 위해서 당나귀가 좁은 골목의 극장 입구에서 극장 사람들과 관객들에게 둘러싸여 어스름한 곳에서 작은 출입구가 열릴 때까지 대기하고 있었다. 노천 계단에서 나는 모든 극장 앞에서 팔리는 프로그램처럼 그렇게 잘못된 프로그램 중 하나일 거라고 의식하면서도 하나를 샀다. 발레리나가 카르멘을 위해서 밀수단들이 오는 술집에서 춤을 춘다. 그녀의 말 없는 육체가 카르멘의 노래에 맞춰 얼마나 열심히 작업을 하는지. 개별적인 요소들 하나하나가 합해져 나중에 추었던 카르멘의 춤은 그녀가 지금까지의 공연에서 얻은 능숙함으로 실제로 훨씬 더 아름다웠다. 그녀는 공연 전에 급하게 주무용수로부터 레슨을 받은 것처럼 보였다. 그녀가 탁자에 기대 서서 다른 사람의 말을 경청하면서 초록빛 치마 아래에서 두 발로 춤을 추고 있을 때면 램프불에 비쳐진 그녀의 발바닥이 하얗게 보였다.

———

일기를 쓰지 않는 자는 일기에 대해서 잘못된 입장을 가진다. 이 사람이 예를 들어 하루 종일 집에서 여러 가지를 정리하는 일로 바빴다는 괴테의 1797년 1월 11일자 일기를 읽는다면, 이 사람은 마치 자신도 결코 그렇게 아무 일도 하지 않은 게 아닌 것처럼 느낄 것이다.

———

종결 막을 보기에는 우리는 너무 피로해서(나는 벌써 그 전 막에 지처 있었다), 밖으로 나가서 코미디 오페라극장 건너편에 있는 바에 들어가 앉았다. 막스는 피곤했지만 내게 소다물을 막 뿌려댔고, 피로했던 나는 웃음을 참지 못해서 사과 주스가 코로 들어갔다. 그러는 동안 이미 마지막 막이 시작되었고, 우리는 산책하면서 집으로 갔다.

———————

내가 셔츠를 풀어 헤치고 가슴에까지 뜨거운 공기를 부채질했던 극장에서의 열기 탓에 이 자리, 탁 트인 공간에 밤공기를 마시면서 도시 광장 쪽으로 다리를 쭉 뻗고 앉아 있는 것이 아주 특별하게 느껴졌다. 비록 환하게 불이 켜진 극장 앞면과 카페의 측면 등불은 이 작은 장소를, 특히 그 바닥을 마치 하나의 방처럼 그 바닥의 작은 탁자 밑에까지 비추기에 충분했음에도 말이다.

———————

입구 홀에서 두 여인과 담화를 하고 있는 신사는 연미복을 입었는데, 그쪽은 약간 느슨하게 늘어져서 새 옷이 아니라면 이 자리에서 입을 게 아니라 역사적인 것에 더 잘 어울렸을 것 같았다. 한쪽 눈안경이 무심하게 떨어졌고, 다시 끼워졌다. 대화가 멈추면 지팡이로 불안하게 똑똑 소리를 내며 쳤다. 그는 매순간 여인들을 위해서라면 팔을 뻗쳐서 많은 인파를 뚫고 길을 만들어줄 의도인 듯 어깨를 움찔거리며 서 있었다. 완전히 벗겨지고 닳고 닳은 얼굴 피부.

———————

독일어를 잘할 줄 모르고 또한 잘할 마음도 없는 외국인들의 입에서 나오는 독일어가 아름다워지려는 특성. 우리가 프랑스인을 관찰한 결과, 우리들이 프랑스어를 하면서 저지르는 실수에 대해서 그들은 즐거워하거나 이런 실수가 들을 만하다고 느끼지 않았다. 우리들이 그들의 프랑스어에서 프랑스어 특유의 언어 감정을 끌어내기란 여간 어려운 것이 아니었다.

계속됨!

일반적인 식사에서처럼 샐러드, 콩깍지 그리고 감자를 먹고, 큰 그릇에 그것들을 섞고, 많은 음식이 차려졌지만 그 음식에서 단지 조금씩만 먹고 있는, 내가 보기에 행복한 요리사와 종업원은 멀리서 보니 우리의 요리사와 종업원 같았다. ―입과 수염을 우아하게 움직이고 있는 종업원은 언젠가 내 시중을 들은 적이 있었는데, 그는 내가 피로해 지쳐 있고, 서툴고, 아무 생각도 없고, 비호감적인 인물이기에 내가 어떤 것도 먹지 않을 것이라는 이유로 내 시중을 들었다는 생각이 들었다. 그때 그는 내가 거의 알아채지 못하게 식사를 가지고 왔었다.

―――――――

저녁 땅거미가 질 무렵 세바스토폴 대로에 위치한 뒤발 레스토랑에서 손님 세 사람이 주점에 흩어져 앉아 있다. 여자 종업원들은 서로 조용히 대화하고 있다. 계산대는 아직 텅 비어 있다. 나는 요구르트를 시키고 또 하나 더 주문한다. 종업원이 조용히 가져다준다. 그 방의 어둠이 고요함을 더해주었으며, 그녀들은 저녁 식사를 위해 준비되어 있던 포크와 나이프를 내가 음료를 마실 때에 방해가 될까 소리 없이 치웠다. 나는 아주 편안했다. 여인의 그러한 고요한 태도에서 나의 고통에 대한 인내와 이해를 짐작할 수 있었기 때문이다.

―――――――

리헬류 거리에 있는 우스꽝스러운 레스토랑. 사람들로 가득 차 번잡했으며, 거울 앞에서 연기가 지저분하게 피어오르고 있었다. 모자가 가득히 매달려 있는 옷걸이는 마치 나무처럼 규칙적으로 배분되어 세워져 있었다. 탁자 사이 칸막이들의 예의범절 윤리. 칸막이 형태의 틀 안에 틀림없이 유리가 끼워져 있다고 착각한 서투른 외국인이 멀리 있는 손님의 얼굴을 볼 양으로 그 유리를 무례하게 들여다보면, 그 반대 시선을 통해서 정말로 실제 얼굴을 맞대고 있는 것을 알게 된다. 그렇게 바짝 붙여놓은 탁자들은 바로 서로 가까워지기 위한 것임을 느낀다.

———————

루브르에서 이 의자에서 저 의자로. 하나라도 건너뛰면 고통스럽다.

———————

카레 살롱[55]의 혼잡함. 흥분된 분위기. 마치 〈모나리자〉[56]가 방금 도난이라도 당한 듯이 사람들이 몰려 서 있다.

———————

그림 앞에 세워진 횡단 철봉에 기댈 수 있어서 좋았다. 특히 원시 예술 방에서는.

———————

막스와 함께 그가 좋아하는 그림을 억지로 보아야 하는 이 강요. 나는 피로했기 때문에 그냥 둘러보는 것도 힘들었다. 경탄하며 우러러봄.

———————

동반자와 함께 그 넓은 방 저 끝에서 다른 끝까지 걸어가는 키가 큰 젊은 영국 여자의 힘.

———————

아리스티데 레스토랑 앞 가로등불 아래에서 작은 활자체 인쇄로 눈이 상할 지경인데도 「페드라」를 읽고 있는 막스의 모습. 내가 저녁을 먹고 있는 동안 그가 길에서 읽은 페드라의 내용을 극장으로 가면서 말해주었기 때문에 유감스럽게도 그에 대한 이득을 내가 보고 있었다. 가까운 거리. 내게 무엇이든, 모든 것을 이야기하려는 막스의 노력. 내 편에서도 역시 노력함.

입구 홀에서 군대식 쇼. 군인들이 군대식 구령에 따라 계산대에서 몇 미터 뒤로 물러나라면서 관객들을 열로 세우고 있었다.

———————

우리 열에 있는 자칭 박수 부대. 그녀는 우리 위쪽 마지막 줄에 앉아 있는 또 다른 박수 부대의 지휘에 따라 움직이는 것처럼 보였다. 그녀는 그렇게 얼굴을 앞으로 숙인 채 정신없이 박수를 쳤는데, 박수를 다 치고 나서는 자신의 장갑 안쪽이 구멍 난 것에 놀라서 그것을 근심스럽게 쳐다보았다. 그러나 다시 필요하자 또 치기 시작했다. 그러나 결국 자율적으로 박수가 터져 나왔고, 더 이상 박수 부대가 동원될 필요가 없었다.

———————

1막이 끝날 때 즈음 입장해서 그 열을 모두 일어서게 하는 관객은 자신이 작품에 필적할 만큼 동등하다고 느끼는 것이 틀림없다. 5막 내내 세워둔 장식은 너무나 진지하게 느껴져서 그것이 종이로 만들어졌을지라도 나무와 돌로 만들어진 것보다 더 단단해 보였다.

———————

바다와 푸른 하늘을 향해 서 있는 기둥들에는 식물들이 친친 휘감아 저 높은 곳까지 올라가 자라면서 기둥들을 뒤덮고 있다. 베로네세의 초대 만찬의 직접적인 영향. 클로드 로랭의 영향도 있음.[57]

———————

다물었는지, 열면서 혹은 열려진 채 조용히 이리저리 씰룩거리는 히폴리테의 입.

———————

오이노네, 쉽게 지속적인 자세로 돌입하며, 한번은 꼿꼿이 섰다가

다리를 천으로 꽁꽁 싸매고 팔을 들어 올리고 조용히 주먹을 쥔 채 그녀는 시 한 수를 낭독했다. 손들이 아주 천천히 많은 얼굴들을 가린다. 주인공들에게 조언하는 사람들의 회색빛 얼굴.

언제든지 읽을 때마다 프랑스 코미디 극회의 회원인 라헬[58]에 대해 만족했음을 기억하면서 「페드라」역의 배우에 대해 불만스러웠다.[59]

히폴리테가 조금도 요동하지 않는, 남자 키만큼이나 긴 활을 옆에 들고 서서는 교육자에게 자신의 비밀을 털어놓을 의도로 편안하고 자긍심에 찬 시선을 관객으로 향한 채 축제연의 축시인 양 자신의 시를 읊는 첫 장면에서처럼 의외로 깜짝 놀라게 하는 광경에서 나는 이미 이전에 자주 그랬던 것처럼 이것이 처음으로 일어났다는 인상을 아주 약하게 받았다 그리고 이 바로 최초의 성공에 대한 감탄 역시 나의 그 밖의 다른 감탄들과 혼합되어버렸다.

라이헨베르크에서 「바다와 사랑의 물결」 공연에 대한 기억. 거기에서는 좀 더 사랑스럽고 연약한 배우가 출연했다.

계속됨

검소하게 차려진 유곽. 집 전체의 커다란 창문마다 모두 깨끗한 겉문이 내려져 있다. 수위실에는 남자 대신에 보통 가정에서처럼 예의 바르게 차려입은 부인이 앉아 있다. 이미 프라하에서도 나는 유곽의 아마존 지대 같은 특성을 문득문득 느꼈었다. 그런데 여기서는 더욱 심했다. 여자 문지기는 전기 벨을 울리면서 우리를 수위실에 잡아두었다. 왜냐하면 지금 막 손님이 계단을 내려온다는 소식이 왔기 때문

이다. 두 명(왜 두 명일까?)의 품위 있는 여인네가 위에서 우리를 맞이했고, 일이 없는 처녀들이 아주 어둡거나 어스름한 곳에 앉아 있는 옆방의 전깃불을 켰다. 그녀들은 자신들에게 유리하게 우리를 270도 각도의 원(나머지 원을 우리가 보완한 셈이 되었다.)으로 둘러싸고 있었다. 선택된 자가 앞으로 등장하는 큰 발걸음, 내 손을 잡으면서 재촉하는 그 마담…… 나는 출구 쪽으로 끌어당겨지는 것을 느꼈다. 내가 골목으로 어떻게 나왔는지 상상할 수 없을 정도로 그렇게 신속했다. 여자들이 너무 많았고, 깜박거리며 눈짓을 했으며, 무엇보다도 너무 가까이 서 있기에 그들을 자세히 보는 것은 불가능했다. 눈을 크게 부릅떠야 하는데 거기에는 연습이 필요했다. 기억 속에는 바로 내 옆에 여자 하나만 서 있었던 것 같았다. 그녀의 이는 틈새가 벌어져 있었고, 높이 서서는 부끄러워서 주먹으로 치마를 움켜쥐고는 그 큰 눈과 입을 동시에 감았다 떴다 했다. 그녀의 금발은 푸석해 보였다. 그녀는 말랐다. 모자를 벗지 않은 것을 잊지 않으려는 데에 대한 불안. 모자 챙에서 손을 잡아 떼야만 했다. 외롭고 허망하고 길었던 귀갓길.

―――――――――――

루브르가 문도 열기 전에 방문객들이 모여 있다. 높은 기둥 사이에 처녀들이 앉아서 베데커[60]를 읽고, 그림엽서를 쓰고 있다.

밀로의 비너스. 천천히 도는데 빨리 그리고 놀랍게 바뀌는 그 모습. 유감스럽게도 어쩔 수 없이 강요된(허리와 엉덩이에 대해서), 그러나 몇 가지 진실된 발언을 했다. 그것을 기억하려면 모조 조형품이 필요할 것 같다. 특히 굽혀진 왼쪽 무릎이 모든 방향에서부터 보는 조각품 모습에 결정적인 역할을 하는가에 대한 의견이 그러했는데, 대게는 아주 미약했다. 어쩔 수 없이 했던 발언: 엉덩이가 끝나는 지점 위로 몸은 곧 가늘어진다고 기대했는데, 바로 다시 더 넓어지기까지 했다. 무릎에서부터 흘러내려 받쳐지고 있는 쪽.

———————

보르게제의 검투사, 그의 앞모습은 원래 주 모습이 아니다. 왜냐하면 그것은 관람객을 뒤로 물러나게 하며 더욱 산만해지기 때문이다. 그러나 뒤에서 보면 그 동상을 보고 놀란 시선은 처음 바닥에 발을 내디딘 곳에서부터 끌어당겨져 확고하게 뻗어 내린 다리를 따라 올라가 등에서도 멈추지 않고 그대로 지나서 앞을 향해 쳐든 팔과 검으로 안전하게 날아 올라간다.

그 당시 메트로 지하철[61]은 아주 텅 빈 것처럼 보였는데, 특히 내가 아파서 혼자서 경마장으로 갔을 때와 비교하니 그러했다. 메트로 지하철의 외양은 방문이 아니더라도 일요일의 영향력 아래 놓여 있었다. 벽면은 짙은 강철 색깔이 많았다. 차 칸의 문을 열고 닫으면서 사이사이 들어왔다 나갔다 하는 안내원의 작업은 일요일 오후의 일로 밝혀졌다. 거래처로 가는 먼 길을 천천히 갔다. 아무렇지도 않은 듯 그저 지하철을 타야 했던 승객들의 부자연스러운 무관심은 더욱더 분명해졌다. 유리문을 등지고 선다든지 오페라극장과 멀리 떨어진 잘 모르는 역에서 하차하는 것은 그저 괴팍스럽게 느껴졌다. 전깃불 조명 아래에서도 역에서 바뀌는 대낮의 빛이 확실하게 느껴졌다. 지금 곧바로 내리면 특히 어두워지기 직전에 오후의 이 햇살을 느낄 수 있었다. 텅 빈 종착역 포르트 도핀으로 진입, 점점 보이기 시작하는 수많은 갈대들, 열차들이 그렇게 오랫동안 직진해 오다가 단 한 번의 커브만을 할 수 있는 환상선을 바라봄. 기차를 타고 터널로 들어가니 훨씬 불쾌했다. 거대한 산의 중량이 내리누르는 압력 밑에서 승객들은 조금이나마 압박의 흔적도 느끼지 않았다. 사람들로부터 멀어졌다기보다는 예컨대 관을 타고 흐르는 수돗물 같은 도시적인 설비 같았다. 내릴 때 뒤로 튕겨지다가 연이어서 더 강하게 앞으로 밀림. 지하철에서 내리는 면은 차와 같은 높이였다. 대개 전화기와 경보장치가 있는 작고 외딴 사무실에서 운영을 지휘하고 있다. 막스는 즐겁게 안을 들여다보았다. 내 생애 처음으로 몽마르트르에서 저 위 대로까지 메트로를 탔을 때 그 소음이란 말할 수 없었다. 보통 때에는 그 소음이 그렇게 거슬리지 않았으며, 오히려 빠른 속도의 편안함과 쾌적함을 강화시켰다. 뒤보네[62]의 광고는 슬픈 실업자 승객들이 읽고 기대하고 관찰하기에 아주 적합했다. 이러한 교통 수단 작동에서는 언어가 배제되었다. 돈을 지불한다든지 내리고 타는 데에서 말할 필요가 없기 때문이다. 메트로는 기대에 차 있는 취약한 여행객들이 쉽게 이해할 수 있기 때문에 파리의 핵심부에 올바르고 신속하게 첫발을 내딛고 있다는 믿음을 가질 수 있는 최상의 기회를 준다.

———

저 위 메트로 계단이 끝나는 곳에서 벌써 어찌할 줄 모르는 사람들은 외지인임이 드러난다. 그들은 방향을 잃고는 파리 사람처럼 메트로 지하철에서 곧장 그대로 거리의 삶 속으로 들어가지 않는다. 또한 지하철에서 올라와서도 현실은 아주 천천히 비로소 지도와 일치하게 된다. 이 지점, 우리가 지금 올라와서 서게 된 이곳도 지도의 안내가 없었다면 결코 걸어서도 마차로도 올 수 없었기 때문이다. 공원에서 산책한 기억[63]은 언제나 아름답다. 여전히 그렇게 낮처럼 환하다는 것에 대한 기쁨, 곧바로 빨리 어두워지지나 않을까 주의하면서 또 피로에 지친 발걸음을 옮기며 공원을 둘러보았다. 매끄러운 대로 위로 질주하는 자동차. 자동차 소음 때문에 들리지 않았으나 그래도 가까이 있는 주변 사람이라도 감상하도록 빨간 옷을 입은 오케스트라 단원들은 작은 정원 레스토랑에서 연주하고 있다. 처음 보는 파리 사람들이 서로서로 손을 잡고 간다. 불에 다 타버린 흙빛을 띤 잔디. 셔츠만 걸친 남자들이 가족들과 함께 입장이 금지된 화단의 어스름한 나무 그늘에 앉아 있다. 여기에는 유대인이 없는 것이 참 특이했다. 회전목마로부터 풀려 달려온 것처럼 보이는 작은 증기기관차를 뒤돌아보았다. 호수로 가는 길. 이 호수를 처음 보았을 때, 천으로 된 지붕이 있는 배에 앉아 있는 우리에게 몸을 낮추면서 표를 건네주던 그 남자의 굽은 등이 가장 강한 인상으로 기억에 남아 있다. 아마도 이 배가 호수를 한 바퀴 돌아 유람을 하는 것인지, 아니면 섬으로 건너가는 것인지 그리고 정박지는 있는 것인지 등을 그 남자에게 설명해달라고 졸라대지 못하는 내 무능력과 표에 대한 걱정 때문인 것 같았다. 그렇기 때문에 나는 그를 유심히 지켜보면서, 그가 대개는 홀로 배가 없는데도 호수 위로 아주 깊이 엎드려 있는 것을 바라보았다. 정박 지점에 여름옷을 입은 많은 사람들. 서투르게 노를 젓고 있는 사람들이 탄 배. 난간도 없이 낮은 호숫가. 천천히 배를 타고 가니 몇 년 전 그 언젠가 혼자 일요일마다 산책했던 것이 생각났다. 물에 담갔던 발을 빼서 배 바닥에 올려놓는다. 우리가 하는 체코 말을 듣자 승객들이 그런 이방인들과 함께 배에 앉아 있는 것에 놀라워했다. 서쪽 편 호숫가 언덕 위에 많은 사람들, 나무처럼 심은 듯 꽂혀 있는 지팡이들, 펼쳐진 신문들, 딸들과 함께 풀밭에 완전히 납작하게 누운 남자, 웃음소리는 거의 들리지 않는다. 낮은 동쪽 호숫가, 우리한테는 이미 오래전에 없어진, 서로 겹치게 연결된 휘어진 작은 나무들로 만든 길 경계목은 애완견이 잔디에 들어오지 못하게 하는 데에나 적합할 것 같다. 개가 야수처럼 풀밭 위로 달려간다. 한 남자가 여자와 함께 무거운 배를 아주 어렵게 노를 젓고 있다. 나는 손님이 없어서 반은 비어 있는 카페 정원 어두운 곳에서 막스가 아주 외롭게 홀로 사과 주스를 마시도록 내버려두었다. 그 카페는 길 하나를 지나가서 다시 잘 모르는 다른 길과 말 그대로 일시적으로 교차되는 곳에 있었다. 자동차와 마차들은 이 어두운 교차점에서 더욱 황량한 지역으로 달려갔다. 거대한 쇠창살문은 아마도 소비세관소에 속하는 것 같았으나 언제나 열려 있어서 누구나 들어갈 수 있었다. 근처에서 루나공원의 휘황찬란한 빛이 보였으며, 그 빛으로 어두운 곳의 무질서를 더욱 확연하게 보여주었다. 그렇게 많은 빛 그리고 그렇게 아무도 없이 텅 빈 루나공원으로 그리고 막스에게로 되돌아가는 길에서 나는 다섯 번쯤 넘어졌다.

〈1911년〉9월 11일 월요일

아스팔트가 깔린 길에서는 자동차를 더욱 쉽게 지휘할 수 있지만 또한 그만큼 세우기도 더 어렵다. 특히 개인이 사적으로 운전대에 앉아서 사소한 업무 출장을 위해 그 거대한 거리, 그 아름다운 날, 그의 날쌘 자동차 그리고 자신의 운전 실력을 마음껏 발휘하면서 교차로에서 마치 보도 위의 보행자처럼 차로 꾸불꾸불 기어가야만 할 때에는 더욱 그러했다. 그 때문에 그런 자동차가 좁은 골목으로 진입하기 직전에 큰 광장에서 삼륜자전거에게 달려들었지만, 우아하게 멈췄다. 크게 무슨 일이 일어나지는 않았으며 말 그대로 발로 밟았을 뿐이다. 그렇지만 그렇게 발로 밟았다면 보행자가 더욱 재빨리 더 멀리 급히 서둘러 가겠지만, 이 삼륜자전거는 멈춰 섰고, 앞바퀴가 찌그러졌다. 회사 소유인 이 자전거를 지금까지 완벽하게 아무 걱정 없이 삼륜자전거 특성대로 무겁게 뒤뚱거리면서 여기까지 달려온 제빵집 조수가 내려서는, 지금 막 자동차에서 내린 운전사를 맞아 비난을 퍼부었다. 비난 속에는 자동차 소유자에 대한 경외심으로 조금은 누그러지기는 했지만 자기 사장님에 대한 공포로 이글거리고 있었다. 우선 사고가 나기까지의 경위를 설명하는 것이었다. 자동차 소유자는

두 손바닥을 높이 쳐들어 이리로 달려오는 자동차를 설명했다. 그를
향해 마주 오는 삼륜자전거를 보았을 바로 그때에 그는 오른손을 이
리저리 흔들면서 삼륜자전거에게 경고했다. 얼굴은 걱정으로 가득
했다. 이 정도 거리에서는 어떤 자동차가 브레이크를 잡을 수 있겠는
가 하는 의구심 때문이다. 삼륜자전거가 그것을 보고 자동차에게 먼
저 가라고 양보할까? 아니다. 이미 너무 늦었다. 왼손은 경고하기를
그만두고, 두 손은 불행하게도 서로 부딪치게 되었다. 무릎을 꿇고
앉아서 마지막 순간을 관찰하였다. 그렇게 해서 사건은 일어나게 된
것이며, 조용히 거기 서 있는 찌그러진 삼륜자전거가 그 밖의 설명을
해줄 수 있을 것이다. 그에 반해서 제빵 조수는 이 일에 잘 대적할 수
가 없었다. 첫째, 자동차 운전사는 유식하고 활발한 사람이며 둘째,
지금까지 자동차에 앉아서 푹 쉬었으며 다시 거기에 앉아서 계속해
서 쉴 수 있고 셋째, 자동차 높이에서 그 사건을 더 잘 볼 수 있었기 때
문이다. 그러는 동안 몇몇 사람들이 주위에 몰려들었는데, 자동차 운
전사의 설명을 듣기 위해서이기도 하지만 원래 그를 원으로 둘러싸
지 않고 그 앞에 모여 서 있었다. 그러는 사이에 차들은 이 무리들이
차지하고 있는 자리를 비켜 달렸고, 게다가 자동차 운전사 생각에 따
라 이리저리로 물러나기도 했다. 예를 들면 한번은 모든 사람들이 그
렇게도 많이 언급된 삼륜자전거의 피해를 자세하게 보기 위해서 그
주위로 몰려들었다. 그는 단순히 그냥 멀리서 보는 것에 만족하지 않
고 한 바퀴 돌아보고 위에서부터 아래로 꼼꼼히 살펴보았음에도 불
구하고 자동차 운전사는 그것을 그렇게 성가시게 생각하지 않았다.
(몇 사람은 나직하게 그와 상의하면서 서 있었다.) 자동차 운전사는 소리
칠 필요가 없었기에 소리치고 싶은 사람은 삼륜자전거 편을 들었다.
그러나 그에게 새롭게 등장한 낯선 남자는 큰 소리로 아주 착한 답변
을 해주었다. 그 낯선 자는 잘못 본 게 아니라면, 자동차 운전사의 동

행자 같았다. 경청하던 사람들이 몇 번 모두 함께 웃었지만 새로운 객관적인 의견이 나올 때면 조용해졌다. 이제 자동차 운전사와 제빵 조수 사이에 그렇게 커다란 의견 차이는 없어졌다. 자동차 운전사는 자신을 둘러싼 많은 이들을 확신시켜서 그에게 호의적으로 만들었으며, 제빵 조수는 더 이상 단순히 팔을 뻗쳐서 비난만을 계속하지는 않았다. 자동차 운전사는 자신이 작은 피해를 입혔다는 것을 부인하지 않았고, 그 제빵 조수에게 모든 책임을 전가하지 않았다. 둘 다 잘못했으며, 그러므로 어느 누구도 잘못한 것이 아니다. 그런 일은 일어날 수도 있다는 등등. 간단히 말해서 이 사안은 결국은 곤경에 빠지게 되었고, 이미 보수 가격에 대해서 조언을 하던 구경꾼 목소리는 경찰을 불러올 수 있는 것을 기억하지 않을 때에는 그 대가를 많이 치러야만 할 것 같았다. 자동차 운전사에 대해서 언제나 하위적인 위치에 처했던 제빵 조수에게 그는 경찰을 불러오라고 보냈고, 조수는 삼륜자전거를 지켜달라고 자동차 운전사에게 맡겼다. 자동차 운전사는 나쁜 의도에서가 아니라, 또 자신의 편을 들 당파를 만들 필요가 없었기 때문에 자신의 적대자가 없는 데에도 설명을 멈추지 않았다. 담배를 피우면서 설명하면 더 잘할 수 있기 때문에 그는 담배를 하나 말았다. 그의 주머니 속에는 담배 재료가 들어 있었다. 새로 막 도착한 제복을 입은 자들은 비록 상점 보조원들이었지만 아주 체계적으로 우선 자동차로 그리고 나서 삼륜자전거로 안내되어 살펴본 뒤에야 상세한 것에 대해서 설명을 들었다. 군중들 중 멀리 있던 한 사람이 그의 설명에 이의를 제기하자, 그는 얼굴을 볼 수 있도록 발꿈치를 들면서 대답했다. 사람들이 자동차와 삼륜자전거 사이를 이리저리 왔다 갔다 하는 것이 너무 번거로운 것 같아서 자동차를 아예 골목 쪽 보도 위로 들여놓았다. 삼륜자전거가 통째로 서 있고 운전사는 그 일을 살펴보았다. 자동차 운전이 어렵다는 것을 가르쳐주려는 듯이 커다란 버스가 광장 한가운데에 서 있었다. 앞에서 엔진을 보고 있었다. 먼저 차 주위에 고개를 숙이고 엎드린 채 있는 사람들은 그 차에서 하차한 승객으로 서로 아주 가깝다는 감정을 가졌다. 그사이에 자동차 운전사가 약간 거리의 질서를 정돈시켰고, 삼륜자전거를 보도 쪽으로 밀어놓았다. 이제 그 일은 공공의 관심을 잃었다. 새로이 온 사람들은 이전에 무슨 일이 일어났었는가를 물어보아야 했다. 자동차 운전사는 한참 전부터 있었기에 증인이 될 수 있는 몇몇 구경꾼들과 뒤로 물러나서 나지막하게 이야기하고 있었다. 그렇다면 그사이에 그 젊은이는 어디를 헤매고 다니고 있는 것인가? 드디어 그가 경찰과 함께 저 멀리 광장을 가로질러 오는 것이 보였다. 사람들은 조급하지는 않았으나 관심이 새롭게 되살아났다. 많은 새로운 구경꾼들은 아주 싼값으로 조서 작성을 최대로 즐길 것이다. 자동차 운전사는 그 그룹에서 빠져나와서 경찰을 향해 갔는데, 연루자들이 그동안 반 시간이나 기다리면서 비로소 평정을 얻었건만 경찰은 오자마자 곧바로 동일한 평정심으로 사건을 조사하고 있었다. 긴 조사 없이 곧바로 조서 작성이 시작되었다. 경찰은 자신의 노트에서 건설 공사장의 근로자 같은 힘겨움으로 낡고 더러운, 하지만 채워지지 않은 설문지 종이 한 장을 꺼내서 연루자들의 이름을 적었고, 제빵공장의 이름을 적는데, 상세히 적으려고 삼륜자전거를 한 바퀴 둘러보았다. 거기에 있던 모든 사람들이 어리석게 무의식적으로 이 사건이 경찰의 개입으로 신속하고 객관적으로 종결될 것이라고 희망했기에 조서 작성의 세부 사항에 대해서 기뻐했다. 이 조서 작성이 잠시 중단되었다. 경찰이 조서 작성을 잠시 잘못해서 다시 되돌리려고 애쓰는 통에 아무것도 듣지도 보지도 못했기 때문이다. 다시 말해서 그가 그 어떤 이유에서 시작해서는 안 되는 조서 설문을 기술하기 시작했던 것이었다. 그러나 일이 이제 그렇게 되었고, 그것에 대해서 경찰은 새록새록 놀랐던 것이다. 그는 조서 작성을 좋지 않게 시작한 것을 믿기 위해서 그 설문을 계속해서 되짚어야만 했다. 그러나 이 잘못된 시작을 포기하고 다른 어디에선가부터 다시 쓰기 시작했기 때문에 한 면이 끝나면 크게 다시 펼치거나 조사하지 않고는 그가 어디에서 계속하는 것이 옳은 것인가를 알 수 없었다. 이렇게 해서 겨우 이 사건이 얻는 평정은 저 연루자들을 통해서만 얻었던 그것과 전혀 비교될 수 없었다.

1912년 6월/7월 여행

바이마르-융보론
1912년 6월 28일부터-7월 29일

⟨*1912년 6월*⟩ 5월 28일 금요일
국유철도로 출발. 함께 잘 있음. 소콜들[64]이 기차 출발을 지체시킴. 옷을 벗고 의자에 대자로 누워 있음. 엘베 강변. 그곳은 아름다운 경치에 멋진 저택들로 호숫가 같았다. 드레스덴. 어디든지 신선한 물건들로 가득하다. 청결하고 딱 부러진 서비스. 조용히 말해지는 단어들. 콘크리트 기술의 결과로 건물의 외관이 거대해 보인다. 예를 들어 아메리카에서라면 그렇게 하지 않을 텐데. 언제나처럼 소용돌이원으로 대리석 문양을 그리고 있는 고요한 엘베 강 물결. —라이프치히. 수하물 운반인과의 대화. 그는 우리 할아버지처럼 보였음에도 불구하고 막스는 그에게 여자에 대해 물었다. 오펠스 호텔. 반쪽만 새로 지은 역사驛舍. 옛 역사의 아름다운 폐허. 함께 방을 쓰다. 4시부터 생매장된 기분이다. 막스가 소음이 심하다고 창문을 다 닫아버렸기 때문이다. 대단한 소음. 소리를 들어보니 마차가 연이어 달려가는 것

820

같다. 아스팔트 때문에 말이 경주마처럼 달려가는 것처럼 들렸다. 점점 멀어져가는 전차 소리는 가끔씩 멈추면서 골목과 광장을 지나고 있음을 암시하고 있다. 라이프치히에서 저녁. 막스의 지리적 본능. 내가 졌다. 그에 반해서 나는 '영주의 집'에서 위에서 내려다보기 위한 아름다운 돌출 창을 알아냈는데, 나중에 안내서에서 확인되었다. 공사장의 야간작업,[65] 아마도 아우어바흐 바가 있는 지점 같았다. 라이프치히에 대한 불만은 없어지지 않았다. 유곽 지대 골목에서 어정쩡하게 서성대다. 내가 구두끈을 매는 것이 골목길에서 창문 쪽으로 전해졌다. 유혹적인 카페 오리엔탈. '비둘기장' 맥주집. 거동이 힘들고 수염이 긴 맥주집 주인장. 부인이 술을 따라 주었다. 키가 크고 힘센 두 딸이 서비스를 하고 있다. 작은 탁자 위에는 부채들. 나무통에 들어 있는 리히텐하인산 맥주. 뚜껑을 열면 고약한 냄새가 난다. 홍조를 띤 마른 뺨을 하고 주름진 코를 한 약해 보이는 단골손님이 큰 무리들과 함께 앉아 있다가 뒤에 혼자 남게 되니, 처녀가 자신의 맥주잔을 들고 그에게로 가 앉는다. 14년 동안 이곳에 왔던, 12년 전에 사망한 단골손님의 사진. 그는 맥주잔을 들고 있고, 그 뒤로 해골이 하나 있다. 라이프치히에는 결속력 있는 학생 연대들이 많았다. 많은 단안경單眼鏡. 잠시 유곽에 가다. 가슴 장식을 달고 있는 여자가 밤참으로 돼지갈비를 먹고 있었다. 우리가 즉시 나가는 이유를 애매모호하게 알려주었다.

〈1912년 6월〉 29일 〈토요일〉 금요일

아침 식사. 호텔 주인과 그 딸이 사이가 좋다고 오해함. 토요일 송금의 영수증에 사인을 하지 않은 그 신사. 산책. 막스는 로볼트[66]에게 갔다. 서적출판업박물관. 그 많은 책들 앞에서 참을 수가 없었다. 이 출판사 구역은 직선으로 뻗어 있는 대로와 새로 지었고 물론 아무 장식 없는 집들이 있지만 고풍스러운 거리였다. 공공 도서관 홀. '만나' 에서 점심 식사. 형편없다. 거기서 브란다이스[67]를 만났다. 괴테 동상 앞에서 막스와 2시에 만나기로 해서 그와 헤어지다. 빌헬름 와인 바,[68] 정원의 어두운 주점. 로볼트. 젊고 혈색이 좋다. 코와 뺨 사이에 땀이 맺혀 있다. 엉덩이 쪽부터 움직인다. 바세비츠 백작. 「유다스」[69] 의 저자로 키가 크고, 신경질적이고, 메마른 얼굴이다. 허리의 유연함, 잘 단련된 단단한 몸집. 하젠클레버,[70] 유대인, 시끄럽고 작은 얼굴에 명암이 뚜렷하고 푸른색마저 돌았다. 이 셋 모두 지팡이와 팔을 흔들었다. 와인 바에서 특이한 일상적인 점심 식사. 커다랗고 넓은 포도주 잔에 들어 있는 레몬 조각. 베를린 일간지 기자 핀투스,[71] 뚱뚱하고 더 넓적한 얼굴을 한 그가 프랑스 카페에 앉아서 타자로 친 「나폴리의 요한나」(전날 밤에 초연됨)에 대한 비평을 수정하고 있었다. 하젠클레버가 오후커피를 유곽에서 마시자고 제안함. 여인네들이 오후 4시까지 잠을 자야 하기에 들여보내주지 않음. 어둠 속으로부터 주인들이 함께 나오다. 프랑스 카페. 로볼트는 꽤 진지하게 나에게 책 한 권을 내자고 했다. 출판인의 개인적인 의무감과 독일 문학의 평균적 일과에 대한 영향력. 출판사에서 머물다. —5시에 바이마르로 출발. 객차 칸에는 중년의 처녀 하나. 검은 피부색. 뺨과 턱은 예쁘게 둥글다. 스타킹의 이음선이 그녀의 다리를 얼마나 빙빙 돌며 잇고 있는지, 그녀는 신문으로 얼굴을 덮고 있었고, 우리는 그녀의 다리를 쳐다보았다. 바이마르. 그녀도 역시 커다란 낡은 모자를 쓰더니 내렸다. 나는 시장 광장에서 괴테하우스를 보고 있을 때 다시 한 번 그녀를 보았다. 켐니티우스 호텔로 가는 길이 멀다. 거의 엄두가 나지 않는다. 수영장을 찾아보다. 우리에게 지정된 세 부분으로 나뉘어진 아파트. 막스는 환기창 하나가 달린 좁고 어두운 방에서 자야만 했다. 키르슈베르크의 노천 수영장. 백조 호수. 밤에 괴테하우스로 가다. 금세 알아보았다. 전체는 노란 갈색이었다. 우리의 이전 삶의 전체가 감정적으로 그 순간의 인상을 결정했다. 사람이 살지 않는 방의 창문이 컴컴했다. 밝은 주노의 흉상. 벽을 만져보다. 모든 방의 블라인드가 조금씩 드리워져 있었다. 골목으로 난 14개의 창. 앞에 달린 고리들. 전체의 사진은 없다. 울퉁불퉁한 광장, 분수, 점점 높아지는 광장을 따라 구부러진 집들의 선. 어둡고 약간 긴 창문이 노란 갈색 속으로 끼워져 있다. 바이마르에서는 그 자체로서 가장 눈에 띄는 시민적인 주택이다.

〈1912년 6월〉 30일 일요일

오전. 실러하우스. 불구의 여인이 앞으로 나와 단지 몇 마디로, 주로 어조를 통해서 현존하는 기념물에 대해서 양해를 구하고 있다. 일기 작성자로서 계단에 있는 클리오.[72] 1859년 11월 10일 탄생 100주년 생일 축제의 그림, 내부를 예쁘게 장식하고 확장한 집. 이탈리아 풍경화, 벨라지오,[73] 괴테의 선물들. 더 이상 사람의 모발이 아닌 노랗고 메마른 뻣뻣한 털. 마리아 파블로브나,[74] 부드러운 목선, 얼굴은 넓적하지 않고 눈이 크다. 여러 가지 종류의 실러 두상. 좋은 곳에 위치한 저술가의 방. 대기실, 접견실, 서재, 침실. 유노트 부인,[75] 그를 닮은 딸. 「작은 것에서 경험한 후 크게 나무 키우기」, 그의 아버지의 저서.[76]

괴테하우스. 전시실들. 서재와 침실을 잠깐 보다. 사망한 할아버지들을 기억하는 슬픈 눈길들. 괴테가 죽은 이후 지속적으로 성장하는 정원. 그의 작업실을 어둡게 하는 너도밤나무들. 우리가 계단부 아래에 앉아 있을 때, 벌써 그녀[77]는 어린 동생들과 함께 우리 앞을 지나갔다. 계단부 아래에 있는 사냥개의 석고 모형을 나는 언제나 이 뛰어가는 그녀와 함께 기억한다. 그러고 나서 우리는 주노 흉상이 있는 방에서, 그다음에는 정원으로 트인 방에서 밖을 바라볼 때에 그녀를 다시 보았다. 그녀의 발걸음과 목소리를 나는 자주 들은 것 같았다. 발코니 난간을 통해서 카네이션 두 송이를 건넸다. 너무 뒤늦게 정원으로 들어서다. 막스는 저 위 발코니에 있는 그녀를 보았다. 그녀는 내려왔는데, 아주 늦게서야 비로소 한 젊은 남자와 함께 내려왔다. 우리는 지나가면서 그녀가 우리에게 정원에 대해서 일깨워주어서 고맙다고 말했다. 그러나 우리는 아직 밖으로 나가지 않았다. 어머니가 오셨다. 정원에는 몇몇 사람들이 오갔다. 그녀는 장미꽃이 있는 덤불에 서 있다. 나는 막스가 밀어서 그리로 갔고, 티푸르트로 소풍 가는 것을 알게 되었다. 나도 갈 것이다. 그녀는 부모와 함께 간다. 그녀는 괴테하우스의 문을 관찰할 수 있는 여관을 말해주었다. 백조 여관. 우리는 담쟁이덩굴이 우거진 덤불 사이에 앉았다. 그녀가 집 문밖으로 나왔다. 나는 그리로 뛰어가서 모두에게 나를 소개하고는 함께 가는 것을 허락받고는 돌아왔다. 나중에 아버지 없이 가족들이 왔다. 나도 거기에 합류하고 싶었으나, 안 된단다. 그네들이 우선 커피집에 가고, 나는 나중에 아버지와 함께 뒤에 오란다. 나는 4시에 집으로 들어가야 한다고 그녀가 말했다. 막스와 헤어진 후 아버지를 모시러 갔다. 문 앞에서 마부와 대화하다. 아버지와 함께 출발하다. 실레지엔, 대공작, 괴테, 국립박물관, 사진 찍기, 스케치하기 그리고 신경질적인 시대 등에 대해서 대화하다. 그들이 커피를 마시고 있는 집 앞에 멈췄다. 모두를 앞으로 돌출된 조망창 쪽으로 불러 모으기 위해서 위로 뛰어갔다. 그는 사진을 찍으려 했기 때문이다. 신경이 날카로워져서 작은 여자아이와 공놀이를 하다. 남자들과 함께 떠나다. 우리 이전에 여자 두 명이, 그들 전에 세 명의 처녀들이 갔다. 작은 강아지 한 마리가 우리 앞에서 왔다 갔다 했다. 티푸르트의 성. 그 세 명의 처녀들과 함께 구경하다. 그녀는 괴테하우스에서도 많은

824

것에 대해 알고 있었으며, 베르테르 그림들 앞에서 더 잘 설명했다. 폰 괴흐하우젠 아가씨의 방. 벽으로 막힌 문. 흉내내서 만들어진 푸들 강아지. 그런 다음에 부모들과 함께 출발. 공원에서 두 번 사진 찍다. 한 번은 다리 위에서 찍었는데 영 성공하지 못했다. 드디어 돌아오는 길에서 특별한 관계는 없지만 결정적인 교제로 이르게 되었다. 비. 서고에서 브레슬라우의 카니발 농담 이야기. 집 앞에서 작별하다. 자이펜 골목에서 나는 서성대다. 그동안 막스는 잠을 잤다. 저녁에 세 번이나 이해할 수 없는 만남. 친구들과 함께 있는 그녀. 나는 저녁에 6시 후에는 언제든지 정원에 올 수 있다. 지금 그녀는 집으로 가야만 한다. 처음으로 우리가 그녀를 동행했다. 그리고 다시 결투가 준비되었던 원형 광장에서 함께 만나다. 그들은 한 젊은 남자와 친절하다기보다는 아주 적대적으로 이야기를 했다. 우리가 괴테 광장까지 동행해주었는데 어째서 벌써 집에 있지 않고 나왔을까? 그들은 급하게 집으로 갔어야 하지 않았던가. 그렇다면 그들은 도대체 왜 집에 가지도 못한 채 젊은 남자에게 쫓겨서, 아니면 그를 만나기 위해서 실러 거리로부터 나와서 작은 계단 아래로 내려가 옆으로 난 광장으로 달려왔단 말인가? 그들이 열 발자국 떨어진 거리에서 그 젊은 남자와 몇 마디 나누고는 아마도 보기에 그의 동행을 거부한 후, 거기에서 몸을 돌려 그냥 돌아오는 이유가 무엇일까? 우리는 지나가면서 인사만 했을 뿐인데 그들을 방해했었나? 조금 뒤에 우리는 아주 천천히 되돌아갔다. 우리가 괴테 광장에 도착한 바로 그때, 그들은 분명히 화들짝 놀라 다른 골목에서 나왔기에 거의 우리와 마주칠 뻔했다. 우리는 사정없이 몸을 돌렸다. 그러나 바로 그들도 이미 다른 길로 돌아갔다.

〈1912년〉7월 1일 월요일

슈테른에 있는 가르텐하우스. 그 앞 풀밭에서 스케치하다.[78] 조용한 쉼터에 앉아서 시를 외우다. 가방을 침대 삼다. 잠자다. 정원에서 그레테를 부르는 앵무새 소리. 그녀가 바느질을 배운다는 에어푸르트 거리를 갔지만 아무 소용없었다. 수영하다.

〈1912년 7월〉2일 화요일

괴테하우스. 이중 물매 지붕. 집사에게서 사진을 보다. 주위에 서 있는 아이들. 사진 이야기. 그녀와 함께 이야기할 수 있는 기회를 만들고자 계속해서 주의를 기울이다. 그녀는 친구들과 바느질하러 갔다. 우리는 뒤에 남아 있었다. —오후에 리스트하우스.[79] 거장다움. 늙은 파울리네. 리스트는 5시부터 8시까지 작업했다. 그러고 나서 교회, 그리고 두 번째 수면, 11시부터 방문을 받았다. 막스는 수영장에 갔다. 나는 사진을 가지러 갔다가 먼저 그녀를 만나서 그녀와 함께 문 앞으로 걸어갔다. 아버지는 내게 사진들을 보여주셨고, 나는 사진을 끼워 세워 놓을 사진틀을 가져다드렸다. 하지만 마침내 나는 가야만 했다. 그녀는 아버지 등 뒤에서 의미도 없이, 아무 소용도 없이 나에게 미소 짓고 있었다. 슬프다. 사진을 확대하겠다는 생각이 들었다. 생활용품점으로 들어가다. 필름 때문에 괴테하우스로 되돌아오다. 창문에서 나를 보더니 그녀가 문을 열어주었다. —그레테와 여러 번의 만남. 딸기를 먹을 때, 콘서트가 있던 베르테르의 정원 앞에서. 느슨한 치마를 입은 그녀 몸의 움직임. '러시아 궁정' 호텔로부터 나온 키 큰 장교들. 여러 가지 제복. 짙은 색 치마를 입은 마르고 강건한 사람들. —한적한 골목에서의 격투. "이 쓰레기 같은 인간 같으니라고!" 창가에서 많은 사람들이 구경한다. 떠나가는 가족들, 주정꾼, 등에 바구니를 메고 두 남자아이를 매달고 있는 늙은 여자. —나는 곧 가야만 하는 것이 목을 죄었다. 카바레 '티볼리'를 발견하다. 벽에 붙어 있던 탁자들을 '측면 발코니'라고 불렀다. 뱀을 다루는 늙은 여인, 마법사처럼 시중 들고 있는 그녀의 남편. 독일 여자 장인.

〈1912년〉 7월 3일 수요일

괴테하우스. 정원에서 사진을 찍어야 했다. 그녀가 보이지 않아서 내가 데려와도 되었다. 그녀는 움직임으로 언제나 흔들렸다. 그러나 누군가 그녀에게 말을 건 후에야 비로소 움직인다. 사진을 찍었다. 우리 둘은 벤치에 앉았다. 막스는 남자가 어떻게 해야 하는가를 보여 주었다. 그녀는 다음 날 만나자고 했다. ―외팅엔 씨가 창문을 통해서 우리를 보더니 이제 막스와 내가 단둘이만 사진기를 들고 있자 사진 찍는 것을 금지시켰다. 우리는 정말로 사진을 찍지 않았다! ―당시 어머니는 조금 더 친절하셨다. 학교나 입장료가 면제되는 무료 관객들을 제외하더라도 일 년에 3만 명은 온다. 어린아이들이 수영하고, 심각하게 그리고 또한 조용히 권투 시합을 한다. ―오후에는 대공작의 도서관. 트리펠의 괴테 흉상.[80] 지도자의 찬양. 언제나 알아보기 쉬운 대공작. 두툼한 턱 그리고 강한 입술. 목까지 단추가 채워진 제복 상의에 손. 다비드의 괴테 흉상.[81] 뒤쪽으로 흩날리는 머리카락, 커다란 얼굴에는 긴장감이 있다. 괴테로 인해서 궁전이 도서관으로 변환되었다. 파소브[82](곱슬머리를 한 젊은이)의 흉상, 차흐 베르너,[83] 갸름하고 검사를 하듯 들이대는 얼굴. 글루크[84]의 흉상. "생명으로 부어 채워짐". 그가 호흡했던 관들로 입 속에 나 있는 많은 구멍들. 문을 통해서 곧바로 슈타인 부인의 정원으로 나간다. 거대한 떡갈나무로 못을 하나도 사용하지 않고 죄수가 제작한 계단. ―공원에서 목수 아들 프리츠 벤스키와 산책하다. 그의 심각한 이야기. 그러면서 그는 나뭇가지로 덤불을 때렸다. 그도 역시 목수가 되어서 방랑을 하겠단다. 지금은 아버지 시대처럼 그렇게 걸어서 방랑하지 않는다. 기차가 버릇을 잘못 들여놓았다. 낯선 외국인들을 안내하려면 언어를 알아야 한다. 그러므로 학교에서 배우든지 아니면 필요한 책을 사야만 한다. 그가 공원에 대해서 아는 것도 학교에서 배웠거나 안내자에게서 들은 것이다. 특이한 안내자의 발언, 그 밖의 어떤 것에도 어울리지 않을, 예컨대 로마 저택에 대해서 "이 문은 물건 납품자를 위한 것이었다"는 것 이외에는 전혀 합당하지 않은 안내자의 발언들이 이목을 끌었다. 나무껍질로 지은 작은 집, 셰익스피어 기념 동상. —카를 광장에서 아이들이 나를 둘러쌌다. 해군에 대한 이야기. 아이들이 진지해짐. 선박의 침몰에 대한 대화들. 아이들이 곰곰이 생각한다. 공을 하나 준다고 약속함. 과자를 나눠주다. 정원 음악회 카르멘. 그것에 완전히 감동해서 사로잡힘.

〈1912년〉7월 4일 목요일

괴테하우스. 재회의 약속에 대해서 "네"라는 커다란 소리로 확인함. 그녀는 문밖을 보고 있다. 그것에 대한 잘못된 설명. 왜냐하면 우리가 있는 동안에도 그녀는 내다보았기 때문이다. 나는 다시 한 번 물었다 "비가 와도요?" "네." 막스는 예나의 디더리히스[85]에게로 갔다. 나는 영주 묘당[86]이 있는 곳으로 갔다. 장교들과 함께. 괴테의 관 위에는 1882년 프라하에 사는 독일 여자들이 금월계관을 헌정했다. 묘지에서 모두를 다시 발견했다. 괴테 가족의 묘지. 발터 폰 괴테, 1818년 4월 9일 바이마르에서 출생해서 1885년 4월 15일 라이프치히에서 사망. "그를 마지막으로 괴테가의 대가 끝났으나, 그의 이름은 모든 시대를 초월해 영원하다." 카롤린 팔크 부인의 비석 글: "신께서 그녀에게서 일곱 아이들을 거두어가시자, 그녀는 다른 아이들의 어머니가 되었습니다. 신께서 그녀의 눈물을 닦아주셨습니다."

샤를로테 폰 슈타인: 1742-1827년. ─수영장─오후에 날씨가 좋지
않은 것에 신경을 쓰다가 잠을 자지 못하다. 그녀는 만나러 나오지
않았다. ─옷을 입은 채 침대에 있는 막스를 만나다. 둘은 불행했다.
불행을 창문 밖으로 털어버릴 수만 있다면. ─저녁에 힐러[87]가 그의
어머니와 함께 왔다. ─나는 탁자에서 얼른 뛰어나갔다. 그녀를 보았
다고 믿었기 때문이다. 착각했다. 그러고 나서 모두들 괴테하우스 앞
으로 갔다. 그녀가 인사했다.

〈1912년〉 7월 5일 금요일

괴테하우스로의 소용없는 발길. ─괴테-실러 문서 보관소. 렌츠[88]
의 편지. ─프랑크푸르트 시민이 괴테에게 1830년 8월 28일에 보낸
편지: "8월 28일 여기 오랜 관습대로 주먹으로 술잔을 들어 맞이하는
옛 마인 강가 도시의 몇몇 시민들은 하늘이 주신 은총을 칭송할 것이
며, 이날이 준 기이한 프랑크푸르트인을 자유도시의 도시법 안에서
도 환영할 수 있을 것이다.

매년 희망하고 기다리고 소망했기 때문에, 그들은 당분간 숲과 강
을 지나 상품과 통행세를 넘어서 은은히 빛나는 술잔을 행복한 일름
강가의 도시로 건네면서 존경하는 동포들에게 생각 속에서라도 그
와 함께 술잔을 건배하면서 함께 노래 부를 수 있게 호의를 베풀어달
라고 부탁하노라:

> 너는 너의 충실함을
> 용서할 것인가
> 우리는 너의 눈짓에 따라
> 반쪽의 습관을 버리고
> 그리고 과감하게
> 전체적으로 선하고 아름답게

살기를 끊임없이 추구하련다."[89]

1757년 "숭고한 할머니!······"[90]

예루살렘이 케스트너에게 썼다. "지체 높은 가문의 분이시여, 제가 여행을 앞두고 있는데 당신의 권총을 빌려달라고 아주 공손하게 부탁드려도 되겠습니까?"[91]

아무런 반주도 없이 미뇽의 노래. ─

사진을 가져왔다. 갖다놓았다. 아무 소용없이 서성거리다가 여섯 장 중에서 세 장만 주었다. 그리고 잘 안 된 것만을 골라주었다. 그러면 자신을 정당화시키기 위해서라도 집사가 다시 사진을 찍을 것이라는 희망에서이다. 아무 낌새도 없다. ─수영장─거기서 직접 에어푸르트 거리로 가다. 막스는 점심 식사 하러 갔다. 그녀는 친구 두 명과 함께 왔다. 나는 그녀만을 잡아 끌어냈다. 그렇다. 그녀는 어제 10분 먼저 떠난 것이 틀림없었고, 지금에야 비로소 그녀 친구들에게서 내가 어제 기다렸다는 것을 알았던 것이다. 그녀는 춤 교습 시간 때문에 화가 나 있었다. 그녀는 확실히 나를 사랑하지 않는다. 그렇지만 어느 정도 존경심은 가지고 있다. 나는 그녀에게 귀여운 하트 목걸이가 둘러쳐진 초콜릿 상자를 선물로 주었고, 잠시 함께 걸었다. 만남에 대해서 약간 말이 오갔다. 아침 11시에 괴테하우스 앞에서. 그것은 일종의 구실일 것이다. 그녀는 식사 준비를 해야만 하고, 그 후에야 괴테하우스 앞으로 올 수 있다. 그렇지만 나는 그것을 받아들였다. 슬픈 수용. 호텔에 가서 잠시 침대에 누워 있는 막스 옆에 앉아 있다. 오후에 벨베데레 성으로 소풍.[92] 힐러와 어머니. 마차를 타고 유일한 대로를 멋있게 달려가다. 놀라울 정도로 잘 정돈된 성, 주 건물과 옆에 딸린 네 개의 작은 집들로 되어 있는데, 모든 게 낮고 예쁘게 칠해져 있었다. 한가운데에는 낮은 분수대. 바이마르 쪽으로 앞을 바라보다. 대공은 벌써 몇 년 전부터 여기에 살지 않는다. 그는 사냥꾼인데 여기에서는 사냥을 하지 않는다. 조용하고 친절한 시종은 깔끔하게 면도한 사각의 얼굴을 하고 있었는데, 지배자 밑에서 움직이는 모든 민중들처럼 슬픈 표정이었다. 가축의 비애. 카를 아우구스트 대공의 며느리인 마리아 파블로브나, 그녀는 마리아 페오도로브나와 교살당한 황제 파울의 딸이다. 많은 러시아 물건들. 칠보 구리 용기, 그릇에 붙어 있는 잘 세공된 철사 사이로 에나멜 칠이 부어져 있다. 둥근 천장의 침실. 여전히 거주 가능한 방들에 걸려 있는 사진들이 유일한 현대화이다. 그것들은 눈에 띄지 않고 그냥 거기에 얼마나 잘 적응하고 있는가! 괴테의 방, 아래층에 있는 구석방. 알아볼 수 없을 정도로 새로워진 외저의 천장화 몇 점. 많은 중국 물건들. 그 '어두운 하녀방'. 관객들이 두 줄로 서 있는 노천 극장. 의자 등받이와 팔걸이를 엮어서 만든 마차에는 여인들이 타서 앉아 있고, 그 옆을 기사들이 말을 타고 동행했다. 마리아 파블로브나가 남편과 함께 신혼여행으로 26일 동안 페테르스부르크에서 바이마르까지 타고 달렸던 세 마리의 말이 끄는 저 육중한 마차. 괴테가 설치한 노천 극장과 공원. ─저녁에 파울 에른스트[93]에게 가다. 골목에서 두 명의 처녀들에게 작가 파울 에른스트 집이 어디냐고 물어보았다. 그들은 우선 우리를 찬찬히 뜯어보더니, 지금 막 떠오르지 않는 작가 이름을 기억하려는 듯한 처녀가 다른 처녀를 툭툭 쳤다. 빌덴브루흐[94]를 말하시는지요? 라고 다른 처녀가 물었다. 파울 에른스트. 입 위로 콧수염이 있음. (자신의 비평가들 때문에) 흥분했을 적에도 떠나지 않았음에도 불구하고 그는 의자를 잡거나 무릎을 꽉 붙잡는다. ─암호른에 살고 있다. 그의 가족들이 가득 모여 사는 저택 같았다. 계단 위로 운반되었어야 하는, 심하게 냄새 나는 생선이 담긴 그릇을 우리가 보는 앞에서 다시 부엌으로 가져갔다. ─내가 이미 호텔 계단에서 한 번 부딪힌 적이 있는 대부 엑스페디투스-슈미트가 들어온다. 서고에서 오토 루트비히 전집 판을 작업함.[95] 물담뱃대를 서고로 들여오려고 하다. 신문을 '경건한 체하는 독거북'이라고 욕했다. 그가 편집자로 있는 『성인 성담』[96]을 공격했기 때문이다.

〈1912년〉 7월 6일 토요일
─슐라프[97]에게 가다. 그와 비슷하게 생긴 누이가 우리를 맞이했다. 그는 집에 없었다. 우리는 저녁에 다시 갔다. ─그레테와 한 시간 가량 산책하다. 그녀는 아마도 어머니의 동의를 받고 이리로 온 것 같았다. 그의 어머니는 여전히 창문에서 골목 밖으로 말하고 있었다. 분홍빛 치마, 나의 귀여운 여인. 저녁에 열리는 대무도회 때문에 불안해하다. 그녀와는 아무런 관계가 없었다. 끊어졌다 다시 시작되는 대화. 한 번은 아주 재빠른, 그다음에는 다시 아주 느린 걸음걸이. 우리가 어떤 가느다란 끈으로도 연결되지 않았다는 것을 어떤 경우에서도 명백하게 하지 않으려는 노력. 무엇 때문에 우리는 함께 공원을 거니는가? 단지 나의 고집 때문? ─저녁쯤에 슐라프 집. 그 전에 그레테 방문. 그녀는 조금 열린 부엌문 앞에 이전에 그렇게 칭송된, 그러나 그녀의 평소 옷보다 예쁘지 않은 긴 무도회복을 입고 서 있었다. 아주 많이 운 얼굴이다. 분명히 그녀를 많이 걱정스러워했던 주무용수 때문인 것 같았다. 나는 영원한 이별을 했다. 그녀는 그것을 몰랐고, 알아도 그녀에게는 별 상관이 없었을 것이다. 장미를 가지고 온 여자가 이 작은 이별을 방해했다. ─골목에는 온통 춤 교습을 하러 오는 신사 숙녀들이었다. ─슐라프. 그와 사이가 나빠진 에른스트가 우리에게 권하려 했던 지붕 밑 방에서 지내지는 않았다. 활력 있는 남자, 목 위까지 단추가 채워진 상의가 팽팽하게 건장한 상

체를 둘러싸고 있었다. 단지 눈은 신경질적이며 병적으로 실룩거렸다. 주로 천문학과 그 지구 중심적인 체계에 대한 이야기였다.[98] 모든 다른 문학, 비평, 회화는 그가 던져 떨어뜨리지 않기 때문에 그에게 매달려 있었을 뿐이다. 크리스마스 때가 되면 모든 것이 결정될 것이다. 그는 자신의 승리에 대해서 조금도 의심하지 않았다. 막스는 그와 천문학자와의 관계는 괴테와 안경쟁이들과의 관계와 비슷하다고 했다. '비슷하다고' 그는 언제나 탁자를 잡으면서 말했다. "하지만 훨씬 유리하죠. 나는 논쟁의 여지가 없는 사실을 확보하고 있어요." 400미터를 볼 수 있는 그의 작은 망원경. 그의 발견을 위해서 전혀 그것이 필요하지 않았다. 수학도 필요 없었다. 그는 너무나 행복하게 살고 있다. 그의 작업 영역은 끝이 없다. 왜냐하면 그의 발견은 인정을 받을 것이고, 종교와 윤리학, 미학 등의 모든 영역에서 막대한 영향력을 미치게 될 것이며, 당연히 그 작업을 위해서 그를 부를 것이기 때문이다. ─우리가 갔을 때 막 그는 자신의 쉰 번째 생일을 맞이하여 나왔던 인터뷰들을 붙여서 큰 책으로 만들고 있었다. "그런 경우들에 그들은 친절하지." ─먼저 파울 에른스트와 웹비히에서 함께 산책하다. 우리 시대에 대한 그의 경멸. 하우프트만, 바서만 그리고 토마스 만에 대해 그의 경멸. 우리가 어떻게 생각할 것인지에 대해서는 아무런 고려도 하지 않은 채 한참을 말하고 난 뒤에야 비로소 이해했던 부문장에서 그는 하우프트만을 아첨꾼이라고 말했다. 그 밖에도 유대인, 시온주의, 인종 등에 대해서 모호한 발언들. 모든 것들 중에서 단지 그는 자신의 시간을 아주 잘 응용하는 남자라는 점만은 주목할 만했다. ─다른 사람이 말할 때 그 틈 사이사이에 그저 냉담하고 자동적으로 "네, 네." 했다. 한번은 내가 더 이상 믿을 수 없게 될 정도로 그러했다. ─

〈1912년〉7월 7일

할레에 있는 보관함 번호 27. ―지금 7시 반, 글라임 동상 근처에서 그렇게 오랫동안 찾아 헤맸던 벤치에 쓰러지다.[99] 내가 어린아이였다면 나를 운반해 가게 했을 것이리라. 그만큼 다리가 아팠다. ―너하고 헤어진 이후에[100]도 나는 오랫동안 혼자라고 느끼지 않았다. 그러고 나서 다시 너무나 무뎌져서 여전히 고독하지 않다. ―할레, 작은 라이프치히. 여기 그리고 할레에 있는 이 한 쌍의 교회탑은 저 위 하늘에서 작은 나무다리로 연결되어 있다. ―네가 이것을 지금 당장이 아니라 나중에야 비로소 읽을 것이라는 감정이 벌써 나를 불안하게 한다. ―할레 시장에 소풍을 가려고 모인 자전거 클럽. 혼자서 도시나 골목 하나라도 보는 것은 어렵다. ―채식으로 차려진 좋은 점심식사. 다른 보통의 식당 주인과는 다르게 그 채식적인 것이 채식주의자인 주인에게 그렇게 좋은 효험을 주지 않았다. 옆에서부터 다가오는 불안해하는 사람들.

유대인 네 명과 함께 할레에서 떠나다. 두 명은 편안하고 재미있는 중년의 건장한 남자였는데, 한 사람은 클레멘스 박사님을 닮았고, 다른 한 사람은 아버지와 비슷했지만 훨씬 키가 작았다. 그리고 약하고 더위로 주눅이 든 젊은 신랑과 얼굴이 어쩐지 훈제업을 하는 베르크 가문 같은 그의 역겹고 늘씬한 젊은 신부. 그녀는 이다-보이-에드의 3마르크짜리 울슈타인 문고판 소설[101]을 읽고 있었다. 이 소설의 제목은 멋지고 아마도 울슈타인이 지어낸 '낙원에서의 한순간'이었을 것이다. 남편이 책이 마음에 드냐고 묻는다. 그러나 그녀는 이제 겨우 읽기 시작했다. "다 읽을 때까지 장담 못해요." 까칠한 피부와 뺨과 턱 위로 골고루 분포되어 흰 수염이 난 선한 독일 남자가 이 네 사람에게서 일어난 모든 일에 이상하게 정겹게 참여하고 있었다. ―

기차호텔. 아래에 있는 방은 길에 면해 있고, 그 앞에는 정원이 있다. 누군가 원한다면 지나가는 사람이 내가 방에서 모든 일을 벌거벗고 하고 있는 것을 볼 수 있다. 시내로 가는 길. 아주 오래된 고도이다. 목조 골조집은 가장 오랜 세월을 견디도록 고안된 축조 방식 같았다. 들보 나무들은 여기저기 휘어져 있고, 그 사이를 메운 흙들은 내려앉거나 불룩 튀어나왔으며, 전체적으로 그대로 있으나 세월과 함께 약간 붕괴되었어도 그것으로 더욱 탄탄해졌다. 그렇게 아름답게 사람들이 창문에 기대어 있는 것을 본 적이 없었다. 대개 창문의 중간 틀이 고정되어 있었다. 어깨를 거기에 기대고 아이들은 그 주위를 돌았다. 복도 깊숙이 첫 계단에는 튼튼한 처녀가 일요일 외출복을 펼친 채 앉아 있었다.

용길. 고양이지도길.[102]

공원에서 여자아이들이 벤치에 앉아 있었고, 우리는 여자들 벤치로 남자애들이 오지 못하도록 방어하고 있었다. 폴란드 유대인. 아이들은 그들을 이치히라고 불렀고, 그들을 따라서 곧바로 그 벤치에 앉으려고 하지 않았다. 유대 여관 나탄 아이젤스베르크는 히브리어 간판을 달았다. 좁은 골목 밖으로 노천 그대로 큰 계단이 나 있는 황폐한 성 같은 건물이었다. 나는 그 여관에서 나온 유대인 뒤를 따라가서 말을 걸었다. 9시 이후. 나는 그 공동체[103]에 대해서 조금 알고 싶어 했지만 아무것도 알 수 없었다. 나는 그에게 의심스러운 존재였다. 계속해서 그는 내 발을 쳐다보았다. 그러나 나도 역시 유대인이다. 그러고 나서 나는 아이젤스베르크 집에 묵을 수 있었다. —아닙니다. 나는 이미 숙소가 있습니다. —그렇군요. —갑자기 그는 내게로 가까이 다가왔다. 내가 한 1주일 전에 쇠펜슈테트에 오지 않았는지 물었다. 그의 집 앞에서 우리는 작별 인사를 했다. 그는 내게서 해방되는 것을 기뻐했다. 내가 묻지도 않았는데 유대 교회로 가는 길을 말해주었다. —문 계단에는 잠옷을 입은 사람들이 있었다. 오래된 의미 없는 비석들. 이 골목, 광장, 정원 벤치, 시냇물가에서 마음껏 불행할 수 있는 가능성을 다 생각했다. 울 수 있는 자는 일요일에 이리로 와야 한다. 다섯 시간 동안 돌아다닌 후 저녁에야 호텔 정원 앞 테라스에 앉아 있었다. 식탁 옆에는 젊고 과부같이 보이는 활력이 넘치는 여자와 함께 주인집 사람들이 있었다. 뺨이 쓸데없이 야위었으며, 머리는 반으로 갈라서 부풀렸다.

〈1912년〉 7월 8일

나의 집은 '루트'[104]라고 했다. 실용적으로 설비를 갖추었다. 4개의 입구, 4개 창문, 1개의 문. 꽤 조용하다. 단지 창문가에서 그들이 축구를 했다. 새들이 시끄럽게 노래를 지저귄다. 벌거벗은 나체족 몇몇이 내 문 앞에 조용히 누워 있다. 나를 제외한 모두가 수영 팬티도 입지 않았다. 멋진 자유. 공원 그리고 서재 등에서도 아름답고 통통한 귀여운 발들을 볼 수 있었다.

〈1912년〉 7월 9일

삼면이 터져 있는 작은 오두막에서 숙면하다. 나는 집주인처럼 내 문에 기댈 수 있었다. 아무 때나 밤에 올라와서 언제나 오두막 주위의 풀밭에 모여 있거나 퍼덕거리는 들쥐나 새들 소리를 들었다. 표범처럼 무늬를 한 신사. 어제 저녁 의상에 대한 강연을 함. 중국 여인들은 엉덩이를 크게 하기 위해서 발가락을 졸라매어 발육이 잘되지 못하게 했단다.

〈1912년〉 7월 9일

의사, 이전 관리인, 꾸민 것 같고 허무맹랑하고 우는 듯하며 품위 없어 보이는 웃음. 펄쩍 뛰면서 갔다. 문화개혁주의 신봉자다.[105] 진지함을 위해서 만들어진 얼굴. 말끔히 면도를 하고 입술을 꼭 누르고 있었다. 그는 진찰실에서 나왔고, 사람들이 그를 지나서 안으로 들어갔다. "들어오세요." 그는 사람을 보고 따라 웃었다. 내가 그의 말을 따르지 않을 것이라는 의구심을 가지면서도 내게 과일을 먹지 말라고 했다. 나는 교양 있는 사람으로서, 그의 제안들, 더욱이 인쇄된 그 지시를 잘 듣고 사태를 연구해서 내 생각을 정리해서 그에 따라 행동해야만 할 것이다. (그가 어제 행한 연설: "완전히 기형적인 발가락을 가진다면, 발가락을 잡아당기면서 길게 숨을 쉬면 시간이 지남에 따라 곧바로 펼 수가 있다." 특정한 연습 뒤에 성기가 자란다. 행동 규칙에서: "야간 공기욕은 매우 추천할 만하다(내게 맞으면 나는 그저 침대에서 빠져나와 오두막집 앞 풀밭으로 나오면 된다). 다만 너무 오랫동안 달빛에 노출되어서는 안 된다. 그것은 몸에 해롭다.") 현재 우리가 입고 있는 옷을 결코 빨수 없다! 오늘 아침 일찍: 씻기, 뮐러식 체조, 함께 체조하기(나는 수영복 팬티를 입은 남자로 불린다), 몇몇 합창단의 노래 부르기 그리고 큰 원으로 둘러서서 하는 공놀이. 2명의 예쁜 스웨덴 남자아이들의 긴 다리는 쭉 곧게 잘 뻗어 내려서 우리는 말로만 그들 곁으로 제대로 달려갈 수 있을 것 같았다. 고슬라에서 온 군악대의 연주. 오후에 짚더미를 뒤집다. 저녁때 위가 너무 아파서 불쾌감 때문에 한 발자국도 움직이기 싫었다. 늙은 스웨덴 사람이 어린 여자아이들과 술래잡기 놀이를 하고 있었는데 너무 놀이에 심취해서 한번은 뛰어가면서 "기다려라. 너희들이 지나가지 못하도록 이 해협을 봉쇄하겠다"라고까지 외쳤다. 아마도 두 덤불 사이의 통로를 말하는 것 같았다. 늙고 별로 예쁘지 않은 아이 보는 여자가 지나갔다: 흰점이 있는 검은색 옷을 입은 등은 두드리고 싶을 정도였다. 끊임없이 지속되는 이유 없이 속마음을 털어놓고 싶은 욕구. 그에게 그것이 가능할까 그리고 그가 자신을 위해서 한 번 그런 기회를 가질 수 있을는지의 관점에서 모든 사람들을 쳐다보았다.

〈1912년 7월〉10일

발을 삐다. 아팠다. 녹색 먹거리를 싣다. 나우하임에서 온 아주 젊은 고등학교 교수인 루츠 씨와 함께 오후에 일젠부르크로 산책하다.[106] 그는 아마도 내년에는 비커스도르프로 갈 것이란다. 협동 교육, 자연치료 요법, 코헨,[107] 프로이트. 그가 남녀 학생들을 이끌고 갔던 소풍에 대한 이야기. 천둥 번개가 쳤고, 모두들 흠뻑 젖어서 가까운 산장의 한방에서 모두 홀딱 벗어야 했었단다. ─밤에는 발이 퉁퉁 붓고, 그로 인해 열이 났다. 지나가는 토끼들이 내는 소리. 내가 밤에 일어났을 때 내 문 앞에는 그런 토끼가 세 마리가 앉아 있었다. 나는 괴테가 무한히 자유롭고 자의적으로 낭송하는 것을 듣는 꿈을 꾸었다.

〈1912년 7월〉11일

브레슬라우 관청의 고위 관료인 프리드리히 실러 박사와 대화하다. 그는 파리에 도시 설비를 연구하기 위해서 오랫동안 머물렀는데, 왕궁 정원을 볼 수 있는 전망을 가진 호텔 방에 묵었다. 그전에는 천문대 근처 호텔에 있었다. 어느 날 밤 옆방에는 사랑하는 한 쌍이 묵었는데, 여자가 너무 좋아서 부끄러운 줄 모르고 뻔뻔스럽게 소리를 질렀단다. 그가 벽을 통해서 의사를 불러올까요라고 제안하고 나서야 비로소 그녀는 조용해졌고, 그는 잠을 잘 수가 있었다. ─나의 두 친구가 나를 방해했다. 그들은 집으로 갈 때 꼭 내 오두막을 지나갔는데, 언제나 잠시 내 문에 붙어 서서는 재미있게 이야기를 하거나 산책 가자고 초대하면서 소리를 냈다. 나는 그러나 그들이 그러는 것에 대해서 고마워하기도 했다. ─『신약 선도 신문』1912년 7월판에 자바에서의 전도에 대한 기사가 있었다: "대대적으로 실시되는 선교사들의 아마추어적인 의료 활동에 대해서 법적으로 이의를 제기하면 할수록 오히려 그것은 선교 활동에 없어서는 안 될 중요한 도우미가 되었다."

나는 물론 멀리 떨어져서이긴 해도 이 완전히 벌거벗은 나체족들이 천천히 나무들 사이를 거니는 것을 볼 때면 어디서든지 쉽게 헛구역질이 났다. 그들이 뛰어가도 별 소용이 없었다. —지금 내가 전혀 모르는 한 사람이 나체로 내 문에 바짝 붙어 서서는 천천히 그리고 아주 친절하게 물었다. 전혀 의심할 것이 없는데도 여기 내 집에 내가 사느냐고 말이다. —그들은 그렇게 들리지 않게 소리 없이 다가왔다. 갑자기 웬 사람이 거기에 서 있고 그가 어디에서 온 사람인지 모른다. —벌거벗은 채로 마른 건초 더미 위로 뛰어가는 늙은 남자들도 별로 마음에 들지 않는다. —저녁에 슈타펠부르크로 산책 가다. 내가 서로 소개하고 추천했던 그 둘과 함께. 폐허. 10시에 돌아옴. 내 집 앞 풀밭에 있는 건초 더미 사이에서 살금살금 기어가는 나체족 몇 명이 멀리서 사라졌다. 내가 밤에 수도원으로 걸어갔을 때 그 셋이 풀밭에서 자고 있었다.

〈1912년 7월〉 12일

실러 박사의 이야기들. 일 년 내내 여행함. 그러고 나서 긴 시간 동안 풀밭에서 기독교에 대해서 논쟁을 벌였다. 모든 것을 진흙으로 치료하고 내게 과일을 먹지 말라고 금지시킨 의사에 대해서 경고한 파란 눈의 늙은 아돌프 유스트.[108] '기독교 공동체' 회원이 신과 성경을 옹호했으며, 지금 막 필요한 증거로 시편을 낭송했다. 나의 실러 박사는 자신의 무신론으로 웃음거리가 되었다. 외래어 환영, 자동 암시 등도 그에게는 아무런 도움이 되지 못했다. 웬 모르는 사람이 미국 사람들은 두 말 중 한 번은 저주를 하는 데 왜 그렇게 잘나가는가를 물었다. ―대부분의 경우 그들이 아주 활발하게 참여했음에도 불구하고 그들의 진짜 생각을 확인하는 것은 불가능했다. 그렇게 황급히 제물 바치는 날에 대해서 말했던 그 사람 그리고 그 방법론자들은 얼마나 소극적이었던가. "기독교 공동체"에서 온 남자는 작은 집에서 나온 예쁜 소년들과 체리와 마른 빵으로 점심 식사를 했는데, 보통은 하루 종일 풀밭에 누워 있었다. 그가 3권의 성경을 펴놓고 메모를 하고 있었다. 그는 3년 전부터 비로소 올바른 궤도에 올라섰다. 네덜란드에서 온 실러 박사의 유화 스케치. 신축된 새 다리. ―건초를 신다. ―떡갈나무 아래 공지에서. ―두 자매. 작은 처녀들. 한 처녀의 얼굴은 갸름했고 약간 단정치 못한 자세, 위로 겹쳐서 움직이는 입술, 사랑스럽게 뾰족하게 뻗은 코, 완전히 뜨지 않은 맑은 눈. 똑똑함이 얼굴에서부터 비쳐 나와서 나는 벌써 몇 분 동안이나 그녀를 바라보고 있었다. 내가 그녀를 보고 있으면 내게 뭔가 쌩하고 바람이 불어오는 것 같았다. 여자답고 키가 작은 그녀의 동생이 내 시선을 포착했다. ―새롭게 도착한 뻣뻣한 처녀는 약간 푸르스름한 빛이 돌았다. ―짧고 헝클어진 머리카락을 가진 금발의 여자. 마치 가죽 채찍처럼 잘 휘어지고 말랐다. 치마, 블라우스 그리고 셔츠, 그 밖에는 아무것도 안 입었다. 그 걸음걸이! ―실러(43세) 박사와 저녁에 들판에서. 산책하고, 스트레칭하고, 비비고, 때리고 그리고 긁었다. 완전히 벗은 채로. 부끄럽지 않았다. ―저녁에 서재를 나섰을 때 향기가 났다.

〈1912년 7월〉 13일

체리를 땄다. 루츠는 내게 킨켈[109]의 『영혼』을 읽어주었다. ―식사 후 나는 언제나 여기 모든 방에 놓여 있는 성경에서 한 단원을 읽었다. 저녁, 아이들은 게임을 한다. 어린 수잔느 폰 푸트캄머. 9살로 분홍빛 짧은 바지를 입었다.

〈1912년 7월〉 14일

바구니를 가지고 사다리 위로 올라가 서서 체리를 땄다. 나무 위에 높이 올라갔다. 오전에 떡갈나무 아래 공지에서 예배. 감미로운 찬송가. 오후에 두 친구를 일젠부르크로 보냈다. ─나는 풀밭에 누웠고, 그때 '기독교 공동체' 사람(키가 크고 멋진 몸매에 갈색으로 그을리고 콧수염에 행복해 보이는 외모를 가졌다)이 그의 공부방에서 나와 옷 입는 방으로 갔다. 나는 아무것도 짐작하지 못한 채 눈으로 그를 따라갔는데, 그가 자기 자리로 되돌아가지 않고 내게로 왔다. 나는 눈을 감았으나 그는 이미 자기를 소개했다: 히처, 토지측량사 그리고 일요일 독서거리로 작은 책자 네 권을 주었다. 가면서 그는 여전히 '진주'와 '던져라'를 말하고 있었다. 그것으로 그는 내가 그 책을 실러 박사에게 보여주지 말아야 하는 것을 암시하고 있었다. 그것들은 『잃어버린 아들』, 작은 이야기들이 있는 『대가를 치른 혹은 더 이상 내 것이 아닌(믿음이 없는 신앙인을 위한)』, 『왜 교양 있는 자들은 성경을 믿지 않는가?』 그리고 『자유를 위하여! 그러나: 진정한 자유는 무엇인가?』이다. 나는 조금 읽다가 그에게로 돌아가서는 그를 존경했기 때문에 불안하게 왜 현재 내게는 아무런 은총이 내려질 전망이 없는지를 명백하게 설명하려 했다. 그에 대해서 그는 1시간 반 동안이나 내게 오직 진실되기에 아름답게 잘 구사된 언어로 말했다. (마지막 즈음해서 마른 빨간 코를 가진 백발 노인이 마직포를 두른 채 무엇인가 불분명한 말을 하면서 우리에게 합류했다.) 그렇게 많은 사람들을 불행하게 만들었던 불행한 괴테. 많은 이야기들. 히처는 아버지가 자기 집에서 하나님을 욕하면 그 말을 못하도록 금지시켰다는 등. "아버지 당신은 그 말에 너무 놀라서 더 이상 말을 하지 못할 거예요. 제가 맞습니다."

아버지가 돌아가실 때에 신의 목소리를 들었다는 등 많은 이야기를 들었다. ―그는 내가 거의 은총에 가까이 온 것처럼 쳐다보았다. ―나는 모든 그의 증거들을 부수고 그에게 어찌나 마음의 소리를 알려 주었던가. 효과가 좋았다. ―

⟨1912년 7월⟩ 15일
퀴네만의 『실러』를 읽다.[110] ―불상사가 일어날 경우를 생각해서 언제나 아내에게 보내는 엽서를 주머니에 넣고 다니는 신사. ―책 루트―나는 『실러』를 읽었다. 멀지 않은 곳에 노인 신사 양반이 나체로 머리 위로는 우산을 펴고 내게 엉덩이를 돌리고 누워 있었는데, 몇 번 내 집 쪽으로 부딪히는 듯한 큰 소리를 냈다. ―처음에는 하얀 옷을 입었던 그 뻣뻣한 미혼 여자의 갈색과 푸른색 치마 그리고 이 색깔의 영향을 받아서 그녀의 피부색이 그렇게 또렷하게, 규범적으로 딱딱하게 변했는지 모르겠다.

⟨1912년 7월⟩ 15일
플라톤의 『국가론』―실러 박사를 위한 모델이다. 수영복 팬티를 입지 않다. 전시회적인 체험. ―플로베르 작품에서 매춘에 관한 대목.[111] ―개인들의 전체적인 인상에서 벌거벗은 몸이 많은 영향을 미침. ―꿈: 공기욕(공기 요법) 모임이 격렬한 싸움으로 완전히 엉망이 되었다. 두 그룹으로 나누어진 모임이 서로 재미있게 농담을 하다가 한 사람이 앞으로 나와서 다른 그룹 사람에게 소리쳤다: "재미롱과 거세롱!" 다른 자들이: "어째? 재미롱과 거세롱?" 그 사람이 "물론이지." 격투가 시작되었다.

〈*1912년 7월*〉16일

퀴네만. —예비역 대위인 귀도 폰 길하우젠 씨는 「검에 부쳐」라는 시를 쓰고 곡을 붙였다. 멋진 남자다. 귀족에 대한 존경심에서 감히 그를 올려다보지도 못하고, 땀도 나고(우리는 모두 나체였는데), 조용히 소곤거리며 말했다. 그의 반지 도장. —스웨덴 젊은이들이 고개 숙여 인사하다. 붉은 머리카락을 가진 노인네들은 습관적으로 힘들게 호흡하면서 말했다. —옷을 입고서 공원에서 옷을 입은 사람들과 대화함. 그는 그렇게 많이 또한 너무나 큰 소리로 떠들어서 나는 그의 말을 하나도 이해할 수 없었다. —하르츠부르크로 가는 대규모 전체 소풍을 놓쳐버렸다. —저녁에 슈타펠부르크에서 사격 축제. 실러 박사와 베를린에서 온 미용사. 슈타펠부르크의 성곽이 있는 산 쪽으로 서서히 올라가는, 오래된 보리수나무들이 쭉 따라 서 있는 커다란 평지가 철로 둑으로 잘못 끊어져 있었다. 총이 발사되는 사격 시발대인 작은 집. 나이 든 농부들이 사격부에 등록을 했다. 세 명의 피리 연주자의 등에는 여성용 두건이 매달려 있다. 이해할 수 없는 옛날 관습. 몇몇 사람은 단순하며 대대로 물려받은 오래된 푸른색 가운을 입었는데, 그것은 고급 마직포로 되어 있었으며 15마르크나 했다. 거의 모든 사람들이 각자 자기 소총을 가지고 있었다. 휴대 화기. 대부분의 사람들이 밭일로 등이 굽은 것 같은 인상을 받았다는데, 특히 모두들 두 줄로 도열을 했을 때 더욱 그러했다. 몇몇 실린더 모자를 쓴 늙은 우두머리들은 칼을 차고 있었다. 말꼬리 그리고 몇 가지 오래된 상징물들이 들어오고, 흥분과 긴장 그러고는 악단의 연주, 더욱 강렬하게 흥분됨, 그다음 고요함과 북과 피리소리, 더욱더 커지는 흥분, 드디어 마지막 북소리와 피리 소리 속으로 세 개의 깃발이 등장하고 마지막 흥분의 도가니, 명령과 행군. 검정 양복을 입고 검은색 모자를 쓴 노인은 약간 눌린 얼굴로, 그렇게 길지 않고 얼굴선을 따라 비단결 같은 더할 수 없는 멋진 하얀 수염이 촘촘하게 나 있었다. 지난해 사격왕도 실린더 모자를 썼는데, 몸에는 모두 작은 금속 조각판으로 바느질된 수위장 같은 현장을 두르고 있었다. 그 금속 조각판에는 매해의 사격왕이 그에 해당된 수공업 표시와 함께 새겨져 있었다. (제빵 장인은 거기에 둥근 빵이 새겨져 있다.) 먼지를 뽀얗게 내면서 잔뜩 구름 낀 하늘의 변화무쌍한 빛을 받으면서 음악에 맞춰서 행군을 했다. 함께 행진하는 군인(이제 막 복무하기 시작한 사격 졸병)의 인형 같은 외모와 껑충거리는 발걸음. 민중 군대와 농민 전쟁. 우리는 골목을 따라 그들을 따라갔다. 그들은 곧 가까워졌다가는 곧 다시 멀어졌다. 그들이 사격 장인들에게서 멈춰 서서 연기를 해 보이기도 하고 대접을 받기도 했기 때문이다. 행군 줄의 마지막 부분에서는 먼지가 조금씩 없어졌다. 마지막 한 쌍이 가장 깨끗하게 보였다. 한동안 우리는 그들을 놓쳤으며 완전히 우리 시야에서 사라져버렸었다. 약간 가슴이 움푹 들어간 키가 큰 농부가 결연한 얼굴 표정에 목이 젖혀져 있는 장화를 신고 가죽 같은 옷을 입었는데, 그는 너무나 번거로운 방식으로 대문 기둥에서 교체되었다. 그 앞에 서 있던 세 명의 여자들 중 한 명이 다른 여자들 앞에 있었다. 가운데 여자가 까무잡잡했고 예뻤다. 맞은편 농가의 문에 서 있는 두 여자. 두 농가에 서 있는 거대한 나무 두 그루가 농가 사이를 지나는 넓은 길 위로 하나로 합쳐진다. 이전의 사격왕들의 집에는 커다란 원판이 붙어 있다. 둘로 나뉜 무도회 바닥의 한가운데 두 열로 된 나무 판막이로 분리되어서 관현악단의 자리가 마련되어 있다. 지금 잠정적으로 비어 있다. 작은 여자아이들은 매끄러운 판자 위로 미끄럼을 탔다. (편하게 휴식을 취하고 이야기도 하면서 장기를 두는 사람들이 나의 글쓰기를 방해했다.) 나는 그 여자아이들에게 내 '레몬수'를 권했고, 그들은 마셨다. 가장 나이가 많은 애가 맨 처음 마셨다. 진짜로 교류하는 언어는 없었다. 그들이 이미 밤참을 먹었는지 물어보았지만, 그들은 완전히 불통으로 이해하지 못했다. 실러 박사가 그들이 이미 저녁밥을 먹었는지를 물었고, 약간 짐작이라도 하는 듯했으며(그는 분명하게 말하지 않았으며 숨을 너무 크게 쉬었다) 이발사가 그들이 끼니를 때웠는가를 물었을 때에 비로소 처음으로 대답할 수 있었다. 내가 그들을 위해서 주문한 두 번째 레몬수를 더 이상 마시기를 원하지 않았으나, 회전목마를 타고 싶어 했다. 나는 여섯 명의 여자아이들(대략 6세에서 13세의 여자아이들)과 함께 회전목마 쪽으로 날아갔다. 가는 길에 회전목마를 타자고 권했던 한 아이가 그것이 자기 아버지 소유라고 자랑을 했다. 우리는 한 마차에 타고 앉아서 돌았다. 여자 친구들은 나를 빙 둘러싸고, 한 아이는 내 무릎 위에 앉았다. 내게 돈을 내게 하려고 밀치고 들어오는 여자아이들은 내 의지와는 반대로 우리 그룹으로부터 떠밀렸다. 내가 낯선 사람들 것까지 지불하지 못하도록 주인 딸이 계산을 통제했다. 더 할 마음만 있다면 한 번 더 탈 용의가 있었으나, 그 주인 딸이 이번으로 충분하다고 말하면서 달콤한 설탕과자를 파는 천막으로 가자고 했다. 어리석고 호기심 많은 나는 그들을 회전식 추첨기 쪽으로 데려갔다. 그들은 가능한 한 내 돈을 아끼려고 아주 조금씩 썼다. 그러고 나서 단것 파는 데로 갔다. 대단히 많은 물건들이 있었는데 마치 도시의 대로처럼 아주 깨끗하게 잘 정돈되어 진열되어 있었다. 거기에는 우리네 시장에서처럼 값싼 것들도 있었다. 그리고 우리는 무도회장으로 다시 돌아갔다. 나는 내가 베풀었다는 것보다는 소녀들과 함께 있었던 체험을 더욱 강하게 느꼈다. 이제 다시 그네들은 레몬수를 마셨고 고맙다고 했다. 가장 나이 많은 아이가 모두를 대표해서 그리고 모두들 각자 다 고맙다고 인사했다. 춤이 시작되면 우리는 가야만 한다. 벌써 10시 15분이었다. 쉬지 않고 떠드는 이발사는 서른 살이었는데 턱 가장자리 구석에 수염이 나 있었고, 길게 빼내어진 콧수염을 하고 있었다. 처녀들 꽁무니를 따라다니지만 자기 아내를 사랑한단다. 아내는 집에서 가게를 하고 있으며 너무 뚱뚱해서 차를 타는 것을 잘 견디지 못해서 여행을 하지 못한단다. 한번 릭스도르프로 여행을 했을 때에도 두 번이나 전차에서 내려서 조금 걸으면서 휴식을 취해야 했단다. 그녀는 휴가가 필요 없으며, 단지 조금 더 오래 잠잘 수 있다면 만족했단다. 그는 그녀에게 충실했으며 그가 필요한 것 모두를 그녀에게서 얻었다. 이발사라면 빠져들 수 있는 유혹들. 젊은 레스토랑 주인의 아내. 모든 것을 더 비싸게 지불해야만 하는 스웨덴 여자. 그는 푸더보이텔(가루 주머니)이라는 이름의 뵈멘 유대인에게서 머리카락을 샀다. 사회민주주의 파견원이 그에게로 와서 기관지 『포어베르츠』[112]도 역시 출간되어야 한다고 요구하자, 그가 말했다. "당신이 그것을 요구한다면, 그렇다면 나는 당신을 부르지 않았다." 그러나 결국에는 동의했다. '젊은 남자'(조수)로서 그는 괴를리츠에 있었다. 그는 볼링 치는 사람들 모임의 일원이었다. 일주일 전에 브라운슈바이크에서 열린 대볼링대회에도 참석했었다. 독일의 대략 2만 명의 볼링 치는 사람들의 조직이었다. 축하하기 위한 영예의 특별 볼링 궤도 네 곳에서 3일 동안 내내 밤중까지 볼링을 친다. 그러나 그가 독일에서 볼링을 최고로 잘하는 사람이라고 말할 수는 없다. ―저녁에 내 오두막에 왔을 때 성냥을 발견하지 못해서 옆집에서 빌렸다. 혹시 탁자 밑에 떨어져 있지 않나 해서 불을 켜고 찾았으나 없었고, 그 대신 물잔 하나가 거기에 있었다. 벽거울 뒤에 샌들이, 창문턱에 성냥이 그리고 앞으로 튀어나온 모퉁이에 손거울이 걸려 있는 것이 점차적으로 보이기 시작했다. 장 위에 요강이 놓여 있었고, 『감정의 교육』 책은 베개 위에, 이불보 밑에 옷걸이 하나, 침대에는 여행용 잉크병과 축축한 수건이 놓여 있었다. 모든 것이 내가 하르츠부르크에 가지 못한 것에 대한 벌이다.

〈*1912년 7월*〉 <u>19일</u>

비 오는 날. 침대에 누워 있으면 지붕 위에 떨어지는 빗방울 소리가 너무 커서 마치 내 가슴속으로 떨어지는 것 같다. 길을 따라 주욱 늘어선 집들을 따라 등불이 켜지는 것처럼 앞으로 튀어나온 지붕 가장자리로 기계적으로 빗방울이 나타난다. 그러고는 떨어진다. 마치 맹수처럼 갑자기 노인네가 들판 위로 쫓아가더니 목욕을 하듯 비를 흠뻑 맞는다. 밤새 빗방울이 두드리는 소리. 마치 바이올린 통 안에 들어앉아 있는 것 같다. 아침에 달리기하다. 발밑으로 부드러운 흙

〈*1912년 7월*〉 20일

오전에 실러 박사와 함께 숲에 있었다. 붉은색 땅과 거기에서부터 점점 확대되는 빛. 막 켜져서 올라오는 나무 뿌리들. 잎이 무성하고 넓게 뻗어 펼쳐진 채 흔들리는 참나무 가지들. ―오후에 슈타펠부르크에서 가장무도회 행렬이 도착했다. 곰처럼 변장하고 춤추는 남자를 대동하는 거인. 그의 넓적다리와 등의 흔들림. 음악을 뒤따라 정원 한가운데로 행진했다. 관객들은 덤불을 지나 잔디 위로 뛰어갔다. 키가 작은 한스 에페가 그것을 올려다보는 것이란. 편지함에는 발터 에페라고 쓰여 있었다. 망사 천으로 완전히 얼굴을 가리고 여자처럼 변장한 남자들. 그들이 여자 보조 요리사들과 춤을 추고, 이 여자들은 웬 미지의 변장한 자와 향락에 빠지는 방정치 못한 광경이다.

오전에 실러 박사 앞에서 『감정의 교육』 1장을 읽었다. 오후에는 그와 함께 산책했다. 그의 여자 친구에 대한 이야기. 그는 모르겐슈테른, 발루셰크, 브란덴부르크, 포펜베르크[113]의 친구이다. 저녁에 그는 너무나 괴로워하면서 침대 위에 옷을 입은 채 그대로 누워 있었다. 폴린거 양과 첫 대화, 하지만 그녀는 나에 대해서 웬만한 것을 다 알고 있었다. 그녀는 프라하를 『슈타이어마르크에서 온 열두 사

람』"⁴이란 책을 통해서 알고 있었다. 하얀 금발, 22세, 외모는 17세의 소녀 같고, 언제나 귀가 잘 들리지 않는 어머니에 대한 걱정으로 가득 차 있다. 약혼을 했으며 귀엽다. ─저 가죽 채찍같이 휘청거렸던 스웨덴 과부인 폰 바스만 부인이 정오에 떠났다. 그녀의 평상시 옷차림에 대해서라면 언제나 회색빛 위쪽에 작은 숄이 달린 회색빛 모자였다. 이런 옷차림의 매무새 속에서 그녀의 갈색 얼굴은 아주 사랑스러워졌고, 규칙적인 얼굴 표정은 이 모자를 벗고 쓰는가로 결정되었다. 그녀의 짐은 작은 배낭뿐으로 잠옷 이외에 그리 많은 것이 들어 있을 것 같지 않았다. 그렇게 그녀는 끊임없이 여행을 했는데, 이집트에서 왔다가 뮌헨으로 간다. ─오늘 오후 내가 침대에 누워 있을 때, 여기 많은 사람들이 나를 선동했다. 그만큼 많은 이들이 내게 관심이 있었다. ─길하우젠의 가곡의 제목은 〈화가여, 당신은 아는가, 당신이 사랑스럽다는 것을〉이었다. ─슈타펠베르크에서의 저녁 무도회. 축제는 4일 동안 계속되었고 거의 일을 하지 않았다. 우리는 새로 뽑힌 사격왕을 보았으며, 그의 등에 쓰여진 19세기 초의 사격왕들의 이름을 읽을 수 있었다. 양쪽 무도회장이 꽉 찼다. 홀을 빙 둘러 춤을 추는 쌍들이 앞뒤로 늘어서 있다. 모든 쌍은 15분마다 나와서 짧게 춤을 추었다. 대개는 말이 없었는데, 혼란스럽다든지 아니면 그 밖의 특별한 이유에서가 아니라 그냥 모두 말이 없었다. 웬 술 취한 사람이 가장자리에 서 있다가 모든 여자들을 안다고 잡거나 팔을 뻗쳐서 얼싸안으려고 했다. 이렇게 방해를 받게 된 사람들은 조금도 동요하지 않고 춤을 추었다. 소음은 음악과 아래 탁자에 앉아 있는 사람들이 소리치고 바에 서 있는 사람들이 떠드는 것으로 충분했다. 우리는 별 볼일도 없이 오랫동안 서성댔다(나와 실러 박사). 나는 한 처녀에게 말을 걸었다. 그녀가 바깥에서 여자 친구 둘과 할버슈타트식 소시지에 겨자를 뿌려 먹고 있었을 때 이미 내 마음에 들었다. 그녀는 흰색 블라우스를 입었는데 어깨와 팔 위로 올라가는 꽃무늬의 심이 들어 있었다. 그녀가 얼굴을 귀엽게 그리고 약간 슬프게 숙여서 상체를 약간 눌렀고, 블라우스가 부풀어 올랐다. 작은 들창코가 이 숙인 자세에서 슬픔을 더하고 있었다. 전체 얼굴 위로는 분간이 안 되는 붉은 갈색이 돌았다. 그녀가 무도회장에서 두 계단 아래로 내려간 바로 그때 나는 그녀에게 말을 걸었다. 우리는 나란히 서 있었고 그녀가 몸을 돌리는 모습이란. 우리는 춤을 추었다. 그녀 이름은 아우구스테였고, 볼펜뷔텔 출신으로 아펜로다에서 클라우다 씨라고 하는 사람이 운영하는 가게에서 1년 반 정도 일하고 있었다. 고유명사를 몇 번이고 외우도록 따라 불러줘도 이해하지도 또한 기억하지도 못하는 내 특유함. 그녀는 고아로 10월 1일부터 수도원에 들어간다. 그녀 친구들에게 아직 그 말을 하지 않았다. 그녀는 이미 4월부터 들어가고 싶었으나 주인이 그녀를 놓아주지 않았다. 그녀는 그동안 겪은 좋지 않은 경험 때문에 수도원에 들어간다고 했다. 그 이야기를 할 수는 없다고 했다. 우리는 달빛 아래에서 무도회장 앞을 이리저리 왔다 갔다 했는데, 지난번의 그 어린 친구들이 나와 나의 '신부' 뒤를 따라왔다. 그러나 그녀는 슬픔에도 불구하고 내가 나중에 실러 박사에게 그녀를 내어주었을 때 보여주었듯이 아주 기꺼이 춤을 추었다. 그녀는 밭일을 하고 있었기에 10시에 집으로 가야만 했다.

〈1912년 7월〉22일

게를로프 양, 선생님, 부엉이 비슷하며 젊고 신선한 얼굴, 완전히 활력에 넘치며 긴장된 표정들. 몸은 약간 단정치 못했다. ―브라운슈바이크 출신의 사립학교장 에페 씨. 내가 지배를 받고 있는 사람. 압도하는, 필요할 경우 불 같고 사려 깊고 음악적이며 겉으로만 흔들리는 것 같은 언변. 부드러운 얼굴, 하지만 뺨에 텁수룩하게 난 수염과 콧수염이 있는 전체 얼굴이 더욱 사랑스럽다. 세심한 걸음걸이. 그가 나와 함께 동시에 같은 탁자에 앉게 되었을 때 나는 비스듬히 맞은편에 앉았다. 조용히 씹기만 하는 모임. 그가 말을 이리저리 던졌다. 그래도 여전히 조용하니 그렇게 조용히 있었다. 그러나 멀리 앉은 자가 한마디 하자, 벌써 그는 그 말을 잡았다. 하지만 그렇게 긴장해서가 아니라 마치 그에게 말을 걸어와서 들은 것처럼 혼자서 중얼거렸으며, 마침 껍질을 벗기고 있는 토마토만 뚫어지게 쳐다보았다. 모두가 주의를 기울였는데, 다만 나처럼 약간 굴욕적으로 느끼고 저항하는 사람을 빼고서는. 그는 어느 누구도 비웃지 않았고 모든 이의 의견을 자기 말의 그네를 태워서 흔들어보았다. 아무런 감동이 없으면 그는 호두를 까면서 혹은 생식을 위한 일을 도와주면서 조용히 홍얼거렸다. (탁자 위에는 그릇들로 가득했고, 임의대로 섰다.) 드디어 그는 모두를 자기 일에 참여시켰다. 그 목록을 자기 아내에게 보내야만 한다고 모든 음식을 메모하라고 시켰던 것이다. 그가 며칠 뒤에 아내와 함께 우리를 놀라게 한 후에 다시 그녀의 새로운 이야기가 시작되었다. 그녀는 마음의 병이 있으며, 고슬라에 있는 요양원에 머물러야만 한다. 거기에는 간병인이 동반해야만 받아주며 최소 8주 동안은 머물러 있어야 한다. 그가 비용을 계산했고 지금 막 탁자에서 따져보니 대략 1800마르크가 드는 것 같았다. 그러나 그 어떤 동정심을 유발하려는 의도는 없었다. 하지만 그렇게 비싼 건수에 대해서는 생각을 해봐야만 한다. 모두가 곰곰이 생각해보았다. 이틀 뒤에 우리는 그 부인이 올 것이라는 말을 들었다. 아마도 그녀가 이 요양원에 만족했나 보다. 식사 도중에 그 부인이 어린 자식 둘을 데리고 이미 도착해서 그를 기다리고 있다고 들었다. 그는 기뻐했으며, 이 식탁에서는 모든 음식이 한꺼번에 주어지기 때문에 식사의 끝이 없음에도 불구하고 조용히 끝까지 식사를 했다. 부인은 젊고, 다만 옷으로 허리가 어디쯤인가가 암시될 정도로 뚱뚱했으며, 현명한 푸른 눈을 가졌다. 위로 높이 부풀게 파마를 한 머리에 요리, 시장 관계 등을 아주 상세하게 이해하고 있었다. 아침 식사 때에—아직 그의 가족이 나타나지 않았을 때—그는 호두를 까면서 게를로프 양과 내게 말했다. 그의 아내가 마음의 병을 앓고 있으며 신장도 나쁘고 소화불량으로 고생하고 있을 뿐만 아니라 폐쇄 공포증으로 겨우 새벽 5시가 되어서야 잠이 들어서 아침 8시에 깬다고 했다. '물론 그녀는 너무나 성을 내고' 그러고는 '화가 나서 펄펄 뛴다'. 그녀의 심장은 아주 나쁘며, 천식이 아주 심하단다. 그녀의 아버지도 정신병원에서 죽었다고 했다.

1913년 9월 여행

1913년 9월 10일에

의회 전실의 기둥 사이에서.[115] 보험회사 사장님을 기다리다.[116] 세찬 비. 내 앞에는 황금 투구를 쓴 동정녀 아테네 신이 서 있다.

〈1913년〉 9월 6일

빈으로 가다. 피크와 나눈 바보 같은 문학 이야기. 꽤나 불쾌했다. (P.[117]처럼) 그렇게 문학이라는 공에 매달려서 거기에 손톱을 깊이 파고 넣었기에 그로부터 떨어질 수 없다. 게다가 자유로운 인간으로 불쌍하게도 발을 가만히 두지 못하고 촐싹거렸다. 그의 콧구멍 악기 예술 작품. 내가 그에게 폭군처럼 행동한다고 말하면서 그는 내게 전횡을 저지른다. ―모퉁이에 관찰자. ―하일리겐슈타트 역, 빈 기차들이 있어서 텅 비어 있다. 멀리에서 한 남자가 포스터로 된 열차 시간표를 샅샅이 뒤지고 있었다. (지금 나는 빈 의회 건물 건축가 테오필 한젠의 주상 계단에 앉아 있다.) 외투를 입고 엎드린 채로 얼굴은 노란색 포스터 쪽으로 돌리고 있다. 작은 테라스가 있는 여관을 지나갔다. 한 손님이 팔을 들어 올렸다. 빈. 바보 같은 불안감, 이 모든 것에 나는 결국 경의를 표했다. 마차커 호텔.[118] 입구가 하나인 방 두 개. 앞쪽 방을 선택함. 참을 수 없는 서비스. P.와 함께 다시 골목으로 나올 수밖에 없었다. 자칭 아주 많이 걷고, 너무 심하게 걸었다. 바람이 불었다. 모든 잊혀진 것들을 다시 생각해냈다. 역겨운 꿈(말레크[119]). (일기의 문제는 동시에 전체의 문제이며, 전체에 있어서 모든 불가능한 것을 포함한다. 기차에서 나는 P.와 대화하면서 곰곰이 생각했다. 모든 것을 다 말하는 것은 불가능하며, 또한 모든 것을 다 말하지 않는 것 또한 불가능하다. 자유를 유지하는 것도 불가능하고, 그것을 그대로 유지하지 못하는 것도 불가능하다. 가능한 하나의 삶만을 영위하는 것은 불가능하다. 다시 말해서 함께 살면서 각자가 자유로운 자신만을 위한 삶, 외적으로나 실제로 결혼하지 않은, 단지 함께 삶으로써 남자들끼리의 우정을 넘어서서 벌써 발이 기운을 얻어 들어 올린 그 지점인 내게 그어진 경계에까지 바짝 다가가는, 마지막으로 할 수 있는 발걸음을 내딛는 것이다. 그러나 바로 이것 역시 불가능하다. 지난주에 그것이 한 번 오전에 출구처럼 생각났고, 오후에 글로 쓰려고 했다. 오후에 나는 그릴파르처의 자서전[120]을 얻어 보았는데, 그가 바로 그것을 했다. 바로 그것을. (바로 그때 한 신사가 테오필 한젠을 바라보았고, 나는 그의 뮤즈 클리오처럼 앉아 있었다.) 그러나 이 삶이란 얼마나 견딜 수 없으며 죄 많고 역겨운 것인가. 그리고 바로 그렇게 나는 여러 가지 점에서 훨씬 약하기 때문에 그보다도 훨씬 더 큰 고통 속에서 그 삶을 살았을 것이리라. (후에 다시 이 문제로 돌아오다—꿈) 저녁에 다시 리제 벨취와 만났다.

〈1913년〉 9월 7일

P.에 대한 혐오감. 전체적으로는 아주 점잖은 인간. 그의 본질에는 언제나 작은 불쾌한 결함이 있었으며, 지금 계속해서 그를 바라보고 있으면 그 사람 전체가 바로 이 결함으로부터 기어 나와서 형성되고 있다.

일찍 의회에 가다. 그 전에 관저 카페에서 시온주의자대회의 참석 티켓을 리제 벨취로부터 받아 가져오다. 에렌슈타인에게로 가다. 오 타크링. 그의 시를 나는 그렇게 많이 이해할 수 없었다. (나는 매우 불안했고, 그 때문에 역시 조금은 진실되지 못했다. 그리고 그것은 내가 이것을 나만을 위해서 쓰고 있지 않기 때문이다.) 둘과 함께 탈리시아 레스토 랑[121]에 갔다. 그들과 리제 벨취와 함께 프라터 공원에 갔다. 연민과 권태감. 그녀는 베를린 시온주의자 사무소로 간다. 그녀의 가족의 감상주의에 대해서 비판했지만 마치 못에 박혀 고정된 뱀처럼 꿈틀댈 뿐이었다. 그녀를 도울 수는 없었다. 그런 여자에 동감하는 것은 (우회적으로 내게 대한) 아마도 나의 아주 강한 사회성일 것이다. 사진을 찍고, 사격을 하고, '원시림 속에서의 하루' 회전목마(그녀가 위에 힘없이 앉아 있었으며, 잘 만들어진 불룩해진 치마를 얼마나 엉망으로 입고 있었는지 모른다). 그녀의 아버지와 함께 프라터 공원 카페에 앉아 있다. 곤델 연못. 끊이지 않는 두통. 벨취 가족은 「모나 바나」[122] 연극을 보러 갔다. 10시간 침대에 누워 있다가 5시간 잤다. 연극표를 포기했다.

〈1913년 9월〉 8일

시온주의자대회의. 작고 둥근 머리와 단단한 뺨을 가진 전형적인 인간상들. 팔레스티나에서 온 근로자 대표, 영원한 외침소리. 헤르츨의 딸. 야파의 전임 교장 선생님. 계단 위에서 꼿꼿이 서 있었으며, 희미해진 수염에 움직이는 치마. 아무런 결과를 얻지 못한 독일어 연설, 히브리어로 많이 말해지고, 소회의에서 주된 작업이 이루어졌다. 리제 W.는 거기에 함께 참여하지 않으면서 전체에 그대로 끌려갔으며, 마음을 달랠 길이 없이 종이를 구겨서 공처럼 만들어서 홀 쪽으로 던졌다. 타인 부인.

제1권(1909~1911)

1)   1909년 5월 24일과 25일 프라하에서 공연했던 페테르부르크의 러시아왕립발레단의 무용수 예브게냐 에두아르도바Jewgenja Eduardowa(1882-1960). 1909년과 1913년 사이에 카프카가 지난 일을 기입한 날짜는 정확하지 않은 경우가 빈번하다.

2)   프란츠 블라이Franz Blei(1871-1942)는 격월간 문학잡지 『히페리온Hyperion』의 발행인이다.

3)   프랑스 여류 작가 조르주 상드의 위트를 하인리히 하이네가 글로 소개한 것을 다시 인용한 것이다.

4)   카프카가 1910년 10월 15일 '오데옹' 극장에서 공쿠르 형제의 연극 「마네트 살로몽」 공연을 관람할 때 얻은 경험.

5)   카프카의 직장 상사 오이겐 폴Eugen Pfohl을 가리킨다. 카프카는 1908년 7월말 노동자재해보험공사에 취직하여 보험 기술 부서에 배치되는데, 이때부터 계속 그의 직속 상관이었다. 일기에서 상사Chef로 불린다. 이 일기는 그에게 보내는 편지 초안이지만, 실제로 발송되었는지는 확인되지 않고 있다.

6)   리하르트 폴락-카를린Richard Pollack-Karlin은 프라하 출신 화가.

7) 루돌프 슈타이너Rudolf Steiner는 신지학회의 프라하 지부 초청으로 1911년 3월 19일부터 28일까지 프라하에 체류하며 11개의 강연을 한다. 카프카는 아마 3월 19일과 25일 강연을 들었다.

8) 1910년 8월 15일 루돌프 슈타이너의 신비극「봉헌의 문Die Pforte der Einweihung」이 뮌헨에서 초연되었다.

9) 뢰비 시몬Löwy Simon은 유진 레비Eugène Lévy를 가리키는 것이 분명한데, 그는 루돌프 슈타이너 학설의 신봉자였다.

10) 루돌프 슈타이너의 저서『사람들은 더 고양된 세계의 인식에 어떻게 도달하는가?Wie erlangt man Erkenntnisse der höheren Welten?』는 1909년 베를린에서 출간되었다.

11) 슈타이너는 18세 때 약초 수집가 펠릭스 코구츠키Felix Kogu-tzki를 만난다.

12) '안녕히 가세요.'의 프랑스어.

13) 펠릭스 파이퍼스Felix Peipers 박사. 인지학에 근거한 치료법 외에 색채 테라피를 사용한 뮌헨의 개업의.

14) 막스 브로트Max Brod가 1911년 5월 베를린에서 출간한 소설『유대인 여성들Jüdinnen』로,『헤르더-블래터른Herder-Blättern』의 4월호에 이미 발췌되어 실렸다.

15) 프라하에서 남쪽으로 15km 떨어진 몰다우 강변 피서지.

16) 브로트와 함께 여행한 후 카프카가 취리히의 에를렌바흐 요양소(1911년 9월 13일-9월 19일)에 머무는 동안, 브로트는 화가이며 그래픽커, 작가인 알프레트 쿠빈Alfred Kubin(1877-1959)을 프라하에서 사귄다. 그는 9월 26일에 카프카와 쿠빈과 자리를 함께한다.

17) 카프카가 높이 평가하는 노르웨이 작가 크누트 함순Knut

Hamsun. 그의 독일 출판사 사장 알베르트 랑겐Albert Langen
의 집은 뮌헨의 문화 생활의 중심지였다.

18) 몰다우 강변 왼쪽에 놓인 공원이 딸린 전망대 언덕. 카프카가
늘 가던 산책길의 목적지다.

19) 1797년 8월 26일의 괴테의 기록 참조. 「Campagne in
Frankreich. Belagerung von Mainz. Reise in die Schweiz.
Am Rhein, Main und Neckar」der Tempel-Klassikeraus-
gabe(Goethes Sämtliche Werke, Bd. 14. Hrsg. v. F. Deibel.
Leipzig 1910). 카프카가 사용한 템펠 출판사가 펴낸 이 전집에
괴테의 일기는 실리지 않았다.

20) 1797년 8월 27일의 괴테의 기록 참조.

21) 1797년 9월 18일의 괴테의 기록 참조.

22) 에밀 아르투르 롱겐Emil Artur Longen(Longhen). 원래 이름은
피터만E. A. Pittermann(1885-1936). 배우, 극작가, 연출가, 화
가로, 막스 브로트와 야로슬라프 하세크, 에곤 에르빈 키슈와
친구였다.

23) Bordell. 유곽을 뜻한다.

24) 당시 베를린의 법학도 쿠르트 투홀스키Kurt Tucholsky(1890-
1935)와 그의 친구 화가인 쿠르트 자프란스키Kurt Szafranski
(1890-1964)는 1911년 9월 프라하를 방문했다.

25) 카프카의 가장 친한 친구 막스 브로트Max Brod(1884-1968).
여기 처음 등장한 이름으로 계속 막스로 불린다.

26) 마이슬가세와 니클라스 거리 사이에 위치한 프라하의 가장 오
래된 유대교당.

27) '화해의 날' 전야제에 올리는, 시작을 안내하는 기도.

28) 유대인 공동묘지가 있는 요제프가세에 있는 유대인 교회.

29) 주석 21번 참조. 1797년 9월 25일 슈테파Stäfa에서 실러에게
보낸 괴테의 편지 참조.

30) 1797년 9월 30일 괴테의 기록 참조.

31) 1886년 작고한 삼촌 하인리히 카프카의 미망인.

32) 로베르트 마르슈너Robert Marschner(1865-1934)는 노동자재
해보험공사의 총감독이었다.

33) 카프카 가족들은 매일 저녁 카드 놀이를 했다.

34) 카프카의 예전 가정교사 루이즈 베일리Louise Bailly(1860-
1942). 카프카는 처음에 Bailli로 썼다가 B.로 수정하였다.

35) 일기에 나오는 사무실은 포리체르 거리 7번지 〈프라하의 뵈멘
왕국 노동자재해보험공사〉 건물을 뜻한다.

36) 렘베르크의 유대인 극단이 1911년 9월 24일부터 1912년 1월
21일까지 프라하에 초청 공연차 머문다. 카프카는 치겐 광장
의 'Herrmanns Café Savoy'에서 공연을 자주 관람하였고, 이
극단의 단원인 이차크 뢰비Jizchak Löwy와 친구가 된다. 이들
에 의해 카프카는 처음으로 유대 문학과 유대 연극에 눈뜨게
되고, 자신의 관심을 발전시키게 된다. 유대 문학은 유대어 특
성상 규정화시킨 문어로 쓰인 것이 아니라 구전되어 왔다. 카
프카의 일기에는 유대인 작가 이름이나 관용구의 부정확성과
오류가 나타나는데, 그 이유가 여기에 있다.

37) 유대인 연극은 보통 두 부분으로 구성된다. 극단의 멤버가 홀
로 등장하는 첫 번째 부분에 이어 두 번째 부분에서는 유대인
작가의 작품을 공연한다. 10월 5일 공연의 첫 부분에서는 클
루크 부인이 다혈질이고 유머에 소질이 있는 「남성을 모방
하는 여성」에 등장한다. 두 번째 부분에서는 「메슈메트Der
Meschmed」가 공연되었다. (다음 페이지의 사진 참조.)

Flora Klug, Herrenimitatorin.

38) 메슈메트는 '말살된' 혹은 '삭제된' 사람을 의미하는 히브리어로, 기독교 세례를 받은 유대인을 가리킨다. 카프카는 원작자 아브라함 샤르칸스키Abraham Scharkansky를 요제프 라타이너Joseph Latteiner로 착각했다.

39) Slapak. 체코의 민속춤.

40) Kinderloch. 유대어로 '어린아이'라는 뜻.

41) 공연 시 검열국의 관리가 질서에 합당한 진행인지를 지켜보기 위해 배석한다.

42) 유대어로 '사랑하는 아버지'라는 뜻.

43) Mesusas. 문설주의 히브리어. '전능하신 분'이라는 글씨가 보이도록 말아서 통에 보존한, 신명기 구절(5. 모세경 6, 4-9와 11, 13-21)이 적힌 양피지 종이. 유대인의 집 오른쪽 문설주에 놓여 있어 사람이 들어오고 나갈 때 보고 만져본다.

44) 1910년 4월 25일부터 5월 중순까지 카페 사보이에서 초청 공연을 한 모리츠 바인베르크의 유대인 극단에는 바인베르크 부부 외에 여가수 잘시아 바인베르크Salcia Weinberg가 속해 있다.

45) 민족적 스타일이 강조된 베드리치 스메타나Bedrich Smetana의 체코 오페라.

46) 1911년 11월 4일자 신문『Tetschen-Bodenbacher Zeitung』에 실린 카프카의 「노동자재해보험과 기업가」라는 제목의 기사.

47) 독일어로 '꽃마차가 지나는 거리corso'. 페르디난트 거리 내지는 나치오날 거리로, 프라하의 구시가와 신시가의 경계를 긋는다.

48) 「리하르트와 사무엘」에서 도라 리퍼르트로 나왔고, 카프카에게는 알리체Alice로, 브로트에게는 안젤라Angela로 불린다.

49) 카프카는 1911년 12월 중순에 매제인 여동생 엘리의 남편 카

를 헤르만과 함께 '프라하 석면회사 Hermann & Co'를 세웠
는데, 먼 친척인 변호사 로베르트 카프카 박사에게 법적 자문
등을 구한다.

50) 유대어로 예루살렘.

51) beschulim in Frieden의 유대어. 원래는 '완전한 인간으로 돌
아오다'라는 뜻이다.

52) 유대어로 자비를 뜻한다.

53) 카프카의 아버지 헤르만 카프카는 이 당시 첼트너가세 12번지
에 있는 장갑, 슬리퍼, 우산, 재봉용품, 지팡이 등 유행 장신구
를 파는 가게를 갖고 있었다.

54) 프라하 동쪽에 위치한, 대부분의 체코 노동자들이 사는 교외.

55) tulak. 체코어로 노숙자, 뜨내기, 떠돌이라는 뜻.

56) 프라하 남쪽 15km 떨어진 곳.

57) 『Pan』. 2주마다 나오는 잡지. 1911년 10월 15일 호에는 막스
브로트의 「로베르트 발저에 대한 해설」이 실려 있다.

58) 독일 지역 이름.

59) 조르주 비제Georges Bizet의 오페라 〈페르트의 아름다운 처녀〉.

60) 이차크 뢰비는 '유대인의 토인비 홀'에서 매주 열리는 '강연회
저녁'에서 낭독했다. 카프카는 1913년 12월에 이 강연회 저녁
에 하인리히 폰 클라이스트의 「미하엘 콜하스」를 낭독했다.

61) Scholem Aleichem. 유대인 시인 샬롬 알레이헴Schalom Alej-
chem(원명은 숄렘 라비노비치).

62) 주석 75번 참조.

63) 하임 나흐만 비알리크Chajim Nachman Bialik의 시 「살인의 장
소에서」.

64) 키쉬네프의 유대인 학살Kischinewer Pogrom.

65) 모리스 로젠펠트Morris Rosenfeld. 유대인 노동자 시인. 주석 73번 참조.

66) 카프카의 매제. 여동생 엘리의 남편.

67) Chuchle. 독일어로는 Kuchelbad라고 표기.

68) Dubrovnicka trilogie. 이보 보유노비치Ivo Vojnovic의 같은 제목의 연극을 공연.

69) 몰다우와 발라하이의 옛 도나우 제후국의 영주 칭호인 고스포 다렌Gospodaren을 카프카가 잘못 표기한 것으로 추측된다. 독 일어 Herr의 슬라브어인 Gospodar에서 파생되었다.

70) 카프카가 일기에서 L.로만 표기할 경우, 친구 이차크 뢰비 Jizchak Löwy를 말한다. 주석 36번 참조.

71) 카프카의 매제인 카를 헤르만의 여동생들을 말한다.

72) 모세의 십계명이 새겨진 석판이 들어 있다.

73) 유대 문학 발전에 결정적 역할을 한 유대인 작가 에델슈타트 와 로젠펠트에 대한 이야기다. 두 배우는 여기서 인생 역정이 비슷한 두 작가를 혼동한다. 유대인 사회주의 작가 첫째 반열 에 끼는 다비트 에델슈타트는 1882년 러시아를 떠나 미국으 로 가서 재봉사로 일하며 무정부주의협회에 참여한다. 1890 년부터 협회신문 『Fraye Arbeyter Shtiime』을 발간한다. 노 동자 시인으로 1892년 26세에 결핵으로 죽은 후, 아직 초창기 유대인 노동운동의 영웅 중 한 사람으로 꼽힌다. 1910년 런던 에서 그의 전집이 출간된다. 그와 똑같이 유대인 모리스 로젠 펠트 역시 러시아에서 이민을 온 노동자 시인이다. 그는 처음 에는 런던으로 갔다가 1886년 뉴욕으로 이주해 재봉사로 일 했다. 로젠펠트는 노동운동의 성장과 더불어 여러 언어로 번 역이 될 정도로 유명해졌고, 1905년부터 유대인 일간지 『New

Yorker Morgenblatt』의 편집장으로 일했다.

74) 유대인 연극의 창립자 아브라함 골드파덴. 시인, 극작가, 작곡
가. 1876년 루마니아에 첫 번째 유대인 연극을 설립한다.

75) 이자크 뢰브 페레츠Isaak Loeb Perez. 유대 민속작가이고,
1905년 번역되어 베를린에서 출간된『선택된 이야기와 스케
치Nathan Birnbaum』가 1910년 프라하의 한 출판사에서 새로
출간되었다.

76) bocher. 젊은이 혹은 탈무드 대학교의 학생에 대한 유대어.

77) Jacob P. Adler. 아들러는 러시아에서 골드파덴 극단에 속했
는데, 런던을 경유해 뉴욕으로 왔다. 그는 1891년부터 극작가
야콥 고르딘과 함께 일했다. 고르딘의 연극에서 '위대한 아들
러' 역으로 인기를 얻었는데, 이들의 공동작업은 고르딘을 유
대 극작가로 성공시킨다.

78) 야콥 고르딘의『야성적 인간』에서 주역은 아들러의 빛나는 역
할 중 하나다. 작가 유다 뢰브 고르돈으로 착각한 것 같다.

79) 오이겐 레더러Eugen Lederer. 카프카가 1909년 4월 17일에서
9월 17일까지 임시로 자리를 옮겨 일했던 노동자재해보험공
사의 재해부장.

제2권(1910~1911)

1) 1912년에 출간된 카프카의 단편집『관찰Betrachtung』에 있는
「불행Unglücklichsein」의 일부 원고이다.

2) 파리 출신의 강연을 위한 예술가 마그리트 슈뉘Marguerite A.
Chenu가 1910년 11월 초 팔라스 호텔에서 세 번 강연을 했다.

3) 알프레드 드 뮈세Alfred de Musset가 라신의 페드라의 연
기로 유명한 여배우 엘리사 라헬 펠릭스Elisa Rachel Félix

(1821-1858)와의 만찬을 묘사한 일화.

4)   작가 폴 클로델Paul Claudel(1868-1955)은 1909년 11월에서
      1911년 9월까지 프라하 주재 프랑스 총영사였다.

5)   문학사가, 수필가, 번역가인 파울 비글러Paul Wiegler(1878-
      1949). 1908년에서 1913년 초까지 일간지『보헤미아』의 문예
      란 편집장. 여기에 브로트 중개로 카프카의 글이 두 번 실렸고,
      스스로도 카프카에 대해 두 번 평론을 썼다.

6)   1910년『그래픽 예술』1권의 부록「다양한 예술을 위한 학
      회의 알림」에 실린 그림〈Julius Schnorr von Carolsfeld,
      Porträtstudie nach Friedrich Olivier〉참조. 카프카는 여기서
      모델과 화가의 묘한 관계를 숙고하고 있다.

7) 작가 베른하르트 켈러만Bernhard Kellermann(1879-1951)은 1910년 11월 27일 그라벤의 '독일 카지노'의 거울 홀에서 낭독했다.

8) 카프카의 매제인 카를 헤르만의 남동생인 루돌프 헤르만 Rudolf Hermann.

9) 막스 브로트와 친분이 있는 화가이자 석판 인쇄가인 게오르크 카르스Georg Kars.

10) 1900년 전후로 유럽에서는 세계박람회가 열렸는데, 호기심 많은 유럽 '문명인'들에게 이국적인 아프리카 흑인들을 '야만인'으로 전시한 사실에서 자연스럽지 못한 장면을 상상해야 할 것이다.

11) place de l'Opera. 카프카는 1910년 10월 파리 여행 중 혼잡한 이 장소를 추억하고 있는 듯하다.

12) 카프카는 여기서 1903년 베를린에서 출간된 헤벨의 네 권짜리 전집 중『일기들』에서 그대로 인용하고 있다.

13) 작가 프레트W. Fred(원명은 알프레트 베츨러Alfred Wechsler, 1879-1922)의 소설『고독이라는 거리. 10년』은 1905년 베를린에서 출간되었다.

14) 1909년 잡지『그래픽 예술』에 등장한, 고트프리트 샤도우 Gottfried Schadow가 그린 실러Schiller의 옆얼굴(다음 페이지) 참조.

15) 일기 제1권 주석 17번 참고.

16) 막스 브로트가 쓴 로맨틱 희극(전3막)으로 1912년에 출간되었다.

17) 1911년 2월 15일부터 카바레 '루체르나'에서 초청 공연을 했던 빈의 '작은 무대'의 단원.

18)　Batignolles, 파리 샹젤리제 거리의 북쪽에 있는 지역.

19)　파리의 노상강도, 사기꾼, 뚜쟁이를 지칭하는 말.

20)　아리스티데 브루안트Aristide Bruant는 풍자와 위트 넘치는 시
　　　와 노래를 부르는 가수이다.

21)　미완성 작품인 「도시의 세계Die städtische Welt」는 카프카가

나중에 「선고Das Urteil」와 결합시켰다.

22) 1911년 5월 27일 막스 브로트의 생일에 보낸 편지의 초안이다.

23) 1911년 8월과 9월 여행에서 카프카는 막스와 함께 자신들
의 여행 일기를 토대로 소설을 쓰기로 한다. 여기 실린 부분은
1911년 9월 14일에서 19일까지 취리히의 엘렌바흐 요양소 체
류 중 카프카가 시도한 일종의 '미리 쓰는 이야기'이다. 첫 제
목은 『로베르트와 사무엘』이었고, 나중에는 『사무엘과 로베
르트』라는 제목으로 변경되었다. 1912년 5월 잡지 『헤르더』에
실린 첫 장이 전부로 그 이상 발전시키지 못했다.

24) 일기의 제6권의 첫 부분의 연속 부분. 1913년 5월 「화부」라
는 제목으로 라이프치히에서 출간된 텍스트의 부분으로 소설
『실종자』의 첫 장. 155쪽 "카를은 외삼촌댁에서 곧 새로운 환
경에 익숙해졌다"로 시작되는 마지막 부분은 『실종자』의 2장
앞부분이다.

제3권(1911)

1) 파우스트를 소재로 다룬 야콥 고르딘의 희곡 「Gott Mensch
und Teufel」. 유사한 발음 때문에 카프카는 시인 고르돈J. L.
Gordon과 극작가 고르딘J. Gordin을 혼동하고 있다.

2) J. 고르딘의 희곡 「Der wilde Mensch」.

3) 유대인 극작가 야콥 고르딘J. Gordin, 요제프 라타이너Joseph
Latteiner, 아브라함 미하일 샤르칸스키Abraham Michael
ScharKansky와 지그문트 파인만Sigmund Feinmann을 가리
킨다.

4) 카프카의 설명은 다음 페이지의 복사본을 참고.

5) 163쪽 빗금 친 곳을 가리키는 듯하다.

Programm

Dienstag den 24. Oktober 1911

I. Abteilung:

1) Musik
2) Herr Tschisik, Couplet
3) Frau Flora Klug, Herrenimitator

~ *Pause* ~

II. Abteilung:

Der wilde Mensch

Personen

Schmul Leiblich, ein reicher Kaufmann . . . . . . Herr S. Pipes
Selde, seine zweite Frau . . . . Frau Klug
Simon, ein Student . . . . Herr Klug
Alexander, ... R. Pipes
Lemech, ein Idiot . . . . Löwy
Lise . . . . Frau Tschisik
Schifre, Dienstmagd bei Leiblich . . . . Urych
Wladimir Worobejtschik, Seldes Geliebter . . . . . . Herr Tschisik

Ort der Handlung: Russland.

verschweigen läßt. Vladimir Wodobejrelnik
ist zwar „edles Geliebter", aber nicht der Ver-
derber einer Familie, nicht Säufer, Spieler,
Wüstling, Wichtigtuer, Parasit. Mit der Be-
zeichnung „edles Geliebter" ist zwar viel
verraten mit Rücksicht auf sein Benehmen
aber ist es das wenigste, was man sagen
kann. Wem ist überdies der Ort der
Handlung Rußland die Kaum gesammel-
ten Personen sind über ein ungeheures
Gebiet verstreut oder auf einem kleinen
nicht verratenen Punkt dieses Gebietes ge-
sammelt. Kurz das Stück ist unmöglich
geworden, der Zuschauer wird nichts zu
sehn bekommen. Trotzdem beginnt das
Stück, die offenbar großen Kräfte des
Verfassers arbeiten, es kommen Dinge zutage,
die den Personen des Theaterzettels nicht
unbekannt sind, die ihnen aber mit der
größten Sicherheit zu kommen und wenn
man nur dem Zeitschen, Wegzeigen, Schlagen,
Achselnbeklopfen, Ohnmächtigwerden, Hals-
abschneiden, Hinken, Tanzen in russischen Stulpen-
stiefeln, Tanzen mit gehobenen Frauenrößen
Wälzen auf dem Kanapee glauben wollte

6) 1911년 9월 21일 잡지 『Schaubühne』에 실린 막스 브로트의 글 「희곡에 대한 원칙들Axiome über das Drama」.

7) 카프카는 1909년 9월에 이탈리아의 가르다 호수로, 1910년 10월에는 파리로 막스 브로트와 그의 동생 오토와 함께 여행했다.

8) 브로트가 장래 신부가 될 엘자 타우시히와 함께 집필한 노벨레 「여인들의 여관」.

9) 친구 오스카 바움Oskar Baum.

10) 카프카와 브로트가 집필 계획을 함께 세웠던 소설의 원고 「로베르트와 사무엘」은 이 시기에는 진전이 없었는데, 얼마 후에 「리하르트와 사무엘」로 제목을 바꿔 진행시켰다.

11) 브로트 외에 프란츠 블라이, 오스카 바움, 프란츠 베르펠 등 카프카 친구들이 자주 기고한, 1911년 2월부터 발간된 주간지 『Aktion』을 말한다.

12) 1909년 뮌헨에서 출간된 빌헬름 셰퍼Wilhelm Schäfer의 노벨레 「Die Mißgeschickten」.

13) 발리Valli라고 불리는 카프카의 둘째 여동생 발레리Valerie.

14) 카프카는 하인리히 그레츠Heinrich Graetz의 『Volkstümliche Geschichte der Juden in drei Bänden』을 소장하고 있었는데, 여기서는 1권 시작 부분에 나오는 유대 민족의 기원에 대한 내용을 가리킨다.

15) 1911년 10월 30일부터 11월 15일까지 공연 휴식 기간에 클루크 씨 부부가 여행을 떠났지만 유대인 극단은 골드파덴의 희곡 「Bar-Kochba」를 무대에 올렸다.

16) 카프카는 여행 중 파리에서 브로트와 함께 목격했던 교통사고를 문학 작품으로 만들었다.

17) 카프카는 여동생 엘리의 남편 카를 헤르만과 1911년 12월 중
   순 〈Prager Asbestwerke Hermann & Co.〉라는 회사를 설립
   하였는데 법률 고문으로 모신, 먼 친척인 변호사 로베르트 카
   프카Robert Kafka 박사를 가리킨다.

18) 요제프 폴라체크Josef Poláček(1874-1943) 박사는 카프카의 삼
   촌 필리프 카프카Filip Kafka(1846-1914)의 의붓아들로 '테플
   리츠 유대인 협회'의 적극적 회원이다.

19) 실러의 논문「인간의 동물적 본성과 정신적 본성의 관계」를 연
   관한 대목이다.

20) 1913년 5월 라이프치히의 쿠르트 볼프 출판사에서 발간된 막
   스 브로트의 책『추한 그림의 아름다움에 대해서, 낭만주의자
   에 대한 입문서』를 가리킨다. 원래 브로트는 일간지『보헤미
   아』에 짧게 줄여서 실린 카프카의 에세이「브레시아의 비행
   기」를 자신의 책에 넣으려 했으나 출판사 사정으로 제외된다.

21) 프랑스 작가 장 리슈팽Jean Richepin(1849-1926).

22) 체코 메렌 태생의 그래픽 예술가이자 화가인 알폰스 마리아
   무하Alfons Maria Mucha(1860-1939)는 파리에 살면서 '아르누
   보'의 대표 주자로 활약한다.

23) 하인리히 하이네의「보병들Die Grenadiere」을 에두아르 그레
   니에가 번역한「Les deux Grenadiers」를 말한다. 제라르 드 네
   르발이 하이네의 다른 시를 번역한 것과 혼동하는 것으로 보
   인다.

24) 이 글은 카프카의 첫 번째 단편집『관찰Betrachtung』에「독신
   자의 불행Das Unglück des Junggesellen」이라는 제목으로 실
   렸다.

25) 프랑스의 여가수 이본느 드 트레비유는 1910년 11월과 1911년

2월에 프라하에서 공연했다.

26) 카프카와 그의 매제가 운영하는 석면회사는 프라하 교외에 위치한 지슈코프에 있었다.

27) 에밀 우티츠Emil Utitz(1883-1986)는 카프카의 예전 동급생으로, 1910년에 로스토크 대학교에서 철학과 시간강사로 근무했다.

28) 프라하의 키슈Kisch 집안에는 다섯 명의 아들이 있었는데, 셋째 아들은 볼프강Wolfgang(1887-1914)이다.

29) 키슈 집안의 첫째 아들인 파울Paul(1883-1944)을 가리키며, 카프카의 동창생이다.

30) 막스 브로트의 먼 친척이자 친구인 영어 선생님 에밀 바이스 Emil Weis.

제4권(1911~1912)

1) 「추녀Die Häßlichen」는 프라하의 작가 노르베르트 아이슬러 Norbert Eisler의 작품으로, 1912년 1월 중순에 『독일 노동자』라는 잡지에 실렸다.

2) 카프카와 브로트가 공동으로 기획했던 이야기 「리하르트와 사무엘Richard und Samuel」. 서로 성격이 다른 두 친구의 여행기를 다루고 있는데, 미완성 단편으로 끝났다.

3) 안톤 막스 파힝거Anton Max Pachinger(1864-1938)는 린츠 출신의 추밀 고문관이다.

4) 오스트리아의 동북부에 있는 주州 이름.

5) 슈타우펜 왕조 때 막강한 권세를 자랑했던 팔켄슈타이너 백작 가문.

6) 가젤Ghasel은 인도·페르시아에서 사용된 시행이 독일로 넘어

와 정착된 것으로, 각 시행의 운이 'a a–b a–c a–d a'처럼 약
간씩 변형이 되면서도 끝부분은 계속 동일하게 이어진다.

7) 시인이자 번역가로 활동했던 프리드리히 뤼케르트Friedrich
    Rückert(1788–1866).

8) 리토르넬Ritornell은 론도 형식의 곡에서 반복되는 부분을 가
    리킨다.

9) 작가 막스 할베Max Halbe(1865–1944)

10) 작가 프란츠 블라이Franz Blei(1871–1942).

11) 카를 슈테른하임Carl Sternheim(1878–1942)은 독일의 작가
    로 특히 빌헬름 제국 시대의 시민계급에 대해 비판적인 글을
    썼다.

12) 일기가 끊긴 것이 아니라, 여기까지 쓰다가 다음 행에 날짜가
    바뀐 것을 표기하고 계속 이어가고 있다.

13) 'am ha-aretz'를 의미. '못 배운 사람'이라는 뜻으로 카프카는
    이런 표현을 주로 뢰비에게서 배웠다.

14) 하시딤Chassidim은 히브리어로 '경건한 사람들'이라는 의미
    다. 여기서 하시딤 운동이 유래했다.

15) 카를 슈타우퍼–베른Karl Stauffer-Bern(1857–1891)은 스위스
    태생의 화가이자 조각가이며, 케테 콜비츠Käthe Kollwitz를 가
    르치기도 했다. 스위스의 유명한 재력가였던 에셔의 딸이며
    유부녀였던 리디야 에셔와의 비극적인 사랑으로 유명하다. 리
    디야는 정신병원에 수감되고 슈타우퍼는 구속되었다. 이후 슈
    타우퍼는 출옥 후에 자살했고, 리디야도 일 년 후에 자살했다.
    이 화가의 일생은 드라마로도 다루어졌다.

16) 에두아르트 뫼리케Eduard Mörike(1804–1875)는 독일의 작가
    이자 목사.

17) 일기 3권의 주석 19번 참조.

18) 일기 4권, 1911년 12월 8일에 언급했던 「리하르트와 사무엘」의 제1장 끝부분과 관계 있는 것으로 보인다.

19) 일기 1권, 1911년 9월 30일에 언급했던 헬리 하스Helli Haas.

20) 취시크 부인을 의미.

21) 이차크 뢰비Jizchak Löwy를 의미.

22) 카프카의 여동생인 엘리와 카를 헤르만의 첫 번째 아이인 펠릭스 헤르만(1911-1940).

23) 영어의 so~that에 해당되는 독일어 문장 구조 so~daß와 관련되는 내용으로, 우리말로 해석하면 '너무 ~해서 ~하다'가 되는 것처럼 주절과 종속절의 관계가 내용상 인과관계가 되어야 하는데, 실제로는 애매하게 쓰이는 경우가 많다는 뜻이다.

24) 여배우 엘제 레만Else Lehmann(1866-1940)을 의미.

25) 17세기 프랑스 3대 고전 작가의 한 명으로 희극 분야의 대가.

26) Nänie, 실러의 시에 붙인 비극적인 노래.

27) Gesang der Parzen, 괴테의 희곡 「이피게니에」에 나오는 내용.

28) 막스 브로트의 아내가 되는 엘자 타우시히Elsa Taussig(1883-1942)를 가리킨다.

29) 매어서 가슴에 드리우는 넥타이.

30) 야로슬라프 크바필Jaroslav Kvapil(1868-1950)은 체코의 시인이며 연극 평론가이고 무대 감독.

31) 막스 라인하르트Max Reinhardt(1873-1943)는 20세기 초에 유명했던 오스트리아의 연출가.

32) 프란츠 베르펠Franz Werfel(1890-1945)을 의미.

33) 링Ring은 프라하 구시가에 있는 광장의 이름.

34) 알려지지 않음.

35) 취시크 부인을 의미.

36) 빌리 노바크Willy Nowak는 새로운 색채 석판인쇄로 된 네 작품을 전시했다. 그중의 하나가 〈막스 브로트의 초상화〉인데, 프라하 일간신문에 환상적인 고귀함을 잘 드러낸 작품이라는 평이 실렸다.

37) 막스 브로트를 의미.

38) 그달의 말일을 의미.

39) 펠릭스 벨취Felix Weltsch를 의미.

40) 베티라고 불리는 엘리자베스 벨취를 의미.

41) 펠릭스 헤르만을 의미.

42) 'der Moule'로 표기되어 있으나, 포경수술을 행하는 사람을 의미하는 'mohel'이었을 것으로 추측되고 있다.

43) 유대교에서 중요한 신앙고백의 형식으로 낭송하는 성서 구절.

44) 엘자 타우시히를 의미.

45) 앞의 12월 25일 일기에서 유대 문학에 관해 썼던 부분과 그 뒤의 괴테에 관한 것에서 이어지는 것으로 보인다.

46) 괴테의 자서전 『시와 진실Dichtung und Wahrheit』.

47) 괴테의 『시와 진실』에서 인용된 이 구절은 제2부 제6권에 나온다.

48) Smoking, 남성 야회복.

49) Sakko, 콤비로 된 신사복의 상의.

50) 1890년에 창간된 문학잡지.

51) 게르하르트 하우프트만Gerhart Hauptmann(1862-1946).

52) Silvester, 서양에서는 명절로 삼는 12월 31일.

53) '차다Čada'는 신新 독일극장 맞은편에 있는 시립 공원 레스토랑.

제5권(1912)

1) 1912년 12월에 출간된 『관찰Betrachtung』에 「갑작스러운 산책Der plötzliche Spaziergang」이라는 제목으로 나온다.

2) 지그문트 파인만Sigmund Feinmann의 「부왕Vicekönig」을 말한다.

3) 취시크 부인을 의미.

4) 헤르쉬 다비트 놈베르크Herch David Nomberg(1876-1927)는 수필가이며 작가.

5) 아브라함 샤르칸스키Abraham Scharkansky의 희곡.

6) 유월절에 사용하는 빵.

7) Sedernacht, 유대교에서 유월절의 첫 번째와 두 번째 날 밤에 진행되는 가족 명절.

8) '오, 들어라 이스라엘아!'라는 의미.

9) Jeschive, 유대어로 탈무드 대학을 의미.

10) Rosch-Jeschive, 예시바의 지도자를 의미.

11) Close, '작은 공부방'이라는 의미.

12) 정통 유대 남성이 입는 긴 상의.

13) 카를 한스 슈트로블Karl Hans Strobl(1877-1946)은 오스트리아의 작가로, 문학 및 연극 비평가.

14) Haskala, 히브리어에서 유래한 개념으로 '교양', '계몽' 등을 의미하며, 특히 유대인 계몽주의 시기라 불리는 18세기 후반에서 19세기 동안에 애용되었다.

15) 고르돈Judah Leib Gordon(1830-1892)은 히브리어로 시를 쓰는 시인이며 유대인의 계몽운동가로 유명하다.

16) 레빈존Isaac Baer Levinsohn(1788-1860)은 러시아-히브리 학자. 하스칼라 운동의 지도자. 유대인들이 쓰는 이디시어가 여

러 언어의 잡탕이라고 비판했다.(이디시어는 독일어와 관련된 유대 민중 언어).

17) 악센펠트Israel Aksenfeld(?-1868)는 러시아에서 태어난 유대-독일 작가.

18) 에팅거Solomon Ettinger(1802-1856)는 이디시어와 히브리어로 작품 활동을 했던 작가.

19) 엘리아쿰 춘저Eliakum Zunser(1836-1913)는 리투아니아계 유대인으로, 이디시어 시인이다.

20) Badchen, 장돌뱅이 가수의 노래와 비슷한 유대인들의 대중 음악.

21) 솔로몬 야콥 아브라모비치Solomon Jacob Abramowitsch = 멘델레 모케르 스포림Mendele Mocher Sforim(1835-1917)은 유대 작가로, 이디시어와 히브리어로 된 근대 문학의 창시자 중 한 명.

22) 유대교 사원.

23) 페레츠Isaac Leib Perez(1852-1915)는 폴란드의 차모치(당시는 러시아 소속)에서 태어난 유대 작가. 폴란드어, 히브리어, 이디시어로 작품을 발표했다.

24) 유대교의 정결 의식의 하나로, 몸을 물에 담그는 행위 또는 그 풍습이나 도구.

25) 야콥 디네존Jakob Dinesohn(1836-1919)은 유대 작가이며 계몽운동가. 이디시어로 작품을 발표했다.

26) 솔로몬 라비노비치Solomon J. Rabinowitsch(1859-1916)는 이디시 문학의 지도적인 작가였다. 유대인들의 삶을 코믹하면서도 따뜻하게 묘사하는 작품들을 주로 썼다. '숄렘 알레이헴'은 라비노비치가 가졌던 많은 필명 중의 하나이며, 히브리어로는

'평화가 그대와 함께하기를'이라는 의미이다.

27) 라비노비치가 가난한 게토의 풍경을 묘사하면서 붙인 지명. 카스릴리브케Kassriliwke라는 단어도 '가난'을 의미한다.

28) 랍비 이스라엘 벤 엘리세르Israel ben Elieser(1700-1760)는 하시디즘 운동을 창시한 랍비. 바알솀은 그의 별명.

29) Zohar, 유대교 신비주의의 하나인 카발라의 경전.

30) Purim, '부림'이라고도 하며, 봄에 유대인들이 벌이는 축제.

31) '방황하는 유대인'이라는 의미. 십자가를 짊어지고 가는 예수를 모욕했다가 예수의 저주를 받아 영원히 방황을 하게 되는 유대인 전설의 주인공.

32) 프랑크 베데킨트Frank Wedekind(1864-1918)는 독일 극작가이며 배우.

33) 엘자 타우시히Elsa Taussig를 의미.

34) 괴테의 『시와 진실』 제3부 제2권에 나오는 구절.

35) Verein Bar-Kochba, 2세기에 로마제국과 하드리아누스 황제에 반대하는 봉기를 주도했던 시몬 바-코흐바의 이름을 따서 형성된 유대인 학생 단체.

36) Afike Jehuda, 유대교 연구를 촉진하기 위해 1869년 프라하에서 설립된 단체.

37) 여기서부터는 내용상 간접화법이 한동안 이어진다. 이 문장의 경우에 '그는 자기가 낭송을 잘한다고 했다' 정도가 원래의 의미일 것이다. 다시 말해 카프카가 그렇게 생각하는 것이 아니고, 그가 하는 말을 주어만 바꿔서 옮기고 있다. 이런 간접화법의 경우에 독일어는 동사의 형태를 바꿈으로써 그것이 간접화법임을 드러내지만, 이 일기에서는 마치 직접화법처럼 서술되고 있어 얼핏 보면 내용이 혼동될 수 있다. 그러나 모든 문장을

'그가 이렇게 말했다'를 덧붙이는 식으로 번역하게 되면 이 일기 전체가 주는 간결한 맛이 떨어질 수 있다. 게다가 간접화법과 직접화법, '나'와 '그'의 구분이 불분명한 것 자체가 카프카 소설 특유의 '반전'을 드러내는 서술 형식으로 작동하고 있기 때문에, 문맥상 혼동의 여지가 큰 곳을 제외하고는 가급적 원문의 형식을 살리는 식으로 번역했다.

38) 요제프 카인츠Josef Kainz(1858-1910)는 프라하에서 활동한 배우.

39) 리하르트 데멜Richard Dehmel(1863-1923)은 20세기 초 독일 어권에서 중요한 영향력을 발휘했던 시인. 사랑과 섹슈얼리티가 그의 주요 주제다.

40) 독일의 법률가이자 시인인 프리츠 올리벤Fritz Oliven(1874-1956)의 가명. 유머가 풍부한 서정시인으로서도 대중적인 인기가 높았다.

41) 알렉산더 모이시Alexander Moissi(1880-1935)는 프라하에서 배우 생활을 시작했다.

42) 2행 격언시.

43) 오스트리아의 여성 인권 운동가였던 아델레 슈라이버가 1909년 발간한 여성 잡지.

44) 셀마 라게를뢰프Selma Lagerlöf(1858-1940)는 스웨덴의 국민작가로 1909년에 여성으로서는 최초로 노벨 문학상을 받았다.

45) '나는 고발한다'는 의미의 프랑스어로 에밀 졸라가 드레퓌스 사건을 고발하면서 프랑스 대통령에게 썼던 공개서한의 제목으로도 유명하다.

46) 리하르트 베어 호프만이 작곡한 〈미리암을 위한 자장가〉.

47) Kleinseite, 프라하 성 밑에 있는 도시 구역으로, 프라하의 부
촌富村으로 유명하다.

48) 율리에, 혹은 줄리아의 애칭.

49) 요한 미하엘 슈토크Johann Michael Stock(1737-1773)는 라이
프치히에서 활동했던 괴테 시대의 동판화가. 대학생 괴테도
그에게서 동판화와 드로잉을 배웠다.

50) 케스트너는 괴테의 친구이며『젊은 베르테르의 슬픔』에서 로
테의 약혼자로 나오는 인물이다. 가르벤하임은 이 소설의 주
요 무대가 되는 베츨라르 근처의 마을.

51) 괴테의 시종.

52) 프리드리히 빌헬름 하인리히 폰 트레브라Friedrich Wilhelm
Heinrich von Trebra(1740-1819)는 작센의 광산 감독으로 괴테
의 친구였다.

53) 요한 고트프리트 폰 헤르더Johann Gottfried von Herder
(1744-1803)는 괴테 시대의 중요한 작가이자 문학이론가. 괴
테와는 대학 시절부터 사귀기 시작하여 평생에 걸쳐 관계를
지속했다.

54) 알레산드로 카글리오스트로Alessandro Cagliostro(1743-
1795)는 괴테 시대에 사기꾼으로 유명했던 이탈리아의 연금
술사.

55) 다비트 파이트David Veit(1771-1814)는 독일 의사이면서 작가
생활을 했다. 낭만주의 여류 화가 도로테아 파이트의 조카이
고, 괴테와도 친분이 있었다. 이 시대의 여류 작가이고 살롱문
학을 주도했던 라헬 바른하겐과의 편지 교환에서 괴테에 관한
이야기를 서술하고 있다.

56) 살로몬 마이몬Salomon Maimon(1753?-1800)은 유대인으로 계

몽주의 철학자.

57) 괴테가 자신의 작품 「헤르만과 도로테아」를 낭독할 때 울었다는 것을 카롤리네 폰 볼초겐(프리드리히 실러의 처형)이 회고하는 내용.

58) 카를 빌헬름 프리드리히 슐레겔Karl Wilhelm Friedrich Schlegel(1772-1829)은 독일의 낭만주의 작가이며 비평가. 괴테가 그의 희곡 「알라르코스Alarcos」를 무대에 올렸으나 성공을 거두지는 못했다.

59) 안 루이즈 제르맨 드 스탈Anne Louise Germaine de Staël-Holstein(1766-1817)은 프랑스의 귀족이며 여류 작가. '스탈 부인'으로 잘 알려져 있다.

60) 괴테의 시 「어부」에 나오는 구절.

61) 요한 하인리히 포스Johann Heinrich Voss(1751-1826)는 독일의 시인으로, 호머의 「일리아드와 오디세이」를 번역한 것으로 유명하다. 그의 작품 중 「루이제Luise」가 있다.

62) 풍자극이나 희극 등을 주로 하는 공연장.

63) 카프카는 'Fatinizza'로 표기하고 있으나, 빈에서 공연되었던 오페레타 〈파티니차Fatinitza〉를 의미하는 것으로 보인다.

64) 한지 율리에 스초콜Hansi Julie Szokoll은 포도주점에서 일하는 여급이다.

65) 종군 화가였던 알브레히트 아담Albrecht Adam(1786-1862)의 자서전.

66) 윗부분이 밖으로 접힌 승마나 수렵용 가죽 장화.

67) 앞의 3월 16일 일기에서 무용수들을 묘사하는 장면을 참조.

68) 오토 슈퇴슬Otto Stössl(1875-1936)은 오스트리아의 작가. 카프카는 슈퇴슬을 높이 평가했다.

69) 괴테가 쓴 시.

70) 프랑스 오페레타 〈Mam'zelle Nitouche〉. 여학생 기숙학교와 근처 병영을 무대로 벌어지는 코믹한 사랑 이야기로, 1883년에 초연되었다. 체코에서도 잘 알려진 작품이다.

71) 그레테 피셔Grete Fischer(1893-1977)는 카프카 가족과 같은 집에서 살았던 힐다 슐호프Hilda Schulhof(1889-1942)의 친구로, 1914년까지 프라하에서 음악과 문학을 공부하였다. 1934년에 영국으로 망명했다.

72) 크리스티안 폰 에렌펠스Christian von Ehrenfels(1859-1932)는 오스트리아의 철학자로 프라하 대학교에서 철학 교수를 했으며, 카프카와 그의 친구들인 막스 브로트, 펠릭스 벨취도 그의 강의를 들었다.

제6권(1912)

1) 「쥐들Die Ratten」은 게르하르트 하우프트만의 5막으로 된 희비극.

2) 유대인의 정체성 문제를 다루고 있는 막스 브로트의 소설 『아널드 베어. 유대인의 운명』(1912).

3) 체코의 온천 휴양지.

4) 다비스 트리취Davis Trietsch(1870-1935)는 시온주의 운동을 했던 작가.

5) 베르펠의 단막극 드라마.

6) 프란티셰크 소우쿠프 박사Dr. František Soukup(1871-1939)는 체코의 사회민주주의 정치가였다. 미국의 생활에 관한 일련의 책들을 발표했으며, 1912년에는 프라하에서 미국과 미국의 행정제도에 대한 강연을 했는데, 카프카도 이 강연을 들었다.

7)   카프카가 1913년 발표한 작품「사기꾼의 정체 폭로Entlarvung eines Bauernfängers」.

8)   오스트리아 작가 프란츠 그릴파르처Franz Grillparzer(1791-1872)의 작품.

9)   카프카는 'Rohwolt'로 표기하고 있으나 1909년 '로볼트 출판사'를 세운 에른스트 로볼트Ernst Rowohlt를 가리킨다. 카프카의 작품들도 이 출판사에서 많이 출간되었다.

10)   단편집『관찰Betrachtung』에 들어갈 31쪽 분량의 인쇄 원고를 뜻하는 것으로 보인다. 8월 14일에 막스 브로트가 카프카의 위임을 받아 로볼트 출판사로 보냈다.

11)   야콥 미하엘 라인홀트 렌츠Jakob Michael Reinhold Lenz (1751-1794)는 독일의 작가로 뛰어난 재능을 가졌으나 생애는 불운했다.

12)   『프티 파리지앵Petit Parisien』의 일요판인『거울Le Miroir』에서 행한 설문에서 여배우 루이즈 실베Louise Silvain가 한 말이다. (다음 페이지의 사진 참조.)

13)   기원전 2세기 시리아에서 셀레우코스 왕족에 저항하여 봉기 운동을 벌였던 유대족의 제사장.

14)   '레브 도비들의 노래Lied von Reb Dovidl'는 금욕과 은둔으로 유명했던 유대교 랍비 도비들에 관한 노래다. 레브Reb, Rebbe는 히브리어 '랍비'가 이디시어로 변형된 형태다. 이들은 흔히 유대교의 신앙부흥 운동인 하시디즘의 지도자들이기도 했다.

15)   이 작품은 1913년 6월 막스 브로트가 발간한『아르카디아. 시 문학을 위한 연감』에「선고Das Urteil」라는 제목으로 처음 발표되었다.

16)   독일어로는 기쁨Freude이 프로이트Freud의 철자와 비슷하기

— Jamais on n'aima tant ni si bien qu'à
notre époque, nous déclare Mme Silvain,
la véhémente tragédienne.

때문에 가능한 연상 작용.

17) 「도시의 세계Die städtische Welt」에 대해서는 일기 2권에 있는 내용과 주석 21번 참조.

18) 「선고Das Urteil」로 추측된다.

19) 마르타Martha(1891-?)는 삼촌 리하르트 뢰비Richard Löwy의 딸이다.

20) 그레테 오플라트카Grete Oplatka로 추측되며, 카프카의 여동 생인 오틀라처럼 '유대인 여성 모임'에서 활동하였다.

21) 짭짤한 소시지의 일종.

22) 건축물에서 들보를 바치고 있는 기둥으로, 여인들의 모습으로 조각되는 경우가 많다.

제7권(1913~1914)

1) 「선고Das Urteil」를 막스 브로트의 『아르카디아Arkadia』에 처음 출간하는 것과 관련된 교정 작업을 말한다. 『아르카디아』는 1913년 5월 말에 출간되었다.

2) 오토 슈토이어Otto Steuer(1881-?)는 카프카의 학교 친구.

3) 펠릭스 벨취Felix Weltsch는 카프카의 친구. 늙은 벨취는 그의 아버지 하인리히 벨취Heinrich Weltsch(1856-1936)를 말한다.

4) 에른스트 리만Ernst Liman은 카프카가 쓴 습작의 주인공 이름. 이 습작 단편으로 카프카는 일기 7권에서 1913년 일기를 끝내고, 다시 7권 말미에 가서 1914년 2월 16일부터 다시 시작한다. 일기 8권에서 다시 1913년의 이 이야기를 계속한다.

5) 디트리히Dittrich는 아마도 카프카가 자주 들렀던 '카바레 루체르나'의 공연 프로그램을 가리키는 것 같다. 이곳은 1914년 2월 19일 일간지 『보헤미아』에 "최고로 완성된 뮌헨 회화 예

술"을 예고했었다.

6) 1913년 말 즈음 카프카는 펠리체 바우어와 결혼하려고 한다. 그의 집요한 질문 공세에도 바우어가 별다른 반응을 보이지 않고, 1914년 1월 2일에 보낸 카프카 편지에 2월 9일에야 답장을 보내자, 카프카는 베를린으로 직접 찾아가기로 결심한다.

7) 로베르트 무질Robert Musil(1880-1942)은 오스트리아의 작가 및 연극 비평가.

8) 펠리체 바우어.

9) 아마도 1908년 5월 22일에 돌아가신 외할머니 율리에 뢰비 Julie Löwy를 말한다.

10) 카프카는 펠리체와 결혼해서 프라하에서 살든지, 아니면 베를린에서 자신은 자유 전업 작가로서 정착하든지 두 가지 가능성을 생각했다.

11) 출처가 분명치 않음.

12) 그동안 9월로 잡아놓은 결혼을 위해서 카프카와 그의 가족은 프라하에 집을 하나 구했다.

13) 율리에와 오틀라는 이미 5월말에 베를린으로 떠났다. 1914년 6월 1일 그곳에서 카프카가 펠리체 바우어와의 약혼식이 거행되었다.

14) 카프카가 쓴 필사본 원고에서 보여지는, 눈에 띄게 둥글게 휘갈겨 쓴 'K' 자를 가리킨다. (다음 페이지의 복사본 참조.)

15) 카프카는 1914년 5월 30일, 성령강림절 전 토요일에 베를린으로 떠났다. 성령강림절 월요일에 약혼식이 열릴 예정이다.

16) 오토 피크Otto Pick(1887-1940)는 번역가이면서 작가. 당시 주 직업은 은행원이었다.

17) 1914년 뮌헨에서 출간된 도스토옙스키 전집 중에서 편지.

27. V 14 Mutter und Schwester in Berlin. Ich werde mit dem Vater abends allein sein! Ich glaube er fürchtet sich herein zu kommen. Soll ich mit ihm Karten spielen? (Ich finde die ... häßlich, ... wider..., ich ... und ich schreibe sie doch, sie müssen für mich sehr charakteristisch sein) Wie sich der Vater verhielt, als ich ... berichte

18) 카프카는 1914년 6월 2일에 프라하로 돌아왔다.

19) 알프레트 쿠빈Alfred Kubin(1877-1959)은 작가, 화가, 그래픽 예술가. 1911년 가을 쿠빈과 파힝거가 프라하를 방문했다.

20) 카를 볼프스켈Karl Wolfskehl(1869-1948)은 독일의 작가이며 번역가.

21) 멜히오르 레히터Melchior Lechter(1865-1937)는 화가이면서 책예술가.

22) 프란츠 폰 바이로스Franz von Bayros(1866-1924)는 오스트리아 화가로, 성애적인 그림으로 유명하다.

23) 도스토옙스키가 예카테리나 페도로브나 융에라는 여류 화가에게 1880년 4월 11일에 편지함. 앞의 주 17번에서의 도스토옙스키 전집 중 '편지' 참고.

24) 에른스트 바이스Ernst Weinß(1882-1940)는 의사이자 작가로, 카프카는 바이스와 1913년 12월 이래로 친분이 있었으며, 카프카가 원하는 대로 여러 번 펠리체 바우어를 찾아가서 중개 역할을 했다. 1914년 6월 16일인가 17일에 프라하에 와서 며칠 머물면서 카프카와도 만났다.

25) Pištekovo divadlo. 설립자인 얀 피스테크의 이름을 딴 체코민속연극단. 프라하 근교에 위치했다.

26) 포목공장의 대표인 뢰벤슈타인은 문인이며 후원자였다.

27) 오토 소이카Otto Soyka(1882-1955)는 꽤 읽혔던 환상소설의 저자로 빈 출신 여류 작가이다.

28) 엘리 헤르만Elli Hermann은 카프카 여동생.

29) 카프카의 여동생인 오틀라.

30) 오토 피크와 카프카가 1914년 6월 27일부터 29일까지 함께 한 여행의 목적지는 1906년에 세워진 정원 도시 헬러아우였다. 이곳은 드레스덴의 근교에 있었는데 독일 수공예 공장이 위치하고 있었다. 또 1911년 설립된 자크-달크로체 학교로 유명해졌다. 헬러아우에서 살면서 작업했던 예술가로는 출판가 야콥 헤그너Jakob Hegner, 프라하 출신 작가 파울 아들러Paul Adler, 금속공예가 게오르크 멘델스존Georg Mendelssohn 등이 있다.

31) 토마스 부인, 토마스, 프레서 등은 잘 알 수 없음.

32) 야콥 헤그너Jakob Hegner(1882-1962)는 헬러아우 출판사 설립자이며 잡지『Neue Blätter』발행인.

33) 프라하 문인 레오 판틀Leo Fantl과 그 부인 그레테Grete.

34) 프라하 출신 작가 파울 아들러Paul Adler(1878-1946)와 그의 아내, 딸 엘리자베스.

35) 잘 알 수 없음.

36) 아마도 프라하 출신 작가 리하르트 카츠Richard Katz(1888-1968).

37) 게오르크 멘델스존Georg Mendelssohn(1886-1955)은 금속공예가.

38) 선술집 이름.

39) 볼프Wolff와 하스Haas는 카프카의 책을 내는 출판인.

40) 부그라Bugra는 인쇄 제본업과 그래픽 국제 전시회Internatio-
nale Ausstellung für Buchgewerbe und Graphik의 약자로, 1914
년 라이프치히에서 처음으로 열렸다.

41) 에르나 바우어Erna Bauer는 카프카의 약혼녀 펠리체 바우어
의 막내 여동생.

42) 에밀 자크-달크로체Emile Jaques-Dalcroze(1865-1950)는 스
위스 사람으로, 헬러아우에 리듬, 음악, 그리고 육체 단련을 위
한 학교를 세워 1911년부터 아주 성공적으로 운영했다. 그가
1914년 새로 학교를 세우기 위해서 제네바로 간 후부터 다른
사람이 이어서 학교를 운영했다. 달크로체는 1911년 3월 7일
독일 여자 예술인 클럽 초청으로 프라하에 와서 '음악 교육 방
법'에 관해서 강연했다. 아마도 나중에 카프카 역시 이 방법에
관심을 가지게 된 동기가 되었던 것 같다.

43) 카프카는 라이프치히에서 쿠르트 볼프 출판사를 방문하였으
나, 출판인 쿠르트 볼프와도 이야기할 수 없었고, 엘제 라스
커-쉴러와 대화 중인 편집 고문 프란츠 베르펠과도 이야기할
수 없었다.

44) 아르코 카페는 프라하 히버르너가세에 있는 카페로, 젊은 문
인들의 집합소였다. 프란츠 베르펠이 단골손님이었다.

45) 1914년 7월 11일부터 26일까지 베를린, 트라베뮌데 그리고
마스트로의 여행 기록을 새로운 일기장에 옮겼다는 이야기로
추측한다. 1914년 7월 11일 카프카는 베를린으로 가는데, 이
튿날 12일에 약혼이 깨진다. 아마도 13일 밤/14일 새벽에 카
프카는 베를린에서 뤼베크로 떠난다. 여기서 16, 17일 다시 덴
마크 동해 해변인 마릴뤼스트로 에른스트 바이스와 함께 간
다. 7월 26일 다시 베를린을 거쳐서 프라하로 돌아온다. 일기

는 7월 23일 마릴뤼스트에서 시작했다가 중단하더니, 프라하로 돌아온 뒤인 7월 27일부터 29일까지 쓰여진다.

46) 제1차 세계대전의 발발로 황제가 동원 소집령을 내린 것을 의미한다.

47) 카프카의 매제들인 카를 헤르만과 요제프(페파) 폴락.

48) 노동자재해보험공사에서는 카프카를 '없어서는 안 될' 사람으로서 소집령에 이의를 제기하였다. 그는 '무기 없이 복무하는 보충병'으로서 프라하에 남아 있었기 때문에, 그의 매제인 카를 헤르만의 징집에 따라 석면공장에 대한 관리에 힘썼다. 얼마 후, 카를 헤르만의 동생들인 루돌프와 파울을 데려와 경영을 맡겼다.

49) 매제 카를 헤르만.

50) 발리는 카프카 여동생. 발리는 남편의 부름을 받고 뵈멘브로트로 떠났다.

51) 누이동생 발리가 부재중에 카프카는 그녀의 집인 빌렉가세 10번지에서 살았다.

52) 1914년 9월로 예정된 결혼을 앞두고 랑겐가세 5번지에 있는 집을 계약했었다.

53) 카프카 아버지인 헤르만 카프카의 직원으로 추정된다.

54) 스트린드베리의 작품『고딕풍 방, 세기말의 가족 운명』을 지칭한다.

제8권(1913~1914)

1) 1913년 봄에 카프카는 「에른스트 리만」 단편이 들어 있는 일기 제7권 쓰기를 중단했었다. 새로운 제8권에서 그는 5월 2일의 이 글과 함께 일기 쓰기를 재개했다.

2) 카프카의 여동생 발리Valli와 그녀의 남편 요제프 폴락Josef Pollak.

3) 카프카는 1913년 4월 초부터 오후 여가 시간에 프라하의 교외 누슬레Nusle에 있는 채소밭에서 일했다. 1913년 4월 7일자 펠리체에게 보내는 편지 참조.

4) 1913년 4월 26일부터 '빈 유대인 극단Wiener Jüdische Bühne'이 '피카딜리 카페-레스토랑Café-Restaurant Piccadilly'에서 원정 공연을 했다. 그 해 5월 2일 「황금 결혼」이란 작품이 공연되었다.

5) 셀리나 바이이Celina Bailly. 카프카 가족의 이전 프랑스 가정 교사.

6) 이 글을 쓴 다음 날인 1913년 5월 4일 카프카는 펠리체에게 보내는 편지에서 펠릭스가 어제 자신에게 후견인이 필요하다고 말했다고 쓴다. 1913년 5월 4일자 펠리체에게 보내는 편지 참조.

7) 알려지지 않음.

8) 이날 카프카는 「화부」의 첫 인쇄본들을 받았다. 「화부」는 쿠르트 볼프Kurt Wolff 출판사의 『최후의 심판일Der jüngste Tag』 총서 제3권으로 출판되었다.

9) 1913년 6월 초 재차 프라하에 체류했던 배우 이차크 뢰비Jizchak Löwy. 카프카는 경제적 어려움에 처해 있던 그를 위해 1912년 2월에 이어 한 차례 더 강연의 밤을 준비했다.

10) 카프카는 휴가차 9월에 리바Riva에 머물 계획을 세웠다. 1913년 7월 1일자 펠리체에게 보내는 편지 참조.

11) 의사이자 작가인 에른스트 바이스Ernst Weiß(1882-1940)의 소설 『갤리선』. 그 해 6월 피셔 출판사에서 출간되었다.

12) 프라하 히베르너가세에 위치한 호텔.

13) 아마도 한 영화 주간 뉴스에서 카프카가 본 장면인 듯하다.

14) 아마도 알베르트 랑겐Albert Langen 출판사에서 발간된 도스
토옙스키의 소설『미완성인 자』(뮌헨, 1905)와 관련된 듯하다.
이 작품은 라인하르트 피퍼 출판사의 1915년도 판부터『미성
년』으로 개명되었다. 막스 브로트에 따르면, 카프카는 이 작품
을 특히 높게 평가했고 열광적으로 낭독했다. 이 책 3장에 다음
과 같은 구절이 있다. "모든 본성이 다 같은 성격을 지닌 것은
아니다. 많은 사람들의 경우에, 때로는 논리적 결말이 가장 강
력한 감정으로 변한다. 이 감정은 사람을 온통 사로잡아서 그
감정을 몰아내거나 변화시키기가 아주 힘들다. (…) 사유는 감
정에서 비롯되고, 사람 안에서 지배적이 되면 사유는 자신의
몫을 위해 또다시 새로운 감정을 표현한다!"(1권, 97쪽)

15) 펠리체 바우어.

16) 막스 브로트Max Brod와 엘자 타우시히Elsa Taussig는 1913년
2월 2일에 결혼했다.

17) 프라하에서 12km 떨어진 소풍 장소.

18) 구스타프 로스코프Gustav Roskoff의『악마의 이야기Geschi-
chte des Teufels』(1권. 라이프치히, 1869, 29쪽)

19) 1913년 8월 12일자 펠리체에게 보내는 편지 참조.

20) 1913년 8월 14일자 펠리체에게 보내는 편지 참조.

21) 펠리체의 부모님. 1913년 8월 14일자 펠리체에게 보내는 편지
참조.

22) 카프카가 오스카 바움의 집을 방문했을 때 그 집에는 바움의
아들 레오만 있었다.

23) 펠리체의 부모님에게 쓴 편지.

24) 1913년 8월 초 카프카는 마드리드에 사는 외삼촌 알프레트 뢰비Alfred Löwy에게 「선고」가 실린 문학 연감 『아르카디아 Arkadia』와 함께 편지를 동봉해 부쳤다. 곧이어 1913년 8월 5일 카프카는 외삼촌으로부터 전보를 받는다. 1913년 8월 5일 자 펠리체에게 보내는 편지 참조.

25) 1913년 8월 30일자 펠리체에게 보내는 편지 참조.

26) 남아 있는 카프카의 편지들은 카프카가 빈과 리바로 여행하던 중에 펠리체와의 관계가 더 악화되었음을 보여준다. 펠리체와 의 서신 교환은 1913년 9월 20일 이후로 중단되었다.

27) 1913년 9월 6일 카프카는 여행을 떠났다. 그는 먼저 빈에서 열린 '구조 제도와 사고 방지를 위한 제2차 국제회의'에 참석하기 위해 노동자재해보험공사의 마르슈너 국장과 그의 직속 상관인 오이겐 폴 감독관을 동행했다. 그리고 이 공무 여행에 뒤이어 9월 14일 트리스트, 베네치아, 베로나, 데센차노를 거쳐 가르다 해 근처 리바로 갔다. 그곳에서 카프카는 9월 22일부터 10월 6일까지 하르퉁겐 박사Dr. Hartungen의 요양원에서 지냈다.

28) 리바에서 카프카는 18세가량의 스위스 소녀와 사랑에 빠진다. 카프카의 일기에서 그녀의 이름은 W. 혹은 G. W.로 표기된다.

29) 카프카는 빈에 체류할 때 우연히 에른스트 바이스Ernst Weiß 를 만났다. 1913년 9월 16일자 막스 브로트에게 보내는 편지 참조.

30) 프라하 대학 수학과 교수 요제프 그륀발트Josef Grünwald.

31) 표트르 크로포트킨의 『어느 러시아 혁명가의 회상록』(1900) 제4판(1913).

32) 빌리 하스Willy Haas.

33)   알려지지 않음.

34)   프라하 대학 철학과 교수 크리스티안 폰 에렌펠스Christian von Ehrenfels의 세미나 모임. 막스 브로트의 기억(『투쟁적 삶Streitbares Leben』 164쪽)에 따르면, 자신과 펠릭스 벨취가 공동 편집한 책 『관조와 개념. 개념형성 체계의 특질들Anschauung und Begriff. Grundzüge eines Systems der Begriffsbildung』(라이프치히, 1913)이 토론 대상이었다.

35)   [역주] 열대지방의 곤충.

36)   그레테 블로흐Grete Bloch(1892-1944)는 친구인 펠리체로부터 심각한 위기에 처한 카프카와 그녀의 관계를 중재해달라는 부탁을 받았다. 1913년 10월 말, 그녀는 프라하에서 카프카와 만났다.

37)   작가 알베르트 에렌슈타인Albert Ehrenstein(1886-1950). 카프카는 그를 1913년 3월에는 베를린에서, 9월에는 빈에서 만났다. 에렌슈타인은 1913년 11월 7일 프라하의 '수많은 문학 교우들 앞에서' 무엇보다 먼저 자신의 소설 중 『어느 고양이의 자살Der Selbstmord eines Katers』(뮌헨, 1912)과 시 「하얀 시대 Die weiße Zeit」(뮌헨, 1914), 그리고 쿠르트 핀투스Kurt Pinthus가 편찬한 『영화책Kinobuch』에 기고한 자신의 글 「호머의 죽음 혹은 시인의 순교Der Tod Homers oder Das Martyrium eines Dichters」(1914)를 낭독했다.

38)   노동자재해보험공사 바로 옆에 위치한 극장 〈그랑 테아트르 비오 '엘리테'Grand Théâtre Bio 'Elite'〉.

39)   펠리체 바우어의 막내 여동생인 에르나. 카프카는 한동안 그녀와 편지를 주고받았다.

40)   아마도 어느 영화의 한 장면을 묘사한 듯하다.

41) 카프카의 여동생 오틀라의 남편이 될 요제프 다비트는 '페포 Pepo' 혹은 '페파Pepa'라고 불렸다. 카프카의 부모들은 기독교 신자 체코인 요제프 다비트와 오틀라의 결혼을 반대하지만, 그 둘은 1920년 7월 15일에 결혼한다.

42) 오이겐 폴Eugen Pfohl.

43) 로베르트 마르슈너Robert Marschner.

44) 유대인이 이용하는 토인비 홀에서는 매주 강연의 밤이 열렸고, 자주 짧은 광고를 통해 참가자를 모집했다. 토인비 홀은 1913년 12월 4일 『프라하 일간지』 '협회 공지사항' 아래 그날 저녁에 열리는 음악 강연들을 알려주었다. 아마도 일주일 뒤에 열렸을 듯한 카프카의 낭독회에 관한 내용은 프라하 신문에서 발견되지 않는다.

45) 아마도 '공무원 단체'의 산하기관인 '노동자재해보험공사 독일 공무원 단체'가 개최한 행사.

46) 베를린 작가 리하르트 아놀트 베어만Richard Arnold Bermann (1883-1939)은 1913년 12월 14일 '독일 학생 독서 및 토론실' 초청으로 '문학적 순간의 장면들'이란 제목으로 '현대의 문학 및 예술적 삶에서 받은 인상들'에 관해 강연했다(1913년 12월 7일자 『보헤미아Bohemia』). 12월 14일자 『프라하 일간지』 오락란에는 '아놀트 횔리겔Arnold Höllriegel'이란 그의 필명으로 베를린 크리스마스 장場에 관한 「그들이 울지 않고 웃을 수 있도록」이라는 글이 실렸다. 거기에 카프카가 인용한 광고 문구에 "어린아이들이 울지 않고 웃을 수 있도록 그들에게 무엇인가를 사주십시오!"가 쓰여 있다.

47) 카프카는 도스토옙스키의 소설 『카라마조프가의 형제들』 중 '악마. 이반 페도로비치의 정령'이란 장에 나오는 '신사'의 등

장을 자신의 글「불행Unglücklichsein」에서 작은 유령으로 나오는 어린아이의 등장과 연관시킨다.

48) 카프카는 자신의 편지와 전보에 대한 펠리체의 반응을 기다리고 있었다.

49) 헤르만 샤프슈타인Hermann Schaffstein의 『1870/71년의 우리 젊은이들. 나의 유년기 기억Wir Jungen von 1870/71. Erinnerungen aus meinen Kinderjahren』(1913).

50) 도스토옙스키의 『카라마조프가의 형제들』에서 인용.

51) 그레테 블로흐.

52) 후고 베르크만Hugo Bergmann은 1913년 12월 17일 브리스톨 호텔에서 열린 '아피케 예후다Afike Jehuda' 단체의 행사에서 '모세와 우리의 현재'에 대해 강연하였다.

53) 카프카가 베르크만과 탈무드식으로 신과 신의 가능성에 대해 논쟁하던 김나지움 시절과 연관된다. 이 탈무드 방식은 카프카가 스스로 내면에서 발견했거나 아니면 베르크만을 따라 했을 것이다.

54) 『펠하겐과 클라징의 월간지Velhagen und Klasings Monatshefte』 28호(1914. 1)에 실린 J. 회프너J. Höffner의「괴테 집의 비극Die Tragödie im Hause Goethe」을 읽고 쓴 기록이다.

55) 아마도 카프카는 1913년에 출간된 오스카 이덴첼러Oskar Idenzeller의 『북동 시베리아에서의 외로운 길들Auf einsamen Wegen in Nordost-Sibirien』(1913)이란 저서 중「추크족 땅에 사는 이교도 유목민들 사이에서 노예로」란 보고를 읽은 듯하다.

56) 빌헬름 딜타이Wilhelm Dilthey의 『체험과 문학Das Erlebnis und die Dichtung』 중 '현대 유럽 문학의 행보'란 장과 관련된다.

57) 안첸바허Anzenbacher는 카프카의 친구였던 듯한데, 그는 자신의 신부 리슬Liesl이 W.라는 선생과 함께 자신을 속였을 거라고 추측했다. 카프카는 몇 주에 걸쳐 그로부터 조금씩 전해 들으면서 키스 사건에 대해 차차 알아가게 된다.

58) 아마도 번역가 야콥 헤그너Jakob Hegner와 친한 레오 판틀Leo Fantl이 당시 아직 출간되지 않은 폴 클로델의 비극 3부작『황금머리Goldhaupt』의 독일어판을 관심 있어 하는 사적 모임에서 낭독한 듯하다.

59) 원본에서 카프카는 일기를 쓸 당시 묘사된 옷의 명칭이 떠오르지 않아 나중에 써넣으려는 명백한 의도에서 이 부분을 공란으로 비워두었다.

60) 딜타이의『체험과 문학』을 읽은 뒤 쓴 기록.

61) 딜타이의『체험과 문학』중 한 부분. 이 부분은 딜타이의 저서에서 "텔하임은 독일 회극 등장인물들 중 가장 아름답다"란 문장 뒤에 따르는 글들과 정확히 일치한다.

62) '노동자재해보험공사'의 이의 신청 부서의 부장 요한 바르틀 Johann Bartl.

63) 룰루 튀르하임Lulu Thürheim 백작부인의『나의 삶. 오스트리아의 대세계에 대한 기억 1788-1819 Mein Leben. Erinnerungen aus Österreichs großer Welt 1788-1819』(뮌헨, 1913).

64) 위의 책 중에서.

65) 카프카 막내 여동생 오틀라는 특히 '유대인 기혼 및 미혼 여성 클럽Klub jüdischer Frauen und Mädchen'에 적극 참여하였다. 이 클럽의 회장은 리제 벨취Lise Weltsch였고, 클라라 타인 Klara Thein과 그레테 오플라트카Grete Oplatka가 주요 회원이었다.

66) 1914년 1월 21일 '바-코흐바Bar-Kochba' 단체의 축제일 밤 행사에서 펠릭스 잘텐Felix Salten(원래는 지그문트 잘츠만 Siegmund Salzmann, 1869-1947)의 '유대적 모더니즘'에 대한 강연에 이어, 배우 루돌프 실트크라우트Rudolf Schildkraut가 막스 브로트의 시 등을 읽었다(1914년 1월 23일자『프라하 일간 지』참조).

67) 「변신」을 읽고 교정하는 작업은 아마도 여러 번에 걸친 쿠르 트 볼프 출판사의 출판 권유를 고려한 결과 이루어진 것 같다. 물론 「변신」은 1915년 10월에 비로소 르네 시켈레Rene Schickele가 발간한 월간지『백지Die weißen Blätter』에 최초로 발 표된다.

68) 튀르하임 백작부인의 회상록 중에서.

69) 1914년 1월 23일자 그레테 블로흐에게 보내는 편지 참조.

70) 오스카 바움Oskar Baum의『나쁜 결백. 유대 소도시 소설Die böse Unschuld. Ein jüdischer Kleinstadtroman』(프랑크푸르트, 1913).

71) 튀르하임 백작부인의 회상록 중에서.

72) 1914년 1월 29일 뮌헨 출신의 의사 에두아르트 아이그너 박 사Dr. Eduard Aigner가 '독일협회 회관'에서 '루르드의 기적 치료에 대하여'란 주제로 강연하였다. '자유 독일 학교' 단체 의 이 행사에 대해 1914년 1월 31일자『보헤미아』는 다음과 같이 보고했다. "그의 진지하고 철저하며 과학적으로 진행된 연구들은 아이그너 박사가 의사로서의 의무를 자각하여 루르 드의 기적 치료에 대한 믿음에 대항해서 투쟁하는 결과를 초 래했다."

73) "아이그너 박사는 (…) 진실에 영광을 돌려야 한다고 독일 국

민에게 정열적으로 호소했다.”(『보헤미아』)

74) “아이그너 박사가 몇 가지 질문에 대답한 후에, 첫 번째 반론자로 우체국 공무원 헤어무트Heermut가 발언 신청을 했다. 그는 열렬한 추종자로 루르드의 기적 치료를 옹호했다 (…).”(『보헤미아』)

75) 1914년 1월 28일자 편지.

76) 북뵈멘 지방.

77) 오토 에른스트Otto Ernst(원래는 오토 에른스트 슈미트Otto Ernst Schmidt)의 『아스무스 젬퍼의 청소년 나라. 유년기 소설. Asmus Sempers Jugendland. Der Roman einer Kindheit.』(라이프치히, 1905).

78) [역주] 체코의 온천지 카를로비바리.

79) 아이그너 박사의 강연 내용과 관련된 기록.

80) 아마도 영화의 한 장면.

81) 아마도 ‘프라하 시온주의 구역 위원회’의 클라라 타인Klara Thein(1884-?). 카프카는 1913년 9월 8일 빈에서 열린 ‘제11회 시온주의자 회의’에서 그녀를 알게 되었다.

82) 딜타이의 『체험과 문학』에서 괴테에 관한 장.

83) 리제 벨취.

84) ‘뵈멘 시온주의 문화 위원회’는 1914년 2월 14일 브리스틀 호텔에서 관심 있는 부모들을 위해 ‘유대 청소년 교육’이라는 주제로 토론의 밤을 개최하였다(1914년 2월 12일자 『프라하 일간지』).

85) 부사무관 요제프 크래치히Josef Krätzig는 카프카의 ‘노동자재해보험공사’의 동료.

86) 카프카는 펠리체 바우어에게서 엽서 한 통을 받았다. 그는 즉

시 그녀에게 편지로 화답했고, 이제 답장을 고대하고 있었다.

87) 프라하의 '프란츠 요제프 황제 역'에서 시작해서 베셀리-그문 트Wesseli-Gmund를 지나 빈까지 이어지는 철로 구간.

88) 한스 게르케Hans Gerke(1895-1968)는 김나지움 학생 신분으 로 이미 아르코 카페 문학 동아리에 출입하였고, 카프카가 이 일기를 쓸 당시 『프라하 일간지』에 글들을 발표했다.

89) 프란티셰크 콜František Khol(1877-1930)은 당시에는 국립박 물관 사서였고, 나중에는 체코 국립극장의 극작가가 되었다.

90) 펠릭스 벨취는 나중에 아내가 된 이르마 헤르츠Irma Herz (1892-1969)와 약혼했었다.

91) 알려지지 않음.

92) 1914년 2월 19일 그레테 블로흐에게 보내는 편지 참조.

93) 펠릭스 벨취.

제9권(1914)

1) 구시가지에 있던 킨스키 궁Kinsky-Palais. 그곳에 카프카의 김 나지움이 있었고, 1912년 가을에는 카프카 아버지의 가게도 그곳으로 옮겼다.

2) 파혼하기 위해서 카프카와 펠리체, 펠리체의 아버지와 그녀의 여동생 에르나, 그레테 블로흐와 에른스트 바이스가 '아스카 니셔 호프' 호텔에 모였다. 이 상황을 묘사하기 위해 카프카는 법정 이미지를 사용하였다. 1914년 10월 15일 그레테 블로흐 에게 보내는 편지 참조.

3) 펠리체 바우어.

4) 그레테 블로흐.

5) 펠리체의 여동생.

6) 스트린드베리의 『고딕풍 방: 세기말의 가족 운명Die gotischen Zimmer: Familienschicksale vom Jahrhundertende』(뮌헨, 라이프치히, 1912).

7) 펠리체의 부모.

8) 펠리체의 아버지 카를 바우어Carl Bauer의 여자 형제 에밀리에 Emilie.

9) 카프카는 프라하로 돌아온 뒤인 1914년 7월 27일에서야 비로소 여행 기록을 재개한다.

10) 1914년 7월 13일자 안나와 카를 바우어에게 보내는 편지 참조.

11) 『플리겐데 블래터Fliegende Blätter』는 1844년 뮌헨의 브라운 운트 슈나이더Braun und Schneider 출판사에 의해 창간된 유머러스한 화보 주간지.

12) 에른스트 바이스 박사Dr. Ernst Weiß.

13) 카프카는 원래 마릴뤼스트(카프카는 마리엔뤼스트로 잘못 알고 있었다)가 아니라 글레셴도르프에서 휴가를 보낼 계획을 하고 있었다.

14) 에른스트 바이스와 '한지Hansi'라고 부르는 그의 여자 친구 라헬 잔차라Rahel Sanzara. 이후에 나오는 W와 H는 이들을 가리킨다.

15) 에르나 바우어.

16) 게르트루트 바스너Gertrud Wasner. 카프카가 휴가 중에 만나 사랑에 빠졌던 당시 18세가량의 리바 출신 스위스 소녀.

17) [역주] 4인 1조로 추는 춤의 일종.

18) 막시밀리안 하르덴Maximilian Harden이 발행한 주간지.

19) 에른스트 바이스의 소설 『투쟁Der Kampf』(베를린, 1916). 이후 판들에서는 『프란치스카Franziska』로 제목이 바뀐다. 카프카

는 1판을 소장하고 있었다.

20) 1914년 7월 11일 카프카는 베를린으로 갔고, 다음 날인 7월 12일 펠리체와의 약혼을 파기했다. 아마도 카프카는 13일에서 14일로 넘어가는 밤에 베를린에서 뤼베크로 갔고, 계속해서 16일, 17일에는 덴마크 오스트제 해수욕장인 마릴뤼스트 Marielyst로 가서 그곳에서 에른스트 바이스와 그의 여자 친구 라헬 잔차라(원래는 요한나 블레슈케Johanna Bleschke, 1894-1936)와 함께 휴가를 보냈던 듯하다. 7월 26일 카프카는 베를린을 거쳐 다시 프라하로 돌아왔다. 카프카는 자신의 여행에 관한 일기를 7월 23일 마릴뤼스트에서 쓰기 시작했고, 중간에 중지했다가 여행을 마치고 다시 프라하로 돌아와서 7월 27일부터 29일까지 계속 썼다.

21) 동일한 이름 때문에 카프카의 소설 『소송Proceß』과 맞닿는 이야기 단초.

서류묶음

1) 카프카가 동시에 쓴 「칼다 철도에 대한 기억Erinnerungen an die Kaldabahn」(러시아 이야기)과 『소송Proceß』 그리고 아마도 『실종자Der Verschollene』와 관련되는 듯하다.

2) 카프카는 잠시 여동생 엘리의 집에서 살았다.

3) 펠리체 바우어.

4) 『소송』을 의미하는 듯하다.

5) 그레테 블로흐.

6) 원본 일기의 일부분이 찢겨나가서 내용이 소실되었다.

7) 아마도 곧 뒤에 언급될 오토 피크Otto Pick의 『눈 먼 손님Der blinde Gast』.

8) 루돌프 푹스Rudolf Fuchs의 시 「불 세례Die Feuertaufe」가 1914년 10월 25일자 『프라하 일간지』의 '오락-부록'란에 실렸다.
9) 원본 일기의 일부분이 찢겨나가서 내용이 소실되었다.
10) 프랑시스 잠Francis Jammes(1868-1938)은 프랑스의 시인.
11) 「칼다 철도에 대한 기억」의 연속.

제10권(1914~1915)

1) 카프카의 매제인 요제프 폴락Josef Pollack은 요양 휴가차 11월 초부터 프라하에 머물렀다. 율리에 카프카Julie Kafka는 펠리체에게 보내는 1914년 11월 27일자 편지에서 이 휴가 기간에 대해 다음과 같이 언급하고 있다. "우리 사위 페포가 3주 전에 손에 부상을 당해서 집에 왔어요. 완치되기까지 시간이 얼마나 걸릴지는 모르겠어요."
2) 알려지지 않음.
3) 카프카의 여동생 엘리의 남편인 카를 헤르만을 가리킨다. 이 글은 카를 헤르만이 전시 복무에 소집된 이후, 자신의 형제 대신에 석면공장을 돌보게 된 파울 헤르만에게 카프카가 보내는 전해지지 않는 편지의 초안이다.
4) 알프레트 뢰비.
5) 빈에서 한 달에 두 번 발행되던 『고무 및 석면 신문. 오스트리아-헝가리 탄성 고무 제품 생산 공장 연합 기관지』, 아니면 베를린에서 주간지로 발행되던 『고무 신문. 고무 및 구타페르카, 석면, 셀룰로이드 산업을 위한 전문지』.
6) 엘리는 남편이 군에 소환된 이후 두 아이들과 함께 부모님 집에서 살았다.

7) 펠리체 바우어.

8) 카프카는 「유형지에서In der Strafkolonie」를 14일간의 휴가
기간 중 1914년 10월 5일에서 12일 사이에 완성시켰다.

9) 베르펠의 미완성 극시.

10) 한나 베르펠Hanna Werfel(1896년 출생)과 미치Mizzi(1899년 출
생)로 불리던 마리안네 베르펠Marianne Werfel.

11) 베를린 '벨레뷔' 성과 프리드리히 빌헬름 1세의 담배를 위한
밤 연회의 동시대적 묘사, 그리고 이탈리아 여류 작가이자 신
문 발행인인 마르틸데 세라오Matilde Serao를 의미함이 분명
하다. 카프카가 그녀의 소설『용서 후Nach der Verzeihung』(베
를린, 1908)를 알고 있었을 가능성이 있다. 이 책에서 세라오는
로마를 공식 방문한 빌헬름 2세를 기념하기 위해 팔라초에서
거행된 무도회를 상세히 묘사하고 있다.

12) 베르펠의 「페르시아 황후 에스터Esther, Kaiserin von Persi-
en」중.

13) 카를 바우어는 1914년 11월 5일 심장마비로 사망했다.

14) 『소송』중 '어머니에게로 가는 길Fahrt zur Mutter'.

15) 에밀 카프카Emil Kafka(1881-1963)는 라이트메리츠 출신의
하인리히 카프카Heinrich Kafka와 카롤리네 카프카Karoline
Kafka의 둘째 아들로, 1904년 7월 미국으로 이주했다. 여기에
묘사된 그의 평온한 삶은 주로 그가 상품 발송회사인 시어스,
뢰벅 상회Sears, Roebuck & Co.에서 일하던 시기와 관련된다.
에밀의 삶과 더불어 미국으로 이주한 카프카의 또 다른 두 사
촌들의 삶이 아마도『실종자』를 쓰게 하는 자극제 역할을 했을
것이다.

16) 『소송』의 문지기 이야기.

17) 오스카 바움은 피아노 교사를 하면서 생활비를 벌었다.

18) 오스카 바움의 아들 레오.

19) 심한 검열을 받은 1914년 12월 15일자 『프라하 일간지』 석간 신문은 "세르비아의 우리 측 우측 진영 철수"라는 기사 제목을 내보냈다.

20) 막스 브로트에 의해 「큰 두더쥐」라는 제목으로 출판되었다.

21) 경제적인 어려움에 직면하자 카프카의 아버지는 가족들이 '프라하 석면공장'에 투자한 돈에 대해 걱정했다.

22) 카프카가 여기서 언급하고 있는 사촌 혹은 조카는 아버지 카라마조프의 사촌 혹은 조카가 아니라, 그의 죽은 첫 번째 부인의 조카 표트르 알렉산드로비치 뮤소프Pjotr Alexandrowitsch Miusoff이다.

23) 알렉산더 헤르첸Alexander Herzen의 『기억들Erinnerungen』(베를린, 1907) 중 '런던의 안개'라는 장.

24) 미완성 유작.

25) 렘베르크 출신 파니 라이스Fanny Reiß는 막스 브로트가 갈리치아 피난민 자녀들을 가르치던 학교 학생들 중 한 명이었다. 카프카는 브로트 수업을 듣기 위해 정기적으로 그곳을 방문했고, 아마도 그러던 중에 파니 라이스를 알게 되었던 것 같다. 카프카는 그녀뿐만 아니라 그녀의 여자 형제들인 에스터Esther와 틸카Tilka와도 친하게 지냈다.

26) 스트린드베리의 『검은 깃발들. 세기 변동기의 풍속 묘사Schwarze Fahnen. Sittenschilderungen vom Jahrhundert-wechsel』(뮌헨, 라이프치히, 1913). 카프카는 아마도 게오르크 뮐러Georg Müller 출판사에서 출간된 전 5권 중 제5권을 읽고 쓴 듯하다. 카프카는 나머지 4권도 소장하고 있었다.

27) 말 조련으로 유명한 서커스 단장 슈만은 프라하에서 다양한 원정 서커스 공연을 했다.

28) 카프카는 1907년 10월부터 1908년 7월까지 '아시쿠라치오니 게네랄리Assicurazioni Generali' 보험회사의 프라하 지점에서 일했었다.

29) 1915년 1월 19일자『보헤미아Bohemia』.

30) 오스트리아 언어 사용법에서는 '~하자마자sobald', '~할 때 wenn' 대신에 자주 '~할 때까지bis'가 사용된다. 여기에 대해서는 카프카가 1917년 9월 22일 펠릭스 벨취에게 보내는 편지 중 '도서관 관련 부탁bibliothekarische Bitte'을 참조.

31) 소설『소송』에 나오는 문지기 이야기를 말한다. 카프카는 이 이야기를 1915년 9월 7일「법 앞에서」라는 제목으로『자기방어Selbstwehr』의 신년 축하호에 발표하였다.

32) '나이 든 독신주의자 블룸펠트Blumfeld, ein älterer Junggeselle'로 시작되는 글을 말한다. 이 글에서 주인공인 총각 블룸펠트는 처음에 개 한 마리를 장만할지를 고려한다.

33) 플로베르G. Flaubert의 미완성 유작인 풍자소설『부바르와 페퀴셰Bouvard und Pécuchet』. 카프카는 E. W. 피셔가 편찬한 플로베르 '전집' 6권(민덴, 1909)을 사용하였다. 카프카는 나이 든 독신주의자 블룸펠트가 주인공인「개 이야기」와 관련지어서 역시 두 명의 나이 든 독신주의자 부바르와 페퀴셰가 주인공인 플로베르의 소설을 암시하고 있다.

34) 카프카는 빌렉가세 10번지 여동생 발리 폴락의 집과 같은 건물에 방을 하나 빌렸고, 그곳에서 전쟁이 시작되면서부터 살았다.

35) 카프카는 이 부분을 자신이 감명 받은 고골Gogol의 한 장면과

관련시키고 있다. "무모한 도달할 수 없는 트로이카처럼 너 또한 그리로 질주하는 것은 아니겠지, 러시아여?"(고골의 『치치코프의 모험 혹은 죽은 영혼들』. 전집 1권. 뮌헨, 라이프치히, 1909). 도스토옙스키는 이 장면을 자신의 소설 『카라마조프가의 형제들』에서 차용한다.

36) 『기억들』 1부(베를린, 1907)에서 헤르첸은 성 시모니스무스와 자신의 관계에 대해 보고한다.

37) 1915년 3월 3일자 펠리체에게 보내는 편지 참조. 해약 후에 카프카는 곧장 랑겐가세 18번지에 위치한 '금 곤들메기로Zum goldenen Hecht'라는 집 6층 방으로 옮겼다. 그 방은 프라하 구시가지가 내려다보이는 멋진 전망을 갖고 있었다.

38) 1915년 4월 9일자 『자기방어Selbstwehr』는 카프카가 여기서 묘사하고 있는 L. 비젠펠트 씨Herr L. Wiesenfeld가 두 번째 토론의 밤 며칠 뒤인 1915년 3월 18일에 열린 세 번째 강연회에서 "유대어로 '동구 유대인 문제'에 대해" 말했다고 보도했다.

39) 유대민족협회가 주최한 강연회 '동과 서Ost und West'의 두 번째 토론의 밤.
    "지난 번 강연의 밤 토론에 이어 가브리엘 씨가 '동구 유대인과 서구 유대인'에 대해 발표했다. 발표자는 자세한 발표보다도 무엇보다 논쟁을 유도하기 위한 의도에서, 시온주의와 유대 종교 사이에 그 어떤 성격상의 모순도 없음을 강조했고, 이것을 우리 저술들 중 많은 부분들을 예로 들어가며 입증해 보였다. 그는 동유대교와 서유대교의 통일된 민족적 기반을 확인하는 것으로 자신의 말을 끝맺었다. 토론에는 여러 동구 유대인들 외에 대학 교수 라우드니츠 박사, 프라하 작가 막스 브로트 박사, 지몬 아들러 박사 등이 참가했다."(1915년 3월 12일

자 주간지 『자기방어』 10호, 7쪽)

40) 집 관리인이 밤에 대문을 열어주고 닫는 데 대해 징수하는 요금.

41) 헤르첸의 『기억』 1권 16, 17장.

42) 아마도 카프카가 소장하고 있던 고골의 「우리 시인들에게서 나타나는 서정적인 것에 대해. W. A. 슈코브스키에게」 혹은 「우리 시대 서정 문학의 과제에 대하여. N. M. 야시코브에 보내는 두 통의 편지」.

43) 오틀라의 남편인 요제프 다비트.

44) 카프카가 소장하고 있던 스트린드베리 전집 2부(소설) 중 3권 『확 트인 바닷가에서Am offnen Meer』 5판(뮌헨, 1912).

45) 아마도 파니 라이스Fanny Reiß.

46) 1915년 4월 9일자 『자기방어』는 유대민족협회가 주최한 강연회 '동과 서Ost und West'에 관해 다음과 같이 적고 있다. "1915년 3월 24일에 네 번째로 막스 브로트 박사의 강연이 있었다. (…) 토론에는 정통파들을 대변하는 S. 아들러 박사Dr. S. Adler와 갈리치아 정통파들의 입장을 고수하는 H. 게츨러H. Getzler가 참가했다. 슈타이글러 씨Herr Steigler는 반종교주의적 입장을 취했다." 카프카는 '게츨러'를 '괴츨'로, '슈타이글러'를 '슈타이들러'로 표기하고 있음이 분명하다.

47) 막스 브로트는 매주 한 시간 반씩 '세계문학'이란 강좌를 가르쳤다. 그 강좌에서 갈리치아 여학생들은 "절반 이상의 기간 동안 (…) 호머의 「일리아드」를 다루었다."(막스 브로트, '프라하의 갈리치아 피난민들을 위한 임시 학교'. 1916년 7월 21일자 『유대 룬트샤우Jüdische Rundschau』 29호, 241쪽)

48) 1915년 4월 22일 카프카는 여동생 엘리와 함께 헝가리 카르파티아 산악지대 부근 나기-미할리에서 복무하는 매제 카를

헤르만을 보러 갔다. 그 후 엘리는 그곳에 머물렀고, 카프카는 4월 27일 혼자 프라하로 돌아왔다.

49) 부다페스트 일간지.

50) 빈 일간지.

51) 후고 베르크만Hugo Bergmann.

52) 1915년 4월 21일 프라하 왕립 독일 극장에서 '신 빈 극단Neue Wiener Bühne'이 스트린드베리의 희곡 「아버지Der Vater」를 원정 공연했다(1915년 4월 21일자 『프라하 일간지』).

53) 1848-1849년에 일어났던 헝가리 독립운동의 지도자 루트비히 폰 코수트Ludwig von Kossuth의 동상.

54) 아마도 에른스트 포퍼Ernst Popper(1890-1950). 그는 카프카의 동창생으로 프란츠 베르펠, 빌리 자이스를 중심으로 하는 교우 관계에 속했다.

55) 스트린드베리의 『불화. 고독Entzweit. Einsam』. 스트린드베리 전집 4부: 전기. 5권. 4판(뮌헨, 1913).

56) 펠릭스 벨취.

57) 엘리 헤르만 혹은 에르나 바우어.

58) 펠리체 바우어.

59) 아마도 앙엘라(엘리스) 레베르거Angela(Alice) Rehberger.

60) 막스 브로트의 미완성 소설.

61) 아마도 카프카의 집주인 잘로몬 슈타인Salomon Stein의 딸.

62) 1915년 5월 6일자 펠리체에게 보내는 편지 참조.

제11권(1915~1917)

1) 막스 브로트의 친구인 게오르크 랑거Georg Langer(1894-1943).

2) [역] 정통 유대인의 남자용 긴 상의.

3) 아마도 게네랄리 보험회사의 사장 에른스트 아이스너Ernst Eisner. 카프카는 이 회사를 퇴직한 후에도 문학에 관심이 많은 그와 연락하며 지냈다.

4) N. 헤닝젠N. Henningsen이 편찬한 『러시아로 진군한 나폴레옹 군대의 운명과 자신의 포로 생활에 대한 푀르스터 플렉의 이야기 1812-1814』(쾰른, 1912/13).

5) 파울 홀츠하우젠Paul Holzhausen의 『1812년 러시아의 독일인들. 모스크바 출정시의 삶과 고통』(베를린, 1912).

6) 「햄릿, 덴마크의 왕자」(5막 2장): "군인의 예우를 갖춰 네 명의 /대위들이 햄릿을 추모 연단으로 운구토록 하라./등극하였더라면, 그는/최고로 왕다움을 입증해 보였을 것이다." (『셰익스피어의 희곡들』 6권. 라이프치히 [1878], 320쪽 인용; 라이프치히 서지학연구소 판인 이 책은 보존된 카프카의 소장 도서들 중의 하나이다).

7) 카프카 소설 『실종자』와 『소송』의 주인공.

8) 『마르셀랭 드 마르보 장군의 회상록Memoiren des Generals Marcellin Marbot』 3권: '폴로츠크-베레지나-라이프치히-워털루'. 2판(슈투트가르트, 1907).

9) [역주] 달마티아 해안을 따라 길게 뻗은 오늘날의 발칸반도 서부. 1809-1814년에 나폴레옹의 프랑스 제국의 일부였다가, 1814년 오스트리아 제국에 반환되었다.

10) 히브리어로 '신앙심이 깊은 자', '의인', '기적을 행하는 자'라는 뜻. "의인 혹은 신앙심이 깊은 자는 세계의 토대이다"라는 카발라 문구에서 유래한 자딕은 하시디즘에서는 천부적인 종교적-도덕적 공동체 지도자이다.

11) 18세기 하시디즘의 창시자.

12) 이후의 B.는 바알셈을 가리킴.

13) 히브리어로 '세기의 의인', '세기의 신앙심이 깊은 자'라는 뜻.

14) 사바타이 제비Sabbatai Zewi. 1626년 스미르나 출생. 그는 자신이 예견된 메시아라고 주장했다. 그의 이름을 따 명명된 사바티아니즘(안식일 엄수주의)은 정통 유대교인들에게 이교로 간주되며, 전 유럽으로 전파되어 18세기까지 비밀리에 활동했다.

15) 아마도 파니 라이스Fanny Reiß.

16) 카프카의 당시 세 살 된 여자 조카(1912-1972). 엘리와 카를 헤르만의 딸.

17) 1915년 10월 31일 프라하 신 독일극장에 오른 「그와 그의 여형제들」의 일요일 오후 공연에 알렉산더 기라르디Alexander Girardi가 출연했다(1915년 10월 31일자 『보헤미아』).

18) 아마도 라이스 양 가족이 피난 때 갈리치아에서 구해낸 모세율법서 깃발.

19) 1913년 여름부터 프라하 극장들에서도 대성황리에 상영되었던 〈판토마스Fantomas〉 포스터에 대한 카프카의 기억. (다음 페이지의 포스터 참조.)

20) 카프카는 1909년 9월 이탈리아 여행 중 브레시아로 가게 되었다.

21) [역주] 이탈리아 화폐. 리라의 1/20.

22) 1913년 9월 카프카는 빈에서 출발해 트리스트, 베네치아, 베로나, 데센차노를 거쳐 리바까지 여행했다. 1913년 9월 20일자 펠리체에게 보내는 편지 참조.

23) 중간에 잠시 오스트리아-헝가리에 유리하게 전쟁이 진행될

GAUMONT-PALACE ▦

····

Les Grands Films Artistiques Gaumont

FANTÔMAS

~~E~~ FAUX MAGISTRAT

DRAME

때 몇몇 갈리치아 지역이 자유로워져서, 첫 번째 피난민들이 되돌아갈 수 있었다.

24) 카프카의 동창생이자 어린 시절 친구. 1915년 6월 11일에 전사했다(1915년 6월 24일자 『보헤미아』).

25) 갈리치아 출신 유대인 작가 아브라함 그륀베르크Abraham Grünberg. 그는 전쟁 기간 동안 프라하에서 지냈다.

26) 출처 불명.

27) 신 교회의 첫 번째 성가대 지휘자 레오 미르스키Leo Mirsky 의 아내이자 작가인 레기네 미르스키-타우버Regine Mirsky-Tauber(1865-?).

28) 미슈나Mischna는 히브리어로 '반복', '가르침'이라는 뜻. 원래 구전되어 오던 유대인 종교법이 탈무드의 토대를 형성한다.

29) 막스 브로트는 자신이 편찬한 '일기' 판에서 그를 가리켜 '신앙 심이 깊은 프라하 리벤 집안의 탈무드 학자'라고 평하고 있다.

30) 오이겐 폴Eugen Pfohl.

31) 나탄 죄더블롬Nathan Söderblom의 『신에 대한 믿음의 생성. 종교의 시작에 대한 연구Das Werden des Gottesglaubens. Untersuchungen über die Anfänge der Religion』(라이프치히, 1916) 중 4장 '창시자'.

32) 카프카가 자주 이용하던 케텐슈테크 다리를 교체하여 1914년에 완공된 다리.

33) 1916년 6월 21일에 있었던 새로운 예비군 징병검사와 관련되는 내용이다. 카프카는 자신의 희망과 달리 징집되지 못했고, 계속 무제한 군복무 면제를 받았다.

34) 실제로는 카인이 아니라 아벨이 총애받았다.

35) 카프카는 마리엔바트에서 보내는 휴가 기간 동안에도 계속 성

경을 읽는다.

36) 펠리체 바우어.

37) 에마누엘 한찰 박사Dr. Emanuel Hanzal.

38) 소설 『실종자』와 관련된 기록.

39) 펠리체 바우어의 남자 형제 페리Ferry. 1913년에 미국으로 갔다.

40) 1915년 2월에 쓰기 시작한 「개 이야기」를 가리킴. 원고에는 제목이 없다.

41) 독신주의자의 기록은 당시 카프카가 사용하던 4절지 갈색 공책들 중 한 권에서 발견된다.

42) 1916년 7월 12일에서 14일 사이에 막스 브로트에게 쓴 편지 참조.

43) 카프카는 여기서 언급된 작가들의 어려움, 즉 여자 관계와 작가로서의 글쓰기를 조화시키지 못하는 그들의 어려움을 자신이 처한 어려움과 다양하게 비교했다.

44) 프리드리히 빌헬름 푀르스터Friedrich Wilhelm Förster.

45) 카프카는 푀르스터의 『청소년 규범Jugendlehre』 중 두 장인 '학교생활과 도덕교육학', '가정에서의 청소년 규범'을 비판적으로 인용하고 있다.

46) 요한 아담 묄러Johann Adam Möhler의 『공적 교리에 따른 구교도와 신교도의 교리상 대조점들의 상징성 혹은 묘사Symbolik oder Darstellung der dogmatischen Gegensätze der Katholiken und Protestanten nach ihren öffentlichen Bekenntnisschriften』(레겐스부르크, 1913) 중 2권 『신교 소 종파들』에서 3장 '헤른후트파 신도들과 감리교도들'의 인용. 이 책의 제목은 카프카가 '일기 제11권' 면지에 적은 메모들 중에서 발견된다.

47) 후에 크게 달라진 내용 없이 타자기로 쳐서 펠리체 바우어에

게 보낸 1916년 10월 19일자 편지의 초안.

48)　카프카의 유작 「사냥꾼 그라쿠스」와 관련된다.

49)　게르트루트 카니츠Gertrud Kanitz(1895-1946). 가정상의 이유
　　로 프라하에 체류 중이던 빈 출신 여배우.

50)　아돌프 오펜하이머 박사Dr. Adolf Oppenheimer(1857-1929)는
　　‘프라하 상용 여행 협회’의 부회장.

51)　프리드리히 아들러Friedrich Adler(1857-1938)는 시인이자 번
　　역가로 알려진 프라하의 변호사. 세기말 프라하의 독일 원로
　　시인으로 간주된다.

52)　다양한 독일어 판을 구할 수 있었던 파스칼의 『팡세』를 읽은
　　뒤 기록.

53)　「유형지에서」를 수정하기 위한 단초들.

제12권(1917~1923)

1)　카프카는 1917년 8월 12/13일, 13/14일에 각혈을 한 이후 여
　　러 번 의사를 찾아갔다. 그는 9월 9일 펠리체 바우어에게 자신
　　의 허파 양쪽 끝에 결핵균이 침투했다는 사실을 알린다. 의사
　　가 카프카에게 요양할 것을 권유하여 1917년 9월 12일 그의
　　직장인 노동자재해보험공사로부터 3개월 요양 휴가를 얻어서
　　누이동생이 있는 북서 뵈멘에 있는 취라우로 간다. 오틀라는
　　제부 카를 헤르만 가족 소유인 농장의 경영을 1917년 4월부터
　　맡았다.

2)　카프카는 결핵 발병을 지난 5년 동안 지속되었던 펠리체 바우
　　어와의 관계를 최종적으로 끊어버리는 계기로 삼는다. 그는
　　1917년 7월에 두 번째 약혼을 했었다. 그가 브로트에게 쓴 편
　　지 구절에서 ""더 이상 이렇게는 갈 수 없다"(펠리체 바우어와

의 관계와 관련된 것으로 보임)고 뇌는 말하고 있었다. 그리고 5년 뒤 폐가 그것을 돕기 위해서 선언한 것이다."로 그 의미를 풀어낼 수 있을 것 같다.

3) 취라우 농장 하녀.

4) 취라우 담당 우편마차 역이 있는 곳.

5) 펠리체 바우어가 1917년 9월 20~21일의 취라우 방문을 알려 온 것에 전보를 친 것을 말한다.

6) 카프카 어머니의 막내동생으로 트리치에서 시골 의사이다.

7) 사촌 여동생 이르마(1889-1919)는 부모님이 돌아가시자 카프카 아버지의 가게에서 일했는데 오틀라와 친하게 지냈다.

8) 카를 헤르만Karl Hermann의 친척으로 농장 관리인이다.

9) 프란츠 베르펠은 당시 빈 전쟁통신본부(전쟁 보도 진영)에 배치되어 있었다.

10) 베르타 판타Berta Fanta(1865-1918) 부인은 약사 막스 판타 Max Fanta의 부인으로 프라하 문화계에서 활발히 활동했으며, 접신론자 모임 '아드야르'의 회원이다. 그녀의 집에서 원래는 프란츠 브렌타노Franz Brentano 철학 추종자인 후고 베르크만Hugo Bergmann, 막스 브로트, 펠릭스 벨취 등 카프카의 친한 친구들이 모임을 가졌다.

11) 테오도르 타거Theodor Tagger의 책이 1917년 베를린에서 출간되었다.

12) 그레테 블로흐.

13) 1917년 11월에 이어서 1919년 6월 27일 일기를 계속한다.

14) 줄리 보리체크Julie Wohryzek(1891-1944)로 카프카의 두 번째 약혼녀.

15) 처녀수태일, 당시 뵈멘에서의 법정휴일이다.

16) 엘레소이스는 크누트 함순Knut Hamsun의 소설 『흙의 축복 Segen der Erde』에 나오는 인물.

17) 3, 4학년 때 선생님 마티아스 베크Matthias Beck.

18) 아르키메데스 점은 관찰자가 탐구 주제를 총체적인 관점에서 객관적으로 지각할 수 있는 가설적인 지점을 가리킨다. 이 표현은 고대 그리스 철학자 아르키메데스가 충분히 긴 지렛대와 그것이 놓일 만한 장소만 주어진다면 지구라도 들어 올릴 수 있다고 주장한 데에서 유래한 것이다.

19) 아마도 영국 화가인 에드워드 존 그레고리Edward John Gregory의 유화인 〈보울터 갑문, 일요일 오후Boulter's Lock, Sunday Afternoon〉를 생각한 것 같다. 1895년에 그려진 이 그림은 이듬해에 유럽에서 전시되었다. (다음 페이지의 사진 참조.)

20) 몰다우 강 왼쪽 강변에 있는 산으로 프라하와 주위를 잘 내려볼 수 있다.

21) 헤르만 카시넬리의 책방은 후스가세 4번지에 있었다.

22) 일기 12권의 다른 끝에서 시작하면서 카프카는 1920년 2월 29일 이래로 중단했던 기록을 1921년 10월 15일 다시 시작했다. 이미 작성한 노트는 다른 일기장과 함께 밀레나 예젠스카에게 보냈다.

23) 밀레나 예젠스카Milena Jesenská(1896-1944). 프라하 출신의 체코인인 밀레나는 당시 남편 에른스트 폴락(1886-1947)과 함께 빈에 살았다. 카프카와는 1919년 가을에 처음 만나서 알게 되었으며, 1920년 4월부터 휴양지 메란에서부터 열렬한 편지 왕래를 통해 여름에는 친밀한 관계로 발전되어 해가 바뀌면서까지 유지되었으며, 그 후에도 가끔씩 편지도 하고 프라하에서 만나기도 했다. 1921년 10월 밀레나가 카프카를 방문했을

때 일기를 양도했다.

24) 루트비히 하르트Ludwig Hardt(1886-1947)는 낭독가로 1일부터 14일까지 프라하에 머물면서 낭독회를 열었다. 1일에 카프카의 「열한 명의 아들들」을 낭독했다.

25) 헤벨Johann Peter Hebel이 히치히Friedrich Wilhelm Hitzig에게 보낸 편지.

26) 귀스타브 플로베르의 작품 『감정의 교육』(파리, 1910)을 카프카는 1912년 여행 중 체류했던 융보른 요양소에서 읽었던 것 같다.

27) 게오르크 랑거Georg Langer(1894-1943)는 막스 브로트의 친구. 그는 동구유대적인 하시디즘의 신봉자로서 1913년부터 1914년까지 정통파 중의 기적의 랍비인 벨처Belzer Rabbi를 따랐다. 전쟁이 발발하자 랍비는 추종자를 데리고 갈리치아 지방을 떠났다. 랑거는 징집되자, 정신질환으로 잠시 거기를 떠났고, 망명 간 벨처 랍비에게로 가기 전에 잠시 프라하에 살면서 먼 친척인 막스를 통해서 카프카와 알게 되었다.

28) 막스 브로트의 소설 『프란치 혹은 2등짜리 사랑Franzi oder Eine Liebe zweiten Ranges』.

29) 모세 1권에 사라가 아이를 얻을 전망이 없는 것에 대한 암시.

30) 팔레스타인 영화인 〈시온으로의 귀환〉을 유대민족기금본부에서 들여왔다. 이 영화는 유대인의 팔레스타인 건설과 개척자로서 모범적인 삶을 그리고 있다. 카프카는 1921년 10월 23일 오후 2시경 관람하였다.

31) 알베르트 에렌슈타인Albert Ehrenstein은 빈 출신의 작가. 당시 프라하에 머물렀고, 전에도 카프카를 만난 적이 있었다.

32) 희극배우인 막스 팔렌베르크의 연극이 오후에 있었다.

33) 프란츠 베르펠의 비극「염소의 노래」는『프라하신문』에 1921년 10월 30일부터 연재되었다.

34) 펠리체 바우어.

35) 밀레나 예젠스카.

36) 아버지 헤르만 카프카.

37) 로베르트 클롭슈토크에게 1921년 12월 초에 보낸 편지의 마지막 문장.

38) 카프카가 재현해놓은 빌헬름 라베의 말은 한스 마틴의 개인적인 기억 술회에서 나온다. "영원한 생의 동반자인 그녀가 라베의 이마를 쓰다듬자, 그는 '아주 좋아요'라고 말하고는 단박 잠이 들었다."

39) 체코 잡지. 선구자적인 보이스카우트 운동에 카프카는 관심이 많았다.

40) 톨스토이 작품『이반 일리치의 죽음』.

41) 헤브라이어로 '구전', '전승'을 뜻한다.

42) 성性을 뜻하는 Geschlecht의 약자.

43) 밀레나 예젠스카.

44) 카프카가 유곽을 방문했으며, 성 기관의 고통을 말했다고 막스 브로트가 1922년 1월 23일 일기에 적었다.

45) 앞의 유곽 방문과 관련된다.

46) 밀레나에게 던지는 질문.

47) 유곽 방문과 관련된다.

48) 막스 브로트.

49) 1922년 1월 21일 오후에 체코 국립극장에서 베토벤의 〈피델리오Fidelio〉가 공연되었다.

50) 1911년 11월 14일자 일기에서 독신자에 관련한 일기 구절을

말한다.

51) 삼촌 루돌프 뢰비Rudolf Löwy.

52) 막스 브로트.

53) 밀레나의 남편인 에른스트 폴락Ernst Pollak.

54) 프라하 구시가지와 신시가지의 경계를 이루는 구시가지 담 벼락.

55) 1922년 1월 27일 카프카는 주치의인 오토 헤르만 박사와 함께 리젠게비르게에 있는 스핀델뮐레로 떠난다. 헤르만은 그곳에 서 함께 휴식 시간을 갖자고 제안한다.

56) 『소송』의 주인공 이름.

57) 스핀델뮐레에 함께 갔던 의사이며 여행 동반자인 오토 헤르만 박사.

58) 에른스트 바이스Ernst Weiß(1882-1940)의 소설 『노예선Die Galeere』(베를린, 1913)을 암시한다. 소설의 주인공 에릭 긴덴 달 박사를 그의 애인 디나 오손스카야는 뢴트겐관과 비교한 다. "예컨대 누군가 고독하다면, 타인과 아무런 관계도 맺지 않 고 그 어떤 공동의 관심사도 없이 외롭다면 유리관으로 쓰여 진 공기 없는 공간, 그렇게 완전하게 외로운 인간, 선과 악도 없 는 인간은 타인에게 큰 영향을 미치기 때문에 그의 시선은 다 른 사람들을 꿰뚫고(투사해서) 지나감에 틀림없을 것이다."

59) 밀레나 예젠스카.

60) 오토 헤르만 박사.

61) 1916년 7월 펠리체 바우어와 함께 보낸 휴가를 말한다.

62) 급사장Oberkellner의 O를 가리킨다.

63) 스핀델뮐레에서 대략 45분 정도 걸어서 도착할 수 있는 전망 대. 프라하 신문들은 아주 탁월한 기상 조건을 가진 스핀델뮐

레에서 열리는 겨울 스포츠 경연 대회를 많이 보도한다.

64) 알려지지 않음.

65) 밀레나 예젠스카.

66) 제1차 세계대전 중에 매우 격렬한 전투가 벌어졌던 북부 이탈리아의 비첸차Vicenza에 있는 독일어 사용 지역.

67) 아마도 호텔에 투숙한 두 명의 여자 손님을 뜻한다.

68) 리바의 요양소 체류에서 알게 된 게르트루트 바스너Gertrud Wasner.

69) 아마도 주석 42번에서처럼 성性을 뜻한다.

70) 아마도 여러 번 만년설이 붕괴되는 것을 극복해야 했다는 북극 탐험 보고인『북극의 로빈슨』이라는 아이나르 미켈란의 책을 읽은 것과 연관된 듯하다.

71) 아마도 휴가에서 알게 된 여자인 듯하다.

72) 알려지지 않음.

73) 1922년 3월 1일 신독일연극단이 공연한 셰익스피어 비극「리처드 3세」.

74) 루트비히 하르트Ludwig Hardt는 1922년 3월 프라하에 머물며 낭독회를 가졌다.

75) 이 글은 카프카가 다녀온 유대 체조 및 스포츠 협회 '마카비 Makkabi'의 어린이 퓨림 축제와 관련이 있다. 퓨림절은 유대인 연례 축제로, 하만이 시도한 유대인 학살을 피하게 된 것을 기념한다. 구약성서「에스더」9장에 나온다.

76) 한스 블뤼어Hans Blüher의『세케시오 유다이카Secessio Judaica』(베를린, 1922)와 연관된다.

77) 카프카의 병은 정기적인 체온 점검이 필요했다.

78) 알려지지 않음.

79) 아마도 이 시기에 카프카는 그레테 블로흐Grete Bloch와 연락이 있었던 듯하다.

80) 밀레나 예젠스카.

81) 이 구절은 소설『성』의 8장과 연관된다.

82) 아마도 1922년 3월 말로 기입된 편지.

83) 1922년 4월 8일 토요일 루돌프 기념관의 '예술가의 집'에서 예술가 그룹인 '순례자'의 전시회가 초대 작가전과 함께 열렸다. 4월 15일부터는 일반에게 공개되었다. 피에취Jost Pietsch는 순례자의 일원이었으며, 쿠빈Alfred Kubin과 부르더Anton Bruder는 초대 작가로 참여했다. (다음 페이지의 그림 참조.)

84) 당시 막스 브로트는 베를린에 살고 있는 에미 잘베터Emmy Salveter와 관계가 있었다. 그는 이 여자와 살 것인가 아니면 아내 엘자와 계속 살 것인가 결정하지 못하고 있었다. 카프카는 1921년 8월 16일자 편지에서 "세 사람이 함께 살라"고 조언한 적이 있다. 왜냐하면 막스의 아내인 엘자가 테오도르 슈토름의 편지를 애지중지하며 보여줬기 때문에 이에 동의할 것으로 생각했다. 그에 관한 전기를 보면, 슈토름이 두 여자 콘스탄체와 도로테아 사이에서 괴로워한 적이 있다.

85) 아마도 카프카와 막스 브로트와 친분이 있던 체코 작가인 프라냐 슈라메크Fráňa Šrámek(1877-1952).

86) 주 84번 참조

87) 모두 알려지지 않음.

88) 밀레나 예젠스카.

89) 마르틴 부버Martin Buber의「Der große Maggid und seine Nachfolge」(프랑크푸르트, 1921).

90) 1922년 5월 19일 에바 피셔는 우라니아 소강당에서 낭독회를

가졌다. 레퍼토리는 플로베르의 「줄리앙의 속죄」, 헤벨의 「유디트」, 블라디미르 솔로굽의 동물우화, 엘제 라스커-쉴러의 텍스트 등이었다.

91) 아마도 히폴리트 텐Hippolyte Taine의 「영국에 대한 수기」를 말하는 듯하다.

92) 여동생 오틀라는 이미 가족과 함께 플라나에서 휴양차 살았다. 한 달 뒤 카프카가 그곳으로 따라간다.

93) 미할 마레시Michal Mareš(1893-1971)는 체코 작가. 그는 우연히 만난 자리에서 카프카에게 책을 보내주어도 되느냐고 물었고, 그는 감동해서 그러라고 했다. 다음 날 그의 시집이 멋진 헌정사("오랜 친구에게")와 함께 도착했다. 하지만 이틀 뒤 두 번째 책이 도착했다. 카프카는 어찌할 바를 모르다가 가장 쉬운 태도를 취했다. 감사의 인사도 하지 않았고, 돈도 지불하지 않았다. 이 같은 약간 불쾌한 일에 대해서 카프카는 1922년 9월에 밀레나에게 보낸 편지에 피력한 바 있다.

94) 알 수 없음.

95) Pepa 혹은 Pepo의 준말. 카프카의 매제 요제프 다비트Josef David이다.

96) 성性을 뜻하는 Geschlecht를 말하는 듯하다.

97) 체코 조각가 요세프 미슬베크Josef Myslbek가 1922년 6월 2일 사망했다.

98) 체코 작가인 프라냐 슈라메크.

99) 알려지지 않음.

100) 한스 블뤼어Hans Blüher의 『Secessio Judaica』.

101) 오틀라는 남뵈멘 루슈니츠에 있는 플라나로 가족과 함께 여름 거처를 잡아 이사한다. 카프카는 노동자재해보험공사에 휴직

신청을 해서 1922년 7월 1일까지 휴직계를 얻은 뒤에, 1922년 6월 말에 그녀를 따라 이곳으로 왔다. 잠시 몇 번 떠나 있기도 했지만, 9월 18일까지 이곳에서 머문다.

102) 오틀라.

103) 키르케고르의 책 『이것이냐 저것이냐』를 처음 읽은 것은 취라우 체류 때부터이다. 1918년 1월 20일 막스 브로트에게 보낸 편지에서 이 책을 읽기 시작했다는 말을 쓴다.

104) 후고 베르크만Hugo Bergmann(1883-1975)은 카프카의 학교 때부터 친구. 그는 프라하 유대 대학생 연합인 바-코흐바Bar-Kochba의 지도자적인 회원이었다. 그는 1920년 5월 가족과 함께 예루살렘으로 이주했다. 1923년 봄 몇 주 동안 프라하에 머물면서, 자신의 경험을 보고하면서 팔레스타인의 개발 확대를 주창했다.

105) 카프카는 1923년 5월 중순 며칠 동안 휴양차 도브리호비츠에 머물렀다.

106) 밀레나 예젠스카. 밀레나가 갑자기 사라진 후, 카프카가 1923년 11월 초반부의 편지 앞부분에서 언급했던 마지막 만남과 관련된 듯하다.

107) 알 수 없음.

108) 1923년 프라하에 공연 온 모스크바 연극단의 배우.

여행 일기

1) 프리트란트, 라이헨베르크, 룸부르크 그리고 가브론츠는 북뵈멘 지역 산업 지대의 대표 그룹으로 카프카가 노동자재해보험공사의 변호사로서 담당했던 관할 지역이다. 이 지역 공장 운영 상태에 대해서 카프카는 자신의 업무 활동 차원에서 출장

중에 관찰했다.

2) 1878년에 『월요리뷰』로 설립되었다가 1894년부터 『뵈멘 월요신문』으로 개칭되어 발행되었던 프라하 주간 잡지.

3) 프로티빈은 프라하-그뮌트-빈으로 이어지는 철도 행로에 있는 남뵈멘 도시.

4) 1882년에 처음 발간된, 화보가 있는 주간 잡지.

5) 프리트란트에서 남동쪽으로 약 4킬로미터 떨어진 곳.

6) 1880년 발명자이자 운행자인 아우구스트 푸르만August Fuhrmann에 의해서 일반에게 처음 공개된 이 황제 파노라마는 직경 5미터의 나무 원통으로 만들어졌다. 그 통 주위에는 25개의 자리가 만들어져서 구멍을 통해서 이색적인 장소나 최근 사건들로 채색된 입체 유리 위를 본다. 각 자리마다 따로따로 분리되고 뒤에서 조명이 비춰진다. 각 그림을 몇 분씩만 보게 되며, 종소리가 나면서 전체 기계가 움직여서 다음 지점으로 미끄러져간다. 각각 50개의 입체 그림으로 된 두 벌의 시리즈가 한 번의 상연이다.

7) 1908년에서 1913년까지 빈에서 출간된 잡지.

8) 기계적인 악기. 구멍 있는 둥근 형태의 얇은 판자들로 되어 있는데 핸들을 돌려서 연주한다.

9) 『문학 조언자Literarischer Ratgeber』는 1910년에 뮌헨에서 발간된 잡지.

10) 『예술 파수꾼Der Kunstwart』. 문학, 연극, 음악, 조형예술 및 응용예술에 대한 보고서적인 잡지로 한 달에 두 번씩 발행되었다. 카프카는 정기 구독자였다.

11) 그릴파르처Grillparzer의 비극 「Des Meeres und der Liebe Wellen」.

12) 카프카가 체류하는 동안에 프리츠 그린바움Fritz Grünbaum과 하인츠 라이헤르트Heinz Reichert의 오페레타가 라이헨베르크 시립 극장에서 2월 25일, 26일 양일간 공연되었다.

13) 뮌헨의 호텔 '사계절'.

14) 허리까지 길게 늘어지는 팔 없는 남성 외투.

15) 막스 브로트와 펠릭스 벨취Felix Weltsch의 공동 저서인 철학서 『직관과 개념. 개념 형성 체계의 기초』(라이프치히, 1913)의 한 구문.

16) 카를 프리드리히 비간트Carl Friedrich Wiegand의 5막 민중극 「마리그나노」는 한스 에몰리Hans Jelmoli가 음악을 담당하였고, 1911년 여름 모르샤흐 야외무대에서 초연되었다.

17) 파리의 백화점.

18) 사고야자 나무에서 채취한 쌀 모양의 식용 전분.

19) 호텔명.

20) 1859년에 슈투트가르트에서 창간된 화보 신문.

21) 막스 브로트에 따르면, 카프카가 마음에 들어 했던 헝가리 여자. 마음에 들어서 헝가리 꽃이라고 별명을 붙였다.

22) 카프카는 이탈리아 작가 안토니오 포가차로Antonio Fogazzaro의 여름 저택을 방문했다.

23) 산마메트에 있는 알보가시오 슈퍼리오레 교회에 있는 종탑.

24) 카를로타 저택에 있는 안토니오 카노바의 조각품 '아모르와 프시케'를 말함.

25) 코모 호숫가 카데나비아에 있는 빌라.

26) 쥘 베른Jules Verne의 소설 『해저 2만 마일』(1870)과 『헥토르 세르바덱의 태양계 여행』(1877).

27) [역] Fernet branca, 1845년 밀라노에서 처음 생산된, 소화를

돕는 약용 알코올 음료. 알코올 농도는 40~45%임.

28) [역] 의미상으로는 입장권 같은데, 여기서는 차표의 의미를 가진 단어를 계속해서 사용한다.

29) 1899년부터 독일 브레멘에서 발간되는 신문.

30) 1911년 투린에서 세계박람회가 열렸다.

31) 여행 행로의 동쪽 끝으로 설정된 것 같다.

32) 밀라노 돔 광장과 스칼라 광장을 이어주는 작은 상점들이 줄지어 늘어서 있는 지붕 있는 십자로 회랑.

33) 카프카의 직속 상관인 오이겐 폴Eugen Pfohl에게 쓴 것이다.

34) 돔 지붕으로부터 볼 수 있었던 스포르체스코 성을 말한다.

35) 올가 살루스Olga Salus, 프라하의 작가 후고 살루스Hugo Salus의 부인.

36) 피렌체 학파부터 루벤스에 이르는 글은 카프카가 루브르 미술관 방문 시에 기록했던 것 같다. 그림의 제목은 그림에 붙여놓은 이야기들에서 베껴 쓴 것으로 짐작된다. 예외가 있다면, 맨 처음에 언급한 사과 열매 장면이다. 추측컨대, 석류 열매를 손에 쥐고 있는 아기 예수가 그려져 있는 제단 그림을 말하고 있다. 이 제단화는 카프카가 열거했던 시모네 마르티니의 그림과 함께 이탈리아관에 전시되어 있다.

37) 여행 후 막스 브로트와 함께 쓰기로 했던 소설 제목. 1912년 5월에 『헤르더』 잡지에 첫 장만 게재되고 중단되었다.

38) 샹젤리제에 있는 레스토랑이면서 카페 콘서트.

39) 미터기가 장착된 택시.

40) 암바사되르의 카페 콘서트를 방문한 것과 관련된다.

41) 베르사유 궁전에서 전시된 회화를 관람한 것을 설명.

42) 프랑스 쥐라 주의 수도.

43) 프랑스의 루이스 필립 크레핀Louis-Philippe Crepin의 그림.

44) 프랑스의 아돌프 로엥Adolphe Roehn의 그림.

45) 카페 체인점.

46) 동일한 메뉴를 제공하는 레스토랑 체인점. 메뉴마다 선택하여 가격을 지불한다.

47) 막스 브로트가 전쟁에 관한 기사를 쓰는 데 도움을 주기 위해 카프카가 파리에서 본 책의 앞표지를 베껴서 보냈다.

48) 취리히 호숫가에 위치한 엘렌바흐 요양원 서재.

49) 작은 트럼펫인 피스톤코르넷의 줄인 말.

50) 프리드리히 펠렌베르크-에글리Friedrich Fellenberg-Egli는 에르헨바흐에 있는 '펠렌베르크 자연요법 요양소' 소장. 이하 Hr. F.

51) 9월 8일 파리 코미디 오페라극장에서 관람한 공연에 대한 기억.

52) 프란시스코 사르시Francisque Sarcey의 「파리 점령. 인상과 기억들Le Siége de Paris. Impressions et Souvenirs」, 1871년.

53) 1909년 처음으로 밀라노에서 국제선 열차에 도입된 열차 칸 이름. 쌍둥이에서 연유한 것으로, 객차 칸이 두 개 연달아 붙어 있다.

54) 1882년에 설립된 몽마르트르에 있는 밀랍 인형 전시관.

55) 루브르 박물관에서 가장 긴 방인 대갤러리의 옆방 전시실.

56) 1911년 8월 21일 레오나르도 다빈치의 〈모나리자〉가 도난을 당했고, 2년 뒤에 피렌체에서 다시 발견되었다.

57) 루브르 박물관 방문이 작용한 듯. 베로네세Veronese의 작품도 카레 살롱에 전시되었으며, 클로드 로랭Claude Lorrain 작품 역시 17세기관에 전시되어 있다.

58) 엘리자 라헬 펠릭스Elisa Rachel Félix(1821-1858). 라신의 「페

드라」에서 주인공 역할을 맡아서 유명해진 여배우.

59)   프랑스 극장의 방문기를 쓴 프리드리히 헤벨의 일기를 카프카
       가 읽었다.

60)   카를 베데커Karl Bädeker가 펴낸 여행 안내서의 약자. 카프카
       와 막스 브로트는 라이프치히에서 1911년에 출간된 제17판
       여행 안내서의 도움을 많이 받았다.

61)   1910년 10월에 했던 파리 여행에 대한 회상. 10월 16일 카프
       카는 파리 근교 롱상Longchamp에 있는 경마장을 방문했었다.

62)   포도주 혹은 아직 충분히 발효되지 않은 포도주를 기본으로
       해서 기나수를 첨가해서 만든 식욕 촉진 음료수로 유명해진
       브랜드.

63)   카프카는 1911년 9월 10일에 블로뉴 숲으로 소풍을 갔다.

64)   체코 체조 및 체육 연맹(Sokol, '매'의 체코어)의 회원을 가리킴.
       "체코 체조 및 체육 연맹 대회의"라는 제목으로 『프라하 일간
       지』는 1912년 6월 29일 다음과 같이 보도했다. "파리지방의회
       대표단과 프랑스 고등학생들이 '프란츠 요제프' 기차를 타고
       어제 저녁 6시 이후에 도착했다. 이 손님들은 프라하 시장과 수
       천 명이 넘는 군중들의 환영을 받았다."

65)   1912년 괴테의 『파우스트』로 유명해진 와인 바를 새로 개축하
       는 공사작업.

66)   출판인 에른스트 로볼트Ernst Rowohlt(1887-1960).

67)   리하르트 브란다이스Richard Brandeis는 1911년 아버지 야콥
       브란다이스(『유대총서』의 설립자)의 출판사와 서점을 이어받
       았다.

68)   쿠르트 핀투스는 이 와인 바를 젊은 표현주의 작가들의 주 집
       결지로 본다. 당시 한창 잘나가는 로볼트 출판사 그리고 쿠르

트 볼프 출판사 등의 작가들로 베를린, 프라하, 빈, 뮌헨, 라이
프치히 출신들이었다.

69) 1912년 라이프치히에서 초연된 비극. 게르트 폰 바세비츠
Gerdt von Bassewitz(1878-1923)의 작품.

70) 발터 하젠클레버Walter Hasenclever(1890-1940)는 작가로, 에
른스트 로볼트와 쿠르트 볼프의 문학 조언자.

71) 쿠르트 핀투스Kurt Pinthus(1886-1975)는 당시에는 부수적으
로, 그 뒤에는 완전히 전업 삼아서 로볼트와 볼프 출판사의 문
학 조언자와 편집인을 맡았다.

72) 그리스 신화에 나오는 아홉 명의 예술신 중 하나. 영웅시가와
역사 기술을 관장한다. 상징물은 파피루스 두루마리와 석필이
며, 역사가의 수호신이다.

73) 이탈리아 코모 호숫가 지역. 코모 지역과 롬바르디아가 속
한다.

74) 카를 프리드리히 대공의 아내. 파울 1세 러시아 황제의 딸.

75) 실러의 첫째 딸 카롤린. 광부 감독관인 프란츠 유노트Franz
Junot와 결혼했다.

76) 실러의 아버지 요한 카스퍼 실러Johann Kaspar Schiller의 저
서는 1795년에 출간되었다.

77) 괴테하우스에서 카프카는 마르가레테 키르히너Margarethe
Kirchner(이후 그레테라고 부름)를 알게 되었다. 막스 브로트의
여행기에는 "카프카가 집사의 아름다운 딸과 장난삼아 사귀
는 데에 성공했다."라고 쓰여 있다.

78) 카프카가 노트에 그린 가르텐하우스의 모습. (다음 페이지의 그
림 참조.)

79) 프란츠 리스트의 집은 박물관으로 개조되었다. 카프카는 이

곳을 방문하였다.

80) 1790년에 완성된 알렉산더 트리펠Alexander Trippel의 괴테 흉상.

81) 1831년에 완성된 피에르 장 다비드 단저Pierre Jean David d'Anger의 괴테 흉상.

82) 고문헌학자 프란츠 파소브Franz Passow는 1807년에서 1810년 까지 바이마르 고등학교에서 가르쳤다.

83) 차하리아스 베르너Zacharias Werner는 시인이자 희곡 작가.

84) 바이마르대공작 도서관의 미술관에 세워져 있는 흉상들 중 하나. 작곡가 크리스토프 빌리발트 리터 폰 글루크Christoph Willibad Ritter von Gluck의 흉상.

85) 오이겐 디더리히스Eugen Diederichs는 출판인.

86) 작센-바이마르-아이젠아흐 왕가의 묘당. 바이마르의 역사묘 지공원 안에 위치하고 있으며, 1824년 완공되었다. 괴테와 실

러의 관도 함께 안치되어 있다.

87) 쿠르트 힐러Kurt Hiller(1885-1972), 당시 베를린 문단에서 중요한 역할을 하고 있던 출판인.

88) 괴테-실러 문서 보관소는 괴테, 실러, 헤르더의 유고를 소장하고 있다. 그중에서 야콥 미하엘 라인홀트 렌츠Jakob Michael Reinhold Lenz가 1775년 5월부터 1776년 11월까지 쓴 편지가 있다. 막스 브로트는 특히 그가 헤르더에게 쓴 편지에 관심을 가졌고, 카프카 역시 렌츠의 편지(렌츠에게 온 답장을 포함한)를 읽고 싶어 했다. 이 편지집은 1918년 라이프치히에서 출간되었으며, 쿠르트 볼프에게서 그 책을 받는다.

89) 괴테의 연시 「사교가Gesellige Lieder」의 하나인 「총고백Generalbeichte」(1802)이다.

90) 이 시의 필사본은 7살의 괴테의 필적을 보여준다.

91) 카를 빌헬름 예루살렘Karl Wilhelm Jerusalem은 1772년 10월 29일 요한 크리스티안 케스트너에게 간청해서 빌린 권총으로 자살했다.

92) 보리수 나무들이 늘어서 있는 벨베데레 대로를 4킬로미터 정도 가면 벨베데레 성이 나온다. 이 성에는 아담 프리드리히 외저Adam Friedrich Oeser의 천장화가 있다. 성 옆에 있는 차고에는 역사적인 마차들이 전시되어 있다. 안나 아말리아Anna Amalia 공작부인이 계획해서 세우고 괴테가 계속해서 가꾼 성의 공원에 괴테가 노천 극장을 만들었다.

93) 파울 에른스트Paul Ernst(1866-1933)는 극작가, 수설가, 수필가.

94) 에른스트 폰 빌덴브루흐Ernst von Wildenbruch는 1909년에 사망한 극작가. 잠시 바이마르에 살았다.

95) 오토 루트비히 18권 전집을 펴내는 데에 프란체스코파 신부

엑스페디투스 슈미트Expeditus Schmidt(1868-1939, 원래 이름은 헤르만 슈미트이다)가 함께 참여했다.

96) 위의 슈미트가 1912년 뮌헨에서 펴낸『글과 그림이 있는 가장 아름다운 성담 이야기』.

97) 요하네스 슐라프Johannes Schlaf(1862-1941)는 저술가. 원래 아르노 홀츠Arno Holz와 함께 자연주의 문학 운동의 선봉장이었다.

98) 슐라프는 만년에 태양 중심적인 우주 체계를 거부하려고 시도했으며, 정확한 자연과학적인 인식에 대항하며 다시 지구 중심적인 우주 체계를 재도입하려고 했다.

99) 1912년 7월 7일의 기록은 카프카가 할버슈타트에 묵었을 때 쓰여졌다.

100) 막스 브로트를 친숙하게 부르는 말로, 카프카의 여행 일기가 이 부분에서 저널 편지가 되어버렸다. 그와 함께 바이마르에서 있을 때 썼던 일기장들을 부분적으로 프라하에 있는 브로트에게 보냈다.

101) 1912년 베를린 울슈타인 출판사에서 출간된 소설.

102) 할버슈타트의 거리 이름.

103) 당시 할버슈타트에는 독일에서 최대 정통적인 유대 공동체 중의 하나가 있었다.

104) 융보른에 있는 루돌프 유스트Rudolf Just의 요양소에 있는 "공기와 빛이 있는 작은 집"의 하나임. 융보른은 하르츠 지방의 브로큰 산자락에 있는데, 슈타펠부르크와 일젠부르크와 가까웠다.

105) 마스다스난Mazdaznan이라는 문화개혁운동의 회원들. 그들은 조로아스터 교리에 따라 생활하며, 넓은 의미에서 그의 위

생 지침을 따른다. 1908년부터 이 협회는 월간 잡지 『짜라투스트라 철학, 몸관리 그리고 다이어트를 위한 잡지』를 발간했다.

106) 이 산책길의 목적지는 문맥상 일젠부르크에 있는 기숙사 시설이 있는 학교였던 것 같다. 이 학교 시설을 1898년 기숙사 학교 운동의 창시자인 헤르만 리츠Hermann Lietz가 독일에 최초로 설립했다. 리츠의 동업자인 구스타프 비네켄Gustav Wyneken은 후에 그로부터 독립해서 파울 게헵Paul Geheeb과 함께 비커스도르프 자유학교 공동체를 설립했다. 카프카가 암시한 대화 주제는 리츠가 창설한 전통과의 논쟁을 가리킨다.

107) 헤르만 코헨Hermann Cohen은 신칸트주의 학파의 창시자. 발터 킨켈Walter Kinkel은 그의 저서를 연구했다.

108) 그의 아들 루돌프에 의해서 관리되는 자연요법 요양소 설립자.

109) 철학자이며 시인인 발터 킨켈Walter Kinkel의 『꿈과 실제 영혼으로부터. 고독한 시간의 무언의 생각』이라는 책으로 추측된다.

110) 1905년 뮌헨에서 출간된 오이겐 퀴네만Eugen Kühnemann의 『실러』.

111) 카프카가 여행을 시작하기 전에 읽었던 플로베르의 「자신의 작품에 대한 편지」를 지칭함. 그 대목은 다음과 같이 시작한다. "그것은 변태적인 취향이지만 나는 매춘을 사랑한다……."

112) 『포어베르츠Vorwärts』는 1876년부터 라이프치히 그리고 이어서 베를린에서 나온 독일사민당의 중앙 기관지.

113) 시인 모르겐슈테른Christian Morgenstern, 화가 발루셰크Hans Baluschek(베를린의 대도시적인 삶을 그린 삽화가로 유명해짐), 시인이자 소설가 브란덴부르크Hans Brandenburg 그리고 수필가 포펜베르크Felix Poppenberg.

114) 루돌프 한스 바르취Rudolf Hans Bartsch의 소설.

115) 1913년 9월 2일부터 9일까지 빈 의회에서 제11차 시온주의자 회의가 열렸다. 또한 9일부터 13일까지 국제 구조 체제와 사고 방지 대회가 열렸다.

116) 노동자재해보험공사에서 카프카의 상관인 사장 로베르트 마르슈너Robert Marschner. '구조 체제와 사고 방지' 국제회의에 카프카가 사장과 함께 이곳에 동행했다.

117) 오토 피크Otto Pick를 지칭한다. 이하 동일. 빈에 오토 피크와 함께 머물렀던 것에 대해서 카프카는 1913년 9월 16일 베니스에서 막스 브로트에게 보낸 편지에서 다음과 같이 썼다. "내게 이미 오래전부터 아무런 좋은 것이 아님을 증명해주었던 문학은, 문학이 피크를 빈에 잡아두었을 때, 또다시 나 자신을 상기시켜주었네. 지금까지 경험으로 볼 때 나는 자네하고만 여행을 해야만 할 것 같아. 아니면 훨씬 더 나쁠지 모르겠지만 그래도 혼자서 하든지."

118) 그릴파르처Franz Grillparzer가 점심 식사를 했다는 호텔. 소박하지만 맛있다는 평을 했다.

119) 아마도 아버지 가게 직원일 것 같음. 그러나 아마도 엘제 라스커-쉴러Else Lasker-Schülner의 산문 작품 『말리크. 사진과 삽화가 있는 황제 이야기』의 주인공을 지칭할 수도 있다. 이 작품의 첫 부분의 초기본은 푸른기사단의 프란츠 마르크Franz Marc에게 보내는 편지 형태로 1913년에서 1917년까지 여러 잡지에 연속물로 게재되었다. 맨 처음에는 1913년 9월 6일 「편지와 그림」이라는 산문으로 『악치온Aktion』에 실렸다. 아마도 이날 카프카와 피크가 이것에 대해서 대화한 듯하다. 더욱이 다음 날 밤에 카프카는 이와 관련되는 좋지 않은 꿈을 꾸었다고 한다. 피크는 엘제 라스커-쉴러와 친했고 출판된 글에서도

언급되었다.

120) 하인리히 라우베Heinrich Laube가 쓴 『그릴파르처 일대기 Franz Grillparzers Lebensgeschichte』(슈트가르트, 1884).

121) 빈에 있는 채식주의 식당.

122) 1913년 9월 7일 모리스 마테를링크Maurice Maeterlinck의 연극「모나 바나Monna Vanna」가 공연되었다.

| 역자 후기 |

프란츠 카프카는 이해하기 어려운 작가임에도 불구하고 우리나라에서 끊임없이 읽히고 사랑받고 있다. 20세기 현대문학의 고전으로서 청소년들이 즐겨 혹은 경악하며 읽는 『변신』에서부터 작가들에게 많은 영감을 주고 있는 장편소설과 산문에 이르기까지 카프카의 글은 폭넓게 수용되고 있다. 카프카 생전에 출간된 몇몇 작품을 제외하고는 친구인 막스 브로트가 그의 유고를 정리하여 출판했으며, 이것은 카프카 작품의 역사 비평판이 나오기 전까지 가장 권위 있는 카프카 작품집이었다. 카프카의 역사 비평판은 독일 부퍼탈 대학의 프라하문학과 카프카문학연구소를 중심으로 1980년 초부터 출간이 시작되어 2004년에 완결되었으며, 짧은 산문, 장편소설, 잠언, 편지, 일기 그리고 공문서 등을 총망라한다. 브로트는 1928년 발췌한 일기를 출간하기 시작하였으며, 1951년에는 전집의 일부로 출간되었다. 카프카 일기의 역사 비평판은 1990년 출간되었다.

역사 비평판 일기는 카프카 유고인 12권의 사절지 노트와 두 개의 서류묶음 그리고 여행 일기를 포함한다. 12권의 노트는 소위 일기로 볼 수 있는 내용과 통일된 형식을 가지고 있으며, 서류묶음에는 이것과 연관된 내용이 들어 있다. 여행 일기는 카프카가 여행 중에서 쓴 일기, 메모 등으로 이루어져 있다. 연대기적인 순서는 크게 일기와 여행 일기로 구분해서 그 안에서 순서에 따랐다. 역사 비평판의 원본은 작가가 남긴 필사본을 기초로 했으며, 기본적으로 이 글들은 사적인 기술이면서 또한 작업노트와 같이 문학적인 기록이기도 하다. 카프카는 대학생 시절부터 일기를 쓰기 시작했는데, 1912년 자신의 일기를 폐기했고, 이후 1924년 그의 유언에 따라 소각되기도 했다. 그래서 현재 기록으로 남아 있는 것은 1909년부터 시작한다. 노트 1권과 2권은 카프카가 정확한 날짜를 기입하지 않은 채 작업노트처럼 오랫동안 함께 사용했기 때문에 서로 연관 지어 생각해야 한다.

1권의 첫 기입된 날짜는 1910년 5월 18/19일이다. 카프카가 블라이와 그 가족과 함께 지낸 혜성의 밤으로 자전적인 요소가 짙은 기록이다. 2권의 첫 날짜는 1910년 11월 6일로 단편Fragmente에 대한 글로서 추후에 날짜가 기입되었다. 이전의 노트들이 갑자기 떠오른 생각들, 인상 등을 나중에 마무리 지어 완성하기 위해서 적어놓은 성격이 짙은 작업노트였다면, 2권 1910년 12월 16일자부터는 "나는 일기 쓰기를 더 이상 포기하지 않을 것"이라는 진술을 함으로써 일기로서 면모를 갖추게 된다고 볼 수 있다. 일기에는 직접 체험한 일, 읽을거리, 편지, 대화 등의 내용이 들어 있다. 뿐만 아니라 작품을 위한 형상화 시도, 이야기 단초, 이야기 초고 등 글쓰기 연습을 계속한다. 작품을 쓸 수 없을 때 자신과의 대화의 장이 되기도 한다. 일기는 자기관찰에 대한 예리한 시각을 훈련시키고, 감정의 폭을 확대시키기도 했다.

1911년, 1912년 그리고 1913년에는 여행 일기가 써진다. 여행은 이미 자기의 일상을 벗어나 새로운 대면과 만남을 시도하려는 행위이기 때문에 단순히 자기 몰입적인 기록과는 차별된다. 프라하 생활 반경과 글쓰기라는 다분히 고립된 자기몰두적인 상황에서 벗어나 친구와 함께 즐겁게 지내고 그리고 현실을 직접적으로 지각하며 사

색하고 기술한 '현실의 직접적이며 숙고된 서술'이기도 하다. 1917
년 발발한 질병으로 일기 기록은 점점 횟수가 줄어들면서 1923년 6
월에 완전히 중단되었다.

브로트가 선별적으로 카프카 일기를 발표한 이후 카프카 일기는
카프카 수용사에서 특수한 지위를 가진다. 특히 1951년 브로트 판
카프카 일기의 출간으로 20세기의 비밀스러우면서도 매혹적인 작
가 카프카 전기에 대한 관심이 증대되었다. 일기 기록은 다양한 카프
카 해석에 많은 자료를 제공하고 있는 반면에 일기 자체에 대한 연구
는 현재까지 극히 제한적이었다. 1963년 바이스너F. Beißner는「바
벨의 수직굴, 일기에서」에서 처음으로 문학 형식으로서 카프카 일기
에 대한 주의를 환기시켰다. 1990년 역사 비평판 카프카 일기가 출
간되면서 본격적인 연구의 새로운 발판이 마련되었다.

이후 일기에 대한 본격적인 연구로는 군터만의 저서(G. Gun-
termann: Vom Fremdwerden der Dinge beim Schreiben. Kafkas
Tagebücher als literarische Physiognomie des Autors. Tübingen,
1991)가 있다. 여기서는 작품과 일기의 유사성을 강조하면서 작품
구조로서 일기의 핵심골자를 이해했다. 코르테의 논문(H. Korte:
Schreib-Arbeit, Literarische Autorschaft in Kafkas Tagebücher. 1994)
역시 문학을 위한 습작과 비판적 사고의 장으로서 일기를 고찰하면
서, 결국 일기는 곧 글쓰기이기 때문에 자기 자신으로의 몰두임을 밝
혀낸다.

한국독문학계의 카프카 연구에 있어서도 카프카의 일기는 편지와
더불어 자전적 자료로서 작품 분석의 부차적 도구로 취급되어 왔다.
카프카 일기의 최초 우리말 번역본은 일기를 독립적인 카프카 텍스
트로 보는 데에 많은 역할을 할 수 있을 것이다.

한국카프카학회는 솔출판사와 함께 1990년대 후반부터 카프카

역사 비평판의 완역을 추진해 왔다. 산문, 소설 그리고 편지 등은 이미 오래전에 출간이 되었고, 카프카 일기는 원래 2000년에 출간을 목표로 하였으나, 여러 가지 사정으로 미루어져 왔다. 번역 작업은 계명대 장혜순 교수, 서울대 오순희 교수, 이화여대 목승숙 선생님 그리고 동덕여대 이유선 교수 네 명이 함께 나누어서 진행했다. 이렇게 오랜 기다림 뒤에 출간된 카프카 일기 번역서가 문학 전공자들뿐만 아니라 일반 독자들이 보다 카프카를 이해하는 데에 도움이 되면서도, 카프카의 생생한 기록으로서 글을 읽는 즐거움을 제공하기를 바랄 뿐이다. 장시간의 지연 속에서도 긴장을 늦추지 않고 끝까지 꼼꼼하고 세심하게 교정을 봐주신 솔출판사 편집부 가족 여러분들에게도 깊은 감사를 드린다.

2017년 1월
역자 대표 이유선

결정본 '카프카 전집'을 간행하며

불안과 고독, 소외와 부조리, 실존의 비의와 역설…… 카프카 문학의 테마는 현대인의 삶 속에 깊이 움직이고 있는 난해하면서도 심오한 여러 특성들과 연관되어 있다. 그러나 지금 카프카 문학이 지닌 깊이와 넓이는 이러한 실존적 차원에 국한되지 않는다. 카프카의 문학적 모태인 체코의 역사와 문화가 그러했듯이, 그의 문학은 동양과 서양 사이를 넘나드는 매우 중요하면서도 인상 깊은 정신적 가교架橋로서 새로운 해석을 요청하고 있으며, 전혀 새로운 문학적 상상력과 깊은 정신적 비전으로 현대와 근대 그리고 미래 사이에 가로놓인 장벽들을 뛰어넘는, 또한 근대 이후 세계 문학에 대한 인식틀들을 지배해온 유럽 문학 중심/주변이라는 그릇된 고정관념들을 그 내부에서 극복하는, 현대 예술성의 의미심장한 이정표이자 마르지 않는 역동성의 원천으로서 오늘의 우리들 앞에 다시 떠오른다.

■ 옮긴이 **이유선** 서울대 독문과 졸업. 콘스탄츠 대학교에서 독문학 석사와 박사 학위. 동덕여대 교수. 한국카프카학회 회장 역임. 저서 『독일어권 모더니즘 연구—베를린 모더니즘과 빈 모더니즘』(2014), 논문 「카프카의 현실적 시공간으로서 여행일기」(2011) 외 다수.

■ 옮긴이 **장혜순** 이화여대 독문과 졸업. 튀빙엔 대학교에서 독문학 석사 학위, 마르부르크 대학교에서 「괴테의 형태학과 카프카의 사상」(독문)으로 박사 학위. 계명대 교양교육대 재직. 역서 라이너 마리아 릴케의 『예술론(1893-1905)』, 논문 「카프카의 〈소송〉에 나타난 부정의 미학」 외 다수.

■ 옮긴이 **오순희** 서울대 독문과 졸업. 뒤셀도르프 대학 독문학 박사. 서울대 교수. 저서 『동서양 문학고전 산책』(공저), 역서 『검은 백조』, 논문 「괴테와 카프카 문학의 오디세우스와 사이렌 형상연구」 외 다수.

■ 옮긴이 **목승숙** 본 대학교, 베를린 훔볼트 대학교 수학. 이화여대 독문학 박사. 듀크 대학교 객원연구원, 인천대 HK 연구교수 역임. 한국카프카학회 총무이사. 역서 『새로운 중국에서: 20세기 초 독일인 여행자가 본 중국』, 논문 「문화사적 관점에서 본 이국주의: 카프카의 '학술원에 드리는 보고'」 외 다수.

카프카 전집 6
카프카의 일기

1판 1쇄 발행	2017년 1월 25일
1판 5쇄 발행	2024년 7월 3일
지은이	프란츠 카프카
옮긴이	이유선, 장혜순, 오순희, 목승숙
펴낸이	임양묵
펴낸곳	솔출판사
주소	서울시 마포구 와우산로29가길 80(서교동)
전화	02-332-1526
팩스	02-332-1529
블로그	blog.naver.com/sol_book
이메일	solbook@solbook.co.kr
출판등록	1990년 9월 15일 제10-420호

© 이유선, 장혜순, 오순희, 목승숙, 2017

ISBN	979-11-6020-007-2 (04850)
	979-11-6020-006-5 (세트)

• 잘못된 책은 구입한 곳에서 바꿔드립니다.
• 책값은 뒤표지에 표시되어 있습니다.